ପୂର୍ବାଶାର ପକ୍ଷୀ

ପୂର୍ବାଶାର ପକ୍ଷୀ

ବନଜ ଦେବୀ

ବ୍ଲାକ୍ ଇଗଲ୍ ବୁକ୍ସ

ଭୁବନେଶ୍ୱର, ଓଡ଼ିଶା

BLACK EAGLE BOOKS
Dublin, USA

ପୂର୍ବାଶାର ପକ୍ଷୀ / ବନଜ ଦେବୀ

ବ୍ଲାକ୍ ଇଗଲ୍ ବୁକ୍ସ : ଭୁବନେଶ୍ୱର, ଓଡ଼ିଶା ● ଡବ୍ଲିନ୍, ଯୁକ୍ତରାଷ୍ଟ୍ର ଆମେରିକା

BLACK EAGLE BOOKS

USA address:
7464 Wisdom Lane
Dublin, OH 43016

India address:
E/312, Trident Galaxy, Kalinga Nagar,
Bhubaneswar-751003, Odisha, India

E-mail: info@blackeaglebooks.org
Website: www.blackeaglebooks.org

First International Edition Published by
BLACK EAGLE BOOKS, 2025

PURBASHARA PAKSHI
by Banaj Devi

Copyright © Banaj Devi

All rights reserved. No part of this publication may be reproduced, stored in a retrieval system, or transmitted, in any form or by any means, electronic, mechanical, photocopying, recording or otherwise without the prior permission of the publisher.

Cover & Interior Design: Ezy's Publication

ISBN- 978-1-64560-730-4 (Paperback)

Printed in the United States of America

ଓଡ଼ିଆ ସାହିତ୍ୟର ବିଶିଷ୍ଟ ଗାଳ୍ପିକା
ସଂଯୁକ୍ତା ମହାନ୍ତିଙ୍କୁ ଶ୍ରଦ୍ଧା ଓ ଶୁଭେଚ୍ଛା ସହ

କୃତଜ୍ଞତା

ଏହି ପୁସ୍ତକରେ ସନ୍ନିବେଶିତ ଚାରୋଟି ଉପନ୍ୟାସିକା ଓଡ଼ିଶାର ସ୍ୱନାମଧନ୍ୟ ମାସିକ ପତ୍ରିକା 'ଆଇନା', 'କୁସୁମିତା', 'ନବରବି' ଓ 'ସୁଚରିତା'ରେ ପ୍ରକାଶିତ ହୋଇ ପାଠକୀୟ ଶ୍ରଦ୍ଧା ଲାଭ କରିଥିଲା। ସେହି ଉପନ୍ୟାସିକାକୁ ପ୍ରକାଶ କରିବା ପାଇଁ ସଂପୃକ୍ତ ସଂପାଦକମାନେ ଅନୁମତି ଦେଇଥିବାରୁ ସେମାନଙ୍କୁ କୃତଜ୍ଞତା ଜଣାଉଛି। ପରିଶେଷରେ ପୁସ୍ତକଟି ପାଠକ ମହଲରେ ଆଦୃତ ହେଲେ ଖୁସୀ ହେବି।

ବିନୀତ

ବନଜ ଦେବୀ

ଶିବଛାୟା, ରଥରୋଡ଼, ଭୁବନେଶ୍ୱର – ୨

ସୂଚୀ

ସାତଲହଡ଼ିରୁ ଶରଧାବାଲି

“ନୟନୀ, ନୟନୀ ଲୋ ଓ.ଓ...

ରାତିଅଧ। ଚାରିଆଡ଼ ଶୁନ୍‌ଶାନ୍। ପବନ ବି ଯେମିତି ଥିର। ଗଛରେ ପତ୍ର ହଲିବାର ଶବ୍ଦ ବି ନାହିଁ।” ଆକାଶ ଛାତିରୁ କାକରମିଶା ଛେଲା ଛେଲା ଅନ୍ଧାର ଝରିପଡ଼ି ଯେମିତି ଚାରିପାଖରେ ନିସ୍ତବ୍ଧତାକୁ ଆହୁରି ଘନ କରିଦେଉଛି। ରାତି ଜଗା ପକ୍ଷୀର ଚିଁ ଚାଁ ଶବ୍ଦଟିଏ ବି କେଉଁଠି ନାହିଁ।

“ନୟନୀ ନୟନୀଲୋ, କବାଟ ଖୋଲ” କିଏ ଜଣେ କେଉଁଠି ଡାକୁଚି। କାତର କଂଠରେ, ଚାପା ସ୍ୱରରେ, ନାରୀକଂଠ। ବେଲେବେଲେ ଜଣାପଡ଼ୁଛି ସତେ କି ଖୁବ୍ ଦୂରରୁ ସେ ଡାକ ଭାସିଆସୁଛି। ବେଲେବେଲେ ଲାଗୁଚି ଏଇ ଝରକା ପାଖରେ କିଏ ଡାକୁଚି। ସେ ଡାକରେ କେତେ ଆବେଗ ଓ କୋହର କୋମଲ ଛୁଆଁ।

କବାଟ କିଏ ଖୋଲିବ ? କାହାକୁ ?

ହଠାତ୍ ହାବୁକାଏ ପବନରେ ଝରକାଟା ବାଡ଼େଇ ହେଇଗଲା ପରି ଖୋଲିଗଲା। ବେଲେବେଲେ ଏମିତି ହୁଏ। ପବନ ନଥାଏ, ଝରକାଟା ବାଡ଼େଇ ହୋଇଯାଏ। ଝରକା ବାହାରେ ମୁହଁ ଦିଶୁନଥିବା ଅନ୍ଧାର ଭିତରେ ବିନା ମେଘ ବରଷାରେ, ବିଜୁଲି ଭଲି ଝଲସିଗଲା ଆଲୁଅଧାରେ। ସେଇ

ଆଲୁଅ ଟିକକରେ ଦେଖାଗଲା, ୫ରକା ପାଖରେ ଓଢ଼ଣାଦିଆ ନାରୀର ମୁହଁଟିଏ। କରୁଣ ଆଖି ଦିଓଟି। ମୁଣ୍ଡରେ ଦାଉ ଦାଉ ସୁ'କି ଆକାରର ସିନ୍ଦୂର ଟୋପା। ନାକରେ ନାକମାଛିଟିଏ! ସେ ଆଖୁଟି କେମିତି ଦିଶୁଛି ଅବ୍ୟକ୍ତ ଆବେଗରେ କୋହଆକୁଳ ସତେକି ଯୁଗଯୁଗଧରି ସେ ବନ୍ଦ କବାଟ ସାମ୍ନାରେ ଠିଆ ହୋଇଚି କବାଟ ଖୋଲୁନି।

"ସାନବୋଉ"। ହଠାତ୍ ଚିକ୍କାର କରି ଖଟ ଉପରେ ଉଠି ବସିଲା ମନୁଆଁ, ହଁ ତ କାହାର ଡାକ ଶୁଣିଛି ସେ। ଦୂରରୁ ପୁଣି ନିକଟରୁ। ନିଦ ଭାଙ୍ଗି ଯାଇଛି ତା'ର। ସେ ଦେଖୁଚି ସ୍ୱଷ୍ଟ ଦେଖୁଚି ୫ରକା ସେପାଖେ ଛିଡ଼ା ହୋଇଚି ସାନବୋଉ। ତା'ଦେହ ଦିଶୁନି, ଦିଶୁଚି ଖାଲି ମୁହଁଟି। ତା' ସିନ୍ଦୂର ଟୋପାଟି।

ଦି ଦିନ ତଳେ ସାନବୋଉକୁ ନେଇ ସେ ସ୍ୱର୍ଗଦ୍ୱାର ମଶାଣିରେ ଦାହ କରିଆସିଚି। ତା' ମୁହଁରେ ନିଆଁ ଦେଇଛି। ଯେଉଁ ନାରୀର କୋଳରେ ବଢ଼ି ସେ ଏତେ ବଡ଼ ହୋଇଚି, ତା ହାଡ଼ ପିଞ୍ଜରା ତା ପ୍ରତି ରକ୍ତକଣିକାରେ ସାନବୋଉର ସ୍ନେହ ଢାଙ୍କୁଣି ହୋଇ ରହିଛି, ସେଇ ସାନବୋଉ ଆଜି ମରିସାରି ବି ଆସି ଡାକୁଚି, ନୟନୀ, କବାଟ ଖୋଲ!

ଏମିତି ଅଭାବିତ ଘଟଣା ଘଟେ ଦୁନିଆଁରେ!

ନାଟକ ପରି, ଚଲଚିତ୍ର ପରି ଏମିତି ରୋମାଞ୍ଚକର ଦୃଶ୍ୟ ଦେଖାଏ ମଣିଷ ଜୀବନ।

ସତୁରୀ ବର୍ଷର ସାନବୋଉ, ଆଜି ଆସିଚି ହୁଏତ ବାପାଙ୍କୁ ଟିକେ ଦେଖିବା ପାଇଁ, ସେ ଜାଣିପାରିଚି ଯେ, ଏତେଦିନ ପରେ ବାପା ଫେରି ଆସିଛନ୍ତି।

କୋଡ଼ିଏ ବର୍ଷ ତଳେ ହଠାତ୍ ନିରୁଦ୍ଦିଷ୍ଟ ହୋଇଯାଇଥିବା ବାପାଙ୍କୁ କେତେ ଖୋଜା ନହୋଇଚି। କିନ୍ତୁ ସେ ଫେରି ନାହାଁନ୍ତି। ପ୍ରତିଦିନ ଅଭ୍ୟାସ ମୁତାବକ ସଂଧ୍ୟାବେଳେ ସେ ଶ୍ରୀମନ୍ଦିର ଗରୁଡ଼ ଖମ୍ଭ ପଛରେ ଠିଆ ହୋଇ ଡାକିଚି, ଜଗନ୍ନାଥ ମୋ ବାପାଙ୍କୁ ଫେରାଇ ଆଣ। ପ୍ରତି ସଂଧ୍ୟାରେ ରାମଚଣ୍ଡୀ, ଦକ୍ଷିଣକାଳୀ ଓ ସୁଭଦ୍ରାଙ୍କ ନାମରେ ତିନୋଟି ଅଖଣ୍ଡ ଦୀପ ଜଳାଏ ସାନବୋଉ। ଅପେକ୍ଷାକରେ ମନୁଆଁ ବାପା ଫେରିବେ। ଦାଣ୍ଡ କବାଟରେ କିଏ କରାଘାତ କଲେ, ସେ ଆଗ କହେ ଦେଖଲୁ ବାପା ଆଇଲେ କି! ଏମିତି ବାପା ଫେରିଆସିବାର ବିରାଟ ସ୍ୱପ୍ନ ପସରା ମୁଣ୍ଡରେ ଧରି ସାନବୋଉ ସତୁରୀ ବର୍ଷର ହେଲା। ରୋଗ ହେଲା। ଶେଷକୁ ମଲାବି। ତାକୁ ସ୍ୱର୍ଗଦ୍ୱାରରେ ଚିତା ଉପରେ ଶୁଆଇବା ପୂର୍ବରୁ ସାନବୋଉକୁ ଅହିଆରାଣୀ ବେଶରେ ସଜାଇଲା ମନୁଆଁ ଓ ତା' ସ୍ତ୍ରୀ ଶାନ୍ତି। ମାରୁଆଡ଼ି ଦୋକାନରୁ ବାକିରେ ଆଣିଲା ଶାଢ଼ୀ। ପିନ୍ଧାଇଲା ନାଲି ବୃଟ୍ଟି। ମୁଣ୍ଡରେ ଚନ୍ଦନପାତି ମଝିରେ ସୁକି ଆକାରର ସିନ୍ଦୂର

ଟୋପା । ଚିତା ଉପରେ ଶୁଆଇ ମୁହଁରେ ନିଆଁ ଦେଲାବେଳେ ଭୋ ଭୋ କାନ୍ଦିଥିଲା ମନୁଆଁ । ତଥାପି ତାକୁ ଜଣାପଡ଼ିଥିଲା ସାନବୋଉ କପାଳରେ ସେଇ ସିନ୍ଦୂରଟୋପାରୁ, କଥା ଶୁଭୁଚି, ସେ କହୁଚି ବାପାଙ୍କୁ କହିଦେବୁରେ ମନୁଆଁ, ମୁଁ ଜିତିଲି । ମୋ ଟାଣରେ, ମୋ ଅନିସାରେ ଟିକେ ଖାଦ ନାହିଁ । ଖାଦ ତାଙ୍କଠି, ଆଉ ସେଥିପାଇଁ ସେ ବାହୁଡ଼ି ପାରିଲେ ନାହିଁ । ଏତେ ଖାଦ ମନରେ ରଖି କିଏ ଆଖି ମିଶାଇ ପାରେ ?

ଖାଦ କ'ଣ ସତରେ ଥିଲା ତା' ଦେବତା ପରି ବାପାଙ୍କ ହୃଦୟରେ, ମନରେ ?

ପରଦିନ ସେ ସାନବୋଉର ଚିତାର ରଇଶୀତଳାଇ ତା'ର ଅସ୍ଥି ଦିଖଣ୍ଡ ଠେକିଟିରେ ପୂରାଇ ଫୁଲମାଳ ଗୁଡ଼ାଇ ଘରକୁ ଫେରିଲା । ଦେଖିଲା, ଜୀବନରେ ରୋମାଞ୍ଚକର ଦୃଶ୍ୟ । ଦୁଆର ମୁହଁରେ ଠିଆ ହୋଇଚନ୍ତି ତା'ର ବାପା । ପଞ୍ଚସ୍ତରୀ ବର୍ଷର ଦାଶରଥି, ଯିଏ ଘର ଛାଡ଼ି ଯାଇଥିଲେ ପ୍ରଚଣ୍ଡ ଅଭିମାନରେ କୋଡ଼ିଏ ବର୍ଷ ତଳେ । ସେ ଫେରିଲେ, ହେଲେ ସାନବୋଉର ମରିବା ପରଦିନ !

ଆଉ ତାଙ୍କୁ ଦେଖିବାକୁ ମରିଯାଇଥିବା ସାନବୋଉ, ରାତି ଅଧରେ କହୁଚି, ନୟନୀ କବାଟ ଖୋଲ ।

ମନୁଆଁ 'ସାନବୋଉ' 'ସାନବୋଉ' ବୋଲି ଡାକି ଭେଁ ଭେଁ ହୋଇ କାନ୍ଦି ଉଠିଲା । ତା'ର ଏଇ କାନ୍ଦଣାରେ ତଳେ ସପପାରି ଶୋଇଥିବା ତା' ସ୍ତ୍ରୀ ଉଠିଆସିଲା । ମନୁଆଁଟା ଏ ବୟସରେ ବି ପିଲାପରି; ସେ ତା' ପିଠି ଥାପୁଡ଼ି କହିଲା; ଦେଖ, ସାନବୋଉର ବୟସ ହୋଇଥିଲା, ସେ ଗଲେ । ଆଉ ବଞ୍ଚିଥିଲେ ଘାଣ୍ଟି ହୋଇଥାନ୍ତେ । ସେ ଭଲରେ ଗଲେ । ଅହିଅରାଣୀ ହୋଇ; ତମେ ଏମିତି କନ୍ଦାକଟା କଲେ, ଆମେ ବଞ୍ଚିବା କେମିତି ? ସଂସାର ଚଳିବ କେମିତି ?

ମନୁଆଁ ଚୁପ୍ ହୋଇ ବସିଥିଲା; ଧାର ଧାର ଲୁହ ବହିଯାଉଥିଲା ଆଖିରୁ । ସେ ଗାମୁଛାରେ ଆଖି ମୁହଁ ପୋଛି କହିଲା ଶାନ୍ତି, ସାନବୋଉ ଆସିଥିଲା, ଏଇ ଝରକା ପାଖେ ଠିଆ ହୋଇ ମନୁଆଁର ମୁହଁକୁ ଚାହିଁରହିଥିଲା । କ'ଣ କହୁଚି ସେ ? ବୋଉ ଆସିଥିଲେ ?

ମନୁଆଁର ମୁହଁକୁ ଚାହିଁଚାହିଁ ଶାନ୍ତି ଭାବୁଥିଲା ସାନବୋଉ ମରିବାର ଧକ୍କା ସମ୍ଭାଳି ପାରୁନି ମନୁଆଁ । ଶବଦାହ କରି ଆସିବା ପରଠୁ, ବସିଚି ଯେ ଅଥର ପଦରେ ପଦେ କହୁଚି । ବୋଉର ମରିବା ଖାଲି ନୁହେଁ, ବୋଉ ମରିବା ବାସିଦିନ ବାପା ବାହୁଡ଼ି ଆସିଚନ୍ତି । ଏଇ ବିଡ଼ମ୍ବନା ତାକୁ କୋରି ବିଦାରି ଦଉଚି । କେତେ ଚାହିଁଥିଲା ବୋଉ ! ଟିକେ ଦେଖିପାରିଲା ନାହିଁ । ତାଙ୍କୁ ଆସିବାକୁ ଥିଲା ବୋଉ ମରିବା ଦିନ ! ଏଇ ଭାବନାରେ ବୁଡ଼ିରହି ତାର ମନ ଗୋଳମାଳିଆ ଧରିଚି । ସେ ସପନରେ ଦେଖିଚି ।

ଶାନ୍ତି କହିଲା ତମେ ସପନ ଦେଖୁଛ, ସବୁବେଳେ ତ ଭାବିହେଉଥିଲ ନାଁ।

ମନୁଆଁ କହିଲା ନାହିଁ ଶାନ୍ତି ଫେରକା ଫାଲେ ବାଡ଼େଇ ହୋଇଗଲା। ମୋ ନିଦ ଭାଙ୍ଗିଗଲା। ମୁଁ ଦେଖିଲି ସାନବୋଉକୁ!

"ସେ ପରା ନୟନୀକୁ ଡାକୁଥିଲେ, ତମେ କହୁଚ! ସପନ ନହେଲେ ନୟନୀ କୋଉ ବଞ୍ଚିଛି ଯେ ସେ ତାକୁ ଡାକନ୍ତେ? ସେ ତ ମତେ ଡାକିଥାନ୍ତେ ନାଁ....-" ଶାନ୍ତି କହିଲା।

ଶାନ୍ତି ମୁହଁକୁ ଚାହିଁଲା ମନୁଆଁ। ସତ କଥାତ, ତାଙ୍କ ଘରେ ଚାକରାଣୀ ହୋଇଥିବା ନୟନୀ କୋଉ କାଲୁ ମିଲାଣି। ସାନବୋଉ ନୟନୀକୁ ଡାକନ୍ତା କାହିଁକି?

ସବୁ ଗୋଲମାଲିଆ ହେଇଯାଉଥିଲା। ମନୁଆ ସାନବୋଉ ମରିବାର ଦୁଃଖ ସହିଥାନ୍ତା। ବାପାଙ୍କର ଫେରିଆସିବାର ଆନନ୍ଦ ସାର୍ଥକ ହୋଇଥାନ୍ତା। ଯଦି ଏହା ହୋଇଥାନ୍ତା, ଦିନକ ଆଗରୁ। ହସି ହସି ସାନବୋଉକୁ ବିଦା କରିଥାନ୍ତେ ବାପପୁଅ ଦୁହେଁ। ଖାଇକଉଡ଼ି ବିଷ୍ଣୁ ବିଷ୍ଣୁ ତା' ଶବ ଆଗରେ ଯାଇଥାନ୍ତେ ବାପା। କିନ୍ତୁ ତା ହେଲାନି।

ଏହାଁ ବିଡ଼ମ୍ବନା। ରଇଶୀତଳାଇ ଫେରିଆସି ନିଜ ଘର ଦୁଆରମୁହଁରେ ସେ ଦେଖୁଥିଲା ବାପାଙ୍କୁ : ଯେମିତି ଏକବସ୍ତ୍ର ହୋଇ ଯାଇଥିଲେ ସେମିତି ଏକବସ୍ତ୍ର ହୋଇ ଫେରିଛନ୍ତି। ମୁଣ୍ଡରେ କେଶ ସବୁ ପାଚି ଝୋଟ ହୋଇଯାଇଛି, ମୁହଁରେ ଦାଢ଼ି : କୋଡ଼ିଏ ବର୍ଷ ପରେ ଅକସ୍ମାତ୍ ବାପାଙ୍କୁ ଦେଖି ହାତରେ ଧରିଥିବା ବୋଉର ଅସ୍ଥିଥିବା ଠେକି ଖସିପଡ଼ିଥାନ୍ତା। ମନୁଆ ସମ୍ଭାଳିନେଲା। ବାପାଙ୍କୁ କୁଣ୍ଢାଇଧରି ସେ ଆନନ୍ଦର ଲୁହ ଢାଲି ପାରିଲାନି, ବୋଉର ଅସ୍ଥିଥିବା ଠେକିକୁ ଦେଖାଇ କହିପାରିଲାନି ଦେଖ ବୋଉ ଏତିକି!

ହତଭମ୍ବ ହୋଇ ଠିଆ ହୋଇ ରହିଥିଲା ମନୁଆଁ। ପିନ୍ଧିଥିଲା ଧୋତିଟିଏ, କାନ୍ଧରେ ପଡ଼ିଥିଲା ଧୋତି ଚଦର। ହାତରେ ଧରିଥିଲା ଅସ୍ଥି ଠେକି।

ବାପା ତାଙ୍କୁ ଚାହିଁଲେ ଡବଡବ ହୋଇ। ତା'ପରେ କହିଲେ... ଭାରି ମନେପଡ଼ିଲା ବୋଉ। ମନେ ପଡ଼ିଲୁ ତୁ: ମନେହେଲା ତମମାନଙ୍କୁ ମୁଁ ଆଉ ଦେଖିପାରିବି ନାହିଁ, ସେଥିପାଇଁ ଚାଲିଆସିଲି। ତୁ ରାଗିଲୁ ନାଁରେ ମନୁ? ମତେ ଦେଖ ତୋ ମୁହଁରେ ଖୁସିର ଝଲକ ନାହିଁ? ମନୁ, ମନୁରେ! ମତେ କ୍ଷମା କରିଦେ ବାପା।

ଦାଶରଥ କୁଣ୍ଢାଇ ପକାଇଲେ ମନୁଆକୁ। କୋଡ଼ିଏ ବର୍ଷର ରୁଦ୍ଧବେଦନା ଚହଲି ଉଠିଲା। ଲୁହ ହୋଇ ବହିଗଲା। ବାପା ସେ ଘର ଭିତରକୁ ଯାଉ ଯାଉ ମନୁ ଡାକିଲା, ବାପା!

ଦାଶରଥି ମୁହଁଟେକି ଚାହିଁଲେ... ଆଖିରେ ଢଳଢଳ ଲୁହ...

ବାପା, ସାନବୋଉ... ମନୁଆଁର କଣ୍ଠ ରୁଦ୍ଧ ହୋଇ ଆସୁଥିଲା...

କ'ଣ... ସାନବୋଉ ?

ମନୁଆଁ ଠେକିଟି ବଢ଼ାଇଦେଲା, ଦାଶରଥିଙ୍କ ଉଦ୍ଦେଶ୍ୟରେ । କହିଲା... ଏଠାରେ ଅଛି ବୋଉ... ମୁଁ ତା'ର ରଇ ଶୀତଳେଇ ଏଇତ ଫେରୁଚି ।

ଦାଶରଥି ଲଥ କରି ବସିପଡ଼ିଲେ ତଳେ । ଥକ୍‌କା ହେଲାପରି ।

ଏ ଦୃଶ୍ୟ କ'ଣ ଦେଖୁଥିଲା, ସାନବୋଉ ଅଶରୀରୀ ହୋଇ ? କୁହାଯାଏ ଶୁଦ୍ଧକ୍ରିୟା ଶେଷ ନହେଲା ଯାଏ ପ୍ରେତାତ୍ମା ଥାଏ ଘରେ । ବୁଲୁଥାଏ ଆଖପାଖରେ । ସାନବୋଉ କ'ଣ ପ୍ରେତାତ୍ମା ହୋଇପାରେ କେବେ ?

ରାତି ପାହିଲା, ସକାଳ ହେଲା, ସକାଳର କଅଁଳ ଖରା ଅଗଣା ସାରା ବିଛ୍ଛି ହୋଇଗଲା । ମନୁଆଁ ଘରୁ ବାହାରିଆସିଲା ଅଗଣାକୁ । ଗଲା ରାତିର ସେଇ ଅସମ୍ବାଳ କୋହ ଏବେ ଥିର ପଡ଼ିଯାଇଛି । ସକାଳର ଆଲୁଅ ତାକୁ ଗୋଟେ ସମ୍ଭାବନାର ବାରତା ଦେଉଚି । ତା'ର ଦମ୍ଭ ଆସୁଚି । ଆରଘରେ ଖଣ୍ଡିକାଶ, ନୀରବ ଉପସ୍ଥିତି ତାକୁ ବୋଧ ଦେଉଚି ଯେ ବାପା ଅଛନ୍ତି । ବାପା ଫେରିଆସିଛନ୍ତି: ବୋଉ ଶିଖାଇଥିବା ସେଇ ନିରନ୍ତର ପ୍ରାର୍ଥନାର ଏଇ ବିଳମ୍ବିତ ଫଳପ୍ରାପ୍ତି । ଏବେ ଛୋଟା ନେଙ୍ଗେଡ଼ା ମନୁଆଁ ଆଉ ଅନାଥ ନୁହେଁ । ତା'ର ବାପା ଅଛନ୍ତି । ମୁଣ୍ଡ ଉପରେ ଛାତ ଅଛି । ଚାରିପଟେ କାନ୍ଥ ଅଛି । ନିଦାମାଟି ଅରାଏ ପରି ଶାନ୍ତିତ ତାକୁ ସମ୍ଭାଳି ଧରିଛି । ହଁ! ଭଗବାନଙ୍କର ତା' ପ୍ରତି ଅନେକ କରୁଣା ।

ମନୁଆଁର ଇଚ୍ଛା ହେଉଥିଲା ସେ ତା'ର ବାପାଙ୍କୁ କାନ୍ଧରେ ବସାଇ ଏ ବଡ଼ଦାଣ୍ଡ ସାରା ବୁଲାଇ ଆଣନ୍ତା । ସମସ୍ତଙ୍କୁ କହନ୍ତା, ଦେଖ ବାପା ବାହୁଡ଼ି ଆସିଛନ୍ତି । କୋଡ଼ିଏ ବର୍ଷ ପରେ; ମୋ ବୋଉ ଆଖି ବୁଜିଲେ ବି ବାପାଙ୍କୁ ଟାଣି ଆଣିଲା । ଆଣିପାରିଲା । ମୋ ଦାୟିତ୍ବ ତାଙ୍କୁ ନଦେଇ ସାନବୋଉ ଶାନ୍ତିରେ ରହିପାରନ୍ତା ?

କେତେ ଭଲ! କେତେ ସ୍ନେହା! କେତେ ନିଷ୍ଠା-ନିପୁଣା ତା' ସାନବୋଉ ।

ମନୁଆଁ ଦେଖିଲା ଶାନ୍ତି କେତେବେଲୁ ଉଠି ଦାଣ୍ଡଦୁଆର ଓ ଅଗଣାରେ ଗୋବରପାଣି ପକେଇ ଓଲେଇ ସାରି ନଳା ପାଖରେ ବାସନ ଦି'ଖଣ୍ଡ ମାଜୁଛି । ମନୁଆଁ ତା'ପାଖକୁ ଯାଇ କହିଲା ଶାନ୍ତି, ମୁଁ ବାପାଙ୍କ ପାଇଁ ଏଇ ଛକ ଦୋକାନରୁ ଇଡ଼ଲି ଓ ସମ୍ବର ନେଇଆସୁଛି । ଟିକେ ଛେନାପୋଡ଼ ମଧ ।

ଶାନ୍ତି ମନୁଆଁ ମୁହଁକୁ ଚାହିଁ ହସିଲା । କେତେ ସରଳ ଏ ମନୁଆଁ! ବାପାଙ୍କୁ ଦେଖି ତା' ଖୁସୀ ଆଉ ବନ୍ଧ ମାନୁନାହିଁ । ସେ କହିଲା, ଏତେ ସକାଳୁ କ'ଣ ବାପା

ଖାଇବେ ? ମୁଁ ପାଣିଢାଲ ଦାନ୍ତକାଠି ସଜାଡ଼ି ରଖିଚି ବରଣ୍ଡାରେ, ତମେ ଗଲ ତାଙ୍କୁ ଡାକି ଦାନ୍ତଘଷାଇଦେବ । ମୁଁ ତାଙ୍କ ପାଇଁ ଅଦା ପକାଇ ଚା' କରି ଆଣୁଛି ।

ମନୁଆଁର ମନେପଡ଼ିଲା, ସତେ ! ସକାଳୁ ବାପାଙ୍କର ଚା' ଖାଇବା ଅଭ୍ୟାସ । ତା'ପରେ ସିନା ଜଳଖିଆ । ସେ ଦେଖିଲା ସତକୁ ସତ ଚକ୍ ଚକ୍ ପିତଳ ଢାଲରେ ପାଣି ଓ ସେଥିରେ ଗୋଟେ କୁମ୍ଭାଟୁଆ ଦାନ୍ତକାଠି ପଡ଼ିରହିଚି । ସେ ବାପାଙ୍କ ଘର ଭିତରକୁ ଗଲା ।

ବାପା ବସିଥିଲେ ଖଟ ଉପରେ, ତଳକୁ ଗୋଡ଼ ଝୁଲାଇ । ଚାହିଁଥିଲେ ଝରକା ଆଡ଼କୁ ବିଭୋର ହୋଇ । ଝରକାଟା ଖୋଲା । ଛ'ମାସ ତଳେ ଉଇ ଲାଗିଥିଲା ବୋଲି ସେ କବାଟ ଝରକା ନୂଆ ଲଗାଇଛି । ବାପା ତାକୁ ହିଁ ଚାହିଁଛନ୍ତି । ଘରର ବଦଲି ଯାଇଥିବା ରୂପକୁ ଦେଖୁଛନ୍ତି କି ? ମନୁଆଁର ଇଚ୍ଛାହେଲା, ବାପାଙ୍କୁ କହନ୍ତ...... ବାପା ଦେଖ, ତମ କଇଲାଶରୁ ମୁଁ ମଣିଷ ହେଇଚି । ଭାଇମାନଙ୍କ ପରି ବଡ଼ ଚାକିରି ନ କଲେ ବି, ଛୋଟ ମୋଟ ଚାକିରି ଖଣ୍ଡେ ଅଛି । ଦି ପଇସା ମିଲୁଚି । ତମ ଅମଲର ସେଇ ଦଦରା ଚାଲଘରକୁ ଆଜବେଷ୍ଟସ୍ ପକାଇ ଦେଇଛି । ସବୁ ସାନବୋଉ କରିଚି ବାପା । ଆଉ ତମ ଲାଗି ସୁନାନାକୀ ବୋହୂଟିଏ ବି ଆଣିଛି । ତା'ରି ସେବା ଯନ୍ତରେ ବୋଉ ପ୍ରୀତ ଥିଲା । ଏବେ ତମେ ବି ଖୁସୀ ହେବ ।

ମନୁଆଁ ଯାଇ ବାପାଙ୍କୁ କହିଲା, ବାପା ଆସ ଦାନ୍ତଘଷିବ । ଚା' ବସିଚି ପରା ! ଉଠ ।

ଦାଶରଥି ସେମିତି ଚାହିଁଥିଲା । ଅଧାନିଦରୁ ଉଠି ବସିଛନ୍ତି ଯେ ବସିଚନ୍ତି । ଗୋଟେ ବିଚିତ୍ର ମାୟାପଟଳ ଘେରିଚି ତାଙ୍କୁ ।

ମନୁଆଁ ବାପାଙ୍କ କାନ୍ଧରେ ହାତରଖିଲା । କହିଲା, ଆସ ବାପା ପିଣ୍ଡାରେ ପାଣିଢାଲ ଥୁଆ ହୋଇଚି । ଦାନ୍ତ ଘଷିଲେ ଚା' ଖାଇବ । ଶାନ୍ତି ଚା' ଆଣିଲାଣି ।

ମନୁଆଁ ହଲାଇଦେଲା କାନ୍ଧକୁ । ଚମକି ପଡ଼ିଲେ ଦାଶରଥି । ମନୁଆଁକୁ ଏକା ଆଖିରେ ଚାହିଁଲେ ସେ । ତା'ପରେ ତଳକୁ ଆଖି କରି କହିଲେ, ମନୁରେ "ବୋଉ ଆସିଥିଲା"

... କ'ଣ କହିଲ ବାପା ? ମନୁଆଁ ଚମକିଗଲା ।

ତୋ ସାନବୋଉ ଆସିଥିଲାରେ । ବାପା ସେମିତି କହିଲେ ତଳକୁ ମୁହଁ ପୋତି ।

... ତମେ ଦେଖିଲ ?

... ହଁ, ଏଇ ଝରକା ପାଖେ ସେ ଠିଆ ହୋଇଥିଲା । ଦାଶରଥି କଣ୍ଠ ରୁଦ୍ଧ

ହୋଇଗଲା। ସେ ପୁଣି କହି ଲାଗିଲେ, ମତେ ସେ ଟାଣି ଟାଣି ସେଠୁ ନେଇ ଆସିଲା। ଅଥଚ ଆସିଲା ବେଳକୁ ସେ ନାହିଁ। ଅଛି ତା'ର ଅସ୍ଥି।

ଗୋଟିଏ ବାଙ୍କୁଆଣି ଉଠୁଥିଲା ଦାଶରଥଙ୍କ ମନଭିତରେ। ସାନବୋଉ କିଛି କହିଲା ?

ନାଁ କିଛି ନାହିଁ! କିଛି ନାହିଁ।

ମୁଁ ... ମୁଁ।

ହତବାକ୍ ହୋଇ ଠିଆ ହୋଇଥିଲା ମନୁଆ। ସାନବୋଉ ଆସିଛି। ସାନବୋଉ ଆସିଥିଲା... ସେ ଦେଖିଛି, ବାପା ଦେଖୁଛନ୍ତି।

ଦାଶରଥ ଭାବୁଥିଲେ.... କାହିଁକି ସେ ନିଜ ଜୀବନକୁ ନିଜେ ନଷ୍ଟ କରିଦେଲେ ଗୋଟେ ଖିଆଲରେ ? ଗୋଟିଏ ତୃତୀୟ ବ୍ୟକ୍ତି ଉପରେ ରାଗକରି ସେ ନିଜର ପ୍ରାଣପ୍ରିୟା ପତ୍ନୀ ଓ ଛୋଟା ପୁଅକୁ ଅସହାୟ କରି ଛାଡ଼ି ଚାଲିଗଲେ। ନାଁ ନିଜେ ସୁଖରେ ରହିଲେ, ନାଁ ନିଜ ସ୍ତ୍ରୀପିଲାଙ୍କୁ ସୁଖରେ ରଖିପାରିଲେ। ଅନ୍ୟପାଇଁ ନିଜକୁ, ନିଜଜୀବନକୁ କାହିଁକି ସେ ଏମିତି ଖିନ୍ଭିନ୍ କରିଦେଲେ ? କାହିଁକି ?

ମନୁ ହାତଧରି ଡାକୁଥିଲା..... ବାପା ଉଠ।

ଶ୍ରାବଣ ମାସ। ସଂଜ ପ୍ରହର। ସକାଳୁ ଆରମ୍ଭ ହୋଇଥିବା ଝିପିଝିପି ବର୍ଷା, ଏବେ ଲଗାତାର ଲାଗି ରହିଛି। ସଂଜ ବୁଡ଼ୁବୁଡ଼ୁ ଚାରିପଟେ ଘୋଟିଗଲାଣି ଘନ ଘୋର ଅନ୍ଧକାର। ସବୁଆଡ଼େ ଲାଗୁଛି ଖାଁ ଖାଁ, ନିର୍ଜନ। ସମୁଦ୍ର ଲହରୀ ଗର୍ଜନ ଚାରିପାଖର ନିର୍ଜନତାକୁ ଅଧିକ ଭୟାତୁର କରୁଛି ଯେମିତି।

ଶୁନ୍ଶାନ୍ ସମୁଦ୍ରକୂଳରେ ସେଇ ବାଲିପଥାରେ ଥିବା ସାତଲହଡ଼ି ମଠର ଭିତର ଗମ୍ଭୀରାରେ ମୃଗଛାଲରେ ବସିଛନ୍ତି ପୁଣ୍ୟାତ୍ମା ମହନ୍ତ ମହାରାଜ। ସେ ଧ୍ୟାନମଗ୍ନ। ସାମ୍ନାରେ ଜଳୁଛି ଅଖଣ୍ଡ ଦୀପ। ଟିକେ ଦୂରରେ କୁଶାସନରେ ବସି ତାଙ୍କର ପ୍ରିୟ ଶିଷ୍ୟ ସୁଖାନନ୍ଦ ବ୍ୟାସାସନରେ ଥିବା ଭାଗବତ ପୋଥି ଧରି ପଢୁଛନ୍ତି। ତାଙ୍କ ପାଖରେ ପିତଳ ପିଲିସଜରେ ଜଳୁଛି ଦୀପ। ଦୀପର ମୃଦୁ ଆଲୋକରେ ଘରଟି ଉଭାସିତ। ଫୁଲରେ ସଜାଯାଇଥିବା ଠାକୁରଙ୍କ କଂଠରେ ମାଲତୀ ଫୁଲର ହାର ମୃଦୁମନ୍ଦ ସୁରଭି ବିତରଣ କରିଛି।

ସୁଖାନନ୍ଦ ପୋଥିପଢ଼ା ଶେଷକରି, ପୋଥି ବ୍ୟାସାସନରେ ରଖି ମଥା ସ୍ପର୍ଶକରି ପ୍ରଣାମ କଲେ। ତା'ପରେ ଠାକୁର ଓ ଗୁରୁଙ୍କୁ ପ୍ରଣାମ କରି ଉଠିଲାବେଳେ, ଶୁଣିପାରିଲେ, ମହନ୍ତ ମହାରାଜ କହୁଛନ୍ତି- ସୁଖାନନ୍ଦ, ଲଣ୍ଠନଟା ନେଇ ଟିକେ ବାହାରେ ବୁଲି ଆସିଲା। କିଏ ଜଣେ କେଉଁଠି କାନ୍ଦୁଛି !

ସୁଖାନନ୍ଦ ଅର୍ଦ୍ଧନିମୀଲିତ ଆଖିରେ ଚାହିଁଥିବା ଗୁରୁଦେବଙ୍କୁ ଚାହିଁ ଆଦେଶ ଗ୍ରହଣ

କଲେ । ବାରଣ୍ଡାକୁ ଆସି କାନ୍ଥରେ ଟଙ୍ଗା ଯାଇଥିବା ଲଣ୍ଠନଟି ଧରି ବାହାରକୁ ବାହାରିଲେ । ସମୁଦ୍ରକୂଳରେ ଜୀର୍ଣ୍ଣ ଆଶ୍ରମଟିଏ । ପରିସର ପ୍ରଶସ୍ତ । ଏଠାରେ କୁଟୀର ଅପେକ୍ଷା ଫୁଲଗଛ ଅଧିକ । ଏହି ବୁଦି ବୁଦି ଗଛଲତା ବ୍ୟତୀତ ଆଉ ତ କାହିଁ କେଉଁଠି କିଛି ଦିଶୁନାହିଁ । ଆଶ୍ରମ ପରିସରରେ କିଏ ବା କାହିଁକି କାନ୍ଦିବ ଓ କାନ୍ଦିବାକୁ ଏଠାକୁ ଆସିବ, ଏ ବର୍ଷା ରାତିରେ ? ତଥାପି ସୁଖାନନ୍ଦ ଚାରିଆଡ଼େ ବୁଲିଲେ ଓ ନିରାଶ ହୋଇ ବାହୁଡ଼ି ଆସି କହିଲେ ଗୁରୁଦେବ ପରିସର ଭିତରେ ତ କାହାକୁ ଦେଖିଲି ନାହିଁ । କିଏ କାନ୍ଦୁଚି ? କେଉଁଠି ? ମହନ୍ତ ମହାରାଜ ଆସନ ତ୍ୟାଗକରି ବାରଣ୍ଡାକୁ ଆସିଲେ । ସୁଖାନନ୍ଦଙ୍କୁ ଚାହିଁ କହିଲେ, ତମେତ ନିଜକୁ ନିଜଠୁ ଏବେ ମଧ ମୁକାଲି ପାରିନାହିଁ, ବାହାର ଜିନିଷ ଦେଖିବ କେମିତି ?

ତା'ପରେ କହିଲେ, ସଦର ଦରଜା ଖୋଲି ଦେଖିଛ ?

ସୁଖାନନ୍ଦ ତଳକୁ ମୁହଁ ପୋତି ସଦର ଦରଜା ଆଡ଼କୁ ଆଗେଇଲେ । ମୁଖ୍ୟଦ୍ୱାର ଖୋଲିଲେ ହିଁ ବାଲିପଟା ଓ ତାକୁ ଲାଗି ସମୁଦ୍ର । ଏ ଶୂନ୍ଶାନ୍ ବେଳାଭୂଇଁରେ ଏକାଟିଆ କିଏ କେଉଁଠି ଥାଇପାରେ ? ଏ ବର୍ଷା ଘୋର ରାତିରେ ?

ସେ ମୁଖ୍ୟଦ୍ୱାର ଖୋଲି ଚମକି ପଡ଼ିଲେ । ଦ୍ୱାର ସମ୍ମୁଖରେ ହିଁ ମୁହଁ ମାଡ଼ି ପଡ଼ିଛି ବାଲକଟିଏ । ଧକେଇ ଧକେଇ କାନ୍ଦୁଚି ।

ଏଡ଼େ ଅସ୍ପଷ୍ଟ କ୍ରନ୍ଦନର ସ୍ୱର ପହଞ୍ଜିପାରିଲା ଗୁରୁଦେବଙ୍କ କାନରେ ?

ହଁ ଦିବ୍ୟଦୃଷ୍ଟି ତାଙ୍କର । ନିଜଠୁ ନିଜେ ମୁକୁଲି ନଗଲେ ବାହାରର ଏ ଅନୁଚ୍ଚ କାନ୍ଦ ସେ ଶୁଣିପାରନ୍ତେ ବା କିପରି ?

ସେ ନଇଁପଡ଼ି ପିଲାଟିକୁ ତୋଲିଧରିଲେ କାନ୍ଧରେ । ତା'ପରେ ମୁଖ୍ୟଦ୍ୱାର ବନ୍ଦକରି ଆସିଲେ ମହାରାଜଙ୍କ କୋଠରୀକୁ । ତଳେ ପିଲାଟିକୁ ଶୁଆଇଦେଲେ ସୁଖାନନ୍ଦ । ପିଲାଟି ଅଚେତ ପ୍ରାୟ ହୋଇଯାଇଥିଲା । ସେ ତା' କପାଳ ଆଉଁଶି ଦେଉ ଦେଉ କହିଲେ, ଗୁରୁଦେବ, ଦେଖିଲେ କି ଥଣ୍ଡା !

ଗୁରୁଦେବ ପିଲାର ଦେହସାରା ହାତ ବୁଲାଇ କହିଲେ, ସୁଖାନନ୍ଦ ଏହାପାଈଁ ଉଷ୍ଣାପର ଆବଶ୍ୟକତା ଅଛି । ତୁରନ୍ତ ନିଆଁ ଜାଲି ଏହାକୁ ସେକାସେକି କର ।

ସୁଖାନନ୍ଦ ଓ ଅନ୍ୟ ଅନ୍ତେବାସୀ ଦି'ଜଣ ସାଙ୍ଗେ ସାଙ୍ଗେ କାଠରେ ଅଗ୍ନି ସଂଯୋଗ କଲେ । ପିଲାଟିକୁ ନିଆଁରେ ସେକିଲା ପରେ ତା' ତୁଣ୍ଡରେ ଅଭିମନ୍ତ୍ରିତ କିଛି ଜଳତୁଲସୀ ଦେଇ ଗୁରୁଦେବ ଗରମ ଦୁଧରେ କିଛି ହଳଦୀ ଓ ଗୋଲମରିଚ ଗୁଣ୍ଠ ମିଶାଇ ତାକୁ ପିଆଇଦେଲେ । ତା'ପରେ ସୁଖାନନ୍ଦର କୁଟୀରରେ ତା' ପାଈଁ ବିଛଣା ହେଲା ଓ ସେ ଶୋଇପଡ଼ିଲା ।

ସାରାରାତି ଜର ଖଇ ଫୁଟୁଥିଲା। ସୁଖାନନ୍ଦ ଓ ତା'ର ସାଥୀ ବଲ୍ଲଭ ଜଗିବସି ପାଣିପଟି ଦେଉଥିଲେ। ଏଇ ଜର ଲାଗିରହିଲା ଚାରି-ପାଞ୍ଚଦିନ କାଳ। ଗୁରୁଦେବ ବ୍ୟସ୍ତ ହୋଇପଡ଼ିଲେ। ପିଲାଟିକୁ ଡାକ୍ତରଖାନା ନେବାକୁ ଗଲାବେଳେ, ବଲ୍ଲଭ କହିଲା ଗୁରୁଦେବ ମାଫ୍ କରିବେ ଗୋଟେ କଥା କହିବି। ଶ୍ରୀମନ୍ଦିରରେ ଜର ଠାକୁରଙ୍କ ପାଖେ ସୁଉକିଟିଏ ରଖିଦେଲେ ଓ ଶ୍ୟାମାକାଳୀଙ୍କୁ ମାଜଣା କରିଦେଲେ ଜର ଭଲ ହୋଇଯିବ ନିଶ୍ଚିତ ମୁଁ ଜାଣିଛି।

ମହନ୍ତ ମହାରାଜ ମୃଦୁହସି କହିଲେ ଆଜି ସେଇଆ କଲ ଦେଖ।

ସତକୁ ସତ ସେଦିନ ଶ୍ୟାମାକାଳୀଙ୍କର ମାଜଣା କଲେ ସୁଖାନନ୍ଦ। ବଲ୍ଲଭ କିଛି ଫୁଲଧୂପ, ଭୋଗ ଓ ସୁକିଟିଏ ନେଇ ଜର ଦେବତାଙ୍କୁ ଅର୍ପଣ କଲେ।

ଦିନକ ପରେ ପିଲାଟିର ଜର ଖସିଲା। ସେ ସ୍ୱାଭାବିକ ଅବସ୍ଥାକୁ ଆସିଲା। ଏଇ ଚାରିଦିନ ସେ ପ୍ରାୟ ଅଚେତ ହୋଇଥିଲା। କେଉଁଠି ଥିଲା କିଛି ଜାଣୁନଥିଲା। ଏବେ ସେ ମଠପରିସରରେ ନିଜକୁ ପାଇ ଚାରିପାଖରେ ଏହି ବାବାଜୀମାନଙ୍କୁ ଦେଖି ଆଶ୍ଚର୍ଯ୍ୟ ହେଲା।

ମହନ୍ତ ମହାରାଜ ତା' ତୁଣ୍ଡରେ ଜଳତୁଳସୀ ଦେଇ ତା' ମୁଣ୍ଡରେ ହାତ ରଖିଲେ। କହିଲେ ଈଶ୍ୱର ମଙ୍ଗଳ କରନ୍ତୁ ତୋର। ତୋ ନାଁ କ'ଣରେ ବାବୁ? ତୋ ଘର କେଉଁଠି?

ମହନ୍ତଙ୍କର ସ୍ନେହଭରା କଥାରେ ବାଳକଟିର ଆଖି ଛଳଛଳ ହେଲା। ସେ ମୁହଁ ଲୁଚାଇ କାନ୍ଦିବାକୁ ଲାଗିଲା।

ସୁଖାନନ୍ଦ କହିଲେ, ମୁଁ ଜଣା ବୁଝିପାରୁନି ଗୁରୁଦେବ। ଏତେ ଅନ୍ଧାର ରାତିରେ, ବର୍ଷାରେ ଭିଜି ଏ ପିଲା ସମୁଦ୍ରକୂଳ ଆସିଥିଲା କାହିଁକି? ଠିକ୍ ମଠ ଦୁଆରକୁ?

ମହନ୍ତ ମହାରାଜ ହସି କହିଲେ, ସେ ନିଜେ ଆସିନି। ତାକୁ ଏଠାକୁ ଅଣାଯାଇଛି। ଏ ମାଟି ତାକୁ ଟାଣିଆଣିଛି। ଏଇଠି ତା'ର ତିନିକାଳ ବନ୍ଧା।

ଗୁରୁଦେବ! ସୁଖାନନ୍ଦ ଆଶ୍ଚର୍ଯ୍ୟ ହେଲେ।

ମହନ୍ତ ମହାରାଜ ପିଲାଟିକୁ କୋଳକୁ ଆଣିଲେ, କହିଲେ ତୋର ନାଁ କ'ଣ ବାବୁ? ଘର ଜାଣିବା ମୋର ଦରକାର ନାହିଁ। ଆଜିଠୁ ତୁ ଏଇଠି ରହିବୁ! ହେଲା?

ପିଲାଟି ସୁସ୍ଥ ହେଲା। ଭାତ ଖାଇଲା। ମହାରାଜ ତା' ପାଇଁ ଗାମୁଛା ଦିଖଣ୍ଡ, ଗଞ୍ଜିଟିଏ କିଣି ଆଣିଲେ। ତା' ବେକରେ ବାନ୍ଧିଦେଲେ ତୁଳସୀ ମାଲି ତିନିସରି। ସେ ସବୁଦିନ ବାବାଜୀମାନଙ୍କ ସହ ସଂକୀର୍ତନରେ ଯୋଗଦେଲା ଓ ନିତି ଭାଗବତ ପଢ଼ିଲା।

ସୁଖାନନ୍ଦ ବେଳ ଦେଖି ଆଦାୟ କଲେ କଥା। ପିଲାଟିର ନାଁ ଦାସିଆ। ଘର

ବାଣପୁର ପାଖେ ଚିଲିକା କୂଳରେ ଏକଗାଁ। ପିଲାଦିନୁ ବାପମା ନାହିଁ। ଦାଦି ପାଖରେ ଇସ୍କୁଲ ଯାଉଥିଲା। ହେଲେ ଦାଦି ପାଠ ବନ୍ଦ କରି ଛେଳି ଓ ଗୋରୁ ଜଗାଇଲା। ନିର୍ଦ୍ଧୁମ ଖଟେଇଲା ତଥାପି ପିଲାଟି ଚଳିଯାଉଥିଲା। ଗାଳିମାଡ଼ ଖାଇ ଅଧାପେଟରେ ଦିନେ ଯାତ୍ରା ଦେଖି ଯିବାକୁ କହି ସମସ୍ତେ ପୁରୟନ୍ତ ଆସିଲେ ମନ୍ଦିର ଦେଖିଲେ। ଦେଖିଲେ ଗୁଣ୍ଡିଚାଘର। ତା'ପରେ ସେମାନେ କିଏ କୁଆଡ଼େ ଗଲେ କାହାରିକୁ ପାଇଲା ନାହିଁ ଦାସିଆ। ବଡ଼ଦାଣ୍ଡ ସାରା ଘୁରିଛି। ମନ୍ଦିର ସାରା ଖୋଜିଛି। ଗାଁ ଲୋକ ଜଣେ କେହି ମିଳିଲେ ନାହିଁ। ଏମିତି ସେ ପୁରୀ ସହର ଯାକ ଘୁରିଛି। ମାଗିଯାଚି ଖାଇଛି। ସେ କେମିତି ମଠ ଦୁଆରେ ପହଞ୍ଚିଛି ଏକଥା ସେ ନିଜେ ବି ଜାଣିନି।

ଦାସିଆ ମଠର ସବୁଠୁ ଛୋଟ ଶିଷ୍ୟ ହେଲେ ମଧ ବଡ଼ଙ୍କ ପରି ଥିଲା ଖୁବ୍ ଶୃଙ୍ଖଳିତ। ତାକୁ ଯାହା ନିର୍ଦ୍ଦେଶ ଦିଆଯାଉଥିଲା, ସେ ଅଚିରେ ତାହା କରୁଥିଲା ଓ ଦ୍ୱିତୀୟ ବାର ତାକୁ କହିବାକୁ ପଡ଼ୁନଥିଲା। ସଂଜରେ ମଠକୁ ଆସିଲେ, ମଠକୁ ନିତି ଆସୁଥିବା ଲୋକମାନଙ୍କ ମଧ୍ୟରୁ ଜଣେ ଭକ୍ତ।

ଦିନେ ମଠରେ ସଂଜବେଳେ ପହଞ୍ଚିଲେ ଯୁଧିଷ୍ଠିର। ଯୁଧିଷ୍ଠିର କୋଡ଼ିଏ ବାଇଶ ବର୍ଷର ତରୁଣ। ଏଇ ମଠକୁ ବୋଉକୁ ନେଇ ଆସିବା ତାଙ୍କ ଅଭ୍ୟାସଗତ। ଯୁଧିଷ୍ଠିର ଗାଁ ଅଲାର। ବ୍ରହ୍ମଗିରି ଠାରୁ ମାତ୍ର ତିନି କିଲୋମିଟର ଦୂରରେ। ଯେଉଁ ଗାଁ ଅଧିପତି ଅଲାରନାଥ ଓ ଅଣସର ବେଳେ ତାଙ୍କୁ ଦର୍ଶନକରି ଭକ୍ତମାନେ ଜଗନ୍ନାଥଙ୍କୁ ଦେଖିବାର ପୁଣ୍ୟ ଅର୍ଜନ କରନ୍ତି। ସେଇ ଗାଁରୁ ସାଇକେଲରେ ନିତି ଆସନ୍ତି ଯୁଧିଷ୍ଠିର। କେଉଁ ଓକିଲ ପାଖେ ମୋହରିର କାମ କରନ୍ତି। ବୋଉ କଥା ମାନି ମଠରେ ମହାନ୍ତ ମହାଶୟଙ୍କୁ ପ୍ରଣାମ କରି ଆଶୀର୍ବାଦ ନେଇ ଗାଁକୁ ଫେରନ୍ତି।

ଯୁଧିଷ୍ଠିରଙ୍କ ପଛରେ ବୋଉଟିଆ ଜଣେ ମୁଣ୍ଡରୁ ଓହ୍ଲାଇ ବୋଝଟିଏ ରଖିଲା ମଠ ଅଗଣାରେ। ଯୁଧିଷ୍ଠିର ଗୋଟେ ଗୋଟେ ଜିନିଷ କାଢ଼ିଲେ। ଗଉଣୀଏ ସରୁ ଅରୁଆ ଚାଉଳ, ଅଧସେର ଗୁଆଘିଅ, ଦି'ଫେଣା ପାଚିଲା କଦଳୀ, ଚାରିଟା ଶୁଖିଲା ନଡ଼ିଆ। ସାରୁ, ଦେଶିଆଳୁ, ବନ୍ତଳ କଦଳୀ, ଇତ୍ୟାଦି।

ସୁଖାନନ୍ଦଙ୍କ ନିର୍ଦ୍ଦେଶରେ ଦାସିଆ ଯୁଧିଷ୍ଠିରଙ୍କୁ ପ୍ରଣାମ କରି ଜିନିଷତକ ନେଇ ମଠ ଭଣ୍ଡାର ଘରେ ରଖିଲା।

ପିଲାଟିକୁ ଦେଖି ଯୁଧିଷ୍ଠିରଙ୍କୁ ଭାରି ଭଲ ଲାଗିଲା। ଏ ପିଲାଟିକୁ ସେ ତ ଆଗରୁ ଦେଖିନଥିଲେ। ଗୋରାତକତକ ଚେହେରା, ସରଳ ମୁହଁ, ଢଳଢଳ ଆଖ, ଦେଖୁ ଦେଖୁ ମନ ପୁରିଯାଏ। ସେ ପଚାରିଲେ ଏ ପିଲାଟିକୁ କେଉଁଠି ପାଇଲେ ମହାରାଜ?

ମହନ୍ତ ମହାରାଜ ବାହାରକୁ ଆସିଲେ। ଯୁଧିଷ୍ଠିର ତାଙ୍କ ପାଦଛୁଇଁ ପ୍ରଣାମ କଲେ। ହାତ ଯୋଡ଼ି କହିଲେ ବୋଉ ସାଷ୍ଟାଙ୍ଗ ପ୍ରଣାମ ଜଣାଇଛି ଆପଣଙ୍କୁ।

ମହନ୍ତ ମହାରାଜ ତାଙ୍କୁ ଆଶୀର୍ବାଦ କରି କହିଲେ, ସୁଖୀ ରହ ବାପା। ଦୀର୍ଘଜୀବୀ ହୁଅ। ବହୁତ ଦିନ ପରେ ଯେ, କ'ଣ ବ୍ୟସ୍ତ ଥିଲ ?

ଯୁଧିଷ୍ଠିର କହିଲେ : ହଁ ମହାରାଜ। ତଳି ରୁଆ ଚାଲିଥିଲା, ସେଇଥରେ ବ୍ୟସ୍ତ ଥିଲି, ହେଲେ ବର୍ଷାରେ ସବୁ ସଡ଼ିଗଲା। ପୁଣି ଦୋହରା କାମ କରିବାକୁ ହେଲା।

... ବୋଉ ଭଲ ଅଛନ୍ତି ତ ?

... ହଁ ଆଜ୍ଞା, ବୋଉ ଭଲ ଅଛି, ରାଧାଷ୍ଟମୀକୁ ତ ଆସିବ। ଏହି ସମୟରେ ଦାସିଆ ଆସି ଗୁରୁଜୀଙ୍କୁ ପଇଡ଼ ପାଣିର ଗ୍ଲାସ୍ ବଢ଼ାଇଦେଲା।

ଯୁଧିଷ୍ଠିର କହିଲେ, ଏ ପିଲାଟି କେଉଁଠୁ ପାଇଲେ ମହାରାଜ ?

ଅନାଥଟିଏ। ପ୍ରଭୁ ଜୁଟେଇ ଦେଲେ। ଗୁରୁଜୀ ପଇଡ଼ ପାଣି ପିଇସାରି, ଯୁଧିଷ୍ଠିରଙ୍କୁ ଚାହିଁ କହିଲେ... ପିଲାଟି ତୁମକୁ ଖୁବ୍ ଭଲ ଲାଗୁଛି ନା ?

ଯୁଧିଷ୍ଠିର ଆଶ୍ଚର୍ଯ୍ୟ ହେଲେ। ପିଲାଟି ତାଙ୍କୁ ଭଲ ଲାଗିଛି ବୋଲି ମହନ୍ତ ମହାରାଜ ଜାଣିଲେ କେମିତି ?

ଭଲ ପିଲାଟିଏ ଯୁଧିଷ୍ଠିର ! ମଣିଷ ଭଲ। ପାଣି ପବନ ପାଇଲେ ଭଲ ଉତୁରିବ।

ମହାରାଜ ପୁଣି କହିଲେ : ତାକୁ ନବ ସାଙ୍ଗରେ ?

ଚମକି ପଡ଼ିଲେ ଯୁଧିଷ୍ଠିର। ତାଙ୍କ ମନର କଥା ମହନ୍ତ ମହାରାଜ ଜାଣିପାରନ୍ତି। ସେ କହିଲେ ଯଦି ଆପଣ ଅନୁମତି ଦେବେ, ସାଙ୍ଗରେ ନେଇଯିବି। ପିଲାଟି ଯଦି ନ ରହିଲା, ମୋ ପାଖେ, ଫେରାଇଦେବି।

ମହାରାଜ ହସିଲେ, କହିଲେ ଫେରାଇବାକୁ ହେବନି ଯୁଧିଷ୍ଠିର। ଏ ମାଟି ତା'ର। ଏ ମାଟିକୁ ସେ ଛାଡ଼ି ପାରିବ ନାହିଁ। ତେବେ ତା ପାଇଁ ମହାତୀର୍ଥର ଯୋଗ ରକ୍ଷିଚନ୍ତି ଠାକୁର।

"ବୁଝିପାରିଲି ନାହିଁ ଆଜ୍ଞା": ହାତଯୋଡ଼ି କହିଲେ ଯୁଧିଷ୍ଠିର। ସେ କିଛି ନୁହେଁ ରାତିରେ ଆଉ ଗାଁକୁ ଯିବ କାହିଁକି ? ଏଠି ରହିଯାଅ। ସକାଳୁ ସକାଳୁ ତାକୁ ନେଇ ଗାଁକୁ ଯିବ ! କହିଲେ ମହନ୍ତ ମହାରାଜ।

ସେଇ ରାତିରେ ଆଶ୍ରମର ବାରଣ୍ଡାରେ ରହିଲେ ଯୁଧିଷ୍ଠିର। ସକାଳୁ ସାଇକେଲରେ ବସାଇ ଦାସିଆକୁ ନେଇ ଗାଁକୁ ବାହାରିଲେ।

ବ୍ରହ୍ମଗିରିରୁ ତିନିମାଇଲ ଦୂରରେ ଅଲାର ଗାଁ ଯାହାର ଅଧିପତି ଅଲାରନାଥ। ଯୁଧିଷ୍ଠିରଙ୍କ ଘର ସେଇ ଗାଁର ଏକ କଣରେ। ସେ ଦୁଇବର୍ଷର ହେଇଥିଲା ବେଳେ

ତାଙ୍କ ବାପା ଗୌରଚନ୍ଦ୍ର ମରିଗଲେ। ବୋଉଙ୍କୁ ସେତେବେଳେ ମାତ୍ର ତେଇଶି ବର୍ଷ। ସେଇ ତରୁଣୀ ବିଧବା କୋଳରେ ବଢ଼ିଥିଲେ ଯୁଧିଷ୍ଠିର।

ଯୁଧିଷ୍ଠିରଙ୍କ ବୋଉ ସେବତୀ କପିଲେଶ୍ୱର ଗାଁର ଝିଅ। ପିଲାଦିନରୁ ସଂସ୍କାରବତୀ। ଜୀବନ ବଞ୍ଚିବାର ନିଶା ସେ ଗ୍ରହଣ କରିଥିଲେ ତାଙ୍କ ବାପାଙ୍କ ଠାରୁ। ବୋଉ ମରିଗଲା ପରେ କେଉଁ ଦୁର୍ବୁଦ୍ଧିରେ ବାପା ବିବାହ କରିଥିଲେ ତାରାମଣିଙ୍କୁ। ସେଇଠୁ ଆରମ୍ଭ ହୋଇଗଲା ଦୁର୍ଯୋଗ। ଯେଉଁ ପିଲା ତିନୋଟିଙ୍କ ପାଇଁ ବାପା ବିବାହ କରିଥିଲେ, ସେଇ ପିଲା ତିନୋଟି ହେଲେ ତାରାମଣୀଙ୍କର ଚକ୍ଷୁଶୂଳ। ବାପାଘର ଦୁଆରବନ୍ଦ ହୋଇଯାଇଥିଲା ସାବତ ମା' ପାଇଁ, ହେଲେ ବାପାଙ୍କ ଆସିବା ବନ୍ଦ ହୋଇନଥିଲା। ବାପାଙ୍କ ସହ ଆସନ୍ତି ତାଙ୍କ ବନ୍ଧୁ ପଞ୍ଚଯୋଶୀ ମଉସା, ସେଇ ମଉସା ବୁଝାନ୍ତି। ସ୍ୱାମୀ ଚାଲିଗଲେ ସଂସାର ସରିଯାଏନି ଲୋ ମାଆ। ଜୀବନ ତା'ର ମୂଲ୍ୟ ମାଗେ। ଭଗବାନ ତୋ କୋଳରେ ପିଲାଟିଏ ଦେଇଛନ୍ତି, ତାକୁହିଁ ଚାହିଁ ତୁ ଜୀବନକୁ ମୂଲ୍ୟ ଦେବୁ! ମଉସା ବଢ଼ାଇ ଦେଇଥିଲେ ପୋଥି କେତେଖଣ୍ଡ। ଭାଗବତର ଏକାଦଶ ସ୍କନ୍ଦ। ମଉସା କ'ଣ ଜାଣିନଥିଲେ ଯେ ସେବତୀ ସମ୍ପୂର୍ଣ୍ଣ ନିରକ୍ଷର!

ସେଇ ବହି ଦିଖଣ୍ଡ ମାଟି କାନ୍ଥରେ କଣ୍ଢାପିଟି ପଟା ଖଣ୍ଡିକରେ ସାଇତି ରଖିଥିଲେ ସେବତୀ। ମଉସା କହିଥିଲେ ସବୁଶିକ୍ଷା ଏଇଠୁ ପାଇବୁ। ସବୁବାଟ ଏଇଠୁ ଦିଶିବ।

ବହି ପଢ଼ି ନ ପାରିବା କି ଲଜ୍ଜା! କିଏ ପଢ଼ୁଥିଲା ପାଠ ଗାଁ ଗହଳିରେ? ଝିଅମାନେ ଯାଉ ନଥିଲେ ଚାହାଲୀ। ଉଣେଇଶ ଶହ ମସିହା କୋଡ଼ିଏ ଦଶକର କଥା। ଭରା ତାରୁଣ୍ୟର ଉଦ୍ଦାମତ୍ତାର ସମ୍ବଳି, ଅସହାୟ ତରୁଣୀଟିଏ ଦି ବରଷର ପୁଅକୁ ମଣିଷ କରିବାକୁ ଅଣ୍ଟା ଭିଡ଼ିଥିଲା। ଅକ୍ଷର ଶିଖିବାକୁ ଛଟପଟ ହୋଇଥିଲା। ହେଲେ ମନ ମୂଳେ ଭଗବାନ, ପଡ଼ିଶାଘର ପୁଅଟି ରାଧୁଆ, ବେଳ ଦେଖି ଅଧାୟେ ଲେଖା ଭାଗବତ ପଢ଼ିଯାଏ। ଖାଲି ଶୁଣି ଶୁଣି ଦୋରସ୍ତ ହୋଇଗଲା ମନରେ।

ଯୁଧିଷ୍ଠିର ବଡ଼ ହେଲା। ବ୍ରହ୍ମଗିରିରେ ପାଠ ପଢ଼ିଲା, ମାଟ୍ରିକ୍ ଖଣ୍ଡିକ ଡେଇଁ ପାରିଲା ନାହିଁ। ହେଲେ ଜୀବନ ବଞ୍ଚିବାର କଳା ଶିଖିଲା ବୋଉଠୁ। ଶିଖିଥିଲା ବୋଉର ପୋଥି ଗୋସେଇଁଙ୍କଠୁ। ଆହୁରି ଶିଖିଥିଲା, ବରଷକୁ ଦିଥର, ରାଧାଷ୍ଟମୀ ଓ ମାଘ ସପ୍ତମୀରେ ଗାଦି ଗୋସେଇଁଙ୍କ ପୁଣ୍ୟ ପାଠ ସାତଲହଡ଼ି ମଠକୁ ଯିବାକୁ। ବୋଉ ମାଟିମୁଠି ତାକୁ ମଣିଷ କରିଥିଲେ। ଚରିତ୍ର ଗଢ଼ିଥିଲେ। ପାଠଛାଡ଼ି ଘରେ ବସିଲାବେଳେ ସେଇ ମଉସା ହାତଧରି ନେଇଗଲେ ପୁରୀ। ଛାଡ଼ିଦେଲେ ଜଣେ ଓକିଲଙ୍କ ପାଖରେ। ସେଇଠି, ମୋହରିର କାମ ଆରମ୍ଭ କଲେ ଯୁଧିଷ୍ଠିର।

ସକାଳ ନଅଟା ସୁଦ୍ଧା ଗାଁରେ ପହଞ୍ଚିଗଲେ ଯୁଧିଷ୍ଠିର। ଦାଣ୍ଡ ଦୁଆରୁ ଡାକ ପକାଇଲେ – ବୋଉ ତୋ ପାଇଁ କ'ଣ ଆଣିଛି ଦେଖ୍‌ଲୁ।

ଧଳା ଛେଦୋ ପିନ୍ଧିଥିବା ବୋଉ ଧାଇଁଆସିଲେ ଭିତର ପଟୁ। ପୁଅଠାରୁ ମାତ୍ର କୋଡ଼ିଏ ବର୍ଷ ବଡ଼ ସେ! କିଏ କହିବ ଏତେ ବଡ଼ ସୌମ୍ୟ ଦର୍ଶନ ପୁଅ ତାଙ୍କର।

ଯୁଧିଷ୍ଠିର ବୋଉକୁ ଦଣ୍ଡବତ ହୋଇସାରି କହିଲେ, ବୋଉ ଯେ ତୋର ସାନପୁଅ। ତୋ' ପାଖରେ ରହିବ। ତୁ ତା କଥା ବୁଝିବୁ ସେ ତୋ କଥା। ମୁଁ ଟିକିଏ ଶାନ୍ତିରେ ପୁରୀରେ କାମ କରିବି।

ଦାସିଆ ପ୍ରଣାମ କଲା ବୋଉଙ୍କୁ।

ତାଙ୍କୁ ଛାତିରେ ଜାକି ଧରିଲେ ସେବତୀ। ଆହା କେତେ ସୁକୁମାର ଏ ପିଲାଟି। ଯେଉଁ ଦିନଠାରୁ ଯୁଧିଷ୍ଠିର ପୁରୀରେ ମୋହରିର କାମ ଆରମ୍ଭ କଲେ, ସେଦିନ ସେ ଘର ଛାଡ଼ିଲେ। ସକାଳୁ ଯାଇ ରାତି ଘଡ଼ିକୁ ଫେରନ୍ତି। ସାରାଦିନ ସେବତୀ ଠୋ ଠୋ ଏକା। ଦିନେ ଦିନେ ସେ ଭାବନ୍ତି, ପିଲା ବଡ଼ ହୋଇଗଲେ ମାଆ ଗୁଡ଼ିକ ନିଃସ୍ୱ ହୋଇଯାନ୍ତି। ଏଇ ନିଃସ୍ୱତା ତାଙ୍କୁ ବେଢ଼ିଥିଲା। ଏ ପିଲାଟି ତାଙ୍କ ପୁଅ ହେବ ତ ମହା ଆନନ୍ଦର କଥା।

ସେ କହିଲେ ତୋ ନାଁ କ'ଣ ବାବୁ?

ମୋ ନାଁ ଦାଶରଥୀ କର।

... କର, ତୁ ବ୍ରାହ୍ମଣ ପିଲା?

ଯୁଧିଷ୍ଠିର କଥା କାଟି କହିଲେ ବୋଉ ସେ ବ୍ରାହ୍ମଣ କରଣ କଥା କିଆଁ ଉଠୁଛି? ସେ ତୋ ସାନପୁଅ ଆଜିଠୁ। ମୋ ସାନଭାଇ। ତା ନାଁ ଦାଶରଥୀ ମହାପାତ୍ର, ପିତା ଗୌରଚନ୍ଦ୍ର ମହାପାତ୍ର। ଗ୍ରାମ ଅଲାର, ଭାୟା ବ୍ରହ୍ମଗିରି.... ହେଲା?

ହସିଉଠିଲେ ସମସ୍ତେ। ସେଇ ଦିନଠୁ ଦାଶରଥୀ ଓରଫ୍ ଦାସିଆ ସେବତୀଙ୍କ ହୃଦ ପଦକ ହୋଇ ରହିଲା।

–୦–

ସେଇ ଦଶ ବରଷର ବାଳକ ଦାସିଆ ହେଲା ସେବତୀର ଗେଲବସର ପୁଅ। ଯୁଧିଷ୍ଠିର ଆଉ ଅଲାରରୁ ପୁରୀଗମ ନିତି ଯାଆସ କଲେ ନାହିଁ। ଶନିବାର ଆସନ୍ତି, ସୋମବାର ଯାଆନ୍ତି। ସେବତୀଙ୍କର ଅଖଣ୍ଡ ନିର୍ଜନତାକୁ ଭରଣା କଲା ଦାସିଆ। ତାଙ୍କର ଅନାବିଳ ସ୍ନେହରେ ଜୁଡ଼ୁବୁଡ଼ୁ ହୋଇ ତା ପୁଅପଣିଆର ପରଖ ଦେଇ ଚାଲିଲା ଘଡ଼ିକୁ

ଘଡ଼ି । ସେବତୀ ଯେ କନ୍ଥା ସିଲେଇ କରୁଥିଲେ, ବିଞ୍ଚଣା ବୁଣୁଥିଲେ, ତାଳପତ୍ର ପଟି (ଆସନ) ବୁଣୁଥିଲେ ଓ ତାହା ବିକ୍ରି ହେଉଥିଲା । ଏଥିରେ ସେ ପୂରା ସହଯୋଗ କଲା । ସେବତୀଙ୍କୁ ଦି'ଥର ଭାଗବତ ପଢ଼ିଶୁଣାଏ, କେବେ କେବେ ଅନ୍ୟ ପୁରାଣ ସବୁ । ତାଙ୍କ ଗୋଡ଼ହାତ ଘଷାମୋଡ଼ା କରେ ଦୁହେଁ ଦୁହିଁଙ୍କ ପାଇଁ ବିକଳ ଥାନ୍ତି । ଭଲପାଇବାଟା ଏମିତି ଏକ ଚିଜ ତାକୁ ଦବା ଲୋକ ଯେତିକି ଆଗ୍ରହରେ ଢାଲି ଅଜାଡ଼ି ଦିଏ ନବା ଲୋକ ଯଦି ସେତିକି ସାଦରରେ ଗ୍ରହଣ କରେ ତାହା ହିଁ ସୃଷ୍ଟି କରେ ଏକ ମାଧୁର୍ଯ୍ୟ ଭାବ । ଏଇ ଦିଆନିଆର ନିବିଡ଼ ମିଳନ ନହେଲେ ସବୁ ନୀରସ ଓ ଉପର ଠାଉରିଆ ।

ସେବତୀ ଦାସିଆକୁ ପ୍ରାର୍ଥନା ଶିଖାନ୍ତି, କହନ୍ତି ଦିନକୁ ତିନିଥର ପ୍ରାର୍ଥନା କରିବ । ଆକୁଳ କଣ୍ଠରେ । ଏ କଥା ସେ ଶିଖିଥିଲେ ମଠ ମହନ୍ତଙ୍କ ଠାରୁ! ବାପା ଯେଉଁଦିନ ଯୁବତୀ ଝିଅର ବୈଧବ୍ୟକୁ ଦେଖି କାତର ହୋଇଗଲେ, ତାଙ୍କ ବନ୍ଧୁ ପଟ୍ଟଯୋଷୀ କହିଲେ, ଭାଇ ଝିଅକୁ ନେଇ ସାତଲହଡ଼ି ଯାଆ । ସେଠି ତାକୁ ଦୀକ୍ଷା ଦେଇଦିଅ । ଦୀକ୍ଷା ଦେବାକୁ ରାଜି ହୋଇନଥିଲେ ମହନ୍ତ ମହାରାଜ । କହିଥିଲେ ଦୀକ୍ଷା ଆନୁଷ୍ଠାନିକ କଠୋର ଅନୁଶାସନର ବ୍ୟାପାର । ତାକୁ ଏଠିକୁ ବାରମ୍ବାର ଆଣ, ମୋର ପ୍ରବଚନ ଶୁଣ୍; ଆନ୍ତରିକ ଭାବେ ଗ୍ରହଣ କଲେ ସବୁକୁ ସାମ୍ନା କରିପାରିବ ।

ଦିଗହରା ନାଆ, ଦିଗ ପାଇଲା ପରି ସାତ ଲହଡ଼ି ମଠ ଥିଲା ସେବତୀର ଏକମାତ୍ର ଦିଗ । ପାଇଁଯୋଷୀ ମଉସାଙ୍କର ଭାଗବତ ବହିଟି କେତେ ପ୍ରାଞ୍ଜଳ ଭାବେ ବୁଝାଇଥିଲେ ମହନ୍ତ ମହାରାଜ । ସେ ହିଁ କହିଥିଲେ ସବୁଶିକ୍ଷା ଏଇଠି, ସବୁ ବାଟ ମଧ ଏଇଠି; ଆଉ ସେଇଥିପାଇଁ ସେବତୀ ବାରମ୍ବାର ଯାଆନ୍ତି ମଠକୁ । ମାନିଚନ୍ତି ମହନ୍ତଙ୍କ ଉପଦେଶ । ପ୍ରାର୍ଥନା କରିଛନ୍ତି ତିନିଥର । ଦରକାର ପଡ଼ିଲେ ଅନେକଥର । ଯଦି କେହି ଆତ୍ମୀୟ ଅସୁସ୍ଥ ଅଛି ଓ ହରକତରେ ଅଛି, ତା' ପାଇଁ ପ୍ରାର୍ଥନା କର; ସମସ୍ୟା ଆସିଛି ପ୍ରାର୍ଥନା କର । ସମାଧାନର ସୂତ୍ର ମିଳିବ । ତିନିଥର ପ୍ରାର୍ଥନାର ତାତ୍ପର୍ଯ୍ୟ, ଗୋଟିଏ ଥର ପ୍ରାର୍ଥନା ନିଜ କଲ୍ୟାଣ ପାଇଁ, ଅନ୍ୟଟି ତୁମ ପରିଜନଙ୍କ ପାଇଁ ଏବଂ ଶେଷଟି ସମଗ୍ର ବିଶ୍ୱ ପାଇଁ ଅକିଞ୍ଚନର ଏ ଆନ୍ତରିକ ପ୍ରାର୍ଥନା କେବେ ବି ନ୍ୟୁନ ନୁହେଁ । ଏତିକି ପ୍ରାର୍ଥନା କରିଥିଲେ ବୋଲି ଜୀବନର ଦାଉ ସଂସାରର ତାପକୁ ସମ୍ଭାଳି ପାରିଥିଲେ ସେ ।

ଦାସିଆ ଧାରାରେ ପଡ଼ିଗଲା । ପ୍ରାର୍ଥନାର ଧାରାରେ! ଭାଗବତ ପଢ଼ା ଧାରାରେ ମାସକୁ ଥରେ ପୁରସ୍ତମ ଯାଇ ମନ୍ଦିର ଓ ସାତଲହଡ଼ିରେ ଯୋଗ ଦେବାରେ ।

ଯୁଧିଷ୍ଠିର ରବିବାର ଆଣନ୍ତି ତା' ପାଇଁ ପେଣ୍ଟସାର୍ଟ ଚାଦର । ଦିନେ ତାକୁ କହିଲେ, ଦିନ ଯାକ କ'ଣ କରୁଚୁ ଇସ୍କୁଲ ଯାଇ ପାଠ ପଢ଼, ନାଁ ଲେଖାଇ ଦେବି ।

ଦାସିଆ କହିଲା। ନାଇଁ ଭାଇ, ଆଉ ପଢ଼ିବାକୁ ଇଚ୍ଛା ହେଉ ନାହିଁ। ବୋଉ କହିଚି ସବୁ ପାଠ ଏଇଠି। ସବୁବାଟ ବି ଏଇଠି। ମୋ ବାଟ ମୁଁ ଜାଣିସାରିଲିଣି। ଚିହ୍ନିସାରିଲିଣି। ବୋଉ, ତମେ, ସାତଲହଡ଼ି ଏତିକି ମୋର ସାରା ବିଶ୍ୱ। ମତେ ଟିକେ ସାହାଯ୍ୟ କରିବ ?

... ସାହାଯ୍ୟ! କି ରକମ ? ପଚାରିଲେ ଯୁଧିଷ୍ଠିର। ଦାସିଆ କହିଲା, ଦେଖିଲି ବ୍ରହ୍ମଗିରି ବସ୍ଷ୍ଟାଣ୍ଡରେ କେତେ ପିଲା ବୁଲି କାମ କରୁଛନ୍ତି। ପୁରୀରେ ବି ଦେଖିଲି। ମୁଁ ସେ କାମ କରିବି ନାହିଁ। ତେବେ ଅଲାରନାଥ ମନ୍ଦିର ସାମ୍ନାରେ ଖଣ୍ଡେ କ୍ୟାବିନ୍ ପକେଇ ଦେଲେ ମୁଁ ଛୋଟ ପାନ ଦୋକାନଟିଏ କରନ୍ତି।

ଯୁଧିଷ୍ଠିର ଦାସିଆର ଏ ପ୍ରସ୍ତାବରେ ଗମ୍ଭୀର ହୋଇଗଲେ। ନିରୁତ୍ତର ରହି ଚାଲିଗଲେ। ପୁଣି ଆର ରବିବାର ଦାସିଆ ପଚାରିଲା। ଭାଇ, ମୋ କଥା କ'ଣ ତୁମକୁ କଷ୍ଟ ଦେଲାକି ? ଦାସିଆର ଆଖି ଛଳଛଳ ହେଲା।

ଯୁଧିଷ୍ଠିର ତାକୁ କୁଞ୍ଜେଇ ଧରିଲେ। କହିଲେ ଜାଣେ ତୁ କାହିଁକି ଏହା କହୁଚୁ। ତୁ କିଛି କାମ ଚାହୁଁଚୁ। ବୋଉ ସଂଗେ ଯେତିକି କାମ କରୁଛୁ ସେତିକି କ'ଣ ଯଥେଷ୍ଟ ହେଉନି।

ନାଇଁ ଭାଇ ସେ କି କାମ! କହିଲା ଦାସିଆ। ତମେ ଯଦି ଚାହୁଁନ ତେବେ ଥାଉ।

ଯୁଧିଷ୍ଠିରଙ୍କୁ ଖରାପ ଲାଗୁଥିଲା ଯେ ଏଡ଼େ ଟିକିଏ ପିଲା ଦୋକାନରେ ବସି ପାନ ଭାଙ୍ଗିବ। କିନ୍ତୁ ସେ ତ ନିଜେ ଉଚ୍ଛନ୍ନ ହେଉଛି। ମନ ଊଣା କରୁଚି। ନିଜର ନହେଲେ ମଧ୍ୟ ଏ ଭାଇ ଡାକ ଯୁଧିଷ୍ଠିରଙ୍କ ମନପ୍ରାଣ କଲିଜା ଭେଦ କରିଥିଲା। ସେ ହୃଦୟଙ୍ଗମ କରିଥିଲେ ଦାସିଆ ତାଙ୍କୁ ସାହାଯ୍ୟ କରିବାକୁ ଚାହୁଁଚି ତା' ସାମର୍ଥ୍ୟ ଅନୁସାରେ।

ଦୁଇ ଭାଇ ଦୁହେଁକୁ ସାହାଯ୍ୟ ପାଇଁ ବ୍ୟାକୁଳ ଥିଲେ ଯେମିତି। ଶେଷରେ ବୋଉଙ୍କ କଥା ମାନିଲେ ଯୁଧିଷ୍ଠିର।

ଅଲାରନାଥ ମନ୍ଦିର ପାର୍ଶ୍ୱରେ ଛୋଟ କ୍ୟାବିନିଟିଏ ପକେଇଲେ ଯୁଧିଷ୍ଠିର। ଗୁଣ୍ଡିଚା ଦିନ ଦୋକାନ ପୂଜା ହୋଇ ଆରମ୍ଭ ହେଲା। ପାନ, ସିଗାରେଟ୍, ବିସ୍କୁଟ, ଏଇ ସବୁ ଟୁକୁରା ଟୁକୁରା ଜିନିଷ ରଖି।

ସେବତୀ ଖୁସି। ବହୁତ ଖୁସି ଯେ, ତାଙ୍କର ପିଲା ଦୁହେଁ ଭଲ ମଣିଷ ହେଉଛନ୍ତି। ଶାଗମୁଗ ରୋଜଗାର କଲେବି ଭଲରେ ଅଛନ୍ତି। ଯୁଗେ ଯୁଗେ ଏମିତି ପୁଅ ସବୁ ନାରୀମାନଙ୍କୁ ପ୍ରାପ୍ତ ହେଉ।

ସେଇ ପାନଦୋକାନରେ କାମ ଆରମ୍ଭ କରି ଦାସିଆ ମାସକୁ ମାସ ପଇସା ନେଇ ଭାଇ ପାଖରେ ଜମାକରେ। ଯୁଧିଷ୍ଠିର ଯେତେ ମନାକଲେ ମାନେ ନାହିଁ। ଦୋକାନ ସମୟ ପରେ ସେ ବାରି ବଗିଚାରେ ଫସଲ କରେ। ନଡ଼ିଆ, ପଇଡ଼, ଘରଖର୍ଜି ଯାଇ ବିକ୍ରି ହୁଏ। ଗାଈର କ୍ଷୀର ମଧ ଦରକାର ପାଇଁ ରଖି ବିକ୍ରି ହୁଏ। ଘରଦ୍ୱାର ସବୁ ପରିଷ୍କାର ରଖି ଗାଁର ଗୋଟିଏ ଆଖି ଦୃଶିଆ ହୋଇଯାଇଥିଲା ଦାସିଆ।

ସମସ୍ତେ କହନ୍ତି ଦେଖଲୋ ସେବକୁ। ଏମିତି ପିଲାଟେ କାହୁଁ ପାଇଲା ଯେ, ପୁଅଠୁ ବଳେ। ଆଜିକାଲି କୋଉ ପୁଅ ଏମିତି କରୁଚି।

ଯୁଧିଷ୍ଠିରଙ୍କର ମଧ ରୋଜଗାର ବଢ଼ିଲା। ବୟସ ବଢ଼ିଲା। ଅନଉ ଅନଉ ବରଷ ମାସ ଗଡ଼ିଯାଉଥିଲା। ଯୁଧିଷ୍ଠିରଙ୍କର ବାହାଘର ମଧ ହୋଇ ଯାଇଥିଲା। ରୋଜଗାର ଭଲ ହେବାରୁ ପୁରୀରେ ବଳଗଣ୍ଡିରେ ଜାଗାଟିଏ କିଣି ଘର ଦି'ବଖରା କଲେ। ଖୁସିରେ ଚଲୁଥିଲେ। ତାଙ୍କ ଖୁସି ଦେଖି ସେବତୀ ଆନନ୍ଦରେ ଲୁହ ଗଡ଼ଉଥିଲେ।

ସମୟାନୁସାରେ ଦାସିଆର ଦୋକାନ ମଧ ବଢ଼ିଥିଲା, ବିକାକିଣା ବଢ଼ିଥିଲା। ବାରିରେ ଗଛ ମଧ ବଢ଼ିଥିଲା। ଏବେ ନଡ଼ିଆ ଖାଲି ନୁହେଁ, ଲେମ୍ବୁ, ପିଜୁଳି, ବାଇଗଣ, କଖାରୁ, ସବୁଯାଏ ବ୍ରହ୍ମଗିରି ବଜାରକୁ। ସବୁ ବିକ୍ରି ପଇସା ମାସକୁ ମାସ ପଇଠ ହୁଏ, ଭାଇ ପାଖରେ।

ସପ୍ତାହକୁ ଥରେ ଭାଇ ଆସଛି ଗାଁକୁ। ମଝିରେ ଥରେ ଦାସିଆ ଯାଏ ଭାଇ ପାଖକୁ। ସପ୍ତାହକୁ ସପ୍ତାହ ଚୁଡ଼ା, ଚାଉଳ, ନଡ଼ିଆ, ବଡ଼ି, ନୂଆବୋଉ ଭଲପାନ୍ତି ବୋଲି ମାଛ ଶୁଖୁଆ ପର୍ଯ୍ୟନ୍ତ ନେଇ ଚାଲେ ଦାସିଆ। ଯଦି ବଜାରରେ ବଡ଼ ମାଛଟେ ଦେଖିଲା ଦାସିଆ ସାଂଗେ ସାଂଗେ ଦୋକାନ ବନ୍ଦକରି ସାଇକେଲରେ ବାହାରିଯିବ ପୁରୀ। ଭାଇ ବସାରେ ପହଞ୍ଚି ଡାକିବ ନୂଆଉ, ଆଇଁଷ ପନିକିଟା ଦେଲ, ମାଛ କାଟି ଧୋଇଦିଏ। ତା'ପରେ ତମେ ରାନ୍ଧିବ।

ମାଛ ନିଜେ ଖାଏନା ଦାସିଆ। ମଠରେ ଯେଉଁ ପନ୍ଦର ଦିନ ଥିଲା, ତାହା ତାକୁ ଗଭୀର ଭାବେ ଆବିଷ୍ଟ କରିଥିଲା। ସେଇଦିନଠୁ ସେ ଦିନକୁ ତିନିଥର ପ୍ରାର୍ଥନାକରି, ମାସକୁ ତିନିଚାରିଥର ମଠକୁ ଯାଏ। ରାଧାଷ୍ଟମୀ ଓ ମାଘସପ୍ତମୀକୁ ତ ବୋଉକୁ ନେଇକି ଯାଏ। ମଠର ଧର୍ମାଚାର ଏବେ ବି ସେ ପାଳନ କରେ।

ଚାହୁଁ ଚାହୁଁ ଯୁଧିଷ୍ଠିରଙ୍କ ସଂସାର ବଢ଼ିଲା– ତାଙ୍କର ତିନୋଟି ପୁଅ ହେଲେ। ତାଙ୍କ ସ୍ତ୍ରୀ ଅମ୍ବିକା ସେପରି ଗୃହନିପୁଣା ନୁହେଁ। ପିଲାଙ୍କ ଯତନ ନେଇ ପାରନ୍ତି ନାହିଁ। ସେ ସବୁବେଲେ କହନ୍ତି ବୋଉକୁ ଏଠି ଆଣ, ମତେ ଟିକେ ସାହାଯ୍ୟ ହୁଅନ୍ତେ।

ସେବତୀ ପୁରୀ ଯାଆନ୍ତି, ଦିନେ ଓଲିଏ ରହି ଆସନ୍ତି। ଗାଁ ଛାଡ଼ି, ଘର ଛାଡ଼ି

ରହିଯିବାକୁ ଚାହାଁନ୍ତି ନାହିଁ। ଅମ୍ବିକା ମନେ ମନେ ଚିଡ଼ନ୍ତି। ବେଳ ପଡ଼ିଲେ ସ୍ୱାମୀଙ୍କୁ ଉଲୁଗୁଣା ବି ଦିଅନ୍ତି।

ସେଦିନ ଦୋକାନରେ ବସିଛି ଦାସିଆ। କେହି ଜଣେ ଚିଠି ଦେଇଗଲା। ଯୁଧିଷ୍ଠିର ଲେଖିଥିଲେ ବିଜୁ ଦେହ ଭାରି ଖରାପ, ଜର ଛାଡୁନି, ବହୁତ ଡାକ୍ତର ଦେଖେଇଲିଣି।

ସାଙ୍ଗେ ସାଙ୍ଗେ ଦୋକାନ ବଦକରି ବୋଉ ପାଖକୁ ଖବର ପଠେଇ, ପୁରୀ ଛୁଟିଲା ଦାସିଆ ସାଇକେଲରେ। ସେତେବେଳକୁ ସଂଜ ରତରତ। ମଠରୁ ମହନ୍ତଙ୍କ ଅଭିମନ୍ତ୍ରିତ ଜଳତୁଳସୀ ଆଣି ବିଜୁକୁ ଚାମୁଚା ଚାମୁଚା ପିଆଇଲା। ତା' ପାଖରେ ବସି ପ୍ରାର୍ଥନା କଲା, ସଂଜରୁ ରାତିଯାଏ।

ଓକିଲ ପାଖରୁ ଫେରିଲେ ଯୁଧିଷ୍ଠିର ରାତି ଦଶଟାରେ। ପୁଅ ମୁଣ୍ଡ ପାଖରେ ଦାସିଆକୁ ଦେଖି ସେ ଆଶ୍ୱସ୍ତ ହେଲେ। ଆଗ ପଚାରିଲେ, ଆରେ ଖାଇଲୁଣି ଟି ?

ତାଙ୍କ କଥାକୁ ନ ଶୁଣି ଦାସିଆ କହିଲା, ଭାଇ ରାତି ପାହୁ, ସକାଳୁ ସକାଳୁ ମୁଁ ଶାମାକାଳୀ ପାଖରେ ମାଜଣା କରିଆସିବି। ସେଇ ମାଜଣା ପାଣି ଛିଞ୍ଚିଦେଲେ ଜର ଛାଡ଼ିଯିବ।

ସତକୁ ସତ ଭୋରରୁ ଗାଧେଇ ଦାସିଆ ଚାଲିଲା ଶ୍ୟାମାକାଳୀ ମନ୍ଦିରକୁ ଓ ମାଜଣା ସାମଗ୍ରୀ ସବୁ କିଣାକିଣି କରି ମାଜଣା କରାଇଲା। ସାଷ୍ଟାଙ୍ଗ ପ୍ରଣାମକରି ଉଚ୍ଚସ୍ୱରରେ ଦୁର୍ଗା ସହସ୍ରନାମ ପାଠକଲା। ପ୍ରସାଦଧରି ଘରକୁ ଆସିଲା।

ଡାକ୍ତରବାବୁ ଦେଖୁଥିଲେ। କହିଲେ – ମୁଁ ଭାବୁଛି ଆପଣ କଟକ ନେଇଯାନ୍ତୁ।

ହୁଣ୍ଟା ଦାସିଆ ସେଠି ପହଞ୍ଚିଯାଇ କହିଲା। କଟକ କାହିଁକି ଯିବା ଭାଇ ? ଦେଖ ଆଉଟିକୁ ପୁଅର ଜର ଛାଡ଼ିଯାଉଚି ନାଁ ନାଇଁ। ଏମିତି ମାଜଣା ଏମିତି ପ୍ରାର୍ଥନା କରିଛି ଯେ ମାଆର ଆସନ ଦୋହଲି ଯାଉଥିବ।

ମାଆ ହୋଇ ପୁଅର ଏତିକି ଆକୁତି ଘେନିବ ନାହିଁ ? ପୁଅ ନିଷ୍ଠୁର ହୁଏ। ମାଆ କ'ଣ ନିଷ୍ଠୁର ହୁଏ ?

ଡାକ୍ତର ହସିଲେ... ମନେ ମନେ କହୁଥିଲେ ବାଜେ କଥା। ଦେଖନ୍ତୁ ଏତିକି କହି ସେ ଚାଲିଗଲେ।

ସତକୁ ସତ ଜର ଖସିଗଲା ଖରାବେଳକୁ। ଆଉ ଜର ଆସିନାହିଁ ଜମା। ଦୁଇଦିନ ପରେ ପୁଅ ପୂରା ଠିକ୍।

ଏମିତି ଯୁଧିଷ୍ଠିରଙ୍କ ସବୁ ଅସମୟରେ ପହଞ୍ଚିଯାଏ ଦାସିଆ। ପାଖରେ ଠିଆ ହୋଇ ଦମ୍ଭ ଦିଏ, ସାହସ ଦିଏ।

ନିଜ ଖର୍ଚ ଚଳେଇ ବାକି ପଇସା ଭାଇକୁ ଦେଇଯାଏ। ଭାଇ ନାହିଁ କରନ୍ତି, କରୁଥାନ୍ତି। ଭାଉଜଙ୍କୁ ଦେଖ୍ ଚୁପ୍ ରୁହନ୍ତି।

ଦିନେ ଚଉରାରେ ପାଣି ଦଉ ଦଉ ସେବତୀ ଚଳି ପଡ଼ିଲେ। ସାଙ୍ଗେ ସାଙ୍ଗେ ଗୋଟେ ଟ୍ରକ୍ ଡାଲାରେ ଶୁଆଇ ପୁରୁଷମ ଡାକ୍ତରଖାନାକୁ ନେଲେ। ସାଁଗେ ସାଁଗେ ଦେଖ୍ଥିଲେ ଯାହା ହୋଇଥାଆ, ଯେ ତିନିଘଣ୍ଟା ହୋଇଗଲାଣି, ରୋଗିଣୀ ମୃତ।

ଦୁଇ ଭାଇ ସେଇଠି ଭୋ ଭୋ ହୋଇ କାନ୍ଦିଉଠିଲେ। ସ୍ୱର୍ଗଦ୍ୱାରରେ ତାଙ୍କର ସକ୍ରାର ହେଲା। ମୁଖାଗ୍ନି ଦେଇ ଫେରିଲା ବେଳେ, କାନ୍ଦି କାନ୍ଦି ଯୁଧିଷ୍ଟିର କହିବାର ଶୁଣାଗଲା—ମୁଁ ସର୍ବହରା ହୋଇଗଲି ଆଜିଠୁ। ଅନାଥ ବି।

ତାଙ୍କୁ କୁଣ୍ଢାଇଧରି ଭୋଭୋ କାନ୍ଦି ଦାସିଆ କହିଲା – ମୁଁ ଅଛି ଭାଇ, ତମ ଅତି ପାଖରେ। ବୋଉ ଯାଇଚି ସତ; ଆମେ ସର୍ବହରା ନୁହେଁ। ମୋ ପାଇଁ ତମେ ଅଛ, ତମ ପାଇଁ ମୁଁ।

ଆମ ଦିହିଁଙ୍କ ଆଶ୍ରୟ ସେଇ ମଠ, ତା'ର ଧର୍ମାଚାର। କିଏ ଜଣେ କହୁଥିବାର ଶୁଣାଗଲା—ମୁର୍ଖ ଦାସିଆ ଏତେ କଥା ଶିଖିଲା କେଉଁଠୁ?

—o—

ସମୟର ସୁଅ ଛୁଟି ଚାଲିଛି, ବିରାମହୀନ ଗତିରେ। କେତେ କ'ଣ ଓଲଟପାଲଟ ଅଦଳବଦଳ ଘଟି ଯାଉଛି ମଣିଷ ଜୀବନରେ, ମନରେ, କାମରେ। ଦେଶ ସ୍ୱାଧୀନ ହୋଇସାରିଛି। ସ୍ୱାଧୀନ ଦେଶର ଶାସନଭାର ଗ୍ରହଣ କରିଛନ୍ତି ପ୍ରମୁଖ ନେତାମାନେ। ଦେଶବାସୀଙ୍କୁ ଦେଇଛନ୍ତି ରାମରାଜ୍ୟର ସ୍ୱପ୍ନ। ହେଲେ ଅନଉଁ ଅନଉଁ କେତେ ବର୍ଷ କଟିଲାଣି। ମଣିଷର ପୁରୁଣା ଦୁଃଖ ତାକୁ ଛାଡ଼ୁନାହିଁ। ସମସ୍ୟା ମଧ୍ୟ।

ଯୁଧିଷ୍ଟିର ମୋହରିର କାମ କରୁଥିଲେ ହେଁ ଭଲ ପଇସା ରୋଜଗାର କରୁଥିଲେ। ସ୍ତ୍ରୀ ପୁତ୍ର ସହ ଏକ ପୁରିଲା ସଂସାରରେ ସୁଖରେ ଥିଲେ। ବୋଉ ଚାଲିଗଲା ପରେ ତାଙ୍କ ମନରେ ଚିନ୍ତା ଘାରିବସିଲା କେମିତି ଚଳିବ ପିଲାଟି। ଏକା ଏକା ଗାଁରେ ତେରବର୍ଷ ଭିତରେ ଯେଉଁ ଆରବା ତିଆରି କରି ସାରିଛି କେମିତି ସଜାଡ଼ିବ ଏକାଏକା। ଯୁଧିଷ୍ଟିର ଭାବନ୍ତି କ'ଣ ତାଙ୍କର ଥିଲା? ଦି ବଖରା ମାଟିଘର, ଗୋଟେ ଲମ୍ବା ବାରି, ଦିଟା ନଡ଼ିଆ ଗଛ। ଦାସିଆ ଆସିଲାପରେ ଏବେ ବାରିରେ ଦେଶୀ ଓ ବାଇଗଣପଲେଇ ଆମ୍ବ ଯାହା ଫଳୁଚି ଲୋକେ ଦେଖ୍ ତାଜୁବ। ନଡ଼ିଆ ଗଛ ଲାଗିଛି ଧାଡ଼ି ଧାଡ଼ି। କଦଳୀ, ଅମୃତଭଣ୍ଡା, ପିଜୁଳି ସବୁ ଫଳୁଚି। ସେତର ହାତ ଓସାର ସତୁରୀ ହାତ ଲମ୍ବା

ବାରିକୁ ନନ୍ଦନକାନନ କରିଛି ସେ । ଆଉ ଦିବଖରା ଘର ଆଡ଼ିରେ କରିଛି, ହେଉପଛେ ମାଟିକାନ୍ଥ । ତାକୁ ଚୂନ ଧଉଲାଇଛି । ଚଟାଣ ସିମେଣ୍ଟ କରିଛି ନିରଳସ କାମକରୁଥିବା ଏ ଲୋକଟା ପୁଣି ଦିନେ ରାନ୍ଧିଲେ ଦି'ଦିନ ଖାଉଛି । ସେ କେତେ ଆରାମରେ ଚଳୁଛନ୍ତି, ଅଥଚ ଦାସିଆ....

ଯୁଧିଷ୍ଠିର ପ୍ରତି ରବିବାର ଗାଁକୁ ଯା'ନ୍ତି, କହନ୍ତି ଦେଖ୍ ମୋ କଥା ମାନ, ମୁଁ ବାହାଘର ଠିକଣା କରିଚି ତୁ ରାଜିହେଲେ ତିଥ ଧରିବି ।

ଦାସିଆ ହସି କହେ, ଭାଇ, ବୋଉ ମରିବାର ବରଷ ପୂରିନି, ତମେ କହୁଚ ବାହା ହୁଅ । ମୁଁ ତ ଭାବିଛି, ଏଇ ତମ ଘରଦ୍ୱାର, ଜମି ସବୁକୁ ମୁଁ ଜଗି ବସିଥିବି । ମାଛିଟିଏ ବସାଇଦେବି ନାହିଁ । ମୁଁ ଭରତ ପରି ତମ ସଂସ୍ଥା ସମ୍ଭାଳି ରଖିବି ଭାଇ!!

ବେଶ୍ ତ କିଏ ମନା କରୁଛି । କହନ୍ତି ଯୁଧିଷ୍ଠିର । ସେଥିପାଇଁ ବାହା ହେବୁନୁ କାହିଁକି ? ତା'ଛଡ଼ା ଟିକେ ଟିକେ କଥାରେ ତମର ତମର କହୁଚୁ କ'ଣ ? ତୁ କ'ଣ ମୋର ପର ? ଏମିତି ଭାବିପାରୁଚୁ ତୁ? ତୋ' ପାଇଁ ମୁଁ ଅନବରତ ଭାବି ମରୁଚି, ଆଉ ତୁ କହୁଚୁ ତମର, ତମର !

ଯୁଧିଷ୍ଠିର ଚାଲିଆସନ୍ତି ପୁରସ୍ତମ । ଭାଇ ଗଲାପରେ ମନ ଘାଣ୍ଟି ଗୋଲେଇ ହୁଏ ଦାସିଆର । ଭାଇ ରାଗିଲେ ବୋଧେ । ହେଲେ ବାହା ହବାକୁ ତା' ମନ ଚଙ୍କେ ନାହିଁ । ଏମିତି ସେ କେତେ ଫୁର୍ତ୍ତିରେ ଅଛି, ମନଇଚ୍ଛା ଚଳୁଛି । ମନ ହେଲେ ସାତଲହଡ଼ି ଯାଉଚି । ଦିନକୁ ତିନିଥର ପ୍ରାର୍ଥନା ଓ ଭାଗବତ ପଢ଼ୁଛି । କିଏ ତାକୁ ରୋକିବାକୁ ନାହିଁ । ଦାସିଆ ଭାବେ, ନାଁ, ଏଇ ଭଲ ବୃଥାରେ ବେକରେ ଗୋଟେ ଜୁଆଳି ଛନ୍ଦିବ କାହିଁକି ?

ସେ ପୁଣି ଭାଇଙ୍କୁ ମନାଇବାକୁ ପୁରସ୍ତମ ଯାଏ । ବୁଜୁଲା କରି କେତେ ଚିଜ ବାନ୍ଧିଥାଏ । ନୂଆବୋଉ ପାଇଁ, ପିଲାଙ୍କ ପାଇଁ, ଭାଇଙ୍କ ପାଇଁ, କଦଳୀଗଛର ମଞ୍ଜା ଓ ଭଣ୍ଡାଠାରୁ ବିଡ଼ା ବିଡ଼ା କଖାରୁଫୁଲ ଯାଏ ସବୁ ବାନ୍ଧିନିଏ ସରାଗରେ । ନୂଆବୋଉ ବାଢ଼ିଦିଅନ୍ତି ଭାତ । ପିଲାଏ ଖୋଲନ୍ତି ସବୁ ବୁଜୁଲା । ଚାକରାଣୀ ନୟନୀ ସବୁ ଜିନିଷ ଫିଟେଇ ସାଇତି ରଖେ । ଭାଇ କିନ୍ତୁ ଦେଖି ନ ଦେଖିଲା ପରି ଚାଲିଯାନ୍ତି ।

ଏମିତି ତିନିଥର ଭାଇଙ୍କୁ ମନାଇବାକୁ ଯାଇଛି ଦାସିଆ । ଭାଉଜଙ୍କ ପାଇଁ ଶୁଖୁଆ ମଞ୍ଜି, ଭାଇଙ୍କ ପାଇଁ ଭଲ ଛେନାଗଜା, ପିଲାଙ୍କ ପାଇଁ ପଇଡ଼, ଖଜୁରୀକୋଳି ନେଇ, ହେଲେ ଫଳ ପୂର୍ବପରି । ତାକୁ ଦେଖୁ ଦେଖୁ ଯେଉଁ ଭାଇ ପାଟିକରି ଉଠନ୍ତି, ଆହେ, ଦାସିଆ ଆଇଲାଣି । ତାକୁ ଚା', ସର୍ବତ ଦିଅ । କ'ଣ ଖାଇବାକୁ ଦିଅ । ସେଇ ଭାଇ ମୁହଁ ବୁଲାଇ ଚାଲିଯାଉଚନ୍ତି । ଦାସିଆର ମୁହଁ ଶୁଖିଗଲା । ସେ ଭାଉଜଙ୍କୁ ପ୍ରଣାମ କରି

ଜିନିଷସବୁ ସଜାଡ଼ି ରଖିଲା। ଭାଉଜ ବାଢ଼ିଦେଲେ ଭାତ, ମାଛ ତରକାରୀ, ଶାଗ। ବସି ବସି ଖୁଆଇଲେ ଆଦରରେ। ଭାତଗୁଣ୍ଠା ତର୍ଷରେ ଲାଗୁଥିଲା ଦାସିଆର। ସେ ଢୋକି ପାରୁନଥିଲା। କାଶ ଉଠୁଥିଲା। ଦାସିଆ ଭାବୁଥିଲା ଭାଇ ଏଇନେ ଭାଉଜଙ୍କୁ ଗାଲିଦେବେ, ପିଲାଟା ତର୍ଷରେ ଲାଗିଛି, ତା'ପିଠି ଥାପୁଡ଼ି ଦିଅ। ମୁଣ୍ଡ ଆଉଁଶି ଦିଅ। ଟିକେ ପାଣି ପିଆଇଦିଅ। ତେଇଶି ବର୍ଷ ତାକୁ ହେଲାଣି, ତଥାପି ଭାଇ କହନ୍ତି ପିଲାଟା। ଭାଇ ଦେଖିଲେ ତା'ର ଅଛିଣ୍ଟା କାଶ, ମୁହଁ ବୁଲେଇ ଚାଲିଗଲେ। ଧଡ଼୍ କରି ଉଠିପଡ଼ିଲା ଦାସିଆ ଭାତଥାଲିରୁ। ଭାଉଜଙ୍କ ଦୁଇହାତ ଜାବୁଡ଼ି ଧରି ଭୋ ଭୋ କାନ୍ଦିଉଠିଲା ସେ। କାନ୍ଦି କାନ୍ଦି କହିଲା, ମତେ ଗୋଇଠା ମାର, ମତେ ଯା'କିଛି ଦଣ୍ଡଦିଅ, ସବୁ ସହିନେବି। ଭାଇ ଯା' କହିବେ ତାହା ମାନିନେବି। ହେଲେ ମତେ ଭାଇ ମୁହଁ ବୁଲାଇ ଚାଲିଯିବେ, ଏହା ମୁଁ ସହିପାରିବି ନାହିଁ ନୂଆଉ। ମୁଁ..... ମୁଁ..... ମରିଯିବି। ବିଷ ଖାଇଦେବି। ହଁ, ନିଶ୍ଚେ।

ଡ଼ାଏ କିନା ଚଟକଣାଟାଏ ବସିଲା ତା' ଗୋରା ତକ୍ ତକ୍ ଗାଲରେ। ଶେଷପଦକ ଭାଇ ଶୁଣିସାରିଥିଲେ। ଚଟ୍କରି ଆସି ପକାଇଲେ ଗୋଟେ ଚାପଡ଼ା। ଏଡ଼େ ସାହସ ତୋର? ବିଷ ପିଇବୁ? ଏଇ ଶିକ୍ଷା ତତେ ଦେଇଚି ମୋ' ଦେବୀ ପରି ବୋଉ? ଏଇଆ କହିଚନ୍ତି ତତେ ମହନ୍ତ ମହାରାଜ? ତତେ ଭିକମାଗି ତାଙ୍କଠୁ ଆଣିଥିଲି ମୋ ଆଗରେ ତୁ ବିଷ ପିଇବୁ ବୋଲି? ୟେଁ?

ଭାଇଙ୍କର ଏହି ସ୍ନେହାତୁର ଉଗ୍ର କଥାରେ ବତୁରିଗଲା ଦାସିଆର ମନ, ପ୍ରାଣ, ଆତ୍ମା। ସେ ଆଣ୍ଠୁମାଡ଼ି ବସିପଡ଼ିଲା ଯୁଧିଷ୍ଠିରଙ୍କ ପାଦତଳେ। ତାଙ୍କ ଗୋଡ଼ଧରି କହିଲେ, ଭୁଲ୍ ହେଇଚି ଭାଇ, ମୋର ସବୁ ଭୁଲ୍ ହେଇଛି। ମତେ କ୍ଷମାକରିଦିଅ। ତମେ ଯା କହିବ ତା' କରିବି।

ଭାଇ ତାକୁ ତଳୁ ଉଠାଇ ଛାତିରେ ଧରିଲେ। କହିଲେ, ପିଲାଦିନେ ତୁ ଭୁଲ୍ କରି ନଥିଲୁ କି ମୁଁ ମାଡ଼ ଦେଇ ନଥିଲି। ଏ ବୟସରେ ତୁ ଭୁଲ କରୁଚୁ। ମାଡ଼ ଦେବାକୁ ମୁଁ ବାଧ୍ୟ ହେଉଛି। ତୋର ଯଦି ବାହାହେବାକୁ ଇଚ୍ଛା ନାହିଁ, ତତେ ବାଧ୍ୟ କରିବା ମୋର ଉଚିତ ନୁହେଁ। ତେବେ ମତେ ମହାରାଜ ପ୍ରତିଶ୍ରୁତି ଦେଇଛନ୍ତି। ଝିଅଟି ଅତ୍ୟନ୍ତ ସୁଶୀଲା, ଭଲ ପରିବାରରୁ ଆସିଚି। ସେ ଆମ ଘରର ଭାର ନେବା। ନେଇପାରିବ। ମହନ୍ତ ମହାରାଜଙ୍କ ଠାରୁ ଏହା ଶୁଣିଥିଲି ବୋଲି ତତେ ବାଧ୍ୟ କରୁଥିଲି। ତୋର ଯଦି ଇଚ୍ଛା ନାହିଁ, ତେବେ ଥାଉ। ମୁଁ ତାଙ୍କୁ ମନା କରିଦେଉଛି।

ଆତୁର ଆଖିରେ ଚାହିଁଲେ ଦାସିଆ ଭାଇଙ୍କୁ। ଭାଇଙ୍କ ମୁହଁ ଅବ୍ୟକ୍ତ କୋହରେ କଠିନ ଦେଖାଯାଉଛି। ସେ ସେମିତି ତାଙ୍କ ପାଦ ଧରି କହିଲେ, ତମ କଥାରେ ମୁଁ ରାଜି ଭାଇ! ରାଜି!

..... କ'ଣ ବାଧବାଧକତାରେ ?

.... ନାଇଁ... ସହଜ ଭାବରେ, କହିଲା ଦାସିଆ । ଦୁଇଭାଇ କୋଳାକୋଳି ହେଲେ । ଦିହିଁଙ୍କ ଆଖିରେ ଲୁହ ଜରଜର ହୋଇଥିଲା ।

ଯୁଧିଷ୍ଠିର ନିଜର ଜଣେ ବିଶ୍ୱସ୍ତ ମହିଳାଙ୍କ ଜରିଆରେ ଏଇ ପ୍ରସ୍ତାବ ପାଇଥିଲେ । ଝିଅଟିର ନାଁ ଚାରୁଲତା । ସେପରି ଅବସ୍ଥାସମ୍ପନ୍ନ ଘର ନୁହେଁ ସତ, ହେଲେ ବୁନିଆଦି ଅଛି । ପାରିବାରିକ ସଂସ୍କାର ଅଛି । ଝିଅର ବାପା ହୃଷିକେଶ ମହାନ୍ତି ଅତ୍ୟନ୍ତ ଭଦ୍ରଲୋକ । ପ୍ରାଥମିକ ସ୍କୁଲର ଶିକ୍ଷକ ଜଣେ । ଝିଅଟିଏ ପୁଅଟିଏ, ସେମାନେ ରାଜି । ଝିଅଟି ସତ୍‌ପାତ୍ରରେ ଗଲେ ତାଙ୍କର ଖୁସି । ମହିଳା ତାଙ୍କୁ ପୂରା ଜବାବ୍ ଦେଇଚନ୍ତି ଯେ ପାଠ କମ୍ ହେଲେ ବି, ମାମୁଲି ପାନ ଦୋକାନଟିଏ କଲେ ମଧ୍ୟ ପାତ୍ର ସତ୍‌ପାତ୍ର । ଝିଅ ଭଲରେ ରହିବ ।

ଦାସିଆ ବାହାଘର ସେଇଠି ପକ୍‌କା ହୋଇଗଲା । ତିଥ୍ ସ୍ଥିର ହେଲା । ଯୁଧିଷ୍ଠିର ଭାବିଲେ ଦାସିଆ ଛଡ଼ା ତାଙ୍କର ନିଜର ଅଛି କିଏ ? ସେ ଖୁବ୍ ଭଲରେ ତା' ବାହାଘର କରିବେ । ସେ ଗୋଟେ କାର୍ ଓ ଦି'ଟା ଜିପ୍ ଭଡ଼ାରେ ଯୋଗାଡ଼ କଲେ । ପୁରୀରୁ ଖୋର୍ଦ୍ଧା ଦେଇ ବାଲୁଗାଁ ଯାଏ କାର୍‌ରେ ଗଲେ ସେଠୁ ଚିଲିକାରେ ଡଙ୍ଗା ବା ବୋଟ୍‌ରେ ପାରିକୁଦ ଯିବାକୁ ହେବ । ପାରିକୁଦ ଝିଅର ଘର । ଏକଥା ଦାସିଆ କାନରେ ପଡ଼ିଲା । ସେ କହିଲା ଭାଇ, ଏତେ କାର୍ ଜିପ୍ କ'ଣ ଲୋଡ଼ା ଯେ ? ଖାଲି ମୁଠା ମୁଠା ପଇସା ଯିବ ସିନା ? ମୋର ଚିହ୍ନା ଡଙ୍ଗା ବାଲା ଅଛନ୍ତି । ଆମେ ଯଦି ଗୋଟେ ବଡ଼ ଡଙ୍ଗା ଭଡ଼ାରେ ନବା, ସାତପଡ଼ା ଘାଟରୁ ସିଧା ଡଙ୍ଗା ଛାଡ଼ିଲେ ତ ରାତାରାତି ପାରିକୁଦରେ ପହଞ୍ଚିଯିବ । ଡଙ୍ଗାରେ ତିରିଶଜଣ ବସିପାରିବେ ।

..... ଡଙ୍ଗାରେ ବାହା ହେବାକୁ ଯିବୁ ? ହସି କହିଲେ ଯୁଧିଷ୍ଠିର ।

ଡଙ୍ଗା ହେଉ କି, ସାଇକେଲ ହେଉ, ଯେଉଁଠି କମ୍ ପଇସା ଖର୍ଚ୍ଚ ହେବ ମୁଁ ସେଥିରେ ଯିବି । କହିଲା ଦାସିଆ ।

..... ସାଇକେଲ୍‌ରେ ଯିବୁ ପାରିକୁଦ ? ସାଇକେଲ୍‌ରେ ବୋହୂକୁ ବସାଇ ଆଣିବୁ ? ହସି ଉଠିଲେ ଯୁଧିଷ୍ଠିର ।

.... ନାଇଁ ଯେ, ମୁଁ କହୁଥିଲି ଡଙ୍ଗାଟା ଭଲ । ଡଙ୍ଗାଟା ଗୋଟେ ନୂଆପ୍ରକାର ହବ, ନାଁ ନାହିଁ ?

ସେଇଆ ହେଲା । ବାହାଘର ଆଗରୁ ଯୁଧିଷ୍ଠିର ପରିବାର ସହ ଗାଁକୁ ଆସିଲେ । ମଙ୍ଗଳକୃତ୍ୟ ଦିନ ବଡ଼ ଭୋଜି ହେଲା । ନୂଆ ଧୋତିପଞ୍ଜାବୀ ପିନ୍ଧି, ଚନ୍ଦନପାଟି ଲଗାଇ, ବେକରେ କର୍ପୂରମାଳ ଓ ଫୁଲମାଳ ପିନ୍ଧି ଦାସିଆ ଚାଉଳ ଆଞ୍ଜୁଳି କାନିରେ

ଅଜାଡ଼ି ବାହା ହେବାକୁ ଗଲା। ଡଙ୍ଗାରେ ବସିଥିଲେ ବରଯାତ୍ରୀ ତିରିଶ ଜଣ, ବାଜାବାଲା, ଶଙ୍ଖୁଆ। ଡଙ୍ଗା ଛାଡ଼ିଲାବେଳେ ଶଙ୍ଖଧ୍ୱନି ଓ ହୁଳହୁଳିରେ ସାତପଡ଼ା ଘାଟ ଉଚ୍ଛୁଳିପଡ଼ିଲା।

ବାଜା ବଜାଇ, ମହୁରୀ ଫୁଙ୍କି, ଶଙ୍ଖଧ୍ୱନିରେ ନାଆ ଚାଲିଥିଲା ଚିଲିକା ଛାତିରେ। କନ୍ୟାଧରି ସେଇ ନାଆରେ ବାହୁଡ଼ିବାର ଦୃଶ୍ୟ ଥିଲା ଅପୂର୍ବ ମନୋରମ।

ଗଲାବେଳେ ଯେମିତି ନାଆରେ ବାଟରେ ଖାଇବାର ବ୍ୟବସ୍ଥା କରିଥିଲେ ଯୁଧିଷ୍ଠିର। ପୁରି, ତରକାରି, ମିଠା, ମହାପ୍ରସାଦ ଖଲି ପକାଇ ଡଙ୍ଗାରେ ପରସାଗଲା। ଠିକ୍ ସେମିତି ଫେରିଲାବେଳେ ଖାଇବା ପଠାଇଥିଲେ କନ୍ୟାପକ୍ଷର। ବାଟରେ ଖାଇବା ପାଇଁ ମାଲପୁଆ ଓ ଡାଲମା, ଖାସ୍ତାଗଜା ଓ ଲବଙ୍ଗଲତା। ଦାସିଆ ହସି କହିଲା ଭାଇଙ୍କୁ, ଯାଙ୍ଲ ଭାଇ, ଏ ମାଲପୁଆ, ଡାଲମା କରିବାକୁ ଆମ ଚନ୍ଦନପୁରିଆ କାରିଗର ପରା ଯାଇଥିଲା। ସେ ଚିହ୍ନା ମୋର।

.... ଘଁ ଘଁ ଘଁ ଘଁ

ଆଜି ମଧ୍ୟ ସେଇ କଥା ମନେପଡ଼ିଯାଏ ଚାରୁଲତାର। ଦଶବର୍ଷ ତଳର ସେଇ ବାହାଘରର ମଧୁର ସ୍ମୃତି ସବୁ। ସବୁ ଝିଅ ଶାଶୁଘରକୁ ସବାରୀରେ ଯିବା ଦେଖିଛି ସେ। ହେଲେ ଡଙ୍ଗାରେ ନବବଧୂ ବର ସହ, ବରଯାତ୍ରୀଙ୍କ ମେଳରେ ଏକମାତ୍ର ନାରୀ ଜଣେ ହୋଇ ଶାଶୁଘର ଯାଇଛି କେବଳ ସେ, ଚାରୁଲତା ହିଁ।

ଗୋଟାଏ ବଡ଼ ଡଙ୍ଗାରେ ବସିଥିଲେ ସେମାନେ ତିରିଶ ଜଣ ସରିକି ଲୋକ। ଦି'ଖଣ୍ଡ ଟ୍ରଙ୍କ ବାକ୍ସ ଓ ଭାର ହାଣ୍ଡି ଇତ୍ୟାଦି। ବାପା ତାଙ୍କ ସାଧ୍ୟମତେ ଯୌତୁକ ଦେଇଥିଲେ। ଡଙ୍ଗାରେ ଏକ ପଟକୁ ବସିଥିଲେ ଚାରୁଲତା, ତାଙ୍କ ପାଖରେ ତା'ର ଦାଦା ପୁଅ ଭାଇ ରାମୁ। ତା' ଡାହାଣ ପଟେ ନାଆ ମଙ୍ଗାଆଡ଼କୁ ବସିଥିଲେ ଦାସିଆ। ଦାସିଆ ତା' ପାଖରେ ଜମା ବସୁନଥିଲା। ଯୁଧିଷ୍ଠିର ପାଖକୁ ଆସି କହିଲେ, ଦେଖ ଦାସିଆ, ତୁ ବୋହୂ ପାଖରେ ବସ। ଏପଟେ ରାମୁ ତା' ଭାଇ ବସୁ। ଡଙ୍ଗା ଚାଲିଲାବେଳେ ଦୋହଲିବ। ପିଲା ଲୋକ ଡରିବ ସେ! ତେଣୁ ରାମୁ ଓ ଦାସିଆର ମଝିରେ ବସିଥିଲା ଚାରୁଲତା। ଦୋହଲି ଦୋହଲି ଆଗକୁ ଯାଉଥିଲା ଡଙ୍ଗା। ଚାରିପଟେ ଚିଲିକାର ପାଣି। ଉପରେ ଖୋଲା ଆକାଶ। ସତରେ କେତେ ଭୟାକୁଳ ଓ ରୋମାଞ୍ଚକର ଥିଲା ସେ ଯାତ୍ରା।

ଚାରୁଲତା ଓଢ଼ଣା ଫାଙ୍କରୁ ଦେଖୁଥାଏ ସବୁ। ମୁହଁ ତଳକୁ ପୋତି ବସିଥାଏ। ଯୁଧିଷ୍ଠିର ପୂରା ନଜର ରଖିଥିଲେ। ପିଲାଟା ବେକ ନୁଆଁଇ ବସିରହିଛି। ତାଙ୍କର ବିଚାରଧାରା ଖୁବ୍ ଉଚ୍ଚ ଧରଣର। ସେ କହିଲେ, ଝିଅ ତୁ ବେକ ଭାଙ୍ଗି ବସୁ

କାହିଁକି ? ସିଧା ବସ। ଚାରିଆଡ଼କୁ ଦେଖ। ଏଠି କିଏ ଅଛି ଯେ, ବୋହୂପଣିଆ କରୁଚୁ ? ଏଠି କୋଉ ସାତବୁଢ଼ୀ ନାହାନ୍ତି ଖୁଣିବାକୁ।

ଯୁଧିଷ୍ଠିରଙ୍କ ଏ କଥାରେ ଜମା ସହଜ ହୋଇପାରୁ ନ ଥିଲା ଚାରୁଲତା। ତଥାପି ସେ ସିଧା ବସିଲା। ଡଙ୍ଗା ଦୋହଲି ଦୋହଲି ଗଲାବେଳେ ଥରେ ଡାହାଣପଟକୁ ନଇଁଗଲା। ପାଣି ପାଖାପାଖ ଡଙ୍ଗାର ଧାର। ପ୍ରାଣବିକଳେ ଦାସିଆର ବାହୁକୁ ଜାବୁଡ଼ି ଧରି ପକାଇଲା ଚାରୁ। ଏପାଖରୁ ରାମୁ ତାକୁ ଜାବୁଡ଼ି ଧରିଥାଏ। ଡଙ୍ଗାରେ ବସିବାର ଅଭ୍ୟାସ ନ ଥିଲା ତା'ର। ସେ ପାରିକୁଦ ଗାଁର ଝିଅ ସତ, ଚିଲିକା ମଝିରେ ଘର। ହେଲେ ସେ ଦିନେ ଗାଁ'ଛାଡ଼ି ବାହାରକୁ ଯାଇନାହିଁ।

ଚାରୁର ଏହି ଆକସ୍ମିକ ଆକର୍ଷଣରେ ଲାଜରେ ଜଡ଼ସଡ଼ ହୋଇଗଲା ଦାସିଆ। କାହିଁକି ସେ ଡଙ୍ଗାରେ ବାହାହେବାକୁ ଆସୁଥିଲା। ସେ ଉଠିଯାଉଥିଲା, ହେଲେ ଭାଇଙ୍କ କଥା ମନେପଡ଼ିଲା। ଚାରୁଲତା ମଝିରେ ବସିଛି। ସେ ଉଠିଗଲେ ଚାରୁ ଡାହାଣ ପଟେ ବସିବ ଆଉ କିଏ ? ପୁଣି କିଛି ବାଟ ଗଲାବେଳେ ଚାରୁ ଆଗକୁ ଢୁଙ୍କିପଡ଼ିଲା। ଦାସିଆ ଧରି ପକାଇଲା ତାକୁ। ଏମିତି ପରିସ୍ଥିତିରେ ଦୁହେଁ ଅପ୍ରସ୍ତୁତ ହୋଇଯାଉଥିଲେ ହେଁ, ଚାରୁଲତା ମଝିରେ ମଝିରେ କଣେଇ ଚାହୁଁଥିଲା ଦାସିଆକୁ।

ଭାଇଙ୍କର ପୁଣି ବରାଦ ହେଲା, ଗୀତ ମଠକୁ ବରାବର ଯାଏ ଦାସିଆ। ଭଜନ କୀର୍ତ୍ତନରେ ସଦା ଅଭ୍ୟସ୍ତ ସେ। ଭାଇଙ୍କ କଥା ମାନି ସେ ଆରମ୍ଭ କଲା 'ଚକା ନୟନକୁ ପତିତ କେହି' ଗୀତ ଗାଇଲାବେଳେ ଦାସିଆ କେମିତି ତନ୍ମୟ ହୋଇଯାଏ। ତା' ମୁହଁରେ କି ଆଭା ଉକୁଟି ଉଠେ। ଏକଥା ଯୁଧିଷ୍ଠିର ସିନା ଦେଖୁଥିଲେ, ଚାରୁ ଦେଖ ନ ଥିଲା, ଚାରୁକୁ ଭାରି ଭଲ ଲାଗିଲା। ତା'ର ସ୍ୱାମୀ ଏତେ ଭଲ ଗୀତ ଗାଇପାରେ।

ଦାସିଆ ଗାୟକ ନୁହେଁ। କେବଳ ଅଭ୍ୟାସ ମୁତାବକ ସେ ଗାୟନ କଲାକୁ ଆୟଉ କରିଛି। ଭଜନ ପରେ ଦାସିଆ ଆରମ୍ଭ କଲା କୀର୍ତ୍ତନ। ଖୋଲମୃଦଙ୍ଗ ନଥିଲା। ଥିଲା କେବଳ ହାତର ତାଲି ଓ ପାଦର ତାଲ। ତାକୁ ନେଇ ଦାସିଆ ଆରମ୍ଭ କଲା କୀର୍ତ୍ତନ। "ଓଁ ନମୋଃ ଭଗବତେ ବାସୁଦେବାୟ୍" । ଏଇ ଗୋଟିଏ ଧାଡ଼ିକୁ ସେ ଏତେ ପ୍ରକାର ସ୍ୱର ଦେଇ ଗାଇଲା ଯେ ଚାରିପାଖରେ ସଙ୍ଗୀତର ଅଜସ୍ର ସୁଧାବିନ୍ଦୁ ବିଞ୍ଚିଗଲା ସତେ।

ଚିଲିକା ମଝିରେ ଡଙ୍ଗା ଚାଲୁଥିଲା। ଚାରିପଟେ ନିର୍ଜନତାରେ ପାଣି ଓ ପାଣି। ଡଙ୍ଗାରେ କ'ଣ ଚାଲିଚି ଏକ ବିହ୍ୱଳ ଭକ୍ତର ଗୀତ ନୈବେଦ୍ୟ। ସେ ଗୀତର ସ୍ୱର

ବିସ୍ତରି ଯାଉଛି ଦୂର ଚକ୍ରବାଳଯାଏଁ। ପାଣିର ଅତଳ ସ୍ତର ଯାଏ। ଆକାଶର ଊର୍ଦ୍ଧ୍ୱ ସ୍ତିତି ଯାଏ।

ସମସ୍ତେ ଗୀତରେ ଆଚ୍ଛନ୍ନ।

କିଏ ଜଣେ କହିଲା, ହଇଓ ଦାସ ଭାଇ, ଆହେ ତମଟି ଏତେ ଗୁଣ ଜାଣି ନ ନଥିଲି ହେ। ତମ ରସିକ ମନ, ଡଙ୍ଗାରେ ବସି ବାହା ହେବାକୁ ଚାହେଁ, ପୁଣି ଠାକୁରଙ୍କୁ ଗୀତ ଅର୍ପଣ କଲାବେଳେ ଏତେ ନିର୍ଲିପ୍ତ ହୋଇଯାଏ! ଏ ଦୁଇପ୍ରକାର ୈଶ୍ୱର୍ୟ୍ୟକୁ ତମେ କେମିତି ଏକାଠି ସମ୍ଭାଳି ରଖିପାର କେଜାଣି।

ଏ କଥା ବି ଚାରୁଲତାର କାନରେ ପଡ଼ିଲା। ତା'ବର ପାନଦୋକାନଟିଏ କରିଛି ବୋଲି ତା'ମନ ଟିକେ ଊଣା ଥିଲା। ହେଲେ ତା'ଭିତରେ ଏତେ ଭଲ ଗୁଣ, ଏବେ ଭାବ, ଏକଥା ବରକୁ ନ ଚିହ୍ନିବା ଆଗରୁ ହିଁ ଜାଣି ଖୁବ୍ ଖୁସି ହେଇଗଲା।

ନିଜ ଭାଗ୍ୟ ପ୍ରତି କୃତଜ୍ଞତା ଜଣାଉଥିଲା ସେ।

ସତରେ ଚାରୁଲତା ବିବାହିତ ଜୀବନରେ ସୁଖୀ ହିଁ ଥିଲା। ଯା', ଦେଢ଼ଶୁର ଅତ୍ୟନ୍ତ ସ୍ନେହୀ। ସେମାନେ ପୁରୁଷମରେ ରହୁଥିଲେ। ଅଲାର ଗାଆଁରେ ରହୁଥିଲେ, ଚାରୁଲତା ଓ ଦାସିଆ। ଖାଇବା, ପିଇବା, ପିନ୍ଧିବା, ଲଗେଇବା କୋଉଥରେ ଊଣା ରଖନଥିଲା ଦାସିଆ। ହେଲେ ସେ ଥିଲା ଗୋଟେ କେମିତି କେମିତିକା। ଯେଉଁ କେମିତିକା ସାଙ୍ଗେ ମିଶିଲାବେଳେ ଚାରୁଲତା ଝୁଣ୍ଟି ପଡ଼ୁଥିଲା ବାରମ୍ବାର। ତାକୁ ଯାଉଣୁ ଆସୁଣୁ ବତାଉଥିଲା ଦାସିଆ। ପ୍ରାର୍ଥନା କର। ଭାଗବତ ପଢ଼। ପୁରାଣ ପଢ଼। କେତେବେଳେ ବସି ଖୁସି ଗପ କଲାବେଳେ କହୁଥିଲା, କେମିତି ଚୈତନ୍ୟ ମହାପ୍ରଭୁ ଆସି ପୁରୀରେ ପହଞ୍ଚିଲେ। କେମିତି ଭାଗବତ ଲେଖ୍ ଜଗନ୍ନାଥ ଦାସେ ଅତିବଡ଼ି ଉପାଧ୍ ପାଇଲେ। କେମିତି କାଞ୍ଚି ରାଜାଙ୍କ ସାଙ୍ଗେ ଯୁଦ୍ଧ କରିବା ପାଇଁ ଜଗାବଲିଆ କଳାଘୋଡ଼ା ଧଲାଘୋଡ଼ା ନେଇ ଯାଇଥିଲେ। ଜଣେ ନୂଆ ବାହା ହୋଇଥିବା ଅଲ୍ପ ବୟସୀ ଝିଅ କ'ଣ ଏଇଆ ଶୁଣିବାକୁ ଚାହେଁ ତା' ସ୍ୱାମୀଠାରୁ?

ତଥାପି ସୁଖୀ ଥିଲା ଚାରୁଲତା, ଦାସିଆର ଏହି କଥାକୁ ଗଭୀର ଶ୍ରଦ୍ଧାର ସହ ସେ ବରଣ କରି ନଉଥିଲା।

ରବିବାରକୁ ରବିବାର ଯୁଧିଷ୍ଠିର ଆସନ୍ତି। ସେଥର ମଧ ଆସି ସେ କହିଲେ, ନୂଆବୋଉ କହିଚି ଚାରୁକୁ ନେଇ ପୁରୁଷମ ଯିବାକୁ। ହେଲା? ସେ ଆଠଦିନ ଆମ ପାଖେ ରହିବ। ତୁ ବି ଚାଲ ନାଁ।

ଦାସିଆ ଘର ଛାଡ଼ି ଯାଏନି। ବାରିବଗିଚା ନଷ୍ଟ କରିଦେବେ ମାଙ୍କଡ଼। ଗାଁ'ର

ବାଲୁଙ୍ଗା ପିଲା । ସେ ରଖ୍ଥାଏ ଗୋଟେ କୁକୁର ବାରିରେ ବନ୍ଧା ହୋଇଥାଏ । କାଉଟିଏ ବସାଇ ଦିଏନାହିଁ ।

ସେଇ କୁକୁରକୁ ଜଗୁଆଲି ରଖ୍ ପୁରୀସ୍ତମ ପଲାଶ ଦାସିଆ । ପୁରୀସ୍ତମ ନ ଗଲେ ତ ତା' ମୁଣ୍ଡ ଖରାପ । ଗଲାବେଲେ କହେ, ଆରେ କାଳିଆ, ତୁ ପରା ମୋ ଠାକୁର, ମୋ ଘରବାଡ଼ି ଜଗିଥ୍ବୁ ହେଲା ?

ଭାଇଙ୍କ କଥାମାନି ଦିନେ ବସ୍ରେ ଚାରୁଲତାକୁ ନେଇ ପୁରୀସ୍ତମ ଗଲା ଦାସିଆ । ଚାରୁଲତାର ମନ ଭାରି ଖୁସି । ସେ ପୁରୀସ୍ତମ ଯିବ । ଜଗନ୍ନାଥ ଦର୍ଶନ କରିବ, ଶ୍ରୀକ୍ଷେତ୍ରରେ ଆଠଦିନ ରହିବ । ଭାଗ୍ୟରେ ଥିଲେ ମଣିଷ ଶ୍ରୀକ୍ଷେତ୍ର ଆସେ, ତା' ମାଟି ଛୁଏଁ, ଚାରୁଲତାର ମନ ଗୌରବରେ ପୂରି ଯାଇଥିଲା । ଗାଁରେ ଆଉ ପାଞ୍ଚଟା ଝିଅ ଶାଶୁଘର ଯାଇଚନ୍ତି ସତ, ହେଲେ, ତା' ପରି କିଏ ପୁରୀସ୍ତମ ଯାଉଛି । ତାଙ୍କ ଗାଁ ଲୋକମାନେ ଟିକେ ପୁରୀସ୍ତମ ଆସିବେ ବୋଲି କେମିତି ଧରସାର ହେଇଥାନ୍ତି ।

ଚାରୁଲତା ମୁଣ୍ଡ କୁଣ୍ଡାଇଲା । ରୂପା ଫୁଲ ମୁଣ୍ଡରେ ଖୋସିଲା, ରୂପା କଣ୍ଢାରେ ଖୋସା ବାନ୍ଧିଲା । ଭଲ ରଗଡ଼ି ଶାଢ଼ୀଟିଏ ପିନ୍ଧି ପୁରୀସ୍ତମ ବାହାରିଲା । ଯିବା ଆଗରୁ ଦି'ଥର ଦର୍ପଣରେ ମୁହଁ ଦେଖ୍ଥିଲା ।

ବଲଗଣ୍ଡିରେ ଯୁଧ୍ଷ୍ଟିରଙ୍କ ଘର । ଆଗରେ ପଛରେ ପାଞ୍ଚ ବଖରା ଚାଲଘର କରିଚନ୍ତି ସେ । ସବୁ ଚୂନ ସିମେଣ୍ଟରେ ତିଆରି । ଆଡ଼ିରେ ଦି ବଖରା ପକ୍କା ତିଆରି କରିବାର ଭାବନା ଅଛି । ଦାସିଆ ଓ ଚାରୁ ଆସି ଯେ ରହିବାର ଜମା ଅସୁବିଧା ନାହିଁ । ରିକ୍ସାରୁ ଦାସିଆ ଓହ୍ଲାଉ ଓହ୍ଲାଉ ଯୁଧ୍ଷ୍ଟିରଙ୍କ ବଡ଼ପୁଅ ବିଜୁ ଡାକ ପକାଇଲା, ବୋଉଲୋ, ସାନବାପା ସାନବୋଉ ଆସିଲେଣି ।

ଦାସିଆକୁ ଯୁଧ୍ଷ୍ଟିରଙ୍କ ପିଲାଏ ଡାକନ୍ତି ସାନ ବାପା । ଦାଦା ଡାକିବାକୁ ଅମ୍ବିକା ଶିଖାଇଥ୍ଲେ । ହେଲେ ଯୁଧ୍ଷ୍ଟିର କହିଲେ, ନାଇଁ ସେ ସାନବାପା ଡାକୁ । ଦାସିଆକୁ ସାନବାପା ଡାକିଲେ ସେ ଖୁସି ହୁଏ । ଆଉ ତା'ସ୍ତ୍ରୀ ତ ସାନବୋଉ ହେବାକୁ ବାଧ୍ ।

ଅମ୍ବିକା ରୋଷଘର ଛାଡ଼ି ଧାଇଁ ଆସିଲେ । ଘର ଭିତରକୁ ପଶୁଚନ୍ତି ଦାସିଆ ଓ ଚାରୁ । ଲକ୍ଷ୍ମୀନୃସିଂହ, ନା' ରାମ ସୀତା । ନାଁ, ଖାପିଲା ନାହିଁ ଏ ଉପମା । ଦାସିଆ ଗୋରା ତକତକ ପତଲା, ଡେଙ୍ଗା । ଚାରୁଲତାର ରଙ୍ଗ ଏତେ ସଫା ନୁହେଁ । ତଥାପି ମୁହଁର ଗଢ଼ଣଟି ଭାରି ସୁନ୍ଦର । ତଥାପି ଯୋଡ଼ି ମାନୁଛି । ଜମୁଛି ମଧ୍ୟ ।

ଅମ୍ବିକା ଚାରୁକୁ କୁଣ୍ଢାଇ ପକାଇଲେ । ତାକୁ ନେଇ ନିଜ ଘରେ ବସାଇଲେ । କହିଲେ, ଲୁଗାପଟା ବଦଳ, ଗୋଡ଼ହାତ ଧୁଅ, ସକାଳ ପହରୁ ଆସିଛ, କିଛି ଖାଇ ନଥ୍ବ! ମୁଁ ମାଛ ଭାଜିଛି, ପଖାଳ ଗଣ୍ଡିଏ ଖା ।

ହଁ, ନୂଆଉ ତାକୁ ମାଛ ଖାଇବାକୁ ଦିଅ। ଗାଁରେ ସେ ଆସିଲାଦିନୁ ମାଛ ଖାଇନାହିଁ। କହିଲେ ଦାସିଆ।

ଅମ୍ବିକା ଜାଣନ୍ତି ଯୁଧିଷ୍ଠିର ଓ ଦାସିଆ ଉଭୟେ ନିରାମିଷାଶୀ। ଆନୁଷ୍ଠାନିକ ଭାବେ ଦୀକ୍ଷା ନ ନେଲେ ମଧ ସେମାନେ ଦୀକ୍ଷିତ ପ୍ରାୟ। ଗୁରୁଦେବ ସବୁବେଳେ କହନ୍ତି, ଶିକ୍ଷା ଯଥେଷ୍ଟ ନୁହଁ, ଶିକ୍ଷା ମନକୁ ଶିକ୍ଷିତ କରାଏ ସତ, ଦୀକ୍ଷା ଆଚରଣ ଶୁଦ୍ଧକରେ। ମନକୁ ଆଲୋକିତ କରେ। ସ୍ୱାମୀଙ୍କ ଠାରୁ ଏହାହିଁ ଶୁଣି ଶୁଣି ସେ ବିରକ୍ତ ହୋଇଯାନ୍ତି ହେଲେ ବିନା ମାଛରେ ସେ ଭାତ ଖାଇପାରନ୍ତି ନାହିଁ। ତାଙ୍କ ପାଇଁ ନିତି ମାଛ ଆସେ।

ଅମ୍ବିକା କହିଲେ, ଚାରୁଲତାକୁ, ଆଲୋ ଓଲି, ସେ ତ ଖାଇବେ ନାହିଁ ମାଛ, ତୋ' ପାଇଁ ଆଣିବେ ନାହିଁ କାହିଁକି ? ତୁ କାହିଁକି ଜୋର କରୁନା ଆଣିବାକୁ। କାହିଁକି ତାଙ୍କୁ ବାଧ୍ୟ କରୁନା ଖାଇବାକୁ।

କିଛି କହେ ନାହିଁ ଚାରୁଲତା; ମନକୁ ମନ ହସେ। ସେ ପୁଣି ଜୋର କରି କହନ୍ତା, ମୋ ପାଇଁ ମାଛ ଆଣ। ଛିଃ, କେଡ଼େ ଲାଜ କଥା। ମନ ଜାଣି ସେ ଯଦି ନ ଆଣନ୍ତି, ମାଗିବ କାହିଁକି ଯେ ? ନାଁ ସେ ଦାବି କରିଜାଣେନା।

ଚାରୁଲତା, ପଖାଳ ଖାଇ, ଅମ୍ବିକାଙ୍କ ସାଙ୍ଗେ ମିଶି ରନ୍ଧାବଢ଼ା କଲା। ଦ୍ୱିପ୍ରହର ଖୁଆପିଆ ବଢ଼ିଲା। ଖାଇସାରି ଯୁଧିଷ୍ଠିର କହିଲେ, ଶୁଣ ବିଜୁବୋଉ, ଦାସିଆକୁ କହିବ, ଚାରୁକୁ ନେଇ ମନ୍ଦିର ଦର୍ଶନ କରାଇ ଆଣିବ। ସମୁଦ୍ରକୂଳ ନେବ। ଆଉ ଶ୍ରୀକୃଷ୍ଠରେ ଭଲ ସିନେମା ଚାଲିଛି ବୈକୁବାଥୁରା। ତାକୁ ଦେଖାଇ ଆଣିବ। ପିଲାଟା ଜମା ପୁରସ୍ତମ ଆସିନି। ସହର ଦେଖିନି ତାକୁ ବୁଲାଇବ। ସିନେମା ଦେଖାଇବ। ଯେତିକି ଦିନ ଚାରୁ ରହିବ ସେ ଫୁର୍ତିକରୁ।

ଲୋକ ସତରେ ଏତେ ଭଲ ହୁଅନ୍ତି ! ଚାରୁ ଭାବୁଥିଲା, କୃତଜ୍ଞତାରେ ତା'ର ମନ ନଈଁ ପଡ଼ୁଥିଲା। ଝିଅମାନେ କାନ୍ଦଣାରେ ବାହୁନନ୍ତି ଶାଶୁଘରକୁ ଯମଘର ବୋଲି କହି। ହେଲେ ତା' ଶାଶୁଘର ବୈକୁଣ୍ଠପୁର। ତା' ଶାଶୁଶ୍ୱଶୁର ନାହାନ୍ତି ସିନା ତା' ଯା' ଦେଢ଼ଶୁର ଏତେ ଭଲ। ସାକ୍ଷାତ୍ ଲକ୍ଷ୍ମୀନାରାୟଣ।

ଅମ୍ବିକା ଚାରୁଲତାଙ୍କ ମୁଣ୍ଡ ଅଁଲା ତେଲ ଲଗାଇ ଆହୁରି ଥରେ କୁଣ୍ଢାଇଦେଲେ। ଖୋସାରେ ମଲ୍ଲିକଡ଼ର ମାଲ ଗୁଡ଼ାଇଦେଲେ। କହିଲେ, ନୂଆବୋହୂଟା ବାସ୍ନାତେଲ, ପାଉଡ଼ର, କ୍ରିମ୍, ଏସବୁ ଲଗେଇବୁ ନାହିଁ ? ଦେଖା, ମୁଁ ତତେ ସଜେଇଦିଏଁ, କହି ସେ ତାଙ୍କର ଗୋଟେ ଚେନ୍ ତା' ବେକରେ ପିନ୍ଧାଇଦେଲେ। ତାଙ୍କ ନିଜର ଗୋଟେ ପାଞ୍ଚ ସରଥା। ଚନ୍ଦ୍ରହାର ଚାରୁଲତାର ଅଙ୍ଗରେ ପିନ୍ଧାଇଦେଲେ। ତା'ଖଇରିଆ ରଙ୍ଗ ପାଟ ସାଙ୍କୁ ରୂପାର ଚନ୍ଦ୍ରହାର ବଡ଼ିଆ ମାନୁଥିଲା।

ଚାରୁଲତା ମଫସଲ ଗାଁର ଝିଅ । ସହର ଦେଖିନି ଜମା । ସେ ନୂଆ ବାହା ହେଲା । ସ୍ୱାମୀ ସହ ଯାଇ ବଜାର ବୁଲିବ, ମନ୍ଦିର ଯିବ ଓ ଶେଷରେ ସିନେମା ଦେଖିବ, ଏହା ଭାବି ଚାରୁର ମନ ଖାଲି କୁରୁଳି ଉଠୁଥିଲା । ଉଲ୍ଲାସି ଯାଉଥିଲା । ସିନେମା କେମିତି ସେ ଦେଖିନି କି ଜାଣିନି । କେବଳ ସିନେମାର ବଡ଼ ବଡ଼ ଛବିସବୁ ରାସ୍ତାଘାଟରେ ମରା ହୋଇଥିବାର ଆଜି ସେ ଦେଖିଲା । ଦାସିଆ ତାକୁ ବୁଝାଇଦେଲା, ଏଇ ଛବି ସବୁ ସିନେମାର । ଆଜି ସେଇ ସିନେମା ସେ ଦେଖିବ ।

ରିକ୍ସାଟିଏ ଡାକି ଦାସିଆ ଚାରୁଲତାକୁ ନେଇ ବୁଲି ବାହାରିଲା, ସିଧା ସମୁଦ୍ରକୂଳକୁ । ସେଇ ତାଙ୍କର ବାଞ୍ଛିତ ପୀଠ । ସାତ ଲହଡ଼ି ମଠ । ଚାରୁଲତାର ହାତଧରି ଦାସିଆ ମଠ ଭିତରକୁ ଗଲା । ସେଇଠି ଦୁହେଁ ବସିଲେ । ଦାସିଆ କହିଲା, ଏଠୁ ଆରମ୍ଭ କରିବା ପ୍ରାର୍ଥନା । ଆମ ବାହାଘର ମାସେ ହେଲା । ଆଜିଠୁ ସବୁଦିନ ଏକାଠି ପ୍ରାର୍ଥନା କରିବା ଅଭ୍ୟାସ କରିବା । ପ୍ରାର୍ଥନା ସବୁ ଆବର୍ଜନା ସଫାକରେ । ପ୍ରାର୍ଥନା ସବୁ ଦୁର୍ବଳତା ଦୂରକରେ । ପ୍ରାର୍ଥନା ମନକୁ ସ୍ୱଚ୍ଛ ଓ ଶକ୍ତକରେ । ଚାରୁଲତାକୁ ଏକଥା କେମିତି କେମିତି ଲାଗୁଥିଲା । ସେ ବଲବଲ କରି ଦାସିଆକୁ ଚାହିଁଲା । ତାଙ୍କ ଘରେ ବୋଉ ତୁଳସୀରେ ପାଣି ଦିଏ । ସଞ୍ଜରେ ସଞ୍ଜବତୀ ଦିଏ । ଫୁଲପାଣି ନେଇ ଭୋଗ ଲଗାଏ । ଗାଁ ଭାଗବତ ଟୁଙ୍ଗିରେ ଭାଗବତ ବୋଲାହୁଏ । କୀର୍ତ୍ତନ ହୁଏ, ପ୍ରାର୍ଥନା କ'ଣ କେମିତି ଏକଥା ସେ ଜାଣିନାହିଁ ।

ଦାସିଆ ତାକୁ ବୁଝାଇଦେଲା । ଶିଖାଇଦେଲା । ହାତଯୋଡ଼ି ଦିହେଁ ଆଖିବୁଜି ପ୍ରାର୍ଥନା କଲେ ।

କିଛି ସମୟ ପରେ ମହନ୍ତ ମହାରାଜ ଆସିଲେ । ଖୁସି ହେଲେ, ଦାସିଆକୁ ସପତ୍ନୀକ ଦେଖି । ପ୍ରଭୁଙ୍କ ଜଳତୁଳସୀ ଦେଲେ । ପ୍ରସାଦ ଦେଲେ । ବତାଇଲେ ଜୀବନ ବଞ୍ଚିବାର ବାଟ । କହିଲେ, ସନ୍ୟାସୀ ହେବା ସହଜ ନା, ସଂସାରୀ ହେବା କଷ୍ଟ । ସଂସାରୀ ହୋଇ ଧର୍ମାଚାର ମଧ୍ୟରେ, ଈଶ୍ୱରାନୁଭବ ମଧ୍ୟରେ ବାଟ ଚାଲିବା ହିଁ ପ୍ରକୃତ ମଣିଷର ଧର୍ମ । ମାନବିକତାର ଅର୍ଥ ଆମେ କେତେଜଣ ବୁଝୁ ଓ ପାଳନକରୁ । ମାନବିକତାକୁ ସାର୍ଥକ କରିବା ମଣିଷର ଧର୍ମ । ତମେ ଏହି ପଥରେ ବ୍ରତୀ ହୁଅ ମା' । ସାମ୍ନାରେ ସଂସାର ବଡ଼ ପ୍ରପଞ୍ଚ । ତେବେ ତମର ଭୟ ନାହିଁ । ଦଧିନଉତିରେ ନେତ ଉଡ଼ୁଛି, ପତିତପାବନ ନେତ, ସେଇ ବାଟ ଦେଖାଏ । ସେଇ ଆଲୋକ ଦିଏ ।

କେମିତି କେମିତି ଲାଗିଲେ ମଧ୍ୟ ଚାରୁଲତାକୁ ଭଲ ଲାଗୁଥିଲା ଏକଥା । କିଛି ମୁହୂର୍ତ ତଳେ ସିନେମା ଯିବାର ମନ କିଞ୍ଚିତ୍ ଆଶ୍ୱସ୍ତ ହେଲା ଏ କଥାରେ । ସେମାନେ

କିଛି ସମୟ ସମୁଦ୍ର କୂଳରେ ବସିଲେ । ତା'ପରେ ଗଲେ ମନ୍ଦିର । ଆଉ ମନ୍ଦିର ପାଖରେ ତ ଶ୍ରୀକୃଷ୍ଣ ସିନେମା.....!!

ରାତି ସାଢ଼େ ନଅଟା ପାଖାପାଖି ଘରକୁ ଫେରିଲେ ଦିହେଁ । ଦାଣ୍ଡଘର ପଟା ଖଟରେ ଗଡ଼ୁଥିଲେ ଯୁଧିଷ୍ଠିର । ଏମାନଙ୍କୁ ଦେଖୁ ଦେଖୁ କହିଲେ, ଆରେ ବିଜୁ, ବୋଉକୁ କହ ବଢ଼ାବଢ଼ି କରିବ । ସାନବାପା ଆସିଲାଣି ।

ତରତର କରି ଲୁଗାପଟା ବଦଳି ଗୋଡ଼ହାତ ଧୋଇ ରୋଷଘରେ ବଢ଼ାବଢ଼ି କଲା ଚାରୁଲତା ।

ଦୁଇଭାଇ ଆସନ ପକାଇ ଖାଇ ବସିଥିଲେ ବାରଣ୍ଡାରେ । ଅମ୍ବିକା ରଖିଦେଇଗଲେ ଗୋଟିଏ ଥାଳି । ଏ ଦୁଇଭାଇ ଗୋଟିଏ ଥାଳିରେ ଖାଆନ୍ତି, ଏକାଠି । ଅମ୍ବିକା କରିଥିଲେ ଚକୁଳି ପିଠା, ମୁଗସାରୁ ଅମୃତଭଣ୍ଡା ଦେଶୀଆଳୁ ପଡ଼ିଥିବା ଡାଲମା । ନଡ଼ିଆ ଚଟଣୀ । ଯୁଧିଷ୍ଠିର ଆଣିଥିଲେ ଟେମା ସାହୁ ଦୋକାନରୁ ଖୀରା । ଦୁଇ ଭାଇ ଆନନ୍ଦରେ ଖାଉଥିଲେ । ପଛରେ ପରଶୁଥିଲେ ଅମ୍ବିକା ।

ଯୁଧିଷ୍ଠିର କହିଲେ...... ମନ୍ଦିର ଯାଇଥିଲୁ ରେ ? ମଠକୁ ?

ଖାଉ ଖାଉ ଦାସିଆ କହିଲା.... ହଁ ଭାଇ, ଆଗ ମଠରେ ମହାରାଜାଙ୍କୁ ପ୍ରଣାମ କରି ତା'ପରେ ମନ୍ଦିର ଗଲୁ ।

ଯୁଧିଷ୍ଠିର ପୁଣି ପଚାରିଲେ.... ଶ୍ରୀକୃଷ୍ଣରେ ପଡ଼ିଥିଲା 'ବେଜୁବାଉରା' । ଲକ୍ଷ୍ମୀ ଟକିଜ୍‌ରେ 'ଘୁଂଘଟ୍‌' । କୋଉଟା ଗଲ କିରେ ?

ଯୁଧିଷ୍ଠିର ଯାତ୍ରା, ଥିଏଟର ଓ ସିନେମା ପ୍ରିୟ । ତେଣୁ ସବୁ ହିସାବ ତାଙ୍କ ପାଖରେ ।

ଏ ପ୍ରଶ୍ନର ଉତ୍ତର ଦେଲା ନାହିଁ ଦାସିଆ । ସେ ତଳକୁ ମୁହଁ ପୋତି ଖାଇଲାଚାଲିଲା ।

କିରେ କୋଉଟା ଗଲୁ କହନ୍ତୁ ? ଅନ୍ନପୂର୍ଣ୍ଣା 'ଏ' ଗ୍ରୁପ୍‌ରେ ଚାଲିଛି 'ଲକ୍ଷ୍ୟହୀରା' । ବଢ଼ିଆ ବହି, ସେଠିକୁ ଗଲ କି ?

ଦାସିଆ ଡରି ଡରି କହିଲା, "ଆମେ ସିନେମା ଯାଇନୁ ।"

...ସିନେମା ଯାଇନ ? ଏତେ କରି କହିଥିଲି ? ଏତେ ବେଳଯାଏଁ ଥିଲ କୋଉଠି ?

...ଦାସିଆ ଭାଇଙ୍କୁ ମୁହଁ ଟେକି ଚାହିଁଲା, କହିଲା ସିନେମା ଯିବାକୁ ଭାବିଥିଲି ଯେ, ମଠରେ ପ୍ରାର୍ଥନା କଲାପରେ, ଆଉ ମନ ହେଲାନି । ମନ୍ଦିରରୁ ସିଧା ଗଲି ରାଧାକାନ୍ତ ମଠ । ଯେଉଁଠି ଗୌର ଗମ୍ଭୀରରେ ଅଖଣ୍ଡ ଦୀପ ଜଳୁଛି ଚୈତନ୍ୟ ମହାପ୍ରଭୁଙ୍କ ସମୟରୁ ତାକୁ ଦେଖାଇଲି । ସେଠୁ ଗଲି ସିଧ ବକୁଳ ମଠ । ସେଇଠୁ ଅଷ୍ଟଶମ୍ଭୁ ମହାଦେବ ଓ

ଶେଷରେ ତୋଟା ଗୋପୀନାଥ। ଭାଇ, ସେଠୁ ଉଠି ଆସିବାକୁ ଇଚ୍ଛା ହେଉ ନଥିଲା। ସେଠାରେ ଭଜନ କୀର୍ତ୍ତନ ଚାଲିଥିଲା। କେମିତି ଅଧାରୁ ଉଠିଥାନ୍ତି ? ମନ ଡାକିଲା ନି।

ଯୁଧିଷ୍ଠିର ଥକ୍କା ହୋଇ ଚାହିଁଲେ ଦାସିଆକୁ। ଖୁବ୍ ରାଗ ଲାଗୁଥିଲା ତାଙ୍କୁ। ସେ କହିଲେ ମଠ ଯିବାବେଳ କ'ଣ ଚାଲିଯାଉଥିଲା। ନା' ତୁ ଦୂରଦୂରାନ୍ତରୁ ଆସିଛୁ ଯେ ଆଉ ଆସିପାରିବୁ ନାହିଁ ? ପିଲାଟା ପାରିକୁଦର ଝିଅ। କେବେ ପୁରୀ ଆସିନି। ତାକୁ ଟିକେ ସିନେମା ଥ୍ୟେଟର ଦେଖାଇଥାନ୍ତୁ ନାଁ, ସିଧା ଗଲୁ ରାଧାକାନ୍ତ ମଠ। ବାଲୁଙ୍ଗା କୁଆଡ଼ର।

ମୁଣ୍ଡ ତଳକୁ କରି ଦାସିଆ କହିଲେ... ହଁ ଯେ, ତାକୁ ବି ଭଲ ଲାଗିଲା ପରା !

ହୁଁ ! ଯୁଧିଷ୍ଠିର ଉଠିଗଲେ।

ରାତିରେ ଶୋଇଲାବେଳେ ଚାରୁଲତା ପଚାରିଲା,..... ଆଚ୍ଛା କହିଲ, ରାଧା କ'ଣ କଲା ?

ଦାସିଆ କହିଲା..... ରାଧାରାଣୀ ତ ଗୋରା। ସବୁଟି ଗୌରବର୍ଣ୍ଣର ମୂର୍ତ୍ତି। କିନ୍ତୁ ତୋଟା ଗୋପୀନାଥଙ୍କ ପାଖେ ଏ ମୂର୍ତ୍ତି କଳା ହେବାର କାରଣ କହୁଥିଲେ, ସେଠାକାର ବାବାଜୀ ମହାଶୟ। କୃଷ୍ଣଙ୍କ ପ୍ରଗାଢ଼ ଅନୁରାଗରେ ସେ କୃଷ୍ଣରଙ୍ଗୀମ ହୋଇଚନ୍ତି। କେଉଁଠି କ'ଣ ଲଳିତା ଥାନ୍ତି ? ଏଠାରେ ରାଧା ଓ ଲଳିତାଙ୍କ ମଝିରେ ଶ୍ରୀକୃଷ୍ଣ ଅଛନ୍ତି। ସେ ମଧ୍ୟ ରାଗରଞ୍ଜିତା।

ଚାରୁଲତା ଶୁଣିଲା ଏକଥା..... ମନକୁମନ ଗୁଣି ହେଲା..... ଅନୁରାଗର ରଙ୍ଗ କ'ଣ କଳା ?

କେଜାଣି ଲୋ ମା', ଯେ ଗହନ କଥା।

ଅଲାରନାଥ ମନ୍ଦିର ସାମ୍ନାରେ ଏକ କଣକୁ କିନା ଛୋଟିଆ କ୍ୟାବିନ୍ଟିଏ। ଦାସିଆର ପାନ ଦୋକାନ। ବାରବର୍ଷ ତଳେ ବାଳକ ଦାସିଆ, ମୁଣ୍ଡକୁ ଭୁଟିଲା ପାନ ଦୋକାନଟିଏ କରିବ, ଭାଇକୁ ବୁଝାଇଥିଲା। ଭାଇ ଛୋଟ କ୍ୟାବିନ୍ଟିଏ ପକାଇ ସରଞ୍ଜାମ ଯୋଗଡ଼ କରିଦେଲେ। ସେଇଦିନୁ ସେଇଠି ବସେ ଦାସିଆ। ଏବେ ସେ ତେଇଶି ବର୍ଷର ଯୁବକ। ତା' କ୍ୟାବିନ ମଧ୍ୟ ଆଉ ଛୋଟ ହୋଇନାହିଁ, ବଡ଼ କ୍ୟାବିନ୍ଟିଏ ପକାଇଛି ଏବେ। ଅଲାରନାଥ ମନ୍ଦିରକୁ ଯାତ୍ରୀ ସମାଗମ ଏବେ ବଢ଼ିଛି। ଦେଶୀ ବିଦେଶୀ ବହୁ ପର୍ଯ୍ୟଟକ ଆସୁଛନ୍ତି। ଆଗେ ସେ କେବଳ ପାନ, ବିଡ଼ି, ସିଗାରେଟ୍ ବିକ୍ରି କରୁଥିଲା। ଏବେ ବହୁ ଜିନିଷ ରଖିଲାଣି ଗରାଖଙ୍କ ଚାହିଦାକୁ ନେଇ। ପିଲାଙ୍କ ପାଇଁ ବିସ୍କୁଟ, ଲଜେନ୍ଡ, ଚେନାଚୁର, ଭଲି ଭଲି ଖେଳଣାଠାରୁ ବ୍ରଶ, ପେଷ୍ଟ, ପାଉଡ଼ର ଇତ୍ୟାଦି ଇତ୍ୟାଦି ସବୁ। ଯାହା ମାଗିନେଲ ମିଳିଯିବ ସବୁ। କାଚଜାର୍‌ରେ

ନିମିକି ଓ ମହାଙ୍କୁର ପାଗ ମିଠା ମଧ ସେ ଯତନରେ ରଖିଛି। ଆଗେ ଜଗନ୍ନାଥଙ୍କ ଅଣସର ସମୟରେ ଖୁବ୍ ଲୋକ ଭିଡ଼ ହୁଏ, ସେଇ ସମୟରେ ଭଲ ଦି'ପଇସା ରୋଜଗାର କରେ ଦାସିଆ। ଜଗନ୍ନାଥ ଦର୍ଶନ କରି ନ ପାରି ଲୋକେ ଅଲାରନାଥ ଦର୍ଶନକୁ ଆସନ୍ତି। ଏବେ କିନ୍ତୁ ସବୁବେଳେ ଭିଡ଼। ଲୋକେ ବାରମାସୀ ଦର୍ଶନକୁ ଆସୁଛନ୍ତି। ଦାସିଆ ବେଲେବେଲେ ଭାବେ ଲୋକେ ବେଶୀ ଚା' ପିଇବାକୁ ଚାହୁଁଛନ୍ତି। ପାଖ ଦୋକାନରେ ରଘୁଆ ଚା' ବିକେ। ତା'ଠୁ ଦେଖ୍ ବିସ୍କୁଟ ରଖିଲାଣି। ତା'ଦାସିଆ ଭାବେ ହଉ ରଖୁ, ଏତେ ଲୋଭ ଭଲ ନୁହଁ। ଯେତିକି ମିଲୁଛି ସେତିକିରେ ସେ ସନ୍ତୁଷ୍ଟ ହେବା ଉଚିତ। ସନ୍ତୋଷ ଓ ଆନନ୍ଦ ଏହାହିଁ ଅପାର୍ଥିବ ସମ୍ପଭି। ତାକୁ ଯଦି ଅର୍ଜନ କଲା, ତେବେ ସବୁ ଠିକ୍ ଚାଲିଛି। ମନେପଡ଼େ ମହନ୍ତ ମହାରାଜଙ୍କ କଥା। ସେ ତାଙ୍କୁ ପ୍ରଣାମ କରେ।

ଦାସିଆର ଦୋକାନରେ ଜଗନ୍ନାଥଙ୍କ ଫଟୋଟିଏ ଥାଏ। ସେଠି ସେ ସକାଲେ ଫୁଲଦୀପ ଦିଏ। ସନ୍ଧ୍ୟାରେ ମଧ୍ୟ। ଏହାଛଡ଼ା ଭାଗବତର ଦି'ଧାଡ଼ି ଲେଖା ସେ ଉଦ୍ଧାର କରି ଲେଖୁଥାଏ।

“ସର୍ବ ଶରୀର ମଧ ସାର। ଦୁର୍ଲଭ ନର କଲେବର।।

ସୁଲଭ ନାବ ରୂପେ ଘାଟେ। ବନ୍ଧନ ଭବସିନ୍ଧୁ ତଟେ।।

ଏ ନାବେ ଗୁରୁ କର୍ଣ୍ଣଧାର। ମୁହିଁ ଅନୁକୂଲ ସମୀର।।

ଏମନ୍ତ ନାବ ଥାଉଁ କୂଲେ। ଯେ ବା ନ ତରେ ଭବଜଲେ।।

ସେ ନର ହୀନ ମୂଢ଼ ମତି। ତାହାକୁ କହି ଆତ୍ମଘାତୀ।।”

ଗାଁ ଟୋକାଏ ସବୁ ଠଙ୍ଗା କରି କହନ୍ତି, ଦାସିଆ ଭାଇ, ତମେ ତ ବେକରେ ତୁଲସୀ ମାଲା ପିନ୍ଧିଛ। କପାଲରେ ତିଲକ ଲଗାଇଛ। ଏଠି ଏ କ୍ୟାବିନ୍ରେ ପାନ ଭାଙ୍ଗୁଚ କାହିଁକି ? ଯାଉନ, ମଠରେ କୀର୍ତ୍ତନ କରିବ। ଏହାର ଜବାବ୍ ଦିଏ ଦାସିଆ, କହେ, ନା' ମୋ' ଭାଇଭାଉଜ, ତାଙ୍କର ତିନିଟା ପୁଅ। ସେମାନଙ୍କୁ କିଛି ତ ସାହାଯ୍ୟ ମୁଁ କରିବି। ମୋ' ବିନା ସେ ଚଲିବେ ନିଶ୍ଚୟ। ହେଲେ ତାଙ୍କ ଦାୟିତ୍ୱ ନବା ବିନା ତ ମୁଁ ଚଲିପାରିବି ନାହିଁ। ତାଙ୍କୁ ନ ଦେଖିଲେ, ତାଙ୍କୁ ଆଡ଼େଇଗଲେ ମୁଁ ନିଜେ ପରା ହୋଇଯିବି ନିଜର ସବୁଠୁ ବଡ଼ ଶତ୍ରୁ।

ସତରେ ଦାସିଆର ସ୍ୱଭାବ ଥିଲା, ଭାଇଗତ ପ୍ରାଣ। ଭାଇ ଓ ତା' ସଂସାର କହିଲେ ତାକୁ କିଛି ଦିଶୁ ନଥିଲା। ତା' ବୋଲି ଚରମ ସ୍ୱାର୍ଥପର ନ ଥିଲା। ଗ୍ରାମବାସୀ ହିସାବରେ, ଗାଁ'ରେ ବି ତା'ର ଆଦର ବଢ଼ିଲା। ସେ ଯେ ସଚ୍ଚୋଟ, ସରଲ ସ୍ନେହୀ ପିଲାଟିଏ। ସମସ୍ତଙ୍କୁ ଭଲ ପାଏ ଓ ସଭିଙ୍କୁ ସାହାଯ୍ୟ କରିବାକୁ ଚାହେଁ, ଏକଥା ମଧ୍ୟ

ଗ୍ରାମବାସୀ ଜାଣନ୍ତି । ଭଲ ଭଲ ଦିନମାନଙ୍କରେ, ସେ ଗାଁବାଲାଙ୍କ ଠାରୁ ଚାନ୍ଦା ଆଦାୟ କରି, ଅଲାରନାଥଙ୍କ ଠାରେ ଭଜନକୀର୍ତ୍ତନ କରେ । ସେ ଗୀତ ବୋଲେ, ସମସ୍ତେ ପାଲି ଧରନ୍ତି । ଅଲାରନାଥଙ୍କ ଚୂଡ଼ାଘଷା, ସୁଜି ଖୀରୀ ଭୋଗ ନୈବେଦ୍ୟ ହୁଏ । ସମସ୍ତେ ଖାଆନ୍ତି ହସଖୁସିରେ । ବେଲେବେଲେ ଏମିତି ହୁଏ, ଗାଁ ବାଲା ସହଯୋଗ କରନ୍ତି ନାହିଁ । କହନ୍ତି– ହେୟ, ମୋର ବେଲ ନାହିଁ । ସବୁବେଲେ ଗୋଟେ କ’ଣ କୀର୍ତ୍ତନ ? ଦାସିଆ ହସି ହସି କହେ ହଉ ଭାଇ, ତମ ଇଚ୍ଛା । ହେଲେ ତା’ ନିଜ ଇଚ୍ଛାକୁ ସମ୍ଭାଲି ପାରେନାହିଁ । ନିଜ ଅଗଣାରେ, ତୁଲସୀ ଚଉରା ମୂଲେ, ଆରମ୍ଭ କରେ କୀର୍ତ୍ତନ । ଗିନି ହେଲେ ଛଡ଼ା ତା’ର ଆଉ କିଛି ନଥାଏ । ତା’ର ପାଲିଆ ଧରେ, ଚାରୁଲତା । ଗିରସ୍ତ ଭାରିଯା ଦିହେଁ ଯାକ ଭଜନ କୀର୍ତ୍ତନ କରନ୍ତି ।

ଦାସିଆ ସବୁବେଲେ ଭାବେ, ତା’ର ମୃଦଙ୍ଗଟିଏ ଲୋଡ଼ା । କେତେ ପଇସା ପଡ଼ିବ କିଣିବାକୁ ପୁରସ୍ତମରେ ବୁଝିଲେ ହେବ । ମୃଦଙ୍ଗଟିଏ ନ ବାଜିଲେ କ’ଣ କୀର୍ତ୍ତନ ଜମେ ।

ପ୍ରତିବର୍ଷ ରଥଯାତ୍ରାବେଲକୁ ଦାସିଆ ଓ ଚାରୁଲତା ଦୁହେଁ ଉହଲବିକଲ ହୁଅନ୍ତି । ଦାସିଆର ଇଚ୍ଛା ସେ ଯେମିତି ପିଲାଦିନେ ବୋଉ ସାଙ୍ଗରେ ଜଗନ୍ନାଥଙ୍କ ନବଦିନ ଯାତ୍ରା କରୁଥିଲା ଅର୍ଥାତ୍ ଜଗନ୍ନାଥଙ୍କ ସହ ରଥ ସାଙ୍ଗରେ ଗୁଣ୍ଡିଚାଘର ଯାଇଥିଲା । ସେଇଠାରେ ନଅଦିନ ଯାକ ରହୁଥିଲା । ବାହୁଡ଼ାକୁ ଜଗନ୍ନାଥଙ୍କ ସହ ଫେରୁଥିଲା । ବାହୁଡ଼ାଦିନ ସେହି ବଡ଼ଦାଣ୍ଡରେ, ତାଟରେ ଚୂଡ଼ାଗୁଣ୍ଡ, କୋରାନଡ଼ିଆ, ଗୁଡ଼, କର୍ପୂର, ଗୁଜୁରାତି ଓ ଗୋଲମରିଚ ଗୁଣ୍ଡ ପକାଇ ଚୂଡ଼ାଘଷା କରି ମହାପ୍ରଭୁଙ୍କୁ ରଥଭୋଗ ଦେଉଥିଲା । ମୁଠାଏ ମୁଠାଏ ସମସ୍ତଙ୍କୁ ତାହା ବାଣ୍ଟି ଦେଉଥିଲା ଜଗନ୍ନାଥଙ୍କ ପ୍ରସାଦ ରୂପେ । ଏକାଦଶୀ ଦିନ ସୁନାବେଶ ଦେଖି ଦୁହେଁ ଫେରୁଥିଲେ । ବୋଉର ଏହାଥିଲା ବହୁଦିନର ଅଭ୍ୟାସ । ବୋଉ ସହ ସାଥୀ ହୋଇଥିଲା ଦାସିଆ । ତାକୁ ଭାରି ଭଲ ଲାଗୁଥିଲା ମଧ । ବୋଉ ଚାଲିଗଲା ପରଠାରୁ ଏ ଅଭ୍ୟାସ ତା’ର ବନ୍ଦ । ରଥକୁ ଆଉ ସେ ଯାଇପାରୁନି । ଯୁଧୁଷ୍ଠିର ଡାକନ୍ତି ଆରେ, ଆମର ଯାତ୍ରା ଚାଲିଛି ପୁରସ୍ତମରେ ଜମଜମାଟ ଯାତ୍ରା, ଆନନ୍ଦ ଉସ୍ବ । ତୁ ଏକୁଟିଆ ଗାଁରେ ରହିଚୁ । ପିଲାଟା ।

ସେହିଦିନଠୁ ସେ କେବଲ ଆଡ଼ପ ମଣ୍ଡପରେ ନବମୀ ଦର୍ଶନ କରିଆସେ । ଯାହାକୁ ସନ୍ଧ୍ୟା ଦର୍ଶନ କୁହାଯାଏ । ଏବେ ଚାରୁ ଲଗାଇଛି । ଭାଇଭାଉଜ ଆଦେଶ ଦେଇଛନ୍ତି । ଚାରୁ ଯାତ୍ରା ଦେଖିଯିବ । ରଥ ଦେଖିବ । ଏବେ ଦାସିଆର ଦୋକାନ ଚାଲିଛି ଭଲ । ଅଣସରବେଲେ ତା’ର ବିକ୍ରି ଭଲ । ଏ ସମୟରେ ଯିବା ଠିକ୍ ନୁହେଁ । ତେଣୁ ସେ ଚାରୁକୁ କହିଲା, ଶୁଣ, ଆମେ ସନ୍ଧ୍ୟାଦର୍ଶନ ଦିନ ଯାଇ ଦର୍ଶନ କରି

ଆସିବା। ନଅଦିନ ଯାତ୍ରା କ'ଣ କରିବାନି ? ଦିନ କେତେ ଯାଉ ? ତୁ ଭୁଆଶୁଣୀଟା ଦିଅଁଙ୍କୁ ଭଲପାଉଛୁ। ଭଲ କଥା, ହେଲେ ଅବସ୍ଥାକୁ ଦେଖ୍ ବ୍ୟବସ୍ଥା କରିବା ସିନା। ଯିଏ ଜଗନ୍ନାଥ, ସିଏ ଅଲାରନାଥ। ସିଏ ତ ଆମର ମାଲିକ। ଆମର ପ୍ରଭୁ। ତାଙ୍କ ଦୁଆରେ ମୁଁ ପଡ଼ିଛି ଦଶବର୍ଷ ବୟସରୁ। ଆମେ ନଅଦିନଯାକ ଅଲାରନାଥ ଦର୍ଶନ କରିବା। ତୁ ସଞ୍ଜବେଳେ ମାନି ସଙ୍ଗେ ଆସି ଦର୍ଶନ କରିବୁ। ଟିକେ ବସିବୁ। ତା' ପରେ ଯିବୁ। ମୁଁ ବେଲ ଦେଖ୍ ଦୋକାନରୁ କେତେବେଳେ ଯାଇ ଦର୍ଶନ କରିଦେବି। ହେଲା ? ମନଉଣା କରିବୁ ନାହିଁ।

ଶାନ୍ତ, ମିଷ୍ଟ, ସରଳ ଯୁବକ ଦାସିଆର ସବୁ କଥାକୁ ବିନାଦ୍ୱିଧାରେ ମାନିନେବା ଥିଲା ସରଳ ଚାରୁଲତାର ସ୍ୱଭାବ। ସେ ମୁଣ୍ଡ ଟୁଙ୍ଗାରି ସମ୍ମତି ଦେଲା।

ରଥଯାତ୍ରା ଯିବା ଦି'ଚାରିଦିନ ଯାଇଛି। ସବୁଦିନ ସଞ୍ଜରେ ଚାରୁଲତା ପଡ଼ିଶାଘର ପୁଅାଣି ହେଇ ଆସିଥିବା ଝିଅ ମାନି ସହିତ ଯାଇ ଅଲାରନାଥଙ୍କୁ ଦର୍ଶନ କରିଆସିଛି। ଦାସିଆ ଯେ ତାକୁ ଖର୍ଚ କରିବାକୁ କୋଡ଼ିଏ ଟଙ୍କା ଦେଇଥିଲା, ସେଥିରୁ ଦୀପ ଫୁଲ ଦେଇ, କ'ଣ କ'ଣ ସବୁ କିଣିଛି ମନଖୁସିରେ। ନଖପଚା, ଟିକିଲି, ରିବନ, ମୁଣ୍ଡଫୁଲ, ଏମିତି କେତେ କ'ଣ ?

ସେଦିନ ଦୋକାନରେ ସଞ୍ଜବୁଡ଼େ ଖୁବ୍ ଭିଡ଼। ଦାସିଆ ଗରାଖଙ୍କ ବରାଦରେ ବ୍ୟସ୍ତ ଅଛି। ହଠାତ୍ ତା' ନଜର ପଡ଼ିଲା, ଚାରୁଲତା ତା'ରି ଦୋକାନ ଆଡ଼କୁ ଆସୁଛି। ସାଙ୍ଗରେ ମାନି। ଦାସିଆକୁ ଭାରି ଅଡୁଆ ଲାଗିଲା। ଚାରୁ ବୋଧେ କ'ଣ ଗୋଟେ ପଚାରିବାକୁ ଆସୁଛି। ନ ପଚାରି ସେ କିଛି କରେନାହିଁ, କିୟା ପଇସା ସରିଗଲା, ପଇସା ମାଗିବାକୁ ଆସୁଛି। ହେଲେ ଦୋକାନରେ ଏତେ ଭିଡ଼। ଏତେ ଲୋକ। ଏମାନଙ୍କ ଗହଣରେ ଚାରୁ ଠିଆ ହେବ, ତା' ସହିତ କଥା ହେବ, ତାକୁ ଭଲ ଲାଗିଲାନି। ଜମା ଭଲ ଲାଗିଲା ନାହିଁ। ସେ ଚଟ୍‍କରି ଦୋକାନରୁ ଓହ୍ଲାଇ ଆସି କହିଲା, ଶୀଘ୍ର ଘରକୁ ଯା'। ଏଠିକୁ ଆସୁଚୁ କିଆଁ ?

ଅଗତ୍ୟା ଚାରୁ ଲେଉଟି ଗଲା ମାନି ସହ। ସେ ଦାସିଆର ସବୁ କଥା ମାନେ। ପଦେ କିଛି ଉଁ କି ଚୁଁ ନ କହି।

ଦୋକାନ ବନ୍ଦ କରି ଦାସିଆ ଘରକୁ ଗଲା। ଚାରୁ ଚାହିଁ ବସିଛି। ସେଦିନ କରିଚି ବଢ଼ ଯତନରେ ପୁରଦିଆ ଚକୁଲି, ଡାଲ୍‍ମା, କ୍ଷୀର ଗିନାଁ ରଖିଛି ଥାଲି ପାଖରେ।

ଦାସିଆ ଖାଉଥିଲା ଆନନ୍ଦରେ। ଚାରୁଲତା କହିଲା, ଜାଣିଛ, ମନ୍ଦିରରେ ଆଜି କ'ଣ ହେଲା ?

... କ'ଣ ହେଲା ? ଦାସିଆର ଛାତି ଧଡ୍ କରି ହେଲା। ଚାରୁଲତା ସହ କିଛି ଘଟିଲା କି ?

ଚାରୁଲତା କହିଲା, ଦର୍ଶନ କରିସାରି ବେଢ଼ା ବୁଲି ଆମେ ସେହି ଚୈତନ୍ୟଚକଡ଼ା ଠାରେ ମୁଣ୍ଡିଆ ମାରୁଥୁ। ଜଟାକୁଟଧାରୀ ଜଣେ ବାବାଜୀ ମୋ ପାଖେ ଠିଆହେଲେ। ମୁଁ ତାଙ୍କୁ ବି ମୁଣ୍ଡିଆ ମାରିଲା ପରେ ସେ କହିଲେ, ମା', ତୁ ଏଇଟା ରଖିଥା କି! ମୁଁ ଦର୍ଶନ କରି ଆସିଲେ ନେବି। ତୁ ଏଠି ଥା....।

ସେ କ'ଣ ଦେଲେ ତତେ ? କ'ଣ ? କୃଷ୍ଣମୂର୍ତ୍ତି ? ନାଁ.... ଦାସିଆ ବ୍ୟସ୍ତ ହୋଇପଡ଼ୁଥିଲା।

ଚାରୁଲତା କହିଲା, ନାଇଁ, ସେ ଦେଲେ ଏଇ ବଇଁଶୀଟା। କହିଲେ ଧରିଥା। ମୁଁ ଆସିଲେ ନେବି।

ଆମେ ଦୁହେଁ ସେଠି ବସିରହିଲୁ। କେତେବେଳେ ତା'ପରେ ସେ ନ ଫେରିବାରୁ ମନ୍ଦିର ସାରା ଖୋଜିଲୁ। ତାଙ୍କୁ ପାଇଲୁ ନାହିଁ। ସେଇଆ କହିବାକୁ ଆଉ ବାବାଜୀ ମହାପ୍ରଭୁଙ୍କୁ ଖୋଜିବି ବୋଲି, ତମକୁ ଡାକିବାକୁ ଯାଉଥିଲି ଦୋକାନକୁ। ତମେ କହିଲ ଘରକୁ ଯା'। ବାବାଜୀ ମହାପ୍ରଭୁଙ୍କ ବଇଁଶୀଟା ଯେ ମୋ ପାଖେ ରହିଗଲା। ମୁଁ କ'ଣ କରିବି ତାକୁ ନେଇ ?

ଏକଥା ଶୁଣି ସ୍ଥିର ହୋଇଗଲା ଦାସିଆ। ସେ ଭାବିପାରିଲା ନାହିଁ ଏ ବାବାଜୀ ମହାପ୍ର କିଏ ଓ କାହିଁକି ଏ ବଇଁଶୀଟି ଚାରୁଲତାକୁ ଦେଇଗଲେ ?

କୀର୍ତ୍ତନ ପାଇଁ, ସେ ମୃଦଙ୍ଗଟିଏ ଚାହୁଁଥିଲା, ଖୋଜୁଥିଲା। ପୁରୁଷୋତ୍ତମ ଗଲେ କିଣିବ ବୋଲି ଭାବୁଥିଲା। ଅଥଚ ତାକୁ ଅଯାଚିତ ଭାବେ ମିଳିଲା ବଇଁଶୀଟିଏ....?

କୀର୍ତ୍ତନରେ ମୃଦଙ୍ଗର ଆବଶ୍ୟକତା ଅଛି, ବଂଶୀର ନୁହେଁ।

ବଂଶୀ କେବଳ ଆକୁଳରେ କାହାକୁ ଡାକେ। କାହା ପାଇଁ ଆକୁଳିତ ? ପ୍ରକଟ କରିବାକୁ ଏ ବଂଶୀ ଆସିଲା ତା' ପାଖକୁ ? ଆଶ୍ଚର୍ଯ୍ୟ ଭାବରେ!

ଯେ କ'ଣ ଭଗବାନଙ୍କର ନିର୍ଦ୍ଦେଶ ?

ସେ ତାଙ୍କୁ ହିଁ ଡାକିବ, ତାଙ୍କୁ ହିଁ ସ୍ମରଣ କରିବ। କୀର୍ତ୍ତନରେ ନୁହେଁ, ବଂଶୀର ଆତୁର ସ୍ୱରରେ ?

ଦାସିଆ ଭାବୁଭାବୁ ଏତେ କଥା ଭାବିଗଲା ଯେ ତା' ଆଖି ଲୁହ ଛଲଛଲ ହୋଇଗଲା। ସେ ଚାରୁ ହାତରୁ ବଂଶୀଟି ନେଇ ଓଠରେ ରଖିଲା। ତା'ପରେ ଫୁଙ୍କିଲା। ମନେମନେ ପ୍ରାର୍ଥନା କଲା। ଶିଖେଇ ଦିଅ ପ୍ରଭୁ! ଶିଖେଇଦିଅ।

ପଛ କଥା ସବୁ ମନେପଡ଼ୁଥିଲା ଚାରୁଲତାର। ଏମିତି ବେଳେବେଳେ

ମନେପଡ଼େ । କେତେ ସାବଲୀଳ ଥିଲା ସେଦିନ ସବୁ । କେତେ ସ୍ୱଚ୍ଛନ୍ଦରେ କଟିଯାଇଥିଲା ଜୀବନ । ଆସନ୍ତାକାଲିର ଚିନ୍ତା ନଥିଲା, ଗତକାଲି ପଛରେ ରହିଯାଇଥିଲା । ହାତ ପାହାନ୍ତାରେ ଥିଲା ସୁଖ ଓ ଆନନ୍ଦ ।

ସେଇ ବଇଁଶୀଟିକୁ ନେଇ ଥିଲା ସ୍ୱାମୀ-ସ୍ତ୍ରୀଙ୍କର ଚିନ୍ତା । ବଇଁଶୀଟି ହାତରେ ଧରିଲାମାତ୍ରେ, ଏକ ଗୁରୁଦାୟିତ୍ୱ ବହନ କଲା ପରି ଲାଗୁଥିଲା ଦାସିଆକୁ । ସେ କହୁଥିଲା ମନକୁମନ... ବାବାଜୀ ଜଣେ ତତେ ଦେଲେ କାହିଁକି ? କେତେ ଲୋକ ନଥିଲେ ମନ୍ଦିରରେ ? ଏହା ପଛରେ କି ରହସ୍ୟ ଥାଇପାରେ ?

ରହସ୍ୟ ଗୋଟେ କଅଣ ମାଁ । ଦେଲେ ତ ଦେଲେ । ବାଉଁଶର ବଇଁଶୀଟିଏ । ତମକୁ ଭଲ ନ ଲାଗିଲେ ତମେ ଆଉ କାହାକୁ ଦେଇ ଦଉନା । ଏଥିପାଇଁ ଏତେ ଚିନ୍ତା କାହିଁକି ଯେ ? କହେ ଚାରୁଲତା ।

ଦାସିଆ କହେ, ଦେଇଦିଅନ୍ତି ଯେ! ମନ ଡାକୁନାହିଁ । ମନ କହୁଚି ଏଇଟା ମୋର ।

... ତମ ମନ କ'ଣ ଏକାବେଳେଲେ ଦି'ଟା କଥା କହେ ? କହିଲା ଚାରୁଲତା ।

ଦାସିଆ ଚାହିଁରହିଲା ଚାରୁଲତାକୁ । ତା'ମନର ଭଉଁରୀ ଖେଳ କେମିତି ଦେଖାଇବ ଚାରୁକୁ ।

ଚାରୁଲତା ହସି କହିଲା, ଶୁଣ । ବଇଁଶୀଟି ପାଇଛ ଯଦି ତାକୁ ବଜାଇବା ଅଭ୍ୟାସ କର । ବଜାଇବା ଶିଖ ।

ମୁଣ୍ଡକୁ କଥାଟା ଠିକ୍ ଜୁଟିଗଲା । ସେ କହିଲା, ହଁ, ଶିଖିବି... ନିଶ୍ଚୟ ଶିଖିବି ।

ଚାରୁଲତା କହିଲା, ତମେ ତ ଭଜନକୀର୍ତ୍ତନ କରୁଚ, ଏବେ ବଇଁଶୀର ସ୍ୱରରେ ସେଇ ପ୍ରାର୍ଥନା ଚାଲୁରହିବ । ସେଥିରେ ଶବ୍ଦ ନ ଥିବ ସିନା, ଭାବ ତ ଥିବ । ମନର ଆବେଗ ଥିବ । ତାହା ସୁରରେ ମିଶି ପ୍ରଭୁଙ୍କ ଦୁଆରେ ଠକ୍ ଠକ୍ ଶବ୍ଦ କରିବ ନାହିଁ ?

ଆଲୋ, ତୁ ତ କ'ଣ ବଢ଼ିଆ କଥା କହୁଚୁ । ଦାସିଆ ହସିଲା ।

ଚାରୁ କହିଲା.... ସବୁ ତ ଶିଖେଇଚ ତମେ! ସବୁଠୁ ସବୁ! ଚାରୁ ହସିଲା ।

ଦଶବର୍ଷର ଜୀବନ କଟିଯାଇଛି । ସମୟ ବହିଯାଇଛି । ଚାରୁ ଓ ଦାସିଆ କିଛିଟା ବୟସ୍କ ହୋଇଚନ୍ତି । ତାଙ୍କ ଝାଟିମାଟିର ଘର ଏବେ ସିମେଣ୍ଟ ଦିଆହୋଇଚି । ଫସଲ ଭଲ ଅମଲ ହେଉଛି । ଦାସିଆର ଦୋକାନ ଭଲ ଚାଲୁଛି । ନିଜ ଖର୍ଚ୍ଚ ଯାଇ ସେ ଭାଇ ପାଖରେ ବଳକା ଟଙ୍କା ଦାଖଲ କରୁଚି ।

ଯୁଧିଷ୍ଠିର ଗାଁ'ରୁ କିଛି ଚାଉଳ, ମୁଗ, ନଡ଼ିଆ ଆଦି ନିଅନ୍ତି । ସେ ନେବାକୁ ଚାହାନ୍ତି ନାହିଁ । ହେଲେ ଦାସିଆ ନିଜେ ଯାଇ ଦେଇଆସନ୍ତେ କିନ୍ତୁ ତା'ର ଦୋକାନର

ଆୟ ସେ ନେବେ, ଏହା ତାଙ୍କୁ ଭଲ ଲାଗେନାହିଁ। ସେ ଜମା ନିଅନ୍ତି ନାହିଁ; କିନ୍ତୁ ଦାସିଆ ଜୋରକରି ସେ ଟଙ୍କା ଭାଇଙ୍କ ଖଟ ଶେଯ ତଳେ ରଖିଦେଇ ଆସେ।

ବଗୁଲାବଗୁଲୀ ପରି ଦିନ କାଟିଦିଅନ୍ତି ଦାସିଆ ଓ ଚାରୁଲତା। ହେଲେ କେଉଁଠି ଯେ ଗୋଟେ ଖାଲିପଣ ଚାରୁଲତାର ଛାତିକୁ ଗୁରୁ ଗୁରୁ କରେ, ଏ କଥା ସେ ମୁହଁ ଖୋଲି ଦାସିଆକୁ କହିପାରେ ନାହିଁ। ଦାସିଆ ମଧ ଭାବିପାରେ ନାହିଁ, ଚାରୁଲତାର କିଛି ଖାଲିପଣ କ'ଣ ଅଛି ବୋଲି।

ଦିନ ଯାଏ। ରାତି ପାହେ। ପୁଣି ସକାଲ ଆସେ। ସଞ୍ଜ ହୁଏ। ରତୁ ପରେ ରତୁ ଆସେ। ଚାରୁଲତା ଜୀବନରେ ନୂଆ କିଛି ଘଟେନାହିଁ।

ସକାଳୁ ବାରିଘର ଓଲେଇ, ବାସନମାଜି ସେ ଗାଧୋଇ ଆସେ। ସୂର୍ଯ୍ୟଙ୍କୁ ପାଣି ଆଞ୍ଜୁଲା ଟେକେ। ତୁଲସୀରେ ପାଣିଦିଏ। ଠାକୁରଙ୍କ ପାଖରେ ଅଖଣ୍ଡ ଦୀପ ଜାଲେ। ପ୍ରାର୍ଥନା କରେ। ମନ ନିଗାଡ଼ିଲା ପରି ପ୍ରାର୍ଥନା କଲେ। ତା'ପରେ, ଭାଗବତ ବହି ଖୋଲି ଧରି ପଢ଼େ।

"ସେ ନାରାୟଣ ବର୍ଣ୍ଣ ଚିହ୍ନ।   କହି ପାରିବ କେଉଁ ଜନ।।
ଯା ମାୟା ସଂସାର କାରଣ।   ସୃଷ୍ଟି ପାଲନ ସଂହାରଣ।।

× × ×

ମୋ ପ୍ରାଣନାଥ ଅଛି ପାଶେ।   ମୁହିଁ ନ ଦେଖେ ମୋହ ବଶେ।।
ସେ ନାଥ ସର୍ବ ଜୀବଆତ୍ମା।   ନିର୍ଲେପ ନିର୍ଗୁଣ ମହାତ୍ମା।।

ଏଇ ମନ ଏକ ଚିଉରେ ଭାଗବତ ପଢ଼ିଚାଲେ ଚାରୁଲତା। ବେଲେବେଲେ ପଢ଼ିଲାବେଲେ ତା'ର କୋହ ଉଛୁଲେ। କଣ୍ଠ ଗଦ୍ ଗଦ୍ ହୋଇଯାଏ। ଧାର ଧାର ଲୁହ ବହିଆସେ। ସେ ବହିଟିକୁ ମୁଣ୍ଡରେ ଲଗାଇ ବ୍ୟାସାସନରେ ରଖେ। ଥାକରେ ଥିବା, ଫୁଲମଣ୍ଡିତ ଠାକୁରଙ୍କୁ ପ୍ରଣାମ କରେ। ଅଖଣ୍ଡ ଦୀପଟି ଜାଲିରଖି ମନେ ମନେ କହେ, ହେ ଅନ୍ତର୍ଯ୍ୟାମୀ ମହାପ୍ରଭୁ! ମୁଁ ମୁରୁଖ ମାଇପିଟିଏ। ଏ ଦୀପଟି ଜାଲି ରଖିଲି ଏକ ଶୁଭ ମନାସରେ, ଏ ଦୀପରେ ତେଲ ନାହିଁ ପ୍ରଭୁ, ଅଛି ମୋ ହୃଦୟର ଭାବରକ୍ତ! ମୁଁ ମୃଦୁଶିଖାରେ ନିରତ ଜଲୁଛି ଠାକୁରେ! ରଖିବ ଯଦି ରଖ, ନଚେତ୍.....

ସେ ବେକରେ କାନି ଗୁଡ଼ାଇ ପ୍ରଣାମ କରେ। ତା'ପରେ ଉଠି ରୋସେଇ ଘରକୁ ଯାଏ। ରନ୍ଧାବଢ଼ା କରେ, ବଡ଼ି, ଆଚାର କରେ। ବାରିରେ ଜହ୍ନ କାକୁଡ଼ି ଲଗାଏ। ଫସଲ ଉତାରେ। ଏମିତି ଚାଲେ ତା'ର ଦିନ।

ଦାସିଆ ସକାଲୁ ଗାଧୋଇ, ଠାକୁରଙ୍କଠାରେ ମୁଣ୍ଡିଆଟେ ମାରି ବାରିର ଫୁଲ ନେଇଯାଏ ଅଲାରନାଥ ମନ୍ଦିରକୁ। ସେଠି ପୂଜା ସାରି ଜଲଖିଆ ଖୋଇ ଦୋକାନ

ଯାଏ। ଫେରେ ଖରାବେଳେ। ପୁଣି ଭାତ ଖାଇ ଯାଏ ସେ ଆସେ, ରାତି ନଅଟାରେ। ଗୋଡ଼ହାତ ଧୁଆଧୋଇ ହୋଇ ଠାକୁର ଘରେ ଭାଗବତ ଅଧ୍ୟାୟେ ପଢ଼େ। ଚାରୁଲତାର ଅଖଣ୍ଡ ଦୀପ ଜଳୁଥାଏ ମୃଦୁ ଶିଖାରେ। ସେଇ ଦୀପାଲୋକରେ ଦାସିଆ ସ୍ୱର ଦେଇ ଭାଗବତ ବୋଲେ।

"ପଥିକ ଯେହ୍ନେ ବୃକ୍ଷମୂଳେ | ଶ୍ରମେ ବସତି ଏକ ମେଳେ।।
ଶ୍ରମ ହରିଲେ ଯେଥୋ ମତେ | ଚଳନ୍ତି ବୃକ୍ଷ ତେଜି ପଥେ।।
ଏହି ପ୍ରକାରେ ଗୃହବାସ | ନ କର ଏଥିରେ ବିଶ୍ୱାସ।।"

ବାରଣ୍ଡାରେ ବସିଥିବା ଚାରୁଲତାର ଛାତି ଏ ପଦ ଶୁଣି ଧକ୍ କରି ହୋଇଯାଏ। ଯେମିତି କମ୍ପିଯାଉଛି ତା'ର ମନ ପ୍ରାଣ।

ଦାସିଆ ପୁଣି ସ୍ୱର ଧରିଥାଏ–

"ପୁତ୍ର କଳତ୍ର ବନ୍ଧୁଶିରୀ | ନ ବୋଲ ମୋହରି ମୋହରି।।
ଦଇବ ମାୟା ଏ ସଂସାର | ଏଣେ ନ କର ଅହଂକାର।।"

ଆହା, କେତେ ସୁନ୍ଦର, ଅଥଚ କେତେ ବିରାଗରେ ଗାଉଚନ୍ତି ଏ ଗୀତ। ତାଙ୍କ ମନ ମଧ୍ୟ ଏ ଗୀତରେ ଟୋପାଟୋପା ନିଗିଡ଼ି ଯାଉଛି କି? ଚାରୁଲତା ଆଖିରୁ ଲୁହ ୫ରେ। ଛାତିରୁ କୋହ ଉଠେ। ସେ ଶାଢ଼ୀ କାନିରେ ଆଖି ପୋଛି ମନକୁ ପଚାରେ ସେ କାନ୍ଦୁଚି କାହିଁକି? ଭାଗବତ ପାଠରେ? ନାଁ ଆଉ କିଛି?

ଦାସିଆ ବହି ପଢ଼ା ଶେଷକରି ସାଷ୍ଟାଙ୍ଗ ପ୍ରଣାମ କରେ। ତା'ପରେ ବାହାରକୁ ଆସେ। ଚାରୁଲତା ଆଖି ପୋଛୁଥିବା ଦେଖି କହେ, ତୁ କାନ୍ଦୁଚୁ କିଲୋ? ହଁ, ଭାଗବତ ଶୁଣିଲେ କାନ୍ଦ ମାଡ଼େ। ବୋଉ ବି କାନ୍ଦେ ମୁଁ ଦେଖିଚି।

ଦାସିଆର ସରଳ ନିଷ୍କପଟ ମୁହଁକୁ ଚାହିଁ ଚାହିଁ ଚାରୁଲତା ଉଠିଯାଏ। ଦାସିଆ ପାଇଁ ଖାଇବାକୁ ବାଢ଼େ। ଖିଆପିଆ ପରେ, ବାରଣ୍ଡାରେ ଖୁଣ୍ଟକୁ ଆଉଜି ବସି ବଂଶୀ ବଜାଏ ଦାସିଆ। ଅଭ୍ୟାସ କରି କିଛି ସେ ଆୟତ୍ତ କଲାଣି, ଏକମାତ୍ର ଶ୍ରୋତା ହୋଇ ବସିଥାଏ ଚାରୁଲତା।

ଏମିତି ଚାଲିଥାଏ ତାଙ୍କର ଦିନ ଓ ରାତି। ସଂସାରର ଚକ ଏମିତି ଗଡ଼ୁଥାଏ। ଦିନେ ଦାସିଆ ବଇଁଶୀ ବଜାଇଲାବେଳେ କହିଲା ଜାଣିଲୁ ଚାରୁ, ଆମ ଗାଁର ନାଥ ନନା ମନ୍ଦିର ବେଢ଼ାରେ ବଇଁଶୀ ବଜାଏ। ତା'ଛଡ଼ା ଆମ ଗାଁ'ରେ କେହି ବଇଁଶୀ ବଜାଇ ଜାଣନ୍ତି ନାହିଁ। ରାତି ଯେତେଯେତେ ବଢ଼େ ତା'ର ବଇଁଶୀର ସ୍ୱର ସେତିକି କରୁଣ ହୁଏ। ଏଣେ ଆମଘରେ ବଇଁଶୀ ସ୍ୱର ଶୁଣିଲାମାତ୍ରେ ବୋଉ ରାତିରେ ଖାଏନା। ଯାହାର ଗୋଟିଏ ପୁଅ ସେ ଯଦି ରାତିରେ ବଂଶୀସ୍ୱନ ଶୁଣେ ତେବେ ଆଉ ଖାଏନା।

ଏକା ମୋ ବୋଉ ନୁହେଁ, ଗାଁ'ର ସବୁ ଏକ ପୁଅର ମାଆ ଏଇଆ କରିଥାନ୍ତି। ନାଥ ନନା ନିତି ବଂଶୀ ବଜାଏ ଆଉ ବୋଉ ନିତି ରାତିରେ ଉପାସ ହୁଏ। ଦିନେ ମୁଁ କହିଲି, ବୋଉ, ତୋର କୋଉଠି ଗୋଟିଏ ପୁଅ ଯେ ତୁ ବଇଁଶୀ ସ୍ୱର ଶୁଣିଲେ ଖାଉନୁ। ଯୁଧୃଷ୍ଟିର ଓ ଦାସିଆ, ତୋର ପରା ଦି' ପୁଅ! ଦି' ଆଖ୍ୟ। ଆଜିଠୁ ଯଦି ନ ଖାଇବୁ, ଜାଣିବି ମୁଁ ବୃଥାରେ ତତେ ବୋଉ ଡାକୁଚି। ତୁ ମୋ ବୋଉ ନୁହଁ। ଏତିକିରେ ବୋଉ ମତେ ଛାତିରେ ଜାବୁଡ଼ି ଧରିଲା। ସେଇଦିନଠୁ ବଇଁଶୀ ସ୍ୱନ ଶୁଣିଲେ ବି ବୋଉ ରାତିରେ ଖାଏ।

ଚାରୁଲତା ଦାସିଆର ସବୁକଥା ମନଦେଇ ଶୁଣେ। ସେ କହେ ତମେ ଆଜିକାଲି ଭଲ ବଇଁଶୀ ବଜାଉଛ। ତମ ବଂଶୀସ୍ୱର ଶୁଣିଲେ ମତେ ଲାଗେ ତୁମେ ପ୍ରାର୍ଥନା କରୁଚ। ଏ ପ୍ରାର୍ଥନା, ସେଇ ବନ୍ଦ କବାଟରେ ଠକ୍ ଠକ୍ ବାଡ଼େଇ ହଉଚି, ତମେ କହିଲ, ସତେ କ'ଣ ସେ କବାଟ ଖୋଲିବ ନି?

ଚାରୁଲତା କହେ ଓ ମୁହଁ ବୁଲାଇ ନିଏ। ତାକୁ ଏକା ଆଖ୍ୟରେ ଚାହିଁ ଦାସିଆ କହେ, ତୋର କ'ଣ ମନାସ ଅଛି କିଲୋ?

ଚାରୁ ଉଠିଯାଏ ସେଠାରୁ। ତା'ର କ'ଣ ମନାସ ଏ କଥା ସେ ଦାସିଆକୁ କହିପାରେ ନାହିଁ। ସେ ଯଦି ବୁଝି ନ ପାରୁଚି, ନ ବୁଝୁ।

ସେଦିନ ଦାସିଆ ଦୋକାନରୁ ଆସି ଖରାବେଳେ ଭାତ ଖାଇ ମୁହଁ ଧୋଇଲାବେଳେ ଚାରୁକୁ କହିଲା ଦେଲୁ ମତେ କଟୁରୀଟା। ମୁଁ କଦଳୀ କାନ୍ଦିଟା କାଟିଦିଏ। କଦଳୀଟା ବନିଗଲାଣି।

ଚାରୁଲତା ଅଇଁଠା ଥାଲିରେ, ନିଜ ଭାତ ଅକାଡ଼ୁ ଅକାଡ଼ୁ କହିଲା, ଏଇନେ ଖାଇକରି ଉଠିଛ, ଟିକିଏ ଗଡ଼ିପଡ଼, ପଛକୁ କଦଳୀ କାଟିବ ନାହିଁ?

ଦାସିଆ କହିଲା – ପଛକୁ? ମୁଁ ଏଇନେ ପୁରସ୍ତମ ଯିବି ପରା। ଦି'ସପ୍ତାହ ହେଲା ପିଲାଗୁଡ଼ାକୁ ଦେଖିନି। ମନ ଘାଣ୍ଟି ହେଉଚି। କଦଳୀ ଦେବା ହେବ ଓ ପିଲାଙ୍କୁ ଦେଖିବା ବି ହେବ। ଦେ' ଦେ' ମୁଁ ଝଟ ଯାଏଁ।

ଚାରୁଲତା ଦାସିଆର ମୁହଁକୁ ଚାହିଁଲା। ଭାଇଙ୍କର ପିଲାଙ୍କୁ ନ ଦେଖୁଲେ, ଯା'ଙ୍କର ମନ ଘାଣ୍ଟି ହେଉଚି। ଏ ଅଗଣାରେ ଯେ ପିଲାଟିଏ ଖେଳୁନି, ତହିଁକୁ ମନ ଘାଣ୍ଟି ହେଉନି?

କିଛି କହିପାରିଲାନାହିଁ ଚାରୁଲତା। ଏକ ଲମ୍ବ ନିଶ୍ୱାସ ବାହାରିଗଲା ଓ ହୃତ୍‌ପିଣ୍ଡରୁ ଅଜାଣତରେ।

ଦାସିଆ ଲକ୍ଷ୍ୟକଲା ଚାରୁଲତାକୁ। କହିଲା, କ'ଣ ହେଲା ? ଏତେ ବଡ଼ ନିଶ୍ୱାସ ନେଲୁ ଯେ।

ନାଇଁ ମ! ଚମକିଗଲା ଚାରୁଲତା। ପ୍ରକୃତିସ୍ଥ ହୋଇ କହିଲା, ଅଜୁ କି ବିଜୁକୁ ସାଙ୍ଗରେ ଆଣିଛ ନାହିଁ ? ଘରଟା ଘର ପରି ଲାଗନ୍ତା।

ହସ ଫୁଟିଲା ଦାସିଆ ମୁହଁରେ। ସେ କହିଲା, ଆଲୋ ମୁଁ.... କ'ଣ ମନା କରୁଚି ? ସେ ଦି'ଟା ପରା ପଢ଼ାପଢ଼ି କଲେଣି। ଟିଉସନ୍ ଯାଉଚନ୍ତି। ଭାଇ କହୁଚନ୍ତି ପାଠ ମାରା ହେବ। ଦିନେ ବୁଲିଗଲେ, ପାଠ ମାରା ହେଉଛି ? ଗାଁକୁ ଆସନ୍ତେ। ମଜ୍ଜା କରନ୍ତେ। ତାଙ୍କୁ ଖଜୁରୀ ରସ, ଖଜୁରୀ କନ୍ଦା ଖୁଆନ୍ତି। ଗଛରେ କେତେ ଆତ ହୋଇଚି। ପର ପିଲା ଛିଣ୍ଡେଇ ନେଇଯାଉଚନ୍ତି। ଛୁଆ ଗୁଡ଼ା ଖାନ୍ତେ ନାହିଁ।

ଦାସିଆର ଇଚ୍ଛା ପିଲାଏ ମଝିରେ ମଝିରେ ଆସନ୍ତେ। ସେ ତାଙ୍କୁ କାନ୍ଧରେ ବସାଇ ଦିଅଁ ଦେଖାଇନିଅନ୍ତା। ଗୁଡ଼ିଆ ଦୋକାନରୁ ଜଲେବି ନିତି ଖୁଆନ୍ତା।

ଦାସିଆ କଦଲୀ କାନ୍ଦି କାଟି ଫେଣା ଫେଣା କଲା। କହିଲା, ଦି ଫେଣା ଅଲାରନାଥଙ୍କର। ଦି'ଫେଣା ସାତଲହଡ଼ି ମଠର, ଫେଣାଏ ଜଗା ସାଆନ୍ତର, ସେ ତ ବଡ଼ଖିଆ ନା'। ବାକି ତକ ଆମ ଘର ପାଇଁ। ଦାସିଆ ମୁଢ଼ି ମୁଆଁ, ଦେଶୀଆଳୁ, ସଜନାଛୁଇଁ ବିଡ଼ାଏ ବେଗ୍‌ରେ ପୂରାଇ ବାହାରିଲା।

ଚାରୁଲତା କହିଲା, ଅପାଙ୍କ ପାନ ନେଇଛ ?

ଦାସିଆ ଚାରୁକୁ ଅନାଇଁ କହିଲା– ସେଟା ଆଉ ଭୁଲିବି ମୁଁ ? ତୋ ପାଇଁ ତାଙ୍କ ପାଇଁ ଦିହିଙ୍କ ପାଇଁ ଆଣିଛି। ନେ' ସାର୍ଟ ପକେଟରୁ ପାନ କାଢ଼ି ସେ ଚାରୁଲତାକୁ ଦେଲା।

ଦାସିଆ ଘରକୁ ଆସିଲାବେଲେ ଚାରୁଲତା ପାଇଁ ଭଙ୍ଗାପାନ ଆଣେ। ଗୁଜୁରାତି, ଲବଙ୍ଗ, ପିପରମେଣ୍ଟ ଓ ଲକ୍ଷ୍ମୀବିଲାସ ବଟିକା ଦିଆ। ମିଠା ପାନ, ଲବଙ୍ଗ ଦିଆ ପାନର ବାସ୍ନା ନିଆରା। ଦିନେ ଦାସିଆର ନୂଆବୋଉ କହିଲେ ହଇଓ, ଦାସିଆ, ତମେ ଏଡ଼େ ସୁନ୍ଦର ପାନ ଭାଙ୍ଗି ଜାଣ ? ତମ ହାତର ପାନ ଭାରି ସୁଆଦ। ସେହିଦିନଠୁ ଦାସିଆ କ'ଣ ଭାବେ କେଜାଣି ପୁରୁଷୋତ୍ତମ ଗଲେ ନୂଆବୋଉ ପାଇଁ ପାନ ଛଅଖଣ୍ଡ ନେଇଥାଏ। ନୂଆବୋଉ ଅବଶ୍ୟ ଧୂଳିଗୁଣ୍ଠ ଖାଆନ୍ତି। କେତକୀ ଖଇର ତାଙ୍କ ପାନରେ ପଡ଼େ। ନୂଆଉ ଖୁସି ହୁଅନ୍ତି।

ସବୁଜିନିଷ ସାଇକେଲରେ ଲଦି ଦାସିଆ ପୁରୁଷୋତ୍ତମ ବାହୋରିଗଲା। ଚାରୁକୁ କହିଲା, ରାତିରେ ଫେରିପାରିବନି। କାଲି ଆସିବ। ଶମ୍ବୁଠାକୁ କହିଛି ତା' ମାଆ ଆସିବ ଶୋଇବାକୁ।

ଦାସିଆ ମାସକେ ଚାରିଛଅଦିନ ପୁରସ୍ତମରେ ରହେ । ସେତକ ସମୟ ଚାରୁଲତା ଘର ଜଗି ରହେ । ଚାରୁଲତାର କ'ଣ ମନେ ହୁଏନି ଯିବାକୁ ? କୋଉ ସୁନାରୂପା, ଟଙ୍କା କଉଡ଼ି ଭର୍ତ୍ତି ହୋଇଚି ଯେ ଚୋର ନେଇଯାଉଚ୍ଛି । ଚୋର ନେଇ ନେଇ ନବ ନଡ଼ିଆ, ଆମ୍ବ, ଆତ । ସେଇଆକୁ ଜଗିବ ଚାରୁଲତା । ଚାରୁଲତାକୁ ଜଗିବ ଶମ୍ବୁର ଆଇ ।

ଛେଃ.... ଏମିତି କ'ଣ ଭାବୁଚି ସେ । ଦାସିଆ ତା' ଭାଇ ଓ ପିଲାଙ୍କୁ ଭଲପାଏ । ସେ କ'ଣ ତା' ଭାଇକୁ ଭଲପାଏନା । ତା'ଭାଇ କଟିକୁ ଯିବାକୁ ତା' ମନ କ'ଣ ହମ ହମ ହୁଏନା ? ଭାଇ ଓ ପିଲାଙ୍କୁ ଦେଖ୍ବାକୁ ଯିବା ଦାସିଆର କର୍ତ୍ତବ୍ୟ । ତା'କୋଳରେ ଯେ ଛୁଆ ବକଟେ ନାହିଁ । ଅନଉ ଅନଉ ଦଶବରଷ ବିତିଗଲାଣି । ଏ କଥା ଦାସିଆର ମନ ଘାଣ୍ଟୁ ନାହିଁ ? ଏଇ କଥାଟା ସେ କେମିତି କହିବ ତାକୁ ? କେମିତି ? କେଜାଣି କାହିଁକି ତା' ମନ କହୁଚି ଏ ଜୀବନରେ ସେ ମାଆ ହୋଇପାରିବ ନାହିଁ । ଜାଣେନି ଏଇମିତି ଗୋଟେ ଭାବନା କାହିଁକି ତା' ମନରେ ଆସୁଛି । ତେବେ ସେଇ ମନ ପୁଣି ତାକୁ କହୁଚି ଯେ ମାଆ ସିନା ହୋଇପାରିବ ନାହିଁ, ମା'ଡାକ ଶୁଣିପାରିବ ନାହିଁ କାହିଁକି ଯେ ?

ଦୀର୍ଘ ଦଶବର୍ଷ ପରେ କାହିଁକି କେଜାଣି ଏଇ କଥାଟା ଖୁବ୍ ଘାରିଲା ଚାରୁଲତାର ମନକୁ । ତା' ସରଳ, ସ୍ୱଚ୍ଛ ମନ, ଏକ ଖାଁ ଖାଁ ଖାଲିପଣରେ କେମିତି ଭାରି ହେଇ ଉଠୁଥିଲା । ସେ ବାରମ୍ବାର କଡ଼ ଲେଉଟାଉଥିଲା, ରାତିଯାକ ।

ଯୁଧିଷ୍ଟିର ମହାପାତ୍ର ମୋହରିର ଭାବରେ ଯେତିକି ଜଣାଶୁଣା, ଜଣେ ଖୁବ୍ ଭଲଲୋକ ଭାବରେ ସେ ପାଖପଡ଼ିଶାରେ ତା'ଠୁ ବେଶୀ ପରିଚିତ । ମଣିଷଟିଏ ଯଦି ମଣିଷକୁ ଭଲପାଏ, ତା' ଭଲ ମନ୍ଦରେ ଭାଗୀଦାରୀ ହୁଏ । ନ୍ୟାୟ ଅନ୍ୟାୟ ପରଖ କରି ନିଜର ବିଚାରଧାରାକୁ ନିରପେକ୍ଷ କରେ, ସେ ମଣିଷ ସବୁଠି ସଭିଙ୍କ ସହ ମିଶି ରହିପାରେ । ନିଜର ମୋହରିର ପେସା ପରିସରରେ ସେ ଅନୁରକ୍ତ ବିନୀତ ଶିଷ୍ୟ, ଜଣେ ପାଖପଡ଼ିଶାରେ ଅତି ସ୍ନେହୀ ଓ ଉପକାରୀ ବନ୍ଧୁ । ସେ ନିଜେ କହନ୍ତି ପାଠ ପଢ଼ିପାରିଲିନି । ସେଇଥିପାଇଁ ଦୁଃଖଲାଗେ । ହେଲେ ସବୁ ପାଠ ଶିଖ୍ଚନ୍ତି ବୋଉଠୁ । ବୋଉ ଯେଉଁ ମନ ଗଠନର ମୂଳଦୁଆ ପକାଇଥିଲା, ନିରକ୍ଷରା ବୋଉର ସେଇ ମୂଳଦୁଆ ଉପରେ ସେ ଜୀବନର ଯୋଡ଼େଇ ଆରମ୍ଭ କରିଚନ୍ତି । ତାଙ୍କ ଜୀବନ ଅଟ୍ଟାଳିକା ନୁହେଁ, ପ୍ରାର୍ଯ୍ୟଂମଣ୍ଡିତ ନୁହେଁ । ତାଙ୍କ ଜୀବନ ଛୋଟ କୁଟୀରଟିଏ । ରଷ୍ମି କୁଟୀର କୁହା ନଗଲେ ବି ରଷ୍ମି ଅନୁରାଗୀ କୁଟୀରଟିଏ ।

ମୋହରିର ପେସାରେ ଭଲ ରୋଜଗାର ହୁଏ ତାଙ୍କର । ମହକିଲଙ୍କ ଉପହାର ଓ

ଭେଟିରେ ଘର ପୂରିଯାଏ । ଶ୍ୱଶୁର ଘର ଡେଲାଙ୍ଗ ପାଖ ଥରସିଲ । ଅମ୍ବିକା ବାପାଙ୍କର ବଡ଼ ଝିଅ । ସାନଝିଅର ସ୍ୱାମୀ ଆର୍ମିରେ । ତେଣୁ ସେ ସବୁବେଳେ ବାପଘରେ ଥାଏ । ସମ୍ପତ୍ତି ବାଡ଼ି, ତୋଟା ବଗିଚା ମଧ୍ୟ ଭଲ । ତେଣୁ ସେଠୁ ମଧ୍ୟ ବର୍ଷକୁ ତିନି ଚାରିଥର ଭାର ଆସେ । ଚାଉଳ, ମୁଗଜାଇ, ପନିପରିବା ଇତ୍ୟାଦି ଇତ୍ୟାଦି । ଅମ୍ବିକା ଜାଣନ୍ତି ବାପାଙ୍କ ଅନ୍ତେ ସମ୍ପତ୍ତି ଦି'ଝିଅ ହିଁ ପାଇବେ । ଯୁଧିଷ୍ଠିରଙ୍କର ଅନ୍ୟ ସମ୍ପତ୍ତିରେ ଲୋଭ ନଥାଏ । ନିଜ ରୋଜଗାରରେ ସେ ନିଜେ ଚଳି ବରଂ ଅନ୍ୟକୁ କିଛି ସାହାଯ୍ୟ କରିବାରେ ତାଙ୍କର ଆନନ୍ଦ ଥାଏ । ପୁରୟୁନ୍ତମର ବଲଗଣ୍ଡିରେ ଜାଗା ଖଣ୍ଡିଏ ପକାଇଥିଲେ । ସେଇଠି ଦି'ବଖରା ଚାଳଘର କରି ଭଡ଼ା ଘରୁ ଉଠିଆସିଥିଲେ । ଏବେ ଆଉ ତିନି ବଖରା କରିସାରିଲେଣି । ଭଗବାନଙ୍କ ଦୟାରୁ ତିନୋଟି ପୁଅ । ସବୁ ପଢ଼ିଲେଣି, ଖର୍ଚ୍ଚ ବଢ଼ିଲାଣି । ତଥାପି ଦି ବଖରା ପକ୍କାଘର କରିବା ପାଇଁ ସେ କାମ ଆରମ୍ଭ କରିଦେଇଚନ୍ତି । ସରଳ ଲୋକ ସେ । ତାଙ୍କର ଖର୍ଚ୍ଚ କମ୍ । ଦି'ଖଣ୍ଡ ଧୋତି, ଦି'ଖଣ୍ଡ ହାଫ୍ ସାର୍ଟ ଓ ହଳେ ଚପଲରେ ତାଙ୍କର ବର୍ଷେ ଚାଲିଯାଏ । ଖର୍ଚ୍ଚ ବେଶୀ ଅମ୍ବିକାଙ୍କର । ତାଙ୍କର ନିତି ଦି'ଓଳି ମାଛ ଦରକାର । ପାନରେ କେତକୀ ଖଇର ଦରକାର । ଲକ୍ଷ୍ମୀବିଲାସ ତେଲ ଦରକାର । ବିଭିନ୍ନ ପ୍ରକାରର ସାଜ ସରଞ୍ଜାମ ଦରକାର । ତଥାପି ତାଙ୍କର କୌଣସିଠାରେ ଉଣା ରଖନ୍ତି ନାହିଁ ଯୁଧିଷ୍ଠିର । ଅଫିସରୁ ଫେରି ସେ ତିନିଓଳି ରାବିଡ଼ି ନେଇଆସନ୍ତି, ପୁଅଙ୍କ ପାଇଁ । ପିଲାଏ ଭଲ ଖାଇବେ, ପରିପୁଷ୍ଟ ହେବେ । ଭଲପାଠ ପଢ଼ିବେ, ଏହା ହିଁ ତାଙ୍କର ଇଚ୍ଛା ।

ସେଦିନ ଦାସିଆ କଦଳୀ ଓ ଅନ୍ୟାନ୍ୟ ଜିନିଷ ନେଇ ପହଞ୍ଚିଲା । ପରେ ଯେତେବେଳେ ପକେଟରୁ କାଢ଼ି ଦୁଇଶହ ଟଙ୍କା ଭାଇ ହାତକୁ ଧରାଇଦେଲା, ଯୁଧିଷ୍ଠିର ଚିଡ଼ି ଉଠିଲେ । କହିଲେ, ବାରମ୍ବାର କହୁଚି, ତୁ ମତେ ଟଙ୍କା ଦବୁ ନାହିଁ । ତୁ ପୁଣି ମୋର ଅବାଧ୍ୟ ହେଉଚୁ ?

ଗାଁ'ରେ ଜମିରୁ ଧାନ ମୁଗରେ ଦାସିଆର ଭାତଡ଼ାଲି ହୋଇଯାଏ । ବାଡ଼ିର ପନିପରିବାରେ ସେ ଚଳିଯାଏ । ଦୋକାନରୁ ଯାହା ପଇସା ହୁଏ, ସେଥିରୁ ନିଜ ଖର୍ଚ୍ଚ ଯାଇ ଅବଶିଷ୍ଟ ଭାଇକୁ ଦେଇଦିଏ । ଏକଥା ଭାଇ ଯୁଧିଷ୍ଠିରଙ୍କୁ ଭଲ ଲାଗେ ନାହିଁ । ତାଙ୍କୁ ମାଡ଼ିପଡ଼େ । ସାନଭାଇକୁ ସେ ସିନା ଟଙ୍କା ଦିଅନ୍ତେ, ଓଲଟି ସେ ଦଉଛି ।

ଦାସିଆ ମୁଣ୍ଡ ଆଉଁସି କହେ, ତମେ ରାଗ ପଛକେ ଭାଇ, ଏ ଟଙ୍କା ରଖ । ବିଜୁ ପଢ଼ାରେ ଖର୍ଚ୍ଚକର । ପୁଅ ଆମର ବହୁତ ପାଠ ପଢୁ । ଏ ଟଙ୍କା ବିଜୁର ଭାଇ, ତା'ପାଇଁ ରଖ । ନଚେତ୍ ଏଇଠି ହରତାଲରେ ବସିଲି ।

ଦାସିଆ କାନ୍ଦି ପକାଏ। ତା'ଲୁହକୁ ଧୋତିକାନିରେ ପୋଛି ଦିଅନ୍ତି ଯୁଧିଷ୍ଠିର। ଦାସିଆ କହେ, ଏଣିକି ମାସକୁ ମାସ ଚୂପ୍ କରି ଟଙ୍କା ରଖିବ। ଗାଳି ଦେବନି।

ଯୁଧିଷ୍ଠିର କହିଲେ, ହଁ ଦାସିଆ, ଚାରୁକୁ ଆଣିଲୁ ନାହିଁ କାହିଁକି? ନୂଆଉ କହୁଥିଲା, ତାକୁ ଡାକ୍ତରାଣୀ ପାଖକୁ ନେଇଥାନ୍ତା।

... ତା'ର କ'ଣ ହେଇଚି କି? ମୁଁ ଜାଣିନି, ତମେସବୁ ଜାଣିଲଣି!

... ଆରେ ତା'ର କିଛି ହୋଇନି କି ସେ କିଛି କହିନି। ବାହାଘର ଦଶବର୍ଷ ହେଲାଣି ତା' କୋଳ ଖାଲି। ନୂଆ'ଉ ସବୁବେଳେ ସେଇଆ କହୁଚି। ତୁ ଆରଥର ଆସିଲାବେଳେ ତାକୁ ଆଣିବୁ। ହେଲା...? କହିଲେ ଯୁଧିଷ୍ଠିର। ଆଉ ଶୁଣ ତୁ ମଧ୍ୟ ଦି'ଚାରି ଦିନ ଆସିବୁ, ଛାତ ପଡ଼ିଲାବେଳେ, ହେଲା...? ଯୁଧିଷ୍ଠିର ବାହାରିଗଲେ। ଦାସିଆ ଖାଇସାରି, ଭାଇଙ୍କ ଘରର ବାକିପଡ଼ିଥିବା ଖୁଚୁରା କାମ ସବୁ ନୂଆଉକୁ ପଚାରି କରିବାକୁ ଲାଗିଲା। କେଉଁଠି ଘର ଝଡ଼ା ହେବ, ବାରିରେ ଗଛ ଲାଗିବ। ବାରିର ଘାସ ଓପଡ଼ା ହେବ। ଏ କାମ ଦାସିଆ ଖୋଜି ଖୋଜି କରିବ।

ସେହିଦିନ ସନ୍ଧ୍ୟାରେ ଦାସିଆ ମଠକୁ ଗଲା। ତା'ର ଶାନ୍ତି ଓ ଆନନ୍ଦର ପୀଠ ସାତଲହଡ଼ି ମଠ। ସେ ମଠକୁ ଦି' ଫେଣା କଦଳୀ, ସେଓ ଏବଂ ପଇଡ଼ ନଡ଼ିଆ କିଛି ବୋଝରେ ଧରି ଗଲା। ସେତେବେଳକୁ ମଠରେ ଆଲଟି ସାରି ଗୁରୁଜୀ ମହାରାଜ ଭାଗବତ ବହି ଧରି ପଢ଼ୁଚନ୍ତି ମଝିରେ ମଝିରେ ବୁଝାଉଚନ୍ତି। କେତେ ଜଣ ଶିଷ୍ୟ ତାକୁ ସ୍ୱର ଧରି ଗାଉଛନ୍ତି। ଗୁରୁଜୀ ମହାରାଜ ବୁଝଉଚନ୍ତି ଅବଧୂତଙ୍କର ଚବିଶୀ ଗୁରୁ ପ୍ରସଙ୍ଗରେ। ଅବଧୂତଙ୍କ ଫଂକୀର ଅଥଚ ଉଭାସିତ କଲେବର ଦେଖି ଯଦୁ ରାଜା ପ୍ରଶ୍ନ କରୁଚନ୍ତି।

"ଦୃଷ୍ଟି ଶ୍ରବଣ ଦେହ ବହି।   ନ ଦେଖ ନ ଶୁଣୁ କିମ୍ପାଇଁ   ।।
କିମ୍ପା ସଂସାର ଚାପ ତତେ।   ନ ବାଧେ ସଦେହ ମୋ ଚିତେ।।
ଯେମନ୍ତେ ଗଙ୍ଗାଜଳେ ହସ୍ତୀ।   ଅଙ୍ଗକୁ ନ ଲାଗେ ତପତି   ।।
ସେଇ ପ୍ରକାରେ ତୋର ଦେହ।   ସ୍ୱର୍ଷ ବିହୀନ କିମ୍ପା କହ   ।।
ଅବଧୂତ ହସି ଉତର ଦେଉଚନ୍ତି —
ଶୁଣ ହେ ଯଦୁ ନୃପବର।ଅନେକ ଗୁରୁ ଅଛି ମୋର।।
ଶ୍ରବଣେ ଯେବେ ଇଚ୍ଛା ତୋର।   ଯା' ଠାରୁ ଯେ' ଦୀକ୍ଷା ମୋହର।।
ମହନ୍ତ ମହାରାଜ ବୁଝାଇ ଚାଲିଛନ୍ତି, ଅବଧୂତ, ଚବିଶ ଗୁରୁ କରିଥିଲେ। ପୃଥିବୀ, ପବନ, ଅଗ୍ନି, ବାଳକ, ଅଜଗର, କପୋତ ଇତ୍ୟାଦି ଇତ୍ୟାଦି। ଏ ଗୁରୁ କରିବାର ଉଦ୍ଦେଶ୍ୟ ହେଲା, ନିଜକୁ ଦୀକ୍ଷିତ କରାଇବା। ନିଜକୁ ସଂଶୋଧନ କରିବା, ନିଜକୁ

ସଜାଡ଼ିବା। ଯା'ପାଖରେ କିଛି ଭଲ ଗୁଣ ସେ ଦେଖୁଥିଲେ, ଯେଉଁ ଗୁଣରେ ସର୍ବକାଳୀନ ନିରପେକ୍ଷ ସତ୍ୟ ଉଭାସିତ, ତାକୁ ସେ ଅନୁସରଣ କରୁଥିଲେ। ନିଜ ଭାବନାକୁ, ଚିନ୍ତନକୁ ଆଚରଣ ସିଦ୍ଧ କରୁଥିଲେ। ଏହିପରି ସେ ନିଜର ପାର୍ଥିବ ଦେହରେ ଥାଇ ମଧ, ଏକ ଅପାର୍ଥିବ ଜଗତ ସହ ଯୁକ୍ତ ହୋଇ ରହୁଥିଲେ। ଭଲକଥା ଶିଖିବା ଓ ଆଚରଣରେ ସିଦ୍ଧ କରିବା ଏକ ଭଲ ମଣିଷ ହେବାର ଉପାଦାନ। ଆଉ ମଣିଷ ପାଖେ ଭଲଗୁଣ ନିଶ୍ଚୟ ଅଛି, ଅଭୁତ ଶକ୍ତି ମଧ ଅଛି। ମଣିଷ ନିଜକୁ ଚିହ୍ନିପାରୁନାହିଁ, ଗୋସେଇଁ କହିଛନ୍ତି।

“ମଣିଷ ଦେହେ ଦିବ୍ୟଜ୍ଞାନ।   ଦେଖ୍ ସନ୍ତୋଷ ଭଗବାନ।।”

ମହନ୍ତ ମହାରାଜ କହି ଚାଲିଥିଲେ ଦୀର୍ଘ ଏକଘଣ୍ଟା ଧରି। ଗୀତ ମଝିରେ ମଝିରେ ତା'ର ଅର୍ଥ ବୁଝାଉଥିଲେ ମହାରାଜ। ତା'ପରେ ଆରମ୍ଭ ହେଲା କୀର୍ତ୍ତନ, 'ହରେକୃଷ୍ଣ ହରେରାମ' ଓ 'ଓଁ ନମୋ ଭଗବତେ ବାସୁଦେବାୟଃ'। କୀର୍ତ୍ତନରେ ଭୋଳ ଶିଷ୍ୟମାନେ କ୍ରମେ ନୃତ୍ୟ ଆରମ୍ଭ କରିଦେଲେ। ସେମାନଙ୍କ ସଙ୍ଗେ ସ୍ୱର ମିଶାଇ ବେଶ୍ କେତେବେଳଯାଏଁ ବିଭୋର ହୋଇ କୀର୍ତ୍ତନ କରିଥିଲା ଦାସିଆ। ତା' ଅନ୍ତର ଆନନ୍ଦରେ ଉତ୍‌ଫୁଲ୍ଲିତ ହୋଇଉଠିଥିଲା। ଶେଷରେ ସେ ସାଷ୍ଟାଙ୍ଗ ପ୍ରଣାମ କରି ମନେମନେ କହିଲା.... ହେ ପରମ ପ୍ରଭୁ! ତୁମକୁ ନିରନ୍ତର ପ୍ରଣାମ। ମୋ' ଭାଇଙ୍କ ମନରେ କେବେ ମଧ ମୁଁ କଷ୍ଟ ନ ଦିଏ। ଏମିତି ମତେ ଆଗୁଳି ରଖ।

ତା'ପରେ ସେ ଫେରି ପଡ଼ୁ ପଡ଼ୁ ପୁଣି ଯାଇ ଠାକୁରଙ୍କ ପାଖେ ଠିଆହେଲା। ହାତଯୋଡ଼ି ମାଗିଲା ବିଜୁଟାକୁ ଫାଷ୍ଟ ଡିଭିଜନ୍ ଦିଅ ଠାକୁରେ। ମୋ ମିନତୀ ଘେନାକର।

ମହନ୍ତ ମହାରାଜଙ୍କୁ ପ୍ରଣାମକରି ଫେରିଲାବେଳେ ସେ କହିଲେ, ରାଧାଷ୍ଟମୀକୁ ସମସ୍ତେ ଆସିବ ଦାସ।

'ଆଜ୍ଞା'

ତହିଁଆରଦିନ ବାରଟାବେଳେ ଦାସିଆ ଗାଁକୁ ଫେରିଲା। ସକାଳେ ଭାଇଙ୍କର ମାସିକିଆ, ସଉଦା ଆଣିବାର ଥିଲା। ହଟବଜାର କରିବାର ଥିଲା। ତେଣୁ ଡେରି ହେଲା। ଆସିଲାବେଳେ ନୂଆବୋଉ ପୁଣି ମନେପକାଇଲେ, ଚାରୁକୁ ନେଇ ଆସିବ ଦାସିଆ। ତାକୁ ଡାକ୍ତରାଣୀ ଦେଖୁଥାନ୍ତେ।

ନୂଆବୋଉ ଦାସିଆ ବ୍ୟାଗ୍‌ରେ ରଖିଦେଲେ ଟେନୁର, ମିଠା, ଚାରୁ ପାଇଁ ସାବୁନ, ଅଲତା, ବାସ୍ନାତେଲ। ଦାସିଆର ବ୍ୟାଗ୍ ଖାଲି ଫେରେନାହିଁ।

ଘରେ ପହଞ୍ଚିଲା ବେଳକୁ ଚାରୁଲତା ଅଗଣାରେ ଚାଙ୍ଗୁଡ଼ା ପକାଇ ବସି ଦାସିଆର

ଫତେଇ, ସାର୍ଟରେ ବୋତାମ ଲଗାଉଛି । କେଉଁ ସାର୍ଟ ଚିରିଥିଲା ତାକୁ ସିଲେଇ କରୁଛି ।
ମୁଣ୍ଡର ବାଲ ପିଠିସାରା ଖୋଲି ଦେଇଛି । ପିନ୍ଧିଛି ଖଣ୍ଡିଏ ଖଇରା ରଙ୍ଗର କସ୍ତା ଶାଢ଼ୀ,
ତା'ଦେହକୁ ଖୁବ୍ ମାନୁଛି । ଦାସିଆର ଆଖି ତା'ଠି ଲାଖି ରହିଲା । ଆରେ, ଚାରୁଟା
କେତେ ଭଲ ଦିଶୁଛି ! ଏମିତି ତାକୁ କେବେ ସେ ଦେଖି ନ ଥିଲା ତ !

ଦାସିଆ ମୁହୂର୍ତ୍ତେ ଠିଆ ହୋଇଗଲା । ଚାରୁ ତା'ର ସବୁ ସମୟ ତା'ପାଇଁ ଖର୍ଚ୍ଚ
କରୁଛି । ସାରାଦିନର ପରିଶ୍ରମ । ଘରୟାକର କାମ; ଆପତ୍ତି ନାହିଁ ଅଭିଯୋଗ ନାହିଁ ।
ଖାଲି ଭଲପାଇବା ଢାଲି ଦେବାରେ ସେ ବିଭୋର । ଦାସିଆ ପରି ମାମୁଲି ଲୋକଟାକୁ,
ଅପାରଗ ମଣିଷଟାକୁ, ଏତେ ଭଲପାଏ ସେ ? ଚାରୁ, ବାବାଜୀ ମହାରାଜ, ଭାଇ,
ନୂଆବୋଉ ସମସ୍ତେ । ଅଥଚ ସେ କାହାକୁ କିଛି ତ ଦେଇପାରୁନାହିଁ ।

...ଆରେ, ତମେ କେତେବେଳୁ ଆସିଛ ? ଏ ଖରାଟାରେ ଆସିଲ ? ଚାରୁ
ଠିଆ ହୋଇପଡ଼ିଲା । ତା'ପରେ ପାଣି ଢାଲି ଆସି ତା' ଗୋଡ଼ ଧୋଇଦେଇ ଶାଢ଼ୀ
କାନିରେ ପୋଛିଦେଲା । କହିଲା- ତମେ ଆସ, ମୁଁ ଭାତ ବାଢୁଛି ।

ଦାସିଆ ଲୁଗା ବଦଲି ଭାତଥାଲି ପାଖେ ବସିଲା । କେତେ ଯତନରେ ରାନ୍ଧିଛି
ଚାରୁଲତା । ଭାତ ଥାଲି ପାଖରେ ମୁଗଡ଼ାଲି, ମଦରଙ୍ଗା ଶାଗ, ବଡ଼ିରାଇ, ସଜନାଛୁଇଁ,
ଆଲୁ ବାଇଗଣ ବେସର, ବାଇଗଣ ଭର୍ତ୍ତା । ଖାଇବା ପରେ ଘୋଲ ଦହି ଗିନାଏ ।

ଦାସିଆ କହିଲା – ଏତେ ପ୍ରଚାର କରୁଚୁ କାହିଁକି ? ଅଯଥା ପରିଶ୍ରମ, ଅଯଥା
ଖର୍ଚ୍ଚ ।

ତମେ ତ ଖାଲି ଖର୍ଚ୍ଚର ହିସାବ ରଖୁଚ ? ଆଉ କୋଉ ହିସାବ ଅଛି ତମ
ପାଖରେ ?

ଚାରୁଲତା କହିଦେଲା ଚଟ୍‌କରି । ତା' ମୁହଁକୁ ଚାହିଁରହିଥିଲା ଦାସିଆ,
ପ୍ରଶ୍ନବାଚୀଟିଏ ପରି । କହିଲା, ଆଉ କୋଉ ହିସାବ କଥା କହୁଚୁ... ?

କହୁ କହୁ କଥା ଢୋକିଦେଇ ସେଠାରୁ ଉଠିଗଲା ଚାରୁଲତା । ଭାତ ଖାଇସାରି
ହାତ ମୁହଁ ଧୋଇ, ଦାସିଆ ଶୋଇଲା ଘରକୁ ଆସିଲା ।

ଖଟ ଉପରେ ବସିଛି ଚାରୁଲତା, ତଳକୁ ମୁହଁପୋତି । ଦାସିଆ ଥାଲିରେ ଭାତ
ଢାଲିଦେଇ ସେ ଯେ ଖାଇବସେ । ଆଜି ତା'ର ବ୍ୟତିକ୍ରମ ହେଲା । ଏମିତି ତାକୁ
ଦିନେ ଦେଖିନାହିଁ ଦାସିଆ । ସେ ତା' ପାଖକୁ ଯାଇ ତା' ହାତଧରି କହିଲା ମୋ'
ରାଣ ଚାରୁ ! ଚାଲ ଖାଇବୁ ଆଗ ।

ଚାରୁଲତା କିଛି କହିଲା ନାହିଁ । ତା' ଆଖିରୁ ଧାର ଧାର ଲୁହ ବହିଯାଉଥିଲା ।

ଦାସିଆ କହିଲା– ଶୁଣ୍ ନୂଆବୋଉ କହିଚନ୍ତି ସେ ଡାକ୍ତରାଣୀକୁ ଦେଖାଇବେ । ତୁ ମୋ ସାଙ୍ଗେ ପୁରୀକୁ ଯିବୁ ।

.... ଲୋକହସା ହେବାକୁ ପୁରୀକୁ ଯିବି ?

.... ପୁରୀକୁ ଗଲେ, ଲୋକେ ଲୋକହସା ହୁଅନ୍ତି ନା କଣ ?

.... ମୁଁ ଡାକ୍ତର ପାଖକୁ ଯିବିନାହିଁ ।

.... ଯିବୁନି ତ, ମତେ ଉଲୁଗୁଣା ଦଉଚୁ କାହିଁକି ?

ପ୍ରକୃତିସ୍ଥ ହେଲା ଚାରୁଲତା, ଆଖ୍ ଟେକି ଦାସିଆକୁ ଚାହିଁଲା । ମୁହଁସାରା ତାର ବୋଲି ହେଇ ରହିଚି ଅସହାୟତାର ବିକଳ ଭାବ । ସେ ଠିଆହୋଇପଡ଼ି ଦାସିଆର ହାତଧରି କହିଲା.... ଛିଃ, ତମକୁ ଉଲୁଗୁଣା ଦେବି କାହିଁକି ? ମୋ ଭାଗ୍ୟ ମତେ ଉଲୁଗୁଣା ଦଉଚି ।

ସେମିତି ସ୍ତାଣୁପରି ଠିଆହୋଇ ରହିଲା ଦାସିଆ । ମନକୁମନ କହିହେଲା... ଭାଗ୍ୟ ତତେ ନୁହେଁ, ମତେ ଉଲୁଗୁଣା ଦଉଚି ଲୋ ଚାରୁ! କାହାପ୍ରତି ମୋର ବିରାଗ ଭାବ ନାହିଁ । ସଭିଁକୁ ମୁଁ ଭଲପାଏ । ହେଲେ ସେ ଭଲ ପାଇବାର ନିଦର୍ଶନ ରଖିପାରେ ନାହିଁ । କେଉଁଠି ମଧ୍ୟ ।

ରାଧାଷ୍ଟମୀ ଆଜି । ସାତଲହଡ଼ି ମଠରେ ଚାଲିଛି ଅତିବଡ଼ି ଗୋସାଈଙ୍କର ପବିତ୍ର ଶୁଭ ଜନ୍ମତିଥିର ଉତ୍ସବ । ଦୂରଦୂରାନ୍ତରୁ, ପଞ୍ଚକୋଶୀରୁ ବହୁ ଭକ୍ତ ଆସି ସମବେତ ହୋଇଚନ୍ତି ମଠରେ । ନିକଟରେ ସମୁଦ୍ର ଗର୍ଜନ ଶୁଭୁଛି । ହେଲେ ଲୋକମାନଙ୍କର ଉତ୍ସାହ, ଅଖଣ୍ଡ ନାମକୀର୍ତ୍ତନ ଏହି ସମୁଦ୍ର ଗର୍ଜନକୁ ମ୍ଲାନ କରିଦେଇ ନିଜର ମର୍ଯ୍ୟାଦା ବିସ୍ତାର କରିଚାଲିଛି ।

ମଠ ପରିସର ବଡ଼ ହେଲେ ମଧ୍ୟ କୁଟୀର ଖୁବ୍ ଛୋଟ ଛୋଟ । ଅନ୍ୟ ମଠମାନଙ୍କ ପରି ଏହି ମଠର ଏତେ ବେଶୀ ଐଶ୍ୱର୍ଯ୍ୟ ନାହିଁ, ସମ୍ପର୍କ ନାହିଁ । ଏଠି ଅଛି ନାମକୀର୍ତ୍ତନ କରିବାର ସାଧନ ଓ ଆନନ୍ଦ । ମଠ ପରିସର ଭକ୍ତମାନଙ୍କ ଦ୍ୱାରା ସଜ୍ଜିତ ହୋଇଛି । ଛାମୁଣ୍ଡିଆ ବନ୍ଧା ହୋଇ ସେଥ୍‌ରେ ଚାନ୍ଦୁଆ ଟଙ୍ଗା ଯାଇଛି । ଏକପଟେ ଚାଲିଛି ଯଜ୍ଞ । ଯଜ୍ଞ ଚାରିପାଖରେ ଅଖଣ୍ଡ ନାମକୀର୍ତ୍ତନ । ମନ୍ଦିର ଭିତରେ ଗୋସେଇଁଙ୍କ ମୂର୍ତ୍ତି ପାଖରେ ଜଳୁଛି ଦୀପସବୁ, ଦୀପସ୍ତମ୍ଭରେ । ସେଠି ଚାଲିଛି ଅନନ୍ତ ମୁଖ୍ୟ ଭାଗବତ । ଓଡ଼ିଆ ଜାତିକୁ, ତା'ର ମାନସିକତାକୁ ପରିପୁଷ୍ଟ ଓ ସୁସଂସ୍କୃତ କରିବା ପାଇଁ ଯେଉଁ ଶ୍ରେଷ୍ଠ ଶିଧ ସନ୍ନ୍ୟାସୀ ଏହି ବିପୁଳ ଅବଦାନ ରଖି ଯାଇଚନ୍ତି ଆଜି ତାଙ୍କରି ଦୀନରେ ତାଙ୍କୁ ଅର୍ଘ୍ୟ ଦିଆଯାଉଛି । ଯାହା ହେଉଛି, ତାହା ତାଙ୍କ ଅସାମାନ୍ୟ ଦାନର ସାମାନ୍ୟତମ ଶ୍ରଦ୍ଧାଞ୍ଜଲି ।

ଦାସିଆ ରାଧାଷ୍ଟମୀ ପୂର୍ବଦିନ ସନ୍ଧ୍ୟାରୁ ଆସି ଚାରୁଲତା ସହ ପହଞ୍ଚିଛି ।

ଆସିଲାବେଳେ ଲୁଗାପଟା ସଜାଡ଼ିଲାବେଳେ, ଚାରୁଲତା କହିଲା, ତମ ବଇଁଶୀଟା ନେଇଛ ତି ?

... ସେଇଟା ନେବି କାହିଁକି ? କହିଲା ଦାସିଆ ।

... ସେଇଟା ନିଅ । ମୁଁ ମାନସିକ କରିଥିଲି ତମେ ସେଇଠି, ମଠ ଦିଆଁଙ୍କ ପାଖରେ ବଇଁଶୀ ବଜେଇବ । କହିଲା ଚାରୁଲତା ।

ଚାରୁଲତାକୁ ଥରେ ଚାହିଁଲା ଦାସିଆ । ବେଳେବେଳେ ବଡ଼ ଅଭୁତ କଥା ସେ କହେ । ତଥାପି ତା'କଥାକୁ କେବେ ମଧ ଟାଳିପାରେ ନାହିଁ ଦାସିଆ । ଜିନିଷପତ୍ର ସଜାଡ଼ି ସେମାନେ ସନ୍ଧ୍ୟା ବସ୍‌ରେ ପୁରୀଠାରେ ପହଞ୍ଚିଲେ ।

ମଠ ପାଇଁ ଆଶିଥିବା ସରଞ୍ଜାମ, ଚାଉଳ, ଡାଲି, ପରିବା, ଗୁଡ଼, ପାଚିଲାକଦଳୀ, ନଡ଼ିଆ ଇତ୍ୟାଦି ରିକ୍ସାରେ ନଦି ମଠକୁ ଗଲା ଦାସିଆ । ସେଠାରେ ଛାମୁଣ୍ଡିଆ, ତହିଁରେ ଚାନ୍ଦୁଆ, ତୋରଣ, କଦଳୀଗଛ ପୋତା ଇତ୍ୟାଦି କାମରେ ବ୍ୟସ୍ତ ରହି ସେ ରାତି ଦଶଟାକୁ ଫେରିଲା । ପରଦିନ ସକାଳୁ ପୁଣି ଚାରୁଲତାକୁ ସାଙ୍ଗରେ ନେଇ ସେ ଗଲା ଶ୍ରୀମନ୍ଦିର । ଦିହେଁ ବେଡ଼ା ବୁଲିଲେ । ଜଗନ୍ନାଥଙ୍କ ଦର୍ଶନ କରି ଜଗମୋହନରେ ବସିବାକୁ କହିଲା ଚାରୁଲତା । ଦାସିଆ ଓ ଚାରୁଲତା ଦିହେଁ ବସିଲେ । ଚାରୁଲତା କହିଲା, ତମେ ସବୁବେଳେ କହ, ଏକାଠି ପ୍ରାର୍ଥନା କରିବା ।

ଦିନକୁ ତିନିଥର । ଆଉ ଏଇଠି ପ୍ରାର୍ଥନା କରିବା, ଏହି ଜାଗା ପାଖରେ ତମେ ବଂଶୀରେ...... ମୁଁ ମନରେ ମନରେ..... ଆତୁର ଡାକର କ'ଣ ନିର୍ଦ୍ଦିଷ୍ଟ ଧାରା ଥାଏ କି ? ସେ ଅମାନିଆଁ ସୁଅ ପରି ମାଡ଼ିଯାଏ ।

ଦାସିଆ ଚାରୁଲତା ମୁହଁକୁ ଚାହିଁଲା । କେତେ ଉଜ୍ଜ୍ୱଳ ଦିଶୁଚି ତା'ମୁହଁ । ତା' ଆଖି କେତେ ସଜଳ ଓ ଗଭୀର । ତାକୁ ଚାହିଁଦେଲେ ତା' ଦୃଷ୍ଟି ନଇଁଯାଇଛି । ତା' ପ୍ରାର୍ଥନାର ହେତୁ ସେ ଜାଣେ । ସେ ଡାକର ଆଦ୍ୟ କାରଣ ସେ ଜାଣେ । ହେଲେ ଜଗମୋହନରେ ବଂଶୀ ବଜାଇଲେ କାଲେ କିଏ କ'ଣ କହିବେ, ସେ ଦୋଦୋ ପାଞ୍ଚ ହେଲା.... ତଥାପି ବଜାଇଲା....

ଖୁବ୍ ମଧୁର ସ୍ୱରରେ ବଂଶୀ ବାଜିଲା । ବଂଶୀ ସ୍ୱନର ଅର୍ଥ ତ କେବଳ ଆତୁର ଡାକ । ଏହାହିଁ ଭାବୁଥିଲା ଚାରୁଲତା । ଭାବୁଥିଲା ଓ ବଂଶୀର ସ୍ୱର ସହିତ ତା' ମନର ସ୍ୱରକୁ ରେଣୁ ରେଣୁ କରି ସେ ମିଶାଇ ଚାଲିଥିଲା ।

ସେ ଆଖିବୁଜି ବସିଥିଲା ହାତଯୋଡ଼ି । ମନ ନିଗିଡ଼ି ଯାଉଥିଲା ବଂଶୀ ସ୍ୱନରେ । ଦିହିଙ୍କର ଏକ ବିଭୋର ଅବସ୍ଥା । ଦୁଇହାତ ପାପୁଲି ଏକତ୍ର ଯୋଡ଼ିହେଲା ପରି ଆମେ ଏକ ପ୍ରଣାମ ମୁଦ୍ରା ପାଇଟି ଯାଆନ୍ତେ, ମନକୁ ମନ କହି ଚାଲିଲା ଚାରୁଲତା ।

କେତେବେଳ ଯାଆଁ ଶ୍ରୀମନ୍ଦିରରେ କିଛି ପ୍ରାର୍ଥନା କରି ସେମାନେ ମଠକୁ ଆସିଲେ। ମଠରେ କିଛି ସେବା ଦେବାକୁ ତ ହେବ। ଦାସିଆ ଲାଗିଗଲା ଚୂଡ଼ାଘଷା କାମରେ। ଚାରୁଲତାକୁ ଲଗେଇଦେଲା କାମରେ। କହିଲା, ନଡ଼ିଆ କୋରେଇ ରଖ। ପରିବାପତ୍ର କଟାକଟି କର। ଆଜି ସାରାଦିନ ଏକାଠି କାମ କରିବା। ଆମ ମୁନିବ। ଆମ ସାଆନ୍ତଙ୍କ କାମରେ ଲାଜ କ'ଣ ?

ଖାରାବେଳର ରୋଷେଇ ପାଇଁ ପରିବା କଟା ଚାଲିଥିଲା। ଚାରୁଲତା ପରିବା କାଟୁଥାଏ, ପ୍ରାର୍ଥନା କରୁଥାଏ।

ଦାସିଆ ଭଲ ଚୂଡ଼ାଘଷା କରେ। ଭାଗମାପ ସବୁ ତାକୁ ଜଣା। ତେଣୁ ମଠର ଚୂଡ଼ାଘଷା ତା' ଦାୟିତ୍ୱ। ଗଉଣିଏ ଚୂଡ଼ାରେ ପୁଞ୍ଜାଏ ଶୁଖିଲା ନଡ଼ିଆ। ସରୁସରୁ କୋରା ହେବ। ଚୂଡ଼ା ମଧ୍ୟ ଭଲକରି ଗୁଣ୍ଡ ହେବ। ବେଲେବେଲେ ଛଣା ହେବ। ସେଇ ଚୂଡ଼ାଗୁଣ୍ଡରେ କୋରା ନଡ଼ିଆ ଦଲା ହେବ। ଘଷା ହେବ। ଘଷି ଘଷି ନଡ଼ିଆ ମିଶିଗଲା ପରେ ଗୁଡ଼ ପଡ଼ିବ, ପୁଣି ଘଷା ହେବ। ତହିଁ ଉଭାରୁ ଫାଳେ ଖଟା କମଳା ରସ, ଗରମ ଘିଅ, ଗୁଜୁରାତି, ଗୋଲମରିଚ ଗୁଣ୍ଡ, ସାମାନ୍ୟ କର୍ପୂର ମିଶାହେଇ ଦଲା ହେବ। ସେ ଚୂଡ଼ାଘଷା ଲାଡୁ ପରି ବଲି ହୋଇଯିବ। କାହାକୁ ଛାଟିଦେଲେ କାନ୍ଥରେ ଲାଗିଯିବ।

ବାଲଭୋଗ ପାଇଁ ଚୂଡ଼ାଘଷା, ଉଖୁଡ଼ା, ସୁଜିଖିରୀ, କଦଳୀ ଓ ଅନ୍ୟାନ୍ୟ ଭୋଗ ସାମଗ୍ରୀ ସଜଡ଼ା ଯାଇଛି।

ପରିବା କଟାସାରି, ଚାରୁଲତା ଏବେ ଅନନ୍ତମୁଖୀ ଭାଗବତ ଦଲରେ ବସିଗଲାଣି। ତା'ର ସବୁଠୁକି ଆଗ୍ରହ। ସବୁଥିରେ ଆଗଭର। ଏଠି ବସି ସେ ପାଠକରିବ ସାରାଦିନ। ଏଇଟା ମଧ୍ୟ ତା'ର ଅନ୍ୟ ଏକ ପ୍ରାର୍ଥନା।

ଖାରାବେଳେ ଯୁଧିଷ୍ଠିର, ଅମ୍ଳିକା ପିଲାମାନଙ୍କୁ ନେଇ ଆସିଲେ। ସାରା ପରିବାର ଏକାଠି ବସି ପ୍ରାର୍ଥନା କଲେ। ପ୍ରସାଦ ପାଇଲା ପରେ ଅପରାହ୍ନରେ ଯୁଧିଷ୍ଠିର ଓ ଅମ୍ଳିକା ପିଲାଙ୍କ ସହ ଚାଲିଗଲେ। ଚାରୁଲତା ଆଗତୁରା କହିଲା ଅପା, ମୁଁ ରହିଯାଉଛି। ସନ୍ଧ୍ୟା ଆଲତି ଦେଖି ରାତିକୁ ଯିବି।

ସେମାନଙ୍କୁ ବିଦା କରି ସେଇଠି ବସିଲା ଚାରୁଲତା। ଏକାଆଖିରେ ଚାହିଁଲା, ଭିତର ଗମ୍ଭୀରାରେ ଜଳୁଥିବା ଅଖଣ୍ଡ ଦୀପକୁ। ଦୁଇହାତ ଯୋଡ଼ି, ଆଖିବୁଜି ସେ ଦେଖୁଥିଲା ସେଇ ଅଖଣ୍ଡ ଦୀପକୁ। ମୁଁ ଏମିତି ଜଳୁଛି ଠାକୁରେ। ଏକାଗ୍ର ଶିଖାରେ ନାରାଟିଏ ଟୋପା ଟୋପା ତେଲ ହେଇ ନିଗିଡ଼ିଯାଉଛି ସେଇ ସଲିତାରେ। ସେ କେମିତି ହେଇଯାଉଛି ଏକ ଅଖଣ୍ଡଦୀପ ଯେ ଦୁଆରେ ସେଇ ଆକୁଳ ବଂଶୀ ଡାକ

ଠକ୍ ଠକ୍ ବାଡ଼େଇ ହୋଇ ଫେରିଆସୁଚି । କେଉଁଦିନ ତମେ ଆଖି ଟେକିବ, ଚାହିଁବ ଓ ଦୁଆର ଆପେ ଖୋଲିଯିବ ? ଏମିତି ହେବ କି ମହାପ୍ରୁ! ହେବ ସତରେ!

ଗୁରୁ ଗୋସେଇଁଙ୍କ ପ୍ରତିମୂର୍ତ୍ତି ସାମ୍ନାରେ ବସି ରହିଥିଲେ ଅଗଣିତ ଭକ୍ତ । ଗମ୍ଭୀରା ଡେଇଁ ବାରଣ୍ଡାରେ ମଧ ବସିଥିଲେ ଅନେକ ଭକ୍ତ । ସେଇ ଅଗଣିତ ଭକ୍ତଙ୍କ ଗହଣରେ ଅଣଆଡ଼ିଆ ହୋଇ ଦାସିଆର ହାତଧରି ବସିଥିଲା ଚାରୁଲତା । ଶବ୍ଦରେ ନ କହିପାରିଲେ ବି ସାରା ଅନ୍ତଃକରଣ ତା'ର ଆକୁଳ ଶବ୍ଦରେ ଭରିଯାଇଥିଲା । ସେଇ ଦୀପାଲୋକରେ ଆଲୋକିତ ଗୋସେଇଁ ମହାପ୍ରୁଙ୍କ ମୂର୍ତ୍ତିକୁ ଚାହିଁ ସେ କହୁଥିଲା ମନେମନେ, ଅନନ୍ତ ତୁମର ମହିମା ମହାପ୍ରୁ । ତମ ସାଧନାରେ, ତମର ଉପସ୍ଥିତିରେ, ତୁମ ଧାନର ପରାକ୍ରମରେ ଏଇ ଭୀମକାନ୍ତ ସମୁଦ୍ର ଘୁଞ୍ଚି ଯାଇଥିଲା । ସାତଲହଡ଼ି ପଛକୁ । ସୀମା ହୋଇ, ବନ୍ଧ ହୋଇ ଅଟକାଇଛ ତମେ ତମ ବିଛଣାରେ । କାଳକାଳକୁ ରହିଚି ସମୁଦ୍ରର ଏଇ ପରାଜୟ । ଶାଶ୍ୱତ ସତ୍ୟ ହୋଇ ଝଟକୁଛ ତମେ କାଳକାଳାନ୍ତର ପାଇଁ । ମୋ ସ୍ୱାମୀ କହନ୍ତି, ଏଇଠୁ ସବୁ ବାଟ, ଏଇଠୁ ସବୁ ପାଠ । ମୋ ବାଟ ଫିଟେଇଦିଅ ମହାପ୍ରୁ । ଫିଟେଇଦିଅ ।

ଚାରୁଲତା ବସିଥିଲା ଏକ କଣରେ । ଦାସିଆର ହାତକୁ ଧରିଥିଲା ମୁଠେଇକରି । ପ୍ରାର୍ଥନାମୟ ହୋଇଯାଇଥିଲା ତା'ର ଅନ୍ତଃକରଣ । ସେ ପ୍ରାର୍ଥନା ଯେମିତି ଏକ ଅପୂର୍ବ ସ୍ନିଗ୍ଧତା ବିଛେଇ ଦେଇଛି ଚାରିଆଡ଼େ । ରାତି ଦଶଟାଯାଏ ଦାସିଆ ଓ ଚାରୁଲତା ବସିଥିଲେ ଭାବମଗ୍ନ ହୋଇ । ଦାସିଆ କ'ଣ ଭାବୁଥିଲା, ଚାରୁଲତା ଜାଣେନା । ଚାରୁଲତା କ'ଣ ଭାବୁଥିଲା ଦାସିଆ ଜାଣେ ନିଶ୍ଚୟ । ପ୍ରସାଦ ପାଇ ସେମାନେ ଘରକୁ ଫେରିଲେ । ବାଟରେ ଆସିଲାବେଳେ ଚାରୁଲତା କହିଲା, ଆଜି ମତେ ଭାରି ଭଲ ଲାଗୁଛି । ଖୁବ୍ ଆନନ୍ଦ ଲାଗୁଛି । ତମକୁ ?

ଦାସିଆ କହିଲା – ହଁ, ଆଜି ଗୋଟିଏ ଭଲ ଦିନ । ଭଲରେ କାଟିଲେ ଆମେ ଏକାଠି ।

ତା'ପରଦିନ କଚେରୀ ଗଲାବେଳେ ଯୁଧିଷ୍ଠିର ସ୍ତ୍ରୀଙ୍କୁ କହିଲେ, ଶୁଣ, ମୁଁ ଡାକ୍ତରାଣୀଙ୍କ ସାଙ୍ଗେ କଥା ହେଇଛି । ତମେ ଆଜି ସନ୍ଧ୍ୟାରେ ଚାରୁକୁ ନେଇକି ଯିବ । ସେ ଯାହା ଔଷଧ ଲେଖିଦେବେ ମୁଁ ତାକୁ ଆସିଲେ ଆଣିବି । ହଁ, ରିକ୍ସାରେ ଯିବ, ଦାସିଆକୁ ସାଙ୍ଗରେ ନେବ ।

ଯୁଧିଷ୍ଠିର ଚାଲିଗଲେ କଚେରୀକୁ । ବିଲୁ, ଅଲୁ, ରଞ୍ଜୁ ସ୍କୁଲକୁ ଗଲେ । ଚାରୁଲତା, ଅମ୍ବିକା ଓ ଦାସିଆ ଖାଇବସିଲେ । ଖାଇସାରି ଦାସିଆ ଭାଇଙ୍କ ତିଆରି ହେଇଥିବା

ନୂଆଘର ତଦାରଖ କରିବାକୁ ଗଲା। ଚାରୁଲତା ଓ ଅମ୍ବିକା କଉଡ଼ି ଖେଳି ବସିଲେ। ସାରା ଦ୍ୱିପ୍ରହର ହସଖୁସିରେ କଟିଲା।

ସଞ୍ଜ ପୂର୍ବରୁ ପିଲାଙ୍କୁ ଖାଇବାକୁ ଦେଇସାରି ଅମ୍ବିକା ଚାରୁଲତାର ମୁଣ୍ଡ ବାନ୍ଧିଦେଲେ। ତା' ମୁହଁକୁ ଶାଢ଼ୀକାନିରେ ପୋଛିଦେଇ କହିଲେ, ଯା' ସାବୁନରେ ମୁହଁ ଧୋଇପକା। ଲୁଗା ବଦଳିପକା, ଯିବା ପରା, ବେଳ ହେଲାଣି।

... କୁଆଡ଼େ ଯିବା ଅପା ? କହିଲା ଚାରୁଲତା।

... ଡାକ୍ତରାଣୀ ପାଖକୁ ପରା।

... ଅପା ! କାତର ଆଖିରେ ଅମ୍ବିକାକୁ ଚାହିଁ କହିଲା ଚାରୁଲତା।

ଅମ୍ବିକା ଆଶ୍ଚର୍ଯ୍ୟ ଆଖିରେ ଚାରୁଲତାକୁ ଚାହିଁଥିଲେ। ଚାରୁଲତା ଏମିତି ଚମକିପଡ଼ିଲା କାହିଁକି ? ସେ ଖୁବ୍ ନରମ ସ୍ୱରରେ କହିଲେ, ତୋ ସାଆନ୍ତ ପରା କହିଚନ୍ତି, ତତେ ନେଇଯିବାକୁ। ତାଙ୍କ କଥା କ'ଣ ଅମାନ୍ୟ କରିବି ମୁଁ ?

ଚାରୁଲତା ମୁହଁ ଥମଥମ ହୋଇଗଲା। ସେ କହିଲା, ସାଆନ୍ତଙ୍କୁ ମୋର ଶତକୋଟି ଦଣ୍ଡବତ। ହେଲେ ମୁଁ ଡାକ୍ତର ପାଖକୁ ଯିବି ନାହିଁ। ମତେ ଦଣ୍ଡ ଦେବ ତ ଦିଅ।

ଅମ୍ବିକା ମନକୁମନ କହିଲେ, ଆଲୋ ମୂର୍ଖ ଝିଅ। ଯେଉଁ ଦଣ୍ଡ ତୁ ଭୋଗୁଛୁ, ସେଥିରୁ ମୁକ୍ତ କରିବାକୁ ଆମେ ସଭିଏଁ ଚାହୁଁଛୁ। ତୁ ଓଲଟି କହୁଛୁ ଦଣ୍ଡ ଦିଅ। ଆଉ କି ଦଣ୍ଡ ଦିଆଯିବା ଉଚିତ ? ମୁହଁ ଖୋଲି ସେ କହିଲେ, କାହିଁକି ତୁ ରାଜି ହଉନୁ, କହିଲୁ... ? ଖୋଲି କହ ମତେ...

ଚାରୁଲତା ଭିତରେ ଭିତରେ ବତୁରି ଯାଉଥିଲା। ସେ କ'ଣ କହିପାରିବ ତା'ର କାରଣ ? ଜାଣେ ସେ କି ? ତା'ମନ ଭିତରେ ଢେଉ ପରେ ଢେଉ ଉଠି କଟାଡ଼ି ହେଉଥିଲା, ବେଲାଭୂମିପରି। ସେ କୋହ ଜରଜର ହୋଇ କହିଲା.... ମୋ'ଭାଗ୍ୟ ମୁଁ ଭୁଞ୍ଜୁଛି ଅପା। ଭୋଗିବି ମଧ୍ୟ। ହେଲେ ମୁଁ ତାକୁ ବଦଳାଇବାକୁ ଚାହେଁ। ସବୁ ନାରୀମାନେ ସନ୍ତାନ ଜନ୍ମକରି ମାଆ ହୁଅନ୍ତି। ମୁଁ କ'ଣ ଦେହରେ ଧାରଣ ନ କଲେ ବି ମାଆ ହୋଇପାରିବି ନାହିଁ। ଯଶୋଦା ପୁଣି କେମିତି ସ୍ନେହମୟୀ ମାଆ ହୋଇଗଲେ ? ସେଇ ମାଆ ପଣ ତାଙ୍କର ଅମୃତରେ ହୋଇ ଆଜିଯାଏଁ ଜନମନକୁ ଓଦାକରି ଚାଲିଛି। ମୁଁ ନିଆରା ଚାହେଁ ଅପା। ମୁଁ ନିଆରା ମାଇପିଟିଏ। ତମେ, ମତେ ଏତିକି ଦୟାକର।

ହଠାତ୍ ଅମ୍ବିକାଙ୍କ ପାଦଧରି ତଳେ ବସିପଡ଼ି କାନ୍ଦିବାକୁ ଲାଗିଲା ଚାରୁଲତା। ତାକୁ ଆଶ୍ଚର୍ଯ୍ୟ ଆଖିରେ ଚାହିଁ ତଳୁ ଉଠାଇଲେ ଅମ୍ବିକା। ଦି'ହାତରେ ବେଢ଼େଇ ଧରିଲେ ତାକୁ। ସ୍ନେହରେ କହିଲେ, କାନ୍ଦନା ଚାରୁ, କାନ୍ଦନା।

ସେହିଦିନ ରାତିରେ ଯୁଧିଷ୍ଠିରଙ୍କୁ ସବୁକଥା ବୁଝେଇ କହିଲେ ଅମ୍ବିକା। କହିଲେ ଚାରୁଲତାର ସେଇ ନିଆରା ଭାବନା କଥା। ସବୁ ଶୁଣି ଗମ୍ଭୀର ହୋଇ ବସିଲେ ଯୁଧିଷ୍ଠିର।

ନିଆରା କଥା ନୁହଁ ଆଉ କ'ଣ ! ବଳବୟସ ଥିବା ଅଠେଇଶି ବର୍ଷର ତରୁଣୀଟିଏ, ମାଆ ହେବାକୁ ଚାହେଁ, କିନ୍ତୁ ଗର୍ଭରେ ଧାରଣ କରିବାକୁ ଚାହେଁନା। ଏ ଅଭିଳା କଥା କିଏ କୋଉଠି ଶୁଣିଲାଣି ? ଯୁଧିଷ୍ଠିର ଏହି ଭାବନାରେ ବୁଡ଼ି ରହିଥିଲେ।

ଅମ୍ବିକା କହିଲେ– ମତେ ଲାଗୁଛି, ସେ ଆମ ପିଲାଙ୍କ ଭିତରୁ କାହାକୁ ପୋଷ୍ୟ କରିବାକୁ ଚାହେଁ।

ଯୁଧିଷ୍ଠିର ହସିଲେ– କହିଲେ, କିହୋ, ଆମର ସବୁ ପିଲା କ'ଣ ତା'ର ନୁହେଁ ? ତିନିଟିଯାକ ପିଲା ମୋର ତାକୁ ତ ସାନବୋଉ ଡାକୁଚନ୍ତି। କୋଉଠି ଉଣା ରହିଲା ଆଉ। ଏତିକି ଯେ, ସେ ଗାଁରେ ଓ ଗାଁରେ ପିଲାଙ୍କର ପଢ଼ା ଭଲ ହେବନାହିଁ। ଯଦି ସେ ଚାହେଁ ପିଲାଙ୍କ ପାଖେ ରହିବାକୁ ତେବେ ଗାଁ ଆରବା ବନ୍ଦ କରିଦେଇ ସମସ୍ତେ ଏଇଠି ରହିବା। ସେଇ ଦୋକାନଟା ଆଣି ଏଇଠି ପକେଇବ। କ'ଣ କହୁଚ ?

ହଁ, ସେଇଆ କଲେ ହେବ। ତାକୁ କିନ୍ତୁ ଜବରଦସ୍ତ ଡାକ୍ତର ପାଖକୁ ନବା ଠିକ୍ ନୁହଁ। ତାକୁ ଖୋଲାକରି ପଚରାଯାଉ, ସେ କାହାକୁ ପୁଅ କରିବାକୁ ଚାହେଁ। ଯଦି ଖୁବ୍ ଛୋଟ ପିଲା ଚାହେଁ, ତେବେ ଖୋଜିବାକୁ ହେବ। ଯ୍ୟା'ଭିତରେ ଯଦି ଭାଗ୍ୟରେ ଥାଏ ତା'ର ପିଲା ହୋଇପାରେ। ମୁଁ ଦେଖୁଛି ପୋଷ୍ୟ ଗ୍ରହଣ କଲାପରେ ପିଲା ହେବାର, ଅନେକଙ୍କର।

ହଁ, ତାକୁ ପଚାର। କହିଲେ ଯୁଧିଷ୍ଠିର।

ସେହିଦିନ ରାତିରେ ଶୋଇଲାବେଳେ ଦାସିଆ ଚାରୁଲତାକୁ ପଚାରିଲା। ଆଚ୍ଛା, କହିଲୁ, କାଲି ଦିନସାରା ମଠରେ ତୁ ଭାରି ଆନମନା ଥିଲୁ। ସଞ୍ଜରେ ଆମେ ପ୍ରାର୍ଥନାରେ ବସିଲେ। ତୁ ସେ ଅଖଣ୍ଡ ଦୀପକୁ ଚାହିଁ କ'ଣ ଭାବୁଥିଲୁ ? କହିଲୁ, ଠାକୁରଙ୍କୁ କ'ଣ ମାଗିଲୁ ?

ଚାରୁଲତା ଚିତ୍ ହୋଇ ଶୋଇଥିଲା, ଛାତକୁ ଚାହିଁଥିଲା। ସେମିତି ଚାହିଁ କହିଲା, ତମେ ବି ପ୍ରାର୍ଥନା କରୁଥିଲ, ତମେ କ'ଣ ମାଗିଲ, ଆଗ କହ।

ଦାସିଆ ହସିଲା। କହିଲା ଓ ମତେ ପରୀକ୍ଷା କରୁଚୁ ? ତେବେ ଶୁଣ, ପ୍ରାର୍ଥନା ମାନେ ପ୍ରାର୍ଥନା। ସେଥିରେ କ'ଣ ଠାକୁରଙ୍କୁ ମଗାଯାଏ ? ଯଦି ମାଗିଲ, ସେଟା ଆଉ ପ୍ରାର୍ଥନା ହେବ କେମିତି ?

.... ଚାରୁ ଏଥର ଅଶୋଇ ହୋଇ ଶୋଇଲା। ଦାସିଆ ଆଡ଼କୁ ମୁହଁ କରି

କହିଲା, ଜାଣିଛି, ଏକଥା ବାରମ୍ବାର ମତେ କହିଛ। ମୁଁ ବି ଏହା ବିଶ୍ୱାସ କରୁଛି। ଏହା ଠିକ୍ ବୋଲି ଭାବୁଛି, ତେବେ.......

.... ତେବେ ପୁଣି କ'ଣ?

.... ଏଇଆ ଯେ, ସତରେ ସେଦିନ ତମେ ପ୍ରାର୍ଥନା ଖାଲି କରିଥିଲ, କଣିକାଏ କିଛି ଚାହିଁ ନଥିଲ?

.... ହଁ ଚାହିଁଥିଲି, କଣିକାଟିଏ ମାତ୍ର। ହାତ ଯୋଡ଼ି ଠାକୁରଙ୍କୁ କହିଥିଲି ହେ ପ୍ରଭୁ! ମୋ' ଚାରୁର ମନସ୍କାମନା ପୂରଣ କର। ଏହି ପଦକ କହିଛି ଆଉ କିଛି ମଧ୍ୟ ନୁହଁ।

.... ତମେ ସତ କହୁଚ?

.... ତୁ କ'ଣ ମାଗିଲୁ ଆଗ କହୁନୁ....

.... କହିବି? ଚାରୁ ଭୁରୁ ଟେକି କହିଲା–

.... ମଲା, କହ ବୋଲି କହିଲି ପରା।

....ମୁଁ ମାଗିଲି ହେ ଠାକୁର! ହେ ଦୟାସାଗର! ମୋ ଅପାଙ୍କର ଗୋଟିଏ ପୁଅ ହେଉ। ଚାରୁ କହିଦେଇ, ହସିଦେଲା ଫିକ୍ କରି।

କ'ଣ କହିଲୁ...? କ'ଣ? ଅପାଙ୍କର? ବିସ୍ମିତ ହୋଇ ପଚାରିଲା ଦାସିଆ। କହିଲା ଆଲୋ ଓଲି ଭାଇଙ୍କର ସାନପୁଅକୁ ଦଶବର୍ଷ ହେଲାଣି। ତାଙ୍କର ଆଉ ପିଲା ଲୋଡ଼ା କ'ଣ?

ଚାରୁ ସତରେ ଏଇଆ ପ୍ରାର୍ଥନା କରିଥିଲା କାଲି? ସାରାଦିନ, ସାରା ସଞ୍ଜ? ନିଜର ନୁହଁ, ଅପାଙ୍କର ପୁଅ ହେଉ।

ନିଜ କଥା କାହିଁକି କହିଲା ନାହିଁ ସେ ଠାକୁରଙ୍କୁ? କାହିଁକି? ନିଜ ପାଇଁ ନ ମାଗି ନୂଆବୋଉ ପାଇଁ ମାଗିଲା? ଚାରୁ କ'ଣ.....

ଆଜି ସଞ୍ଜରେ ନୂଆବୋଉଙ୍କୁ ଚାରୁ ଯାହା କହିଲା ସବୁ ତାକୁ ଅଡ଼ୁଆ ସୂତା ପରି ଲାଗୁଛି। ଚାରୁ କହିଲା, ସେ ଯଶୋଦା ମାଆ ହେବ, ଯା'ର ଅର୍ଥ କ'ଣ? ସେ କ'ଣ ନୂଆଉଙ୍କ ପୁଅକୁ ପୁଅ କରିବାକୁ ଚାହେଁ? ନୂଆଉଙ୍କ ପୁଅ ତ ତାଙ୍କରି ପୁଅ। ସେ ଆଉ ପୁଅ କରିବ କ'ଣ? ଚାରୁଟା ଏତେ ସାଧାସିଧା ପିଲା, ଏତେ ସରଳ, ସ୍ୱଚ୍ଛ, ଅଥଚ ଏମିତି ଗଣ୍ଠି ପକାଇ ଦେଇଛି କଥାରେ ଯେ ଜମା ଫିଟୁନି ସେ ଗଣ୍ଠି।

ଦାସିଆ ଆଉ କିଛି କହିଲା ନାହିଁ। ମୁହଁ ବୁଲାଇ ଶୋଇଲା। ଚାରୁ ତାକୁ ହଲାଇଦେଇ କହିଲା, ହେ, ରାଗିଲ କି?

ପୁରୀରୁମରେ ଆଠଦଶଦିନ ବଡ଼ ଆନନ୍ଦରେ କଟିଗଲା ଚାରୁଲତାର। ରାଧାଷ୍ଟମୀକୁ

ଆସି ମଠ ମନ୍ଦିର ସବୁ ବୁଲାବୁଲି କରିସାରି ଦାସିଆ ଯିବାକୁ ବାହାରିଲାବେଳେ ଯୁଧିଷ୍ଠିର କହିଲେ, ଆରେ ଦାସିଆ, ଚାରୁ କିଛିଦିନ ଏଠି ନୂଆଉ ପାଖରେ ରହୁ। ପିଲାଙ୍କ ପାଖେ ରହିଲେ ତାକୁ ଭଲ ଲାଗିବ। ବିଚରା ଏକାଟିଆ। ସେ ସେଠି ହରକତ ହେଉଛି। ତୁ ତ ତାକୁ ନିଘା ଦଉନୁ କେତେବେଳେ। କ'ଣ କହୁରୁ...?

ସତ କହିବାକୁ ଗଲେ ଦାସିଆର ଚାରୁଲତାକୁ ଛାଡ଼ିଯିବାର ଇଚ୍ଛା ନଥିଲା ଜମା। ଏଇ କେତେଦିନ ହେଲା ଚାରୁର ଗୋଟେ ନିଆରା ଭାବ ଫୁଟି ଦିଶୁଛି। ତାକୁ ଭଲ ଲାଗୁଛି ଭାରି। ଚାରୁର ପିଲାଳିଆମି ଆଉ ନାହିଁ। ସେ ଯେତେ ପୁରୁଣା ହେଉଛି ତା'ଠି ସେତେ ସେତେ ନୂଆ ରଙ୍ଗ ଚହଟି ଉଠୁଛି। ତାକୁ ଭଲ ଲାଗୁଛି ଭାରି, ତଥାପି ଭାଇଙ୍କ କଥା ତା' ପାଇଁ ବେଦର ଗାର। ସେ ହସି କହିଲା– ହଁ ଭାଇ, ସେ ରହୁ କିଛିଦିନ।

.... ତୋର ଅସୁବିଧା ହେବନି ତ? ଚଲେଇ ଦବୁ ତୁ? କହିଲେ ଯୁଧିଷ୍ଠିର।

.... ନୂଆବୋଉ, ବାହାରିଆସି କହିଲେ, ଦାସିଆ କ'ଣ ତମ ପରି ଅନାଡ଼ି ହେଇଚନ୍ତି। ତାଙ୍କୁ ରନ୍ଧାବଢ଼ାଠାରୁ ଆରମ୍ଭ କରି କୋଉ କାମ ନ ଆସେ? ସେ ଖୁବ୍ ଭଲ ଚଲିବେ। ଚାରୁ କିଛିଦିନ କ'ଣ ମାସେ ଖଣ୍ଡେ ରହୁ, ବୁଲାବୁଲି କରୁ, ସିନେମା ଥ୍ୟେଟର ଦେଖୁ। ଗାଁ'ରେ ଖାଲି ମୁହଁ ମାଡ଼ି ପଡ଼ିଛି ନାଁ।

ଚାରୁ ଭିତରେ ଭିତରେ ଯା' ଦେଢ଼ଶୁରଙ୍କ ସ୍ନେହରେ ଜଡ଼ସଡ଼ ହେଇଯାଇଥିଲା। ଏତେ ଭଲ ଲୋକ ଥାନ୍ତି ଦୁନିଆରେ। ତା'ର ଯେ ପୁରୟମ ବୁଲିବାର ଇଚ୍ଛା, ଏକଥା ଦାସିଆ ଜାଣିପାରିଲା ନାହିଁ, ଅଥଚ ଯା' ଦେଢ଼ଶୁର ଜାଣିଲେ, ତାକୁ ଅଟକାଇ ରଖୁଚନ୍ତି।

ବାହାଘର ଦଶବର୍ଷ ଭିତରେ କୋଡ଼ିଏ ପଚିଶ ଥର ଆସିଥବ ସେ ପୁରୟମ। ଦାସିଆ ତାକୁ 'ସାତଲହଡ଼ି' ନବ, ନବ ଶ୍ରୀମନ୍ଦିର, ଆଉ ତା'ଛଡ଼ା କିଛି ସେ ଦେଖନି। ଶ୍ରୀମନ୍ଦିର ବେଢ଼ା ବି ସେ ଭଲକରି ବୁଲିନାହିଁ। ଖାଲି ଜଗନ୍ନାଥ ଓ ମହାଲକ୍ଷ୍ମୀଙ୍କୁ ଦର୍ଶନକରି, ଜଗମୋହନରେ ପ୍ରାର୍ଥନା କରି ସେମାନେ ଫେରିଚନ୍ତି।

ଭାଇଙ୍କ କଥା ଦାସିଆର ଶିରୋଧାର୍ଯ୍ୟ। ସେ ଚାରୁଲତାକୁ ଛାଡ଼ି ଚାଲିଗଲା। ଚାଲାବେଳେ ତାକୁ ଏମିତି ଗୋଟେ ଆଖରେ ଚାହିଁଦେଲା ଯେ ସାରାଦିନ, ଚାରୁଲତାର ମନ ଘାଣ୍ଟି ହେଲା। ଦାସିଆ କ'ଣ ଦୁଃଖ ପାଇଲା କି?

ଦେଢ଼ଶୁରଙ୍କ ଘରେ ମହାଆନନ୍ଦରେ ଦିନ କଟିଲା ଚାରୁଲତାର। ବଡ଼ ଯା'ଙ୍କୁ କିଛି କାମ କରାଇଦେଲା ନାହିଁ ସେ। ଠିକା ଚାକରାଣୀ ନୟନୀ ବାସନ ମାଜିଦେଇଯାଏ। ରନ୍ଧାବଢ଼ା ଚାରୁଲତା କରେ। ଯୁଧିଷ୍ଠିର ଆଶନ୍ତି ଭଲି ଭଲି ମାଛ। ଅମ୍ବିକା ବଡ଼ ଆମିଷ ପ୍ରିୟ। ପିଲାଏ ମଧ୍ୟ ତହୁଁ ବଳି। ତେଣୁ ସେ ଲୁଣି, ମଧୁର, ସବୁରକମ ମାଛ ଆଶନ୍ତି।

କହନ୍ତି, ନିଅ, ଏ ଚୃନା ମାଛ ଠୁକଠୁକା କର। ଏ ତୋଡ଼ି ମାଛ ବେସର କର। ଏ ଚାନ୍ଦିମାଛ କଡ଼ାକରି ଭାଜ, ଭାକୁର ମାଛର କାଳିଆ ତମକୁ ଭଲ ଆସେ ପରା। ଚାରୁକୁ ଦିନେ ଖୁଆଥ।

ମୋହରିର ପେସା ସିନା, ହୃଦୟ ତାଙ୍କର ଖୁବ୍ ବିଶାଳ। ଅଫିସରୁ ଫେରିଲାବେଲେ ସେ ଚେମା ସାହୁ ଦୋକାନରୁ ଚାରିଓଳି ରାବିଡ଼ି ନେଇଆସନ୍ତି ପ୍ରତିଦିନ।

ଖୁଆପିଆ ପରେ ଚାରୁଲତା ଅମ୍ବିକା ତାସ୍ ଖେଳନ୍ତି, ନଚେତ୍ କଉଡ଼ି। ପିଲାମାନେ ସ୍କୁଲ ଯାଇଥାନ୍ତି। ଚାରୁ ସେମାନେ ଫେରିଲାବେଲକୁ ସେମାନଙ୍କ ପାଇଁ ଭଲ ଜଲଖିଆ ତିଆରି କରି ରଖେ। ସ୍କୁଲରୁ ଫେରି ପଖାଳ ଖାଇ ସେମାନେ ଖେଳିବାକୁ ଯାନ୍ତି। ସଞ୍ଜରେ ପ୍ରାର୍ଥନା ସାରି ସାନବୋଉ କରିଥିବା ବରାଦୀ ଜଲଖିଆ ଖାଆନ୍ତି। କେଉଁଦିନ ସେ ପକୋଡ଼ି କରେ, କେଉଁଦିନ ମାଲପୁଆ, କେଉଁଦିନ କାକରା। କଟେରୀରୁ ଫେରି ଏସବୁ ଖାଇ ଖୁସି ହୁଅନ୍ତି ଯୁଧିଷ୍ଠିର।

ଅମ୍ବିକା ଚାରୁକୁ ନେଇ ବୁଲିଯାନ୍ତି ମନ୍ଦିର। ଚାରୁ କହିଲା– ଅପା, ମତେ ସବୁ ଦିଅଁ ଦେଖାଇବ। ବେଢ଼ାସାରା ଯେତେ ଦିଅଁ ଅଛନ୍ତି, ସବୁ।

ସେଦିନ ଚାରୁକୁ ନେଇ ମନ୍ଦିର ଗଲେ ଅମ୍ବିକା। ପତିତପାବନ ଦର୍ଶନ କରିସାରି କାଶୀ ବିଶ୍ୱନାଥଙ୍କୁ ଓଲଗୀ ହେଲା। ପରେ ସେମାନେ ବାଇଶି ପାହାଚ ଚଢ଼ି ଗୁମୁଟି ପାର ହୋଇ ଭିତର ବେଢ଼ାରେ ପହଞ୍ଚିଲେ। ଅମ୍ବିକା ତରତର କରି ମନ୍ଦିର ଦେହରେ ଥିବା ଏକ ମୂର୍ତ୍ତିରେ ମୁଣ୍ଡିଆ ମାରିଲେ। ଚାରୁକୁ କହିଲେ, ମୁଣ୍ଡିଆ ମାର! ଚାରୁ ମୁଣ୍ଡିଆ ମାରିଲା। ତା'ପରେ ଅମ୍ବିକା କହିଲେ, ଆଲୋ ଓଲୀ, ଏଠି କାଚ ଚୂଡ଼ି ଛୁଆଁ। କାଚ ବଜର ହେବ। ଅପାଙ୍କ କଥା ମାନିଲା ଚାରୁଲତା କହିଲା, ଯେ କୋଉ ଠାକୁର ଅପା ?

ଅମ୍ବିକା କହିଲେ, ଯାଙ୍କୁ ଜାଣିନୁ ? ଦାସିଆ ତତେ କିଛି କହିନାହାନ୍ତି ? ଯେ ପରା ସାବିତ୍ରୀସତ୍ୟବାନ। ଏଇ ଦେଖ୍, ସାବିତ୍ରୀଙ୍କ କୋଲରେ ମୁଣ୍ଡ ରଖି ଶୋଇଛନ୍ତି ସତ୍ୟବାନ। ସବୁ ସଧବା ସ୍ତ୍ରୀ ଲୋକ ଏଇଠି ମୁଣ୍ଡିଆ ମାରି କାଚ ଛୁଁଆଁଇଲା ପରେ ଜଗନ୍ନାଥ ଦର୍ଶନ କରନ୍ତି।

ଗୋଟେ ଭଲ ଗାଇଡ୍ ପରି ଅମ୍ବିକା ଚାରୁଲତାକୁ ବୁଝାଉଥିଲେ। ସତ୍ୟନାରାୟଣ, ବାଟମଙ୍ଗଳା, ବଟ ଗଣେଶଙ୍କ ପାଖେ ଦୀପ ବସାଇ ମୁଣ୍ଡିଆ ମାରି ସେଇ ବୃକ୍ଷକୁ ଚାହିଁ ଅମ୍ବିକା କହିଲେ, ଜାଣିଲୁ ଚାରୁ ଇୟେ ବାଞ୍ଛାବଟ। ଯା'କୁ ପ୍ରାର୍ଥନା କଲେ ସବୁ

ମନବାଞ୍ଛା ପୂରଣ ହୁଏ। ଦେଖୁନୁ ମାନସିକ କରି କେତେ ଲୋକ ନାଲିସୂତା ବାନ୍ଧିଚନ୍ତି। କେତେ ଲୋକଙ୍କର ମନସ୍କାମନା ପୂରଣ ହୁଏ ମୁଁ ଜାଣିଛି।

ଚାରୁଲତା ଚାହିଁଥିଲା, ସେଇ ବଟବୃକ୍ଷକୁ। ଆରେ, ସତେ, କେତେବଡ଼ ଗଛ। ଡାଳ, ଶାଖା ମେଲେଇ ଢାଙ୍କି ରହିଛି ମନ୍ଦିର ଖୋଲା ଅଗଣାକୁ। ଏତେ ଘଞ୍ଚ ଯେ ଟିକେ ହେଲେ ଖରା ପଡ଼ୁନାହିଁ। ଅନେକଥର ସେ ଆସିଛି ମନ୍ଦିର, ସ୍ୱାମୀଙ୍କ ସାଙ୍ଗରେ। କେବେ ସେ ଦେଖେଇନାହାନ୍ତି କହିନାହାନ୍ତି ଏହାର ମହିମା।

ଚାରୁଲତା ଚାହିଁଥିଲା, ସେଇ ଗଛକୁ। ପଣ୍ଡା ଜଣେ ବୁଝଉଚନ୍ତି କେଉଁ ଯାତ୍ରୀଙ୍କୁ, ଏ ବାଞ୍ଛା କଳ୍ପବଟ। ମନ୍ଦିର ଗଢ଼ା ହେବା ଆଗରୁ ଏ ବଟବୃକ୍ଷ ଅଛି। ଶହ ଶହ ବର୍ଷର ସବୁକଥା, ଦେଖିଛି ଏ ଗଛ। ତା'ର ପତ୍ରେ ପତ୍ରେ ଲେଖାଅଛି ଅସୁମାରି କାହାଣୀ। ବହୁ ବନ୍ଧ୍ୟା ନାରୀ ଏଠି ସୂତାବାନ୍ଧି ପୁତ୍ରବତୀ ହୋଇ ହୋଇଚନ୍ତି।

ପଣ୍ଡା ବୁଝାଇ ବୁଝାଇ ନିଜ ଯାତ୍ରୀଙ୍କୁ ନେଇ ଚାଲିଗଲେ। କେମିତି ମୋହାଚ୍ଛନ୍ନ ହେଲାପରି ଠିଆ ହୋଇଥିଲା ଚାରୁଲତା। ସବୁ ବନ୍ଧ୍ୟା ନାରୀ ପୁତ୍ରବତୀ ହୋଇଚନ୍ତି। ଏ କଥା ମନ ଭିତରେ ଗୁଞ୍ଜରଣ ତୋଳୁଥିଲା। ହଁ, ନିଶ୍ଚୟ ହୋଇଥିବେ। ବାପା କହନ୍ତି, ମଣିଷ ତା' ଆଚରଣରେ ଦେବତା ହୋଇପାରେ! ବୃକ୍ଷ କିନ୍ତୁ ପ୍ରଥମରୁ ଦେବତା। ବୃକ୍ଷ ଦେବତା। ଏହି ଶାଖାପ୍ରଶାଖା ଖୋଲିମେଲି ଛାଇ ଦେଉଥିବା ବାଞ୍ଛା ବଟ ଜଣେ ଜୀବନ୍ତ ଦେବତା ପରି ଚାରୁଲତାର ସାମ୍ନାରେ ଠିଆହୋଇଗଲେ କି? ସେ କହିଲା ମନେ ମନେ, ହେ ବୃକ୍ଷ ଦେବତା! ତମକୁ ଦଣ୍ଡବତ। ତମେ ମୋ' ମନବାଞ୍ଛା ପୂରଣ କର। ଚାରୁଲତା ମୁଣ୍ଡିଆ ମାରିଲା।

ଅମ୍ବିକା କହିଲେ, ଚାରୁ, ଗୋଟେ କଥା କହିବି?

କହ, ଆପା।

ତୁ ଏଠି ଗୋଟେ ସୂତା ବାନ୍ଧିବୁ?

ସଲ୍ଜ ହସି ଚାରୁଲତା କହିଲା ବାନ୍ଧିବି ଆପା। ମୋ ମନପ୍ରାଣ ଆମ୍ଭ କହୁଚି ଏ କଥା।

ତେବେ ଚାଲ, ଦର୍ଶନ କରିସାରି ସୂତା ଆଣି ବାନ୍ଧିଲା ପରେ ଘରକୁ ଯିବା। ଏତିକି କହି ଅମ୍ବିକା ଚାରୁକୁ ନେଇ ଲକ୍ଷ୍ମୀ ମନ୍ଦିର ଆଡ଼କୁ ଗଲେ।

ଲକ୍ଷ୍ମୀ ମନ୍ଦିରରେ ଖୁବ୍ ଭିଡ଼। ସେଇ ସୁନାରଙ୍ଗର ମୁହଁରେ ମହାଲକ୍ଷ୍ମୀଙ୍କର କି ଅପୂର୍ବ ହସ। ସେ ହସକୁ ଆହୁରି ଶ୍ରୀମନ୍ତ କରୁଚି ତାଙ୍କ ବକ୍ଷସାରା ବେଢ଼ି ରହିଥିବା ପଦ୍ମଫୁଲର ମାଳ। ଚାରୁଲତା ପ୍ରଣାମକରି ଉଠି ହାତଯୋଡ଼ି ଠିଆହେଲା। ମନକୁମନ କହିଲା, ତୁ ତ ଜଗତଯାକର ମାତା। କୋଟି କୋଟି ଲୋକ ତୋର ପୁଅ। ତେଣୁ ତୁ

ବାଷ୍ପ ହେଲେ ଅସୁବିଧା ନାହିଁ। ତତେ କେହି ସହାନୁଭୂତି ସମବେଦନା ଜଣାଇବେ ନାହିଁ। ତତେ କେହି ଅଗ୍ନି ତପ୍ତକୁଣ୍ଡରେ ଗୁଆ ଖୋଜିବାକୁ ବାଧ୍ୟ କରିବେ ନାହିଁ। ମୁଁ ଧୂଳିର କୀଟ। ମୋର ବହୁତ ଜ୍ୱାଳା ମା! ବହୁତ ଜ୍ୱାଳା।

ଆଲୋ, ସବୁ'ଠି କ'ଣ ଏମିତି ଥକାମାରି ଠିଆ ହେଉଛୁ? ଚାରୁଲତାକୁ ହଲେଇଦେଇ କହିଲେ ଅମ୍ବିକା। ଦୁହେଁ ମୁଣ୍ଡିଆ ମାରି ବାହାରକୁ ଆସିଲେ। ଲକ୍ଷ୍ମୀ ମନ୍ଦିରର ପାହାଚରେ ବସିଲେ ଦିହେଁ। ଅମ୍ବିକା ଖପରା ଖଣ୍ଡେ ଗୋଟେଇ ଆଣି ପାହାଚରେ ଗାର କାଟି ଚିତା ଲେଖ୍ଖିଲେ। କହିଲେ– ଲକ୍ଷ୍ମୀମନ୍ଦିରରେ ଟିକେ ବସି, ଷୋଳ ପାଖୁଡ଼ିଆ ପଦ୍ମ ଲେଖ୍ଖିଲେ, ମହାପୁଣ୍ୟ ଅର୍ଜନ ହୁଏ। ଅନ୍ନବସ୍ତ୍ରର ଅଭାବ ରହେନାହିଁ।

କେତେ କଥା ଜାଣିଚନ୍ତି ଅପା। ମନେ ମନେ ଭାବୁଥିଲା ଚାରୁଲତା। ଟିକେ ଆଗକୁ ଯାଇ, ଅମ୍ବିକା ଡାକିଲେ ଚାରୁ, ଏଠିକି ଆ। ହେଇ ଦେଖ୍, ଇୟେ 'ଯମ ଦେବତା'। ଯମ ବା ମରଣ ଠାକୁର। ୟାଙ୍କୁ ମୁଣ୍ଡିଆ ମାର। ଆଉ ହେଇଟି, ଖପରାଖଣ୍ଡେ ଧରି ଏଠି ଚାରିଟା ଗାର ଟାଣ। ଯମଦଣ୍ଡ! ଯମଦଣ୍ଡ ଲାଗିବ ନାହିଁ ବୋଲି ଏଠି ଶ୍ରଦ୍ଧାଳୁମାନେ ଗାର ଟାଣନ୍ତି।

ଚାରୁଲତା ହସିଲା। ସେ ଖୁବ୍ ପାଠ ପଢ଼ି ନାହିଁ ସତ, ହେଲେ ନିଜର ଏକ ଭାବନା ଅଛି। ଭଲ ମନ୍ଦର ବିଚାରଧାରା ଅଛି 'ଯମ ପୁଣି ଠାକୁର'। 'ଜର ପୁଣି ଠାକୁର'।

ସେ କହିଲା, ଯମ ଠାକୁର କଥା ମୁଁ ଶୁଣିନାହିଁ। କିନ୍ତୁ ଜର ଠାକୁରଙ୍କ କଥା ଶୁଣିଛି ୟାଙ୍କ ତୁଣ୍ଡରୁ। ୟାଙ୍କୁ ପରା ପିଲାଦିନେ ଜର ହୋଇଥିଲା ଯେ ମହନ୍ତ ଗୋସେଇଁ ଜର ଠାକୁରଙ୍କୁ ଚାରଣା ପଇସା ନେଇ, ଶ୍ୟାମାକାଳୀଙ୍କୁ ମାଜଣା କରି ଭଲ କରିଥିଲେ। ସତରେ ଅପା, ଏ ଠାକୁରମାନେ ଏତେ ପ୍ରତ୍ୟକ୍ଷ!

ଅମ୍ବିକା ସାତ ପାହାଚ ଦେଇ ମନ୍ଦିରକୁ ଗଲାବେଳେ କହିଲେ, ହଁ, ଶୁଣିଛି ଏ କଥା ତୋ' ସାଆନ୍ତ କରୁଥିଲେ। ବିଶ୍ୱାସ ଯଦି ଷୋଳ ଅଣା, ଠାକୁର ଆସ୍ଥାନରୁ ଓହ୍ଲେଇ ଆସିବେ। ଜାଣିରୁ? ଖାଲି ଜର ଠାକୁର ନୁହଁ, ଗରୁଡ଼ଙ୍କ ଗାଧୁଆ ପାଣିରେ ଯଦି ଜଣେ ଗାଧୋଇବ, ତାକୁ ଔଷଧ ପରି ସେବନ କରିବ, ସବୁ ରୋଗ ଚାଲିଯିବ। ଆଉ ମାଆ ଶୀତଳାଙ୍କୁ ମାଜଣା କଲେ, ପଣା ଦେଲେ, ଯେତେ ବଡ଼ ରକମ ହାଡ଼ଫୁଟି, ବସନ୍ତ, ମିଲିମିଲା ହେଉ, ସବୁ ଝାଉଁଳି ଯିବେ ନା। ବିଶ୍ୱାସ ବଡ଼ କଥା ଲୋ!! ସବୁଠୁ ବଡ଼ କଥା।

ସେମାନେ ଜଗନ୍ନାଥ ଦର୍ଶନ କଲେ। ଗରୁଡ଼ ଖାମ୍ବକୁ ଆଲିଙ୍ଗନ କଲେ। ଦୀପ

ବସାଇଲେ । ସବୁ ସାରି ବଟବୃକ୍ଷ ପାଖକୁ ଫେରିଲେ । ବାଟମଙ୍ଗଳାଙ୍କ ପାଖେ ଦୀପ ବିକୁଥିବା ବୁଢ଼ୀଟି ଅମ୍ବିକାଙ୍କର ପରିଚିତ । ସେ ନାଲି ସୂତାର ପାଟଫୁଲିଟିଏ ତାଙ୍କ ପାଇଁ ରଖିଥିଲା । ଅମ୍ବିକା ଦୀପ ଓ ପାଟଫୁଲି ଆଣି କହିଲେ, ଚାରୁ, ଦୀପ ଲଗା, ଏଇ ନାଲି ସୂତା ବାନ୍ଧି ଦେ ମନ ଚିପୁଡ଼ି ବିଶ୍ୱାସରେ । ଆଉ ସାଷ୍ଟାଙ୍ଗ ପ୍ରଣାମ କର ।

ଗଳବସ୍ତ୍ର ହୋଇ ଚାରୁଲତା ସେଇଆ କଲା । ଆଖିବୁଜି ଘଡ଼ିଏ ବସିଲା । ଡାକୁ ଲାଗିଲା ବିପୁଳ ବାହୁ ବିସ୍ତାର କରି ଏ ବୃକ୍ଷଦେବତା ତାକୁ କୁଣ୍ଢେଇ ଧରିଛନ୍ତି । ତାଙ୍କର ହଜାରେ ହାତ ତାକୁ ତୋଲି ଧରୁଚି ଅବା । ତା'ର ମନେପଡ଼ିଲା ଦାସିଆ ଗାଉଥିବା ଗୀତଟି ।

“ଭୁଜତଳେ ମତେ ରଖ ମହାବାହୁ, ବାହୁତଳେ ମତେ ରଖ
ବିପୁଳ ଭୁଜ ବିସ୍ତାରି ଦେଲେ ଛାର, କି କରିପାରିବ ଦୁଃଖ ।”
ଆଃ, ସତରେ କି ନିର୍ଭୟତା । ଆଶ୍ରୟରେ ଏତେ ନିର୍ଭରତା ଥାଏ ।

‘ଆଲୋ, ପୁଣି ଠିଆ ହେଲୁ’ ଚାଲ ଯିବା । ବେଳ ହେଲାଣି ପରା । ପିଲେ ଖେଳି ଫେରିବେଣି । ଚାଲ ।

ଚମକିପଡ଼ି ଯାଆାଙ୍କୁ ଅନୁସରଣ କଲା ଚାରୁଲତା ।

ରାତିରେ ଖାଇବାବେଳେ, ଅମ୍ବିକା କହିଲେ ଆଲୋ ଚାରୁ, କଣ୍ଠବଟରେ ତ ସୂତା ବାନ୍ଧିଲୁ । କହିଲୁ ଦେଖୁ, ତୋ' ମନାସଟି କ'ଣ ?

ଅମ୍ବିକା ଭାବିଥିଲେ, ଚାରୁ ଲଜ୍ଜା ପାଇବ । କିଛି କହିବ ନାହିଁ । ତା'ର ମନାସ ତାଙ୍କୁ କୋଉ ଅଜଣା ?

ଚାରୁ ମୁହଁ ଟେକି କହିଲା…… କହିବି ?

ହଁ, କହ !

ମୁଁ ବଟ ଗୋସେଇଁଙ୍କୁ ମନ, ପ୍ରାଣ, ଆତ୍ମା ସବୁ ଏକାଠି କରି ପ୍ରାର୍ଥନା କଲି, ହେ ଠାକୁରେ ! ମୋ' ଅପାଙ୍କର ଗୋଟେ ପୁଅ ହେଉ !!

… କ'ଣ କହିଲୁ ଲୋ ପୋଡ଼ାମୁହିଁ ?

… ସେଇଆ ପରା, ତମର ପୁଅଟିଏ ହେଉ । ଚାରୁ ଦୁଷ୍ଟ ହସ ହସିଲା ।

… ବଜେଇବି ଚଟକଣାଟାଏ ଯେ, ଗାଲ ଭାଙ୍ଗିଦେବି । ରାଗରେ ପ୍ରଜ୍ୱଳି ଉଠିଲେ ଅମ୍ବିକା ! ତୁ ମୋ' ଯା' ମୋ ଭଉଣୀ ନା ଶତ୍ରୁ ? ମତେ ଏ ବୟସରେ ଲୋକହସା କରାଇବୁ । ମୋର ସାନପୁଅ ହେଲାଣି ଦଶବାରେବର୍ଷରେ । ବଡ଼ ପୁଅ କଲେଜ ମାଡ଼ିଲାଣି । ତୁ କହୁଚୁ… ମତେ ଠଙ୍ଗା କରୁଛୁ ନା ?

କାନ୍ଦ କାନ୍ଦ ହୋଇ ଚାରୁ କହିଲା, ତମେ ମତେ ଚାପଡ଼ା କାହିଁକି ବାଡ଼ିରେ

ମାର, ଗୋଇଠା ମାର, ହେଲେ ସବୁ ଠାକୁରଙ୍କୁ ମୋ ସହ ପ୍ରାର୍ଥନା କର, ମୋ ମାଗୁଣି ପୂରଣ ହେଉ ।

ଚାରୁ, କ'ଣ ହେବ ସେଇଠୁ .... ? ଅମ୍ବିକାଙ୍କ ସ୍ୱର ନରମିଗଲା ।

ତା'ପରେ ତ ବଢ଼ିଆ ହେବ ଅପା । ସବୁ ଭଲ ହେବ । କ୍ରମେ ପିଲାଟିକୁ ନାହିନାଡ଼ କରି ମତେ ଟେକିଦେବ । ତମକୁ କହିଥିଲି ନା ମୁଁ ଯଶୋଦା ମାଆ ହେବି । ଜନ୍ମ ହେଲା ଛୁଆକୁ ବଢ଼େଇ କୁଢ଼େଇ ବଡ଼ କରିବି । ସ୍ନେହରେ, ଆଦରରେ ! ପ୍ରାଣ ନିଷ୍ଠା ଦେଇ ।

ଏଇଟା ବାୟାଣୀ ପରି ଏମିତି କ'ଣ କହୁଚି, କହି କହି, ସେଠୁ ଉଠିଗଲେ ଅମ୍ବିକା.... ।

ପନ୍ଦରଦିନ ମହାଆନନ୍ଦରେ କଟେଇ ବିଜୁ ସାଙ୍ଗରେ ଗାଁକୁ ଫେରିଲା ଚାରୁଲତା । ପଛରୁ ତା' ଯାଆଙ୍କର ସ୍ନେହ, ପିଲାମାନଙ୍କର ସାନବୋଉ, ସାନବୋଉ ବୋଲି ଅଳିଅର୍ଦ୍ଦଳି, ଦେଢ଼ଶୁରଙ୍କର ନିଘା, ସବୁ ମନେପଡୁଥିଲା । ଏଣେ ଦାସିଆ ଯେ ହାତରେ ରାନ୍ଧି ଖାଉଥିବ ତାହା ମଧ ତାକୁ କଷ୍ଟ ଦେଉଥିଲା । ମଣିଷ ମନଟା ଏମିତି । ସେ ଏକାବେଳକେ ସବୁ ଚାହେଁ, ଏକାଠି ଚାହେଁ ।

ଘରେ ପଶୁ ପଶୁ ସେ ଦେଖିଲା, ଘରଦ୍ୱାର ଖୁବ୍ ସଫା ରଖିଛି ଦାସିଆ । ଗୋଡ଼ହାତ ଧୋଇ ଲୁଗା ପାଲଟି ସେ ରୋଷେଇ ଘରକୁ ଗଲା । ଦେଖିଲା ରୋଷେଇଘର ମଧ ବେଶ୍ ସଫା । ହେଲେ ଚୁଲି ପାଖରେ ଦି'ଟା ବାଇଗଣ ଓ ଟମାଟୋ, ପୋଡ଼ା ହୋଇଅଛି । ସେ ତରତର କରି ଭାତ ଡେକ୍‌ଚୀ ଦେଖିଲା । ଭାତ ରନ୍ଧା ହୋଇ ପଖାଳ ହୋଇଛି । ଏଇ ବାଇଗଣ ପୋଡ଼ା ନେଇ ପଖାଳ ଖାଉଚି ଦାସିଆ, ପନ୍ଦରଦିନ ହେବ । ସେ ତେଣେ ପୁରି, ଖିରୀ, ମାଲପୁଆ ଖାଉଥିଲା ଯା'ଙ୍କ ପରଶା ।

ଚାରୁଲତାର ମନ କ'ଣ ହେଲା, ସେ ତରତର କରି ପୁଣି ରାନ୍ଧି ବସିଲା । ଶୋଇଲାଘରକୁ ଯାଇ ଦେଖିଲା, ଖଟ' ସାମ୍ନା କାନ୍ଥରେ କଣ୍ଟାରେ ଝୁଲାହୋଇ ରହିଚି ମୃଦଙ୍ଗଟିଏ । ଏ ମୃଦଙ୍ଗ କେଉଁଠୁ ପାଇଲା ଦାସିଆ । ଚାରୁ ଯେ ଘରେ ନଥିଲା, ଏଇ ଖାଲିପଣକୁ ଭୁଲିବାକୁ ସେ କ'ଣ ମୃଦଙ୍ଗ ବଜାଉଥିଲା ? କାହାଠୁ ମାଗି ଆଣି ? ତାକୁ ବଇଁଶୀ ଦେଲାଭଳି, ମୃଦଙ୍ଗ କ'ଣ କିଏ ତାକୁ ଦାନକଲା ?

ଚାରୁଲତା ଏମିତି ଭାବି ଭାବି ପୁଣିଥରେ ରୋଷେଇ କଲା । ଦିନଦିପହରକୁ ଦୋକାନ ବନ୍ଦକରି ଦାସିଆ ଆସିଲା । ବସରୁ ଓହ୍ଲେଇ ଦାସିଆଠୁ ଚାବି ନେଇ ଚାରୁଲତା ଆସିଛି । ଦାସିଆ ହସି ହସି ଚାରୁ ପାଖକୁ ଯାଇ ତା' ହାତ ଧରିପକାଇ କହିଲା, ବାଃ, ତୁ ଏକଦମ୍ ଚେରେଇ ଯାଇଚୁ, ଚିକ୍‌ଣେଇ ଯାଇଚୁ ।

... ସେଇଠୁ, ଆଉ କ'ଣ କହୁନା ।

... ଭାରି ଭଲ ଦିଶୁଛୁ ।

ସେ କଥା ଛାଡ଼, ତମେ କହିଲ, ତମେ ମୋ' ଉପରେ ରାଗିଛ ?

... କାହିଁକି ?

... ତମେ ଏକୁଟିଆ ରହିଲ, ବାଇଗଣ ପୋଡ଼ା, ପଖାଳ ଖାଇଲ । ମୁଁ ସେଠି କେତେ ଭଲ ଥିଲି । ତମେ ଏଠି....

ତୁ ଯଦି ସେଠି ଭଲରେ ଖୁସିରେ ରହିଲୁ, ମୋର ସେଇଟା ବଡ଼ ଆନନ୍ଦ ଲୋ ଚାରୁ ! ମୁଁ କ'ଣ ଏତେ ପାଷାଣ୍ଡ ଯେ ତୋର ଖୁସି ଟିକେ ସହିପାରିବି ନାହିଁ ? ପ୍ରକୃତ ଭଲପାଇବାଟାରେ ସ୍ୱାର୍ଥ ନ ଥାଏ । ମୋର ସ୍ୱାର୍ଥ ତୁ – ହେଲା ?

ଦାସିଆକୁ ମୁଗ୍ଧ ଆଖିରେ ଚାହିଁରହିଲା ଚାରୁଲତା । ତା' ଆଖି ଛଳଛଳ ହେଲା । ସେ କଥା ବୁଲେଇ କହିଲା, ଚାଲ, ଖାଇବ ଚାଲ !

ଚାରୁଲତା ବାଢ଼ିଦେଲା ଗରମ ଭାତ, ମୁଗଡ଼ାଲି, ସବୁ ପରିବା ମିଶେଇ ଗୋଟେ ଚଡ଼ଚଡ଼ି । ଆଉ କିନ୍ତୁ କିଛି ନ ଥିଲା ଘରେ । ବାରିରୁ ଦି'ଚାରିଟା କଅଁଳ କଲରାପତର, ପୋଇପତ୍ର ଆଣି ପିଠେଉ ଗୋଲି ଭାଜିଲା ମୁସମୁସ କରି । ଦାସିଆ ମୃଦୁ ରାଗି କହିଲା, ମୁଁ ତ ପଖାଳ ଖାଇଥାନ୍ତି, ପୁଣି କାଇଁ ରାନ୍ଧିଲୁ ?

ଖାଇପିଇସାରି ଶୋଇଲା ଘରକୁ ଆସିଲେ ଦିହେଁ । ଚାରୁଲତା କହିଲା, ଏ ମୃଦଙ୍ଗଟା ତମକୁ କିଏ ଦେଲା କି ?

ଦାସିଆ ହସିଲା.... କହିଲା, ତୁ କ'ଣ ଭାବୁଚୁ ତତେ ଯେମିତି ବାବାଜୀ ଜଣେ ବଇଁଶୀଟିଏ ଦେଇ ଉଭାନ୍ ହେଇଗଲେ, ମତେ ସେମିତି ଜଣେ ଦେଇଯାଇଚନ୍ତି ?

ନାଇଁ ଯେ.... କାହାଠୁ ମାଗି ଆଣିଚ ?

ନାଁ, ମାଗି ନାହିଁ । ମତେ ଜଣେ ଯାଚି ଦେଇଯାଇଚି । ହେଲେ ବଦଳରେ ନେଇଛି, ମାତ୍ର ଚାଳିଶି ଟଙ୍କା ।

କିଏ ସେ ଲୋକ ? ଚାରୁ ପଚାରିଲା ।

ସେ ଲୋକ କିଏ ମୁଁ ତାକୁ ଚିହ୍ନିନାହିଁ । ଶୁଣିଛି ତା'ଘର ପଣସପଦା । ଆମ ଗାଁର ସଂକୀର୍ତନମଣ୍ଡଳୀର ଚଇଆ, ବଡ଼ କାକୁ ଟି ହୋଇ ଚାଳିଶ ଟଙ୍କା ନେଇ, ତାକୁ ଦେଇଚି । ଲୋକଟା ବିକଳରେ ପଇସା ଚାହୁଁଥିଲା । ମୃଦଙ୍ଗ ଛଡ଼ା ତା'ର ଆଉ କିଛି ନଥିଲା ବିକିବାକୁ । କେହିଲା ଦାସିଆ ।

ହେଃ, ତମେ ଏଇଆ କଲ ? ମୃଦଙ୍ଗ କ'ଣ କଂସା ନା ସୁନାରୂପା ହୋଇଛି ଯେ ତାକୁ ଜଣେ ପୁରୁଣା ବିକିଦେବ ? ମୃଦଙ୍ଗ ଗୋଟେ ବାଦ୍ୟ । ଏ ମୃଦଙ୍ଗରେ ସେ ଲୋକର

କେତେ ଭାବ, ଆବେଗ, ସ୍ନେହ ଭରି ରହିଛି । ଏଇ ମୃଦଙ୍ଗରେ ସେ କେତେ କୀର୍ତ୍ତନ କରିଥିବ । ତା'ଆଙ୍ଗୁଠି ଟିପ କେତେ ସହସ୍ର ଥର ତା'ର କିରଣରେ ପିଟି ହୋଇଥିବ ? ବାଧରେ, ବିକିଦେଲେ ସିନା, ତା'ଆତ୍ମା ତାକୁ ଝୁରୁଥିବ, ନିଶ୍ଚେ ଝୁରୁଥିବ । ଚାରୁ କହିଲା ।

ଦାସିଆ ଚାରୁ କଥା ଶୁଣି ଥକ୍କା ହୋଇଗଲା । ସତେତ, ଏ କଥା ସେ ଭାବିପାରିଲା ନାହିଁ କେମିତି ?

ଦାସିଆର ଅସହାୟ ଚେହେରାକୁ ଚାହିଁ ଚାରୁଲତା ପୁଣି କହିଲା..... କବିର କଲମ, ଶିଳ୍ପୀର ତୁଳୀ, ନିହାଣ, ବଇଁଶୀଆଳର ବଇଁଶୀ ଯଦି ତା'ଠୁ ଅଲଗା ହୋଇଯାଏ, ଉଭୟଙ୍କୁ କଷ୍ଟ ହୁଏ । ମୃଦଙ୍ଗ, ବଇଁଶୀ, ନିହାଣ ଏମାନେ ବସ୍ତୁ ଖାଲି ନୁହନ୍ତି । ଏ ବସ୍ତୁରେ ପ୍ରାଣ ସଞ୍ଚାର କରିଥାଏ । ଏଇ ଲୋକମାନଙ୍କର ଭାବନା, ତାଙ୍କ ସ୍ପର୍ଶ, ତାଙ୍କ ଆବେଗ, ବସ୍ତୁ ବି ପ୍ରାଣମୟ ହୋଇଯାଏ, ଶିଳ୍ପୀର ସ୍ପର୍ଶ କାତରତାରେ ।

... ତୁ ଏତେ କଥା କେମିତି ଜାଣିଲୁ ?

... ମିଲା, ମିଲା.... ଏଡ଼େ ଭୋଳା ଲୋକ ତମେ ? ତୁମେ ପରା ସେଦିନ କୋଉଠୁ ଶୁଣି ଆସି ମତେ ବୁଝଉଥିଲ ? କହିଲା ।

ହଁ, ଲୋ ଚାରୁ, ମୁଁ ତତେ କହିଥିଲି, ହେଲେ ମୁଁ ଭୁଲିଗଲି । ଏ ମୃଦଙ୍ଗ ନିଶ୍ଚେ ମୋ ଆଙ୍ଗୁଳି ମାଡ଼ରେ ପୀଡ଼ା ପାଉଥିବ । ମୁଁ ଖୁବ୍ ଭୁଲ କରିଛି । ଯାଉଛି, କୀର୍ତ୍ତନ କରି ତା'ର ପ୍ରାୟଶ୍ଚିତ କରିବି । ଏତିକି କହି ଦାସିଆ କଣ୍ଢାରେ ଟଙ୍ଗା ଯାଇଥିବା ମୃଦଙ୍ଗଟା କାଢ଼ିଲା । ବେକରେ ସୂତାଟା ଗଳେଇଦେଇ ଗାଇବାକୁ ଆରମ୍ଭ କଲା—

"ଶ୍ରୀକୃଷ୍ଣ ଚୈତନ୍ୟ ପ୍ରଭୁ ନିତ୍ୟାନନ୍ଦ,
ହରେକୃଷ୍ଣ ହରେକୃଷ୍ଣ ରାଧେ ଗୋବିନ୍ଦ ।"

ଦାସିଆ ମୃଦଙ୍ଗରେ ବୋଲ୍ ପରେ ବୋଲ୍ ଦେଇ ଗାଇବାକୁ ଲାଗିଲା । ଗାଉ ଗାଉ ସେ ବିହ୍ୱଳ ହୋଇଉଠିଲା । କେତେବେଳେ ସେ ସ୍ଥିର ହୋଇ ବାଦ୍ୟ ଗୀତ ବନ୍ଦ କଲା ।

ଚାରୁ ବି କହିଲା, ଏତିକି କ'ଣ ଯଥେଷ୍ଟ ? ପ୍ରାୟଶ୍ଚିତ ପାଇଁ ?

... ନାଁ, ଯଥେଷ୍ଟ ନୁହେଁ । ଜାଣେ ।

... ଶୁଣ, ଆମେ ଦୁହେଁ ଏକାଠି ପ୍ରାର୍ଥନା କରିବା, ତାଙ୍କ କଷ୍ଟ ଦୂର ହେଉ । ପ୍ରଭୁ ତାଙ୍କ କଷ୍ଟ ଦୂରହେଉ । କହିଲା ଚାରୁଲତା ।

ଦାସିଆ ତାକୁ ଚାହିଁ କହିଲା... "ଠିକ୍ କହିଚୁ । କୀର୍ତ୍ତନ ଯଥେଷ୍ଟ ନୁହେଁ । ତା' କଷ୍ଟରୁ ସେ ଉଦ୍ଧାର ପାଉ ଆମେ ଏକାଠି ଏଇଆ ପ୍ରାର୍ଥନା କରିବା । "

ହେଲା... ?

ଏଥିଭିତରେ ଚାରିମାସ ସମୟ ଚାଲିଗଲା ଚାହୁଁ ଚାହୁଁ। ଦିନଠୁ ରାତି ଯାଏଁ ନିଜ ଜୀବନଚର୍ଯ୍ୟା ନିର୍ବାହ କରୁଥିଲା ଚାରୁଲତା। ସେ ଘର ଓଲଉଥିଲା, ବାସନ ମାଜୁଥିଲା, ଚୁଲି ଲିପୁଥିଲା, ରନ୍ଧାବଢ଼ା କରୁଥିଲା, ଠାକୁର ପୂଜା କରୁଥିଲା। ଅଧାୟ଼େ ଭାଗବତ ପଢ଼ୁଥିଲା ଓ ପ୍ରାର୍ଥନା କରୁଥିଲା। ହେଲେ ତାକୁ ଲାଗୁଥିଲା, ସାରା ସମୟ ତା'ର ଅନ୍ତଃକରଣ ଏକ ପୂଜା ଥାଲି ହୋଇ ସଜା ହୋଇ ରହିଛି। ସେଠି ଜଳୁଚି ଅଖଣ୍ଡ ଦୀପ, ସେଠି ଶୁଭୁଚି ଅଖଣ୍ଡ ନାମକୀର୍ତ୍ତନ। ସେ ସିନା ହୋଇଅଛି ପାଦ ଅର୍ଘ୍ୟ ପାଇଁ ଆଙ୍ଗୁଳାଏ ତାଜା ସୁଗନ୍ଧ ଫୁଲ।

ଏସବୁ ତାଙ୍କ ପାଇଁ। ସେ ମହାମହିମଙ୍କ ପାଇଁ, ଏସବୁ ତା' ପାଇଁ। ଯିଏ ଏ ଅଗଣାରେ ଖେଳିବ! ବୁଲିବ!

ଚାରୁଲତା ତା' ଅଗଣାର ବେଶ୍ ବଡ଼ ଅରାଏ ଜାଗାରେ ଲଗାଇଥିଲା କୃଷ୍ଣ ତୁଳସୀର ଚାରା। କୁଣ୍ଡରେ ଲଗାଇଥିଲା ରଜନୀଗନ୍ଧା, ସେବତୀ, ଗେଣ୍ଡୁ। ସବୁ ଏକାଦଶୀରେ ଦାସିଆ ଯାଏ ପୁରୁଷୋତ୍ତମ। ମଠକୁ ନଡ଼ିଆ ପଇଡ଼ ଯୋଗାଏ। ପାଚିଲା କଦଳୀ ମଧ। ଆଜିକାଲି ଚାରୁଲତା ଆଗରୁ ତୁଳସୀ ମଞ୍ଜରୀ ସହ ଛିଡ଼ାଇ ତାକୁ ସୂତାବାନ୍ଧି ତୋଡ଼ା କରି ପଠଉଛି। କହୁଛି, ଏତକ ଦେବ ମଠରେ। ଏତକ ଲାଗି କରିବ କଳା ସାଆନ୍ତଙ୍କ ପାଖେ। ଗେଣ୍ଡୁ, ସେବତୀ, ଯାହା ଯାହା ଫୁଲ ମିଳେ ସବୁ କଦଳୀପତ୍ରରେ ଗୁଡ଼ାଇ ସେ ପୁରୁଷୋତ୍ତମ ପଠାଏ।

ଦାସିଆ ଦେଖେ, ଧୀରେଧୀରେ ଆଉ ପ୍ରକାରେ ହୋଇଯାଉଛି ଚାରୁଲତା। ଭଲପାଇବାର ସରୁ ନଇଟିଏ ବହିଯାଉଛି।

ଏକାଦଶୀ ଦିନ ଦାସିଆ ସକାଳୁ ବାହାରିଥିଲା ପୁରୁଷୋତ୍ତମ। କେଡ଼େ ଭୋରରୁ ଉଠି ଚାରୁ ଗୋଧୋଇ ତୁଳସୀ ମଞ୍ଜରୀ ତୋଡ଼ା ବାନ୍ଧିସାରିଛି। ଫୁଲସବୁ ତୋଳି କଦଳୀ ପତ୍ରରେ ପୁଡ଼ିଆ କରିଛି। ବାରିର ଦେଶୀଆଳୁ, କଦଳୀ ସବୁ ଭାଇଙ୍କ ବସା ପାଇଁ ବନ୍ଧା ହୋଇଚି।

ସାଇକେଲ କାଢ଼ିଲାବେଳେ ଦାସିଆ ଦେଖିଲା ଚାରୁ ନାହିଁ। ଏତେବେଳେ ସେ ଗଲା କୁଆଡ଼େ। ସବୁ ଜିନିଷ ତ ସଜଡ଼ା ସରିଛି। ତା'ର ମନେପଡ଼ିଲା ଗଲାକାଲି ସେ ଶୁଖୁଆ ମଞ୍ଜି ପାଇଁ କାହାକୁ ବରାଦ ଦେଇଥିଲା। ସେଇଠିକି ଆଉ ଚାଲିଗଲା କି ?

ସାଇକେଲରେ ଜିନିଷ ବାନ୍ଧି ଅପେକ୍ଷା କଲା ଦାସିଆ। କାଲେ ଆସିବ ସେ। ଭାଉଜ ଓ ପିଲାଏ ଭଲପାଆନ୍ତି ଶୁଖୁଆ ମଞ୍ଜି।

ଏହି ସମୟରେ ନସର ପସର ହୋଇ ଆସି ପହଞ୍ଚିଲା ଚାରୁ। ଆକାଶ ରଙ୍ଗର ମାଣିଆଆବନ୍ଦୀ କନ୍ତା ଖାସ୍ ମାନୁଛି ତାକୁ। ମୁଣ୍ଡରୁ ଓଢ଼ଣା ଖସିପଡ଼ିଛି। ଧଇଁସଇଁ ପହଞ୍ଚିଗଲା ଚାରୁଲତା ଦାସିଆ ପାଖରେ।

ଦାସିଆ କହିଲା... ଆଣିଲୁ ଶୁଖୁଆ ମଞ୍ଜି ?

'ତମର ଯୋଉ ବୁଦ୍ଧି'। ହସି ଉଠିଲା ଚାରୁଲତା। କହିଲା,... ମୁଁ କ'ଣ ଶୁଖୁଆ ମଞ୍ଜି ଦେଇଥାନ୍ତି ଜଗନ୍ନାଥଙ୍କ ପାଇଁ ଯାଉଥିବା ତୁଳସୀ ତୋଡ଼ା ସାଙ୍ଗରେ ? ଛିଃ। ରାଧାନାନୀ ବାରିରେ ଦି'ଟା କଦଳୀଭଣ୍ଡା ଛାଡ଼ିଥିଲା। ଦେଖୁଥିଲି ତ, ଧାଇଁଗଲି। ବିଜୁଟା କଦଳୀଭଣ୍ଡା ବରା ଖାଇବାକୁ ଭାରି ଭଲପାଏ। ବେଳ ଥିଲେ ତିଆରି କରିଦେଇଥାନ୍ତି। ତମେ ନେଇଯାଅ, ଅପା କରିଦେବେ ଯେ !

କଦଳୀ ଭଣ୍ଡା ଦି'ଟା ବ୍ୟାଗ୍‌ରେ ପୂରାଇ ଦାସିଆ ପୁରସ୍ତମ ବାହାରିଲା। ଆଗ ଯିବ ସାତଲହଡ଼ି ମଠ। ନଡ଼ିଆ ପଇଡ଼ ଦେଇ, ତା'ପରେ ମନ୍ଦିର।

ଘରକୁ ଆସି ହାଉଳି ହେଲା ଚାରୁଲତା। ଆଲୋ, ଆଲୋ, କଖାରୁ ଫୁଲ ବିଡ଼ାଟା ଦେଇପାରିଲି ନାହିଁ। ସଜାଡ଼ି ରଖୁଥିଲି।

ଯୁଧିଷ୍ଠିର କଖାରୁ ଫୁଲ ଭଜା ଭଲପାନ୍ତି। ପିଠୋଉ ଗୋଲା ହେଇ ଭଜା ହେବ। ଭଣ୍ଡା ଓ କଖାରୁ ଫୁଲ ଛଡ଼ା ସେ କ'ଣ ଦେଇପାରିବ ତା' ଯା'ଦେଢ଼ଶୁରଙ୍କୁ !

ଯୁଧିଷ୍ଠିର ଅମ୍ବିକା ସବୁ ଦରବ ପଠାନ୍ତି। ଦାସିଆ ତା'ପାଇଁ ଖଣ୍ଡେ ଶାଢ଼ୀ କିଣିନି। ମୁଠାଏ ଚୁଡ଼ି କିଣିନି। ଦଉଡ଼ିଆ ଖଟରେ ଶୋଇଥିଲା ଦାସିଆ। ଘରେ ପଟା ଖଟ ଖଣ୍ଡେ ଦାଣ୍ଡଘରେ ପଡ଼ିଥିଲା। ଚାରୁଲତା ବୋହୂ ହୋଇ ଆସିଲାବେଳେ, ଯୁଧିଷ୍ଠିର କହିଲେ, ବୋହୂଟା ଶୋଇବ କୋଉଠି ? ଏ ଦଉଡ଼ିଆ ଖଟରେ ଛିଃ !!

କେହି ଜଣେ କହିଥିଲା ମଲା, ବୋପାଘରୁ ଖଟ ଆଣିଲାନି।

ଯୁଧିଷ୍ଠିର ରାଗିଯାଇଥିଲେ, କହିଥିଲେ, ବାପଘରୁ ଆଣିନି ବୋଲି କ'ଣ ତଳେ ଶୋଇବ ? ତା' ଶାଶୁଘର ଏତେ ଗରିବ ନୁହଁ ଯେ, ଖଟଟେ କରିପାରିବ ନାହିଁ।

ସତକୁସତ ସାତଦିନ ଭିତରେ ଆସିଥିଲା ପିଆଶାଲ କାଠରେ ତିଆରି ପଲଙ୍କଟିଏ। କାରୁକାର୍ଯ୍ୟ ଭରା। ଆଜି ସେଇଠରେ ଶୁଅନ୍ତି, ଦାସିଆ ଓ ଚାରୁଲତା।

ଚାରୁଲତାର ଯା'ଦେଢ଼ଶୁର ଏମିତି, ଚାରୁଲତାର ସ୍ୱାମୀ ଦାସିଆ, ସେ ବି। କୃତଜ୍ଞତାରେ ମୁଣ୍ଡ ନଇଁଆସେ।

ନଡ଼ିଆ ପଇଡ଼ କଦଳୀ ଆଦି ମଠରେ ପହଞ୍ଚାଇ, ଗୁରୁଦେବଙ୍କୁ ଦର୍ଶନ କରି, ଦାସିଆ ସିଧା ଗଲା ଶ୍ରୀମନ୍ଦିର। ସେଠାରେ ତୁଳସୀ ଓ ଫୁଲ ଦିଅଁଙ୍କୁ ଚଢ଼ାଇ, ଦୀପ

ଦେଇ ସେ ଯେତେବେଳେ ଘରକୁ ଆସିଲା, ଦେଖିଲା ସାମ୍ନାରେ ରିକ୍ସାଟାଏ ଥୁଆ ହୋଇଛି। ଘର ଭିତରୁ ନୂଆଉଙ୍କୁ ଧରି ଧରି ଭାଇ ଆଣୁଚନ୍ତି।

ଦାସିଆର ଛାତିରେ ନିଆଁ ଚେଙ୍ଗ ଦେଲା କିଏ? ସେ ଚମକିପଡ଼ିଲା। ନୂଆବୋଉଙ୍କର ହେଉଚି କ'ଣ? ସେ ଧାଇଁଆଇ ନୂଆବୋଉଙ୍କର ଆଉ ଏକ ଡେଣା ଧରିପକାଇଲା। ଦୁଇ ଭାଇ ଧରି ଧରି ରିକ୍ସାରେ ଉଠାଇଲେ। ଯୁଧିଷ୍ଠିର ରିକ୍ସାରେ ବସିପଡ଼ି କହିଲେ, ତୁ ଘରେ ଥା'। ମୁଁ ଡାକ୍ତରାଣୀଙ୍କୁ ଦେଖାଇ ଆସୁଚି।

ନୂଆବୋଉଙ୍କର କ'ଣ ହେଲା ଯେ ସେ ଡାକ୍ତରପାଖକୁ ଯାଉଚନ୍ତି।

ଡାକ୍ତରାଣୀ ବେଲା ଦଉ ଦେଖିଲେ ଅମ୍ବିକାଙ୍କୁ। ତା'ପରେ ମୃଦୁ ହସି ଯାହା କହିଲେ, ମଝିରେ ମଝିରେ ଆସି ଚେକ୍ଅପ୍ କରିଯିବେ।

ଦୁହେଁ ଘରକୁ ଫେରିଲେ। ଦାସିଆ ଦାଣ୍ଡପିଣ୍ଡାରେ ବସିଥିଲା। ଧାଇଁଆସି କହିଲା, ଭାଇ, ନୂଆଉର କ'ଣ ହେଇଛି? ଡାକ୍ତର କ'ଣ କହିଲେ?

କିଛି ନ କହି ଯୁଧିଷ୍ଠିର ଘର ଭିତରକୁ ଗଲେ। ଅମ୍ବିକାଙ୍କୁ ଖଟରେ ସେ ଶୁଆଇଦେଲେ। କହିଲେ, କ'ଣ ଖାଇବ? କିଛି ତ ଖାଉନ।

ଦାସିଆ କହିଲା କ'ଣ ହଉଚି ତାଙ୍କର କହୁନ?

... ହବ କ'ଣ? ତା'ର ବାନ୍ତି ହେଉଚି। ଭୟଙ୍କର ବାନ୍ତି। କିଛି ରୁଚୁନି। ସେଇ ପୁରୁଣା ରୋଗ।

ଯୁଧିଷ୍ଠିର ଚାଲିଗଲେ ବାରଣ୍ଡାକୁ। ଦାସିଆ ଠିଆହୋଇଥଲା ଥକ୍କା ହୋଇ!! ତା'ର ମନେପଡ଼ୁଥିଲା, ଚାରୁଲତାର କଥା। ତମେ ବଣାଁଶୀରେ ସ୍ୱର ତିଆରିକର, ମୁଁ ପ୍ରାର୍ଥନା କରିବି। ତମ ସ୍ୱର, ମୋର ଭାବ ସବୁ ମିଶି ତାଙ୍କ ଦୁଆର ଖଟ୍ ଖଟ୍ କରିବ ନାହିଁ? ଆମର ପ୍ରାର୍ଥନା ଦୃତ ହୋଇ ପ୍ରଭୁଙ୍କୁ ଆମ ଅଲିଖିତ ଚିଠାଉ ପଢ଼ାଇବ ନାହିଁ?

ଦାସିଆ ଠିଆ ହୋଇଥିଲା ସେମିତି ଥକ୍କା ହେଇ। କେତେବେଳେ କହିଲେ, ଯୁଧିଷ୍ଠିରର ରୋଷେଇ ହେଇନି, ପିଲାଗୁଡ଼ା ସେମିତି ସ୍କୁଲ ଯାଇଚନ୍ତି, ତୁ ଭାତ ଗଣ୍ଡେ ବସାଇ ଦେ', ତରକାରୀ ପଛେ କିଣିଆଣିବା। ଅଭଡ଼ା ବାହାରୁ ବାହାରୁ ଡେରି ହେବ।

ଦାସିଆ କହିଲା, ମୁଁ ସବୁ କରିଦେବି ଭାଇ! ଭାତ, ଡାଲି, ତରକାରୀ ସବୁ। ତମେ ତମ କାମ କର।

ସେଦିନ ଖରାବେଲର ଖାଇବା ରାନ୍ଧିଥିଲା ଦାସିଆ। ପିଲାମାନଙ୍କୁ, ଭାଇଙ୍କୁ ଖାଇବାକୁ ଦେଇଥିଲା। ରାତି ପାଇଁ ଭାତ, ଡାଲମା ରାନ୍ଧିଦେଇ, ସଞ୍ଜପରେ ସେ ଗାଁକୁ ଆସିଲା। ଆସିଲାବେଳେ ଯୁଧିଷ୍ଠିରଙ୍କୁ କହିଆସିଲା ଯେ ଭାଇ ତମେ ଆଜି ଦିନକ

ଚଲେଇ ଦିଅ । ମୁଁ କାଲିକି ଚାରୁକୁ ଆଣି ଛାଡ଼ି ଦେଇଯିବି । ପିଲାଗୁଡ଼ାକ ବଡ଼ ହଇରାଣ ହେଉଛନ୍ତି ।

ଭାଇଙ୍କୁ ଓଲଟି ହୋଇ ଦାସିଆ ଗାଁକୁ ଆସିଲା । ଅମ୍ବିକାଙ୍କର ଏଇ ଅବସ୍ଥାରେ ହତବାକ୍ ହୋଇଯାଇଥିଲେ ଯୁଧିଷ୍ଠିର ।

ବିଶ୍ଵାସ ଯେତେବେଳେ ଦାନା ବାନ୍ଧି ଦୃଢ଼ ହୋଇଯାଏ, ସେଥିରୁ ଛାଏଁ ଛାଏଁ ଫିଟିଯାଏ ଏକ ବାଟ । ସେ ବାଟରେ ଯିବାକୁ ମନ ପ୍ରେରଣାୟିତ ହୁଏ । କିନ୍ତୁ ସେ ବାଟ ନ ଥାଏ ସରଳ । ବିଶ୍ଵାସର ବାଟ ସରଳ ନୁହେଁ । ସେଠି ଥାଏ ବାଧା, ବନ୍ଧନ, ବିଘ୍ନ, ବହୁ ପ୍ରତିକୂଳ ଆବେଶ । ଏ ବିଶ୍ଵାସ ଈଶ୍ଵରଙ୍କ ପାଇଁ ହେଉ କି ମଣିଷଙ୍କ ପାଇଁ ହେଉ କିମ୍ବା ଅତି ନିଜର ମଣିଷ ପାଇଁ ମଧ ହେଉ ।

ଚାରୁଲତା ଏଇ କଥା ଭାବି ହେଉଥିଲେ ମନରେ ଆଜି ଯାଏଁ ଯେଉଁ ବାଟ ତା' ପାଇଁ ସରଳ, ସ୍ଵଚ୍ଛ, ଆରାମଦାୟକ ଥିଲା । ଫୁଲ ପାଖୁଡ଼ା ପରି ସେ ଉଡ଼ିଯାଉଥିଲା ଏବେ ସେଠି ଏତେ କର୍ଦମ ।

ଦାସିଆ ରାତିରେ ପୁରସ୍ଵମଠାରୁ ଫେରିଆସିଲା । ଲୁଗା ପାଲଟି ସବୁଦିନ ପରି ପ୍ରାର୍ଥନା କରିବାକୁ ଚାରୁଲତା ଡାକିଲାବେଳେ, ସେ ଖୁଣ୍ଟକୁ ଆଉଜି ବସିରହିଲା । ମନ ଉଣା କରି କହିଲା, ଯାଇଲୁ ଚାରୁ, ନୂଆବୋଉର ଦେହ ଭଲ ନାହିଁ । ତାର ଖୁବ୍ ବାନ୍ତି ଉଚ୍ଛାଳ ହେଉଚି, ଖାଇବାକୁ କିଛି ରୁଚୁ ନାହିଁ । ସେ ବିଛଣାରୁ ଉଠିପାରୁନାହାନ୍ତି । ପିଲାଗୁଡ଼ା ଉପାସ ଥିଲେ । ମୁଁ ଖରାବେଳେ ରାନ୍ଧିଦେଇ ଖୁଆଇଲି ସମସ୍ତଙ୍କୁ । ରାତି ପାଇଁ ଭାତ, ଡାଲମା କରିଦେଇ ଆସିଚି ।

ଏ କଥା ଶୁଣି ଚାରୁର ପାଦତଳର ମାଟି ମଧ୍ୟ କମ୍ପି ଉଠିଲା ଖୁସିରେ । ସେ ବିହ୍ଵଳ ହୋଇ ଦୁଇହାତ ଯୋଡ଼ି ମନେମନେ କହିଲା – ହେ ସାତଲହଡ଼ିର ଗାଦି ଗୋସେଇଁ, ହେ ମହନ୍ତ ଗୋସେଇଁ, ହେ ବଟ ଗୋସେଇଁ, ହେ କଳା ସାଆନ୍ତ, ତମକୁ ମୋର କୋଟି କୋଟି ଦଣ୍ଡବତ । ତମେ ସତରେ ଦୁଃଖୀନୀ, ମୂଢ଼ ନାରୀର ପ୍ରାର୍ଥନା ଘେନା କରିଛ ? ମୋ ଅପା, ସତରେ... ମାଆ ହେବେ....

ଚାରୁଲତାର ମୁହଁରେ ଯେଉଁ ଉତ୍ଫୁଲ୍ଲ ହସ, ଗଦ୍ ଜିଶା ହସ, ଚେହେରାରେ ଯେଉଁ ଆନନ୍ଦ ଉଲ୍ଲାସ ଚହଟି ଯାଇଥିଲା, ତାକୁ ଦେଖି ଖୁସି ହୋଇପାରିଲା ନାହିଁ ଦାସିଆ । ସେ କେବଳ ଆତଙ୍କିତ ହୋଇକରି ରହିଲା ।

ଦାସିଆ ପାଖରେ ବସି ଚାରୁଲତା କହିଲା, ତମକୁ ମୋର କୋଟି ଦଣ୍ଡବତ । ତମେ ମତେ ପ୍ରାର୍ଥନା ଶିଖାଇଥିଲ । କହିଥିଲ, ଦିନକୁ ତିନିଥର ପ୍ରାର୍ଥନା କରିବ । ତମେ କହିଥିଲ ପ୍ରାର୍ଥନା ହେଉଛି ଭଗବାନଙ୍କ ପାଖକୁ ଏକ ଦୂତ । ଆଜି ମୋର

ପ୍ରାର୍ଥନା ସତ ହୋଇଛି। ଶୁଣ, ମୁଁ କାଳିଥିବି ପୁରୁଷୋତ୍ତମ। ସବୁ ଠାକୁରଙ୍କୁ ଦୀପ ଦେବି, ଭୋଗ ଦେବି।

'ଚୁପ୍', ରାଗିଗଲା ଦାସିଆ। କହିଲା, ପୁରୁଷୋତ୍ତମ ଯିବୁ। କିନ୍ତୁ ମନ୍ଦିରକୁ ନୁହଁ। ନୂଆବୋଉର ସେବା କରିବୁ। ପିଲାଙ୍କୁ ରାନ୍ଧିକରି ଦେବୁ। ଯେଉଁ ପ୍ରାର୍ଥନା ମଣିଷର କ୍ଷତିକରେ, ସେ ପ୍ରାର୍ଥନା ପଦବାଚ୍ୟ ନୁହେଁ। ତାହା ପାପ। ଆଗକାଳରେ ଅସୁରମାନେ ପ୍ରାର୍ଥନା କରନ୍ତି ଅନ୍ୟକୁ ମାରିବା ପାଇଁ। ତୁ ସେମିତି....

କ'ଣ କହିଲା...? କ'ଣ କହିଲେ ତମେ?

'କିଛି ନାହିଁ' କହି ରାଗରେ ଉଠିଗଲା ଦାସିଆ।

କାଠ ପରି ଠିଆ ହୋଇ ରହିଲା ଚାରୁଲତା। ଲୁହ ଦି'ଟୋପା ଠପ୍ ଠପ୍ ଝରିଗଲା ତା' ଆଖ୍ରୁ।

ପରଦିନ ଚାରୁଲତାକୁ ନେଇ ପୁରୁଷୋତ୍ତମ ଗଲା ଦାସିଆ। ଭାଇ କଚେରୀ ଯାଇଥିଲେ। ନିଜେ ରୋଷେଇ କରିଥିଲେ। ଭାତ, ଡାଲି, ଆଳୁଭର୍ତ୍ତା। ପିଲାଏ ସ୍କୁଲ ଯାଇଥିଲେ। ବଡ଼ ପୁଅ ବିଜୟ କଲେଜ ଯିବାକୁ ବାହାରୁଥିଲା।

ଅମ୍ବିକାଙ୍କ ପେଟରେ ଭୃଣ ସଞ୍ଚାର ହେଲେ ତାଙ୍କୁ ଖୁବ୍ ଅରୁଚି ହୁଏ। ଯାହା ଖାଇଲେ ବାନ୍ତି ହୁଏ। କିଛି ଖାଇବାକୁ ରୁଚେ ନାହିଁ। ନ ଖାଇବା ଯୋଗୁଁ ଓ ବାନ୍ତି ଦ୍ୱାରା ଅବଶ ହୋଇ ଶୋଇଥାନ୍ତି ସେ।

ଚାରୁଲତା ଯାଇ ଅମ୍ବିକାଙ୍କ ପାଦରେ ମୁଣ୍ଡ ଲଗାଇ ପ୍ରଣାମ କଲା। ଡାକିଲା, ଅପା, ମୁଁ ଚାରୁ ଆସିଛି।

ହଠାତ୍ ସାପ ଦେଖିଲାପରି ଚିହିଁକି ଉଠିଲେ ଅମ୍ବିକା। ଗୋଡ଼ ଛିଞ୍ଚାଡ଼ି ଦେଇ କହିଲେ – କ'ଣ ପାଇଁ ଆସିଲୁ ଲୋ ପୋଡ଼ାମୁହିଁ? ମୋ ମରଣ ଦେଖିବାକୁ? ଆଲୋ ତୁ କ'ଣ ହାଡ଼ବାଇ, ନାଁ ସେମିତି କିଛି, ଠଚ୍ଚାରେ ଠଚ୍ଚାରେ ଯାହା କହୁଛୁ ତା' ସତ ଫଳିଯାଉଛି। ତୁ କ'ଣ ସୂତା ବାନ୍ଧିଥିଲୁ ମୋ' ମରଣ ପାଇଁ? ঐঁ....?

ବାରଣ୍ଡାରେ କଲେଜ ଯିବାକୁ ଚଟି ପିନ୍ଧୁଥିଲା ବିଜୟ। ଅମ୍ବିକାର ବଡ଼ ପୁଅ। ଠିଆ ହୋଇଗଲା ବୋଉ କଥାକୁ କାନ ଦେଇ। ଦୁଆରବନ୍ଧରେ ଠିଆ ହୋଇଥିଲା ଦାସିଆ। ଲଥ୍ କରି ବସିପଡ଼ିଲା ସେ ବାରଣ୍ଡାରେ କାନ୍ଦୁକୁ ଆଉଜି?

ଚାରୁ କାନ୍ଦି ପକାଇଥିଲା ଅମ୍ବିକାଙ୍କର ଗୋଡ଼ଧରି। କହିଲା, ଛିଃ ଅପା, ଏମିତି କ'ଣ କହୁଛ?

ମତେ ତମେ ଏମିତି ଭାବିପାରିଲ ଅପା?

ରାଗରେ ଫାଁ ଫାଁ ହେଉଥିଲେ ଅମ୍ବିକା। ବାରଣ୍ଡାରୁ ଘରକୁ ଆସିଲା ବିଜୟ।

ସିଧାସଳଖ କହିଲା, ସାନବୋଉ, ଏକଥା ସତ? ତୁ କେଉଁଠି କି ସୂତା ବାନ୍ଧିଥିଲୁ ମୋ' ବୋଉର ମରଣ ପାଇଁ? ^ ? ଛିଃ.....

କଟମଟ କରି ସାନବୋଉକୁ ଚାହିଁଲା ବିଜୟ। ତା'ପରେ ଚାଲିଗଲା ସେଠୁ ଫଟ୍‌କରି।

ଅନେକ ବେଳ‌ଯାଏଁ ଥ ପରି ବସିଥିଲା ଦାସିଆ। ଅମ୍ବିକାଙ୍କ ଖଟ ଧାରରେ ବସି ତାଙ୍କ ପାଦ ଆଉଁଶୁଥିଲା ଚାରୁଲତା। ଆଖିରୁ ବହିଯାଉଥିଲା ଲୁହ। କେତେବେଳକେ ସେ ଚମକିଲା ପରି ଉଠିଯାଇ ଦାସିଆକୁ କହିଲା, ଅପା ପରା କିଛି ଖାଉନାହାନ୍ତି। ଯାଉନ ଟିକେ ଇଡ଼୍‌ଲି ସମ୍ବର ଆଣିବ, ପାଟିକୁ ରୁଚନ୍ତା।

ସାଙ୍ଗେ ସାଙ୍ଗେ ହନୁମାନ ପରି ଧାଇଁ ଯାଇ ଇଡ଼୍‌ଲି ସମ୍ବର ନେଇଆସିଲା ଦାସିଆ। ଅମ୍ବିକାଙ୍କ ନାକ ଛିଞ୍ଚିଡ଼ା, କଟୂକଥାର ଟିକେ ବି ପ୍ରତିବାଦ ନ କରି ଚାରୁଲତା ତାଙ୍କୁ ସବୁଟିକ ଖୁଆଇଲା। ତା'ପରେ ତାଙ୍କୁ ଶୁଆଇ ଦେଇ ତାଙ୍କ ଗୋଡ଼ ଘଷିଲା।

ଦାସିଆର ସଦା ହସ ହସ ମୁହଁ କଳା ପଡ଼ିଯାଇଥିଲା। ସେ ଉଠିଆସି କହିଲା, ଚାରୁକୁ, ତୁ ଯା' ରୋଷେଇ କର। ମୁଁ ନୂଆଅଙ୍କ ଗୋଡ଼ ଆଉଁଶି ଦଉଛି!!

ସେଇ ପଦଟିଏ କଥା ଚାରୁଲତାର। ଜାଣତରେ କି ଅଜାଣତରେ, ଠଟ୍ଟାରେ ନୁହେଁ, ସତରେ ଖସିଯାଇଥିଲା ମୁହଁରୁ। ସେଇ ପଦକ କଥା ଯେ ଗୋଟେ ପରିବାରର ସୁଖ ବନ୍ଧନ, ନିବିଡ଼ ଆତ୍ମୀୟତାକୁ ବିଦାରି ଦେବ, ଏକଥା କେବେ ବି ଜାଣି ନଥିଲା ଚାରୁଲତା। ଅପାଙ୍କର ଏହି ଅଲୋଡ଼ା, ଅସୁଖ, ଏହି କଷ୍ଟ ଦେଖି ଲାଜରେ, ଦୁଃଖରେ, ଆତ୍ମଧିକ୍‌କାରରେ କୋରି ବିଦାରି ହେଇଯାଉଥିଲା ସେ। ନୀରବରେ ଅପାଙ୍କର ସେବାକରି ଚାଲିଥିଲା ସେ। ବିଜୁର ସେଇ ଝିଂଗାସ, ଦେଢ଼ଶୁରଙ୍କର ନୀରବ ଗମ୍ଭୀରତାକୁ ବହନ କରି ଚାଲିଥିଲା ସେ।

ଦଶବର୍ଷର ବିବାହିତ ଜୀବନରେ କେବେ ବି ଟାଣ କଥା ପଦେ କହି ନ ଥିଲା ଦାସିଆ ଚାରୁଲତାକୁ। ଏବେ ସେ ରାଗି ପାଟି ଲାଲ ହୋଇଉଠିଛି। ଚାରୁଲତାକୁ ଗୋପନରେ ରାଗିକରି କହୁଚି, କାହିଁକି ଏମିତି କହିଲୁ? ତୋର ଯଦି ମାଆ ହେବାକୁ ଇଚ୍ଛା ଥିଲା, ନିଜ ପାଇଁ ମାଗିଲୁ ନାହିଁ? ତୁ ମାଆ ହେବୁ, କଷ୍ଟ ପାଇବ ଆଉ ଜଣେ! ଭଲ ଲାଗୁଛି ଏକଥା ତତେ? ଅନ୍ୟର କଷ୍ଟ ତତେ ସୁଖ ଦଉଚି? କହ, କହୁନୁ......

ଦାସିଆର ଏହି ମର୍ମାନ୍ତିକ କଥା କଣ୍ଟାପରି ଛାତିରେ ଗଲିଲା ଚାରୁଲତାର। ସେଇ କଣ୍ଟାକୁ ଆଦରରେ ତୋଲି ଧରିଲା ସେ। ନିଜ କଳା କର୍ମର ଫଳ ଭୋଗିବ ତ ସେ?

ଦାସିଆ ଚାହିଁଥିଲା କଟମଟ ହୋଇ। କହିଲା, ତୁ ଗୋଟେ ଭାରି ଖରାପ କାମ କରିଚୁ। ତୁ ପ୍ରାୟଶ୍ଚିତ କର।

କାତର ସ୍ୱରରେ କହିଲା ଚାରୁଲତା, 'କରିବି'।

ନୂଆବୋଉଙ୍କର ସବୁ ଗାଳି ଚୁପ୍ କିନା ସହି, ତାଙ୍କ ସେବା କର। ମନ ପ୍ରାଣ ନେଇ। ତାଙ୍କୁ କୁଟା ଖଣ୍ଡିକ ଦି'ଖଣ୍ଡ କରାଇ ଦେ ନା।

... ହଁ, ତା' କରିବି।

... ତୁ ଗାଁକୁ ଆଉ ଯିବୁନାହିଁ। ଏଇଠି ଘରର ସବୁକାମ ସାରି ଭାଇ ନୂଆବୋଉଙ୍କ ସେବା କରିବୁ।

ଏଥର ମୁହଁ ଟେକି ଚାହିଁଲା ଚାରୁଲତା ଦାସିଆକୁ। ତା'ପରେ କହିଲା, ତମେ ଯା' କହିବ, ତା' ସବୁ ଠିକ୍‍ଠାକ୍ କରିବି, ହେଲା ?

ଚାରୁଲତା ପ୍ରାୟଶ୍ଚିତ୍ତ କରୁଥିଲା। ନିଜ କର୍ମରେ, ସେବାରେ, ଧ୍ୟାନରେ, ପ୍ରାର୍ଥନାରେ।

ଚାରୁଲତା ନିଜକୁ ନିପୀଡିତ କରୁଥିଲା, କଠୋର ସାଧନାରେ। ସବୁ କାମ ସରିଲେ ସେ ପ୍ରାର୍ଥନାରେ ବସୁଥିଲା। ଆକୁଳ ଚିତ୍କାର କରୁଥିଲା ନୀରବରେ, ହେ ଠାକୁର ! ମୋ ମୁଣ୍ଡ ନିଅ, ମୋ ପିଣ୍ଡ ନିଅ, ହେଲେ ମୋ' ଅପାଙ୍କୁ ଭଲରେ ଭଲରେ ଉଦ୍ଧାର କର।

ଯୁଧିଷ୍ଠିର ଦେଖୁଥିଲେ ସବୁ! ଶୁଣୁଥିଲେ ଓ ବୁଝୁଥିଲେ ସବୁ। ତାଙ୍କୁ ଲାଗୁଥିଲା, ସାମାନ୍ୟ ଗୋଟିଏ ଖୁଆଲର କଥାକୁ ନେଇ ବିଜୁ, ଅମ୍ବିକା ଯେଉଁ ବିଭ୍ରାଟ ସୃଷ୍ଟି କରିଚନ୍ତି, ତା'ସଂପୂର୍ଣ୍ଣ ଭୁଲ୍। ଚାରୁଲତା ପ୍ରାର୍ଥନାରେ ମାଗୁ ମାଗୁ ଠାକୁରେ ତାକୁ ହାତ ବଢ଼ାଇ ଦେଇଦେଲେ ? ଏହା କାକତାଳୀୟ ବ୍ୟାପାର। ଅଥଚ ମୂର୍ଖ ଅମ୍ବିକା ଯେମିତି ଏହା ବୁଝୁନି, କଲେଜ ପଢ଼ୁଆ ପୁଅ ବିଜୟ ମଧ୍ୟ ମାନୁନି। ସେ ଦୋହରାଇଛନ୍ତି, ବୋଉର ମରଣ ପାଇଁ ସାନବୋଉ ବଟଗଛରେ ସ୍ୱତା ବାନ୍ଧିଥିଲା।

ଛିଃ, ଏତେ ଛୋଟ ହୋଇପାରେ ଗୋଟେ ଉଦୀୟମାନ ପିଲାର ମନ।

ସେ ବିଜୁ, ଅମ୍ବିକାର ବ୍ୟବହାରରେ ଯେତିକି ରୁଷ୍ଟ ହେଉଥିଲେ, ଚାରୁଲତାର ନୀରବ କର୍ମଧାରା ଦେଖି ସେତିକି ବ୍ୟଥିତ ହେଉଥିଲେ। ସେ ଦେଖିଲେ, ଅମ୍ବିକାର ବାନ୍ତି ବନ୍ଦ ହୋଇଆସୁଛି। ସେ ଧୀରେ ଧୀରେ ସୁସ୍ଥ ହେଉଚି। ଚାରୁ ପନ୍ଦରଦିନ ରହିଲାଣି। ଏବେ ଗାଁକୁ ଯାଉ।

ଯୁଧିଷ୍ଠିର ନିଜେ ଗୋଟେ ଗାଡ଼ି ଭଡ଼ା କରି ଚାରୁକୁ ନେଇ ଗାଁରେ ଛାଡ଼ିଦେଇ ଆସିଲେ।

ଗାଁରେ ପୁଣି ଚାଲିଲା, ଚାରୁ ଓ ଦାସିଆର ସେଇ ପୁରୁଣା ଦିନଚର୍ଯ୍ୟା। ଦିନର କାମଦାମ ପରେ, ରାତିରେ ବଂଶୀ ବଜାଇବା ଓ ତା' ସହ ଚୁପଚାପ୍ ନୀରବ ପ୍ରାର୍ଥନାର

ସ୍ୱର ମିଶିଯିବା। ଦୁହେଁ ବ୍ୟସ୍ତ ଥିଲେ ଏଥରେ। ଆଗରୁ ଥିଲା, ମାଗୁଣି! ଏବେ ଅଛି ଅନୁଶୋଚନାର ସ୍ୱର। ଆକୁଳ ଡାକ। ହେ ଠାକୁରେ, ମୋ ଅପାକୁ, ମୋ' ନୂଆବୋଉକୁ ଭଲରେ ଉଦ୍ଧାର କର। ଆମର ମାନ ରଖ।

ଏ ପ୍ରାର୍ଥନା ପହଞ୍ଚି ପାରିନଥିଲା ଠାକୁରଙ୍କ ପାଖେ। ଅବା ଠାକୁରେ, ତାକୁ ଦେଲେ ଆଉ ଏକ ପରୀକ୍ଷାର ଆସର। ଆଠଦିନ ପରେ ଭାଇ ଗୋଟେ ଲୋକ ହାତରେ ଖବର ପଠେଇଲେ, ନୂଆଉ ଦେହ ଖରାପ, ଚାରୁକୁ ନେଇ ଆ'।

ଏ କଥା ଶୁଣୁଶୁଣୁ ଥମିଗଲା ଚାରୁର ଛାତି। ଫାଟିଗଲା ଦାସିଆର କଲିଜା। ବସ୍ ନଥିବାରୁ, ଚାରୁକୁ ସାଇକେଲରେ ବସାଇ ଅଲାର ଗାଁ'ରୁ ପୁରସ୍ତମ ଚାଲିଆସିଲା ଦାସିଆ।

ଅମ୍ବିକାଙ୍କ ରକ୍ତସ୍ରାବ ଆରମ୍ଭ ହୋଇଥିଲା। ଡାକ୍ତରାଣୀ, ଔଷଧ, ଇନ୍‌ଜେକ୍ସନ ଦେଇ ତାଙ୍କ ପ୍ରାଣପଣେ ଲାଗିଥିଲେ। ନୟନୀ ଜଗି ରହିଥିଲା। ଡାକ୍ତରାଣୀ କହିଥିଲେ ସଂପୂର୍ଣ୍ଣ ବିଶ୍ରାମ। ଶୋଇ ରହିବେ ପୂରା ଦି'ମାସ। ନଚେତ୍ ଏ ପିଲା ରହିବ ନାହିଁ।

ସବୁ କଥା ବୁଝାଇ ଚାଲିଗଲେ ଡାକ୍ତରାଣୀ। ପ୍ରତିଦିନ ଦି'ଟା ଲେଖା ଇନ୍‌ଜେକ୍ସନ ଦିଆଗଲା। ଔଷଧପତ୍ର ମଧ୍ୟ। ସବୁକଥା ଟିକିନିଖି ବୁଝିଥିଲା ଚାରୁ। ତା' ମନପ୍ରାଣ ବାଜି ଲଗାଇ ସେ ଅମ୍ବିକାର ସେବା କରିବାରେ ଲାଗିଲା।

ଘରର ଦାୟିତ୍ୱ ଅଳପ ନଥିଲା। ତିନିଟା ପଢ଼ା ପିଲା। କାହାର ସକାଳୁଆ, କାହାର ଦଶଟା ବେଳକୁ। ତହିଁରେ ଟିଉସନ୍। ପିଲାମାନଙ୍କର ଅଲିଅର୍ଦ୍ଦଲି ସାନବୋଉ ପାଖେ। ସବୁ ସମ୍ଭାଳି ଅଣନିଃଶ୍ୱାସୀ ହୋଇଯାଇଥିଲା ଚାରୁଲତା। ଅମ୍ବିକାଙ୍କର ଗାଧୁଆ, ଝାଡ଼ା, ପରିସ୍ରା ସବୁ ସେ ସେଇ ଖଟ ଉପରେ କରୁଥିଲେ। ଡାକ୍ତରାଣୀ କହିଥିଲେ ପନ୍ଦର ଦିନଯାଏ ଉଠିବସିବେ ନାହିଁ ମଧ। ଏ ସବୁକାମ ଚାରୁଲତା କରୁଥିଲା। ପିଲାଙ୍କୁ ଖୁଆଇ ସ୍କୁଲ କଲେଜ ପଠାଉଥିଲା, ଯୁଧିଷ୍ଠିରଙ୍କୁ ଅଫିସ୍। ନୟନୀ କେବଳ ବାସନ ମାଜେ, ଘର ଓଲାଏ, ଅନ୍ୟ ସବୁ କାମ ଚାରୁଲତାର।

ଗୋଟାଏ ପ୍ରବଳ ନିଶା ଓ ନିଷ୍ଠାରେ କାମକରି ଚାଲିଥିଲା ଚାରୁଲତା। ତା'ର ପ୍ରାୟଶ୍ଚିତ ସତରେ ହେବ! ଠାକୁରେ ତାକୁ କ୍ଷମା କରିବେ ତ! ତା'ରି ପଦେ କଥା ପାଇଁ କେତେ କଷ୍ଟ ପାଇଛନ୍ତି ଅମ୍ବିକା। କେତେ କଷ୍ଟ। ତାଙ୍କର ଏତେ କଷ୍ଟ ପାଖରେ, ତାଙ୍କ ଗାଳିଟା କେତେ ସାମାନ୍ୟ।

କିନ୍ତୁ ଅମ୍ବିକା କିଚ୍ଛି ପଦେ କହୁ ନ ଥିଲେ ଆଉ କାହାକୁ ବି। ସେଇ ଯେ ଚାରୁକୁ ଆରଥର ଚିଡ଼ିକରି କହିଥିଲେ, ଦଶବାର ଥର। ଏଥର ସେ ପୂରା ଚୁପ ରହିଥିଲେ, ଯାହା ଖୁଆଇଦେଲେ ଖାଉଥିଲେ। ଚାରୁ ପାନ ଭାଙ୍ଗି ଦେଉଥିଲା, ଔଷଧ ଖୁଆଇ

ଦେଇଥିଲା । ମୁଣ୍ଡ କୁଣ୍ଠାଇ ଦେଉଥିଲା । ସେଇ ବିଛଣାରେ ବି ସେ ଗୁରୁବାରକୁ ଗୁରୁବାର ଅଳତା ଲଗାଇ ଦେଉଥିଲା । ବିଛଣାରେ ଶୋଇଥିବା ଟିକି ପିଲାଟିକୁ ମାଆ ଜଗି କାମ କଲାପରି, ଚାରୁ ଘର କାମ ସହ ଅମ୍ବିକାଙ୍କ କାମ ମଧ୍ୟ କରୁଥିଲା ।

ବେଳେବେଳେ ଚାରୁଲତା ପଚାରେ– ଅପା, ଆଜି ଭଲ ଲାଗୁଛି ? ଅମ୍ବିକା ନ ଜାଣିଲା, ନ ଶୁଣିଲା ପରି ପ୍ରଶ୍ନ ଏଡ଼େଇଯାନ୍ତି, ଡ଼ଁ, ଚୁଁ, କିଛି ମଧ୍ୟ କହନ୍ତି ନାହିଁ । ଜଣେ ଲୋକ ମୁହଁ ବନ୍ଦ କରି ରଖିବାର କାରଣ, ରାଗ ତ ହିଁ ହେବ ନାଁ ।

ଚାରୁଲତା ଭାବେ, ଅପା କହନ୍ତେ ନାହିଁ, ଚାରୁ ଲୋ, ତୋ' ଭୁଲ ମୁଁ ଭୁଲିଗଲିଣି ।

ଚାରୁଲତାର ଇଚ୍ଛା ହୁଏ, ତାଙ୍କ ପାଦ ଜାବୁଡ଼ି କହିବ, ମତେ କ୍ଷମାକର ଅପା । ନଚେତ୍ ଦଣ୍ଡ ଦିଅ । ଏମିତି ଚୁପ୍ ହୋଇ ରହ ନାହିଁ ।

ଅମ୍ବିକାର ନୀରବତା ଯେତିକି ଘନ ହେଉଥିଲା, ଚାରୁର ଅନ୍ତର୍ଦାହର ଆକୁଳତା ସେତିକି ବଢ଼ୁଥିଲା । ପ୍ରାର୍ଥନା କରି ସେ ଯେ ସନ୍ତୋଷ ପାଏ, ଏବେ ସେ ପ୍ରାର୍ଥନା ପରିପୂର୍ଣ୍ଣ ହୋଇପାରୁ ନ ଥିଲା ।

ସେଦିନ ମନ ଖୁବ୍ ବ୍ୟସ୍ତ ହେଲା ଚାରୁଲତାର । କଥା ବାନ୍ଧିବାକୁ ପାଖରେ ଅଛି କିଏ ? ସେ ସବୁକାମ ସାରି, ଅମ୍ବିକାଙ୍କ ଔଷଧପତ୍ର ଦେଇ ନୟନୀକୁ ତାଙ୍କ ପାଖରେ ବସାଇ, ରଙ୍ଗୁକୁ ନେଇ ରିକ୍ସାଟିଏ କରି ସାତଲହଡ଼ି ମଠକୁ ଗଲା । ଏକାଦଶ ସ୍କନ୍ଦ ପ୍ରତିଦିନ ପଢ଼ି ପଢ଼ି ତା'ର ମୁଖସ୍ତ ହେଇଯାଇଛି । ଅଧାୟେ ପଢ଼ିଦେଲେ ତାକୁ ଯେ ଭଲ ଲାଗେ, ଏବେ କିଛି ଭଲ ଲାଗୁନି । ସେ ମଠକୁ ଗଲା । ମଠର ମହନ୍ତ ଅତ୍ୟନ୍ତ ବୟସ୍କ ହୋଇଯାଇଚନ୍ତି । ତଥାପି ସେ ସୁସ୍ଥ ଓ ଅମାୟିକ ଅଛନ୍ତି । ଦାସିଆ ସହ ମଠକୁ ଆସି ଆସି ଗୁରୁଦେବ ତାକୁ ଚିହ୍ନି ଯାଇଛନ୍ତି ଭଲକରି । ସେ ଦାସିଆ ଓ ତାକୁ ଭଲପା'ନ୍ତି ମଧ୍ୟ ।

ପ୍ରଣାମ କରି ହାତଯୋଡ଼ି ବସିଲା ଚାରୁ । କହିବ କହିବ ହେଲା, ନିଜର ଅନ୍ତର୍ଦାହ ବିଷୟରେ ।

ଗୁରୁଦେବ ନିଜେ ମୁହଁ ଟେକିଲେ । ହସହସ ମୁହଁ । ଆଶୀର୍ବାଦସୂଚକ ଦୃଷ୍ଟି । ସେ କହିଲେ, କୌଣସି କାର୍ଯ୍ୟ ପାଇଁ ନିଜକୁ ଦାୟୀ କରିବା ଠିକ୍ ନୁହେଁ । ଯା'ହେଉଛି, ତା' ତମ ଇଚ୍ଛାଧୀନ ନୁହେଁ ।

"ଗୁରୁଦେବ ! ବହୁତ କଷ୍ଟ ପାଉଛନ୍ତି ମୋ ଅପା ଶରୀରରେ ଓ ମନରେ ।" କହିଲା ଚାରୁଲତା ।

ତମେ ବି କଷ୍ଟପାଉଛ ମନରେ ! କହିଲେ ଗୁରୁଦେବ । ତାଙ୍କୁ ସମର୍ପଣ କରିଦିଅ ।

କହ, ଏ କଷ୍ଟ ମୋର ନୁହଁ, ତମର ! ! ସବୁ ଠିକ୍ ହୋଇଯିବ ମା'। ସବୁ ଠିକ୍ ହେଇଯିବ।

ଗୁରୁଦେବଙ୍କ ଆଶୀର୍ବାଦ ଲାଭକରି ଚାରୁଲତା ସେଇ ରିକ୍ସାରେ ମନ୍ଦିର ଆସିଲା। ଭିତର କାଠ ପାଖରେ ଦର୍ଶନ କରିସାରି ସେଇ କଣରେ ବସିଲା ଘଡ଼ିଏ। ଏକା ଆଖିରେ ଚାହିଁରହିଲା ଚକାଆଖିକୁ। ମନେମନେ ଉଚ୍ଚାରଣ କଲା। ମୋର କିଛି ନୁହଁ, ଏ କଷ୍ଟ ତମର। ତମେ ନିଅ, ସବୁ ତମରି। ସବୁ ତମର। ସବୁ ! !

କେତେବେଳେକେ ପ୍ରଣାମ ସାରି ଜଗମୋହନକୁ ଆସିଲା ଚାରୁଲତା। ଜଗମୋହନରେ ଯେଉଁଠି ଦାସିଆ ଓ ସେ ଏକାଠି କରି ପ୍ରାର୍ଥନା କରନ୍ତି, ସେଇ ସ୍ଥାନରେ ବସିଲା ଟିକିଏ। ପାଖରେ ବସିଥିଲେ ଦି'ଜଣ ଲୋକ। କଥାବାର୍ତ୍ତା ହେଉଥିଲେ। ଚାରୁଲତା ଟିକିଏ ବସି ଉଠିଯାଉଥିଲା ସେଠାରୁ। ହଠାତ୍ ତା'କାନରେ ପଡ଼ିଗଲା ପଦେକଥା। ସେ ଅଟକିଗଲା।

"ଶେଷକୁ ସହିପାରିଲିନି ସେ ଜ୍ୱାଲା। ସେ ଅଶାନ୍ତି, ମୃଦଙ୍ଗଟାକୁ ବିକିଦେଲି।"

... ବିକିଦେଲୁ ତୁ? ଆରେ ତୋ'ର ଜୀବନ ଥିଲା ପରା ସେଇ ମୃଦଙ୍ଗ।

... ହଁ, ଜୀବନ ଥିଲା। ହେଲେ ସେହି ଜୀବନ ହେଲା ମୋ' ଜୀବନର ଚରମ ଶତ୍ରୁ। ସରିଗଲା ମୋର ସବୁ ତା'ପାଇଁ। ଭାଙ୍ଗିଦେଇଥାନ୍ତି, ଫିଙ୍ଗିଦେଇଥାନ୍ତି, ତାକୁ ଗୁଣ୍ଡ କରିଦେଇଥାନ୍ତି। ହେଲେ ପଇସା ବଡ଼ ଦରକାର ଥିଲା। ଚାଳିଶ ଟଙ୍କାରେ ଦେଇଦେଲି ଚଇଆ ଭାଇକୁ।

ଚମକିପଡ଼ିଲା ଚାରୁଲତା ! ଏ ଲୋକ କ'ଣ ସେଇ? ଯିଏ ଚଇଆକୁ ଦେଇଥିଲେ ମୃଦଙ୍ଗ, ଚଇଆ ଦାସିଆଠୁ ଚାଳିଶ ଟଙ୍କା ନେଇ ମୃଦଙ୍ଗ ଦେଇଥିଲା?

ସେ ଲୋକଙ୍କ ପାଖକୁ ଗଲା। କହିଲା, ଭାଇ, ମୃଦଙ୍ଗ କେଉଁ ଚଇଆକୁ ଦେଲେ ଆପଣ?

ଲୋକଟା ଚମକି ଚାହିଁଲା ଚାରୁଲତା ମୁହଁକୁ। କହିଲା, ତମେ ଜାଣିଛ କି ଚଇଆକୁ? ଅଲାର ଗାଁ'ର ଚଇଆ। ସଂକୀର୍ତ୍ତନ କରେ। ସେ ନେଇ ତାଙ୍କ ଗାଁ'ର କାହାକୁ ଦେଇଥିଲା। ସେ ବି ଜଣେ କୀର୍ତ୍ତନିଆ।

ଚାରୁଲତା ବସିପଡ଼ିଲା ଲଥ୍ କରି ସେଇଠି। ହାତଯୋଡ଼ି କହିଲା ଭାଇ, ଆପଣଙ୍କ ମୃଦଙ୍ଗଟି ମୋ ସ୍ୱାମୀ କିଣିଚନ୍ତି ଏବଂ ଆମେ ବହୁତ ବ୍ୟସ୍ତ ହେଉଚୁ। ଏଥିପାଇଁ ଯେ ଜଣେ ବାଦ୍ୟକାର ତା'ର ବାଦ୍ୟକୁ ଛାଡ଼ି ରହିପାରେ ନାଁ କଦାପି। ଆଉ ବିନା ପଇସାରେ ଫେରସ୍ତ ନେଇପାରିବି ନାହିଁ। ତା' ପାଇଁ ମୋର ସବୁ ସରିଛି। ସବୁ ସରିଯାଇଛି ଭଉଣୀ।

ଏଥର ଶଙ୍କର କହିଲା ସବୁ ଖୋଲି। କୀର୍ତ୍ତନ ଥିଲା ସିନା ତା'ର ନିଶା, ପେସା ନ ଥିଲା କିଛି। ରୋଜଗାରରେ ଘର ଚଳୁ ନ ଥିଲା। ଭାରିଜା ଥିଲା ପୂରା ଓଲଟା। ଗୃହିଣୀପଣ ନ ଥିଲା ତା' ପାଖେ। ସେ ଚାହୁଁଥିଲା ଭଲ ଶାଢ଼ୀ, ବାସ୍ନାତେଲ, ନଖପଚା, ମିଠା ମସଲା ପାନ, ଭଲ ଖାଇବା, ଭଲ ନାଇବା। ବିଚରା ଶଙ୍କର ଘରକୁ ଫେରିଲାମାତ୍ରେ ତା'ର ଅଭିଯୋଗ ଫର୍ଦ୍ଦ ଆରମ୍ଭ ହୋଇଯାଏ। ଦିନ ଦିନ ଏମିତି ହେଇ, ଚୁପ୍ ରହେ ଶଙ୍କର। କ'ଣ ଆଉ କରନ୍ତା। ଯାହା ରୋଜଗାର କରେ ତାକୁ ଧରାଇଦିଏ। ସେଦିନ ସେ ଅଢ଼ି ବସିଲା, ଆଜି ତା'ର ଦଶଟଙ୍କା ଦରକାର। ସେ ମେଳଣ ଦେଖିଯିବ।

ଦଶଟା ଟଙ୍କା କିଛି କମ୍ ନ ଥିଲା ଶଙ୍କର ପାଇଁ। ସେ ଏଠି ସେଠି ଘୁରିଘୁରି ଟଙ୍କା ଛଅଟି ଯୋଗାଡ଼ କଲା। ଘରକୁ ଆସି ତାକୁ ଦେଲାମାତ୍ରେ, ସେ ନାଗୁଣୀ ପରି ଫଣା ତୋଲି ଉଠିଲା... ଟଙ୍କା ଦଶଟା ଦେଇପାରିବ ନାହିଁ ଟି, ଏତିକି ଯଦି ପାରିବୁ ନାହିଁ ମତେ ବାହା ହଉଥିଲୁ କାହିଁକି? କାହିଁକି? କହ, କହ।

ସବୁଦିନ ତା'ର ଭର୍ସନା ସହିଥାଏ ଶଙ୍କର। ସେଦିନ ତା'ର ଅସହ୍ୟ ହେଲା। ଅପମାନରେ ଜଳିଗଲା ଦେହ ମନ। ସେ ରାଗିଯାଇ ଚଟକଣାଟାଏ ଦେଲା ଓ ଚାଲିଗଲା ଘରୁ।

ରାତିକୁ ଫେରି ଦେଖିଲା ଘରେ ଭାରିଜା ନାହିଁ। କାନ୍ଦୁଣୁ ମାନ୍ଦୁଣୁ ହେଇ ରାତି କଟିଲା। ସକାଳକୁ ତା' ଭାରିଜାର ଶିବ ଭାସୁଥିଲା ପୋଖରୀରେ।

ଶଙ୍କର ଗାମୁଛାରେ ମୁହଁ ପୋଛିଲା। ଲୁହ ବି, କହିଲା, ବାସ୍ତୁହରା ହେଇ ବୁଲୁଚି ସେଇଦିନୁ। ମୋରି ପାଇଁ ସେ ମରିଗଲା। ମୁଁ ତାକୁ କିଛି ଦେଇପାରି ନଥିଲି। ତା'ବୋଲି କ'ଣ ମୁଁ ତାକୁ ଭଲପାଉ ନଥିଲି। ଭଲ ପାଇବାଟା ଭାଷା ଚାହେଁ, ରଙ୍ଗ ଚାହେଁ, ପ୍ରକାଶ ଚାହେଁ, ଏତିକି ବୁଝିପାରି ନ ଥିଲି। ଏବେ ସବୁ ସ୍ୱାମୀ-ସ୍ତ୍ରୀକୁ ମୁଁ ହାତଯୋଡ଼ି କହିଚି ସମସ୍ତେ ପରସ୍ପରକୁ ସହ୍ୟ କର। ଜଣେ କୀର୍ତ୍ତନିଆ ହେଲେ ବି, ତା' ସଂସାର କଥା ବୁଝୁ। ନିଶା ଆଉ ସଂସାର ଥାଉ।

ଗୋଟାଏ ଦୀର୍ଘନିଃଶ୍ୱାସ ଦେଲା ଚାରୁ। କହିଲା, ତମକୁ ଭାଇ ବୋଲି ଡାକିବି। ତମେ ଏ ଭଉଣୀର ବିନତି ରଖ। ତମେ ଅଲାର ଗାଁକୁ ଯାଅ। ତମ ଭିଣୋଇ ଦାସିଆକୁ ଦେଖାକର। ତମ ମୃଦଙ୍ଗଟି ଫେରସ୍ତ ନିଅ। ଯେଉଁ ମୃଦଙ୍ଗ ତମ ଜୀବନ ଉଜାଡ଼ିଚ୍ଛି, ସେ ମୃଦଙ୍ଗଟି ପୁଣି ତମ ଜୀବନକୁ ସଜାଡ଼ିଦେବ। ଯଦି ସେଇଟା ନ ନେବ ତେବେ ଆଉ ଗୋଟେ ମୃଦଙ୍ଗ ତମ ଭିଣୋଇ ତମକୁ କିଣିଦେବେ। ସେ ସାମର୍ଥ୍ୟ ଅଛି ତାଙ୍କର। ଭାଇ, ତମେ ଅଲାର ଯାଅ।

ଶଙ୍କରଙ୍କୁ ପ୍ରଣାମ କରି ଚାରୁଲତା ଘରକୁ ଆସିଲା। ଆଜିପର୍ଯ୍ୟନ୍ତ କୌଣସି ଅପରିଚିତ ପୁରୁଷ ସାଙ୍ଗେ କଥାବାର୍ତ୍ତା ହେଇ ନ ଥିଲା ସେ। ଆଜି ସେ ମନକୁ ରୋକିପାରିଲା ନାହିଁ।

ଠାକୁର ଦର୍ଶନ କରି, ଗୁରୁଦେବଙ୍କ ଆଶୀର୍ବାଦ ପାଇ ଚାରୁଲତାର ମନ ଖୁବ୍ ହାଲ୍‌କା ହେଇଯାଇଥିଲା।

ଚାରିମାସ ରହିଥିଲା ପୁରୀସ୍ଥମରେ ଚାରୁଲତା। ଅମ୍ୱିକା ଉଠିଲେ, ଚଲାବୁଲା କଲେ। ଡାକ୍ତରାଣୀ କହିଲେ ଆଉ ଭୟ ନାହିଁ। ତା'ପରେ ସେ ଗାଁକୁ ଆସିଲା। ସେ ତ ଆସିବାକୁ ଚାହୁଁ ନ ଥିଲା। ଯଦିଓ ଦାସିଆର ଖାଇବା ପିଇବା ବିଷୟରେ ତା'ର ମନ ଖୁବ୍ ଘାଣ୍ଟି ହୁଏ, ସେ ତାକୁ ଜୋରକରି ଚପାଇ ରଖେ। କେବଳ ମନେମନେ ପ୍ରାର୍ଥନା କରେ, ହେ ଭଗବାନ୍! ତାଙ୍କୁ ଘଣ୍ଟ ଘୋଡ଼େଇ ରଖ। ମୋ' ପାଇଁ ବହୁ କଷ୍ଟ ସେ ପାଇଲେଣି।

ଦିନେ ସେଇ ବାଞ୍ଛିତ ସମୟ ଆସି ପହଞ୍ଚିଲା। ସେଦିନ ଥିଲା କୃଷ୍ଣ ଜନ୍ମାଷ୍ଟମୀ। ଦାସିଆ ଓ ଚାରୁଲତା ଗାଁ'ରୁ ଆସି ପହଞ୍ଚିଲେ। ମଠରେ ପୂଜା ହୁଏ। ବୃତ୍ତାଘଣ୍ଟା କରିବାର ଦାୟିତ୍ୱ ତ ଦାସିଆର। ସେ ଗୁଣ୍ଡ ଚୂଡ଼ା, ନଡ଼ିଆ, କଦଳୀ ଇତ୍ୟାଦି ନେଇ ଆସିଚି, ଘର ପାଇଁ ମଧ।

ଜନ୍ମାଷ୍ଟମୀ ଦିନ, ଦିନ ଚାରିଟାବେଳକୁ ଅମ୍ୱିକା ଡାକ୍ତରଖାନା ଗଲେ। ସାଙ୍ଗରେ ଗଲେ ଦାସିଆ, ଯୁଧିଷ୍ଠିର। ଚାରୁଲତା ରହିଲା ଘରେ। ସନ୍ଧ୍ୟା ଛ'ଟାବେଳେ ଅମ୍ୱିକାଙ୍କର ପୁଅଟିଏ ହେଲା। ଦାସିଆ ସାଙ୍ଗେ ସାଙ୍ଗେ ରିକ୍ୱାଟିଏ କରି ଘରକୁ ଆସି ଡାକ ପକାଇଲା, ଆଲୋ କୁଆଡ଼େ ଗଲୁ ଚାରୁ...? ଶୁଣ, ଶୁଣ, 'ପୁଅ ହେଇଚି'।

ଚାରୁଲତା କାମ କରୁଥିଲା। ଧାଇଁ ଆସିଲା - କହିଲା, କ'ଣ କହିଲ? ପୁଅ? ପୁଅ ହେଇଛି?

ନିଜ ଅଜାଣତରେ ତା' ହାତଯୋଡ଼ି ହେଇଗଲା, ଓଠ ମେଲା ହୋଇଗଲା, ଆଖିରୁ ଝରିଲା ଧାରଧାର ଲୁହ। ହେ ଠାକୁରେ, ହେ କରୁଣାମୟ, ତମେ ଏ ଅଭାଗିନୀକୁ କୃପା କରିବ। ତା' ଡାକ ଶୁଣିବ। ଧାରଧାର ଲୁହ ଭିତରେ ଆଉ କେତେ କ'ଣ କହୁଥିଲା ଚାରୁଲତା, ଶୁଣାଯାଉ ନ ଥିଲା। ସେ ପ୍ରବଳ ଖୁସିରେ ଦାସିଆର ହାତକୁ ଜାବୁଡ଼ି ଧରିଲା।

ଦାସିଆ ଆଖିରେ ବି ଲୁହ ଭର୍ତ୍ତି। ସେ କହିଲା, ଏ ପୁଅ ନୂଆବୋଉଙ୍କ ପେଟରୁ ଜନ୍ମିଛି ସିନା, ଏ ପୁଅ ତୋ' ମନର ସୃଷ୍ଟି, ତୋ' ସାଧନାର ଫଳ। ଏ ବିଭୁକୃପା। ଆଉ କେହି ନ ଜାଣ୍ତୁ, ମୁଁ ତ ନିଜେ ତୋ' ଶ୍ରମ ଓ ସାଧନାର ଏକମାତ୍ର ଦର୍ଶକ।

ଉତ୍ସବ ଲାଗିଗଲା ଯୁଧିଷ୍ଠିରଙ୍କ ପରିବାରରେ ।

ଦାସିଆ ସାଙ୍ଗୋ ସାଙ୍ଗେ ବଜାରକୁ ଯାଇ ମିଠେଇ କିଣି ଆଣି ସାଇପଡ଼ିଶାରେ ବାଣ୍ଟିଲା ।

ସୁଖ ପ୍ରସବ ହୋଇଥିଲା ଅମ୍ବିକାଙ୍କର । ସହଜ ଓ ସରଳ ଭାବେ । ଡାକ୍ତରରାଣୀ ଆଶା କରିଥିଲେ ଅନ୍ୟ କଥା; କିନ୍ତୁ ହେଲା ପୂରା ନର୍ମାଲ । ଦିଦିନ ପରେ ପୁଅକୁ ନେଇ ଘରକୁ ଆସିଲେ ଅମ୍ବିକା । ମନରେ ତାଙ୍କର ଟିକେ ଖୁସି ନ ଥିଲା । ଯେଉଁ ପିଲା ତାଙ୍କର ଏକାନ୍ତ ଅବାଞ୍ଛିତ, ଯାହା ପାଇଁ ସେ ଏତେ ଦେହ କଷ୍ଟ ଭୋଗିଲେ, ତାକୁ ନେଇ ସେ ଖୁସି ହୋଇପାରିଲେ ନାହିଁ । କୋଳରେ ଯେ ହୃଷ୍ଟପୁଷ୍ଟ ଗୋରା ତକ ତକ ପୁଅଟିଏ ଥିଲା । ମୁଣ୍ଡରେ କଳା ମଚମଚ ଗୋଛେ ବାଲ, ଏଡ଼େ ସୁନ୍ଦର ପୁଅର ଥିଲା ଗୋଟେ ବଡ଼ ଖୁଣ । ତା'ର ବାମ ଗୋଡ଼ ଥିଲା ଡାହାଣ ଗୋଡ଼ଠୁ ଛୋଟ ଓ ସରୁ ! !

ଏଇ ବିକଳାଙ୍ଗ ଶିଶୁ ଥିଲା ତାଙ୍କ ଭାଗ୍ୟରେ । ଏଥିପାଇଁ ଏତେ ପୂଜା କରିଥିଲା ଚାରୁଲତା, ବଟବୃକ୍ଷରେ ସୂତା ବାନ୍ଧିଥିଲା । ଭାବୁଥିଲେ ଅମ୍ବିକା ।

ଘରେ ସମସ୍ତଙ୍କ ମନର ସରାଗ ଝାଉଁଳି ପଡ଼ିଲା । କିନ୍ତୁ ଚାରୁଲତା... ଚାରୁଲତା ଆଖିରେ ସେ ଥିଲା ଦିବ୍ୟ ସୁନ୍ଦର ଶିଶୁ । ଅମୃତର ଶିଶୁ ।

ବିଜୟ, ଅଜୟ, ରଞ୍ଜନ ସମସ୍ତେ ଥରେ ଥରେ ଦେଖିଗଲେ । ବିଜୟ କହିଲା... ସାନବୋଉ ପୂଜା କରିଥିଲା ଏଇ ନେଙ୍ଗେଡ଼ା ପିଲାଟି ପାଇଁ ।

'ବିଜୁ' । ଯୁଧିଷ୍ଠିର ରାଗିଉଠିଲେ । ଭାରି ବଡ଼ ବଡ଼ କଥା କହୁଚୁ । ଭୁଲିଯାଉଚୁ ସେ ତୋର ସାନବୋଉ ।

ବାପାଙ୍କ କଥାରେ ଗରଗର ହୋଇ ବିଜୟ ଚାଲିଗଲା ।

ନୂଆ ପୁଅର ଏକୋଇଶା ହେଲା । ଦାସିଆ କହିଲା ମଠ ଗୋସେଇଁ କହିଚନ୍ତି ପୁଅର ନାଁ ରହିବ 'ମନମୋହନ' । ସେ ଜନ୍ମାଷ୍ଟମୀରେ ଜନ୍ମ ।

ବିଜୁ ଛିଗୁଲାଇ କହିଲା– ଏଇ ନେଙ୍ଗେଡ଼ା ପିଲାର ନାଁ ରହିବ 'ମନମୋହନ' । ଯେମିତି ଅନ୍ଧର ନାଁ କମଳଲୋଚନ ।

ସେହି ଏକୋଇଶାଦିନ ବିଜୁର ଆଇ.ଏସ୍‌ସି. ପରୀକ୍ଷା ଫଳ ପ୍ରକାଶିତ ହେଲା । ସେ ପ୍ରଥମ ଶ୍ରେଣୀରେ ପାସ୍ କରିଥିଲା । ପ୍ରଥମ କୋଡ଼ିଏ ଜଣଙ୍କ ମଧ୍ୟରେ ଥିଲା ସେ ।

ବିଜୁ ଖୁସିରେ ଫାଟି ପଡ଼ୁଥିଲା । ଯୁଧିଷ୍ଠିର କହିଲେ, ଦେଖିଲୁ, ପିଲାଟା ଶୁଭ ଲକ୍ଷଣ ନେଇଆସିଚି । ତୋ' ଫଳ ଏତେ ଭଲ ହେଲା ।

... ମୁଁ ପରିଶ୍ରମ କଲି, ଫଳ ପାଇଲି । ସେ ନେଙ୍ଗେଡ଼ା ସାଙ୍ଗରେ ୟା'ର ସମ୍ପର୍କ କ'ଣ ଯେ ? ବିଜୁ କହିଲା ।

ସେ ମାନିବାକୁ ପ୍ରସ୍ତୁତ ନ ଥିଲା । ଯୁଧିଷ୍ଠିରଙ୍କୁ ବିଜୁର ଢଙ୍ଗଢାଙ୍ଗ କିଛି ଭଲ ଲାଗୁ ନଥିଲା ।

ଏକୋଇଶା ପୂଜାରେ ପିଲାର ନାଁ ରହିଲା 'ମନମୋହନ' । ସେମିତି କିଛି ଆୟୋଜନ ହେଇ ନ ଥିଲା । ପୋଥି ପୂଜାଟିଏ ହେଲା । ନିକଟତମ ଆଠ ଦଶ ଜଣ ଲୋକଙ୍କ ପାଇଁ ଅଭଡ଼ା ଆସିଥିଲା । ପୋଥି ପୂଜାରେ କର୍ତ୍ତା ହୋଇ ବସିଥିଲା ଦାସିଆ । ଯୁଧିଷ୍ଠିର କହିଲେ, ଦାସିଆ, ପୂଜାରେ ତୁ ବସ । ଏ ପୁଅ ତୋର ଓ ଚାରୁର । ଦାସିଆ ପୂଜାରେ ବସିଲା, କହିଲେ ଏ ପୁଅ ତୋର । ଚାରୁକୁ ଦେ । ଦାସିଆ ଚାରୁ ହାତକୁ ପୁଅକୁ ବଢ଼ାଇଦେଲା । ଚାରୁ ତାକୁ କୋଳରେ ଧରି ପୂଜାରେ ବସିଲା । ଯୁଧିଷ୍ଠିର ପୁଅ ପାଇଁ ଚେନ୍‍, ଚାରୁ ଓ ଦାସିଆ ପାଇଁ ଲୁଗାପଟା କରିଥିଲେ । ପୂଜାବେଳେ ସମସ୍ତେ ବସିଥିଲେ । ଅମ୍ବିକା ମଧ୍ୟ । ତଥାପି ସେ ଚାରୁକୁ ପଦେ କିଛି କହି ନଥିଲେ ।

ପିଲାଟିକୁ ମାସେ ହୋଇଗଲା । ଅମ୍ବିକା ପିଲାର କିଛି କଥା କରୁ ନ ଥିଲେ । ତାଙ୍କୁ କରିବାକୁ ସୁଯୋଗ ଦେଉ ନ ଥିଲା ଚାରୁଲତା । କେବଳ ଖାଇବା ସମୟତକ ସେ ଅମ୍ବିକାଙ୍କ କୋଳରେ ରଖି ଦେଉଥିଲା ପୁଅକୁ । ଅନ୍ୟ ସମୟରେ ସେ ଶୋଉଥିଲା । ତା'ର ଗୁହ କନା, ମୁତ କନା ସବୁ ଧୋଉଥିଲା ଚାରୁଲତା । ତାକୁ ତେଲ ମାଲିସ୍‍ କରୁଥିଲା । ହଳଦି ଲଗାଇ ଦେଉଥିଲା । ପିଲା କାମରେ ସେ ଅଭ୍ୟସ୍ତ ହୋଇଗଲା । ତା'ର ଇଚ୍ଛା ହେଉଥିଲା, ପିଲାକୁ ନେଇ ସେ ଗାଁକୁ ଚାଲିଯା'ନ୍ତା । ଏକଥା ସେ ମୁହଁ ଖୋଲି କହି ପାରୁ ନଥିଲା । ଆଜି ପର୍ଯ୍ୟନ୍ତ ନିଜ ମତ ସେ କେବେ ରଖିପାରିନାହିଁ । ସେ ଦାସିଆକୁ ଅପେକ୍ଷା କଲା ।

ଦାସିଆ ଦିନେ ଛାଡ଼ି ଦିନେ ସାଇକେଲରେ ଆସି ବୁଲିଯାଏ । ଭାଇଙ୍କ ଘରେ ଚାରୁ ସାଙ୍ଗରେ ମନଖୋଲା କଥା ହେବାକୁ ତାକୁ ମାଡ଼ି ପଡ଼େ ଓ ସେମିତି ସୁଯୋଗ ମଧ୍ୟ ନ ଥାଏ । ଚାରୁ ମଧ୍ୟ ଭରସି ନିଜ ଆଡ଼ୁ କିଛି କହେ ନାହିଁ । ସେଦିନ କିନ୍ତୁ ଦାସିଆ ଆସୁ ଆସୁ ସେ ଆଖିର ଇସାରାରେ ନିଜ କୋଠରୀକୁ ଡାକିନେଲା । ଯେଉଁ ଘରେ ପିଲା ପଢ଼ନ୍ତି ସେଇ ଘରେ ଶୁଏ ଚାରୁଲତା । ସେ ଦାସିଆକୁ କହିଲା, ତମେ ତ ଆସିଚ । ଚାଲୁନ ଗାଁକୁ ଯିବା ଭାରି । ମୋ' ମନ ଉଚ୍ଛନ୍ନ ହେଲାଣି ।

ଚାରୁକୁ ଚାହିଁଲା ଦାସିଆ । ବେଳକୁବେଳ ଚାରୁ ଚରିତ୍ର ଉଜ୍ଜ୍ୱଳ ଆଭା ଝଟକି ଉଠୁଛି । ସେ କହିଲା, ଛିଃ, ଏତେ ଟିକେ ପିଲାକୁ ନେଇ ଗାଁ'ରେ ଚଲେଇ ହେବ କି ? ପୁଣି ମା'ଠୁ ଦୂରରେ ରଖି ? ସେ ମା' କ୍ଷୀର ଖାଉଛି । ପିଲା ପାଇଁ ମା' କ୍ଷୀର ଜରୁରୀ । ତୁ ଆଉ ଚାରିମାସ ରହ, ପିଲା ଚାରିମାସ ମା'କ୍ଷୀର ଖାଉ, ନୂଆବୋଉ ଟିକେ ବଳ ପାଆନ୍ତୁ, ଆମେ ଯିବା ତା'ପରେ ।

ଦାସିଆକୁ ଚାହିଁଲା ଚାରୁଲତା । ତା' ଆଖିରେ ଲୁହ ଜକେଇ ଆସିଲା । ସେ କହିଲା, ଏ ବର୍ଷ ମୁଁ ଆଠମାସ ପୁରସ୍କାରରେ ରହିଲିଣି । ଏ ଆଠମାସ ତମେ ସେଠି କେମିତି ଚଳୁଛ, ମତେ ଜଳଜଳ ଦିଶୁଛି । ଆଉ ତମଠୁ ଦୂରରେ ରହିବାକୁ ଚାହୁଁନି । ଭାରି କଷ୍ଟ ହେଉଚି ମତେ । ଚାରୁଲତା କାନ୍ଦି ପକାଇଲା ।

ତା' କାନ୍ଧରେ ହାତ ରଖିଲା ଦାସିଆ । ବାଁ ହାତରେ ଲୁହ ପୋଛିଦେଇ କହିଲା, ଦୂରରେ ଅଛି ମୁଁ ତୋ'ଠୁ? ମୁଁ ପରା ସବୁବେଳେ ତୋ' ପାଖରେ ଅଛି । ତୁ ବି ମୋ' ପାଖରେ ଅଛୁ । ମୁଁ ତତେ ଭଲପାଏ ଚାରୁ । ଭାରି ଭଲପାଏ । ପ୍ରକୃତ ଭଲ ପାଇବା ପାଖରେ ପାଇବାକୁ ଛଟପଟ ହୁଏ ନାହିଁ । ସେ ଦୂରରେ ଦୂରରେ ରହେ । ରାମଚନ୍ଦ୍ର ସୀତାଙ୍କୁ ନିର୍ବାସନ ଦେଇଥିଲେ । ହେଲେ ସୀତା ତାଙ୍କ ସାରା ପ୍ରାଣକୁ ଆଛନ୍ନ କରି ହିଁ ଥିଲେ । ଏଠି ଦୂରତ୍ୱ କାହିଁ!

ଦାସିଆ ମୁହଁକୁ ଲୁହଭରା ସଜଳ ସ୍ନେହରେ ଚାହିଁଲା ଚାରୁଲତା । ନୂଆ ବାହାଘରବେଳେ ଏଇ ଦାସିଆକୁ ସେ କେମିତି କେମିତିକା ବୋଲି ଭାବୁଥିଲା । ସେଇ କେମିତି କେମିତିକା ଲୋକଟା ଏତେ ଭଲ, ଏତେ ଶାନ୍ତ, ଏତେ କଷ୍ଟସହିଷ୍ଣୁ ଓ ଏତେ ଭଲପାଏ ସଭିଁଙ୍କୁ, ତା'ର ତୁଳନା ହିଁ ନାହିଁ ।

ଏତିକିବେଳେ ଘର ଭିତରକୁ ପଶିଆସିଲା ରଞ୍ଜୁ । କହିଲା, ସାନବୋଉ, ବାପା କହିଲେ ତାଙ୍କ ପାଇଁ ଚା' କର ।

ସେଇଦିନ ରାତିରେ ଖାଇ ବସିଲାବେଳେ ବିଜୁ କହିଲା, ବାପା, ମୁଁ ପିଲାନୀରେ ଇଞ୍ଜିନିୟରିଂ ପଢ଼ିବାକୁ ଦରଖାସ୍ତ ପକାଇଛି । ମତେ ସିଟ୍ ମିଳିଯିବ । ମୁଁ ପିଲାନୀରେ ପଢ଼ିବି ।

ଭାତ ଗୁଣ୍ଠା ଅଟକିଗଲା ଯୁଧିଷ୍ଠିରଙ୍କ ହାତରେ । ବୁର୍ଲାରେ ନ ପଢ଼ି ସେ ପିଲାନୀ ଯିବ । ସୁଦୂର ରାଜସ୍ଥାନ । ଏତେ ପଇସା ସେ ଦେଇପାରିବେ ତାକୁ?

ବିଜୁ କହିଲା, ତା' ସାଙ୍ଗମାନେ ପକାଇଛନ୍ତି ଫର୍ମ ସେଇଠି । ଏତେ ଭଲ ନମ୍ବର ରଖି ସେଠି ନ ପଢ଼ିବା ମୂର୍ଖାମୀ ହେବ । ବାପାଙ୍କ ମୁହଁର ଭଙ୍ଗୀ ଦେଖ, ବିଜୁ ରାଗରେ ଅଧାଖିଆ ଉଠିଗଲା । ସେ ଉଠିଗଲାପରେ ଦାସିଆ କହିଲା... ଭାଇ, ଆମର ବଡ଼ ପୁଅ ସେ । ଏତେ ଭଲରେ ପାଶ୍ କରିଛି । ଆମେ ତାକୁ ପଢ଼ାଇବା । ଆମେ ପଛେ କଷ୍ଟରେ ଚଳିବା, ତାକୁ ପଢ଼ାଇବା । ପିଲାଙ୍କ ମନ ଭାଙ୍ଗିବା ଉଚିତ୍ ନୁହେଁ । ମୁଁ ତୁମକୁ କିଛି କିଛି ସାହାଯ୍ୟ କରିବି, ବିଜୁ ପଢ଼ୁ ।

ଦାସିଆ ଓ ଚାରୁର ଏହି କଥା ଶୁଣିଲେ ଯୁଧିଷ୍ଠିର । ଭାରି ଭଲ ଲାଗିଲା ତାଙ୍କୁ । ସେଇ ଛୋଟ ପୁଅର ନାଁ ମନମୋହନ ଦିଆଯାଇଥିଲେ ମଧ୍ୟ ସମସ୍ତେ

କହୁଥିଲେ, ଛୋଟା, ଛୋଟୁ ଓ ମନୁଆଁ। ସେ ଜନ୍ମ ହୋଇ ଘରେ ଶୁଭକଥା ଘଟିଛି
ବୋଲି ଯୁଧିଷ୍ଠିର କହିଲେ ମଧ୍ୟ, ଆଖ୍କୁ ଏ ଶୁଭ ଦେଖାଗଲେ ମଧ୍ୟ, ସେ ଜନ୍ମ
ପରେ ପରେ ଯୁଧିଷ୍ଠିରଙ୍କ ସଂସାର ଭିତରେ ଏକ ଦେଖାଯାଉ ନ ଥିବା ଧୂସର ଛାଇ
ଯେ ଡାଙ୍କି ହୋଇ ରହିଛି, ଏ କଥା ଯୁଧିଷ୍ଠିର ଜାଣୁଥିଲେ, ଦାସିଆ ଜାଣୁଥିଲା, ଆଉ
ଜାଣୁଥିଲା ଚାରୁଲତା। ଆଉ ସେଥିପାଇଁ ସେ ପ୍ରାୟଶ୍ଚିତ କରି ଚାଲିଥିଲା। ମନରେ,
ଧ୍ୟାନରେ, କାମରେ।

ଦାସିଆ ଦେଖୁଥିଲା, ଛୋଟୁ ଦେହରେ ରହିବା ଦିନଠୁ ତା' ନୂଆବୋଉର
ମତିଗତି ବଦଳିଯାଇଛି। ପ୍ରଥମେ ଭାବିଥିଲା ସେ ନୂଆବୋଉର ଦେହ କଷ୍ଟର ଏହା
ଏକ ପ୍ରତିକ୍ରିୟା; କିନ୍ତୁ ଏହା ଭୁଲ। ଛୁଆଟି ତାଙ୍କ ଅବାଞ୍ଛିତ ଜନ୍ମ ହୋଇଛି ବୋଲି,
ସେ ଭୋଗୁଚନ୍ତି ପ୍ରଚଣ୍ଡ ମନସ୍ତାପ। ଚାରୁଲତା ଯେ ଗୋଟେ ଖିଆଲରେ, ଆଗ୍ରହରେ
କହିଦେଇଥିଲା, "ଦିଅଙ୍କୁ ପ୍ରାର୍ଥନା କରୁଚି ମୋ' ଅପାଙ୍କର ପୁଅ ହେଉ।" ଏଇ
ଧାର୍ଦ୍ଦିକ କଥା ତାଙ୍କୁ ଦେଇଟି ଦାରୁଣ ଆଘାତ। ଚାରୁଲତା ଯଦି ଏ କଥା ତାଙ୍କୁ କହି ନ
ଥାନ୍ତା, ଆଜି ସେ କ'ଣ ଏମିତି ଅନମନୀୟ ହୋଇ ବସିଥାନ୍ତେ। ପ୍ରଥମେ ପ୍ରଥମେ
ଖୁବ୍ ବିରକ୍ତ ହେଉଥିଲେ, ଚାରୁଲତାକୁ ଗାଳିମନ୍ଦ କରୁଥିଲେ। ଦିନେ ଯୁଧିଷ୍ଠିର କହିଲେ-
୩୪, ଯାହା ହେବାର ହେଇସାରିଲାଣି, ସବୁବେଳେ ଏତେ ପାଟି କରୁଛ କାହିଁକି ?
ଟିକେ ଚୁପ୍ ରହ ଭଲା।

ଆଉ ଏଟିକିରେ ଚିହିଁକି ଗଲେ ଅମ୍ବିକା। ଖଟ ଉପରୁ ଉଠିଆସି ଠିଆ
ହୋଇପଡିଲେ। କହିଲେ ତମ ରାଣ ଖାଉଛି। ଆଜିଠୁ ଚୁପ୍ ରହିଲି, ଚୁପ୍। କାନିରେ
ଗଣ୍ଠି ପକାଇଲେ ସେ। ଏକଥା କେହି ଶୁଣି ନ ଥିଲେ। ଚାରୁଲତା ନ ଥିଲା ପାଖରେ।
ନୟନୀ କାମସାରି ଫେରିଯାଇଥିଲା। କେବଳ ବାରଣ୍ଡାରେ ଚା ପିଉଥିଲା ଦାସିଆ।
ସେ ଭାବିଥିଲା, ରାଗରେ ସଭିୟେଁ ଏମିତି କହନ୍ତି। ହେଲେ ଗଣ୍ଠି ପକାଇ ରଖେ କିଏ ?

ଅମ୍ବିକା ଗଣ୍ଠି ପକେଇ ରଖିଥିଲେ। ସେଇଦିନଠୁ ଚୁପ୍ ଥିଲେ। କାହାକୁ କଥା
କହୁ ନଥିଲେ। ବିଜୁ ତାଙ୍କର ବଡ଼ ପୁଅ। ସେ ପ୍ରଥମ ଶ୍ରେଣୀରେ ଆଇ.ଏସ୍‌ସି. ପାସ୍
କଲା କିନ୍ତୁ ଆନନ୍ଦରେ ପ୍ରତିକ୍ରିୟା ଦେଖାଇଲେ ନାହିଁ ସେ। ସେମିତି ଚୁପ୍ ହୋଇ
ବସିଲେ। ବିଚରା ଯୁଧିଷ୍ଠିର ଦଶ ଦଶ ଥର ଖୋସାମତ କରି ମଧ ତାଙ୍କ ପାଟି ଫିଟେଇ
ପାରିଲେ ନାହିଁ।

ସ୍ତ୍ରୀ ଲୋକଟା। ଏତେ ଜିଦ୍‌ଖୋର !! ଗୋଟାଏ ଅଳଣା କଥାରେ।

ଗୁରୁଦେବ କହନ୍ତି, ସବୁ ସେ କରୁଛି। ଏ ଯେଉଁ ମାୟାର ଖେଳ, ଏ ଯେଉଁ
ପ୍ରପଞ୍ଚ ସଂସାର, ସବୁ ତା'ର ଭିଆଣ।

ସେ ଚୋର ହୋଇ ଚୋରି କରେ, ପୁଣି ପୋଲିସ ହୋଇ ଧରେ ।

ଅମ୍ବିକାଙ୍କର ଏଇ ଭୟଙ୍କର ଜିଦ୍, ସେଇ ମାୟାଖେଳର ଆଉ ଗୋଟିଏ ପାଖ ନୁହେଁ ତ ଆଉ କ'ଣ ?

ବିଜୁ ପିଲାନୀରେ ପଢ଼ିବାର ଚିଠି ଆସିଗଲା । ବିଜୁ ଖୁସି ହୋଇଗଲା । ଯୁଧିଷ୍ଠିର ଓ ଦାସିଆ ଟଙ୍କା ଯୋଗାଡ଼ କଲେ । ଦାସିଆ ମଝିରେ ମଝିରେ ତା' ଦୋକାନ ଲାଭର ଯେଉଁ ଅଂଶ ତାଙ୍କୁ ଦେଇଯାଏ, ତାକୁ ସେ ବ୍ୟାଙ୍କରେ ଖାତା ଖୋଲି ରଖିଛନ୍ତି ତା'ରି ନାଁରେ । ସେ ତାଙ୍କର ସମ୍ବଳ ସତ, ହେଲେ ସେ ସେଥିରୁ ପଇସାଟିଏ ନେବେ ନାହିଁ । ସେ ନିଜ ପାଖରେ ଥିବା କିଛି ବଢ଼ାଇଦେଲେ । ବିଜୁ ପିଲାନୀ ଗଲା । ଗଲାଦିନ ସକାଳୁ ସକାଳୁ ଦାସିଆ ଆସି ପହଞ୍ଚିଗଲା । ଚାରୁଲତା ତ ଆଗରୁ ଅଛି । ବିଜୁ ପାଇଁ ଆଣିଥିଲା ବାରିରୁ ପିଜୁଳି, କଦଳୀ, ଚୁଡ଼ା, ରାଶିଲଡ଼ୁ, ନଡ଼ିଆକୋରା । ପୁରୀରେ ଷ୍ଟେସନ୍‌ରେ ଗାଡ଼ି ଛାଡ଼ିବା ଆଗରୁ କିନ୍ତୁ ପକେଟ୍‌ରେ ଭାଇଙ୍କୁ ଲୁଚାଇ ଟଙ୍କା ପଚାଶଟି ରଖିଦେଲା ଦାସିଆ । କହିଲା, ବିଦେଶରେ ହୁସିଆରରେ ଚଳିବୁ । ଆମେ ଦି'ଜଣ ସବୁଦିନେ ତୋ' ପାଇଁ ପ୍ରାର୍ଥନା କରିବୁ ।

ମନୁଆଁ ଜନ୍ମ ପରେ ଚାରିମାସ ରହିଥିଲା, ଚାରୁଲତା ପୁରସ୍ବମରେ । ଦିନେ ହାତଯୋଡ଼ି ବିନତି ହୋଇ ଦାସିଆ କହିଲା, ଭାଇ, ନୂଆଉ ଏବେ ପୂରା ଭଲ ହୋଇଗଲେଣି । ଚାରୁଲତା ଛୋଟୁକୁ ନେଇ ଗାଁ'କୁ ଯାଉ ଏଥର ! ମୁଁ ଡାକ୍ତରାଣୀଙ୍କୁ ଦେଖାକରି ପିଲାର ଟିକିନିଖ୍ ସବୁ ବୁଝିଆସିବି । କ'ଣ କହୁଚ ?

ଯୁଧିଷ୍ଠିର ମଧ୍ୟ ତାହାହିଁ ଭାବୁଥିଲେ । ମୁହଁ ଖୋଲି କହିପାରୁ ନଥିଲେ । ସେ କହିଲେ, ତୁ ବହୁତ ହଇରାଣ ହେଲୁଣି । ଚାରୁ ମଧ୍ୟ ବଡ଼ କଷ୍ଟ ଉଠାଇଛି । ତମ ପରି ଭାଇ ମତେ ଜନ୍ମେ ଜନ୍ମେ ମିଳୁ । ତୁ ଯା, ଚାରୁ ଓ ଛୋଟକୁ ନେଇ । ମୁଁ ଗୋଟେ ଗାଡ଼ି ବୁକ୍‌ଦେଉଛି ।

ଦାସିଆ କହିଲା, ଗାଡ଼ି କ'ଣ ହେବ ଭାଇ ? ବୃଥା ପଇସା ଯିବ । ମୁଁ ଆଜି ଛୋଟୁକୁ ନେଇ ଡାକ୍ତରାଣୀଙ୍କୁ ଦେଖେଇ ଆଣିବି । କାଲି ତ ସକାଳ ବସ୍‌ରେ ଆମେ ବାହାରିଯିବୁ । ସାଇକେଲଟା ବସ୍‌ରେ ନଦି ନେଇଯିବି ।

ପରଦିନ ସକାଳୁ ଚାରୁଲତା ଛୋଟୁକୁ ନେଇ ଗାଁ'କୁ ଗଲା । ଗଲାବେଳେ କହିଆଲା, ଯାଉଛି ଅପା । ଦୋଷ ମୋର କ୍ଷମା କରିବ । ପୁଅକୁ ସାଧମତେ ଭଲରେ ରଖିବି । ଚାରୁଲତା ଅମ୍ବିକାଙ୍କ ପାଦଛୁଇଁ ପ୍ରଣାମ କଲା । ଅମ୍ବିକା ତାକୁ ମୁହଁଟେକି ଦେଖିଲେ, ପୁଣି ମୁହଁ ବୁଲାଇନେଲେ । ଚାରୁଲତାକୁ ନ ଚାହିଁଲେ ନାହିଁ, ଯେଉଁ ଛୁଆଟିକୁ ଜନ୍ମ ଦେଇଥିଲେ, ତାକୁ ସେ ମଧ୍ୟ ଚାହିଁଲେ ନାହିଁ ।

ତଥାପି ଚାରୁଲତା ଆଉରି ଥରେ କହିଲା ଯେ ପୁଅ ତମର ଅପା, ମୁଁ ଖାଲି ତା'ର ଧାଈଟିଏ। ପାଳିବି ତାକୁ।

ଚାରୁଲତାର ଦେହ ଘୁଷୁରା ପୁରୁଣା ସଂସାରରେ ଗୋଟେ ନୂଆ ଚମକ ଝଲସି ଉଠିଲା। ଯେଉଁଘରେ ଦିନରାତି ମାଛି ମରିଯାଉଥିଲା, ସେଠି କୁଆଁ କୁଆଁ କାନ୍ଦ, ଚାରିଆଡ଼କୁ କମ୍ପେଇ ଦଉଥିଲା। ଅଗଣା ତାରରେ, ପିଲାର ଗୁହକନା ମୂତକନା ଶୁଖିଲା। ଯେଉଁ ଅଗଣାରେ ବସି ଚାରୁଲତା ଓ ଦାସିଆ ପ୍ରାର୍ଥନା କରୁଥିଲେ ସେଠି ଚାରୁଲତା 'ଆରେ କାଉ, ଆରେ ବଗ, ମୋ ଛୋଟୁ ସାଙ୍ଗେ ମୋ' ମନୁଆଁ ସାଙ୍ଗେ ଖେଳିବୁ ଆ', ଏଇଆ ଦିନରାତି ଗାଇଲା; ଯେଉଁଘରେ ଦାସିଆ ଭାଗବତର ସ୍ୱର ଧରୁଥିଲା।

'ପୁତ୍ର କଳତ୍ର ବନ୍ଧୁଶିରୀ, ନ ବୋଲ ମୋହରି ମୋହରି।'

ସେଇଠି ଚାରୁଲତା ତା'ର ଛୋଟ ପୁଅଟିକୁ ନେଇ ସ୍ୱପ୍ନରେ, ସେବାରେ, କାମରେ ମାତି ଉଠିଲା।

ପିଲାଟିକୁ ନେଇ ମାଆଟିଏ କେତେ ସ୍ୱପ୍ନ ଦେଖେ। ମୂର୍ତ୍ତି ଗଢ଼ିଲା ପରି କେମିତି ଟିକେ ଟିକେ ମାଟି ଲଦେ, ରଙ୍ଗ ମାଖେ, ତାହା ଦେଖୁଥିଲା ଦାସିଆ। ତାକୁ ଭଲ ଲାଗୁଥିଲା ବି। ତଥାପି ସେମାନେ ପ୍ରାର୍ଥନାରୁ ବିରତ ନ ଥିଲେ। ପୁଅ ଉଠିବା ଆଗରୁ, ଦୁହେଁ ଏକାଠି ପ୍ରାର୍ଥନା କରୁଥିଲେ। ଉଦ୍ଦେଶ୍ୟ, ବିଜୁ ଭଲରେ ରହୁ। ନୂଆଙ୍କର ମାନ ଭାଙ୍ଗୁ, ଆମ ଛୋଟୁ ଭଲରେ ରହୁ।

ପୁଅକୁ ନେଇ ଚାରୁଲତାର ସମୟ ଖାଲି ଶ୍ରୀମୟ ନଥିଲା, ଥିଲା ସଙ୍ଗୀତମୟ। ଦିନରାତି ଏକାଠି କରି ଦଉଥିଲା ଚାରୁଲତା। ଭଲକରି ତାକୁ ମାଲିସ୍ କରୁଥିଲା। ଡାକ୍ତରାଣୀ କହିଥିଲେ, ସେଇ ଛୋଟା ଓ ସରୁ ଗୋଡ଼ଟିକୁ ଧୀରେ ଧୀରେ ଟାଣିବ। ସେ ନିର୍ଦ୍ଦିଷ୍ଟ ତେଲ ଲେଖିଦେଇଥିଲେ, ତା'ର ଦାମ ଦେଖି ଦାସିଆ ଓହରି ଆସିଲା କହିଲା, ଚାରୁ, ତେଲକୁ ଫୁଲଟିକେ ପକାଇ ଦିଅଁକୁ ଆଗ ସମର୍ପଣ କର। ତା'ପରେ ତେଲ ଘଷିବୁ।

ଏମିତି ଏମିତି ମନୁଆଁ ଛ'ମାସର ହେଲା। ପେଟେଇଲା। ଆଠମାସର ହେଲା, ଦଶମାସର ହେଲା। ସେ ବସିଲା, ହେଲେ ଗୁରୁଣ୍ଡି ପାରିଲା ନାହିଁ। ସମ୍ଭବତଃ ତା'ର ଆଣ୍ଠୁରେ ଶକ୍ତି ନ ଥିଲା।

ମନୁଆଁ ବର୍ଷକର ହେଲା। ଚାରୁଲତା ବଡ଼ ଆଶଙ୍କା ମଧ୍ୟରେ ଥିଲା। ମନୁଆଁ ଗୁରୁଣ୍ଡୁ ନାହିଁ। ସେ କ'ଣ ସତରେ ଠିଆ ହୋଇପାରିବ? ଚଲାବୁଲା କରିପାରିବ? ଯଦି ସତରେ ସେଇଆ ହବ କ'ଣ କରିବ ସେ? କ'ଣ କରିବ? ଯା' ପାଇଁ ଏତେ ବଡ଼ ମୂଲ୍ୟ ଦେଇଚାଲିଛି, ସେ ସତରେ ଚାଲିବ ନାହିଁ, ଠିଆ ହେବ ନାହିଁ!

ଦାସିଆ ସବୁବେଳେ ଭରସା ଦିଏ । ଛୋଟେଇ ଛୋଟେଇ ମନୁଆଁ ଚାଲିବ । ନିଶ୍ଚେ ଚାଲିବ । ଏ ବିଶ୍ୱାସ ମୋର ଅଛି । ସେ ମନୁଆଁ ପାଇଁ କାଠର ସାମଗ୍ରୀ ତିଆରି କରି ଆଣନ୍ତି । ଯାହାକୁ ଆଶ୍ରା କରି ସେ ଅନ୍ତତଃ ଠିଆ ହୋଇପାରିବ ।

ସବୁ ଆଶଙ୍କାର ଦୂର କରି ମନୁଆଁ ଠିଆହେଲା । ଛୋଟା ଗୋଡ଼ଟି ତଳେ ଲାଗିଲା । ୩୫.... ସେଦିନ ଚାରୁଲତାର ଯେ କି ଆନନ୍ଦ ।

ଦୁଇବର୍ଷର ହେଲାବେଲକୁ ମନୁଆଁ ଚାଲିଲା, ଛୋଟେଇ, ଛୋଟେଲ, ବାମପଟକୁ ଢଳି ।

ମନୁଆଁ ଯେତେବେଳେ ପ୍ରଥମେ ମା, ବା, ପା ଶବ୍ଦ ଉଚ୍ଚାରଣ କଲା, ଚାରୁଲତା ଶିଖାଇଲା.... କହ ଓଁ ।

ଚାରୁଲତା ତାକୁ କାଖକରି ଚିହ୍ନାଇଲା – ଆକାଶ, ତାରା, ଜହ୍ନମାମୁଁ, ପକ୍ଷୀ, ଫୁଲ, ପ୍ରଜାପତି ।

ସେ କଥା କହିବାକୁ ଆରମ୍ଭ କଲାବେଲେ ଚାରୁଲତା ଶିଖାଇଲା ଓଁ ଜଗନ୍ନାଥାୟ ନମଃ ।

ସବୁଥର ପ୍ରାର୍ଥନା କଲାବେଲେ, ଦି' ଜଣଙ୍କ ମଝିରେ ବସେ ମନୁଆଁ । ଉଚ୍ଚାରଣ କରେ ଓଁ । ଦାସିଆ ଯେତେବେଳେ ଭାଗବତ ପଢ଼ନ୍ତି ଉଚ୍ଚସ୍ୱରରେ, ପାଖରେ ବସିଥାଏ ମନୁଆଁ । ଶୁଣି ଶୁଣି ମନେ ରଖିଦିଏ । ତା' ଦରୋଟି ସ୍ୱରରେ ବାପା ସାଙ୍ଗରେ ସ୍ୱର ମିଶେଇ ।

"ଗୋବିନ୍ଦ ଗୋବିନ୍ଦ ଗୋବିନ୍ଦ । ପଦୁ ଝରୁଛି ମକରନ୍ଦ । ।
ଦାସିଆ ଯେଉଁ ସ୍ୱରରେ ଗାଆନ୍ତି ସେ ସେଇ ସ୍ୱର ଧରେ ।
ମନୁଆଁ ଚାରିବର୍ଷର ହେଲା । ତା'ର ଖଡ଼ିଛୁଆଁ ହେଲା । ସେ ସ୍କୁଲ ଗଲା । ପାଠ ପଢ଼ିଲା ।
ଚାରୁଲତା ଚିହ୍ନେଇଥିଲା, ପକ୍ଷୀ, ଫୁଲ, ପ୍ରଜାପତି ।
ସିଲଟ୍‌ରେ ସେଇଆ ଆଙ୍କି ବସିଲା ମନୁଆଁ ।
ଚାରୁଲତା ଶିଖାଇଥିଲା, ଯୁଧିଷ୍ଟିରଙ୍କୁ ଡାକିବୁ ବାପା, ଅମ୍ବିକାଙ୍କୁ ବୋଉ । ଦାସିଆଙ୍କୁ ସାନବାପା, ତାକୁ ସାନବୋଉ । ସେ ସେଇଆ ଡାକିଲା ।
ମଝିରେ ମଝିରେ ପୁରୁଷ୍ତମ ଯାଏ ଚାରୁଲତା ମନୁଆଁକୁ ସାଙ୍ଗରେ ନେଇ । ମନୁଆଁକୁ କାଖେଇ ନିଅନ୍ତି ଯୁଧିଷ୍ଠିର । ଗେଲ କରିଥିକାନ୍ତି । କହନ୍ତି ଯା' ବୋଉକୁ ନମସ୍କାର କରିଆ' ।
ମନୁଆଁ ଯାଏ ଅମ୍ବିକାଙ୍କୁ ପ୍ରଣାମ କରେ । କୋଳକୁ ଟାଣି ନିଅନ୍ତି ନାହିଁ ଅମ୍ବିକା । ଚାହିଁ ରହନ୍ତି ଲୋଭିଲା ଆଖିରେ । କିନ୍ତୁ ହାତ ବଢ଼ାନ୍ତି ନାହିଁ ।

ଏତେ ଦର୍ପ! ଏତେ ଅହଂକାର ଏ ସ୍ତ୍ରୀ ଲୋକଟାର।

ଯୁଧିଷ୍ଠିର କହନ୍ତି ମନେ ମନେ। ଦିନେ ଓଲିଏ ରହି ମନୁଆଁ ଫେରିଆସେ ଗାଁକୁ। ସେଦିନ ମନୁଆର ଇସ୍କୁଲ ଛୁଟି। ପୁଅକୁ ଖୁଆଉଥିଲେ ଚାରୁଲତା, ବାହାରୁ ଡାକି ଡାକି ଆସିଲେ ଦାସିଆ, ବଡ଼ ଆନନ୍ଦରେ, କିଏ ଆସିଲେଣି ଦେଖ।

ଘର ଭିତରକୁ ହସି ହସି ପଶିଲେ ଦାସିଆ ଓ ତାଙ୍କ ସହ ଶଙ୍କର।

ଚାରୁଲତା ଠିଆ ହୋଇପଡ଼ିଲା। ପ୍ରଣାମ କଲା। ଶଙ୍କର କହିଲା, ସେଦିନ ମନ୍ଦିରରେ ମତେ ଭାଇ ବୋଲି ଡାକିଥିଲ, ଏଇ ମୃଦଙ୍ଗ ମୋ' ଜୀବନ ସଜାଡ଼ିଦେବ ବୋଲି କହିଥିଲ। ତମ ଘରକୁ ଆସିବାକୁ ନିମନ୍ତ୍ରଣ ବି ଦେଇଥିଲ। ସତରେ ମୃଦଙ୍ଗ ମୋ'ଜୀବନ ସଜାଡ଼ି ଦେଇଚି। ମୋ ମନ ମଧ! ଭାବିଲି ତମକୁ କୃତଜ୍ଞତା ଜଣାଇଯାଏ।

ଦାସିଆ ସବୁକଥା ଶୁଣିଥିଲା ଚାରୁଲତାଠାରୁ। କହିଲା– କିଏ କାହାକୁ ସଜାଡ଼ିପାରେ ଭାଇ? ସଜାଡ଼ିଲାବାଲା ଜଣେ। ସେ ଚାହିଁଲା, ତମ ଘର ଭାଙ୍ଗିଲା, ଏବେ ତା'ମନ ବଦଳିଛି। ତମ ମନ ବି ବଦଲାଇ ଦେବାକୁ ଚାହେଁ। ଭାଇ, ତମ ମୃଦଙ୍ଗଟି ତମେ ଏଥର ନିଅ।

... ମୁଁ କ'ଣ ମୃଦଙ୍ଗ ନେବାକୁ ଆସିଚି ନା କ'ଣ?

ଶଙ୍କର ପକେଟରୁ ଚକୋଲେଟ୍ କେତୋଟି କାଢ଼ି ମନୁଆଁ ହାତରେ ଧରାଇଦେଲା।

ଦାସିଆ କହିଲା– ଆରେ ମନୁଆଁ, ବେଉକୁ କହ ବଢ଼ାବଢ଼ି କରିବ।

ସେମାନେ ଏକାଠି ଭାତଖାଇ ବସିଲେ। ଖାଉ ଖାଉ ଶଙ୍କର କହିଲା, ଜାଙ୍ଗଲ ଭାଇ, ଭଉଣୀ କହିଥିଲା, ମୃଦଙ୍ଗ ସଜାଡ଼ିଦେବ ମନକୁ, ଜୀବନକୁ। ଅଧରାତିଯାଏ ପ୍ରଭୁଙ୍କର ବଡ଼ସିଂହାର ବେଶ ଆରମ୍ଭ ହେଲା। ଫୁଲ ଚନ୍ଦନ ଲାଗି ହେଲେ ଠାକୁରମାନେ, ତା'ପରେ ହେଲେ, ଖାଲି ଫୁଲରେ ବେଶ। ପଣ୍ଡାମାନେ ବୋଝ ବୋଝ ଫୁଲ ତୁଳସୀ ନେଇ ଜଗନ୍ନାଥଙ୍କୁ ସଜାଇଥାନ୍ତି। ଆଃ, ସେ କି ଆନନ୍ଦ, କହି ହେବନି। ନିରୋଳା, ନିର୍ଜନ ରାତିରେ, ଠାକୁରମାନଙ୍କର ଫୁଲବେଶ ସତରେ ଅଭିନବ। ଅନଉଁ ଅନଉଁ ଆରମ୍ଭ ହେଲା ଗୀତ। ବାହାର ଗାଆଣମାନେ ବଜାଇଲେ ମୃଦଙ୍ଗ, ଗିନି, ଖଞ୍ଜ। ସେଇ ସଙ୍ଗୀତର ଧ୍ୱନି, ସେଇ ଆବେଶ, ରହିଗଲା ମୋ ମନର ଶିରାପ୍ରଶିରାରେ। ରାତିରେ ଫେରିଲି। କେଉଁଠ ଟିକେ ଗଡ଼ିପଡ଼ିଲି। ପରଦିନ ସକାଳୁ ଏମିତି ବୁଲି ବୁଲି କେମିତି କେଜାଣି ପହଞ୍ଚିଗଲି ଖଞ୍ଜପିଟା ମଠରେ। କିଏ ମତେ ସେଠି ପହଞ୍ଚାଇଦେଲା? ହାତଯୋଡ଼ି କହିଲି, ମୁଁ ଜଣେ ସର୍ବହରା କୀର୍ତ୍ତନିଆ। କିଛି ଗାଇ ବଜାଇ ଜାଣେ।

ଆଳତି ହେବାକୁ ଥିଲା । ମହନ୍ତ ମହାରାଜ କହିଲେ, ବଜାଅ । ମୃଦଙ୍ଗ ବଜାଇଲି ମନପ୍ରାଣ ଢାଲି । ଖୁବ୍ ଖୁସି ହେଲେ । କହିଲେ ସବୁ ସଞ୍ଝରେ ଆସିବୁ, ମୃଦଙ୍ଗ ବଜାଇବୁ, ଚାଲିଯିବୁ ।

ଭାରି ଭଲ ଲାଗୁଚି ଭାଇ ।

ଦାସିଆ କହିଲା... ଏ ସଂସାରରେ କିଛି ଖାଲି ରହେନାହିଁ । ସବୁ ଭରଣା ହୁଏ । ତମେ ଭାଇ, ତମ ମୃଦଙ୍ଗଟି ନିଅ ।

ଛିଃ, ମୃଦଙ୍ଗ ନେଇ ମୁଁ କରିବି କ'ଣ ? ମୋ'ର କୋଉ ଘରଦ୍ୱାର ଅଛି । ତମ ପାଖରେ ଥାଉ ସେଟା । ଏ ଗରିବ ଭାଇର ସନ୍ତକ । ଖାଇଲା ପରେ କିଛି ସମୟ ବିଶ୍ରାମ ନେଇ ଚାଲିଗଲା ଶଙ୍କର ।

ମନୁଆଙ୍କୁ ସାତବର୍ଷ ହେଲା । ସେ ତୃତୀୟ ଶ୍ରେଣୀ ବୃତ୍ତି ପାଇ ପାସ୍ କଲା । ବ୍ରହ୍ମଗିରି ସ୍କୁଲରେ ତା' ନାଁ ଲେଖାହେଲା । ସମୟ ବଦଲାଇ ଦେଇଥିଲା । ଅନେକ କଥା, ଅନେକ ରୂପ । ଯୁଧିଷ୍ଠିରଙ୍କର କିଛି ଆର୍ଥିକ ଅବସ୍ଥା ଖରାପ ହେଉଥିଲା । ମନର ଅବସ୍ଥା ବି । ଆଠବର୍ଷ ଧରି ଜିଦ୍ ଧରି ଯଦି ନିଜର ସ୍ତ୍ରୀ କଥାବାର୍ତା ନ କରେ କାହା ସହ, କେମିତି ଲାଗିବ ସେ ଗୃହସ୍ଥକୁ । ନିଜର ଭଲପଣିଆରେ ସବୁ ଚଲେଇ ନିଅନ୍ତି ଯୁଧିଷ୍ଠିର, ହେଲେ ଭିତରେ ଭିତରେ ମନ କୋରି ହେଉଥାଏ । ବିଜୁକୁ ଚାରିବର୍ଷ ରାଜସ୍ଥାନରେ ପାଠ ପଢ଼ାଇ ସେ ଏକରକମ କାଙ୍ଗାଲ । ତାଙ୍କର ମନର ଅବସ୍ଥା, ତାଙ୍କର ଘରର ଅବସ୍ଥା ବୁଝନ୍ତି ନାହିଁ ପୁଅମାନେ । ଅଜୁ ବି.ଏ. ପାସ୍ କରି ଘରେ ବସିଛି । ତା'ର ଜିଦ୍ ସେ ଦିଲ୍ଲୀରେ ଏମ୍.ଏ. ପଢ଼ିବ । କେଉଁଠି କେଉଁଠି ଟିଉସନ କରି ହାତ ଖର୍ଚ ଯୋଗାଡ଼ କରୁଛି । ରଞ୍ଜୁ ଆଇ.ଏ. ପାସ୍ କରି ବି.ଏ.ରେ ନାଁ ଲେଖାଇଛି । ବିଜୁ ଇଞ୍ଜିନିୟରିଂ ପାସ୍କରି ଗୁଜୁରାଟରେ ଚାକିରି କରିଛି । ତିନିବର୍ଷ ଚାକିରିରେ ମୋତେ ଦି'ହଜାର ଟଙ୍କା ପଠେଇଛି । ତାକୁ ପଇସା ପାଉନି, ବହୁତ ଖର୍ଚ । ପଇସା ନ ଦେଲେ ନାହିଁ, ଯେଉଁ ସ୍ନେହ ଶ୍ରଦ୍ଧା, ଦାୟିତ୍ୱବୋଧ ଘରପ୍ରତି ରହିବା କଥା ତା' ଯେମିତି କେହି ଦେଖାଇବାକୁ ଚାହାଁନ୍ତି ନାହିଁ ।

ସ୍ତ୍ରୀ, ପିଲା, ସମସ୍ତେ । ଯୁଧିଷ୍ଠିର କ'ଣ ଏତେ ବେଶୀ ଅନ୍ୟାୟ କରିଚନ୍ତି ସେମାନଙ୍କ ପ୍ରତି ।

ଅଧିକାଙ୍କର ମନ ହେଲେ ସେ ରାନ୍ଧନ୍ତି ନଚେତ୍ ନାହିଁ । ଯୁଧିଷ୍ଠିର ନିଜେ ରାନ୍ଧନ୍ତି । ସାନପୁଅ ରଞ୍ଜୁ ସାହାଯ୍ୟ କରେ ।

ନୟନୀକୁ ତ'ପୁଅ–ବୋହୂ ଘରୁ ବାହାର କରିଦେଇଥିଲେ । ଏବେ ତାକୁ ଘରେ ରହିବାକୁ କହିଚନ୍ତି ଯୁଧିଷ୍ଠିର । ଘରେ ରହିଲେ ଅନ୍ତତଃ ଟିକେ ସାହାଯ୍ୟ କରିବ ତ ।

ଦିନେ ଅଜୁ ସହ ପାଟିତୁଣ୍ଡ ହେଲା ଯୁଧିଷ୍ଠିରଙ୍କର। ଯୁଧିଷ୍ଠିର ଶାନ୍ତିପ୍ରିୟ ଲୋକ। ସହିଷ୍ଣୁ। ଅସମ୍ଭାଳ ନହେଲେ ସେ ରାଗନ୍ତି ନାହିଁ। ଅଜୁ ଦିଲ୍ଲୀରେ ପଢ଼ିବ ବୋଲି ତାଙ୍କ ପାଖରେ ଜିଦ୍ ଧରିଲା। ଯୁଧିଷ୍ଠିର ତାକୁ ବୁଝାଇଲେ ଦେଖ, ଆମ ପୁରୀର ବହୁତ ପିଲା ଯିବାଆସିବା କରି ବାଣୀବିହାରରେ ପଢୁଚନ୍ତି, ତୁ ସେମିତି ପଢ଼।

ଅଜୁ ରାଗିଗଲା। କହିଲା, ତମେ ବୁଝିପାରିବ ନାହିଁ ବାଣୀବିହାର ଓ ଜେ.ଏନ୍.ୟୁ. ମଧ୍ୟରେ ଫରକ କ'ଣ? ପିଲା ପାଠପଢ଼ିବା ପାଇଁ ବାପା ମା' ଜମିବାଡ଼ି ଘର ବିକ୍ରି କରିଦେଉଚନ୍ତି। ତମେ ଜମି ବିକୁନ।

... କ'ଣ କହିଲୁ? ଜମି ବିକିବି? ଆମେ ପରା ସେଥିରେ ଚଳୁଛୁ।

ଆମେ ଚଳୁଛୁ ନାଁ ସେମାନେ ଚଳୁଚନ୍ତି? ତାଙ୍କୁ କହୁନ ସେ ଅଲଗା ରହିବେ। ସେ କୋଉ ତମ ନିଜ ଭାଇ ଯେ...

ଅଜୁ? ରାଗରେ ଚଟକଣାଟାଏ ପକାଇବାକୁ ହାତ ଉଠାଇଥିଲେ ଯୁଧିଷ୍ଠିର। ହାତ ନଇଁଗଲା। ଧଡ଼ାସ୍ କରି ସେ ବସିପଡ଼ିଲେ ତଳେ। ଆଉଜି ପଡ଼ିବେ, ଏମିତି କାନ୍ଥଟିଏ କ'ଣ ଅଛି ତାଙ୍କ ପଛରେ?

ଜବର ଚୋଟଟିଏ ମାରି ଅଜୁ ରାଗରେ ଚାଲିଗଲା ବାହାରକୁ। ଥକ୍କା ମାରି ତଳ ଚଟାଣରେ ବସିପଡ଼ିଲେ ଯୁଧିଷ୍ଠିର। ସମସ୍ତେ କହନ୍ତି ନାରୀ ମାଟି, ପୁରୁଷ ଉଭିଦଜଗତ। ହେଲେ ତାଙ୍କ ପାଦତଳେ ମାଟି ନାହିଁ। ଏ ପାଟିତୁଣ୍ଡ ଶୁଣି ମଧ ସେଇ କଠୋର ହୃଦୟ। ଅଜବ ସ୍ତ୍ରୀଲୋକଟା ତାଙ୍କ ପାଖରେ ଟିକେ ଠିଆ ହେବାକୁ ଚାହିଁଲା ନାହିଁ।

ଯୁଧିଷ୍ଠିରଙ୍କ ପ୍ରାଣ ହାହାକାର କରିଉଠିଲା। ତାଙ୍କର ମନହେଲା, କାହାକୁ ଜାବୁଡ଼ିଧରି ଭୋ ଭୋ କାନ୍ଦନ୍ତେ। ହେଲେ ସେ ଭାଗ୍ୟ ତାଙ୍କର ଅଛି କି?

'ଭାଇ', ହଠାତ୍ ପଛରୁ କିଏ ଡାକିଲା।

ଯୁଧିଷ୍ଠିର ଚମକି ପଛକୁ ଚାହିଁଲେ, ଧୋତି ଫତେଇ ପିନ୍ଧି ଦାସିଆ ଠିଆହୋଇଛି। ଯେତେବେଳେ ସେ ମନ ବ୍ୟସ୍ତରେ କାତର ହୋଇଉଠିଚନ୍ତି, ସବୁବେଳେ ପହଞ୍ଜିଯାଇଛି ଦାସିଆ।

... ଭାଇ, କ'ଣ ହେଲା? ଦାସିଆ ବସିପଡ଼ିଲା ଯୁଧିଷ୍ଠିରଙ୍କ ପାଖରେ। ଯୁଧିଷ୍ଠିରଙ୍କ ଆଖିରୁ ଝରିଯାଇଥିଲା ଅବାରିତ ଲୁହ। ତାକୁ ଦେଖି ବ୍ୟସ୍ତ ହୋଇପଡ଼ିଲା ଦାସିଆ। ନିଜ ହାତରେ ଲୁହ ପୋଛି ଭାଇଙ୍କୁ ଆଉଜାଇ ଧରିଲା ନିଜ କାନ୍ଧରେ।

ନୀରବତାରେ କଟିଗଲା କେତେବେଳ। ଚମକିଉଠି ଯୁଧିଷ୍ଠିର କହିଲେ... ତୁ କୁଆଡ଼େ ଆସିଲୁରେ? ସବୁ ଭଲ ତ? ଏଠିକି ଆସିଥିଲି ଭାଇ, ତମକୁ ଦେଖିବାକୁ ଇଚ୍ଛା ହେଲା। ତୁ ବସ୍, ମୁଁ ତୋ ପାଇଁ ଚା' କରି ଆଣେ। ଚା', ମୁଢ଼ି ଖାଇବା ଦିହେଁ।

ତମେ ବସ ଭାଇ, ମୁଁ ଚା'କରି ଆଣୁଛି । ଦାସିଆ ଉଠିଗଲା ରୋଷେଇଘରକୁ । ଚା'କରି ଦି'ଟା କପ୍‌ରେ ଆଣି ଆସିଲା, ପାଟିଆଏ ମୁଢ଼ି ନେଇ । ଦି'ଭାଇ ଖାଇଲେ ସାଙ୍ଗ ହୋଇ ।

... ତୁ ସବୁବେଳେ ମୋ' ପାଖେ ଥିବୁ ନାଁ ଦାସିଆ ?

ଏମିତି କ'ଣ କହୁଚ ଭାଇ ? ମୁଁ ଯିବି କୁଆଡ଼େ ?

ଖାଇସାରି ତରତର କରି ଦାସିଆ ରୋଷେଇଘରେ ଅଟା ଚକଟି ରୁଟି କରିଦେଲା । ଡାଲମା କରିଦେଲା । ତା'ପରେ ବାହାରି ଆସି କହିଲା, ତମେ, ଖାଇବ ସମସ୍ତେ । ମୁଁ ଗଲି, ଚାରିପାଞ୍ଚଦିନ ପରେ ଆସିବି । ବ୍ୟସ୍ତ ହେବନି ଭାଇ, ସବୁ ଠିକ୍ ହୋଇଯିବ । ଦାସିଆ ଚାଲିଗଲା ସେଇ ରାତିରେ ।

ଚାରିଦିନ ପରେ ଆସିଥିଲା ଦାସିଆ । ମନୁଆଁର ଏକୋଇଶା ଚେନ୍‌, ତା' ମାମୁଁଘର ଚେନ୍‌, ଚାରୁଲତାର ବେକର ହାର ବିକ୍ରି କରିଦେଇ, ସବୁ ପଇସା ଭାଇହାତକୁ ବଢ଼ାଇଦେଲା, କହିଲା ଅନୁକୁ ଦବ । ସେ ଦିଲ୍ଲୀ ଯାଇ, ପଢ଼ୁ । ଆଉ ପଛରେ ଦେବାକୁ କିଛି ନାହିଁ ।

ରାଗି ପାରିଲେ ନାହିଁ ଯୁଧିଷ୍ଠିର । ମହମ ପରି ଖାଲି ତରଳିଗଲେ ସେ ।

ଅନୁ ଠିଆ ହୋଇଥିଲା ପଛରେ । ବାପର ମନକଥା ବୁଝିଲା କି ନାଁ କେଜାଣି ? ଦର୍ପଣ ସ୍ୱଚ୍ଛ ଥିଲେ ସିନା ପ୍ରତିବିମ୍ବ ସ୍ୱଚ୍ଛ ହେବ ।

ଏତିକିରେ ସରି ନ ଥିଲା ଯୁଧିଷ୍ଠିରଙ୍କ ମନସ୍ତାପ । ତାଙ୍କ ପାଇଁ ଯେ ବଡ଼ ଏକ ଦୁର୍ଘଟଣା ଅପେକ୍ଷା କରି ରହିଥିଲା, ଏକଥା ସେ ଜାଣନ୍ତେ କେମିତି !

ମାସଟିଏ ଅତିବାହିତ ହୋଇଯାଇଛି । ଦିନେ ଉପରବେଲା ବିଜୁ ଆସି ପହଞ୍ଚିଲା । ସାଙ୍ଗରେ ସୁନ୍ଦରୀ ସ୍ତ୍ରୀଟିଏ । ସେ ରିକ୍ସାରୁ ଓହ୍ଲାଇ ଘରକୁ ଆସିଲା ।

ସେତେବେଳକୁ ଅନୁ ଦିଲ୍ଲୀ ଚାଲିଯାଇଥିଲା । ଘରେ ଥିଲା ରଞ୍ଜୁ । ଯିଏ ବି.ଏ. ପଢ଼ୁଥିଲା ଓ ହାତଖର୍ଚ୍ଚ ପାଇଁ ଦି'ଟି ଟିଉସନ୍ ଧରିଥିଲା ।

ରଞ୍ଜୁ ସାଇକେଲ କାଢ଼ୁଥିଲା ବାହାରକୁ ଯିବାକୁ । ବିଜୁ ଚାଲିଆସିଲା ଭଦ୍ରମହିଲାଙ୍କ ହାତଧରି । ରଞ୍ଜୁ କହିଲା, ଭାଇ ସେ କିଏ ?

ଆରେ, ରଞ୍ଜୁ, ବୋଉକୁ ଡାକ, ସେ ବୋହୂକୁ ତା'ର ବଧାଇ ଘରକୁ ନେବ ।

ବୋହୂ ଅପେକ୍ଷା କରିଲେ ନାହିଁ, ଶାଶୁଙ୍କୁ । ହିଲ୍ ଯୋତା ପିନ୍ଧି ପଶିଗଲେ ଘର ଭିତରକୁ ।

ଦାଣ୍ଡଘରେ ସପ ପକାଇ ଶୋଇଥିଲେ ଯୁଧିଷ୍ଠିର । ଦେହଟା ଭଲ ଲାଗୁ ନଥିଲା । ସେ ଚମକି ଠିଆ ହୋଇଗଲେ ।

ବିଜୁ ପ୍ରଣାମ କଲା ସସ୍ତ୍ରୀକ, ଯୁଧିଷ୍ଠିରଙ୍କୁ। କହିଲା, ମତେ କ୍ଷମା କରିବ ବାପା। ତମକୁ ଜଣାଇପାରିଲି ନାହିଁ। ତମକୁ ସର୍‌ପ୍ରାଇଜ୍ ଦେବି ବୋଲି ବାହାଘର କଥା ଗୋପନ ରଖିଥିଲି ଆଜିଯାଏଁ।

ଓଃ.... ସର୍‌ପ୍ରାଇଜ୍ ? ଯୁଧିଷ୍ଠିର କ'ଣ ବୁଝି ନଥିଲେ ଏକଥାର ତାତ୍ପର୍ଯ୍ୟ !

କଥାଟା ଲଘୁ ହେଲେ ମଧ୍ୟ ଭିତର ମଞ୍ଜିଟା ଠିକ୍ କଣ୍ଟା ପରି ଗଳିଲା ଛାତିରେ। ଯୁଧିଷ୍ଠିର କହିଲେ, ମୁଁ କି ବାପ ଯେ ମତେ ତୁ ପଚାରି ବାହା ହୋଇଥାନ୍ତୁ। ତମମାନଙ୍କ ପାଇଁ ମୁଁ ତ ଗୋଟେ ତୁଠ ପଥର। ଯିଏ ଯେତେ ପାରୁଛ ଗୋଡ଼ ଘଷି, ଗୋଡ଼ କଚାଡ଼ି ଚାଲିଯାଅ।

ଟିକେ ଛାଡ଼ି ଯୁଧିଷ୍ଠିର କହିଲେ ପୁଣି, ଆରେ ରଞ୍ଜୁ ଭାଉଜଙ୍କୁ ଘର ଭିତରକୁ ନେ।

ଅମ୍ବିକା ଆସିଲେ..... ଦେଖିଲେ ପୁଅ ବୋହୂଙ୍କୁ। କାନ୍ଦିଲେ ଝରଝର ହୋଇ, ପୁଣି ଫେରିଗଲେ ନିଜ ଖଟକୁ।

ବିଜୁ କହିଲା, ଏବେ ମଧ୍ୟ ବୋଉର ରାଗ କମିନି ? ରଞ୍ଜୁ, ବୋଉକୁ ସାଇକିଆଟ୍ରିକ୍, ଡାକ୍ତର ଦେଖାଇବାକୁ ହେବ, ଚୁପ୍‌ଚାପ୍ ବସିଚ କେମିତି ?

ରଞ୍ଜୁ ହସି କହିଲା... ତୁ ଦେଖେଇ ଦଉନୁ କାଲି ?

ବିଜୁ କହିଲା, ମୁଁ ତ କାଲି ଚାଲିଯିବି। ଆମର ଆମେରିକା ଯିବାର ସବୁ ବନ୍ଦୋବସ୍ତ ହୋଇଯାଇଛି। ଯିବା ଆଗରୁ ବାପାବୋଉଙ୍କୁ ପ୍ରଣାମ କରିବାକୁ ଆସିଥିଲି।

...ଓଃ, ବଡ଼ ଦୟା କଲୁ ବାପାଙ୍କୁ ? କହିଲା ରଞ୍ଜୁ।

ଘରର ଅବସ୍ଥା ଯେ କ୍ରମଶଃ ଖରାପ ହୋଇଆସୁଛି ଏକଥା ଦେଖି ବୁଝି ମଧ୍ୟ ବିଜୁ ନ ଜାଣିଲା ପରି ରହିଲା। ସେ ରାତିରେ ହୋଟେଲରେ ରହିବ ଓ ବାହାରେ ଖାଇବ ବୋଲି ଯେତେ କହିଲେ ମଧ୍ୟ ଯୁଧିଷ୍ଠିର ରଞ୍ଜୁକୁ ନେଇ ରନ୍ଧା ଘରେ ପଶିଲେ। ରୁଟି ଓ ବନ୍ଧାକୋବି ତରକାରି କଲେ। ରଞ୍ଜୁକୁ ପଠେଇ, ଗ୍ରାଣ୍ଡ ହୋଟେଲରୁ ମଟନ୍ ଓ ଚେମା ସାହୁ ଦୋକାନରୁ ରସାବଳୀ ଆଣିଲେ। ପୁଅ ଓ ବୋହୂଙ୍କୁ ଶ୍ରଦ୍ଧାରେ ବାଢ଼ିଦେଲେ ସେ।

ବାରମ୍ବାର ନାକ ଟେକୁଥିବା ଗୁଜୁରାଟୀ ବୋହୂ, ଚୁପ୍‌ଚାପ୍ ଖାଇଲା। ଅଇଁଠା ଥାଲି ନ ଉଠାଇ ଉଠିଗଲା।

ଅଇଁଠା ଥାଲି ରଞ୍ଜୁ ଉଠାଇଲାବେଳେ ବିଜୁ କହିଲା ରଞ୍ଜୁ, ବୋଉ ଜଣେ ମାନସିକ ରୋଗୀ, ତାକୁ କଟକ ନେଇ ଡାକ୍ତର ଦେଖାଇବୁ।

ରଞ୍ଜୁ ହସି କହିଲା, ରୋଗ ଫୋଗ ମିଛ ଭାଇ। ସେ ଖାଲି ଛଟା ଗାଲୁଛି। ଅନ୍ୟକୁ କଷ୍ଟ ଦେବାରେ ଜଣେ ଜଣେ ଆନନ୍ଦ ପାଆନ୍ତି, ସେ ସେଇ ଜାତିଆ ଲୋକ।

ରାତିରେ ଶୋଇବାକୁ ହୋଟେଲକୁ ଚାଲିଗଲା ବିଜୁ। ପରଦିନ ସକାଳେ ସେ ପୁଣି ଘରକୁ ଆସିଥିଲା। ବାପାଙ୍କୁ ପ୍ରଣାମ କଲାବେଳେ ତାକୁ ତଳୁ ଉଠାଇ କୁଣ୍ଢାଇ ପକାଇଲେ ଯୁଧିଷ୍ଠିର। ଆଖି ଲୁହ ଛଳଛଳ ହୋଇଗଲା। ସେ ବିଜୁର ପିଠି ଆଉଁଶି କହିଲେ, ଏଇ ବୋଧେ ଆମର ଶେଷ ଦେଖା।

ଏମିତି କ'ଣ କହୁଚ ବାପା? ମୁଁ ଆରବର୍ଷ ଆସିବି।

ହଁ ଯେ, ମୁଁ ନ ଥିବି।

'ବାପା'!

ଯୁଧିଷ୍ଠିର ଗାମୁଛା କାନିରେ ଲୁହ ପୋଛିଲେ।

ଯୁଧିଷ୍ଠିରଙ୍କ କଥା କେତେ ଅକାଟ୍ୟ ଥିଲା। ଜୀବନମରଣ ସୀମାରେ ଠିଆ ହୋଇଥିବା ଲୋକକୁ କ'ଣ ସବୁ ଆଗତ ଦୃଶ୍ୟ ହୁଏ?

ଦେହ ଭଲ ଲାଗୁ ନଥିଲା କିଛିଦିନ ଧରି। ପୁଅମାନଙ୍କଠାରୁ ଆଘାତ ପରେ ଆଘାତ ପାଇ ତଥାପି ସେ ହସିବାର ଅଭିନୟ କରୁଥିଲେ। କିନ୍ତୁ ବିଜୁ ମନକୁ ବିବାହ କରି ତାଙ୍କୁ ସରପ୍ରାଇଜ୍ ଦେଇ ରାତିରେ ଆସି ସକାଳେ ଚାଲିଯିବ, ଏହା ଦେଖି ତାଙ୍କ ମୁହଁ ଖାଲି କଳା ପଡ଼ିନଥିଲା, ସେ ମୁହଁ ଲୁଚାଇବାକୁ ଜାଗା ଖୋଜିହେଲେ। ଘୁଣପୋକ ପରି କଣ ଗୋଟେ ଟୁକ୍ ଟୁକ୍ କାଟୁଥିଲା କଲିଜାକୁ।

କେଉଁଥିରେ ଉଣା କରିଥିଲେ ସେ ବିଜୁକୁ? ତାଙ୍କ ବେଉ ଭାଗବତ ପୋଥି ଧରାଇ କହିଥିଲେ, ସବୁ ପାଠ ଏଇଠୁ। ସବୁ ବାଟ ଏଇଠୁ। ସେ ବି ତାଙ୍କ ପିଲାଙ୍କୁ ଶିଖାଇଥିଲେ। ହେଲେ ଏ ସମୟରେ ସେଥରୁ ଆଉ ବାଟ ନିଶୁନାହିଁ। ସେ ପାଠ ପଢ଼ି ନ ଥିଲେ, ମାତ୍ର କଟକ ପର୍ଯ୍ୟନ୍ତ ଯାଇଚନ୍ତି ସେ। ଆଉ କୁଆଡ଼େ କିଛି ଦେଖନାହାନ୍ତି, ଜାଣିନାହାନ୍ତି। ତଥାପି ଏଇ ପୁରୀ ସହରରେ ସାତଲହଡ଼ିରୁ ଶ୍ରୀମନ୍ଦିର ମଧ୍ୟରେ ସେ ଭଲ ଜୀବନ ବଞ୍ଚିଛନ୍ତି। ସୁରୁଖୁରୁରେ ସବୁ ଚାଲିଥିଲା। ତାଙ୍କ ପୁଅ ତାଙ୍କଠୁ ଅଧିକ ପାଠ ପଢ଼ିଲା। ଆମେରିକା ଗଲା। ତାଙ୍କ ଛାତି ଫୁଲି ଉଠିବାର କଥା। ଫୁଲି ଉଠୁଛି ମଧ୍ୟ। ହେଲେ ତାଙ୍କ ପୁଅମାନେ ଏତେ ପାଠ ପଢ଼ି ବଡ଼ ଚାକିରି କରି ମଧ୍ୟ ଜୀବନର ପ୍ରଥମ ପାଠକୁ ଭୁଲିଗଲେ।

ଆଠ ବର୍ଷରୁ ଅଧିକ ସମୟ ଧରି ସ୍ତ୍ରୀଙ୍କର ତୁଚ୍ଛା ଅଦରକାରୀ ଅସହଯୋଗ, ନୀରବ ଜିଦ୍ ପାଖରେ ସେ ନତମସ୍ତକ ହଁ ଥିଲେ। ତାଙ୍କୁ ମନେଇ ପାରି ନଥିଲେ। ଦାସିଆ ଓ ଚାରୁଲତାଙ୍କୁ ବାସନ୍ଦ କରିବା ତାଙ୍କର ଅଭିପ୍ରାୟ ହୁଏତ ଥାଇପାରେ, ମାତ୍ର ତା' ସେ କରିପାରନ୍ତେ କିପରି? ଏବେ ନିଆଁରେ ଘିଅ ଢାଳିଲା ପରି ବିଜୁ ଗୁଜୁରାଟୀ ଝିଅ ବାହା ହେଇଯାଇଛି।

ଅଫିସରୁ ଫେରି ବଡ଼ ଅଶକ୍ତ ହୋଇ ତଳେ ବସିପଡ଼ିଥିଲେ ଯୁଧିଷ୍ଠିର। ଚୁକୁଚୁକୁ କରି କଲିଜା କାଟି ଚାଲିଥିଲା। ସେ ହଠାତ୍ ଦେଖିଲେ ଦାଣ୍ଡପଟୁ ଆସୁଚି ଦାସିଆ। ଖୋଲା ଦେହରେ ଗାମୁଛାଟାଏ କାନ୍ଧରେ ଅଛି। ସେ କହିଲେ, 'କିରେ...ତୁ ଏତେବେଳେ!'

ଦାସିଆ କହିଲା ପଧାନ ଘର ବୁଢ଼ୀ ଚାଲିଗଲା ଭାଇ। ତାକୁ ନେଇ ସ୍ୱର୍ଗଦ୍ୱାର ଆସିଥିଲୁ। ସବୁ କାମ ସରିଲାପରେ ନରେନ୍ଦ୍ରେ ଗାଧୋଇ ଉଠିଲାବେଳେ ନରିଭାଇନା ଦେଖାହେଲେ। ଗୋଟାଏ କଥା ଶୁଣିଲି ଭାଇ। ସେଠୁ ତ ଦଉଡ଼ିଚି ଜାଣ।

ଗମ୍ଭୀର ହୋଇ ଯୁଧିଷ୍ଠିର କହିଲେ, ଯାହା ଶୁଣିଚୁ... ଠିକ୍ ଶୁଣିଚୁ।

...ତା' ମାନେ ବିଜୁ ଆଇଥିଲା? କହିଲା ଦାସିଆ।

...ମୁଁ ଆଇଥେଲା, ଏକା ନୁହେଁ, ତା' ବୋହୂକୁ ଧରି ମତେ ଚମ୍‌କେଇ ଦେବା ପାଇଁ। ଯୁଧିଷ୍ଠିର ମ୍ଲାନ ହସିଲେ।

ଦାସିଆ ଚୁପ୍ ରହିଲା କିଛି ସମୟ। ତା'ପରେ କହିଲା ବୋହୂକୁ ମୁହଁ ଚୁହାଁ ଦେଇଚି?

...ମୁହଁଚୁହାଁ... ନାଁ ଛତୁ! କିଛି ଦେଇନି।

...ଏଇଟା ଭଲ କଲନି ଭାଇ। ଦୁଃଖରେ କହିଲା ଦାସିଆ।

...ତୁ ମତେ ଶିଖେଇବୁ ଭୁଲ୍ ଠିକ୍? ଁ?

...ନାଇଁ, ନାଇଁ ରାଗନି ଭାଇ। ଜମା ରାଗନି। ପିଲାଏ ଭୁଲ୍ କରନ୍ତି। ଆମେ ବଡ଼ମାନେ ତାକୁ କ୍ଷମା କରିବା କଥା। ଆଉ ଉପାୟ କ'ଣ?

...କଥା ମୋଡ଼ ବୁଲାଇବାକୁ ଯୁଧିଷ୍ଠିର କହିଲେ, ତୁ ଗଲୁ ମତେ ଚା' କପେ କରିଦେବୁ।

...ଯାଉଛି ଭାଇ, ମୁଁ ବି ଖାଇବି ଯେ।

ସାଙ୍ଗ ହୋଇ ଦି' ଭାଇ ଚା' ଓ ଚୁଡ଼ାଭଜା ଖାଇଲେ। ଦାସିଆ ନୂଆବୋଉକୁ ମଧ ଚା' ଓ ଚୁଡ଼ାଭଜା ଦେଇଥିଲା। ଚୁପ୍ କିନା ସେ ଖାଇଥିଲେ।

ଠିକ୍ ଏହାର ପରଦିନ ଅଶକ୍ତ ଲାଗିଲା ଯୁଧିଷ୍ଠିରଙ୍କୁ। ଲାଗି ଲାଗି ସେ ଦୁଇଦିନ କଚେରୀ ଗଲେ ନାହିଁ। ଘରେ ଚୁପ୍‌ଚାପ୍ ଶୋଇଲେ।

ଘରେ କେବଳ ଥିଲେ ରଞ୍ଜୁ ଓ ଯୁଧିଷ୍ଠିରଙ୍କ ସ୍ତ୍ରୀ ଅମ୍ବିକା। ଅମ୍ବିକା ଆଠବର୍ଷ କାଳ ମୌନବ୍ରତ ଧାରଣ କରିଥିଲେ। ସେ ନିଜ କାମ କରୁଥିଲେ। ନିଜ ଖାଇବା କଥା ବୁଝୁଥିଲେ। ଏକା ଏକା ମନ୍ଦିର ଯାଉଥିଲେ। ଅଥଚ ଘର କାମରେ ବା କାହା କାମରେ ସହଯୋଗ କରୁ ନଥିଲେ। କାହା ଭଲମନ୍ଦ ବୁଝୁ ନଥିଲେ। ରାନ୍ଧାବଢ଼ା ତ ଦୂରର କଥା।

ବୋଉର ଏପରି ଅଭ୍ୟାସକୁ ମାନିନେବା ଛଡ଼ା ଅନ୍ୟ ଉପାୟ ନ ଥିଲା କାହାର।

ଯୁଧିଷ୍ଠିର ମଧ୍ୟ ଚାପା ଅଭିମାନରେ ଆଉ କିଛି ପଦେ କହୁ ନଥିଲେ। ବାପପୁଅ ମିଶି ରନ୍ଧାବଢ଼ା କରୁଥିଲେ। ନୟନାର ଅନ୍ୟକାମ କିଛି ଥିଲା ଯଥା: ବାସନ ମଜା, ଘର ଓଳା ଇତ୍ୟାଦି।

ସେଦିନ ସାତଟା ବେଳକୁ ସବୁଦିନ ପରି ବାପାଙ୍କ ପାଇଁ ଚା' କରିବାକୁ ବସିଥିଲା ରଞ୍ଜୁ। ବାରଣ୍ଡାରେ ଖଟ ଉପରେ ବସିଥିଲେ ଯୁଧିଷ୍ଠିର। ହଠାତ୍ ସେ ପାଟିକରି ଉଠିଲେ, ରଞ୍ଜୁରେ, ରଞ୍ଜୁରେ.... ମୋ ଛାତି କ'ଣ ହେଇଯାଉଛି।

ଧାଇଁ ଆସିଲା ରଞ୍ଜୁ। ବାପା ଛଟପଟ ହେଉଥିବାର ଦୃଶ୍ୟ ଦେଖିଲା। ହଠାତ୍ ତାଙ୍କୁ ବୁଝିବାଟ ଦେଖାଗଲାନାହିଁ। ସେ ବୋଉ ବୋଉଲୋ, ଜଗିଥା, ମୁଁ ରିକ୍ସାଟାଏ ଡାକେ। କହି ରିକ୍ସାଟାଏ ଡାକିଆଣିଲା। ରିକ୍ସା ଆଣିବାରେ ଦଶପନ୍ଦର ମିନିଟ୍ ସମୟ ଲାଗିଥିଲା। ସାଙ୍ଗେ ସାଙ୍ଗେ ସେ ଡାକ୍ତରଖାନାରେ ପହଞ୍ଚିଲେ ଓ ଡାକ୍ତରମାନେ ମାସିଭ୍ ହାର୍ଟ ଆଟାକ୍ କହି ତାଙ୍କୁ ଆଇ.ସି.ୟୁ.ରେ ରଖିଲେ।

ଏଥିଭିତରେ ସାଇର ଦୋକାନୀ ବଳିଆକୁ ପଠେଇ ସାରିଥିଲା, ରଞ୍ଜୁ ସାନବାପା ପାଖକୁ। ଖବର ଦେଇଥିଲା କିଛି ପଇସା ଯୋଗାଡ଼ କରି ଆସିବାକୁ।

ଗୋଟେ ଗୋଟେ ଇଞ୍ଜେକ୍‌ସନ୍ ତିନି ଚାରି ହଜାର ଟଙ୍କା ପଡ଼ିଥିଲା। ଦୋକାନରୁ ସବୁ ବାକି ଆଣିଥିଲା ରଞ୍ଜୁ, କାକୁତି ମିନତି ହୋଇ। ଦାସିଆ ପହଞ୍ଚିଲା କାହାକୁ ଜମି ବନ୍ଧକ ଦେଇ ଦଶହଜାର ଟଙ୍କା ନେଇ। ମଠର ଜଣେ ଅନୁରାଗୀ ଓ ଅନୁଗତ ଶିଷ୍ୟ ଭାବେ, ସେଥାରୁ ଛଅ ହଜାର ଯୋଗାଡ଼ କରିଥିଲା। ରଞ୍ଜୁ ବୋଉର ହାର, ଚୁଡ଼ିସବୁ ଛଡ଼େଇ ଆଣିଲା। ସବୁ ମିଶି କୋଡ଼ିଏ ପଚିଶ ହଜାର ଯୋଗାଡ଼ ହେଲା। ସେତକ ଦୁଇଦିନ ମଧ୍ୟରେ ଶେଷ ହୋଇଗଲା।

ଆଇ.ସି.ୟୁ. ବାରଣ୍ଡାରେ ବସି ଦାସିଆ ଜପ କରୁଥିଲା। ତା'ସହ ଆସିଥିବା ଚାରୁଲତା ଓ ମନୁଆଁ ମଧ୍ୟ ଧ୍ୟାନ କରୁଥିଲେ। ପ୍ରାର୍ଥନା କରୁଥିଲେ।

ଡାକ୍ତର କହୁଥିଲେ, ଯଦି ଚାହାଁନ୍ତି କଟକ ନେଇଯାଇପାରନ୍ତି। ହେଲେ ନେବାରେ ରିସ୍କ ଅଛି।

କଟକ ଯିବା ସମ୍ବଳ କୋଉଠୁ ସେମାନଙ୍କର ଥିଲା? ଯାହା ଉପାର୍ଜନ କରୁଥିଲେ, ସେଥିରେ ଚଳୁଥିଲେ। ଶାଗ ଭାତ ମୁଠେ ଖାଇ, ଆନନ୍ଦରେ ଭଗବାନଙ୍କର ନାମ ନେଇ, ଦିନ କାଟିବା ଥିଲା ତାଙ୍କର ଜୀବନଧାରା।

ଧନକୁ କେବେ ବଡ଼ ସାଧନ ବୋଲି ଭାବି ନଥିଲେ, ନାଁ ଦାସିଆ ନାଁ ଯୁଧିଷ୍ଠିର। ସେମାନେ ଦିନେ ବି କଳ୍ପନା କରି ନଥିଲେ, ସେମାନଙ୍କ ପାଇଁ ଏ ଦୁର୍ଦିନ ଅପେକ୍ଷା କରିଅଛି।

ମନୁଆଁ ମନେ ମନେ ଭାଗବତ ଆବୃତ୍ତି କରୁଥିଲା । ଦଶବର୍ଷର ମନୁଆଁ, ସାନବାପା ସାନବୋଉଙ୍କ ଜୀବନଧାରାରେ ମିଶି ଯାଇଥିଲା । ତାଙ୍କ ସାଙ୍ଗରେ ପ୍ରାର୍ଥନା କରି, ତାଙ୍କ ସାଙ୍ଗରେ ଭାଗବତ ପଢ଼ି ଭାଗବତର ଅନେକ ପଙ୍କ୍ତି ମୁଖସ୍ଥ କରୁଥିଲା । ସାନବାପାଠାରୁ ଶିଖି ସେ କେତେକ ଶ୍ଲୋକ ମଧ୍ୟ ଉଚ୍ଚାରଣ କରିପାରୁଥିଲା ।

ମନୁଆଁ ହଠାତ୍ ଦାସିଆଙ୍କୁ ହଲାଇ ଦେଇ କହିଲା, ସାନବାପା, ତମେ ତ ସେଦିନ ପଢ଼ୁଥିଲ –

"ଏଣେ ଯେ ଚିନ୍ତେ କୃଷ୍ଣପାଦ   । ତାହାକୁ ନ ପଡ଼େ ପ୍ରମାଦ ।।
ହୃଦେ ଗୋବିନ୍ଦ ପଦଧ୍ୟାୟି   । ନୟନ ବୁଜି ବେଗେ ଧାଈଁ ।।
ପଥ ନ ଜାଣି ଯେବେ ହୁଡ଼େ   । ସେ ପ୍ରାଣୀ କେବେ ହେଁ ନ ପଡ଼େ ।।
"ଅଶେଷ ଦୁଃଖ ନାଶ କରେ   । ନିତ୍ୟ ଯେ କୃଷ୍ଣ ନାମ ସ୍ମରେ ।"

ଭାଗବତର ସବୁ କଥା ଯଦି ସତ, କାହିଁକି ତେବେ ଆମକୁ ଏ ବିପଦ ପଡ଼ିଛି ? ମୋ ବାପା ତ କେବେ ଖରାପ କଥା କହିନାହାନ୍ତି, କରିନାହାନ୍ତି ବୋଲି ତମେ କହ । କହ, ସାନବାପା, କହ, କାହିଁକି ଆମେ ଏତେ କଷ୍ଟ ପାଉଛେ ? ବୋଉ କଥା କହୁନାହିଁ । ବାପାଙ୍କ ଦେହ ସାଂଘାତିକ ଖରାପ ।

ଦଶବର୍ଷର ପୁଅ ମୁହଁର ଏହି ଗହନ ପ୍ରଶ୍ନର ଉତ୍ତର କ'ଣ ଜଣାଥିଲା ଦାସିଆଙ୍କୁ । ବର୍ଷ ବର୍ଷ ଧରି ମଠରେ ବହୁ ପ୍ରବଚନ ଶୁଣି ଶୁଣି ହୁଏତ ସେ ଚିତ୍ତ ସଂସ୍କାର କରିଚନ୍ତି କିଛି । କିନ୍ତୁ ସେ କ'ଣ ଏଇ ପ୍ରଶ୍ନର ଉତ୍ତର ପାଇଚନ୍ତି କେବେ ? ପାଇବାକୁ ଚାହିଁଚନ୍ତି କି ? ଲୁହ ଭରା ଆଖିରେ ମନୁଆଁକୁ ଚାହିଁ ସେ କହିଲେ, ଭଗବାନ ପରୀକ୍ଷା ନିଅନ୍ତିରେ ବାପା ! ଆମକୁ ଏ ପରୀକ୍ଷାରେ ପାସ୍ କରିବାକୁ ହେବ । ତୁ ବୋଲ, ଅନବରତ ଭାଗବତ ବୋଲ । ମହାମୃତ୍ୟୁଞ୍ଜୟ ମନ୍ତ୍ର ପାଠକର । ଆମର ଅଖଣ୍ଡ ନାମକୀର୍ତ୍ତନ ନୀରବରେ ଚାଲିରହୁ । ତେଣିକି ତାଙ୍କର ଇଚ୍ଛା ।

ସେ ପୁଣି ମନେ ମନେ କହିଲା, ତମେ ଶୁଣ ଭାଇ, ମନୁଆଁ ମହାମୃତ୍ୟୁଞ୍ଜୟ ମନ୍ତ୍ର ଜପ କରୁଛି । ତମ ଇଚ୍ଛାପରିକା ମନୁଆଁକୁ ତା' ସାନବୋଉ ବାଟ କଢ଼ାଉଛି । ଭାଇ, ଆମ ସମସ୍ତଙ୍କ ପ୍ରାର୍ଥନାକୁ ଭଗବାନ ଟାଳିଦେବେ ନାହିଁ ।

ଦାସିଆ, ଚାରୁଲତା, ମନୁଆଁ ପରି ଅବୋଧ ଶିଶୁର ଆକୁଳ ପ୍ରାର୍ଥନା ଭଗବାନଙ୍କର ଗ୍ରାହ୍ୟ ହେଲାନାହିଁ । ଏମିତି ଗୋଟେ ଗୋଟେ ସମୟରେ ଭଗବାନ ମଧ୍ୟ ନିରୁପାୟ । ଡାକ୍ତରମାନଙ୍କ ଚିକିତ୍ସା, ଅକାମୀ ପ୍ରମାଣିତ ହେଲା । ତିନିଦିନ ଆଇ.ସି.ୟୁ.ରେ ରହିଲା ପରେ ଯୁଧିଷ୍ଠିର ପ୍ରାଣତ୍ୟାଗ କଲେ ।

ଏକାବେଳେକେ ଚିତ୍କାର କରି କାନ୍ଦିଉଠିଲେ ସମସ୍ତେ । ଅମ୍ବିକା ବାହୁନି ବାହୁନି

ଆସିଲାବେଲେ, ତାଙ୍କୁ ଧକ୍କାଟାଏ ଦେଲା ରଞ୍ଜୁ। ତାଙ୍କ ସାନପୁଅ। କାନ୍ଦି କାନ୍ଦି କହିଥିଲା-
ଛୁଁ ନାଁ, ତୁ ମୋ ବାପାଙ୍କୁ।

ତୋରି ପାଇଁ, ତୋରି ପାଇଁ ସେ....

ଭୋ, ଭୋ ହୋଇ କାନ୍ଦିଉଠିଲା ରଞ୍ଜୁ।

କାହାପାଇଁ କାହାର କ'ଣ ହୁଏ, ଏକଥା କେହି ସଠିକ୍ କହିପାରିବେ ନାହିଁ।
ମୃତ୍ୟୁଟା ସଂସାରର ନିତିଦିନିଆ କଥା ହେଲେ ମଧ୍ୟ, ଅଧା ବୟସରେ, ଯୁଧିଷ୍ଠିରଙ୍କ
ମୃତ୍ୟୁ, ଗୋଟେ ଦୁର୍ଘଟଣା ହୋଇଯାଇଥିଲା। ତାଙ୍କପରି ଏତେ ସ୍ନେହୀ, ପରୋପକାରୀ,
ମାଛିକୁ ମ' କହୁ ନଥିବା ଲୋକଟାକୁ ସମସ୍ତେ ଏତେ ଅଣହେଲା କଲେ କିପରି ?
ଏତେ କଷ୍ଟ ତାଙ୍କୁ ଦେଲେ କାହିଁକି ? ସେ ତ କାହାର କିଛି ମଧ ଅନିଷ୍ଟ କରି ନ
ଥିଲେ।

ଏଇଟା କାଳର ବିଧାନ ବି ଉପହାସ କିଏ ବା ଜାଣେ। କାଳ ସବୁବେଲେ
ରହସ୍ୟମୟ। ତା'ର ଉଦ୍ଦେଶ୍ୟ, ତା'ର ପାରିଲାପଣ କିଏ ବା ବୁଝିପାରେ ? ତା'ରି
ପ୍ରଭାବରେ ସଂସାରର ସବୁ ଓଲଟ୍‌ପାଲଟ୍‌ ହୁଏ। ଚକ ବି ଓଲଟା ଘୁରିପାରେ। ରାଜା
ଫକୀର ହୁଏ, ଫକୀର ହୁଏ ରାଜା। ଚଣ୍ଡାଶୋକ ଧର୍ମାଶୋକ ହୁଏ। ମୂକ ବାଚାଳ
ହୁଏ, ବାଚାଳ ମୂକ ହେବାର କାରଣ ହୀନ ନିଦର୍ଶନ ତ ଅନିକା। କାହିଁକି ସେ
ମୌନବ୍ରତ ଧାରଣ କଲେ, କାହା ଉପରେ ରାଗ କରି, ଅନମନୀୟ ରହିଲେ, ଏକଥା
କେହି ବୁଝିପାରିଲେ ନାହିଁ। ସୁଖଦୁଃଖର ସଂସାର ଚୂନା ହୋଇଗଲା। ପକ୍ଷ ଛିଣ୍ଡି ଯାଇଥିବା
ପକ୍ଷୀଗୁଡ଼ିକର ଡହଳବିକଳ ସଂସାର ଦେଖିଲା। ହେଲେ କାଳର ଏଇ ରହସ୍ୟ କିଏ
ଭେଦ କରିପାରିଲା।

ଯୁଧିଷ୍ଠିର ଚାଲିଯିବାର କୋଡ଼ିଏ ବାଇଶି ଦିନ କଟିଯାଇଥିଲା। ଅକ୍ଟୁ ଦିଲ୍ଲୀରୁ
ଆସି ଦୁଇଦିନ ରହି ଫେରିଯାଇଥିଲା। କିନ୍ତୁ ବିକ୍ଟୁ ଆମେରିକାରୁ ଆସି ପାରିବ ନାହିଁ,
ସିଧାସଳଖ କହିଦେଲା। ଦାସିଆ ଓ ଚାରୁଲତା ତା' ଗାଁକୁ ଫେରିପାରି ନଥିଲେ।
କାଳର ରହସ୍ୟ ସିନା ଭେଦ କରିପାରି ନଥିଲା, ହେଲେ କାଳ ସାମ୍ନାରେ ମୁହାଁମୁହିଁ
ଠିଆ ହୋଇଥିଲା ଚାରୁଲତା। ଆଖିର ଲୁହ ପୋଛି, ଛାତିର କୋହ ଚାପି, ଶୋକରେ
ବୁଡ଼ି ରହିଥିବା ଦାସିଆକୁ ଉଠାଇ କହିଲା- ଉଠ, ଏମିତି ଭାଙ୍ଗିପଡ଼ିଲେ ସଂସାର ଚାଲିବ
କେମିତି ? ଆମକୁ ପିଲାଙ୍କ କଥା ଦେଖିବାକୁ ହେବ ନାଁ। ରଞ୍ଜୁର ବାହାଘର। ମନୁଆଁର
ପାଠପତ୍ର, ଏସବୁ କରିବ କିଏ ? ଶେଷକୁ ଆମେ ତିନିଜଣ କ'ଣ ରଞ୍ଜୁ ବେକରେ
ବନ୍ଧା ହେବା ? ପିଲାଟା ଏ ବୋଝ ଉଠାଇବଟି ?

ତାକୁ କାତର ଆଖିରେ ଚାହିଁଥିଲା ଦାସିଆ। ଚାରୁଲତାର କଥା ତାକୁ ଛାତମାରି

ଉଠାଇଦେଲା । ସତେତ, ସେ ଶୋକ କରିବାକୁ ବେଳ ପାଉଟି କେମିତି ? ରଞ୍ଜୁର
କ'ଣ ହେବ ? ଏପର୍ଯ୍ୟନ୍ତ ହୋଇଥିବା ରଣ ଶୁଝା ହେବ କେମିତି ?

ବିପଦ ଯେତେବେଳେ ଆସେ, ବନ୍ଧୁ କୁଟୁମ୍ବ ଧରି ଆସେ । ଭଗବାନଙ୍କ ଦ୍ୱାରେ
ପରୀକ୍ଷା ଦେବାକୁ ହୁଏ । ଶକ୍ତିର ପରୀକ୍ଷା, ଚାରୁଲତା ଓ ଦାସିଆ ନିଜ ଶକ୍ତିର ପରୀକ୍ଷା
ଦେଇ ଚାଲିଥିଲେ ।

ଦାସିଆ କହିଲା, ମନୁଆଁକୁ ନେଇ ତୁ ନୂଆଉଙ୍କ ପାଖେ ରହ । ରଞ୍ଜୁ ତା'ଚାକିରି
ପଛରେ ଲାଗୁ । ମୁଁ ଗାଁ'ରେ ରହି ତମମାନଙ୍କ ଖର୍ଚ୍ଚ ଯୋଗାଇବି ।

ଚାରୁଲତାକୁ କଥାଟା ଠିକ୍ ଲାଗିଲା । ସେ କହିଲେ ସତ କହିଛ, ଅପାଙ୍କୁ ଏକା
ଛାଡ଼ି ମୁଁ ଯିବି କେମିତି ? ଆଉ ମୁଁ ଭାବୁଚି, ଯେଉଁ ଦି' ବଖରା ପକ୍କାଘର ସାଆନ୍ତେ
ତୋଳାଇଥିଲେ, ଅକ୍କୁ, ବିକ୍କୁ ପଢୁଥିଲେ ସେ ଘରେ । ସେ ଘରତକ ଭଡ଼ା ଦେଇଦେବା ।
ମାସକୁ ମାସ କିଛି ତ ପଇସା ମିଳିବ ।

ରଞ୍ଜୁ ମଧ୍ୟ ଏ କଥାରେ ରାଜି ହେଲା । ଦାସିଆ ଗାଁକୁ ଗଲା । ମନୁଆଁର ବିଶ୍ୱମ୍ଭର
ବିଦ୍ୟାପୀଠରେ ନାଁ ଲେଖାହେଲା । ଚାରୁ ପୁରୀରେ ରହିଲା । ରନ୍ଧାବଢ଼ା କଲା । ମଠକୁ
ଗଲା । ଗଲା ଶ୍ରୀମନ୍ଦିର, ବେଳ ମିଳିଲେ ବଡ଼ିପାରି ଦୋକାନୀମାନଙ୍କୁ ଯୋଗାଇଲା ।

କୋରାପୁଟର ଏକ ବଡ଼ କମ୍ପାନୀରେ ସାମାନ୍ୟ ଏକ ଚାକିରି ପାଇଲା ରଞ୍ଜୁ ।
ଦାସିଆକୁ କହିଲା, ସାନବାପା, ସମସ୍ତେ ବ୍ୟସ୍ତ ହେବନାହିଁ ସବୁ ରଣ ମୁଁ ଶୁଝିବି ।

କୋରାପୁଟ ଗଲାବେଳେ ସାନବାପା, ସାନବୋଉକୁ ଭୂମିଷ୍ଠ ପ୍ରଣାମ କରିଥିଲା
ରଞ୍ଜୁ । କହିଥିଲା, ନିଜର ଯତ୍ନ ନେବ । ବୋଉକୁ କଥା ପଦେ ବି କହି ନଥିଲା ।
ଚାରୁଲତା ତାକୁ କହିଥିଲା, ଛିଃ, ରଞ୍ଜୁ, ବୋଉ କଷ୍ଟ ପାଉଛନ୍ତି, ତାଙ୍କୁ ଆଉ କଷ୍ଟ ଦେ
ନା, ତୁ ।

ରଞ୍ଜୁ ନିର୍ବିକାର ହୋଇ କହିଲା, କଷ୍ଟ ପାଉ ଲୋ । କଷ୍ଟ ପାଇଲେ ହିଁ ତା'ର
ଆତ୍ମଶୁଦ୍ଧି ହେବ ।

ଯୁଧିଷ୍ଠିର ଯିବାର ଦୁଇବର୍ଷ ହୋଇଗଲାଣି । ଏଇ ଦୁଇବର୍ଷ କାଳ ଚାରୁଲତା
ପୁରୁଷୋତ୍ତମରେ ହିଁ ଅଛି । ବଡ଼ ଯା'କୁ ଏକୁଟିଆ ଛାଡ଼ି ସେ ବା କିପରି ଗାଁ'ରେ ରହନ୍ତା ।
ଦାସିଆ ଗାଁ'ରେ ହାତରେ ରାନ୍ଧି ଖାଉଚନ୍ତି । ତାଙ୍କୁ ଖୁବ୍ ପରିଶ୍ରମ ପଡୁଚି । ଘରବାରି,
ଫୁଲଫଳ ସବୁର ହେପାଜତ ସାଙ୍ଗକୁ ଦୋକାନକଥା । ତଥାପି ସେ ସପ୍ତାହକୁ ଦି' ଥର
ଆସି ଚାରୁଲତା ଓ ନୂଆବୋଉକୁ ଦେଖିଯାଏ । ମନୁଆଁ କଥା ବୁଝେ ।

ମନୁଆ ଛୋଟେଇ ଛୋଟେଇ ଚାଲେ । ବାମଗୋଡ଼କୁ ତଳେ ଲଗାଇଲାବେଳେ
ବାମକୁ ଢଳେ । ନିଃସନ୍ଦେହରେ ଜଣେ ଛୋଟା ସେ । ହେଲେ ଦେଖିବାକୁ ଗୋରା

ପତଲା, ସୁନ୍ଦର ମୁହଁ । ଗୀତରେ, ଚିତ୍ରରେ, ଶ୍ଳୋକ ଆବୃତ୍ତିରେ ସ୍କୁଲରେ ସେ ଜଣାଶୁଣା ହେଇଗଲାଣି । ଏହାଛଡ଼ା ଅଷ୍ଟମ ଶ୍ରେଣୀରେ ପଢ଼ିଲେ ମଧ ଏ ପର୍ଯ୍ୟନ୍ତ ସେ ସାନବୋଉ କହିଥିବା ପ୍ରାର୍ଥନାର ଅଭ୍ୟାସ ରଖିଛି । ଭାରି ବନ୍ଧୁପ୍ରେମୀ । ଯଦି ସେ ଜାଣିଲା ଯେ କାହାର ଦେହ ଖରାପ, କିଏ ଅସୁବିଧାରେ ପଡ଼ିଛି, ଆସନଟିଏ ତଲେ ବିଛେଇ ସେ ବସିପଡ଼ିବ ଧ୍ୟାନ ମୁଦ୍ରାରେ ଏବଂ ହାତଯୋଡ଼ି ଆକୁଳ ପ୍ରାର୍ଥନା କରିବ, ହେ ଜଗନ୍ନାଥ ସହାୟ ହୁଅ ତାଙ୍କୁ । ଉଦ୍ଧାର କର ତାଙ୍କୁ । କେବଳ ପ୍ରାର୍ଥନା ନୁହେଁ, ଅନ୍ୟ ପିଲାଙ୍କ ସାଙ୍ଗେ ମିଶି ଅନ୍ୟମାନଙ୍କ କାମ କରିବା, ଭୋକିଲାକୁ ଖାଇବାକୁ ଦେବା, ଏମିତି ଅନେକ କାମ ମନୁଆଁ କରିପାରୁଥିଲା । ଆଉ ଏଥିପାଇଁ ସାନବୋଉଠାରୁ ଗାଲି ବି ଖାଉଥିଲା । ଗେଲ ବି ପାଉଥିଲା ।

ସାନବୋଉ ମନୁଆକୁ ଭାରି ଭଲ ପାଉଥିଲା । ତାକୁ ତା'ର ମନ ମୁତାବକ ଗଢ଼ିଥିଲା । ସାନବାପା ପୁରୁଷମ ଆସିଲେ ତାକୁ ନେଇ 'ସାତଲହଡ଼ି ମଠ' ଯାଆନ୍ତି । ସେଇଠି ମନୁଆର ଗୀତ ଶୁଣି ମହନ୍ତ ମହାରାଜ କହିଲେ, ତୋ'ପୁଅ ତ ଭଲ ଗୀତ ବୋଲୁଚିରେ ଦାସିଆ । ସଂସ୍କୃତ ଉଚ୍ଚାରଣ ବି ସ୍ପଷ୍ଟ । ତାକୁ ସଂସ୍କୃତ ପଢ଼ା ।

ମନୁଆର ସ୍କୁଲରେ ସଂସ୍କୃତ ଭଲହୁଏ । ସେ ଭଲ ଶ୍ଳୋକ ଆବୃତ୍ତି କରିପାରେ । ଯେଉଁଦିନ ଭୁଲ୍ ପାଇଁ ମାଡ଼ଖାଏ, ସେ କଥା ସେ ସାନବୋଉକୁ କହେ, ଯେଉଁଦିନ ପ୍ରଶଂସା ଶୁଣେ ସେଦିନ ବି କହେ । ସାନବୋଉକୁ କିଛି ଲୁଚାଇ ରଖେନା ସେ ।

ନୟନୀକୁ ସାଙ୍ଗରେ ନେଇ ଚାରୁଲତା ଯାଏ ମଠକୁ । ସେଦିନ ନୟନୀ ଆସିନଥିଲା । ଚାରୁଲତା ଡାକିଲା ଅପା, ଚାଲୁନ ମଠକୁ ଯିବା ? ବୁଲିଆସିଲେ ଭଲଲାଗିବ ।

ଯୁଧିଷ୍ଠିର ଗଲା ପରଠୁ, କେବେ କେମିତି କଥା କହନ୍ତି ଅମ୍ବିକା । ହେଲେ ମିଠା ନୁହେଁ । ଖାରା ଓ କଣ୍ଢାର ଛିଟା ଲାଗିଥିବା କଥା । ମଣିଷଟା ଯେ ସବୁବେଳେ ଖାରଖାର, ଜିଭଟା ସତ କି ଇସ୍ପାତରେ ତିଆରି । ଚାରୁଲତାର ସସ୍ନିଗ୍ଧ ଆମନ୍ତ୍ରଣକୁ ଛାଟଟିଏ ମାରି ସେ କହିଲେ, ତୁ ଯା ଲୋ ! ତୁ ଯା', ମୋର କୁଆଡ଼େ ଯିବାର ନାହିଁ । ମୁଁ ପରା କଳାମୁହଁ ।

କାହିଁକି ସେ ଏମିତି କହିଲେ, ବୁଝିପାରିଲା ନାହିଁ ଚାରୁଲତା । ମନୁଆକୁ ସାଙ୍ଗରେ ନେଇ ସେ ମଠକୁ ଗଲା । ହେଲେ ସାତଲହଡ଼ି ନୁହଁ, ସିଦ୍ଧବକୁଳ ମଠ । ଦାସିଆ କହିଯାଇଥିଲା, ଠାକୁରଙ୍କ ପାଇଁ ଚାରୋଟି ନଡ଼ିଆ ଓ କଦଳୀ ନେଇ ଯିବାକୁ । ଚାରୁଲତା ବାହାରିଲା ।

ଅନେକ ଅନେକ ଦିନ ତଲେ ନୂଆ ବାହାଘର ପରେ ଦାସିଆ ତାକୁ ଏଇ ମଠ

ବୁଲେଇଥିଲା । ସେତେବେଳେ ଅପା ତାଙ୍କୁ କେତେ ଶ୍ରଦ୍ଧା କରୁଥିଲେ । ସେଇ ଶ୍ରଦ୍ଧାତକ ନେଇ ସେ ସନ୍ତୁଷ୍ଟ ହେବନାହିଁ ଯେ, ଏବେ ଅପା ରାଗୁଚନ୍ତି ବୋଲି ମନମାରି ବସିବ ।

ସେ ଦୁହେଁ ଚାଲିଚାଲି ସାତଲହଡ଼ିର ପୂର୍ବ ଈଶାନ୍ୟ କୋଣରେ ଥିବା ମଠରେ ପହଞ୍ଚିଲେ । ଆଣିଥିବା ନଡ଼ିଆ ଓ କଦଳୀ ଦେଇ, ସେ ଠାକୁରଙ୍କୁ ପ୍ରଣାମ କଲେ ।

ମଠ ସାମ୍ନାରେ ଥିବା ହନୁମାନକୁ ପ୍ରଣାମ କଲେ ଚାରୁଲତା ଓ ମନୁଆଁ । ଚାରୁଲତା ଦେଖି ଆଶ୍ଚର୍ଯ୍ୟ ହେଉଥିଲା କୋଡ଼ିଏ ବର୍ଷ ତଳେ ଏତେ ଘରଦ୍ୱାର ନ ଥିଲା । ସମ୍ମୁଖର ଏହି ସୁନ୍ଦର ତୋରଣ ମଧ ତିଆରି ହୋଇ ନ ଥିଲା । କେତେ ଉନ୍ନତି ହୋଇଛି ଏ ମଠର । ସେପରି ଦେଖିଲେ 'ସାତଲହଡ଼ି ମଠ'ର ଏତେ ଐଶ୍ୱର୍ଯ୍ୟ ନାହିଁ । ଆଡ଼ମ୍ବର ନାହିଁ । ଯେମିତି ଥିଲା ସେମିତି । କିନ୍ତୁ ତା'ର ମାହାତ୍ମ୍ୟ.... ସେ ତ ଅନନ୍ତ ।

ମନୁଆଁ କହିଲା, ସାନବୋଉ, ଏଠି ବଉଳ ଗଛଟା ହେଇଟି ବୋଲି ୟା ନାଁ 'ସିଦ୍ଧ ବକୁଳ ମଠ' କହୁନୁ ?

କୋଡ଼ିଏ ବର୍ଷ ତଳେ, ଏହା ପଚାରିଥିଲା ଚାରୁଲତା ଦାସିଆଙ୍କୁ । ଦାସିଆ ଠିକେ ଠିକେ କହୁଥିଲା ସବୁ । ଆଜି ମଧ ମନେଅଛି ଚାରୁଲତାର । ସବୁ ମଠର ମାହାତ୍ମ୍ୟ ଅଛି । କାହାଣୀ ଅଛି । ସତ୍ୟଭିତ୍ତିକ । ସେ କହିଲା, ଘରକୁ ଗଲେ ତତେ ସବୁ କହିବି ।

ମନୁଆଁ ବାରଣ୍ଡାରେ ବସିପଡ଼ିଲା । ସେଠାରେ ଜଣେ ତରୁଣ ବାବାଜୀ ବସିଥିଲେ । ସେ କହିଲେ, ତୁ ଶୁଣିବୁ ସେ କଥା ?

ମନୁଆଁ କହିଲା, ହଁ ଆଜ୍ଞା, ମୁଁ ଶୁଣିବି ଏକଥା । ତା'ପରେ ସେ ସାନବୋଉକୁ ଡାକି କହିଲା, ସାନବୋଉ, ମୁଁ ଏଠି ଅଛି, ତୁ ତୋ' କାମ ସାରି ଆସ ।

ତରୁଣ ବାବାଜୀ ଜଣକ କହିଲେ... ଯେଉଁ ବର୍ଷ ଗୌରାଙ୍ଗ ମହାପ୍ରଭୁ ଶ୍ରୀକ୍ଷେତ୍ରରେ ଅବସ୍ଥାନ କଲେ, ନଦିଆର ଭକ୍ତବୃନ୍ଦ ବହୁତ ମନସ୍ତାପରେ ରହିଲେ । ନଦିଆରେ ସେ ଗୌରାଙ୍ଗଙ୍କର ନିତ୍ୟ ଦର୍ଶନ ପାଉଥିଲେ । ଶେଷକୁ ପ୍ରଭୁଙ୍କ ବିରହରେ ସେମାନେ କାତର ହୋଇ ଗୌରାଙ୍ଗଙ୍କର ଦର୍ଶନ ପାଇଁ ନୀଳାଚଳ ଆସିଲେ । ଗୌରାଙ୍ଗଙ୍କର ଜଣେ ଶ୍ରେଷ୍ଠଭକ୍ତ ଥିଲେ ହରିଦାସ ଠାକୁର । ସେ ଜାତିରେ ଚମାର । ଶ୍ରୀକ୍ଷେତ୍ରରେ ପାଦ ଦେଇ ସେ କାନ୍ଦିବାକୁ ଲାଗିଲେ । ଏ ପବିତ୍ର ଭୂମିରେ ପାଦ ଦେଇ ମୁଁ ଅପବିତ୍ର କଲି ଏ ଭୂମିକୁ । ମୁଁ କିପରି ଜଗନ୍ନାଥ ଦର୍ଶନକୁ ଯିବି ? ମୁଁ ଅସ୍ପୃଶ୍ୟ ଚମାରଟିଏ ।

ତହୁଁ ସେ ସେଠି ବସି ନାମଜପ କଲେ । କି ଦିନ କି ରାତି ସେ ନିରବଚ୍ଛିନ୍ନ ନାମ ଜପକରି ଦିନକୁ ତିନିଲକ୍ଷ ନାମ ସ୍ମରଣ କରୁଥିଲେ । ତାଙ୍କୁ ତେଣୁ ନାମାଚାର୍ଯ୍ୟ କୁହାଯାଉଥିଲା । ତାଙ୍କ ଧ୍ୟାନରେ, ସ୍ମରଣରେ ସନ୍ତୁଷ୍ଟ ହୋଇ ଗୌରାଙ୍ଗ ମହାପ୍ରଭୁ ତାଙ୍କୁ

ଦର୍ଶନ ଦେଇ ଆଲିଙ୍ଗନ କଲେ। ହରିଦାସ ଗଦ୍‌ଗଦ୍ ସ୍ୱରରେ କହିଲେ, ପ୍ରଭୁ, ମୁଁ ନୀଚ ଚମାର ! ଆପଣ ମତେ ସ୍ପର୍ଶ କଲେ !

ଗୌରାଙ୍ଗ ହସି କହିଲେ, ଯିଏ ଅନବରତ ଜିହ୍ୱାରେ ପ୍ରଭୁଙ୍କ ନାମଧାରଣ କରି ରଖିଛି, ତା'ର ପୁଣ୍ୟ, ତା'ର ଧର୍ମ, ବହୁପାଣ୍ଡିତ୍ୟ, ଦାନଧର୍ମ, ଯଜ୍ଞାନୁଷ୍ଠାନ ଅପେକ୍ଷା ଶ୍ରେଷ୍ଠ। ସେ ହିଁ ସନ୍ତ। ଗୌରାଙ୍ଗ ମହାପ୍ରଭୁ, ତାଙ୍କର ଅନ୍ୟତମ ଶିଷ୍ୟ କାଶୀ ମିଶ୍ରଙ୍କୁ କହି କୋଠରୀଟିଏ ବ୍ୟବସ୍ଥା କଲେ ହରିଦାସଙ୍କ ପାଇଁ। ହରିଦାସ କହିଲେ, ମାଟିର ମଣିଷ ମୁଁ ମାଟିରେ ମିଶିବି। ମୋର ଘର, ବିଛଣା, ଆସବାବ ହେବ କ'ଣ ? ପ୍ରଭୁଙ୍କ ନାମ ଅନବରତ ତୁଣ୍ଡରେ ଧରିଛି, ମୁଁ ନିଦ୍ରା ଆହାର, ସବୁ ପାଇପାରିବି। ପ୍ରଭୁଙ୍କ ନାମ ହିଁ ମୋର ବାସ, ମୋର ଖାଦ୍ୟ, ମୋର ପାନୀୟ ଓ ମୋର ନିଦ୍ରା। ଗୌରାଙ୍ଗ ତୁଷ୍ଟ ହେଲେ ଏ କଥାରେ।

ଗୌରାଙ୍ଗ ମହାପ୍ରଭୁ ହିଁ ଶ୍ରେଷ୍ଠ। ଭକ୍ତଙ୍କୁ ଦେଖିବାକୁ ନିତି ସକାଳେ ଆସନ୍ତି। ସେ ମହାପ୍ରଭୁ ଶ୍ରୀ ଜଗନ୍ନାଥଙ୍କର ସକାଳ ଅବକାଶ ଦର୍ଶନ କରି ସିଧା ଆସନ୍ତି ହରିଦାସଙ୍କ ନିକଟକୁ। ଗୌରାଙ୍ଗ ମହାପ୍ରଭୁଙ୍କ ମୁହଁରେ ଶ୍ରୀଜଗନ୍ନାଥ ଦର୍ଶନ ଦିଅନ୍ତି ହରିଦାସଙ୍କୁ। ଦିନେ ସକାଳେ ଜଗନ୍ନାଥଙ୍କ ଦାନ୍ତ ଘଷିବା ପାଇଁ କୁନ୍ଧାତୁଆ ଦାନ୍ତକାଠି ମିଳିଲା ନାହିଁ। ବଉଳ ଦାନ୍ତକାଠିରେ ପ୍ରଭୁ ମାର୍ଜନା କଲେ। ମାର୍ଜନା ପରେ ବିଶିଷ୍ଟ ଭକ୍ତମାନଙ୍କୁ ସେଇ ଦାନ୍ତକାଠି ପ୍ରସାଦୀ ରୂପେ ଦିଆଯାଏ। ସେଦିନ ସେଇ ଦାନ୍ତକାଠିଟି ଆଣି ଗୌରାଙ୍ଗ ମହାପ୍ରଭୁ ଫାଲେ ହରିଦାସ ବସି ନାମ ଜପୁଥିବା ସ୍ଥାନରେ ପୋତିଦେଲେ। ତାହା ଅଳ୍ପଦିନ ମଧ୍ୟରେ ଏକ ଦ୍ରୁମ ହୋଇ ଛାୟା ବିସ୍ତାର କଲା। ହରିଦାସ ଯେ ଖରା, ବର୍ଷା, ଶୀତ, କାକରରେ ବସି ନାମ ଜପ କରୁଥିଲେ ପ୍ରଭୁ ତାଙ୍କ ପାଇଁ ଯେଉଁ ଫାଲେ ଦାନ୍ତକାଠି ପୋତିଥିଲେ, ତାହା ହେଲା ବିଶାଳ ବୃକ୍ଷ। ତାହାହିଁ ସିଦ୍ଧ ବକୁଳ। କୁହାଯାଏ ଭଗବାନ ଗୌରାଙ୍ଗ ନିଜେ ବକୁଳ ବୃକ୍ଷ ହୋଇ ହରିଦାସଙ୍କୁ ଛାୟା ଦାନ କରୁଥିଲେ। ଏହି ବୃକ୍ଷ ପାଞ୍ଚଶହ ବର୍ଷରୁ ଅଧିକ ସମୟ ଧରି ଅବିକଳ ସେମିତି ଅଛି।

ମନୁଆଁ ପିଇ ଯାଉଥିଲା ଏକଥାସବୁ। ବାବାଜୀ କହିଲେ, ଧନ୍ୟ ଏ ଶ୍ରୀକ୍ଷେତ୍ର ମାଟି, ଧନ୍ୟ ତାହାର ମହିମା। ଶ୍ରୀକ୍ଷେତ୍ରର ଗଳିକନ୍ଦିରେ ଯେତେ ଛୋଟବଡ଼ ମଠ ଅଛି, ସବୁ ମଠ ପଛରେ ଅଛି, ଏମିତି ସନ୍ତ, ସାଧୁମାନଙ୍କ ଶ୍ରେଷ୍ଠ ଅଲୌକିକ କଥା। ଏ ଭୂମି ପବିତ୍ର ପୀଠ।

ଚାରୁଲତା ଆସିଯାଇଥିଲା। ସେ କହିଲା, ଏଠି ରହିଲେ, ଯେମିତି ଭୋକଶୋଷ ବାଧେ ନାହିଁ, ସେମିତି ଶୋକ ମଧ୍ୟ ବାଧେନାହିଁ। ଦୁଇବର୍ଷ ହେବ, ଦାରୁଣ ଦୁଃଖରେ ଦିନ କାଟିଲେ ବି, ଚଳିଯାଉଚୁ ସୁଖେ ଦୁଃଖେ।

ସେମାନେ ଘରକୁ ଫେରିଲେ। ବାଟରେ ମନୁଆଁ କହିଲା, ସାନବୋଉ, ତୁ ମନ ଭଣ୍ଡା କରନା, ମୁଁ ବଡ଼ ହୋଇଗଲେ କେବେ ବି ଅମାନିଆଁ ହେବିନାହିଁ। ତତେ, ବୋଉକୁ, ସାନବାପାକୁ ଖୁବ୍ ଖୁସିରେ ରଖିବି। ସତ କହୁଛି।

ଚାରୁଲତା ମନୁଆଁଙ୍କୁ କୁଣ୍ଢାଇ ପକାଇଲା। ତା' ଆଖିରୁ ଲୁହ ଝରିଗଲା।

ପୁରସ୍କମରେ ରହିଲାପରେ ଦାସିଆର ଅନୁପସ୍ଥିତି ଚାରୁଲତାକୁ ବାଧୁଥିଲା ସିନା, ପୁରସ୍କମରେ ରହିବାକୁ ତାକୁ ଭଲ ଲାଗୁଥିଲା। ବଡ଼ ଯା'ଙ୍କର ସେବା ସେ ରୀତିମତ କରୁଥିଲା। ତାଙ୍କୁ ଠିକ୍ ସମୟରେ ଚା', ଜଳଖିଆ ଦବା, ଭାତ ବାଢ଼ିଦେବା, ତାଙ୍କ ଲୁଗାଧୋଇବା, ଇତ୍ୟାଦି ଇତ୍ୟାଦି ସବୁ କାମ କରୁଥିଲା। ବିରି ବାଟି ବଡ଼ି ବିକ୍ରି କରୁଥିଲା ନୟନୀ ମାଧ୍ୟମରେ। କୋଠାଘର ଦି'ବଖରା ଷାଠିଏ ଟଙ୍କାକୁ ଭଡ଼ା ଲାଗିଥିଲା। ସେଇ ଟଙ୍କାରେ ସେମାନଙ୍କର ପରିବାପତ୍ର, ପାନଗୁଆ ଖର୍ଚ୍ଚ ହୋଇଯାଏ। ବଡ଼ ହିସାବରେ ଚଲିବାକୁ ହୁଏ। ଯୁଧିଷ୍ଠିର ଥିଲାବେଳେ ରାତିରେ ପିଲାଙ୍କ ପାଇଁ ରାବିଡ଼ି ଓଳିଏ ଲେଖା ଆଣନ୍ତି। ଏବେ ଚାରୁଲତା ସେ ଆଡ଼କୁ ଅନାଏ ନାହିଁ। ରାତି ଓଳି ପଖାଳ କରି ଆଲୁ ବାଇଗଣ ଭାଜି ସେମାନେ କାମ ଚଲାନ୍ତି। ଏ ଖର୍ଚ୍ଚ କାଟ ପାଇଁ ଗରଗର ହୁଅନ୍ତି ଅମ୍ବିକା। କୌଣସି କଥାକୁ ଚଲାଇ ନେଇପାରନ୍ତି ନାହିଁ।

ମନୁଆଁ ଗୀତ ଗାଏ, ଚିତ୍ର କରେ। ସବୁ କାମରେ ଆଗଭରା। ଥର ଥର ହୋଇ ଚାରିଟା କପ୍ ପାଇସାରିଲାଣି ସେ ଗୀତ ଗାଇ। ଚିତ୍ରରେ ପାଇଛି ସାର୍ଟିଫିକେଟ୍। ଖୁଣ ଥିବା ଲୋକର ଗୁଣ ଅଧିକ। ମନୁଆଁ ଯେଉଁଦିନ ତାଙ୍କ ସ୍କୁଲ ଫଙ୍କସନରେ ରାଜ୍ୟପାଳଙ୍କ ହାତରୁ ପୁରସ୍କାର ନେଇଆସିଲା, ଚାରୁଲତା ତାକୁ କୁଣ୍ଢାଇ ପକାଇଲା। ତା' ଆଖିରେ ଲୁହ ବହିଗଲା। ସେ ମନକୁ ଗୁଣ୍ଗୁଣ୍ ହେଲା, ତୁ ତ ଈଶ୍ୱରଙ୍କ ଦାନ। ମୋ'ପରି ଅଭାଗୀ କୋଳକୁ ଆସିଲୁ। ତୋ'ପାଇଁ ତ ମୁଁ କିଛି କରିପାରୁ ନାହିଁ ରେ, କିଛି କରିପାରୁନି। ଅମ୍ବିକା ମୁହଁ ପୋଟି ଦେଇ ଚାଲିଗଲେ। ମନୁଆଁ ତ କପ୍ ସବୁ ଥାକରେ ସଜାଡ଼ି ରଖିଲା।

ସେ ଯେଉଁଦିନ ପୁରସ୍କାର ପାଏ, ପ୍ରଶଂସା ପାଏ, ସେଦିନ ଖୁସି ହୁଅନ୍ତି ଚାରୁଲତା। ଯେଉଁଦିନ ସେ କାହାକୁ ସାହାଯ୍ୟ କରିବାକୁ ଘରର ଜିନିଷ ନେଇ ଦିଏ, କାହାର କାମକରି ଡେରିରେ ଫେରେ, ପଇସା ନେଇ ଅନ୍ୟ କାହାକୁ ଦିଏ, ଚାରୁଲତା ତାକୁ ଗାଲି ଦିଅନ୍ତି। ଗାଲି ନ ଦେଇ କରନ୍ତେ କ'ଣ? ଯେଉଁ ପଇସାକୁ ପେଟରୁ କାଟି ମନୁଆଁ ପାଇଁ ରଖିଥାନ୍ତି, ତାକୁ ମନୁଆଁ ନେଇ ଅନ୍ୟକୁ ଦେଇଦିଏ। ସେ ରାଗିବା ତ ସ୍ୱାଭାବିକ୍।

ମନୁଆଁ ତଳକୁ ମୁହଁ ପୋଟି କହେ, ସାନବୋଉ, ତୁ ନିଜେ ମତେ ପିଲାଦିନୁ

ଶିଖାଇବୁ, ଅନ୍ୟର ଦୁଃଖରେ ପାଖରେ ଠିଆହେବ, ସାଧ୍ୟମତେ ସାହାଯ୍ୟ କରିବ, ଏବେ ତୁ ମତେ ରାଗୁଚୁ କାହିଁକି? ତୁ ଯାହା ଯାହା କହିଲୁ, ମୁଁ ସେଇମିତି କରି ଚାଲିଛି। ତଥାପି ତୁ ରାଗୁଛୁ, ଅସନ୍ତୁଷ୍ଟ ହେଉଚୁ। ମୁଁ ତେବେ କରିବି କ'ଣ ଯେ?

ଆବାକାବା ହୋଇ ଠିଆହୋଇ ରହନ୍ତି ଚାରୁଲତା। କ'ଣ କହୁଚି ମନୁଆଁ? ସତ କଥା ତ! ମଣିଷର ସ୍ୱଭାବ ଓ ସଂସାରର ବାସ୍ତବତା, ମୁହାଁମୁହିଁ ଠିଆ ହୋଇଗଲାବେଳେ, ଏମିତି ପରିସ୍ଥିତି ତ ଆସିଥାଏ।

ସ୍ୱଭାବ କହୁଥିବ ଗୋଟିଏ କଥା, ବାସ୍ତବତା ଦାବି କରୁଥିବ ଅନ୍ୟକିଛି। ମଣିଷ କେତେ ଅସହାୟ! ଛଳନାମୟ!

ସେ କ'ଣ ସେଇଆ ନୁହଁ କି?

ସତରେ ସେ ସେଇଆ।

ମନୁଆଁ ପଛକୁ ଫେରିଯାଇଥିଲା, ଖୁବ୍ ପଛକୁ। ଖାଲି ଫେରି ନଥିଲା, ସେଥରେ ବୁଡ଼ିକରି ହିଁ ଥିଲା। ସାନବୋଉ ନ ଥିବାର ସେଇ ବିରାଟ ଖାଲି ପଣ ତା'ଛାତି ଓ ଗଳାକୁ ରୁଦିଦେଇ ଘରସାରା ବିଛେଇ ଯାଇଥିଲା, ଯେଉଁଥିରୁ କିଛି ସମୟ ମୁକୁଳିବା ପାଇଁ ସେ ବୁଡ଼ିଥିଲା ସ୍ମୃତିରେ... ଅତୀତରେ, ଅସହାୟତାର ଯେ କି ବିକଳ ପଣ।

ମନୁଆଁ ଜାଣେ, ବୁଝେ। ସେ ହିଁ ଥିଲା ସାନବୋଉର ସୃଷ୍ଟି। ତା'ସ୍ୱପ୍ନର, କଞ୍ଚନାର ଭୃଣ ବଢ଼ିଥିଲା ଅନ୍ୟ ପେଟରେ। ସାନବୋଉର ପ୍ରାଣରସ ଶୋଷି ଶୋଷି ସେ ଜୀବନ ପାଇଥିଲା ଓ ଜନ୍ମ ହୋଇଥିଲା ବିକଳାଙ୍ଗ ହୋଇ। ସାନବୋଉର ଶୁଦ୍ଧ କଞ୍ଚନାର ସିଝ ବିନ୍ଦୁଟି, ତା'ରି ଜୀବନରସ ଶୋଷି ଶୋଷି ମାଟି ସ୍ପର୍ଶ କରିଥିଲା, ଅଥଚ ସେ ବିକଳାଙ୍ଗ ହେଲା କେମିତି ଓ କାହିଁକି?

ମନୁଆଁ ଛୋଟା, କେଶା ବୋଲି ଦିନେ ବି ମନଦୁଃଖ କରିନାହିଁ ସାନବୋଉ। ତାକୁ ତା'ର ଅକ୍ଷମତା ବିଷୟରେ କହିନାହିଁ ଭୁଲରେ ମଧ୍ୟ। ସେ ଉସ୍ଲାହିତ କରିଛି, ଉଦ୍ଦାମ ପ୍ରେରଣାରେ ଜୀବନ ବାଟରେ ଯିବାପାଇଁ। ସାନବାପା, ସାନବୋଉ ମଝିରେ ବସି ସେ ଶୁଣିଛି ଭାଗବତ। ଶୁଣିଛି ଭଜନ। ଶୁଣିଛି ସାନବାପାଙ୍କର ବିଭିନ୍ନ ଶ୍ଲୋକର ଆବୃତ୍ତି। ଦେଖିଛି ସାନବାପାଙ୍କର ବିହ୍ୱଳ କୀର୍ତ୍ତନ। ତା' କଞ୍ଚାମାଟିର ମନ ସାଇତି ରଖିଛି ସବୁ ସାନବୋଉର ସରଳତା, ସ୍ୱଚ୍ଛତା, ସାନବାପାଙ୍କର ନିଷ୍ପଟତା ଓ ଭଲପାଇବା। ସବୁ ତାକୁ ଅନୁପ୍ରାଣିତ କରିଛି। ସେ ଯୁଧିଷ୍ଠିର ଓ ଅମ୍ବିକାଙ୍କର ସନ୍ତାନ ସତ, ହେଲେ ସେ ଶତକଡ଼ା ଶହେ, ଦାଶରଥୀ ଓ ଚାରୁଲତାର ସନ୍ତାନ।

ମନୁଆଁର ମନେପଡ଼ିଗଲା ଯୁଧିଷ୍ଠିର ଚାଲିଯିବା ପରର ସେଇ ଦାରୁଣ ଦୁଃଖବେଳର କଥା। ସେଇଦିନଠୁ ମନୁଆଁ ଆଉ ସାନବୋଉ ଫେରି ନଥିଲେ ଅଲ୍ଲାର ଗାଆଁକୁ।

ସାନବୋଉ ନିଜେ କହିଥିଲା ଏଇ କଥା। ସେତେବେଳେ ଚଲିବାକୁ କି ଅସୁବିଧା। ସାନବୋଉ ହିଁ ନିଜେ ପକ୍କା ଘର ଦି' ବଖରାରୁ ଜିନିଷପତ୍ର କାଢ଼ି, ଝାଡ଼ୁ ସଫାକରି, ତାକୁ ଭଡ଼ା ଲଗାଇଥିଲା ନୟନୀ ମାଧମରେ। ଭଡ଼ା ମିଳୁଥାଏ ଷାଠିଏ ଟଙ୍କା। ରଞ୍ଜୁ ଭାଇ ବି.ଏ. ପାଶ୍‌କରି ବସିଥାଏ ଘରେ। ତା'ହାତରେ ଥାଏ ଦି'ତିନୋଟି ଟିଉସନ୍‌ ମାତ୍ର। ଯେଉଁଥିରୁ ମାସକୁ ମିଳେ ମାତ୍ର ଷାଠିଏ ଟଙ୍କା। ଏତିକିରେ ସାନବୋଉ ଅଣ୍ଟାଭିଡ଼ିଥିଲା, ବାପାଙ୍କର ଚିକିସ୍ତାରେ ତିନିଦିନରେ ଖର୍ଚ୍ଚ ହୋଇଥିବା ରଣକରା ଚାଳିଶି ହଜାର ଟଙ୍କା ପରିଶୋଧ କରିବାକୁ। ଗାଁ'ରୁ ସାନବାପା, ସପ୍ତାହକୁ ଦି'ଥର ଆସି ଗାଁ'ରୁ ପରିବାପତ୍ର ନେଇଆସନ୍ତି। ସେଇ ଟଙ୍କା ଶହେକୋଡ଼ିଏ ଯେ ସେମାନେ ଚଳନ୍ତି କଷ୍ଟେମଷ୍ଟେ। ସେଥିରୁ ବି ସାନବୋଉ କିଛି ବଞ୍ଚେଇରଖେ।

ଦିନେ ରଞ୍ଜୁଭାଇ କୋରାପୁଟର କେଉଁ କଣ୍ଟ୍ରାକ୍ଟର ପାଖରେ କାମ କରିବାର ବ୍ୟବସ୍ଥା କରି କୋରାପୁଟ ଚାଲିଗଲା। ଗଲାବେଳେ ସାନବୋଉ ତାକୁ କୁଣ୍ଢାଇ ଧରିଥିଲେ। ସେ କି କାନ୍ଦ! ଅଥୟ ବାନ୍ଦ! ରଞ୍ଜୁଭାଇ କହିଥିଲା, ସାନବୋଉ ତୁ କାନ୍ଦନା। ମୁଁ ଏଠି ରହିଲେ କ'ଣ କରିବି? ଆମକୁ ରଣଟଙ୍କା ଶୁଝିବାକୁ ହେବନା। ଔଷଧ ଦୋକାନରୁ ପଚିଶ ହଜାର ଟଙ୍କାର ଇଞ୍ଜେକ୍‌ସନ୍‌ ଆଣିଛି ତାକୁ ତ ଶୁଝିବି ନାଁ? ମଉରୁ ସାନବାପା ଆଣିଥିଲେ ପାଞ୍ଚହଜାର। ସେ ବି ତ ଶୁଝା ହବ ନାଁ?

ଏଗାର ବାରବର୍ଷ ମନୁଆଁ ବୁଝିପାରିଥିଲା, ସେଦିନ ରଣବୋଉଝର ଭାରିପଣକୁ ଓ ସେ ଭାରିପଣକୁ ପ୍ରାଣପଣେ କାନ୍ଧକୁ ଟେକିନେଇଥିବା ରଞ୍ଜୁର ସ୍ନେହ ବସନକୁ। ତା' ଛୋଟ ବୁଦ୍ଧିରେ ସେ ବି ସେଦିନ ଭାବିପାରିଥିଲା ଭଗବାନଙ୍କର ଏ କି ବିଚିତ୍ର ବିଚାର। ଜୀବନର ଏ କିଭଳି ଦୃଶ୍ୟ। ବାପା, ସାନବାପା ଏକା ମା' ପେଟର ଭାଇ ନ ହୋଇଥିଲେ ହେଁ ଦୁହେଁ ପରସ୍ପରକୁ କିଏ କେତେ ଭଲପାଇବ ଏଥିରେ ସେ ଦୁହେଁ ସତେ ଅବା ପ୍ରତିଯୋଗିତା କରୁଥିଲେ। ଅଥଚ ବାପାଙ୍କ ମୃତ୍ୟୁ ଖବର ପାଇ ମଧ ଆମେରିକାରୁ ଆସିଲା ନାହିଁ ବିଜୁ। ଅଜ୍ୁ ଏକା ଆସି ଶୁନ୍ଦଘର ବାସି ଚାଲିଗଲା। ବାପାଙ୍କ ମୃତ୍ୟୁ ସହ ଯେ ତାଙ୍କର ଚିକିସ୍ତାର ରଣଟଙ୍କା ଝୁଲି ରହିଛି, ଏକଥା ସବୁ ଜାଣି ବୁଝି ମଧ ସେ ନ ଜାଣିଲା ପରି ଚାଲିଗଲା। ଅଥଚ ରଞ୍ଜୁ ଭାଇ। ସେଇ ହିଁ ଶୁଝିବା ପାଇଁ କୋରାପୁଟ ଚାଲିଗଲା।

କୋରାପୁଟ ଯିବାର ବର୍ଷକ ପରେ ରଞ୍ଜୁରାଇ ପନ୍ଦର ହଜାର ଟଙ୍କା ଧରି ଆସିଥିଲା। ଟଙ୍କା ଶୁଝିଥିଲା। ଦି'ଦିନ ରହି ଫେରିଯାଇଥିଲା। ବର୍ଷକ ମଧରେ ସେ ଏତେ ଟଙ୍କା କେଉଁଠୁ ଆଣିଥିଲା ବୋଲି ସମସ୍ତେ ତାକୁ ପ୍ରଶ୍ନ କଲେ। ସେ କହିଲା, ସେ ଆଗୁଆ ଟଙ୍କା ନେଇଆସିଛି। ଦରମାରୁ କଟିବ ଏ ଟଙ୍କା। ମାଲିକ ପାଖେ ଏ ସର୍ତ୍ତ ସେ ରଖିଛି।

ଏକଥା କାହାର ବିଶ୍ୱାସ ନ ହେଲେ ମଧ ମାନିବା ଛଡ଼ା ଅନ୍ୟ ଉପାୟ ନଥିଲା । କାରଣ ରଞ୍ଜୁ ଯେ ମିଛ କହିବ କିମ୍ବା ଏତେ ଟଙ୍କା କେଉଁଠୁ ଚୋରେଇ ଆଣିଥିବ ଏ କଥା କାହାର ବିଶ୍ୱାସ ହେଉ ନଥିଲା । କାରଣ ରଞ୍ଜୁକୁ ସମସ୍ତେ ଭଲକରି ଚିହ୍ନିଥିଲେ । ଟଙ୍କା ପରିଶୋଧ କରି ଦିନଟିଏ ଏହି ରଞ୍ଜୁ ଫେରିଯାଇଥିଲା । କହିଥିଲା ନୂଆ ଚାକିରିରେ ସେ, ଛୁଟି ନାହିଁ ତାର । ସାନବୋଉ କାଦି କାଦି ତାକୁ ବିଦା କରିଥିଲା । ଗଲାବେଲେ ତା' ସାଙ୍ଗରେ ଚୁଡ଼ା, ଛତୁଆ, ବାରିର ପିଜୁଳି, ଜଗନ୍ନାଥଙ୍କ ମହାପ୍ରସାଦ ସବୁ ଦେଇଥିଲା । ସାନବୋଉ କହିଥିଲା ତାକୁ, ଜଗନ୍ନାଥଙ୍କର ଏଇ ଶିରିକପଡ଼ା ପାଖରେ ରଖିଥିବୁ । ସେଇ ତୋର ବିଦେଶରେ ସାହା । ଏ ମହାପ୍ରସାଦ ସେଠି ତୋ ମାଲିକଙ୍କୁ ଓ ସାଙ୍ଗମାନଙ୍କୁ ବାଣ୍ଟିବୁ, ହେଲା ।

ପୁଣି ଦେଢ଼ବର୍ଷ ପରେ ସକାଳୁ ସକାଳୁ ଆସିଥିଲା ରଞ୍ଜୁ । ସାନବୋଉ କୋଇଲା ଚୁଲିରେ ନିଆଁ ଧରାଇଥିଲା । କାଠଜାଲ ମହଙ୍ଗା ହେଇଯାଇଚି ବୋଲି ସାନବୋଉ ବାଲ୍‌ଟି କଣା କରି ରଦ୍‌ ଲଗାଇ ଗୋଟେ କୋଇଲା ଚୁଲି ତିଆରି କରିଥିଲା । ରଞ୍ଜୁକୁ ଦେଖି କୁଣ୍ଢାଇ ପକାଇଲା । ମୋ' ବାପା କିରେ !! କେତେ କଳା ପଡ଼ିଯାଇଚୁରେ । ସାନବୋଉ ରଞ୍ଜୁ ଭାଇର ମୁହଁ ପୋଛିଦେଲା ତା'ଶାଢ଼ୀ କାନିରେ ।

ପୁଣି ଦିଓଟି ଦିନ ରହିଲା ରଞ୍ଜୁ । ସାଙ୍ଗରେ ଆଣିଥିବା ପନ୍ଦର ହଜାର ଟଙ୍କାରୁ ଦଶହଜାର ଔଷଧ ଦୋକାନୀକୁ ଦେଇ, ବାକି ପାଞ୍ଚ ହଜାର ମଠରେ ଶୁଝିଲା, ଯାହାକି ସାନବାପା ଆଣିଥିଲେ । ତା'ପରେ ମୁଣ୍ଟେଟେକି ହସି କହିଥିଲା, ଯା'ହେଉ ଟଙ୍କାତକ ଶୁଝିଦେଲି । ଆଉ ଚିନ୍ତା ନାହିଁ ।

ସେଇ ଦି'ଦିନ ସାନବୋଉ ତାକୁ ଭଲମନ୍ଦ କରି ଖୁଆଇଥିଲା । ବୋଉ ସାଙ୍ଗେ କଥା ହୁଅ ବୋଲି କହିଥିଲା ନେହୁରା ହେଇ । ଖବର ପାଇ ସାନବାପା ଅଲାରରୁ ଆସିଥିଲେ । କେତେ ଦରବ ଆଣିଥିଲେ ରଞ୍ଜୁ ପାଇଁ । ରଞ୍ଜୁ ବୋଉ ସାଙ୍ଗରେ କଥା ହେଲା କହିଲା, ସାନବୋଉକୁ ରାଗିବୁ ନାହିଁ, ସେ ତ ତତେ ଚଲଉଛି ନାଁ । ବୋଉ ସାଙ୍ଗେ କଥା ହେଲାବେଲେ ତା' ଆଖିରେ ଲୁହ ଆସିଯାଇଥିଲା ।

ଦି'ଦିନପରେ ଯିବାକୁ ବାହାରିଥିଲା ରଞ୍ଜୁ । ବ୍ୟାଗ୍‌ ସଜାଡ଼ିଲା । ମଠକୁ ଗଲା, ଶ୍ରୀମନ୍ଦିର ଯାଇ ଦର୍ଶନ କରି ଆସିଲା । କ'ଣ ଦି'ଟା ପାଟିରେ ଦେଇଯିବାକୁ ବାହାରିଲା କୋରାପୁଟ ।

ଲୁହ ପୋଛି କହିଥିଲା ସାନବୋଉ, ରଞ୍ଜୁରେ ଆଉ ଦି'ଦିନ ରହନ୍ତୁ ନାହିଁ ? ଆଉ ଦି' ଦିନ ?

ନାଇଁ ସାନବୋଉ, ସେ ଭାଗ୍ୟ ମୋର ଆଉ ନାହିଁ । ଟଙ୍କା ଶୁଝିବି ବୋଲି

ଦି'ଦିନ ପାଇଁ ଆସିଥିଲି । ଏଥିପାଇଁ ଛାଡ଼ିଥିଲା ମାଲିକ । ଏବେ ଟଙ୍କା ଶୁଝିଗଲା । ମୁଁ ଯାଉଛି ! ! !

ଟଙ୍କା ତ ଶୁଝିଗଲା । ତୁ ପୁଣି ଯାଉଛୁ କାହିଁକି ଯେ ? ସରଳା ସାନବୋଉ ପଚାରିଲା ।

ହସିଲା ରଞ୍ଜୁ । କରୁଣ ବିକଳ ହସ । କହିଲା, ଏତେ ଟଙ୍କା କ'ଣ ମୋର ଦରମା କି ସାନବୋଉ ? ମାଲିକକୁ ନେହୁରା ହେଇ, ଏ ତିରିଶ ହଜାର ଟଙ୍କା ଆଗୁଆ ଆଣିଥିଲି ନିଜକୁ ତା'ପାଖରେ ବନ୍ଧାପକାଇ ! ମୁଁ ତା'ପାଖେ ବନ୍ଧାପଡ଼ିଛି ସାନବୋଉ । ତିରିଶ ହଜାର ଟଙ୍କା ନ ଶୁଝିଲା ଯାଏଁ, ମୁଁ ସେଠୁ ମୁକୁଳି ପାରିବି ନାହିଁ ।

ଏତିକି କହି ରଞ୍ଜୁ ତରତର କରି ବ୍ୟାଗ୍ ଧରି ଚାଲିଗଲା, ଏକମୁହାଁ ହୋଇ । ହୁଏତ ସାନବୋଉର ବିକଳ କାନ୍ଦଣା ଦେଖିପାରିବ ନାହିଁ ବୋଲି ।

ବାରବର୍ଷର ମନୁଆଁ ଥକ୍କା ହୋଇ ଠିଆ ହୋଇଗଲା । ପାନଦୋକାନଟିଏ କରି ଗୁଜୁରାଣ ମେଣ୍ଟଉଥିବା ସାନବାପା, ଏତେ ଟଙ୍କା ଶୁଝିପାରିବ ନାହିଁ ବୋଲି ରଞ୍ଜୁଭାଇ ନିଜକୁ ବନ୍ଧା ପକାଇଦେଲା ।

ରଞ୍ଜୁ ଗଲାପରେ ନାଟକୀୟ ଭାବରେ ଆସି ପହଞ୍ଚିଲା ଅଜୁ । କହିଲା, ସାନବୋଉ, ରଞ୍ଜୁକୁ ବାଟରେ ଦେଖିଲି । କାନ୍ଦି କାନ୍ଦି ଯାଉଥିଲା ।

ହଁ ଅଜୁଭାଇ, ବାପାଙ୍କ ଚିକିସା ପାଇଁ ଯେଉଁ ତିରିଶ ହଜାର ଟଙ୍କା ଓଷଦ ଆସିଥିଲା ବାକିରେ, ତାହା ଶୁଝିଦେଇ ରଞ୍ଜୁଭାଇ ଚାଲିଲେ ।

ମତେ ଦେଖି ମଧ ସେ ଅଟକିଲା ନାହିଁ । କେତେ ଧୂର୍ତ୍ତ ସେ ହେଲାଣି । ତିରିଶ ହଜାର କେଉଁଠୁ ମାରିଦେଇଛି । ନଚେତ୍ କାନ୍ଦୁଛି କାହିଁକି ? କହିଲା ଅଜୁ ।

ସାନବୋଉ କିଛି ପଦେ ମଧ କହିପାରୁ ନ ଥିଲା । ମନୁଆଁ କହିଲା, ରଞ୍ଜୁଭାଇ ଯେଉଁ ବଡ଼ କଣ୍ଟ୍ରାକ୍ଟର ପାଖେ କାମ କରୁଛି ତା ପାଖରେ ନିଜକୁ ବନ୍ଧା ପକାଇ ତିରିଶ ହଜାର ଟଙ୍କା ଆଣି ଏ ରଣ ଶୁଝିଲା । ଜାଣିଲ ଅଜୁଭାଇ, ନିଜକୁ ବନ୍ଧା ପକାଇଛି ସେ । ଏ ତିରିଶ ହଜାର ଟଙ୍କା ଭରଣା ନ ହେଲାଯାଏଁ, ସେ ସେଠୁ ମୁକୁଳି ପାରିବ ନାହିଁ । ସେ ମୁକୁଳିବାକୁ ଚାହିଁବ ନାହିଁ ମଧ ।

ମନୁଆଁ କହୁ କହୁ କାନ୍ଦି ପକାଇଲା ।

ଖାଇବା ପିଇବା ସାରିବା ପରେ, ଅଜୁ କହିଲା, ସାନବାପା ମୁଁ କାହିଁକି ଆସିଛି କହିଲ ? ମୋର ଟଙ୍କା ଖୁବ୍ ଜରୁରୀ ଲୋଡ଼ା । ଗୋଟେ ଫ୍ଲାଟ୍ କିଣୁଛି ଦିଲ୍ଲୀରେ । କିଛି ଟଙ୍କା ଯୋଗାଡ଼ ହେଇଚି, ଆଉ ଅଳ୍ପ କିଛି ଦରକାର । ମୁଁ ଭାବୁଛି ଗାଁ ଜମି ଘର ବିକ୍ରିକରି ଟଙ୍କା ନେଇଯିବି ।

ଆବାକାବା ହୋଇ ଚାହିଁ ରହିଲେ ଦାସିଆ ଓ ଚାରୁଲତା ଅଜୁ ମୁହଁକୁ ଘଡ଼ିଏ କାଳ। ଅଜୁ କହିପାରୁଛି ଏ କଥା ? ଯାହାକୁ କୋଳରେ କାଖରେ ଜାକି ସେ ଗେଲ କରୁଥିଲା।

କେତେବେଲେଲେ କହିଲେ ଦାସିଆ, ଖାଲି ଜମି ଘର କାହିଁକି, ଏ ଘରର ସବୁ ଜିନିଷ ତୁ ବିକ୍ରିକରି ପଇସା ନେଇଯା।

ହଁ, ମୁଁ ନେବି ତ ! ମୋ' ବାପାର ଅର୍ଜନ ତମେ ଭୋଗ କରିବ ଭାବୁଛ କି ?

ପାହାରେ ପକାଇଲା କିଏ ତାଙ୍କ ମୁଣ୍ଡକୁ ଛାତିକୁ। ଦାସିଆ ହତଭମ୍ୟ ହୋଇଗଲେ। କାନ୍ତୁକୁ ଆଉଜି ବସିପଡ଼ିଲେ ଆଖିବୁଜି।

ସାନବୋଉ ବାସନ ମାଜୁଥିଲା, ଧାଇଁ ଆସିଲା ପାଖକୁ। ସେତେବେଲକୁ ଅଜୁ, ଘର ଟ୍ରଙ୍କବାକ୍ସ ଖୋଲି ବୋଉର ଗହଣା ଓ ଟଙ୍କା ଖୋଜୁଥିଲା। କେଉଁଠୁ କେଜାଣି ତା' ହାତରେ ଥିଲା ଗୋଟେ ବ୍ୟାଙ୍କର ଜମାବହି। ସେ ଖାତାଟି ଖୋଲି ଚମକିପଡ଼ିଲା ଓ ଚିକ୍‌ରାର କଲା, ସାନବାପା, ତମେ ଏତେ ସାଂଘାତିକ ଲୋକ, ଏତେ ସାଂଘାତିକ ?

ଧଡ଼ାସ୍ କରି ଠିଆ ହୋଇପଡ଼ିଲେ ଦାସିଆ। ଚମକିଗଲେ ସେ। ସେ କ'ଣ କଲେ ?

ଦେଖ୍ ଦେଖ୍ ଏ ଖାତା ! ଏ ଖାତା ତମ ନାମରେ ଅଛି। ଏଥିରେ ଜମାଅଛି ତିରିଶ ହଜାର। ତମେ ଏ ଟଙ୍କା ରଖିଛ, ଅଥଚ ମୋ ବାପା ଚିକିସ୍ତା ନ ପାଇ ମରିଗଲା। ମୋ ଭାଇ ତିରିଶ ହଜାର ଟଙ୍କା ପାଇଁ ନିଜକୁ ବନ୍ଧା ପକାଇଛି। ଆଲୋ ଦେଖ ଲୋ ! ମୋ ବାପା, ନାଗସାପ ପୋଷିଥିଲା ଦୁଧ ଦେଇ !

ଠକ୍ ଠକ୍ ଲୁହ ଝରିଗଲା ଦାସିଆ ଆଖିରୁ। ସେ କହିଲା... ଅଜୁ, ମୁଁ ସେ ଟଙ୍କା କଥା କିଛି ଜାଣେନାଁ ! କିଛି ମଧ ଜାଣେନା। ଟଙ୍କା ଯଦି ଥା'ନ୍ତା, ମୁଁ କ'ଣ ଭାଇକୁ କଟକ ନେଇ ନ ଥାନ୍ତି ? ମୋ କଥା, ସେଇ କାଳିଆ ଜାଣେ।

ଅଜୁ ଗର୍ଜୁଥିଲା, ଅଗଣାସାରା ବୁଲିବୁଲି। ଦାସିଆ କହିଲେ, ଆଣ, ଫର୍ମ ଦସ୍ତଖତ କରି ଦଉଚି ମୁଁ। ତୁ ଟଙ୍କା ନେ' ଚାଲିଯା।

କ'ଣ କହିଲ ? ମୁଁ ଚାଲିଯିବି, ନାଁ ତମେ ?

ମୋ ବାପର ଟଙ୍କା ମୁଁ ତ ଅଲବତ୍ ନେବି।

ହଠାତ୍ ପଶିଆସିଲା ସାମ୍ନାକୁ ଚାରୁଲତା। କହିଲା, ଏ ଟଙ୍କା ରଖିବୁ ନେବ। ସେ ତିରିଶ ହଜାର ଟଙ୍କା ନେଇ ମୁକ୍ତ ହେବ। ଏ ଟଙ୍କା ମୁଁ ତତେ ଦେବି ନାହିଁ ଅଜୁ। ଏ ଟଙ୍କା ରଖିବୁର...

ଚାରୁଲତାକୁ ଧକ୍କାଟାଏ ଦେଲା ଅଜୁ । ତା'ପରେ ନିଜ ପାଖରେ ଥିବା ଫର୍ମଟାରେ ଦସ୍ତଖତ ନେଇଗଲା ସାନବାପାଠାରୁ । ସୁନାପିଲା ପରି ଦସ୍ତଖତ କରିଦେଲା ଦାସିଆ ।

ଚୋର କୋଉଠିକାର । ଦଗାବାଜ କୋଉଠିକାର । ଏତିକି କହି ଚାଲିଗଲା ଅଜୁ । ଜୀବନରେ ପ୍ରଥମଥର ପାଇଁ ଦାସିଆଙ୍କ ଉପରେ ବର୍ଷିଗଲା ଚାରୁଲତା । ତମେ ଏ କ'ଣ କଲ ? କାହାକୁ ନ୍ୟାୟ ଦେଲ ତମେ ? ନିଜକୁ ? ଭାଇଙ୍କୁ ? ନା ରଞ୍ଜୁକୁ ? ପିଲାଟା ମୋର ବନ୍ଧା ପଡ଼ିଛି ସୁଦୂର କୋରାପୁଟରେ । ତା'ଠୁ ବେଶୀ ଜରୁରୀ ଦିଲ୍ଲୀରେ ଘର କିଣା ? ତମେ ଏମିତି କାହିଁକି କଲ ?

ଚାରୁଲତା କଥା ସରିଲା ବେଳକୁ ସାମ୍ନାରେ ଦାସିଆ ନ ଥିଲେ । ପିନ୍ଧିଥିଲେ ଧୋତିଟେ । କାନ୍ଧରେ ଗାମୁଛା ଥିଲା । ସେ ମୁହଁ ବୁଲାଇ ଦାଣ୍ଡକୁ ଚାଲିଗଲେ ।

ଅଶାନ୍ତିରେ, ଲୁହରେ, କୋହରେ ମାଟି କାମୁଡ଼ି ଘରେ ପଡ଼ିଥିଲେ ଚାରୁଲତା । କେତେବେଳେକେ ଉଠି ରାନ୍ଧିଲେ । ସକାଳ ପହରୁ ଖିଆ ହୋଇନାହିଁ । ପାଖରେ ଦାସିଆ ନ ଥିଲେ । ଚାରୁଲତା ଭାବିଲା, ବୋଧେ ମଠକୁ ଯାଇଥିବେ ନଚେତ୍ ମନ୍ଦିର । ମନରେ ଦୁଃଖ ହେଲେ ସେ ଗୋଟିଏ ଗୀତ ବୋଲନ୍ତି ଓ ମଠକୁ ଯା'ନ୍ତି ।

"ଯଦି ଉଦାସ ଲାଗୁଚି ତମ ମନ

ତେବେ ସାଦରେ ଭଜରେ ଗୁରୁନାମ ।"

ଆଜି ସେ ନିଶ୍ଚୟ ଯାଇଥିବେ ମଠକୁ । ଅନଉଁ ଅନଉଁ ରାତି ପହରେ ହେଲା, ରାତି ଅଢ଼େଇ ପହର ହେଲା, ହେଲେ ଦାସିଆ ଫେରିଲେ ନାହିଁ । ଚାରୁଲତା ଭାବିଲା ବୋଧେ ଗାଁକୁ ଚାଲିଗଲେ । ସେଦିନ ଉପାସ ଶୋଇଲେ ସମସ୍ତେ ।

ପରଦିନ ରାତି ପାହୁ ପାହୁ, ଚାରୁଲତା ମନୁଆଁକୁ କହିଲା, ଗଲୁ ରେ ଶଙ୍କର ମାମୁଁକୁ ଡାକି ଆଣିବୁ, ଗାଁକୁ ଯିବେ, ତୋ ସାନବାପାକୁ ନେଇ ଆସିବେ ।

ଶଙ୍କର ଆସିଲେ । ସାଇକେଲ ନେଇ ଗଲେ ଗାଁକୁ । ହେଲେ ଘରେ ତାଲା ପଡ଼ିଥିଲା । ଗାଁ ଲୋକ, ପାଖପଡ଼ିଶା କହିଲେ, ସେ ତ ତାଙ୍କ ପୁତୁରାକୁ ଦେଖା କରିବାକୁ ପୁରସ୍ତମ ଯାଇଥିଲେ, ଆଉ ତ ଫେରିନାହାନ୍ତି ?

ମନୁଆଁ ଭାବି ଚାଲିଥିଲା ସେଇ କଥା । ଜୀବନରେ କେତେ ଅଭାବିତ ଘଟଣା ଘଟିଯାଏ । ମଣିଷ ଦେଖେ, ସହେ, ସହିବାକୁ ବାଧ୍ୟ ହୁଏ ।

ସାନବାପା କୁଆଡ଼େ ଚାଲିଯିବାର ଖବରରେ ଚାରୁଲତା ମୂର୍ଚ୍ଛା ହୋଇଯାଇଥିଲା । ଚେତା ଫେରିଲା ପରେ ସେ ବାୟାଣୀ ପରି ହେଲା । ଅନବରତ କହି ଚାଲିଥିଲା ରାଗରେ ! କେଡ଼େ ଧପ୍ପାବାଜ ଲୋକ ତମେ ! ଏତେ ସ୍ୱାର୍ଥପର ! ଆଜ ଯାହା ହେଲା,

ତମେ ବି ସେଇଆ ହେଲ ? ଏତେ କୀର୍ତ୍ତନ କରୁଥିଲ, ମଠକୁ ଯାଇ ପ୍ରବଚନ ଶୁଣୁଥିଲ, ଏଇ ବୁଦ୍ଧି ଛିଃ। ମାଇପିଟା କେମିତି ବଞ୍ଚିବ ଟିକେ ଭାବିପାରିଲ ନାହିଁ।

ବେଳେବେଳେ ସେ ପୁଣି କହୁଥିଲା, ମନୁରେ, ତୋ' ସାନବାପା, କାହା କଥାରେ ଚାଲିଗଲେ ସେ ? ମୋ କଥାରେ ନା ଅଳୁ କଥାରେ ? କାହା କଥା ତାଙ୍କୁ ବାଧ୍ଲା ? ଏତେ ବାଧ୍ଲା ଯେ... ଓଃ, ବିଷ ଖାଇଦିଅନ୍ତି କି ମୁଁ। ନାଇଁ, ନାଇଁ ମୁଁ ତା' କରିପାରିବି ନାହିଁ।

ମନୁଆଁ ସାନବୋଉକୁ କୁଣ୍ଢାଇ ପକାଇ କହିଲା, କାହିଁକି ଏତେ କାନ୍ଦୁଛୁ ସାନବୋଉ ? କାହିଁକି ଏମିତି ବାୟାଣୀ ପରି ହେଉଚୁ ? ମୁଁ ଅଛି ପରା, ମୁଁ ତୋ' ପାଖରେ ଅଛି ! ମୁଁ କେବେ ବି ଭାଇମାନଙ୍କ ପରି ହେବ ନାହିଁ ଲୋ। କେବେ ନୁହେଁ। ଏ ପୁରୁଷୋତ୍ତମ ମାଟିରେ, ଜଦା ପିମ୍ପୁଡ଼ି ବଞ୍ଚୁଛନ୍ତି, ଆମେ ବଞ୍ଚିପାରିବା ନାହିଁ। ଯା'ନ୍ତୁ ଯେ ଯୁଆଡ଼େ, ଆମେ ମା'ପୁଅ ରହିବା। ସାନବୋଉ, ତତେ ମୋ' ରାଣ, ତୁ ଆଉ ଏମିତି କାନ୍ଦନା।

ତେରବର୍ଷର ମନୁଆଁର ଏତିକି କଥାରେ, ତାକୁ ଛାତିରେ ଜାକି ଧରିଲେ ଚାରୁଲତା। ମୋ' ଧନ, ମୋ ପ୍ରାଣ, କହି ଗେଲକରି ଲାଗିଲେ। ମୁଁ ପୋଡ଼ାମୁହିଁ ତତେ କେତେ କଷ୍ଟ ଦେଲିରେ! ହଁ, ଯା'ନ୍ତୁ ସମସ୍ତେ, ଯା'ନ୍ତୁ। ତୁ ପାଠ ପଢ଼। ଗୀତ ବୋଲ। ମୁଁ ତୋ ସାଙ୍ଗରେ ଅଛି। ତୁ ମୋ ସାଙ୍ଗରେ। ଚାରୁଲତାଙ୍କ ମନରେ, ପ୍ରାଣରେ ଏକ ଅନାସ୍ୱାଦିତ ରୋମାଞ୍ଚ ଜାଗି ଉଠିଲା। ମନୁଆଁର 'ମୁଁ ପରାଅଛି' ଏଇ ପଦିକ କଥା। ତାଙ୍କୁ ଏତେ ପୁଲକ ଏତେ ଶାନ୍ତି ଏତେ ବଳ ଯୋଗାଇଦେଲା ଯେ, ମନୁଆଁଙ୍କୁ କୁଣ୍ଢାଇ ଧରି ସେ ତଳେ ବସିପଡ଼ିଲେ ଘଡ଼ିଏ କାଳ।

ଏମିତି ଏମିତି କୋଡ଼ିଏ ବର୍ଷ ବିତିଗଲା। ବୋଉ ପକ୍ଷାଘାତରେ ପଡ଼ିଲା। ଶେଷକୁ ମଲା ମଧ। ତା'ର ସେବାଶୁଶ୍ରୂଷା, ଗୁହମୂତ ଏସବୁ କରିଥିଲା ସାନବୋଉ। ଗାଁକୁ ଯାଇ ଜମି ଭାଗର ଧାନ ଆଣୁଥିଲା। ଘରକୁ ଭଡ଼ା ଲଗାଇଥିଲା। ଶମ୍ଭୁକକା ତା'ର ଦେଖାଶୁଣା କରୁଥିଲା। ଅଳାରନାଥଙ୍କ ସାମ୍ନାରେ ଥିବା ଦାସିଆ ଦୋକାନଟିକୁ ଉଠାଇ ଆଣିଥିଲା ପୁରୁଷୋତ୍ତମକୁ। ଏ ପ୍ରସ୍ତାବ ଶଙ୍କର ଦେଇଥିଲା, କହିଥିଲା ମୁଁ ଦୋକାନରେ ବସିବି। ଯାହା ବିକ୍ରିହେବ ସବୁ ତୁମକୁ ଦେବି। କାହାର ଦୟା ଗ୍ରହଣ କରିବା ମନୋବୃତ୍ତିର ନ ଥିଲା ଚାରୁଲତା। ଶଙ୍କର ଦୋକାନରେ ବସେ। ବେଳେବେଳେ ମନୁଆଁ ଜିଦ୍‌କରି ବସେ। ପୋଡ଼ପିଠା, ବରା, ପିଆଜୀ, ଏସବୁ ଘରେ ତିଆରି କରି ଦୋକାନକୁ ପଠାଏ ଚାରୁଲତା। ବଡ଼ି ପାରି ଜାର୍‌ମାନଙ୍କରେ ରଖେ।

ଜୀବନସଂଗ୍ରାମ ମଧରେ ମଠ ଯିବା ବନ୍ଦ ନ ଥିଲା ତା'ର ବରଂ ବେଶୀ

ହୋଇଗଲା । ପ୍ରବଚନ ଶୁଣିବା, ତା'ର ଅଭ୍ୟାସ ହୋଇଗଲା । ଯେଉଁ ଘର ଲୋକଙ୍କ ଗହଳିରେ ଫାଟି ପଡୁଥିଲା, ସେ ଘରେ କେବଳ ମନୁଆଁ ଓ ଚାରୁଲତା । ରଞ୍ଜୁକୁ ଚିଠି ଦିଏ । ତା'ର ବନ୍ଧାପଣ କଟିଯାଇଛି । ଏଠି ସେ ଏବେ ବିବାହ କରିସାରିଛି । ତା'ର ମାଲିକ ତା'ର ବିଶ୍ୱସ୍ତତା, ତା'ର ସଜାପଣ ଦେଖି ମୁଗ୍ଧ ହୋଇଚନ୍ତି । ତାଙ୍କର ଭାଇର ଝିଅ ସହ ତା'ର ବିବାହ ମଧ୍ୟ ଦେଇଚନ୍ତି । ତା' ସ୍ତ୍ରୀକୁ ନେଇ ଦି'ଚାରିଥର ଆସି ବୁଲିଯାଇଚି । ନିୟମିତ ଚିଠି ଦଉଚି ଓ ମଝିରେ ମଝିରେ ଟଙ୍କା ବି ପଠାଉଚି ।

ଅବସ୍ଥା ଟିକେ ସୁଧୁରିଗଲା ପରେ, ଚାରୁଲତାର ସମୟ ଏବେ ବେଶୀ ପୂଜାପାଠରେ ଯାଏ । ମନୁଆଁ ବାହାରକୁ ଚାଲିଗଲେ ସେ ଘରେ ତାଲାଦେଇ ମଠକୁ ଯାଏ । ଦାସିଆଙ୍କର ତିନୋଟି ମଠକୁ ଆତଯାତ ଥିଲା । ସାତଲହଡ଼ି, ସିଦ୍ଧବକୁଳ ଓ ତୋଟା ଗୋପୀନାଥ । ଗୋଟିଏ ରିକ୍ସାକୁ ଲାଗୁଆ କରି ଚାରୁଲତା ସେଠାରେ ଯାଏ 'ସାତ ଲହଡ଼ି' । ଦିନେ ସାତ ଲହଡ଼ି ତ ଅନ୍ୟଦିନ ତୋଟା ଗୋପୀନାଥ । ଏବେ ଏବେ ସେ ମଧ୍ୟ ନାମ କୀର୍ତ୍ତନରେ ଅଂଶଗ୍ରହଣ କଲାଣି ।

ସେଦିନ ତୋଟା ଗୋପୀନାଥଙ୍କ ନିକଟରେ ଥିବା ବାବାଜୀଙ୍କୁ ପଚାରିଲା ଚାରୁଲତା । ଏଠାରେ ରାଧାଙ୍କର ରଙ୍ଗ କଳା କାହିଁକି ? ବାବାଜୀ ମହାଶୟ କହିଲେ ସବୁ ରଙ୍ଗ ମିଶିଲେ କଳାରଙ୍ଗ ହୁଏ । ଏହା ମହାସମାଧ୍ୟ ରଙ୍ଗ । ଜୀବନ ଥିବ ଅଥଚ ଚୈତନ୍ୟ ନ ଥିବ । ରାଧା ଏକ ଅନ୍ଵେଷଣର ନାମ । ରାଧା ଏକ ନିରନ୍ତର ପ୍ରାପ୍ତିର ମଧ୍ୟ ନାମ ।

ଏହିସବୁ କଥା ଚାରୁଲତା ବୁଝିଲାକି ନାଁ କେଜାଣି ! ଦାସିଆ ଥିଲେ ହୁଏତ ସେ ଭଲକରି ବୁଝାଇଦେଇଥାନ୍ତେ; କିନ୍ତୁ ସେ ନ କହି ନ ପୋଛି ଚାଲିଗଲେ । ସବୁ କାମ ମଝରେ, ଏହି ପ୍ରଶ୍ନ ଚାରୁଲତାକୁ ଅଥୟ କରେ । ଯଦିବା ମନ ଖରାପରେ ଚାଲିଗଲେ, ସେ ମନ ଏତେ କଠୋର ଯେ ଟିକେ ତୁଟୁ ନାହିଁ ? ଟିକେ ଫେରିବାକୁ ଇଚ୍ଛା ହେଉନାହିଁ ? ମନ କହୁନି, ମନୁଆଟା କେମିତି ଅଛି ? କେମିତି ଅଛି ତା' ସାନବୋଉ ?

ଦାସିଆର କଥା ମନେପଡ଼ିଲେ, ଚାରୁଲତାର ମନ ବିଦାରି ହୋଇଯାଏ । ସବୁ ଧୈର୍ଯ୍ୟ, ସବୁ ସାହସ, ସବୁ ସହନଶୀଳତା ପାଣି ପରି ବହିଯାଏ । ସେ କାତର ହୋଇଉଠେ ।

ଥରେ ଥରେ ସେ ଗୋସ୍ବାମୀଙ୍କୁ ପ୍ରଶ୍ନ କରେ ମହାପ୍ରୁ । କହିବେ କି, ସେ କେଉଁଠି ଓ କିପରି ଅଛନ୍ତି ? ତାଙ୍କର ଏତେ ରାଗ ଯେ । ସେ ରାଗ ଏତେବର୍ଷ ଧରି କମିପାରୁନାହିଁ ? ମହାପ୍ରୁ, ଆପଣ ତ୍ରିକାଳଦର୍ଶୀ, କହନ୍ତୁ ଟିକେ ମତେ ତାଙ୍କ କଥା ।

ସ୍ବାମୀଜୀ ଧ୍ୟାନରେ ବସନ୍ତି । ତା'ପରେ କହନ୍ତି ମା' ତୁମେ ତାଙ୍କୁ ଭୁଲ ବୁଝିଚ ।

ତାଙ୍କ ଯିବାପାଇଁ ତୁମେ ଦାୟୀ ନୁହେଁ କି ଅନ୍ୟ କେହି ନୁହେଁ। ଅରୂପ, ଅକ୍ଷେୟ ନିର୍ଦ୍ଦେଶରେ ସେ ଘର ଛାଡ଼ିଚନ୍ତି। ଘର ଛାଡ଼ିବା ତାଙ୍କ ପାଇଁ ଅବଶ୍ୟ ଜରୁରୀ ଥିଲା। ଏ ନିର୍ଦ୍ଦେଶ ଥିଲା ଈଶ୍ୱରଙ୍କର। ସେ ତୁମ ପ୍ରତି ଅନ୍ୟାୟ କରିଚନ୍ତି ଏ କଥା ଭୁଲ।

...ଆପଣ ଯେ କ'ଣ କହୁଚନ୍ତି ମହାରାଜ? କାତର ସ୍ୱରରେ ପ୍ରଶ୍ନ କଲା ଚାରୁଲତା।

ମୁଁ ଠିକ୍ କହୁଚି ମା'। ତମ ସ୍ୱାମୀଙ୍କ ମନରେ ତମର ଅବସ୍ଥିତି ଅବିକଳ ସେମିତି ହିଁ ଅଛି। ରାମଚନ୍ଦ୍ର ଲୌକିକ ଦୃଷ୍ଟିରେ ସୀତାଙ୍କୁ ନିର୍ବାସନ ଦେଇଥିଲେ। ତା'ଛଡ଼ା ତାଙ୍କର ଉପାୟ କ'ଣ ଥିଲା? କିନ୍ତୁ ସୀତା ତାଙ୍କ ହୃଦୟରେ ଥିଲେ। ଆଉ ଏତିକି ଜାଣିଥିଲେ ବୋଲି ସୀତା ଏ କଠୋର ଦଣ୍ଡକୁ ଅନାୟାସରେ ସହ୍ୟ କରିପାରିଲେ। ଠିକ୍ ସେମିତି ଗୌରାଙ୍ଗ ମହାପ୍ରଭୁ ଓ ବିଷ୍ଣୁ ପ୍ରିୟା। ...

ଚାରୁଲତାର ଆଖିରେ ପ୍ରଶ୍ନବାଚୀଟିଏ ଝଲସି ଉଠିଲା। ଗୌରାଙ୍ଗଙ୍କର ମୂର୍ତ୍ତିଏ ସେ ଦେଖିଛି। ଆଉ ତ କିଛି ଜାଣିନି ତାଙ୍କ ସମ୍ପର୍କରେ।

ମହାରାଜ କହି ଚାଲିଲେ ମହାପ୍ରଭୁ ଗୌରାଙ୍ଗ ସନ୍ନ୍ୟାସ ନେଇ ସଂସାର, ଗୃହ, ତ୍ୟାଗକରି, ଜନ୍ମମାଟି ତ୍ୟାଗକରି ନୀଳାଚଳରେ ରହିଲେ। ଜଗନ୍ନାଥଙ୍କ ଦର୍ଶନ କୃଷ୍ଣ ନାମ ପ୍ରଚାର ଥିଲା ତାଙ୍କର ଲକ୍ଷ୍ୟ। ତାଙ୍କ ପତ୍ନୀ ବିଷ୍ଣୁପ୍ରିୟା ହତାଶାରେ, ଦୁଃଖରେ ଭାଙ୍ଗିପଡ଼ିଲେ। କାନ୍ଦି କାନ୍ଦି ତାଙ୍କର ଦିନରାତି ଏକ ହୋଇଗଲା। ବସନ, ଭୂଷଣ, ଖାଦ୍ୟ ସବୁ ତ୍ୟାଜ୍ୟକରି ସେ ଭୂମିରେ ପଡ଼ି କାନ୍ଦୁଥିଲେ। ବୃଦ୍ଧା ଶାଶୁ ଏକମାତ୍ର ପୁତ୍ରର ସନ୍ନ୍ୟାସ ଧର୍ମ ନେବା ଘଟଣାରେ ମୃତପ୍ରାୟ ପଡ଼ି ରହିଥିଲେ। ସୁଦୂର ନୀଳାଚଳରେ ରହି ମଧ ମହାପ୍ରଭୁ ଗୌରାଙ୍ଗ, ବିଷ୍ଣୁପ୍ରିୟା ଓ ମା'ଙ୍କର ଏହି ଆକୁଳ କ୍ରନ୍ଦନ ଶୁଣିପାରୁଥିଲେ। ତାଙ୍କର ପ୍ରାଣ ମଧ୍ୟ କାନ୍ଦିଲା। ନବଦ୍ୱୀପରୁ ଆସିଥିବା ତାଙ୍କ ଶିଷ୍ୟବୃନ୍ଦ ତାଙ୍କୁ ଥରେ ନବଦ୍ୱୀପ ଯାଇ ଦର୍ଶନ ଦେବାକୁ ଅନୁରୋଧ କରିଥିଲେ। ଏମାନଙ୍କ ଅନୁରୋଧ ରକ୍ଷାକରି ମହାପ୍ରଭୁ ନବଦ୍ୱୀପ ଫେରିଲେ ଓ ଦିନ ଧାର୍ଯ୍ୟ କଲେ ମା'ଙ୍କୁ ଭେଟିବା ପାଇଁ। ହେଲେ ଗୌରାଙ୍ଗଙ୍କ ଫେରିବା ସମ୍ବାଦରେ ମା' ଶଚୀଦେବୀ ଏତେ ଉତ୍କଣ୍ଠିତ ହୋଇପଡ଼ିଥିଲେ ଯେ, ନିର୍ଦ୍ଧାରିତ ଦିନର ପୂର୍ବରୁ ହିଁ ସେ ପୁଅକୁ ଦେଖାକରିବାକୁ ଚାଲିଗଲେ। ବିଷ୍ଣୁପ୍ରିୟାଙ୍କୁ ଯିବାପାଇଁ ନିର୍ଦ୍ଦେଶ ଦେଇ ନଥିଲେ ମହାପ୍ରଭୁ। ଏସବୁ ସତ୍ତ୍ୱେ ବିଷ୍ଣୁପ୍ରିୟା ଗଲେ। ଗୌରାଙ୍ଗ ମା'ଙ୍କୁ ଦର୍ଶନ ଦେଲେ ହେଲେ ବିଷ୍ଣୁପ୍ରିୟାଙ୍କୁ ଫେରାଇଦେଲେ। ନାରୀର ମୁଖଦର୍ଶନ ସନ୍ନ୍ୟାସ ଧର୍ମର ବାଧକ। ଚରମ ଦୁଃଖରେ, ଅପମାନରେ ଫେରିଥିଲେ ବିଷ୍ଣୁପ୍ରିୟା। ସେ ବୁଝିପାରି ନ ଥିଲେ ଯେ ଏହା ସ୍ୱାମୀଙ୍କର ବାହ୍ୟ ବ୍ୟବହାର ମାତ୍ର ଥିଲା। ତାଙ୍କର ସବୁ ଅପମାନ, ଦୁଃଖ ଲାଘବ କରିବା ପାଇଁ ମହାପ୍ରଭୁ ଗୌରାଙ୍ଗ ନିଜ

ଗୃହ ସାମ୍ନାରେ ଠିଆହୋଇ ରହିଲେ। ସ୍ୱାମୀଙ୍କ ପାଦସ୍ପର୍ଶ କରିବା ପାଇଁ ଗଲାବେଳେ ବ୍ୟବହାରିକ ପ୍ରଶ୍ନ ଥିଲା ମହାପ୍ରଭୁଙ୍କର। ତମେ କିଏ ? ବିଷ୍ଣୁପ୍ରିୟାଙ୍କୁ ସେ କୃପା କଲେ। ତାଙ୍କୁ ଶକ୍ତିପାତ କରି ଦିବ୍ୟଦୃଷ୍ଟି ଦେଲେ। ଏପରି ବିଷ୍ଣୁପ୍ରିୟା ଓ ଗୌରାଙ୍ଗ ଅଭିନ୍ନ ଥିଲେ।

ତମେ ଭାବୁଛ ମା', ତମ ସ୍ୱାମୀ ଅନ୍ୟାୟ କରିଚନ୍ତି। ହେଲେ ନ୍ୟାୟ, ଅନ୍ୟାୟ ଉର୍ଦ୍ଧ୍ୱରେ ଏକ ଅଦୃଶ୍ୟ ଶକ୍ତି କାମ କରୁଛି। ଆମେ ସମସ୍ତେ ସେ ଶକ୍ତି ଦ୍ୱାରା ଚାଳିତ।

ମହାରାଜଙ୍କର ଏ କଥାରେ କିଞ୍ଚିତ ଆଶ୍ୱସ୍ତ ହୋଇଥିଲେ ଚାରୁଲତା। ଘରକୁ ଫେରି ଭାବିଥିଲେ ସ୍ୱାମୀଙ୍କ କଥା। କେଉଁଠି ଥିବେ, କେମିତି ଥିବେ ? ମନୁଆଁକୁ ମହାରାଜଙ୍କ କାହାଣୀ ଶୁଣାଇଲେ। ମନୁଆଁ କହିଲା, ମୁଁ ଜାଣିଛି ମା', ମୁଁ ତ ତତେ ତାହାହିଁ କହିଆସୁଚି। ତୁ ବୃଥାରେ ସାନବାପାଙ୍କୁ ରାଗୁଛୁ।

ମନୁଆଁର ମନେପଡ଼ିଯାଉଥିଲା, ଏମିତି ଗୋଟିଏ ଗୋଟିଏ କଥା। ଘରେ ଏକୁଟିଆ ସାନବୋଉକୁ ନେଇ ଚଳିବାର କଥା। ମା' ପୁଅ ଏକାଠି ପ୍ରାର୍ଥନା କରନ୍ତି। ସକାଳେ ସଞ୍ଜବେଳେ, ସେ ପ୍ରାର୍ଥନା ସାନବାପାଙ୍କ ପାଇଁ ହୁଏ। ଭାଇମାନଙ୍କ ପାଇଁ ହୁଏ। ମନୁଆଁ କହେ, ବାବାଜୀ ମହାରାଜ କହି ନ ଥିଲେ ପ୍ରାର୍ଥନାର ବହୁତ ଶକ୍ତି। ସେହି ଶକ୍ତି ଆମ ଜୀବନଧାରାକୁ ସରଳ କରିବ। ମନୁଆଁର ମୁଣ୍ଡ ଆଉଁସି ଦିଏ ଚାରୁଲତା। ତାକୁ ଗେଲ କରେ। ମନୁଆଁ ଭଲ ଚିତ୍ର କରୁଥିବାରୁ ବାହାଚିତା ଲେଖ୍‍ବାପାଇଁ ବରାଦ ଆସେ। ସେ ବାହାଚିତା ଲେଖ ଦି'ପଇସା ପାଏ। ଏମିତି ଏମିତି ମନୁଆଁ ଆଇ.ଏ. ପାଶ୍‍କଲା। ଆଉ ପଢ଼ିବାକୁ ରାଜି ହେଲାନି। ଚାରୁଲତା ଯେତେ କହିଲା, ବି.ଏ. ପଢ଼ିବାକୁ, ସେ ମନା କଲା। ବି.ଏ. ପାଶ୍ କଲେ ନିଶ୍ଚେ ଏମ୍.ଏ. ପଢ଼ିବାକୁ ଇଚ୍ଛା ହେବ। ଚାକିରି ଜୁଟିଲେ ବାହାରକୁ ଯିବାକୁ ହେବ। ମୁଁ ପୁରସ୍ମରେ ରହିବାକୁ ଚାହେଁ। ଏଠି ଗୋଟେ ସ୍ୱେଚ୍ଛାସେବୀ ଅନୁଷ୍ଠାନ କରିବି। ଦୋକାନକୁ ଟିକେ ବଢ଼ାଇବି। ଆମେ ଚଳିଯିବା ସାନବୋଉ ଆମେ ଚଳିଯିବା। ସାନବୋଉ ତାକୁ କୁଣ୍ଢାଇ ପକାଏ।

ସତକୁସତ ମନୁଆଁ ଗୋଟେ ସ୍ୱେଚ୍ଛାସେବୀ ଦଳ ଗଢ଼ିଲା। ଏମାନେ ସବୁଠି, ସବୁ ବିପଦଆପଦରେ ପହଞ୍ଚିଯାନ୍ତି। ଏମାନଙ୍କ ମଧ୍ୟରୁ କେତେ ଜଣ ଗୀତ ଜାଣନ୍ତି। ସେମାନେ ଏକାଠି ଗୀତ ପ୍ରାକ୍ଟିସ୍ କରନ୍ତି। ଖୁସିରେ ଚଳିଯାନ୍ତି ସେମାନେ।

ଦିନେ ରଞ୍ଜୁ ଆସି ସାନବୋଉକୁ ପନ୍ଦର ଦିନ ପାଇଁ କୋରାପୁଟ ନେବ ବୋଲି କହିଲା। ମନେମନେ ଖୁସି ହେଲେ ବି, ଚାରୁଲତାର ଇଚ୍ଛା ଥିଲା ମନୁଆଁ ତା' ସାଙ୍ଗେ ଯା'ନ୍ତା କି ? ମନୁଆଁ କିନ୍ତୁ ରାଜି ହେଲାନି। ଚାରୁଲତା ରଞ୍ଜୁ ସାଙ୍ଗରେ କୋରାପୁଟ ଗଲା ଓ ପନ୍ଦର ଦିନ ମହାଖୁସିରେ ବୁଲି ଆସିଲା।

କୋରାପୁଟରୁ ଫେରି ଚାରୁଲତା କହିଲା, ଯାଇଲୁ ତ ମନୁଆଁ, ମୋ ଜୀବନ ଧନ୍ୟ ହୋଇଗଲା। ପାରିକୁଦ ଗାଁ'ରୁ ଆସିଥିଲି। ଶ୍ରୀକ୍ଷେତ୍ରରେ ଚଲିଲି। ପୁଅ ମୋର ମତେ ଶାବର ଶ୍ରୀକ୍ଷେତ୍ର, ଗୁପ୍ତେଶ୍ୱର ମହାଦେବ, ଡ୍ୟାମ୍, କେତେ କ'ଣ ଦେଖାଇଦେଲା। ରଞ୍ଜୁ ମୋର ଭାରି ଭଲରେ ଅଛି ରେ ବାପା, ଛୋଟ୍ ଘରଟିଏ କରିଛି। କହୁଚି, ସାନବୋଉ, କୋରାପୁଟଠାରୁ ଆଉ ଭଲ ଜାଗା ନାହିଁ। ବର୍ଷେ ରହିଲେ ଛାଡ଼ିଯିବାକୁ ଇଚ୍ଛା ହେବନି। ଭାରି ଭଲ ଲାଗିଲାରେ ମନୁ। ସଞ୍ଜୋଟରେ ଥିଲେ, ସତରେ ଥିଲେ, ନିଶ୍ଚେ ଭଲ ରହିବ। ନିଶ୍ଚେ। ଯେ ସବୁ ସାଆନ୍ତଙ୍କ ସୁକୃତ।

ମନୁଆଁ ହସିଲା, ଯଦି ବାପାଙ୍କ ସୁକୃତ, ତେବେ ଆଉ ଦି'ଭାଇ, ଏତେ ସ୍ୱାର୍ଥପର ହେଲେ କାହିଁକି ? କାହିଁକି ସେମାନେ ରଞ୍ଜୁ ଭାଇପରି ହେଲେ ନାହିଁ ?

ଚାରୁଲତା ହସିଲା... କହିଲା, ସେମାନେ ଆମକୁ ଲୋଡ଼ିଲେ ନାହିଁ ବୋଲି ସେମାନେ କ'ଣ ଖରାପ ? ନାଇଁ ରେ ମନୁ, ଏମିତି ଭାବିବୁ ନାହିଁ। ସେମାନେ ଆମକୁ ନ ଲୋଡ଼ନ୍ତୁ ପଛେ, ଯେଉଁଠି ଥା'ନ୍ତୁ ଭଲରେ ଥା'ନ୍ତୁ। ଚାରୁଲତା ଦି' ହାତ ଯୋଡ଼ି ନମସ୍କାର କଲା।

ଶେଷ ଜୀବନରେ ସାନବୋଉ ଖୁବ୍ ଦାନଧର୍ମ କଲା। ରାତିରେ ଖାଇବାକୁ ହୋଇଥିବା ରୁଟି କାହାକୁ ଦେଇ ଦେଉଥିଲା। ପୁଣି ଆଉ ଥରେ ରୁଟି କରୁଥିଲା। ମଠକୁ ଯାଇ କୀର୍ତ୍ତନ କରୁଥିଲା। ଘରେ ବସି ମାଲାଜପ ମଧ କରୁଥିଲା।

ଦିନେ ସେ କହିଲା, ମନୁରେ, ତୋ'ପାଇଁ ଝିଅଟିଏ ଠିକ୍ କରିଛି। ଦେଖିବାକୁ ଭଲ। ତା'ଠୁ ଭଲ ଗୁଣ। ବିଚରା ଗରିବ ଘର ଝିଅଟି କୂଳରେ ଲାଗିଯିବ ତ !

ସାନବୋଉ କଥା କେଉଁଦିନ ଅମାନ୍ୟ କରିନି ମନୁଆଁ। ଶାନ୍ତି ସହିତ ତା'ର ବାହାଘର ହୋଇଗଲା। ସତକୁସତ ଶାନ୍ତି ସଂସାରର ସବୁ ଦାୟିତ୍ୱ ବହନ କରି ସମସ୍ତଙ୍କୁ ସୁଖରେ ରଖିବାକୁ ଦିନରାତି ଲାଗିପଡ଼ିଥିଲା।

ଏଇ ସୁଖ ବେଶୀଦିନ ରହିଲା ନାହିଁ। ଦିନେ ମଠରୁ ଫେରି ସାନବୋଉ ଜରରେ ଶୋଇଲା। ପ୍ରବଳ କମ୍ପ, ମନୁଆଁ କହିଲା, ଯାଉଛି ଡାକ୍ତର ଡାକିବି। ସାନବୋଉ କହିଥିଲା, ଡାକ୍ତର ଡାକନା। ମତେ ଖାଲି ଜଳତୁଳସୀ ଦେ, ଘଣ୍ଟାକୁ ଘଣ୍ଟା। ମଠରୁ ଆଣିଥିବା ଜଳତୁଳସୀର ଗଟୁଟି ଥୁଆ ହୋଇଥିଲା ମୁଣ୍ଡ ଉପରେ। ସେଥିରେ ଶାନ୍ତି ଜଗନ୍ନାଥଙ୍କ ଛଡ଼ା ତୁଳସୀ କିଛି ପକାଇ ଦେଇଥିଲା। ଘଣ୍ଟାକୁ ଘଣ୍ଟା ସେଇ ପାଣି ଚାମୁଚେ ଲେଖାଁ ପିଉଥିଲା ଶାନ୍ତି।

ଡାକ୍ତର ଆସିଥିଲେ। କହିଲେ, ବ୍ରେନ୍ ମ୍ୟାଲେରିଆ ଜଣାପଡ଼ୁଛି। ରକ୍ତ ନମୁନା ନେଇଗଲେ। କୌଣସି ଔଷଧ ଖାଇଲା ନାହିଁ। ଚାରୁଲତା ରହି ରହି ପ୍ରଲାପ କରୁଥିଲା।

ତମେ କ'ଣ ମତେ ତଥାପି କ୍ଷମା କରିନାହିଁ ଅପା ? ପୁଣି ବେଲେବେଲେ କହୁଥିଲା...
କାହିଁକି ଘଟ ଛାଡ଼ି ଯାଉନାହିଁ, ହେ ନାରାୟଣ ! ନିଜେ କଷ୍ଟ ପାଉଛ, ମତେ ବି କଷ୍ଟ
ଦେଉଛ !

ଭାଗବତର ପ୍ରିୟ ପଂକ୍ତି ସବୁ, ଯାହାଥିଲା ସାନବୋଉର, ପ୍ରିୟ ମୁଖସ୍ଥ କରିଥିଲା
ମନୁଆଁ। ତିନିଦିନ ଧରି ଶଯ୍ୟା ପାଖରେ ଶାନ୍ତି ଓ ମନୁଆଁ ବସି ଭାଗବତ ପାଠ କରୁଥିଲେ।
ଦିନେ ଭୋର୍‌ବେଲାରେ ମନୁରେ, ମନୁ ବୋଲି ଡାକିଥିଲା, ସାନବୋଉ। ରାତିସାରା
ଚଉକିରେ ଜଗି ବସିଥିବା ମନୁଆଁର ଆଖି ଲାଗିଯାଇଥିଲା ଟିକିଏ। ସେ ଚମକିପଡ଼ିଲା,
ଦେଖିଲା, ଶାନ୍ତି ଦେଇଥିବା ସେଇ ତୁଳସୀ ପାଣି ଟିକକ ଢୋକି ନବାକୁ ବେଲ ନ
ଥିଲା ସାନବୋଉର। ପାଣିଟକ ପାଟିରୁ ବୋହି ଆସୁଥିଲା।

ସକାଳୁ ସକାଳୁ ଦାଶରଥ ଉଠିଲେ। ମନୁଆଁକୁ ଡାକି କହିଲେ, ମନୁରେ ମୁଁ
ଏଥର ଯାଉଛି। ତୋ' ସାନବୋଉକୁ ଦେଖିବାକୁ ଆସିଥିଲି। ହେଲେ ସେ ପୁଣ୍ୟ
ମୋର ନାହିଁ, ମୁଁ ଯାଉଛି ଏଥର !

'ସାନବାପା'! ମନୁଆଁ କାନ୍ଦି ଉଠିଲା। ସାନବୋଉର କ୍ରିୟାକର୍ମ ସରି ନାହିଁ।
...କ୍ରିୟାକର୍ମ ତୁ କରିବୁରେ ବାପା। ସେ ଅଧିକାର ତୋର।

କାନ୍ଦି କାନ୍ଦି ମନୁଆଁ କହିଲା.... ମୁଁ ଭାବିଥିଲି, ରଞ୍ଜୁଭାଇ ଆସିବ, ତମେ ଥିବ,
ଆମେ ସମସ୍ତେ ପ୍ରୟାଗ-ତ୍ରିବେଣୀରେ ସାନବୋଉର ଅସ୍ଥି ବିସର୍ଜନ କରିବା। ହେଲେ
ତମେ...

... ଦାଶରଥ କହିଲେ, ମନ ଦୁଃଖ କରନା ମନୁଆଁ। ତୋ' ସାନବୋଉ ଏହି
ପୁରସ୍ତମର ମାଟିଗୋଡ଼ିକୁ ବି ଭଲ ପାଉଥିଲା। ଏଇ ମହୋଦଧି, ବଡ଼ଦେଉଳ, ଏଇ
ମଠ ଥିଲା ତାର ଆପଣାର। ତୁ ମହୋଦଧିରେ, ସାତଲହଡ଼ି ମଠ ସାମ୍ନାରେ, ବୋଉର
ଅସ୍ଥି ବିସର୍ଜନ କରିଦବୁ। ମହୋଦଧିରେ ସବୁ ପୁଣ୍ୟତୋୟା ନଦୀ ମିଶିଛି। ଗଙ୍ଗା,
ଯମୁନା, ସରସ୍ୱତୀ, ଗୋଦାବରୀ ! ! !

ଦାଶରଥ ଏକମୁହାଁ ହୋଇ ଫେରିଯାଉଥିଲେ। ସେ ଗେଟ୍ ଖୋଲି ବାହାରକୁ
ଗଲେ। ମନୁଆଁ ଲୁହ ଡବଡବ ଆଖିରେ ଦେଖୁଥିଲା, ଧାରେ ଆଲୁଅ ହଜିଯାଇଛି,
ଡାଙ୍କ ଗଲି ମୁଣ୍ଡରେ।

ପଦଯାତ୍ରା

ତେଲ ପିଇଥିବା ଶିଶୁକାଠର ବାଡ଼ିଟିକୁ ରାସ୍ତାରେ ପିଟି ଦେଇ ଭଗବାନ୍‌ ବାବୁ କହିଲେ, "ଯ଼େ ଅସମ୍ଭବ"।

ତିନି ହଳ ଆଖ଼ି ପହଁରି ଆସିଲା ଭଗବାନ୍‌ ବାବୁଙ୍କ ଉଦାସ ଗମ୍ଭୀର ମୁହଁ ଉପରେ। ତିନି ହଳ ପାଦ ଅଟକି ଗଲା ଘଡ଼ିଏ। କୁହୁଳି କୁହୁଳି ଯେଉଁ ନିଆଁଟା ପ୍ରଚଣ୍ଡ ନିଆଁ ହୋଇ ଜଳି ଉଠିଥିଲା, ମେଘ଼ାଏ ପାଣି ଢାଳିଦେଲେ ଭଗବାନବାବୁ ତା' ଉପରେ। ହେଲେ ସାମାନ୍ୟ ପାଣିରେ ଏ ଅସାମାନ୍ୟ ନିଆଁ କ'ଣ ଲିଭିପାରେ କେବେ ? ଏତେ ଦିନ ଧରି ମନର ନିଭୃତରେ ଯେ ସମସ୍ତେ କୁହୁଳୁଥିଲେ ସବୁ ଶେଷ ହୋଇ ଯାଇଥିବାର ସୀମାନ୍ତରେ, ନିଷ୍କ୍ରିୟତାର ଶୂନ୍ୟତାରେ, ସଂପର୍କ ହୀନତାର ଖାଲିପଣରେ ଓ ସର୍ବୋପରି ଚାରିପାଖରେ ବିଷାକ୍ତ ବାୟୁମଣ୍ଡଳର ଅଦୃଶ୍ୟ ପରାଭବରେ। ଶିବନାଥବାବୁ ନିଜ ଭିତରୁ ସେଇ କୁହୁଳାପଣକୁ ଓଟାରି ଆଣି ଏକ ବାଟ କରିଦେଲେ, ଯାହା ଲମ୍ଭି ଯାଇଥିଲା ନିଜ ଭିତରୁ ବିପୁଳ ମଣିଷ ଆଡ଼କୁ ତାହା ହିଁ ଥିଲା, ସବୁ ଶେଷର ଏକ ଆରମ୍ଭର ବାଟ। ସବୁ ନିଷ୍କ୍ରିୟତାରେ ଏକ ନିରଳସ କର୍ମ ମୁଖର ବାଟ ଓ ସବୁ ଖାଲି ପଣରେ ସଂପର୍କ ଗଢ଼ିବାର, ବିଶ୍ୱାସର,

ଭରସାର, ପ୍ରେମର ବାର୍ତା । ସେଇ ବାର୍ତରେ ବାର୍ଟୋଇ ହେବାକୁ ସେମାନେ ସଂକଳ୍ପ କଲାବେଳକୁ ଭଗବାନ୍ ବାବୁ କହୁଛନ୍ତି, "ୟେ ଅସମ୍ଭବ ।"

ନୀଳାମ୍ବର ବାବୁ ସ୍ୱଭାବତଃ ଭାରି ପ୍ରଗଲ୍ଭ । ଖୁବ୍ ଶୀଘ୍ର ପ୍ରତିକ୍ରିୟା ପ୍ରକାଶ କରି ଦିଅନ୍ତି । ଶୁଣୁ ଶୁଣୁ ସେ କ'ଣ ପଦେ କହି ଦେବାକୁ ଯାଉଥିଲେ । କିନ୍ତୁ ଶିବନାଥ ବାବୁ ତାଙ୍କ ହାତକୁ ଚାପି ଧରି ବାରଣ କଲେ । ଅନ୍ୟ ଦୁଇବନ୍ଧୁଙ୍କ ମୁହଁରୁ କୌଣସି କଥା ବାହାରିଲା ନାହିଁ । ଭଗବାନ୍‌ବାବୁଙ୍କର ସବୁଦିନର ସେହି ଉଦ୍‌ଭ୍ରାନ୍ତ ଚେହେରା, ଧୋଟପରି ଅବିନ୍ୟସ୍ତ ବାଳ, ପାଟିଲା ଭୁଲତା, ଦାଢ଼ିଭର୍ତି ମୁହଁରେ ଆଜି ୟେ ଏକ ବିଷାଦ ଗମ୍ଭୀର କଠିନତା ସ୍ପଷ୍ଟ ବାରି ହୋଇପଡୁଥିଲା । ତାକୁ ବିସ୍ତାରିତ କରିବାକୁ ଚାହୁଁନଥିଲେ ବନ୍ଧୁମାନେ ।

ଭୁବନେଶ୍ୱରରେ ସକାଳ । ସକାଳର ନିଜସ୍ୱ ରଙ୍ଗ ମହକ ଓ ଧ୍ୱନି ୟେ ଏଠାରେ ଆଦୌ ନାହିଁ, ଏହା ନୁହେଁ, କେତେବେଳୁ ଭୋର ହୋଇଗଲାଣି । ଚାରିଆଡ଼େ ଫର୍ଚା ହେଲାଣି । ସୂର୍ଯ୍ୟକିରଣ ବିଞ୍ଛି ପଡୁଛି ଧୀରେ ଧୀରେ । ଆଲୋକର ପ୍ରଥମ ପ୍ରହର । ଗଛମାନଙ୍କରେ ନିଶ୍ଚୟ ଫୁଟିଥିବେ ଜାତି ଜାତି ଫୁଲ । ପକ୍ଷୀମାନେ ଉଡ଼ି ଯାଉଥିବେ ଆକାଶକୁ । ହେଲେ ଏ ସବୁ ସହରର ଆଢୁଆଳରେ । ସହରର ରାଜରାସ୍ତାରୁ ଗଳିକନ୍ଦି ଯାଏ କିସମ କିସମ ମଣିଷର ସ୍ରୋତ ଏତେ ପ୍ରଖର ୟେ ସକାଳର ପକ୍ଷୀ, ପ୍ରଜାପତିର ମେଳା ଆଢୁଆଲରେ ରହିୟିବାକୁ ବାଧ୍ୟ । ରାସ୍ତା ସାରା ଚାଲିଛନ୍ତି ବୃଦ୍ଧ ବୃଦ୍ଧା, ପ୍ରୌଢ଼ ପ୍ରୌଢ଼ା । ତରୁଣ ତରୁଣୀମାନେ, ଏମିତିକି ବାଳକ ବାଳିକାମାନେ । କେତେ ଜଣ ପ୍ରାତଃ ଭ୍ରମଣରେ ଯାଆନ୍ତି ତ, ପିଲାମାନେ ଯାଆନ୍ତି ଟ୍ୟୁସନ କିମ୍ବା କୋଚିଂ ସେଣ୍ଟରକୁ । ଭୁବନେଶ୍ୱରରେ ସ୍କୁଲ କଲେଜ୍ ୟେତିକି, ତା'ଠୁ କୋଚିଂ ସେଣ୍ଟର ଅଧିକ ।

ନୀଳାମ୍ବର ମିଶ୍ର ବନ୍ଧୁ ଗହଣରେ ଚାଲିଥିଲେ । ତାଙ୍କୁ ଅତିକ୍ରମ କରିଗଲେ ତାଙ୍କର ସବୁ ଦିନର ଦୁଃସ୍ଥିର ସାଥୀ ସେଇ ମେଦବହୁଳା ନାରୀ ଜଣକ । ଗଲାବେଳେ ନୀଳାମ୍ବରଙ୍କୁ ଚାହିଁ ଟିକେ ହସିଦେଲେ ସେ । ଆଜି ସେ ଭଏଲ୍ ଶାଡ଼ି ଉପରେ ସ୍ୱଏଟରଟାଏ ପିନ୍ଧିଛନ୍ତି । ପାଦରେ କନା ଜୋତା । ମଟ ମଟ ଚାଲି ଯାଉଛନ୍ତି ସେ ଦୃପ୍ତ ଭଙ୍ଗୀରେ । ହଠାତ୍ ନୀଳାମ୍ବରଙ୍କ ଦେହରେ ଘଷି ହୋଇଗଲା ଏକ ସ୍କୁଟର । ସେ ଚମକି ଘୁଞ୍ଚିଗଲେ । ଓଃ ହୋ, ଏଇନା ତ ସରିଥାଆନ୍ତା ସବୁ ନା । ସେ କହିଲେ ଓଃ, ସେ ପିଲାଗୁଡ଼ାକଙ୍କର କି ଅଣନିଃଶ୍ୱାସିଆ ଦୌଡ଼ । ଦେଖନ୍ତୁ, ଚାରିଜଣ କେମିତି ରେସ ହେଲା ପରି ଦୌଡୁଛନ୍ତି ।

ଅବନୀବାବୁ କହିଲେ, ପିଲାଗୁଡ଼ା ଦୌଡ଼ିବେ ନାହିଁ ତ କରିବେ କ'ଣ? କୋଚିଂ ସେଣ୍ଟରରେ ତ ପହଞ୍ଚିବାକୁ ହେବ ନା । ୟିଏ ଦୌଡ଼ି ନ ପାରିବ ସେ ତ ପଛରେ ରହିୟିବ ।

ଶିବନାଥବାବୁ ଅଳ୍ପ ଅଳ୍ପ କଥା କହନ୍ତି । ଗମ୍ଭୀର ସ୍ୱଭାବର ଲୋକ । ସାଙ୍ଗମାନେ ଟିପ୍ପଣୀ କାଟିଲା ପରି ସେ ତରତରରେ ଟିପ୍ପଣୀ ଦିଅନ୍ତି ନାହିଁ । ତଥାପି ସେ କହିଲେ, ସବୁ ବାପା ମାଆ ପିଲାଏ ମଣିଷ ହେବା ଚାହାନ୍ତି । କିନ୍ତୁ ଆଜିକାଲି ବାପା ମାଆମାନେ ଆବଶ୍ୟକଠାରୁ ଅଧିକ ଆତୁର ହୋଇପଡୁଛନ୍ତି । ଯୋଉଟା କି ଆମ ବେଳେ ନଥିଲା.... ନା କ'ଣ କହୁଛ ?

ଭଗବାନବାବୁ ସେମିତି ଗମ୍ଭୀର ମୁହଁରେ ଚାଲିଥିଲେ । ତାଙ୍କୁ କିଛି ପ୍ରଶ୍ନ କରିବାକୁ ନୀଳାମ୍ବର ବାବୁ ଅବଶ୍ୟ ଖୁଜୁବୁଜୁ ହେଉଥିଲେ, କିନ୍ତୁ କହି ପାରି ନଥିଲେ । ମୂଳ କଥାର ଖିଅ, ଯେ ଏକାବେଳକେ ଛିଡ଼ିଯିବ, ଏଇଟା ତାଙ୍କୁ ଭଲ ଲାଗୁନଥିଲା । ସେ ବାଁରେଇ ହୋଇ ଭଗବାନ୍ ବାବୁଙ୍କୁ କହିଲେ, ଆଚ୍ଛା ଭଗୀଭାଇ, ଯେ ଅସମ୍ଭବ ବୋଲି ପ୍ରତିବାଦଟିଏ କରିଦେଲ ଯେ ସବୁ ପ୍ରତିବାଦ ପଛରେ ଗୋଟେ ବଳିଷ୍ଠ ଯୁକ୍ତି ଥିବା ଦରକାର ନା, ନାଇଁ ?

ଅବଶ୍ୟ, ଅବଶ୍ୟ । ଭଗବାନ ବାବୁ ବାଡ଼ିଟି ଟେକି ଦୂରରେ ଅଶ୍ୱତ୍ଥ ଗଛ ମୂଳର ଚା' ଦୋକାନ ଆଡ଼େ ଦେଖାଇଲେ ।

ଏଥର ସମସ୍ତଙ୍କୁ ବୁଝିବାକୁ ବାକି ରହିଲା ନାହିଁ ଯେ, ଦି'ଦିନ ତଳେ ରାଜାରାଣୀ ମନ୍ଦିର ପଡ଼ିଆରେ ଯେଉଁ ପ୍ରସ୍ତାବଟା ପେଶ୍ ହୋଇଥିଲା ଆଜି ତାହା ଭରତିଆ ଚା' ଦୋକାନରେ ଚା' ଆସରରେ ନାକଚ କରାଯିବ । ଆଉ ସେ ନାକଚର ମୁଖ୍ୟ ପୁରୋଧା ତାଙ୍କ ପ୍ରିୟ ଭଗୀଭାଇ ଓରଫ୍ ଭଗବାନ୍ ମହାନ୍ତି ।

ଚାରି ବନ୍ଧୁ ଚାଲି ଚାଲି ଭରତ ଦୋକାନରେ ପହଞ୍ଚିଲେ । ରାସ୍ତାର ବାମ ପାଖରେ ବଡ଼ ଝଙ୍କାଳିଆ ଏକ ଅଶ୍ୱତ୍ଥ ଗଛ ପାଖରେ ହିଁ ଭରତର ଚା' ଦୋକାନ । ରାସ୍ତାକଡ଼ରେ କେତେ କେତେ ତାଟି ଘେରା ଚା' ଦୋକାନ ନାହିଁ ? ଏହି ଚା' ଦୋକାନମାନଙ୍କରେ କେତେ କିସମର ଆଡ୍ଡା ହୁଏ ନାହିଁ ? କିନ୍ତୁ ଭରତର ଦୋକାନ ବାରି ହେଲା ପରି ଦୋକାନଟିଏ । ପ୍ରାଚୁର୍ଯ୍ୟ ନାହିଁ କି ଆଡମ୍ବର ନାହିଁ । କିନ୍ତୁ ପରିଷ୍କାର ପରିଚ୍ଛନ୍ନତା ଅଛି । ମାର୍ଜିତ ରୁଚି ଅଛି । ଭରତ ପିଲାଟି ଅତ୍ୟନ୍ତ ଭଦ୍ର, ବିନୟୀ, ଉଚ୍ଚାଭିଳାଷୀ । ତା'ର ଉଚ୍ଚାଭିଳାଷଟି ଏହି ମାମୁଲି ଚା' ଦୋକନଟିରେ ଭିଡ଼ି ପକାଇଛି । ଖଣ୍ଡେ ଟିଣ ବାଡ଼ିଆ ହୋଇଥିବା ଟେବୁଲ ଉପରେ ସ୍କୋଭଟାଏ । ଧାଡ଼ି ଧାଡ଼ି କାଚଗ୍ଲାସ । ବୋତଲମାନଙ୍କରେ ବିସ୍କୁଟ, ଚେନାଚୁର, ନିମ୍‌କି । ଚାରିଟା ଖୁଣ୍ଟି ଉପରେ ଏକ ଚାଲିଆ ଉପରେ ପଲିଥିନ୍ । ତଳଟା ଲିପାପୋଛା ହୋଇ ଏକଦମ୍ ଚିକ୍କଣ । ଏବେ ଦି' ଚାରିଟା ଫୁଲକୁଣ୍ଡ ସେ ସଜାଇଛି । ସକାଳୁ ସକାଳୁ ଏଇଠୁ ଶୁଭେ କ୍ୟାସେଟ୍‌ରେ ବିଭିନ୍ନ ବନ୍ଦନା, ବିଷ୍ଣୁ ସହସ୍ରନାମ ।

ଅବନୀ ବାବୁ ଭରତର ନମ୍ର ବ୍ୟବହାରରେ ମୁଗ୍ଧ ହୋଇ ସବୁଦିନ ଆସନ୍ତି । ଦେଖୁ ଦେଖୁ ଭରତ ବିନୀତ ନମସ୍କାରଟିଏ ପକାଏ । ସାର୍ ଆସନ୍ତୁ ବସନ୍ତୁ, କହି ଚଉକି ନିଜ ଗାମୁଛାରେ ଝାଡ଼ିଦିଏ । ଚା' କରି ପିଆଏ । ମୃଦୁ ହସି କହେ, ବିସ୍କୁଟ୍ ଦେବି ସାର୍ । ଅବନୀବାବୁ ମୁଗ୍ଧ ହଲାନ୍ତି । ଚାହୁଁ ଚାହୁଁ ଅବନୀବାବୁଙ୍କ ପରି ଶିବନାଥ ବାବୁ, ଭଗବାନ୍ ବାବୁ, ନୀଳାମ୍ବରବାବୁ ମଧ ଭରତର ନିତିଦିନିଆ ଗରାଖ ହୋଇଗଲେ । ଗୋରା ତକତକ ଏହି ପଚିଶ ଛବିଶ ବର୍ଷକ ହସକୁରା ତରୁଣଟି ଏମାନଙ୍କୁ ଖୁବ୍ ନିଜର ଲାଗେ ଚାରି ଜଣଙ୍କର ବନ୍ଧୁତ୍ୱର ସୂତ୍ରପାତ ଏହି ଭରତ ଦୋକାନରୁ ହିଁ ।

ଦିନେ ଅବନୀବାବୁ କହିଲେ, ଭରତ ! ସବୁ ଦୋକାନୀମାନେ ଗରାଖଙ୍କ ମନୋରଞ୍ଜନ ପାଇଁ ସିନେମା ଗୀତ ବଜାନ୍ତି । ତମେ ସକାଳୁ ସକାଳୁ ବିଷ୍ଣୁ ସହସ୍ରନାମ ଲଗାଉଛ । ଯଦି ଏ ଯନ୍ତ୍ରଟା ନୂଆ ଆଣିଲ, ତେବେ ଗୋଟେ ରସରସିଆ ସିନେମା ଗୀତ ବଜାନ୍ତ ନା । ଆଶା ଓ ରଫି ସାହେବଙ୍କର ।

ଭରତ ହାତମାଳି କହିଥିଲା... ସାର୍, କିଛି ଏକ ବ୍ୟତିକ୍ରମ ତ ରହିବା ଉଚିତ ନା ?

ଅବନୀବାବୁ କହିଲେ, ଓଃ, ବୁଝିଲି, ଏଇଟା ବ୍ୟବସାୟିକ କୌଶଳ । ଏଇଆ ନା ?

ଭରତ ଚା' ବଢ଼ାଇ ଦେଉ ଦେଉ କହିଲା, ନାଇଁ ସାର୍, ଏଇଟା ବ୍ୟକ୍ତିଗତ ରୁଚି । ପାରିବାରିକ ସଂସ୍କାର । ମୁଁ ଆଜ୍ଞା ବ୍ରାହ୍ମଣ ପିଲା । ମୋ ସାତପୁରୁଷି ଯଜମାନୀ କରନ୍ତି । ମୋ ଜେଜେ ରାତି ଚାରିଟାରୁ ଉଠି ସେଇ ବାସି ବିଛଣାରେ ବିଷ୍ଣୁ ବନ୍ଦନା, ପ୍ରଭାତ ଅବକାଶ ସବୁ ଗାଆନ୍ତି । ଏସବୁ ପିଲାଦିନୁ ଆମର ଅଭ୍ୟାସ । ଏବେ ଦୋକାନଟି ଟିକେ ଭଲ ଚାଲିବାରୁ ଏଇଟା ଆଗ କିଣି ଦେଲି ଓ ଏହି ବିଷ୍ଣୁ ସହସ୍ର ନାମ କ୍ୟାସେଟ୍ଟି ଲଗାଇ ଦେଉଛି । କେବଳ ମୋର ନୁହେଁ, ମୋର ପ୍ରାର୍ଥନା, ଆଜି ଦିନଟି ସମସ୍ତଙ୍କ ପାଇଁ ଭଲରେ କଟୁ ।

ଭରତର କଥାଗୁଡ଼ାକ ଅବନୀ ବାବୁଙ୍କୁ ଭାରି ଭଲ ଲାଗିଲା । ପାଖରେ ଆଉ ଜଣେ ବାବୁ ଚା' ପିଉଥିଲେ । ସେ କହିଲେ, ତମେ ତେବେ ସାତପୁରୁଷି ଯଜମାନୀ ପେସା ଛାଡ଼ି ଏ ଗୋଲାମ ନଗରୀକୁ କେମିତି ଆସିଲ ହେ ?

ଚା' ଫୁଟୁଥିଲା । ତାକୁ ଘାଣ୍ଟି ଦେଉ ଦେଉ ଭରତ କହିଲା, ଜାଣେନି କ'ଣ ପରିଣତି ହେବ । ତେବେ ଜିଦ୍‌ରେ ପଲେଇ ଆସିଛି । ବୀର ପ୍ରତାପପୁର ଶାସନ ମୋ ଗାଁ । ବାପା, ଜେଜେ, ସୁପଣ୍ଡିତ । ଉଇଁପିଣ୍ଡା, ନଡ଼ିଆଗଛ, ପୋଖରୀ ଓ କେତେ ମାଣ ଜମି, ଏତିକିରେ ଅନ୍ତେ କ'ଣ ? ସାଇକେଲ୍‌ରେ ପୁରୀ ଯାଇ ଉଦ୍ଭିଦ ବିଜ୍ଞାନରେ

ବି.ଏ. ପାସ୍ କରିଛି। ପରୀକ୍ଷାରେ ଅନର୍ସ କଟି ଯାଇଛି। ଏମ.ଏ. ପଢ଼ିବାକୁ ନନାଙ୍କର ବାରଣ। ତାଙ୍କ ଯଜମାନୀକୁ ମାନି ନେଇ ପାରିଲି ନାହିଁ। ସମୟ ଧାରରେ ବେଳେ ବେଳେ କମ୍ପନ ଆସେ। ମନହୁଏ ଅମଡ଼ା ବାଟରେ ବି ମାଡ଼ିଯିବି। ରାଗରେ ଚାଲି ଆସିଲି। ମାତ୍ର ଦି'ଶହ ଟଙ୍କା ହାତରେ ଧରି। ସାଙ୍ଗେ ସାଙ୍ଗେ ଗୋଟେ ଟିଉସନ ପାଇଲି। ତା'ପରେ କିଛି ଦିନ ପରେ ଏ ଧଦା ଆରମ୍ଭ କଲି। ଭଲ ଚାଲୁଛି। ହେଲେ ମୋର ସ୍ୱପ୍ନ ଏତିକି ନୁହେଁ, ଏଇ ଝୁମ୍ପୁଡ଼ି ଦୋକାନକୁ ଏକ ସମ୍ଭ୍ରାନ୍ତ ରେଷ୍ଟୁରାଣ୍ଟ କରିବି। ଏହା ହିଁ ମୋର ସାଧନା ହୋଇଯାଇଛି।

ଅବନୀବାବୁ ମୁଗ୍ଧ ହେଲେ। ଭରତର ପିଠି ଥାପୁଡ଼ି କହିଲେ, ତମର ସ୍ୱପ୍ନ ସାକାର ହେଉ ଭରତ। ଆମର ଶୁଭେଚ୍ଛା ତମ ସହିତ ଅଛି।

ଭଗବାନବାବୁ ପ୍ରଭୃତି ଆସି ଭରତ ଦୋକାନରେ ପହଞ୍ଚିଲେ। ଭଗବାନ ବାବୁ ପ୍ରଭୃତିଙ୍କୁ ଭରତ ସ୍ୱାଗତ କଲା। ବସିବାକୁ ବେଞ୍ଚ ଝାଡ଼ିଦେଲା। ଭଗବାନ୍ ବାବୁ କହିଲେ, ଜାଙ୍ଗଲ ଭରତ! ତମଠୁ ଚା' ଖାଇ ଖାଇ ଆମେ ବୁଢ଼ାମାନେ ମଧ୍ୟ ସ୍ୱପ୍ନ ଦେଖିବାକୁ ଆରମ୍ଭ କଲୁଣି।

ଭରତ ହସି କହିଲା... ସ୍ୱପ୍ନ ଦେଖିବା ପାଇଁ ବୟସର ବିଚାର ଗୋଟେ କ'ଣ? ସ୍ୱପ୍ନ ନଥିଲେ ଜୀବନ ମୃତ।

ନୀଲାମ୍ବର ବାବୁ ଚା' ନଉ ନଉ କହିଲେ, ସତରେ ଭରତ ଜୀବନ ପାଇଁ ତମ ବିଚାର ଧାରା ଉତ୍ସାହଜନକ। ମୁଁ ତ କହୁଛି, ତମେ ଏଇ ଚା'ରେ ଟିକେ ଟିକେ ସ୍ୱପ୍ନ ଫେଣ୍ଟି ଦଉଛ କି? ତା' ନ ହେଲେ, କ'ଣ ଆମେ ସ୍ୱପ୍ନ ଦେଖୁଥାନ୍ତୁ।

...ସାର୍, କି ସ୍ୱପ୍ନ ଯେ?

...ଆମେ ଚାରିସାଙ୍ଗ କି ଚାରିଟା ବୁଢ଼ା, ଏକ ନିଷ୍ପତ୍ତି ନେଇ ସାରିଛୁ।

ଭଗବାନ୍ ବାବୁଙ୍କ ଆଖି ଜଳି ଉଠିଲା। ପରକ୍ଷଣରେ ସେ ଦୃଷ୍ଟି ନୁଆଁଇ ଦେଲେ। ନିଜକୁ କେତେ ପ୍ରକାରେ ଶାସନ କରି ନେବାକୁ ହେବ, ସଜାଡ଼ି ନେବାକୁ ହେବ।

...କି ନିଷ୍ପତ୍ତି ସାର୍?

...ନିଷ୍ପତ୍ତିଟା ଭୟଙ୍କର। ଅଭିଯାନଟା ମଙ୍ଗଳଗ୍ରହ କି ଏଭରେଷ୍ଟ ଅଭିଯାନ ନୁହେଁ। ସହରରୁ ଗାଆଁକୁ ଏ ଅଭିଯାନ। ତମେ ଗାଆଁରୁ ସହର ଆସିଲ। ପେଟ ପାଇଁ, ବଞ୍ଚିବା ପାଇଁ। ଆମେ ସହରରୁ ଗାଁକୁ ଯିବୁ ସେଇ ବଞ୍ଚିବା ପାଇଁ।

ଭରତ ହସି କହିଲା, ବାଃ-ବଢ଼ିଆ ସ୍ୱପ୍ନ ତ ସାର୍। ଛୋଟ ମୁହଁରେ ବଡ଼ କଥା। ସ୍ୱପ୍ନ କ'ଣ ସରେ? ସେ ପରା ସବୁବେଳେ ଉସ୍କେଉ ଥାଏ। ଏତେ ଦିନଯାଏଁ ଯେଉଁ ସ୍ୱପ୍ନ ଦେଖୁଥିଲେ, ତା' ନିଜ ସଂସାର ପାଇଁ, ନିଜ ପୁଅଝିଅ ପାଇଁ, ଜୀବିକା

ପାଇଁ, ଏ ସବୁ ବାଦେ ନିରୋଲାରେ ଯେଉଁ ଚେନାଏ ଅସ୍ତିତ୍ୱ ପଡ଼ି ରହିଛି, ଆପଣ ସେ ନିଜେ । ଏବେ ତାରି ପାଇଁ ସ୍ୱପ୍ନ ଦେଖୁଛନ୍ତି । ତା' ପାଇଁ କାମ କରିବେ, ମନ୍ଦ କ'ଣ ?

ତିନି ହଳ ଆଖ୍ ଭରତ ମୁହଁ ଉପରେ ଘୁରି ଆସିଲା । ଶିବନାଥ ତା' ପିଠି ଥାପୁଡ଼ି କହିଲେ, ବାଃ-ବଢ଼ିଆ କଥାଟିଏ କହିଲ ତ ଭରତ ? ସେଇଆ ମୁଁ ଅନୁଭବ କରୁଛି ତିଲ ତିଲ ବହୁ ଦିନରୁ । ସେଇ ମତେ ଖେଉଛି । ପୀଡ଼ନ କରୁଛି । ସେଇ ପୀଡ଼ନରୁ ହିଁ ବାହାରିଲା ଏହି କଳ୍ପନା । ଆମେ ଏକ ଅଭିଯାନରେ, ଏକ ବାର୍ତ୍ତା ନେଇ ଚାଲିବୁ ।

... ଭଗବାନ୍ ବାବୁ ଉଦାସ ଆଖିରେ ଚାହିଁଲେ ଶିବନାଥଙ୍କ ମୁହଁକୁ । ଗମ୍ଭୀର ସ୍ୱରରେ କହିଲେ, ତମ କଥା ମୁଁ ନବୁଝୁଛି ଏମିତି ଭାବନା । ଏବେ ଶୁଣ ତମ ପ୍ରସ୍ତାବକୁ ପ୍ରତିବାଦ କରିବାର ସେଇ ବଳିଷ୍ଠ ଯୁକ୍ତି, ବା କାରଣ ।

ନୀଳାମ୍ବର ବାବୁ ହଠାତ୍ ଠିଆ ହୋଇପଡ଼ିଲେ । କହିଲେ, ଏଇ ଭରତ ଏକ ସ୍ୱପ୍ନପ୍ରବଣ ତରୁଣ । ତା'ର ଦୃଷ୍ଟିଭଙ୍ଗୀ, ତା'ର ଉସ୍ଥାହ, ଦେଖିବାର, ଶିଖିବାର କଥା । ଏପରି ଏକ ସ୍ୱପ୍ନପ୍ରବଣ ତରୁଣ ସାମ୍ନାରେ ମୁଁ କୌଣସି ସ୍ୱପ୍ନର ବ୍ୟବଚ୍ଛେଦ କରିବା ଚାହେଁନି । ଭଗୀଭାଇ ଥାଉ, ଏକଥା ପରେ ପକାଇବା ।

ଶିବନାଥ ବାବୁ ଭଗବାନ୍‌ବାବୁଙ୍କ ହାତ ମୁଠେଇ ଧରି କହିଲେ, ପରେ କଥା ହେବା ଆଜ୍ଞା । ମୁଁ ଏଥର ଯାଏଁ ।

ଆରେ ହଁ, ହଁ, ମତେ ବି ଗୋଟେ କ୍ଷୀର ପ୍ୟାକେଟ୍ ନେଇ ଯିବାକୁ ହେବ । କହିଲେ ଅବନୀବାବୁ ।

ସମସ୍ତେ ସେଠୁ ଉଠିଲେ । ଭଗବାନବାବୁ ସେମିତି ବସିଥିଲେ । ବେଞ୍ଚ ଉପରେ ପଡ଼ିଥିବା ଖବର କାଗଜଟା ଗୋଟେଇ ଧରିଲେ । ତା'ପରେ କହିଲେ, ଆଉ ଗୋଟେ ଚା' ଦିଅ ତ ଭରତ ।

-୨-

ସେମାନେ ଚାରି ସଙ୍ଗାତ ନୁହନ୍ତି, ଚାରି ସହପାଠୀ ମଧ୍ୟ ନୁହନ୍ତି, ସହକର୍ମୀ ମଧ ନୁହନ୍ତି, ଏକତ୍ର ସାତପାଦ ଚାଲିଲେ କୁଆଡ଼େ ବନ୍ଧୁ ହୁଅନ୍ତି । ଏମାନେ ଏକତ୍ର କେତେ ସହସ୍ର ପାଦ ଚାଲିଲେଣି, ତା'ର ଠିକଣା ନାହିଁ ।

ଏହି ଚାରି ଜଣ ଶିବନାଥ ଚୌଧୁରୀ, ଭଗବାନ୍ ଦାସ, ନୀଳାମ୍ବର ମହାନ୍ତି ଓ ଅବନୀ ଆଚାର୍ଯ୍ୟ । ଭଗବାନ ବାବୁ ରିଟାୟାର୍ଡ ହେଡ଼ମାଷ୍ଟର ଭବନେଶ୍ୱରରେ ଘରଟିଏ

କରି ଅଛନ୍ତି । ନୀଲାମ୍ବର ମହାନ୍ତି ରିଟାୟାର୍ଡ ଡି.ଏସ୍.ପି., ସେ ମଧ୍ୟ ଦି'ତାଲା ଘରଟିଏ କରି ଅଛନ୍ତି । ଏକମାତ୍ର ପୁଅ ଏ.ଜି. ଅଫିସରେ କାମ କରେ । ଅବନୀ ଆଚାର୍ଯ୍ୟ ରିଟାୟାର୍ଡ ଇଞ୍ଜିନିୟର । ସମଗ୍ର ଚାକିରି କାଳ ବାଲିମେଲାରେ କଟିଗଲା । ଭୁବନେଶ୍ୱରରେ ଘରଟିଏ କରି ପାରିନାହାନ୍ତି । ଭଡ଼ାରେ ରହନ୍ତି । ଶିବନାଥ ଚୌଧୁରୀ ରିଟାୟାର୍ଡ ଜିଲ୍ଲା ଜଜ୍ । ସେ ଭୁବନେଶ୍ୱରର ସମ୍ଭ୍ରାନ୍ତ ଅଞ୍ଚଳରେ ଘର କରି ଅଛନ୍ତି । ଭରତ ଦୋକାନରେ ହିଁ ଏମାନଙ୍କର ପରିଚୟ ହୁଏ ଓ ସେଇଦିନୁ ଏକତ୍ର ପ୍ରାତଃ ଭ୍ରମଣ କରନ୍ତି । ଚା'ପାନ ସହିତ ଆଲାପ ଆଲୋଚନା ମଧ୍ୟ ଚାଲେ । ସକାଳେ ପ୍ରାତଃ ଭ୍ରମଣରେ ଯାଉଥିବା ଲୋକମାନଙ୍କ ଭିତରେ ଏମାନେ ବାରି ହୋଇ ଯାଆନ୍ତି । ନିଆରା ଲାଗନ୍ତି । ଏମାନେ ଜରି ଗୋଟେ ଗୋଟେ ଧରି ଫୁଲ ତୋଳନ୍ତି ନାହିଁ । ବାଟରେ ଘାଟରେ, କୋବି, ବାଇଗଣ ମୂଲାନ୍ତି ନାହିଁ । ଏମାନେ ଷୋଳଅଣା ବୁଦ୍ଧିଜୀବୀ । ପୁଣି ସବୁବେଳେ ଗମ୍ଭୀର । ଏମାନଙ୍କ ମୁହଁରେ ହସ ନାହିଁ । ଜୀବନରେ ରସ ନାହିଁ । ବରଂ ମୁହେଁ ମୁହେଁ ଝଟକି ଉଠେ ସମୟର ପ୍ରାସ । ଏମାନେ ଏକତ୍ର ଦି'ଓଳି ବୁଲି ବୁଲି ପରସ୍ପରର ନିକଟବର୍ତ୍ତୀ ହେଲେଣି । ସମ୍ପର୍କରୁ ଘନିଷ୍ଠତା ବଢ଼ିଲାଣି । ଜଣଙ୍କର ଶୃଙ୍ଖଳା ମୁହଁ ଅନ୍ୟଜଣଙ୍କ ମନରେ ପ୍ରଶ୍ନବାଚୀ ତୋଳିଲାଣି । ବୃତ୍ତି, ଶିକ୍ଷା, ଜୀବନଚର୍ଯ୍ୟାର ଭିନ୍ନତା ସତ୍ତ୍ୱେ ଏହି ଚାରିଜଣଙ୍କର ଏକ ଅଭୁତ ମେଳ ଥାଏ । ରୁଚି, ଆଦର୍ଶ, ଚିନ୍ତାଧାରାର ଏହି ମେଳ ।

ଏହି ଚାରିଜଣ ବୟସ୍କ ନାଗରିକଙ୍କର ଆଲୋଚନା ଅନ୍ୟ ବୟସ୍କ ଲୋକମାନଙ୍କ ପରି ପରିବାର ପରିସରଭୁକ୍ତ ଆଦୌ ନଥାଏ । ଯେମିତିକି ଚାରିଜଣ ବୟସ୍କ ଏକାଠି ବସିଲେ ଅତୀତରେ ନିଜର କୃତିତ୍ୱର କଥା କହନ୍ତି, ନଚେତ୍ ପରିବାରର କଥା । ଯେମିତି କି ପୁଅ ବୋହୂଙ୍କ ଅଣହେଳା । କି ସ୍ତ୍ରୀଙ୍କର ଅସାଧ୍ୟରୋଗରେ ପଇସା ଖର୍ଚ୍ଚ କିମ୍ବା । ଝିଅ ଫେରି ଆସିଛି ଶାଶୁଘରୁ ଅବା ପୁଅକୁ ମିଲୁ ନାହିଁ ଚାକିରି । ଏହା ଛଡ଼ା ଦରଦାମ ବୃଦ୍ଧି, ରାଜନୈତିକ ଶଠତା, ଇତ୍ୟାଦି ଇତ୍ୟାଦି । ଏଭଳି ଗପ୍ଟରେ ତାଙ୍କର ରୁଚି ନଥାଏ । ଏହା ବୋଲି ଯେ ସେମାନଙ୍କ ପରିବାରରେ କିଛି ଅସୁବିଧା ନଥାଏ ଏମିତି ନୁହେଁ, ଅସଲ କଥା ଏମାନେ କିମିତି କେଜାଣି ଚାକିରିର ଖୋଲପାରୁ ବାହାରି ଯାଇ ସାଧାରଣ ମଣିଷଟି ପରି ବଞ୍ଚିବାର ପ୍ରୟାସ କରୁ କରୁ ପରିବାରର ଉପରକୁ କେତେବେଳେ ଚାଲିଯାଆନ୍ତି ତ, କେତେବେଳେ ଅନ୍ୟମନସ୍କ ରହନ୍ତି । ଏହି ଅନ୍ୟମନସ୍କତା ବେଲେବେଳେ ତାଙ୍କୁ ଏତେ ଉର୍ଦ୍ଧ୍ୱକୁ ନେଇଯାଏ ଯେ ସେଇ ଉର୍ଦ୍ଧ୍ୱଗତି ଏକ ବିଚିତ୍ର ଆନନ୍ଦ ଲୋକକୁ ଛୁଇଁବାକୁ ପ୍ରୟାସ କରୁଥିଲା, କିନ୍ତୁ ଛୁଇଁ ପାରୁନଥିଲା । ମଝିରେ ତ୍ରିଶଙ୍କୁ ପରି ଝୁଲି ରହିଲା ବେଲେ ତଲେ ଘୁଷୁରୁଥିବା ମଣିଷମାନଙ୍କର ଦୁଃଖ,

ଶୋକ, ରକ୍ତରେ ଜର୍ଜରିତ ହେଉଥିବା ଅବସ୍ଥା ନିରନ୍ତର ଦେଖୁଥିଲେ ତା' ମଧ୍ୟ ସେମାନଙ୍କୁ ଅତିଶୟ ପୀଡ଼ା ଦେଉଥିଲା। ଫଳତଃ ଏକ ଅଭୁତ ମାନସିକ ସନ୍ତୁଳନ ଏମାନଙ୍କୁ ଆଚ୍ଛନ୍ନ କରି ରଖିଥିଲା। ନିଜ ନିଜର ଏହି ମାନସିକ ସନ୍ତୁଳନକୁ ନିଜେ ନିଜେ ସେମାନେ ତର୍ଜମା କରନ୍ତି। ଚାକିରି ଜୀବନରେ ଏମାନେ ନିଜ ନିଜ କର୍ମରେ ଏତେ ନିଷ୍ଠାପର, ଏକାଗ୍ର ଓ ଉତ୍ସର୍ଗୀକୃତ ଥିଲେ ଯେ, କୌଣସି ଦିନ ନିଜ ପରିବାର ଓ ଚାରିପାଖରେ ପୃଥିବୀକୁ ଅନ୍ତରର ଦୃଷ୍ଟିରେ ଦେଖି ପାରିନଥିଲେ। ଖବରକାଗଜରେ ଅବଶ୍ୟ ପଢ଼ୁଥିଲେ ତୁରନ୍ତ ବଦଳି ଯାଉଥିବା ପୃଥିବୀର କଥା। ପଢ଼ୁଥିଲେ ମଣିଷର ଅଧଃପତନର କଥା। କିନ୍ତୁ ଏହା ଥିଲା କେବଳ ଅକ୍ଷର ପରିକ୍ରମା ମାତ୍ର। ଚାକିରି ଜୀବନର ଶେଷ ପରେ ସେମାନେ ଯେତେବେଳେ ରାଜରାସ୍ତାକୁ ଓହ୍ଲାଇ ଆସିଲେ ସାଧାରଣ ମଣିଷଟିଏ ହୋଇ, ସେତେବେଳେ ତାଙ୍କ ଦୃଷ୍ଟି ଧକ୍କା ଖାଇ ବୁଝିଲା ଯେ ଏହି ପଞ୍ଚତିରିଶ ବର୍ଷ ମଧ୍ୟରେ ପୃଥିବୀ ବଦଳି ଯାଇଛି ଅଭୁତ ଭାବେ ଓ ମଣିଷ ଖସିପଡ଼ିଛି କେତେ ତଳକୁ। ମଣିଷ ତା'ର ମାନବିକ ମୂଲ୍ୟବୋଧ, ପରମ୍ପରା, ସଂସ୍କୃତିକୁ କାଳିମାଗ୍ରସ୍ତ କରିବାକୁ ଯେମିତି ଆଗେଇ ଯାଉଛି ଉତ୍ସାହପ୍ରଦ ଭାବରେ। ଏକପକ୍ଷରେ ମଣିଷର ଅଭ୍ୟୁଦୟ ଓ ଅବକ୍ଷୟ ଏକାବେଳକେ ମଣିଷ ଚେତନାରେ ସଂକଟ ସୃଷ୍ଟି କରିଛି।

ଶିବନାଥ ବାବୁ ହୁଅନ୍ତୁ କି ଅବନୀ ବାବୁ ଏମାନେ ସମସ୍ତେ ସକାଳେ ସଂଧ୍ୟାରେ ବୁଲିବାକୁ ଯାଇ ମଣିଷମାନଙ୍କର ଦୁଃଖ ଓ ଅଧଃପତନ ହିଁ ଦେଖିଲେ। ଏଗୁଡ଼ା କ'ଣ ତାଙ୍କରି ଦୃଷ୍ଟିରେ ଧରା ପଡ଼ିବାକୁ ଥିଲା? ଖବରକାଗଜରେ ଯାହା ପଢ଼ିଲେ, ଟି.ଭି. ପରଦାରେ ସେଇ ଦୃଶ୍ୟ ଦେଖିଲେ। ସାଇପଡ଼ିଶାଙ୍କ ମୁହଁରୁ ତାହାହିଁ ଶୁଣିଲେ। ଏତେ ବଡ଼ ଗୋଲାମ୍ ନଗରୀ ଏଇ ରାଜଧାନୀ କେଉଁଠି ଚେନାଏ ମାଟି ଓଦା ନାହିଁ ରକ୍ତରେ? କେଉଁଠି ଅଛି ଏମିତି ଅନାର୍ଦ୍ର ପବନ, ଯିଏ ଭିଜି ନାହିଁ କେଉଁ ଲାଞ୍ଛିତା ନାରୀର କୋହ ଓ ଦୀର୍ଘଶ୍ୱାସରେ? ଏମିତି ଅଞ୍ଚଳଟିଏ ଏଠି କାହିଁ, ଯେଉଁଠି ଘଟିନାହିଁ ଚୋରୀ, ଡକାୟତି? ଏହାଛଡ଼ା ଝୁପୁଡ଼ି ଭର୍ତ୍ତି ଅଛି ନିରୀହ ଲୋକମାନଙ୍କର ଜୀବନ ସଂଗ୍ରାମ। କିଏ ଭାଗ୍ୟ ଦୋଷରେ ଭୋଗୁଛି ଦାରିଦ୍ର୍ୟ, କିଏ ଭୋଗୁଛି ଭୋଗ, କିଏ ଭୋଗୁଛି ଜୀବନର ପ୍ରକାର ପ୍ରକାର ଦାଉ। ଚତୁର୍ଦିଗରେ ଯେମିତି 'ପ୍ରାଣୀଙ୍କ ଆରତ ଦୁଃଖ ଅପ୍ରମିତ'। ଚତୁର୍ଦିଗରେ ଦୁଃଖ ହିଁ ଦୁଃଖ।

ଦିନେ ଦିନେ ଶିବନାଥ କହନ୍ତି, ସେ ଖବରକାଗଜ ବର୍ଜନ କରିଛନ୍ତି। ଭଗବାନବାବୁ କହନ୍ତି, ସେ ତ ଅନେକ ଦିନୁ ଟି.ଭି. ବର୍ଜନ କରିଛନ୍ତି। ନୀଳାମ୍ବର ବାବୁ ହସି ଉଠନ୍ତି। କହନ୍ତି, ଜାଇଲେ ଆଜ୍ଞା, ମୁଁ ଏ ବର୍ଜନ ଫର୍ଜନରେ ବିଶ୍ୱାସ କରେ

ନାହିଁ। କାରଣ ମୁଁ ବିଶ୍ୱାସ କରେ ଯେ ଅନ୍ଧାର ଅନ୍ଧାର ବୋଲି ପାଟି କରିବା ଅପେକ୍ଷା ଦୀପଟିଏ ଜାଳିଦେବା ଶ୍ରେୟସ୍କର। ସାରା ଜୀବନ ମୁଁ ତାହା ହିଁ କରିଛି। ଦୀପ ହୋଇ ଜଳିଛି।

ନୀଳାମ୍ବର ବାବୁଙ୍କର ଏହି କଥା ଉପରେ ଆଲୋଚନାଟିଏ ବିସ୍ତାରିତ ହୋଇଯାଏ। କଥାର ଲତା ପରି ସମସ୍ତଙ୍କ ଜୀବନର ଖିଏ ଖିଏ କଥା ପରିସର ଭିତରକୁ ଚାଲିଆସେ। ସମସ୍ତେ କହନ୍ତି, ସମସ୍ତେ ତ ଦୀପ ପରି ଜଳିଚନ୍ତି, କିନ୍ତୁ ପାରିପାର୍ଶ୍ୱ ଆଲୋକିତ ହୋଇଛି କି ? ଏମିତି କି ସେ ଆଲୋକ କ'ଣ ପ୍ରଭାବିତ କରିଛି ନିଜ ପୁଅ, ଝିଅ ପତ୍ନୀଙ୍କୁ ? ସାଇପଡ଼ିଶାକୁ ? ଏଠି ନୀରବ ହୋଇ ଯାଆନ୍ତି ସମସ୍ତେ। ନିଜ ଅନ୍ତଃକରଣକୁ ଅଞ୍ଜାଳି ପ୍ରକାନ୍ତି। କେଉଁଠି ଥିଲା କି ଫାଙ୍କି ? କେଉଁଠି ? ଅବନୀବାବୁ ମୁହଁ ଖୋଲନ୍ତି। ନାଃ, ଫାଙ୍କି ନୁହେଁ କି ପ୍ରତାରଣା ନୁହେଁ। ନିଜ ନିଜର ଗର୍ଭ ନେଇ ଦୀପ ଜଳିଛି। ଜଳିବା ସତ୍ୟ, ମିଥ୍ୟା ନୁହେଁ। ସେ ଦୀପ କେତେ ଆଲୁଅ କାହାକୁ ଦେଇଛି, ତା'ର ହିସାବ କରିବାକୁ ଦୀପ କିଏ ? ଜଳିବା ତା'ର ଧର୍ମ, ଯଦି ଯୌବନରେ ଜଳିଛି, ପ୍ରୌଢ଼ତ୍ୱରେ ଜଳିଛି, ଏବେ ବାର୍ଦ୍ଧକ୍ୟରେ ମଧ ସେ ଜଳିବ। ତାହା ହିଁ ତା'ର ଧର୍ମ। ସେ କଥା ଛାଡ଼, ଏବର କଥା ଦେଖ। ଆମେ ସମସ୍ତେ ଏକ ଉତ୍ଥିତ ଢେଉ ଉପରେ ଠିଆ ହୋଇ ନାହେଁ କି ? କେତେବେଳେ ସେ କେଉଁଠି କଚାଡ଼ି ଦେବ ? ଶିବନାଥ ବାବୁ ହସି କହିଲେ, ଉତ୍ଥିତ ଢେଉ ନୁହଁ ହେ, ଏକ ଦୁର୍ବାର ସ୍ରୋତ ବହି ଯାଉଛି। ଅମଡ଼ା ମାଡ଼ି ଯାଉଛି। ଆକୁ କ'ଣ ରୋକି ହେବ ? ନୀଳାମ୍ବର ବାବୁ କହିଲେ, ରୋକି ନ ହେଲେ ମଧ ରୋକିବାର ପ୍ରୟାସ କରିବାଟା ଉଚିତ ନୁହେଁ କି ? ଆମେ ଭଲ ମନ୍ଦ, ଉଚିତ ଅନୁଚିତର ବ୍ୟବଧାନ ରେଖାକୁ ଭୁଲିଯିବା ଉଚିତ ନୁହେଁ। ତେଣୁ ଆମକୁ କିଛି କରିବାକୁ ହେବ। ସାମାନ୍ୟ ହେଉ ପଛେ। ଗୁଣ୍ଠିଟି ପରି କିଛି କରିବାକୁ ହିଁ ହେବ। ସେତୁବନ୍ଧରେ ଧୂଳି ଛାଡ଼ିବାକୁ ହେବ।

.... କିହୋ, ସେତୁବନ୍ଧ କାହିଁ ? କହନ୍ତି ଭଗବାନ ବାବୁ।

... ନୀଳାମ୍ବର ବାବୁ କହନ୍ତି, ସେତୁବନ୍ଧ ନଥାଉ। ସବୁ ପ୍ରୟାସ ପାଇଁ ବନ୍ଧ ଲୋଡ଼ା ପଡ଼େ ନାହିଁ। ସାମାନ୍ୟ ନୁହେଁ, ପୂରା ଦମରେ ଆମକୁ କିଛି କରିବାକୁ ହିଁ ହେବ।

ହଁ, ସେମାନେ ଚାରି ଜଣ ଏକମତ ହେଲେ। ସେମାନେ କିଛି କରିବେ। ଅବସର ସମୟ ତୁଚ୍ଛାରେ କାଟିବେ ନାହିଁ। ମଣିଷ ତା'ର ସଂସାର କର୍ମ ସମାପ୍ତ ପରେ ବାନପ୍ରସ୍ତ ଯାଉଥିଲା। ସଂସାରରୁ ପଲାୟନ କରୁଥିଲା। ଏସବୁ ପୁରୁଣା ସମୟରେ ହେଉଥିଲା। ସେମାନେ କିନ୍ତୁ ସଂସାରରେ ରହିବେ। ସମାଜ ପାଇଁ କାମ କରିବେ।

ମଣିଷକୁ ତା'ର ଭିଟାମାଟିକୁ ଫେରାଇ ଆଣିବାର ପ୍ରୟାସ କରିବେ। କେବଳ ପୁଅ, ଝିଅ, ସ୍ତ୍ରୀ, ବାପା ମାଆଙ୍କୁ ନେଇ ମଣିଷର ଜୀବନ ନୁହେଁ। ସେ ମାଟିର, ଆକାଶର, ସମାଜର, ଦେଶର, ଏ ସମସ୍ତଙ୍କ ସହ ତା'ର ତ ନିବିଡ଼ ସଂପୃକ୍ତି। ଏମାନଙ୍କ ରଣ ନ ଶୁଝି ସେ ପେନ୍‌ସନ୍ ଟଙ୍କାରେ ଦିବ୍ୟ ଭୋଜନ ମାରି ପଞ୍ଝା। ତଳେ ଶୋଇବେ ନିଶ୍ଚିନ୍ତରେ ?

ଅବନୀ ବାବୁଙ୍କର ଏହି କଥା ସମସ୍ତଙ୍କୁ ଉଦ୍‌ଦୀପିତ କଲା। ସମସ୍ତେ ହାତ ମିଳାଇଲେ।

ନିଜଠାରୁ ମୁକୁଲି ଯାଉଥିବା ମନ ବେଶ୍ ଖଣ୍ଡି ଉଡ଼ା ଦିଏ ଆକାଶରେ। ହେଲେ ପୁଣି ନିଜ ଭିତରକୁ ଫେରି ଆସେ। ନିଜଠାରୁ ନିଜର ମୁକ୍ତି କାହିଁ ? ସେଥିପାଇଁ ମହାପୁରୁଷମାନେ କହିଛନ୍ତି, ମଣିଷ ନିଜେ ନିଜର ଶତ୍ରୁ।

ବାହାର ଦୁଃଖରେ ଭାଙ୍ଗି ପଡୁଥିବା ମନ ନିଜ ଦୁଃଖରେ ପୁଣି ପୋତି ହୋଇଯାଏ। ଅବସର ପ୍ରାପ୍ତ ଜିଲ୍ଲା ଜଜ୍ ଶିବନାଥ ଚୌଧୁରୀଙ୍କର ପୁଣି ନିଜର ଦୁଃଖ ଗୋଟେ କ'ଣ ? ଘରପୂର୍ଣ୍ଣ ସଂସାର। ଅନୁଗତା ପତ୍ନୀ, ସୁଲକ୍ଷଣା, ସୌଭାଗ୍ୟବତୀ। ଦି'ଟା ପୁଅ ଉଚ୍ଚଶିକ୍ଷିତ। ବଡ଼ପୁଅଟି ଆମେରିକାରେ ସପରିବାର। ସାନପୁଅ ଆଡ୍‌ଭୋକେଟ୍। ପାଖରେ ରହେ। ରାଜ ଉଆସ ପରି ଘର, ବାରି ବଗିଚା, ଚାକର, ପୂଖାରୀ, ଆଦେଶକୁ ଅନେଇ ବସିଥାଆନ୍ତି। ଶିବନାଥଙ୍କ ଦୁଃଖ କହିଲେ ବନ୍ଧୁମାନେ ହସିବେ। କ୍ଞାତି, କୁଟୁମ୍ଵ ହସିବେ। ସାରା ଦୁନିଆ ବି ହସିବ। ହେଲେ ଶିବନାଥ ଚୌଧୁରୀ ନିଜ ଦୁଃଖ କଥା କହିବେ କାହାକୁ ?

ଘରକୁ ଫେରି ଶିବନାଥ ନିତ୍ୟକର୍ମ କଲେ। ଠାକୁର ପୂଜା କଲେ। ବ୍ରେକ୍‌ଫାଷ୍ଟ ଟେବୁଲରେ ସ୍ତ୍ରୀ ଓ ପୁଅ ଅପେକ୍ଷା କରିଥିଲେ। ସଜ୍ଜିତ ହୋଇଥିଲା ଖାଦ୍ୟ ସାମଗ୍ରୀ। ପୁଅ ବଢ଼ାଇ ଦେଇଥିଲା। ପତ୍ନୀ ବଢ଼ାଇ ଦେଉଥିଲେ। କିନ୍ତୁ ସେ ଖାଇପାରୁ ନଥିଲେ। ଆଜିକାଲି ସେ ଖୁବ୍ ଅନ୍ୟମନସ୍କ ରହୁଛନ୍ତି ବୋଲି ପ୍ରତିମା ବାରମ୍ଵାର କହୁଛନ୍ତି। ଶିବନାଥଙ୍କ ମନ ଭିତରୁ କଥାଗୁଡ଼ାକ ଓଟାରି ନେବାକୁ ଚାହାନ୍ତି ସେ। କ'ଣ ହୋଇଛି ବୋଲି ବ୍ୟସ୍ତ କରି ଦିଅନ୍ତି। ଶିବନାଥ ତାଙ୍କୁ କେମିତି କହନ୍ତେ ଯେ ତାଙ୍କର ଉଦ୍‌ଯୋଗ ପର୍ବରେ ଭଗବାନବାବୁ ରାସ୍ତା ଅବରୋଧ କରି ଦେଇଛନ୍ତି। ଏମିତି ସାଙ୍ଗମାନଙ୍କ କଥା, ତାଙ୍କର କଳ୍ପନା ଜଳ୍ପନା କଥା କିଛି ସେ କହନ୍ତି ନାହିଁ ପ୍ରତିମାକୁ। ସେ ଯେ ସହର ଛାଡ଼ି ଗାଁ ଅଭିମୁଖେ ବାହାରିଛନ୍ତି ବନ୍ଧୁମାନଙ୍କ ସହ, ଏ କଥା କହନ୍ତେ ବା କିପରି ? ଶିବନାଥ ଯାଇତାହି କିଛି ଖାଇ ଉଠିଗଲେ। ଅବସର ନେବା ଦିନୁ ପ୍ରାୟ ସେ ଏଡ଼ି ଯାଇଛନ୍ତି ସମସ୍ତଙ୍କୁ, ପ୍ରତିମାଙ୍କୁ ମଧ୍ୟ।

ଶିବନାଥ ଟେବୁଲ ଛାଡ଼ି ଉଠିଗଲେ। ବାଲ୍‌କୋନିରେ ଆର୍ମ ଚେୟାରରେ ବସିଲେ। ଦୂରକୁ ଚାହିଁଲେ ବେଶ୍ ଦୂରର ରାସ୍ତାରେ ନିତିଦିନିଆ ଗହଳ ଚହଳ। ସେଇଠି ଘୁରି ଘୁରି ସେ ଗୋଟେ ରାସ୍ତା ବାଛିଥିଲେ। କୁହୁଳା ପଣରୁ ମୁକୁଳି ଯିବାକୁ ଦୁଃଖର ବଳୟରୁ ଓହରି ଯିବାକୁ ଗୋଡ଼ ବଢ଼ାଇଥିଲେ। ସେ କ'ଣ ପୁଣି ଫେରିଯିବେ ସେଇଠିକି। ଅବସର ପ୍ରାପ୍ତ ଜିଲା ଜଜ୍ ଶିବନାଥ ଚୌଧୁରୀ ନିଜର ଦୁଃଖ ବଖାଣିବେ କାହାକୁ ?

ଶିବନାଥଙ୍କର ଦୁଃଖ ଗୋଟେ କ'ଣ ଯେ ? କିନ୍ତୁ ନିଜକୁ ଚାହିଁଲେ ସେ ଶିହରି ଉଠନ୍ତି। ତାଙ୍କ ଉଦାସ ଗମ୍ଭୀର ମୁହଁ, ଉଜ୍ଜ୍ୱଳ ଦୃଷ୍ଟିରେ ସବୁବେଳେ ହଜେଇବାର ଦୁଃଖ ଉବୁକି ଉଠେ। କ'ଣ ତାଙ୍କର ହଜିଛି ? ତାଙ୍କର ତ ପରିପୂର୍ଣ୍ଣ ସଂସାର। ପରିପୂର୍ଣ୍ଣ ଜୀବନ। ପୁଅ ଦିଓଟି ସୁପ୍ରତିଷ୍ଠିତ। ଶିବନାଥଙ୍କ ଜୀବନରେ ସଫଳତାର ଛାପ ସର୍ବତ୍ର। ଜଣେ ସୁଦକ୍ଷ ଜଜ୍ ଭାବେ ତାଙ୍କର ପ୍ରତିଷ୍ଠା ଓ ପ୍ରତିପତ୍ତି ତ ସର୍ବଜନ ବିଦିତ। ଏ ସବୁ ସତ୍ତ୍ୱେ ତାଙ୍କୁ ଭାରି ମାଡ଼ି ମାଡ଼ି ପଡ଼େ। କ'ଣ ଗୋଟେ ହଜାଇଲା ପରି ଲାଗେ। ବେଲେବେଲେ ଏ ଭାବ ତୀବ୍ର ହୁଏ। ସେ ବୁଝିପାରନ୍ତି ନାହିଁ କାହିଁକି ଏମିତି ଲାଗେ ? ହଁ, କ'ଣ ଗୋଟେ ସେ ଦୂରେଇ ଦେଇଛନ୍ତି, ତା' ଜାଣିପାରୁ ନାହାନ୍ତି ସିନା, ତାହା ହିଁ ତାଙ୍କୁ ପୀଡ଼ା ଦେଇ ଚାଲିଛି। ଯେଉଁଦିନ ସେ ଅବସର ନେଲେ ସେଦିନ ବିଦାୟ କାଳୀନ ସଂବର୍ଦ୍ଧନାର ପୁଷ୍ପ ଓ ପ୍ରଶଂସାର ମାଲା ଏତେ ପର୍ଯ୍ୟାପ୍ତ ହୋଇଗଲା ଯେ, ତାଙ୍କ ବେକ ନଇଁଗଲା। ତାଙ୍କ ଆଖିରେ କାରୁଣ୍ୟର ଛାୟା ପଡ଼ିଲା। ଆଖିରେ ଲୁହ ଛଲ ଛଲ ହେଲା। ସମସ୍ତେ ଭାବିଲେ ଚାକିରିରୁ ବିଦାୟ ନେଇ ଯିବାର ଏ ଅବାଧ ଅଶ୍ରୁ। କିନ୍ତୁ ସତରେ କ'ଣ ସେଇଆ ଥିଲା ତାଙ୍କର ଦୁଃଖ ? ବରଂ ମୁକ୍ତିର ସେ ଥିଲା ଏକ ପରିପ୍ରକାଶ। ଯେଉଁ ଦୁଃଖ ଏତେ ଦିନ ଧରି ଚାକିରିର ଚାପ ତଲେ ମୁହଁ ମାଡ଼ି ପଡ଼ିଥିଲା, ତାହା ବାହାରି ପଡ଼ିଲା। ସେ ସଂବର୍ଦ୍ଧନାର ଉତ୍ତର ଦେଇ ଘରକୁ ବାହୁଡ଼ିଲେ। ଗାଡ଼ିରୁ ଓହ୍ଲାଇ ନିଜର ସୁରମ୍ୟ ପ୍ରାସାଦରେ ନିଜ ରୁମ୍‌ରେ ଗୋଟି ଗୋଟି ସବୁ ପୋଷାକ ଖୋଲି ଫିଙ୍ଗି ଦେଲେ। ଖଣ୍ଡିଏ ତଉଲିଆ ପିନ୍ଧି ମନଇଚ୍ଛା ଗାଧୋଇଲେ। ଗାଧୋଇସାରି ସେମିତି ସେ ତଉଲିଆଟିଏ ପିନ୍ଧି ଘରସାରା ବୁଲିଲେ। ଡ୍ରେସିଂ ଟେବୁଲ ସାମ୍ନାରେ ଠିଆ ହୋଇ ନିଜର ଖୋଲା ଦେହକୁ ଚାହିଁ ରହିଲେ। ଚାହିଁ ଚାହିଁ କହିଲେ, ମୁଁ ଶିବନାଥ ମୁଁ ଅସଲ ଶିବନାଥ। ମୁଁ ଏଥର ମୋ ଇଚ୍ଛାନୁସାରେ ବଞ୍ଚିବି। ମୁଁ ସ୍ୱାଧୀନ, ମୁଁ ମୁକ୍ତ। ଏହା ପରେ ସେ ନିଜ ଷ୍ଟଡ଼ି ରୁମ୍‌କୁ ଗଲେ। ସେଇ ଗଦା ଗଦା ବହି ଆଲମାରିକୁ ଚାହିଁ ଅନେକ ବେଳ ଠିଆ ହେଲେ ତା'ପରେ ଷ୍ଟଡ଼ିରୁମର କବାଟ ବନ୍ଦ କରିଦେଇ ତାଲା ପକାଇ ଦେଲେ। ଏ ସବୁ ତାଲା ପଡ଼ି ରହୁ ଏଥର। ଏ ଗଦା ଗଦା ବହି ହିଁ ଶିବନାଥଙ୍କୁ

ଘେରଉ କରି ରଖିଥିଲା । ଏହି ବହିର୍ଗୁଡ଼ାକର କଡ଼ା ପହାର ଭିତରେ ଆଖିରେ ଅନ୍ଧପୁଟୁଳି ବାନ୍ଧି ସତମିଛର କୁହୁକ ଖେଳରେ ଘୂରି ଘୂରି ସେ ସତକୁ ଧରିବାକୁ ହାତ ବଢ଼ାଉଥିଲେ । ସତ ବୋଲି ଯାହାକୁ ସେ ଧରୁଥିଲେ, ତାହା କ'ଣ ସତରେ ଥିଲା ସତ ? ନା ତାହା ଥିଲା ବହିର ବୁଦ୍ଧି । ସତ କ'ଣ ବାହାରେ ଥାଏ ? ଜୀବନରେ ଯେତେଗୁଡ଼ିଏ ମୂଲ୍ୟବାନ ରାୟ ସେ ଦେଇଛନ୍ତି ସବୁ କ'ଣ ଥିଲା ସତ୍ୟଭିତ୍ତିକ ? ସବୁଠି କ'ଣ ଦୋଷୀ ଦଣ୍ଡ ପାଇଛି ? ନାଁ... ନାଁ... ବହି ଘାଣ୍ଟିଛନ୍ତି । ଆଇନ୍‍କୁ ତନ୍ନ ତନ୍ନ କରିଛନ୍ତି । ଆଇନ ଅନୁଗତ ଛାତ୍ରଟିଏ ପରି କାର୍ଯ୍ୟ କରିଛନ୍ତି । ବହୁ ସାକ୍ଷ୍ୟପ୍ରମାଣ ଦେଇ ଗୁରୁତର ଅପରାଧୀ ତାଙ୍କ ଦ୍ୱାରା ନିର୍ଦୋଷ ପ୍ରମାଣିତ ହୋଇ ନାହିଁ କି ? ବଳିଷ୍ଠ ପ୍ରମାଣ ଯୋଗାଇ ନପାରି ନିର୍ଦୋଷଟିଏ ତାଙ୍କ ଦ୍ୱାରା ଦଣ୍ଡିତ ହେବା କଥା କ'ଣ ସତ ନୁହେଁ ? ଆଖିରେ ଅନ୍ଧପୁଟୁଳି ବାନ୍ଧି ସେ ସତ ଖୋଜିଥିଲେ ବୁଦ୍ଧିର ଚାପରେ । ନିଜକୁ ଫାଙ୍କି ଦେଇ ଦେଇ କହି ଚାଲିଥିଲେ ଯେ, ଆଇନ୍ ଦେଖେ ନାହିଁ । ସେ ଶୁଣେ, ଆଇନ୍‍ର ଆଖି ନାହିଁ । ହେଲେ ଘରକୁ ଫେରି ତାଙ୍କ ପଞ୍ଚପ୍ରାଣ କାନ୍ଦି ଉଠୁଥିଲା । ନିଜ ପ୍ରତି ଧିକ୍‍କାର ଆସୁଥିଲା । ନ୍ୟାୟର ଚଉକିରେ ବସି ସତରେ ସେ ନ୍ୟାୟ ଦେଇଛନ୍ତି ? ବ୍ୟାକୁଳ କଣ୍ଠରେ ସେ ନିଜକୁ ଚିକ୍‍ରାର କରି କହି ଚାଲିଥିଲେ, 'ତରୁଣ ବୟସରେ ପଢ଼ି ଚାଲିଥିବା ଜଣେ ଲେଖକଙ୍କର ଉକ୍ତି– 'ତନ୍ ତନ୍ ବୁଦ୍ଧିର ବିନିମୟରେ କିଏ ଯଦି ଦେଇପାରନ୍ତା ମତେ ଏକ ଆଉନ୍ ହୃଦୟ' ।

ସେଦିନ ସାରା ରାତି ବିଛଣାରେ ଶୋଇଥିଲେ ଶିବନାଥ– ୩୪, ଏଥର ମୁକ୍ତି ପାଇଚନ୍ତି ସେ । ଏବେ ସେ ମୁକ୍ତ । ଏବେ ସେ ସଂପୂର୍ଣ୍ଣ ମୁକ୍ତ । ନିଜକୁ ଖୋଜିବେ ସେ ଏଥର । ନିଜକୁ ପ୍ରତିଷ୍ଠା କରିବେ ଏଥର । ନିଜ ମନଇଚ୍ଛା ଜୀବନ ବଞ୍ଚିବେ ।

ସକାଳୁ ଉଠିଲା ବେଳକୁ ତାଙ୍କୁ ଭାରି ଫୁର୍ତ୍ତି ଲାଗିଲା । ଯେମିତି ନୂଆ ଜୀବନର ପ୍ରଥମ ସକାଳ । ସେ ନିଜର ପ୍ୟାଣ୍ଟ, ସାର୍ଟ, ନେକ୍‍ଟାଇ ସବୁ ଫିଙ୍ଗିଦେଲେ । ଗୋଟେଇ କରି ଗଣ୍ଠୁଲି କରିଦେଲେ । ପଢ଼ାଘରେ ଚାବି ପକାଇଲେ । ନିଜ ରୁମ୍‍କୁ ମନ ପସନ୍ଦରେ ସଜେଇଲେ । ସେ ଯେ ଦିନେ ଜଜ୍ ଥିଲେ ତାହାର ଚିହ୍ନ ମଧ୍ୟ ଏ ଘରେ ରହିବ ନାହିଁ । ତା' ପରେ ବଜାର ଯାଇ କେତେ ହଳ ଖଦଡ଼ କନାର ଟ୍ରାଉଜର ପଞ୍ଜାବି କିଣି ଆଣିଲେ । ତାକୁ ପିନ୍ଧି ଗୋଡ଼ରେ ଚଟି ହଲେ ଗଲେଇ କାନ୍ଧରେ ଶାନ୍ତି ନିକେତନୀ ଝୁଲାଟିଏ ପକାଇ ବୁଲିବାକୁ ବାହାରି ପଡ଼ିଲେ । ହଁ, ସେ ବୁଲି ବୁଲି ଦୁନିଆ ଦେଖିବେ । ମଣିଷର ପାଖକୁ ଯିବେ । ତା'ର ସ୍ପର୍ଶ ନେବେ । ଏତେ ଦୀର୍ଘ ଦିନ ଧରି ଯେଉଁ ସୁଡ଼ଙ୍ଗ ଯାତ୍ରାର ଜୀବନ ବଞ୍ଚୁଥିଲେ ସେ ବଞ୍ଚିବା ଗୋଟେ କି ବଞ୍ଚିବା ? ରାସ୍ତା କଡ଼ରେ ଠିଆ ହୋଇ ଝୁପୁଡ଼ି ଚା ଦୋକାନରେ ଚା ଖାଇଲାବେଳେ ତାଙ୍କୁ ଜମା ଆଶ୍ୱସ୍ତି ଲାଗିଲା

ନାହିଁ। ଚା' ପିଇସାରି ସେ ଗୋଟେ ରିକ୍ସାରେ ସହରର ବେଶ୍ କେତେ ବାଟ ଘୁରି ଦେଖିଲେ। ଦେଖିଲେ ଦୋକାନ ବଜାରରେ କିଣା ବିକା ଚାଲିଛି। କୋର୍ଟ କଚେରି ଚାଲିଛି। ମଣିଷମାନେ ଚାଲିଛନ୍ତି। ଏକ ପ୍ରମତ୍ତ ସୁଖ ଛୁଟି ଚାଲିଛି ତୀବ୍ରୁ ତୀବ୍ରତର ଗତିରେ। ସେ ସୁଖରେ ଭଉଁରୀ ଉଠୁଛି। ମାଟିରେ ପଡ଼ି ମଣିଷ କ୍ଷତାକ୍ତ ହେଉଛି। ଜଣେ ଶାସନ କରୁଛି। ଜଣେ ଶାସିତ ହେଉଟି। କାହିଁ ସ୍ୱସ୍ତିର, ବିଭୋରତାର ନିଃସଂଶୟ ମୁହୂର୍ତ୍ତିଏ ସେ ଦେଖିଲେ ନାହିଁ ତ ?

ଶିବନାଥବାବୁ ରିକ୍ସାରୁ ଓହ୍ଲାଇ, ରିକ୍ସାବାଲାକୁ ଶହେ ଟଙ୍କାର ନୋଟ୍‌ଟେ ବଢ଼ାଇ ଦେଲେ। ସେ ତାକୁ ଧରି ଅବିଶ୍ୱସ୍ତ ଆଖିରେ ଚାହିଁ ରହିଲା। ସେ ମୃଦୁ ହସି କହିଲେ ନେ, ରଖ। ବେଶୀ କ'ଣ ହେଲା ? ସେ ପୁଣି ବାବୁଙ୍କ ମୁହଁକୁ ଚାହିଁଲା ଥକ୍କା ହୋଇ। ନାଗୁଆ ଦୋକାନୀ ଟଙ୍କା ମାଗୁଥିଲା ଆଜି। ୟେ ବାବୁ କ'ଣ ଠାକୁର କି ? ରିକ୍ସାବାଲା ମୁଣ୍ଡିଆ ମାରି ଚାଲିଗଲା।

ଶିବନାଥଙ୍କ ଜୀବନଧାରାରେ, ମନରେ ଏକ ଅଭୁତ ପରିବର୍ତ୍ତନ ଆସିଥିଲା। ତାଙ୍କୁ ଚାହିଁ ତାଙ୍କ ସ୍ତ୍ରୀ ପ୍ରତିମା, ପୁଅ ସମସ୍ତେ ଭଲି ଭଲି ପ୍ରଶ୍ନ କରୁଥିଲେ। ହେଲେ ମୃଦୁ ହସି ସେ ଯଥା ସଂକ୍ଷିପ୍ତ ଉତ୍ତର ଦେଇ ଦୂରେଇ ଯାଉଥିଲେ। ସ୍ତ୍ରୀ ଅଭିମାନ କରୁଥିଲେ। ଘରେ ଯେତିକି ସମୟ ରହୁଥିଲେ ଶିବନାଥ ଗୁଡ଼ାଏ ବହି କିଣି ପଢ଼ୁଥିଲେ। ଜୀବନ ଓ ସଂସାରକୁ ବୁଝିବା ପାଇଁ ଏ ବହି। ଇଂରାଜୀ, ଓଡ଼ିଆ, ହିନ୍ଦୀ ମନ ଲଗାଇ ପଢ଼ନ୍ତି। କିଛି କିଛି ନୋଟ କରନ୍ତି। ପ୍ରତିମା ଦିନେ କହିଲେ, ତୁମେ କ'ଣ କାହାର ଦୀକ୍ଷା ଫିକ୍ଷା ନେବାକୁ ବାହାରିଛ କି ?

ହସିଲେ ଶିବନାଥ। କହିଲେ, ନେବି କ'ଣ ? ନେଇ ସାରିଛି। ଆଉ ବୁଝିଛି ୟେ, ପ୍ରତି ମଣିଷ ଶିକ୍ଷା ପାଇ ଶିକ୍ଷିତ ହୁଏ ସତ, ହେଲେ ପୂର୍ଣ୍ଣତା ଆସେ ଦୀକ୍ଷାରେ। ପ୍ରତି ମଣିଷ ପାଇଁ ଦୀକ୍ଷା ଜରୁରୀ।

ଗୁରୁ କିଏ ?

"ଦୀକ୍ଷା ନେବା ପାଇଁ କ'ଣ ନିହାତି ଗୁରୁର ପ୍ରୟୋଜନ ? ଅବଧୂତ ଚବିଶି ଗୁରୁ କରିଥିଲେ। ଦେଖିଲ, କେତେ ସୁନ୍ଦର ତାଙ୍କର ମାନସିକତା। ଯାହାଟି ଯାହା ଶିଖିବାର ଅଛି, ଶିଖିବାରେ ଦ୍ୱିଧା କ'ଣ ? ଏଠି ଗୁରୁ ପ୍ରତ୍ୟକ୍ଷ ନୁହନ୍ତି ପରୋକ୍ଷ।

ଓ' ତୁମର ଗୁରୁ ତେବେ ଅବଧୂତ ? ପ୍ରତିମା ହସନ୍ତି। ମୋର କାହିଁ ? ମୁଁ ମାମୁଲି ମଣିଷଟିଏ। ଏଇ ଧୂଲି ମାଟିରୁ, ଲୁହ କୋହରୁ ଟିକେ ଉପରକୁ ଉଠିବାର ପ୍ରୟାସ କରୁଛି ମାତ୍ର।

ପ୍ରତିମା କାବା ହୋଇ ଚାହିଁଥିଲେ। ବାତ ଭାଙ୍ଗି ଚାଲିଗଲେ ଶିବନାଥ। ବଦଲି

ଯାଉଛନ୍ତି ସେ ଦିନକୁ ଦିନ । ତାଙ୍କର ପୁଣି ଲୁହ କୋହ କ'ଣ ? କେଉଁଠି ଉଣା ପଡ଼ିଲା କିଛି ? ସେ ତ ନିଜକୁ ବିଞ୍ଚି ଚାଲୁଚନ୍ତି । ହେଲେ ଶିବନାଥ ପଦ୍ମ ପତ୍ରରେ ପାଣି । ଚାକିରି ବେଳେ ଯେମିତି, ଚାକିରି ସରିଲେ ସେମିତି । ଏ ସ୍ୱାମୀମାନେ ସବୁବେଳେ, ସବୁକାଲେ ଦୂରର ମଣିଷ । ନା ଦିଅନ୍ତି, ନା ନିଅନ୍ତି । ପ୍ରତିମା ଦୀର୍ଘଶ୍ୱାସ ଛାଡ଼ିଲେ ।

ସେ ଦିନ ସକାଳୁ ସକାଳୁ ବାହାରିଗଲେ ଶିବନାଥ ବୁଲିବାକୁ । ସକାଳ ସଂଧ୍ୟାରେ ବୁଲିବା ତାଙ୍କର ଅଭ୍ୟାସ ହୋଇଯାଇଛି । ସେଦିନ ସେ ମୁଖ୍ୟ ରାସ୍ତା ଛାଡ଼ି ଏକ ଉପରାସ୍ତାରେ ବାହାରିଲେ । ଚାଲି ଚାଲି ଯାଉ ଯାଉ ଦେଖିଲେ ଦି' ପାଖରେ ଦୋକାନ ପସରା । ପରିବା, ମାଛ, ଫଳ, ଏ ସବୁ ଅତିକ୍ରମ କରିଗଲେ ସେ । ହଠାତ୍ ତାଙ୍କ ନଜରରେ ପଡ଼ିଲା ମୁଖ୍ୟ ବଜାରଠାରୁ ବେଶ୍ କିଛି ଦୂରରେ ବୁଢ଼ୀଟିଏ ଅଖାପାରି ବସିଛି । ପସରା ମେଲିଛି ସତ । ହେଲେ ଆଖି ଦିଓଟି ଖୁବ୍ ଦୂରରେ ହଜିଯାଇଛି । ଶିବନାଥଙ୍କର କୌତୂହଲ ହେଲା । ସେ ଯାଇ ବୁଢ଼ୀଟି ପାଖରେ ଠିଆ ହେଲେ ।

ଠାଆ ଠାଆ ହୋଇ ସାତସିଆଁ ଲୁଗାଟେ ପିନ୍ଧିଛି ବୁଢ଼ୀ । ବୟସ ତ ସତୁରିରୁ କମ୍ ହେବ ନାହିଁ ଆଦୌ । ଗୋଡ଼ ହାତ ସବୁ ଶିରାଳ । ଚମ ଟାଆଁସା ହୋଇ ଧୂସର ଓ ଲୋଚା କୋଚା । ଲୁଗାଟା ଅତି ମଇଳା । ମୁଣ୍ଡରେ ମାସେ ହେଲା ତେଲ ବାଜିନି । ଧୋବ ଫରଫର ବାଲ ଫୁର୍ ଫୁର୍ ଉଡ଼ୁଛି । ଅଖା ଉପରେ ବିଡ଼ା ବିଡ଼ା ଦାନ୍ତକାଠି ରଖି ବୁଢ଼ୀ ବିକୁଛି । ସେ କିନ୍ତୁ ବଡ଼ ନିର୍ଲିପ୍ତ ଭାବେ ବସିଛି । ବିକାଲିମାନଙ୍କର ଗରାଖମାନଙ୍କ ପାଇଁ ଯେମିତି ଆଗ୍ରହ ଥାଏ, ତା'ର ସେପରି ଆଦୌ ନାହିଁ । ବୋଧେ ବାଧ୍ୟ ହୋଇ ବସିଛି ସେ । ଘରେ ତାକୁ କେହି ଖାଇବାକୁ ଦେଉନାହାନ୍ତି କ'ଣ ? ଅଥବା ତା'ର ଦୁନିଆଁରେ କେହି ନାହିଁ । ହେଲେ କେତେ ପଇସା ମିଳୁଛି ତାକୁ ଏ ଦାନ୍ତ କାଠି ବିକାରୁ ? ଶିବନାଥ ଅନ୍ୟମନସ୍କ ହୋଇ ଉଠିଲେ । ଦାନ୍ତକାଠି ବିକି ଜଣେ ପେଟପୂରା ଖାଇବାକୁ ପାଏ ?

କେଉଁଠି ଯେମିତି ବାଜୁଥିଲା ସେହି ଗୀତଟା । ବଡ଼ କରୁଣ ସ୍ୱରରେ । 'ପ୍ରାଣୀଙ୍କ ଆରତ, ଦୁଃଖ ଅପ୍ରମିତ, ଦେଖୁ ଦେଖୁ କେବା ସହୁ' । ଗୀତଟା କରୁଣରୁ କରୁଣତର ହୋଇଉଠିଲା ଯେମିତି । ଗୀତଟା ପ୍ରତିଧ୍ୱନିତ ହୋଇଥିଲା ଶିବନାଥଙ୍କ ମନର ତନ୍ତ୍ରୀରେ ତନ୍ତ୍ରୀରେ ।

ବୁଢ଼ୀଟି ଶିବନାଥଙ୍କ ମୁଣ୍ଡରୁ ଗୋଡ଼ ଯାକେ ଚାହିଁନେଲା ପରସ୍ତେ । ତା'ପରେ ତା'ର ନିର୍ଲିପ୍ତ ମୁହଁର ଭାବଧାରା ଚହଲି ଉଠିଲା ଯେମିତି । ସେ ତା'ର ସ୍ୱଭାବ ସୁଲଭ ସ୍ନେହ ବତୁରା କଣ୍ଠରେ କହିଲା– 'ଦାନ୍ତ କାଠି ନେବୁ କି ବାପ ? ନେ', ବିଡ଼ା ଚାରଣା । ଶିବନାଥଙ୍କ ଅନ୍ୟମନସ୍କତା ଭାଙ୍ଗିଗଲା । ସେ ଦେଖିଲେ ବୁଢ଼ୀଟି ତାଙ୍କୁ ଦାନ୍ତକାଠି

ବିଧାତିଏ ବଢ଼ାଇ ଦେଉଛି । ସେ କ'ଣ ଦାନ୍ତକାଠି ନବାକୁ ଠିଆ ହୋଇଥିଲେ କି ଏଠି ?

ବୁଢ଼ୀଟି ପୁଣି କହିଲା– ଦାନ୍ତକାଠି ନବୁଟି ବାପ ? ନଉନୁ । ବିଡ଼ା ଚାରଣା ।

ନିଜ ଅଜାଣତରେ ହାତ ବଢ଼ାଇ ଦେଲେ ଶିବନାଥ । ବାଁ ହାତରେ ଦାନ୍ତକାଠି ବିଡ଼ାଟି ଧରି, ଡାହାଣ ହାତରେ ପକେଟରେ ପଇସା ଖୋଜିଲେ । ଚାରଣା, ଆଠଣା, ଟଙ୍କିକିଆ କିମ୍ବା ପାଞ୍ଚଟଙ୍କିଆ କଏନ୍ଟିଏ ମଧ୍ୟ ନାହିଁ । ତାଙ୍କ ପକେଟକୁ ଖୁରୁରା ପଇସା ଆସନ୍ତା ବା କାହୁଁ ? ତାଙ୍କର ଜାମା, ଜୋତା, ଔଷଧ ଆଦି ସବୁ ଦରକାରୀ ଜିନିଷ ତ ପତ୍ନୀଙ୍କ ମାରଫତରେ ଆସେ । ଦରମା ଟଙ୍କା ତ ପତ୍ନୀଙ୍କୁ ଦେଇଦିଅନ୍ତି । ଘର କେମିତି ଚଳେ, ଏଥିପାଇଁ କ'ଣ କ'ଣ ଆସେ, ତା' ସେ ଜାଣନ୍ତି ନାହିଁ । ବୁଝନ୍ତି ନାହିଁ । ଏବେ ଅବସର ପରେ ହିଁ ତାଙ୍କ ପକେଟରେ ଟଙ୍କା ରହୁଛି । କିନ୍ତୁ ଚାରଣା ଆଠଣା କାହିଁ ?

ସେ ପର୍ସ କାଢ଼ି ଟଙ୍କା ପରଖିଲେ । ହଁ, ପଚାଶ ଟଙ୍କିଆ ନୋଟ୍ଟେ ଅଛି । ସେ ବୁଢ଼ୀକୁ ସେଇଟା ବଢ଼ାଇ ଦେଲେ ।

ନୋଟ୍ଟା ନେଇଯାଇ ବୁଢ଼ୀଟି ତାକୁ ଏପାଖ ସେପାଖ ଦେଖିଲା କେତେବେଳ ଯାଏଁ । ତା' ପରେ କହିଲା, ଏଇଟା ତ ଦଶଟଙ୍କା ନୁହଁରେ ପୁଅ ।

... ନାଇଁ, ନାଇଁ, ଏଇଟା ପଚାଶ ଟଙ୍କା, ତୁ ରଖିଥା... କହିଲେ ଶିବନାଥବାବୁ ।

ବୁଢ଼ୀ ହସିଲା ପାଣିଚିଆ ହସ । ସତେ ଅବା ସେ ତାଚ୍ଛଲ୍ୟ କଲା ସେ ହସରେ । ମତେ ଠକା କରୁଚୁ କି ପୁଅ ? ଦାନ୍ତକାଠି ବିକି ମୁଁ ପଚାଶ ଟଙ୍କା ରେଜା ଭଙ୍ଗାଇବି ।

ବୁଢ଼ୀଟି ଏଥର ନୋଟ୍ଟି ଶିବନାଥବାବୁଙ୍କ ହାତକୁ ଫେରାଇଦେଇ କହିଲା– ବିଡ଼ାଏ ଦାନ୍ତକାଠିକୁ ପଚାଶ ଟଙ୍କା ତୋ'ଠୁ ରଖିବି ? ମତେ ଧର୍ମ ସହିବଟି ପୁଅ ?

ଏଁ ? ଶିବନାଥବାବୁଙ୍କ ଦେହରେ ଚାବୁକ୍ଟା ପିଟି ଦେଇଗଲା କିଏ ସତେକି ? ଏଇ ନିରକ୍ଷର, ଛିଣ୍ଡାଲୁଗା ପିନ୍ଧା ଦାନ୍ତକାଠି ବିକାଲି ବୁଢ଼ୀଟି ପାଖେ ଧର୍ମର ଠିକଣା ଶିଲାଲିପି ପରି ଲେଖାହୋଇ ରହିଛି । ଅଥଚ ଏଇ ଧର୍ମକୁ ନେଇ କୋର୍ଟରେ ସେ ଯେତେ ଯେତେ ନ୍ୟାୟ ଦେଇଛନ୍ତି, ତାହା ଯେ ବୁଢ଼ୀର ଏଇ ପଦେ କଥା 'ଧର୍ମ ସହିବଟି' ପାଖରେ କେତେ ତୁଚ୍ଛ ହୋଇ ନ ପଡ଼ିଛି !

'ତୁ ଯାଆରେ ବାପ, ପଇସା କାଲି ଦେଇଦବୁ' ।

ଦାନ୍ତକାଠିଟା ଫେରାଇ ଦେଇଥିଲେ ହୋଇନଥାନ୍ତା କି ? ମତେ ଧର୍ମ ସହିବଟି ଏଇ ପଦେ କଥା ତାଙ୍କୁ ଏମିତି ଚହଲାଇ ହୋଲା ଯେ, ସେ ଛାଁ ଏଁ ଛାଁ ଏଁ କେତେବେଳେ ଅନ୍ୟମନସ୍କ ହୋଇ ଘରଯାଏ ଚାଲି ଆସିଛନ୍ତି ଜାଣି ନାହାନ୍ତି । ପତ୍ନୀ ତାଙ୍କୁ ଦେଖୁ ଦେଖୁ କହିଲେ, ଏମା' ଏଇଟା କ'ଣ କରିବ ତମେ ?

ଶିବନାଥ କିଛି ନ କହି ଡ୍ରଇଂ ରୁମ୍କୁ ଗଲେ। କାନ୍ତୁର କାଚ ଆଲମିରାରେ ପତ୍ନୀ ଯେ ଗୁଡ଼ିଏ ଆର୍ଟିକ୍ ସଜେଇ ରଖିଛନ୍ତି, ସେଇଠି ଠିଆ ହେଲେ କେତେ ମୁହୂର୍ତ୍ତ। ତା'ପରେ ପିଉଲର ଗୋଟେ ଅଶ୍ୱାରୋହୀ ମୂର୍ତ୍ତି ପାଖରେ ରଖିଦେଲେ ଦାନ୍ତକାଠି ବିଡ଼ାଟି।

ଆରେ, ଆରେ, ଦାନ୍ତକାଠି ବିଡ଼ାଟା ସେଠି କାହିଁକି ରଖୁଛ, ପଚରୁ ପାଟିକଲେ ପ୍ରତିମା। ଏଥର ପ୍ରକୃତିସ୍ଥ ହେଲେ ଶିବନାଥ ତଳକୁ ମୁହଁପୋତି ଦାନ୍ତକାଠି ବିଡ଼ାଟି ଆଣି ନିଜ ରୁମ୍ର ପଢ଼ା ଟେବୁଲ୍ରେ ସେ ସାଇତି ରଖିଲେ। ସତେ କି ଏଇଟା ଦାନ୍ତକାଠି ନୁହେଁ, ବୁଢ଼ୀର ଫଟୋ। ଏକ ଅମୂଲ୍ୟ ଚିଜ।

ଶିବନାଥ ଖାଇଲେ। ଶୋଇଲେ। ହେଲେ ଏଇ ଚାରିଣା ପଇସାର ଉଧାର ତାଙ୍କୁ ଭାରି ଭାବନାରେ ପକାଇଦେଲା। ବୁଢ଼ୀ କଥା ସେ ବାରମ୍ବାର ଭାବି ଲାଗିଲେ। ତା'ର ସାତସିଆଁ ଶାଢ଼ୀ ତାଙ୍କ ଆଖିରେ ନାଚିଲା। ସେ ଭାବିଲେ, ଆସନ୍ତାକାଲି ତ ସେ ତା ଚାରିଣା ପଇସା ଦେଇଦେବେ ହେଲେ କାଲି ସେ ତାକୁ ଗୋଟେ ଶାଢ଼ୀ ଦେବେ। ବୁଢ଼ୀ ନିଶ୍ଚେ ଖୁସି ହୋଇଯିବ। ହଁ, ତାଙ୍କ ମାଆ ବଞ୍ଚିଥିଲେ ତ ଏଇ ବୁଢ଼ୀ ବୟସର ହୋଇଥାନ୍ତେ ନା! ହଁ, ସେ ଥାଆନ୍ତେ ରାଜମାତା ପରି। ଜରିଲଗା ଧୋବ ଫର ଫର ଶାଢ଼ୀ ପିନ୍ଧିଥାଆନ୍ତେ? ବୁଢ଼ୀକୁ ନେଇ ସେ ତାଙ୍କ ପାଖରେ ରଖିଲେ, ମନ୍ଦ କ'ଣ ଯେ? ତାଙ୍କର କୋଉ ଘରର ଅଭାବ? ଗ୍ୟାରେଜ୍ ପାଖରେ ଯେଉଁ ଆଉଟ୍ ହାଉସ୍ ଅଛି, ସେଥିରେ ଗୋଟିଏ ବଖରା ଖାଲି ପଡ଼ିଚି। ବୁଢ଼ୀ ତ ସେଠି ରହିବ। ଖାଇବା ଜିନିଷ ବେଳେ ବେଳେ ତା' ପାଖେ ପହଞ୍ଚାଇ ଦିଆଯିବ। ଗୋଟିଏ ଅନାଥ ଦୁଃଖୀ ମଣିଷ ଟିକେ ଆରାମରେ ରହିବ ତ! ହଁ, କାଲି ସେ ଏକଥା ତାକୁ କହିବେ। କହିବେ କ'ଣ, ରିକ୍ସାରେ ବସାଇ ତାକୁ ନେଇ ଆସିବେ। କିନ୍ତୁ ସେ ଯଦି ମନା କରେ। ଶିବନାଥ ଦବି ଗଲେ। ମନା କରିବ? ନା ସେ ଆଗ ତା ସହ ବନ୍ଧୁତା କରିବେ। ହଠାତ୍ ଶାଢ଼ୀ ନବା ଠିକ୍ ହେବନି। କିଛି ଖାଇବା ଜିନିଷ ନେବେ। କ'ଣ ନେବେ? ମିଠା, ଛେନାପୋଡ଼? ନା, ନା, ଯିଏ ଭାତ ମୁଠେ ପାଏନା, ତା'ର ଛେନାପୋଡ଼ କ'ଣ ହେବ? ନା ତାଙ୍କର ଶ୍ରଦ୍ଧାକୁ ସେ ସରଳ ଭାବେ ନିବେଦନ କରିବେ। ତାଙ୍କ ହାତରୁ ଜିନିଷ ସବୁ ନେଇ ବୁଢ଼ୀ କହିବ– ତୁ ଭାରି ଭଲରେ ପୁଅ। ସେ ପ୍ରଶଂସା ଲୋଡୁଛନ୍ତି କି? ଶିବନାଥ ନିଜକୁ ଟିଆରି କଲେ। ବୁଲିଯିବା ବାଟରେ କିଣିଲେ–ଫ୍ରେସ୍ କେକ୍, କଦଳୀ, ବିସ୍କୁଟ ଆଦି। ସେ ତାଙ୍କର ନିର୍ଦ୍ଧାରିତ ପଥ ଅତିକ୍ରମ କଲା ପରେ ରାସ୍ତା କଡ଼ର ବଜାର ଭିତରକୁ ଆସିଲେ। ମାଛ, ପରିବା, ଫଳ, ଫୁଲର ପସରା ଡେଇଁ ସେ ଚିହ୍ନ ରଖିଥିବା ଜାଗାରେ ଠିଆ ହେଲେ। ବୁଢ଼ୀ ତ ଏଇଠି ବସିଥିଲା। ଏଇ ଲାଇଟ୍ ଖୁଣ୍ଟି ପାଖରେ। ହେଲେ ବୁଢ଼ୀ କାହିଁ?

ବୁଢ଼ୀ ନଥିଲା ସେଠି । ତାଙ୍କୁ ସେଠାରେ ନ ଦେଖି ଶିବନାଥଙ୍କ ମନ କାତର ହୋଇପଡ଼ିଲା । ସେ ଆଖପାଖ ଚାରିଆଡ଼ ଖୋଜିଲେ । ହେଲେ ବୁଢ଼ୀ ତ କେଉଁଠି ନାହିଁ । ଦି ଚାରି ଜଣଙ୍କୁ ବୁଢ଼ୀ କଥା ପଚାରିଲେ । ହେଲେ କେହି କହି ପାରିଲେ ନାହିଁ । ଏହି କିଣା ବିକାର ବ୍ୟସ୍ତବହୁଳ ବଜାର ମଧ୍ୟରେ କିଏ ବା କାହିଁକି ଦାନ୍ତକାଠି ବିକୁଥିବା ଏକ ଅଦରକାରୀ ବୁଢ଼ୀର ଖବର ରଖିଥାଆନ୍ତା ? ଶିବନାଥଙ୍କ ମନ ଚୂନା ହୋଇଗଲା ସତେକି । କିଏ ଯଦି ଏଇନେ ଆସି ବୁଢ଼ୀର ଠିକଣା କହିଦିଅନ୍ତା, ଖୋଜି ଖୋଜି ସେ ତା' ପାଖେ ପହଞ୍ଚିଯାଆନ୍ତେ । କିନ୍ତୁ କେହି କହିପାରୁ ନାହାନ୍ତି । ସେ ଏବେ କରିବେ କ'ଣ ? କେଉଁଠୁ ପାଇବେ ଏଇ ପରିଚୟହୀନ ବୁଢ଼ୀର ଠିକଣା ? ଶେଷକୁ ସେ ବୁଢ଼ୀଟି ପାଖରେ ଚାରିଆଣା ପଇସାର ଧାରୁଆ ହୋଇ ରହିଗଲେ । ଚାରିଆଣା ପଇସାର ଉଦ୍ଧାର ଯେମିତି ଏତେ ଓଜନ ହୋଇଗଲା ଯେ, ତାଙ୍କର ମନେହେଲା ତାଙ୍କର ଛାତିର ପିଞ୍ଜରା ମଡ଼ ମଡ଼ ହୋଇ ଭାଙ୍ଗିଯିବ ।

ସକାଳ ସଂଧ୍ୟାରେ ବୁଲିଲାବେଳେ ବହୁ ଝୁପୁଡ଼ି ବସ୍ତି ଘୁରିଲେ ଶିବନାଥବାବୁ । ହେଲେ ବୁଢ଼ୀକୁ ପାଇଲେ ନାହିଁ । ଚବିଶ ଘଣ୍ଟା ମାଧ୍ୟରେ କୁଆଡ଼େ ଉଭାନ ହୋଇଗଲା ବୁଢ଼ୀଟି ? ଆଦୌ ଆବଶ୍ୟକ ନଥିବା ଜିନିଷଟିଏ ଅଯଥା କିଣି ତା'ର ମୂଲ୍ୟ ଦେଇ ନପାରିବାର ଏ ନିଦାରୁଣ କଷ୍ଟ ସେ ବରିଲେ କାହିଁକି ? କାହିଁକି ତା' ପାଖରେ ଠିଆ ହୋଇଥିଲେ ସେ ? ବୁଢ଼ୀଟିର ନିର୍ଲିପ୍ତ ଦୋକାନଦାରୀକୁ ଶ୍ରଦ୍ଧାକରି ନା ବୁଢ଼ୀଟିକୁ ଶ୍ରଦ୍ଧାକରି ? ଏ ଶ୍ରଦ୍ଧାର ଜ୍ୱାଲା ପୁଣି ଏତେ ? ବିଡ଼ମ୍ବନା ଏତେ ?

ଜଜ୍ ସାହେବ ଶିବନାଥ ନିଜକୁ ପ୍ରଶ୍ନ କରୁଥିଲେ, ଜଣେ ଦକ୍ଷ ବିଚାରପତି ଭାବେ ସେ ଯେଉଁ ସୁନାମ ଯାଇଛନ୍ତି, ତାହା କେତେ ଦୂର ସତ୍ୟ ? ସୁନାମ ଓ ସୁଖ୍ୟାତିର ଉତ୍ତୁଙ୍ଗ ଶିଖରରେ ଠିଆହୋଇ ସେ ନିଜର ଦୁର୍ନାମକୁ ଢାଙ୍କି ଦେଉନାହାନ୍ତି କି ? ସେ ତ ଭାବିଥିଲେ, ଅବସର ପରେ ସେ କିଛି ଦୀନ ଦଲିତଙ୍କ ସେବା କାର୍ଯ୍ୟ କରିବେ, କିଛି ପୁଣ୍ୟ ଅର୍ଜନ କରିବେ, ଜଣେ ସାଧାରଣ ମଣିଷ ଭାବେ ଜୀବନ କାଟୁ କାଟୁ ଜଣେ ବୁଢ଼ୀକୁ ସାମାନ୍ୟ ଶ୍ରଦ୍ଧା ଓ ସହାନୁଭୂତି ଦର୍ଶାଇବାକୁ ଯାଇ ସେ ଏ କ'ଣ ପାଇଲେ । ସେ ରଣୀ ହେଲେ । ଜଣେ ସଚେତନ ଗରାଖ ଭାବେ ସେ ବୁଢ଼ୀଟିକୁ ଠକି ଦେଲେ । ଏହା ଠକାମି ନୁହେଁ ତ ଆଉ କ'ଣ ?

ଅବଲୀଳା କ୍ରମେ ଶିବନାଥଙ୍କ ମନରେ, ପ୍ରାଣରେ, ଚେତନାରେ ସେହି ଚାରିଆଣା ପଇସାର ଉଧାର, ଚାରି କୋଟି ଟଙ୍କାର ଓଜନ ଦେଲା । କ୍ରମେ ସେ ଅନୁଭବ କଲେ, ଏ ଭିତରେ ସେଇ ସାତସିଆଁ କୋଚରା ଲୁଗା ପିନ୍ଧି ବୁଢ଼ୀଟି ଏକ ମାର୍ବଲର ପ୍ରତିମୂର୍ତ୍ତି ହୋଇ ତାଙ୍କ ମନର ଦ୍ୱାରଦେଶରେ ଠିଆହୋଇଅଛି । ତମାମ୍ ଜୀବନ ସେ ଶିହ ଶିହ

ଅଭିଯୁକ୍ତଙ୍କୁ କାଠଗଡ଼ାରେ ଠିଆ କରାଇ, ଆଜି ନିଜେ ସେ ବୁଢ଼ୀର ମାର୍ବଲ ମୂର୍ତ୍ତି ପାଖରେ କାଠଗଡ଼ାରେ ଠିଆ ହୋଇଛନ୍ତି । ଠିଆ ହୋଇଛନ୍ତି, ଦଣ୍ଡ ଅପେକ୍ଷାରେ ।

ଶିବନାଥ ଅନେକ ବେଳଯାଏ ନିଜ ଭାବନାରେ ବୁଡ଼ି ରହିଥିଲେ । କେତେଦିନ ତଳର ଏକଥା । ପୁରୁଣା ହୋଇଗଲାଣି । ତଥାପି ସେହି ପୁରୁଣା କ୍ଷତ ଏକ ନୂଆ ନୂଆ ପୀଡ଼ା ଦେଇଚାଲିଛି । ଭିତରର ସେହି ସ୍ରାବ ସହିତ ମିଶିଯାଇଛି ଆଉ କେତେ ଗୁଡ଼ିଏ ଧାର । ସେ ଦେଖୁଛନ୍ତି ପୃଥିବୀର ଦୃଶ୍ୟ । ଦେଖୁଛନ୍ତି ମଣିଷର ଅସହାୟତାର ପ୍ରଶ୍ନ । କ'ଣ ଗୋଟେ ବିଜୁଳି ପରି ଝଲସି ଉଠି ତାଙ୍କ ମନକୁ ଖେଦ୍‍ଶ୍ରୀ ଚାଲିଛି । ଏମିତି ମାନସିକ ସନ୍ତୁଳନରୁ ସେ କାଢ଼ିଥିଲେ ଗୋଟେ ରାସ୍ତା । ଥୋଇଥିଲେ ଗୋଟାଏ ବିଚାର । ତାହା କେବଳ ଭାବନାର ତରଙ୍ଗ ନୁହେଁ । ତାହା କେବଳ ଭାବପ୍ରବଣତାର ଉଦ୍‍ବେଳନ ନୁହେଁ । ତାକୁ ରୂପ ଦେବାକୁ ହେବ । ତା'ର ଲକ୍ଷ୍ୟକୁ ସ୍ୱଷ୍ଟ, ସବଳ କରିବାକୁ ହେବ । ତାଙ୍କର ଅନ୍ତରଙ୍ଗ ଚାରିବନ୍ଧୁଙ୍କୁ ସେ ପ୍ରସ୍ତାବ ଦେଇଥିଲେ । ଭଗବାନ୍ ବାବୁ ପ୍ରଥମେ ଉସ୍ସାହିତ ହୋଇ ଶେଷରେ କହିଛନ୍ତି ଯେ ଅସମ୍ଭବ । ନା, ତାଙ୍କୁ ବୁଝାଇବାକୁ ହେବ । ଚାକିରି ସରିଛି ସିନା, ଜୀବନ ତ ସରିନାହିଁ । ଯଦି ଭଗବାନବାବୁ ସାଙ୍ଗ ନ ଦିଅନ୍ତି, ଯଦି ନୀଳାମ୍ବରବାବୁ, ଅବନୀବାବୁ ଓହରି ଯାଆନ୍ତି, ସେ ଏକା ବାହାରି ପଡ଼ିବେ, ଏକା । ରବୀନ୍ଦ୍ରନାଥ ଗାଇ ନଥିଲେ 'ଯଦି ତୋର ଡାକ୍ ଶୁନେ କେଉ ନାଆୟତବୁ ଏକ୍‍ଲା ଚଲୋରେ....'

ଶିବନାଥ କେମିତି ଉଦ୍‍ଦୀପିତ ହୋଇଉଠିଲେ । ଟେଲିଫୋନ୍ ପାଖକୁ ଯାଇ ଭଗବାନ ବାବୁଙ୍କ ନମ୍ବର ଲଗାଇଲେ ।

ବନ୍ଧୁମାନଙ୍କ ପାଖରୁ ବିଦାୟ ନେଇ ଅବନୀବାବୁ ଘରମୁହାଁ ରାସ୍ତା ଧରିଲେ ମଧ ଠିକ୍ ସମୟରେ ଘରେ ପହଞ୍ଚିପାରନ୍ତି ନାହିଁ । ବାଟରେ, ଘାଟରେ, କେଉଁଠି ଅଟକି ଯାଇ ସଂପର୍କିତ ହେବାର ଅଜବ ଅଭ୍ୟସଟିକ ତାଙ୍କର ଆବାଲ୍ୟରୁ ରହିଛି । ଖୁବ୍ ପିଲାଦିନେ ଲାଜକୁଲୀଲତାକୁ ଛୁଇଁବା ପାଇଁ ସେ ଖୋଜି ହେଉଥିଲେ ଲାଜକୁଲୀ ଲତା । ଅନେକ ସମୟ କଟି ଯାଉଥିଲା ସେଇ ଲତା ପାଖରେ । ବଡ଼ ହେଲା ପରେ ତାଙ୍କର ସ୍ନେହାର୍ଦ୍ର ମନ ଢଳିଯାଏ ଚାରିପାଖକୁ । ରାସ୍ତା କଡ଼ରେ କ୍ୟାବିନରେ ଈସ୍ତ୍ରୀ କରୁଥିବା ତେଲେଙ୍ଗା ବୁଢ଼ା ହେଉ, ପସରା ମେଲି କାକୁଡ଼ି ବିକୁଥିବା ସେଇ ବୁଢ଼ୀ ହେଉ, କି ଆଇସକ୍ରିମ୍ ବିକୁଥିବା ଛୋଟ ପିଲାଟି ହେଉ, ସମସ୍ତଙ୍କ ସହ ଥାଏ ତାଙ୍କର ଭାବର ସମ୍ପର୍କ । ଆଉ ସେଥିପାଇଁ ଘରେ ସ୍ତ୍ରୀଙ୍କ ଠାରୁ ଖାଆନ୍ତି ନିର୍ଘାତ୍ ଗାଲି ।

ଅବନୀବାବୁ ବୃତ୍ତିରେ ଜଣେ ଇଞ୍ଜିନିୟର ହେଲେ ହେଁ ପ୍ରବୃତ୍ତିରେ ଜଣେ ଉଦାରମନା, ସହୃଦୟ ଓ ସମ୍ୱେଦନଶୀଳ ବ୍ୟକ୍ତିତ୍ୱ । ବୁର୍ଲା ଇଞ୍ଜିନିୟରିଂ କଲେଜର

ପ୍ରଥମ ବ୍ୟାଚ୍ ସେ। ଶେଷବର୍ଷର ଫଳ ପ୍ରକାଶିତ ନ ହେଉଣୁ ଚାକିରିର ନିଯୁକ୍ତିପତ୍ର ଆସିଯାଇଥିଲା। ନିଯୁକ୍ତି ଥିଲା ସୁଦୂର କୋରାପୁଟରେ। ସେଇ ଅବସରରେ ତାଙ୍କର ବିବାହ ହୋଇଥିଲା ଏକ ଗାଁ ଗହଳର ଜଣେ ବଡ଼ ବିଉଶାଳୀ ବ୍ୟକ୍ତିଙ୍କ ଝିଅ ଲଳିତା ସୁନ୍ଦରୀଙ୍କ ସାଥୀରେ। ବିବାହର ମାସକ ପରେ ସେ ନବବିବାହିତା ପତ୍ନୀଙ୍କୁ ନେଇ ସୁଦୂର କୋରାପୁଟର ଛାୟାନିବିଡ଼ ପାର୍ବତ୍ୟ ଅଞ୍ଚଳରେ ଆରମ୍ଭ କରିଥିଲେ ତାଙ୍କର ନୂତନ କର୍ମମୟ ଓ ବୈବାହିକ ଜୀବନ।

ଲଳିତା ସୁନ୍ଦରୀ ଥିଲେ ଅବନୀ ବାବୁଙ୍କର ବିପରୀତ ଗୁଣର ଅଧିକାରିଣୀ। ନିଜର ରୂପର ଅହଂକାର ସହ, ଧନୀ ପିତାର ଝିଅ ବୋଲି ଏକ ପ୍ରକାଶ୍ୟ ଗର୍ବ ଥିଲା ତାଙ୍କର। ଅବନୀବାବୁଙ୍କର କମନୀୟ ଉଦାର ବ୍ୟକ୍ତିତ୍ୱ, ସରଳତା, ମଧୁର ସ୍ୱଭାବ ତାଙ୍କ ନିକଟରେ ଥିଲା ତୁଚ୍ଛାତିତୁଚ୍ଛ। ସେ ହେୟ ଦୃଷ୍ଟିରେ ଦେଖୁଥିଲେ ସବୁକିଛି। ଅବନୀବାବୁ ଭାବୁଥିଲେ, ଲଳିତା ତଥାପି ପିଲା। ସଂସାର କ'ଣ ବୁଝିନାହାନ୍ତି। ସଂସାର ଓ ମଣିଷ ମାତ୍ରେ ହିଁ ପରିବର୍ତ୍ତନଶୀଳ। ବୟସ ହେଲେ ତାଙ୍କର ବି ପରିବର୍ତ୍ତନ ହୋଇଯିବ। ସେ କିନ୍ତୁ ଜାଣିନଥିଲେ ଯେ ତାଙ୍କର ଉଦାରତା ଓ ସରଳତାକୁ ଲଳିତା ଲୁଣ୍ଠନ କରି ଚାଲିବେ ଓ ରହିବେ ଅନମନୀୟା।

କୋରାପୁଟର ପ୍ରାକୃତିକ ଶୋଭା ବହୁଳ ଶାନ୍ତ ଅଞ୍ଚଳରେ ଅବନୀବାବୁଙ୍କର ଜୀବନ କଟିଗଲା ଆରାମରେ। ସେ କୋରାପୁଟର ସାଧାସିଧା ଲୋକମାନଙ୍କର ସରଳତା, ସ୍ୱଚ୍ଛତା, ନିଜ ନିଜର ମୂଲ୍ୟବୋଧ ପ୍ରତି ପ୍ରଚଣ୍ଡ ଆସକ୍ତି ତାଙ୍କୁ ମୁଗ୍ଧ କରାଇଥିଲା। ଆଧୁନିକ ସଭ୍ୟତାଠାରୁ ବହୁଦୂରରେ ତାଙ୍କର ନିରଳସ ସରଳ ଜୀବନ କଟିଗଲା ଆରାମରେ। ଗୋଟେ ପରେ ଗୋଟେ ପ୍ରମୋଶନ ହେଲା। ସଂସାର ବଢ଼ିଲା।

ତିନୋଟି ଝିଅ ଲଳିତାଙ୍କର କୋଳମଣ୍ଡନ କଲେ। ସରକାର ତାଙ୍କର ବଦଲି କରାଇ ନଥିଲେ କି ସେ ମଧ୍ୟ ବଦଲି ହୋଇ ଏପଟକୁ ଆସିବାର ପ୍ରୟାସ କରିନଥିଲେ। କାହିଁକି ଚାହିଁ ନଥିଲେ, ନିଜକୁ ଏ ପ୍ରଶ୍ନ ପଚାରିନଥିଲେ କେବେ। ବାହା, ବ୍ରତରେ ଘରକୁ ଆସି ଆଠ ଦିନ କଟାଇ ଫେରି ଯାଉଥିଲେ ସେ। ଏମିତି ସମୟ ଗଡ଼ି ଚାଲିଲା। ତିନୋଟି ଝିଅ ବିବାହ କଲେ। ତେତିଶ ବର୍ଷର ଚାକିରି ଜୀବନ ଶେଷ ହେଲା। କୋରାପୁଟରେ ଚାକିରି ଆରମ୍ଭ ଓ ଚାକିରିର ଶେଷ ହେଲା। ସେ ଅବସର ନେଲେ। ହେଲେ ଏବେ ସେ କରିବେ କ'ଣ? ରହିବେ କେଉଁଠି? ତେତିଶ ବର୍ଷର ଚାକିରି ଜୀବନରେ ଘର ଖଣ୍ଡିଏ ବି କେଉଁଠି କରିପାରି ନାହାନ୍ତି। ଅବନୀବାବୁ ଭାବିଲେ, ଚିନ୍ତା କଲେ, ଯେଉଁଠି ଜୀବନ ଆରମ୍ଭ କରିଥିଲେ, ସେଇଠି ତାଙ୍କର ଚିତା ଜଳିଲେ

କ୍ଷତି କ'ଣ ? ବନ୍ଧୁବାନ୍ଧବଙ୍କ ସହ ସେପରି ଘନିଷ୍ଠ ସମ୍ପର୍କ ନାହିଁ । ମାମୁଲି ଘରଟିଏ ବୁଝ୍ ସେ ରହିଯିବେ ।

କଥାଟା ଝିଅମାନଙ୍କ କାନକୁ ଗଲା । ସାନଝିଅ କହିଲା ଫୋନ୍‌ରେ— ବାପା, ତମେ ଏମିତି ନିଷ୍ପତ୍ତି ନେଉଛ କିମିତି ? ତମମାନଙ୍କୁ ଦେଖିବାକୁ ଆମେ କୋରାପୁଟ ଯିବା କି ସୁବିଧାଜନକ ? ତମର ବୟସ, ସ୍ୱାସ୍ଥ୍ୟପାଇଁ ଭୁବନେଶ୍ୱରରେ ଘର ଖଣ୍ଡିଏ କିଣି ରହିବା ଭଲ ହେବ । ଆମେ ବି ତିନିଭଉଣୀ, ତମ ସହିତ କିଛି କିଛି ଦିନ ରହିବୁ । କଥାଟା ଲଳିତା ସୁନ୍ଦରୀଙ୍କୁ ଭଲ ଲାଗିଲା । ଅବନୀବାବୁ ମଧ୍ୟ ଦେଖିଲେ ଏ ଯୁକ୍ତି ଅକାଟ୍ୟ । ହେଲେ ଭୁବନେଶ୍ୱରରେ ଜଣେ ଅବସରପ୍ରାପ୍ତ ଲୋକ ଘରଭଡ଼ା ନେଇ ଚଳିବା କେତେ କଷ୍ଟ ହେବ, ତା' କେହି ଜାଣିପାରୁ ନାହାନ୍ତି ?

ଅବନୀ ବାବୁଙ୍କର ଭଣଜା ସତ୍ୟବ୍ରତ ସେକ୍ରେଟାରୀଏଟ୍‌ରେ ସିନିୟର ଆସିଷ୍ଟାଣ୍ଟ । ବାଲିପାଟଣାରେ ତା'ର ଘର, ଜମିବାଡ଼ି । ସେଠି ତା' ସ୍ତ୍ରୀ ଏକ ମାଇନର ସ୍କୁଲ୍‌ରେ ହେଡ଼ମିଷ୍ଟେସ୍ । ତେଣୁ ସେମାନେ ସେଠି ରହନ୍ତି । ସତ୍ୟବ୍ରତ ମଧ୍ୟ ଗାଆଁରେ ରହି ଭୁବନେଶ୍ୱର ଯିବା ଆସିବା କରେ । ଅବନୀବାବୁଙ୍କଠାରୁ ଖବରପାଇ ସତ୍ୟବ୍ରତ ବଡ଼ଗଡ଼ ବ୍ରିଟ୍ କଲୋନୀରେ ଏକ ଏମ୍.ଆଇ.ଜି. ଘର ଠିକ୍ କଲା । ଭଡ଼ା ଦି'ହଜାର । ସେଇଘରେ ଭୁବନେଶ୍ୱରରେ ନୂଆ ଜୀବନ ଆରମ୍ଭ ହେଲା । ସବୁବେଳେ ପିଅନମାନଙ୍କ ଉପରେ ନିର୍ଭର କରି କରି ଲଳିତା ପ୍ରାୟ ଅକର୍ମଣ୍ୟ ଥିଲେ । ସତ୍ୟବ୍ରତ ସବୁ ଜିନିଷ ଖୋଲି, ସଜାଡ଼ି ରଖିବାରେ ଯଥେଷ୍ଟ ସାହାଯ୍ୟ କଲା । ତା'ର ଶ୍ରଦ୍ଧା ଓ ଆନ୍ତରିକତାରେ ଅବନୀବାବୁ ମୁଗ୍ଧ ହୋଇଗଲେ । ମୁହଁରେ ପ୍ରଶଂସା କଲେ ହେଁ ସତ୍ୟବ୍ରତର ପଛରେ ଲଳିତା ତାକୁ ଭୀଷଣ ବିରକ୍ତ ହେଉଥିଲେ । ଏତେ ଛୋଟ ଘରେ ଚଳିବା ତାଙ୍କ ପକ୍ଷେ ସମ୍ଭବପର ନୁହଁ । ଦି'ମାସ କାଳ ଘର ନେଇ ଅବନୀବାବୁଙ୍କୁ ବସାଇ ଉଠାଇ ଦେଲେନି ଲଳିତା । ଅଗତ୍ୟା ବୁଲି ବୁଲି ଗୋଟିଏ ବଢ଼ିଆ ଘର ଠିକ୍ କଲା ସତ୍ୟବ୍ରତ । ସମ୍ଭ୍ରାନ୍ତ ଅଞ୍ଚଲରେ ଭଲ ଘର, ଖୋଲା ମେଲା । ପୁଣି ଭଡ଼ା ମଧ୍ୟ ବଜାର ଦରଠାରୁ ଯଥେଷ୍ଟ କମ୍, ମାତ୍ର ତିନିହଜାର ।

ଘର ମାଲିକ ସୁବୋଧବାବୁ ରିଟାୟାର୍ଡ ପ୍ରଫେସର, ଅତ୍ୟନ୍ତ ଭଦ୍ର । ଅମାୟିକ ସ୍ନେହୀ ଲୋକ । ସେ କହିଲେ ଏତେ ବଡ଼ ଘର ତାଙ୍କର ବା ହବ କ'ଣ ? ଗୋଟିଏ ପୁଅ, ସିଦ୍ଧାର୍ଥ ଏକ ରେପୁଟେଡ୍ କମ୍ପାନୀରେ ସେଲ୍‌ସ ମ୍ୟାନେଜର । ଭଲ ଦରମା । ତଳ ମହଲାଟା କେବଳ ମେଣ୍ଟେନାନ୍ସ ପାଇଁ ସେ ଭଡ଼ା ଦିଅନ୍ତି । ସେ ଭାବନ୍ତି, ଯିଏ ଭଡ଼ାରେ ରହିବ, ସିଏ ତାଙ୍କ ପରିବାରର ଲୋକ । ଏ କଥାରେ ଅବନୀବାବୁ ମୁଗ୍ଧ ହେଲେ ସତ, ହେଲେ ଏତେ ବଡ଼ ଘରର ଭଡ଼ା ମାତ୍ର ତିନିହଜାର, ଏହାହିଁ ତାଙ୍କୁ ବଡ଼ ରହସ୍ୟମୟ ଲାଗୁଥିଲା ।

ଅବଳୀଳାକ୍ରମେ ସୁବୋଧବାବୁଙ୍କର ଭଲ ଭାବ ଜମିଲା ଅବନୀବାବୁଙ୍କ ସହ। ଭୁବନେଶ୍ୱରରେ ନୂଆ ଜୀବନ ଆରମ୍ଭ କଲାବେଲେ, ଏଠିକା ପାଣି, ପବନ, ରାସ୍ତା ଓ ପରିବେଶରେ ଅବନୀବାବୁ ବାରମ୍ବାର ଝୁଣ୍ଟିଲେ। ଏ ଝୁଣ୍ଟିବା କେତେବେଲେ ବ୍ୟକ୍ତି ସହ, ଘଟଣା ସହ, ପରିସ୍ଥିତି ସହ, ଦୃଶ୍ୟ ସହ। ବହୁ ଅଭାବିତ ଘଟଣା ଦେଖିଲେ, ବହୁ ଅଭାବିତ ଦୃଶ୍ୟ ଦେଖିଲେ। ଆଖି ଜଲକା ହେଲା ଓ ଛାତିରେ ଧକ୍କା ଲାଗିଲା। ମନ ଖଣ୍ଡିଆ ଖାବରା ହେଲା, ତଥାପି ସେ ଉଠିପଡ଼ି ଚାଲିଲେ। ଭୁବନେଶ୍ୱରର ରାସ୍ତା, ପରିବେଶ, ଦୃଶ୍ୟ ସହ ଅଭ୍ୟସ୍ତ ହେଲେ ସେ। ହେଲେ ଲଲିତାଙ୍କର ବେଲୁ ବେଲ ଆଧିପତ୍ୟ ତାଙ୍କର ଅସହ୍ୟ ହେଉଥିଲା। ସବୁଦିନେ ତ ତାଙ୍କୁ ସେ ଦୋଷୀ ସାବ୍ୟସ୍ତ କରନ୍ତି, ତିନୋଟି ଝିଅର ବାପା ବୋଲି ଜୀବନସାରା ଲାଞ୍ଛିତ କରିଛନ୍ତି। ଭୁବନେଶ୍ୱରରେ ଘରଖଣ୍ଡିଏ କରିପାରି ନାହାନ୍ତି ବୋଲି ଏବେ ଅହର୍ନିଶି ଖୁଣ୍ଟା ଖାଇବାକୁ ହେଉଛି। ବର୍ତ୍ତମାନ ତାଙ୍କର ବଡ଼ ଦୋଷ ହେଇଛି ସେ ଭଣଜା, ସତୁକୁ ପାଖରେ ରଖିଛନ୍ତି। ସତୁ ଘର ବାହାର ସବୁକାମ କରେ। ଶନିବାର ରବିବାର ଗାଆଁକୁ ଯାଏ। ଦି'ଜଣ ବୁଢ଼ାବୁଢ଼ୀଙ୍କ ପାଇଁ ମଣିଷ ବଲ ଯେ କେତେ ଜରୁରୀ ଏକଥା ଲଲିତା ଭାବି ପାରନ୍ତି ନାହିଁ। ଯଦିଓ ସତୁ ସାମ୍ନାରେ ସେ ତାକୁ ଭାରି ଟେକି ଟାକି "ମୋ ପୁଅଲୋ" ବୋଲି ଆଦର କରନ୍ତି, ଅଥଚ ତା'ପଛରେ ଦିଅନ୍ତି ନିର୍ଘାତ୍ ଗାଲି। ଲଲିତାଙ୍କର ଚରିତ୍ରର ଏ ଦିଗଟି ଅବନୀବାବୁ ଜାଣନ୍ତି। ଭୁବନେଶ୍ୱରରେ ଏଇ ତିନିବର୍ଷ ରହଣି ଭିତରେ ଏକ ଅଭୁତ ବିଷାଦବୋଧ ଅବସାଦର ଜାଲ ତାଙ୍କୁ ନିତ୍ୟ ଢାଙ୍କି ରଖେ।

ଦିନେ କଥା ପ୍ରସଙ୍ଗରେ ସୁବୋଧବାବୁ ବଖାଣିଲେ ତାଙ୍କ ଦୁଃଖ। ପୁଅବୋହୂ ଅଲଗା ରୋଷେଇ କରନ୍ତି। କଥା ଢୋକି ନେଲେ ସୁବୋଧବାବୁ କହୁ କହୁ। ଅବନୀବାବୁ ଜାଣିଲେ, ସେ କହିପାରୁ ନାହାନ୍ତି କି ନକହି ରହି ପାରୁ ନାହାନ୍ତି। ସେ ଶରଶଯ୍ୟାରେ ଶୋଇଚନ୍ତି ପିତାମହ ଭୀଷ୍ମଙ୍କ ପରି। ଅବନୀବାବୁ ଦୁଃଖ ଉଖାରିବାକୁ ଚାହିଁଲେ ନାହିଁ। ସବୁ ଫାଟ ସହି ହୁଏ। ହେଲେ ସଂପର୍କରେ ଫାଟ ହେଲେ ତାହା ଅସହ୍ୟ ଲାଗେ। ତାଙ୍କଠାରୁ ଏକଥା ବେଶୀ ଜାଣେ କିଏ ?

ଅବନୀବାବୁଙ୍କର ମାନସିକ ଅବସାଦ ଘନ ହୋଇ ଆସିଲାବେଲେ ତାଙ୍କର ଭେଟ ହେଲା ଶିବନାଥ ବାବୁଙ୍କ ସହ। ଶିବନାଥବାବୁଙ୍କ କଥା, ତାଙ୍କ ବ୍ୟକ୍ତିତ୍ୱ, ତାଙ୍କ ଚିନ୍ତାଧାରାକୁ ଏକ ଅଭୁତ ଆଲୋକରେ ଝଲସାଇ ଦେଲା, ତାଙ୍କର ଚିନ୍ତାଧାରାକୁ। କ୍ରମେ ତାଙ୍କ ପାଖକୁ ଆସିଲେ ଭଗବାନବାବୁ ଓ ନୀଲାମ୍ବର ବାବୁ। ଏତେ ଲୋକ ପ୍ରାତଃ ଭ୍ରମଣ, ସାଆଁଝଭ୍ରମଣ କରୁଥିଲାବେଲେ ଏଇ ଚାରିଜଣ କେମିତି ଏକାଠି ହୋଇଗଲେ। ଚାରିଜଣଙ୍କର ନୀତି, ଆଦର୍ଶ ମେଲ ଖାଇଲା। ନିଜ ନିଜର ଜୀବନ

ନିର୍ଯ୍ୟାସ ଏକତ୍ର ଫେଣ୍ଟ ହୋଇଗଲା। ମନ୍ଥ ହୋଇଗଲା। ସେଇ ମନ୍ଥନରୁ ବାହାରି ଆସିଲା ଏକ ଆଲୋକିତ କ୍ରାନ୍ତିର ପୀୟୂଷ ଧାର।

ଶିବନାଥବାବୁ କହନ୍ତି– "ଏକୁଟିଆ ବସିଥିଲାବେଳେ, ମନେହୁଏ, ଖୁବ୍ ଦୂରରୁ-ସୁଦୂରରୁ କିଏ ଡାକୁଛି। କିଏ ଡାକୁଚି ବଡ଼ ଆର୍ଦ୍ଧ ଓ ସ୍ନେହାକୁଳ ସ୍ପର୍ଶରେ। ମନ ଉଚ୍ଚାଟ ହେଉଛି ଯିବାକୁ। ଧାଇଁ ଯିବାକୁ, କିନ୍ତୁ ଜାଣେନି କିଏ ଡାକୁଚି ଓ ଜାଣେନି କୁଆଡ଼େ ଯିବି।

"ଏଇ ଡାକକୁ ଅନୁଭବିଲି ନିବିଷ୍ଟ ଚିତ୍ତରେ। ଦୁଧ ଆଉଟିଲା ପରି ତାକୁ ଆଉଟି ଲାଗିଲି। କିଏ ଡାକୁଚି କିଏ ? ନିଜ ଭିତରୁ କାହାର ଡାକ ଶୁଣି ପାରିଲି। ଆରେ ବୁଝ୍ ତୋ ଭିତରୁ ମୁଁ ଡାକୁଛି... ଯାହାର ପ୍ରତିଧ୍ୱନି ବାହାରେ ଶୁଣୁଚୁ ମୁଁ ତୋ ଜୀବନ, ତୁ ମତେ ଦେଇଛୁ କ'ଣ ?

ଚମକି ପଡ଼ିଲି... ଜୀବନର ଡାକ। ଏ ଡାକ ସେ ଶୁଣିଚନ୍ତି କେବେ ? ତାକୁ ସେ ଦେଇଚନ୍ତି କ'ଣ ? କ'ଣ ? ଖଣ୍ଡେ ଚାକିରି, ଗୋଟେ ଘର, ସ୍ତ୍ରୀ, ପୁତ୍ର, ଧନ, ଏତିକି କ'ଣ ଜୀବନ ନୁହେଁ ? ଏତିକି ?

ସେଦିନ ଶିବନାଥଙ୍କର ଏକଥା ଶୁଣି ଅବନୀବାବୁ ପୁଲକିତ ହୋଇଉଠିଲେ। ଆରେ ସତେତ ଏଡାକ ସେ ବି ଶୁଣିଚନ୍ତି କେତେ କେତେ ଥର। ଯେମିତି କିଏ କେଉଁଠି ବଂଶୀ ବଜାଉଛି। ସେ ଦଉଡ଼ିଯାନ୍ତେ କି ତା' ପାଖକୁ। ସେ ଏତେ ମୂର୍ଖ ଯେ ଜାଣିପାରିଲେନି, ଏ ବଂଶୀ ବାଜଣା ଜୀବନର ନିଜ ନିଭୃତରୁ। ପତ୍ନୀଙ୍କ ଫରମାସ ପୂରଣ କରି କରି ତ ତମାମ ଜୀବନ ଧୂଳି କରିଦେଲେ। ପୋତି ହୋଇଗଲେ ତାଙ୍କ ଅଭିଯୋଗ ଓ ଫରମାସ ତଳେ। ଏ ମହତ୍ତ୍ୱର ଡାକ ଶୁଣନ୍ତେ ବା କିପରି ! ତେବେ ଶିବନାଥ ବାବୁଙ୍କ କଥାରେ ତାଙ୍କ ନିଶା ଭାଙ୍ଗିଗଲା। ସେ କୃତଜ୍ଞତା ଜ୍ଞାପନ କଲେ ଶିବନାଥଙ୍କୁ ଯେ, ତାଙ୍କରି ପାଇଁ ହିଁ ସେ ଆଜି ତାଙ୍କ ଜୀବନର ଉଝୁଡ଼ା ଅଂଶଟିକୁ ଠାବ କରି ପାରିଚନ୍ତି। ଏଥର ଅସ୍ତ୍ରୋପଚାର କରି ତାକୁ ସଫା କରିଦେବା ହିଁ କଥା।

ଶିବନାଥ ବାବୁ ପୁଣି କହନ୍ତି – ଜାଣିଲ ବଂଧୁଗଣ ! ମଣିଷ ଜୀବନର ଲକ୍ଷ୍ୟ କ'ଣ ? ଜୀବିକା ଓ ସଂସ୍କାର। ଧନ ଅର୍ଜନ, ସନ୍ତାନ ପାଳନ। ଏତିକି ତ ? ହଁ, ଏସବୁ କରିବାକୁ ହେବ। କାରଣ ଆମେ ସଂସାରୀ ମଣିଷ। ସ୍ତ୍ରୀ ପିଲାଙ୍କ ପ୍ରତି କର୍ତ୍ତବ୍ୟ ନକଲେ ଆମେ ଦୋହୀ ହେବା। କିନ୍ତୁ ଷାଠିଏ ବର୍ଷ ଯାଏଁ। ପିଲାଏ ମଣିଷ ହୋଇଗଲେ, ଅବସର ନେଇଗଲେ। ଘରେ ବସି ବସି ପେନ୍‌ସନ୍‌ ଖାଇଲେ, ତମେ ହେବ ଚରମ ସ୍ୱାର୍ଥପର ଜଣେ ମଣିଷ। ଜଣେ ବ୍ୟକ୍ତି ସେ ମାଆ ବାପାଙ୍କଠାରୁ ଜନ୍ମ ନେଲେ ହେଁ, ସେ କେବଳ ତାଙ୍କରି ନୁହେଁ। ଜଣେ ବ୍ୟକ୍ତି ଏ ମାଟିର, ପାଣି ପବନର, ଏ ସମାଜର।

ଷାଠିଏ ବର୍ଷ ହୋଇଗଲେ ତମେ ବାହାରି ଆସ ପଦାକୁ। ମାଟି ରଣ, ଆକାଶ ରଣ, ସମାଜର ରଣ ପରିଶୋଧ କର। ତମେ ସେମାନଙ୍କର ରଣ ନଶୁଝିଲେ ତମର ମୁକ୍ତି କାହିଁ ?

ବ°ଧୁମାନେ ଚାହିଁ ରହିଥାନ୍ତି ତାଙ୍କ ମୁହଁକୁ। ଅବନୀବାବୁ କହିଲେ, ଶିବନାଥବାବୁ ! ଏ ଦର୍ଶନ କ'ଣ ଆପଣଙ୍କର ନିଜସ୍ୱ ?

ଶିବନାଥ ହସି କହିଲେ, ନାଇଁ ହୋ, ମୋ ପରି ମାମୁଲି ଲୋକର ପୁଣି ନିଜସ୍ୱ ଦର୍ଶନ ? ଏ କଥାଟି ମତେ କହିଥିଲା ଜଣେ। ନୟାଗଡ଼ ଅଞ୍ଚଳର ଉଦୟପୁର ଗାଆଁର ସେଇ ବିଖ୍ୟାତ ଦାଶିଆ ବୁଢ଼ା। ଯାହାକୁ କଣା ଅଜା ବୋଲି ଡାକନ୍ତି ସମସ୍ତେ। ପାଠ ତା'ର ମାତ୍ର ଚାରିକ୍ଲାସ ଯାଏଁ, ହେଲେ କେତେ ବଡ଼ କୋଣାର୍କ ଗଢ଼ି ଯାଇଚି ସେ – "ବାଞ୍ଛାନିଧି ପାଠାଗାର"! ସେ କି ସଂଗ୍ରହାଳୟ! ପାଦରେ ଚାଲି ଚାଲି ସେ ଏକା ଏକା ସବୁ କରିଛି। ଷାଠିଏ ବର୍ଷ ବୟସରେ ସେ ଏ କାମ ଆରମ୍ଭ କରିଥିଲା। ମତେ କହିଥିଲେ ସେ ଥରେ ଏକଥା। ସେ ଜଣେ ସାଧାରଣ ଗୃହସ୍ତ। ପଇସାବାଲା ବି ନୁହେଁ। ସେ ଯଦି ଏତେ କାମ କରିପାରନ୍ତି, ଆମେ ନକରିବା କାହିଁକି ? ଅସଲ କଥା, ଆମେ ପ୍ରେରଣା ପ୍ରେରଣା ବୋଲି ଚିତ୍କାର କରୁ। କିନ୍ତୁ ଅନୁପ୍ରାଣିତ ହେଉ ନା। ଏଇଆ ନା ?

ଆଜି ସେଇ ସବୁ କଥା ମନେ ପଡ଼ୁଛି ଶିବନାଥ ବାବୁଙ୍କ କଥା ଶୁଣି। ସେ ନିଜେ ବି ଛଟପଟ ହେଲେଣି। ଗୋଟିଏ ସିଦ୍ଧାନ୍ତ ନେବାକୁ ହିଁ ହେବ।

ବାତ୍ୟାକ ଭାବି ଭାବି ଅବନୀବାବୁ ଆସି ଘରେ ପହଞ୍ଚିଲେ। ୦୪, କେତେ ଡେରି ହେଇଗଲା ସତରେ। ସେ ଘର ଭିତରକୁ ଆସି ଦେଖିଲେ, ଲଲିତା ଡାଇନିଂରେ ପାନିଆଟା ଧରି ବୁଲି ବୁଲି ମୁଣ୍ଡ କୁଣ୍ଡାଉଛନ୍ତି। ଖୋଲା ବାଲ ପିଠିରେ ବିଞ୍ଛି ଯାଇଛି। ୦୪ ଏ ବୟସରେ ମଧ୍ୟ ତା' ମୁଣ୍ଡରେ କେତେ ବାଲ। ମୁହଁରେ ମଧ୍ୟ ସେଇ ଉଜ୍ଜ୍ୱଲ ରଙ୍ଗ କାହାର ମନ ଆଲୋକିତ କରେ ନାହିଁ, ତାହା ଖାଲି ଚେଙ୍ଗି ଦିଏ, ପୋଡ଼ିଦିଏ, ଫୋଟକା ହୋଇଯାଏ ମନ ସାରା।

ବଡ଼ ସନ୍ତର୍ପଣରେ ଅବନୀବାବୁ ଗଲାଖାଡ଼ି ହସି କହିଲେ, ମତେ କପେ ଚା' ମିଳିବ କି ?

ଅବନୀବାବୁଙ୍କ ଭାଗ୍ୟ ସେମିତି। ସେ କେବେ ଅଧିକାର ସାବ୍ୟସ୍ତ କରି ପାରନ୍ତି ନାହିଁ। ଜୀବନରେ କେବେ ବି ସେ ରୁକ୍ଷ ସ୍ୱରରେ କହି ନାହାନ୍ତି – କିଓ ଚା' କପେ ମାଗୁଚି ପରା ? ଠିଆ ହୋଇଚ କ'ଣ ?

ଲଲିତା ବୁଲି ପଡ଼ିଲେ। ପାନିଆଟା ମୁଣ୍ଡରେ ଚଲେଇ କହିଲେ, ଏତେ ବେଳକୁ

ବାବୁଙ୍କର ସକାଳବୁଲା ସରିଲା ? କ'ଣ ନା ଚା କପେ ଦିଅ ! ଶୁଣ, ସେ ଚା ଖିଆ ସେଟିକି ଥାଉ । ଆଜି ସକାଳୁ ନୋଟିସ ମିଳିଛି । ଘର ଛାଡ଼ି ଦେବାକୁ ହେବ ।

କ'ଣ ହେଲା ? ଚମକି ପଡ଼ିଲେ ଅବନୀ ବାବୁ । ଗତ ତିନିବର୍ଷ ଏ ଘରେ ସେ ରହିଲେଣି । ସୁବୋଧଙ୍କ ସହ ତାଙ୍କର ବନ୍ଧୁତ୍ୱ ବେଶ୍ ନିବିଡ଼ ମଧ ହୋଇ ଉଠିଛି । ଗଲା କାଲି ସେ ସୁବୋଧ ବାବୁଙ୍କ ସହ କଥା ହୋଇଛନ୍ତି । ଆଜି ସକାଳୁ ଘର ଛାଡ଼ିବା ନୋଟିସ୍ ?

ସେ ଲଳିତାଙ୍କୁ ଚାହିଁ କହିଲେ, କିଏ କହିଲା ଏ କଥା ? ସୁବୋଧ ବାବୁ ?

ନା, ସେ ନୁହେଁ, ତାଙ୍କ ପୁଅ ସିଦ୍ଧାର୍ଥ ।

– ସେ କାହିଁକି କହିଲା ?

– ମୁଁ କେମିତି କହିବି ? ବାପା ତାକୁ କହିଥିବେ କହିବାକୁ । ତମ ସାଙ୍ଗ ତ ! କହିବାକୁ ଖରାପ ଲାଗିଥିବ । ଆହେ, ତମ ସବୁ ସାଙ୍ଗ ସୁଖ୍‌କୁ ମୁଁ ଭଲ କରି ଚିହ୍ନିଛି । ଲଳିତା ତାଙ୍କର ସ୍ୱଭାବ ଝାଡ଼ିଲେ ।

ରୋଷେଇଘରୁ ଚା' କପେ ଧରି ଆସି ହାତକୁ ବଢ଼ାଇ ଦେଲା ସତ୍ୟବ୍ରତ । କହିଲା, ମାମୁଁ ଚା' ନିଅ ।

ତାକୁ ସ୍ନେହର ଦୃଷ୍ଟିରେ ଚାହିଁଲେ ଅବନୀବାବୁ । ପିଲାଟା କେତେ ସ୍ନେହୀ । ମାଈଁ ପାରନ୍ତି ନାହିଁ ବୋଲି ସେ ମିଶିକରି ସାହାଯ୍ୟ କରେ । ଘର ବାହାର ସବୁ କାମରେ ସେ ପାରଙ୍ଗମ । ତାଙ୍କର ପୁଅଟିଏ ଥିଲେ ବି ସେ କ'ଣ ଏମିତି କରନ୍ତା କି ?

ସେ ଚା' ନେଲେ । କହିଲେ, ସତୁ ! ସିଦ୍ଧାର୍ଥ କ'ଣ କହିଲା ତୁ ଶୁଣିଛୁ ?

ନା, ମୁଁ ଶୁଣିନି, ମାଈଁଙ୍କଠାରୁ ଶୁଣିଲି । ତିନିବର୍ଷ ହୋଇଗଲାଣି ସେ ଭଡ଼ା ବଢ଼ାଇନାହାନ୍ତି ତ, ତେଣୁ ୟେ ଗୋଟେ ଚାଲ୍ । ଆପଣ ଜଣ୍ଣା ଟେନ୍‌ସନ୍ ନିଅନ୍ତୁ ନାହିଁ ମାମୁଁ । ତାଙ୍କ ସହ କଥା ହୁଅନ୍ତୁ । ଯଦି ଛାଡ଼ିବା କଥା ହୁଏ, ତେବେ ଘର କ'ଣ ଭୁବନେଶ୍ୱରରେ ଅଭାବ ? କହିଲା ସତ୍ୟ ।

ତେଲ ଶିଶି ଓ ତଉଲିଆ ମାମୁଁଙ୍କୁ ବଢ଼ାଇ ଦେଇ ସତୁ କହିଲା, ଆପଣ ଗାଧୋଇ ଯାଆନ୍ତୁ ମାମୁଁ । ଜଳଖିଆ ଖାଇବା ଡେରି ହୋଇଗଲାଣି । ମୁଁ ଏଥର ଯାଏ । ସତ୍ୟବ୍ରତ ନିଜେ ନିଜେ କିଚେନ୍‌ରୁ ତା' ଖାଇବା ବାଢ଼ି ଆଣି ଖାଇ ବସିଲା । ଖାଇସାରି, ଆପଣମାନେ ଠିକ୍ ସମୟରେ ଖାଇନେବେ, କହି ସ୍କୁଟର କାଢ଼ି ଅଫିସ୍ ଉଦ୍ଦେଶ୍ୟରେ ବାହାରିଗଲା ।

ଖାଇସାରି ଲଳିତା ଆରାମରେ ପଙ୍ଖା ବୁଲାଇ ଶୋଇଲେ । କିନ୍ତୁ ଶୋଇ ପାରିଲେନି ଅବନୀବାବୁ । ବିଛଣାରେ ପଡ଼ି ଛଟପଟ ହେଲେ । ଏମିତି କେତେ ଘର

ବଦଳ କରିବେ ସେ ? କେତେ ଥର ଜିନିଷ ବାନ୍ଧିବେ । ଖୋଲିବେ ? ଏସବୁ କାମ କେତେ ଥର କରିବ ସତ୍ୟବ୍ରତ ? ତଥାପି ଖୁବ୍ କରୁଛି ସେ । ସୁବୋଧବାକୁ ଯଦି ଭଡ଼ା ବଢ଼ାନ୍ତି, ସେ ମାନିନେବେ । ଟଙ୍କା ଯେତେ ବଢ଼ାନ୍ତୁ ପଛେ । ଆଜି ସେ ପଚାରିବେ । ନାଇଁ, ନାଇଁ, ଏଇନେ ପଚାରିବେ, ଏଇ ବର୍ତ୍ତମାନ ।

ଅବନୀବାବୁ ଡ୍ରଇଂରୁମ୍ ସାରା ପଦଚାରଣା କଲେ । ଯିବେ ? ଏଇନେ ? ସୁବୋଧକୁ ନିଦରୁ ଉଠାଇବେ ! ତାଙ୍କ ବିଶ୍ରାମ ଭାଙ୍ଗିବେ ?

ନଗଲେ ତାଙ୍କର ଚିତ୍ତ ଚାଞ୍ଚଲ୍ୟ ଯେ ବଢୁଛି । ଅସ୍ଥିରତା ବଢୁଚି । ସୁବୋଧବାବୁ ଯାହା ଭାବନ୍ତୁ ପଛେ । ସେ ତାଙ୍କୁ ପଚାରିବେ, ଏବେ । ଦାଣ୍ଡ କବାଟ ଖୋଲୁ ଖୋଲୁ ସେ ଚମକି ଗଲେ । କବାଟ ସାମ୍ନାରେ ଠିଆହୋଇଛି ସୁବୋଧବାବୁଙ୍କର ପୁତ୍ରବଧୂ ରାକା ।

ରାକା ଯେ ତାଙ୍କ ଘରକୁ ଆସେ ନାହିଁ । ଏହା ନୁହେଁ, କିନ୍ତୁ ଏ ଅସମୟରେ ।

ସେ ହଠାତ୍ ବିଚଳିତ ହୋଇଗଲେ, କହି ଦେଲେ ଖବରଟା ମୁଁ ପାଇଛି ମାଆ । ଆଉ ଥରେ ମନେ ପକାଇବା ଆଦୌ ଦରକାର ନାହିଁ ।

ରାକାର ମୁହଁ ଶୁଖ ଯାଇଥିଲା । ଏମିତିରେ ତା' ମୁହଁଟି ସବୁବେଳେ କରୁଣ ଦିଶେ । ଆଜି ଯେମିତି କାନ୍ଦ କାନ୍ଦ ଦିଶିଲା । ସେ ଘର ଭିତରକୁ ପଶି ଆସି କହିଲା, ସେ କଥା ମୁଁ ମନେ ପକାଇବାକୁ ଆସି ନାହିଁ ମଉସା ।

– ତେବେ ? ମଉସୀଙ୍କ ପାଖକୁ ଆସିଛ ? ଶୋଇଛନ୍ତି ସେ ।

– ନାଇଁ ମଉସା, ଏ ଅସମୟରେ ଆପଣଙ୍କୁ ଗୋପନ ଅନୁରୋଧଟିଏ କରିବାକୁ ଆସିଛି ।

– ଚମକି ପଡ଼ିଲେ ଅବନୀବାବୁ । ଗୋପନ ଅନୁରୋଧ ? ସେ ବିସ୍ମିତ ହୋଇ ଚାହିଁ ରହିଲେ । କହିଲେ, କୁହ ମା' କୁହ ।

– ରାଜା ଅବନୀବାବୁଙ୍କୁ ଚାହିଁଲା, କହିଲା – ଆପଣ ଏ ଘର ଛାଡ଼ି ଯାଆନ୍ତୁ ନି ମଉସା । ଏତିକି ମୋର ଅନୁରୋଧ ।

କିନ୍ତୁ ତୁମର ସ୍ୱାମୀ, ତୁମ ଶ୍ୱଶୁର ମତେ ଘର ଛାଡ଼ିବାକୁ କହିଲେ । ମୁଁ କେମିତି ରହିବି । ତମେ ଇ' କୁହ ।

ହଠାତ୍ କାନ୍ଦି ଉଠିଲା ରାକା । ଅବନୀବାବୁଙ୍କ ପାଦ ଧରିପକାଇ କହିଲା – ମୁଁ ଆପଣଙ୍କ ଝିଅ ପରି ମଉସା । ଏ ଘର ଛାଡ଼ି ମୋର ସର୍ବନାଶ କରନ୍ତୁ ନାହିଁ ।

ମାଆ ! ତାକୁ ଉଠାଇ ଦେଇ କହିଲେ ଅବନୀବାବୁ । ହଠାତ୍ ତାଙ୍କ ହାତ ଖସାଇ, ଚାଲିଗଲା ରାକା । ଦାରୁଭୂତ ମୁରାରୀ ପରି ଠିଆ ହୋଇ ରହିଲେ ଅବନୀବାବୁ ।

ଅନେକବେଳ ପର୍ଯ୍ୟନ୍ତ ସେମିତି ଠିଆ ହୋଇ ରହିଲେ ଅବନୀବାବୁ। ଏକ ରହସ୍ୟମୟ ନାଟକ ପରି ତାଙ୍କୁ ଲାଗିଲା ରାକାର ଏ ଆସିବା ଓ ଯିବା। ସକାଳେ ସିଦ୍ଧାର୍ଥ ଘର ଛାଡ଼ିବାକୁ କହି ଚାଲିଗଲା। ଖରାବେଳେ ଘର ନ ଛାଡ଼ିବାକୁ ରାକା ଅଶ୍ରୁଳ ନିବେଦନ ଜଣାଇଗଲା। ଘର ଛାଡ଼ିଲେ ରାକାର ସର୍ବନାଶ ହୋଇଯିବ। କାହିଁକି ଓ କେମିତି– ଏ କଥା ସେ ବୁଝି ନ ପାରି ବିଚଳିତ ହୋଇଗଲେ। ତିନି ବର୍ଷ ତଳେ ଏଇ ଘରେ ରହିଲା ବେଳେ, ଏତେ ବଡ଼ ଘରର ଭଡ଼ା ତିନିହଜାର ଶୁଣି ସେ ସନ୍ଦେହାକୁଳ ଥିଲେ। ଭାବିଥିଲେ କିଛି ଏକ କାରଣ ଅଛି। କ୍ରମେ କ୍ରମେ ଏ ସନ୍ଦେହ ଦୂର ହୋଇଗଲା ସୁବୋଧବାବୁଙ୍କର ସ୍ୱଚ୍ଛ ସରଳ ଅମାୟିକ ବ୍ୟବହାର ଓ ବନ୍ଧୁତ୍ୱରେ। ଆଜି ପୁଣି ସେଇ ସନ୍ଦେହ – କ'ଣ ହୋଇପାରେ କଥାଟା ?

ଅବନୀବାବୁଙ୍କର ହଠାତ୍ ମନେ ହେଲା ନାଃ, ସେ ଆଗତୁରା କିଛି ପଚାରିବେ ନାହିଁ ସୁବୋଧ ବାବୁଙ୍କୁ। ସୁବୋଧ ବାବୁ ନିଜେ ନ କହିଲା ଯାଏ ସେ ନିର୍ଲିପ୍ତ ରହିବେ।

ଅବନୀବାବୁ ଅପରାହ୍ନର ଚା' ତିଆରି କଲେ।

ଭୁବନେଶ୍ୱର ଆସିବା ଦିନୁ ରୋଷେଇର ଅଧେ କାମ ତାଙ୍କୁ କରିବାକୁ ହୁଏ। ନଚେତ୍ ଖିଆ ପିଆଟା ଠିକ୍ ବାଗର ହୁଏ ନାହିଁ। ସକାଳ ଓ ଅପରାହ୍ନ ଚା'ଟା ତାଙ୍କୁ ହିଁ କରିବାକୁ ପଡ଼େ। ଏ ବୟସରେ ମଧ ସେ କର୍ମଠ।

ଚା' କରି ଲଲିତାଙ୍କୁ ଦେଇ, ନିଜେ ପିଇ ଅବନୀବାବୁ ବାହାରି ଗଲେ ପଦାକୁ। ମାନସିକ ଅସ୍ଥିରତାକୁ ଶାନ୍ତ କରିବାର ଏକ ଉପାୟ ପାଇଛନ୍ତି ସେ। ସେ ସିଧା ଚାଲି ଚାଲି ଦୁଇମାଇଲ ଦୂରରେ ଥିବା ରାମକୃଷ୍ଣ ମଠକୁ ଚାଲିଗଲେ। ସେଇଠି ରାମକୃଷ୍ଣଙ୍କ ମନ୍ଦିର ସାମ୍ନାରେ ହିଁ ନିସ୍ତବ୍ଧ ହଲରେ ଚକ୍ଡ଼ା ପକାଇ ବସିଗଲେ ଧ୍ୟାନରେ।

ସାମ୍ନାରେ ପରମହଂସ ରାମକୃଷ୍ଣଙ୍କ ପ୍ରତିମୂର୍ତ୍ତି। ଦୁଇପାର୍ଶ୍ୱରେ ମାଆ ଶାରଦା ଦେବୀ ଓ ବିବେକାନନ୍ଦଙ୍କ ଫଟୋ। ଫୁଲରେ କେତେ ସୁନ୍ଦର ସଜେଇଛନ୍ତି ଏ ମୂର୍ତ୍ତିକୁ ସନ୍ନ୍ୟାସୀମାନେ। ଠାକୁରଙ୍କ ସରଳ ସ୍ମିତ ମୂର୍ତ୍ତି। ଅବନୀବାବୁ ବସିଗଲେ ନିଶ୍ଚଳ ହୋଇ। ଚାହିଁ ରହିଲେ ଏକା ଆଖିରେ ଠାକୁରଙ୍କୁ। ବିତିଗଲା ଅନେକ ଅନେକ ସମୟ।

ଯେତେବେଳେ ପ୍ରକୃତିସ୍ଥ ହୋଇ, ପ୍ରଣାମ କରି ଉଠିଲେ ଅବନୀବାବୁ, ସେତେବେଳେ ତାଙ୍କୁ ଭାରି ହାଲୁକା ଲାଗୁଥିଲା। ଲାଗୁଥିଲା ଭାରି ସ୍ଫୂର୍ତ୍ତି। ସତେ ଯେମିତି ତାଙ୍କ ଅବଶ ଅଙ୍ଗରେ ଶକ୍ତି ସଞ୍ଚାର ଘଟିଛି। ଏବେ ସେ ଯେ କୌଣସି ସମସ୍ୟାକୁ ସହାସ୍ୟ ବରଣ କରିବାକୁ ପ୍ରସ୍ତୁତ।

ଏମିତି ଅନୁଭୂତି ମିଳିଥିଲା ଦୁଇବର୍ଷ ତଳେ। ଲଲିତାଙ୍କ ସହ ପ୍ରବଳ ଝଗଡ଼ା

ହୋଇଥିଲା । ସମ୍ଭାଳି ନ ପାରି ସେ ଉତ୍‌ୟକ୍ତ ହୋଇଥିଲେ । ତାଙ୍କର ରାଗ ଦେଖିନଥିଲେ ଲଳିତା, ହେଲେ ସେ ନହଲୁନୁହାଣ ନ କରି କୋଉ ଛାଡ଼ିବା ଜନ୍ତୁ ? ତା' ପରେ ରାଗରେ ସେ ଚାଲିଗଲେ । ସେତେବେଳେ ରାତି ଆଠଟା । ବସ୍‌ରେ ଉଠିଲା ବେଳକୁ ରାତି ନଅ । ପୁରୀରେ ପହଞ୍ଚିଲା ବେଳକୁ ରାତି ସାଢ଼େ ଦଶ । ଜଗନ୍ନାଥ ମନ୍ଦିରରେ ସିଧା ଯାଇ ପଶିଗଲେ ଜଗମୋହନ ଦେଇ କଳାହାଟ ଦ୍ୱାର ପାଖକୁ । ମନ୍ଦିର ଶୂନ୍‌ଶାନ୍ । ପଣ୍ଡା ଦି'ତିନିଜଣ ମାତ୍ର । ସେଇଠି ବସି ଏକା ଆଖିରେ ଚାହିଁ ରହିଲେ କଳା ସାଆନ୍ତକୁ । ମନଇଚ୍ଛା ଭର୍ତ୍ସନା କଲେ । ଜଣେ ସଚ୍ଚୋଟ ଅଫିସର, ନିଷ୍ପାପର ସ୍ୱାମୀ, ସହୃଦୟ ପିତା । ମାଛିକୁ ମ' ନ କହୁଥିବା ଲୋକ କାହିଁକି ଏତେ ଗଞ୍ଜଣା ସହେ । କାହିଁକି ? କଳା ସାଆନ୍ତଙ୍କର ବଡ଼ ବଡ଼ କଳାଡୋଲାକୁ ଚାହିଁ ଚାହିଁ ବେଶ୍ ଗାଳିଗୁଲଜ କଲେ ସେ । ସେ ତ କବି ନୁହଁ, କି କବିସୂର୍ଯ୍ୟ ନୁହଁ ଯେ ଗୀତ ଫାଦିଦେବେ । ସେ ଲୁହର ମଣିଷ । ଦୁଃଖର ମଣିଷ । ଅନେକ ବେଳଯାଏ ସେମିତି ଚାହିଁ ରହିଲେ । ପହୁଡ଼ ପଡ଼ିଲା ଯାଏ । ଭୋଗ ଲାଗିଲା ଯାଏ । ତା'ପରେ ରାତିଟା ହୋଟେଲରେ ରହି ସକାଳୁ ଘରକୁ ଫେରିଲେ । ହେଲେ ଅଭୁତ ଭାବେ ସେ ଶାନ୍ତି ପାଇଲେ । ମନ ପରିଷ୍କାର ହୋଇଛି । ଶାନ୍ତ ହୋଇଛି । ସେଇ ଦିନଠୁ ଘରେ ଜଗନ୍ନାଥଙ୍କର ବଡ଼ ଫଟୋଟାଏ ଟାଙ୍ଗି ସେ ଧୂପ ଦିଅନ୍ତି, ସଞ୍ଜ ସକାଳେ ବସନ୍ତ, ତାଙ୍କୁ ଚାହିଁ ଏକା ଆଖିରେ ।

ବଡ଼ ଫୁର୍ତ୍ତିରେ ରାମକୃଷ୍ଣ ମଠରୁ ଫେରିଲେ ଅବନୀବାବୁ । ଫେରୁ ଫେରୁ ଲଳିତା ଜଳଖିଆ ଥାଳିଆ ବଢ଼ାଇ ଦେଇ କହିଲେ, ସୁବୋଧ ବାବୁ ଖୋଜୁଥିଲେ ।

ଜଳଖିଆ ଖାଇସାରି ସିଡ଼ି ଚଢ଼ି ଉପରକୁ ଗଲେ ଅବନୀବାବୁ । ଶାନ୍ତ ହୋଇଥିବା ମନଟା ପୁଣି ଚାଉଁକିନା ଲାଗିଲା । ତଥାପି ସେ ନିଜକୁ ସଂଯତ କରି ସୁବୋଧବାବୁଙ୍କ ଡ୍ରଇଁରୁମ୍‌ରେ ପହଞ୍ଚିଲେ । ସୁବୋଧ ବାବୁ ସୋଫାରେ ବସିଛନ୍ତି ଆଖିବୁଜି । ହାତଟା ସୋଫା ବାଡ଼ରେ ତାଲ ଦେଇ ଚାଲିଛି । ପରିଷ୍କାର ଧୋତି ଓ ପଞ୍ଜାବି ପିନ୍ଧିଛନ୍ତି ସେ । ସତେ କି ଧ୍ୟାନରେ ଅଛନ୍ତି ।

ଅବନୀବାବୁ ଗଳା ଝାଡ଼ିଲେ । ଖଣ୍ଡିକାଶ ମାରିଲେ । ସୁବୋଧବାବୁ ଆଖି ଖୋଲି କହିଲେ, ବସନ୍ତ । ଅବନୀବାବୁ କହିଲେ, ମତେ ଡାକୁଥିଲେ ?

– ହଁ, ମୁଁ ଶୁଣିଛି ସବୁ । ସିଦ୍ଧାର୍ଥ ଯାହା ସବୁ କହିଛି । ତେବେ ଆପଣ ନିଶ୍ଚିନ୍ତ ରୁହନ୍ତୁ । ମୁଁ ଆପଣଙ୍କୁ ଘର ଛାଡ଼ିବାକୁ କହୁନାହିଁ ।

– କିନ୍ତୁ ଆପଣଙ୍କ ପୁଅ ତ ରୀତିମତ ସମୟ ମାସେ କହିଦେଇଛନ୍ତି ।

– ଆପଣଙ୍କୁ ମୁଁ ରଖିଛି, ପୁଅ ନୁହେଁ – କହିଲେ ସୁବୋଧ ବାବୁ ।

– କିନ୍ତୁ ମୁଁ ଆପଣ ବାପପୁଅଙ୍କ ମତାନ୍ତରର କାରଣ ହେବାକୁ ଚାହେଁନି । ଏଥର

ହୋ ହୋ ହସିଲେ ସୁବୋଧ ବାବୁ। କହିଲେ ଜାଣେ, ଆପଣ ଅତିଶୟ ଭଦ୍ରଲୋକ। କିନ୍ତୁ ଆପଣ ବି ଜାଣନ୍ତି ଯେ ଆମ ବାପପୁଅଙ୍କ ମନାନ୍ତର ଆପଣ ଆସିବାର ବହୁ ଆଗରୁ। ଆପଣଙ୍କୁ କହିଛି ନା, ଆମ ଘରେ ଦି'ଟା ରୋଷେଇ ହୁଏ। ସଂପର୍କ ବେଳୁ ବେଳୁ ଜଟିଲ ହେଉଛି।

ଏତେବେଳେ ତାକୁ ଆହୁରି ଜଟିଲ କରିବା ତ ଆଦୌ ଉଚିତ ନୁହେଁ। କହିଲେ ଅବନୀବାବୁ।

ଜଟିଲ ଅଧିକ ହେଲେ ବି, କିଛି ଏକ ଉପାୟ କରିବାକୁ ପଡ଼ିବ। ଯେଉଁଥିରେ ସମସ୍ତଙ୍କର ମଙ୍ଗଳ ହେବ ତାହାହିଁ କରିବା ଆମର ଉଚିତ। ନୁହଁ? କହିଲେ ସୁବୋଧ ବାବୁ।

ଅବନୀବାବୁଙ୍କ ବିସ୍ମିତ ଆଖିକୁ ଚାହିଁ ଚାହିଁ ସୁବୋଧ ବାବୁ କହିଲେ, ଆପଣ ଘର ଛାଡ଼ିଲେ ଯଦି ମୋର ଅମଙ୍ଗଳ, ପୁଅର ଅମଙ୍ଗଳ, ବୋହୂର ଅମଙ୍ଗଳ ହୁଏ। ତେବେ ମୁଁ କ'ଣ ତାହା କହିପାରିବି?

ଅବନୀବାବୁ କିଛି ବି ବୁଝି ପାରିଲେ ନି। ରାକା କହିଗଲା ତା'ର ସର୍ବନାଶ ହୋଇଯିବ। ସୁବୋଧ ବାବୁ କହୁଛନ୍ତି ଅମଙ୍ଗଳ ହେବ। କଥାଟା ତେବେ କ'ଣ?

ଅବନୀବାବୁଙ୍କ ନୀରବତାକୁ ଲକ୍ଷ୍ୟ କରି ସୁବୋଧ ବାବୁ କହିଲେ, ଜଣେ ଜଣେ ମଣିଷ ଥାଆନ୍ତି, ସେମାନେ ପ୍ରତି ମୁହୂର୍ତ୍ତରେ ନିଜର ଇଚ୍ଛାକୁ ଚରିତାର୍ଥ କରିଚାଲିଥାଆନ୍ତି। ଏମିତି କରି କରି ଏତେ ଅଭ୍ୟାସଗତ ହୋଇଯାଇଥାଏ ଯେ, ଯେତେବେଳେ ସେଥିରେ ବାଧା ପଡ଼େ, ସେମାନେ ଉତ୍କ୍ଷିପ୍ତ ଓ ହିଂସ୍ର ହୋଇଉଠନ୍ତି। ଏଇ ହିଂସ୍ରତା, ଉତ୍ୟୁକ୍ତ ଭାବ, ତାଙ୍କର ହିତାହିତ ଜ୍ଞାନ ନଷ୍ଟ କରିଦିଏ।

– କାହା କଥା କହୁଛନ୍ତି ଆପଣ? କହିଲେ ଅବନୀବାବୁ।

– ମୋ ପୁଅ କଥା। ଗୋଟିଏ ପୁଅ ତ, ମାଆ ଖୁବ୍ ଗେହ୍ଲା କରିଥିଲା। ପିଲାଦିନୁ ଅଭାବ ଜାଣିଲା ନାହିଁ। ଯାହା ଚାହିଁଲା ତାହା ପାଇଲା। ତାକୁ ବାହାରେ ପଢ଼ାଇଥିଲି, ଓଡ଼ିଶା ବାହାରେ। ଭଲ ସ୍କୁଲରେ, ମୁଠା ମୁଠା ଟଙ୍କା ଖର୍ଚ୍ଚ କରିଥିଲି। ଟଙ୍କା ମଗାଇବ। ମୁଁ ପଠାଇଦେବି। ଭଲରେ ପାସ୍ କଲା। ଭଲ ଚାକିରି ପାଇଲା। ଭଲ ଦରମା ପାଏ। ହେଲେ ମଣିଷ ହେଲାନି। ଟିକିଏ ରହି ସେ ପୁଣି କହିଲେ– ଜାଣନ୍ତି, ସେ ମତେ ଘୃଣା କରେ। ହେୟ ଜ୍ଞାନ କରେ, ମୁଁ ଯେମିତି ତା'ର ସାତ ଶତ୍ରୁ।

– କିନ୍ତୁ କାହିଁକି?

– କାରଣ, ମୁଁ ତା'ର ମଦ୍ୟପାନ, ଉଚ୍ଛୃଙ୍ଖଳତା, ତା'ର ହାବଭାବକୁ ବିରୋଧ କରେ। ମୁଁ ତା'ର କୌଣସି କଥାକୁ ପସନ୍ଦ କରିପାରେନା। ମତେ କଷ୍ଟ ଦେବା ପାଇଁ

ସେ ଜାଣି ଜାଣି ମୋର ବିରୋଧାଚରଣ କରେ । ମୋ ପ୍ରତି ତା' ରାଗର ଉସ୍ସ ଏହା ହିଁ । ଭଲ ପାଇଥିବା ଝିଅଟିକୁ ବିବାହ କଲା । ଧୂମ୍‌ଧାମ୍‌ରେ ବାହାକଲି । ଝିଅଟି ଆମରି ପରି ବାପାମା'ଙ୍କ ଝିଅ । ହେଲେ ବିବାହ ପରେ ସେ ବି ସ୍ୱାମୀକୁ ସଜାଡ଼ିବାକୁ ଚାହିଁଲା । ଫଳତଃ ପୁଅ ଭାବିଲା, ମୁଁ ବୋହୂ ଦ୍ୱାରା ତାକୁ ଶାସନ କରାଉଛି । ସେଇଠୁ ସେ ଅଲଗା ରୋଷେଇର ବ୍ୟବସ୍ଥା କଲା । ରାକାକୁ ଜିନ୍ ପେଣ୍ଟ, ଗଞ୍ଜି ପିନ୍ଧି ପାର୍ଟିମାନଙ୍କୁ ଯିବାକୁ ବାଧ୍ୟକଲା । ମଦ ପିଆଇବାକୁ ବାଧ୍ୟ କଲା । ରାକା ଏ ସବୁର ବିରୋଧ କଲା । ଫଳତଃ ସିଦ୍ଧାର୍ଥର ରାଗ ଆମପ୍ରତି ଓ ରାକା ପ୍ରତି ଦ୍'ଗୁଣିତ ହେଲା । ରାଗ ତାକୁ ହିଂସ୍ର କଲା । ଆମେ କେମିତି ଅଧିକରୁ ଅଧିକ କଷ୍ଟ ପାଇବୁ ସେଥିପାଇଁ ରାକାକୁ ମାରଧର କଲା । ହେଲେ ରାକା, ନିର୍ବିକାର ଚିତ୍ତରେ ସ୍ୱାମୀକୁ ବାଟକୁ ଆଣିବାକୁ ଚେଷ୍ଟା କରୁଥାଏ । ସିଦ୍ଧାର୍ଥ ରାକାର ମାମୁଁଝିଅ ଭଉଣୀ, ଯିଏ କି ଅଧିକାଂଶ ରାକାର ମା'ଙ୍କ ପାଖେ ଥାଏ, ତା' ପାଖକୁ ଯିବାଆସିବା କଲା । ତାକୁ ନେଇ ବାରଆଡ଼େ ବୁଲିଲା । ଏ ଖବର ମଧ ରାକା କାନକୁ ଆସିଲା । ରାକା ଓ ଆମେ ସବୁ ପ୍ରତିବାଦ କରିବାରୁ ସେ ସ୍ପଷ୍ଟ କହିଦେଲା ଯେ ସେ ଭଡ଼ାଟିଆକୁ ଉଠାଇଦେବ । ତଳ ମହଲାରେ ରାକାର ଭଉଣୀ ସହ ବସବାସ କରିବ । ଇଚ୍ଛାକଲେ ରାକା ବି ତାଙ୍କ ସହ ରହିପାରେ ।

ସୁବୋଧବାବୁ କାତର ହୋଇ କହିଲେ, ଅବନୀବାବୁ, ଏଇଟାକୁ ପ୍ରଶ୍ରୟ ଦେବୁ ଆମେ ? ପାରିବୁ ? ଏହାର ପ୍ରତିବାଦ କରିବାଟା ଆମର ଅନୁଚିତ୍ ?

ଅବନୀବାବୁ କହିଲେ, ପ୍ରତିବାଦ ତ ନିଶ୍ଚୟ କରିବେ । କିନ୍ତୁ ସେ ତ ଚାହିଁଲେ, ଅନ୍ୟତ୍ର ବି ଭଡ଼ା ନେଇ ରହିପାରନ୍ତି ଏକଦମ୍ ନିରଙ୍କୁଶ ଭାବେ ।

... 'ଜାଣିଲେ ଅବନୀବାବୁ, ମଞ୍ଜି ତ ଏଇଠି । ସେ ଜାଣିଶୁଣି ବାପା ମା'ଙ୍କୁ ସ୍ତ୍ରୀକୁ କଷ୍ଟ ଦେବାକୁ ଚାହେଁ । ଏହା ଏକ ପୈଶାଚିକ ପ୍ରବୃତ୍ତି । ଅନ୍ୟକୁ ତିଳ ତିଳ କଷ୍ଟ ଦେବାରେ ହିଁ ତା'ର ଆନନ୍ଦ, ତା'ର ସୁଖ । ବାପକୁ କଷ୍ଟ ଦେଇ ପୁଅ ଆନନ୍ଦ ପାଏ । ଏ ପୃଥିବୀରେ ଏପରି ହତଭାଗ୍ୟ ବାପ ମୁଁ ବୋଧେ ଏକା ।

ନା, ନା, ଏକା କାହିଁକି, ଏମିତି ଅନେକ ଅଛନ୍ତି । ପୁଣି ଏପରି ବାପ ମଧ ଅଛନ୍ତି ସୁବୋଧ ବାବୁ, ଯେଉଁମାନେ ପୁଅକୁ ବି କଷ୍ଟ ଦେଇଚାଲନ୍ତି । ଆସଲ କଥା, ଏ ସଂସାର ଏମିତି ଏକ ମୁକୁଳା ମଞ୍ଚ, ଯେଉଁଠି ଜଣେ କଷ୍ଟ ଦିଏ, ଜଣେ କଷ୍ଟ ପାଏ । ଜଣେ ଶାସନ କରେ, ଜଣେ ଶାସିତ ହୁଏ । କେବଳ ପାତ୍ରପାତ୍ରୀ ବଦଲି ଯାଆନ୍ତି ।

ସୁବୋଧ ବାବୁ କହିଲେ... ମୁଁ ତ ଶରଶଯ୍ୟାରେ ଶୋଇଛି । ସୀତା ପରି ବୋହୂଟିର ନିର୍ଯାତନା ଦେଖୁଛି । ଏ କଷ୍ଟ କିଏ ସମ୍ଭାଳିବ କୁହ । ସେ ଧୋତି କାନିରେ ଆଖି ପୋଛିଲେ । କହିଲେ, ଆପଣ ବ୍ୟସ୍ତ ହୁଅନ୍ତୁ ନାହିଁ । କାଲି ସକାଳେ ଆମେ ପାଞ୍ଚବର୍ଷ

ପାଇଁ ଗୋଟେ ଏଗ୍ରିମେଣ୍ଟ କରିଦେବା। ବର୍ତ୍ତମାନ ପାଞ୍ଚବର୍ଷ ପାଇଁ ତ ସେ ଆଉ କିଛି ହରକତ କରିପାରିବ ନାହିଁ। ଆଉ ବାହାରେ ଯଦି ଘରଭଡ଼ା ନେଇ ରହେ, ତା' ବାଟ ବି ଠିକ୍ କରି ରଖିଛି ମୁଁ। ବଞ୍ଚିଥିବା ଯାକେ ମୁଁ ତାକୁ ବାଟକୁ ଆଣିବାକୁ ଚେଷ୍ଟା ହିଁ କରିବି।

ଅବନୀ ବାବୁ ରୂପଚାପ ବସିଥିଲେ। ସୁବୋଧ ବାବୁଙ୍କର ଆଖିର ଲୁହ, ତାଙ୍କର ଧୈର୍ଯ୍ୟ, ତାଙ୍କୁ ଅଭିଭୂତ କରୁଥିଲା। ବାହାରେ ଦେଖିବାକୁ ଏତେ ସୁନାମ, ଏ କୋଠା, ସାମାଜିକ ପ୍ରତିପତ୍ତି, ଝଲମଲ ରୋଶଣୀ ପରି। ଅଥଚ ଭିତରେ ଅନ୍ଧକାରରେ ମାନବ ଆତ୍ମାଟିଏ ବିକଳ କ୍ରନ୍ଦନ କରୁଛି। ମଣିଷ କ'ଣ ଏ ଅନ୍ଧାର ଅର୍ଗଳିରୁ କୌଣସି ଦିନ ଉପରକୁ ଉଠିବ ନାହିଁ। ମଣିଷ କ'ଣ ଥରେ ମଣିଷକୁ ବୁଝିବ ନାହିଁ। ଅନୁଭବିବ ନାହିଁ।'

କେତେବେଳ ଏମିତି ଚାଲିଗଲା। ଜଣା ନାହିଁ। ଅବନୀବାବୁ ଯିବାକୁ ଉଠିଲାବେଳେ ହଠାତ୍ ଯେମିତି କିଏ ଚିତ୍କାର କଲାପରି ଶୁଭିଲା। ତା'ପରେ ଅଜସ୍ର ବାକ୍ୟ ବାଣ ଝରିଗଲା। ଢେଲା, ଟେକା ଫିଙ୍ଗିବାର ଶବ୍ଦ। କାଚ ଭାଙ୍ଗିଯିବାର ଝଣ ଝଣ ଶବ୍ଦ ଯେମିତି ଚତୁର୍ଦ୍ଦିଗକୁ ଝଙ୍କୃତ କରିଦେଲା।

ଅବନୀବାବୁ ଝରକା ପାଖକୁ ଯାଇ ଠିଆ ହେଲେ। ଦେଖିଲେ ଦୁଇ ଚାରିଟା ଯୁବକ କାହା ଉଦ୍ଦେଶ୍ୟରେ ଅଶ୍ରାବ୍ୟ ଗାଲି ଦାଲି ଚାଲିଛନ୍ତି। ଛିଃ, ଏ ଭଦ୍ର କଲୋନୀରେ ଏପରି ଭାଷା ପୁଣି କିଏ କହିପାରେ ? ଅଥଚ ପ୍ରତିବାଦ କରିବାକୁ କେହି ଆସୁନାହାନ୍ତି।

ଅବନୀବାବୁ ପଚାରିଲେ, କଥା କ'ଣ ସୁବୋଧ ବାବୁ ? ଏମାନେ କିଏ ?

ସୁବୋଧ ବାବୁ ହସିଲେ। ମଲିନ ହସ। କହିଲେ, ଯେ ବି ଗୋଟାଏ କାହାଣୀ। ଏ ଯେଉଁ ଗୋଲାପୀ କୋଠା ଓ ଧଲାକୋଠା। ଦିହେଁ ଆଉଭୋକେଟ୍। ଗୋଲାପୀ କୋଠାବାଲା ତାଙ୍କ ଘର ଡାହାଣ ପାର୍ଶ୍ୱରେ ଗେଟ୍ କଲେ। ସେଇଠୁ ଧଲାକୋଠା ବାଲାଙ୍କର ହେଲା ରାଗ। ଅନବରତ କଳି ଝଗଡ଼ା କଲେ। ତାଙ୍କୁ ହଇରାଣ କରିଦେଲେ। ଏବେ ନିଜେ ଏ ସବୁ ନ କରି ମଝିରେ ମଝିରେ ଗୁଣ୍ଡାମାନଙ୍କ ଦ୍ୱାରା ଗାଲିଗୁଲଜ କରାଉଛନ୍ତି। ଗତଥର ଆପଣ ନଥିଲେ, ଝିଅଘରକୁ ଯାଇଥିଲେ।

ଅବନୀବାବୁ ଉତ୍ତ୍ୟକ୍ତ ହୋଇଗଲେ ହଠାତ୍। କହିଲେ, ଭଦ୍ରଲୋକ କଲୋନୀକୁ ଥରେ ଗୁଣ୍ଡା ପଶିଲେ ସେମାନଙ୍କ ସାହସ ବଢ଼ିବ। ଆମେ ଝିଅ ବୋହୂ ଧରି କେମିତି ଚଲିବା ? ଏହାର ପ୍ରତିବାଦ କରିବା ନାହିଁ ? ନାଇ...ନାଇ... ମୁଁ ଏହାର ବିରୋଧ କରିବି। ମଲେ ମରିବି ପଛେ। ଏଭଲି ପାଶବିକତାର ବିରୋଧ କରିବା ପାଇଁ ଯଦି ଜଣେ ନୁହେଁ, ଗଣହତ୍ୟା ବି ହୋଇଯାଏ, ତେବେ ବି ପ୍ରତିବାଦ କରିବା ଉଚିତ।

ସୁବୋଧ ବାବୁଙ୍କ ବାରଣ ନ ମାନି ଶିଡ଼ି ଦେଇ ଓହ୍ଲାଇ ଗଲେ ଅବନୀବାବୁ। ସୁବୋଧ ବାବୁଙ୍କ ଦୁଃଖ ତାଙ୍କୁ ବିଷାଦିତ କରିଥିଲା। ଏ ଅଶ୍ରାବ୍ୟ ଗାଳି ତାଙ୍କୁ କ୍ରୋଧାନ୍ବିତ କଲା..., ଇସ୍‌, ମଣିଷ କେତେ ତଳକୁ ଯାଇପାରେ ? କେତେ ତଳକୁ ? ନା ତାକୁ ଅଟକାଇବାକୁ ହେବ, ଅଟକାଇବାକୁ ହେବ।

ଅବନୀବାବୁ ଗେଟ୍‌ ଖୋଲୁ ଖୋଲୁ ପଛରୁ ତାଙ୍କୁ ଭିଡ଼ି ଧରିଲା ସତ୍ୟବ୍ରତ। ତାଙ୍କୁ ଜୋର କରି ଘରକୁ ନେଇଯାଇ କହିଲା– ଆପଣ ପାଗଳ ହେଲେ ମାମୁଁ ? ଏଇ ହିତାହିତ ଜ୍ଞାନଶୂନ୍ୟ ପିଶାଚମାନଙ୍କୁ ବିରୋଧ କରିବେ ? ସେଇଠି ରକ୍ତ ନଦୀ ବହିଯିବ। ଏ କଲୋନୀ ସାରା ଲୋକ ଝରକା ଦେଇ ଦେଖୁଛନ୍ତି। ଉପଭୋଗ କରୁଛନ୍ତି ଏ ଗାଳିକୁ। କିଏ ଓହ୍ଲାଇ ଆସୁଛି ପ୍ରତିବାଦ କରିବାକୁ ? ପଙ୍କରେ ବୁଡ଼ିବାକୁ ଜାଣି ଜାଣି ମରିବାକୁ କିଏ କାହିଁକି ଚାହିଁବ ? ଆପଣ କେତେ କାହାକୁ ବିରୋଧ କରିବେ ?

ଅବନୀବାବୁ ସତ୍ୟବ୍ରତ ମୁହଁକୁ ଚାହିଁଥିଲେ ଥକ୍କାହୋଇ। କେତେ ଦୃଶ୍ୟକୁ ସେ ହଜମ କଲେ। ଯାକୁ ବି ଅଳଙ୍କାର ପରି ଦେହରେ ପିନ୍ଧିବେ। ଯେତ ଆଜିର ସମୟର ଭୂଷଣ। ଏଇତ ମଣିଷର ପରିଚୟ ଅଭୂତପୂର୍ବ। ଜ୍ଞାନ କୌଶଳ ପ୍ରଦର୍ଶନ କରି ମଣିଷ ତା'ର ବୁଦ୍ଧିମତାର ପରିଚୟ ବେଶୀ ଦେଉଟି, ପଶୁ ତୁଲ୍ୟ କାର୍ଯ୍ୟ କରି ତାକୁ ପ୍ରବୃତ୍ତିର ପରିଚୟ ବେଶୀ ଦେଉଛି। ମାନବିକ ଚେତନାରେ ଯେ ଏକ ସଙ୍କଟ, ଦାରୁଣ ସଙ୍କଟ ନୁହେଁ କି ?

ସତ୍ୟବ୍ରତ ଥଣ୍ଡାପାଣି ଗ୍ଲାସଟିଏ ବଢ଼ାଇ ଦେଲା ମାମୁଁଙ୍କୁ। ଅବନୀବାବୁ ଆଉଜି ବସିଲେ ସୋଫାରେ। ସେ ପର୍ଯ୍ୟନ୍ତ ପାଟିତୁଣ୍ଡ ଶୁଭୁଥାଏ ବାହାର ପଟେ। ଗୁଣ୍ଡାମାନେ ଫେରିନଥାଆନ୍ତି ତଥାପି। ଟେକା ମାଡ଼ରେ ଭାଙ୍ଗି ପଡ଼ୁଥାଏ ଗୋଲାପୀ କୋଠାର କାଚ ଝରକା। କାର୍‌ର କାଚ। ଭଦ୍ରଲୋକଙ୍କ କଲୋନୀ ଥାଏ ନିସ୍ତବ୍ଧ।

ପରଦିନ ସକାଳ ବେଳା କୋର୍ଟରେ ଏଗ୍ରିମେଣ୍ଟ କରି ଦେଲେ ସୁବୋଧ ବାବୁ। ପାଞ୍ଚବର୍ଷ ପୂରିଗଲେ ସେ ଏହାକୁ ରିନ୍ୟୁ କରିଦେବେ। ଏହାଦ୍ବାରା ସିଦ୍ଧାର୍ଥ ଆଉ ତାଙ୍କୁ ହରକତ୍‌ କରିପାରିବ ନାହିଁ। ଏଗ୍ରିମେଣ୍ଟ କାଗଜଟି ଅବନୀବାବୁଙ୍କୁ ବଢ଼ାଇ ଦେଲାବେଳେ, ଅବନୀବାବୁ କୃତଜ୍ଞତାରେ, ଭରସାରେ, ଶ୍ରଦ୍ଧାରେ ତାଙ୍କର ଦୁଇହାତକୁ ଜାବୁଡ଼ି ଧରିଲେ। ଗଦ୍‌ ଗଦ୍‌ ସ୍ବରରେ କହିଲେ ଆପଣଙ୍କ ପରି ବ°ଧୁ ଭାଗ୍ୟରେ ଥିଲେ ମିଳେ। ଏ ତିନିବର୍ଷ କାଳ ମୁଁ ମହା ଆନନ୍ଦରେ ଅଛି। ଆପଣଙ୍କ ରଣ... କହୁ କହୁ କଥା ଛଡ଼ାଇ ନେଲେ ସୁବୋଧବାବୁ। କହିଲେ ଏମିତି କଥା କାହିଁକି କହୁଛନ୍ତି ଅବନୀବାବୁ। କେତେ ଭଡ଼ାଟିଆ ଏଘରୁ ଗଲେଣି, ହେଲେ ସେମାନେ ଥିଲେ ଭଡ଼ାଟିଆ। ଆପଣ ହିଁ ପ୍ରକୃତ ବନ୍ଧୁ। ସୁବୋଧବାବୁ କୁଣ୍ଢାଇ ପକାଇଲେ ଅବନୀବାବୁଙ୍କୁ।

ଏଇ ଆଲିଙ୍ଗନରେ ଏତେ ଶ୍ରଦ୍ଧା, ଏତେ ଭଲପାଇବା ଥିଲା ଯେ ଅବନୀବାବୁଙ୍କର ମନେହେଲା... ଏ ପୃଥିବୀରୁ ସବୁକିଛି ସରିଯାଇ ନାହିଁ। ଗତ ରାତ୍ରିରେ ସେ ଯେଉଁ ଦୃଶ୍ୟ ଦେଖିଲେ, ଯେଉଁ ନାରକୀୟ ଶବ୍ଦ ଶୁଣିଲେ, ତା' ଆର ପାଖରେ ମଣିଷଟିଏ ପୁରନ୍ତା ପ୍ରେମର ଥାଲିଟିଏ ଧରି ପଦ୍ମମଧୁ ବାଣ୍ଟି ଚାଲିଛି। କହୁଚି ନିଅ, ନିଅ, ତା' ନହୋଇଥିଲେ ଘର ମାଲିକ ଓ ଭଡ଼ାଟିଆ ଦିଜଣ ପ୍ରେମରେ, ବିଶ୍ୱାସରେ, କୋଲାକୋଲି ହେଉନଥାନ୍ତେ।

ଅବନୀବାବୁ କୋମଳ ମଧୁର ସ୍ୱଭାବର, ଭାବପ୍ରବଣ ମଣିଷ। ଟିକିକରେ ଉଚ୍ଛୁଲି ପଡ଼ନ୍ତି, ଟିକିକରେ ଟୁଟି ବି ଯାଆନ୍ତି। ସାରା ଦ୍ୱିପ୍ରହର ସେ ଯୁଗପତ ଆନନ୍ଦ ଓ ବିଷାଦର ଭାବରେ କଟାଇଥିଲେ। ଲଳିତା ଯେ ତାଙ୍କୁ କେତେ କ'ଣ କହୁଥିଲେ ସେ କଥା ସେ ମନକୁ ନେଉନଥିଲେ। ଦି'ଦିନ ହେବ ସେ ଆଉ ବଂଧୁମାନଙ୍କୁ ଦେଖା କରିପାରି ନାହାନ୍ତି। ସେଦିନ ନୀଳାମ୍ବର ବାବୁ ଯେଉଁ ପରି କଥାଟା କହିଦେଲେ ଭଗବାନବାବୁଙ୍କୁ, ସେ ହୁଏତ ଦୁଃଖ ପାଇଥିବେ, ତାଙ୍କୁ ବୁଝେଇଦେବା ସେମାନଙ୍କର କର୍ତ୍ତବ୍ୟ।

ଉପରବେଳା ଅବନୀବାବୁ ଭରତ ଦୋକାନ ଉଦ୍ଦେଶ୍ୟରେ ବାହାରିଗଲେ। ସେଠି ପହଞ୍ଚିଲାବେଳକୁ ଦେଖିଲେ, ତଥାପି ଶିବନାଥବାବୁ କି ଭଗବାନବାବୁ କେହି ଆସି ନାହାନ୍ତି। ଭରତ ଦୋକାନ ସାମ୍ନା ବେଞ୍ଚରେ ଦିଚାରିଜଣ ଲୋକ ବସିଛନ୍ତି। ଫୁଲକୁଣ୍ଡ ଗୁଡ଼ାକ ଯେ ସଜ୍ଜା ହୋଇଥାଏ, ତା' ଏପଟ ସେପଟ ହୋଇଯାଇଛି। ଭରତ ଚା' କରି ବଢ଼ାଇ ଦଉଛି, କିନ୍ତୁ ମୁହଁଟା ଦିଶୁଛି ଭାରି ଶୁଖିଲା।

ଅବନୀବାବୁଙ୍କୁ ଦେଖୁ ଦେଖୁ ଭରତ ନମସ୍କାର କଲା। କହିଲା, ସାର୍ ବସନ୍ତୁ।

ଅବନୀବାବୁ ଭରତକୁ ଚାହିଁ ଚମକି ପଡ଼ିଲେ, ଭରତଟା ଏମିତି ଦିଶୁଛି କାହିଁକି? ତା' ଆଖରେ ଯେଉଁ ଉତୁରା ସ୍ୱପ୍ନ ଖୁନ୍ଦି ହୋଇଥାଏ, ଆଜି ତାହା ଦିଶୁଛି ଅତି ମଳିନ। ସେ କହିଲେ, ଭରତ ଦେହ ଭଲ ନାହିଁ କି? ଏମିତି ଦିଶୁଛ।

– ନାଇଁ ସାର୍, ଠିକ୍ ଅଛି, ଚା' ବଢ଼ାଇ ଦଉ ଦଉ କହିଲା ଭରତ।

ତା ହାତରୁ ଚା' ନଉ ନଉ ଅବନୀବାବୁ କହିଲେ, ତମେ ଆଉ କିଛି ଲୁଚାଅନା। ଭରତ କୁହ କ'ଣ ହୋଇଛି? ଦିବର୍ଷ ହେବ ତମକୁ ଦେଖୁଛି। ତମର ସ୍ୱପ୍ନ, ତମ ପ୍ରେରଣା ଆମ ବୁଢ଼ାମାନଙ୍କୁ ବି ଖେଞ୍ଚି ଉଠାଇଛି। ଆଉ ଆଜି ତମ ଶୁଖିଲା ମୁହଁ ମୁଁ ବାରି ପାରିବି ନାହିଁ? କୁହ କ'ଣ ହେଲା?

ଭରତ ତଉଲିଆରେ ମୁହଁ ପୋଛିଲା, କହିଲା... କାଲି ନନା ଆସିଥିଲେ।

ଓଃ, ତେବେ ତ ଭଲ ହେଲା। ତମେ ରୁଷି ଚାଲିଆସିଥିଲ। ଘରକୁ ଫେରିନଥିଲ। ସେ ତମକୁ ସଂଖୋଲିବାକୁ ଆସିଲେ। ଯେତେହେଲେ ବାପ ମନ ତ।

ଭରତ କ୍ଷୋଭ୍ ଜାଲୁ ଜାଲୁ କହିଲା, ବାପା ମନ ନେଇ ମତେ ଦେଖ୍‌ବାକୁ ସେ ଆସିନଥିଲେ। ଆସିଥିଲେ ଦେଖ୍‌ବାକୁ ମୁଁ କରୁଛି କ'ଣ। ରୋଜଗାର କେତେ କରୁଚି। ତାଙ୍କୁ ଦେଖ୍ ମୁଁ ଖୁସି ହେଲି। ପ୍ରଣାମ କଲି। ଯତ୍ନରେ ବସାଇ ଥଣ୍ଡା ପିଆଇଲି। ଟଙ୍କା ପାଞ୍ଚଶହ ତାଙ୍କ ହାତରେ ଧରାଇ କହିଲି, ନନା ! ଏତିକି ନିଅ। ମାଟିରେ ପାଦ ମୋର ଚାଣ ହୋଇଗଲେ ସବୁ ଦାୟିତ୍ବ ମୁଁ ନେବି।

ସେ ପିନ୍ଧିଥିଲେ ତାଙ୍କ ମଠା ଧୋତି। ଦେହରେ ଫତେଲ ଉପରେ ସମ୍ବଲପୁରୀ ଗାମୁଛା। ସେ ଟଙ୍କାଟା ଫୋପାଡ଼ି ଦେଲେ। ଠିଆ ହୋଇ ପଡ଼ି କହିଲେ ପାଟିକରି, କୁଳାଙ୍ଗାର ! ଲାଜମାଡୁନି ? ବ୍ରାହ୍ମଣପିଲା ହୋଇ ରାସ୍ତା କଡ଼ରେ ଚା' ବିକୁଚୁ। ଅଇଁଠା ଗ୍ଲାସ୍ ଧୋଉଚୁ। ଆଉ ସେଇ ଉପାର୍ଜନର ପଇସା ମତେ ଦଉଚୁ। ଆଜିଠୁ ତୋ ମୁହଁ ଚାହିଁବି ନାହିଁ। ମୋ କୁଳରେ କଳଙ୍କ ତୁ। କହୁ କହୁ ସେ ଫୁଲକୁଣ୍ଡ ଗୁଡ଼ାକ ରାଗରେ ପେଲିଦେଲେ। କାଚଗ୍ଲାସ ଗୁଡ଼ାକ ଭାଙ୍ଗିଦେଲେ। ବାଡ଼ିରେ ମୋ କ୍ଷୋଭଟାକୁ ବି ଦି' ପାହାର ଦେଲେ। ଓଃ, ସେ କି ରାଗ ତାଙ୍କର। ଦୁମ୍ ଦୁମ୍ ହୋଇ ଚାଲିଗଲେ। ପଛକୁ ଟିକେ ବି ନ ଚାହିଁ ଗରାଖମାନଙ୍କ ସାମ୍ନାରେ ଏ ଅପମାନ ମତେ ହଜମ କରିବାକୁ ହିଁ ହେଲା। ପିତୃ ଅସନ୍ତୋଷ ନେଇ ଜଣେ କ'ଣ କେବେ ଜୀବନରେ ଉଠି ପାରିବ ? କହୁ କହୁ କାନ୍ଦ କାନ୍ଦ ହୋଇଗଲା ଭରତ।

ଅବନୀବାବୁ ତା'ପରେ ପିଠି ଥାପୁଡ଼ି କହିଲେ, ନା, ନା, ଏମିତି ଭାବନା ତମେ। ତାଙ୍କୁ ବୁଝିବାକୁ ଚେଷ୍ଟା କର। ସବୁ ବାପାମାନେ ପିଲାମାନଙ୍କର ଉନ୍ନତି ଦେଖ୍‌ବାକୁ ଚାହାନ୍ତି। କେତେ କ'ଣ ସ୍ବପ୍ନ ଦେଖ୍‌ଥାଆନ୍ତି। ତା' ପୂରଣ ନ ହେଲେ ଦୁଃଖ ପାଆନ୍ତି। ତମ ବାପା ସେମିତି ଦୁଃଖ କରି ଚାଲି ଯାଇଛନ୍ତି, ଫେରିବେ ଯେ !

ନାଇଁ ସାର୍, ସେ ଭାରି ରାଗୀ ଲୋକ। ଜିଦ୍‌ଖୋର୍। ମୁଁ କାହିଁକି ତାଙ୍କ କଥା ମାନି ଗାଁରେ ଯଜମାନି କଲି ନାହିଁ, ଏଇଟା ହିଁ ତାଙ୍କର ରାଗ। ମୁଁ କ'ଣ ନିଜ ଚେଷ୍ଟାରେ ଉଭିଦ ବିଜ୍ଞାନ ଅନର୍ସରେ ପର୍ସେଣ୍ଟ ରଖ୍ ପାସ୍ କରି ନାହିଁ ? ମୁଁ କ'ଣ କିରାଣୀ ଚାକିରି ପାଇଁ ଅନ୍ୟୁନ ପାଞ୍ଚଟା ପରୀକ୍ଷା ଦେଇ ନାହିଁ ? କାହିଁକି ମୋର କେଉଁଠି କିଛି ହେଲା ନାହିଁ ? ହତାଶ୍ ନ ହୋଇ ଏଠି ଚା ଦୋକାନ କଲି ବୋଲି ଏତେ ଖରାପ କାମ କଲି ଯେ ସେ ମୋର ଲକ୍ଷ୍ମୀ, ମୋର ଭାଗ୍ୟଦେବୀ ଏଇ ପସରାକୁ ପଦାଘାତ କରି ଚାଲିଯିବେ। ବାପ ହୋଇ ପୁଅକୁ ଘୃଣା କରିଯିବେ ? ମୁଁ ବୋଧେ ଜଣେ ହିଁ ହତଭୋଗ୍ୟ ପୁଅ, ଯାହାକୁ ତା' ବାପା ଘୃଣା କରେ। ଦୁଇ ହାତରେ ମୁହଁ ଢାଙ୍କି କାନ୍ଦି ପକାଇଲା ଭରତ।

ଅବନୀବାବୁ ଚମକି ପଡ଼ିଲେ। ଏ କି କଥା କହୁଚି ଭରତ। କାଲି ରାତିରେ

ସୁବୋଧ ବାବୁ କହିଥିଲେ, ସେ ଏମିତି ଜଣେ ମାତ୍ର ହତଭାଗ୍ୟ ବାପ, ଯାହାକୁ ତା'
ପୁଅ ଘୃଣାକରେ। ଆଜି ଭରତ କହୁଚି ଠିକ୍ ସେହି କଥା।

ବାପ ଓ ପୁଅ। ପୁଅ ଓ ବାପ। ଏ ସଂପର୍କ କ'ଣ ଘୃଣାର ? ଏ ଘୃଣା ସୃଷ୍ଟି କରିଛି
କିଏ ? ସମୟ ? ପରିସ୍ଥିତି ? ପରିବେଶ ?

ଭରତ ମୁହଁ ପୋଛି ହସି କହିଲା–

ମୁଁ ଥକି ଯାଇନି ସାର, ଟିକେ ଦବି ଯାଇଥିଲି। ମୋ ସ୍ୱପ୍ନରେ, ସାଧନାରେ ମୁଁ
ଚାଲିବି। ମୋର ସ୍ୱପ୍ନ ଏକ ଅଭିଜାତ ହୋଟେଲ। ମୁଁ ନିଶ୍ଚୟ ମୋ ଲକ୍ଷ୍ୟରେ ପହଞ୍ଚିବି।

ଅବନୀବାବୁ କହିଲେ, ସାବାସ୍ ଭରତ। ମୁଁ ତମଠୁ ଏଇଆ ଚାହୁଁଥିଲି। ତମେ
ଯଦି ଚାହଁ, ମୁଁ ତମ ପାଇଁ କିଛି ରଣ ବ୍ୟବସ୍ଥା କରିଦେଇ ପାରିବି। ବ୍ୟାଙ୍କରେ ମୋର
ଜଣେ ବନ୍ଧୁ ମ୍ୟାନେଜର ଅଛନ୍ତି।

ନାନା ରକମ୍ ସ୍କିମ୍ ବି ବାହାରିଛି।

ହଁ, ସାର, ଆପଣଙ୍କୁ କହିବି ମୁଁ।

ଅବନୀ ବାବୁ ଦେଖିଲେ, ସେଆଡୁ ଶିବନାଥ ଓ ନୀଲାମ୍ବର ବାବୁ ଆସୁଛନ୍ତି।
ସେ ତାଙ୍କ ସହିତ ମିଶିଲେ। ସମସ୍ତେ ସାଙ୍ଗ ହୋଇ ତାଙ୍କ ବସିବା ସ୍ଥାନକୁ ଆଗେଇଲେ।

ପଡ଼ିଆରେ ବସିପଡ଼ି ଶିବନାଥବାବୁ କହିଲେ, ଆଚ୍ଛା ଅବନୀବାବୁ! ଦୁଇଦିନ
ହେବ ଆପଣଙ୍କର ଦେଖାନଥିଲା ଯେ, କ'ଣ ଅସୁବିଧା ହେଲା କି ? ଘରେ ସବୁ
କୁଶୀଲ ତ ?

ନୀଲାମ୍ବର ହସି କହିଲେ, ହଁ ମଁ, ତାଙ୍କର ଗୋଟେ ଅସୁବିଧା କ'ଣ ? ନେଁ ନା
ନେଞ୍ଚରା କ'ଣ ଅଛି ? ମାମୁଁ ମାଙ୍ଘ ଦି' ପ୍ରାଣୀ। ଆରାମ୍ ହିଁ ଆରାମ୍।

ଅବନୀବାବୁ ତାଙ୍କୁ ମୁହଁଟେକି ଚାହିଁଲେ। ବଖାଣି ପାରିଲେ ନାହିଁ କିଛି। ଖାଲି
କହିଲେ, ଦି' ଦିନ ହେଲା ମନଟା ଭଲ ନାହିଁ। କିଛି ବି ଭଲ ଲାଗୁନାହିଁ।

ଶିବନାଥ କହିଲେ – ମତେ ବି ଭଲ ଲାଗୁନି ତ।

ନୀଲାମ୍ବର କହିଲେ – ଜାଣେ, ଆମ କାହାରିକି ଆଉ ଭଲ ଲାଗୁ ନାହିଁ।

ଅବନୀବାବୁ କହିଲେ – ଭଲ ଆଉ କେଉଁଠି ଅଛି ଯେ ଆମକୁ ଭଲ ଲାଗିବ।
ଖାଲି ଅଭିଧାନରେ ଶବ୍ଦଟିଏ ହୋଇ ଅଛି ଯାହା।

ନୀଲାମ୍ବର ହସିଉଠି କହିଲେ, କ'ଣ କହିଲେ, ଖାଲି ଅଭିଧାନରେ ଅଛି ? ଆଉ
ମଞ୍ଚରେ ? ମଞ୍ଚରେ ନେତା ଓ ବକ୍ତାମାନେ ପରିପାଟି କରି ଭଲକୁ ଖଟୁଲିରେ ସଜେଇ
ରଖିଚନ୍ତି ପରା। 'ଭଲ'ଟା ସିନା ଆମ ସାଧାରଣ ଜୀବନରେ ନାହିଁ, କିନ୍ତୁ ମଞ୍ଚରେ
ଅଛି।

ଏଥର ଭଗବାନବାବୁଙ୍କ ଗମ୍ଭୀର ମୁହଁରେ ହସ ଚହଟିଲା। ସେ କହିଲେ ନୀଳାମ୍ବର ପୋଲିସ୍ ଚାକିରିରେ ଦିହକ କାଟିଲା। ହେଲେ ଅସଲି ନକଲିର ଫରକ ଜାଣିପାରିଲ ନାହିଁ। ମଞ୍ଚରେ ଯେଉଁ 'ଭଲ' ଭାଷଣରେ ପାଇଲ ତା' ଯେ 'ଭଲ'ର ଇମିଟେସନ୍ ମାତ୍ର। ଏତିକି ଜାଣିପାରୁନ?

ଶିବନାଥ ଏ କଥାରେ ଆଗ୍ରହରେ ଚାହିଁଲେ ଭଗବାନ ବାବୁଙ୍କୁ। ଅବନୀବାବୁଙ୍କ ଆଖି ଲାଖିଗଲା ଭଗବାନ ବାବୁଙ୍କ ମୁହଁରେ। ଶିବନାଥ ଭାବିଲେ ସତେ ତ, କୋର୍ଟରେ ସେ ଯେଉଁ ନ୍ୟାୟ ଦେଇଛନ୍ତି ବୋଲି କହୁଛନ୍ତି, ସେଇଟା ବି କ'ଣ ନ୍ୟାୟର ଇମିଟେସନ୍ ନୁହେଁ କି?

ଅବନୀବାବୁ ମନକୁ ମନ ହସିଲେ। ନିଜକୁ ବୁଝାଇଲେ। ରେ ମନ ଭଲ ସ୍ୱାମୀର ମୋହର ନେଇ ପତ୍ନୀଙ୍କର ପ୍ରଭାବକୁ କୁର୍ଣ୍ଣିସ ମାରିଲା ବେଳେ ଯାହାକୁ ଏକନିଷ୍ଠ ପ୍ରେମ ବୋଲି କହୁ, ତାହା ପ୍ରେମର ଇମିଟେସନ୍ ନୁହେଁ ତ ଆଉ କ'ଣ?

ଭଗବାନବାବୁ ହସିଲେ। ଉଜ୍ଜ୍ୱଳ ସେ ହସ। କହିଲେ, ପୃଥିବୀରୁ ଭଲ ଆଦୌ ସରିଯାଇ ନାହିଁ ନୀଳାମ୍ବର। ଅଛି, ଅଛି, ଏଠି ସେଠି ବୁଣି ହେଇ ଅଛି। ଆମକୁ ତାହା ଖୋଜିବାକୁ ହେବ। ଖୋଜି ହାସଲ କରିବାକୁ ହେବ। ଆମକୁ ତାକୁ ଅର୍ଜନ କରିବାକୁ ହିଁ ହେବ।

ଶିବନାଥବାବୁ ଭଗବାନବାବୁଙ୍କ ମୁହଁକୁ ଚାହିଁଲେ। କଳା ମୁରୁନି ପଥରର କଠିନ ମୁହଁରେ ଆଖି ଦିଇଟା ସତେ କି ଦୀପ ପରି ଜଳୁଛି। ଅଥବା ଅନ୍ତରରେ ଜଳୁଥିବା ଦୀପଟିର ଆଲୋକ ଛାୟା ପଡ଼ିଛି ଆଖି ଦୁଇଟିରେ। ବିଚିତ୍ର ଏକ ଇଙ୍ଗିତ ଦେଉଛି ସେ ଆଖିର ଚାହାଣି। ମୁହଁଟା ତାଙ୍କର ସତେ କି ଶିଲା-ଦର୍ପଣ।

ଭଗବାନବାବୁଙ୍କର କଥାତ ଶିବନାଥବାବୁଙ୍କୁ ଭାରି ଭଲ ଲାଗିଥିଲା। ସେ ମୁଗ୍ଧ ଭାବରେ ଚାହିଁ ରହିଥିଲେ ତାଙ୍କର ଦାଡ଼ିଭର୍ତ୍ତି ମୁହଁକୁ।

ନୀଳାମ୍ବରବାବୁ ଏଥର ଭଗବାନ ବାବୁଙ୍କୁ ଚାହିଁ କହିଲେ- ହଇଓ ଭଗୀଭାଇ! ଅର୍ଜନ କରିବା କଥା କହିଲ ଯେ, ତମେ ତ ଜୀବନ୍ୟାକ ଗଛ ମୂଲେ ପାଣି ଢାଳିଛ। ମାଟି, ଖତ କୁଢ଼ାଇଛ। କେତେ ଅମଲ କରିଛ କହୁନା!

ନୀଳାମ୍ବର ବାବୁ ଏମିତି ରୋକ୍‌ଠୋକ୍ କଥା କହିଦିଅନ୍ତି। କିନ୍ତୁ ମନରେ କିଛି ହିଁ ନଥାଏ। ଭଗବାନ ବାବୁ ଠିକ୍ ଧରିନେଲେ ତାଙ୍କର ଏ କଥାର ଅନ୍ତର୍ନିହିତ କଥାକୁ। କିନ୍ତୁ ସେ ଦେହକୁ ନେଲେ ନାହିଁ। କହିଲେ, ମୁଁ ଏକା ନୁହେଁ, ସବୁ ଶିକ୍ଷକମାନେ ଗଛମୂଲେ ପାଣି ଢାଳନ୍ତି। ମାଟି, ଖତ କୁଢ଼ାନ୍ତି। ଉଦୟାସ୍ତ ଖଟନ୍ତି, ହେଲେ ଅମଲ କରନ୍ତି ଅନ୍ୟମାନେ। ତଥାପି ମୁଁ କିଛି ପାଇନାହିଁ ବୋଲି କହିବ ନାହିଁ, ସେଇ ପୁଣ୍ୟ ତ

ଉଠୁଛି। କହୁ କହୁ ତାଙ୍କର କଣ୍ଠ ବାକ୍‌ରୁଦ୍ଧ ହୋଇଗଲା। ସେ ହଠାତ୍ ମୁହଁ ବୁଲାଇ ନେଲେ। ଦୂରକୁ ଚାହିଁଲେ।

ଠିକ୍ ସେତିକିବେଳେ ଶିବନାଥବାବୁଙ୍କ ମନ ଭିତରେ ବାଜି ଉଠିଲା ସେଇ ଗୀତଟା, ଯେଉଁ ଗୀତଟା ଏଇ କେତେ ଦିନ ହେଲା ତାଙ୍କ ମନ ଭିତରେ ଅହରହ ଗୁଞ୍ଜରଣ କରୁଥିଲା। ଯେମିତି କାନ୍ଦୁଥିଲା 'ପ୍ରାଣୀଙ୍କ ଆରତ ଦୁଃଖ ଅପ୍ରମିତ ଦେଖୁ ଦେଖୁ କେବା ସହୁ।'

୩୪, କେତେ ସୁନ୍ଦର ପଦଟିଏ ଲେଖିଥିଲେ ସତରେ ସନ୍ତ କବି ଭୀମ ଭୋଇ।

ଅବନୀ ବାବୁ କହିଲେ, ଏଇ ଗୀତଟା ମୋର ମନରେ ବି ସବୁବେଳେ ଗୁଞ୍ଜରିତ ହୁଏ। ସତରେ କିଏ ସହିବ ଚାରିପାଖର ଏତେ ଦୁଃଖ। ଘର ଭିତରେ ଦୁଃଖ, ଘର ବାହାରେ ଦୁଃଖ।

ଶିବନାଥ ବାବୁ କହିଲେ, ତମର ଗୋଟେ ଦୁଃଖ କ'ଣ ହେ? ତମେ ତ ନିର୍ମାୟ। ନିର୍ମଳ ପୁରୁଷ।

ଅବନୀବାବୁ କହିଲେ, ହଁ ଆପଣମାନଙ୍କ ଆଖିରେ ମୁଁ ତ ଜଣେ ସୁଖୀ ଲୋକ। କାରଣ ମୁଁ ଆପଣଙ୍କ ମଧ୍ୟରେ ସର୍ବ କନିଷ୍ଠ। ସ୍ୱାସ୍ଥ୍ୟ ଭଲ, ଘରେ ଜଂଜାଳ ନାହିଁ। ହେଲେ କେମିତି କହିବି ମୋର ଦୁଃଖ? ଶୁଣିବେ? କହୁ କହୁ ଅବନୀବାବୁ ତାଙ୍କର ଜୀବନ ଗ୍ରନ୍ଥର ପୃଷ୍ଠା ଖୋଲି ଧରିଲେ। ଗୋଟି ଗୋଟି, ପୃଷ୍ଠା ପରେ ପୃଷ୍ଠା। ଜଣେ ଭଲ ଛାତ୍ର। ଜଣେ ସଚ୍ଚୋଟ କର୍ତ୍ତବ୍ୟନିଷ୍ଠ ଇଞ୍ଜିନିୟର। ଜଣେ ଶ୍ରଦ୍ଧାଳୁ ଭଲ ମଣିଷ। ଯିଏ ବାହାରେ ଏତେ ସମ୍ମାନ ପାଏ, ସିଏ ଘରେ ଜଣେ ଅବିବେକୀ, ହୃଦୟହୀନା, ଚିର ଅସନ୍ତୋଷର ପ୍ରତିମୂର୍ତ୍ତି ସାମାନ୍ୟ ଜଣେ ନାରୀର ଧାରୁଆ ଜିଭର ଦାଢ଼ରେ ନିତି ପ୍ରତି ରକ୍ତାକ୍ତ, କ୍ଷତାକ୍ତ ହୁଏ। ତଥାପି ସେ ଅବିଚଳିତ ଥିଲେ। ସେ ସଂସାରନିଷ୍ଠ, କର୍ତ୍ତବ୍ୟନିଷ୍ଠ। ସହନଶୀଳତାର ପ୍ରତିମୂର୍ତ୍ତି। ଏମିତି ତ ସୁରୁଖୁରୁରେ ଚାଲିଗଲା ଚାକିରି ଜୀବନ। ଏଇଠି, ଭୁବନେଶ୍ୱରରେ ବାରମ୍ୱାର ଝୁଣ୍ଟୁଛନ୍ତି ସେ। ତଥାପି ଚାଲିଥିଲେ ତ!

ନୀଳାମ୍ୱରବାବୁ କହିଲେ, ଊଣାଅଧିକେ ସମସ୍ତେ ଏମିତି ପରାଭବରେ ଥିଲୁ। ଖାଲି ଦୃଶ୍ୟ ଅଲଗା, ପାତ୍ର ଅଲଗା, ପରିସ୍ଥିତି ଅଲଗା।

ଅବନୀବାବୁ କହିଲେ, ଜାଣିଲେ ନୀଳାମ୍ୱରବାବୁ! ମଣିଷ ନିଜ ଦୁଃଖ ସହିପାରେ, ହେଲେ ଅନ୍ୟର ଦୁଃଖ ସହିବା ବଡ଼ କଷ୍ଟ। ଯେଉଁଦିନ ସୁବୋଧବାବୁ ତାଙ୍କର ଦୁଃଖ ବଖାଣି ବସିଲେ, ସେଦିନ ମୁଁ ଭାବିଲି ଦୁଃଖ ସତରେ କେତେ କିସମ। ଦୁଃଖ ପୁଣି ଭାରି ବିଷମ। ଅବନୀବାବୁ ବଖାଣି ଗଲେ ଆଖି ବୁଜି ସୁବୋଧବାବୁଙ୍କର ଦୁଃଖର ବିବରଣୀ। ଆଖିବୁଜି ଶୁଣୁଥିଲେ ସମସ୍ତେ। ଢୋକଗିଳି ଅବନୀବାବୁ କହିଲେ, ଜାଣିଲେ

ନା, ଏତିକିରେ ସରିଲା ନାହିଁ। ସେଇଠି ପୁଣି ଭେଟିଲି, ମଣିଷ ଦ୍ୱାରା ସୃଷ୍ଟ ଆଉ ଏକ ନାରକୀୟ ଦୁଃଖକୁ।

ଆଗକାଲରେ ଦୁଃଖୀ ମଣିଷ ଥିଲେ। ଅଭାବ ଥିଲା, ଦାରିଦ୍ର୍ୟ ଥିଲା। ପ୍ରକୃତିର ନିଷ୍ଠୁରତା ଥିଲା। ଦୈବିଦୁର୍ବିପାକ ହିଁ ଥିଲା ଦୁଃଖ। ଏବେ ମଣିଷ ସୃଷ୍ଟ କେତେ ଜଟିଲ ଦୁଃଖ। ଅବନୀବାବୁ କହି ଚାଲିଲେ। ଗୋଲାପୀ କୋଠା ଓ ଧଲା କୋଠାର ଏକତରଫା ସଂଘର୍ଷର କାହାଣୀ। ଗୋଟାଏ ଗୋଲାପୀ କୋଠା, ଯଦି ତା' ଆପଣା ମର୍ଜିରେ, ନିୟମରେ, ତା'ର ଫାଟକ କରେ, ଅନ୍ୟ କୋଠା ପାଇଁ ତା' ଦୁଃଖର କାରଣ ହୁଏ କାହିଁକି ? ସେ ଅତିଷ୍ଠ ହୁଏ। ପ୍ରକାଶ୍ୟ କନ୍ଦଲ କରେ। ପ୍ରକାଶ୍ୟ କନ୍ଦଲ କରି ସମାଲୋଚିତ ହେବା ପରେ ନିଜର କ୍ରୋଧ, ଈର୍ଷାରେ ଅସ୍ଥିର ହୋଇ ଭଡ଼ାଟିଆ ଗୁଣ୍ଡା ଦ୍ୱାରା ଅପରକୁ ମାନସିକ ନିର୍ଯାତନା ଦେଇଚାଲେ, ଅଶ୍ଲୀଲ ଗାଲି ଗୁଲଜରେ , ଟେକାପଥର ଫିଙ୍ଗାରେ। ଦିନେ ନୁହେଁ, ତିନି ଦିନ। ଅଥଚ ବୁଦ୍ଧିଜୀବୀମାନଙ୍କର ଏ କଲୋନୀରେ ସମସ୍ତେ ନୀରବ ରହନ୍ତି। ପ୍ରତିବାଦ କରନ୍ତି ନାହିଁ। ପ୍ରତିବାଦ କରିବାକୁ ବାହାରିଲାବେଳେ ଅନ୍ୟମାନେ ଭିଡ଼ି ଧରନ୍ତି। ଏହାଁ ଆଜିର ସମୟର ଚିତ୍ର। ତା'ର ଅନ୍ତଃସ୍ୱର।

ଭଗବାନବାବୁ କହିଲେ, ଏହା ମଣିଷର ଦୁଃଖର ଚିତ୍ର ନୁହେଁ ଅବନୀବାବୁ, ଏହା ମଣିଷର ଅବକ୍ଷୟର ଚିତ୍ର। ମଣିଷ ଦୁଃଖ ସହ୍ୟ କରେ। କିନ୍ତୁ ମଣିଷର ଅବକ୍ଷୟ, ତା' ମଣିଷ ସହିପାରେ ନାହିଁ। ସହିବାକୁ ଖାଲି ବାଧ୍ୟ ହୁଏ।

ଅବନୀବାବୁ କହିଲେ, ଠିକ୍ କହିଛନ୍ତି। ନାରକୀୟ ଅପରାଧ କରିବା ଓ ତାକୁ ଦେଖି ଦେଖି ନୀରବ ରହିବା, ଏହା ହିଁ ମୋ ଜାଣିବାରେ ପ୍ରାୟ ଏକା କଥା। ସେଦିନ ମୁଁ ନିଜେ ଧାଇଁ ଯାଉଥିଲି, ମତେ ଅଟକାଇ ରଖିଲେ। ମୁଁ ନୀରବରେ ତାହା ଦେଖିଲି, ଶୁଣିଲି, ଏହାଁ ଭାବି ଭାବି ମୋର ଛାତି ଫାଟି ଯାଉଚି।

ନୀଳାମ୍ବରବାବୁ, ଅବନୀବାବୁଙ୍କ ହାତ ମୁଠେଇ ଧରି କହିଲେ, ଛାତି ଫାଟିଗଲା ପରି ଲାଗିଲେ ମଧ୍ୟ ଫାଟିଯିବ ନାହିଁ। ମଣିଷର ସହ୍ୟଶକ୍ତି ଅସାଧାରଣ। ସେ ଲୁହର ମଣିଷ ସିନା ଲୁହାର ଛାତି ତା'ର। ତମେ ଏଇ ଗୋଟିଏ ଯୋଡ଼ିଏ ଦୃଶ୍ୟ ଦେଖି ଏପରି କହୁଚ। ଜାଣିଛ କି, ମୁଁ ଜୀବନୟାକ ଅନ୍ୟାୟକୁ ବରଦାସ୍ତ କରିଆସିଛି। ବିରୋଧ କରି କରି ରକ୍ତାକ୍ତ ହୋଇଛି। ସଫଳ ହୋଇନି। ସ୍ୱାଧୀନତା ପରେ ପ୍ରଥମ ମନ୍ତ୍ରୀମଣ୍ଡଲରେ ମୋର ମାମୁଁ ଆଇନମନ୍ତ୍ରୀ ଥିଲେ। ତାଙ୍କ ଦୟାରୁ ମୋର ବାପା ଚାରିଟା ପ୍ଲଟ୍ ପକାଇ ଦେଇଥିଲେ ଆମ ଚାରି ଭାଇଙ୍କ ନାଁରେ ଏ ଭୁବନେଶ୍ୱରରେ। ପୁରୀ କଲେଜରୁ ବି.ଏ. ପାସ୍ କରୁ କରୁ ମାମୁଁ ରଖିଦେଲେ ପୋଲିସ ଇନିସ୍ପେକ୍ଟର ଚାକିରିରେ। ଭାଇମାନେ ମଧ ରହିଲେ କିଏ ସେଲ୍‌ଟ୍ୟାକ୍ସ, ସପ୍ଲାଇ ଓ ହେଲଥ୍ ଇନିସ୍ପେକ୍ଟର

ଭାବେ। କାର୍ଯ୍ୟରେ ଯୋଗଦେଲି। ଯେତେ ଡକାୟତି, ଅପରାଧ ସବୁକୁ ପ୍ରତିରୋଧ କରିଛି ପ୍ରାଣପ୍ରୁର୍ଚ୍ଚା। ଟଙ୍କାଟେ ମଧ ଲାଞ୍ଚ ଖାଇ ନାହିଁ। ଯେଉଁ ଅପରାଧୀମାନଙ୍କୁ ମୁଁ ଗିରଫ କରେ, ପ୍ରମାଣ ଓ ସାକ୍ଷୀ ସହ ପରବର୍ତ୍ତୀ ସମୟରେ ବଦଳିଯାଏ ତା'ର ଦୃଶ୍ୟପଟ। ମୋର ଉପରିସ୍ଥ ହାକିମ ତାଙ୍କୁ ଦୋଷମୁକ୍ତ କରନ୍ତି। ସାକ୍ଷୀ ବୟାନ ବଦଳାଇ ଦିଏ। ଏମିତି ସବୁଥର ହୁଏ। ଲାଞ୍ଚ ଖାଏ ଜଣେ। ହେଲେ ଲାଞ୍ଚ ଖାଇବାର ଦଣ୍ଡରେ ମୋର ଚବିଶ୍ ଘଣ୍ଟିଆ ବଦଳି ହୁଏ। ଏମିତି ମିଛ ସହ ସତର ଲଢ଼େଇ କରି କରି ମୁଁ କ୍ଷତ– ଜର୍ଜରିତ। ମୋର ପ୍ରମୋଶନ ହୋଇନାହିଁ। ମୋର ଗୁପ୍ତ ଚରିତ୍ର ପାଞ୍ଜିରେ ଭଲ ଲେଖା ନାହିଁ। ଲାଞ୍ଚ ଖାଇ ସଂପତ୍ତି କରିଥିବା, ଅପରାଧୀମାନଙ୍କୁ ପୃଷ୍ଟପୋଷକତା କରିଥିବା ଅଫିସରମାନେ ମତେ ସୁପରସିଡ୍ କରି ପ୍ରମୋଶନ ପାଇଛନ୍ତି। ମୋ ହାକିମଙ୍କୁ ମୁଁ ତୋଷ କରିପାରି ନାହିଁ କେବେ ବି। ଜୀବନ ଯୁଦ୍ଧରେ ଯଦିଓ ମୁଁ ହାରିଯାଇଛି, ହେଲେ ଈଶ୍ୱରଙ୍କ ଦରବାରରେ ମୁଁ ହାରିନାହିଁ। ନା ମୁଁ ଜମା ହାରି ନାହିଁ। ତାଙ୍କ ସାଙ୍ଗେ ଆଖ୍ ମିଲାଇବାର ତାକତ ମୋର ଅଛି। ସେ ପୁଣ୍ୟ ମୁଁ ଅର୍ଜନ କରିଛି। ମୁଁ ମୋ ମାନବଆତ୍ମାକୁ କଳୁଷିତ କରିନାହିଁ, କଳଙ୍କିତ କରିନାହିଁ। ଆପଣ କହୁଥିଲେ ନା ସେଇ ଗୀତ– 'ପ୍ରାଣୀଙ୍କ ଆରତ ଦୁଃଖ ଅପ୍ରମିତ, ଦେଖୁ ଦେଖୁ କେବା ସହୁ'। ହଁ, ଆଉ ସହି ହେଉନାହିଁ। ଆଉ ରହି ହେଉନାହିଁ। ଆମେ ବି କ୍ଷତ, ରକ୍ତାକ୍ତ ଆତ୍ମାମାନେ ଆସ, ବିଦ୍ରୋହର ଧ୍ୱଜା ନେଇ ବାହାରି ପଡ଼ିବା। ଆମେ ଚାରିଜଣ ବୟସ୍କ ନାଗରିକ– ଏକ ମଶାଲ୍ ଯାତ୍ରାରେ ବାହାରିଯିବା। ନୀଳାମ୍ବର ବାବୁ ଉତ୍ତେଜିତ ହୋଇ ଉଠିଥିଲେ ଯେମିତି।

'ମୁଁ ତ ତାହାହିଁ କହୁଥିଲି ସେଇଦିନୁ।' କହିଲେ ଶିବନାଥ ବାବୁ। ଚାଲ ଆମେ ଚାରିଜଣ, କଳୁଷିତ ମାନବଆତ୍ମାକୁ ଉଦ୍ଧାର କରିବା ଅଭିଯାନରେ ବାହାରିଯିବା। ଅନ୍ୟାୟ, ଅନୀତି, ଭ୍ରଷ୍ଟାଚାର ବିରୋଧରେ ଜନ ଆନ୍ଦୋଳନ ଆରମ୍ଭ କରିଦେବା, କହିଲେ ନୀଳାମ୍ବରବାବୁ।

ଭଗବାନ ବାବୁ ନିର୍ଲିପ୍ତ ଆଖିରେ ଦୂରକୁ ଚାହିଁ ରହି କହିଲେ, ତମମାନଙ୍କ ପ୍ରସ୍ତାବ ସ୍ୱାଗତଯୋଗ୍ୟ। ହେଲେ ମୋ ପାଇଁ ଏହା ଅସମ୍ଭବ। ସେଦିନ ମୁଁ ତାହାହିଁ କହିଥିଲି ନା ?

– କାହିଁକି ଅସମ୍ଭବ ଯେ ? ଆପଣଙ୍କ ଭଳି ଜଣେ ନୀତିନିଷ୍ଠ ଆଦର୍ଶ ବ୍ୟକ୍ତିତ୍ୱ। ଆମ ସାଙ୍ଗରେ ନ ରହିଲେ ଆମେ କରିବୁ କ'ଣ ? ଆମର ନେତା ତ ଆପଣ, କହିଲେ ଶିବନାଥ ବାବୁ।

'ଅନ୍ୟାୟର ଦାଉରେ, ବିଦ୍ରୋହରେ ମୋର ପଞ୍ଚଆତ୍ମା ଚିତ୍କାର କରିଉଠୁଛି। ମୁଁ ଲୁହାର ମଣିଷ। ସହଜେ ଭାଙ୍ଗିଯିବା ଲୋକ ନୁହେଁ। ତଥାପି, ତଥାପି ମୁଁ ଜାକିଜୁକି ହୋଇ ବସିଯାଉଛି। ଖାଲି ଶିଖା ପାଇଁ। ନୀହାର ତ...।

କହୁ କହୁ ଭଗବାନ ବାବୁଙ୍କ ମୁହଁ କରୁଣ ଦିଶିଲା। 'ନୀହାର' କଥା କହୁ କହୁ ସେ ଅଟକି ଗଲେ। ତାଙ୍କ ମୁହଁ କଳା ପଡ଼ିଗଲା। ରକ୍ତ ମେଞ୍ଜାଏ ସେ ମୁହଁରେ କିଏ ଢାଳିଦେଲା ଅବା। ସେ ମୁହଁ ବୁଲାଇନେଇ ଧୋତି କାନିରେ ଆଖ୍ ପୋଛିଦେଲେ।

ଭଗବାନବାବୁଙ୍କ ମୁହଁରେ ଏତାଦୃଶ୍ୟ କାରୁଣ୍ୟର ଅସହାୟତା କୌଣସି ଦିନ ଦେଖୁନଥିଲେ କେହି। ସମସ୍ତେ ଯେମିତି ମନେ ମନେ ନିଜକୁ ହିଁ ଦାୟୀ କଲେ ଏଥିପାଇଁ। ନୀରବରେ ବସି ରହିଲେ ସମସ୍ତେ ବେଶ୍ କିଛି ସମୟ। କେତେବେଳକେ ଭଗବାନ ବାବୁଙ୍କ ଦୁଇହାତକୁ ମୁଠେଇ ଧରି ନୀଳାମ୍ବରବାବୁ କହିଲେ, ଆମକୁ ମାଫ୍ କରିଦିଅ ଭଗାଭାଇ। ତମକୁ ଆଘାତ ଦେବା ଆମର ଉଦ୍ଦେଶ୍ୟ ନଥିଲା। ତମର ସାନ୍ନିଧ୍ୟ ଥିଲା ଆମର କାମ୍ୟ। ଛାଡ଼, ତମେ ଆମ ସାଙ୍ଗେ ଯିବ ନାହିଁ। ତମେ ଏଠି ବସିଥିବ। ଆମକୁ ନିର୍ଦ୍ଦେଶ ଦେବ। ତମେ ତ ଆମର ନେତା।

ଭଗବାନବାବୁ ନୀଳାମ୍ବରଙ୍କୁ ଚାହିଁ ରହିଲେ। କହିଲେ, ନାଇଁ ନୀଳାମ୍ବର। ମୁଁ ଆଉ ଆଘାତ କିଛି ପାଉନି। ମୁଁ ତମକୁ ସାଙ୍ଗରେ ନେବାକୁ ଚେଷ୍ଟା କରିବି।

ଏଥର ତିନିବନ୍ଧୁ ଏକତ୍ର କହି ଉଠିଲେ, ନାଇଁ, ନାଇଁ, ଆପଣ ଯିବେନି। ଆପଣ ଏଠୁ ସବୁ ନିର୍ଦ୍ଦେଶ ଦେବେ। ଆପଣ ଆମ ନେତା।

ଭଗବାନବାବୁଙ୍କ ପିଠି ଥାପୁଡ଼ି ଦେଲେ ଶିବନାଥ ବାବୁ।

ଅବନୀବାବୁ କହିଲେ, ଶିବନାଥବାବୁ! ଆଉ ଡେରି ନୁହେଁ। ଯେଉଁ ଆନ୍ଦୋଳନରେ ଯିବା କଥା କହୁଛନ୍ତି, ତା'ର ନିର୍ଦ୍ଦିଷ୍ଟ ରୂପ ଓ କାର୍ଯ୍ୟକ୍ରମ ବିଷୟରେ କିଛି କୁହନ୍ତୁ।

ଶିବନାଥ କହିଲେ, ମୁଁ କହୁଥିଲି ଆମେ ପଦଯାତ୍ରାରେ ଯିବା। ବୁଲି ବୁଲି ଲୋକଙ୍କୁ ଅନ୍ୟାୟ, ଅନୀତି, ଭ୍ରଷ୍ଟାଚାର ବିରୁଦ୍ଧରେ ମତେଇବା, ଚେତେଇବା, ତତେଇବା ମଧ। ଯେମିତି ଗାନ୍ଧୀ ଯାଇଥିଲେ। ସେତେବେଳେ ରେଡ଼ିଓ, ଦୂରଦର୍ଶନ ନଥିଲା। ଖବରକାଗଜ ନଥିଲା। ଅଥଚ ତାଙ୍କ ଡାକରାରେ ହାଣ୍ଡିଶାଳରୁ ବୋହୂ ଭୁଆସୁଣୀମାନେ ମଧ ସ୍ୱାଧୀନତା ଆନ୍ଦୋଳନ ମଞ୍ଚକୁ ଡେଇଁ ପଡ଼ିଥିଲେ। ଲୋକେ ଆମ କଥା ଶୁଣିବେ ନାହିଁ?

ଅବନୀବାବୁ ହସି ଉଠିଲେ। କହିଲେ, ଶିବନାଥ ବାବୁ! ଆମେ ବା କୋଉ ଗାନ୍ଧୀ ଯେ? ତା'ଛଡ଼ା ଏ ସହର, ଗାଁ, ସବୁଆଡ଼େ କୋଲାହଳ ଏତେ ବେଶୀ ଯେ, ଜନମାନସ, ସମ୍ବାଦପତ୍ରରେ, ଟିଭି ଚ୍ୟାନେଲମାନଙ୍କରେ, ଶିଘ ପ୍ରଦୂଷଣରେ ଏତେ ମଗ୍ନ ଯେ ଆମ କଥା କିଏ ଶୁଣିବ?

ଶିବନାଥ ବାବୁ ହସିଲେ। କହିଲେ, ଅବନୀବାବୁ! ଯୁକ୍ତି ଦେଇ ସବୁ କାଟିହୁଏ।

ମୋ ଜାଣିବାରେ ଯୁକ୍ତି ସତ୍ୟର ଅପଲାପ। କୋର୍ଟରେ ମୁଁ ବହୁ ଯୁକ୍ତି ଶୁଣିଛି। ଆପଣଙ୍କ କଥାନୁସାରେ ଆମେ କଦାପି ଗାନ୍ଧୀ ନୋହୁଁ, କିନ୍ତୁ ଗାନ୍ଧୀଙ୍କୁ ଶ୍ରଦ୍ଧା ଓ ସମ୍ମାନ କରି ତାଙ୍କ ଅନୁସରଣରେ ଗଲେ କ୍ଷତି କ'ଣ? ମୁଁ ଜାଣେ, ଲୋକେ ବହୁତ କଥା କହିବେ। ଶୁଣିବେ ନାହିଁ। ତଥାପି ଶହେ ଜଣରେ ଜଣେ ତ ଶୁଣିବ। ଯଦି ଅଣ୍ଢାଭିଡ଼ି ମନଟାଣରେ ବାହାରିଛ, ତେବେ ଆଉ ଅଟକିବାର ପ୍ରଶ୍ନ ଉଠେନା।

ସେଇଠୁ ନିଷ୍ପତ୍ତି ନିଆଗଲା। ସେମାନେ ପଦଯାତ୍ରାରେ ଯିବେ। ଗାଁ ଗାଁ ବୁଲିବେ। ଅନ୍ୟାୟ, ଭ୍ରଷ୍ଟାଚାର ବିରୁଦ୍ଧରେ ଜାଗିଉଠିବା ପାଇଁ ଆହ୍ୱାନ ଦେବେ। ସଫଳ ହେଉ ବା ନ ହେଉ, ସେମାନେ ଥକ୍କି ନଗଲା ଯାଏଁ ଏ କାମ ଚାଲୁ ରଖିବେ।

ହଠାତ୍ ଅବନୀବାବୁ କହିଲେ, ପଦଯାତ୍ରାରେ... ଆମେମାନେ କ'ଣ ସତେ ଚାଲିପାରିବା?

ଶିବନାଥବାବୁ କହିଲେ, ମୁଁ ଦେଖୁଛି, ଅବନୀବାବୁ ଏ ପର୍ଯ୍ୟନ୍ତ ମନ ସ୍ଥିର କରିପାରି ନାହାନ୍ତି।

ନୀଳାମ୍ବର ବାବୁ କହିଲେ, ନାଇଁମ, ସିଏ ଟିକେ ବେଶୀ ସଂସାରନିଷ୍ଟ।

ଅବନୀବାବୁ କହିଲେ, ନାଇଁ, ନାଇଁ, ଠିକ୍ ତା' ନୁହେଁ, ମନ ସ୍ଥିର କରିଛି। କରି ସାରିଛି।

– ତେବେ ଆଉ ଭୟ କ'ଣ? କହିଲେ ନୀଳାମ୍ବର ବାବୁ। 'କିହୋ ସେତେବେଳେ ଗାଡ଼ିମଟର ନଥିଲା ବୋଲି ଲୋକେ ଚାଲୁଥିଲେ। ଚାଲି ଚାଲି ଯାଉଥିଲେ। ଏବେ ତ ଆମର ଖଣ୍ଡେ ଖଣ୍ଡେ ବାହନ ଅଛି। ଆପଣ ସ୍କୁଟରଟା ଠିକ୍ ଚେକ୍ କରିନିଅନ୍ତୁ। ମୋର ମଟର ସାଇକେଲ ପୂରା ଠିକ୍ ଅଛି। ଶିବନାଥବାବୁଙ୍କର କାର୍ ଛାଡ଼ି ଆଉ କୋଉଥିରେ ବସିବାର ଅଭ୍ୟାସ ନଥିବ। ସେ ମୋ ପଛରେ ବସିବେ।

ସେଇଠୁ ସେମାନେ ପରସ୍ପର ହାତ ମିଲାଇଲେ, କୋଲାକୋଲି ହେଲେ। ଦିନ ଧାର୍ଯ୍ୟ ହେଲା। ଆସନ୍ତା ଶ୍ରୀପଞ୍ଚମୀ ଦିନ ସେମାନେ ବାହାରି ପଡ଼ିବେ। ଚାରି ବନ୍ଧୁ ଠିଆ ହେଲେ। ଶିବନାଥବାବୁ ଦୂରରୁ ଦିଶୁଥିବା ଲିଙ୍ଗରାଜ ମନ୍ଦିରର ପତାକା ଉଦ୍ଦେଶ୍ୟରେ ହାତଯୋଡ଼ି କହିଲେ, 'ହେ ପ୍ରଭୁ! ମଣିଷର ସମ୍ମାନ ରକ୍ଷାକର। ତାକୁ ତା'ର ଭିଟାମାଟିକୁ ଫେରାଇ ଦିଅ।'

କେଜାଣି କାହିଁକି ଭଗବାନ ବାବୁଙ୍କ ଦୁଇ ଆଖି ଛଲ ଛଲ ହୋଇ ଉଠିଲା। ସେ ଶିବନାଥବାବୁ ଓ ଅବନୀବାବୁଙ୍କ ପିଠି ଥାପୁଡ଼ି ଦେଇ ଫେରିଆସିଲେ।

ସନ୍ଧ୍ୟା ନଇଁ ଆସୁଥିଲା।

ଭଗବାନବାବୁ ଘରକୁ ଫେରିଲା ବେଳକୁ ସଂଜ ଗଡ଼ି ଯାଇଥିଲା। ରାସ୍ତାଘାଟ'ରେ

ଆଲୋକ ସବୁ ଜଳି ଉଠିଥିଲା । ନିଜ ଘରର ଗେଟ୍ ଖୋଲିଲା ବେଳେ ସେ ଦେଖିଲେ, ସାରା ଘରଟା ଅନ୍ଧାର ହୋଇ ରହିଛି । ଶିଖା କ'ଣ ଘରେ ନାହିଁ କି ?

ହଉ, ନ ଜଳୁ ଆଲୋକ । ଆଜି ଯେତେବେଳେ ଅନ୍ଧାର ହିଁ ତାଙ୍କ ଭାଗ୍ୟ ଓ ଭବିତବ୍ୟ, ଅନ୍ଧାରରେ ହିଁ ଜୀବନର ବାଟ ଓ ମନର ବାଟ ହଜି ଯାଇଛି । ଘରେ ଆଲୋକ ନ ଜଳିଲେ କ'ଣଟା ଅସୁବିଧା ହେବ । ଏହି ବାହାରର ଆଲୁଅ କ'ଣ ମନର, ଜୀବନର ଅନ୍ଧାର ଦୂର କରିପାରିବ ? ବିଧାତାର ଆଘାତ ସହି ସହି ଭଗବାନ ଦାସ ଅନ୍ଧାରରେ ବାଟ ଚାଲିବା ବି ଶିଖିଯାଇଛି ।

ସେ ଗେଟ୍ ଖୋଲି ଭିତରକୁ ଗଲେ । ଗେଟ୍ ଖୋଲିବାର ଶଦ ଶୁଣି ବାରିପଟ ଆଉଟ୍ ହାଉସରେ ରହିଥିବା ଚାକରାଣୀ ତୁଲସୀ ଧାଇଁ ଆସି ବାହାରର ଆଲୁଅଟା ଜଲେଇ ଦେଲା । କହିଲା, ବାବୁ! ବୋହୂ ମା' କହିଥିଲେ ତାଙ୍କର ଫେରିବା ଡେରି ହେଲେ ଘର ବାହାରେ ସଂଜବତୀ ଦେଇଦେବାକୁ । ମୁଁ ଦେଇ ଦେଇଛି । ଆପଣ କେବଳ ଠାକୁର ଘର ସଂଜଟା ଦେବେ ।

ଭଗବାନ୍‌ବାବୁ ତୁଲସୀକୁ କିଛି ନ କହି ଭିତରକୁ ଗଲେ । ଘରେ ବତୀ ଜଲେଇ, ଲୁଗା ବଦଲି, ଧୁଆଧୋଇ ହେଲେ । ଠାକୁର ଘରେ ସଂଜ ଦେଲେ । ସେ ବିପତ୍ନୀକ ଗୃହସ୍ତ । ତଥାପି ସଂସାର ଧର୍ମ ରକ୍ଷା କରି ଆସିଚନ୍ତି ଏଯାବତ୍ । ଆଜି ବିପର୍ଯ୍ୟୟର ଶେଷ ସୀମାରେ ଠିଆ ହୋଇ ମଧ୍ୟ ସେ ଧର୍ମ ସେ ଭୁଲିବେ କେମିତି ।

ସବୁଦିନ ପରି ସେ ଠାକୁରଙ୍କଠି ସଂଜ ଆଳତି ଦେଲେ, ଧ୍ୟାନ କଲେ । ତମାମ ଜୀବନ ତାଙ୍କର ପ୍ରାର୍ଥନାର ଭାବ ଥିଲା । ମୋତେ ଶକ୍ତ କର । ମୋତେ ଶକ୍ତ କର । ଏବେ କେତେଦିନ ହେବ ସେ ଭାବ କେମିତି ପବନରେ ଝୁଲୁଛି ଯେମିତି ।

ଭଗବାନବାବୁ ଘର ବାହାରକୁ ଆସି ବସିଲେ । ଏତେ ବଡ଼ ଘର ଖାଁ ଖାଁ, ଅନ୍ଧାର । ଶିଖା ଫେରି ନାହିଁ ଏବେ ବି । ଶିଶିର ତା ଚେମ୍ବରକୁ ଚାଲିଯାଇଛି । ସେ ଏକା ଏକା ତମାମ୍ ଜୀବନ ।

ତଥାପି ତାଙ୍କର ଏଇ ଏକାକୀତ୍ୱ ଆଜି ଯେମିତି ମୁଠାମୁଠା ଧୂଳି ହୋଇ ମାଟିରେ ଲୋଟୁଛି ।

ତମାମ୍ ଜୀବନ ମୁଣ୍ଡ ଟେକି ଚାଲିଥିଲେ ସେ । ନିର୍ଭୀକ ଥିଲା ସେ ଚାଲିବା । କଠୋର ଅନୁଶାସନରେ, ନୀତିନିଷ୍ଠ ଜୀବନ କାଟିଥିଲେ । ଏତେ ଟିକେ ଭୀରୁତା, ଅସହାୟତା, କୌଣସି ଦିନ ତାଙ୍କ ବ୍ୟକ୍ତିତ୍ୱରେ ଦେଖା ଦେଇନଥିଲା । ଆଜି କିନ୍ତୁ ବନ୍ଧୁମାନଙ୍କ ସାମ୍ନାରେ ସେ କେତେ ଅସହାୟ ହୋଇଗଲେ, କେତେ ଭୀରୁ ଜଣାଗଲେ । ପାଟିରୁ କଥା ତାଙ୍କର ସୁରିଲା ନାହିଁ । ବନ୍ଧୁମାନେ ନିଜ ନିଜ ଅନ୍ତରର ବିଦ୍ରୋହର କଥା

କହୁଥିଲେ । ତାଙ୍କ ଭିତରେ କ'ଣ ପ୍ରବଳତର ବିକ୍ଷୋଭ ମୁଣ୍ଡ ଟେକୁନି, ସେ କ'ଣ ସମୟଦ୍ୱାରା, ପରିସ୍ଥିତିଦ୍ୱାରା, ଉତ୍ପୀଡ଼ିତ ହେଉନାହାନ୍ତି ? କାହିଁକି ସେ କିଛି କହି ପାରିଲେନି । ଶିବନାଥବାବୁ, ଅବନୀବାବୁ, ନୀଳାମ୍ୱରବାବୁ, ନିଜ ନିଜର ଦୁଃଖ ବଖାଣିଗଲେ । ଅବନୀବାବୁ କହିଲେ କିସମ କିସମ ଦୁଃଖର କଥା । କେରି କେରି ଦୁବ୍ଘାସ ପରି ପୃଥିବୀ ସାରା, ସାରି ସାରି ଦୁଃଖ । ବସ୍ତିସାରା ଶୋକ । ଅଥଚ ନିଜ ଦୁଃଖ ସେ କାହିଁକି ଅନ୍ତରଙ୍ଗ ବନ୍ଧୁଙ୍କ ଆଗରେ କହିପାରିଲେନାହିଁ ?

ସେମାନଙ୍କର ଦୁଃଖ ଏତେ ପ୍ରବଳ ହୋଇଛି ଯେ ପୃଥିବୀଯାକର ଦୁଃଖରେ ମିଶି ସେମାନଙ୍କୁ ଠିଆ କରେଇଛି ଏକ ବିସ୍ତୃତ ବଡ଼ ଦାଣ୍ଡରେ । ଠେଲି ଦେଇଛି ବାହାରକୁ ।

କିନ୍ତୁ ତାଙ୍କର ଦୁଃଖ ଯେତେ ପ୍ରବଳ ହେଲେ ହେଁ ତାଙ୍କୁ ଘରକଣର ଖୁଣ୍ଟରେ ବାନ୍ଧି ରଖିଛି । ସେଥିପାଇଁ ସେ କହୁ କହୁ ଅଟକି ଗଲେ । ଭୀରୁତା, ସଂକୀର୍ଣ୍ଣତାରେ ଛଟପଟ ହୋଇ ବନ୍ଧୁମାନଙ୍କ ପରି ଦୁଃଖକୁ ଅତିକ୍ରମ କରିପାରିଲେ ନାହିଁ କାହିଁକି ?

ତାଙ୍କଠାରୁ ଦୁଃଖକୁ ଅତିକ୍ରମ କରିବା ବେଶୀ ଜାଣେ କିଏ ?

ଅସମୟରେ ସ୍ତ୍ରୀ ଚାଲିଗଲେ । ଅକସ୍ମାତ୍ । ପାଖରେ ଥିଲେ ଆଠବର୍ଷ ଓ ଛଅ ବର୍ଷର ଦିଓଟି ପୁଅ । ବୁଢ଼ା ବାପା । ସେ ଦିନ ତାଙ୍କ ମୁଣ୍ଡ ଉପରେ ଆକାଶ ଭାଙ୍ଗି ପଡ଼ିଥିଲା । ପାଦ ତଳର ମାଟି ଧସି ଯାଇଥିଲା । ତାଙ୍କ ଭିତରେ କିଏ ଜଣେ ଉଚ୍ଚସ୍ୱର ତୋଲି କାନ୍ଦୁଥିଲେ ମଧ ବାହାରେ ସେ ଟିକେ ବି କାନ୍ଦି ପାରିନଥିଲେ । ସ୍ତ୍ରୀଙ୍କ ଶବାଧାର ସାମ୍ନାରେ ଖିଅ କଉଡ଼ି ବିଶ୍ଣି ବିଶ୍ଣି ଚାଲିଲାବେଲେ ତାଙ୍କୁ କିଛି ବି ବାଟ ଦେଖାଯାଉ ନଥିଲା । ଯେତେବେଲେ ଚିତାରେ ଅଗ୍ନି ସଂଯୋଗ ହେଲା, ହୁତ୍‍ହୁତ୍‍ ନିଆଁ ଜଲି ଉଠିଲା ଲାହରେଇ ଊର୍ଦ୍ଧ୍ୱକୁ ସେତେବେଲେ ସେଇ ନିଆଁର ଉଭାସରେ ତାଙ୍କର ଜଡ଼ତା, ସ୍ଥବିରତା, ଜଲିଗଲା ସତେ କି । ଏକ ଅଭୁତ ବିସ୍ଫୋରଣ ହୋଇଗଲା ତାଙ୍କ ଅନ୍ତଃ ଚେତନାରେ । ସେ ଜୋରରେ ମୁଠେଇ ଧରିଲେ ପିଲା ଦିଓଟିଙ୍କର ହାତକୁ । ଜାବୁଡ଼ି ଧରିଲେ ବୁଢ଼ା ବାପାଙ୍କୁ ।

ତାପରେ ସାଇପଡ଼ିଶା, ଆତ୍ମୀୟସ୍ୱଜନ ସମସ୍ତେ ଦେଖିଲେ । କେବଳ ସ୍କୁଲ, ଛାତ୍ର ଓ ବହିର ବନ୍ଧନୀ ଭିତରେ ବନ୍ଦୀ ରହିଥିବା ଆଦର୍ଶ ଶିକ୍ଷକ ଭଗବାନ ଦାସ । ଭୋର ଚାରିଟାରୁ ଉଠି ଘର ଝାଡ଼ୁ କରନ୍ତି, ବାସନ ମାଜନ୍ତି । ରୋଷେଇ କରି ପିଲାଙ୍କୁ ବାପାଙ୍କୁ ଖୁଆଇ ସ୍କୁଲ ଯାଆନ୍ତି । ଫେରିଲା ପରେ ପୁଣି ସଂସାର କର୍ମ । ଦି'ଓଲି ରୋଷେଇ କଲାବେଲେ ସେ ବାରଣ୍ଡାରେ ସପ ପକେଇ ପୁଅ ଦୁହିଁଙ୍କୁ ପଢ଼େଇ ବସନ୍ତି । ଭୋର ଚାରିଟାରୁ ଉଠେଇ ପ୍ରାର୍ଥନା କରନ୍ତି । ବେଲେବେଲେ ବାହାର ଛାତ୍ରମାନେ ମଧ ଆସି ପଢ଼ାପଢ଼ି କରନ୍ତି ।

ପୁଅ ଦିଓଟିଙ୍କ ପିଛା ନିଜ ଜୀବନ ବି ଢାଲି ଦେଇଥିଲେ ସେ, ଖଣ୍ଡି ଖଣ୍ଡି ଇଟା ଖଞ୍ଜିଲା ପରି। ଦିନ ଦିନ ନେଇ ସେ ଗଢୁଥିଲେ ନୀହାର ଓ ଶିଶିରଙ୍କୁ। ମାଆର ସ୍ନେହ, ବାପାଙ୍କ ଅନୁଶାସନ ଉଭୟ ମିଶିଥିଲା ତାଙ୍କର ଲାଳନରେ।

ଏମିତି ଏମିତିରେ ଶେଷ ହେଲା ତାଙ୍କ ଚାକିରି କାଳ। ପ୍ରଧାନଶିକ୍ଷକ ଭାବେ ଗୁଡ଼ାଏ ସ୍କୁଲରେ କାମ କରି ପ୍ରଶଂସନୀୟ ଭାବେ ସେ ଅବସର ନେଲେ। ରାଷ୍ଟ୍ରପତି ପୁରସ୍କାର ପାଇଲେ ଆଦର୍ଶ ଶିକ୍ଷକ ଭାବେ। ରାଜ୍ୟସ୍ତରୀୟ ପୁରସ୍କାର ମଧ୍ୟ ପାଇଲେ। ଜଣେ ସୁନାମଧନ୍ୟ ପ୍ରଧାନଶିକ୍ଷକ, ଜଣେ ପ୍ରବନ୍ଧ ଲେଖକ ଭାବେ ବିଭିନ୍ନ ଅନୁଷ୍ଠାନ ଦ୍ୱାରା ସମ୍ମାନିତ ମଧ୍ୟ ହେଲେ। ସେତେବେଳକୁ ଜଣେ ଶୁଭାକାଙ୍କ୍ଷୀ ବନ୍ଧୁଙ୍କ ପ୍ରୟାସରେ ଅଧାତୋଲା ଘରଟିଏ କିଣି ଦେଇଥିଲେ। ଘର ପୂରା କରି ବିପତ୍ନୀକର ସଂସାରଟିକୁ ସେଇ ନିଜ ଘରେ ସଜାଡ଼ିଲେ ସେ।

ସେତେବେଳକୁ ନୀହାର ଖଡ଼ଗପୁର ଆଇ.ଆଇ.ଟି.ରୁ ଏମ୍.ଟେକ୍ ସାରି ପି. ଏଚ୍.ଡି. କରି ସାରିଲାଣି। ସେଇ କଲେଜରେ ଅଧ୍ୟାପକ ମଧ୍ୟ ହେଲାଣି। ଶିଶିର ଏମ୍.ଏ. ପରେ ଲ' ସାରି ଓକିଲାତି ଆରମ୍ଭ କଲାଣି।

ଭଗବାନ୍‌ବାବୁ ଦୁଇପୁଅଙ୍କୁ ଶ୍ରଦ୍ଧାରେ ଚାହାନ୍ତି। ହଁ, ତାଙ୍କର ଛାତିର କଲିଜା ଦି' ଜଣାୟାକ। ଗୋଟେ ଥାଲିରେ ସେ ଦୁହେଁ ଖାଇଥିଲେ। ଗୋଟେ ଖଟରେ ଶୋଇଥିଲେ ବାପାଙ୍କ ଦି'ପାଖରେ। ଏକତ୍ର ପାଠ ପଢ଼ିଥିଲେ ବାପାଙ୍କ ପାଖରେ। ହେଲେ ଦି'ଭାଇଙ୍କର କୌଣସିଥିରେ ମେଳ ନଥିଲା। ଭଲ ପାଠ ପଢୁଥିଲେ ମଧ୍ୟ ଶିଶିର ଥିଲା ନୀହାରର ବିପରୀତ।

ଭଗବାନବାବୁ ଯାହା ପଢ଼ନ୍ତି, ଯାହା ଶିଖାନ୍ତି, ସବୁ ସାଦରେ ଗ୍ରହଣ କରେ ନୀହାର। ମନନ କରେ, ଧାରଣ କରେ, ଅକ୍ଷରେ ଅକ୍ଷରେ ପାଳନ ମଧ୍ୟ କରେ, କିନ୍ତୁ ଶିଶିର ସବୁ କଥା ଗ୍ରହଣ କରିବାରେ ଯେମିତି ଛଳନା କରେ ପାଳନ କରିବାରେ ସେପରି ଛଳନା ମଧ୍ୟ କରେ।

ବହୁ ବିଳମ୍ବରେ ଏକଥା ବୁଝିଲେ ଭଗବାନ ବାବୁ।

ନୀହାରର ବିଭାଘର ହେଲା। ରୂପବତୀ, ଗୁଣବତୀ ଝିଅ ଶିଖା ସହ। ଭଗବାନବାବୁଙ୍କର ଖାଲି ଘର ହସି ଉଠିଲା। ଅନେକ ଅନେକ ଦିନ ପରେ ତାଙ୍କର ଖାଁ ଖାଁ ଘରେ କାଟଚୁଡ଼ି, ପାଉଁଜିର ରୁଣୁଝୁଣୁ ଶବ୍ଦ ଶୁଭିଲା।

ସେଦିନ ସେ କି ଆନନ୍ଦର ଦିନ। ଯେଉଁ ଦିନ ନୀହାର ଜଣାଇଲେ ଯେ, ସେ ଭାରତ ସରକାରଙ୍କ ଦ୍ୱାରା ନିର୍ବାଚିତ ହୋଇଛି ଚିକାଗୋ ୟୁନିଭରସିଟିରେ ଉଚ୍ଚତର ତାଲିମ୍ ପାଇଁ। ଭଗବାନ ବାବୁ ଖୁସିରେ ଫାଟି ପଢ଼ିଥିଲେ। ମନ୍ଦିରରେ ପ୍ରସାଦ ଚଢ଼େଇ,

ସେଠି ଖୁବ୍‌ ବଡ଼ ଭୋଜି ମଧ୍ୟ ଦେଇଥିଲେ ସମସ୍ତଙ୍କୁ। ଭିସା, ପାସପୋର୍ଟ, ଠିକଣା ହୋଇଗଲା। ଯିବାର ସବୁ ପ୍ରସ୍ତୁତି ମଧ୍ୟ ଶେଷ ହେଲା। ଯିବାକୁ ବାକି ଥିଲା ମାତ୍ର କୋଡ଼ିଏ ଦିନ।

ଦିନେ ଜଣେ ବନ୍ଧୁର ଭଉଣୀ ବିଭାଘରେ ଯୋଗଦେବାକୁ ନୀହାର ଯାଇଥିଲା କଟକ। କଥା ଥିଲା ସକାଳେ ଫେରିବ। ଭଗବାନ ବାବୁ ମର୍ଣ୍ଣିଂୱାକ୍‌ରୁ ଫେରିଲା ବେଳକୁ ଶିଶିର କହିଲା, ବାପା! ସର୍ବନାଶ ହୋଇଛି। ଭାଇକୁ ପୋଲିସ ଆରେଷ୍ଟ କରିନେଇଛି ଜଘନ୍ୟ ଏକ ଅପରାଧରେ। ଅପରାଧଟା କ'ଣ ଏକଥା କହିଲାବେଳେ ଭଗବାନବାବୁ ବ୍ରହ୍ମ ଚଟକଣାଟାଏ କଷି ଦେଲେ ଶିଶିର ଗାଲରେ। ବଦମାସ୍‌! ଏତେ ସାହସ ତୋର? ଭାଇ ନାଁରେ ମିଛ କହୁଛୁ?

ଅଠତିରିଶ ବର୍ଷର ପୁଅ ଶିଶିର ଗାଲରେ ସେ ଥିଲା ବାପାଙ୍କର ପ୍ରଥମ ମାଡ଼। ଏ ମାଡ଼ ଭାଇ ପ୍ରତି ବାପାଙ୍କର ଗଭୀର ବିଶ୍ୱାସର ଚାବୁକ୍‌। ବୁମେରାଂ ହୋଇ ତାହା ତାଙ୍କ ପାଖକୁ ହିଁ ଫେରିବ। ଶିଶିର ନିଜ ଗାଲ ଆଉଁଶୁ ଆଉଁଶୁ କଠୋର ଭାବରେ କହିଲା – ବିଶ୍ୱାସ ହେଉନି ନା? ଚାଲ, ଚାଲ ଦେଖ୍‌ବ।

ଶିଖା ସେତେବେଳକୁ କାଠ ହୋଇ ଠିଆ ହୋଇଥିଲା। ଶ୍ୱଶୁରଙ୍କ ଏତେ ରାଗ ସେ ତ ଦେଖି ନାହିଁ କେବେ। ତା'ର ମଧ୍ୟ ରାଗ ହେଲା ଶିଶିର ଉପରେ। ଏତେ ମିଛ କଥା କହେ ଯେ? ବ୍ୟାକୁଳ ଭାବେ ଧାଇଁ ଯାଇଥିଲେ ସେ ଶିଖା ସହ।

ଯାଉ ଯାଉ ଘେରି ଯାଇଥିଲେ ପୋଲିସ ମାନେ। ଅପରାଧୀର ବାପା ଯେ? ପତ୍ନୀ ଯେ? ଭାଇ ଯେ? ଦେଖ, ଦେଖ, ଗୁଣବନ୍ତ ପୁଅଙ୍କୁ ଦେଖ।

ଭଗବାନବାବୁ ହାଜତରେ ଥିବା ନୀହାରକୁ ଦେଖୁ ଦେଖୁ କାତର କଣ୍ଠରେ କହିଲେ, ଯେ କ'ଣ ହେଲା। ନିହାର! ମତେ କହ, ସତ କହ। ତତେ କିଏ ଫସେଇଛି? କେମିତି ଫସେଇଛି?

ଭଗବାନବାବୁ, ଶିଖା ସମସ୍ତେ ଭାବିଥିଲେ ନୀହାର ମଧ୍ୟ ବ୍ୟାକୁଳ କଣ୍ଠରେ କହିବ, ମତେ ଫସେଇଦେଇଚନ୍ତି ବାପା। ମୁଁ ଯେ ସବୁ କିଛି ଜାଣିନି। ମୁଁ ଚାପୁଡ଼ାଟାଏ କାହାକୁ ମାରିନି। ମୁଁ ପୁଣି ହତ୍ୟା କରିପାରେ?

କିନ୍ତୁ କାହିଁ? ନୀହାର କିଛି ତ କହୁ ନାହିଁ। ମୁହଁଟେକି ଚାହୁଁ ନାହିଁ। ତଳକୁ ମୁହଁପୋତି ପାଷାଣ ପ୍ରତିମା ପରି ଠିଆ ହୋଇଛି। ଯେଉଁ ନୀହାର ବାପାଙ୍କ ଆଖିରେ ଆଖି, ହାତରେ ହାତ, ପାଦରେ ପାଦ ମିଶେଇ ଜୀବନର ପ୍ରତି ପାହୁଣ୍ଡକୁ ସାର୍ଥକ କରିଛି, ଆଜି ସେ ବାପାଙ୍କ ମୁହଁକୁ ଚାହିଁପାରିଲା ନାହିଁ। ପଦେ କିଛି କହିଲା ନାହିଁ। ମୁହଁ ବୁଲାଇ ସେମାନଙ୍କୁ ପିଠି କରି ଠିଆହେଲା।

ଭଗବାନ ବାବୁ ପଡ଼ିଯାଉ ଯାଉ ଅଟକି ଗଲେ ଶିଖା ହାତରେ। ନିର୍ବାକ୍, ନିସ୍ତବ୍ଧରେ ଠିଆ ହେଲା କେତେ ମୁହୂର୍ତ୍ତ ଶିଖା। ନୀହାରର ପିଠିକୁ ଚାହିଁ ତାକୁ ଶୁଣାଇ କହିଲା– ଆଜି ନ ହେଲେ ବି ଦିନେ ତମଠୁ ମୁଁ ସତ ଆଦାୟ କରିବି। ମୁଁ ପୁଣି ଆସିବି।

ଆଖିରେ ଲୁହ ନଥିଲା। ଛାତିର କୋହ ଶୁଖ ଯାଇଥିଲା। ମୁଣ୍ଡ ଉପରେ ଭୁଶୁଡ଼ି ପଡ଼ିଲା ଛାତ। ଶିଖା ଭଗବାନଙ୍କ ହାତଧରି ଘରକୁ ଗଲା।

ରାତି ପାହିଥିଲେ ରାମ ରାଜା ହୋଇଥାନ୍ତେ, ପଦର ଦିନ ଯାଇଥିଲେ ନୀହାର ଆମେରିକା ଯାଇଥାନ୍ତା। ରାମ ରାଜା ନ ହେବା ପଛରେ କୈକେୟୀ ଓ ମନ୍ଥରା ସିନା ଥିଲେ, ନୀହାରର ଗ୍ରେଫ୍ତାର ପଛରେ କିଏ ଥିଲା ଶିଖା ଭାବିପାରୁନଥିଲା।

ଘରକୁ ଆସି ଭଗବାନ ବାବୁ ଖୁବ୍ ପାଟିତୁଣ୍ଡ କଲେ। ଜିନିଷପତ୍ର ଫିଙ୍ଗା ଫୋପଡ଼ା କଲେ। ବହି ଥାକରୁ ବହିଗୁଡ଼ାକ କାଢ଼ି ଘରସାରା ଫିଙ୍ଗିଲେ। ଏଗୁଡ଼ା ସବୁ ମିଛ। ସବୁ ଅସାର। ଯଦି ନୀହାର ହତ୍ୟାକାରୀ ହୁଏ, ତେବେ ଏ ସବୁ ବହି, ସବୁ ପୁରାଣ, ସବୁ ପାଠ ମିଛ, ମିଛ। ତମାମ ଜୀବନ ଧରି ମୀନାର ଗଢ଼ିଛନ୍ତି ବୋଲି ଯାହା ଭାବୁଥିଲେ, ତା' ଥିଲା ତାସ୍ର ଘର।

ନୀହାର ଯଦି ଅପରାଧୀ ନୁହେଁ, କାହିଁକି ପ୍ରତିବାଦ କଲାନାହିଁ? କାହିଁକି ତଳକୁ ମୁହଁ ପୋତିଲା? କାହିଁକି କହିଲାନି ଯେ ମୁଁ ଫସି ଯାଇଛି ବାପା!

ଭଗବାନବାବୁ ପାଗଳ ପରି ଘରସାରା ବୁଲିଲେ। ନିଜ ଧୋତି ପଞ୍ଜାବି ଚିରିଦେଲେ। ଦୂରରେ ରହି ଶିଖା ଦେଖୁଥିଲା ସେ ରାଗନ୍ତୁ, ରାଗି ରାଗି ତାଙ୍କର ମନ ସଫା ହୋଇଯାଉ। ସେ କିନ୍ତୁ ବିଶ୍ୱାସ କରେ ନୀହାରକୁ।

ଯେଉଁ ଖବରକାଗଜମାନଙ୍କରେ ନୀହାରର କୃତିତ୍ୱ ସଂପର୍କରେ ଫଟୋ ସହ ବିବରଣୀ ପ୍ରକାଶ ପାଇଥିଲା, ସେଇ ଖବରକାଗଜମାନେ ନୀହାରର ଫଟୋ ଛାପିଥିଲେ, ହତ୍ୟା ଓ ଧର୍ଷଣ ଅପରାଧରେ ଗିରଫ ହୋଇଥିବା କଥା ମଧ୍ୟ ଛାପିଲେ।

ଯେଉଁ ପତ୍ରିକାମାନେ ନୀହାରର ଭୂୟସୀ ପ୍ରଶଂସା କରିଥିଲେ ସେମାନେ ଟିସ୍ପଣୀ ଦେଲେ – 'ଭୟଙ୍କର ଲଜ୍ଜାକର ଘଟଣା', 'ପାଶବିକତାର ନଗ୍ନରୂପ', 'ଭଦ୍ରବେଶ ତଳେ ଆସୁରିକ ଶକ୍ତି' ଇତ୍ୟାଦି ଇତ୍ୟାଦି।

ଯେଉଁମାନେ ଦୁଇମାସ ତଳେ ନୀହାରର ସଫଳତାରେ ମନ୍ଦିରରୁ ଭୋଜି ଖାଇ ତା'ର ଜୟଜୟକାର କରିଥିଲେ, 'ପୁଅ ହେବ ତ ଏମିତି' ବୋଲି ତାକୁ ଗେଲ ମଧ୍ୟ କରିପକାଇଥିଲେ। ସେମାନେ ଛିଃ, ଛିଃ, ଆହା, ଟୁ, ଟୁ ଶବ୍ଦ ଝାଡ଼ିବାକୁ ଲାଗିଲେ। କେହି କେହି କହିଲେ, ମଣିଷକୁ କ'ଣ ଚିହ୍ନିବ ତମେ?

ଏଇସବୁ ନିନ୍ଦା, କୁତ୍ସାରଚନା, ଏହି ଛିଃ, ଛିଃ ଭାବ, ଆହା ଟୁ ଟୁ ଶବ୍ଦ ଉଚ୍ଚଳା

ଧୂଳିର ଝଡ଼ ହୋଇ ଭଗବାନ ବାବୁଙ୍କ ଦେହ, ମନ, ଆତ୍ମା, ତାଙ୍କ ରକ୍ତ ସ୍ରୋତରେ ସଞ୍ଚରି ଯାଏ । ସେ ଆକ୍ରୋଶମାକ୍ରୋଶ ହୋଇଯାଆନ୍ତି । ଆଖି ସଫା କରି ପୁଣି ଚାହାଁନ୍ତି ନୀହାର ପିଠି କରି ତାଙ୍କୁ ଠିଆ ହୋଇଛି । ଏ ଦୃଶ୍ୟ ସେ ଛାତିରୁ କାଢ଼ି ଫିଙ୍ଗି ପାରିବେ କେମିତି ? ପିଠି କରି କାହିଁକି ଠିଆ ହୋଇଛି ନୀହାର ।

ସବୁ ରହସ୍ୟମୟ ହୋଇଯାଏ । ଗୋଟାଏ ଘନ କୁହେଲିର ଚକ୍ର ତାଙ୍କ ସାମ୍ନାରେ ଘୁରୁଥାଏ, ଘୁରୁଥାଏ । ସେ ଦେଖୁଥାଆନ୍ତି । ନୀହାର ପ୍ରତି ଥିବା ତାଙ୍କର ଉଜ୍ଜ୍ୱଳ ବିଶ୍ୱାସ ଏକ ଶୁଭ୍ରଧୱଳ ଉଡ଼ା ହୁଲି ଡଙ୍ଗା ପରି । ସେହି ପ୍ରବଳ କୁହେଲି ଚକ୍ରରେ ଆବର୍ତ୍ତିତ ହେଉଛି ।

ନୀହାରକୁ ଜାମିନ୍ ମିଳିଲା ନାହିଁ । ତା’ ବିରୁଦ୍ଧରେ ପୋଲିସ ଯେଉଁ ଚାର୍ଜସିଟ୍ ଦାଖଲ କରିଥିଲା, ସେଥିରେ ତା’ ବିରୁଦ୍ଧରେ ତଥ୍ୟ ଥିଲା ଅଧିକ ଅକାଟ୍ୟ । କ୍ରିମିନାଲ୍ ଓକିଲ ଭାବେ ନୂଆ ପ୍ରାକ୍ଟିସ୍ କରୁଥିବା ଶିଶିର ବାପାଙ୍କୁ କହୁଥିଲା ଯେ ପୋଲିସ ଗାଡ଼ି ପାଟ୍ରୋଲିଂ କରୁଥିଲା ବେଳେ ସ୍ପଟ୍‌ରେ ପାଇଥିଲା ନୀହାରକୁ । ଶିଶିର ଏକଥା ବାରମ୍ବାର କହିଲା ବେଳେ ଶିଖା ତାକୁ ସନ୍ଦେହ ଆଖିରେ ଚାହୁଁଥିଲା । କାରଣ ଶିଖା ଜାଣେ, ଏ ଅଭିଯୋଗ ଶିଶିର ପ୍ରତି ପ୍ରଯୁଜ୍ୟ ହୋଇଥାଆନ୍ତା, ଯାହା ନୀହାର ବିରୁଦ୍ଧରେ ହୋଇଛି । ସମସ୍ତେ ଜାଣନ୍ତି ଶିଶିରର ଚରିତ୍ର । ତେବେ କ’ଣ...? ତେବେ କ’ଣ...? ନୀହାର କାହିଁକି ମୁହଁ ପୋତି ନୀରବ ରହିଛି ? ଶିଖା ସନ୍ଦେହରେ କାତର ହୋଇଯାଏ ।

ଦିନ ଗଡ଼ିବାକୁ ଲାଗିଲା । ସବୁ ଝୁଆରରେ ଭଙ୍ଗା ପଡ଼ିଗଲା । ନୀହାରକୁ ନେଇ ଯେଉଁ ସରଗରମ୍ ବାତାବରଣ ସହରରେ ସୃଷ୍ଟି ହୋଇଥିଲା ତା’ ମଧ୍ୟ ମଉଳିଗଲା । ଚିକାଗୋ ୟୁନିଭରସିଟିରେ ଗଢ଼ା ହେବାକୁ ଥିବା ନୀହାରର ଉଜ୍ଜ୍ୱଳ ଭବିଷ୍ୟତ ଅନିର୍ଦ୍ଦିଷ୍ଟ କାଳ ପାଇଁ ଜେଲର କାଳ କୋଠରିରେ ମୁହଁମାଡ଼ି ପଡ଼ିରହିଥିଲା ।

ଭଗବାନବାବୁଙ୍କ ସଂସାର ବିପର୍ଯ୍ୟସ୍ତ ହୋଇ ସାରିଥିଲା । ଏଥି ଭିତରେ ଶିଖା ଏକ ପ୍ରାଇଭେଟ୍ କଲେଜରେ ଅଧ୍ୟାପିକା ଚାକିରିଟିଏ ଯୋଗାଡ଼ କରି ସାରିଥିଲା । ଘରକାମ, ଶ୍ୱଶୁରଙ୍କ କାମ, ସବୁସାରି ସେ କଲେଜ ଯାଏ । ସପ୍ତାହକୁ ଦୁଇଥର ଯାଏ ନୀହାରକୁ ଦେଖା କରିବାକୁ । ଶିଶିର ଯାଏ ତା’ କାମରେ । ଭଗବାନବାବୁ ନିସ୍ତରଙ୍ଗ ମନ ନେଇ କେବଳ ଶୂନ୍ୟକୁ ଚାହିଁ ରହନ୍ତି । ଶିଖାକୁ ଦେଖିଲେ ତାଙ୍କୁ ଭାରି କଷ୍ଟ ହୁଏ ।

ଦିନେ ସେ କହିଲେ, ମତେ ଭୁଲ ବୁଝିବୁ ନାହିଁ ମା’ । ତୁ ଏଠି କି ସୁଖ ପାଇଁ ରହିବୁ ? ବରଂ ତୋ ବାପାମା’ଙ୍କ କୋଳ ତତେ ଅଧିକ ଆରାମ ଦେବ ।

ଶିଖା ସମଝଦାର୍ ଝିଅ । ଶ୍ୱଶୁରଙ୍କ ମନକଥା ବୁଝିପାରିଲା ସେ । କହିଲା, ବାପା

ଏକଥା ଆପଣ କହୁଛନ୍ତି? ନୀତି, ନ୍ୟାୟ, ପରମ୍ପରାକୁ ଜାବୁଡ଼ି ଧରିଥିବା ଆପଣ କହୁଛନ୍ତି? ନୀହାର ଦୋଷୀ ସାବ୍ୟସ୍ତ ହୋଇ ଆଜୀବନ କାରାଦଣ୍ଡ ଭୋଗିଲେ ମଧ୍ୟ ମୁଁ କ'ଣ ତାଙ୍କ ଘରକୁ ପରିତ୍ୟାଗ କରିପାରିବି? ମୁଁ ଏମିତି ବଡ଼ି ନାହିଁ ବାପା।

ଶିଖା ଲୁହ ପୋଛିଲା। କହିଲା, 'ସତ୍ୟ' ଭାରି କଠିନ। ହୀରା ପରି। ତା' ଉପରେ ମାଟି, ବାଲି ଗଦା ହୋଇଯାଇଛି। 'ହୀରା' ପୋତି ହୋଇଯାଇଛି। ଦିନେ ସେ ବାହାରିବ। ସତ୍ୟ ଉଦ୍‌ଘାଟିତ ହେବ। ମୁଁ ଅପେକ୍ଷା କରିଛି ବାପା, ବିଶ୍ୱାସ ବି ରଖିଛି।

ଆଜି ସେଇ କଥା ସବୁ ମନେପଡ଼ୁଛି। ଚାହୁଁ ଚାହୁଁ ଦେଢ଼ ବର୍ଷ ବିତିଯାଇଛି। କିନ୍ତୁ ନୀହାରର କେସ୍‌ ଫଇସଲା ହୋଇନାହିଁ। ତା' ବିରୁଦ୍ଧରେ କେତେ ଦୃଢ଼ ଷଡ଼ଯନ୍ତ୍ର ରହିଛି, ଏହାହିଁ ତାହାର ପ୍ରମାଣ।

ଭଗବାନବାବୁ ବସି ବସି ଭାବନ୍ତି। କିଏ ଜଣେ ମହାପୁରୁଷ କହିଥିଲେ ଶହ ଶହ ଦୋଷୀ ଖଲାସ ହୋଇଯାଆନ୍ତୁ ପଛେ, ଜଣେ ବି ନିର୍ଦୋଷ ଦଣ୍ଡ ନ ପାଉ। କିନ୍ତୁ କାହିଁକି ଜଣେ ନିର୍ଦୋଷ ସବୁବେଳେ ଦଣ୍ଡ ପାଏ? କାହିଁକି? ସତ୍ୟର ପ୍ରତିମୂର୍ତ୍ତି ବୋଲାଉଥିବା ନୀଳାଦ୍ରିବିହାରୀ ଜଗନ୍ନାଥ, ଏତେ ବଡ଼ ବଡ଼ ଆଖି ମେଲି କେମିତି ସହ୍ୟ କରନ୍ତି! ଏ ନିର୍ଦୋଷର ଦଣ୍ଡ। କେମିତି ଫାଟିଯାଏ ନାହିଁ ପୃଥ୍ୱୀ?

ସେଦିନ ଖାଇବାବେଳେ ଶିଖା କହିଲା, ବାପା, ଜାଣିଛନ୍ତି? ବଙ୍ଗାଲାରେ ଗୋଟେ ବହି ଅଛି 'ଲୌହକପାଟ'। ଏହି ବହିର ଚାରିଖଣ୍ଡ ପ୍ରକାଶିତ ହୋଇଛି। ଛଦ୍ମ ନାମରେ ଏହାକୁ ଲେଖିଛନ୍ତି ତତ୍‌କାଳୀନ ଜଣେ ବଙ୍ଗାଳୀ ଜେଲର୍‌। ସେ ନିଜେ ପ୍ରତ୍ୟକ୍ଷ କରିଥିବା ଘଟଣା ଲେଖିଛନ୍ତି। ଚାରିଖଣ୍ଡିଆକ ବହିରେ ଯେତୋଟି କେସ୍‌ କଥା ସେ ଉଲ୍ଲେଖ କରିଛନ୍ତି ସବୁ କେସ୍‌ ଗୁଡ଼ିକରେ ନିର୍ଦୋଷ ହିଁ ଦଣ୍ଡ ଭୋଗିଛି। ତାଙ୍କ ସମଗ୍ର ଚାକିରିକାଳ ଭିତରେ ଯେଉଁ ଶତାଧିକ ବନ୍ଦୀ ଓ ବନ୍ଦିନୀମାନଙ୍କ ନିକଟ ସଂପର୍କରେ ସେ ଆସିଥିଲେ, ସେମାନେ ଥିଲେ ନିର୍ଦୋଷ। ଅନ୍ୟର ଷଡ଼ଯନ୍ତ୍ର ଶିକାର ହୋଇ ନଷ୍ଟ କରିଥିଲେ ନିଜର ଜୀବନ ବନ୍ଦୀଶାଳାରେ।

ଏକଥା ଶୁଣି ଭଗବାନବାବୁ ଚକିତ ହେଲେ। ବିଚଳିତ ହେଲେ। ଏମିତି ଆଗେଇ ଚାଲିଛି ମାନବ ସଭ୍ୟତାର ଧାରା? କାହିଁକି ଗଢ଼ି ଉଠୁଛି, ଏତେ ସ୍କୁଲକଲେଜ, ବିଶ୍ୱବିଦ୍ୟାଳୟ? ନ୍ୟାୟାଳୟ? କାହିଁକି କୁହାଯାଉଛି ମାନବାଧିକାର କଥା? କାହିଁକି ଏ ପ୍ରଶାସନ? କାହିଁକି ଏ ଆରକ୍ଷୀ ବାହିନୀ? କାହିଁକି ଏତେ ସବୁ? ଯଦି ହଜାର ହଜାର ବର୍ଷ ଧରି 'ସତ୍ୟ' ମାଟିରେ ମୁହଁ ମାଡ଼ି ପଡ଼ିରହେ, ଯଦି ମନୁଷ୍ୟ ନ୍ୟାୟ ପାଏନା, କାହିଁକି ଏତେ ପ୍ରହସନ?

ହଠାତ୍ ଭଗବାନବାବୁ ଠିଆ ହୋଇଗଲେ। ଏ ଯେଉଁ ଦୁର୍ବାର ସ୍ରୋତ ଶହ ଶହ ବର୍ଷ ଧରି ବହି ଚାଲିଛି ଆଗକୁ ଆଗକୁ ଯାହାର ଗତି ତୀବ୍ର ହେଉଛି ସିନା ମନ୍ଥର ହେଉନାହିଁ। ଏ ସ୍ରୋତ ମୁହଁରେ ପଚାପତ୍ର ପରି ଭାସିଯିବ ନୀହାର? ଭାସିଯିବେ ସେ? ଦୁଃଖର ଲୁହାଖୁଣ୍ଡରେ ବନ୍ଧା ହୋଇପଡ଼ି ଭାଗ୍ୟକୁ ନିନ୍ଦୁଥିବେ ସେ? ଜେଲଖାନାରେ ସଢୁଥିବ ତାଙ୍କ ପୁଅ? ସ୍ରୋତ ରୋକି ନ ପାରିଲେ ମଧ ସ୍ରୋତକୁ ରୋକାଯାଉ, ରୋକାଯାଉ ବୋଲି ତ ସେ ଚିତ୍କାର କରି କହିପାରିବେ। ହଁ, ସେ ବାହାରି ଯିବେ ଘରୁ ଦୁର୍ବାର ଏକ ଅଭିଯାନରେ। ମଣିଷ ଆତ୍ମାକୁ କଲୁଷ ମୁକ୍ତ କରିବାର ଆହ୍ୱାନ ଦେବେ। ଘର ଘର ବୁଲି ଚିତ୍କାର କରି କହିବେ, ନୀହାର ନିର୍ଦ୍ଦୋଷ। ସେ ଜାତିର କଳଙ୍କ ନୁହଁ। ଜାତିର ତିଲକ। କାରଣ ସେ ଅନ୍ୟର ଦୋଷ ପାଇଁ ଦଣ୍ଡ ଭୋଗୁଛି। ହେ ସଂକୀର୍ଣ୍ଣମନା ମାନବ! ଉଠ, ଜାଗ୍ରତ ହୁଅ। ଜାଗ୍ରତ ହୁଅ। ନିଜ ଦୋଷ ସ୍ୱୀକାର କର। ନିଜେ ଦୋଷ କରି ଅନ୍ୟ ମୁଣ୍ଡରେ ଥୋଇ ବୋଲ ନାହିଁ।

ହଁ, ସେ କାଲି ଶିବନାଥ ବାବୁଙ୍କୁ ଦେଖା କରିବେ। ଶ୍ରୀପଞ୍ଚମୀ ଦିନ ଆରମ୍ଭ ହେଇଥିବା ଯାତ୍ରାରେ ସାମିଲ ହେବେ। ନୀହାର ପାଇଁ ସେ କିଛି କରିପାରିଲେ ନାହିଁ। ନୀହାରମାନଙ୍କ ପାଇଁ କିଛି କରାଯାଉ ବୋଲି ସ୍ଲୋଗାନ୍ ଦେବେ।

ପରଦିନ ସକାଳେ ଶିଖାକୁ ସବୁ କଥା କହିଲେ ଭଗବାନବାବୁ।

ଶୁଣୁ ଶୁଣୁ ଶିଖା ତାଙ୍କ ମାଆ ପରି କହି ଉଠିଲା, ବାପା! କାଳର ନିର୍ଦ୍ଦେଶ ସବୁବେଳେ ରହସ୍ୟମୟ। ସେ ରହସ୍ୟ କିଏ ଭେଦ କରିପାରେ? କାଳର ଗତିକୁ କିଏ ରୋକିପାରେ? ନୀହାର ନିର୍ଦ୍ଦୋଷରେ ଦଣ୍ଡିତ ହେବା ପଛରେ ଭଗବାନଙ୍କର କି ଉଦ୍ଦେଶ୍ୟ ଅଛି ମୁଁ ଜାଣେନି। ମୁଁ ଏତିକି ଜାଣେ, ଯେଉଁ କଳଙ୍କ ନିଜ ଜୀବନରେ ବହନକଲେ ନୀହାର, ତାହା କଳଙ୍କ ନୁହେଁ, ତିଲକ। ଅନ୍ୟର ପାପକୁ ବା ଦୋଷକୁ ସାଧୁ ସନ୍ତ, ମହାପୁରୁଷମାନେ ନିଜ ଉପରକୁ ଟାଣି ନିଅନ୍ତି। ନୀହାର ସାଧୁ ସନ୍ତ ନୁହେଁ, ସାଧାରଣ ଜଣେ ମଣିଷ। ତଥାପି ସେ ଅନ୍ୟର ପାପକୁ ଧାରଣ କରିଛନ୍ତି। ଯେ ତ କିଛି କମ୍ କଥା ନୁହେଁ ବାପା! ସାଧାରଣ ଦୃଷ୍ଟିରେ ସେ କଳଙ୍କିତ ହେଲେ ହେଁ, ଆମ ଦୃଷ୍ଟିରେ ସେ ମହାନ୍। ଆପଣ ଯେଉଁ ଯିବା କଥା କହୁଚନ୍ତି, ଏହା ମଧ ସମୟର ଏକ ଆହ୍ୱାନ। ଏହା ପଛରେ ମହତ୍ ଆକାଙ୍କ୍ଷା ଅଛି। ଏ ଆହ୍ୱାନକୁ ରୋକିବା, ଦମନ କରିବା ଆଦୌ ଠିକ୍ ହେବ ନାହିଁ। ଯେଉଁ ନିଃସ୍ୱାର୍ଥ କାମରେ ଶାନ୍ତି ଓ ସନ୍ତୋଷ ମିଳେ, ତାହା କରିବା ଉଚିତ। ଦୁଃଖ ମଣିଷକୁ ଶକ୍ତ କରେ। ଖୋଲି ଖୋଲି ଦିଏ ତା'ର ଚିଉଡ଼ବୁଢ଼ିକୁ। ମତେ ଏହା ମିଳି ସାରିଛି। ଆପଣ ଯାଆନ୍ତୁ। ମୁଁ ସମ୍ଭାଳି ନେବି ସବୁ। ତୁଳସୀ ତ ଅଛି। ଆପଣ ବି ତ ମଝିରେ ମଝିରେ ଆସିବେ।

ଭଗବାନବାବୁ ସ୍ନେହାର୍ଦ୍ର ଆଖିରେ ଚାହିଁଲେ ଶିଖାକୁ। ଆହା, କୋମଳ ଦୀପାଲୋକର ମୃଦୁ ଶିଖାଟିଏ। ସେ ଜଳୁଥାଉ, ସେ ଜଳି ରହୁ। ଜୀବନ ସତେ କେତେ ବିଷମରେ ସୁଷମ। ଗୋଟେ ଦ୍ୱାର ବନ୍ଦ ହେଲେ, ଅନ୍ୟ ଏକ ଦ୍ୱାର ଖୋଲିଯାଏ।

ଶିଖା କହିଲା, ଆଜି ଯାଇଥିଲି ନୀହାରଙ୍କ ପାଖକୁ। ସେଠାରେ ପ୍ରିଜିନ୍‌ର ୱେଲ୍‌ଫେୟାର୍ ଅଫିସର ଜଣେ ଦେଖାହେଲେ। ତାଙ୍କଠାରୁ ଯାହା ଶୁଣିଲି ଆଶ୍ଚର୍ଯ୍ୟ ହେଲି।

କ'ଣ ମା'? କହିଲେ ଭଗବାନବାବୁ।

ଶିଖା କହିଲା, ବହୁ ପ୍ରାଚୀନ କାଳରୁ ଅପରାଧୀଙ୍କୁ ଦଣ୍ଡ ଦେବା ପାଇଁ ଯେଉଁ 'ବନ୍ଦୀଶାଳା'ର ବ୍ୟବସ୍ଥା ରହିଛି, ତା'ର ଉଦ୍ଦେଶ୍ୟ କ'ଣ? ଉଦ୍ଦେଶ୍ୟ ଖୁବ୍ ମହତ୍ତର। ଅପରାଧୀ ବନ୍ଦୀଶାଳାରେ ଏକାକୀ ନିର୍ଜନରେ ରହି ଆତ୍ମ ସମୀକ୍ଷା କରିବ। ଅନୁତାପ କରିବ। ପ୍ରାୟଶ୍ଚିତ କରିବ। ଏହି ଅନୁତାପ, ଏହି ପ୍ରାୟଶ୍ଚିତ, ଏହି ଆତ୍ମ-ଲାଞ୍ଛନା, ତା' ଚିତ୍ତବୃତ୍ତିକୁ ନିର୍ମଳ କରିବ। ଶୁଦ୍ଧ କରିବ। ଫଳତଃ, ତା'ର ଆତ୍ମ ଶୁଦ୍ଧି ଘଟିବ। ଯେ ପର୍ଯ୍ୟନ୍ତ ସେ ଦଣ୍ଡ ନ ଭୋଗିଛି ସେ ଯାଏଁ ତା'ର ଆତ୍ମଉନ୍ନୀଳନ ଘଟିବ ନାହିଁ। କିନ୍ତୁ ଏବେ ଏବେ ହେଉଛି କ'ଣ?

ଭଗବାନବାବୁ ଚାହିଁଥିଲେ ଶିଖାକୁ।

ଶିଖା କହିଲା, ସେଇ ପ୍ରିଜିନ୍‌ର ୱେଲ୍‌ଫେୟାର୍ ଅଫିସର ଜଣକ ଆଜିକାଲିର ଜେଲ୍ ଅଭ୍ୟନ୍ତରର କଥା କହୁଥିଲେ। ମୁଁ ଆଚମ୍ବିତ ହେଲି। ସେ କହିଲେ, ନୀହାର ଯେଉଁ ଜେଲ୍‌ରେ ଅଛନ୍ତି, ସେଠାରେ ବହୁତ କୁଖ୍ୟାତ ଅପରାଧୀ ବର୍ଷ ବର୍ଷ ଧରି ରହିଛନ୍ତି। ଥରେ ଖଲାସ ହେଲେ ଚାରିମାସ ପରେ ପୁନଶ୍ଚ ଆସନ୍ତି ଜାଣିଶୁଣି। କାରଣ, ଏଇ ଜେଲ୍ ପରିସର, ବନ୍ଦୀଶାଳା, ତାଙ୍କ ପାଇଁ ନିର୍ଭରଯୋଗ୍ୟ ସ୍ଥାନ। ସେ ରହନ୍ତି କଏଦୀ ବେଶରେ, କିନ୍ତୁ ରାଜକୀୟ ଠାଣିରେ। ସେମାନେ ମୋବାଇଲ ବ୍ୟବହାର କରନ୍ତି, ବାହାର ଦୁନିଆ ସହ ପ୍ରତ୍ୟକ୍ଷ ଯୋଗାଯୋଗ ରଖନ୍ତି। ସେମାନେ ଜେଲ୍‌ର ପେଜୁଆ ଭାତ ଓ ପାଣିଆ ଡାଲି ଖାଆନ୍ତି ନାହିଁ। ତାଙ୍କ ପାଇଁ କିଏ, କିପରି ଦାମୀ ହୋଟେଲ୍‌ରୁ ଦାମୀ ଖାଦ୍ୟ ଆସେ। ସୁରା, ପାନୀୟ, ସିଗାରେଟ୍, ଡ୍ରଗ୍‌ସ, ସବୁ ଚାଲେ ଏଠି। ପ୍ରହରୀମାନେ ଥାଆନ୍ତି ନିଶ୍ଚଳ। କେହି କେହି କଏଦୀ ଜେଲ୍‌ରେ ରହି ବାହାରେ ବ୍ୟବସାୟ ଚଲାନ୍ତି। ଯେଉଁଠି ଏପରି କାଣ୍ଡ ଚାଲେ ସେଠି ଅପରାଧ ପ୍ରବୃତ୍ତି ନଷ୍ଟ ହୁଏ ନା ପୁଷ୍ଟ ହୁଏ? ଆତ୍ମ ସମୀକ୍ଷା, ଆତ୍ମ ଲାଞ୍ଛନା ପାଇଁ ସମୟ ମିଳେ କେଉଁଠୁ? ଅନ୍ୟ ପକ୍ଷରେ ନୀହାର ପରି ସଭ୍ୟ, ଶିକ୍ଷିତ, ବୁଦ୍ଧିଜୀବୀ କଏଦୀଙ୍କର ଉଜ୍ଜ୍ୱଳ ମାନସିକତା

ଏଭଳି ବାତାବରଣରେ କି କି କଦର୍ଥନା ଭୋଗୁନଥାଏ ? ଏଠି ନୀହାର ପରି ନିର୍ଦ୍ଦୋଷ କଏଦୀଙ୍କର ସୁବିଚାର ଆଶା ଏକ ମରୀଚିକା ମାତ୍ର ।

ଭଗବାନବାବୁ ଚାହିଁଥିଲେ ଶିଖାକୁ ଆଶ୍ଚର୍ଯ୍ୟ ହୋଇ । ସମୟ ସ୍ରୋତ କେତେ ଆଗକୁ ଚାଲିଗଲାଣି । ମଣିଷ ଆଜି କେଉଁଠି ଠିଆ ହୋଇଛି ସତରେ । ନିଜର ମାଷ୍ଟ୍ରିଆ ବୁଦ୍ଧି ନେଇ, ସେ ସେଇ ମାନ୍ଧାତା ସମୟରେ ଠିଆ ହୋଇଛନ୍ତି ।

– ମୁଁ ତ ସେଥିପାଇଁ ତତେ କହୁଚି, ମା, ମୁଁ... ମୁଁ...

ହଁ, ବାପା, ଆପଣ ଯାଆନ୍ତୁ । ମନ ଖୁସିରେ ଯାଆନ୍ତୁ । ମୁଁ ସବୁ ସମ୍ଭାଳି ନେବି । ମୋ ପାଇଁ ଚିନ୍ତା କରନ୍ତୁ ନାହିଁ ।

ସେଦିନ ଉପରବେଳା ଭଗବାନବାବୁ ଭରତ ଦୋକାନରେ ପହଞ୍ଚିଲେ । ଭଗବାନବାବୁଙ୍କ ମୁହଁ ଦେଖାଯାଉଥିଲା ଖୁବ୍ ଉଜ୍ଜ୍ୱଳ । ସେଠି ଶିବନାଥବାବୁ, ନୀଳାମ୍ବରବାବୁ, ଅବନୀବାବୁ ବସିଥିଲେ । ଭଗବାନବାବୁ ତାଙ୍କ ପାଖରେ ବସିପଡ଼ିଲେ । କହିଲେ, ଜାଣିଲେ ଆଜ୍ଞା ! ସେଦିନ ରାତିସାରା ଖୁବ୍ ଭାବିଲି । ନିଜ ସହ ଲଢ଼ିଲି । ମନକୁ ବୁଝାଇଲି । ଦୁଃଖର ଖୁଣ୍ଟରେ ବନ୍ଧା ହୋଇ ରହିବା ଅପେକ୍ଷା ଅତିକ୍ରମ କରିବା ଶ୍ରେୟ । ଜୀବନ ସାରା ଦୁଃଖକୁ ଅତିକ୍ରମ ହିଁ କରିଛି । ଆଜି ନ କରିବି କାହିଁକି ? ସେଇଠୁ ସ୍ଥିର କଲି ମୁଁ ବି ସେମାନଙ୍କ ସହିତ ଯିବି । ଶିଖାକୁ କହିଲି ଏ କଥା । ସେ କହିଲା, କୌଣସି ମହତ୍ ଇଚ୍ଛାକୁ ଚାପି ରଖିବା ଉଚିତ ନୁହେଁ । ମଣିଷ ମନରେ କେତେ କେତେ ସତ୍ ଭାବନାର ଉଦ୍ରେକ ନ ହୁଏ । ସେ କିନ୍ତୁ ତାକୁ ଚାପି ରଖେ । ଘୋଡ଼େଇ ରଖେ । ଏହାଦ୍ୱାରା ସତ୍ଭାବନାର ଉସ୍ସ ଶୁଖିଯାଏ ।

ଭଗବାନବାବୁଙ୍କୁ କୁଣ୍ଢାଇ ପକାଇଲେ ଶିବନାଥବାବୁ । କହିଲେ, ବାଃ, ବାଃ ଭଗବାନବାବୁ ! ଜେଲ୍‌ରେ ନିର୍ଦ୍ଦୋଷ ପୁଅ । ଘରେ ଏକାକୀ ବୋହୂ । ଆପଣ ଜନହିତାୟରେ ବାହାରି ପଡ଼ିଛନ୍ତି । ଈଶ୍ୱର ତଥାପି ବଞ୍ଚିଛନ୍ତି ଭଗବାନବାବୁ !

ଭଗବାନବାବୁଙ୍କୁ ସମସ୍ତେ ବଧେଇ ଜଣାଇଲେ ଯାତ୍ରା ସମୟରେ । କଥାବାର୍ତ୍ତା ପ୍ରାଞ୍ଜଲ ଭାବେ ହେଲା । ଶ୍ରୀପଞ୍ଚମୀ ଦିନ ସକାଳୁ ସକାଳୁ ସମସ୍ତେ ବାହାରି ଯିବେ ।

x x x

ସେଦିନ ଖାଇବା ଟେବୁଲରେ ଶିବନାଥବାବୁ ଘୋଷଣା କଲେ – ଦୁଇମାସ ପାଇଁ ସେ ବାହାରକୁ ଯିବେ ।

ପ୍ରତିମା ଏମିତି କିଛି ଶୁଣିବେ ବୋଲି ଆଶା କରୁଥିଲେ । କେତେଦିନ ହେବ ଶିବନାଥଙ୍କ ଢ଼ଙ୍ଗରଙ୍ଗ ଅଲଗା ଲାଗୁଛି । ସେ ପଚାରିଲେ, କୁଆଡ଼େ ଯିବ ଯେ ? ତୀର୍ଥରେ ।

– ଧରିନିଅ, ତୀର୍ଥରେ ହିଁ ଯାଉଛି।

– ମଲା, କୋଉ ତୀର୍ଥକୁ, ନାଁ କହୁନା ?

... ନା, ନାଁ କୁହାଯିବ ନାହିଁ। କାହିଁକି କହିବି ? ମୋର କ'ଣ କିଛି ଗୋପନୀୟ ରହିବ ନାହିଁ ? ମୁଁ କୁଆଡ଼େ ଯିବି କ'ଣ କରିବି, ସେସବୁ ମୋର ନିଜସ୍ୱ। ଚାହିଁଲେ ମୋବାଇଲରେ ମୋ ସହ କଥା ହୋଇପାର।

ରୋକ୍‌ଠୋକ୍ କଥା କେତେ ପଦ କହି ଶିବନାଥ ନିଜର ଜିନିଷ ସଜାଡ଼ିଲେ।

ଠିକ୍ ସେତିକିବେଳେ ଅବନୀବାବୁ ତାଙ୍କ ଘରେ ଖଟରେ ବସି ଜିନିଷ ସଜାଡ଼ୁଥିଲେ। ସତ୍ୟବ୍ରତ ସହ ତାଙ୍କର ଗୋପନ କଥାବାର୍ତ୍ତା ହୋଇଯାଇଛି କିନ୍ତୁ ଲଲିତାଙ୍କୁ ଏପର୍ଯ୍ୟନ୍ତ କିଛି କହିନାହାନ୍ତି। ଝିଅକୁ ଫୋନ୍ କରିଦେଇଛି, ସୁବିଧା ହେଲେ କିଛିଦିନ ରହିବାକୁ।

ଲଲିତା ଏ ସମୟରେ ଅବନୀବାବୁଙ୍କ ବ୍ୟାଗ୍ ସଜଡ଼ା ଦେଖି କହିଲେ, ଏ କ'ଣ ? କୁଆଡ଼େ ଯିବକି ? ଝିଅ ଘରକୁ ?

– ନା, ନା,

– ତେବେ କୁଆଡ଼େ ?

– ଖୁବ୍ ଦୂରକୁ। ଖୁବ୍ ଦୂର।

– ଲଲିତା ବିସ୍ମିତ ହେଲେ। କହିଲେ, ମଲା, ସେ ଦୂର ଜାଗାର ବି ଗୋଟେ ନାଁ ଥିବ ନାଁ ?

– ନାଁ ଜାଣିନି।

– ନାଁ ଜାଣିନ, ପୁଣି ଯିବାକୁ ବାହାରିଛ।

ଅବନୀବାବୁ କହିଲେ, ହଁ, ନିରୁଦ୍ଦେଶ ଯାତ୍ରା। ଯେଉଁଠି ମନ ହେବ ସେଠି ରହିଯିବି। ପୁଣି ଚାଲିବି। ଯୁଆଡ଼େ ମନ ସିଆଡ଼େ। ତମାମ ଜୀବନ ତମ ଫରମାସରେ କଟିଛି। ଆଉ ନୁହେଁ, ଆଉ ନୁହେଁ। ହଁ, ଜଏଣ୍ଟ ଆକାଉଣ୍ଟରେ ଟଙ୍କା ଅଛି। ସତୁ ବି ଅଛି। ତମର କିଛି ଅସୁବିଧା ହେବନି।

ଲଲିତା ଦେବୀ ତବଡ଼ତବ ଆଖିରେ ଚାହିଁଥିଲେ ଅବନୀବାବୁଙ୍କୁ। ଅବନୀବାବୁ ମନେ ମନେ ହସି କହୁଥିଲେ, ରହ, ପାନେ ଯଦି ନ ଦେଇଛି...।

x x x

ତାଳନଡ଼ିଆର ଛାୟାଘନ ସବୁଜ ଭୂଇଁ ଅରାଏ, ଗାଆଁ ନାଆଁ 'କିଆପଟ'। ଗାଆଁଟି ଦିଶୁଛି ସବୁଜ ଶାଡ଼ିରେ ଅବଗୁଣ୍ଠନବତୀ ନାରୀଟିଏ ଭଳି। ପାଖରେ ଗୋଟେ ମଲା ନଈର ଧାର। କ'ଣ ତା' ନାଁ ? ପ୍ରାଚୀ ? ରତ୍ନଚୀରା ? ଧାନୁଆ ? ଆଗକୁ ଯେ

ଅଛି ସମୁଦ୍ର, ପ୍ରାୟ ଆଠ ଦଶ କିଲୋମିଟର ଦୂରରେ। 'କିଆପଟ' ଗାଆଁର ବୁଦି ବୁଦି ଗଛ ଇହାଡ଼ରେ ଦିଶୁଚି ଘର ସବୁ। ଗାଁ ମୁଣ୍ଡରେ ଗୋଟେ ବଡ଼ ଝଙ୍କାଳିଆ ବଉଳଗଛ। ଚାରିପାଖରେ ଏକ ସିମେଣ୍ଟ ଚାନ୍ଦିନୀ ହୋଇଛି। ଗଛର ଗୋଟେ ମସ୍ତବଡ଼ ଆବୁରେ 'ସିନ୍ଦୂର ଓ ମନ୍ଦାର ଫୁଲ' ଲଗାଯାଇଛି। ନାଲିକନା ଓ ଶଙ୍ଖା ଲଗାଯାଇଛି। ସେ ବୋଧେ ଗାଁର ଗ୍ରାମଦେବତୀ କି କ'ଣ?

ନୀଳାମ୍ବରବାବୁ ମଟର ସାଇକେଲର ବ୍ରେକ୍ କଷିଲେ। ଓହ୍ଲାଇପଡ଼ି କହିଲେ, ଏ ଗାଁଟି ଭାରି ଭଲ ଲାଗୁଛି। ଏଠି ହିଁ ଚାରି ଦିନ ରହିଯିବା କି?

ଶିବନାଥବାବୁ ମଟର ସାଇକେଲ ପଛପଟେ ବସିଥିଲେ। ଏଥିରେ ବସି ଏତେ ବାଟ ଆସିବା ତାଙ୍କ ପକ୍ଷରେ ସଂପୂର୍ଣ୍ଣ ନୂଆ। ସେ ସିମେଣ୍ଟ ଚଉତରା ଉପରେ ବସିପଡ଼ି, ଦେହ ମୁହଁର ଝାଳ ପୋଛିଲେ। ତାଙ୍କୁ ସବୁ ନୂଆ ଲାଗୁଛି। ସହର ଡେଇଁ ନିର୍ଜନ ଗାଁ ରାସ୍ତାରେ ଆସିବା ଓ ଭିନ୍ନ ଭିନ୍ନ ମଣିଷମାନଙ୍କୁ, ଗଛଲତା, ନଦୀ, ବିଲ ଏସବୁକୁ ନିଟେଇ ଦେଖିବା ସତରେ ତାଙ୍କୁ ଭାରି ଭଲ ଲାଗୁଛି। ସେ କହିଲେ, ଗାଆଁରେ ରହି ଆମ କାମ କରିବାକୁ ତ ଆସିଛେ। ନ ରହିବା କାହିଁକି? ତେବେ ସେମାନେ ଆସନ୍ତୁ...।

ଅବନୀବାବୁଙ୍କ ସ୍କୁଟରରେ ଅବନୀବାବୁ ଓ ଭଗବାନ୍ ବାବୁ ଆସୁଥିଲେ। ସେମାନେ ଟିକେ ପଛରେ ରହିଯାଇଥିଲେ। ଚାହୁଁ ଚାହୁଁ ସେମାନେ ଆସି ପହଞ୍ଚିଲେ। ଗାଡ଼ିରୁ ଓହ୍ଲାଇ ଅବନୀବାବୁ ସିଧା ଯାଇ ପାଖରେ ଥିବା ନଳକୂଅରେ ପାଣି କାଢ଼ିଲେ। ଆଖି ଓ ମୁହଁରେ ଛାଟିଲେ। ତା'ପରେ ସିମେଣ୍ଟ ଚଉତରା ଉପରେ ବସିପଡ଼ି କହିଲେ, ଏଠି ଖରାବେଳଟା ରହିଯିବା।

ନୀଳାମ୍ବରବାବୁ କହିଲେ... ଖରାବେଳେ କାହିଁକି, ଏଠାରେ କିଛିଦିନ ରହିବା, କ'ଣ କହୁଛନ୍ତି?

ଅବନୀବାବୁ କହିଲେ... ରହିବାର ସୁବିଧା ଅଛି ଏଠି?

ନୀଳାମ୍ବରବାବୁ ହୋ ହୋ ହସି ଉଠିଲେ। କହିଲେ, ଅବନୀବାବୁ ଆମେ ଆଉ ସୁବିଧା ଖୋଜିଲେ ହେବ? ଏଠି ରହିବା, ଯାହା ମିଳିବ ତା' ଖାଇବା। ଏଇ ଚାନ୍ଦିନୀରେ ଶୋଇବା, ଗଛ ମୂଳେ। ସେବା କରିବା ଚିନ୍ତା କରିବା ଓ ସେବା କରିବା ଅଲଗା ଜିନିଷ। ଏତିକିବେଳୁ ହାରି ଯାଉଛ!

ନା, ନା, ହାରିବି କାହିଁକି? ମୁଁ ଡରିବା ଲୋକ ନୁହେଁ। ଅବନୀବାବୁ ତଉଲିଆରେ ମୁହଁ ପୋଛୁ ପୋଛୁ କହିଲେ।

ଶିବନାଥବାବୁ କହିଲେ, ଆମକୁ ମନ ଚାଙ୍ଗ କରିବାକୁ ହେବ। ମନରେ ଇଚ୍ଛା ଯଦି ଦୃଢ଼ ରହେ, କିଛି ଅସୁବିଧା ହେବନି।

ଭଗବାନବାବୁ ଗୋଡ଼ଧୋଇ ଚାନ୍ଦିନୀ ଉପରେ ବସିଲେ। ବ୍ୟାଗ୍‌ରେ ଶିଖା ଦେଇଥିଲା ପାଣି ବୋତଲ। ସେଥିରୁ ଦି’ଚାରି ଢୋକ ପିଇଲେ।

ଏହି ସମୟରେ ଦି’ଚାରି ଜଣ ଯୁବକ ଓ ବାଳକ ସେଇ ବାଟଦେଇ ଗଲେ। ସେମାନଙ୍କୁ ଦେଖି ନିଜ ନିଜ ଭିତରେ କ’ଣ କୁହାକୁହି ହେଲେ। ତା’ପରେ ବାଟ ଭାଙ୍ଗି ଚାଲିଗଲେ।

ତାଙ୍କ ପଛେ ପଛେ ଆସିଲେ ପୁଣି ଦି’ ଜଣ ଯୁବକ। ପିନ୍ଧିଛନ୍ତି ଖଣ୍ଡେ ଖଣ୍ଡେ ଲୁଙ୍ଗି, ହାତରେ ଧରିଛନ୍ତି ଗୋଟେ ଟ୍ରାନ୍‌ଜିଷ୍ଟର। ଚାନ୍ଦିନୀ ଉପରେ ଚାରିଜଣ ନବାଗତ ବୟସ୍କ ଲୋକଙ୍କୁ ଦେଖି ଜଣେ ପାଖକୁ ଆସି କହିଲା, କେଉଁଠୁ ଆସିଛ ?

– ସହରରୁ...

ଓଃ ସରପଞ୍ଚ ପାଖକୁ ଆସିଛ କି ? ହେଲେ ସେ ତ ସହରକୁ ଯାଇଛନ୍ତି। ରାତିକୁ ଆସିବେ। ଏତିକି କହି ସେ ଦୁହେଁ ରେଡ଼ିଓ ବଜାଇ ବଜାଇ ଚାଲିଗଲେ। ଆଉ କିଛି କହିଲେ ନାହିଁ ପଦିଏ ବି।

ନୀଳାମ୍ବର ବାବୁ କହିଲେ, ଦେଖିଲେ ଆଜ୍ଞା, ବର୍ଷ କେତେଟାରେ କେତେ ପରିବର୍ତ୍ତନ ଘଟିଛି ମଣିଷର। ସେ ନିର୍ବାନ୍ଧବ ହୋଇଯାଇଛି। ଆଗେ ଗାଁକୁ ଅତିଥ ଆସିଲେ କୋଠଘରେ ରଖୁଥିଲେ। ଥିଲାବାଲା ଲୋକ ତାଙ୍କୁ ଆତିଥ୍ୟ ଦେଉଥିଲେ। ନଥିଲାବାଲା ଲୋକ ମଧ କଥାରେ ଅମୃତ ବାଣ୍ଟୁଥିଲେ। ଏବେ ମଣିଷକୁ ମଣିଷ ଗନ୍ଧଉଛି। ମଣିଷ ସହ ମଣିଷର ଦୂରତ୍ୱ ବଢ଼ିଯାଇଛି। ଯଦିଓ ମୋବାଇଲ ପୃଥିବୀକୁ କରିଦେଲାଣି ନିକଟତର, ଦେଖୁନାହାନ୍ତି ପିଲା ଦି’ଟା ପଚାରିଲେ ନାହିଁ ପଦେ ବି।

– ଛାଡ଼ ହୋ, ସେ କଥା କିଆଁ ପଢ଼ିଛି। କହିଲେ ଭଗବାନ୍ ବାବୁ।

ଅବନୀବାବୁ ହାତଘଣ୍ଟା ଦେଖି କହିଲେ, ଦେଢ଼ଟା ବାଜିବ। ଖୁବ୍ କମ୍ ସମୟରେ ଆମେ ଗୁଡ଼ାଏ ବାଟ ଆସିଛୁ। ଆଉ ଆଜି ଖୁଆପିଆ ହେବ ନାହିଁ ନା କ’ଣ ?

ଶିବନାଥ ତାଙ୍କ ବ୍ୟାଗ୍ ଖୋଲିଲେ। ଚାରିଜଣ ଯାକ ଆଣିଛନ୍ତି ଖଣ୍ଡେ ଖଣ୍ଡେ ବ୍ୟାଗ୍। ଚାରିଟା ଲୁଗାପତା, ବ୍ୟବହାର୍ଯ୍ୟ ଜିନିଷ, ବାସ୍ ଏତିକି ମାତ୍ର। ଶିବନାଥ କାଢ଼ିଲେ ଫ୍ରୁଟ୍‌କେକ୍ ଓ ବିସ୍କୁଟ୍। ନୀଳାମ୍ବରବାବୁ ତାଙ୍କ ବ୍ୟାଗ୍‌ରୁ କାଢ଼ିଲେ ଦେଶୀ କଦଳୀ। ଅବନୀବାବୁ କହିଲେ, ବାଃ, ଏଠାରେ ହେଉ ଆମ ମଧ୍ୟାହ୍ନ ଭୋଜନ।

ଅନଭ୍ୟସ୍ତ ଦେହକୁ କଷ୍ଟ ଯେ ଲାଗୁନଥିଲା, ଠିକ୍ ତା’ ନୁହେଁ। ତଥାପି ସମସ୍ତେ ଆନନ୍ଦ ପାଉଥିଲେ। ଖାଇ ପାଣି ପିଇଲେ ସେମାନେ। ପିକ୍‌ନିକ୍ ପରି ଲାଗୁଥିଲା ସମସ୍ତଙ୍କୁ।

ଗୁଡ଼ାଏ ପିଲା ତାଙ୍କୁ ଚାହିଁ ଚାହିଁ ଚାଲିଗଲେ ଗାଁ ଭିତରକୁ। ମଧ୍ୟାହ୍ନ ବେଳା। ଗଛ ଛାଇ ଯୋଗୁଁ ସୂର୍ଯ୍ୟତାପ ଲାଗୁନଥିଲା ଆଦୌ।

ଏହି ସମୟରେ କଳା ହୋଇ ଏକ ବୟସ୍କ ଲୋକଟିଏ କାନ୍ଧରେ ଲଙ୍ଗଳଟା ରଖି ଆସୁଥିଲା। ପିନ୍ଧିଥିଲା ଖଣ୍ଡେ ଗାମୁଛା। ଏମାନଙ୍କୁ ଦେଖି ପାଖକୁ ଆସିଲା- କହିଲା, କାହା ଘରକୁ ଆଇଚ ବାବୁ? ସରପଞ୍ଚ କତିକି ନାଁ ସାଆନ୍ତ ଘରକୁ?

- ନା, ନା, କାହା ଘରକୁ ନୁହେଁ, ତମ ଗାଁକୁ ଆସିଛୁ...

- ଆମ ଗାଁରେ କ'ଣଟା ଅଛି ଯେ ଦେଖିବାକୁ ଆସିଛ? ଓଃ ସରକାର ଘରୁ ଆଇଚ? ପାଠ ପଢ଼େଇବ? ଓଷୁଧ ବାଣ୍ଟିବ? ନା ରଣ ଦେବ ଯେ? କହିଲା ଲୋକଟି।

ଶିବନାଥ ବାବୁ ହସି କହିଲେ- ନାଇଁ, ନାଇଁ, ଆମେ ସେସବୁ କରିବୁନି। ଲୋକଙ୍କୁ ଶିଖେଇବୁ। କିନ୍ତୁ କିଛି କଥା କହିବୁ, ଆମ ସାଙ୍ଗେ ମିଶି କାମ କରିବାକୁ ଡାକିବୁ।

- ଲୋକଟା ଭାବିଲା। ସରକାର ଘରେ ନିତି ନିତି ନୂଆ କଥା ବାହାରୁଛି। ସେଇଆ ବୋଧେ ଶିଖେଇବେ। ସେ କହିଲା। କ'ଣ ଶିଖେଇବ, ଟିକେ କହନ୍ତୁ ବାବୁ।

ନୀଳାମ୍ବର ହସିଲେ। କହିଲେ ଜଣକୁ କ'ଣ କହିବୁ? ସମେସ୍ତ ଆସିଲେ କହିବୁ ନାଁ।

ହଉ, ହଉ, ହେଲା ଯେ, ମତେ ଟିକେ କହ ଶୁଣି କରି ମୁଁ ଧାଇଁଯିବି ଗାଁ ଭିତରକୁ। ରାତିରେ ସମସ୍ତଙ୍କୁ ଡାକି ଆଣିବି। ତମେ ରାତିଯାଏଁ ରହିବଟି ବାବୁ?

ଆହେ, ଆମେ ତ ତମ ଗାଁରେ କିଛିଦିନ ରହିବୁ।

ଆଁ? ରହିବ? କୋଉଠି, କୋଠଘରେ?

କୋଠଘର ଚାବି ତ ସରପଞ୍ଚ ପାଖେ। ସେ ବି ଜମା ସୁବିଧା ଲୋକ ନୁହେଁ ଆଖା, କହିଲା ସେ ଲୋକଟି।

ଭଗବାନ ବାବୁ କହିଲେ, ତମେ ବ୍ୟସ୍ତ ହୁଅନା, ଆମେ ଗାଁ ଭିତରକୁ ଯିବୁ।

'ହଉ', କହି ଲୋକଟା ଫେରି ଯାଉଥିଲା। ତା'ପରେ ଲେଉଟି ଆସି କହିଲା, ଆଖା, ସାଆନ୍ତାଣୀଙ୍କର କେତେ ଘର ଅଛି। ସାଆନ୍ତାଣୀ ଭାରି ଭଲ ଲୋକ। ମୁଁ ଯାଏ, ପଚାରି ଆସେ...।

କହୁ କହୁ ଲୋକଟା ପୁଣି ଅଟକି ଗଲା। କହିଲା, ଆଖା, କ'ଣ କହିବି?

ଆପଣମାନେ ସହରରୁ ଆସିଛନ୍ତି, କ'ଣ ସବୁ ଶିଖେଇବେ । ଦି'ଚାରି ଦିନ ରହିବେ । ଏଇଆ ନା ?

ଶିବନାଥବାବୁ କହିଲେ ହଁ । ମଣିଷମାନେ ମଣିଷ ପଣିଆ ଭୁଲି ଯାଇଚନ୍ତି । ଅନ୍ୟାୟ, ଅଧର୍ମ କରୁଛନ୍ତି । ଏଗୁଡ଼ା ସବୁ ଦୁର୍ଗୁଣ । ଏଗୁଡ଼ାକ ଛାଡ଼ି ଭଲ ମଣିଷ ହେବାକୁ ଆମେ ଗାଁ ଗାଁ ବୁଲି କହିବାକୁ ଆସିରୁ ।

ଲୋକଟା ଏଥର ହସିଲା । କହିଲା, ଏଗୁଡ଼ା ଆମେ କେଉ ଜାଣିନୁ ଯେ ତମେ ବାବୁ ବଟେଇବାବୁ ଆଇଚ ।

ନୀଳାମ୍ବର କହିଲେ, ଏକଥା ସମସ୍ତେ ଜାଣନ୍ତି । ହେଲେ ପାଳନ କରନ୍ତି କେତେଜଣ ? ତମ ଗାଆଁରେ ବୋଧେ ଏପରି ଅସୁବିଧା କିଛି ନାହିଁ ? ସବୁ ଠିକ୍‌ଠାକ୍ ଚାଲିଛି ।

ଲୋକଟା କହିଲା, ମୁଁ ହଲପ କରି କହିବି ମୁଁ କିଛି ଅନ୍ୟାୟ କରିନାହିଁ । ବାକି ଗାଁ କଥା କହିଲେ ଯେ, ଶୁଣିଲେ କାନରେ ହାତ ଦେବ । ହଉ ଭଲ ହେଲା । ମଣିଷମାନଙ୍କୁ ଟିକେ ସୁଧାରି ଦେବ । ମୁଁ ଯାଏଁ । ବୁଢ଼ି କରି ଆସିବି ।

ଲୋକଟା ଚାଲିଗଲା । ଚାରିବନ୍ଧୁ ସେଇ ଚଉତରା ଉପରେ ଗଡ଼ି ପଡ଼ି ବିଶ୍ରାମ ନେଲେ । ଶିବନାଥ ବାବୁଙ୍କୁ ଭାରି ଅସୁବିଧା ଲାଗିଲେ ମଧ୍ୟ ମନ ଜୋରରେ ସେ ସମ୍ଭାଳି ନେଉଥିଲେ ।

ଟିକେ ଆଖ୍ ଲାଖ୍ୟାଇଥିଲା ସମସ୍ତଙ୍କର । ସେଇ ଲୋକଟା ଆସି ଡାକିଲା– ବାବୁ, ବାବୁ ।

ନୀଳାମ୍ବରବାବୁ ଉଠି ବସିଲେ । ଲୋକଟା କ'ଣ ବୁଜୁଲାଟାଏ ଆଣିଛି । ସେ ବୁଜୁଲାଟା ଥୋଇ ଦେଇ ହାତଯୋଡ଼ି କହିଲା, ଆଜ୍ଞା ! ମୁଁ ଛୋଟ ଜାତି ନୁହଁ । ଚଷା ଘର । ଆପଣମାନେ ଏତେ ବାଟରୁ ଆସି ହାଲିଆ ହୋଇ ବସିଚନ୍ତି, ଭାତ ମୁଠେ ଖାଇନାହାନ୍ତି । ମୋ ଦେହ ସହିଲା ନାହିଁ ଆଜ୍ଞା । ମୁଁ କଂସାରେ ଭାତ ଓ କୋଳଥ ଡାଲି ନେଇ ଆସିଚି । ମୁଠେ ମୁଠେ ଖାଇ ଦିଅନ୍ତୁ ଆଜ୍ଞା । କହୁ କହୁ ସେ ଗାମୁଛା ଖୋଲି କଂସା ଦି'ଟା ଥୋଇଲା । କଦଳୀପତ୍ର ବିଛେଇ ଦେଇ ବସିଲା ।

ଶିବନାଥ ଅଭିଭୂତ ହେଲେ । ଭଗବାନ ବାବୁ, ଅବନୀବାବୁ ସବୁ ତାକୁ ସ୍ନେହାର୍ଦ୍ର ଚକ୍ଷୁରେ ଚାହିଁରହିଲେ । ଲୋକଟା କହିଲା, ହଜୁର ! ଶ୍ରୀକୃଷ୍ଣ ବିଦୁର ଘରେ ଶାଗ ଖାଇଥିଲେ । ଶବରୀର ଅଇଁଠା କୋଳି ଶ୍ରୀରାମ ମହାପ୍ରୁ ଖାଇଥିଲେ । ତମେ ଆପଣ ବହୁ ଦୂରରୁ ଆଇଚ, ଭୋକିଲା ଅଛ । ଜଣେ ଭୋକିଲା ମଣିଷକୁ ଆଉ ଜଣେ ମଣିଷ

ମୁତେ ଖାଇବାକୁ ଯାଉଛି । ମୋର ଅପରାଧ ଏ ନୁହେଁ ବାବୁ । ଲୋକଟା ଦି' ହାତ ମଳିଲା । ଖାଇବାକୁ ନେହୁରା କଲା ।

ଭଗବାନ ବାବୁଙ୍କର ଅଭ୍ୟାସ ନାହିଁ । ସେ ଖାଇଲେ ନାହିଁ । ଲୋକଟାର ସ୍ନେହାନୁରୋଧ ଭାଙ୍ଗି ନପାରି କଦଳୀ ପତ୍ରରେ ଭାତ ବାଢ଼ି, କୋଳଥ ଡାଲି ଲଗେଇ ଖାଇ ବସିଲେ ତିନିବନ୍ଧୁ । ଏକ ରୋମାଞ୍ଚକର ଅନୁଭୂତିରେ ଓଦା ହୋଇଯାଉଥିଲା ଶିବନାଥ ବାବୁଙ୍କ ମନ । ଖାଇଲା ପରେ ଲୋକଟା କଂସା ଦି'ଟା ଧରି ସେମାନଙ୍କଠାରୁ ବାହୁଡ଼ି ଗଲା । କହିଲା, ସେ ସାଆନ୍ତାଣୀଙ୍କ ଘରେ ରହିବାର ବନ୍ଦୋବସ୍ତ କରିଦେବ ।

ଖାଇସାରି ଟିକେ ଗଡ଼ପଡ଼ ହେଲେ ବନ୍ଧୁମାନେ । ତା'ପରେ ବାହାରିଲେ ଗାଆଁ ଭିତରକୁ । ବୁଦି ବୁଦି ଘର ସବୁ । ଓଡ଼ିଶାର ଗାଁ ଗହଳିର ଘର ଯେମିତି ଥାଏ । ଛୋଟ ଗାଆଁ । କେତେ ଘର ଚଷା, କେଉଟ, ବଢ଼େଇ, ଗୋଟିଏ କରଣ ଘର । ନାଁ ଡାକ, ମହାନ୍ତି ଘର । ଦଶଖଣ୍ଡ ଗାଁରେ ସୁନାମ । କର୍ପୂର ଉଡ଼ିଯାଇଛି କନା ପଡ଼ିଛି । ଗାଁରେ ଅଛି ଗୋଟିଏ ଅପର ପ୍ରାଇମେରୀ ସ୍କୁଲ । ଗୋଟେ ଯୋଡ଼େ ତେଜରାତି ଦୋକାନ, ଗୋଟେ ଚା' ଦୋକାନ । ଏଠି ମଧ୍ୟ କାନ୍ଥରେ ସିନେମା ପୋଷ୍ଟର ମରାଯାଇଛି । ଏଠି ବି ପଡ଼ିଆରେ ପିଲାଏ କ୍ରିକେଟ ଖେଳୁଛନ୍ତି । ଗାଁ ଭିତରେ ଗୋଟେ ଯୋଡ଼େ ଆଣ୍ଟିନା ବି ଲାଗିଛି ଚାଳରେ ।

କେତେଜଣ ଲୋକ ଦୂରରୁ ଖାଲି ଚାହିଁଲେ ସେମାନଙ୍କୁ । ଆଉ କେତେଜଣ ପାଖକୁ ଆସିଲେ । କେତେ କଥା ପଚାରିଲେ । ନୀଳାମ୍ବରବାବୁ କହିଲେ, ଆମେ ଚାରିଜଣୟାକ ମାଷ୍ଟ୍ର । ପିଲାଙ୍କୁ ପଢ଼େଇ ପଢ଼େଇ ଅବସର ନେଇଚୁ । ଏବେ ଗାଁ ଗାଁ ବୁଲି ଲୋକମାନଙ୍କର ନୈତିକତା ଓ ମୂଲ୍ୟବୋଧ ପ୍ରତି, ପରମ୍ପରା, ସଂସ୍କୃତି ପ୍ରତି, ସତ୍ୟ ପ୍ରତି କେତେ ଆଗ୍ରହ ଅଛି ଓ କିପରି ତାହା ଜୀବନରେ ପ୍ରତିପାଦିତ ହେଉଛି, ଏଇସବୁ କଥା ସର୍ଭେ କରି ଆମେ ଲେଖାଲେଖି କରିବୁ । ସେଥିପାଇଁ ଏଠି ଦି'ଚାରି ଦିନ ରହିବୁ ।

ନୀଳାମ୍ବରବାବୁଙ୍କର ଏକଥା ଗ୍ରାମବାସୀ ଯେ ନ ବୁଝିଲେ ଏମିତି ନୁହେଁ । କିଏ କେତେ ପ୍ରକାର ଟିପ୍ପଣୀ ଦେଲେ । ଗୋଟାଏ ପିଲା ଦଉଡ଼ି ଆସି କହିଲା, ତମେ ବୋମା ଫୋମା ପକାଇବ ନାହିଁ ତ ?

ଅବନୀବାବୁ ପିଲାଟିକୁ ବୋକଦେଇ କହିଲେ, ନାଇଁ, ନାଇଁ, ଡର ନାହିଁ । ତମକୁ ଆମେ ପାଠ ପଢ଼ାଇବୁ ।

ପ୍ରାୟ ପାଞ୍ଚଟା ବେଳକୁ ସେଇ କଳା ଲୋକଟା ତାଙ୍କୁ ଖୋଜି ଖୋଜି ଚା' ଦୋକାନରେ ପାଇଲା । କହିଲା, ମୋ ନାଁ ଆଖା ଅଇଁଠୁ ସାଇଁ । ମା'ସାନ୍ତାଣୀ କହିଚନ୍ତି

ତମେମାନେ ତାଙ୍କ ଘରକୁ ଆସନ୍ତୁ। ବୈଠକଘର ପୂରା ଖାଲି ପଡ଼ିଛି। ଏତେ ବଡ଼ ଘରେ କିଏ ଅଛି କି ? ମହତ କାମରେ ଆସିଚନ୍ତି। ବାବୁଘରେ ରହିବେ।

ଶିବନାଥବାବୁ ଓ ଭଗବାନବାବୁ ଟିକେ ଥତମତ ହେଲେ। ନୀଳାମ୍ବର କହିଲେ, ଦ୍ୱିଧା କାହିଁକି ? ସାଦର ନିମନ୍ତ୍ରଣ ଉପେକ୍ଷା କରିବାର ନୁହେଁ। ସାନ୍ତାଣୀଙ୍କୁ ଦେଖ଼ିବା, କଥା ହେବା। ଭଲ ନ ଲାଗିଲେ ଚାଲି ଆସିବା। କେଉଁଠି ହେଲେ ତ ଆମକୁ ରହିବାକୁ ହେବ।

ଅଇଁଠୁ ବଡ଼ ଶ୍ରଦ୍ଧାରେ ଅତି ଆପଣାର ଲୋକଭଲି ବ୍ୟାଗ ସବୁ କାନ୍ଧରେ ମୁଣ୍ଡରେ ନଦି ସେମାନଙ୍କୁ ବାଟ କଢ଼େଇ ନେଲା।

ବିରାଟ ଏକ ପାଚେରି ଘେର ମଧ୍ୟରେ ଏକ ମହଲା ପକ୍କା ଘର। ବାରିପଟକୁ ଚାଳ ଘର। ସାମ୍ନାରେ ଚାନ୍ଦିନୀ। ଘର ସାମ୍ନାରେ ବିଭିନ୍ନ ଫୁଲଗଛ। ତୁଳସୀ ଚଉରା। ସିମେଣ୍ଟ ବେଞ୍ଚ। ଘରର ସାମ୍ନା ଭାଗରେ ବଡ଼ ବଡ଼ ଚାରିବଖରା ଘର। ସେମାନେ ଯାଇ ବୈଠକ ଘରେ ପହଞ୍ଚିଲେ।

ବୈଠକ ଘର ପୁରୁଣା ଆସବାବପତ୍ରରେ ସୁସଜ୍ଜିତ। ଶିଶୁକାଠର ପଲଙ୍କଟିଏ ପଡ଼ିଛି। ଶିଶୁକାଠର ପୁରୁଣା ଡିଜାଇନର ପଲଙ୍କ। କାନ୍ଥରେ ମିରିଗ ଶିଙ୍ଗ ଦି'ଚାରିଟା। ମହାନ୍ତିଙ୍କର ପୂରା ଅବୟବର ଫଟୋ। ତା'ପାଖକୁ ତାଙ୍କ ବାପାଙ୍କର ଫଟୋ। ଅଗଣାପଟ କାନ୍ଥରେ ଖୁବ୍ ବଡ଼ ଗୋଟେ ଜଗନ୍ନାଥ, ବଳଭଦ୍ର, ସୁଭଦ୍ରାଙ୍କ ଫଟୋ। ସବୁ ଫଟୋରେ ଝୁଲାଯାଇଛି ଜରିଫୁଲର ମାଳ। କାଚ ଆଲମାରିରେ ବହି। କାନ୍ଥରେ ବାଡ଼ି ଥାକରେ ଦଶପ୍ରକାର ଡିଜାଇନ୍ର ବାଡ଼ି ଥାକ ଥାକ ଥୁଆ ହୋଇଛି।

ଅଇଁଠୁ ସମସ୍ତଙ୍କ ବ୍ୟାଗ ଘରେ ଥୋଇଲା। ତା'ପରେ ସାନ୍ତାଣୀଙ୍କୁ ଯାଇ ଡାକି ଆଣିଲା।

କିଛି ସମୟ ପରେ ଅଳ୍ପ ଛୋଟେଇ ଛୋଟେଇ ବାଡ଼ିଟିଏ ଧରି ଘରକୁ ଆସିଲେ ଉଜ୍ଜ୍ୱଳ ଶ୍ୟାମଳ ବର୍ଣ୍ଣର ନାରୀ ଜଣେ। ବୟସତ ସତୁରୀରୁ ଅଧିକ ହବ କି କ'ଣ। ଦେହରେ ଧଳା ଲୁଗା ଓ ବ୍ଲାଉଜ। ହାତରେ ପଟେ ପଟେ ସୁନାର ବାଲ। ବେକରେ ଚାରିସରିଆ ତୁଳସୀମାଲି। ଆଖ଼ରେ ସୁନା ରଙ୍ଗର ଫ୍ରେମର ଚଷମା। ଚଷମାର କାଚ ତଳୁ ଆଖ଼ ଦିଟା କେତେ ସଜଳ, କେତେ ଆନ୍ତରିକ ଲାଗୁଛି !

ଚାରି ବନ୍ଧୁଯାକ ଏକାବେଳକେ ନମସ୍କାର କରିଲେ ହାତଯୋଡ଼ି। ପ୍ରତି ନମସ୍କାର କଲେ ସାନ୍ତାଣୀ।

ଢୋକଟିଳି କହିଲେ ଶିବନାଥ ବାବୁ – ଆମେ ଆଜ୍ଞା ଚାରିଜଣ ଅବସରପ୍ରାପ୍ତ ସରକାରୀ କର୍ମଚାରୀ। କିନ୍ତୁ ଏତିକି ଆମ ପରିଚୟ ନୁହେଁ। ଆମେ ନ୍ୟାୟ ପାଇନଥିବା

ଚାରିଜଣ ବିଶୁଦ୍ଧ ଆତ୍ମା। ଜଗତ୍ଯାକର ନ୍ୟାୟ ପାଇନଥିବା ଲୋକଙ୍କ ଦୁଃଖରେ କାତର ହୋଇ ବାହାରି ପଡ଼ିଲୁ। ଗାଁ ଗାଁ ବୁଲି କହିବୁ। ମଣିଷକୁ ନ୍ୟାୟ ମିଳୁ। ତାହା ତା'ର ବଞ୍ଚି ରହିବାର ସ୍ୱାଧିକାର। ମଣିଷ ଅନ୍ୟକୁ ନ୍ୟାୟ ଦେବା ଶିଖୁ। ଏଥିପାଇଁ ଆମେ ଘର ଛାଡ଼ି ବାହାରି ଆସିଲୁ। ସେଇ ଠାକୁରାଣୀଙ୍କ ଚାନ୍ଦିନୀରେ ରହିଯାଇଥାନ୍ତୁ। ଏଇ ଅଇଁଠୁ ବଡ଼ ସ୍ନେହରେ ଡାକି ଆଣିଲା...।

ସାନ୍ତାଣୀ ହସି କହିଲେ, ଅଇଁଠୁ ଠାରୁ ଶୁଣିଛି ସବୁ। ଆପଣଙ୍କର ଏ ଯାତ୍ରାକୁ ମୁଁ ସର୍ବପ୍ରଥମେ ସ୍ୱାଗତ କରୁଛି। ଏ ଘରକୁ, ଏ ଗାଁଆଁକୁ ମଧ୍ୟ ସ୍ୱାଗତ କରୁଛି। ଏ ଘରେ ସବୁବେଳେ ଅତିଥି ଅଭ୍ୟାଗତଙ୍କ ମେଳା ଲାଗି ରହୁଥିଲା। ଏବେ ସବୁ ଖାଁ ଖାଁ। ଆପଣ ନିଃସଂକୋଚରେ ଏଠି ରହି ଆପଣଙ୍କ କାମ କରନ୍ତୁ। ଅଇଁଠୁ ଓ ନକୁଲ ଆପଣଙ୍କ କଥା ବୁଝିବେ।

ନୀଳାମ୍ବର ବାବୁ କହିଲେ, ଆମେ ଚାରିଜଣ ଯେ...।

ହସିଲେ ସାନ୍ତାଣୀ। କହିଲେ- ପଚାଶ ଜଣ ନୁହନ୍ତି ତ ? କିଛି ଭାବନ୍ତୁ ନାହିଁ। ଆରାମରେ ରହନ୍ତୁ। ଆପଣଙ୍କର ଖାଇବା ପିଇବା ସବୁ ଏଠି। କ'ଣ ଦରକାର ହେଲେ ମତେ କହିବେ।

ତା'ପରେ ସାନ୍ତାଣୀ କହିଲେ, ନକୁଲ ! ବାବୁମାନଙ୍କୁ ଗାଧୁଆ ଘର ଦେଖାଇଦେ। ଏ ଘରେ ଆଉ ତିନିଟା ଖଟିଆ ପକେଇ ଦେ। ଚା' ପାଣି, ପାନ, ସବୁକଥା ବୁଝ। ମୁଁ ଯାଏଁ ସଂଜ ଦେବାକୁ।

'କିଆପଟ' ଗାଁଆଁରେ ନଅ ଦିନ ବିତିଗଲା ଶିବନାଥବାବୁ ପ୍ରଭୃତିଙ୍କର ବଡ଼ ସୁରୁଖୁରୁରେ। ମୁହୂର୍ତ୍ତକ ପାଇଁ ଅଟକି ବିଶ୍ରାମ ନେଉ ନେଉ ସେ ବିତାଇ ଦେଲେ ପୂରା ନଅ ଦିନ। ଆରମ୍ଭ କରିଥିଲେ ତାଙ୍କର କାର୍ଯ୍ୟକ୍ରମର ପ୍ରଥମ ପର୍ଯ୍ୟାୟ। ଫଳ କ'ଣ ମିଳିବ ସେମାନେ ତାହା ଜାଣନ୍ତି ନାହିଁ। ନିଜକୁ ପ୍ରକାଶ କରିବା, ନିଜର ଇଚ୍ଛାକୁ ଚରିତାର୍ଥ କରିବା ହିଁ ତାଙ୍କର ଲକ୍ଷ୍ୟ। ଏ ଯାତ୍ରାପଥରେ ଏପରି ଶ୍ରଦ୍ଧା ମିଳିବ ବୋଲି ମଧ୍ୟ ସେମାନଙ୍କର କଳ୍ପନାରେ ନଥିଲା। ସାଆନ୍ତାଣୀଙ୍କର ସାଦର ଆତିଥ୍ୟ, ନକୁଲ ଓ ଅଇଁଠୁଙ୍କର ସେବାୟତ୍ନ, ଗାଁ ଭିତରର କେତେ କେତେ ଲୋକଙ୍କର ସ୍ନେହ ଓ ଆନ୍ତରିକତା, ମାଟିର ବାସ୍ନା, ସେମାନଙ୍କୁ ଏକ ଅନନୁଭୂତ ରୋମାଞ୍ଚରେ ପୁଲକିତ କରି ରଖୁଥିଲା।

ସେମାନେ ଘର ଘର ବୁଲୁଥିଲେ। ଭଲମନ୍ଦ ବୁଝୁଥିଲେ। ଶିକ୍ଷା, ସ୍ୱାସ୍ଥ୍ୟ ସଂପର୍କରେ କିଛି କିଛି କହୁଥିଲେ। ହେଲେ ମୁଖ୍ୟ କଥା ଥିଲା ତାଙ୍କର ଅନ୍ୟାୟ, ଅନୀତି, ଭ୍ରଷ୍ଟାଚାର ବିରୁଦ୍ଧରେ ଘୋଷଣା। କେହି କେହି ତାରିଫ୍ କରୁଥିଲେ, କେହି କେହି ମୁହଁ ମୋଡ଼ୁଥିଲେ। କେହି କେହି ଟୋକାଲୋକ ପଛରେ କମେଣ୍ଟ ମାରୁଥିଲେ। ୪, କେତେ

ପ୍ରଧାନମନ୍ତ୍ରୀ, ମୁଖ୍ୟମନ୍ତ୍ରୀ ଗଲେଣି । କେତେ ନେତା ଲଢ଼ି ଲଢ଼ି ମଲେଣି । ଯେ ଆସିଲେ ଏଇନେ ଜଗତଟାକୁ ବାଡ଼ି ଅଗରେ ଟେକି ଧରିବେ ।

ସବୁ ସେମାନଙ୍କର କାନରେ ପଡ଼େ, ଉଡ଼ିଯାଏ । ପ୍ରେରଣା ଏପରି ଏକ ଅନୁଭବ ଯାହା ବ୍ୟକ୍ତିର ଭାବନାନୁସାରେ ରୂପାୟିତ ହୋଇଥାଏ । ଭାବନାର ତୀବ୍ରତାରେ ପ୍ରେରଣା ଯେପରି ଉତ୍ଥାନ ହୁଏ । ଭାବନାର ଅଗ୍ନି ତେଜରେ ତାହା ହୋଇଯାଏ ଅନଲାୟିତ । ଏ ପ୍ରେରଣାକୁ କୁହନ୍ତି ଅନଲ ପ୍ରେରଣା । ଏହିପରି ଏକ ଅନଲ ପ୍ରେରଣାରେ ଏହି ଚାରିବନ୍ଧୁ ଅସ୍ଥିର ହୋଇ ଉଠିଥିଲେ । ନିଜ ନିଜ ସଂସାରରୁ, ନିଜ ଭିତରୁ, ଡେଇଁ ପଡ଼ିଥିଲେ ପଦାକୁ । ଭୁଲି ଯାଇଥିଲେ ନିଜ ନିଜର ଠିକଣା । ଭଗବାନବାବୁ ଭୁଲି ଯାଇଥିଲେ ଯେ, ସେ ଜଣେ ରିଟାୟାର୍ଡ ହେଡ଼ମାଷ୍ଟର । ଘରେ ଅଛି ତାଙ୍କର ଏକାକିନୀ ବୋହୂ । କେବଳ ମନେଥିଲା ଗୋଟିଏ କଥା, ତାଙ୍କର ନିର୍ଦ୍ଦୋଷ ପୁଅ ଜେଲରେ ଅଛି । ଏହି ଅନ୍ୟାୟ ବିରୁଦ୍ଧରେ ଏହାହିଁ ତାଙ୍କର ନୀରବ ସଂଗ୍ରାମ । କେବଳ ତାଙ୍କ ପୁଅ ନୀହାର ନୁହଁ, ପୃଥିବୀଯାକର ନ୍ୟାୟ ପାଇନଥିବା ସବୁଲୋକଙ୍କ ପାଇଁ ତାଙ୍କ ଏ ସଂଗ୍ରାମ । ସେ ଗାଆଁ ଗାଆଁ ବୁଲି ଚିକ୍ରାର କରି କହିବେ, ଅନ୍ନ, ବସ୍ତ୍ରପରି ନ୍ୟାୟ ମଧ୍ୟ ମଣିଷର ନିତାନ୍ତ ଜରୁରୀ । ଶିବନାଥବାବୁ ଭୁଲିଯାଇଥିଲେ ଯେ ସେ ଥିଲେ ଜଣେ ଜଜ୍ ସାହେବ । ନୀଲାମ୍ବରବାବୁ ତିନି ବନ୍ଧୁଙ୍କୁ ଉଦ୍ଦୀପିତ କରି କହୁଥିଲେ, ଜାଣିଲେ ନା, ହୁ ହୁ ହୋଇ ଗଢ଼ି ଉଠୁଛି ଶିକ୍ଷାଳୟ, ନ୍ୟାୟାଳୟ, କାରଖାନା, ବାଣିଜ୍ୟପୀଠ । କିନ୍ତୁ ମଣିଷ ମନରେ ବିଶ୍ୱାସର, ପ୍ରେମର, ସତ୍ ଭାବନାର ଯେଉଁ ଛପର ଘରଟି ଥିଲା, ପିତୃଦତ୍ତ ସମ୍ପତ୍ତି ହୋଇ ତା' ଭାଙ୍ଗିପଡ଼ୁଛି । ସେଇଟିକୁ ରକ୍ଷା କରିବାକୁ ହେବ । ସେଥିପାଇଁ ଜୀବନ ଦେବା ବି ଯଥେଷ୍ଟ ହେବ ନାହିଁ ।

ଅବନୀ ବାବୁ କହିଲେ, ଜାଣିଲେ ଆଜ୍ଞା, 'କ୍ରାନ୍ତି' ଏମିତି ଏକ ଧାରା, ଯିଏ ରକ୍ତ ମାଗେ, କେବଳ ହୃଦୟର ରକ୍ତ ନୁହେଁ, ମଣିଷର ରକ୍ତ । ରକ୍ତ ନ ଢାଳିଲେ କ୍ରାନ୍ତି ସଫଳ ହୁଏନି । ଆମେ ଚାରିଜଣ ବୁଢ଼ାଲୋକ । ଏଥିପାଇଁ ମରିଗଲେ କ୍ଷତି କ'ଣ ଯେ ?

ନୀଲାମ୍ବର ବାବୁ କହିଲେ ତାଙ୍କ ଅଭିଜ୍ଞତାର ଗୋଟିଏ କଥା । ସେତେବେଲେ ସେ ଡି.ଏସ୍.ପି. ଥିଲେ ସମ୍ବଲପୁରରେ । ସେଇଠି ଭେଟିଥିଲେ ଜଣେ ସତ୍ୟାଗ୍ରହୀକୁ । ଅଜବ ଲୋକଟିଏ ଥିଲେ ସେ । ପ୍ରତିଦିନ ସକାଳୁ ପ୍ରତିଘରର କବାଟ ଖଟ ଖଟ କରନ୍ତି ସେ । ଦ୍ୱାର ଖୋଲିଲା ମାତ୍ରେ ଯାହାକୁ ଦେଖନ୍ତି ଗୁଡ଼ ଟିକେ ଧରାଇ ଦେଇ, ଘୋଷିଲା ପରି କହନ୍ତି– ସତ କହ, ସତ କହ । ଅନ୍ୟାୟକୁ ବରଦାସ୍ତ କରନା ।

ସମ୍ବଲପୁରରେ ତିନିବର୍ଷ ରହଣିରେ ଦିନେ ମଧ୍ୟ ବ୍ୟତିକ୍ରମ ଦେଖିନଥିଲେ

ସେ ଏ ଲୋକର। ସେ ଲୋକଟିର ଏ କଥା ବୁଝିବାକୁ ଅବଶ୍ୟ ତାଙ୍କର ବେଳ ନଥିଲା। ତଥାପି ସେ ଅନ୍ୟମାନଙ୍କଠାରୁ ଶୁଣିଥିଲେ ଯେ ସେ ଲୋକ ଜଣେ ଶିକ୍ଷକ। କୌଣସି ଏକ କାରଣରୁ ବରି ନେଇଛନ୍ତି ଏ ସତ୍ୟାଗ୍ରହ ପଥ। ସକାଳେ ଓ ସଂଜେ, ଦୀର୍ଘ ପଚିଶ ବର୍ଷ ଧରି ସେ ଏପରି କରୁଛନ୍ତି। ସେଦିନ ସେଇଲୋକର ପ୍ରତିମୂର୍ତ୍ତି ତାଙ୍କ ମନରେ ବସାବାନ୍ଧି ରହିଯାଇଥିଲା। ବର୍ଷ ବର୍ଷ ପରେ ଆଜି ଯେମିତି ତାଙ୍କୁ ଏଇ ବାଟରେ ଯିବାକୁ ଉସ୍କାଇ ଦେଲା।

କିଆପଟ ଗାଆଁରେ ଏ ଚାରିଜଣ ବୁଢ଼ାବାବୁ କୁଣିଆ ବାବୁ ବୋଲି ପରିଚିତ ହେଲେଣି। ତଥାପି ଗ୍ରାମବାସୀମାନେ କାବା ହୋଇ ଚାହାଁନ୍ତି। ପ୍ରଥମେ ଭାବିଥିଲେ ସାଆନ୍ତାଣୀଙ୍କର ସମୁଦୀ ହେବେ ପରା। ହେଲେ ଅଇଁଠୁ ସେ ସନ୍ଦେହ କାଟିଦେଲା। ଯେଉଁ ପରିଚୟ ଦେଲା, ସେଥିରେ କାହାର ମନ ମାନିଲା ନାହିଁ। କିଏ କେତେ କଥା କହିଲେ। କିଏ କହିଲା ସନ୍ତ୍ରାସବାଦୀ, କିଏ କହିଲା ପାକିସ୍ତାନୀ ଗୁପ୍ତଚର, କିଏ ପୁଣି କହିଲା, ମହାନ୍ତିଆଣି ବୁଢ଼ୀ ଯେଉଁ ପୋତାଧନ ରଖୁଛିନା, ତା'ର ସୁରାକ ପାଇଛନ୍ତି ଏମାନେ। ବୁଢ଼ୀର କୁଣିଆ ଚର୍ଙ୍ଗା ଛାଡ଼ିଯିବ ଯେ। କିଏ ପୁଣି କାନ ପାଖରେ ଚୁପିଚୁପି କହେ, ନାଇଁ ହେ, ଏମାନେ ପୋଲିସ୍‌ବାଲା। ଛଦ୍ମବେଶରେ ଅଛନ୍ତି। ମଝିରେ ମଝିରେ ରାତି ଅଧରେ ଯେ ଗୋଟେ ଗୋଟେ ଗାଡ଼ି କୁଆଡୁ ଆସୁଛି, କାହିଁକି ଆସୁଛି। ପୁଣି ରାତି ରାତି ଚାଲିଯାଉଛି। ଏଇ ସବୁ ଖବର ନେବା ପାଇଁ କି କ'ଣ ପାଇଁ ଅଛନ୍ତି।

ସବୁକଥା କାନରେ ବାଜେ। ସେମାନେ ପରଣ୍ଡା କରନ୍ତି ନାହିଁ। ସକାଳୁ ସକାଳୁ ବାହାରି ଯାଆନ୍ତି। ଏଇ ନଅ ଦିନରେ ଛଅ ଖଣ୍ଡ ଗାଁ ସେମାନେ ବୁଲି ସାରିଲେଣି। ରାତିକୁ ଫେରନ୍ତି। ଗାଁ ମାନଙ୍କରେ ବୁଲିଲାବେଳେ ଯାହା ଯାହା ଦେଖନ୍ତି, ଶୁଣନ୍ତି ରାତିରେ ଆଲୋଚନା କରନ୍ତି। ନିତି ସଂଜରେ ଚା' ପର୍ବବେଳେ ସେମାନେ ଦିନଯାକର କାମର ସମୀକ୍ଷା କରନ୍ତି। ଆତ୍ମସମୀକ୍ଷା ମଧ୍ୟ। ସାଆନ୍ତାଣୀ ସଂଜଦେଇ ଆସି ବସନ୍ତି। ଖୁବ୍ ଗପସପ ହୁଏ। କେତେଆଡ଼ର କେତେ କଥା ପଡ଼େ। ସବୁ କଥାବାର୍ତ୍ତା ମଧ୍ୟରେ ସାଆନ୍ତାଣୀଙ୍କର ସ୍ନେହ ସଜଳ ହୃଦୟର ରୂପ ଫୁଟି ଉଠେ।

ସାଆନ୍ତାଣୀ କରଣ ଘରର ଝିଅ ଓ ବୋହୂ। କରଣ ଘରର ସବୁ ସଂସ୍କାରେ ସେ ପରିପୂର୍ଣ୍ଣ। ପାଠ ସିନା ଖୁବ୍ ପଢ଼ିନାହାନ୍ତି, ହେଲେ ଶାସ୍ତ୍ରପୁରାଣ, ଶ୍ଲୋକ, ସବୁଥିରେ ତାଙ୍କର ଜ୍ଞାନ ଅଛି। ବଙ୍ଗଲା ମଧ୍ୟ ପଢ଼ନ୍ତି। ଭାଗବତର ଏକାଦଶ ସ୍କନ୍ଧ ତ ପ୍ରାୟ ମୁଖସ୍ତ ତାଙ୍କର। ସେ କହନ୍ତି ମତେ କେତେ ବୟସ ଜାଣିଛ? ଛୟାଅଶୀ ବର୍ଷ। ଶିବନାଥବାବୁ ପ୍ରଭୃତି ଚମକି ପଡ଼ନ୍ତି। ସାଆନ୍ତାଣୀଙ୍କୁ ଛୟାଅଶୀ ବର୍ଷ? ହେଲେ ବାଲ

ଗୋଟେ ଗୋଟେ ପାଚିଛି, ପାନ ଖାଇ ଖାଇ ଦାନ୍ତ ସବୁ କଳା ହୋଇଯାଇଛି, ଘୋରି ହେଇଯାଇଛି, ହେଲେ ପଡ଼ିନାହିଁ। କେବଳ ଥରେ ପଡ଼ିଯାଇଥିଲେ, ଗୋଡ଼ ଜଖମ ହୋଇଯାଇଛି। ବାଡ଼ିଟିଏ ନ ଧରିଲେ ଚାଲି ପାରନ୍ତି ନାହିଁ। ତଥାପି ସେ ଖଞ୍ଜା ସାରା ବୁଲୁଥାନ୍ତି। ଜମିବାଡ଼ି, ତୋଟା, ବାରି ଫୁଲଫଳର ହିସାବ ବୁଝନ୍ତି।

ସାଆନ୍ତାଣୀଙ୍କ ପାଞ୍ଚ ପୁଅ। ଗୋଟେ ଗୋଟେ ହୋଇ ପାଞ୍ଚଜଣ ଆମେରିକା ଚାଲିଗଲେ। ପଢ଼ିବାକୁ ଯାଇ ଚାକିରି କରି ରହିଗଲେ। ସାନ ପୁଅଟା ବି ଶେଷରେ ଜିଦ୍ କରି ଚାଲିଗଲା। ବର୍ତ୍ତମାନ ସମସ୍ତେ ସେଠାକାର ନାଗରିକ। ସମସ୍ତଙ୍କର ଗୋଟେ ଗୋଟେ ଫ୍ଲାଟ୍। ଦି'ଦିଟା ଗାଡ଼ି। ବାପାଙ୍କ ମୃତ୍ୟୁ ଖବର ପାଇ ତିନିଜଣ ପୁଅ ଆସିଥିଲେ। ଶୁଦ୍ଧକ୍ରିୟା କଲେ। ଜଣେ ନଣ୍ଡା ହେବାକୁ ମନା କରିଦେଲା। କହିଲା, ଏଗୁଡ଼ା କୁସଂସ୍କାର। ବୋହୂମାନେ କେହି ଆସିଲେ ନାହିଁ। ଶୁଦ୍ଧକ୍ରିୟା ପରେ, ଜମିବାଡ଼ି ସବୁ ବିକ୍ରିକରି ବୋଉକୁ ନେଇ ଆମେରିକା ଚାଲିଯିବାର ପ୍ରସ୍ତାବ ଦେଲେ ପୁଅମାନେ। ହେଲେ ସାନ୍ତାଣୀ ଘୋର ପ୍ରତିବାଦ କଲେ। କହିଲେ, ତମେମାନେ କାମକୁ ଗଲେ ଘରେ ମୁଁ କ'ଣ କରିବି ? ତମ ଘରର ବସ୍ତୁ ପରି ପଡ଼ି ରହିଥିବି ?

ତୁ ଏଠି କ'ଣ କରିବୁ ଯେ ? ବୃଥାରେ ଜଣେ ଲୋକ ପିଛା ତିନିଜଣ ଲୋକ ଖଞ୍ଜା।

ପୁଅମାନଙ୍କୁ ଚାହିଁଲେ ସଦ୍ୟ ବିଧବା ସାନ୍ତାଣୀ। କହିଥିଲେ ଏଇ ଘରେ ପ୍ରତିବସ୍ତୁରେ, କାନ୍ଥ ଚଟାଣରେ, ଗଛବୃକ୍ଷରେ, ମୋର ତମାମ ଜୀବନର ସ୍ମୃତି ଜଡ଼ିରହିଛି। ସେଇ ସ୍ମୃତିର ଘେର ମଧ୍ୟରେ ମୁଁ ସୁରୁଖୁରୁରେ ବଞ୍ଚିଯିବି। ଏ ସଂପତ୍ତି ବିକ୍ରି ହେବ ନାହିଁ।

ପିଲାମାନେ ମୂଲ୍ୟରେ ବିଶ୍ୱାସ ରଖନ୍ତି, ମୂଲ୍ୟବୋଧରେ ନୁହେଁ। ବୋଉ ଉପରେ ଖୁବ୍ ବିରକ୍ତ ହୋଇ ସେମାନେ ଆମେରିକା ଚାଲିଗଲେ।

ସାନ୍ତାଣୀ ଏବେ ବଡ଼ ଘରେ ଠାକୁର ପୂଜା, ପୁରାଣପାଠ, ଗୁରୁସେବା କରି ବଞ୍ଚିଥିଲେ ତ। ଦିନେ ଚଉରାରେ ପାଣି ଦେଉ ଦେଉ ପଡ଼ିଗଲେ, ସଂଜ୍ଞାହୀନ ହୋଇଗଲେ। ଅଇଁଠୁ ଓ ନକୁଳ, ଗାଆଁ ମାଷ୍ଟ୍ରଙ୍କ ଦ୍ୱାରା ପୁଅମାନଙ୍କ ପାଖକୁ ଫୋନ୍ କରି ଟାକ୍ସି ଭଡ଼ାକରି ଭୁବନେଶ୍ୱର କଳିଙ୍ଗ ହସ୍ପିଟାଲକୁ ଆସିଲେ ପହରଦିନ। ସାନ୍ତାଣୀଙ୍କୁ ଜଗି ବସିଥିଲେ ଅଇଁଠୁ ଓ ନକୁଳ। ପଇସା ଖର୍ଚ୍ଚ କରିଥିଲେ ପ୍ରଚୁର। ପୁଅମାନେ କେହି ଆସିଲେ ନାହିଁ। ଫୋନ୍‌ରେ ଜଣେଇଲେ, କ'ଣ ଟିକେ ହେଉଚି ବୋଲି ଏତେ ବାଟ ଯିବୁ ? ଏତେ ଖର୍ଚ୍ଚ କରି ?

ସାନ୍ତାଣୀ ଭଲ ହୋଇ ଘରକୁ ଫେରିଲେ। ଦିନେ ଭାବୁଥିଲେ, ପିଲାମାନେ ବଡ଼ ହୋଇଗଲେ ମାଆମାନେ ନିଃସ୍ୱ ହୋଇଯାନ୍ତି। ଏବେ ଏକ ଜବର ଧକ୍କା ତାଙ୍କର ଏ ଧାରଣାକୁ ଭାଙ୍ଗି ଦେଇଛି। ସେ ବୁଝିଲେଣି, କାହାକୁ ଆଶା କରିବା ଉଚିତ ନୁହେଁ। ପିଲାମାନେ ଉଡ଼ିଗଲେଣି। ଏବେ ତାଙ୍କର ଉଡ଼ାଣରେ ସେମାନେ ମଗ୍ନ। ଏବେ ସେ ନିଜେ ଉଡ଼ିବା ପାଇଁ ଏକ ବିସ୍ତୀର୍ତ ଆକାଶ ଲୋଡୁଛନ୍ତି। ହଁ, ସେ ପାଇବେ।

ସାନ୍ତାଣୀଙ୍କୁ ମିଳିଥିଲା ଗୋଟେ ଆକାଶ, ସେ ଅଇଁଠୁ ଓ ନକୁଳର ପୂଅ ଦିହିଙ୍କ ପଢ଼ାଖର୍ଚ୍ଚ ତୁଲାଉଥିଲେ। ଅତିଥି, ଅଭ୍ୟାଗତ, ସାଧୁସନ୍ତଙ୍କ ପାଇଁ ଦ୍ୱାର ଥିଲା ମୁକ୍ତ। ତାଙ୍କ ସାହାଯ୍ୟରେ ହୋଇଥିଲା ସେ ଅପର ପ୍ରାଇମେରୀ ସ୍କୁଲ, ଯାହା ଏବେ ସରକାରୀ ହେଲାଣି।

ଶିବନାଥ ବାବୁ ପ୍ରଭୃତି ସାନ୍ତାଣୀଙ୍କ ପାଖରେ ମୁଣ୍ଡ ନୁଆଁନ୍ତି। କେଡ଼େ ସ୍ନେହୀ ମହିଳା ସତରେ ସେ।

ନୀଳାମ୍ବର ବାବୁ ସେଦିନ ସଂଜବେଳେ ନିଜ କଥା ବଖାଣୁଥିଲେ। ସାନ୍ତାଣୀ ବସିଥିଲେ ଚୌକିରେ। ନଅଦିନରେ ଯେଉଁ ଛଅଖଣ୍ଡ ଗାଆଁ ବୁଲିଛନ୍ତି, କେତେ କିସମ କଥା ନ ଶୁଣିଛି।

ସେଦିନ ହରିପୁର ହାଟରେ ଗୋଟେ ପାନଦୋକାନରେ ପାନ କିଣୁଥିଲେ ସେ।

ଗୋଟେ କଳା ମୋଟା ଲୋକ, ଜବର ଠେଙ୍ଗାଟାଏ ହାତରେ ଧରି ଆସି ତାଙ୍କ ସାମ୍ନାରେ ଠିଆ ହୋଇଗଲା। କହିଲା, ତମେ ତ ଆମ ଅଞ୍ଚଳର ଲୋକ ନୁହଁ। ତମକୁ ତ ମୁଁ କେଉଁଠି ଦେଖିନି। ତମେ 'କିଆପଟ' ଗାଁର ସେ ସାଆନ୍ତଘର କୁଣିଆ କି?

ନୀଳାମ୍ବର ଆଶ୍ଚର୍ଯ୍ୟ ହେଲେ। ଏଠି ଟେଲିଫୋନ୍ ନାହିଁ, ବେତାର ନାହିଁ, ଅଥଚ କଥାଟା ଖେଦି ଗଲାଣି ଏତେ ବାଟ?

ଲୋକଟା ଗୋଟେ ବିଡ଼ି ଟାଣିଲା। କହିଲା, କିଓ କହନ୍ତୁ, ତମେ ଚାରିଜଣ କିଏ ଆସିଚ। ସାଆନ୍ତ ଘରେ ଅଛ। ଗାଁ ଗାଁ ବୁଲୁଚ। ଆମେ ମୂର୍ଖ ହେଲେ ବି ସବୁ କଥାରେ ନିଘା ରଖୁ।

ନୀଳାମ୍ବରବାବୁ ହସି ହସି କହିଲେ, ସବୁ କଥାରେ ନିଘା ରଖିବା ଭାରି ଭଲ କଥା। ଆମେ ଚାରିଜଣ 'କିଆପଟ' ଗାଁଆରେ ଅଛୁ। ନଅ ଦିନରେ ଛତି ଗାଆଁ ବୁଲି ସାରିଛୁ। ସମାଜରେ ଶାନ୍ତି, ନ୍ୟାୟ, ପ୍ରେମ ଓ ସତ୍‌ଭାବନାର ପୁନରୁଦ୍ଧାର ପାଇଁ ଲୋକମାନଙ୍କୁ ବୁଝାଉଛୁ।

ଲୋକଟା ଗୁଣ୍ଠାପରି ଦିଶୁଥିଲା କହିଲା, ତମେ ଯଦି ସତରେ ସେଇଥିପାଇଁ ଆସିଥାଅ, ମନଇଚ୍ଛା ସେଇ କଥା ରଢ଼ି ପକାଇ କୁହ। ଆମର ଚିନ୍ତା ନାହିଁ, କିନ୍ତୁ ତମେ ଯଦି ଏସବୁ କାମ ଭିତରେ କିଛି ଖୋଲତାଡ଼ କରୁଥାଅ, ତେବେ ଏଇ ଠେଙ୍ଗାକୁ ଦେଖ, ଟାଙ୍ଗ ଛୋଟା କରିଦେବି ଯେ ଖଟରେ ପଡ଼ିଥିବ।

ନୀଳାମ୍ଵରବାବୁ ଲୋକଟାକୁ ଚାହିଁଲେ। ଖୋଲତାଡ଼ର ଅର୍ଥ ? ଏଇ ଗାଁରେ ବି ଖୋଲ ତାଡ଼ କଲାଭଲି କିଛି କଥା ଅଛି ନା କ'ଣ ?

ନୀଳାମ୍ଵରବାବୁ ହସିଲେ କହିଲେ – ସେ ସବୁ ତମର ଇଚ୍ଛା। ଆମେ ଗାଁ ଗାଁ ବୁଲୁଚୁ। ଲୋକଙ୍କୁ ବୁଝଉଚୁ। ବୋଉ ଗୋଟିଏ ଗାଁରେ ଆମେ ରହୁନାହୁଁ କି ରହିବୁ ମଧ ନାହିଁ।

ନୀଳାମ୍ଵରବାବୁ ତାଙ୍କ ବକ୍ତବ୍ୟ ଶେଷକଲେ। ଏମିତି ଗୋଟେ ନୁହେଁ, କେତେ ଘଟଣାରୁ ସେ ଗନ୍ଧ ବାରିଲେଣି। ସେଦିନ ତ ଅଇଁଠୁ କହୁଥିଲା ଯେ ମାସକୁ ଦି'ତିନିଥର ରାତିଅଧରେ ଗୋଟେ ଗାଡ଼ିଆସେ, ସରପଞ୍ଚର ବାରିପଟ ଘର ପାଖେ ଠିଆହୁଏ।

ନୀଳାମ୍ଵରବାବୁଙ୍କ କଥାଶୁଣି ସାନ୍ତାଣୀ କହିଲେ, ତମେମାନେ ତ ପୁରାଣରୁ ଦେବଦାନବଙ୍କ ଯୁଦ୍ଧ କଥା ଶୁଣିଥିବ। ଏଇ ଦେବ ଦାନବ ଯୁଦ୍ଧ କାହିଁ କୋଉ କାଳରୁ ଆରମ୍ଭ ହୋଇଛି ଯେ ସରିନାହିଁ କି ସରିବ ମଧ ନାହିଁ। ଦେବତାମାନେ ଅସୁରଙ୍କୁ ବିନାଶ କରିବାକୁ ଚେଷ୍ଟା କରନ୍ତି ସିନା, ମୂଳପୋଛ କରିପାରନ୍ତି ନାହିଁ। ଏବେ ସିନା କାୟିକ ଅସୁର ନାହାନ୍ତି। ହେଲେ ମଣିଷ ଭିତରେ ଆସୁରି ପ୍ରକୃତି ଭୟଙ୍କର ଭାବେ ବଢୁଛି। ଦେବ ଦାନବ ଯୁଦ୍ଧ ଚାଲିଛି। ତାକୁ ରୋକିବ କିଏ ? ଆପଣମାନେ ଖାଲି ବିରୋଧ କରୁଥିବେ ?

ଶିବନାଥବାବୁ କହିଲେ, ଏଇ ନଅଦିନ ମଧ୍ୟରେ, ମୁଁ ଯାହା ଉପଲବ୍ଧି କରିଚି, ତା' ଅନିର୍ବଚନୀୟ।

– କ'ଣ କହନ୍ତୁ ନା ?

ଶିବନାଥ ସାଆନ୍ତାଣୀଙ୍କୁ ଚାହିଁ କହିଲେ, ଆପଣ ଏଇ ନଅଦିନ ଯାକ ଆମକୁ ଯେପରି ଆପ୍ୟାୟିତ କରିଚନ୍ତି, ସ୍ନେହ ଶ୍ରଦ୍ଧା ସେବା ଦେଇଚନ୍ତି, ତା' ସତରେ ଭୁଲିବାର ନୁହେଁ, ତିନିଦିନ ତଲେ ଆଉ ଜଣକୁ ଭେଟିଥିଲି...

ଶିବନାଥବାବୁ ବର୍ଣ୍ଣନା କଲେ।

ସେଦିନ ସେ ପୋଖରୀ ହୁଡ଼ାଦେଇ ଫେରୁଥାନ୍ତି। ହୁଡ଼ା ତଲକୁ ନଇଁ ପଡ଼ି ବୁଢ଼ିଟିଏ ଶାଗ ତୋଳୁଥାଏ। ସାତସିଆଁ ମଇଲା ଲୁଗାଟିଏ ପିନ୍ଧିଥାଏ। ଝୋଟପରି ପାଚିଲାବାଲ ଫୁରୁଫୁରୁ ଉଡୁଥାଏ ପବନରେ। ଶିବନାଥବାବୁ ତାକୁ ଦେଖି ଲାଗିଲେ

ଅନେକବେଳ ତା'ପରେ ଚମକି ଗଲେ। ବହୁଦିନ ତଳର ସେଇ ଦାନ୍ତକାଠି ବିକୁଥିବା ବୁଢ଼ୀଟି, ଯେମିତି ଏ ବୁଢ଼ୀ ଭିତରେ ଜିଇଁ ଉଠିଲା। ସେ ଚାହିଁଥିଲେ, ସ୍ନେହ, କରୁଣା, ଆଗ୍ରହ, ସବୁ ମିଶିଥିବା ଏକ ବ୍ୟାକୁଳ ଦୃଷ୍ଟିରେ। ଅନେକ ବେଳଯାଏଁ ବୁଢ଼ୀଟି ଶିବନାଥଙ୍କୁ ତାକୁ ଚାହିଁଥିବା ଦେଖି ପାଖକୁ ଆସିଲା। କହିଲା, ଶାଗ ନବୁ କି ପୁଅ ? ଭଲ ଶାଗ ହୋଇଛି। ତମେ ତ ସହରୀ ଲୋକ, ଏ ମଦରଂଗା ଶାଗ ପାଇବ କୋଉଠୁ ? ଚାଲ, ମୋ ଘରକୁ ଚାଲ, ପାଟିଆଚାରେ ପୁରେଇ ଦେବି ?

ଶିବନାଥବାବୁ ମନ୍ତ୍ରମୁଗ୍ଧ ପରି ବୁଢ଼ୀପଛେ ପଛେ ଚାଲିଲେ। ତାଙ୍କର ମନେ ହେଉଥିଲା, ଶହେ, ପାଞ୍ଚିଶ, କି ହଜାରେ ଏପରି କିଛି ଟଙ୍କା। ସେ ଏ ବୁଢ଼ୀକୁ ଦେଇ ଦିଅନ୍ତେ, ତା'ହେଲେ ତାଙ୍କ ମନର ବହୁଦିନ ତଳର ସେ କ୍ଷତଟା ଶୁଖି ଯାଆନ୍ତା ଅବା। କିନ୍ତୁ ତାଙ୍କ ପାଖରେ ସେତେବେଳେ କିଛି ଟଙ୍କା ନଥିଲା। ପଞ୍ଜାବି ପକେଟରେ ପଡ଼ିରହିଥିଲା ଗୋଟେ ବିସ୍କୁଟ ପ୍ୟାକେଟ।

ବୁଢ଼ୀ ଘରକୁ ଗଲା। ନୁଆଣିଆ ଚାଳଘର ମାଟି ଗୋବର ଲିପା। ପିଢ଼ାଟିଏ ପକେଇଦେଲା। ବସୁନୁ ପୁଅ, ବସ।

ଶିବନାଥ ତଥାପି ଠିଆ ହୋଇଥିଲେ। ବୁଢ଼ୀ ଗୋଟେ ଜରି ମୁଣିରେ ଶାଗ ଭର୍ତ୍ତିକରି ଶିବନାଥବାବୁଙ୍କ ହାତରେ ଧରାଇଦେଲା। ହଠାତ୍ ଶିବନାଥବାବୁ ବୁଢ଼ୀର ହାତ ଧରି ପକାଇଲେ। ବ୍ୟାକୁଳ କଣ୍ଠରେ କହିଲେ, ମୋ ପାଖେ କିଛି ପଇସା ନାହିଁ। ଏ ବିସ୍କୁଟ ପ୍ୟାକେଟଟା ରଖ, ମୁଁ ପଛକୁ ଆସିବି।

ବୁଢ଼ୀ ପରମ ଶ୍ରଦ୍ଧାରେ ବିସ୍କୁଟ୍ ପ୍ୟାକେଟଟିକୁ ନେଇ ଏପଟ ସେପଟ କରି ଦେଖି କହିଲା, ଏଭଳି ଜିନିଷ ସେ ବୋଧେ ଦେଖିନଥିଲା କେବେ।

ଏତିକିବେଳେ ବଡ଼ ଠେଙ୍ଗାଟାଏ ଧରି ପଶିଆସିଲା ଲୋକଟାଏ। କହିଲା, ହଇଲୋ ବୋଉ! ସେ କାଇଁକି ଏଠିକୁ ଆଇଟି ? କ'ଣ କହୁଚି ତତେ ? ଏ ବିସ୍କୁଟ ? ତତେ ଦେଇଛି ?

ଶିବନାଥବାବୁଙ୍କୁ କଟମଟ କରି ଚାହିଁ, ସେ ବିସ୍କୁଟ ପ୍ୟାକେଟଟା ଫିଙ୍ଗିଦେଲା ଦୂରକୁ। କହିଲା, ଏମିତି ନିଶା ଖୁଆଇ ଏମାନେ କ'ଣ ନେଇ କ'ଣ କରନ୍ତି। ରେଡ଼ିଓ, ଟି.ଭି.., କହୁଚି, ଅଚିହ୍ନା ଲୋକଙ୍କ ସହ ଭାବ ଦୋସ୍ତି କରନା। ସେ ଶିବନାଥବାବୁଙ୍କୁ ଚାହିଁ କହିଲା, ଯାଉଚ ଏଠୁ ନା ଦେଖିବ ଏ ଠେଙ୍ଗାକୁ।

ବୁଢ଼ୀ ସେତେବେଳକୁ ତଳୁ ବିସ୍କୁଟଟା ଗୋଟେଇ ଆଣି କହିଲା, ହଇରେ ହୁରୁମା, ଶରଧାରେ ବାବୁ ମତେ ଯା ଦେଇଛି, ତାକୁ ଫୋପାଡ଼ି ଦେବି ? ଏମିତି ମୁଁ ନୁହିଁ। ବାପରେ, ମୋ ପୁଅଟା ହୁଣ୍ଟାଟା। ସ୍ନେହ ଶରଧା ସେ ବୁଝିବ କ'ଣ ? ତୁ ଯା

ବାପ, ଯା– ଏ ଶାଗ ପୁଞ୍ଜିକ ନେଇଯା। କହୁ କହୁ ବୁଢ଼ୀଟି ତାଙ୍କ ଦେହ ମୁଣ୍ଡ ଆଉଁଶିଦେଲା। ତାଙ୍କ ହାତଧରି ଅଧବାଟ ଯାଏଁ ବାଟେଇ ଦେଇଗଲା।

ଉପରବେଳା କିଛି ଟଙ୍କା ନେଇଯିବାକୁ ବାହାରିଥିଲେ ଶିବନାଥବାବୁ। ପୁଣି ରହିଗଲେ। ଭାବିଲେ, କାହାର ସ୍ନେହଶ୍ରଦ୍ଧାକୁ ଟଙ୍କାରେ ମୂଲ୍ୟଦେଇ ସେ ଛୋଟ କରିଦେବେ ନାହିଁ। ସେଦିନ ସାରା ତାଙ୍କୁ ଖୁବ୍ ଭଲ ଲାଗିଲା। ମନ ଯେମିତି ଭରି ଭରି ଗଲା। ସେ ଭାବୁଥିଲେ ଜୀବନ ସତରେ କେତେ ମୁକ୍ତ, କେତେ ପ୍ରାକୃତିକ। ମଣିଷ ସହ ମଣିଷର ସଂପର୍କରୁ ହିଁ ଗଢ଼ିଉଠେ ପ୍ରେମ, ବିଶ୍ୱାସ। ଏଇଠୁ ଚହଟି ଉଠେ ସବୁ ରଙ୍ଗ। ଭାବ ଭାଷା ଫୁଟେ, କାବ୍ୟ ଫୁଟେ। ତାରି ଉପରେ ଗଢ଼ି ଉଠେ ସଂସ୍କୃତି, ପରମ୍ପରା, ମୂଲ୍ୟବୋଧ। ମଣିଷ ସହ ମଣିଷର ସଂପର୍କ ଏପରି ନହୋଇ ଅବିଶ୍ୱାସନୀୟ ହେଉଚି କାହିଁକି ?

ଶିବନାଥ ନିଜ କଥା ଶେଷକଲେ, ରୁମାଲରେ ମୁହଁ ପୋଛିଲେ। ଅବନୀବାବୁ କହିଲେ, ବହୁ ଅଭିଜ୍ଞତା ତ ଅର୍ଜନ କଲେ ଏଠି। କିନ୍ତୁ ଏଠୁ ଡେରା ଉଠିବ କେବେ ?

ସାଆନ୍ତାଣୀ ଚମକି ପଡ଼ି କହିଲେ, ଏଠୁ ଏବେ ଚାଲିଯିବ ନା କ'ଣ ?

ଭଗବାନବାବୁ କହିଲେ, ହଁ ଯିବୁ ତ ନିଶ୍ଚୟ। କାରଣ ସାଧୁ, ସନ୍ତ, କ୍ରାନ୍ତିକାରୀ ଓ ସତ୍ୟାଗ୍ରହୀ ଏମାନେ ଗୋଟେ ଜାଗାରେ ବସାବାନ୍ଧି ରହିବା କଥା ନୁହଁ। ଆମେ ଅବଶ୍ୟ ଏ ପର୍ଯ୍ୟାୟର ନୁହଁ, ତେବେ ଏମାନଙ୍କୁ ଅନୁସରଣ କରୁଛେ ତ। ଆମେ କ୍ରାନ୍ତି ନୁହଁ, କିନ୍ତୁ କ୍ରାନ୍ତିର ଅଂଶ ବିଶେଷ।

ସାଆନ୍ତାଣୀ କହିଲେ, ହଁ, ତା ସତ ଯେ, ମହତ କାମରେ ବାହାରିଚ। ଗୋଟେ ଜାଗାରେ ରହିବ କାହିଁକି ? ତେବେ ମାତ୍ର ନଅଦିନ ହୋଇଛି, ଆଉ ଆଠଦିନ ରହିଗଲେ.. ଅସଲ କଥା ତମେମାନେ ରହିଲେ ମତେ ଖୁବ୍ ଭଲ ଲାଗୁଛି।

– ନାଇ ଆଖା, ଏଇ ଦିନେ ଦି' ଦିନ ଭିତରେ ଆମକୁ ଯିବାକୁ ହେବ।

– ତମେମାନେ କ'ଣ କିଛି ଧମକ ଶୁଣିଛ କି ?

କାଇଁ, ନାଇଁ ତ !!! ଚାରିବନ୍ଧୁ ଏକାବେଲକେ କହି ଉଠିଲେ। ସାଆନ୍ତାଣୀ ମୁଣ୍ଡରେ ଓଢ଼ଣା ଟାଣି କହିଲେ, ଆଜି ସକାଲେ ସରପଞ୍ଚ ଆସିଥିଲା। ମତେ ଭାରି ଡରାଇଲା। କହିଲା, ଅପରିଚିତ ଲୋକଙ୍କୁ ଘରେ ଖୁଆଇ ପିଆଇ ରଖୁଚ। ନଅଦିନ ହେଲାଣି। ସେମାନଙ୍କୁ ବିଶ୍ୱାସ କ'ଣ ? ସରକାର ବାରମ୍ବାର ସୂଚନା ଦଉଚନ୍ତି ଅପରିଚିତ ଲୋକଙ୍କୁ ବର୍ଜନ କର। ଗାଁର ମୁଖିଆ ଭାବେ ମୁଁ ସତର୍କ କରାଇ ଦଉଚି....।

ସାଆନ୍ତାଣୀ ଢୋକ ଗିଲିଲେ ତା'ପରେ କହିଲେ, ତାଠୁ କଥା ଛଡ଼ାଇ ମୁଁ ଗର୍ଜ ଉଠିଲି, ତୁ କି ମୁଖିଆ ରେ ? ସରପଞ୍ଚ ହେଲେ କ'ଣ ମୁଖିଆ ହୋଇଯାନ୍ତି ? ଏ ଗାଁରେ

ସବୁଠୁ ବୟସ୍କ ଲୋକ ମୁଁ। ମୋ ସ୍ୱାମୀ ଥିଲେ ଗାଁ ମୁଖିଆ। ମୋର ବୁଦ୍ଧି ଭ୍ରମ ହୋଇ ନାହିଁ। ଯାଃ, ଯାଃ- ଏ ଡରାଣ ଆଉ କାହାକୁ ଦେଖାଇବୁ।

ସାଆନ୍ତାଣୀ କହିଲେ - ଦଶବର୍ଷ ତଳେ ଏମିତି କହିଥିଲା। ବାରାଣାସୀରୁ ମୋର ଗୁରୁ ଆସି ଚତୁର୍ମାସ୍ୟା ଏଠି ପାଳନ କରିଥିଲେ। ସଂଧ୍ୟାରେ ଭଜନ କୀର୍ତନ ହୁଏ। ସକାଳେ, ଖରାବେଳେ ପ୍ରବଚନ ହୁଏ। ଆଗ୍ରହୀ ଲୋକ ଆସନ୍ତି। ସେତେବେଳେ ସରପଞ୍ଚ ନଥିଲା ଯେ। ତଥାପି ଆସି ପାଟିତୁଣ୍ଡ କଲା। ଡରାଇଲା। କେତେଜଣଙ୍କୁ ମତାଇ ଗୁରୁଙ୍କୁ ଅସମ୍ମାନ କଲା, ଜଣେ ଜଣେ ମଣିଷର ପ୍ରକୃତି ଏମିତି। କେତେଜଣଙ୍କର ଆନନ୍ଦ, ସୁଖ, ସେମାନଙ୍କର ସହ୍ୟ ହୁଏ ନା।

ହଁ, ସେଇ ଦେବାସୁର ଯୁଦ୍ଧ ତ! କେଉଁଠି ଶୀତଳ, କେଉଁଠି ଉଗ୍ର। ହସି କହିଲେ ଅବନୀବାବୁ।

ଆମେ ତେବେ ଏଇ ଦି' ଦିନ ଭିତରେ ସବୁ ଆଜ୍ଞା। ଆପଣଙ୍କ ନିକଟରେ ଚିରରଣୀ ହେଇ ରହିଲୁ।

ରାତି ହୋଇଯାଇଥିଲା। ରୋଷେୟା ନନା ଖାଇବାକୁ ଚାଲିଗଲା। ସମସ୍ତେ ଉଠିଲେ।

X X X

କିଆପଟ ଗାଁରେ ସେମାନଙ୍କର ଆଜି ଶେଷ ରାତି। ଗାଆଁ ସାରା କହି ଆସିଚନ୍ତି ଏକଥା। ଟେଟେଇଛନ୍ତି ପୁଣି ଥରେ। ସଂଜରେ କେହି କେହି ଆସି ବଢ଼େଇ ଜଣାଇ ଯାଇଚନ୍ତି। ରାତିରେ ଭଲକରି ଖୁଆପିଆର ବଦୋବସ୍ତ କରିଛନ୍ତି ସାଆନ୍ତାଣୀ। ଶିବନାଥବାବୁ, ଭଗବାନବାବୁ ସମସ୍ତେ, ଅଭିଭୂତ ସାଆନ୍ତାଣୀଙ୍କ ଆତିଥ୍ୟରେ ଅଇଁଠୁ ମଧ୍ୟ ସୂଚାଇଛି, ବାରମ୍ବାର ସାଆନ୍ତାଣୀ ପେଟ ବୁଝନ୍ତି। ମନ ବୁଝନ୍ତି। ସେ ଡାଙ୍କରି ଘରେ ମଣିଷ।

ଚାରିବନ୍ଧୁ କେମିତି ଅନ୍ୟମନସ୍କ ହେଇ ଯାଉଥିଲେ। ଜମି ଯାଇଥିଲା ମନ ଏଇ ଘରେ, ଏଇ ଲୋକମାନଙ୍କ ସ୍ନେହଶ୍ରଦ୍ଧାରେ। ଭୁଲି ଯାଇଥିଲେ ନିଜ ନିଜ ଘର, ପ୍ରାଚୁର୍ଯ୍ୟ। ଏବେ ବିଦାୟ ବେଳ ଆସନ୍ନ। ଡୋର କାଟିବାକୁ ଅବଶ୍ୟ କଷ୍ଟ ଲାଗୁଛି। କିନ୍ତୁ ଦୁର୍ବଳତା ତାଙ୍କୁ ଶୋଭାପାଏନା। ତାଙ୍କୁ ଆଗକୁ ଯିବାକୁ ହେବ। ଖୁବ୍ ଆଗକୁ।

ଅଇଁଠୁ, ନକୁଳ, ସାଆନ୍ତାଣୀ ସମସ୍ତେ ବାରମ୍ବାର ଅନୁରୋଧ କରୁଚନ୍ତି ଆସିବାକୁ। ସେଦିନ ପାଖରେ ବସି ସାଆନ୍ତାଣୀ ଖୁଆଇଲେ। କହିଲେ, ଏଇ ଏଗାର ଦିନ ଭାରି ଭଲରେ କଟିଲା। ଆଉ କେବେ ଆସିଲାବେଳକୁ ମୁଁ ଥିବି କି ନାଁ ଜାଣେନି, ତେବେ ଜାଣିରଖନ୍ତୁ, ମୁଁ ଉଇଲ୍ କରିଦେଇଛି, ଏ ଘରବାଡ଼ି, ସଂପତ୍ତି ସବୁକିଛି ଏଇ ଗାଁ

ଉନ୍ନତି ପାଇଁ ଏହାର ବିନିଯୋଗ ହେବ । ମୋ ପୁଅ, ନାତି, ସଂପର୍କୀୟ କେହି କାଣି କଉଡ଼ିଟିଏ ପାଇଁ ଦାବି କରିବେ ନାହିଁ ।

ଛୟାଆଶୀ ବର୍ଷର ବୁଢ଼ୀଜଣଙ୍କ ଆଖିରେ ଦୀପ ଜଳୁଥିଲା ସତେକି । ଆଖିର ଅସ୍ପଷ୍ଟ ଲୁହ ବୁନ୍ଦାଟି ପୋଛିନେଇ ସାଆନ୍ତାଣୀ ଠିଆ ହେଲେ । କହିଲେ, ଭୋରବେଳକୁ ଆସିବି ମୁଁ । ଆପଣମାନେ ବାହାରିଲାବେଳେ ମୁଁ ଆପଣମାନଙ୍କୁ ଆଶୀର୍ବାଦ କରିବି ।

ସାଆନ୍ତାଣୀ ଚାଲିଗଲେ । ସ୍ନେହରେ, ଶ୍ରଦ୍ଧାରେ ଚାହିଁ ରହିଥିଲେ ଚାରିବନ୍ଧୁ ।

ଭୋର ଉଠି, ନିଜ ନିଜର କାମ ସାରିଦେଲେ ଶିବନାଥବାବୁ ପ୍ରଭୃତି । ବ୍ୟାଗ୍‌ରେ ଜିନିଷପତ୍ର ସଜାଡ଼ି ଦେଲେ । ଦେଖିଲେ, କେତେବେଳୁ ଅଇଁଠୁ ଓ ନକୁଲ ଦାଣ୍ଡଘର ବାରଣ୍ଡା ଓଲାଓଲି କରି ଗୋଟେ ପୂର୍ଣ୍ଣକୁମ୍ଭ ରଖି ଦେଇଛନ୍ତି ଦ୍ୱାରରେ । ଚା'ପାନ ପରେ ସେମାନେ ବାହାରିଯିବେ ।

ବିଦାୟ ଦେବାକୁ ଆସିଲେ ସାଆନ୍ତାଣୀ । ଗାଧୋଇ ପୂଜାସାରି ସଦ୍ୟ ପୂଜାଘରୁ ଆସିଚନ୍ତି । ପିତଳ ଥାଲିରେ ଭୋଗ ଓ ଛଡ଼ା ତୁଳସୀ । ସମସ୍ତଙ୍କ ହାତରେ ଭୋଗ ଓ ତୁଳସୀ ଦେଇ ସେ କହିଲେ, ଜଗନ୍ନାଥ ଆପଣମାନଙ୍କୁ ଶକ୍ତି, ସାହସ ଦିଅନ୍ତୁ । ଆପଣଙ୍କୁ ସାହା ହୁଅନ୍ତୁ ଏତିକି ମୋର ଆଶୀର୍ବାଦ ।

ତା'ପରେ ଢୋକରିଲି ସେ କହିଲେ, ଗୋଟାଏ ଅନୁରୋଧ କରିବି, ରଖିବେ ? ତାଙ୍କ ଆଖି ଲୁହ ଛଳଛଳ ।

କହନ୍ତୁ, କହନ୍ତୁ – ସମସ୍ୱରରେ କହିଉଠିଲେ ସମସ୍ତେ ।

"ଆପଣମାନେ ଗାଆଁ ଗାଆଁ ବୁଲି ନ୍ୟାୟ, ସତ୍ୟ, ପ୍ରେମ ବିଷୟରେ ଲୋକଙ୍କୁ ଚେତଉଛନ୍ତି । ଆଉ ଗୋଟିଏ ବିଷୟରେ ଚେତେଇବାକୁ ମୁଁ କହିବି । ମୋର ବୟସ ଥିଲେ, ମୁଁ ମଧ୍ୟ ଆପଣଙ୍କ ସାଙ୍ଗରେ ବୁଲିବୁଲି ଏଇ କଥା କହିବାକୁ ଯାଆନ୍ତି ଯେ, ହେ ମୋର ଦେଶର ନବଯୁବକଗଣ ! ତମେମାନେ ବିଦେଶ ଯାଅ । ଉଚ୍ଚଶିକ୍ଷା ଲାଭକର । ହେଲେ ସେ ଜ୍ଞାନ ଲାଭକରି ଦେଶକୁ ବାହୁଡ଼ି ଆସ । ସେଇ ଜ୍ଞାନ ଦେଶରେ ବିଚରଣ କର । ନିଜ ଦେଶକୁ ଭୁଲି, ବିଦେଶରେ ନାଗରିକ ହୋଇ, ନିଜ ମାଆକୁ, ମାତୃଭୂମିକୁ ଅବମାନନା କରନାହିଁ । ଆପଣମାନଙ୍କୁ ହାତ ଯୋଡ଼ୁଛି, ନିଜେ ଏଇ କଥା କହିବେ ଘର ଘର ବୁଲି । ଏମିତି ମୋ ପରି କେତେ କାଙ୍ଗାଳିଣୀ ମାଆ ଏଇ କଥା ଚିନ୍ତା କରୁଚନ୍ତି ।

ସେମାନେ ଦ୍ୱାର ଅତିକ୍ରମ କରିସାରିଥିଲେ । ମୁହଁ ଟେକି ଚାହିଁଲେ ସାଆନ୍ତାଣୀଙ୍କୁ । ସେ ଆଖିରେ ଦିନ ଦିନର ଜମାଟ ବଁଧା ଲୁହ କୋହ ସହ ବିଦାୟକାଳୀନ ହସ ମିଶି ଏକ ଅଭୁତଭାବର ଆଭା ସୃଷ୍ଟି କରିଥିଲା । ଚାରିବନ୍ଧୁ ହାତଯୋଡ଼ି ନମସ୍କାର କଲେ ।

ଯୋଡ଼ହସ୍ତରେ ପ୍ରତିନମସ୍କାର କରି ଠିଆ ହୋଇଥିଲେ ସାଆନ୍ତାଣୀ।

ଦୂରରେ ବାଉଁଶବଣ ସେପଟୁ ସୂର୍ଯ୍ୟ ଉଇଁ ଆସୁଥିଲେ। ଚାରିବନ୍ଧୁ ଥରେ ପଛକୁ ଚାହିଁ ପାହଚପରେ ପାହାଚ ଓହ୍ଲାଇଗଲେ। ତାଙ୍କ ସାମ୍ନାରେ ପଥ ଲମ୍ବି ଯାଇ ମିଶିଯାଇଛି ଖୁବ୍ ଦୂରରେ। ସେ ପଥ ପୃଥିବୀର ପଥ, ଜୀବନର ପଥ, ପ୍ରେମ ଓ ସଦ୍ଭାବନାର ପଥ। ସେମାନେ ଆଗେଇଗଲେ।

ମନ ଭଡ଼ାଁରୀ

ଖୁବ୍ ଏକ ଜରୁରୀ କାମ ଥିଲା ପରି ତତ୍ପରତାର ସହିତ
ସେ ଆସି ଝରକା ପାଖେ ଠିଆ ହୁଏ। ବାହାରକୁ ଚାହିଁ
ରହେ ଶୂନ୍ୟ ଦୃଷ୍ଟିରେ। ସେ ଜାଣେ, ତା’ ପାଇଁ କିଛି
କାମ କରିବାକୁ ନାହିଁ। ସେ ଏମିତି ଠିଆ ହୋଇ
ଚାହିଁଥିବ। ଦୁଇ ଆଙ୍ଗୁଠି ଫାଙ୍କରେ ସିଗାରେଟ୍ ଜଳି
ଯାଉଥିବ। ଡାହାଣ ହାତରେ ଝରକାର ରେଲିଂକୁ
ମୁଠେଇ ଧରି, ଝରକା ସେପାଖର ସେଇ ତିନିଦିନିଆ
ଦୃଶ୍ୟକୁ ସେ କଳ୍ପନା କରିବ। ତା’ ଘର ସାମ୍ନାରେ
ସେଇ କଳା ପେଟୁଆ କୁମୁଟି ଲୋକଟାର ତେଜରାତି
ଦୋକାନ। ସାମ୍ନାରେ ଧୂଳି ଧୂସରିତ ରାସ୍ତା। ରାସ୍ତାରେ
ଲୋକ ଗହଳି, ଗାଡ଼ି ମଟର, ଠେଲା ପେଲା। ଅଥଚ
ସେଇଆକୁ ଦେଖିବା ପାଇଁ ସେ ଘଣ୍ଟା ଘଣ୍ଟା ଧରି ଝରକା
ପାଖେ ଠିଆହୁଏ। ତା’ର ଦୃଷ୍ଟି ଖୁବ୍ କସରତ୍ କରି
ଆହୁରି ଆଗକୁ ମାଡ଼ିଯାଏ। ଟିକେ ଦୂରରେ ବୋଧେ
ଧାନବିଲ। ଆଉ ଆର ପାଖେ କିଛି ଗଛବୃଛ। ଟିକେ
ଦୂରରେ କ’ଣ ଟ୍ରେନ୍ ଲାଇନ୍? ଗାଡ଼ି ଯିବାର ଶବ୍ଦ
ଶୁଭେ। ଏକା ସ୍ଥାନରେ ଘଣ୍ଟା ଘଣ୍ଟା ଠିଆହୋଇ

ସେଇ ଏକଇ ଦୃଶ୍ୟକୁ ଅନୁଭବ କଲାବେଳେ ଜୀବନ-ଜିଜ୍ଞାସାର ହରରଙ୍ଗୀ ଚଢ଼େଇ ସବୁ ତା' ମନ ଭିତରୁ ଫଡ଼ ଫଡ଼ ହୋଇ ଉଡ଼ି ଯାଆନ୍ତି, ଦୂର ଆକାଶକୁ। ଆଉ ଫେରନ୍ତି ନାହିଁ। ନିରୁପାୟ, ଅସହାୟ ମନ ପୁଣି ଫେରି ଆସେ, ଖଟ ପାଖକୁ।

ଅନିରୁଦ୍ଧ ଝରକା ପାଖକୁ ଉଠିଆସି ଖଟ ଉପରେ ବସିଲା। ଘରେ କେହି ନାହିଁ। କିଏ ବା ଥାଆନ୍ତା ? ସ୍ୱରୂପା ଯାଇଛି ସ୍କୁଲ୍। ଚାକର ଦାମ ଖୁଆପିଆ ସାରି ବାସନ ମାଜୁଥିବ କଳମୂଳେ। ଘର ଧୋଇବ। ଲୁଗା କାଚିବ। କେବେ କେବେ ସ୍ୱରୂପାର ବରାଦ ଅନୁସାରେ ବିରିଚାଉଳ ବାଟିବ। ଥରେ ଦି'ଥର ଆସି ତା'ର ଭଲମନ୍ଦ ପଚାରି ବୁଝିଯିବ। ତା'ପରେ ତା'ର ସଂଗୀତ ଚର୍ଚ୍ଚା ଆରମ୍ଭ ହୋଇ ଯିବ। ଏତେ ବଡ଼ ଖଣ୍ଡାରେ ଅନିରୁଦ୍ଧ ଏକୁଟିଆ ଏହି ଦୀର୍ଘ ସମୟର ଅଧୀଶ୍ୱର ହୋଇ ପଇଁତରା ମାରୁଥିବ।

ଅନିରୁଦ୍ଧ ଅନୁଭବ କଲା ତା' ଖଟସାରା ଖରା ବିଛି ହୋଇ ପଡ଼ିଛି। ତା' ମୁହଁ, ଦେହ – ସବୁଟି ଖରାର ଖର ଆଉଁଶା। ଝରକାଟା ବନ୍ଦ କରି ଦବ କି ? ନା, ସେ ଖରାକୁ ଭଲପାଏ। ଖରା ସହ ତା'ର ଏକ ଅଭୁତ ଧରଣର ମନମେଳ। ପିଲାଟି ଦିନରୁ ସୂର୍ଯ୍ୟୋଦୟ ପ୍ରତି ଏକାନ୍ତ ଅନୁରାଗ ଦେଖାଇ ସମୁଦ୍ର କୂଳରେ ପୂର୍ବଦିନ ଆଡ଼କୁ ପ୍ରତିଦିନ ଦୁଇ ମାଇଲ୍ ଧାଏଁ ଅନିରୁଦ୍ଧ। ସୂର୍ଯ୍ୟର କୋମଳ ନାଲି କିରଣ ସମୁଦ୍ର ଢେଉରେ ଢେଉରେ ଅସଂଖ୍ୟ ମନ୍ଦାର କଢ଼ ଫୁଟାଇ ଚାଲିଥାଏ। ସେଇ କୋମଳ ନାଲି କିରଣ ଯେମିତି ତା'ର ଦେହର ପ୍ରତି ଲୋମକୂପ ଦେଇ ପ୍ରତି ରକ୍ତ କଣିକାରେ ସଞ୍ଚରିଯାଏ। କେଉଁଠୁ ଶୁଭେ ପବିତ୍ର ମନ୍ତ୍ରୋଚ୍ଚାରଣ। "ଜବା କୁସୁମ ସଙ୍କାଶଂ କାଶ୍ୟପେୟ ମହାଦ୍ୟୁତିଃ"। – ଏ ମନ୍ତ୍ରଧ୍ୱନିର ପ୍ରଭାବ ତା' ଭିତରେ ଜୀବନ ପାଇଁ ଏକ ପ୍ରଚଣ୍ଡ ପ୍ରେରଣା ହୋଇଥାଏ। ଖରା ବଢ଼େ, ଚାଣ ହୁଏ। ମଧ୍ୟାହ୍ନର ସୂର୍ଯ୍ୟ ପ୍ରଜ୍ଜ୍ୱଲିତ ହୋଇ ଉଠେ। ନିଜ ଭିତରେ ଏକ ଅଭୁତ ଆଲୋଡ଼ନ ତାକୁ ଅସ୍ଥିର କରେ। ସେ ବୁଝେ ଏ ଆଲୋଡ଼ନ କିଛି ଶକ୍ତି, କିଛି ସାହସ, ଉସ୍ଵାହ ଓ ପ୍ରେରଣାର ଏକ ବିପୁଲ ସମନ୍ଵୟ। ତା' ମନ ଭିତରେ ଏକ ହୁତ୍ ହୁତ୍ ସ୍ୱପ୍ନର ମଶାଲ ଜଳିଉଠେ। ସେଇ ମଶାଲ ସବୁବେଳେ ତା' ମନକୁ କରେ ଆଲୋକମୟ। ସମ୍ଭବତଃ ସେଥିପାଇଁ ସବୁବେଳେ ସେ ଥାଏ କର୍ମତତ୍ପର, କର୍ମନିଷ୍ଠ।

ଏହି ନିଛାଟିଆ ଦ୍ୱିପ୍ରହରରେ ସବୁଲୋକମାନେ ନିଜ ନିଜ ଧଦା ନେଇ ବାହାରେ ବ୍ୟସ୍ତ ଥିଲାବେଳେ, ଏମିତି କି ସ୍ୱରୂପା ମଧ ଘରଛାଡ଼ି ନିଜ କର୍ମ ତାଡ଼ନାରେ ବାହାରକୁ ଗଲାବେଳେ, ଅନିରୁଦ୍ଧ ଅସରନ୍ତି ବିଶ୍ରାମର ବୋଝ କାନ୍ଧରେ ଲଦି ଖଟରୁ ଝରକା ଓ ଝରକାରୁ ଖଟ ଏହିପରି ହୋଇ, ଦ୍ୱିପ୍ରହରର ଖରାର ଉଷ୍ଣତାକୁ ଅନୁଭବ କରେ। ଭାତ ଖାଇ ଖରାବେଳେ ଶୋଇଯିବା ଅନିରୁଦ୍ଧର ଆକଂଠ ଘୃଣା। ଅଥଚ ତାକୁ ନିର୍ଦ୍ଦେଶ ଅଛି ସେ ଆରାମ କରିବ। ଏହି ନିରନ୍ତର ଆରାମର ଦାଢ଼ରେ ସେ ଯେ କେମିତି

କରୁଟି ହୋଇଯାଉଛି, ତା’ ଦେଖୁଛି କିଏ ? ତା’ ମନ ଭିତରେ ଯେଉଁ ମଶାଲ ହୁତ୍‌ ହୁତ୍‌ ଜଳୁଥିଲା, ତା’ ଏବେ ବି ଜଳୁଛି। ହେଲେ ତା’ ଚାରିପାଖରେ ଘେରି ରହିଛି ଏକ ଅବସାଦର ବଳୟ। ଉଭୟେ ଉଭୟକୁ କବଳିତ କରିବାକୁ ଯେମିତି ବ୍ୟଗ୍ର। ଏହି ସଂଘର୍ଷ ଦେଖୁ ଦେଖୁ ଅନିରୁଦ୍ଧର ଅନ୍ତରାତ୍ମା ଶିହରି ଉଠେ। ତା’ ମନ ଭିତରେ ହୁତ୍‌ ହୁତ୍‌ କ’ଣ ଜଳୁଛି ? ସ୍ୱପ୍ନ ମଶାଲ ନା ସ୍ୱପ୍ନର ଚିତା ? ଭାବୁ ଭାବୁ ଅନିରୁଦ୍ଧ କମ୍ପି ଉଠେ। ସବୁ ଶୃଙ୍ଖଳ ଛିଣ୍ଡାଇଦେଇ ଏହି ଅବସାଦରୁ, ଏହି ବିଶ୍ରାମରୁ ଖୁବ୍‌ ଦୂରକୁ ଧାଈଁ ପଳାଇବାକୁ ସେ ତତ୍ପର ହୋଇ ଉଠେ।

କିଏ ଯେମିତି କେଉଁଠି ଅଟ୍ଟହାସ୍ୟ କରେ। ବାଟ ଓଗାଳି ଠିଆ ହୁଏ। ସେ ଅଟ୍ଟହାସ୍ୟରେ ଚାରି ପାଖର କାନ୍ଥ ଦୋହଲିଯାଏ। ସେଇଠୁ ଛୁଟି ଆସେ ବାଙ୍ଗୁଲି ପରି ଶବ୍ଦ। "ଆଉ ପାରିବୁ ନାହିଁ ଅନିରୁଦ୍ଧ, ଆଉ ଇଞ୍ଚେ ମଧ ଯାଇ ପାରିବୁ ନାହିଁ। ମନରେ ତୋର ଯେଉଁ ନିଆଁ ଜଳୁଛି, ତା’ ତୋର ସ୍ୱପ୍ନ-ଚିତାର ନିଆଁ। ତୋ ସାମ୍ନାରେ ଏବେ ଅନ୍ଧାର... ଖାଲି ଅନ୍ଧାର...।"

ଅନିରୁଦ୍ଧ ଚମକି ପଡ଼େ। କିଏ କରୁଛି ଏ ଅଟ୍ଟହାସ୍ୟ। କିଏ କରୁଛି ଏ ଅଟ୍ଟହାସ୍ୟ। କିଏ କରୁଛି ଏହି ବିଦ୍ରୂପ ? ଏ୍ୟେ କ’ଣ ତା’ର ନିୟତିର ଆକାଶବାଣୀ ? ନା ତା’ ନିଜ ଭିତରର, ତା’ ଅନ୍ତଃପୁରୁଷର, ଭବିଷ୍ୟତର ବାଣୀ ?

ତା’ ମନ ତାକୁ ଡରାଉଛି ?

ନାଃ... ନାଃ... ନାଃ...। ଅନିରୁଦ୍ଧ ଚିତ୍କାର କରି ଉଠେ।

ସମୟେ ସମୟେ ଚିତ୍କାର କରି ଉଠିବା ଅନିରୁଦ୍ଧର ଜୀବନଧାରାର ଅଂଶବିଶେଷ ହୋଇଯାଇଥାଏ। ଶୁଣୁ ଶୁଣୁ ଦାମ ଧାଈଁ ଆସେ। ପଚାରେ, କ’ଣ ହେଲା ବାବୁ ? ସ୍ୱରୂପା ଦଉଡ଼ି ଆସେ। କହେ, କ’ଣ ହେଲା ?

ସେଦିନ ଏମିତି ସେ ଚିତ୍କାର କରି ଉଠିଥିଲା। ନିଜର ପଙ୍ଗୁତା, ନିଜର ଜଡ଼ତା, ନିଜର ନିଷ୍କ୍ରିୟତାକୁ ଘୃଣା କରି, ଅସ୍ୱୀକାର କରି ଦୂରକୁ ଧାଈଁ ଆସିଥିଲା ସ୍ୱରୂପା। ତାକୁ ଧରି ପକାଇ କହିଥିଲା, "କ’ଣ ହେଲା ? ଏମିତି ଚିତ୍କାର କଲେ ଯେ ?"

ନିଷ୍କ୍ରିୟତାର ଯେ ଏକ ଉତ୍ତେଜନା ଥାଏ। ସେଇ ଉତ୍ତେଜନାରେ ଥରି ଉଠୁଥିଲା ଅନିରୁଦ୍ଧ। ସ୍ୱରୂପାର ପ୍ରଶ୍ନରେ କାତର ହୋଇ ସେ କହିପକାଇଲା, "ମୁଁ ଆଉ ଏତେ ବିଶ୍ରାମ ସହି ପାରୁନାହିଁ। ମୁଁ.. ମୁଁ ମୁକ୍ତି ଚାହେଁ।"

"ମୁକ୍ତି ଚାହଁ ? କେଉଁଠୁ ?"

"ଏହି ଯେ, ତୁମେ ମତେ ନଜର ବନ୍ଦୀ କରି ରଖିଛ। ସେଇଠୁ ମୁକ୍ତି ଚାହେଁ ମୁଁ।"

"ଓ, ତୁମେ ମୋର ନଜରବନ୍ଦୀ? ବାଃ.. ବାଃ.." ସ୍ୱରୂପା ଖିଲ୍ ଖିଲ୍ ହୋଇ ହସିଉଠିଲା। ଲଘୁ ତାନରେ ବାଜିଉଠିଲା କି ଜଳ ତରଙ୍ଗ। ଅନିରୁଦ୍ଧର ଖୁବ୍ ପାଖକୁ ଲାଗି ଆସି ଅନୁଜ କଣ୍ଠରେ କହିଲା ସ୍ୱରୂପା, "ତେବେ ଏଥର ବାହୁବନ୍ଦୀ ହୁଅ।"

କଥାଟା କହି ସ୍ୱରୂପା ଲାଜେଇଗଲା ଅବଶ୍ୟ। ହେଲେ ତଟସ୍ଥ ହୋଇ ଚାହିଁ ରହିଥିଲା ଅନିରୁଦ୍ଧ ତାକୁ। କିଏ କହୁଛି ଏ କଥା? ସ୍ୱରୂପା? ତା'ର ପାଞ୍ଚବର୍ଷର ବିବାହିତା ପତ୍ନୀ? ଏହି ପାଞ୍ଚବର୍ଷ ଭିତରେ କେବେ ଏମିତି ରୋମାଣ୍ଟିକ୍ କଥା ପଦେ ସେ କହିଥିଲା? ସେ ନିଜେ ବି କ'ଣ ଏମିତି କଥା ପଦେ ଶୁଣିବାକୁ ଚାହିଁଥିଲା? ଏମିତି କଥା ପଦେ ଶୁଣିବା ମଧ୍ୟ ତା'ର ଉଚିତ – ଏକଥା ବି ସେ କ'ଣ ଭାବିଥିଲା କେବେ ଭୁଲ୍‌ରେ? ସେ ଯେମିତି ଉଲ୍ଲସି ଉଠିଲା, ମାତ୍ର ପଦେ କଥାରେ ଏମିତି କି ଯାଦୁ ଥିଲା ଯେ ତା' ମନ ଭିତରେ ଅସରାଏ ବର୍ଷା ଅଜାଡ଼ି ଗଲା। ସେଥିରେ ଜୁଡ଼ୁବୁଡ଼ୁ ହୋଇ ଯାଉ ଯାଉ, ସ୍ୱରୂପାକୁ ଧରି ପକାଇ ସେ କହିଲା, "ଯଦି ପାରୁଛ ସେଇଆ କର ରୂପା।"

ତା'ପରେ ପରେ ଅନିରୁଦ୍ଧ ଭେଟିଲା ଆଉ ଜଣେ ସ୍ୱରୂପାକୁ। ଏହି ପାଞ୍ଚବର୍ଷ ଭିତରେ ଯାହାକୁ ଚିହ୍ନି ନ ଥିଲା, ଜାଣି ନ ଥିଲା। ତାକୁ ଭେଟିଲା ଏକ ନୂତନ ପରିଚୟରେ। ପ୍ରତି ମୁହୂର୍ତ୍ତରେ, ପ୍ରତି କଥାରେ, ପ୍ରତି କାମରେ, ସ୍ୱରୂପାର ଏ କି ନବ ରୂପାନ୍ତର। ଆଜି ଯେମିତି ଛୋଟ ଶିଶୁଟିଏ ପରି ଅନିରୁଦ୍ଧକୁ ଯତ୍ନରେ, ନିରାପଦରେ ଜାବୁଡ଼ି ଧରିବାକୁ ତା'ର ଛାତି ଆକାଶ ପରି ପ୍ରଶସ୍ତ। ତା'ର ସେଇ ଛାତିର ଆକାଶରେ ପକ୍ଷୀଟିଏ ପରି ହଜିଯିବାକୁ ଅନିରୁଦ୍ଧ ଆଜି ବ୍ୟଗ୍ର। ସେ ନିଜେ ଏମିତି ନ ଥିଲା ତ!

ଦୁହେଁ ଦୁହିଁକୁ ଭେଟୁଚନ୍ତି ଆଜି ପ୍ରଥମ କରି ନୂଆ ଭାବେ। ଅନ୍ତରଙ୍ଗ ଭାବେ, ଅବିଚ୍ଛିନ୍ନ ଭାବେ।

ସମୟର ନଈ ବହି ଯାଉଛି। ହେଲେ ଏ ନଈର ପ୍ରତିଟି ଢେଉ ସମୟ ନୁହେଁ। ଏହାର ଗୋଟିଏ ଗୋଟିଏ ଢେଉ କେମିତି ଛିଟିକି ପଡ଼େ, ତାହା ହିଁ ରହିଯାଏ ସମୟ ହୋଇ।

ଆଜି ସେଇ ସମୟକୁ ଆବିଷ୍କାର କରିଛି ସେ ସ୍ୱରୂପା ଭିତରେ। ତା'ର ସବୁ ଅନ୍ଧାର ମଧ୍ୟରେ ସ୍ୱରୂପା ହିଁ ଏକ ଆଲୋକର ପକ୍ଷୀ। ସ୍ତ୍ରୀକୁ ରତ୍ନ ବୋଲି ଶାସ୍ତ୍ରରେ କୁହାଯାଇଛି। ହେଲେ ଆଜି ଅନିରୁଦ୍ଧର ହୃଦ୍‌ବୋଧ ହେଉଛି। ସ୍ୱରୂପା ତା' ପାଇଁ ସ୍ତ୍ରୀରତ୍ନ ସୁହେଁ, ସେ ତା'ର ସାମ୍ରାଜ୍ୟ।

ସ୍ୱରୂପା କଥା ଭାବୁ ଭାବୁ ଅନିରୁଦ୍ଧର ମନ ନରମ ହୋଇଉଠିଲା। ଅବସାଦ ଦୂର ହୋଇଗଲା। ସତେଜତା ତା' ଚେତନାରେ ଖେଳିଗଲା। ସେ ବିଛଣାରେ ଲୋଟି ପଡ଼ିଲା। ହଁ, ଏ ବିଛଣା ସାରା ସ୍ୱରୂପାର ସ୍ପର୍ଶ ଲାଗି ରହିଛି। ତା'ର ଦେହର ବାସ୍ନା,

ତା' କେଶର ବାସ୍ନା ଜଡ଼ି ରହିଛି। କେତେ ଭାବେ ସେ। ପାଉଛି ତାକୁ? କ'ଣ କରୁଥିବ ସ୍ୱରୂପା ଏଇନେ? ସେ ନିଶ୍ଚୟ ଚକ୍ଖଡ଼ି ଧରି କଳାପଟାରେ ପିଲାଙ୍କୁ ଗଣିତର ସୂତ୍ର ବୁଝାଉ ଥିବ। ଅଙ୍କ କଷିବାରେ ତା'ର ଏତେ ଆଗ୍ରହ ଯେ ସେ ଖାଇବା ପିଇବା ଭୁଲିଯାଏ। ଝାଲନାଲ ହୋଇ ସେ ତା'ର ଛାତ୍ରଛାତ୍ରୀଙ୍କୁ ଅଙ୍କ ବୁଝାଉଥିବ।

କିନ୍ତୁ ଏମିତି ତ ହେବାର ନ ଥିଲା। ସ୍ୱରୂପାର ମାଷ୍ଟ୍ରୀ କରିବା କଥା ଜମା ନ ଥିଲା।

କଥା ଥିଲା... ନିଜକୁ ସେ କଥାଦେଇଥିଲା, ସେ ଗୋଟିଏ ଲାବରେଟୋରି କରିବ। ଅତ୍ୟାଧୁନିକ ଲାବରେଟୋରି। ସେଠି ସବୁ ପ୍ରକାରର ଉପକରଣ ମହଜୁଦ୍ ହୋଇ ରହିଥିବ। ଦେଶୀ ବିଦେଶୀ ବହୁ ମୂଲ୍ୟବାନ୍ ପୁସ୍ତକରେ ଭର୍ତ୍ତିହୋଇ ରହିବ ତା'ର ଆଲମାରି ସବୁ। ଲାବରେଟୋରିର ଚାରିପଟେ ରହିବ, ସୁବିସ୍ତୃତ ବଗିଚା, ଫୁଲ ଓ ଫଳର ଏକ ସବୁଜ ଉପତ୍ୟକା ମଧ୍ୟରେ ସେ ଜାରି ରଖିବ ନିଜର ଅନୁସନ୍ଧିତ୍ସା, ନିଜର ପରୀକ୍ଷା ନିରୀକ୍ଷା।

ଖୁବ୍ ପିଲାଦିନୁ ଅନିରୁଦ୍ଧ ମନରେ ଲାଗିଥିଲା ଏକ ଅଲଗା ରଙ୍ଗ। ସେ ରଙ୍ଗ ଧୂସର ନୁହେଁ, ଗୈରିକ ନୁହେଁ, ସେ ଚାହିଁଥିଲା ବଞ୍ଚିବାକୁ ଅନ୍ୟ ପ୍ରକାରରେ। ସେଇ ଗତାନୁଗତିକ ଶଗଡ଼ ଗୁଲାରେ ବାଟ ଚାଲିବା, ପାଠପଢ଼ିବା, ପରୀକ୍ଷାରେ ପାସ୍ କରିବା, ପାଠପଢ଼ା ପରେ ଚାକିରି, ସଂସାର, ଛୁଆପିଲା, ପୁଣି ସେଇ ଜୀବନଚକ୍ରର କ୍ରୂର ଆବର୍ତ୍ତ ମଧ୍ୟରେ ଅନିଃଶ୍ୱାସୀ ହୋଇଯିବା, ଏହା ପ୍ରତି ଥିଲା ତା'ର ପ୍ରଚଣ୍ଡ ବିରକ୍ତି। ଜୀବନ ଓ ଜଗତକୁ ଏକ ଅନ୍ୟ ରଙ୍ଗରେ, ଭିନ୍ନ ଧାରାରେ ଦେଖିବାକୁ ସେ ଚାହୁଁଥିଲା। ମାଟ୍ରିକ୍ ପାସ୍ କରି କଲେଜରେ ପଢ଼ିଲାବେଳକୁ ତା' ମନ ଭିତରେ ଏ ସଂସାର, ଏ ପ୍ରକୃତି ଚାରିପାଖର ମଣିଷ ଆପଣା ଆପଣା ଦାବୀ ନେଇ ଆସ୍ଥାନ ଜମାଇ ସାରିଲେଣି। ସେ ନିଜେ ପ୍ରଚୁର ବହି ପଢ଼ିସାରିଲାଣି। ଏ ମଣିଷ ସମାଜର ମୁକ୍ତି ପାଇଁ, ଶାନ୍ତି ପାଇଁ ଯୁଗେ ଯୁଗେ ମହାପୁରୁଷମାନେ ଆସିଛନ୍ତି, ମାର୍ଗଦର୍ଶନ କରିଛନ୍ତି। ଆଧ୍ୟାତ୍ମବାଦୀମାନେ ହୁଅନ୍ତୁ, ଶିକ୍ଷକ ହୁଅନ୍ତୁ, ଦେଶ ସେବକ ହୁଅନ୍ତୁ, ବୈଜ୍ଞାନିକ ହୁଅନ୍ତୁ, ସମସ୍ତେ ମଣିଷ ସମାଜର ଉନ୍ନତି ପାଇଁ ଚିନ୍ତା କରିଛନ୍ତି। ଏହା ମଧ୍ୟରେ ଗୋଟିଏ ମହତ୍ତର ସତ୍ୟ ବଳବତ୍ତର ହୋଇ ଜାରି ରହିଛି ଯେ ମଣିଷ ନିଜକୁ ପ୍ରକାଶ କରିବା ପାଇଁ, ପ୍ରକଟିତ କରିବା ପାଇଁ ସଦା ସର୍ବଦା ବ୍ୟାକୁଳ। ଏ ପ୍ରକାଶ ଆମର ସଂଗଠିତ ସଂସାରର ଊର୍ଦ୍ଧ୍ୱକୁ ଅନେଇ ରହିବାର ଏକ ତୀବ୍ର ବ୍ୟାକୁଳତା। କ୍ରମେ ଏହି ବ୍ୟାକୁଳତା ମଧ୍ୟ ଖୋଜିନିଏ ଏକ ମାଧ୍ୟମ, ଏକ ଲକ୍ଷ୍ୟ। ପିଲାଟି ଦିନରୁ ଏମିତି ନାନା ଚିନ୍ତାରେ ବ୍ୟାକୁଳ ହୋଇ ଉଠୁଥିଲା ଅନିରୁଦ୍ଧର ମନ।

ବାଣୀବିହାରରେ ପଢ଼ିଲାବେଳେ, ଥରେ ଗୋଟାଏ ଘଟଣାରେ ଖୁବ୍ ପ୍ରଭାବିତ ହୋଇଥିଲା ଅନିରୁଦ୍ଧ। ଜଣେ ଭଦ୍ରବ୍ୟକ୍ତିଙ୍କ ଘରେ ସେ ଅକସ୍ମାତ୍ ଦେଖିଥିଲା ତାଙ୍କ ବୃଦ୍ଧ ବାପାଙ୍କୁ ଖଟ ଉପରେ ସେ ବସି କପ୍‌ରେ ଚା' ପିଉଥିଲେ। ଅନିରୁଦ୍ଧ ପାଇଁ ତା'ର ବରାଦ କରି ସେ କହିଲେ, ଏ କପ୍‌ରେ ମୁଁ ଯାହା ପିଉଛି ତା' କ'ଣ ଜାଣ?"

ଅନିରୁଦ୍ଧ ଜାଣି ନ ଥିଲା ସେ କ'ଣ ପିଉଛନ୍ତି? ତଥାପି କହିଲା, ନିଶ୍ଚୟ ଚା' କି ଦୁଧ ବା ସେମିତି କିଛି ପାନୀୟ।

ବୃଦ୍ଧ ହସି ଉଠିଲେ। କହିଲେ, "ତୁମେ ଆଶ୍ଚର୍ଯ୍ୟ ହେବ ନିଶ୍ଚୟ, ମୁଁ ପିଉଛି ସଜନାପତ୍ର ସିଝାପାଣି?"

ସଜନାପତ୍ର ପାଣି..? ଅନିରୁଦ୍ଧ ଆଶ୍ଚର୍ଯ୍ୟ ହେଲା।

"ହଁ, ତୁମେ ବୁଝିପାରିବ ନାହିଁ। କାରଣ ତୁମେ ଏ ଯୁଗର ପିଲା। ଆଧୁନିକ ଜୀବନଯାପନ ଶୈଳୀରେ ତୁମେ ଅଭ୍ୟସ୍ତ। ଟିକେ ମୁଣ୍ଡ ବିନ୍ଧିଲେ ତୁମେ ବଟିକା ଗିଲ। ପେଟଭର୍ତ୍ତି ଖାଇ, ତା' ପାଇଁ ହଜମି ଔଷଧ ଖୋଜ। ମୁଁ ଏହି ସଜନାପତ୍ର ସିଝାପାଣି ଦିଓଲି ଖାଇ ଉଚ୍ଚରକ୍ତଚାପ ରୋଗରୁ ଦି ବର୍ଷ ହେବ ମୁକ୍ତି ପାଇଛି। ଏବେ ମୋର ବି.ପି. ପୂରା ନର୍ମାଲ।"

ଅନିରୁଦ୍ଧ ତଟସ୍ତ ହୋଇ ଚାହିଁଥିଲା। ବୃଦ୍ଧ ପୁଣି ଛୋଟାକାଟିଆ ଭାଷଣଟିଏ ଦେଲେ। ସଜନାପତ୍ରେ ଉଚ୍ଚରକ୍ତଚାପର ନିଦାନ ଭରପୂର ହୋଇ ରହିଛି। ବେଲପତ୍ର ଖାଇ ଗ୍ୟାଷ୍ଟିକ୍ ଭଲ ହେବାର ନିଦର୍ଶନ ମୁଁ ମଧ ଅଙ୍ଗେ ନିଭେଇଛି। ଔଷଧ ପ୍ରସ୍ତୁତି ପାଇଁ ଆମ ଅରଣ୍ୟମାନଙ୍କରେ, ହିମାଳୟ ପାଦଦେଶରେ, ବିଭିନ୍ନ ଔଷଧୀୟ ବୃକ୍ଷର ଅଭାବ ନାହିଁ। ହେଲେ ଆମ ସରକାର ଅରଣ୍ୟ ନଷ୍ଟ କରିବାରେ ଲାଗିଛନ୍ତି। ଯେଉଁ କେତେକ ଉଭିଦଜଗତ ଏବେ ବି ଆମ ଦେଶରେ ରହିଛି ତା' ମଧରେ ଥିବା ଉପାଦେୟ ବୃକ୍ଷମାନଙ୍କରୁ ଔଷଧ ପ୍ରସ୍ତୁତି ହୋଇପାରେ ବୋଲି ବିଦେଶୀ ବୈଜ୍ଞାନିକମାନେ ଜାଣିଗଲେଣି। ଏବେ ତ ବହୁରାଷ୍ଟ୍ରୀୟ କମ୍ପାନୀମାନେ ଏହି ଲକ୍ଷ୍ୟ ନେଇ ଭାରତକୁ ଆସିଲେଣି। କାଗଜରୁ ପଢ଼ିଥବ, ନିମ୍ବଗଛରୁ ଔଷଧ ପ୍ରସ୍ତୁତି କରିବା ପାଇଁ ବିଦେଶାଗତ ଏକ କମ୍ପାନୀ ଆମ ଦେଶରେ ବ୍ୟବସାୟ ଆରମ୍ଭ କରିଦେଲେଣି। ଭାରତର ଦର୍ଶନ, ଭାରତର ଆଧ୍ୟାତ୍ମିକତା, ତାର ଇତିହାସ, ଐତିହ୍ୟ ପରି ତା'ର ଉଭିଦଜଗତ ମଧ୍ୟ ବିଦେଶୀ ଲୋକଙ୍କୁ ଆକୃଷ୍ଟ କରିଛି। ସେମାନେ ଏତେ ଦୂରରୁ ଆସି, ଏହାକୁ ଚିହ୍ନୁଛନ୍ତି। ହେଲେ 'ଆମେ ଦୀପତଳ ଅନ୍ଧାର ପରି', 'ଗାଁ କନିଆଁ ସିଂଘାଣିନାକି' ପରି ଜାଣୁନା କିଛି। ଆମ ପିଲାଏ କ'ଣ ପାଠ ପଢ଼ୁନାହାନ୍ତି? ଆମ ପିଲାଙ୍କର କ'ଣ ପ୍ରତିଭା ନାହିଁ? ସବୁ ଅଛି, ହେଲେ ଦୃଷ୍ଟିଭଙ୍ଗୀ ନାହିଁ। ଆମର ଯଦି

ସୁନ୍ଦର ଗୋଟିଏ ଉଦ୍ୟାନ ପ୍ରସ୍ତୁତ କରାଯାଉଥ୍ଲା, ଦେଶର ବିଭିନ୍ନ ଜଙ୍ଗଲରୁ ଔଷଧୀୟ ବୃକ୍ଷ ସବୁ ଚିହ୍ନଟ କରି, ତା'ର ଚାରା ରୋପଣ କରାଯାଉଥ୍ଲା। ସେଇ ଉଦ୍ୟାନ ଦାଢ଼ରେ ହୁଅନ୍ତା ଔଷଧ ପ୍ରସ୍ତୁତି କାରଖାନା। ଆମର ପିଲାଏ ଚିହ୍ନନ୍ତେ, ଜାଣନ୍ତେ, କେଉଁ ପତ୍ରରୁ ଶ୍ୱାସ, କେଉଁ ପତ୍ର ଓ ଚେରରୁ ଜ୍ୱର, କେଉଁ କେଉଁ ବ୍ୟାଧି ଭଲ ହୋଇ ପାରୁଛି। ସେଇଥ୍ରୁ ପ୍ରସ୍ତୁତ ହୁଅନ୍ତା ଔଷଧ। ହେଲେ ସେପରି ଉଦ୍ୟାନଟିଏ ଅଛି କି ? ମୋ ଜାଣିବାରେ ସରକାର କିଛି କରି ପାରନ୍ତି ନାହିଁ। ଜଣେ ବ୍ୟକ୍ତିର ପ୍ରଚେଷ୍ଟାର ବରଂ ବେଶୀ କାମ ହୁଏ।

ବୃଦ୍ଧଙ୍କର ଏହି କଥାଟକ ଅନିରୁଦ୍ଧ ମନରେ ଖୁବ୍ ଆଲୋଡ଼ନ ସୃଷ୍ଟି କଲା। ସେ ସେଦିନ ସନ୍ଧ୍ୟାରେ ହିଁ ତା'ର ପ୍ରଫେସରଙ୍କୁ ଯାଇ ଏ କଥା କହିଥ୍ଲା।

ଜଣେ ମେଧାବୀ, ଅଧ୍ୟବସାୟୀ ଛାତ୍ର ଭାବେ ଅନିରୁଦ୍ଧ ଶିକ୍ଷକମାନଙ୍କର ଅତି ପ୍ରିୟ। ଅନିରୁଦ୍ଧଙ୍କର କଥା ଶୁଣି ପ୍ରଫେସର ମହାଶୟ, ତା'ର ପିଠି ଥାପୁଡ଼ାଇ କହିଲେ, "ଆରେ ତୁମେ ଆଜି ଯାଏଁ ଏକଥା ଜାଣିନ ? ଗୋଟେ ମଜା କଥା ଶୁଣ, ଆମର ଏ ବାଣୀବିହାରର ଜଣେ ପ୍ରାକ୍ତନ ଛାତ୍ର ଉଚ୍ଚଶିକ୍ଷା ପାଇଁ ଜର୍ମାନ ଯାଇଥ୍ଲା। ସଜନାଗଛ କଥା ଶୁଣି ସେଠାରେ କେତେକ ଉଦ୍ଭିଦବିଜ୍ଞାନୀ ତାକୁ ଗୋଟିଏ ଚାରା ନବାକୁ କହିଥ୍ଲେ। ସେ ପୁନରାୟ ଯେତେବେଳେ ଓଡ଼ିଶା ଆସିଲା, ସାଙ୍ଗରେ ନେଇଥ୍ଲା ଜଗନ୍ନାଥଙ୍କ ଫଟୋ ଓ ସଜନାଗଛର ଚାରା। ଗତ ଦୁଇବର୍ଷ ତଳେ ଜର୍ମାନ ଗଲାବେଳେ ମୁଁ ଯାଇଥ୍ଲି ସେଠିକି। ଦେଖ୍ଲି ଓଡ଼ିଶା ମାଟିର ଚାରାଟି ଜର୍ମାନ ମାଟିରେ ଶାଖା ବିସ୍ତାର କରି ଆକାଶକୁ ଚାହିଁଛି। ମାଟି ଆମର ମା' ସତ, ହେଲେ ଏ ଉଦ୍ଭିଦଜଗତ ଆମର ଧାଇ ମା' ଆମକୁ ସେ ଲାଳନ ପାଳନ କରେ।"

ରସାୟନ ଶାସ୍ତ୍ରରେ ଏମ୍.ଏ. ପଢ଼ୁଥ୍ବା ଅନିରୁଦ୍ଧ, ନୂତନ ନୂତନ ଜିଜ୍ଞାସାରେ ପ୍ରତି ମୁହୂର୍ତ୍ତକୁ ଆକୁଳ କରି ତୋଳୁଥ୍ବା ଅନିରୁଦ୍ଧ, ଅକସ୍ମାତ୍ ଉଦ୍ଭିଦ ନେଇ ମାତି ଉଠିଲା। ସେହି ସଂକ୍ରାନ୍ତୀୟ ବହି ପଢ଼ିବା ସହ ନୂଆ ନୂଆ ଗଛ ଚିହ୍ନିବା ଓ ତା'ର ଔଷଧୀୟ ଗୁଣକୁ ଠାବ କରିବାରେ ତତ୍ପର ହୋଇ ଉଠିଲା।

ବନ୍ଧୁ ସନାତନ କହିଲା, "ଅନିରୁଦ୍ଧ, ରସାୟନ ବିଜ୍ଞାନ ଛାତ୍ର ତୁ। ଉଦ୍ଭିଦ ବିଜ୍ଞାନ ନେଇ ମାତିଲେ ଫେଲ୍ ହେବୁ। କ୍ୟାରିୟର ନ ଗଢ଼ିଲେ କରିବୁ କ'ଣ ? ଯଦି କିଛି ବ୍ୟାଧି ନିବାରଣ ଉପାୟ ଖୋଜୁଛୁ, ତେବେ ତା' ଏହି ପାଠରେ ବି ହେବ। ରସାୟନ ବିଜ୍ଞାନରେ ରିସର୍ଚ କରିବାକୁ ହେବ। ପଢ଼ିବାକୁ ହେବ। ଯଦି ଏହାର ପ୍ରୟୋଗ ଦ୍ୱାରା ସୁଗନ୍ଧ, ରଙ୍ଗ, ଔଷଧ ମଧ୍ୟ ହୋଇ ପାରିଛି, ତେବେ ନିର୍ଦ୍ଦିଷ୍ଟ ବ୍ୟାଧି ପାଇଁ ଔଷଧ ପ୍ରସ୍ତୁତ ନ ହେବ କାହିଁକି ? ଆମ ମସ୍ତିଷ୍କ, ସୂକ୍ଷ୍ମାତିସୂକ୍ଷ୍ମ ସ୍ନାୟୁ ସବୁରେ ରାସାୟନିକ

ଅସନ୍ତୁଳନ ଘଟିଲେ ଯଦି ବ୍ୟାଧିର ଉପସର୍ଗ ଦେଖାଯାଉଛି, ତେବେ ତାହାର ବିପରୀତ ନ ଘଟିବ କାହିଁକି ? ସେଥିପାଇଁ ସାଧନା ଦରକାର । ଉର୍ସଗୀକୃତ ସାଧନା ।

ଅନିରୁଦ୍ଧର କବାଟ ଝରକା ଖୋଲା ଥିଲା । ବାୟୁ ଚଲାଚଳରେ ବିଳମ୍ବ ହେଲାନି । ଆଗେଇ ଯିବାକୁ ତା' ସାମ୍ନାରେ ରାସ୍ତା ଖୋଲା ପଡ଼ିଥିଲା ।

ଏମ୍.ଏ. ପରେ ସେ ପ୍ରଫେସରଙ୍କ ଅଧୀନରେ ପି.ଏଚ୍.ଡି କଲା । ଏହି ନିବନ୍ଧରେ ଯଦିଓ ତା'ର ଲକ୍ଷ୍ୟର ବିଶଦ ଚିତ୍ର ନ ଥିଲା, ତଥାପି ଏହା ମଧ୍ୟରେ ତା'ର ଯାତ୍ରା ପାଇଁ କିଛି ଜ୍ଞାନ, କିଛି ପ୍ରେରଣା ମିଳିଗଲା ।

ଅନିରୁଦ୍ଧ ବୃତ୍ତିଧାରୀ ଛାତ୍ର । ପୁସ୍ତକକୀଟ, ସ୍ୱଚ୍ଛ ଭାଷୀ ମଧ୍ୟ । ଛାତ୍ର ଜୀବନ ଯାକ ସେ ପ୍ରଥମ ଶ୍ରେଣୀ ପାଇଛି । ତା'ର ପି.ଏଚ୍.ଡି ନିବନ୍ଧ ଉଚ୍ଚ ପ୍ରଶଂସିତ ହୋଇଥିଲା ।

ଏହାପରେ ତ ତା'ର ସେହି ପୁରୁଣା ସ୍ୱପ୍ନର ଅବତାରଣା । ଯିଏ ମଶାଲ୍ ହୋଇ ହୁତ୍ ହୁତ୍ ତା' ମନରେ ଜଳୁଛି ।

ସ୍ୱପ୍ନ ଦେଖିଲା ବେଳେ ସ୍ୱପ୍ନଭଂଗର ଯାତନା ସହିବା ସହ, ଜୀବନର କଠୋରତା ସହ ଅନିରୁଦ୍ଧର ଯଥେଷ୍ଟ ପରିଚୟ ଥିଲା । ଆଠ ବର୍ଷରେ ମାଆ ମରିଥିଲେ । ଅଠର ବର୍ଷ ବେଳେ ଚାଲିଗଲେ ବାପା । ବାପା ମୋହରିର ଥିଲେ । ପୁରୀ ସହରରେ ଥିଲା ଟ୍ରେନ୍ କମ୍ପାର୍ଟମେଣ୍ଟ ପରି ଲମ୍ବା ଘରଟିଏ । ଅବଶ୍ୟ ପକ୍କା । ବାପା କରିଥିଲେ । ଖଣ୍ଡିଏ ଜମି ପକେଇଥିଲେ ପୁରୀ, କୋଣାର୍କ ବେଲାଭୂଇଁ ତଟରେ । ଅନିରୁଦ୍ଧର ବଡ଼ ଭାଇ ଯିଏ କି ଜଜ୍‌କୋର୍ଟରେ କିରାଣୀ ଥିଲେ । ସେ ସେହି ଜମିରେ ବହୁତ ଗୁଡ଼ିଆ ନଡ଼ିଆ ଓ ଝାଉଁଗଛ ଲଗାଇଥିଲେ । ପାଠପଡ଼ା ସହ ରିସର୍ଚ ସରିବା ପରେ ବେଶ୍‌ କିଛି ଦିନ ଘୁରାଘୁରି କରିଥିଲା ଅନିରୁଦ୍ଧ । ନେପାଳର କାଠମାଣ୍ଡୁ ଠାରୁ ହିମାଳୟର ରୁଦ୍ରପ୍ରୟାଗ ପର୍ଯ୍ୟନ୍ତ । ହିମାଚଳ ପ୍ରଦେଶର କୁଲୁ ଉପତ୍ୟକାଠାରୁ ଉତ୍କାମଣ୍ଡର ସେହି ଝିନ ଅରଣ୍ୟ ପର୍ଯ୍ୟନ୍ତ ଜିଜ୍ଞାସା ମଣିଷକୁ ଅଥୟ କରେ । ଅନିରୁଦ୍ଧ ଅସ୍ଥିର ହୋଇଥିଲା ।

ଘରକୁ ଫେରିଲା ପରେ ଦେଖିଲା ଏକ ନିଯୁକ୍ତି ପତ୍ର । ସରକାରୀ କଲେଜରେ ଅଧ୍ୟାପନାର ନିଯୁକ୍ତିପତ୍ର । ହେଲେ ସେ ତା' ଉପରେ ଗୁରୁତ୍ୱ ନ ଦେଇ ତା'ର ଭାଇଙ୍କୁ କହିଲା, "ଭାଇ, ମୋର ଗୋଟିଏ ପ୍ରସ୍ତାବ ଅଛି । ଆମର ସେଇ ଜମି ଖଣ୍ଡିକରେ ଏକ ଔଷଧୀୟ ଉଦ୍ୟାନ ଓ ଲାବରେଟୋରି କରିବାକୁ ଚାହେଁ । ମୁଁ ଗୋଟିଏ ଦି'ଟା ବ୍ୟାଙ୍କରେ କଥାବାର୍ତ୍ତା କରିଛି । ତିନି ଚାରି ଲକ୍ଷ ଟଙ୍କା ହୋଇଯିବ ।"

ଭାଇ ସଂସାରୀ ମଣିଷ । ଚାରିଟି ଝିଅର ବାପା । ଯୋଗ୍ୟତା ତାଙ୍କର ବି.ଏ. ପାସ୍ । ଅନିରୁଦ୍ଧର କଥା ଶୁଣି ସେ ହସି ଉଠିଲେ ଖୁବ୍ ଜୋର୍‌ରେ । କହିଲେ, "ତୋର ସବୁ ପାଗଲାମି ମୁଁ ଶୁଣିଛି । ତୁଟା ଜ୍ଞାନ-ପାଗଳ । ଯାହା ଅଧ୍ୟୟନ କଲୁ ତାକୁ ଉପଲବ୍ଧିରେ

ପାଇଲୁ ସତ, ହେଲେ ତାକୁ ପ୍ରୟୋଗ କରିବା ପାଇଁ କେବଳ ଜ୍ଞାନ ନୁହେଁ, ଅନେକ କିଛି ଦରକାର । ସଂସାରର ଟିକିନିଖି ସ୍ତରର ବ୍ୟବହାରିକ ଜ୍ଞାନ, ପ୍ରଶାସନିକ ଶୃଙ୍ଖଳା, ସବୁଠୁ ବଳି ମୋଟା ଅଙ୍କର ଟଙ୍କା ମଧ ଜଣେ ମଣିଷର ଦୈନନ୍ଦିନ ଖର୍ଚ୍ଚ କେତେ ହୋଇ ପାରେ । ଏ ଜ୍ଞାନ ବି ତୋର ନାହିଁ । ତୁ ଏତେ ବଡ଼ ଉଦ୍ୟାନ ଓ ଲାବରେଟୋରି କରିବୁ କ'ଣ ? ତା'ଛଡ଼ା ଯେଉଁ ଅର୍ଥ ଲଗାଇବୁ, ତା'ର ଉପ୍ୟାଦନ ରହିବ କି ପ୍ରକାରର ? ଏ ଗ୍ୟାରେଣ୍ଟି ତୁ ଦେଇ ପାରିବୁ କି ? ଏ ସବୁ ସ୍ୱପ୍ନ ଦେଖିବା ଖୁବ୍ ସହଜ ଓ ଆରାମଦାୟକ । ଉଚ୍ଚ ଦାମ୍‌ର ମାନସିକ, ବୌଦ୍ଧିକ ବିଲାସ ହୋଇପାରେ । ହେଲେ ଏହାର କାର୍ଯ୍ୟକାରିତା ପାଇଁ ମୋଟା ଅଙ୍କର ଅଜସ୍ର ଟଙ୍କା, ଉପଯୁକ୍ତ ସହକର୍ମୀ ଦରକାର । ସମ୍ପୂର୍ଣ୍ଣ ସଂସାରଅନଭିଜ୍ଞ, ପୁସ୍ତକକୀଟ ଅନିରୁଦ୍ଧ ଏସବୁ ପାରିବ ନାହିଁ ।

ଭାଇ ଅନର୍ଗଳ କହିଗଲେ । କହିବେ ବୋଲି ଆଗରୁ କ'ଣ ପ୍ରସ୍ତୁତ ଥିଲେ କି ? ମୁହୂର୍ତ୍ତକ ପାଇଁ ଅନିରୁଦ୍ଧ ନିର୍ବାକ୍ ହୋଇ ରହିଗଲା । ଭାଇଙ୍କ କଥା ଏକାବେଲେକେ ମିଛ ନୁହେଁ ।

ଭାଇ ଅନିରୁଦ୍ଧଙ୍କ ମୁହଁକୁ ଚାହିଁ ଦେଖିଲେ, ଔଷଧ କାଟୁ କରିବାକୁ ଆରମ୍ଭ କରିଛି । ସେ କହିଲେ, "ଏଥିପାଇଁ ମନ ଦୁଃଖ କରନା, ଆଶା ଛାଡ଼େନା । ତୋର ସାରା ଜୀବନ ପଡ଼ିଛି । ବର୍ତ୍ତମାନ ପାଇଁ ତୁ ଏ ଚାକିରିରେ ଜଏନ୍ କର । ନିଜେ ସ୍ଥିର ହୁଅ, ପ୍ରତିଷ୍ଠିତ ହୁଅ, ତା'ପରେ ଏସବୁ ଭାବିବୁ । ହଁ, ତୋ ପାଇଁ ମୋର ଏକ ପ୍ରସ୍ତାବ ଅଛି ?"

ଅନିରୁଦ୍ଧ ଚମକିଗଲା... । "କି ପ୍ରସ୍ତାବ କଥା କହୁଚନ୍ତି ଭାଇ, ଝିଅ ସୋନାଲିର ବିବାହ ପ୍ରସ୍ତାବ କଥା ନୁହଁ ତ ?"

ସେ କହିଲା, "ପ୍ରସ୍ତାବ ? ସୋନାଲି ପାଇଁ ?"

ଭାଇ ହସିଲେ । କହିଲେ, "ସୋନାଲିର ବୟସ ହେଇଛି ଆଉ ତୋର ବୟସ ହେଇ ନାହିଁ ? ପ୍ରସ୍ତାବଟା ତୋ ପାଇଁ...।"

"ମାନେ.. ମାନେ..," ଅନିରୁଦ୍ଧ ଥଙ୍ଗ ଥଙ୍ଗ ହେଲା ।

"ମାନେ, ମାନେ କ'ଣ ହେଉଛୁ ? ତୋ ପାଇଁ ପ୍ରସ୍ତାବ ଆସିଛି । ଖୁବ୍ ଭଲ ପ୍ରସ୍ତାବ । ଆଡ଼୍‌ଭୋକେଟ ରଘୁନାଥ ସାମନ୍ତରାୟଙ୍କ ଏକମାତ୍ର ଝିଅ ଝରଣା ପାଇଁ । ଝରଣା ବି.ଏ. ପାସ୍ କରି, ଏମ୍.ଏ. ପଢ଼ୁଛି । ଦେଖିବାକୁ ଖୁବ୍ ସୁନ୍ଦର ଓ ଗୁଣର ମଧ । ଗୀତ ଗାଏ । ବାପା ମା'ଙ୍କର ଗୋଟିଏ ଝିଅ । ତାକୁ ବିବାହ କଲେ ତୁ ସାମନ୍ତରାୟଙ୍କ ଜ୍ୱାଇଁ ଖାଲି ହେବୁ ନାହିଁ, ହେବୁ ତାଙ୍କର ଏକମାତ୍ର ଉତ୍ତରାଧିକାରୀ । ଆଉ ଆଜି ଯେଉଁ ସ୍ୱପ୍ନ ତୁ ଦେଖୁଛୁ, ସେ ସ୍ୱପ୍ନ ସାର୍ଥକ କରିବା ତୋ ପାଇଁ ଅସମ୍ଭବ ହେବ ନାହିଁ ।"

ଅନିରୁଦ୍ଧ ଭାଇଙ୍କ ମୁହଁକୁ ଥକ୍କା ହୋଇ ଚାହିଁ ରହିଲା । କେତେବେଳକେ କହିଲା, "ନା.. ନା.. ନା..।"

"କାହିଁକି 'ନା' ଶୁଣେ ?"

"ମୁଁ ଅନ୍ୟକୁ କଥା ଦେଇଛି ।"

ଐଁ ? ଭାଇ ଚମକି ପଡ଼ିଲେ । ପାଖରେ ଯେ ଭାଉଜ ଠିଆ ହୋଇଥିଲେ - ସମସ୍ତେ ବିସ୍ମୟ ବିସ୍ଫାରିତ ଆଖିରେ ଅନିରୁଦ୍ଧକୁ ଯେମିତି ଦେଖୁ ଲାଗିଲେ । ଏଇ ଜ୍ଞାନପାଗଳ, ପୁସ୍ତକକୀଟ, ଘର କଣପଶା, ଉଦାସୀ ପିଲାଟା ନିଜର ପଢ଼ିବା ଚିନ୍ତା କରିବାର ନିରନ୍ତର ବଳୟ ଭିତରୁ କେତେବେଳେ କେଉଁ ଛିଦ୍ର ଦେଇ ବାହାରକୁ ଗଲା ଓ ପ୍ରେମରେ ପଡ଼ିଲା ଏବଂ ବିବାହ ପାଇଁ ପ୍ରତିଶ୍ରୁତିବଦ୍ଧ ହେଲା ?

ଏ ଅନିରୁଦ୍ଧ, ଏ କ'ଣ କଲା ?

ଝିଆରୀମାନେ ମୁରୁକି ହସିଲେ, ଇସ୍ ଦାଦା ଏମିତି ଜଣେ ଛୁପା ରୁସ୍ତମ୍ ପାଲଟିଗଲେ କେମିତି ? ଝିଅମାନଙ୍କୁ ମୁହଁ ଟେକି ଚାହିଁବା ପିଲା ତ ସେ ନୁହଁ । ସେଥିରେ ପୁଣି ଏତେ ଦିନର ପ୍ରେମ ଓ ପୁଣି ପରିଣୟର ପ୍ରସ୍ତାବ, ଅଥଚ ଏମାନେ ବିନ୍ଦୁ ବିସର୍ଗ କିଛି ଜାଣି ପାରିଲେ ନାହିଁ ?

ସତରେ କ'ଣ ଅନିରୁଦ୍ଧ ପ୍ରେମରେ ପଡ଼ିଥିଲା ? କେଉଁ ଝିଅର ରୂପ ଗୁଣରେ ମୁଗ୍ଧ ହୋଇ ଫସିଗଲା ? ତାକୁ ବିବାହ ନ କଲେ ତା' ଜୀବନ ନଷ୍ଟ ହୋଇଯିବ ବୋଲି ଭାବୁଛି କି ସେ ?

"ନା... ନା..."

ଅନିରୁଦ୍ଧ କିପରି ବୁଝାଇବ ଭାଇଙ୍କୁ, ଭାଉଜଙ୍କୁ, ତାକୁ ଚାହିଁ ବସିଥିବା ଝିଆରୀମାନଙ୍କୁ ଯେ ଏବେ ବି ସେ ବିବାହ କଥା ଭାବି ନାହିଁ । ବିବାହ ତା'ର ଏକ ଜରୁରୀ ଆବଶ୍ୟକତା ବୋଲି ଚିନ୍ତା ମଧ୍ୟ କରି ନାହିଁ । ନିଜର ପାଠ, ଗବେଷଣା, ସ୍ୱପ୍ନ ଛଡ଼ା ତା' ପାଖରେ ଆଉ କିଛି ପ୍ରଲୋଭନ ନାହିଁ । ସେ ପ୍ରେମରେ ପଡ଼ିଛି ସତ୍ୟ, ହେଲେ ଜଣେ ଝିଅ ପ୍ରେମରେ ନୁହେଁ ପଡ଼ିଛି ତା'ର ଶିକ୍ଷକଙ୍କ ସହିତ, ପ୍ରତିଶ୍ରୁତି ଦେଇଛି ତାଙ୍କୁ ।

ନିରାନନ୍ଦ ସାର୍ ଅଙ୍କ ମାଷ୍ଟ୍ର ଭାବେ ପୁରୀ ସହରରେ ବେଶ୍ ଜଣାଶୁଣା । ପୁରୀ ଜିଲ୍ଲା ସ୍କୁଲରେ ଦୀର୍ଘଦିନ ଶିକ୍ଷକତା କରି ସେ ଅବସର ନେଇଛନ୍ତି । ନରେନ୍ଦ୍ର କଣରେ ତାଙ୍କର ଖଣ୍ଡିଏ ଘର । ସେଇଠି ବ୍ୟାଚ୍ ବ୍ୟାଚ୍ ପିଲା ଅଙ୍କ ପଢ଼ନ୍ତି । ପଢ଼ା ସରିଲେ ଉଡ଼ି ଯାଆନ୍ତି ଉଡ଼ା ଚଟେଇ ପରି । ହେଲେ ଦୁଇଜଣ ଛାତ୍ର ସାରଙ୍କ ଭଲପାଇବାର ଫାଶରୁ ମୁକୁଳି ପାରିଲେ ନାହିଁ । ସ୍କୁଲ୍ ଜୀବନ ପରେ କଲେଜ ଜୀବନ, ତା'ପରେ ଚାକିରି

ଜୀବନରେ ମଧ୍ୟ। ସେମାନେ ଛୁଟିରେ ଆସିଲେ, ଚାଲି ଆସନ୍ତି ଏଠିକୁ। ସାରଙ୍କ ଘରକୁ। ସେ ଦୁଇଜଣ ସୀତେଶ୍ ଓ ଅନିରୁଦ୍ଧ। ଦୁହେଁ ଆବାଲ୍ୟରୁ ସାଙ୍ଗ। ଦୁହେଁ ଆସନ୍ତି ସାରଙ୍କ ଘରକୁ।

ସାରଙ୍କର ଗୋଟିଏ ପୁଅ, ଗୋଟିଏ ଝିଅ। ପୁଅ ଉଚ୍ଚଶିକ୍ଷା ପାଇଁ କାଲିଫୋର୍ଣ୍ଡିଆ ଯାଇଛି ଯେ ଏବେବି ଫେରି ନାହିଁ। ସେଠାରେ ସେ ଚାକିରି କରିଛି। ବିବାହ କରିଛି ଜଣେ ଆମେରିକାନ୍ ମହିଳାଙ୍କୁ। ଏ ଖବରଟା ଏତେ ଶାଣିତ ଥିଲା ଯେ ସାରଙ୍କର ବଡ଼ ଧରଣର ହୃଦ୍‌ଘାତ ହେଲା ଓ ତା'ର ଉପଶମ ପରେ ସେ ପକ୍ଷାଘାତ ରୋଗଗ୍ରସ୍ତ ହୋଇ ପଡ଼ିଲେ। ବିଛଣା ଧରିବା ତାଙ୍କର ସାତବର୍ଷ ହୋଇଗଲା। ଏକମାତ୍ର ଝିଅ ସ୍ୱରୂପା ଯିଏ କି ଅଙ୍କରେ ଅନର୍ସ ଓ ଡିଷ୍ଟିଂସନ୍ ରଖି ବି.ଏ. ପାସ୍ କରିଥିଲା। ଇଚ୍ଛାଥିଲେ ବି ସେ ଏମ୍.ଏ. ପଢ଼ି ପାରିଲା ନାହିଁ। ଏବଂ ସେଇଠି ସରସ୍ୱତୀ ଶିଶୁ ମନ୍ଦିରରେ ଗୋଟିଏ ଶିକ୍ଷୟିତ୍ରୀ ଚାକିରିକୁ ଗ୍ରହଣ କରି ବାପା ମା'ଙ୍କୁ ଦେଖାଶୁଣା କରୁଥିଲା।

ସୀତେଶ୍ ଓ ଅନିରୁଦ୍ଧ ପ୍ରାୟ ନିରାନନ୍ଦ ସାରଙ୍କ ଘରକୁ ଯାଆନ୍ତି। ସାର୍ ଖୁସୀ ହୁଅନ୍ତି। ଖୁବ୍ ଗଞ୍ଜ ଆଲୋଚନା ଚାଲେ। ଅନିରୁଦ୍ଧ ସ୍ୱଳ୍ପଭାଷୀ, ଲାଜକୁଳା। ସେ ଏତେ କାହା ସହ ମିଶି ପାରେନି। କିନ୍ତୁ ସୀତେଶ୍ ପ୍ରଗଳ୍ଭ। ସେ ସାରଙ୍କ ଘର, ରୋଷେଇଘର, ସବୁ ନିଜ ଘର ପରି ଘୁରି ଆସେ। ସାରଙ୍କ ଗଛରୁ ପିଜୁଳି ତୋଳି ଖାଏ। ସାରଙ୍କ ପାଇଁ ଔଷଧ, ବଜାର ହାଟ କରିଦିଏ। ମାଉସୀଙ୍କ ସହ, ସ୍ୱରୂପା ସହିତ ଅବାଧରେ ମିଶେ।

ଗତ ବର୍ଷ ସାରଙ୍କ ଘରକୁ ଯାଇଥିଲା ଅନିରୁଦ୍ଧ। ସାମାନ୍ୟ କୁଶଲ ଜିଜ୍ଞାସା ପରେ ସାର୍ କହିଲେ, "ଗୋଟିଏ କଥା କହିବି, କିଛି ଭାବିବ ନାହିଁ ତ ଅନିରୁଦ୍ଧ?"

ସାରଙ୍କ କଥାରେ ସେ ପୁଣି କିଛି ଭାବି ପାରେ କେବେ? ବର୍ଷ ବର୍ଷର ଏଇ ଘନିଷ୍ଠତାରେ ଅଦେୟ ଯେ କିଛି ନାହିଁ, ସେ ପୁଣି ଭାବିବ? ସେ ନିଃସଙ୍କୋଚରେ କହିଲା, "ସାର, ଆପଣ ମତେ କୁହନ୍ତୁ, କ'ଣ କହିବାକୁ ଚାହାନ୍ତି।"

ସାର୍ ତ ବିଛଣାରେ ପଡ଼ିଥିଲେ। ଏକରକମ ଜୀର୍ଣ୍ଣ ଶୀର୍ଣ୍ଣ ହୋଇଯାଇଥିଲେ। ବିଛଣାପତ୍ର ଥିଲା ଲୋଚାକୋଚା ଓ ମଳିନ। ପଟାଖଟରେ ଗୋଟେ କନ୍ତା ଉପରେ ପଡ଼ିଥିଲା ଖଣ୍ଡେ ମାମୁଲି ଦରମଇଲା ଚଦର। ତେଲ ଚିକିଟା ତକିଆରେ ମୁଣ୍ଡ ଦେଇ ସେ କରୁଣ ଆଖିରେ ଚାହିଁ ରହିଥିଲେ। ତାଙ୍କୁ ଦେଖିଲେ କିଏ ବିଶ୍ୱାସ କରିବ, ଏକଦା ହୃଷ୍ଟପୁଷ୍ଟ, ଫିନ୍ ଫିନ୍ ଧୋତି ପଞ୍ଜାବୀ ପିନ୍ଧି ସେହି ଅଭିଜାତ, ବୌଦ୍ଧିକ, ଆଲୋକଦୀପ୍ତ, ନିରାନନ୍ଦଙ୍କର ଆଜି ଏ ଦୟନୀୟ ଅବସ୍ଥା।

କାଲର ଏ କି କୁଟିଳ ଗତି। ଏ ଗତିରୁ ମୁକ୍ତି କାହିଁ କାହାର? କିଏ ଭେଦ କରିଛି ଏ କାଲର ରହସ୍ୟ?

ନିରାନନ୍ଦ ହାତ ବଢ଼ାଇଲେ । କହିଲେ, "ମୋ ପାଖକୁ ଆସ ଅନିରୁଦ୍ଧ ।"
ଅନିରୁଦ୍ଧ ପାଖରେ ବସିଲା ।

ନିରାନନ୍ଦ ଏଥର ଗଲା ଖଙ୍କାରି କହିଲେ, "ତୁମେ ମୋର ସବୁଠୁ ପ୍ରିୟ ଛାତ୍ର । ତୁମେ ଜୀବନର ସଫଳତାରେ ମୁଁ ଖୁସୀ । ମୁଁ ଆଶୀର୍ବାଦ କରୁଛି ତୁମେ ତୁମ ଲକ୍ଷ୍ୟରେ ସଫଳ ହୁଅ, ଆଗେଇ ଚାଲ । ହେଲେ ଏତିକିବେଳେ ଯଦି ମୁଁ ତୁମକୁ କିଛି ମାଗେ.. ମାନେ.. ମାନେ.. ମନେକର ଏଇଟା ମୋର ଗୁରୁଦକ୍ଷିଣା... ତୁମେ ଦେଇପାରିବ ?"

ଅନିରୁଦ୍ଧ ହସିଲା । ତା'ର ପ୍ରିୟତମ ସାର୍, ତା'ର ମନର କେତେ ନିକଟରେ, କେତେ ସମ୍ମାନ ସହକାରେ ଆସୀନ – ଏକଥା ସେ ବୁଝାଇ ପାରିବ ନାହିଁ । ସାର୍ଙ୍କୁ ଗୁରୁଦକ୍ଷିଣା ଦେବାକୁ ହେଲେ ସେ ବୃଦ୍ଧାଙ୍ଗୁଳି ବି କାଟି ଦେବାକୁ ପ୍ରସ୍ତୁତ । ସେ କହିଲା, "ହଁ ସାର୍, ନିଶ୍ଚୟ ଦେବି । ନିଶ୍ଚୟ ଦେବି ।"

ସାର୍ଙ୍କ କୋଟରଗତ ଆଖ୍ରୁ ଲୁହ ଝରିଗଲା । ସେ କହିଲେ, "ଅନିରୁଦ୍ଧ, ତୁମେ ମୋ ସ୍ୱରୂପାକୁ ବିବାହ କର । ଏଇ ମୋର ଗୁରୁଦକ୍ଷିଣା... ।"

ଅନିରୁଦ୍ଧ ଯେମିତି ତଳେ କଟାଡ଼ି ପଡ଼ିଲା । ସେ ତିଳାର୍ଦ୍ଧରେ ଚିନ୍ତା କରି ନ ଥିଲା ଏ ବିଷୟରେ । ନିଜର ବିବାହ କଥା ତ ଏଯାଏ ମୁଣ୍ଡରେ ପଶିନି । ତତକ୍ଷଣାତ୍ ସେ କହିପକାଇଲା, "ସାର୍, ପାତ୍ର ହିସାବରେ ସୀତେଶ କିନ୍ତୁ ସ୍ୱରୂପା ପାଇଁ ଏକାନ୍ତ ଯୋଗ୍ୟ ।"

ସାର୍ ମୁଣ୍ଡ ହଲାଇଲେ । କହିଲେ, "ହଁ, ସୀତେଶ୍ ଭଲ ପିଲା ହୋଇପାରେ, ଖୁବ୍ ବଡ଼ଲୋକ ହୋଇପାରେ, ତା' ସତ୍ତ୍ୱେ ତା'ଠାରୁ ମୋ ଆଖିରେ ତୁମେ ଅଧିକତର ଯୋଗ୍ୟ.., ତୁମର କ'ଣ ଆପତ୍ତି ଅଛି ? ମାନେ ରୂପା ତୁମର ପସନ୍ଦ ନୁହଁ ?"

ଏଠି ପସନ୍ଦ ଅପସନ୍ଦର ପ୍ରଶ୍ନ କାହିଁ ? ଅନିରୁଦ୍ଧ ସାର୍ଙ୍କ ପାଦ ଛୁଇଁ କଥା ଦେଲା, ସ୍ୱରୂପାକୁ ବିବାହ କରିବ ।

ଆଜି ଜଣେ ଧନୀ ଆଡ୍ଭୋକେଟ୍ଙ୍କ ଏକମାତ୍ର ଉତ୍ତରାଧିକାରୀ ହେବାର ଲୋଭରେ, ସେ ତା'ର ପ୍ରିୟତମ ସାର୍ଙ୍କୁ ପ୍ରତାରଣା କରି ପାରିବ ନାହିଁ ।

ଅନିରୁଦ୍ଧ ଭାଇଙ୍କ ପ୍ରସ୍ତାବକୁ ନାକଚ କଲା । ସ୍ପଷ୍ଟ ଘୋଷଣା କଲା, ଯଦି ଏଥିରେ ସହଯୋଗ ନ କରନ୍ତି କେହି । ଯେ କୌଣସି ଉପାୟରେ ବି ସେ ତା'ର ପ୍ରତିଷ୍ଠିତି ରକ୍ଷା କରିବ ।

ଭାଉଜ ଠଙ୍ଗା କରିଥିଲେ, ନିଷ୍ଠୁର ପରିହାସ ମଧ୍ୟ । ଓଃ, ଆସିଲେ ଏ ଯୁଗର ଏକଲବ୍ୟ । ବୃଦ୍ଧାଙ୍ଗୁଳି କାଟି ଦେବେ ଗୁରୁଦକ୍ଷିଣା ... ହୁଁ... ।

ଆଜି ଏଇ ନିରୋଳା ଦ୍ୱିପ୍ରହରରେ ବିଛଣାରେ ପଡ଼ି ପଡ଼ି ସେ କଥାକୁ, ସେଇ

ସ୍ମୃତିକୁ ଚାକୁଲିଛି ବସି ଅନିରୁଦ୍ଧ । ଆଜି ଯେତେବେଳେ ହାତରେ କାମ ନାହିଁ, ସ୍ୱପ୍ନ ଦେଖିବାକୁ ଭୟ ଲାଗୁଛି, ସେତେବେଳେ ସ୍ମୃତିଚାରଣ ହିଁ ଆନନ୍ଦର ଏକମାତ୍ର ଚାରଣ ଭୂଇଁ । ସ୍ୱରୂପା ଏବେ ବି ଫେରି ନାହିଁ ସ୍କୁଲରୁ । ଦାମ ତା'ର ଗୀତ ଲହରୀ ଛୁଟାଇ ଦେଇଛି । ନୀରବତାକୁ ଭଲ ପାଏ ଅନିରୁଦ୍ଧ । ସେଥିପାଇଁ ତା' ଭିତରେ, ବାହାରେ ମାହଣ ମାହଣ ନୀରବତା ଅଜାଡ଼ି ହୋଇ ପଡ଼ୁଛି ।

ହଁ, ପାଞ୍ଚ ଛଅ ବର୍ଷ ତଳେ ଭାଇ ଭାଉଜଙ୍କ ଇଚ୍ଛା ବିରୁଦ୍ଧରେ ସ୍ୱରୂପା ସହ ତା'ର ବିବାହ ହେଲା । ହେଲେ ସ୍ୱରୂପା ପାଇଁ ସତେ କ'ଣ ତା'ର ଆଗ୍ରହ ଥିଲା ? ଥିଲା ଉନ୍ମାଦନା ? ସାରଙ୍କ ଝିଅ ସ୍ୱରୂପା ତା'ର ସ୍ତ୍ରୀ ହୋଇ ଆସିବା ପରେ ସେ କ'ଣ ବେଶୀ ଢଳି ପଡ଼ିଲା ତା' ପ୍ରତି । ଯେମିତି ସବୁ ପୁରୁଷମାନେ ବ୍ୟାକୁଳ ହୁଅନ୍ତି ନିଜର ନବ ବିବାହିତ ପତ୍ନୀକୁ ପାଇବା ପାଇଁ ?

ସେ ନିଜ ଅନ୍ତଃକରଣରେ ଏକ ତୀବ୍ର ସ୍ରୋତରେ ଭାସି ଯାଉଥିଲା । ଏତିକିବେଳେ ସାର୍ ହାତ ବଢ଼ାଇଲେ । ସେ ପ୍ରତିଶ୍ରୁତି ଦେଲା । ହେଲେ ଏ ଯେଉଁ ବନ୍ଧନ, ନା ପ୍ରେମର ବନ୍ଧନ ହେଲା ।

ଆଜି ବି ମନେପଡ଼ୁଛି ଅନିରୁଦ୍ଧର । ତାଙ୍କର ସେହି ଟ୍ରେନ୍ କମ୍ପାର୍ଟମେଣ୍ଟ ପରି ଘରକୁ ସ୍ୱରୂପା ଆସିଲା ତା'ର ଧର୍ମପତ୍ନୀ ହୋଇ । ସାଙ୍ଗରେ ଆଣିଥିଲା ଯେଉଁ କିଛି ଯୌତୁକ, ତାହା ସନ୍ତୁଷ୍ଟ କରି ପାରି ନ ଥିଲା ଅନିରୁଦ୍ଧଙ୍କର ଭାଇ, ଭାଉଜଙ୍କୁ । ସେମାନେ ଥିଲେ ଅନିରୁଦ୍ଧ ଓ ସ୍ୱରୂପା ପ୍ରତି ଯଥେଷ୍ଟ ବୀତସ୍ପୃହ ।

ଝିଆରୀମାନେ ବେଢ଼ିଯାଇଥିଲେ ଖୁଡ଼ୀଙ୍କୁ । ସଜେଇ ଦେଇଥିଲେ ନବବଧୂ ବେଶରେ । ହେଲେ ଅନିରୁଦ୍ଧ ଶୁଣିଥିଲା ଏସବୁ କାଲେ ପସନ୍ଦ ନ ଥିଲା ସ୍ୱରୂପାର ।

ପ୍ରଥମ ସାକ୍ଷାତର ରାତ୍ରି । କୁହାଯାଏ ତାକୁ ମଧୁଚନ୍ଦ୍ରିକା । ହେଲେ ଏହି ମଧୁଚନ୍ଦ୍ରିକା ପାଇଁ ମନ ପ୍ରସ୍ତୁତ ଥିଲା କ'ଣ ଅନିରୁଦ୍ଧଙ୍କର, ନା ସ୍ୱରୂପାର ?

ଆଜିର ଅନିରୁଦ୍ଧ ସେହି ଦିନଟିକୁ ଫେରିଯିବା ପାଇଁ ବେଳେବେଳେ ଖୁବ୍ ବ୍ୟାକୁଳ ହୋଇ ଉଠେ, ହେଲେ ସେଦିନ ତା' ନ ଥିଲା ।

ସଞ୍ଜ ପହରୁ ସମୁଦ୍ର କୂଳରେ ବସି ନିଜକୁ ତର୍ଜମା କରିଥିଲା ଅନିରୁଦ୍ଧ । ଜୀବନର ଅନେକ କଠୋରତା ମଧରୁ ଏ ଏକ ସ୍ୱପ୍ନଭଙ୍ଗର କଠୋରତା । କିନ୍ତୁ ସ୍ୱପ୍ନ ଭାଙ୍ଗି ନାହିଁ । ତଳେଇ କରି ଦେଖିଲେ ଭାଇଙ୍କ କଥା ଠିକ୍ । ସେ ଚାକିରିରେ ହିଁ ରହିବ । ପ୍ରତିଷ୍ଠିତ ହେବ । ତା' ମନରେ ଜ୍ୱଳୁଥାଉ ସେଇ ସ୍ୱପ୍ନର ମଶାଲ ହୁତ୍ ହୁତ୍ ହୋଇ । ସାର୍ କହିଛନ୍ତି, 'କୌଣସି ମହତ୍ ଇଚ୍ଛା, ମହତ୍ ସ୍ୱପ୍ନ ନଷ୍ଟ ହୋଇପାରେନା ।' ସାରା ଜୀବନ ପଡ଼ିଛି । ସେ ନିଶ୍ଚୟ କିଛି କାର୍ଯ୍ୟ କରି ଦେଖାଇବ ।

ଘରକୁ ଫେରିଲା ବେଳକୁ ରାତି ଏଗାର। ସଞ୍ଜ ପହରୁ ବ୍ୟଙ୍ଗ କରି ଭାଉଜ କହିଥିଲେ, "ସହଳ ଫେରିବ।"

ସେଇ ଛୋଟ କୋଠରିକୁ ପାରୁ ପର୍ଯ୍ୟନ୍ତ ସଜାଇଥିଲେ ତା'ର ଝିଆରୀମାନେ। ସେ ଘରକୁ ପଶିଲାବେଳକୁ ଦେଖିଲା, ଖଟବାଡ଼ରେ ଝୁଲୁଛି ମଲ୍ଲୀ କଢ଼ର ମାଲ, ଜଳୁଛି ସୁଗନ୍ଧିତ ଧୂପ। ଖଟବାଡ଼କୁ ଆଉଜି ଗୋଡ଼ ଲମ୍ବେଇ ବସି ସ୍ୱରୂପା ପଢ଼ୁଛି ଗୋଟେ ଇଂରାଜୀ ନଭେଲ।

ସ୍ୱରୂପା ଯେ ପ୍ରଚୁର ଗପ ବହି ପଢ଼େ। ଏ କଥା ଜାଣେ ଅନିରୁଦ୍ଧ। ଆଜିର ଏଇ ପଢ଼ିବା ତାକୁ କିଛି ଫରକ୍ ଲାଗିଲା ନାହିଁ। ସେ ପାଖରେ ବସି କହିଲା, "କି ବହି ସେଇଟା?"

ସ୍ୱରୂପା ବହି ଦେଖାଇଦେଲା। ବହିର ନାଁ ଥିଲା 'ବିଟର୍ ହନିମୁନ୍'।

ଅନିରୁଦ୍ଧ କ'ଣ ଚମକି ପଢ଼ିବା କଥା ନୁହଁ? କିନ୍ତୁ ସେ ଚମକିଲା ନାହିଁ। ସେ ବହିଟା ଫୋପାଡ଼ି ଦେବାର କଥା ନୁହଁ? କିନ୍ତୁ ସେ ତା' କଲା ନାହିଁ। ସେ କହିଲା ଅନାସକ୍ତ ଭାବେ, "ବହିଟା କେଉଁଠୁ ପାଇଲ?"

ସ୍ୱରୂପା କହିଲା, "ଅନେକଗୁଡ଼ାଏ ବହି ଉପହାର ଦେଇଛି ସୀତେଶ୍।" ସେ ବହି ପ୍ୟାକେଟ୍ର ଉପରେ ଏ ବହିଟା ଥିଲା ପଢ଼ିବାକୁ ଭାରି ଇଚ୍ଛା ହେଲା।"

ନବବିବାହିତ ସ୍ୱାମୀ ସାମ୍ନାରେ, ପ୍ରଥମ ମିଳନ ରାତ୍ରିରେ ଏଭଳି ଏକ ବହି ହାତରେ ଧରି ବସିବାରେ ସ୍ୱରୂପାର କୁଣ୍ଠା ନ ଥିଲା। ଅନିରୁଦ୍ଧର ଅନ୍ତଃକରଣରେ ସେ ନିଜେ ଏତେ ଭାବନିଷ୍ଠ ଥିଲା ଯେ ନିଜର ସ୍ୱପ୍ନର ନିଗଞ୍ଜତାରେ ଜୁବୁବୁଡ଼ୁ ହୋଇ ସେ ଯେମିତି ଏସବୁ କିଛି ଦେଖି ପାରୁ ନ ଥିଲା। ଘର ଆଲୋକିତ ଥିଲା ଯଥେଷ୍ଟ। ମଲ୍ଲୀକଢ଼ରେ ମାଲଗୁଡ଼ିକ ବାସୁଥିଲା ଖୁବ୍। ଝରକା ବାଟେ ଆସୁଥିଲା ମୃଦୁମନ୍ଦ ପବନ। ସ୍ୱରୂପା ବସିଥିଲା ନୂଆ ଶାଡ଼ି ଓ ଗହଣାରେ ସୁସଜ୍ଜିତ ହୋଇ। ଅଥଚ ତା' ହାତରେ ଥିଲା ସେଇ ବହି 'ବିଟର୍ ହନିମୁନ୍'। ବହିଟି ଆଙ୍ଗୁଠି ଦେଇ ସେ ବନ୍ଦ କରିଥିଲା କିଛି ମୁହୂର୍ତ୍ତ। ଅନେକ ସମୟ ଚାହିଁଲା ତାକୁ ଅନିରୁଦ୍ଧ। ଏଇ ସ୍ୱରୂପାକୁ ସେ ପିଲାଦିନଠୁ ଦେଖି ଆସୁଛି। ତା' ସହ ମିଶିଛି, ଗପିଛି। କଳିଗୋଳ ବି ବେଳେ ବେଳେ କରିଛି। ହେଲେ ତାକୁ ଆଜି ଏଇ ବାସରରାତିର ନିର୍ଜନ ପ୍ରକୋଷ୍ଠରେ, ନିଜର ଧର୍ମପତ୍ନୀ ଭାବେ ଦେଖିଲା ବେଳକୁ ସେ ଅପ୍ରତିଭ ହୋଇ ଉଠୁଛି। ଗୁରୁଦକ୍ଷିଣାର ମର୍ଯ୍ୟାଦା ରକ୍ଷା କରିବା ଗୋଟିଏ କଥା। ଅବଶ୍ୟ ସରଳ ସହଜ କଥା। ହେଲେ ଗୁରୁକନ୍ୟାକୁ ଆକସ୍ମିକ ଭାବେ ନିଜର ସ୍ତ୍ରୀ ଭାବେ ଗ୍ରହଣ କରିବା, ଏ ଖୁବ୍ ଅକଡ଼ିଆ କଥା। ଅନିରୁଦ୍ଧ କିଛି ସମୟ ବିଚଳିତ ହେଲା। କେଉଁଠୁ ଓ କିପରି କଥା ଆରମ୍ଭ କରିବ। ପ୍ରଥମେ କ'ଣ

କହିବ ସେ କଥା ସେ ଜମା ଠିକ୍ କରି ପାରିଲା ନାହିଁ। ସ୍ୱରୂପା ସେମିତି ବହି ଭିତରେ ଆଙ୍ଗୁଠି ପୂରେଇ ବସିଥାଏ। କେତେବେଳେ ନିଜର ହୃଦୟରେ ଅହରହ ଅନୁରଣିତ ହେଉଥିବା ସେଇ କଥାଟା ସେ କହିବାକୁ ଆରମ୍ଭ କଲା। ସେ କହିଲା, "ତୁମେ ତ ଜାଣ ସ୍ୱରୂପା, ମୁଁ କେତେକ ଔଷଧୀୟ ବୃକ୍ଷର ଏକ ଉଦ୍ୟାନ କରିବାକୁ ଚାହେଁ। ଭାରତର ବିଭିନ୍ନ ପ୍ରାନ୍ତ ଯାଏ ବୁଲି ଔଷଧୀୟ ବୃକ୍ଷର ଚାରା ସଂଗ୍ରହ କରି ସେ ଉଦ୍ୟାନରେ ଲଗାଇବାକୁ ଚାହେଁ। ଯାହା ଦ୍ୱାରା ବିଭିନ୍ନ ଔଷଧ କମ୍ପାନୀମାନେ ସେଇଠାରୁ କଞ୍ଚାମାଲ୍ ପାଇପାରନ୍ତେ।" ମୁଁ...

କଥା ମଧ୍ୟରେ ବାଧା ଦେଇ ସ୍ୱରୂପା କହିଲା, "ଜାଣେ.. ଜାଣେ...।"

ଅନିରୁଦ୍ଧ ସେମିତି କହିଲା, "ମୁଁ ନିଶ୍ଚିତ ଭାବେ ଏମିତି ଏକ ଗବେଷଣା ଆରମ୍ଭ କରିବି ଯେଉଁଠି ପ୍ରମାଣିତ କରିପାରିବି ଯେ ଯଦି କିଛି ଔଷଧ ଦ୍ୱାରା କ୍ଷୁଧା ବଢ଼ି ପାରୁଛି, ତେବେ ସେମିତି ଏକ ଔଷଧ ଖାଇ କ୍ଷୁଧା ବନ୍ଦ ହୋଇପାରିବ ମଧ୍ୟ। ମଣିଷର ପେଟର କ୍ଷୁଧା ପାଇଁ ସିନା ସବୁ ଜଞ୍ଜାଳ, ସବୁ ହନ୍ତସନ୍ତ। ପେଟର କ୍ଷୁଧା ନ ରହିଲେ ନିଶ୍ଚିତ ଭାବେ ସେ ବୁଦ୍ଧି ଜଗତରେ, ଜ୍ଞାନ ଜଗତରେ ଅଧିକ ବିଚରଣ କରିପାରିବ ଓ ଅନେକ କିଛି କରିବ।"

ହଠାତ୍ ହସି ଉଠିଲା ସ୍ୱରୂପା। ଅନିରୁଦ୍ଧ କହିଲା, "ତୁମେ ହସିଲ ଯେ?"

"ହସିବି ନାହିଁ? ଏଣେ ଖୁବ୍ ଏକ ବଡ଼ ଔଷଧୀୟ ବୃକ୍ଷର ଉଦ୍ୟାନ କରିବ। ତାକୁ ଦେଖିବ କେତେବେଳେ, ଚାକିରି କରିବେ କେତେବେଳେ ଓ ପୁଣି କ୍ଷୁଧା ନାଶକ ଔଷଧ ପ୍ରସ୍ତୁତ କରିବ କେତେବେଳେ? ପାଗଳ..."

ଅନିରୁଦ୍ଧ ଆହତ ହେଲା ନାହିଁ, ବରଂ ଉସ୍ଫାହରେ କହି ଲାଗିଲା... "ସବୁ ହେବ। ମଣିଷ ମନରେ ଲୁଚି ରହିଛି ଅପରିସୀମ ଶକ୍ତି। ସେ ଶକ୍ତିକୁ ଠାବ କରି ଖଟାଇ ପାରିଲେ ସବୁ ହୋଇ ପାରିବ। ମୁଁ ଏ ସହରର ଏମିତି ଜଣେ ଭଦ୍ରବ୍ୟକ୍ତିଙ୍କୁ ଜାଣେ, ଯିଏ ଜଣେ ପ୍ରବୀଣ ଓକିଲ ଓ ଓଡ଼ିଶାର ନାମଜାଦା ସାହିତ୍ୟିକ, ଏହାଛଡ଼ା ଜଣେ ସୁଦକ୍ଷ ଲୋକପ୍ରିୟ ହୋମିଓପାଥ୍ ଚିକିତ୍ସକ। ନିଜର ଆଗ୍ରହ ରୁଚିକୁ ଅବଲମ୍ବନ କରି ଜୀବନଯାତ୍ରା ନିର୍ବାହ କଲେ ଜୀବନରେ ଶାନ୍ତି ଓ ତୃପ୍ତି ଆସେ।"

ସ୍ୱରୂପା କହିଲା, "ହୋଇପାରେ। କିନ୍ତୁ ଏଇ ଯେଉଁ କ୍ଷୁଧାନାଶକ ଔଷଧ ତିଆରି କରିବା କଥା କହୁଛ। ଏଇଟା ମାରାତ୍ମକ ଚିନ୍ତା...। କ୍ଷୁଧା ତ ବ୍ୟାଧି ନୁହଁ ଯେ ଔଷଧ ଦ୍ୱାରା ତାକୁ ନଷ୍ଟ କରାଯିବ। କ୍ଷୁଧା ଏକ ପ୍ରବୃତ୍ତି। ଏହି ପ୍ରବୃତ୍ତି ଚରିତାର୍ଥ ହେବା ପୂର୍ବରୁ ତାକୁ ନିବୃତ୍ତ କରାଗଲେ, ଅସଂତୁଳନଜନିତ ବିଭ୍ରାଟ ହିଁ ଦେଖାଯିବ। ତେଣୁ କୌଣସି ପ୍ରକାରରେ ମଙ୍ଗଳଜନକ ନୁହଁ।

ପ୍ରଥମ ସାକ୍ଷାତ୍‌ରେ ସ୍ୱରୂପାଠାରୁ ଏମିତି କଥା ଜମା ଆଶା କରି ନ ଥିଲା ଅନିରୁଦ୍ଧ । ହଠାତ୍‌ ଏ କଥାର କି ଉତ୍ତର ଦେବ ସେ ଭାବି ପାରିଲା ନାହିଁ । ଉଭୟେ ହୋଇଗଲେ ଚୁପ୍ । ସ୍ୱରୂପା କ’ଣ ଭାବୁଥିଲା କି ତା’ର ଭୁଲ୍ ହୋଇଗଲା ବୋଲି ? ଅନିରୁଦ୍ଧ କ’ଣ ମନ ଖରାପ କଲା ? କେହି କାହାକୁ ଆଉ ମୁହଁ ଖୋଲି କିଛି କହିପାରିଲେ ନାହିଁ । ପ୍ରଥମ ମିଳନର ମଧୁରାତି ଆପଣ ଢଙ୍ଗରେ ବଢୁଥିଲା । କେତେବେଳେ ସ୍ୱରୂପା କହିଲା, “ମତେ ଭାରି ନିଦ ମାଡ଼ିଲାଣି ।”

ଅନ୍ୟମନସ୍କ ଭାବେ ଅନିରୁଦ୍ଧ କହିଲା, “ବେଶ୍ ତ, ମୁଁ ଆଲୁଅ ଲିଭେଇ ଦଉଛି ।”

ଘର ସାରା ହୋଇଗଲା ଅନ୍ଧାର । ସେଇ ଅନ୍ଧାର ଭିତରେ ହଜିଗଲା ମଧୁରାତିର ମଧୁ ସ୍ୱପ୍ନ ।

କେତେବେଳଯାଏଁ ଯେ ଅନିରୁଦ୍ଧ ଝରକା ରେଲିଂକୁ ମୁଠେଇ ଧରି ବାହାରକୁ ଚାହିଁ ରହିଥିଲା ତା’ର ଠିକ୍ ନାହିଁ । ଯେତେବେଳେ ସେ ପ୍ରକୃତିସ୍ଥ ହେଲା, ଜାଣିପାରିଲା ଖରାର ଉଷ୍ମତା କମି କମି ଆସୁଛି । ବେଳ ଗଡ଼ି ଯିବାକୁ ବସିଛି । ରାସ୍ତାରେ ନିତିଦିନିଆ ଫେରିବାଲାମାନଙ୍କର ଡାକ ଶୁଭୁଛି । ଦେଖ୍ ନ ପାରିଲେ ମଧ ପରିଚିତ ଦୃଶ୍ୟ, ଶଦ ଓ କୋଳାହଳକୁ ନେଇ ସେ ବୁଝିଲା ଚାରିଟା ବାଜିଗଲାଣି ।

ଦାମ ବେଶ୍ କେତେଥର ଆସି ତାକୁ ହଲେଇଦେଇ କହିଗଲାଣି । ତା’ର ଜଳଖିଆ ଖାଇବାର ସମୟ ହୋଇଯାଇଛି । ସେ ତା’ କଥା ଶୁଣି ନାହିଁ । ଦାମ ପୁଣି ତେତେଇ ଗଲାଣି ଯେ ଠିକ୍ ସମୟରେ ସେ ଯଦି ନ ଖାଏ, ତେବେ ମାଆ ଫେରିଲେ ତାକୁ ହିଁ ରାଗିବେ । ସେ ବାବୁଙ୍କର ଦେଖାଶୁଣା କରିବାକୁ ହିଁ ନିଯୁକ୍ତ ଅଛି ।

ଅଥଚ ଏସବୁ କିଛି ତା’ର କାନରେ ପଶିନାହିଁ । ସେ ଘରସାରା ବୁଲୁଛି । ସିଗାରେଟ୍ ଟାଣୁଛି । କେତେବେଳେ ଚେୟାର, କେତେବେଳେ ଟେବୁଲ, କେତେବେଳେ ଦର୍ପଣ ସାମ୍ନାରେ ଠିଆହୋଇ ତାକୁ ସାଉଁଳୁଛି । ସେ ଯେ କିଛି ଭାବୁଛି, ଭାବି ବିଚଳିତ ହେଉଛି ଏ କଥା ତା’ ମୁହଁରୁ ସମ୍ଭବତଃ ସ୍ପଷ୍ଟ ବାରି ହୋଇ ଯାଉଛି ।

ଦାମ ଭଲ ପିଲା । ଦାୟିତ୍ୱବାନ, ସମ୍ବେଦନଶୀଳ । ବାବୁଙ୍କୁ ବିଚଳିତ ଅବସ୍ଥାରେ ବୁଲିବାର ଦେଖ୍ ସେ ପୁଣି କହିଲା, “ଆଜ୍ଞା, ଖବରକାଗଜ ପଢ଼ିବ କି ? ମାଆ କହିଥିଲେ ଗୀତା ଅଧାଯେ ଲେଖାଁ ପଢ଼ି ଶୁଣାଇବାକୁ । ପଢ଼ିବ ? ନା, ପଢ଼ିବ କିଛି ଗଳ୍ପ ବହି ? ଆପଣ ବସନ୍ତୁ...।”

ଭାକ୍ । ଗୋଟିଏ ପାଟିକଲା ଅନିରୁଦ୍ଧ ।

ଗୀତା ପଢ଼ି ଶୁଣାଇବ ତାକୁ ଦାମ ? ଚାକର ଦାମ ?

ଲିତା ଲିତା ସମୟକୁ ଅତି ମୂଲ୍ୟ ଦେଇଥିବା ଅନିରୁଦ୍ଧକୁ ସମୟ ଫୋପାଡ଼ି

ଦେଇଛି ଅତି ନିର୍ମମ ଭାବରେ, ତୁଚ୍ଛ, ଅଦରକାରୀ, ମେଞ୍ଚାଏ ଆବର୍ଜନା ଭଳି । ଆଉ ସେଥିପାଇଁ ସିନା ଚାକର ଦାମ ତାକୁ ଗୀତା ପଢ଼ାଇବାର ଆସ୍ପର୍ଦ୍ଧା ଜାହିର କରୁଛି ।

ଏହାହିଁ ଜୀବନ । ତା'ର ଅନିବାର୍ଯ୍ୟ ପଥ । ଏହାହିଁ ନିୟତି । ସେ ଅଟ୍ଟହାସ୍ୟ କରି ଜଣାଇଦିଏ ଯେ ଜୀବନ ଏକମୁଖୀ ସରଲରେଖାର ପଥ ନୁହେଁ । ପ୍ରତି କଳ୍ପନା, ପ୍ରତି ଇଚ୍ଛା, ପ୍ରତି ଅଭିଲାଷକୁ ପୂରଣ କରିବାର ଏତେ ଟିକେ ସାମର୍ଥ୍ୟ ମଣିଷର ନାହିଁ ।

ନିରାନନ୍ଦ ସାରଙ୍କୁ ଗୁରୁଦକ୍ଷିଣା ଦେଇ ସ୍ୱରୂପାକୁ ବିବାହ କରି ଭଦ୍ରକ କଲେଜରେ ସେ ଯେ ଅଧ୍ୟାପକର ଭୂମିକା ନିର୍ବାହ କରୁଥିଲା, ତାହା ତା'ର ଶେଷ ହୋଇଛି । ଦୃଶ୍ୟପଟ ବଦଲି ଯାଇଛି । ଏବର ଦୃଶ୍ୟପଟରେ ଦେଖାଯାଉଛି ଯେ ଚକ୍ଷୁହୀନ ଅନିରୁଦ୍ଧଙ୍କର ହାତ ଧରି ବାଟ କଢ଼ଉଛି ନାରୀଟିଏ । ତା'ର ସ୍ତ୍ରୀ ସ୍ୱରୂପା । ଭଦ୍ରକରୁ ସେ ତାକୁ ଆଣିଛି ପୁରୀକୁ । ଦି ଦି'ଟା ଘର ବଦଲାଇ ଏବେ ସେ ଅନିରୁଦ୍ଧକୁ ରଖିଛି ତା' ନିଜ ଘରେ । ନିରାନନ୍ଦ ସାରଙ୍କ ଘରେ । ଯେଉଁ ଘରେ ଛାତ୍ରଜୀବନ ଅତି ଘନିଷ୍ଠ ଭାବେ ଜଡ଼ିତ ଥିଲା, ସେ ଘରେ ସେ ଆଶ୍ରିତ । ସ୍ୱରୂପା ଯୋଗାଡ଼ କରିଛି ତା' ପାଇଁ ଚାକରଟିଏ । ଆଉ ନିଜ ପାଇଁ ଗୋଟିଏ ମାଷ୍ଟର ଚାକିରି । ଚିରଦିନ ସଂସାରଅନଭିଜ୍ଞ ଅନିରୁଦ୍ଧ, କିଲୋ ଚାଉଳରେ କେତେ ଭାତ ହୁଏ ଓ ତାକୁ କେତେଜଣ ଖାଇପାରନ୍ତି ଏ ପ୍ରଶ୍ନ ପଚାରିଲେ କହି ପାରୁ ନଥିଲା । ଆଜି ସେ ଠିକ୍ ଠିକ୍ ବୁଝି ପାରୁଛି, ବେସରକାରୀ ସ୍କୁଲରେ ଶିକ୍ଷକତା କରି କେତେ ରୋଜଗାର କରେ ସ୍ୱରୂପା । ତା'ର ହିସାବ ତା' ପାଖେ ନାହିଁ ସତ, ହେଲେ ତା'ର କେଉଁଠରେ ଋଣ ପଡ଼ୁନାହିଁ । ସେ ସେଇ ସିଗାରେଟ୍ ଖାଉଛି । ରାତିରେ ରୁଟି ସାଙ୍ଗେ ରାବିଡ଼ି ଏବେ ବି ଖଞ୍ଜା ହୋଇଛି । ଦିନେ ଛାଡ଼ି ଦିନେ କଲିଜା ଆଣୁଛି ସ୍ୱରୂପା । ତା'ର ପ୍ରିୟ ମାଗାଜିନ୍, ସମ୍ବାଦପତ୍ର ଅଭାବ ପାଇଁ ବନ୍ଦ ହୋଇନାହିଁ । ବେଳ ଦେଖି ସ୍ୱରୂପା ତାକୁ ପଢ଼ି ଶୁଣାଉଛି ।

ହଁ, ଏବେ ସେ ଅଭ୍ୟାସ କଲାଣି ଅନ୍ଧତ୍ୱ । ଏବେ ସେ ଦୋରସ୍ତ କଲାଣି ନିଃସଙ୍ଗତା ଓ ନୀରବତା । ବେଳେ ବେଳେ ଯାକୁ ସେ ବଇଁଶୀ ପରି ଫୁଙ୍କୁଛି ।

ଅନିରୁଦ୍ଧ ଅଣ୍ଟାଲି ଅଣ୍ଟାଲି ଠିଆ ହେଲା କାନ୍ଥ ପାଖେ ? ଏଇଠି ଗୋଟେ ଦର୍ପଣ ଥିଲା ? ହଁ, ଏବେ ବି ଅଛି । ସାରଙ୍କ ଅମଲର ଦର୍ପଣ, ସାର ଏଇଠି ଠିଆହୋଇ ମୁଣ୍ଡ କୁଣ୍ଢାନ୍ତି । ସେଇଠି ଠିଆହେଲା ଅନିରୁଦ୍ଧ । ଦର୍ପଣରେ ହାତମାରି ମାରି ଠାବ କଲା ତା'ର କାଚକୁ । ତା'ପରେ ସେ ଆଙ୍ଗୁଠି ଘୁରାଇଲା ନିଜ ମୁହଁ ଉପରେ । ମୁହଁଟା କ'ଣ ବିକୃତ ହୋଇଛି । ମୁହଁରେ କ'ଣ ଦାଗ, ପୋଡ଼ା ଦାଗ ରହିଛି ? କେମିତି ଦିଶୁଛି ଆଖର ଡୋଲା ଦି'ଟା ? ନୂଆ ଲୋକ ତାକୁ ଦେଖିଲେ କ'ଣ ଜାଣିପାରିବ ଅନ୍ଧ ବୋଲି ।

ଅନିରୁଦ୍ଧ ନିଜ ଡୋଲାକୁ ନିଜେ ଆଙ୍ଗୁଠିରେ ଛୁଇଁଲା । ଆଃ, ମୁହୂର୍ତ୍ତ ପାଇଁ ସେ

ତା'ର ଦୃଷ୍ଟି ଫେରି ପାଆନ୍ତା ନାହିଁ ? ଅନ୍ତତଃ ଥରେ ସେ ନିଜକୁ ଦେଖିପାରନ୍ତା ଯେ ଏମିତି କଦାକାର ସେ ହୋଇଯାଇ ନାହିଁ।

ଭାବୁ ଭାବୁ ଅନିରୁଦ୍ଧ ଶୁଣିପାରିଲା। ସେ ପାଖେ ପାଟି ଶୁଭିଲାଣି। ସ୍ୱରୂପା ବୋଧେ ଫେରିଲାଣି କି କ'ଣ। ହଁ, ଆସୁ ଆସୁ ସେ ଦାମ ଉପରେ ରାଗିବା ଆରମ୍ଭ କରିଛି।

ଅନିରୁଦ୍ଧ କାନ୍ଥ ପାଖରୁ ବାହାରକୁ ଆସିବାକୁ ଉଦ୍ୟତ ହେଲା। ସେ ଶୁଣିପାରିଲା, ସ୍ୱରୂପା କହୁଛି ଦାମକୁ... ସବୁତକ କ୍ଷୀର ଉତୁରି ଗଲା ? ତୁ କରୁଥିଲୁ କ'ଣ ? ନିଶ୍ଚେ କ୍ଷୀର ବସାଇଦେଇ ବଇଁଶୀ ଫୁଙ୍କୁଥିବୁ। ଏବେ ନଷ୍ଟ ହେଲା କାହାର ?

ଦାମ ରୂପ ହୋଇ ଠିଆ ହୋଇଥିଲା।

ସ୍ୱରୂପା ପୁଣି ଚିଡ଼ିଲା। "ଖାଇବାକୁ ବି ଦେଇନୁ ବାବୁଙ୍କୁ ? କରୁଥିଲୁ କ'ଣ ?"

"ଦେଖ୍ ଦାମ, ପ୍ରତି ମଣିଷ ନିଜ ନିଜ କାମ ନିଷ୍ଠା ସହକାରେ କରିବା ଉଚିତ। କାମରେ ତୁଟି କିମ୍ବା ଅଣହେଲା ମୁଁ ଜମା ବରଦାସ୍ତ କରେନା।"

ସବୁଦିନ କ'ଣ କ୍ଷୀର ଉତୁରିଯାଏ ? ସବୁଦିନ କ'ଣ ଦାମର କାମରେ ତୁଟି ହୁଏ ? ତେବେ ସବୁଦିନ ଏମିତି ସ୍କୁଲରୁ ଫେରି ସ୍ୱରୂପା ରାଗେ କାହିଁକି ? କାହିଁକି ଦାମକୁ ଚିଡ଼ି ଚିଡ଼ି ହୁଏ ? କ'ଣ ହୋଇପାରେ ଏହାର ହେତୁ ? ସେ କ'ଣ ଦାମକୁ ଚିଡ଼େ ନା ମନେ ମନେ ନିଜକୁ ? ସେ ନିଜର ଅସହାୟତାରେ ବିବ୍ରତ ହୋଇପଡ଼େ। ନା, ବରଦାସ୍ତ କରିପାରେନା ତା'ର ଅକ୍ଷମକୁ, ତା'ର ଅପାରଗତାକୁ, ତା' ନପାରିଲା ପଣକୁ।

ସେ ଦ୍ୱାର ମୁହଁକୁ ଚାଲି ଆସି କହିଲା, "ଆଃ ଥାଉ, ରୂପା" ଅନିରୁଦ୍ଧ କହିଲା... "ତାକୁ କିଛି କୁହନା ରୂପା, ତା'ର ମନ କଷ୍ଟ ହେବ। ଯଦି ସେ ଚାଲିଯାଏ... ?"

ଚମକି ପଡ଼ିଲା ସ୍ୱରୂପା। ସତେ ତ ଯଦି ଦାମ ଚାଲିଯାଏ ! ନା, ନା, ତା'ଠୁ କ୍ଷୀର ପୋଡ଼ିଯିବାଟା ବରଂ ସହି ହେଇଯିବ।

ସ୍ୱରୂପା ଭିତରକୁ ଆସିଲା। ଆଲଣାରୁ ଶାଡ଼ିଟା ଆଣି ବଦଳିବାରେ ଲାଗିଲା। ମୁହଁ ବୁଲାଇ କହିଲା, "ଜାଣିଛ ? ସୀତେଶ୍ ଫେରିଲାଣି ?"

ଅନିରୁଦ୍ଧ କହିଲା, "ତୁମେ କେମିତି ଜାଣିଲ ?"

ସ୍ୱରୂପା କହିଲା, "ତା'ର ପଡ଼ୋଶୀ ଚନ୍ଦ୍ର, ଆମ ସ୍କୁଲରେ ଲାଇବ୍ରେରିଆନ୍ ଅଛି। ସେ କହୁଥିଲା ଦି'ଦିନ ହେଲା ଆସିଲାଣି ?"

ଅନିରୁଦ୍ଧ ହସିଲା। କହିଲା, "ମୁଁ ମଧ୍ୟ ଜାଣେ।"

ଚମକି ପଡ଼ିଲା ସ୍ୱରୂପା। କହିଲା, 'ତୁମେ କେମିତି ଜାଣିଲ ? ସୀତେଶ୍ ଆସିଥିଲା କି ?"

"ହଁ, ଆସିଥିଲା ।"

"ସେଇଠୁ ?"

"ସେଇଠୁ କ'ଣ ? ସେ ଆସିଲା ବେଳକୁ ମୁଁ ସିଗାରେଟ୍ ପ୍ୟାକେଟ୍‌ଟା ଖୋଜୁଥିଲି । ଏ ଥାକ ସେ ଥାକ ଖୋଜୁ ଖୋଜୁ ତୁମ ରିଷ୍ଟ ୱାଚ୍‌ଟା ତଳେ ପଡ଼ିଗଲା । ତାକୁ ଗୋଟେଇ କାନ ପାଖରେ ଦେଲି । ଟିକ୍ ଟିକ୍ ହେଉଛି, ଜାଣିଲି ଘଣ୍ଟା ମେସିନ୍ ଚାଲୁଛି । ତାକୁ ଥାକରେ ଥୋଇ ଟେବୁଲ୍ ପାଖକୁ ଆସିଲି । ଟେବୁଲ୍‌ରେ ହାତ ଅଣ୍ଟାଳି ଅଣ୍ଟାଳି ଦେଖିଲା ବେଳକୁ ପାଣି ଗ୍ଲାସ୍‌ଟା ତଳେ ପଡ଼ିଗଲା । ପାଣି ଢାଳି ହେଇଗଲା । ମୁଁ ସେଇ ଢାଳିଯାଇଥିବା ପାଣିରେ ଗୋଡ଼ ପକାଇ ଦେଲି । ଗୋଡ଼ ଖସିଗଲା । ପଡ଼ିଗଲି ।"

"ଏଁ ପଡ଼ିଗଲ ? କିଛି ହେଇନି ତ ?"

"ହଁ ପଡ଼ିଗଲି, ହେଲେ ସୀତେଶ୍ବର ହାତରେ । ତଳେ ନୁହଁ ।"

"ସେ ମତେ କୁଣ୍ଢେଇ ଧରିଲା । ତୋର ଏ କ'ଣ ହେଲାରେ, କହିଲାବେଳେ ତା'ର କଣ୍ଠ ଥରିଲା । ଗଳା ବାଷ୍ପରୁଦ୍ଧ ହେଲା । ସେ ଖୁବ୍ ବ୍ୟସ୍ତ ହେଲା ଯେ ! ସେ ତା'ର ଠିକଣା ଦେଇଯାଇଥିଲା, ଅଥଚ ତାକୁ କୌଣସି ଖବର ଦିଆଗଲା ନାହିଁ । ତାକୁ ଏଠୁ ଯାଇଥିବା କେହିଜଣେ ତୁମ ବୋଉଙ୍କ ମୃତ୍ୟୁ ଖବର ଦେଇଥିଲେ, ହେଲେ ସେ ବିଶ୍ୱାସ କଲା ନାହିଁ । ଭଦ୍ରକରୁ ପଚାରି ସେ ଏଠିକୁ ଆସିଥିଲା ।"

"ରୂପା, ତା' ସାମ୍ନାରେ ମୁଁ ନିଜକୁ ଅତ୍ୟନ୍ତ ନ୍ୟୂନ ମନେ କଲି । ଏତେ ନ୍ୟୂନ ଯେ ମୁଁ କାନ୍ଦି ପକାଇଲି ।"

"ଛିଃ, ପୁରୁଷ ଆଖିରେ ଲୁହ ଶୋଭା ପାଏନା ।"

ଅନିରୁଦ୍ଧ ବୁଲିଲା ଘରଯାକ । କହିଲା, "ପୁରୁଷ ଆଖିରେ କିନ୍ତୁ ଅନ୍ଧପଣ ଶୋଭାପାଏ ? ବାଟ କଢ଼େଇ ନେଉଥିବା ସ୍ତ୍ରୀ ଶୋଭା ପାଏ ? ଜ୍ଞାନ ଅର୍ଜନ କରିବା, ତାକୁ ସମୁଚିତ ବାଟରେ କାର୍ଯ୍ୟକାରୀ କରିବା ଜୀବନ ହିଁ ଥିଲା ଏକ ସମ୍ମାନଜନକ ଜୀବନ । ମୋର ପସନ୍ଦ । ନିଜ ପାଖରେ ଦେଇଥିବା କଥା ମୁଁ ରଖି ପାରିନାହିଁ ।"

ଧନ ଉପାର୍ଜନ କରି ସୁଖରେ ରହିବା ଥିଲା ସୀତେଶ୍ବର ପସନ୍ଦ । ସେଇ ଧନ ଉପାର୍ଜନ ସୂତ୍ରରେ ସେ ଗଲା ବିଦେଶ । ତା' ପସନ୍ଦର ଜୀବନ ସେ ବଞ୍ଚିଲା, ହେଲେ ମୋ ପସନ୍ଦର ଜୀବନ ମୁଁ ବଞ୍ଚିଲି ନାହିଁ ।

ତା' ପାଖରେ ନ୍ୟୂନ, ହୀନପ୍ରଭ ହୋଇ ନାହିଁ ତ ଆଉ କ'ଣ ?

ସ୍ୱରୂପା ପାଖକୁ ଆସି ଅନିରୁଦ୍ଧ କାନ୍ଧରେ ହାତ ରଖିଲା । କହିଲା, "ପ୍ରତି ମଣିଷର ଇଚ୍ଛା ଅଲଗା, ଚଳଣି ଅଲଗା, ବାଟ ବି ଅଲଗା । ହେଲେ ଉଭୟଙ୍କ ବାଟ ପୂର୍ବ

ନିର୍ଦ୍ଧାରିତ । ତୁମ ବାଟରେ ତୁମେ ଚାଲିଛ । ତା' ବାଟରେ ସେ ଚାଲିଛି । ଏଠି ନ୍ୟୂନତାର ପ୍ରଶ୍ନ ଉଠୁଛି କାହିଁକି ?"

"ହଁ, ମୋ ବାଟରେ ମୁଁ ଚାଲୁଛି ? ମୁଁ ଚାଲୁଛି ବୋଲି ତୁମେ କହି ପାରୁଛ ରୂପା ?"

ମୃଦୁ ହସି ସ୍ୱରୂପା କହିଲା, "କୌଣସି ଅବସ୍ଥା, କୌଣସି କଥା ମଣିଷର ଶେଷ କଥା ନୁହେଁ । ଏମିତିକି ଏ ସମଗ୍ର ମଣିଷ ଜାତିର ଶେଷ କଥା ଏବେ ବି କୁହାଯାଇ ନାହିଁ, କି ଜଣା ଯାଇ ପାରିନାହିଁ ।

ତଟସ୍ଥ ହୋଇ ଚାହିଁଥିଲା ଅନିରୁଦ୍ଧ । ଏତେ ସୁନ୍ଦର କଥା କହୁଛି କେମିତି ସ୍ୱରୂପା । ଖୁବ୍ ବହି ପଢ଼େ ବୋଲି ? ସ୍ୱରୂପା ଭାବୁଥିଲା ଆବାଲ୍ୟରୁ ଏହି ନିଃସର୍ଥ ବନ୍ଧୁତ୍ୱ ନେଇ ସୀତେଶ ଓ ଅନିରୁଦ୍ଧ ଆଜିଯାଏ ଚଲିଛନ୍ତି । ଅନିରୁଦ୍ଧ ଏହି ତୁଳନାତ୍ମକ ବିଚାରରେ ନିଜ ମନକୁ ରୁଗ୍ଣ କରି ଦେବ ନାହିଁ ତ ? ଦୁହିଁଙ୍କର ଅଭେଦ ପ୍ରୀତି, ଅଦେଶ ପ୍ରୀତିର ପରିଣତି, ବିଭୀଷିକା ହେବ ନାହିଁ ତ ?

ଅନିରୁଦ୍ଧ କହିଲା, "ଜାଣ ରୂପା, ସୀତେଶ ଗୋଟେ ଚମତ୍କାର କଥା କହିଲା ।"

"କି କଥା ?"

"ସେ କହିଲା, ତୁମେମାନେ ପାଞ୍ଚବର୍ଷ ହେବ ସିନା ବିବାହ କଲଣି, ହେଲେ ଦାମ୍ପତ୍ୟ ଆରମ୍ଭ ହେଲା ଏଠି...।"

"ନୁହେଁ କି ? ମୋର ବି ମନେହେଲା ସେ ଠିକ୍ କହିଛି । ଆମର ଦାମ୍ପତ୍ୟ ଆରମ୍ଭ ହୋଇଛି ଏଇ ଘରୁ ।"

ହଁ, ସତକଥା କହିଥିଲା ସୀତେଶ । ଭଦ୍ରକ କଲେଜରେ ଥିଲାବେଳେ ନିଜର ନବବିବାହିତା ସ୍ତ୍ରୀକୁ କେତେ ଟିକେ ଜାଣିଥିଲା ସେ ? ଅଥଚ ତା'ର ଦୃଷ୍ଟିଶକ୍ତି ଥିଲା, ଅର୍ଥ ଥିଲା, ସମ୍ମାନ ଥିଲା, ହେଲେ ସେ ସ୍ୱରୂପାକୁ ଦେଖି ପାରି ନ ଥିଲା ।

ଆଜି ଅନ୍ଧ ହୋଇଗଲା ପରେ ସେ ଦେଖି ପାରୁଛି ସ୍ୱରୂପାକୁ ଭଲ କରି । ଅନୁଭବ କରି ପାରୁଛି ତା'ର କମନୀୟତାକୁ ଭଲକରି । ସବୁ ହରାଇବା ଭିତରେ ସେ ପାଇଛି ସ୍ୱରୂପାକୁ । ସବୁ ଅଭାବ ଭିତରେ କେଉଁଠି ଗୋଟେ ଭାବର ଉଷ ଫିଟି ପଡ଼ିଛି ଏବଂ ତା' ନିରନ୍ତର ଖାଦ୍ୟ ଯୋଗାଉଛି ତା'ର ମନକୁ ।

ସ୍ୱରୂପା ପାଖକୁ ଆସି କହିଲା, "ତୁମେ ଏତେ ବେଳଯାଏ ଜଳଖିଆ ଖାଇନ କାହିଁକି ? ତୁମକୁ କେତେଥର କହିଛି, ବେଳାବେଳି ଖାଇ ଦାମ ସହ ତୁମେ ବୁଲି ଚାଲିଯିବ ! ହେଲେ ସବୁବେଳେ ତୁମେ ଅବାଧ୍ୟ ।"

ସେଇ ଆକାଶଶୂରା ଅମାନିଆଁ ପକ୍ଷୀଟା' ଯେ ବାଧତାର ପଞ୍ଜୁରୀରେ ଡେଣା

କାଟି ପଡ଼ିଛି। ସ୍ୱରୂପା କ'ଣ ଜାଣି ପାରୁନି? ତଥାପି ଅନିରୁଦ୍ଧ କହିଲା ନାହିଁ କିଛି। ସ୍ୱରୂପାକୁ ଚାହିଁଲା, ହଁ ମୁହଁଟା ଶୁଖ୍ ଯାଇଛି ନିଶ୍ଚୟ। ସେ ଥକ୍କି ଯାଇଛି। ଝାଉଁଳି ପଡ଼ିଛି, ମଧ୍ୟାହ୍ନ ଖରାରେ ସବୁଜ ପତ୍ରଟିଏ। ସେ କହିଲା, "କେମିତି ଆସିଲ? ଚାଲି କରି? ରିକ୍ସା ପାଇଲ ନାହିଁ ନା କ'ଣ?"

ଏ ପ୍ରଶ୍ନର ଉତ୍ତର ଦେଲାନାହିଁ ସ୍ୱରୂପା। ଧୁଆଧୁଇ ହେବାକୁ ବାହାରକୁ ଚାଲିଗଲା।

ଅନିରୁଦ୍ଧ ଜାଣି ପାରିଲା ଯେ ସ୍ୱରୂପା ରିକ୍ସାରେ ଆସିନାହିଁ, ଚାଲିକରି ପଇସା ବଞ୍ଚାଇବାକୁ ଆସିଛି। ସେଥିପାଇଁ ଉତ୍ତର ଦେଲା ନାହିଁ। ସବୁଥିରେ ନିଜକୁ କଷ୍ଟ ଦେବା ପାଇଁ ଅଣ୍ଟାରେ ଲୁଗା ଭିଡ଼ି ଦଉଛି। ଖାଇବା ପିଇବାରେ, ପିନ୍ଧିବାରେ, ସବୁଥିରେ। ଦାମ ତାକୁ ସବୁ କହିଛି। ସେ ଚାଲି ଚାଲି ସ୍କୁଲ୍ ଯାଏ ଓ ଆସେ। ମିଛରେ କହେ ରିକ୍ସାରେ ଆସିଛି।

ସ୍ୱରୂପା ମୁହଁ ଧୋଇ ଘରକୁ ଆସିଲା। ଈଷତ୍ ଚଢ଼ାଗଲାରେ ଅନିରୁଦ୍ଧ କହିଲା, "ରିକ୍ସାରେ ଆସିଲେ କ'ଣ ସରିଯାଉଥିଲା?"

"ରିକ୍ସାରେ ଆସିଲି ତ..."

"ରିକ୍ସାରେ ଆସିଲ? ମତେ ମିଛ କହୁଛ? ତୁମର ସବୁବେଳେ ଗୋଟେ ଅତି କଥା। ନିଜକୁ କଷ୍ଟ ଦେଉଛ ବୋଲି ସମସ୍ତେ ଜାଣିବେ କେମିତି?"

ଅନିରୁଦ୍ଧକୁ କଟମଟ କରି ଚାହିଁଲା ସ୍ୱରୂପା। ତଉଲିଆରେ ମୁହଁ ପୋଛୁ ପୋଛୁ କହିଲା, "ଝିଅମାନଙ୍କୁ ଛୋଟ ନଜରରେ ଦେଖିବା ଆମ ସମାଜର ପୁରୁଷମାନଙ୍କର ଚିରାଚରିତ ଅଭ୍ୟାସ।"

ଆହା... ହା...! ଝିଅମାନେ ଯେମିତି ଖାଲି ବଡ଼ କାମ, ଭଲ କାମ ହିଁ କରନ୍ତି। ଦେଖନ୍ତୁ ଆଜିର ସମାଜକୁ, ଭୁଷୁଡ଼ିବାକୁ ବସିଲାଣି।

ଅନିରୁଦ୍ଧର କଥା ସବୁ ଏମିତି ରୋକ୍ଠୋକ୍। ସେ ଭାବେ ଗୋଟେ କଥା। କହେ ଆଉ ଗୋଟେ କଥା। ସ୍କୁଲ୍ ଫେରନ୍ତା ସ୍ୱରୂପାକୁ ଖାଇବାକୁ ଯାଅ ବୋଲି ନ କହି, ସେ କହୁଛି ଆକ୍ଷେପ ମୂଳକ କଥା।

ଏ କଥାର ଉତ୍ତର ଦେଲା ନାହିଁ ସ୍ୱରୂପା। କେତେଟା ଝିଅ ଦେଖିଛି ମାତୃହରା ଅନିରୁଦ୍ଧ? ଝିଅଜନିତ ଦୁର୍ଘଟଣାର କେତେ ହିସାବ ଅଛି ତା' ପାଖରେ।

ସେ ରୋଷେଇ ଘରକୁ ଗଲା। କିଛି ଚୁଡ଼ା ଭଜାରେ, କୋରା ନଡ଼ିଆ ଓ ଚିନି ଗୋଳାଇ ଅନିରୁଦ୍ଧ ହାତରେ ଧରାଇ ଦେଇ କହିଲା, "ନିଅ, ଖାଅ।"

ତଥାପି ଗୁମ୍ ହୋଇ ବସିଥିଲା ଅନିରୁଦ୍ଧ। କେମିତି ସବୁ ଘଡ଼ି ବଡ଼ ହୋଇଯାଏ। ସ୍ୱରୂପା ନ ଥିଲା ବେଳେ ସେ ତା' କଥା ଖୁବ୍ ଭାବେ। ମନେ ମନେ କହେ, ସ୍ୱରୂପା

ଆସିଲେ ସେ ତାକୁ ଖୁବ୍ ଆଦର କରିବ। ତା'ର ମଥା ସାଉଁଳିଦେବ, ମୁହଁରୁ ଧୂଳ ପୋଛି ଦେବ, ସ୍ନେହରେ ତା'ର ଦେହମୁଣ୍ଡ ଆଉଁଶି ପକେଇବ। ଅଥଚ ସ୍ୱରୂପା ଆସିବା ମାତ୍ରେ କେମିତି କ'ଣ ହେଇଯାଏ। ତା' ପାଟିରୁ ରୁକ୍ଷ କଥା ହିଁ ବାହାରି ଯାଏ।

ଏମିତି କାହିଁକି ହୁଏ ତା'ର? ଠିକ୍ ସମୟରେ ଠିକ୍ କଥା ସେ କହିପାରେ ନାହିଁ।

ସ୍ୱରୂପା ଏଥର କିଛି ଚୂଡ଼ାଭଜା ଅନିରୁଦ୍ଧ ପାଟିରେ ପୂରାଇ ଦେଇ କହିଲା, "ନିଅ, ନିଅ, ଶୀଘ୍ର ଖାଇଦିଅ। ଆଉ ଗୋଟିଏ ଝିଅର କଥା ଶୁଣ।"

ଅନିରୁଦ୍ଧ କହିଲା, "କେଉଁ ଝିଅର କଥା।"

"ସ୍ୱରୂପା କହିଲା, "ସେ ଯେଉଁ ଝିଅ ହେଉ, ତା' କଥା ଶୁଣ ଓ ମତାମତ ଦିଅ।"

ସ୍ୱରୂପା କହିଲା, ଏକଥା ଶୁଣିଲେ ଏକା ତୁମେ ନୁହେଁ, ସମସ୍ତେ କହିବେ ଏହା କାଳ୍ପନିକ କଥା, ଗପବହିର କଥା, ଜମା ସତ କଥା ନୁହେଁ। କିନ୍ତୁ ଏହା ସତ କଥା। ସ୍ୱରୂପା କହି ଲାଗିଲା...। ମୋ ସାଙ୍ଗର ସାଙ୍ଗ ସୁମିତ୍ରା। ସୁମିତ୍ରା ରାୟ। ଚାରି ଭାଇରେ ଗୋଟିଏ ଭଉଣୀ। ବିଶାଖାପାଟାଣାରେ ତାଙ୍କ ବାପାଙ୍କର ବ୍ୟବସାୟ ବଡ଼ ଧରଣର। ସେଇଠି ରହନ୍ତି ସମସ୍ତେ। ସୁମିତ୍ରା ବାଣୀବିହାରରୁ ଅର୍ଥନୀତିରେ ଏମ୍.ଏ ପାସ୍ କଲା। ପୁଣି ଘରୋଇ ଭାବେ ଓଡ଼ିଆରେ ଏମ୍.ଏ. କଲା। ଦିଲ୍ଲୀର ଜେ.ଏନ୍.ୟୁ.ରୁ କଲା ଜର୍ଣ୍ଣାଲିଜିମ୍। ବିବାହ ବୟସ ହୋଇଯାଇଥିଲେ ମଧ୍ୟ ବିବାହ କରିବାକୁ ଜମା ରାଜି ହେଉ ନଥିଲା ସେ। ସବୁବେଳେ ମା'ଙ୍କୁ କହୁଥିଲା ସେ ଜନ ଜୀବନର ସେବା କରିବାକୁ ଚାହେଁ। ଦିଲ୍ଲୀର ଏକ ବିଖ୍ୟାତ ଇଂରାଜୀ ଦୈନିକରେ ସେ କାର୍ଯ୍ୟରତ ଥିଲା।

ଦିନେ ଟାଇମ୍ସ ଅଫ୍ ଇଣ୍ଡିଆରେ ଏକ ବିଜ୍ଞାପନ ପ୍ରକାଶ ପାଇଥିଲା। ବିଜ୍ଞାପନରେ ଲେଖାଥିଲା ଭୁବନେଶ୍ୱରରେ ଅବସ୍ଥାପିତ ଜଣେ ଅବସରପ୍ରାପ୍ତ ସମ୍ଭ୍ରାନ୍ତ ଭଦ୍ରବ୍ୟକ୍ତିଙ୍କର ଏକମାତ୍ର ପୁତ୍ର ପାଇଁ ପାତ୍ରୀ ଆବଶ୍ୟକ। ପୁତ୍ରଟି ସରକାରୀ କଲେଜରେ ଇତିହାସରେ ଅଧ୍ୟାପକ ଅଛି। ତା'ର ଦୃଷ୍ଟିଶକ୍ତି କ୍ରମଶଃ କ୍ଷୀଣ ହୋଇ ବର୍ତ୍ତମାନ ସଂପୂର୍ଣ୍ଣ ଅନ୍ଧ। ଇଚ୍ଛୁକ ପାତ୍ରୀ କିମ୍ବା ତାଙ୍କ ପିତା ଏମାନଙ୍କ ଘରକୁ ଆସି ସମସ୍ତ ବିଷୟ ଅନୁଧ୍ୟାନ କରିପାରନ୍ତି।"

ଏଭଳି ବିଜ୍ଞାପନଟି ଦେଖି ସୁମିତ୍ରା ନିଜ ମନ ଭିତରେ ଏକ ବିଚିତ୍ର ଆଲୋଡ଼ନ ଅନୁଭବ କଲା। ସେ ସବୁବେଳେ ଜନ ଜୀବନର ସେବା କିପରି କରିପାରିବ ଏହି ଚିନ୍ତାରେ ଥିଲା। ଚାକିରି ଫାଙ୍କରେ ବେଳ ପାଇଲେ ସେ ଦିଲ୍ଲୀର ସାହି, ବସ୍ତି ଘୂରି,

ହସ୍ପିଟାଲ୍ ଯାଇ ରୋଗୀମାନଙ୍କର କିଞ୍ଚିତ୍ ସେବା କରୁଥିଲା। ଏଭଳି ସେବା କରିବା ଅପେକ୍ଷା ଜଣେ ଅନ୍ଧର ସାରାଜୀବନର ଦାୟିତ୍ୱ ନେଇ ତା'ର ସେବା କରିବା କ'ଣ ଯଥାର୍ଥ ସେବା ନୁହେଁ? ନିଜ ପ୍ରଶ୍ନର ଉତ୍ତର ନିଜ ଭିତରୁ ସେ ଶୁଣି ପାରିଲା ଯେମିତି। ସେ ତତ୍‌କ୍ଷଣାତ୍ ବିଜ୍ଞାପନର ଲେଖା ଥିବା ଠିକଣାରେ ଭୁବନେଶ୍ୱରରେ ପହଞ୍ଚିଗଲା। ପାତ୍ରକୁ ଦେଖିଲା। ବହୁତ ଉଚ୍ଚାଭିଳାଷୀ, ଅଧ୍ୟୟନ ନିଷ୍ଠ। ସେଇ ଅମାୟିକ ଅନ୍ଧ ତରୁଣଟି ସୁମିତ୍ରାକୁ ଭଲ ଲାଗିଲା। ସେ ସେଇଠି ଘୋଷଣା କଲା ଯେ, "ମୁଁ ମନ ସ୍ଥିର କରି ସାରିଛି। ବର୍ତ୍ତମାନ ଆପଣଙ୍କ ମତ କୁହନ୍ତୁ।"

ପୁଅର ବାପା ମା' ଆନନ୍ଦରେ କୁରୁଳି ଉଠିଲେ। ଏତେ ସୁନ୍ଦର, ଉଚ୍ଚ ଶିକ୍ଷିତା ଝିଅଟିଏ, ତାଙ୍କ ଅନ୍ଧ ପୁଅର ହାତ ଚାହୁଁଛି।

ସୁମିତ୍ରାର ବାପା, ମାଆ, ଭାଇ, ସମସ୍ତେ ବାରଣ କଲେ। ହେଲେ ସୁମିତ୍ରା ଜିଦ୍ ଧରି ହିଁ ବସିଲା। ସେ ସେଇ ଅନ୍ଧଟିର ଆଶାବାଡ଼ି ହେବାକୁ ଚାହେଁ।

ଯେ କ'ଣ ବିଧିର ବିଧାନ ଖାଲି। ପ୍ରଜାପତିର ବନ୍ଧନ ଖାଲି। ଆଉ କିଛି ନୁହେଁ?

ସୁମିତ୍ରାର ବିବାହ ଅନ୍ଧ ଅଧ୍ୟାପକଙ୍କ ସହ ହୋଇଗଲା। ଏବେ ସୁମିତ୍ରା ଦିଲ୍ଲୀରୁ ଚାକିରି ଛାଡ଼ି ଅନ୍ଧ ସ୍ୱାମୀକୁ ନେଇ ସଂସାର କରୁଛି। ଖୁସୀ ଅଛି। କୋଳରେ ପିଲାଟିଏ। ଘରକାମ, ଛୁଆକାମ ସହିତ ସ୍ୱାମୀକୁ କଲେଜରେ ଛାଡ଼ିବା, ଆଣିବା, ତା'ର ପାଠ ପ୍ରସ୍ତୁତିରେ ସାହାଯ୍ୟ କରିବା ଇତ୍ୟାଦି ପ୍ରତ୍ୟେକ କାମରେ ସୁମିତ୍ରା ଆଉ ନିଜକୁ ଖୋଜି ପାଉ ନାହିଁ।

ସ୍ୱରୂପା ତା'ର ଗଳ୍ପ ଶେଷ କରି ଅନିରୁଦ୍ଧକୁ ଚାହିଁଲା। କହିଲା, "ତୁମର ଜମା ବିଶ୍ୱାସ ହେଉନି ନା? ନା ଭାବୁଛ ଯେ ଶୃଙ୍ଖଳା ବାହାବାଟାଏ ନବାକୁ ଏତେ ବଡ଼ ରିସ୍କ ନେଇଗଲା ସୁମିତ୍ରା? ଅବା ଭାବୁଛ ଯେ ବର୍ତ୍ତମାନ ସେ ପସ୍ତାଉଛି ନିଶ୍ଚୟ। କାରଣ ମଣିଷ ମାତ୍ରେ ସୁଖ ଲୋଭୀ...।"

"କ'ଣ କିଛି ବି କହିବନି ତୁମେ?"

"ଗଳ୍ପ ଯଦି ସତ ହୁଏ, ମୋର ହୃଦ୍‌ବୋଧ ହୁଏ, ତୁମେ ତାକୁ ଅନୁସରଣ କରୁଛ? ଠିକ୍ ନୁହେଁ?" ଅନିରୁଦ୍ଧ କହିଲା।

ସ୍ୱରୂପା ତଟସ୍ଥ ହୋଇ ଚାହିଁଲା ଅନିରୁଦ୍ଧକୁ। ତା'ପରେ କହିଲା, "ଅନୁସରଣ କରୁଛି? ହୋଇପାରେ", ତେବେ ମୁଁ ବି ଏତିକି କହିବି ଯେ –

"ଅନ୍ଧ ଆଲୁଅରେ,
ଧୂଳିର ଆଲିଙ୍ଗନରେ,
ଜୀବନ ଖେଳିବାର

ଅଭ୍ୟାସ ମୋର ଅଛି,

ମତେ ଝକମକ ଆଲୁଅର

ମେଳା ଭିତରକୁ ଡାକନା ।”

ଅନିରୁଦ୍ଧ ତାଳି ମାରିଲା, “ବାଃ, ଚମତ୍କାର ଏଇଟା ଗୋଟେ କବିତାର ପଂକ୍ତି ନା ? ଆଜିକାଲି ଖୁବ୍ କବିତା ପଢୁଛ, ଚର୍ଚ୍ଚା ମଧ୍ୟ କରୁଛ ? ମନ୍ଦ ନୁହେଁ । କେଉଁ ସୂତ୍ରରୁ ହେଲେ ବି ଆନନ୍ଦ ଖୋଜି ନେବା ଅତି ଜରୁରୀ ।”

ସ୍ୱରୂପା ହସିଲା । କହିଲା, “ମୁଁ ବି ସେଇଆ କହେ । ଯଦି କବିତା ଲେଖି କେତେ ଜଣ ଆନନ୍ଦ ପାଆନ୍ତି । ସେଇ କବିତା ପଢ଼ି କେତେ ଜଣ ଆନନ୍ଦ ପାଆନ୍ତି । ସେଇ କବିତା ପଢ଼ି ଆଉ କେତେଜଣ ତତୋଽଧିକ ଆନନ୍ଦ ପାଆନ୍ତି । କବିତା ତାଙ୍କର ଏକପ୍ରକାର ମାନସିକ ଆଶ୍ରୟ ହୋଇଯାଏ ।”

ଅନିରୁଦ୍ଧ କହିଲା, “ଖାଲି ଆନନ୍ଦ ତ ପାଆନ୍ତି ନାହିଁ । କେତେଜଣ ପ୍ରଭାବିତ ମଧ୍ୟ ହୁଅନ୍ତି ।”

ସମ୍ଭବତଃ ଠିକ୍ । କହିଲା ସ୍ୱରୂପା, ତା’ ନ ହୋଇଥିଲେ ମୁଁ କ’ଣ ଏମିତି ଜୀବନ ସାଙ୍ଗେ ମିତ ବସିଥାନ୍ତି । କହୁଥାନ୍ତି, “ଜୀବନରେ ତୁ ହିଁ ମମ ଶ୍ୟାମ ସମାନ ।”

ବସିଲେ, ଉଠିଲେ, ଘୋଷି ହେଲାପରି ଗୁଣୁଗୁଣୁ ହେଉଥାନ୍ତି ଯେ –

“ହଜାଇ ଦେବା ମାନେ

ହାରିଯିବା ନୁହେଁ,

ହଜାଇ ଦେବା ମାନେ

ଅଦୃଶ୍ୟ ଅସ୍ତରେ ଜୀବନ ଯୁଝିବା

ହଜାଇ ଦେବା ମାନେ

ଗଭୀର ତଳକୁ ଯାଇ ଜୀବନ ଛୁଇଁବା ।”

କେଉଁ ହଜାଇବାର ଖେଦରେ ସ୍ୱରୂପାର ଛାତି ଚିରି ହୋଇ ଯାଉଥିଲା । ଆଖି ଛଳ ଛଳ, କଣ୍ଠ ଗଦ୍ ଗଦ୍ ହୋଇ ଉଠୁଥିଲା । ସେ ବୁଝାଇ ପାରିଲା ନାହିଁ । ତଥାପି କ’ଣ ବୁଝିଗଲା ପରି ଅନିରୁଦ୍ଧ ତାକୁ କୁଣ୍ଢାଇ ପକାଇଲା ଓ ବଡ଼ ସନ୍ତର୍ପଣରେ ଲୁହକୁ ପୋଛି ନେଲା ସ୍ୱରୂପା ।

ଦୁଇଦିନ ହେବ ଜର୍ମାନ୍‌ରୁ ଫେରିଛି ସୀତେଶ ।

ଅନିରୁଦ୍ଧର ବାଲ୍ୟ ବନ୍ଧୁ । ଘନିଷ୍ଠ ସହଯୋଗୀ ସୀତେଶ । କେବଳ ଫେରି ନାହିଁ ଏଠିକୁ ଆସି ବନ୍ଧୁ ସଂଖୋଲି ଯାଇଛି ।

ଭଦ୍ରକରେ ଦେଖିଥିବା ଅଧାପକ ବନ୍ଧୁକୁ ସେ ସାକ୍ଷାତ୍ କରିଛି ଦେଢ଼ ବର୍ଷ ପରେ

ପୁରୀରେ। ଯେଉଁ ପୁରୁଣା, ରଙ୍ଗଛଡ଼ା, ଜୀର୍ଣ୍ଣଘରେ ସେ ତା'ର ଶିକ୍ଷକଙ୍କୁ, ପ୍ରିୟତମ ନିରାନନ୍ଦ ସାରଙ୍କୁ ପକ୍ଷାଘାତ ଅବସ୍ଥାରେ ଯେଉଁ କୋଠରିରେ ଭେଟୁଥିଲା, ମିଶୁଥିଲା, ଆଜି ସେଇଠି, ସେଇ ଘରେ ସେ ତା'ର ସାରଙ୍କ ପ୍ରିୟତମ ଛାତ୍ର ଓ ଜ୍ୱାଇଁକୁ ସେଇଠି ସାକ୍ଷାତ୍ କରିଛି। ସେ ଏ ଘରର ଟିକିନିଖି ସ୍ୱରୂପ ଦେଖି ଯାଇଛି। ଆଉ ସେଥିପାଇଁ କ'ଣ ଟିସ୍ପଣୀ ଦେଇ ଯାଇଛି... "ଏଠୁ ଦାମ୍ପତ୍ୟ ଆରମ୍ଭ ହେଲା?"

ସୀତେଶ୍ ଯଦି ଆସି ତା'ର ବନ୍ଧୁକୁ ସଂଖୋଲି ଗଲା, ଖରାବେଳେ ବସି ଯଥେଷ୍ଟ ଗପ କରିଗଲା, ଏଥିରେ ସ୍ୱରୂପାର ଭାବିବାର ଓ ଚିନ୍ତା କରିବାର କ'ଣ ଅଛି?

ସୀତେଶ ତ ନୂଆ ଆସୁନାହିଁ। ଏମିତି ବର୍ଷ ବର୍ଷ ଧରି ଆସିଛି। ଭଦ୍ରକର ସେହି ଘରେ ତାଙ୍କର ଅତିଥି ହୋଇଛି। କେତେ ଯୁକ୍ତି ତର୍କ, ଆଲୋଚନା ଓ ଗପ।

ଆଜି ସେ ଆସିଛି ବୋଲି ସ୍ୱରୂପାର ମନ ଅସ୍ୱସ୍ତିରେ ଭରି ଯାଉଛି କାହିଁକି?

ସ୍ୱରୂପା କଡ଼ ମୋଡ଼ିଲା। ନା, ନିଦ ଆସୁନି। ତା'ର ଖୁବ୍ ପାଖରେ ଗାଢ଼ ନିଦରେ ଶୋଇଯାଇଛି ଅନିରୁଦ୍ଧ। ଅତି ସ୍ନେହରେ ତା'ର ହାତ ଗୋଟେ ତା' ଦେହରେ ଛନ୍ଦି ହେଇଛି। ସନ୍ଧ୍ୟାବେଳେ ସେ ଯେ କିଛି ଆକ୍ଷେପ କରିଥିଲା ସ୍ୱରୂପାକୁ, ରାତିରେ ସେ କଥା ତା'ର ମନେ ନାହିଁ। ଆଦରରେ ଆଦରରେ ପୋତି ପକାଇଛି ସେ ତାକୁ।

ଆଜି ସୀତେଶ୍ ଆସି ସବୁ ଗଣ୍ଠିକୁ ଖୋଲି ଦେଇଛି। ବନ୍ଦ ଝରକାକୁ ଧକ୍କା ମାରିଛି।

ସେ ବନ୍ଦ ଝରକା କ'ଣ? ତା'ର ଅତୀତ?

ହଁ, ସବୁ ସ୍ପଷ୍ଟ ଦିଶୁଛି ଆଜି ଜଳଜଳ ହୋଇ।

ସୀତେଶ ପ୍ରତି କେବେ ବି ତା'ର ଭୟ ନ ଥିଲା, ବରଂ ଥିଲା ଅଗାଧ ଭରସା।

ବାପାଙ୍କର ପ୍ରିୟ ଛାତ୍ର ସୀତେଶ୍ ଓ ଅନିରୁଦ୍ଧ। ଅନିରୁଦ୍ଧ ଭଲ ଛାତ୍ର, ପୁସ୍ତକକୀଟ, ମେଧାବୀ, ସ୍ୱଚ୍ଛଭାଷୀ। ସୀତେଶ୍ ଠିକ୍ ତା'ର ଓଲଟା। ଅତ୍ୟନ୍ତ ପ୍ରଗଳ୍ଭ। ବ୍ୟବହାରିକ ସଂସାରିକ ଜ୍ଞାନରେ ଯଥେଷ୍ଟ ପାରଦର୍ଶିତା ଦେଖାଏ। ବାପାଙ୍କ କଥା ତଳେ ପକାଏ ନାହିଁ। ଘରର ଅଧିକାଂଶ କାମ ସୀତେଶ୍ କରେ।

ଭାଇ କମଳାକାନ୍ତ ଆମେରିକା ଚାଲିଗଲା ପରେ, ସୀତେଶ୍ ଯେମିତି ପୂରଣ କଲା ତା'ର ସ୍ଥାନ।

ସୀତେଶ ସହ ନିବିଡ଼ ସଂପର୍କ ସ୍ୱରୂପାର। ହେଲେ ଏ ସଂପର୍କ ଯେ ଭଲ ପାଇବାର ଏ କଥା କଦାପି ଠିକ୍ ନୁହେଁ। ଏ ସଂପର୍କ ଯେ ଭାଇ ଭଉଣୀର ଏକଥା ବି ସେ ହଲ୍ପ କରି କହିପାରିବ ନାହିଁ। ଅନିରୁଦ୍ଧ ସହ ବିବାହ ପ୍ରସ୍ତାବ ପଡ଼ିଲାବେଳେ

ସେ ଯେମିତି କୁରୁଳି ଉଠିନ ଥିଲା। ସୀତେଶ ସହ ବିବାହ ପ୍ରସ୍ତାବ ପଡ଼ିଥିଲେ, ସେ ବି ସେମିତି କୁରୁଳି ଉଠି ନ ଥା'ନ୍ତା।

ସ୍ୱରୂପା ଭିନ୍ନ ସ୍ୱଭାବର ଝିଅ। ଅନିରୁଦ୍ଧ ପରି ପୁସ୍ତକକୀଟ। ଅଙ୍କରେ ଅନର୍ସ ରଖି ପ୍ରଥମ ଶ୍ରେଣୀରେ ବି.ଏ. ପାସ୍ କରିଥିଲା। କିନ୍ତୁ ଇଂରାଜୀ, ଓଡ଼ିଆ ସାହିତ୍ୟ ଓ ସମାଜତତ୍ତ୍ୱ ଏ ସବୁକୁ ଚର୍ବଣ କରି ସାରିଥିଲା ସେ। ବାପା ବୋଉଙ୍କର ଖୁବ୍ ଗେହ୍ଲା ଥିଲା। ବୋଉ ସବୁବେଳେ ପ୍ରଦଉ ଭୋଗୁଥିଲେ। ତେବେ ବି ସ୍ୱରୂପାକୁ ରନ୍ଧାଘରକୁ ଛାଡ଼ି ଦେଇ ନ ଥିଲେ ବାପା ଓ ଭାଇ।

ସ୍ୱରୂପା ଉଦ୍ଧଣ୍ଟୀ ପରି ଖେଳୁଥିଲା, ଗଛ ଚଢ଼ୁଥିଲା, ସାଙ୍ଗ ମେଳରେ ବୁଲୁଥିଲା। ଘରେ ବସି ବହି ପଢ଼ୁଥିଲା। ସଂସାରର କୌଣସି କଥା ଜାଣୁ ନ ଥିଲା।

ସ୍ୱରୂପାର ବୁଦ୍ଧି ଯେମିତି ଦୁଷ୍ଟାମୀଭରା ଥିଲା। ତା'ର କଥାବାର୍ତ୍ତା ଥିଲା ସେମିତି ଉଦ୍ଧତ।

ଭାଇ କମଳାକାନ୍ତ ଯେଉଁଦିନ ଆମେରିକା ଗଲା ସେ ଦିନ ସ୍ୱରୂପା ହସି କହିଥିଲା, "ଭାଇ, ନିଶ୍ଚେ ଗୋଟେ ମେମ୍ ଭାଉଜ ମୋ ପାଇଁ ନେଇ ଆସିବ। ସବୁବେଳେ ଯେ ବୋଉ ମୋ ସହ ଶାଢ଼ି ପିନ୍ଧ୍, ଶାଢ଼ି ପିନ୍ଧ୍ ବୋଲି କଟର କଟର ଲାଗେଇଛି। ଅନ୍ତତଃ ମେମ୍ ଭାଉଜ ଆସିଲା ପରେ ସେତକ ଆଉ ମତେ କହିବ ନାହିଁ।"

ଭାଇ ହସି କହିଲେ, "ତୋ ପାଇଁ ଗୋଟେ ସାହେବ ବର ଆଣିବି। ଦେଖିବୁ, ମୁଁ ଆମେରିକାରୁ ଫେରିଲେ, ଏତେ ପଇସା ନେଇ ଆସିଥିବି ଯେ ତୋ ପାଇଁ ଗୋଟେ ରାଜପୁତ୍ର ବର ନିଶ୍ଚେ ବାଛି ପାରିବି।"

ପାଞ୍ଚ ଛଅ ବର୍ଷ କାଳ ଫେରି ନ ଥିଲା କମଳାକାନ୍ତ। ତା'ର ପାଠ ପଢ଼ା ରିସର୍ଚ ପରେ ସେ ସେଠି ଭଲ ଦରମାରେ ଚାକିରି ପାଇଥିଲା। ଦିନେ ରେଜିଷ୍ଟ୍ରୀ ଡାକରେ ପହଞ୍ଚିଲା ଗୋଟେ ପ୍ୟାକେଟ୍। ସେ ପ୍ୟାକେଟ୍‌ରେ ଥିଲା ଦି'ଟା ଫଟୋ। କମଳାକାନ୍ତ ଆମେରିକାବାସୀ ଜଣେ ଫରାସୀ ତରୁଣୀଙ୍କୁ ଗୀର୍ଜାରେ ବିବାହ କରିବାର ସେ ଥିଲା ଫଟୋଚିତ୍ର। ସଂପୂର୍ଣ୍ଣ ଖ୍ରୀଷ୍ଟଧର୍ମ ପଦ୍ଧତିରେ ଉଭୟଙ୍କର ବିବାହ ହୋଇଛି। ବରକନ୍ୟା ପୁଷ୍ପଗୁଚ୍ଛ ଓ ମୁଦି ପିନ୍ଧାଇବା ବେଳର ଦୁଇଟି ଫଟୋ ପଠାଇଛି କମଳାକାନ୍ତ। ସେଥିରେ ଲେଖିଥିବା ଚିଠିରେ ଲେଖିଛି ଯେ ଆମେରିକାରୁ ନାଗରିକତ୍ୱ ଗ୍ରହଣ କରିବା ପାଇଁ ସେ ଦରଖାସ୍ତ କରିଛି। ତଥାପି ମଝିରେ ମଝିରେ ସେ ସ୍ୱଦେଶକୁ ବୁଲି ଆସିବ।

ଖଣ୍ଡିଏ ସାମାନ୍ୟ କାଗଜ, ଫଟୋଚିତ୍ର। ଭାଙ୍ଗିରୁଜି ଦେଲା ଗୋଟେ ପ୍ରସ୍ତର ପରି ନିବୁଜ ସଂପର୍କର କାନ୍ଥ, ଛାତ, ଭିତ୍ତା ମୂଳ-ଦୁଆକୁ। ନିରାନନ୍ଦ ସାହୁ ହୃଦ୍‌ଘାତରେ ଇଣ୍ଟେନ୍‌ସିଭ୍ କେୟାର ୟୁନିଟ୍‌କୁ ସ୍ଥାନାନ୍ତରିତ ହେଲେ। ବୋଉର ପ୍ରଦଉ ବଢ଼ିଲା।

ଏଇ ଦୁର୍ବିପାକ ମଧରେ ସୀତେଶ୍ ସବୁ କାର୍ଯ୍ୟ, ସବୁ ସାହାଯ୍ୟ ଜାରି ରଖିଥାଏ ପୁଅଟି ପରି। ନୀରବରେ, ଗମ୍ଭୀର ଗମ୍ଭୀର ମୁଦ୍ରାରେ ଠିଆ ହୋଇଥାଏ ଅନିରୁଦ୍ଧ। ଯେଉଁ ଉଦ୍ଧୃତୀ ଝିଅଟା ସ୍କିପ୍ ନେଇ ଖପଖପ ଡେଇଁଥିଲା, ଶାଢ଼ି ପିନ୍ଧିବ ନାହିଁ ବୋଲି ଜିଦ୍ କରୁଥିଲା, ବାପାଙ୍କ ଦଦରା ସାଇକେଲ୍ ଖଣ୍ଟିକ ନେଇ ସାରା ପୁରୀ ଟାଉନ୍ ପଇଣ୍ଠରା ମାରୁଥିଲା, ସେଇ ଉଦ୍ଧୃତୀ ଝିଅଟା ଭିତରେ ଆତ୍ମପ୍ରକାଶ କଲା ଆଉ ଗୋଟିଏ କୋମଳ, ନରମ, ସମଝଦାର ଆଉ ଏକ ଝିଅ।

ଖଣ୍ଡେ କାଗଜର, ଖଣ୍ଡେ ଫଟୋର ସତେ କେତେ ବଡ଼ କରାମତି!

ବାପା ଫେରିଲେ ଘରକୁ ସୁସ୍ଥ ହୋଇ। ହେଲେ ପକ୍ଷଘାତଗ୍ରସ୍ତ ହୋଇ ସାରିଥିଲେ ସେ। ଭଙ୍ଗା ଦଦରା ହୃଦୟ ନେଇ ସମୟର ଢେଉ ଗଣିବା ଛଡ଼ା ଆଉ ତାଙ୍କର ଭିନ୍ନ ବାଟ ନ ଥିଲା।

ଯେଉଁ ସ୍ୱରୂପା ରନ୍ଧାଘର ଦ୍ୱାର ମାଡ଼ୁ ନ ଥିଲା, ପାଣି ଗ୍ଲାସେ ମଧ୍ୟ ଗେହ୍ଲାପଣରେ ବାପାଙ୍କୁ ଦେଇ ନ ଥିଲା, ଏବେ ସେ ଶଯ୍ୟାଶାୟୀ ବାପାଙ୍କର ବେଡ୍‌ପ୍ୟାନ୍ ସଫା କଲା ଅକୁଣ୍ଠିତ ଭାବେ। ବିଛଣା ଝାଡ଼ିଲା, ଗାଧୋଇ ଦେଲା, ଖୁଆଇ ଦେଲା, ନାନା ପ୍ରକାର ଗିଛ କଲା।

ଅଙ୍କରେ ଫାଷ୍ଟକ୍ଲାସ୍ ଅନର୍ସରେ ବି.ଏ. ପାସ୍ କଲା ପରେ ସୀତେଶ୍ ଆଣି ଦେଇଥିଲା ବାଣୀବିହାରରୁ ଫର୍ମ। କହିଥିଲା, “ଫର୍ମ ପୂରଣ କରି ଦିଅ। ଅନିରୁଦ୍ଧ ପକାଇ ଦେଇ ଆସିବ।”

ଫର୍ମଟାକୁ ଚିରି ଉଡ଼ାଇ ଦେଇଥିଲା ସ୍ୱରୂପା। କହିଥିଲା, “ଏ ଭିତରେ ସରସ୍ୱତୀ ଶିଶୁ ମନ୍ଦିରରେ ସେ ଚାକିରି ଯୋଗାଡ଼ କରିଛି ଏବଂ ଘରୋଇ ଭାବେ ବି. ଏଡ୍. ପରୀକ୍ଷା ପାଇଁ ପ୍ରସ୍ତୁତ ହେଉଛି।”

କାହାର ଜିଦ୍ ଶୁଣି ନ ଥିଲା ସ୍ୱରୂପା। ସ୍କୁଲ୍, ନିଜ ପାଠପଢ଼ା, ବାପା ବୋଉଙ୍କର ନିରନ୍ତର ସେବାକାର୍ଯ୍ୟ ମଧ୍ୟରେ ସେ ଚାଲିଥିଲା ତା’ର ନିଜ ବାଟ।

ସେଦିନ ଅନିରୁଦ୍ଧ ସହ ବିବାହରେ ବାଧା ଦେଇ ନ ଥିଲା ସ୍ୱରୂପା। କିନ୍ତୁ କାହିଁକି? ବାପାଙ୍କୁ ଦାୟିତ୍ୱମୁକ୍ତ କରିବା ପାଇଁ, ନା ଅନିରୁଦ୍ଧକୁ ବାହାହେବା ପାଇଁ?

ଏବେ ବି ସେ ଏହା ବୁଝି ପାରେ ନାହିଁ। ବେଳେବେଳେ ନିଜ ପାଖରେ ନିଜେ ଅବୋଧ ହୋଇଯାଏ। ଏବେ ବି ସେଇ ଅବୋଧତା ମଧ୍ୟରେ ଆଚ୍ଛନ୍ନ ଅଛି ସ୍ୱରୂପା।

ସ୍ୱରୂପାକୁ ଟ୍ରେନ୍ କମ୍ପାର୍ଟମେଣ୍ଟ ପରି ଅନିରୁଦ୍ଧର ସେହିଘରେ ବେଶ୍ ଭଲ ଲାଗୁଥିଲା। ଅନିରୁଦ୍ଧର ଭାଉଜଙ୍କୁ ଓ ତା’ର ସ୍ନେହମୟୀ ଝିଆରୀମାନଙ୍କୁ। କେବଳ ସବୁ ସଜଡ଼ା ମଧ୍ୟରେ ଅନିରୁଦ୍ଧ ହିଁ ଥିଲା ଅସଜଡ଼ା। ବେଖାପ।

ସେଦିନ ପ୍ରଥମ ମିଳନ ରାତ୍ରି । ଅଭୁତ ଏଇ ଅନିରୁଦ୍ଧ । ତାଙ୍କ ଘରକୁ ଚାରି ଦିନ ହେବ ଆସିଥିଲେ ମଧ୍ୟ କିଛି ପଦେ କଥା କହିନଥିଲା ତାକୁ । ତା'ର ଭଲମନ୍ଦ ବୁଝି ନ ଥିଲା ଟିକେ । ସେଦିନ ସକାଳୁ ସେ କୁଆଡ଼େ ଚାଲିଗଲା । ରାତି ଦଶଟାଯାଏ ଫେରି ନ ଥିଲା । ସଞ୍ଜବେଳ ସାତେଶ୍ ଆସିଥିଲା । ଆଶିଥିଲା ଗୁଡ଼ାଏ ବହି । ସେଇ ବହି ମଧ୍ୟରେ ଥିଲା ଗୋଟେ ବହି 'ବିଚ୍ଚର ହନିମୁନ୍' । କି ଏକ ଝୁଙ୍କରେ ସେଇ ବହିଟା ନେଇ ବସି ରହିଲା ସେ । ନାଃ, ଜମା ପଢୁନଥିଲା ସେ ବହିଟା । କେବଳ ଖୋଲି ବସିଥିଲା । ଭାବୁଥିଲା ଅନିରୁଦ୍ଧ ଆସିଲେ ନିଶ୍ଚେ ବହିଟା ଫୋପାଡ଼ି ଦେବ । ସ୍ନେହରେ ଭର୍ସନା କରିବ, 'ଛିଃ, ଏ ବହିଟା ଆଜି କ'ଣ ପଢ଼ିବା କଥା ?'

ନା, ସେମିତି କିଛି କହିଲା ନାହିଁ ଅନିରୁଦ୍ଧ । ସତରେ କ'ଣ ନାରୀ ମନରେ ଅକୁହା କଥାକୁ ସମ୍ଝିପାରେ କେବେ ପୁରୁଷ ?

ବୋଧେ ନା ।

ଅନିରୁଦ୍ଧ ତା' ସ୍ୱପ୍ନ କଥା କହିଲା । ରାତି ପାହିଲା ।

କେବଳ କ'ଣ ଏତିକି ?

ବିବାହର ନଅଦିନ ଦିନ ସେ କହିଥିଲା ଅନିରୁଦ୍ଧକୁ ଚାଲ ମନ୍ଦିର ଯିବା । ଜଗନ୍ନାଥ ଦର୍ଶନ କରି ଆସିବା ।

ଅନିରୁଦ୍ଧ ସୋନାଲିକୁ କହିଲା ସ୍ୱରୂପା ସାଙ୍ଗରେ ଯିବା ପାଇଁ ।

ଶୁଣୁଶୁଣୁ ଭାଉଜ ରାଗି ଉଠିଲେ । କହିଲେ, "ତୁମେ ତାକୁ ନେଇ ଯିବ । ସୋନାଲି ନୁହେଁ ।"

ଭାଇ ସେ କଥାରେ ଆହୁରି ଜୋର ଦେଲେ । ଅନିରୁଦ୍ଧ ପ୍ରତିଦିନ ସାରଙ୍କୁ ଦେଖିବାକୁ ଯାଉଛି । କିନ୍ତୁ ସ୍ୱରୂପାକୁ ନେଇ ଜଗନ୍ନାଥ ଦର୍ଶନକୁ ଯିବାକୁ ରାଜି ନୁହେଁ ।

ସ୍ୱରୂପାକୁ ନେଇ ମନ୍ଦିର ଗଲା ଅନିରୁଦ୍ଧ । ପ୍ରଥମେ ନିଜ ଘରେ ବୋଉ ବାପାଙ୍କୁ ଦେଖାକରି ସାରି, ତା'ପରେ ମନ୍ଦିର ଗଲେ ସେମାନେ । ଜଗମୋହନରେ ଶ୍ରୀଜୀଉଙ୍କୁ ଦର୍ଶନ କରୁଥିଲା ସ୍ୱରୂପା । ମନ୍ଦିର ଆସିବା ତା'ର ଅଭ୍ୟାସ । ଜଗନ୍ନାଥଙ୍କ ସହ ଦୁଃଖ ସୁଖ ହେବା ସେ ବୋଉଠୁ ଶିଖିଛି । ବୋଉ କହେ, ଆମ ପୁରୀ ଲୋକମାନେ ଜଗନ୍ନାଥଙ୍କୁ ମାନନ୍ତି ଘରର କର୍ତ୍ତା ଭାବରେ । କର୍ତ୍ତାଙ୍କ ନିକଟରେ ମନ କଥା, ଦୁଃଖ, ଅବସାଦ, ସନ୍ଦେହ, ଦୁର୍ଭାବନା ସବୁ ତ ଖୋଲିଦେବା କଥା । ତେଣିକି ସେ ଯାହା ବିଚାର କରିବେ ।

ହେ ପ୍ରଭୁ ! ଯାହା ହେଇଥିଲା, ଭଲ ହୋଇଥିଲା । ଯାହା ହୋଇଛି, ଭଲ ହୋଇଛି । ଯାହା ହେବ, ଭଲ ହିଁ ହେବ ।

ଏତିକି ବୁଝାଇ ଦିଅ ମନକୁ। ଏତିକି ବୁଝାଇ ଦିଅ।

ଗଳବସ୍ତ୍ର ହୋଇ ପ୍ରଣାମ କରି ଉଠିଲା ସ୍ୱରୂପା। ଠିଆ ହେଲା, ତିନିମୂର୍ତ୍ତିଙ୍କୁ ଦେଖିଲା। ଅନିରୁଦ୍ଧକୁ ଦେଖାଇଦେବ ବୋଲି ହାତ ବଢ଼ାଇଲା ବେଳକୁ ଦେଖିଲା ଅନିରୁଦ୍ଧ ନାହିଁ। ସେ ଜଗମୋହନ ସାରା ଖୋଜିଲା। କୁଆଡ଼େ ଚାଲିଗଲା ଅନିରୁଦ୍ଧ। ନବବିବାହିତ ସ୍ତ୍ରୀକୁ ଛାଡ଼ି। ସ୍ୱରୂପା ବେଢ଼ା ବୁଲି ଖୋଜିଲା। ଭିଡ଼ ବେଶୀ ନ ଥିଲା। ତେଣୁ ଲକ୍ଷ୍ମୀମନ୍ଦିର, ସରସ୍ୱତୀମନ୍ଦିର, ମୁକ୍ତିମଣ୍ଡପ ଇତ୍ୟାଦି ସବୁଠି ଖୋଜି ସେ ହତାଶ ହୋଇ ଆସି ପତିତପାବନଙ୍କ ପାଖେ ଠିଆ ହେଲା ସ୍ୱରୂପା। ଏଠି ଠିଆ ହୋଇ ରହିଲେ ନିଶ୍ଚେ ଭେଟ ପଡ଼ିବ ଅନିରୁଦ୍ଧ। ଯଦି ଭିତରେ କେଉଁଠି ରହିଯାଇଥିବ ତେବେ ଏହି ବାଟେ ତ ଫେରିବ।

ସ୍ୱରୂପା ପତିତପାବନ ପାଖେ ଠିଆ ହୋଇଥିଲା। ଆଉ ସେତିକିବେଳେ କ'ଣ ସେଇଠି ପହଞ୍ଚିଯିବାକୁ ଥିଲା ସୀତେଶ୍ୱର?

ସୀତେଶ୍ ଚମକି ପଡ଼ି କହିଲା, "ସ୍ୱରୂପା, ତୁମେ ଏଠି? ଏକା?"

ଲଜ୍ଜା ସଂକୋଚରେ ଜଡ଼ସଡ଼ ହୋଇଯାଇଥିଲା ସ୍ୱରୂପା। ହଠାତ୍ ସେ କିଛି କହି ପାରିଲାନି। କହିବାକୁ ତା'ର କୁଣ୍ଠା ଆସିଲା ଯେ ତା'ର ସଦ୍ୟ ବିବାହିତ ସ୍ୱାମୀ ତାକୁ ଏକା ଛାଡ଼ି ଚାଲି ଯାଇଛି।

ସୀତେଶ୍ କହିଲା, "ଓଃ, ବୁଝିଲି। ଅନିରୁଦ୍ଧ ବୋଧେ ଥୟ ହୋଇ ରହି ପାରିନାହିଁ। ଚାଲି ଯାଇଛି। ଚାଲ, ମୁଁ ତୁମକୁ ଛାଡ଼ି ଦେଇ ଆସିବି?"

ସୀତେଶ୍ ରିକ୍ସା ଡାକିଲା। ସ୍ୱରୂପା କହିଲା, "ନା, ତୁମକୁ ଯିବାକୁ ହେବ ନାହିଁ। ମୁଁ ଚାଲି ଯାଇ ପାରିବି।"

ଘରେ ପହଞ୍ଚି ସ୍ୱରୂପା କାନ୍ଦି ପକାଇଲା। ଅନିରୁଦ୍ଧର ଏ ଦାୟିତ୍ୱହୀନତା ଠାରୁ ବେଶୀ ଲଜ୍ଜାକର ମନେହେଲା, ସୀତେଶ୍ ଆଗରେ ତା'ର ନବବିବାହିତ ଜୀବନର ଘଟଣାଗୁଡ଼ିକ ନଗ୍ନ ହୋଇଯାଉଥିବା ଦେଖି। ଘରେ ଝିଆରୀମାନେ ଓ ଯା' ଖୁବ୍ ତିରସ୍କାର କଲେ ଅନିରୁଦ୍ଧକୁ। ଅନିରୁଦ୍ଧ ଫେରିଲାପରେ ସ୍ୱରୂପା ନିଜେ କହିଥିଲା କ୍ଷୁବ୍ଧ କଣ୍ଠରେ, "କେମିତି ମତେ ଛାଡ଼ି ଦେଇ ଚାଲି ଆସିଲ?"

ନିର୍ବିକାର ଭାବେ ଅନିରୁଦ୍ଧ କହିଲା, "ମୋର ହଠାତ୍ ମନେ ପଡ଼ିଗଲା ପୁରୀ ହୋଟେଲର ଜଣକୁ ଦେଖା କରିବାର ଥିଲା। ଖୁବ୍ ଜରୁରୀ କାମ।"

"ତେବେ ମତେ ରିକ୍ସାରେ ବସାଇଦେଇ କିମ୍ବା ଘରେ ଛାଡ଼ି ଦେଇ ଗଲ ନାହିଁ?"

ଅନିରୁଦ୍ଧ ହସି କହିଲା, "ମତେ ବିଶ୍ୱାସ କର ରୂପା, ସେତେବେଳେ ମୋର ଜମା ମନେ ନ ଥିଲା ଯେ ତୁମେ ସାଙ୍ଗରେ ଅଛ।"

“ହେ ଭଗବାନ୍!” ସ୍ୱରୂପା ପାଟିକରି ଉଠିଲା।

ଏମିତି ଥିଲା ଅନିରୁଦ୍ଧର ଚରିତ୍ର ଓ ଚଳଣି।

ବିବାହର ପନ୍ଦର ଦିନ ଠାରେ ଅନିରୁଦ୍ଧ କହିଲା, “ସେ ଭଦ୍ରକ ଚାଲି ଯିବ। ବ୍ୟାସାଘର ଠିକ୍ କରିଛି। ଆଜିଯାଏ କଷ୍ଟ କରି, ଭାରତର ବିଭିନ୍ନ ସ୍ଥାନ ବୁଲାବୁଲି କରି ସେ ଯେଉଁ ତିରିଶିଟି ଔଷଧୀୟ ଗୁଳ୍ମ, ବୃକ୍ଷ ଓ ଲତାର ଚାରା ସଂଗ୍ରହ କରି ଠାକୁ କୁଣ୍ଠରେ ଲଗାଇ ରଖିଛି, ସେ ସବୁ ସୀତେଶ୍ୱର ଘରେ ଏକ ମାଳିର ତତ୍ତ୍ୱାବଧାନରେ ଅଛି। ଏବେ ନିଜସ୍ୱ ଘର ଖଣ୍ଡେ ତା'ର ହେଲାଣି। ସେତକ ନେଇ ସେ ଚାଲିଯିବ।”

ଅନିରୁଦ୍ଧର କଥା ଶୁଣି ଭାଇ କହିଲେ, “ଭଡ଼ା ଘରେ ସେ ସବୁ ରଖିବାର ସୁବିଧା ଅଛି ତ?”

ଅନିରୁଦ୍ଧ କହିଲା, “ହଁ, ସେ ଘରେ ଗୋଟେ ଅଗଣା ଅଛି। ଅଗଣା ସଂଲଗ୍ନ ଜାଫ୍ରି ଦିଆ ବାରଣ୍ଡା, ଯେଉଁ ବୃକ୍ଷ ଖରା ଚାହିଁବ ସେ ଅଗଣାରେ ରହିବ। ଅନ୍ୟ ସବୁ ବାରଣ୍ଡାରେ ମୁଁ ନିଜେ ହେପାଜତ୍ କରିବି ବୋଲି ନେଉଛି।”

ଭାଇ କହିଲେ, “ଠିକ୍ ତ, ଗଛଗୁଡ଼ିକ ତ ନବୁ। ଆଉ ସ୍ୱରୂପା...?”

ଅନିରୁଦ୍ଧ ଅପ୍ରତିଭ ହୋଇଗଲା। କହିଲା, “ସେ ଯିବ ନା କ'ଣ?”

ଭାଇ ବିରକ୍ତ ହେଲେ। କହିଲେ, “ତାକୁ ବିବାହ କରିଛୁ ନା?”

ଭାଇଙ୍କୁ ଚାହିଁଲା ଅନିରୁଦ୍ଧ। ଢୋକ ଗିଳି କହିଲା, “ସେ ଏଠି ରହିଲେ ଆପଣଙ୍କର ଆପଉ ଅଛି?”

ଓଃ, ତୁ ତେବେ ଏଇଆ ବୁଝିଲୁ। ନା, ମୋର ଆପଉ ନାହିଁ। ସେ ଖୁବ୍ ଭଲ ଝିଅ। କିନ୍ତୁ ତା'ର ତ ଏଠି ରହିବା କଥା ନୁହଁ। ହୁଏତ ମାସେ ଦି'ମାସ ରହୁ। ତା'ର ସ୍ଥାନ ତୋ ପାଖରେ। ମୁଁ ଚାହେଁ, ସେ ତୋ ସହ ଯାଉ।

ଅନିରୁଦ୍ଧ ଭାବିଲା କିଛି ସମୟ। ତା' ପରେ କହିଲା, “ମୁଁ ତ ଗଛଗୁଡ଼ିକ ନେଇ ଗୋଟେ ମିନିଟ୍କ୍‌ରେ ଯିବି। ସୀତେଶ୍‌କୁ କହି ଦେବି, ସେ ସ୍ୱରୂପାକୁ ନେଇ ଛାଡ଼ି ଦେଇ ଆସିବ।”

“କ'ଣ କହିଲୁ? ସୀତେଶ୍ ନେଇଯିବ ସ୍ୱରୂପାକୁ? ନା, ହେଇପାରିବ ନାହିଁ। ତୁ ନିଜେ ଆସି ନେଇଯିବୁ।”

ସତକୁ ସତ ମିନିଟ୍କ୍‌ରେ ଗଛ ଓ ଆବଶ୍ୟକୀୟ ଜିନିଷପତ୍ର ନେଇ ଚାଲିଗଲା ଅନିରୁଦ୍ଧ। ପାଞ୍ଚ ଛଅ ଦିନ ପରେ ଫେରି ଆସି ସ୍ୱରୂପାକୁ ନେଇଗଲା।

ଗଲା ଦିନ ସାର୍‌ଙ୍କୁ ପ୍ରଣାମ କରିବାକୁ ଯାଇଥିଲା ଅନିରୁଦ୍ଧ। ସାର ତା'ର ପିଠି ଥାପୁଡ଼ି କହିଥିଲେ - “ଅନିରୁଦ୍ଧ, ମୋର ଭାରି ଖୁସୀ ଯେ ଝିଅକୁ ସତ୍‌ପାତ୍ରରେ

ଦେଇଛି । ମୋ ଝିଅ ତୁମକୁ ଲାଗିଲା ।" ସାରଙ୍କ କଥା ଅନିରୁଦ୍ଧ ମନରେ କି ପ୍ରଭାବ ପକାଇଲା କେଜାଣି, ସ୍ୱରୂପା କିନ୍ତୁ କାନ୍ଦି ଉଠିଥିଲା ।

ଆଜି ସେଇ ସବୁ କଥା ମନେପଡ଼େ ସ୍ୱରୂପାର । ଭଦ୍ରକର ସେଇଦିନ ସବୁ । ଭଦ୍ରକର ଛୋଟ ଗୋଟେ ଭଡ଼ା ଘରେ ଆରମ୍ଭ ହୋଇଥିଲା ତା'ର ବିବାହିତ ଜୀବନର ପ୍ରଥମ ପର୍ବ । ତା' ମନରେ ଉଚାଟନ ନ ଥିଲା, ଥିଲା ଖାଲି ଶ୍ରଦ୍ଧା ଓ ଆଗ୍ରହ । ଆବେଗ ନ ଥିଲା, ଥିଲା ଆଶା ଓ ସମ୍ଭାବନା ।

ଛୋଟ ସେଇ ଘରେ ଆରମ୍ଭ ହେଲା ଘର ସଂସାର । ଅନିରୁଦ୍ଧ ସଜାଡ଼ି ରଖିଲା କେତେ ଯତ୍ନରେ ତା'ର ବହି, ରେକର୍ଡ, ଫାଇଲ୍ ଓ ଔଷଧୀୟ ଗୁଳ୍ମ ଲତାର ଚାରା ସବୁ କୁଣ୍ଡମାନଙ୍କରେ । ସ୍ୱରୂପା ସଜାଡ଼ି ରଖିଥିଲା ତା'ର ଟେବୁଲ୍, ରନ୍ଧାଘର ଖଟ ଓ ଆଲଣା । ଏତିକି ଛଡ଼ା ଆଉ କ'ଣ ଥିଲା କି ସେ ଘରେ ?

ସ୍ୱରୂପା ସକାଳୁ ଉଠି ଘର ଓଲାଏ, ବାସନ ମାଜେ, ଅନିରୁଦ୍ଧକୁ ଚା' କରି ଦିଏ । ରୋଷେଇ କରେ । ଅନିରୁଦ୍ଧ ଖାଇ କଲେଜ୍ ଚାଲିଯାଏ । ସାରା ଦ୍ୱିପ୍ରହର ସ୍ୱରୂପା ବହି ପଢ଼େ । ପଢ଼େ ଦି'ଟା ଖବର କାଗଜ । ସନ୍ଧ୍ୟାରେ ଅନିରୁଦ୍ଧ ଫେରେ, ଜଳଖିଆ ଖାଏ, ପୁଣି ବାହାରି ଯାଏ । ରାତିରେ ପୁଣି ସେମାନେ ଏକତ୍ର ଭାତ ଖାଇ ଶୋଇ ପଡ଼ନ୍ତି । ପୁଣି ରାତି ପାହେ ସକାଳ ହୁଏ ।

ସ୍ୱରୂପା ଦିନେ ଦିନେ ପ୍ରଶ୍ନ କରେ ନିଜକୁ, ଏଇ କ'ଣ ଦାମ୍ପତ୍ୟ ?

ଆକାଶରେ ଜହ୍ନ ଉଠେ । ପବନ ବହେ, କୋଇଲି ଗାଏ । ହେଲେ । ସ୍ୱରୂପାର ଘର ଅଗଣାରେ ବୁଲୁଥାଏ ଏକ ବିରାଗୀ ଭ୍ରମର ।

ସ୍ୱରୂପା କ'ଣ କହିପାରିବ ଯେ ଅନିରୁଦ୍ଧ ତାକୁ ନିର୍ଯ୍ୟାତନା ଦିଏ ? ଅତ୍ୟାଚାର କରେ ?

ନା... ନା...

ଅନିରୁଦ୍ଧ ଗୋଟେ କେମିତି କେମିତି । ଯେମିତି ଖୁବ୍ ଦୂରର ମଣିଷ । ପଦ୍ମ ପତ୍ରରେ ପାଣି ।

ଘରର କର୍ତ୍ତା ପୁରୁଷ କ'ଣ ଏପରି ହେବା ଉଚିତ ?

ସ୍ୱରୂପା ମନେପକାଏ ତା'ର ବାପାଙ୍କୁ । ନିରାନନ୍ଦ ମାଷ୍ଟ୍ରଙ୍କୁ । ତାଙ୍କ ଘରେ ଅଭାବ ଥିଲା । ହେଲେ ସବୁ ଅଭାବକୁ ବାପା ଭରଣା କରି ରଖିଥିଲେ । ସକାଳୁ ଉଠି ସେ ଫୁଲ ତୋଳନ୍ତି, ବଜାର ଯାଇ ପରିବା, ମାଛ ଆଣନ୍ତି । ବାରିରେ ଜହ୍ନି, କଖାରୁ ଲଗାନ୍ତି । ସେ ପୁଣି ବୋଉକୁ କହନ୍ତି, "ଆଜି ପାନ ଖାଇନ ଯେ ? ସରିଯାଇଥିଲା କି ? ଏ ହେ, ମୋର ତ ମନେ ପଡ଼ିଲା ନାହିଁ । ଦିଅ, ଦିଅ, ସାର୍ଟଟା ଦିଅ । ମୁଁ ପାନ ଦେଇ ଆସେ ।"

ସେ ନିରାନନ୍ଦ ମାଷ୍ଟ ବ୍ୟାଚ୍ ବ୍ୟାଚ୍ ପିଲାଙ୍କୁ ଟିଉସନ୍ କରନ୍ତି। ଅଥଚ ସଂସାରକୁ ଫିଙ୍ଗି ଦିଅନ୍ତି ନାହିଁ।

ସୀତେଶ୍ ବି ଯେମିତି ଅନେକଟା ସେମିତି। ସାରଙ୍କ ଘରେ କେତେବେଳେ କୋଉଟା ଦର୍କାର, ଏ ବରାଦ କରିବ ସୀତେଶ୍। ସୁଦର୍ଶାବ୍ରତର ବ୍ରତଟା ଆଶିବା କଥା ମଧ ସେ ମନେ ପକାଇଦେବ ବୋଉକୁ।

ସ୍ୱରୂପା ଭାବେ, ଏସବୁ ଭାବୁଛି ସେ କାହିଁକି ? ସବୁ ମଣିଷ ତ ସମାନ ହେବା କଥା ନୁହଁ।

ସେଦିନ କଲେଜରୁ ଫେରି ଅନିରୁଦ୍ଧ ଚିଠିଟେ ବଢ଼ାଇ ଦେଲା ସ୍ୱରୂପାକୁ। ବାପାଙ୍କ ଚିଠି। ସେ ଖୁବ୍ ଅଭିମାନରେ ଲେଖିଥିଲେ ଯେ ଗଲା ଦିନଠୁ ଖଣ୍ଡେ ମଧ ଚିଠି ଦେଲୁ ନାହିଁ। ଏ କତରାଲଗା ବାପାଟା କଥା ଏକଦମ୍ ଭୁଲିଗଲୁ।

ସ୍ୱରୂପା ଝରଝର କାନ୍ଦି ପକାଇଲା। କହିଲା, "ଦି' ଦି'ଟା ଚିଠି ଦେଲି, ପାଇଲେନି କେମିତି ? ଚିଠି ପକେଇଥିଲ ଟି ?"

"ନାଇଁ, ବାହାରେ ଫିଙ୍ଗିଦେଲି।"

ସ୍ୱରୂପା ଚୁପ୍ ରହିଲା। ଅନିରୁଦ୍ଧ ଖାଇ ବସିଲାବେଳେ ସେ ଚୁପ୍କିନା ଯାଇ ତା'ର ବ୍ୟାଗ୍ ଖୋଲିଲା। କାଗଜପତ୍ର କାଢ଼ିଲା। ଚମକି ପଡ଼ିଲା, ଏ ମା'! ଦି'ଟାୟାକ ଚିଠି ବ୍ୟାଗ୍ ଭିତରେ ଅଛି।

ଚିଠି ଦି'ଟା ଆଣି ସେ ଅନିରୁଦ୍ଧକୁ ଦେଖାଇଲା।

ଅନିରୁଦ୍ଧ ରାଗି ଉଠିଲା, "ମୋର ତଲାସି କରୁଛ ? କାଲିଠୁ ନିଜ ଚିଠି ନିଜେ ପକାଇବ।"

ନିଜ ଭୁଲଟା ନୀରବରେ ମାନିନେଇଥିଲେ, କ'ଣ ହେଇ ଯାଉଥିଲା। ରାଗୀ ଅଧା ଖିଆରୁ ଉଠିବା କୋଉ ଭଲ କଥା। ହେଲେ ଏତକ ମୁହଁ ଖୋଲି କହି ପାରିଲା ନାହିଁ ସ୍ୱରୂପା ! କହିପାରିଲା ନାହିଁ ଯେ ଅନୁତାପ କଲେ, ଦୋଷ ସ୍ୱୀକାର କଲେ ଚିତ ଶୁଦ୍ଧି ଘଟେ।

ସେଇ ଛୋଟ ଦି' ବଖରିଆ ଘରେ ଏକୁଟିଆ ରହେ ସ୍ୱରୂପା। ସାରା ଦିନ ଅନିରୁଦ୍ଧ ରହେ ବାହାରେ। ଯେତିକି ସମୟ ଘରେ ରହେ ସେତିକି ବେଳେ ସେ ଗଛପତ୍ର କାମ କରେ। ସଫା କନାରେ ଗଛର ପତ୍ର ପୋଛେ, ଗଛ ମୂଳେ ଔଷଧ, ଖତ ଦିଏ। କେଉଁ ଗଛ ଖରାରେ ରହିବ, କେଉଁଗଛ ଛାଇରେ ରହିବ, ଥା'ର ବ୍ୟବସ୍ଥା କରେ। ଏହି ଗଛର ଯତ୍ନ କିପରି ନିଆଯିବ, ଏ ସମ୍ବନ୍ଧରେ ଜାଣିବା ପାଇଁ ସେ ଯଥେଷ୍ଟ ମାଗାଜିନ୍ ବହି ମଧ୍ୟ ରଖିଥାଏ।

ସେଦିନ କଲେଜରୁ ଫେରି ଅନିରୁଦ୍ଧ ଦେଖିଲା। ଗୋଟେ ଗଛ ମରିଯାଇଛି। ଗଛଟା ସେ ଆଣିଥିଲା ହିମାଚଳ ପ୍ରଦେଶରୁ। ଗଛଟା ଶୀତପ୍ରଧାନ ଜଳବାୟୁର ଆବଶ୍ୟକତା ଚାହେଁ। ସେଦିନ କିଛି ଗଛ ଖରାରେ ରଖିବାକୁ କହିଯାଇଥିଲା ଅନିରୁଦ୍ଧ। ସେଇ ଯେ ଚାରାକୁଣ୍ଡଟିକୁ ଖରାରେ ରଖିଥିଲା ସ୍ୱରୂପା। ଆଉ ଆଣିବାକୁ ମନେ ନ ଥିଲା ତା'ର। ସାରା ଖରାବେଳଟା ଅଗଣାରେ ରହି ମରିଯାଇଥିଲା ଗଛଟା।

କଲେଜରୁ ଫେରି ମଲାଗଛ ଦେଖି ରାଗରେ ଚିତ୍କାର କରି ଉଠିଥିଲା ଅନିରୁଦ୍ଧ। କେତେ କଷ୍ଟ, ପରିଶ୍ରମ, ସମୟର ମୂଲ୍ୟ ଦେଇ ହିମାଚଳ ପ୍ରଦେଶରୁ ଆଣିଥିଲା। ଗଛଟା ଶୀତପ୍ରଧାନ ଜଳବାୟୁର ଆବଶ୍ୟକତା ଚାହେଁ। ସେଦିନ କିଛି ଗଛ ଖରାରେ ରଖିବାକୁ କହିଯାଇଥିଲା ଅନିରୁଦ୍ଧ। ସେଇ ଯେ ଚାରାକୁଣ୍ଡଟିକୁ ଖରାରେ ରଖିଥିଲା ସ୍ୱରୂପା। ଆଉ ଆଣିବାକୁ ମନେ ନ ଥିଲା ବା'ର। ସାରା ଖରାବେଳଟା ଅଗଣାରେ ରହି ମରିଯାଇଥିଲା ଗଛଟା।

କଲେଜରୁ ଫେରି ମଲାଗଛ ଦେଖି ରାଗରେ ଚିତ୍କାର କରି ଉଠିଥିଲା ଅନିରୁଦ୍ଧ। କେତେ କଷ୍ଟ, ପରିଶ୍ରମ, ସମୟର ମୂଲ୍ୟ ଦେଇ ହିମାଚଳ ପ୍ରଦେଶରୁ ଆଣିଥିଲା ଗଛଟି। ଚର୍ମରୋଗ ଆରୋଗ୍ୟ ହେବାର ଉପାଦାନ ଥିଲା ତହିଁରେ। ଅଥଚ ମରିଗଲା ଗଛଟା ସ୍ୱରୂପାର ଅଣହେଳା ପାଇଁ।

ସ୍ୱରୂପା ନିଜ ତ୍ରୁଟିକୁ ଗଭୀର ଅନୁଶୋଚନାରେ ସ୍ୱୀକାର କରିବା ଝିଅ। ଦିନ ଦିନର ଘଟଣା ସବୁ ଅଭିମାନ ରୂପେ ଯେ ସ୍ତୂପୀକୃତ ହୋଇ ଜମା ହୋଇ ରହିଥିଲା ମନରେ। ତା' ଉପରେ ଅନୁଶୋଚନା ଓହେଲି ଉଠିଲା। ଆଉ ତା'ରି ଉପରେ ଯେମିତି ଆହୁରି ଇନ୍ଧନ ଅଜାଡ଼ି ଦେଇଗଲା ଅନିରୁଦ୍ଧର କ୍ରୋଧ। ଅନିରୁଦ୍ଧ ରାଗରେ ନ ଖାଇ ଚାଲିଗଲା। ବୁଲି ବୁଲି କେତେ ରାତିକୁ ଆସିଲା। ଆଖିର ଲୁହ, ମନର କୋହ ଛପାଇ ତାକୁ ଖାଇବାକୁ ଦେଲା ସ୍ୱରୂପା। ହେଲେ ଅନିରୁଦ୍ଧ ପଦେ ବି କହିଲା ନାହିଁ, ରୂପା ତୁମେ ଖାଇଚ ତ ? ଆସ, ଏଠି ସାଙ୍ଗ ହେଇ ଖାଇବା।

ସେଦିନ ଉପାସରେ ଶୋଇଲା ସ୍ୱରୂପା।

ଏମିତି କୁହୁଳିଲା ମନ, କୁହୁଳିଲା ଦିନ। ଦୀର୍ଘ ହେଲା ବ୍ୟବଧାନ। ଦିନ ଦିନର, ନିମିଷ ନିମିଷର ଘଟଣା ସବୁ ଗୋଟାଏ ମାଳା ହୋଇଗଲା। ସେ ମାଳାରେ ଫୁଲ କେତେ, କଣ୍ଟା କେତେ, ସ୍ୱରୂପା ଛଡ଼ା କିଏ ଭୋଗିଲା ତାକୁ ?

ଅବସର ପରେ ସ୍ୱରୂପା ଭାବେ, ଘଟି ଯାଇଥିବା ଘଟଣା ଜୀବନର କିୟଦଂଶ। ଜୀବନ ନୁହେଁ, ମନର ଝଲକଟିଏ। ସମଗ୍ର ମନ ନୁହେଁ। ଗୋଟିଏ ଗୋଟିଏ ଘଟଣାକୁ ନେଇ ମଣିଷ ଚରିତ୍ରର ମୂଲ୍ୟାଙ୍କନ କରି ହୁଏନା। ଆଉ ଯଦିବା କରାଯାଏ, କୌଣସି

ମୂଲ୍ୟାଙ୍କନ, ପଥ ସଜାଡ଼ିବାର, ସମ୍ଭାଳିବାର, ତିଆରି କରିବାର ଭୂମିକା ନେଇ ନ ପାରେ କେବେ ବି ।

ସ୍ୱରୂପା ବିକଳ ହୋଇ ପ୍ରଶ୍ନ ପଚାରେ, "ତେବେ ଭୁଟି କାହାର ? ତା'ର ନା ଅନିରୁଦ୍ଧର ? ନା ତାଙ୍କୁ ବେଢ଼ି ବହିଯାଉଥିବା ସମୟର ?"

ସମୟ ବି ଅନେକ କଥା ମାଗେ । ଦାବୀ କରେ, ମଣିଷକୁ, ସମାଜକୁ, ଇତିହାସକୁ, ଯୁଗକୁ ।

ସମୟ ଯଦି ଏମିତି ସ୍ୱରୂପାକୁ କିଛି ମାଗି ବସିଲା ସେଇଟା ସ୍ୱରୂପାର ଭୁଲ୍ ?

କେତେ ଛୋଟ କଥା । କେତେ ବଡ଼ ହୋଇଗଲା । ଲାଜରେ ମୁହଁ ପୋଡ଼ିଗଲା ସ୍ୱରୂପାର ।

ସେଦିନ ପଡ଼ୋଶୀ ଦୀନବନ୍ଧୁ ସାରଙ୍କର ସ୍ତ୍ରୀ ଆସି ସ୍ୱରୂପାକୁ କହିଲେ, ସ୍ୱରୂପା, ଘରେ ଦି' ଚାରିଟା ଚଉକି ରଖ । ସମସ୍ତଙ୍କୁ 'ଣ ଶୋଇବା ଘର ଖଟରେ ବସାଇବ ?"

କଥାଟା ଆଦୌ ଭୁଲ୍ ନୁହେଁ । କଥାଟା ଏକ ଅନିବାର୍ଯ୍ୟ ଆବଶ୍ୟକତା । ସେଇ ଅନିବାର୍ଯ୍ୟ ଆବଶ୍ୟକ ବସ୍ତୁଗୁଡ଼ିକ ତାଙ୍କ ସଦ୍ୟ ନୂଆ ସଂସାରରେ ଏ ପର୍ଯ୍ୟନ୍ତ ବି ଆସିପାରି ନାହିଁ । ତାଙ୍କର ଏହି ମାନସିକ ଦୈନ୍ୟତାଙ୍କୁ ଆଙ୍ଗୁଠି ଦେଖାଇ ଚିହ୍ନାଇ ଦେଇଚନ୍ତି ଦୀନବନ୍ଧୁ ସାରଙ୍କ ସ୍ତ୍ରୀ । ସ୍ୱରୂପା ଲାଜରେ ମୁହଁ ତଳକୁ କଲା । କହିଲା, "ମାଉସୀ ତାଙ୍କୁ ତ ଜମା ବେଳ ହେଉନି । ବଜାରକୁ ଯାଇ ପାରୁ ନାହାନ୍ତି...।"

ମାଉସୀ ଭୁଲ୍ କହିନଥିଲେ । ତା'ର ପଡ଼ୋଶୀ ସବୁ ଅଧ୍ୟାପକମାନଙ୍କ ଘରେ ଦାମୀ ଦାମୀ ଆସବାବପତ୍ର, ସୋଫା ସେଟ୍, ଡାଇନିଂ ଟେବୁଲ୍, କାର୍ପେଟ୍, ଡ୍ରେସିଂ ଟେବୁଲ୍ ଇତ୍ୟାଦି ଇତ୍ୟାଦି । ଅଥଚ ଜଣେ ଉଚ୍ଚ ଶିକ୍ଷିତ, ଗବେଷକ ଘରେ ମାମୁଲି କେତୋଟି ଚୌକି ନାହିଁ ।

ସେଦିନ ଅନିରୁଦ୍ଧ ଫେରିଲା ପରେ ସ୍ୱରୂପା କହିଥିଲା, "କେତେଟା ଚୌକି ଆଶୁନ ? କିଏ ବୁଲି ଆସିଲେ ଭାରି ଅସୁବିଧା ହେଉଛି ।"

ଅନିରୁଦ୍ଧ ଆପଣା କାମରେ ମନ ନିବେଶ କରି କହିଲା, "ହଁ, ହଁ, ଆଣିବା ।"

"ଏମିତି କହି କହି ତ ଦି' ମାସ ଗଲାଣି ।"

"କହିଲି ପରା ଆଣିବା ।" ଅନିରୁଦ୍ଧ ସେଦିନ ଡାକରେ ଆସିଥିବା ଏକ ମାଗାଜିନ୍‌ରେ ଦୃଷ୍ଟି ନିବଦ୍ଧ କରିଥିଲା ।

ସ୍ୱରୂପା ଆଉ କିଛି କହିଲା ନାହିଁ । ଦିନ ଗଡ଼ିଲା ।

ଅନିରୁଦ୍ଧର ଚୌକି କଥା ମନେ ରହିଲା ନାହିଁ । ଅଭିମାନରେ ସ୍ୱରୂପା ତାଙ୍କୁ କହିଲା ନାହିଁ । ଅନିରୁଦ୍ଧ କେବେ ମଧ କହେ ନାହିଁ, ରୂପା ଆସ ବଜାର ଯିବା । ଘର

ପାଇଁ କ'ଣ କ'ଣ ଜିନିଷ ଦରକାର ତା'ର ଏକ ଲିଷ୍ଟ କର, କିଣି ଆଣିବା। ସ୍ୱରୂପା ନିଜକୁ ତାଗିଦ୍ କରେ। ଟ୍ରଙ୍କରୁ ଟଙ୍କା ନେଇ, ବଜାରରୁ ଜିନିଷ ସେ ନିଜେ କିଣି ଆଣିବାରେ ଭୁଲ୍ ହେବ କାହିଁକି? କିନ୍ତୁ ସ୍ୱରୂପାର ମନ ନିଆରା। ସଂସାର ଦି' ଜଣଙ୍କର। ଅନିରୁଦ୍ଧର ଅସମର୍ଥିତ କାର୍ଯ୍ୟ କରିଯିବାର ସଂସ୍କାରରେ ସେ ତ ଜମା ବଢ଼ି ନାହିଁ।

ବେଳେ ବେଳେ ଅଣନିଃଶ୍ୱାସୀ ହେଲା ପରି ସ୍ୱରୂପା ପଳାଏ ବୁଲି ଏକା ଏକା। ବଜାରକୁ ନୁହେଁ। ଖୋଲା ପଡ଼ିଆକୁ। ନଈ କୂଳକୁ। ଦିନେ ଦିନେ ଫେରିଲାବେଳେ ଅନିରୁଦ୍ଧର ହାବୁଡ଼ରେ ପଡ଼େ। ଅଥଚ ଅନିରୁଦ୍ଧ କିଛି କୁହେନା।

ସେଦିନ କ'ଣ ପାଇଁ ସ୍ୱରୂପା ଏମିତି କହିଲା? ଅନିରୁଦ୍ଧ କଲେଜରୁ ଫେରି ଜଳଖିଆ ଖାଇ ସାରିଲା ପରେ ସେ କହିଲା, "ଆଜି ଯାଅ ଚୌକି କିଣି ଆଣିବ।"

ଅନିରୁଦ୍ଧ ଆପଣା ଇଚ୍ଛାର ମାଲିକ। ତାକୁ କିଏ ଆଦେଶ ଦେବ, ଏହା ତା'ର ସହ୍ୟ ହୁଏନା। ସେ ରାଗିଯାଇ କହିଲା, "ଖାଲି ଚୌକି, ଚୌକି, ଚୌକି। ନିଅ ଟଙ୍କା, ଯାଅ କିଣି ଆଣିବ। ମୁଁ ଯାଇ ପାରିବି ନାହିଁ?"

ଏତିକି କହି ଅନିରୁଦ୍ଧ ପକେଟ୍‌ରୁ ପୁଲାଏ ନୋଟ୍ କାଢ଼ି ଫୋପାଡ଼ି ଦେଲା ସ୍ୱରୂପା ଉପରକୁ। ଟଙ୍କା ପୁଲାକ ସ୍ୱରୂପାର ମୁହଁରେ ବାଜି ବିଞ୍ଚିହୋଇଗଲା ଚଟାଣରେ ଗୋଟା ଗୋଟା ହୋଇ।

ଏଭଳି ଅଶାଳୀନ ବ୍ୟବହାର ପାଇଁ ପ୍ରସ୍ତୁତ ନ ଥିଲା ସ୍ୱରୂପା। ତା' କୁହୁଳା ମନ ଜଳି ଉଠିଲା ହୁତ୍ ହୁତ୍ ହୋଇ। ସେ କାନ୍ଦି ଉଠି କହିଲା, "ବାହାର ଫୋପଡ଼ା ଦାନକୁ ଗ୍ରହଣ କରିବି, ଏମିତି ମୁଁ ନୁହେଁ।"

ଦୁଇ ହାତରେ ମୁହଁ ଘୋଡ଼େଇ କଇଁ କଇଁ ହୋଇ କାନ୍ଦି ଉଠିଲା ସ୍ୱରୂପା। ଆଉ ଏଇ ଦୃଶ୍ୟ ଦେଖିବାକୁ ଠିକ୍ ସେତିକି ବେଳେ ହିଁ ପହଞ୍ଚି ଯିବାକୁ ଥିଲା ସୀତେଶର। ସବୁବେଳେ ସେମାନଙ୍କ ଦାମ୍ପତ୍ୟ ଜୀବନର ବିଲକ୍ଷଣ ମୁହୂର୍ତ୍ତକୁ ଉନ୍ମୋଚନ କରେ ସୀତେଶ।

ସୀତେଶକୁ ଦେଖି ସ୍ୱରୂପା ଆହୁରି କଇଁ କଇଁ ହୋଇ କାନ୍ଦି କଟିଲା। ସୀତେଶ ଥରେ ସ୍ୱରୂପାକୁ, ଥରେ ବିଞ୍ଚି ଯାଇଥିବା ଟଙ୍କାକୁ ଅନିରୁଦ୍ଧକୁ ଚାହିଁ କିଛି ବୁଝି ପାରୁ ନ ଥିଲା ଯେମିତି।

ତେବେ ବି ସେ ସ୍ୱରୂପା ପାଖକୁ ଯାଇ ତା' ମୁହଁରୁ ହାତ କାଢ଼ି ଲୁହ ପୋଛି ଦେଲା। ତାକୁ ନିଜ ଆଡ଼କୁ ଟାଣି ତା' ପିଠି ସାଉଁଲି କହିଲା, "ଛିଃ କାନ୍ଦନା, ମୁଁ ଅନିରୁଦ୍ଧକୁ ବୁଝାଇ ଦେବି।"

ସ୍ୱରୂପା ପିଠି ଉପରେ ପଡ଼ିଥିଲା ସୀତେଶର ହାତ। ସଂକୁଚିତ ହୋଇ ଯାଉଥିଲା ସ୍ୱରୂପା। ନିଜକୁ ଦୂରେଇ ଆଣି ସହଜ ହେବାକୁ ସେ ଭିତରକୁ ଚାଲିଗଲା।

ସେ ଦିନକର ଘଟଣା ସତ୍ୟ। ହେଲେ ଏଥିରେ ପ୍ରତିଫଳିତ ହୋଇଛି ପୁଞ୍ଜିଭୂତ ଘଟଣାର ଯାତନା। ଏ କଥା ବୁଝିଲା ସମଝଦାର ସୀତେଶ୍।

ସେ ଅନିରୁଦ୍ଧକୁ ଚାହିଁଲା। ଅନିରୁଦ୍ଧ ତାକୁ ଧରି ପକାଇ ଭଙ୍ଗା କଣ୍ଠରେ କହିଲା, "ମୁଁ ଆଢ଼ଜନ୍ମ କରିପାରୁନି। ଦୋଷ ମୋର।"

ଖାଇ ପିଇ ସାରି ସୀତେଶ୍ ଘୋଷଣା କଲା, ସେ ନିଜେ ଆସି ନାହିଁ। ତାକୁ ପଠାଇଛନ୍ତି ସାର। ସ୍ୱରୂପାର ବାପା। ସ୍ୱରୂପା କେମିତି ଅଛି, ଦେଖ୍ ଯିବାକୁ ସେ ପଠାଇଛନ୍ତି ସୀତେଶ୍କୁ। ସୀତେଶ ଯେ ତା'ର ବ୍ୟବସାୟ ସଂକ୍ରାନ୍ତରେ ବାଲେଶ୍ୱର, ବାରିପଦା ପ୍ରତି ମାସରେ ଆସେ। ସେତେବେଲେ ସେ ଆସି ସ୍ୱରୂପାକୁ ଦେଖ୍ ଯାଉଥିବ ଓ ସାର୍ଙ୍କୁ ତା'ର କୁଶଳ ବାର୍ତ୍ତା ଦେଉଥିବ।

ଏ କଥାରେ ସତ୍ୟତା ଥିଲା ବୋଲି ସ୍ୱରୂପା ଅନୁଭବ କଲା। ଅନିରୁଦ୍ଧ ତ ବିଶ୍ୱାସ କରେ ସୀତେଶ୍କୁ। ସେ ଖୁସୀ ହେଲା ଯେ ତା'ର ବନ୍ଧୁ ତାକୁ ସଂଖୋଲି ଆସିଛି। ଆଉ ସ୍ୱରୂପା... ସେ ଯେମିତି ଅନୁଭବ କରୁଥିଲା ତା' ଭିତରୁ ଗୋଟେ ଚପଳ ଝିଅ ଦେଇଁପଡ଼ି ଧାଉଁ ଯାଇ ସୀତେଶକୁ କୁଣ୍ଢେଇ ପକାଇ କହୁଛି... ତୁମେ ଆସି ଆଜି ପହଞ୍ଚି ଯାଇ ମତେ ବଞ୍ଚେଇ ଦେଲ ସୀତେଶ୍। ମତେ ବଞ୍ଚେଇ ଦେଲ।

ସୀତେଶ୍ କିଣି ଆଣିଲା। ଅନେକ ଘରକରଣା ଜିନିଷ। ଟେବୁଲ, ଚେୟାର, ସୋଫା ଠାରୁ ରୋଷେଇଘର ସରଞ୍ଜାମ ପର୍ଯ୍ୟନ୍ତ। ସବୁ କିଣି ଆଣି ସଜେଇ ଦେଲା ସେ। ନିଜ ହାତରେ।

ଅନିରୁଦ୍ଧ ବିରକ୍ତ ହେଇଥିଲା, ତୁ ଏସବୁ କାହିଁକି ଆଣିଲୁ? ତୁ କ'ଣ ଭାବୁଚୁ ଯେ...

ସୀତେଶ୍ ହସି କହିଲା, "ଦେଖ, ବାପା ମାଆ ଯେତେ ଦୂରରେ ରହିଲେ ମଧ ପିଲାର ମନକଥା ବୁଝି ପାରନ୍ତି। 'ଟେଲିପାଥ୍' କଥାଟା ତୁ ବିଶ୍ୱାସ କରୁନା? ସାର ଟଙ୍କା ଦେଇ ମତେ ପଠେଇଛନ୍ତି ଯେ ସ୍ୱରୂପାର ନୂତନ ସଂସାର ସଜାଡ଼ିବାର ଉପକରଣ ସବୁ କିଣିଦେଇ ଆସିବା ପାଇଁ।"

ଅନିରୁଦ୍ଧ ମନ ବୁଝିଗଲା। ସେ ଚାଲିଗଲା କାର୍ଯ୍ୟରେ। ସେ ଠିକ୍ ଚାଲିଯିବା ପରେ ସ୍ୱରୂପା କହିଲା, "ଚାଲ ନା, ଆମେ କୁଆଡ଼େ ବୁଲି ଆସିବା।"

"ବେଶ୍ ଚାଲ।" ସୀତେଶ ଜବାବ ଦେଲା।

ସୀତେଶ୍ ଏମିତି ପ୍ରତି ମାସରେ ଆସେ। ସ୍ୱରୂପାକୁ ନେଇ ବୁଲାଏ। ମାଦା ପଡ଼ିଥିବା ଜୀବନ ପ୍ରବାହ ହେ ଟେରେ କଲ୍ଲୋଲି ଉଠେ। କେତେ ଥର ସେ ଯାଇଛି ଏଇଠୁ ସୀତେଶ୍ ସହ ଦୀଘା, ମୟୂରଭଞ୍ଜର ଖଟିଂ ଏବଂ ଘୁରି ଦେଖିଛି ଅଭୟାରଣ୍ୟ ଶିମିଳିପାଲ।

ଥରେ ଦି'ଥର ଯାଇଛି ଅନିରୁଦ୍ଧ । ବହୁତ ବାଧ ବାଧକତାରେ । ବାକି ସବୁଥର ସେ କହିଛି, "ତୁ ରୂପାକୁ ନେଇ ଚାଲିଯା । ଘରେ ଏକା ରହିବ କାହିଁକି ?"

ସେଇ ତିନିବର୍ଷର ଜୀବନ । ଅନିରୁଦ୍ଧ ଓ ସ୍ୱରୂପା ମଧରେ ଯେଉଁ ଦୂରତ୍ୱ ତୀବ୍ର ହେଇ ଉଠୁଥିବା ଅନୁଭବ କରୁଥିଲା ସ୍ୱରୂପା । ସେଇ ଦୂରତ୍ୱର ସେତୁ ହୋଇଗଲା ସୀତେଶ । ତା'ର ସେଇ ଦାମ୍ପତ୍ୟ ଜୀବନରେ ଶତ ଛିଦ୍ର ଦେଇ ସଂସାରର ସବୁ ପ୍ରକାରର ଦାରିଦ୍ର୍ୟ ଫୁଟି ଦିଶୁଥିଲା । ତା' ଯେମିତି ନିବୁଜ ହେଇ ଯାଉଥିଲା ସ୍ୱରୂପା ପାଇଁ ।

କିନ୍ତୁ ଛିଦ୍ର ଦେଇ ସବୁ ଦିଶୁଥିଲା ବାହାରକୁ ।

ସୀତେଶର ଘନ ଘନ ଆସିବାରେ ପ୍ରଶ୍ନବାଚୀ ଉଠୁଥିଲା ସାଇ ପଡ଼ିଶାଙ୍କ ମନରେ ।

କେତେଥର ପଡ଼ିଶା ଘର ସାଙ୍ଗମାନେ ପ୍ରଶ୍ନ କରିଛନ୍ତି, "ଏ ବାବୁଟି କିଏ ସ୍ୱରୂପା ? ତୁମ ଭାଇ ?"

"ନା, ମୋ ଭାଇ ନୁହେଁ । ହେଲେ ଭାଇଠୁ ବଳେ ।"

ହସି ଦିଅନ୍ତି ସେମାନେ । ବିଦ୍ରୂପ ଓ ଭ୍ରୁକୁଟୀର ହସ ସେ ? ତୀର୍ଯ୍ୟକ ସେଇ ଚାହାଣି । ଭାରି କୁଟିଳ ।

ନାରୀ, ପୁରୁଷର ସଂପର୍କ ଯେତେ ଶୁଦ୍ଧ ହେଲେ ବି ସବୁବେଳେ ସଦେହ ସୃଷ୍ଟି କରି ଆସିଛି ପରିବେଶରେ । ଭାଇଠୁ ବଳି ଜଣେ ଏତେ ଦେବାନେବା କରିବା, ଏତେ ଯତନ ନେବା, ଏହା ପଛରେ ସବୁଟି ଅଛି ସ୍ୱାର୍ଥ । ମଣିଷର ପ୍ରଥମ ସ୍ୱାର୍ଥ ଆଉ କ'ଣ କି ?

ସ୍ୱରୂପା ବୁଝେ । ଅନୁମାନ କରେ । ନିଜକୁ ପଚାରେ । ସେ କ'ଣ ସୀତେଶ ପ୍ରତି ଆକୃଷ୍ଟ ହେଇ ଉଠୁଛି ?

ନା, ନା, ନିଜେ ନିଜର ବିରୋଧ କରେ ।

ତେବେ ସେ ଏମିତି ବାରମ୍ବାର ଆସିବାକୁ ପ୍ରଶ୍ରୟ ଦେଉଛି କାହିଁକି ? ବିନା ଦ୍ୱିଧାରେ ତା' ସହ ବୁଲୁଛି କାହିଁକି ? ଯାହା ଅତୀତରେ କରୁଥିଲା – ତା' ବିବାହିତ ଜୀବନରେ ବଳବଉର ରଖିଛି କାହିଁକି ?

କାହିଁକି.. କାହିଁକି..? ଏ ପ୍ରଶ୍ନରେ ଘାରି ହୁଏ ସ୍ୱରୂପା । ନିଜକୁ ତର୍ଜମା କରେ । ରାତି ରାତି... ଦିନ ଦିନ.. । ସେ କ'ଣ ଅନିରୁଦ୍ଧକୁ ଭଲ ପାଏନା ? ଏଟିକି ଛିଦ୍ର ସୁଯୋଗ ନେଇ ପଶି ଆସୁଛି ସୀତେଶ ? ସୀତେଶ ଭିତରେ କ'ଣ ଆବିଳତା ଅଛି କିଛି ? ଅଛି କିଛି ଗୋପନ ଆକାଂକ୍ଷା ?

ସ୍ୱରୂପା ନିଜକୁ ଯେତେ ଯେତେ ତର୍ଜମା କରେ, ସେ ସେଟିକି ଅବୋଧ ରହିଯାଏ ।

ପୁଣି ଭାସି ଯାଏ ସେଇ ସ୍ରୋତରେ । ମଣିଷ ସତରେ ନିଜକୁ କେତେ ଟିକିଏ ଚିହ୍ନେ ?

ସେଥର ବାପା ଅସୁସ୍ଥ ହେବାର ଖବର ଆସିଲା । ଅନିରୁଦ୍ଧ ଓ ସ୍ୱରୂପା ଯାଇ ପହଞ୍ଚିଲେ । ଦୀର୍ଘ ମାସେ କାଳ ତାଙ୍କ ଚିକିତ୍ସାରେ ଲାଗିଥିଲା ସୀତେଶ । ତା’ର ଯେ ବ୍ୟବସାୟ ସଂକ୍ରାନ୍ତରେ ଜର୍ମାନ ଯିବାର ଥିଲା । ସବୁ ବନ୍ଦୋବସ୍ତ ହୋଇ ସାରିଥିଲା । ସାରଙ୍କ ଅସୁସ୍ଥତା ପାଇଁ ସେ ଯାଇପାରୁ ନ ଥିଲା ।

ସତରେ ସୀତେଶ୍ ଅସାଧାରଣ । ନିଜର ଶିକ୍ଷକଙ୍କ ପ୍ରତି ଶ୍ରଦ୍ଧା, ସମ୍ମାନକୁ ଏମିତି ଭାବେ ବଳବତ୍ତର ରଖି ପାରନ୍ତି କେତେ ଜଣ ।

ଅନିରୁଦ୍ଧ ସାରଙ୍କ ଝିଅକୁ ବିବାହ କରି ଗୁରୁ ଦକ୍ଷିଣା ହୁଏତ ଦେଇଦେଲା । ପଢ଼ିଗଲା ଗୋଟେ ପୂର୍ଣ୍ଣଚ୍ଛେଦ ।

ସୀତେଶ୍ ଯେ ନିରନ୍ତର ଗୁରୁ ଦକ୍ଷିଣା ଦେଇ ଚାଲିଛି ତିଳ ତିଳ କରି । ନିଜ ପୁଅ ଏତେ ଟିକେ ବି ପଚାରୁ ନ ଥିବା ପିତା ନିରାନନ୍ଦ କିନ୍ତୁ ଆକଣ୍ଠ ସେବା, ସ୍ନେହ, ସାହାଯ୍ୟ ପାଇ ଚାଲିଛନ୍ତି ସୀତେଶ୍ ଠାରୁ ।

ଅନିରୁଦ୍ଧ ଓ ସୀତେଶ୍ ପାଖାପାଖି ଠିଆ ହୋଇଥାନ୍ତି ସାରଙ୍କ ଶଯ୍ୟା ଧାରରେ । ମଝିରେ ଠିଆ ହୋଇଥାଏ ସ୍ୱରୂପା ।

ସାର୍ ଜାଣନ୍ତି । ଏ ଦୁହେଁ ତାଙ୍କର ପ୍ରିୟତମ ଛାତ୍ର । ଆଜିଯାଏ ରହିଛନ୍ତି ବଶମ୍ବଦ । ଏକ ଆରେକକୁ ବଳି । ସେ ଦୁହିଙ୍କ ହାତ ଧରିଲେ । ଲୁହ ଛଳ ଛଳ ହେଲା ଆଖି ।

ବାପା କତରାଲଗା ହୋଇଥିଲେ । କଥା କହିବାରେ କଷ୍ଟ ଅନୁଭବ କରୁଥିଲେ । ଘାଣ୍ଟି ହେଉଥିଲେ । ପ୍ରିୟତମ ଛାତ୍ର ଦୁହିଙ୍କ ହାତ ଧରି ଆଖି ବୁଜିଲେ ।

ଓଃ, ସେ କି ମର୍ମାନ୍ତିକ କଷ୍ଟ !

ଜୀବନ ଏମିତି ବହୁତ ଦୃଶ୍ୟ ଦେଖାଏ । କରୁଣ, ମର୍ମାନ୍ତିକ, ବହୁ କଥା ଶୁଣାଏ । ନିନ୍ଦା, ଅପବାଦ । ବହୁତ ଯାତନା ଦିଏ । ଚାଲିବା ପାଇଁ, ଠିଆହେବା ପାଇଁ ଭୁଇଁ ଚାଖଣ୍ଡେ ମଧ୍ୟ ନ ଥାଏ ବେଳେ ବେଳେ ମଣିଷ ପାଇଁ ।

ସ୍ୱରୂପା ଏଇ ଦଗାବାଜ୍ ଜୀବନକୁ ଚିହ୍ନିଥିଲା ବିଗତ କେତେ ବର୍ଷ ଧରି । ବାପା ଚାଲିଗଲା ପରେ, ସେ ନିଃସ୍ୱ ହୋଇଗଲା ପରି ଅନୁଭବ କଲା । ପୁଣି ଆଶ୍ୱସ୍ତ ହେଲା ଯେ ବାପା ଘାଣ୍ଟି ହେଉଥିଲେ, ଚାଲିଗଲେ । ମୁକ୍ତି ପାଇଗଲେ, ତାଙ୍କର ଆତ୍ମା ଶାନ୍ତି ପାଉ ବୋଲି ସେ ନିରନ୍ତର ପ୍ରାର୍ଥନା କଲା ।

ସୀତେଶ୍ ନିରାନନ୍ଦ ସାରଙ୍କ ଅନ୍ତ୍ୟେଷ୍ଟି କ୍ରିୟା ପରେ ପରେ ଜର୍ମାନ ବାହାରିଗଲା । ଯିବା ପୂର୍ବରୁ ସେ ସ୍ୱରୂପା ମା’ଙ୍କ ପାଖେ ତା’ର ନିଜର ଚାକର ଦାମକୁ ରଖି ଦେଇଗଲା ।

ସତେ ଯେମିତି ସ୍ୱରୂପା ଘରର, ତା'ର ବାପା ମାଆଙ୍କର ସବୁ ଦାୟିତ୍ୱ ତା'ର। ଅନିରୁଦ୍ଧଙ୍କର ନୁହେଁ। ସେ କାହାକୁ ଯେମିତି କିଛି ଦାୟିତ୍ୱ ଦେବାକୁ ଚାହିଁଲା ନାହିଁ।

ଆଜି ବି ସେଇ କଥା ମନେ ପଡ଼େ ସ୍ୱରୂପାର। ସେ ଶିହରି ଉଠେ ଭୟରେ।

ସେଦିନ ସୀତେଶକୁ ଛାଡ଼ିବାକୁ, ବିଦାୟ ଦେବାକୁ ଯାଇଥିଲେ ଦୁହେଁ ଷ୍ଟେସନ୍‌କୁ। ସୀତେଶ ଦିଲ୍ଲୀ ଯାଇ ସେଠୁ ପ୍ଲେନ୍ ଧରିବା କଥା। ଷ୍ଟେସନ୍‌ରେ ବହୁତ ବେଳଯାଏ ସେମାନେ କଥାବାର୍ତ୍ତା କଲେ। ଅନିରୁଦ୍ଧ ଓ ସୀତେଶ। ସ୍ୱରୂପା କିଛି କହୁ ନ ଥିଲା। ସେ କହିବାକୁ କିଛି ଚାହୁଁ ନ ଥିଲା, ନା କହିପାରୁ ନ ଥିଲା ? ଦୁଃଖରେ, ବିଚ୍ଛେଦର ବ୍ୟଥାରେ ? ନା...।

ଟ୍ରେନ୍ ଆସିଲା। ଟ୍ରେନ୍ ଚଢ଼ିବା ପୂର୍ବରୁ ସୀତେଶ ତା'ର ହାତ ରଖିଲା ସ୍ୱରୂପାର କାନ୍ଧରେ। ଅନିରୁଦ୍ଧର ହାତକୁ ଧରି କହିଲା, "ଅନୁ, ସ୍ୱରୂପାର ଯତ୍ନ ନେବୁ।"

ତା'ପରେ ଧଡ଼ାସ୍ କରି ଚଢ଼ିଗଲା ସେ ଟ୍ରେନ୍ ଭିତରକୁ। ମୂକ ହୋଇ ଠିଆ ହୋଇଥିଲା ସ୍ୱରୂପା। ସେ ଦିନ କ'ଣ ସେ ବ୍ୟାକୁଳ ଭାବେ ନୀରବତାରେ ଆର୍ତ୍ତନାଦ କରି ଉଠି ନ ଥିଲା.. 'କେମିତି ରହିବି ସୀତେଶ ? କେମିତି ରହିବି ?'

ଏ କଥା କହି ନ ଥିଲା ସେ ମନେ ମନେ ?

ସ୍ୱରୂପାର ମନେପଡ଼ୁଥିଲା ସବୁ କଥା। ସେଦିନ ସେ ସୀତେଶର ବିଚ୍ଛେଦରେ କାତର ହୋଇ ପଡ଼ିଥିଲା। କିନ୍ତୁ ତାହା ଥିଲା ସାମୟିକ। ଗୋଟିଏ ଗୋଟିଏ ଘଟଣା ଯେମିତି ଜୀବନ ନୁହେଁ, ଜୀବନର କିୟଦଂଶ ମାତ୍ର। ଗୋଟିଏ ଗୋଟିଏ ଭାବନା ଯେମିତି ସମଗ୍ର ମନ ନୁହେଁ, ମନର ଝଲକଟିଏ ମାତ୍ର। ଯେମିତି କେତେବେଳେ କେମିତି ଏହି ନିରୁପାୟ ଢଳିବା ପଣଟି ପ୍ରେମ ନୁହେଁ, କେବେ ବି।

ସେ ସୀତେଶକୁ ଭଲ ପାଏ। ଭାଇ ପରି ହେଉ, କି ବନ୍ଧୁ ପରି ହେଉ। ସବୁବେଳେ ନାରୀ ପୁରୁଷର ସଂପର୍କ ସହ ସେଇ ଆଦିମ ରଙ୍ଗ ବୋଲିବାର ଯଥାର୍ଥତା ନାହିଁ। ଯେଉଁ ମନସ୍ତତ୍ୱବିଦ୍ ଏ ସଂପର୍କରେ କହିଛନ୍ତି, ତାହା ସବୁଦିନ ପାଇଁ ଠିକ୍ ହୋଇ ନ ପାରେ।

ଅନିରୁଦ୍ଧ ସହ ବଢ଼ୁଥିବା ଦୂରତ୍ୱକୁ ସଂକୁଚିତ କରିବାର ସେତୁ ହୋଇଥିଲା ସୀତେଶର। ସେତେବେଳେ ସେ ଏହା ଭାବୁଥିଲା। ସତରେ ସେ କ'ଣ ଥିଲା ଏକ ଦୂରତ୍ୱ ? ନା, ଦୂରତ୍ୱର ଭ୍ରମ ? ତା' ନ ହୋଇଥିଲେ, ଭାଗ୍ୟର ଧକ୍କା ସହି ସହି ସମୟର ଜଳନ୍ତା ନିଆଁଖୁଣ୍ଟାର ଗଞ୍ଜଣାକୁ ବରଦାସ୍ତ କରିଚାଲିଥିବା ସ୍ୱରୂପା ବୋଉର ଚିତାନଳ ପାଖରୁ ଉଠିଯାଇନଥାନ୍ତା ସଂପୂର୍ଣ୍ଣ ଅପରିଚିତ ମନଜିତ୍ ସହ, ସୁଦୂର ଦିଲ୍ଲୀକୁ... ଆକସ୍ମିକ ଦୁର୍ଘଟଣାଗ୍ରସ୍ତ ଅନିରୁଦ୍ଧକୁ ଭେଟିବା ପାଇଁ। ଅଣ୍ଟା ଭିଡ଼ି ନ ଥାନ୍ତା ତା'ର ସର୍ବସ୍ୱ ଦେଇ ଅନିରୁଦ୍ଧକୁ ସଂପୂର୍ଣ୍ଣ ସୁସ୍ଥ କରିବା ପାଇଁ।

ସତରେ ମଣିଷ ନିଜକୁ କେତେ ଟିକିଏ ଚିହ୍ନେ.. ?

ଆଜି ସୀତେଶ୍ ଜର୍ମାନରୁ ଫେରିଛି। ତା'ର ସ୍ୱଭାବସୁଲଭ ଉଦାରତା, ସାହାଯ୍ୟ ପ୍ରବଣତା ନେଇ ପ୍ରିୟ ବନ୍ଧୁ ଅନିରୁଦ୍ଧକୁ ସବୁ ମତେ ସାହାଯ୍ୟ ପାଇଁ ସେ ହାତ ବଢ଼ାଇବା ଅସ୍ୱାଭାବିକ ନୁହେଁ।

ହେଲେ, ସେ ଅସ୍ୱସ୍ତି ଅନୁଭବ କରୁଛି କାହିଁକି ?

ଅନିରୁଦ୍ଧ ତା' ପାଖରେ ନ୍ୟୂନ ମନେକରିବ ଏଥିପାଇଁ ?

ସୀତେଶ୍ ପୁରୀ ଫେରିବାର ଦୁଇ ତିନି ମାସ ହୋଇଗଲାଣି। ଏହି ତିନିମାସ ମଧ୍ୟରେ ଅଭ୍ୟାସବଶତଃ ସେ ବହୁବାର ଆସି ସ୍ୱରୂପା ଓ ଅନିରୁଦ୍ଧକୁ ଦେଖିଗଲାଣି। ତା'ର ଅନୁପସ୍ଥିତିରେ ଅନିରୁଦ୍ଧର ଏତେ ବଡ଼ ସର୍ବନାଶ ହୋଇଯାଇଛି ଜାଣି ସେ ଦୁଃଖିତ କେବଳ ନୁହଁ, ମର୍ମାହତ ମଧ୍ୟ। କିନ୍ତୁ ଏହି ମର୍ମ ବେଦନା ସେ ମୁହଁରେ ପ୍ରକାଶ କରେନା। କାଲେ ଅନିରୁଦ୍ଧ ଦୁଃଖ ପାଇବ, ଅନିରୁଦ୍ଧର ଯେ ଏମିତି କିଛି ହୋଇ ଯାଇନାହିଁ, ତାହା ହିଁ ସେ ଆଶ୍ୱାସନାରେ ଜଣେଇ ଥାଏ।

ସୀତେଶ୍ ନିଜ କର୍ମ ବ୍ୟସ୍ତତା ମଧ୍ୟରେ ଘଣ୍ଟାଏ ଖଣ୍ଡେ ସମୟ କାଢ଼ି ଅନିରୁଦ୍ଧକୁ ଭେଟିବାକୁ ଆସେ। ଏ ଘରକୁ ଆସିଲେ ତା'ର ପିଲାଦିନ କଥା ମନେପଡ଼େ। ଏଇ ଘରେ ଜଣେ ନିରଳସ ସ୍ନେହୀ, ଆଦର୍ଶବାଦୀ ଶିକ୍ଷକ, ଛାତ୍ରକୁ ପୁଅ କରିପାରିଥିଲେ। କିନ୍ତୁ ତାଙ୍କ ନିଜ ପୁଅ ତାଙ୍କର ପୁଅ ହେଇ ପାରିଲାନି। ମରିଗଲା ପରେ ଖଣ୍ଡିଏ ଚିଠି, ସାମାନ୍ୟ କିଛି ଅର୍ଥ ପଠାଇଥିଲା, ଯାହାକୁ ତା' ମା' ଘୃଣାରେ ଫିଙ୍ଗି ଦେଇଥିଲେ। ଏଇଠି ସେଇ ଶିକ୍ଷକ କନ୍ୟାଦାୟରୁ ମୁକ୍ତ ହେବା ପାଇଁ ଭିକ ମାଗିଲା ପରି ଗୁରୁଦକ୍ଷିଣା ମାଗିଥିଲେ। ଗୁରୁଦକ୍ଷିଣା ଦେଇଥିବା ସେଇ ଜ୍ୱାଁଇ, ଆଜି ତାଙ୍କରି ଘରେ, ତାଙ୍କରି ଖଟରେ ପଡ଼ି ରହିଛି। ତଫାତ୍ ଏତିକି ଯେ ସେ ଯିବା ଆସିବା କରୁଛି, ଭାଗ୍ୟ ଭଲ ଏତେକ ଦେଖିବାକୁ ସେ ନାହାନ୍ତି !

କିଏ ଜାଣେ, ଜୀବନରେ ପର୍ଦ୍ଦା କିଏ ପକାଏ ଓ ଉଠାଏ ? କିଏ ସେହି ସିନ୍ ଟାଣିଲାବାଲା ? କି ଅଭୁତ, ବିଚିତ୍ର ତା'ର ବିଚାର।

ସୀତେଶ୍ ଆସିଲେ ଅନିରୁଦ୍ଧ ଆଗରେ ଅନ୍ୟ କଥା ଗପେ। ତା'ର ବ୍ୟବସାୟ କଥା। ଓଡ଼ିଶାର କୁଟୀର ଶିଳ୍ପକୁ ବିଦେଶରେ ପ୍ରଚାର ଓ ପ୍ରସାର କରିବାରେ ସେ କେମିତି ସଫଳ ହୋଇଛି ସେ ତା'ର କାହାଣୀ କହେ। ପୁରୀ ସ୍ୱର୍ଗଦ୍ୱାରରେ ସୀତେଶର ଏହି ହସ୍ତଶିଳ୍ପ ଓ କୁଟୀର ଶିଳ୍ପର ଦୁଇଟା ବଡ଼ ସୋ-ରୁମ୍ ଅଛି। ଏଠି ଓଡ଼ିଶାର ବିଭିନ୍ନ ପ୍ରାନ୍ତରୁ ହସ୍ତଶିଳ୍ପ ସାମଗ୍ରୀ ବିକ୍ରି ହେଉଛି। ଏଇଠୁ କିଛି ଜିନିଷ କିଣୁ କିଣୁ ଜଣେ ଜର୍ମାନ୍ ଭଦ୍ରବ୍ୟକ୍ତି ମୁଗ୍ଧ ହୋଇ କହି ପକାଇଲେ, ଏତେ ସୁନ୍ଦର ସାମଗ୍ରୀ ଏତେ ଶସ୍ତାରେ ବିକ୍ରି

ହେଉଛି । ଏକ କ୍ଷୁଦ୍ର ଶାମୁକାରେ ହୋଇଥିବା ସୁଦୃଶ୍ୟ ସାମଗ୍ରୀକୁ ତିନି ଟଙ୍କାରେ କିଣିବା ବେଳେ ସେ କହିଲେ, "ଏଇଟି ମୁଁ ଆମ ଦେଶରେ ଷାଠିଏ, ସତୁରୀ ଟଙ୍କାରେ ବିକି ଦେବି ।" ବାୟଁଶ ପାତିରେ ଏକ ଲକ୍ଷଣ ଦେଖି ସେ ଏତେ ମୁଗ୍ଧ ହେଲେ ଯେ କହିଲେ ଏଇଟିକୁ ଦୁଇଶହ କି ତିନିଶହରେ ଲୋକେ ଖୁବ୍ ଖୁସୀରେ ନେଇଯିବେ । ଏଥୁ ପୂର୍ବରୁ ଫିନ୍ଲାଣ୍ଡକୁ କିଛି ହସ୍ତଶିଳ୍ପ ସାମଗ୍ରୀ ପଠାଇ ଭଲ ବ୍ୟବସାୟ କରିଥିଲା ସୀତେଶ । ଯେଉଁ ପ୍ରତିଷ୍ଠାନ ନେଉଥିଲା ସେ ଆଉ ଯୋଗାଯୋଗ ରଖିଲା ନାହିଁ । ତେଣୁ ଜର୍ମାନର ସେହି ବିଦେଶୀଙ୍କ ମାର୍ଫତରେ ସେ ବ୍ୟବସାୟ ପ୍ରସାର କାର୍ଯ୍ୟ ଚଲାଇଲା । ତାଙ୍କ ସହଯୋଗରେ, ପିପିଲି ଚାନ୍ଦୁଆ, ପିଉଲର ପିଲିସଜ, ରଘୁରାଜପୁରର ପଟ୍ଟଚିତ୍ର ଓ ଜଗନ୍ନାଥଙ୍କର ବିଭିନ୍ନ ବେଶ ସମ୍ବଲିତ ଫଟୋ ଓ ରଙ୍ଗୀନ କାଠ ଖୋଦେଇ ସାମଗ୍ରୀ ପ୍ରଚୁର ପରିମାଣରେ ଧରି ସେ ଜର୍ମାନ ଯାଇଥିଲା । ଏବେ ପ୍ରଚୁର ଅର୍ଥ ଆଦାୟ କରି ଆଣିଛି ।

ଅନିରୁଦ୍ଧର ମନରୁ ତା'ର ଅସ୍ୱସ୍ତି, ଅସୁସ୍ଥତାକୁ ଦୂର କରିବା ପାଇଁ ଏସବୁ ଗପେ ସୀତେଶ । କେବଳ ତା' ନିଜ କଥା ନୁହେଁ । କହେ, ଜର୍ମାନରେ ଘଟିଥିବା ବିଭିନ୍ନ ଅନୁଭୂତିର କଥା । କହେ ବହୁ ସ୍ମରଣୀୟ ଘଟଣା ।

ହେଲେ ସୀତେଶର ଏହି ହସ ହସ ବକ୍ତବ୍ୟରେ ଅନିରୁଦ୍ଧ ଅପ୍ରତିଭ ହୋଇଯାଏ । ସେ ମନ ଦେଇ ସବୁ ଶୁଣେ । ବେଳେବେଳେ ପ୍ରଶ୍ନ ମଧ୍ୟ ପଚାରେ । ବେଳେ ବେଳେ କୃତ୍ରିମ ରସିକତା କରେ, ଠୋ ଠୋ ହସେ । ହେଲେ ଏସବୁ ଅନ୍ତରାଳରେ ତା'ର ଅନବରତ ମନେହୁଏ ସେ ସତସତିକା ସୀତେଶ ପାଖରେ କେତେ ସାମାନ୍ୟ ହୋଇ ଯାଇଛି ।

ସୀତେଶ୍ ସବଳ, ସମର୍ଥ, ଉପାର୍ଜନକ୍ଷମ ଏକ ଦୀପ୍ତ ତରୁଣ । ସଫଳତାର ପ୍ରତିମୂର୍ତ୍ତି ।

ଆଉ ଅନିରୁଦ୍ଧ ନିଜେ ? ଭଙ୍ଗା ସ୍ୱପ୍ନର ବିକଳ ସମଷ୍ଟି । ଅସହାୟ, ପକ୍ଷହୀନ, ଅନ୍ଧ, ନିର୍ଭରଶୀଳ । ନିଜକୁ ଭାରି ତୁଚ୍ଛ ଲାଗେ ତାକୁ । ହେଲେ ସେ ମୁହଁରେ ହସ ଫୁଟାଏ । ସିଗାରେଟରେ ନିଆଁ ଧରାଏ । ଧୂଆଁ ଛାଡ଼ୁ ଛାଡ଼ୁ ମୁହଁ ଟାଣରେ କହେ, "ଦେଖୁରୁ ସୀତେଶ୍, ତଥାପି ମୁଁ ସିଗାରେଟଟା ଛାଡ଼ି ପାରିଲି ନାହିଁ । ଏମିତି କି ଯାଉ ଶସ୍ତା ସିଗାରେଟ ବି ଖାଇ ପାରୁନି । ସ୍ୱରୂପା ସବୁ ଖଣ୍ଡି ରହିଛି ମୋ ପାଇଁ ।"

"ସୀତେଶ୍ ଜାଣୁ, ବୁଝୁ, ମୋ ସ୍ତ୍ରୀ, ମୋ ସ୍ୱରୂପା ମତେ ଯତ୍ନରେ, କେତେ ଆରାମରେ ରଖିପାରୁଛି ।"

ସୀତେଶ୍ ହସିଲା... । କହିଲା, "ହଁ, ହଁ, ତୋ ପାଇଁ ସିଗାରେଟ୍ ମୁଁ ଆଣିଥିଲି ଏଇ ନେ... ।"

ରାଗିଲା ଅନିରୁଦ୍ଧ । କହିଲା, "ତୁ କାହିଁକି ଆଣିଲୁ ? ଜର୍ମାନରୁ ସେମିତି ଆଣିଥିଲୁ ଏତେ ଜିନିଷ । କ'ଣ ହେବ ସେସବୁ ଆମର । ଏଇ ଯେ ଘର ଦେଖୁଛୁ, କାନ୍ଥ ଧଉଲା ହେଇ ନାହିଁ, କଡ଼ି ପୋକ କାଟିଲାଣି, ଚଟାଣରୁ ସିମେଣ୍ଟ ଛାଡ଼ିଲାଣି । ଏଇ ଘରେ କ'ଣ ହେବ ସେ ଦାମୀ ଜିନିଷ ସବୁ । ନେ, ଏ ସିଗାରେଟ୍ ତୁ ରଖ । ମୋର ଖୁବ୍ ସିଗାରେଟ୍ ଅଛି ।"

ସାନ୍ତେଶ ଗମ୍ଭୀର ହେଇଗଲା । କହିପାରିଲା ନାହିଁ ଯେ ତୁ ଏମିତି ବଦଳିଗଲୁ କେମିତି ଅନୁ ? ଏସବୁ କିଛି କହି ପାରିଲା ନାହିଁ ସେ । କେବଳ କହିଲା, "ତୁ ଜାଣିଛୁ ଅନୁ, ସମ୍ପର୍କ ଅନେକ କିଛି ମାଗେ । ବିଶ୍ୱାସ, ବୁଝାମଣା, ଭଲପାଇବା ଓ ସହନଶୀଳତା । ମୁଁ ଯାହା ଦେଲି, ଯେତେ ତୁଚ୍ଛ ଓ ତୋର ଅପ୍ରିୟ ହେଲେ ବି ତୁ ତାହା କ'ଣ ସହ୍ୟ କରି ପାରିବୁ ନାହିଁ ସମ୍ପର୍କର ଖାତିରିରେ ?"

ଅନିରୁଦ୍ଧ କହିଲା, "ସହି ତ ଚାଲିଛି, ଆଉ କ'ଣ ସହିବାକୁ ହେବ ତା' ଭାବି ପାରୁନାହିଁ । ସାମ୍ନାଟା ଅନ୍ଧାର ଦିଶୁଛି । ତଥାପି ମୋର ଭରସା ଅଛି ଯେ ମୁଁ ଚାଲିପାରିବି । ମୁଁ ଥକିଯିବି ନାହିଁ, ମୁଁ ଭାଙ୍ଗି ପଡ଼ିବି ନାହିଁ । କାହିଁକି ନା ମୁଁ ଫେରି ପାଇଛି ମୋର ସାମ୍ରାଜ୍ୟ । ମୋ ପାଖରେ ମୋର ହାତଧରି ଠିଆ ହୋଇଛି ମୋ ସ୍ତ୍ରୀ ରୂପା ।"

ହଁ, ଦୁଃଖରେ ହିଁ ମଣିଷର ବର୍ଷ ଫିଟେ । ଦୁଃଖରେ ଜଳିଲେ ସୁନା ପରି ୫ଟକେ । ମୁଁ ଆଖ୍ ହରାଇଲି ନାହିଁ ଯେ ଅନ୍ତର୍ଦୃଷ୍ଟି ପାଇଲି । ସ୍ୱରୂପାକୁ ଦେଖିଲି ।

ସାନ୍ତେଶ ହସିଲା – ତା'ର ମନେ ପଡ଼ୁଥିଲା ଭଦ୍ରକର ସେଇ ସବୁଦିନର କଥା । ଆଜି ଅନିରୁଦ୍ଧର ମନ ବଦଳିଛି । ସ୍ୱରୂପା ନୁହେଁ । ସ୍ୱରୂପା ଯେମିତି ଥିଲା ଠିକ୍ ସେମିତି ଅଛି । ତା' ପାଟିରୁ ବାହାରିଗଲା – ହଁ, ସ୍ୱରୂପା ଖୁବ୍ କଷ୍ଟ ଉଠାଉଛି, ବିଚାରୀ..."
ବିଚାରୀ ?

ଅନିରୁଦ୍ଧ ରାଗିଯାଇ କହିଲା, "ବିଚାରୀ କ'ଣ ? ବିଚାରୀ କାହିଁକି ? ଯିଏ ଦୁଃଖ ସହ ସଂଗ୍ରାମ କରେ, ଯିଏ ପରିସ୍ଥିତି ସହ ଲଢ଼େଇ କରି ନିଜକୁ ମୁଣ୍ଡଟେକି ଠିଆ କରି ରଖେ । ଯିଏ ମାଆ, ବାପା, ଭାଇ, ସମସ୍ତଙ୍କୁ ହରାଇ ମଧ୍ୟ ଅନ୍ଧସ୍ୱାମୀକୁ ପ୍ରତିପାଳନ କରେ, ସେ ବିଚାରୀ ନ ହୋଇପାରେ କେବେବି । ଯିଏ ଅପରିଚିତ ମନଜିତ୍ ସହ ପୁରୀରୁ ଦିଲ୍ଲୀ ଛୁଟି ଯାଇପାରେ ପଦେ କଥାରେ, ସେ ବିଚାରୀ, ନୁହଁରେ ସାନ୍ତେଶ ସେ...."

ଅନିରୁଦ୍ଧର ଗଳା ଥରି ଉଠିଲା । ସାନ୍ତେଶ୍ ଜାଣେନି ସେହି ଦୁର୍ଘଟଣୋର ଇତିବୃତ୍ତ ! ସେଇ ଭୟଙ୍କର ଦୁର୍ଘଟଣୋକୁ ସାମ୍ନା କରିଥିଲା ସ୍ୱରୂପା ଏକାକୀ ।

ଅନିରୁଦ୍ଧ କହିଚାଲିଥିଲା । ସବୁ ଛୁଟିମାନଙ୍କରେ ଅନିରୁଦ୍ଧ ବୁଲି ପଳାଏ । ଆଗରୁ

ଚିଠା ପ୍ରସ୍ତୁତ କରିଥାଏ। କେଉଁଠି କେଉଁ ଗଛର ଚାରା ମିଳିବ। ତା'ପରେ ସେ ବାହାରି ଯାଏ। ଏମିତି ଥରେ ସିମ୍ଲାରୁ ଫେରିଲାବେଳେ ତା'ର ଦେଖା ହେଇଥିଲା ମନଜିତ୍ ସହ। ମନଜିତ୍ ଠିକ୍ ଅନିରୁଦ୍ଧ ପରି ଗଛମାନଙ୍କର ଜଣେ ସଂଗ୍ରାହକ। ଅବଶ୍ୟ ତା'ର ବୁନିଆଦି ଅଛି। ପ୍ରତିପତ୍ତି ଅଛି ମଧ୍ୟ। ତା' ଘର ପଞ୍ଜାବରେ। ତାଙ୍କର ବିରାଟ କୃଷି ଫାର୍ମ। ସେଠି ଆଧୁନିକ ପ୍ରଣାଳୀରେ ଚା ହୁଏ। ଶୁଣାଯାଏ ପଞ୍ଜାବରେ ବଡ଼ ପୁଅ ଯାଏ ସୈନ୍ୟବାହିନୀକୁ, ଦେଶ ରକ୍ଷା ପାଇଁ ସାନପୁଅ କରେ କୃଷିକର୍ମ। ମନଜିତ୍‌ର ବଡ଼ଭାଇ ସୈନ୍ୟବାହିନୀରେ କର୍ଣ୍ଣେଲ। ମନଜିତ୍ ବାପାଙ୍କୁ ସାହାଯ୍ୟ କରେ। ଏହାଛଡ଼ା ସେ ନିଜେ ଏକ ଔଷଧୀୟ ଉଦ୍ୟାନ କରିଥାଏ। ସିମ୍ଲାରୁ ଫେରିବା ବାଟରେ ସେମାନଙ୍କର ସାକ୍ଷାତ୍ ପରିଚୟ। ତାକୁ ଘନିଷ୍ଟ କରିଦେଲା ସହସା ଏକ ଘଟଣା।

ସିମ୍ଲାରୁ ଦିଲ୍ଲୀ ଆସିବା ବାଟରେ ମନଜିତ୍‌ର ପକେଟ୍‌ମାରୁ ହୋଇଗଲା। ତା'ର ପର୍ସରେ ଥିବା ଟଙ୍କା ସହ ଟିକେଟ୍ ମଧ୍ୟ ଥିଲା। ଟିକେଟ୍ କଲେକ୍ଟର ଟିକେଟ୍ ମାଗିଲା ବେଳେ ମନଜିତ୍‌ର ପକେଟ୍‌ରେ ପର୍ସ ନାହିଁ। ଟିକେଟ୍ କଲେକ୍ଟର ତାଙ୍କର ନିୟମାନୁଯାୟୀ ଟ୍ରେନ୍ ବାହାରିବା ଜାଗାରୁ ଦିଲ୍ଲୀ ଯାଏ ପେନାଲ୍ଟି ସହ, ଟିକେଟର ମୂଲ୍ୟ ଦାବୀ କଲେ। ମନଜିତ୍ ବଡ଼ ବିବ୍ରତ ହୋଇଗଲା। ତାକୁ ସାହସ ଦେଇ ସାଙ୍ଗେ ସାଙ୍ଗେ ଅନିରୁଦ୍ଧ ପକେଟରୁ ଟଙ୍କା କାଢ଼ି ବଢ଼ାଇଦେଲା। କହିଲା, "ଅସମୟରେ ସାହାଯ୍ୟ କରିବା ମଣିଷର ଧର୍ମ। ମନଜିତ୍ କୃତଜ୍ଞତାରେ ଜଡ଼ସଡ଼ ହୋଇଗଲା। ଅନିରୁଦ୍ଧର ଦିଲ୍ଲୀରୁ ଓଡ଼ିଶା ଫେରିବା କଥା ହେଲେ ମନଜିତ୍ ତାକୁ ଛାଡ଼ି ଦେଲା ନାହିଁ, ଜୋର୍‌କରି ନେଇଗଲା ତା' ଘରକୁ ଚଣ୍ଡୀଗଡ଼। ଦେଖାଇଲା ତା'ର ଔଷଧୀୟ ଉଦ୍ୟାନ। ସେଇ ଦିନଠୁ ମନଜିତ୍ ସହ ଅନିରୁଦ୍ଧର ଉତ୍ତମ ସଂପର୍କ। କେଉଁ ଗଛର ଚାରା ପାଇବା ମାତ୍ରେ ମନଜିତ୍ ଖବର ଦେବ ଅନିରୁଦ୍ଧକୁ। ଅନିରୁଦ୍ଧ ଯିବ। ଏମିତି କି ପନ୍ଦରଟି ଚାରା ଆଣିଛି ଅନିରୁଦ୍ଧ ମନଜିତ୍ ସାହାଯ୍ୟରେ। ମନଜିତ୍ କହିଛି, ଆମ ପରି, ପ୍ରତି ପରିବାରୁ ଯଦି ଜଣେ ଜଣେ ବ୍ୟକ୍ତି ଏମିତି କାମ କରନ୍ତେ ବର୍ଷ ତିରିଶଟାରେ, ଆମର ଏତେ ଔଷଧୀୟ ବୃକ୍ଷର ଅରଣ୍ୟ ହୋଇଯାନ୍ତା। ତାକୁ ଔଷଧରେ ପରିଣତ କରିବାକୁ ଆହୁରି କେତେ ଜଣ ବାହାରି ଆସନ୍ତେ। ହେଲେ ସେମିତି ଇଚ୍ଛା କାହିଁ?

ସେଠର ସ୍ୱରୂପାର ମାଆଙ୍କ ଦେହ ଭଲ ନ ଥିଲା। ଦାମ ଚିଠି ଦେଇଥିଲା। ପୂଜାଛୁଟି ମୁଣ୍ଡ ଉପରେ। ଅନିରୁଦ୍ଧ ସ୍ୱରୂପାକୁ ନେଇ ପୁରୀ ଗଲା। ଭାଇଙ୍କ ବସାରେ ଦିନେ ଓ ସ୍ୱରୂପା ମାଆଙ୍କ ପାଖେ ଦିନେ ରହି ଅନିରୁଦ୍ଧ, ମନଜିତ୍‌ର ଚିଠି ଅନୁସାରେ ତାକୁ ଭେଟିବାକୁ ଚଣ୍ଡୀଗଡ଼ ବାହାରିଗଲା ସେମାନେ ସାଙ୍ଗ ହୋଇ ଗଲେ ରୁର୍କି। ଏକ ଦାମୀ ଚାରା ଗଛ ଆଣି ଫେରିଲା ବାଟରେ ମନଜିତ୍ କହିଲା, "ଭାଇ, ଆଉ ଦୁଇଦିନ

ରହିଯାଅ । ଖୁବ୍ ମଜ୍ଜା କରିବା । ମୋର ବିବାହର ସଗାଇ ଅଛି । ତୁମେ ବି ମୋର ଭାବୀ ପତ୍ନୀକୁ ଦେଖ୍ ପାରିବ ।"

ମନଜିତ୍‌ର କଥା ଭାଙ୍ଗି ପାରିଲା ନାହିଁ ଅନିରୁଦ୍ଧ । ଦୁଇଦିନ ତା' ଘରେ ରହିଲା । ଚଣ୍ଡୀଗଡ଼ ସହର ସାରା ବୁଲିଲା । ଦେଖିଲା ତା'ର କୃଷି ଫାର୍ମ । ଦେଖିଲା ତା'ର ଔଷଧୀୟ ବୃକ୍ଷର ଉଦ୍ୟାନ । ରେଷ୍ଟୁରାଣ୍ଟରେ ଜଳଖିଆ ଖାଇ ଫେରିଲା ବେଳେ ଜାଣି ନ ଥିଲା ଯେ ତାଙ୍କୁ ଦୁଇଜଣ ଅନୁସରଣ କରୁଛନ୍ତି ।

ମନ ଖୁସୀରେ ଦି'ଜଣ ରାସ୍ତା କଡ଼େ କଡ଼େ ଆସୁଛନ୍ତି । ହଠାତ୍ ଜଣେ ବ୍ୟକ୍ତି କ'ଣ ଗୁଡ଼ାଏ ଅଜାଡ଼ି ଦେଲା ପାଣି ପରି । ତା'ପରେ ଧାଇଁ ପଳାଇଲା ।

ଅଜାଡ଼ିଥିବା ଦ୍ରବ୍ୟ ଯେ ଏସିଡ୍, ଏହା ପ୍ରମାଣିତ ହେଇଗଲା ଅନିରୁଦ୍ଧର ଆର୍ତ ଚିତ୍କାରରେ । ସେ ତଳେ ପଡ଼ିଯାଇ ଛଟପଟ ହେବାକୁ ଲାଗିଲା । ମନଜିତ୍ ଅନିରୁଦ୍ଧକୁ ଛାଡ଼ି ସେଇ ଲୋକ ପଛରେ ଧାଇଁଲା । ପାଟି ଶୁଣି ଲୋକ ବି ଚାରିପାଖରୁ ଘେରି ଯାଇଥିଲେ । ଦୁର୍ବୃତ୍ତ ଧରା ପଡ଼ିଗଲା । ମନଜିତ୍ ଚିହ୍ନିଲା ସେ ତା'ର ପୁରୁଣା ଶତ୍ରୁ । ସେ ମନଜିତ୍‌ର ସଗାଇ ପୂର୍ବରୁ ତାକୁ ଅକର୍ମଣ୍ୟ କରିଦେବାକୁ ଏସିଡ୍ ଧରି ଆସିଥିଲା । ଏକ ଅଟୋରିକ୍ସାକୁ ବାଟ ଦେବାକୁ ମନଜିତ୍ ଘୁଞ୍ଚିଯାଇଥିଲା । ତେଣୁ ତାଙ୍କ ପ୍ରତିହିଂସାର ଶିକାର ହୋଇଥିଲା ମନଜିତ୍ ବଦଳରେ ନିର୍ଦ୍ଦୋଷ ଅନିରୁଦ୍ଧ ।

ଛଟପଟ ଅନିରୁଦ୍ଧକୁ ଡାକ୍ତରଖାନାରେ ଭର୍ତ୍ତିକରାଗଲା । ଡାକ୍ତର ଦେଖିବା ପରେ ପଠାଇଦେଲେ ଦିଲ୍ଲୀ । ଦିଲ୍ଲୀରେ ଏକ ଚକ୍ଷୁ ଚିକିତ୍ସାଳୟରେ ସ୍ଥାନ ପାଇବାକୁ ଲାଗିଗଲା ଦୁଇଦିନ । ଏଠି ବଡ଼ ବଡ଼ିଆଙ୍କୁ ନ ଧରିଲେ ସିଟ୍ ପାଇବା ବୃଥା ଚେଷ୍ଟା । ରୋଗୀର ଅବସ୍ଥା ଯେତେ ଉଦ୍‌ବେଗଜନକ ହେଲେ ମଧ୍ୟ ଏମାନେ ଚାହାନ୍ତି ନାହିଁ ଟିକେ ବି । ଓଡ଼ିଶାର ଲୋକ ବୋଲି ଜାଣି ଜଣେ ଓଡ଼ିଆ ଡାକ୍ତରଙ୍କର ଗୋଡ଼ ବି ଧରିଥିଲା ମନଜିତ୍ । କିନ୍ତୁ ଡାକ୍ତର ମଧ୍ୟ କିଛି କରିପାରିଲେ ନାହିଁ ଶେଷରେ । ଜଣେ ଓଡ଼ିଆ ଏମ୍.ପି.ଙ୍କ ସହାୟତାରେ ଅନିରୁଦ୍ଧକୁ ସିଟ୍ ମିଳିଲା । ହେଲେ ସେତେବେଳକୁ ତା' ମୁହଁ ପୋଡ଼ି ଯାଇଥିଲା । ଆଖି ଡୋଲା ନଷ୍ଟ ହୋଇ ଯିବାର ଆଶଙ୍କା କରାଯାଉଥିଲା ।

ନିଜ ବାପାଙ୍କୁ ଜଗାଇ ରଖି ମନଜିତ୍ ସାଙ୍ଗେ ସାଙ୍ଗେ ଆସିଥିଲା ଓଡ଼ିଶା, ପ୍ଲେନ୍‌ରେ । ଭୁବନେଶ୍ୱରରୁ ବସ୍‌ରେ ଆସିଥିଲା ପୁରୀ । ପୁରୀରେ ପହଞ୍ଚି ସେ ଖୋଜିଥିଲା ନିରାନନ୍ଦ ଦାସଙ୍କ ଘର । ତାଙ୍କ ଝିଅ ସ୍ୱରୂପା ଦାସକୁ ।

କେହି ବୋଧେ ବତାଇ ଦେଇଥିଲେ ରାସ୍ତା ଓ ଘର । ଘର ସାମ୍ନାରେ ପହଞ୍ଚିଲା ମାତ୍ରେ ସେ ଦେଖିଲା, ଘରୁ ବାହାରି ଆସୁଛି ଏକ ଶବାଧାର । ଲୋକ ବେଢ଼ିଛନ୍ତି । ଶବ ଶୋଭାଯାତ୍ରା ବାହାରୁଛି । ସାମ୍ନାରେ ଗୋବର ପାଣି ପକେଇ ପକେଇ ଯାଉଛି

ପିଲାଟିଏ। ହଠାତ୍ କିଛି ବୁଝି ପାରିଲା ନାହିଁ ମନଜିତ୍। ଏଇଟା ନିରାନନ୍ଦ ଦାସଙ୍କ ଘର ନୁହେଁ? ସମସ୍ତେ କହିଲେ, "ହଁ, ଏଇଟା ଏଇଟା।" ସେ ଭାବିପାରିଲା ନାହିଁ କିଛି। ପଚାରିଲା, "ସ୍ୱରୂପା କାହିଁ?" କିଏ ଜଣେ ଦେଖାଇ ଦେଲା, ଏହି ଶବାଧାର ପାଖେ ପାଖେ ଯେଉଁ ଉଦାସୀ ଝିଅଟି ନୀରବରେ ଅଶ୍ରୁପାତ କରି ଚାଲିଛି, ସେଇ ସ୍ୱରୂପା... ସେଇ...।

ମନଜିତ୍ ବିଚଳିତ ହେଇଗଲା। ସ୍ୱରୂପାର ମା' ଚାଲି ଯାଇଛି। ଏବେ ଶ୍ମଶାନରେ ଜଳିବ ତା'ର ଚିତା। କେମିତି ଏ ଖବର ତାକୁ ଦେବ ମନଜିତ୍? ମନଜିତ୍ ସ୍ୱରୂପାର ପଛେ ପଛେ ଶବାଧାର ପାଖେ ପାଖେ ଚାଲିବାକୁ ଲାଗିଲା। ଶବ ଶୋଭାଯାତ୍ରାରେ ଯାଉଥିବା ଲୋକମାନେ ଶଂକାକୁଳ ଆଖିରେ ମନଜିତକୁ ଚାହିଁ ରହିଲେ। ଆରେ, ୟେ ପଞ୍ଜାବୀ ଟୋକାଟା ସ୍ୱରୂପା ପଛରେ ଚାଲିଛି କିଆଁ? ଏଇଟା ଉଗ୍ରବାଦୀ କି ସଂତ୍ରାସବାଦୀ ନୁହଁ ତ? କିଏ ଜାଣେ, ଟୋକାଟା କ'ଣ ପାଇଁ ଆସିଛି। ଟୋକାଟା ତ ଜମା ଏଠାର ନୁହଁ।

ପୁଣି କିଏ କହିଲା, ଆହେ, ତାକୁ ଟାଙ୍କେ ଛେଟି ଦିଅ, ଝିଅଟାର ବାପା ନାଇଁ, ମାଆ ଯାଉଛି ମଶାଣିକୁ। ଗେରସ୍ତ ତ ବନ୍ଧ୍ୟପାଗଳ, ବର୍ଷ ବର୍ଷ ହୋଇ ବୁଲୁଛି କାହିଁ କେତେ ମୁଲକ। ଆମେ ସବୁ ଥାଉ ଥାଉ ଏ ଟୋକା ତାକୁ ଏମିତି ନିଘା ରଖିବ?"

କହୁ କହୁ ଜଣେ ଧରିପକାଇଲା ତା'ର ବେକମୁଣ୍ଡାକୁ। ମନଜିତ୍ ପାଟି କରି ଉଠିଲା। 'ଆଃ, ଛାଡ଼ ମତେ, ମୁଁ ଚୋର ନୁହେଁ, ତସ୍କର ନୁହେଁ, ମୁଁ ଅନିରୁଦ୍ଧର ମେସେଜ୍ ନେଇ ଆସିଛି। ଅନିରୁଦ୍ଧ ବର୍ତ୍ତମାନ ଦିଲ୍ଲୀର ହସ୍ପିଟାଲରେ।'

ସବୁ ଶୁଣିଥିଲା ସ୍ୱରୂପା। ନିର୍ବାକ୍ ହୋଇ ଚାଲିଥିଲା ଶବ ପଛେ ପଛେ। ଶବ ଚିତା ଉପରେ ରଖାଗଲା। ସାତଥର ପରିକ୍ରମା କଲା ସ୍ୱରୂପା। ବାପାଙ୍କୁ ମୁଖାଗ୍ନି ଦେଇଥିଲା ଅନିରୁଦ୍ଧ। ବୋଉକୁ ସେ ମୁଖାଗ୍ନି ଦେଲା। ତା'ପରେ ନିଷ୍ପଳ ହୋଇ ଠିଆହୋଇ ଦେଖିଲା ଚିତା ଜଳିଯିବାର ଦୃଶ୍ୟ।

ଏ ଦୁନିଆଁରେ ସବୁ କିଛି ଘଟେ। ସବୁ ଅଘଟଣ। ଅଘଟଣ ନ ହୋଇଥିଲେ ମନଜିତର ପ୍ରାପ୍ୟ, ଅନିରୁଦ୍ଧ ଭୋଗନ୍ତା କାହିଁକି? ଶତ୍ରୁ ଆସିଥିଲା ମନଜିତକୁ ମାରିବାକୁ। ହେଲେ ଶିକାର ହେଲା ଅନିରୁଦ୍ଧ। ଦୋଷୀ ଭାବିଲା ନାହିଁ, ଏପରି ପ୍ରତିଶୋଧର କି ଲାଭ ପାଇଲା ସିଏ। ଆଉ ମନଜିତ, ଯାହା ମନ କାନ୍ଦୁଥିଲା ଅନିରୁଦ୍ଧ ପାଇଁ ସେ ପ୍ଲେନରେ ଉଡ଼ି ଆସିଥିଲା ସାନ୍ତ୍ୱନା ଦେବାକୁ ସ୍ୱରୂପାକୁ। ହେଲେ ଦେଖିଲା, ସ୍ୱରୂପା ଦେଖୁଛି ନିଷ୍ପଳକ ଆଖିରେ ତା' ବୋଉର ଚିତା ଜଳିଯିବାର ଦୃଶ୍ୟ।

ହଁ, ଏ ଦୁନିଆଁରେ ସବୁ କିଛି ଘଟେ। ଭୟଙ୍କର ପାପ। ଅମାନୁଷିକ ଅତ୍ୟାଚାର। ଅସହଣୀୟ ଉପେକ୍ଷା ଓ ଜବରଦସ୍ତ ଅନ୍ୟାୟ।

ଚିତା ଲିଭିଲା ପରେ ଫେରିଲେ ମନଜିତ୍, ସ୍ୱରୂପା ଓ ଦାମ। ସ୍ୱରୂପା କାନ୍ଦୁ ନ ଥିଲା। ସ୍ଥିର ହୋଇଥିଲା। କହିଲା, "ମନଜିତ୍ ବାବୁ ଆପଣ ଦାମ ସହ ଯାଇ ବାହାରେ ଖାଇ ଆସନ୍ତୁ। ଆମର ଯେ ଅଶୌଚ, ଆପଣଙ୍କୁ ଆତିଥ୍ୟ ଦେବାକୁ ବି ମୋର ଭାଗ୍ୟରେ ନାହିଁ।"

ମନଜିତ୍ କହିଲା, "କିଛି ବ୍ୟସ୍ତ ହୁଅନ୍ତୁ ନାହିଁ। ସକାଳୁ ସକାଳୁ ଭୁବନେଶ୍ୱର ବାହାରି ଯିବା। ଦି'ଟାରେ ପ୍ଲେନ୍।"

ଚମକି ପଡ଼ିଲା ସ୍ୱରୂପା, ଏତେ ପଇସା କାହୁଁ ଆଣିବ ସେ। ଦିଲ୍ଲୀ ଯିବ ପ୍ଲେନ୍‌ରେ? କେମିତି କରିବ ଅନିରୁଦ୍ଧର ଚିକିସ୍ସା?

ସେ କହିଲା, "ନା, କାଲି ଯାଇ ହେବ ନାହିଁ। କାଲି ମତେ ଟଙ୍କାର ବଦୋବସ୍ତ କରିବାକୁ ହେବ।"

ମନଜିତ୍ କହିଲା, "କିଛି ଭାବନ୍ତୁ ନାହିଁ, ଭାବୀଜୀ। ମୁଁ କିଛି ଟଙ୍କାର ବଦୋବସ୍ତ କରିଛି। ଯେଉଁ ଏମ୍.ପି.ଙ୍କ ସହାୟତାରେ ଅନିରୁଦ୍ଧ ମେଡ଼ିକାଲ୍‌ରେ ସିଟ୍ ପାଇଛି, ସେଇ ଏମ୍.ପି. ତାଙ୍କ ପାଣ୍ଠିରୁ ତିରିଶ ହଜାର ମଞ୍ଜୁର କରିଚନ୍ତି। ମୁଁ ଅନିରୁଦ୍ଧ ପାଇଁ ସବୁ ଚେଷ୍ଟା କରି ଆସିଛି।"

ସ୍ୱରୂପା ଚାହିଁଥିଲା ମନଜିତ୍‌କୁ। କେତେଥର ଶୁଣିଛି ମନଜିତର କଥା ଅନିରୁଦ୍ଧ ମୁହଁରୁ କେତେଦିନର ସଂପର୍କ ଅବା ତା' ସହ। ଅଥଚ ଆଜି ସେ ତା'ର ସବୁ ସମୟକୁ ଅନିରୁଦ୍ଧକୁ ବଞ୍ଚାଇବାକୁ ବାଜି ଲଗାଇ ଦେଇଛି। ମୁଠା ମୁଠା ଟଙ୍କା ମଧ୍ୟ ଖର୍ଚ୍ଚ କରି ଚାଲିଛି।

ଏ ସଂସାରରେ ଯେ ବି ସମ୍ଭବ। ଅନ୍ୟାୟ, ଅତ୍ୟାଚାର, ଅବିଚାର ସତ୍ତ୍ୱେ, ହତ୍ୟା ଲୁଣ୍ଠନ ସତ୍ତ୍ୱେ, ଏ ପୃଥିବୀରେ ତଥାପି ଭଲ ପାଇବାର ଭର୍ତ୍ତି ଥାଲ ଧରି ନିକାଞ୍ଚନରେ ଜଣେ ଜଣେ ଠିଆ ହୋଇ ରହିଛନ୍ତି। ସମୟ ଅଟକି ଯାଇ ନାହିଁ ଏମାନଙ୍କ ପାଇଁ।

କୃତଜ୍ଞତାରେ ନଇଁଗଲା ସ୍ୱରୂପାର ଆଖି, ମୁଣ୍ଡ, ଜୀବନ ମଧ୍ୟ। ଅନିରୁଦ୍ଧ କେମିତି ଅଛି, ତା'ର କ'ଣ ହୋଇଛି, ଏ କଥା ଭାବିବାକୁ ବେଳ ପାଇଲା ନାହିଁ ସେ। ପରଦିନ ସକାଳୁ ସକାଳୁ ସେ ଛୁଟିଲା ବ୍ୟାଙ୍କ। ଯଦି ଏଇ ଘର ଖଣ୍ଡିକ ବନ୍ଧକ ରଖି କିଛି ଟଙ୍କା ମିଲିପାରନ୍ତା କୌଣସି ସୂତ୍ରରେ!

ବ୍ୟାଙ୍କ୍‌ରେ କାମ କରୁଥିଲା ସ୍ୱରୂପାର ଝିଆରୀ ସୋନାଲିର ସ୍ୱାମୀ। ଦୁଇବର୍ଷ

ତଳେ ଏକା ତିଥିରେ ସୋନାଲି, ମୋନାଲି ଦି ଭଉଣୀଙ୍କର ବିଭାଘର କରିଥିଲେ ତା'ର ଦେଢ଼ଶୁର। ଜ୍ୱାଇଁ ବିକାଶ ଭାରି ଦୁଃଖ ପ୍ରକାଶ କଲା। ଏଭଳି ଟଙ୍କା ମିଳିବାର ବ୍ୟବସ୍ଥା ନାହିଁ ବୋଲି କେହି କେହି ତାକୁ ହତାଶ ବାଣୀ ଶୁଣାଇଲେ। ତଥାପି ବିକାଶ ନିଜେ ଚେଷ୍ଟା କରି, ବହୁ ଯୁକ୍ତିତର୍କ କରି ଟଙ୍କା ମଞ୍ଜୁର କରାଇପାରିଲା। ନିଜେ ପଡ଼ିଲା ଗ୍ୟାରେଣ୍ଟର। ଘରର ଦଲିଲ୍ ପଟା ସବୁ ବନ୍ଧା ପକାଇ ପଚାଶ ହଜାର ଟଙ୍କା ଆଣିଲା ସ୍ୱରୂପା।

ନିଜେ ଟ୍ରେନ୍‌ରେ ଯିବାକୁ ଅଡ଼ି ବସିଲା ସ୍ୱରୂପା। କହିଲା, "ମୋ ଅପେକ୍ଷା ତୁମର ପ୍ରୟୋଜନ ସେଠାରେ ବେଶୀ ଜରୁରୀ। ତୁମେ ପ୍ଲେନ୍‌ରେ ପଳାଅ। ମୁଁ ପଛେ ଟ୍ରେନ୍‌ରେ ଯାଉଛି।"

ସ୍ୱରୂପାକୁ ଚାହିଁଥିଲା ବିକାଶ। ଏହି ଅଳ୍ପ ବୟସର ନାରୀଟି ତା'ର ଖୁଡ଼ୀଶାଶୁ। ସେ ସ୍ୱରୂପାକୁ କହିଲା, "ଆପଣ ବ୍ୟସ୍ତ ହୁଅନ୍ତୁ ନାହିଁ, ଟଙ୍କା ପାଇଁ ପଛେଇ ଯିବେନି। ମୁଁ ଟଙ୍କା ପଠାଇବି, ଦରକାର ହେଲେ ମୁଁ ଏକ ଲକ୍ଷ ଟଙ୍କାର ବଦୋବସ୍ତ କରିପାରିବି।"

ସମସ୍ତଙ୍କୁ ଆଚମ୍ୱିତ କରି ସନ୍ଧ୍ୟାରେ ବିକାଶ ଆଣି ଦେଇଗଲା ଦିଲ୍ଲୀ ଯିବାର ଦି'ଖଣ୍ଡ ଏଆର ଟିକେଟ୍। କହିଲା, ଆପଣ ଦୁହେଁ ଯାଆନ୍ତୁ। ମୁଁ ଗାଡ଼ି ବଦୋବସ୍ତ କରି ଦେଇଛି। ଆମେ ଆପଣଙ୍କୁ କାଲି ଭୁବନେଶ୍ୱର ଏଆର୍‌ପୋର୍ଟ୍‌ରେ ଛାଡ଼ି ଦେଇ ଆସିବୁ।

କୃତଜ୍ଞତାରେ ନଇଁ ପଡ଼ିଲା ସ୍ୱରୂପା। କହିଲା, "ତୁମେ ଏ କ'ଣ କଲ ବିକାଶ ?"

ବିକାଶ କହିଲା, "ଏ ତ ଅତି ସାମାନ୍ୟ। ଆପଣ କିଛି ଭାବନ୍ତୁ ନାହିଁ। ମୁଁ କ'ଣ ଆପଣଙ୍କର ପର ? ଜୀବନଟା ସତରେ କେମିତି। କେଉଁଠୁ ଧକ୍କା ଖାଇଲେ, ଆଉ କେଉଁଠି ଆଉଁଶି ଦେବାକୁ ଧୂଳି ଝାଡ଼ି ଦେବାକୁ କେହି ଜଣେ ଠିଆ ହୋଇଥାଏ।"

ତରାଜୁ ଧରି ଅନ୍ଧପୁଟୁଳି ବାନ୍ଧି ବସିଛି ନାରୀଟିଏ। ମହାନାରୀ ତାକୁ କୁହାଯାଇ ପାରେ। ତା' ତରାଜୁ ଏପଟ ସେପଟ ହେବା କଥା ନୁହେଁ।

ଏଆର ପୋର୍ଟକୁ ଆସିଥିଲେ ଛାଡ଼ିବାକୁ, ସୋନାଲୀ ଓ ବିକାଶ। ବିକାଶ କହିଥିଲା, "ଖବର ଦେବେ ଖୁଡ଼ୀ।" ଖୁଡ଼ୀକୁ କୁଣ୍ଢେଇ ପକାଇ ସୋନାଲୀ କହିଲା, "ମୁଁ ଜଗନ୍ନାଥଙ୍କଠି ଅଖଣ୍ଡ ଦୀପ ଜାଳିବି।"

ଅନିରୁଦ୍ଧର ଚିକିତ୍ସା ହେଲା। ତା' ମୁହଁ, ବେକ, ନାକ ଓ କାନ ପାଖ ପୋଡ଼ି ଯାଇଥିଲା। ଡାକ୍ତରଙ୍କ ରିପୋର୍ଟ ଅନୁସାରେ ତା'ର ଆଖ୍ ପ୍ରାୟ ନଷ୍ଟ ହୋଇ ଯାଇଥାଆନ୍ତା। ତଥାପି ଚିକିତ୍ସାଧନ ରହିବାକୁ ହେବ।

ସ୍ୱରୂପା ହାଉଜ୍‌ଖାସ୍‌ରେ ଜଗନ୍ନାଥ ମନ୍ଦିରର ତଳ ମହଲାରେ ଥିବା ଡରମେଟାରୀରେ ରହେ। ଜଗନ୍ନାଥଙ୍କ ଭୋଗ ଯାହା ମିଳେ ତାକୁ ଦି' ଓଳି ଖାଏ।

ଡାକ୍ତରଖାନାରେ ଅନିରୁଦ୍ଧର ଶୁଶ୍ରୂଷା କରେ। ମୁହଁର ଘା' ଶୁଖିଲା। ହେଲେ ସେ ଦୃଷ୍ଟି ଶକ୍ତି ହରାଇଥିଲା। କେବଳ ଅତି ଝାପ୍‌ସା ଭାବେ ବାମ ଆଖିରେ ଯାହା ଦେଖୁଥିଲା ତା' ଯଥେଷ୍ଟ ନ ଥିଲା।

ଡାକ୍ତରଖାନା କର୍ତ୍ତୃପକ୍ଷ ରୋଗୀଙ୍କୁ ଡିସ୍‌ଚାର୍ଯ୍ୟ କଲେ। ଆପଣା ଭାଗ୍ୟ ଆଦରି ଅନିରୁଦ୍ଧର ବାହୁକୁ ଧରି ସ୍ୱରୂପା ଦିଲ୍ଲୀର ରାଜପଥ ଉପରେ ଠିଆ ହୋଇ ରହିଲା। ଅଶ୍ରୁଳକଣ୍ଠରେ ମନଜିତ୍‌କୁ କହିଲା, "ମନଜିତ୍‌, ମୁଁ ଏତେ ଶୀଘ୍ର ହାରିଯିବ ନାହିଁ। ମତେ ପୁଣି ରାସ୍ତା ଖୋଜିବାକୁ ହେବ।"

ମନଜିତ୍‌ କହିଲା, "ଶୁଣିଛି, ଜଣେ ବିଖ୍ୟାତ ଆଖି ଡାକ୍ତର ରହୁଛନ୍ତି, ଯିବା ସେଠିକି ?"

ସ୍ୱରୂପା କହିଲା, "ନାଃ, ବରଂ ଚାଲ ହାଇଦ୍ରାବାଦ ଯିବା। ମନ ବୁଝିବା ପାଇଁ ?"

ମନଜିତ୍‌କୁ ରାଣ ନିୟମ ପକାଇ ଘରକୁ ପଠାଇଲା ସ୍ୱରୂପା। କହିଲା, "ତୁମେ ଖୁବ୍‌ କରିଛ ମନଜିତ୍‌। ତୁମ ରଣ ଶୁଝି ପାରିବି ନାହିଁ। ଏଥର ମତେ ଏକୁଟିଆ ଲଢ଼େଇ କରିବାକୁ ଛାଡ଼ିଦିଅ।"

ସବୁ ଦୁର୍ଦ୍ଦିନରେ ମତେ ମନେ ପକାଇବ ଭାବିଜୀ, ଏତିକି ମୋର ଅନୁରୋଧ।

ହଁ, ଲଢ଼େଇ କରିଥିଲା ସ୍ୱରୂପା। ଅନିରୁଦ୍ଧକୁ ନେଇ ଏକା ଏକା ଯାଇଥିଲା ହାଇଦ୍ରାବାଦ। କୋଡ଼ିଏ ଦିନ ରହିଥିଲା ସେଠି। କାହାକୁ କିଛି କହି ନ ଥିଲା। ସୀତେଶ୍ୱର ଠିକଣା, ତା' ଭାଇ କମଲାକାନ୍ତର ଠିକଣା ସବୁ ତା'ପାଖେ ମହଜୁଦ ଥିଲେ ମଧ କାହାକୁ ଜଣେଇ ନ ଥିଲା କିଛି।

ସେଠାରେ ମଧ ଡାକ୍ତର ତାହାହିଁ କହିଲେ। ଆଖି ଦି'ଟି ପ୍ରାୟ ନଷ୍ଟ ହୋଇଯାଇଛି। ତେବେ ଯଦି ନୂଆ ଆଖି ରୋପଣ କରାଯାଏ ତେବେ ହୋଇପାରେ। ତାଙ୍କର ଆଇ ବ୍ୟାଙ୍କରେ ଆଖି ଅଛି। ଏଥିପାଇଁ ନିର୍ଦ୍ଧାରିତ ପରିମାଣର ଅର୍ଥ ଓ ଦରଖାସ୍ତ ଦାଖଲ ହୋଇପାରେ।

ଅନିରୁଦ୍ଧକୁ ନେଇ ସ୍ୱରୂପା ଫେରିଥିଲା ପୁରୀ। କହିଥିଲା, "ଶୁଣ, ମୁଁ ଅର୍ଥ ସଞ୍ଚୟ କରିବି। ନିର୍ଦ୍ଦିଷ୍ଟ ଅଙ୍କର ଟଙ୍କା ଜମା ହେଲେ ତୁମର ଆଖି ରୋପଣ ହେବ। ପ୍ରାର୍ଥନା କର, ମୋ ଇଚ୍ଛା ପୂର୍ଣ୍ଣ ହେଉ।"

ସ୍ୱରୂପାର ହାତକୁ ମୁଠାଇ ଧରି ଅନିରୁଦ୍ଧ କହିଲା, "ନା ରୂପା, ଆଉ କଷ୍ଟ କର ନାହିଁ। ଏ ଆଖି ହରାଇଲି ବୋଲି କି ବିପୁଳ ଭାବେ ତୁମକୁ ପାଇଲି। ନୂଆ ଆଖି ପାଇ ତୁମକୁ ମୁଁ କସ୍ମିନ୍‌ କାଳେ ହରାଇବାକୁ ଚାହେଁନା।"

ସ୍ୱରୂପା କିନ୍ତୁ ସେତେବେଳେ ପ୍ରାର୍ଥନା କରୁଥିଲା, 'ହେ ଜଗନ୍ନାଥ, ମୋ ଇଚ୍ଛା ପୂର୍ଣ୍ଣ କର।'

ଖଣ୍ଡିକ ପରେ ଖଣ୍ଡେ ସିଗାରେଟ୍ ଟାଣି ଲାଗିଥିଲେ ଦୁହେଁ। ଦାମ ଦି'ଥର ଚା'
ଦେଇ ଯାଇଥିଲା। କଥା ଶେଷ କରି ଅନିରୁଦ୍ଧ କହିଲା, "ଗୋଟାଏ ଜୀବନରେ
ଏମିତି ବିପତ୍ତି ମଧ୍ୟ ଆସେ। ଗପ ପରି ଲାଗୁଛି ଶୁଣିବାକୁ।"

ସୀତେଶ ଦୀର୍ଘଶ୍ୱାସ ଛାଡ଼ିଲା। ହଁ, ତାକୁ କେହି ଏ ଖବର ଜଣାଇ ନାହାନ୍ତି।
ଏତେ ସମୟ ଚାଲି ଯାଇଛି। ଦୁଃଖରେ ଅନୁତାପରେ ତା'ର ମନ ଭାଙ୍ଗିଯାଉଥିଲା।
ସେ କହିଲା, "ତୁ ବ୍ୟସ୍ତ ହଅନା, ମୁଁ ଆସିଲିଣି। ମୁଁ ମୋର ପାରୁ ପର୍ଯ୍ୟନ୍ତ ଚେଷ୍ଟା
କରିବି।"

ଅନିରୁଦ୍ଧ କହିଲା, "ନା, ସୀତେଶ। ମୁଁ ଆଉ କାହାର ସାହାଯ୍ୟ, ସହାନୁଭୂତି
ବରଦାସ୍ତ କରି ପାରିବି ନାହିଁ। ଏଇ ଭଲ। ଖୁବ୍ ଭଲ। ଏଇ ଘରେ ବସିବା, ରେଡ଼ିଓ
ଶୁଣିବା, ରୂପା କଥା ଭାବିବା, ମୁଁ ଖୁବ୍ ଖୁସୀ। ତୁ ଏଥର ତୋ ଚିନ୍ତା କର।"

ହଠାତ୍ ଘର ଭିତରକୁ ପଶି ଆସିଲା ସ୍ୱରୂପା। ସ୍କୁଲ୍ ପରେ ସେ ଯାଏ କଲେକ୍ଟରଙ୍କ
କୋଠିକୁ ତାଙ୍କର ଦୁଇଟି ପିଲାଙ୍କୁ ପଢ଼ାଇବାକୁ। ଏ ଟିଉସନ୍ ବୁଝି ଦେଇଥିଲେ ତାଙ୍କ
ସ୍କୁଲର ପଣ୍ଡିତ ମହାଶୟ।

ଅନିରୁଦ୍ଧ ଜାଣିଲା ସ୍ୱରୂପା ଫେରିଛି। ସେ କହିଲା, "ଏତେ ଡେରି କ'ଣ
କରୁଛ। ଚାଲି ଚାଲି ଆସିଛ କଲେକ୍ଟରଙ୍କ କୋଠିରୁ ଏଠିକୁ?"

ନା, ନା, ଚାଲି ଆସିନି। ତୁମେ କୁହ ତ। କ'ଣ ସବୁ କଥା ପଢ଼ିଥିଲା, ମୋ
ନାଁରେ ନିଶ୍ଚୟ।

ଅନିରୁଦ୍ଧ କହିଲା, "ହଁ, ମୁଁ କହୁଥିଲି ସୀତେଶକୁ। ସେ ଏଣିକି ନିଜ ଚିନ୍ତା କରୁ।"

ମୁଁ ତ ତାହା ହିଁ କହୁଥିଲି। ଏଥର ସଂସାର କର, ମନଲାଖି ଝିଅଟିଏ ବିବାହ
କର। ଏତେ ଅର୍ଥ ଉପାର୍ଜନ କରୁଛ। ଏମିତି ବାତରା ହୋଇ ବୁଲନା।

ସୀତେଶ କଟମଟ କରି ଚାହିଁଲା ସ୍ୱରୂପାକୁ। ତା'ର ବିବାହ କଥା କହୁଛି ସ୍ୱରୂପା।
ଅନିରୁଦ୍ଧ ହସି କହି ପକାଇଲା – "ରୂପା ଠିକ୍ କହୁଛି, ତୁ ଶୀଘ୍ର ବିବାହ କର ସୀତେଶ।"

ଏ କଥାକୁ ହସରେ ଉଡ଼ାଇ ଦେଲା ସୀତେଶ। କହିଲା, ସେ କଥା ଆଉ, ତୁମେ
କୁହ ରୂପା, ତୁମେ ଆଜି ଭାତ ଖାଇ ଯାଇନଥିଲ କାହିଁକି? ଦାମ କହୁଥିଲା, ତୁମେ
ବେଳ ହୋଇଯାଏ ବୋଲି ଏମିତି ଅଧିକାଂଶ ଦିନ ଅଧୁଆ ଚାଲିଯାଅ। ଯେ କି
ଫେସନ୍, ଏଁ?

ସୀତେଶ ତିରସ୍କାର କଲା। ଏ ତିରସ୍କାରରେ ସ୍ନେହ, ଅଧିକାର, ଦାବୀ – ସବୁ
ଯେମିତି ଭର୍ତ୍ତି ହୋଇଥିଲା।

ହଠାତ୍ ଅନିରୁଦ୍ଧର ମନ କମ୍ପି ଉଠିଲା। ରୂପା ଖାଇ ଯାଇ ନାହିଁ ବୋଲି ସୀତେଶ

ଜାଣିଲା। ଅଥଚ ସେ ଜାଣିଲା ନାହିଁ। ସେ ଅନ୍ଧ ବୋଲି କୌଣସି କଥା ଜାଣିବା ତା'ର ଅଧିକାର ଅନ୍ତର୍ଭୁକ୍ତ ନୁହେଁ।

ଅନିରୁଦ୍ଧ ଚୁପ୍ ହୋଇ ବସିଲା। ତା' ମୁହଁର ଏହି ଅଚାନକ ଗମ୍ଭୀରତା ସ୍ୱରୂପା ଆଖିରୁ ଏଡ଼ିଗଲା ନାହିଁ।

ଏମିତି ଦିନେ ଦିନେ ଘଟେ। ସୀତେଶ୍ ଆସି ଦାମ ଉପରେ ବିରକ୍ତ ହୁଏ। ଏ ଜିନିଷ ଏଠି ପଡ଼ିଛି କାହିଁକି? ଅନିରୁଦ୍ଧକୁ ଓଭାଲଟିନ୍ ଦେଇନୁ କାହିଁକି? ସ୍ୱରୂପାର ଶାଢ଼ି ଡ୍ରାଇଓ୍ୱାସ୍ ଦେବାକୁ ନେଲୁ ନାହିଁ କାହିଁକି? ସ୍ୱରୂପାକୁ ସକାଳୁ ସକାଳୁ ଚା' ଦେଇଥିଲୁ ତ? ଗ୍ରୀନ୍ ଲେଭେଲ ଚା' ତା'ର ପସନ୍ଦ। ମୁଁ ଆଣିଥିଲି ନା?

ସୀତେଶ ଆସିବା ପରଠାରୁ ପ୍ରାୟ ଘଣ୍ଟାଏ ଖଣ୍ଡେ ଆସି ବୁଲିଯାଏ। ହେଲେ ଅନିରୁଦ୍ଧର ପାଖରେ ବସି ଗପିବାଠାରୁ ସେ ବେଶୀ ଘରକରଣା ତଦାରଖ କରେ। ଅବଶ୍ୟ ଏଇଟା ତା'ର ପିଲାଦିନର ଅଭ୍ୟାସ। ସେ ନିରାନନ୍ଦ ସାରଙ୍କ ଘରେ ବି ଠିକ୍ ଏମିତି କରୁଥିଲା। ମାଉସୀଙ୍କର ପାନ ଆସିଲା କି ନାହିଁ। ସାରଙ୍କ ଗୁଡ଼ାଖୁ ସରିଯାଇଛି। ଝରକାରେ କେଉଁ ରଙ୍ଗ ଲାଗିବ। ଗାଧୁଆ ଘର ଚଟାଣ ସିମେଣ୍ଟ ଛାଡ଼ି ଯାଇଚି ସେ ମରାମତି ହେବ – ଏସବୁର ତଦାରଖ କରିବା ଥିଲା ସୀତେଶର ଅଭ୍ୟାସ। ଏଇ ତଦାରଖ ସେ ମଧ୍ୟ କରିଥିଲା ଭଦ୍ରକର ଅନିରୁଦ୍ଧର ସଂସାରରେ। ସେଦିନ ଅନିରୁଦ୍ଧ ଏସବୁ ଶୁଣି ଆଦୌ ବିରକ୍ତ ହେଉ ନ ଥିଲା। ହେଲେ ଆଜି, ଆଜି ଯେମିତି ସେଇ ସାଧାରଣ କଥାଟା ଏକ ବାଟୁଲି ପରି ତା' ଛାତିରେ ବାଜୁଛି। ସ୍ୱରୂପାର ସଂସାରରେ ଏଡ଼େ ମାମଲତକାରି ଦେଖାଇବା ଉଦ୍ଦେଶ୍ୟ କ'ଣ?

କେଜାଣି କାହିଁକି ସୀତେଶର ଏ କଥା ଅନିରୁଦ୍ଧକୁ ଆଦୌ ଭଲ ଲାଗିଲା ନାହିଁ। ତା' ମନ ନିଜକୁ ପ୍ରଶ୍ନ କଲା, ସେ ନିଜକୁ ସୀତେଶର ବ୍ୟକ୍ତିତ୍ୱ ପାଖରେ ନ୍ୟୁନ ମନେକରୁଛି ଏଥିପାଇଁ, ନା ଅନ୍ୟ କିଛି?

କ'ଣ ହୋଇ ପାରେ ସେ ଅନ୍ୟ କିଛି?

ଅନିରୁଦ୍ଧର ସାମ୍ନାର ଅନ୍ଧାର କୁଞ୍ଚିତ ହୋଇପଡ଼େ। ଯେଉଁ ନିରୁପଦ୍ରବ ଅନ୍ଧକାରରେ ଥାକ ଥାକ କରି ସେ ନିଜେ କେତେ କଳ୍ପନା ଜଳ୍ପନା ସଜାଡ଼ି ରଖିଥିଲା। ଯେଉଁ ଅନ୍ଧାରର ବୁକୁ ବିଦୀର୍ଣ୍ଣ କରି ଏକ ଆଲୋକର ପକ୍ଷୀ ଉଡ଼ି ବୁଲୁଥିଲା। ସେଇ ପକ୍ଷୀର ପାଖକୁ ଲାଗି ଆଉ ଏକ ଉଡ଼ା ଚଢ଼େଇ ଆସି ଯେମିତି ବସିଯାଏ। ସତରେ ବସିଥାଏ ନା ତାକୁ ବସିଲାପରି ଦେଖାଯାଏ? ସେ ଭୟରେ ଓ ଦୁଃଖରେ ଚିତ୍କାର କରି ଉଠେ।

ସେଦିନ ଅନିରୁଦ୍ଧ ଏମିତି ଚିତ୍କାର କରି ଉଠିଲା। ସ୍ୱରୂପା ଉଠିପଡ଼ି ତାକୁ ଧରି ପକାଇଲା। କହିଲା କ'ଣ ହେଲା?

ଅନିରୁଦ୍ଧ କହିଲା, "ଗୋଟେ ବାଜେ ସ୍ୱପ୍ନ ଦେଖିଲି ।"

ସ୍ୱରୂପା ପଚାରିଲା, "ସ୍ୱପ୍ନଟା କ'ଣ କୁହ ନା ?"

ଅନିରୁଦ୍ଧ ସେମିତି ଗମ୍ଭୀର ହୋଇ କହିଲା, "ସ୍ୱପ୍ନରେ ଦେଖିଲି । ମୁଁ ପଞ୍ଜୁରିରେ ଗୋଟେ ଶାରୀ ରଖିଥିଲି । ସେ ଶାରୀଟା ଉଡ଼ିଯାଇଛି ।"

ସ୍ୱରୂପା ହସିଲା ଖୁବ୍ ଜୋର୍‌ରେ । ତା'ପରେ ସେମିତି ହସି ହସି କହିଲା, "ବିଶ୍ୱାସ କର, ତୁମ ଶାରୀ କେବେ ବି ଉଡ଼ିଯିବ ନାହିଁ । ତୁମେ ଯେଉଁ ସ୍ୱପ୍ନ ଦେଖିଲ ତା' ଉଡ଼ିଯିବାର ଭ୍ରମ ମାତ୍ର ।"

ଅନିରୁଦ୍ଧ ଚମକିଲା । କହିଲା, "ଏମିତି କ'ଣ କହୁଚ । କୁହ, କାହିଁକି ଏମିତି କହିଲା ।"

ସ୍ୱରୂପା ତଳକୁ ମୁହଁ ପୋତି କହିଲା, "ଜାଣେନି କାହିଁକି ଏମିତି କହିଲି ।"

ସେ ଅନିରୁଦ୍ଧର ହାତ ଧରି ବାହାରକୁ ଆଣିଲା । କହିଲା ନିଅ, ଦାନ୍ତଘଷ । ଚା' ଖାଅ । ବୁଲିଯିବା ଯେ ।

ସ୍ୱରୂପା ନିଜ କାମ ସାରିବାକୁ ଚାଲିଗଲା ।

ଅନିରୁଦ୍ଧ ଚିନ୍ତା କରୁଥିଲା, ସ୍ୱରୂପା ଜାଣିପାରିଚି କି ତା'ର ମନର କଥା । ମନର ଅବସ୍ଥା । ସେ ସହି ପାରୁନି ଆଉ ସୀତେଶର ଉପସ୍ଥିତି । ସହି ପାରୁନି ତା'ର ସଫଳତାକୁ ନା ତା' ସଂସାରରେ ଜାହିର କରିଥିବା ତା'ର ଅନଧିକାର କର୍ତ୍ତୃତ୍ୱକୁ!

ସେଦିନ ଭଦ୍ରକର ତା' ଘରେ ସୀତେଶ ତ ଠିକ୍ ଏମିତି ଚଳିଥିଲା । ସବୁ ଜିନିଷ କିଣି ଆଣୁଥିଲା । କେଉଁଠି କ'ଣ ରହିବ, କେମିତି ରହିବ ତା'ର ପରାମର୍ଶ ଦେଇଥିଲା । ସ୍ୱରୂପାକୁ ତ ସେ ଜୋର୍ କରି ସୀତେଶ ସାଙ୍ଗେ ପଠେଇ ଦଉଥିଲା ।

କାଇଁ ସେଦିନ ତ ସେ ଏମିତି ଭାବୁ ନ ଥିଲା ।

ନା, ସେଦିନ ସେ ଏମିତି ଭାବୁ ନ ଥିଲା । କାରଣ ସେଦିନ ସ୍ୱରୂପା ପ୍ରତି ତା' ମନରେ ଥିବା ଭଲ ପାଇବାକୁ ସେ ଜାଣି ପାରି ନ ଥିଲା ।

ଆଜି ସ୍ୱରୂପା ପ୍ରତି ତା'ର ଭଲ ପାଇବା ତୀବ୍ର ଓ ବ୍ୟାକୁଳ ହୋଇ ଉଠୁଛି! ଆଉ ସେଥିପାଇଁ କ'ଣ ତା' ମନରେ ଶାରୀ ଉଡ଼ିଯିବାର ଭୟ ବଳବତ୍ତର ହେଉଛି ? ପ୍ରଗାଢ଼ ଭଲ ପାଇବାରେ କ'ଣ ଏମିତି ସଂଶୟ, ଭୟ ଥାଏ ?

ସ୍ୱରୂପା କାମ ସାରି ଆସିଲା । ଚା' ପିଇ ଦୁହେଁ ବାହାରିଲେ । ନିଜର ସମୟ ଭିତରୁ ଏତିକି ସମୟ ବାହାର କରିଥାଏ ସ୍ୱରୂପା । ସକାଳୁ ସକାଳୁ ଅନିରୁଦ୍ଧକୁ ନେଇ ବୁଲି ବାହାରେ ସକାଳର ସୂର୍ଯ୍ୟୋଦୟ ଦେଖେ । ତାକୁ ଭାରି ଭଲ ଲାଗେ । ସାରା ଦିନର କର୍ମପ୍ରେରଣା ଯେମିତି ଏଠୁ ସେ ପାଏ । ଦି' ଦିନ ହେବ ତା' ମନ ଭାରି

ଖୁସୀ। ସୋନାଲିର ବର ବିକାଶ ଯେ କି ସ୍ଟେଟ୍ ବ୍ୟାଙ୍କ୍ କାମ କରୁଥିଲା ସେ ଦି’ ମାସ ହେବ ବଦଲି ହୋଇ ଯାଇଛି ହାଇଦ୍ରାବାଦ୍। ସେ ଗତକାଲି ଚିଠି ଦେଇଛି ଯେ ଏଠାରେ ଚକ୍ଷୁ ରୋପଣ କଥା ସେ ବୁଝିଥିଲା। ଦି ତିନିଜଣ ସଫଳ ହୋଇଚନ୍ତି। ଟଙ୍କା ପାଇଁ ବ୍ୟସ୍ତ ହେବାର ଦରକାର ନାହିଁ। ସେ ଟଙ୍କା ଡିପୋଜିଟ କରିଦେବ। ଜାନୁୟାରୀ, ଫେବୃୟାରୀ ବେଳକୁ ଏଠିକୁ ଆସିଲେ ଚକ୍ଷୁ ରୋପଣ କାମ ହେବ। ତା’ପରେ ଅନିରୁଦ୍ଧର ଭଲ ହୋଇଯିବା ଶତକଡ଼ା ଶହେ ଠିକ୍।

ଏହାଛଡ଼ା ସ୍ୱରୂପା ପାଇଁ ଗୋଟିଏ ଅନ୍ୟ ଖବର ଥିଲା। କଲେକ୍ଟରଙ୍କ ପିଲାଙ୍କ ପାଠ ପଢ଼ାଇବା ଅବସରରେ ସେ ମିସେସ୍ କଲେକ୍ଟରଙ୍କୁ ଆପଣାର ଦୁଃଖ କହିଥିଲା। ଅନିରୁଦ୍ଧର ବକେୟା ଦରମା, ପ୍ରୋଭିଡେଣ୍ଟ ଫଣ୍ଡ ଇତ୍ୟାଦି ଇତ୍ୟାଦି ଯେ ଅନେକ ପ୍ରାପ୍ୟ ଥିଲା, କାଗଜପତ୍ର ଅପ୍ ଟୁ ଡେଟ୍ ନ ହେବା ଦ୍ୱାରା ହୋଇ ପାରୁ ନ ଥିଲା। ତା’ ମଧ୍ୟ କଲେକ୍ଟରଙ୍କ ହସ୍ତକ୍ଷେପ ଫଳରେ ହୋଇଗଲା। ତେଣୁ ଜାନୁୟାରୀ ମାସକୁ ହାଇଦ୍ରାବାଦ୍ ଯିବା ପାଇଁ ସ୍ୱରୂପା ଯେମିତି ଚାତକ ପରି ଚାହିଁ ବସିଥିଲା।

ବୁଲିଲାବେଳେ ସ୍ୱରୂପା ଯେତେବେଳେ ଏଇସବୁ କଥା ଅନିରୁଦ୍ଧକୁ କହୁଥିଲା, ଅନିରୁଦ୍ଧ ସେତେବେଳେ ଥିଲା ଅନ୍ୟମନସ୍କ। ସେ ଯେମିତି ଏ କଥା ଶୁଣି ପାରୁନଥିଲା। ସେ କହିଲା, “ରୂପା, ତୁମେ ଗୋଟିଏ ଝିଅ ଠିକ୍ କର।”

“ଝିଅ? କ’ଣ ପାଇଁ?”

“ଆରେ, ସାତେଶ୍ୱର ବିବାହ ପାଇଁ। ସେ ରାଜି ହେଉ ନାହିଁ ବୋଲି ଆମେ ଚୁପ୍ ହେଇ ବସିବା?”

ସ୍ୱରୂପା କିଞ୍ଚିତ୍ ଆଶ୍ଚର୍ଯ୍ୟ ହେଲା। ଅନିରୁଦ୍ଧକୁ ଚାହିଁଲା।

ଅନିରୁଦ୍ଧ ପ୍ରକୃତିସ୍ଥ ହେଇଗଲା। କହିଲା, “ସାତେଶ୍ୱର ବୟସ ବଢ଼ୁଛି ରୂପା। ତା’ର ବିବାହ କରିବା ଉଚିତ। ଅବଶ୍ୟ ଉଚ୍ଚଶିକ୍ଷିତ ଭଲ ଝିଅଟି, ମିଲିଲେ ହେଲା।”

“ସେ ବିବାହ କରିବାକୁ ଚାହିଁଲେ, ଭଲ ଝିଅ ମିଲିବେ ନାହିଁ?”

“ତେବେ ସେ ଚାହୁଁନି କାହିଁକି?”

“ମୁଁ କେମିତି କହିବି?”

“ତୁମେ ତାକୁ ବାଧ୍ୟ କର, ରାଜି କରାଅ।”

“ମୁଁ କାହିଁକି କହିବି?”

“ଐଁ? କ’ଣ କହିଲ?”

କହିଲି ଯେ ମୋ ଦୁଃଖ ମତେ ବଳଉଛି। ସେ ବାହା ହେବ ବି ନ ହେବ, ଏତେ ଜିଗର ଲଗାଇବାକୁ ମୋର ସମୟ ନାହିଁ।

"ଓ୪ ।"

କ'ଣ ବୁଝିଲ ତ ?

ହଁ, ସରଳ ପିଲାଟା ପରି ଉତ୍ତର ଦେଲା ଅନିରୁଦ୍ଧ । ତା' ମୁହଁଟା ଦିଶୁଥିଲା ଖୁବ୍ ସାଦା ସାଦା । ହେଲେ ସ୍ୱରୂପା ପଢ଼ି ପାରିଲା ଅନାୟାସରେ କେତେ ଧାଡ଼ି । ସୀତେଶ ଏ ଘର ସୀମା ସେପାଖେ ରହୁ । ସୀତେଶକୁ ଆଉ ସହି ହେଉ ନାହିଁ ।

ନିସର୍ଗ ବନ୍ଧୁତ୍ୱର ଏ କି ପରିଣତି ।

ଅକୁଣ୍ଠିତ ଦାନର ଏ କି ପ୍ରତିଦାନ ।

ସ୍ୱରୂପାର ମୁହଁ କଳା ପଡ଼ିଗଲା । ଯାହା ଆଶଙ୍କା କରୁଥିଲା ତାହା ହିଁ ହେବାକୁ ଯାଉଛି...। ଏଇ ଭିତରେ ପ୍ରାୟ ଆଠଦିନ ବିତି ଯାଇଥିଲା । ସ୍ୱରୂପାର ସ୍କୁଲ ଛୁଟି ଥିଲା । ଏଇ ଆଠଦିନ ଧରି ସ୍ୱରୂପାର ମଧ୍ୟ ଦେହ ଭଲ ନ ଥିଲା । ରାତିରେ ଜର ହୋଇ ସକାଳୁ ଛାଡ଼ି ଯାଉଥିଲା । ମଝିରେ ମଝିରେ ତା'ର ମୁଣ୍ଡ ବୁଲାଉଥିଲା । ନିଜର ସହନଶୀଳତା ଗୁଣ ପାଇଁ ସେ ସବୁ କଷ୍ଟ ନିଜ ମଧ୍ୟରେ ଚାପି ନିଜ କାମ କରୁଥିଲା ।

ଛୁଟିଦିନମାନଙ୍କରେ ସ୍ୱରୂପା ଅନିରୁଦ୍ଧକୁ ତା'ର ବହିପତ୍ର ପଢ଼ି ଶୁଣାଏ । ତା'ର ଅସହ୍ୟ ଦୁର୍ବଳତା ସତ୍ତ୍ୱେ ସେ ବହି ଧରି ଅନିରୁଦ୍ଧ ପାଖରେ ବସି କହିଲା, "ପଢ଼ିବି ?"

ଅନିରୁଦ୍ଧ ଚୁପ୍ ରହିଥିଲା । ନିଜ ଭିତରେ ନିଜେ ବୁଡ଼ି ଯାଇଥିଲା । ସ୍ୱରୂପାର ଛୁଟି ଦିନରେ ସେ ଯେ ଅନର୍ଗଳ କଥା ଗପେ ସ୍ୱରୂପା ସହ । ତା'ର ଦେହ ମୁଣ୍ଡର ତତ୍ତ୍ୱ ନିଏ । ଦାମକୁ ଗାଳି ଦିଏ । ଆଜି ସ୍ୱରୂପାର ଅସୁସ୍ଥତା ଜାଣି ମଧ୍ୟ ସେ ଯେମିତି କିଛି ବି ପଦେ କହୁନାହିଁ । ତାକୁ ହଲାଇ ଦେଇ ସ୍ୱରୂପା ପୁଣି କହିଲା, "କ'ଣ ପଢ଼ିବି ଟି ? ନା, କ୍ୟାସେଟ୍ ଲଗାଇବି ଶୁଣିବ ?"

ଅନିରୁଦ୍ଧ ସେମିତି ଅନ୍ୟମନସ୍କ ଭାବେ କହିଲା, "ଆଚ୍ଛା, ଆଠଦିନ ହେବ ସୀତେଶ ଆସି ନାହିଁ କାହିଁକି ?"

"ମୁଁ ଜାଣିନି," କହିଲା ସ୍ୱରୂପା ।

"ତୁମେ କ'ଣ ତାକୁ ମନା କରିଛ ?"

"ତୁମର ପ୍ରିୟତମ ବନ୍ଧୁ, ତାଙ୍କୁ ଆସିବାକୁ ମନା କରିବି, ଏକଥା ତୁମେ କହୁଛ ?"

ଅନିରୁଦ୍ଧ ଈଷତ୍ ଲଜ୍ଜିତ ହୋଇ କହିଲା, "ନାଇଁ, ମୁଁ ଏମିତି ପଚାରୁଥିଲି ।"

ଅନିରୁଦ୍ଧ ମୁହଁକୁ ଚାହିଁ ସ୍ୱରୂପା କହିଲା, "ଅବଶ୍ୟ ତୁମେ ଚାହିଁଲେ, ମୁଁ ତାଙ୍କୁ ଆସିବାକୁ ମନା କରିଦେବି ।"

"ନା, ନା, ତୁମେ ତାକୁ ମନା କରିପାରିବ ନାହିଁ ।"

"ବେଶ୍ ତ, ତୁମେ ମନା କରିବ ?"

“ମୁଁ କାହିଁକି ମନା କରିବି ?” ଅନିରୁଦ୍ଧ ପୁଣି ପାଟି କରି ଉଠିଲା।

ତା’ପରେ କହିଲା, “ଆଛା ସ୍ୱରୂପା, ତୁମର ଦେହ ଭଲ ନାହିଁ, କ’ଣ ହେଇଛି ?”

“ନା, ମୋର କିଛି ହେଇନି, ମୋ ପାଇଁ ତୁମେ ଚିନ୍ତା କରିବା ଦରକାର ନାହିଁ।”

“ରୂପା, ତୁମେ ମୋ ଉପରେ ରାଗିଛ ?”

“କାହିଁକି କହିଲ ଯେ ଏ କଥା ?”

“ନା, ନା, ଏମିତି କହିଲି।”

ସ୍ୱରୂପା କହିଲା, “ଦେଖୁଛି ତୁମେ ଖୁବ୍ ବିଚଳିତ ଅବସ୍ଥାରେ ଅଛ। କ’ଣ ଭାବୁଛ କହୁନ ?”

“ମତେ କିଛି ଭଲ ଲାଗୁନି ରୂପା। ମୁଁ ଯେମିତି ମୋ ଭିତରେ ନାହିଁ।”

ଅନିରୁଦ୍ଧର ହାତକୁ ଜାବୁଡ଼ି ଧରି କହିଲା ସ୍ୱରୂପା, “ହଁ, ତୁମେ ତୁମ ଭିତରେ ନାହିଁ। କୋଉ ଦିନ ଥିଲ ଯେ.....?”

ଏଁ...? ସ୍ୱରୂପା ମୁହଁକୁ ଚାହିଁ ରହିଲା ଅନିରୁଦ୍ଧ।

ସେଦିନ ଥିଲା ସେମାନଙ୍କର ବିବାହ ବାର୍ଷିକୀ। ଅନିରୁଦ୍ଧ ଓ ସ୍ୱରୂପାର ବିବାହ ପାଞ୍ଚବର୍ଷ ପୁରିଗଲା ଏଇଠୁ। ଏଇ ପାଞ୍ଚ ବର୍ଷର ଦାମ୍ପତ୍ୟ ‘ସୁଅ ମୁହଁର ପତର’ ପରି ଭାସି ଯାଇଛି, ଭଉଁରି ଖାଇଛି, ଡବୁଟୁବୁ ହୋଇଛି, ଜୀବନ ନଇଁର ସୁଅ। ତାକୁ ଅଟକାଇବ କିଏ ?

ବିବାହ ବାର୍ଷିକର ଗୋଟାଏ ରୋମାଞ୍ଚ ଥାଏ କି ? ତିଠର ଥାଏ, ନା ଥାଏ ପାତ୍ର ପାତ୍ରୀଙ୍କ ମନର ? ଏଇ ମାନସିକ ଅବସ୍ଥାକୁ କୁହାଯାଏ ରୋମାଞ୍ଚ, ସେଇ ବୋଲେ ଲିତା ଲିତା ସମୟରେ ରଙ୍ଗ, ସେଇ ମାନସିକ ଅବସ୍ଥା ଚିହ୍ନଟ କରେ ଏଇ ଆମର ଜନ୍ମଦିନ। ବିବାହର ହେଉ, ସ୍ମୃତିର ହେଉ, ବନ୍ଧୁତ୍ୱର ହେଉ।

ବିବାହର ପ୍ରଥମ ବାର୍ଷିକୀ ପ୍ରତି ସେମିତି ଗୋଟେ ଆକୁଳତା ଥିଲା ସ୍ୱରୂପାର। ମଣିଷ ମନରେ ସବୁ ଦିଗ ପ୍ରତି ଅବଶ୍ୟ ଥାଏ ଶ୍ରଦ୍ଧା-ସରାଗ। ଜୀବନର ଅନେକ କୋମଳ ଦିଗ ପ୍ରତି ସ୍ୱରୂପା ହୃଦୟର ଆଗ୍ରହ ଓ ସରାଗ ବଳବଡ଼ର ହୋଇରହିଥିଲା ସଂଘର୍ଷମୟ ଜୀବନ ମଧରେ। ଏମିତି ଟିକିଏ ଟିକିଏ ଅନନ୍ୟତା ଅନୁଭବ କରିବା ପାଇଁ ସେ ମଧ ଆତୁର ଥିଲା। ଭଦ୍ରକର ସେଇ ଛୋଟ କ୍ୱାର୍ଟରଟିରେ କୌଣସି ପାର୍ଟିର ଆୟୋଜନ କରିବାର ପକ୍ଷପାତୀ ନ ଥିଲା ସେ। ଯାହା ହୃଦୟର କଥା, ଯାହା ତାଙ୍କ ଦୁହିଙ୍କ ସମ୍ପର୍କର କଥା, ତାହା ନୀରବରେ, ନିର୍ଜନତାରେ, ନିଶୀଘରେ ହିଁ ବିନିମୟ ହେଇଯିବା କଥା।

ସ୍ୱରୂପା ଆଡ଼ମ୍ବରର ବିରୋଧୀ। ଅନେକାଂଶରେ ଅନିରୁଦ୍ଧ ମଧ୍ୟ।

ସେଦିନ ସକାଳେ ଅନିରୁଦ୍ଧକୁ ଜୋର୍ କରି ମନ୍ଦିର ନେଇଯାଇଥିଲା ସ୍ୱରୂପା। ମନ୍ଦିରର ପୂଜାର୍ଚ୍ଚନା ପରେ ଠାକୁରଙ୍କ ସିନ୍ଦୂର, ଅନିରୁଦ୍ଧର ହାତକୁ ବଢ଼ାଇଦେଇ ସ୍ୱରୂପା କହିଲା, "ପିନ୍ଧାଇ ଦିଅ।"

ଅନିରୁଦ୍ଧର ମନ ଭଲ ଥିଲା। ସେ ସିନ୍ଦୂର ପିନ୍ଧାଇ ଦେଲା ସ୍ୱରୂପାର ସିନ୍ଥିରେ। ସ୍ୱରୂପା ଦେଖାଇଦେଲା ତା'ର ବେକ। ତା'ର ହାତର ବୃଦ୍ଧି। ଠାକୁରଙ୍କ ଛଡ଼ାଫୁଲଟି ପିନ୍ଧେଇଥିଲା ଅନିରୁଦ୍ଧ ସ୍ୱରୂପାର ବେଣୀରେ। ସମ୍ଭବତଃ ପ୍ରଥମ କରି। ହସି କହିଥିଲା, "ଠାକୁରଙ୍କୁ କ'ଣ ମାଗିଲ ରୂପା?"

ସ୍ୱରୂପା ହସି କହିଲା, "ଠାକୁରଙ୍କୁ ଭିକ୍ଷା ମାଗିଲି, ମହାପ୍ରଭୁ, ତାଙ୍କୁ ଭଲ ବୁଦ୍ଧି ଦିଅ।"

ହୋ.. ହୋ.. ହସି ଉଠିଲା ଅନିରୁଦ୍ଧ।

ଆଜି ସେ ସବୁ ମନେପଡୁଥିଲା ସ୍ୱରୂପାର। ତା' ପରବର୍ଷ ଅନିରୁଦ୍ଧ ନ ଥିଲା ଘରେ। ଯାଇଥିଲା କଲିକତା, ତା'ପର ବର୍ଷ ମଧ୍ୟ ଅନିରୁଦ୍ଧ ନ ଥିଲା। ଅନିରୁଦ୍ଧର ଉପସ୍ଥିତିର ଅନୁପସ୍ଥିତିର ପ୍ରଶ୍ନ ନ ଥିଲା। ପ୍ରଶ୍ନ ଥିଲା ଦିନଟି ତା' ସ୍ମରଣରେ ଅଛି କି ନାହିଁ। ଭୋଲାନାଥ ଅନିରୁଦ୍ଧର ସେତକ ମଧ୍ୟ ମନେ ରହୁନଥିଲା।

ଗତ ବର୍ଷ? ଗତ ବର୍ଷ କଥା ମନେପଡ଼ିଲେ ସ୍ୱରୂପା ଆଖ୍ରୁ ଅଶ୍ରୁ ଖାଲି ଝରେ ନାହିଁ, ହୃଦୟରୁ କୋହ ଉଠେ। ଗତ ବର୍ଷ ସେତେବେଳେ ଅନିରୁଦ୍ଧ ରହୁଥିଲା ଏମ୍ସର ଖଟିଆରେ। ଶଯ୍ୟାଶାୟୀ ହୋଇ ସ୍ୱରୂପା ରହୁଥିଲା ଏମ୍ସ ସନ୍ନିକଟ ହଜଖାସ୍‍ର ଜଗନ୍ନାଥ ମନ୍ଦିରର ତଳ ମହଲାର ଡର୍‍ମେଟାରିରେ।

ଜଗନ୍ନାଥ ମନ୍ଦିରରେ ଥାଆନ୍ତି ଓଡ଼ିଆ ଦୀପବାଲା, ଓଡ଼ିଆ ଫୁଲବାଲା, ଫଟୋ ଦୋକାନୀ, ସବୁ ଓଡ଼ିଆ। ଏଇ କେତେ ଦିନ ଭିତରେ ସେମାନଙ୍କ ସହ ଭଲ ଆତ୍ମୀୟତା ହୋଇଯାଇଥାଏ ସ୍ୱରୂପାର। ସ୍ୱରୂପା ପୁରୀର ଝିଅ, ପୁରୀରୁ ଆସିଛି ବୋଲି ଶୁଣି ସେମାନେ ଆହୁରି ଖୁସୀ ହେଲେ। ତା' ପ୍ରତି ଯେମିତି ବେଶୀ ଶ୍ରଦ୍ଧା ଦେଖାଇଲେ ପୂଜକ ମହାଶୟ। ସବୁଦିନ ନିତ୍ୟକର୍ମ ପରେ ଶ୍ରୀଜୀଉଙ୍କୁ ଫୁଲ, ଦୀପ ଓ ଭୋଗ ଲଗାଇ ସାଷ୍ଟାଙ୍ଗ ପ୍ରଣାମ କରି ଜଗନ୍ନାଥଙ୍କ ଚରଣୋଦକ ପାଇ, ଗ୍ଲାସରେ ଅନିରୁଦ୍ଧଙ୍କ ପାଇଁ ଧରି ସ୍ୱରୂପା ହସ୍ପିଟାଲକୁ ଆସେ। ପୂଜକ ଦେଇଥାନ୍ତି ଜଗନ୍ନାଥଙ୍କ ଛଡ଼ା ତୁଳସୀ। କହିଥାନ୍ତି, ଯାକୁଇ ବାବୁଙ୍କ ପାଟିରେ ଦେଇଦେବ ମା'। ଏଇ ଜଗନ୍ନାଥର ଛଡ଼ା ତୁଳସୀରେ କେତେ କେତେ ଦୁରାରୋଗ୍ୟ ବ୍ୟାଧୁ ଭଲ ହୋଇଛି।

ହଁ ନନା, ମୁଁ ଜାଣେ ସବୁ। ଭଲ ଦିନରେ ମୋ ବୋଉ ଜଗନ୍ନାଥଙ୍କ ପାଖେ

ଅଖଣ୍ଡ ଦୀପ ଜାଳେ । ବୋଉ ତ ନାହିଁ । ଅଖଣ୍ଡ ଦୀପ ଜାଳିବାକୁ ମୁଁ କାହାକୁ ବି ଖବର ଦେଇ ପାରିଲି ନାହିଁ ।

ଏଠି, ଏଇ ଦି’ ଟଙ୍କିଆ ଦୀପଟି ବି ତୁମର ଅଖଣ୍ଡ ଦୀପ ହୋଇଯିବ ମା’ । ପୁରୀର ଶ୍ରୀମନ୍ଦିର ଆଉ ନୂଆଦିଲ୍ଲୀର ଏ ମନ୍ଦିର ଭିତରେ କିଛି ଫରକ୍ ନାହିଁ । ଏଠି ଦୀପ ଜାଳିଲେ ସେଠି ବି ଜଗା ଆଘ୍ରାଣିବ ।

ମୁଣ୍ଡିଆ ମାରି ହସ୍ପିଟାଲ୍କୁ ଗଲା ସ୍ୱରୂପା । ଅନିରୁଦ୍ଧ ପାଖେ ପହଞ୍ଚିଲା ବେଳକୁ ଅନିରୁଦ୍ଧ ବିଛଣାରେ ବସିଥିଲା । ବିନା ଭୂମିକାରେ ସ୍ୱରୂପା ହାତକୁ ଜାବୁଡ଼ି ଧରି କହିଲା, “ରୂପା, ଆଜି ଜୁଲାଇ ଆଠ ନା ?”

ମୁହଁ ତଳକୁ ପୋତି ସ୍ୱରୂପା କହିଲା, “ହଁ । ହେଲେ ଜଗନ୍ନାଥଙ୍କ ଦୀପ ଜାଳିବା ଛଡ଼ା ମୁଁ ଆଉ କିଛି କରିପାରିଲି ନାହିଁ । ନିଅ, ଚରଣାମୃତ, ଛଡ଼ା ତୁଳସୀ । ଅନିରୁଦ୍ଧର ପାଟିରେ ପାଦୁକ ଢାଳିଦେଇ, ଛଡ଼ା ତୁଳସୀ ଦେଲା ସ୍ୱରୂପା । ତା’ ମୁଣ୍ଡରେ ହାତ ରଖି ଜଗନ୍ନାଥଙ୍କୁ ପ୍ରାର୍ଥନା କଲା ।”

ମୁଣ୍ଡ ଉପରୁ କାଢ଼ି ଆଣିଲା ଅନିରୁଦ୍ଧ, ରଜନୀଗନ୍ଧାର ତୋଡ଼ାଟିଏ । କହିଲା, “ତୁମକୁ ଆଜି ମୁଁ ତ ଦେଖି ପାରୁନି, ରୂପା । ଯେତେବେଳେ ଦେଖିପାରୁଥିଲି ସେତେବେଳେ ଦେଖିବାକୁ ଚାହିଁଲି ନାହିଁ । ଆଜି ଜୁଲାଇ ଆଠ, ତୁମକୁ ପାଇବାର ସ୍ମାରକୀ ଦିନଟି । ମୋ ପାଇଁ ମହାର୍ଘ । ତୁମ ବାପା ମୋତି ମାଳ ପିନ୍ଧାଇ ଦେଇଥିଲେ ଗୋଟେ ମାଙ୍କଡ଼ ବେକରେ...।”

ଅନିରୁଦ୍ଧର ପାଟି ଚିପି ଧରିଲା ସ୍ୱରୂପା.. ଛିଃ..

ଅନିରୁଦ୍ଧ କହିଲା, “ଆଜି ଚିହ୍ନିଲା ବେଳକୁ ମୁଁ ନିଃସ୍ୱ ହୋଇଯାଇଛି । ତଥାପି ମୋର ସ୍ନେହର, କୃତଜ୍ଞତାର ଏହି ସାମାନ୍ୟ ଜିନିଟି ଗ୍ରହଣ କର ରୂପା ।”

ଫୁଲତୋଡ଼ାଟି ବଢ଼ାଇ ଦେଲା ଅନିରୁଦ୍ଧ ସ୍ୱରୂପା ହାତକୁ ।

ସେଇଠି ଫୁଲତୋଡ଼ାଟି ଛାତିରେ ଜାବୁଡ଼ି ଧରି ଅନିରୁଦ୍ଧକୁ ଓଦା କରି ଦେଲା ରୂପା ନିଜର ଅଜସ୍ର ଅଶ୍ରୁରେ । କେମିତି କାହା ହାତରେ ଫୁଲଟି ମଗାଇ ଅନିରୁଦ୍ଧ ତା’ର ପ୍ରେମ ନିବେଦନ କରିଛି । ମରୁ ଗୋଲାପ ପରି ଏଇ ସୁଗନ୍ଧ ଟିକକ ଘୁରିବୁଲିଲା ତା’ ଅନ୍ତଃକରଣରେ ।

ଆଜି ଜୁଲାଇ ଆଠ । ଆଠ ଦିନ ହେବ ଛୁଟିରେ ଅଛି ସ୍ୱରୂପା । ତା’ର ଦେହ ଭଲ ନାହିଁ । ଆଜି ଦିନଟା ଅନିରୁଦ୍ଧର କ’ଣ ମନେ ନାହିଁ ?

ସେ ନିତ୍ୟକର୍ମ ସାରି ଅନିରୁଦ୍ଧକୁ କହିଲା, “ଚାଲ, ମନ୍ଦିର ଯିବା ।”

“ହଁ, ଚାଲ ।”

ସେମାନେ ରିକ୍ସାରେ ଗଲେ । ବାଟ୍‌ଯାକ ସ୍ବରୂପା ମନେ ପକାଉ ଥାଏ ଗତବର୍ଷର କଥା । ଅନିରୁଦ୍ଧ ମନରେ ମଧ୍ୟ ନାଚି ନାଚି ଯାଉଥାଏ ସେଇ ଦୃଶ୍ୟ । ସେ ଭାବୁଥାଏ, ତା’ର ଭୁଲ ହୋଇଗଲା । ଗତ କାଲିଠାରୁ ଦାମକୁ ନେଇ କିଛି ଜିନିଷ ସେ କିଣି ଆଣିପାରିଥାନ୍ତା, ହେଲେ ସ୍ବରୂପା ତ ଘରେ ଥିଲା । ତାକୁ ନ ଜଣାଇ ସେ ଯାଇପାରିଲା ନାହିଁ ।

ସେମାନେ ଜଗନ୍ନାଥ ଦର୍ଶନ କଲେ । ବିମଳାଙ୍କ ଠାରେ ଫୁଲ ଚଢ଼ାଇଲେ । ମହାଲକ୍ଷ୍ମୀଙ୍କ ମଣ୍ଡପରେ ଟିକେ ବସି କିଛି ଶୁଖିଲା ମହାପ୍ରସାଦ ନେଇ ପୁଣି ଘରକୁ ଫେରିଲେ ।

ରିକ୍ସାରୁ ଓହ୍ଲାଇ, ଅନିରୁଦ୍ଧକୁ ଘର ଭିତରକୁ ଛାଡ଼ିଦେଇ ସ୍ବରୂପା କହିଲା, "ମୁଁ ଟିକେ ଏଇଠୁ ଆସୁଛି ।"

ତେବେ ଶୁଣ । ତୁମର ଯାହା ପସନ୍ଦ ଗୋଟେ କିଣି ଆଣିଥିବ ।

ଅନିରୁଦ୍ଧ ଘର ଭିତରକୁ ଗଲା । ଜାଣିଲା କିଏ ଜଣେ ଆସିଛି । ସେ କହିପକାଇଲା, "ଦାମ, କିଏ ଆସିଚି କି ?"

ସୀତେଶ ହସି ଉଠିଲା । ତା’ର ହସର ଶବ୍ଦ ଅଲଗା ଶୁଭିଲା । କହିଲା, "ମୁଁ ସୀତେଶ ।"

"ସୀତେଶ ? ତୁ ଏତେ ଦିନ ପୁରୀରେ ନ ଥିଲୁ ନା କ’ଣ ?"

ସୀତେଶ ବଡ଼ କଷ୍ଟରେ କହିଲା, "ଆଠଦିନ ହେବ ମତେ ବହୁତ ଜ୍ବର ଭାଇ । ବିଛଣାରୁ ଉଠି ପାରିଲି ନାହିଁ । ହେଇ ଦେଖ, କେତେ ଜ୍ବର ଅଛି ଦେହରେ ।"

ଅନିରୁଦ୍ଧଙ୍କର ହାତ ଟାଣି ନିଜ କପାଳ ଛୁଆଁଇଲା ସୀତେଶ । ଅନିରୁଦ୍ଧ ଚମକି ପଡ଼ିଲା । ଖଇଫୁଟା ତାତି । ସେ ବ୍ୟସ୍ତ ହୋଇ କହିଲା, "ଏତେ ଜ୍ବରରେ ତୁ ଆସିଲୁ କାହିଁକି ?"

"ଆସି ପାରୁ ନ ଥିଲିତ । ମନେ ପଡ଼ିଲା, ଆଜି ଜୁଲାଇ ଆଠ - ତୁମର ବିବାହ ବାର୍ଷିକୀ । ସ୍ବରୂପାକୁ ତୋର କିଛି ଉପହାର ଦେବା କଥା । ଏଇ ନେ, ଏଇ ପ୍ୟାକେଟ୍‌ରେ ଶାଢ଼ୀ ଅଛି । ତୋର ପସନ୍ଦର ଶାଢ଼ୀ । ସବୁ ବିମଳାଙ୍କ ଠାରେ ପୂଜା କରା ହେଇ ଆସିଛି । ଏଥରେ ଅଛି ବିମଳାଙ୍କ ବଳା । ସ୍ବରୂପାକୁ ପିନ୍ଧାଇ ଦେବୁ । ମୁଁ ଚାଲିଲି..."

ହଠାତ୍ କହି ପକାଇଲା ଅନିରୁଦ୍ଧ, "ହଁ, ସ୍ବରୂପା ଆସିଲେ କହିଦେବି । ଏସବୁ ସୀତେଶର ଉପହାର ।"

"ନା, ନା, ଏ ସୀତେଶର ଉପହାର ନୁହେଁ । ଏହା ଅନିରୁଦ୍ଧର ସ୍ବରୂପାକୁ ଉପହାର ।" କହିଲା ସୀତେଶ ।

“ତୋ ଦଉ ଜିନିଷ, ମୋର କହି ମୁଁ ଦେବି କାହିଁକି ?”

“ଆମର ଅଭେଦ ବନ୍ଧୁତ୍ୱରେ, ତୋର ମୋର କେଉଁଦିନ ଥିଲା ?”

“ନା, ନ ଥିଲା ।”

“ମୋର ସବୁକିଛି ତୋର । ମୁଁ ଚାଲିଲି । ତୁମ ଦୁହିଁଙ୍କୁ ମୋର ହାର୍ଦ୍ଦିକ ଶୁଭେଚ୍ଛା ।”

ସୀତେଶ ଚାଲିଗଲା । ଶେଷ ଧାଡ଼ିଟା ଅନ୍ୟମନସ୍କ ଅନିରୁଦ୍ଧ ଶୁଣି ପାରିଲା ନାହିଁ । ତା' କାନରେ ଗୁଣ୍ଡୁ ଗୁଣ୍ଡୁ ହେଉଥିଲା ସେଇ ଗୋଟିଏ କଥା, 'ମୋର ସବୁ କିଛି ତୋର ।' ଅନ୍ୟ ପକ୍ଷରେ କ'ଣ ସେ କହିବାକୁ ଚାହୁଁଥିଲା ଯେ, 'ତୋର ସବୁ କିଛି ମୋର ।' ସ୍ୱରୂପା ଛଡ଼ା ତା' ନିକଟରେ ମୋର ବୋଲି କହିବାକୁ ଅଛି କ'ଣ ?

କେତେବେଳେ ସ୍ୱରୂପା ଫେରିଲା । ଆଣିଥିଲା ହାତରେ ରଜନୀଗନ୍ଧାର ସ୍ତବକଟିଏ । ଅନିରୁଦ୍ଧର ହାତରେ ଧରାଇ ଦେଇ କହିଲା, “ତୁମେ ଏଇଆକୁ ଆଣିବାକୁ କହିଲା ନା ?”

ଅନିରୁଦ୍ଧ ଫୁଲଟି ଧରିଲା । ବିମଳାଙ୍କ ବଳାଟିକୁ ସ୍ୱରୂପାର ହାତରେ ପିନ୍ଧାଇ ଦେଲା ।

ସ୍ୱରୂପା କୁରୁଳି ଉଠି କହିଲା, “ଏ ମା, ତୁମେ କେତେବେଳେ ବଳାଟେ କିଣି ଆଣିଛ, ମୁଁ ଜାଣିପାରିଲି ନାହିଁ ।”

ଅନିରୁଦ୍ଧ ପୁଣି ବଢ଼ାଇ ଦେଲା ଶାଢ଼ୀଟା । କହିଲା, “ଧୂସର ରଙ୍ଗର ଏହି ଶାଢ଼ୀଟା ମୋର ପସନ୍ଦ । ପିନ୍ଧିକରି ଆସ ରୂପା ।”

ସ୍ୱରୂପାର ମନ ଫିକା ପଡ଼ିଗଲା । ସେ ଜାଣିଲା, ଏ ଶାଢ଼ୀ, ଏ ବଳା, ଏ ସିନ୍ଦୂର ଅନିରୁଦ୍ଧ ଆଣିନି ତ ! ଯାକୁ ପଠେଇଛି ସୀତେଶ । ସବୁ ଥର ପରି । ଶାଢ଼ୀଟା ପିନ୍ଧିବ କି ନା ଭାବୁ ଭାବୁ ସେ ହାତ ବଢ଼ାଇ ନେଇଗଲା । ଅନିରୁଦ୍ଧ ଭାବିଥିଲା, ସ୍ୱରୂପା ଶାଢ଼ୀଟାକୁ ଆଡ଼େଇ ରଖିଦେବ । କହିବ, ନା, ଆଜି ସେଇଟା ମୁଁ କେବେ ପିନ୍ଧିବି ନାହିଁ । କିନ୍ତୁ ସ୍ୱରୂପା ତା' କଲା ନାହିଁ । ସୀତେଶର ସମସ୍ତ ଦାନକୁ ସେ ଅକୁଣ୍ଠିତ ଭାବେ ଗ୍ରହଣ କରିଛି । ଗ୍ରହଣ କରିବା ତା'ର ଅଭ୍ୟାସ ହୋଇଯାଇଛି ।

ସୀତେଶର ଦାନକୁ ଛୋଟ କରି, ନ୍ୟୂନ କରିଦେବା ଭଳି, ସେ ନିଜେ କିଛି ଦେଇ ପାରି ନାହିଁ । କିଛି ଦେଇ ନାହିଁ ।

ଶାଢ଼ୀ ପିନ୍ଧି ଆସିଲା ସ୍ୱରୂପା । ଅନିରୁଦ୍ଧର ପାଖରେ ଠିଆ ହେଇ ତା' କାନ୍ଧରେ ହାତ ରଖିଲା ।

ଅନିରୁଦ୍ଧ ମନଃକ୍ଷୁବ୍ଧରେ ଦେଖୁଥିଲା । ଶାଢ଼ୀଟା ଖୁବ୍ ଭଲ ମାନୁଛି ସ୍ୱରୂପାକୁ । ସେ ତତ୍‍କ୍ଷଣାତ୍‍ କହି ପକାଇଲେ, “ସୀତେଶ ଥିଲେ ନିଶ୍ଚେ କହିଥାନ୍ତା ଯେ ବାଃ, ବଢ଼ିଆ ମାନୁଛି ତୁମକୁ । ନୁହଁ ?”

ଏ କଥାରେ କିନ୍ତୁ ସ୍ୱରୂପା କୁରୁଳି ଉଠି ପାରିଲା ନାହିଁ। ନିଷ୍ପଲକ ଆଖିରେ ଚାହିଁ ରହିଥିଲା ଅନିରୁଦ୍ଧର ମୁହଁକୁ।

ସେଦିନ ସଂଧ୍ୟାରେ କଲେକ୍ଟରଙ୍କ କୋଠିରୁ ବାହାରି ଆସି ଚାଲି ଚାଲି ଆସି ମୁଖ୍ୟ ରାସ୍ତାକୁ ଉଠିଲା ସ୍ୱରୂପା। ସେଇ ଏକଣାଜାଗାରେ ଗଛମୂଳେ ସ୍କୁଟର ଧରି ଠିଆ ହୋଇଥିଲା ସୀତେଶ।

ସ୍ୱରୂପାକୁ ଦେଖିଲା ମାତ୍ରେ କହିଲା, "ଆସ, କେତେବେଳୁ ମୁଁ ଏମିତି ଠିଆ ହେଲିଣି।"

ସ୍ୱରୂପା ପାଖକୁ ଆସିଲା। କହିଲା, "କାହିଁକି, ଏମିତି ଅପେକ୍ଷା କର ମତେ? ମୁଁ କ'ଣ ଚାଲି ଯାଇପାରନ୍ତି ନାହିଁ?"

ତୁମେ ଯାଇ ପାରୁନ ବୋଲି କ'ଣ ମୁଁ ଆସୁଛି? ତୁମକୁ ସୁବିଧାରେ ପହଞ୍ଚାଇ ଦେବା, ତୁମର କଷ୍ଟ ଟିକେ ଲାଘବ କରିବା, ମୋର ଏତିକି ମାତ୍ର ଇଚ୍ଛା।

"କାହିଁକି ମୋ ସୁବିଧା ପାଇଁ ତୁମର ଏତେ ଚିନ୍ତା?"

"ପିଲାଟି ଦିନରୁ, ନା ଆଜି?"

"ହେଲେ ସବୁଦିନ ସବୁକଥା ଶୋଭାପାଏ ନାହିଁ।"

"ଯାହା ଭଦ୍ରକରେ ଶୋଭା ପାଉଥିଲା, ତା' ପୁରୀରେ ଶୋଭା ପାଇବ ନାହିଁ?"

"ସବୁର ଗୋଟେ ସୀମା ଥାଏ। ମୁଁ ଦିନେ ବି ସୀମା ଲଂଘନ କରି ନାହିଁ।" କହିଲା ସୀତେଶ।

"ସୀତେଶ, ତୁମକୁ କେମିତି ବୁଝାଇବି ଯେ ଆଜିକାଲି ତାଙ୍କର ଭାବାନ୍ତର ହେଉଛି।"

"ସେଇଟା ତୁମର ବୁଝିବା କଥା।"

"ମୁଁ ବୁଝୁନାହିଁ ବୋଲି ତୁମେ ଭାବୁଛ? ମୁଁ ବୁଝୁଛି ବୋଲି ତୁମକୁ କହୁଛି। ମୋର ମନେହେଉଛି, ସେ ତୁମକୁ ସନ୍ଦେହ କରୁଛନ୍ତି।"

"ହଁ, ମୁଁ ଜାଣେ।"

"ତୁମେ ଜାଣ? ତା' ସତ୍ତ୍ୱେ..."

"ରୂପା, ଅନିରୁଦ୍ଧର ସନ୍ଦେହ ଜମା ଅମୂଳକ ନୁହେଁ?" କେଉଁଠି କ'ଣ ବୋମା ଫୁଟିଲା? ମଡ଼ ମଡ଼ ହୋଇ ଭାଙ୍ଗି ଅଜାଡ଼ି ହୋଇଗଲା ଗଛବୃକ୍ଷ, କୋଠାବାଡ଼ି, ଘରଦ୍ୱାର ସବୁକିଛି। ଚାରିପାଖରେ ଘେରିଗଲା ଧୂଆଁଧୂଳିର କୁହେଲି। ସେଥିରେ ଆକ୍ରାମାକ୍ରା ହୋଇଗଲା ସ୍ୱରୂପାର ସାରା ସଭା। ସେ ସ୍ଥିର ହୋଇ ରହିଗଲା କିଛି ମୁହୂର୍ତ। ତା' ପରେ କେତେବେଳେ ସେ ପ୍ରକୃତିସ୍ଥ ହେଇ କହିଲା, "ତୁମେ ଏ କ'ଣ କରୁଛ ସୀତେଶ... କେମିତି କହୁଛ?"

“ଯାହା କହିବାକୁ ଅନେକ ଦିନୁ ଭାବିଛି, କହିପାରି ନାହିଁ, ତାହା ଶୁଣିବାକୁ ଯେତେ ଶ୍ରୁତିକଟୁ ହେଲେ ମଧ୍ୟ ମୁଁ ତୁମକୁ ଭଲପାଏ ସ୍ବରୂପା, ମୁଁ ତୁମକୁ ସତରେ ଭଲପାଏ ।”

ସ୍ବରୂପା ଥକ୍କା ହୋଇ ବସିପଡ଼ିଲା ସେଇଠି । ଜଣେ ବିବାହିତା ନାରୀକୁ ଜଣେ ଅବିବାହିତ ପୁରୁଷ ଭଲ ପାଇବାର ସ୍ବୀକାରୋକ୍ତି ଜ୍ଞାପନ କରୁଛି । ଏଇ ଭଲ ପାଉଥିବା ଲୋକଟା ସାଙ୍ଗରେ ସେ ମିଶିଛି, ହସିଛି, ଖେଳିଛି, ବୁଲିଛି କେତେ ଅକୁଣ୍ଠିତ ଭାବରେ ।

ସ୍ବରୂପା ଯେମିତି ବିଦୀର୍ଣ୍ଣ ହୋଇ ଯାଉଥିଲା ।

ସୀତେଶ କହିଲା, “ସତରେ ରୂପା, ମୁଁ ତୁମକୁ ଭଲ ପାଏ, ଏତେ ଭଲ କେହି କାହାକୁ ପାଇ ନ ଥିବେ । ହେଲେ ମୋର ଦୁଃଖ, ମୋ ଭଲ ପାଇବାର ମୂଲ୍ୟ ମତେ ମିଳିଲା ନାହିଁ । ଏବେ ଭାବୁଛି ଯେ ଯଥାର୍ଥ ଭଲ ପାଇବାକୁ ତା’ର ମୂଲ୍ୟ କେହି ଦେଇପାରନ୍ତି ନାହିଁ ।”

ସ୍ବରୂପା ଚାହିଁ ରହିଥିଲା ସୀତେଶକୁ । ସେମାନେ ଫେରିଲେ ପୁଣି ମୁଖ୍ୟ ରାସ୍ତାରୁ ସେଇ ନିଛାଟିଆ ରାସ୍ତାକୁ । ସମୁଦ୍ର ବାଲି ପଟାରେ ବସିପଡ଼ି ବସାଇଦେଲା ସୀତେଶ ସ୍ବରୂପାକୁ ସେଇଠି ।

ସୀତେଶ କହିଲା, “ଶୁଣ ରୂପା, ଆଜି ମୋର କଥା ଶୁଣିଯାଅ । ହୁଏତ ଆଉ କେବେ ସୁଯୋଗ ମିଳିପାରିବ କି ନା ।”

ସୀତେଶ କହିଚାଲିଥିଲା, ସେଇ ପିଲାଦିନୁ, ତୁମର ଫ୍ରକ୍ ପିନ୍ଧିବା ବୟସରୁ, ତୁମକୁ ଚାହିଁ ରହିଥିଲି ଏକା ଆଖିରେ ଯେ ସେ ଆଖିରେ ଆଉ ପଲକ ପଡ଼ିଲା ନାହିଁ । ଭଲ ପାଇବାର ସେହି ଆକୁଳତା ନେଇ ଭଲ ପାଇଲି ତୁମ ସମସ୍ତଙ୍କୁ । ସାରଙ୍କୁ, ମାଉସୀଙ୍କୁ, ତୁମକୁ, ତୁମ ଘରର ଇଟା, ପଥର, ଗଛପତ୍ର, ବିଲେଇ, କୁକୁରଙ୍କୁ ମଧ୍ୟ । ସବୁକୁ ଭାବିଲି ମୋର ମୋର । ତୁମ ଘରେ ମୁଁ ପୁଅ ହେଇଗଲି । ହେଲେ ଏସବୁ କାହିଁକି କଲି ରୂପା ? ସାରଙ୍କ ଦେହ ବ୍ୟସ୍ତ ବେଳେ, ମାଉସୀଙ୍କ ଦେହ ବ୍ୟସ୍ତ ବେଳେ ଦିନରାତି ଏକ କରିଦେଇ ସେବା କରୁଥିଲି କାହିଁକି ? ଏସବୁ ସେଇ ଭଲପାଇବାର କରାମତି । ତୁମେ ବଡ଼ ହେଲ, ପାଠ ପଢ଼ିଲ । ବି.ଏ. ପାସ୍ କଲ । ତଥାପି ତୁମକୁ ମନକଥା କହି ପାରିଲି ନାହିଁ । ଏମିତି କି ସାର ଯେତେବେଳେ ପକ୍ଷାଘାତରେ ପଡ଼ି ବିଛଣାରେ ଘାଣ୍ଟି ହେଉଥିଲେ ଓ ତୁମ ଚିନ୍ତାରେ ବ୍ୟସ୍ତ ହେଉଥିଲେ, ସେତେବେଳେ ବି କେତେଥର ଭାବିଛି, କହିଦେବି ସାର, ହାତପାତି ମାଗୁଛି ରୂପାକୁ । ଦିଅନ୍ତୁ ମତେ । ପୁଣି ଭାବିଛି ନା ଆଜି ଥାଉ, କାଲି କହିବି । ହେଲେ ସେ କାଲି ଆସିବା ଆଗରୁ ସାର୍ ଘଣ୍ଟ ବଜାଇଦେଲେ । ଫଇସଲା କରିଦେଲେ । ମତେ ତୁମର ଅଯୋଗ୍ୟ ବୋଲି ପ୍ରମାଣିତ କରି, ଅନିରୁଦ୍ଧକୁ ଯୋଗ୍ୟ ଭାବିଲେ । ସେଦିନ ମୋ

ମନର ସେ କି ଦାରୁଣ ଦୁର୍ଦ୍ଦଶା, କି ଶୋଚନୀୟ ଅବସ୍ଥା, କେହି ଜାଣିଲେ ନାହିଁ, କେହି ଦେଖିଲେ ନାହିଁ, କେହି ବୁଝିଲେ ନାହିଁ। ଏମିତି କି ତୁମେ ମଧ୍ୟ ନୁହଁ। ମୋର କେଉଁ ଆୟୋଗ୍ୟତା ସାରଙ୍କ ପାଖରେ ଏତେ ବଡ଼ ହେଇ ଦେଖାଗଲା, ଏକଥା ଯେମିତି ଜାଣିପାରିଲି ନାହିଁ। ଅନିରୁଦ୍ଧର କେଉଁ ଯୋଗ୍ୟବା ତାଙ୍କୁ ଏତେ ଭରସା ଦେଲା ତା' ମଧ୍ୟ ଜାଣିପାରିଲି ନାହିଁ। ଅନିରୁଦ୍ଧ ପ୍ରତି ନୁହଁ, ସାରଙ୍କ ପ୍ରତି ମୋର ମନ ଅଭିମାନରେ ଫାଟି ପଡ଼ିଲା। ଅଭିମାନରେ ମୁଁ କରଟି ହେଇ ଯାଉଥିଲି। ସେଇ ହତାଶା, ସେଇ ସ୍ୱପ୍ନଭଙ୍ଗର ଯାତନା, ବିଫଳତା, ଖେଦ, ମତେ ଈର୍ଷାଲୁ କଲାନାହିଁ, ଭାଙ୍ଗିଦେଲା ନାହିଁ। ମତେ ମାଟିମୁଠି ଗଢ଼ିଦେଲା ଆଉ ପ୍ରକାରେ। ଆଘାତର ଗୋଟେ ବଡ଼ ଅବଦାନ ଥାଏ ରୂପା। ସେ ଆଘାତ, ମୋର ହୃଦୟ, ମୋର ବ୍ୟକ୍ତିତ୍ୱକୁ ଖୋଲି ଖୋଲି ଦେଲା। ପ୍ରସାରିତ କରିଦେଲା। ମୁଁ ସେଦିନ ମୋ ଅଜାଣତରେ ସଂକଳ୍ପ କରିବସିଲି, ଯେଉଁ ସାର୍ ମତେ ତାଙ୍କ ଝିଅ ପାଇଁ ଅଯୋଗ୍ୟ ବିବେଚିତ କଲେ, ସେଇ ସାରଙ୍କୁ ତାଙ୍କ ପରିବାରକୁ ମୋର କରି ଛାତିରେ ତୋଲି ଧରିବି। ତାଙ୍କୁ ଭଲପାଇବି ସେବାକରିବି, ଯତ୍ନ କରିବି, ପ୍ରାଣ ଦେଇ ନିଜ ସଂକଳ୍ପରେ ମୁଁ ଅଟଳ ଅଛି, ଏବେ ବି। ସାରଙ୍କ ମୃତ୍ୟୁ ପରେ ମୋ ବ୍ୟବସାୟର ଏହି ବିଶ୍ୱସ୍ତ ପିଲା ଦାମକୁ ରଖିଗଲି ମାଉସୀଙ୍କ ପାଖରେ। ତାଙ୍କ ଦେଖାଶୁଣା କରିବା ପାଇଁ। ଅନିରୁଦ୍ଧ ଯୋଗ୍ୟ ପିଲା ସତ୍ୟ, ହେଲେ ସ୍ୱାମୀ ହେବାର ଯୋଗ୍ୟତା ତା'ର କେତେ ମାତ୍ରାରେ ଅଛି, ଏକଥା ସେଇ ପ୍ରଥମ ଦିନଠୁ ଜାଣି ପାରିଥିଲି। ଯେଉଁଦିନ ତୁମକୁ ଦେଖିଥିଲି ପତିତପାବନଙ୍କ ପାଖେ ଏକାହୋଇ ଠିଆହୋଇଥିଲ, ତୁମର କଷ୍ଟ, ତୁମର ଯାତନା, ବାରମ୍ବାର ମତେ ବ୍ୟସ୍ତ କରୁଥିଲା। ଆଉ ସେଥିପାଇଁ ବାରମ୍ବାର ଭଦ୍ରକ ପଳାଉଥିଲି। ମିଛରେ କହୁଥିଲି ସାର୍ ପଠେଇଛନ୍ତି। ସେତେବେଲେ ମୋ ପ୍ରାଣରେ ସେ କି ଅଦମ୍ୟ ତୃଷା। ତୁମକୁ ପାଇବାକୁ କି ବଲବଉର ଇଚ୍ଛା। ଅନିରୁଦ୍ଧ ସରଲ, ଭୋଲା, ମୋର ବିଶ୍ୱାସୀ ବନ୍ଧୁ। ସେ ତୁମକୁ ପଠାଇ ଦେଉଥିଲା ମୋ ସହ ବୁଲିବାକୁ। ମନେପଡ଼ୁଛି ସେଇସବୁ ଦିନ? ଅନିରୁଦ୍ଧର ଉପେକ୍ଷାରେ ତୁମେ ସେତେବେଲେ ବିଗଲିତ ଅବସ୍ଥାରେ। କେତେଥର କଣ୍ଠ ପର୍ଯ୍ୟନ୍ତ ଉଠି ଆସିଛି। ମନେ ହୋଇଛି, ତୁମକୁ ଥରେ ମାତ୍ର, ଥରେ ମାତ୍ର ବାହୁବନ୍ଧନରେ ପାଇ କହନ୍ତି, "ରୂପା, ମୁଁ ତୁମକୁ ଭଲ ପାଏ।" ଏ ଭଲ ପାଇବାର ପଟାନ୍ତର ନାହିଁ। ହେଲେ କହିପାରିଲି ନାହିଁ। ମୋ ନିଜ ଭିତରେ ମୋର ବିବେକ ଥିଲା ସଦା ଜାଗ୍ରତ। ମୋର ପ୍ରିୟତମ ବନ୍ଧୁର ସ୍ତ୍ରୀକୁ ମୁଁ ଅସମ୍ମାନିତ କରିପାରିବି ନାହିଁ। ମୁଁ ବୁଝିଲି ମୋର ଭଲପାଇବା ମତେ ଏକଥା କୁହାଇ ଦେଲାନାହିଁ। ମୋର ବିଶ୍ୱାସ ହେଲା ଭଲପାଇବା ସବୁବେଲେ ସତ୍ୟ, ଶାଶ୍ୱତ, ମଙ୍ଗଲମୟ। ତାହା କେବେ ବି ଭଲପାଇବାର ପାତ୍ରକୁ ଅମର୍ଯ୍ୟାଦା କରେନାହିଁ।

ମନେପଡୁଛି ତୁମର ଭଦ୍ରକର ସେଇ ଦିନ ? ଅନିରୁଦ୍ଧର ଜ୍ବର ବେଳେ ଛାନିଆରେ ତୁମେ ଉକେଇଥିଲ ମତେ। ଅନିରୁଦ୍ଧ ତ ଜ୍ବରରେ ଅଚେତ ପ୍ରାୟ ଥିଲା। ରାତି ରାତି ତୁମେ ତା' ବିଛଣା କଡ଼ରେ ବସି ତା'ର ସେବା କର, ଦେହମୁଣ୍ଡରେ ଲୁଗାର ଠିକଣା ନ ଥାଏ, କେଶବାସର ଯତ୍ନ ନ ଥାଏ। ମୁଁ ଦୂରରୁ ଥାଇ ତୁମକୁ ଚାହେଁ। ଅଥୟ ହୁଏ। ମନହୁଏ ଏଇମାତ୍ର ତୁମକୁ ପାଇଛନ୍ତି କି, କେତେ ଥର ମୁଁ ଏମିତି ବାହୁ ବଢ଼ାଇ ଆଗେଇ ଯାଇଛି, ହେଲେ ମୋର ଭଲପାଇବା ମତେ ଆକଟ କରିଛି। ଯେଉଁ ନାରୀଟି ନିଜ ସ୍ବାମୀର ସେବାରେ ଉତ୍ସର୍ଗୀକୃତ, ସେ ନାରୀର ଜଡ଼ ଦେହଟାର ପାଇବା କି ପାଇବା ?

ସୀତେଶ ଏତେ କଥା କହି ଯେମିତି ଧଇଁସଇଁ ହେଲା। ସେ ରୁମାଲରେ ମୁହଁ ପୋଛିଲା। ସ୍ବରୂପାକୁ ଚାହିଁ କହିଲା, "ସେଇଠୁ ମୋର ମନେହେଲା, ଦୂରକୁ ପଲାଇବି କିଛି ଏକ ବାହାନାରେ। ତୁମକୁ ଡରି ନୁହେଁ, ନିଜକୁ ଡରି ମଧ ନୁହେଁ। ଅନିରୁଦ୍ଧକୁ ବାଗେଇବା ପାଇଁ, ତାକୁ ସଂସାରନିଷ୍ଠ କରିବା ପାଇଁ। ଜାଣି ନଥିଲି ଏତେ ବଡ଼ ସର୍ବନାଶ ହୋଇଯିବ। ଏତେ ବଡ଼ ସର୍ବନାଶ ହୋଇଗଲା ମଧ।। ଶୁଣିଥିଲେ ପଲେଇ ଆସିଥାନ୍ତି। କେହି ମତେ ଜଣେଇଲେ ନାହିଁ ଏକଥା। ଠିକଣା ଦେଇ ଯାଇଥିଲି। ମୋର ସାଙ୍ଗସୁଖୀ ସଭିଙ୍କୁ ପଚାରିଛି। କେହି ଜଣେଇ ନାହାନ୍ତି। ତୁମେ ଏକାକୀ ଏତେ ଲଢ଼େଇ କରିଛ, ଏତେ କଷ୍ଟ ଉଠେଇଛ। ଅବସ୍ଥା ଓ ପରିସ୍ଥିତିକୁ ସାମ୍ଭାଳିଛ ତାହା ତୁମର ଅନ୍ତରର ଭଲପାଇବାର ଶକ୍ତି ନେଇ। ତୁମେ ସେଦିନ ଅନିରୁଦ୍ଧ ପ୍ରତି ଥିବା ତୁମର ଭଲପାଇବାକୁ ଚିହ୍ନି ନ ଥିଲ। ବୁଝି ପାରି ନ ଥିଲ। ତେଣୁ ଭଉଁରୀ ଖାଉଥିଲା। ଆଜି ତୁମକୁ ଦେଖି ସତରେ ମୁଁ ଖୁବ୍ ଖୁସୀ। ମୋର ବଡ଼ ଦୁଃଖ, ଅନିରୁଦ୍ଧ ତା'ର ଚକ୍ଷୁ ହରାଇଛି। ମୋର ଦୁଃଖ ତୁମକୁ କଷ୍ଟ କରିବାକୁ ପଡୁଛି। ତୁମମାନଙ୍କୁ ନିଜ ଘରେ ରଖି ଆରାମରେ ଚଲାଇ ପାରିବାର ସାମର୍ଥ୍ୟ ମୋର ରହିଛି। ହେଲେ ମୁଁ କାହାର ଅସମ୍ମାନ କରିବାକୁ ଚାହେଁନା। ତୁମେ ସମ୍ମତି ଦେଲେ, ମୁଁ ଅନିରୁଦ୍ଧକୁ ଆମେରିକା ବି ନେଇ ଯାଇପାରେ। ଏବେ ବି ସମୟ ଅଛି, ବିଚାର କର।

ଏତେ କଥା କହି ସୀତେଶ ଠିଆ ହୋଇଗଲା। ମୁହଁ ପୋଛି କହିଲା, ବର୍ଷ ବର୍ଷର ଏ ଚାପା ବ୍ୟଥା, ଭାରି କଷ୍ଟ ଦଉଥିଲା। ଆଜି ହାଲୁକା ହେଲି। ମନେ ହେଉଛି ଆଜି ମୁଁ ମୁକ୍ତ, ଯଦିଓ ଏ ମୁକ୍ତିର ସଠିକ୍ ପରିଭାଷା ମୁଁ ଜାଣେନି। ମୁଁ ଅନୁଭବ କରୁଛି, ଏକ ବିପୁଲ ମୁକ୍ତିର ଉଲ୍ଲାସ।

ଏତେ ବେଳୟାଏ ରୂପ ଥିଲା ସ୍ବରୂପା। ଏ କଥାର କି ଉତ୍ତର ଦିଆଯାଇପାରେ, ସେ ଭାବିପାରୁ ନ ଥିଲା। ସୀତେଶ ପାଇଁ ତା' ମନରେ ସହାନୁଭୂତି, ଦୟା, କି ଘୃଣା,

କି ଶ୍ରଦ୍ଧା, କ'ଣ ଫୁଟି ଦିଶୁଥିଲା ତା' ସେ ଜାଣି ପାରିଲାନି। ତେବେ ଏସବୁ କଥା ଶୁଣିଲା ପରେ ଏକ ଦୀର୍ଘଶ୍ୱାସ ତା'ର ପିଞ୍ଜରା ଦୋହଲାଇ ଉଠିଗଲା ଯେମିତି।

ସୀତେଶର ପଛରେ ସ୍କୁଟରରେ ବସିଲା ସ୍ୱରୂପା।

ସୀତେଶ୍ ସ୍କୁଟର୍ ଷ୍ଟାର୍ଟ କଲା। ମାତ୍ର କେତେ ସମୟ ମଧ୍ୟରେ ସେମାନେ ପହଞ୍ଚିଗଲେ ସ୍ୱରୂପାର ଘର ସାମ୍ନାରେ। ସ୍ୱରୂପା ଓହ୍ଲାଇ ପଡ଼ିଲା। ସବୁଦିନ ଭଳି ଭିତରକୁ ଆସିଲା ନାହିଁ ସୀତେଶ୍। ବାହାରୁ ବାହାରୁ ଚାଲିଗଲା।

ଘର ଭିତରକୁ ପଶି ସ୍ୱରୂପା ଦେଖିଲା ଅନିରୁଦ୍ଧ ରେଡ଼ିଓରୁ ନିଉଜ୍ ଶୁଣୁଛି। ସ୍ୱରୂପା ତା' ପାଖକୁ ଯାଇ କହିଲା, "ଖାଇ ନାହଁ?"

କିଛି ଉତ୍ତର ଦେଲାନାହିଁ ଅନିରୁଦ୍ଧ। ଅନ୍ୟ ଦିନ ପରି ପଚାରିଲା ନାହିଁ ଯେ କେମିତି ଆସିଲ? ରିକ୍ସାରେ ନା ଚାଲିକରି? ସ୍କୁଟର୍ ରହିବା ଓ ଷ୍ଟାର୍ଟ ହେବା ଶଢ ସେ ବାରିଥିବ। ତଥାପି ପଚାରିଲା ନାହିଁ... ସୀତେଶ୍ ସାଙ୍ଗେ ଆସିଲ?

ସ୍ୱରୂପା ଶାଡ଼ୀ ବଦଲାଇଲା। ଦାମକୁ କହିଲା, "ଦାମ, ଖାଇବାକୁ ବାଢ଼।"

ସେମାନେ ପାଖାପାଖି ଖାଇ ବସିଲେ। ଖାଇଲା ବେଳେ ସ୍ୱରୂପା କହିଲା, "ସୀତେଶ୍ ବାଟରେ ଦେଖାହେଲା, ଆଣି ଛାଡ଼ି ଦେଇଗଲା।"

ଅନିରୁଦ୍ଧ ଖାଇବାରେ ପୁରା ମନନିବେଶ କରିଥିଲା। କହିଲା, "ମୁଁ ଜାଣେ।"

ତା'ପରେ ଆଉ କ'ଣ କହିବ ସ୍ୱରୂପା ଭାବି ପାରିଲା ନାହିଁ।

ରାତି ବଢ଼ି ଚାଲିଥିଲା। ଚାରିପାଖରେ ଶୂନ୍ଶାନ୍ ପରିବେଶକୁ ଝିଙ୍କାରୀର ଝିଁ ଝିଁ ଶବ୍ଦ ଶୁଣାଯାଉଥିଲା। ଖଟ ଉପରେ ଶୋଇଥିଲେ ସ୍ୱରୂପା ଓ ଅନିରୁଦ୍ଧ। ଫୁଲ୍ ସ୍ପିଡ଼ରେ ପଙ୍ଖା ବୁଲୁଥିଲା। ଅଥଚ ସ୍ୱରୂପା ଶୋଇ ପାରୁ ନଥିଲା। ବାରମ୍ବାର କଡ଼ ଲେଉଟାଇ ସେ ଯେମିତି ସନ୍ଧ୍ୟାବେଳର ସେଇ କଥା ସବୁକୁ ପାକୁଲୁ ଥିଲା। ଭୁଲି ଯିବାକୁ ଚାହିଁଲେ ମଧ୍ୟ ଯେମିତି ଭୁଲି ପାରୁ ନ ଥିଲା।

ସୀତେଶ କହିଲା, "ସେ ମୁକ୍ତ ହେଇଗଲା।" ହେଲେ ସ୍ୱରୂପା..। ଏପର୍ଯ୍ୟନ୍ତ ସ୍ୱରୂପାର ସେଇ ବିମୁକ୍ତ ଅନ୍ତଃକରଣରେ ସେ ଏ କେଉଁ ଫାଶ ପକାଇ ଦେଇଗଲା? ସ୍ୱରୂପା ଚାଲିବାକୁ ଲାଗିଲା ଅତୀତର ଧାରେ ଧାରେ। ତା'ର ମନର ତୀରେ ତୀରେ। ଚାଲିଲା, ଚାଲିଲା, ପ୍ରସ୍ଥ ପ୍ରସ୍ଥ ଖୋଲିଦେଲା ସ୍ମୃତି ରିଲ୍ ପରି ତା'ର ଅନ୍ତଃସତ୍ତା – ତା' ଉପରେ କି ଫାଶ ପକାଇଲା ସୀତେଶ୍? ନା, କୌଣସି ମୁକ୍ତି କେବେ କାହାର ବନ୍ଧନ ହୁଏନା.. ତା' ମନ ଚହଲି ଯାଇଛି ସୀତେଶ୍ କଥାରେ। ଦୁଃଖ ପାଇଛି। ସୀତେଶ କଥାରେ ଛାତି ଫଟାଇ ଦୀର୍ଘଶ୍ୱାସ ଆସିଛି। ହେଲେ ଆଜି ତା'ର ଗର୍ବ ଓ ଗୌରବର କଥା ଯେ। ସୀତେଶ ଛୋଟ ହେଇ ଯାଇନାହିଁ। ତା'ର ଭଲ ପାଇବା ତାକୁ ମହିମାନ୍ଵିତ

କରିଛି। ଜାଜ୍ୱଲ୍ୟମାନ କରିଛି। ଦୀପ୍ତିମନ୍ତ କରିଛି। ଆହା, ସାତେଶ୍ୱର ଏହି ଉଜ୍ୱଳ ରୂପକୁ ଦେଖି ସିନା ପାରିଲା ନାହିଁ ଅନିରୁଦ୍ଧ। ସେ କ'ଣ ଅନୁଭବ ମଧ୍ୟ କରି ପାରୁନାହିଁ?

ଏବେ ସେ କ'ଣ କରିବ? ସ୍ୱରୂପା ବୁଡ଼ି ବୁଡ଼ି ଯାଉଥିଲା ନିଜ ଭିତରେ। ଏବେ କ'ଣ କରିବ ସେ? ସାତେଶ୍ୱକୁ ଆଉ ସହିପାରୁ ନାହିଁ ଅନିରୁଦ୍ଧ। ନିଜେ ନିଜ ନିଆଁ ଭିତରେ କୁହୁଳୁଛି। ଏଇ ମାସ କେତୋଟି ମଧ୍ୟରେ ତା'ର ମନର ଅବସ୍ଥା କ'ଣ ହେଇଛି, ବୁଝିପାରୁନି ସ୍ୱରୂପା। ସେ କ'ଣ ଏଥିପାଇଁ ଅନିରୁଦ୍ଧକୁ ଦୋଷ ଦେଇ ପାରିବ? ନା, ସେ ଏଥିପାଇଁ ଅନିରୁଦ୍ଧକୁ ଦୋଷ ଦେବନାହିଁ। ଯେଉଁ ଅନିରୁଦ୍ଧକୁ ବଞ୍ଚାଇବାକୁ ବୋଉର ଚିତା ପାଖରୁ ଦୌଡ଼ି ଯାଇଥିଲା ସେ ଦିଲ୍ଲୀ, ଅପରିଚିତ ମନଜିତ୍ ସହ। ଯେଉଁ ବୋଉର ଅନ୍ତ୍ୟେଷ୍ଟି କ୍ରିୟା ମଧ୍ୟ କରିପାରିଲା ନାହିଁ ସେ ଅନିରୁଦ୍ଧ ପାଇଁ, ଆଜି ସେ କୌଣସି ପ୍ରକାରେ ତାକୁ ହରାଇ ପାରିବ ନାହିଁ। ଅନିରୁଦ୍ଧର ଚକ୍ଷୁରୋପଣ ହେଇପାରୁ କି ନ ପାରୁ। ଏଇ ଅନ୍ଧ ଅନିରୁଦ୍ଧକୁ ନେଇ ସେ ଅବଶିଷ୍ଟ ଜୀବନ ଏଇ ଭଙ୍ଗା ଘରେ, ଏଇ ନଗଣ୍ୟ ମାଷ୍ଟର ଚାକିରିରେ ଚଳାଇ ନେବ ନିଶ୍ଚୟ। ରାସ୍ତାକଡ଼ର ସେଇ ଭିକ୍ଷୁଣୀ ନାରୀଟି ଯେ ତା'ର ଅନ୍ଧ ସ୍ୱାମୀର ହାତଧରି ଭିକମାଗି ଚଳାଇ ଖୁସୀରେ ବଞ୍ଚିବାର ରାହା ପାଇଛି, ଏ କଥା ସ୍ୱରୂପା ଜାଣି ପାରିବନି ଯେ। ଆଉଜି ପଡ଼ିବ ସାମାନ୍ୟ ସାମାନ୍ୟ କଥାରେ। ନାଃ, ସ୍ୱରୂପା ତା' ପାରିବ ନାହିଁ। ନିଜକୁ ସେ ଚିହ୍ନି ସାରିଛି।

ସ୍ୱରୂପା ଅନୁଭବ କଲା ଅନିରୁଦ୍ଧର ହାତ ତା' କପାଳ, ମୁହଁ, ଓଠ, ସବୁ ସାଉଁଳିବାରେ ଲାଗିଛି। ତା' ଉପରେ ଝୁଙ୍କିପଡ଼ି ଅନିରୁଦ୍ଧ ଯେମିତି କ'ଣ ଖୋଜୁଛି। ସେମିତି ଶୋଇଯିବାର ଛଳନା କରି ପଡ଼ିରହିଲା ସ୍ୱରୂପା... ନିଃଶବ୍ଦ ସ୍ୱରରେ କହିଲା, ବିଶ୍ୱାସ କର ମତେ, କେଉଁଦିନ ମୁଁ ତୁମ ପାଖରେ ଅପରାଧିନୀ ହୋଇନାହିଁ।

ତା'ପରେ ସେ ଯେମିତି ଠିଆହେଲା ଆସି ଦାଣ୍ଡଦୁଆରେ, ଗେଟ୍ ପାଖରେ। ସେଇଠି ଦେଖାହେଲା ସାତେଶ୍ୱ। ସ୍ୱରୂପା କହିଲା, "ତୁମେ ମୁକ୍ତ ବୋଲି କହୁଥିଲ ନା? ତୁମର ମୁକ୍ତିର ଐଶ୍ୱର୍ଯ୍ୟ ଧରି, ତୁମ ନିଜ ଉଆସରେ ରହ ସାତେଶ୍ୱ। ତୁମର ଏତେ ଆଲୋକ, ଏତେ ଔଜ୍ୱଲ୍ୟ ସମ୍ଭାଳିବା ପାଇଁ ଆମର ଏଇ ଅତି ସାଧାରଣ ମନର ସାମର୍ଥ୍ୟ ନାହିଁ।"

ତୁମେ ମତେ ନୁହଁ, ଅନିରୁଦ୍ଧକୁ ମୁକ୍ତ କର ସାତେଶ୍ୱ। ଅନିରୁଦ୍ଧକୁ ବଞ୍ଚିବାକୁ ଦିଅ ଶାନ୍ତିରେ। ତୁମେ ଅନିରୁଦ୍ଧକୁ ମୁକ୍ତି ଦିଅ ସାତେଶ୍ୱ, ମୁଁ ରୂପା, ତୁମ ଗୋଡ଼ ଧରୁଛି।

ସେହି ଅନ୍ଧାର ଭିତରେ ସ୍ୱରୂପାର ଦେହକୁ ଲାଗି ଶୋଇଥିଲା ଅନିରୁଦ୍ଧ। ତା' ଦେହ, ଆଖି, କପାଳ, ମୁହଁ, ସବୁ ଯେମିତି ସାଉଁଳି ସାଉଁଳି ସେ ସାତେଶ୍ୱର ସ୍ପର୍ଶକୁ ଠାବ କରୁଥିଲା। ଆଜି ନୁହଁ, ଏମିତି ଅନେକ ଅନେକ ଦିନ ସେ ସ୍ୱରୂପାକୁ ଛାଡ଼ି ଦେଇଛି ନିଃସଂଶୟରେ ସାତେଶ୍ୱ ସହିତ। ତିଳେ ବି ଭାବି ନାହିଁ କିଛି। କାରଣ

ସେଦିନ ତା'ର ଭଲ ପାଇବାକୁ ସେ ଚିହ୍ନି ନ ଥିଲା। ଆଜି ଚିହ୍ନିଛି। ଚିହ୍ନିପାରିଛି
ବୋଲି ଆଜି ସେ ସନ୍ଦେହ କରୁଛି। ସେ ଏତେ ବେଶୀ ଭଲପାଉଛି ବୋଲି ସ୍ୱରୂପା
ପାଖରେ କାହାରିକୁ ସହ୍ୟ କରିପାରୁନାହିଁ।

ଯେଉଁଦିନ ଠାରୁ ସେ ଚକ୍ଷୁ ହରାଇ ଦିଲ୍ଲୀ ଓ ହାଇଦ୍ରାବାଦର ସବୁ ବିଖ୍ୟାତ
ଚିକିତ୍ସକଙ୍କ ପାଖରୁ ଫେରିଆସିଲା, ତା'ର ଶ୍ୱଶୁରଙ୍କର ସେହି ପୁରୁଣା ଜରାଜୀର୍ଣ୍ଣ ଘରକୁ,
ସେଦିନ ତା' ସାମ୍ନାରେ ଥିଲା ଜମାଟ'ବନ୍ଧା ଅନ୍ଧାର। ପ୍ରସ୍ତ ପ୍ରସ୍ତ ଅନ୍ଧାର। କ୍ରମେ ସେଇ
ଅନ୍ଧାର ତାକୁ ବେଶ୍ ଆରେଇଗଲା। ସେ ଆରାମରେ ଖାଇପିଇ ଶୁଏ, ବସେ, ଝରକା
ପାଖେ ଠିଆ ହୁଏ ଘଣ୍ଟା ଘଣ୍ଟା ଧରି। ତା' ନିଜ ମନରୁ ଡେଇଁପଡ଼ି କିଏ ଜଣେ ସ୍ୱପ୍ନଭୁକ୍,
ତରୁଣ ହଜିଯାଏ ଘନ ଅରଣ୍ୟରେ। ସେ କେତେବେଳେ ହିମାଳୟର ପାଦଦେଶରେ
ତ କେତେବେଳେ ଉତ୍ତରାଖଣ୍ଡ, କେତେବେଳେ ହିମାଚଳ ପ୍ରଦେଶର କୁଲୁ ଉପତ୍ୟକାରେ
ଖୋଜୁଥାଏ ଔଷଧୀୟ ବୃକ୍ଷ। ସେ ଖାଲି ଖୋଜେ ନାହିଁ, ସାଉଁଟି ଆଣେ। ନିଜ ହାତରେ
ଚାରା ରୋପି କରେ ଏକ ଉଦ୍ୟାନ। ସେ ମନ୍‌ଜିତ୍‌କୁ ଡକାଇ ପଠାଏ। କେତେବେଳେ
ମନ୍‌ଜିତ୍ ଆସେ ତ କେତେବେଳେ ସେ ମନ୍‌ଜିତ୍ ଘରକୁ ଯାଏ। ଏହି ଦୁଇବନ୍ଧୁଙ୍କର
ଏହି ଔଷଧୀୟ ଉଦ୍ୟାନର ଚର୍ଚ୍ଚା ହୁଏ ସବୁଆଡ଼େ। ଏ ଉଦ୍ୟାନ ଉପରେ ତିଆରି ହୁଏ
ଫଟୋଚିତ୍ର, ଫିଚର ସମ୍ୱାଦପତ୍ରମାନଙ୍କରେ। ତା'ର ଓ ମନ୍‌ଜିତ୍‌ର ପ୍ରଶଂସାରେ
ଖବରକାଗଜ ଉଚ୍ଛୁଳି ପଡ଼େ। ଦୁଇବନ୍ଧୁ ହୋଇଯାନ୍ତି ଜଣେ ଜଣେ ବିଖ୍ୟାତ ଲୋକ।

ଏମିତି ମିଛ ସ୍ୱପ୍ନରେ ସେ ତ ବେଶ୍ ସୁଖୀ ଥିଲା।

ସ୍ୱରୂପା ତାକୁ ଖୁଆଇ ପିଆଇ ସ୍କୁଲ ଚାଲିଗଲା ପରେ ସେ ବୁଡ଼ିଯାଏ ଏ ମିଛ
ସ୍ୱପ୍ନ ଭିତରେ।

ମିଛରେ ବଞ୍ଚିବା କି ସୁଖକର ସତେ।

କାହିଁକି ଜର୍ମାନରୁ ଫେରିଲା ସୀତେଶ ? ଫେରିଲା ଓ ଫେରାଇ ଆଣିଲା ସେଇ
ପୁରୁଣା ସ୍ମୃତିର ଚିତ୍ରସବୁ। ଅତୀତର ଯେଉଁ ଦୃଶ୍ୟକୁ ତୁଚ୍ଛ ଓ ସାମାନ୍ୟ, ଅବାନ୍ତର ବୋଲି
ସେ ମନରେ ବି ଧାନ ଦେଇ ନଥିଲା, ଆଜି ସେଇସବୁ ତାକୁ ଜାବୁଡ଼ି ଧରିଛି କେତେ
ଜୋରରେ। ଆଜି ସେ କୌଣସି ପ୍ରକାରେ ମନକୁ ଭୁଲାଇ ପାରୁନାହିଁ। ସେଇସବୁ
ମନେପଡ଼ିଲେ ତାକୁ ଧିକ୍କାର ଆସୁଛି। ସୀତେଶର ବ୍ୟକ୍ତିତ୍ୱ ପାଖରେ ସେ ପ୍ରଥମରୁ
ନ୍ୟୂନ, ମ୍ଲାନ, ହୀନପ୍ରଭ ନିଜକୁ ଭାବିଥିଲା। ଏବେ ସ୍ୱରୂପାକୁ ହରାଇବାର ଆଶଙ୍କାରେ
ସେ ନିଃସ୍ୱ ହୋଇଉଠୁଛି। ତାକୁ ଲାଗୁଛି ସେ ଆଉ ସ୍ୱରୂପାକୁ ରଖିପାରିବ ନାହିଁ।

ଅନ୍ଧାର ଭିତରେ ଅନିରୁଦ୍ଧର ମନ ଚକ୍କର କାଟୁଥିଲା। ଲୋକମାନଙ୍କର ମନ
କେତେ ନିମ୍ନ ଧରଣର। ସେ ଜୀବନରେ ଅନେକ ଖରାପ କଥା ଦେଖିଛି, ଶୁଣିଛି।

ନିଜ ପରିବାର, ନିଜ ବନ୍ଧୁ ପରିସର ମଧରେ କୌଣସି ଅଶାଳୀନତା ତା'ର ବରଦାସ୍ତ ହେବ ନାହିଁ। ସ୍ୱରୂପା ତାକୁ ଚାହେଁ, ତା'ର ଯତ୍ନ ନିଏ, ଏ କଥା ସେ ଅସ୍ୱୀକାର କରୁନାହିଁ। ତା' ବୋଲି ସ୍ୱରୂପାର ଏହି ଉଚ୍ଛୃଙ୍ଖଳତାକୁ ସେ ସୀମାରେଖା ମଧ୍ୟରେ ରଖିଦେବ। ହଁ, ସେ ଦୂରେଇଯିବ ସ୍ୱରୂପାଠାରୁ, ସୀତେଶ୍ ଠାରୁ। ତା'ର ଆଖି ସାମ୍ନାରେ ଅନ୍ଧାର ସତ, ହେଲେ ତା' ପାଦ ସାମ୍ନାରେ ପଥ ପଡ଼ିରହିଛି। ଅନିର୍ଦ୍ଦିଷ୍ଟ ପଥ। ତା'ପରି ଲକ୍ଷେ କୋଟୀ ଅନ୍ଧ ରାଜରାସ୍ତା କଡ଼ରେ ନିଜ ନିଜର ଗୁଜୁରାଣ ମେଣ୍ଟାଉଚନ୍ତି। ସେ ଚାଲିଗଲେ କ୍ଷତି କ'ଣ ହେବ? ବେଶ୍ ଉଣ୍ଟି ସେ ଖସିଯିବ ଏ ପଞ୍ଜୁରୀରୁ।

ଅନିରୁଦ୍ଧ କଡ଼ ଲେଉଟାଇଲା, ସ୍ୱରୂପା ପାଖକୁ ଲାଗି ଆସିଲା। ତାକୁ ଦୁଇ ବାହୁରେ ଜଡ଼ାଇ ଧରି କହିଲା ଅନୁଚ୍ଚାରିତ କଣ୍ଠରେ, "ତୁମକୁ ଭଲପାଏ ରୂପା, ଆଉ ସେଥିପାଇଁ ତୁମକୁ ସୀତେଶ ଜିମା ଛାଡ଼ି ଦେଇଯିବି। ତୁମେ ସୁଖୀ ହୁଅ। ତୁମଠୁ ଯେତେ ଦୂରରେ ରହିଲେ ମଧ୍ୟ ପୃଥିବୀର ଯେଉଁ ଏକାନ୍ତରେ ଠିଆହେଲେ ମଧ୍ୟ, ତୁମ ଅଶ୍ରୁ ପାଇଁ ମୋର ଦୁଃଖ, ତୁମର ହସ ପାଇଁ ମୋର ଆନନ୍ଦ ଅବିକୃତ ହୋଇ ରହିବ। ପାରିବ ଯଦି ମତେ କ୍ଷମା କରିବ ରୂପା। ଅନିରୁଦ୍ଧ ସ୍ୱରୂପାକୁ ନିବିଡ଼ ବନ୍ଧନରେ ବାନ୍ଧି ରଖିଲା।"

ଜମା ଶୋଇ ନ ଥିଲା ସ୍ୱରୂପା। ଅନିରୁଦ୍ଧର ଛାତିରେ ନିଜର ମଥା ରଖି, ମନେ ମନେ ସେ କହିଲା, "ତୁମେ ଆମକୁ ମୁକ୍ତି ଦିଅ ସୀତେଶ୍। ଆମକୁ ମୁକ୍ତି ଦିଅ।"

ସକାଳୁ ସକାଳୁ ଦାମର ପାଟିରେ ନିଦ ଭାଙ୍ଗିଗଲା ଅନିରୁଦ୍ଧର। ଭୋରରୁ ନିଦ ଲାଗି ଯାଇଥିଲା ତାକୁ। ସେ ଧଡ଼ପଡ଼ ହୋଇ ଉଠି ଅଣ୍ଠାଲିଲା, ପାଖରେ ଶୋଇଛି ସ୍ୱରୂପା। ସେ କହିଲା, "କ'ଣ କିରେ ଦାମ? କ'ଣ ପାଇଁ ଏମିତି ଅତଡ଼୍ଛିଆ ଡାକିଲୁ?"

ଏଇ ଚିଠିଟା ଜଣେ ଦେଇଗଲା। କହିଲା, "ସୀତେଶ୍‌ବାବୁ ଦେଇଛନ୍ତି। କ'ଣ ଜରୁରୀ କଥା ଲେଖା ଅଛି। ମାଆଙ୍କୁ ଡାକିବି?"

ଅନିରୁଦ୍ଧର ମନ କେମ୍ପି ହେଲା, କହିଲା, "ତୁ ପଢ଼ିଲୁ ଦେଖ୍, କ'ଣ ଲେଖା ଅଛି ସେଥିରେ?"

ଦାମ ଲଫାଫାଟା ଚିରିଲା। ସେଥିରେ ବଡ଼ ବଡ଼ ଅକ୍ଷରରେ ଲେଖାଥିଲା ଦାମ ପଢ଼ିବାରେ ଲାଗିଲା, ପ୍ରିୟ ଅନିରୁଦ୍ଧ ଓ ସ୍ୱରୂପା, ମୁଁ ତୁମ ଦୁହିଁକୁ ଖୁବ୍ ଭଲପାଏ। ହେଲେ ଏ ଭଲପାଇବାରେ ଏତେ ଟିକେ ପ୍ରତ୍ୟାଶା ନାହିଁ, ଦାବୀ ନାହିଁ, ସର୍ତ ବି ନାହିଁ। ତେଣୁ ବୋଧେ ମୁଁ ଅବୁଝା ରହିଗଲି। ଆଉ ସେଥିପାଇଁ ମୁଁ ଚାଲି ଯାଉଛି ଖୁବ୍ ଦୂରକୁ..., ଦୂରକୁ...। ଦୁହେଁ ସୁଖରେ ରୁହ।

ପୂର୍ବାଶାର ପକ୍ଷୀ

ଅକ୍ଷ ବାଟ ଯାଇଛି କି ନାହିଁ, ଟାଉନ୍ ବସ୍ ଅଟକି ଗଲା। ସାମ୍ନାରେ, ଟ୍ରାଫିକ୍ ଜାମ୍ ନାହିଁ କିମ୍ବା ରାସ୍ତା ଅବରୋଧ ମଧ ନାହିଁ। ରାସ୍ତାକଡ଼ରେ ଗୁଡ଼ାଏ ଲୋକ ଜମା ହୋଇଅଛନ୍ତି, ଘେରି ରହିଚନ୍ତି। କ'ଣ ହେଇଚି କେଜାଣି, ବସ୍ ଠିଆ ହେବାମାତ୍ରେ, ହଳ ହଳ ଆଖ୍ ସେଇ ମଣିଷ ଗହଳି ଆଡ଼କୁ ଢୁଙ୍କିପଡ଼ିଲା ବେଳେ, ଦୁଆରମୁହଁର କେତେଜଣ ତଳକୁ ଓହ୍ଲେଇ ପଡ଼ିଥିଲେ। ହୁଇସିଲ୍ ଫୁଙ୍କୁଥିବା ସେଇ ହେଲ୍ପର ନାମକ ଚୁଲ୍‌ବୁଲିଆ ଟୋକା ଖଣ୍ଟକ, ସେ ଭିଡ଼ ଭିତରକୁ ପଶି ଯାଉଥିଲା।

ତରତର କରି ବସ୍‌କୁ ଚଢ଼ିଯାଇ, ଏ ପର୍ଯ୍ୟନ୍ତ ଷ୍ଟାଣ୍ଟିଂରେ ଆସୁଥିବା ରୂପା, ରେଲିଂରୁ ହାତ ଛାଡ଼ି, ଲମ୍ବା ନିଃଶ୍ୱାସଟିଏ ନେଲା। ଶାଢ଼ୀ କାନିରେ ମୁହଁ ପୋଛିନେଇ ସେ ହାତ ଘଣ୍ଟାକୁ ଚାହିଁଲା। ପାଞ୍ଚଟା ବାଜିବାକୁ ପନ୍ଦର ମିନିଟ୍ ବାକି। କଲେଜ ଛାଡୁ ଛାଡୁ ତାକୁ ଦଶ ମିନିଟ୍ ଡେରି ହୋଇଯାଇଥିଲା।

ବସ୍ ଷ୍ଟପେଜ୍କୁ ଆସିବାକୁ ତ ପାଞ୍ଚ ସାତ ମିନିଟ୍ ଲାଗୁଥିବ। ବସ୍ ମଧ୍ୟ ନିର୍ଦ୍ଧାରିତ ସମୟରୁ ବେଶ୍ କିଛି ସମୟ ଡେରିରେ ଆସିଥିଲା। ଟିକେ ବାଟ ଆସିଛି କି ନାହିଁ ଏଠି ପୁଣି ଅଟକି ଗଲାଣି। ଓଃ, ଏ ବସ୍ କେମିତି ବୁଝନ୍ତା ଯେ ରୂପାର ଦିନଟା ଏମିତି ଘଣ୍ଟା କଣ୍ଟା ଓ ମିନିଟ୍ କଣ୍ଟାରେ ଗୁନ୍ଥା ହୋଇ ଆରମ୍ଭ ହୁଏ ଓ ଶେଷ ମଧ୍ୟ।

କଲେଜ ବାହାରିଲା ବେଳକୁ ହିଁ ରଘୁ ମଉସା ପହଞ୍ଚିଲେ। ତାଙ୍କ ଖିଆପିଆ ପାଇଁ ସେ ପୁଣି ଘରର ତାଲା ଖୋଲୁ ଖୋଲୁ ହିଁ, ମଉସା କହିଲେ ସେ ଭାତ ଖାଇ ଆସିଛନ୍ତି। ଏଇନେ କିଛି ଖାଇବେ ନାହିଁ। ସେ ଏଇ ଦାଣ୍ଡ ବାରଣ୍ଡାର ଖଟ ଖଣ୍ଟିକରେ ବେଶ୍ ଶୋଇପଡ଼ିବେ, ତାଲା ଖୋଲିବା ଦରକାର ନାହିଁ ଆଦୌ। ଦରକାର ହେଲେ ଉପର ମହଲାରେ ଥିବା ଘର ମାଲିକ ମାଉସୀଙ୍କ ସହ ଗପ କରିବେ। ରୂପା କଲେଜ ଯାଉ। କିନ୍ତୁ ରୂପା ଘର ଖୋଲିଦେଲା ସୁଦର୍ଶନର ଚେମ୍ବର ହୋଇଥିବା ରୁମ୍‌ଟା ଯାହା ଭିତର ପଟୁ ବନ୍ଦ ଥିଲା। ସବୁ ଘର ଖୋଲିଦେଲା ରୂପା। କହିଲା, ମଉସା, ରୋଷେଇଘର ଥାକରେ ବିସ୍କୁଟ୍ ମିକ୍‌ସଚର ଅଛି, ଚୁଡ଼ାଭଜା କଦଳୀ ବି ଅଛି, ଖାଇବ। ସାଢ଼େ ତିନିଟା ସୁଦ୍ଧା ପିଲାଏ ଆସିଯିବେ ଯେ। ମୁଁ ଚାଲିଲି।

ସୁଦର୍ଶନ କୋର୍ଟକୁ ଚାଲିଗଲା ପରେ, ଦୁଇ ଝିଅ ଋଷା ଓ ଦିଶା ସ୍କୁଲ୍ ଯାଆନ୍ତି। ନିଜର କ୍ଲାସ ଅନୁସାରେ ରୂପା ଘରୁ ବାହାରେ। ଏକ ବେସରକାରୀ କଲେଜରେ ପଢ଼ାଏ ସେ। ସମସ୍ତେ ଗଲାପରେ ହିଁ ସେ ବାହାରେ ପ୍ରାୟ। ତେଣୁ ତାଲା ସେ ଦିଏ। ଚାବି ତିନିଟା ଥାଏ ପିଲାଙ୍କ ପାଖେ ଓ ସୁଦର୍ଶନ ପାଖେ। କାଲେ କିଏ ଆଗ ଘରକୁ ଫେରିପାରେ। ଆଜି ମଉସାଙ୍କୁ ଦାଣ୍ଡ ବାରଣ୍ଡାରେ ବସାଇ ଦେଇ, ସବୁ ଘର ତାଲା ଦେଇ କେମିତି ସେ ଯାଇଥାନ୍ତା କଲେଜ? ତେଣୁ ଫେରିବାକୁ ସେ ଖୁବ୍ ତରତର ଥିଲାବେଳେ, ବସ୍‌ଟା ତୁଚ୍ଛାଟାକୁ ଅଟକି ରହିଛି ରାସ୍ତା କଡ଼ର ଏଇ ମଣିଷ ମେଲି ପାଖରେ।

ହୋ, ଡ୍ରାଇଭର ବାବୁ, କାହିଁକି ଅଟକିଲ ଯେ? ଗାଡ଼ି ଛାଡ଼!! କିଏ ଜଣେ ଚିତ୍କାର କରି କହୁଥିଲା ପଛ ପଟରୁ। ଏହାର ଉତ୍ତର ଦେବାକୁ, ଡ୍ରାଇଭର ସିଟ୍‌ରେ ଡ୍ରାଇଭର ନଥିଲା। କଣ୍ଡକ୍ଟର ସିଟ୍‌ରେ କଣ୍ଡକ୍ଟର ମଧ୍ୟ। ବସ୍‌ର ଅଧିକାଂଶ ଲୋକ ଓହ୍ଲାଇ ଯାଇଥିଲେ ସେ ମଣିଷ ମେଲି ଦେଖିବାକୁ। ଦେଖିବାକୁ ତ ନୁହେଁ, ଜାଣିବାର ଉତ୍କଣ୍ଠା। ନିଜ ନିଜ କର୍ମ ଜଞ୍ଜାଲରେ ବ୍ୟତିବ୍ୟସ୍ତ ହୋଇଯାଉଥିବା ମଣିଷ ମଧ୍ୟ ଏମିତି ତୁଚ୍ଛା କେତେ କଥା ଜାଣିବାକୁ ଆଗ୍ରହ କରିଥାଏ।

କିଓ, ସେଠି ହେଉଚି କ'ଣ? କେଲା ନାଟ୍?

ବସ୍ ଉପରିକୁ ଚଢ଼ୁ ଚଢ଼ୁ, ଲୋକଟିଏ କହିଲା, ନାଇ ହୋ, ବୁଢ଼ୀଟିଏ କଟିଯାଇଛି।

କଟି ଯାଇଛି? ଏଇଟା କ'ଣ ଟ୍ରେନ୍ ଲାଇନ୍ କି?

ଓହୋ, କିଏ ଗୋଟାଏ ମଟର ସାଇକେଲରେ ଦେଇଛି ଧକ୍କାଟାଏ ସେ ବୁଢ଼ୀ ଏକାବେଳକରେ ଚିତ୍‌ପଟାଙ୍‌ ଓ ଶେଷ। ଚା' ଓ ପାନ ଦୋକାନୀ ଜଳ ଜଳ କରି ଦେଖୁଚନ୍ତି। ବାବୁ ଧକ୍କା ଦେଇ ଆଖ୍ ପିଛୁଲାକେ ଚମ୍ଫଟ୍‌।

ଆହା ହା, କେଉଁ ମୁଲ୍‌କର ସେ ବୁଢ଼ୀ। କେଉଁଠି ତା' ପୁଅ, ଗିରସ୍ତ। କେମିତି ଜାଣିବେ ଯେ ଖବର, ଯେ ସେ ଆଉ ନାହିଁ ! ! କିଏ ଜଣେ କହିଲା ପଛପଟରୁ, ଆଉ ଜଣେ ଚିକ୍ରାର କରି କହିଲା, ଯେ ବସ୍‌ବାଲାମାନେ କ'ଣ ତାଙ୍କୁ ଖବର ଦେବାକୁ ଯିବେ କି ? ଗାଡ଼ି ନ ଛାଡ଼ି ଫାର୍ସ ଦେଖୁଚନ୍ତି। ଆରେ ବାବୁ, ଇୟେ ଭୁବନେଶ୍ଵର। ଏଠି ଦିନ ଦି'ପହରେ ଏମିତି କେତେ କଥା ଘଟେ। ଏଠି ଦିନ ଦି'ପହରେ ବ୍ୟାଙ୍କ୍‌ ଲୁଟ୍‌ ହୁଏ। ସ୍ତ୍ରୀ ଲୋକଙ୍କୁ ଅସମ୍ମାନ କରାଯାଏ ବିଚ୍ ରାସ୍ତାରେ। କୋମଳମତି ବାଳକବାଳିକାମାନେ ହରଣଚାଲ ହୁଅନ୍ତି। ଖବରକାଗଜ ପଢ଼ୁନ କି ? ତୁଚ୍ଛାଟାକୁ ଡେରି କରୁଚନ୍ତି। ଆମେ ପୁଣି ଟ୍ରେନ୍‌ ଧରିବୁ ନାଁ।

ଆଉ ଜଣେ ହସି ଉଠିଲା, ହୋ, ହୋ ହୋଇ। କହିଲା, ଠିକ୍ କହିଲ ଭାଇ, ଇୟେ ଭୋବନିଶୋର। ଏଠି କ'ଣ ନ ଘଟେ ? ଏଇ ଯେଉଁ ମହଲା ମହଲା ଘର ସବୁ ଦେଖୁଚ ଏଠି ତଳ ମହଲାରେ ବାହାଘର, ବାଣ ରୋଷଣୀ, ଭୋଜିଭାତ। ମଝି ମହଲାରେ ଦେହରେ କିରୋସିନୀ ଢାଲି ମାଇପିଟିଏ ନିଆଁ ଲଗେଇ ଦିଏ। ତା' ଉପର ମହଲାରେ କଲେଜ ପଢ଼ୁଆ ପିଲାମାନେ, ଚିଙ୍ଗୁଡ଼ି ଭଜା ସାଙ୍ଗରେ ଗ୍ଲାସ୍ ଗ୍ଲାସ୍ ମଦ ଧରି ମସ୍ତି କରନ୍ତି। ଏଠି କେହି କ'ଣ କାହାକୁ ଦେଖେ ?

ହୋ କଣ୍ଡକ୍ଟର, ଡ୍ରାଇଭର ବାବୁମାନେ, ଆସ ଝଟିତିଃ ଆମର ଡେରି ହେଇଯାଉଛି ଯେ, କିଏ ଜଣେ ବସ୍‌କୁ ଦି'ପାହାର ଦେଇ ପିଟିଲା, ଯେମିତି ହେଲ୍‌ପର୍ ବାଡ଼େଇ, ଛାଡ଼, ଛାଡ଼ କହେ।

ଏତିକି ବେଳକୁ ପଶି ଆସିଲେ ଜଣ ଜଣ ହୋଇ ସମସ୍ତେ ବସ୍‌ ଭିତରକୁ। କଣ୍ଡକ୍ଟର, ହେଲ୍‌ପର୍ ମଧ୍ୟ।

କିଏ ଜଣେ ପଚାରିଲା, ବୁଢ଼ୀର ପରିଚୟ ମିଳିଲା କି ? ଆଗ ତ ଥାନାରେ ଖବର, ତା'ପରେ ସିନା ଡାକ୍ତରଖାନା।

ବସ୍ ଚତୁ ଚତୁ ଯୁବକଟିଏ କହିଲା–ଏଇଟା ପାଗଳୀଟାଏ ହୋ। ସମସ୍ତେ ଦେଖିଥିବେ ତାକୁ।

ହଠାତ୍ ଚମକି ପଡ଼ିଲା ରୂପା। ପାଗଳୀଟାଏକୁ ମଡ଼ାଇଦେଲା ସେ ମଟର ସାଇକେଲ ? ଯାହାର ଶବ ଖୋଜିବାକୁ କେହି ଦାବୀଦାର ପହଞ୍ଚିବେ ନାହିଁ, ଲାୱାରିସ୍ ଶବଟାକୁ ଡାକ୍ତରଖାନା ଢିଙ୍ଗି ଫୋପାଡ଼ି ଦେବେ କେଉଁଠି।

ଆଉ ଜଣେ ଯୁବକ, ନିଜ ସିଟ୍‌ରେ ବସି ପଡୁ ପଡୁ କହିଲେ, ଯାଇଁଲୋ, ଏଇଟା ବୁଲି ବାୟାଣୀ ମ!!

ବୁଲି ବାୟାଣୀ! ରୂପା ଚମକି ଗଲା ଆଉରି ଥରେ। ଏଇ ବୁଲି ବାୟାଣୀକୁ ଏ ଭୁବନେଶ୍ୱରରେ ଅବଶ୍ୟ କେହି କେହି ଚିହ୍ନିଥିବେ, ଜାଣିଥିବେ। ପନ୍ଦର ବର୍ଷ ଧରି ରୂପ ଏଇ ଭୁବନେଶ୍ୱରରେ ରହିଲାଣି। ଠାଆକେ ରେ ନୁହେଁ, ଦି-ତିନିଟା ଘର, ଏଠି ସେଠି ବଦଲାଇ ଏବେ ଆଠ ବରଷ ହେବ ଗୋଟେ ଘରେ ଅଛି। ବୁଲି ବାୟାଣୀକୁ ଦେଖିଛି ସେ କେବେ ରଚିଟକିଜ୍ ପାଖରେ, କେବେ ଏ.ଜି. ଛକରେ, କେବେ ରାଜମହଲରେ, କେବେ ପୁରୁଣା ବସ୍ଷ୍ଟାଣ୍ଡ ପାଖରେ। ଗୋଟାଏ ଅଭୁତ ପାଗଲି ସିଏ। ବୁଢ଼ୀ ତ ଜମା ନୁହେଁ। ବାଲ ଟିକେ ପାଚି ନାହିଁ। ଶ୍ୟାମଲ ବର୍ଣ୍ଣ ଆଖ୍ ଦି'ଟା ଭାରି ସରଳ, ଅଥଚ ଗଭୀର। ଅନ୍ୟ ପାଗଲମାନଙ୍କ ପରି ସେ ମାର୍‌ପିଟ୍ କରେ ନାହିଁ। ଫିଙ୍ଗା ଫୋପଡ଼ା କରେ ନାହିଁ। ଲୁଗାପଟା ଦେହରେ ଠିକ୍ ଥାଏ। ସେ ଗଛମୂଲେ ବସେ। ଚାହିଁଥାଏ ତ ଚାହିଁଥାଏ। ବଡ଼ ଅଜବ୍ ସେ ଚାହାଣି, ପଇସା ଦେଲେ, କେବେ ଦେଖେ, କେବେ ଫିଙ୍ଗିଦିଏ। ଖାଇବା ଜିନିଷ ବି ଠିକ୍ ସେମିତି।

ଏଇ ପନ୍ଦର ବର୍ଷ ଭିତରେ ବେଶ୍ ଅନେକ ଥର ଏଇ ବୁଲି ବାୟାଣୀକୁ ହାବୁଡ଼ିଥିବ ରୂପା। ଭାରି ଇଚ୍ଛା ହୁଏ ତା'ର, ତାକୁ ଡାକି ଘରକୁ ଆଣନ୍ତା। ସାବୁନ୍‌ରେ ଗାଧୋଇ ଦିଅନ୍ତା। ଖାଇବାକୁ ଦିଅନ୍ତା। ତାକୁ ପଚାରନ୍ତା ଅନେକ କଥା। ଝିଅମାନେ ରାସ୍ତାକୁ ଓହ୍ଲାଇ ଯିବା ପଛରେ ତ ହୃଦୟ ବିଦାରକ କାହାଣୀ ହିଁ ଥାଏ। ବୁଲି ବାୟାଣୀର ଏମିତି କାହାଣୀ ହିଁ ଥିବ।

ଘୋର ସଂସାରୀ ମଣିଷଟା ରୂପା। କଲେଜର ଚାକିରି ଓ ଘର ସଂସାର ମଧରେ ସେ ପେଶି ହେଇଯାଉଥାଏ। ସେ ଏମିତି ଅଟକି ଯାଏ ବୁଲି ବାୟାଣୀ ପରି ଲୋକଙ୍କ ପାଖରେ। ସେଦିନ ସହିଦନଗର ରାସ୍ତାରେ ବୁଲି ବାୟାଣୀ ବସିଥିଲା ଗଛକୁ ଆଉଜି। ଆଖ୍ ହଜିଯାଇଥିଲା ଆକାଶରେ। କ'ଣ ଭାବୁଥିଲା ସେ? କ'ଣ ଭାବନ୍ତି ପାଗଲମାନେ? ବାଲ ଫୁର୍ ଫୁର୍ ଉଡୁଥିଲା। ମୁହଁଟା ଦିଶୁଥିଲା ଭାରି ସରଳ ନିଷ୍ପାପ। ସୁଦର୍ଶନ ଦୋକାନକୁ ଯାଇଥିଲା କ'ଣଟାଏ ବିଶିବାକୁ। ରୂପା ଠିଆହୋଇ ଦେଖୁଥିଲା। ଦେଖୁଥିଲା ଏଇ ଅଜାଣିଆଅରି ମାଇପିଟିକୁ। ହୁସିଁଆର ହୋଇଥିଲେ, ରାସ୍ତା ଉପରକୁ ଆସି ନଥାନ୍ତା। କେତେ ଗେହ୍ଲାରେ କାହାର ଝିଅ ହୋଇଥିବ। କେତେ ସପନ ଦେଖିଥିବ। ଜୀବନର କେତେ କିସମ କିସମ ଛବି ମନରେ ଆଙ୍କିଥିବ। କେତେ ଧକ୍କା ଓ ଧୋକା ତାକୁ ଏମିତି ବିବଶ କରିଦେଇଛି, ସେ ଜାଣୁ ନାହିଁ। ଏଇ ଚାରିପାଖର ଲୋକ, ଏତେ କୋଲାହଲ ସଂସାର ହାଟର, ସେ ବୁଝୁନାହିଁ କିଛି। କେବଳ ନୀଲ

ଆକାଶ ତଳେ ଠିଆହୋଇଛି । ଏକୁଟିଆ ନିଜ ଭିତରେ ବୁଡ଼ିଛି । ଶୂନ୍ୟ ଆଖିରେ ଚାହିଁଛି । ତା' ସାମ୍ନାରେ ତ ଶୂନ୍ୟମୟ ପୃଥିବୀ ।

ହେଃ, କ'ଣ ଏମିତି ସେ ବାୟାଣୀଟାକୁ ଦେଖୁଛ ? ଯେମିତି କି ସ୍ମିତା ପାଟିଲ୍ ସେଠି ବସିଛି । ତମେ ହେଲନି ରୂପା ! ସଂସାରୀ ମଣିଷ ଜଣେ, ଏତେ ଅନ୍ୟମନସ୍କ କ'ଣ ? ଚାଲ !

ସୁଦର୍ଶନ ତା' କାନ୍ଧକୁ ହଲାଇଦେଲା । ରୂପା ଚମକିପଡ଼ିଲା । ସେ ଯେ କେତେ କଥା ଗପି ସାରିଲାଣି ବୁଲିବାୟାଣୀ ସାଙ୍ଗରେ, ଏକଥା ସୁଦର୍ଶନ କେମିତି ବା ଜାଣନ୍ତା ? ସେ ବାଧ୍ୟହୋଇ ଆସି ସ୍କୁଟର ପଛପଟେ ବସିଲା । ଗାଡ଼ି ଷ୍ଟାର୍ଟ କରୁ କରୁ ସୁଦର୍ଶନ କହିଲା, ତମର ପିଲାଲିଆମି ଗଲାନି । ସେ ବାୟାଣୀଟା ପାଖରେ କ'ଣ ଠିଆ ହୋଇଥିଲ ? ତା' ସହ ତମର ସଂପର୍କ ?

'ସଂପର୍କ' 'ସୀମା' । ଏଇ ଦି'ଟା କଥା ପାଦେ ପାଦେ କହେ ସୁଦର୍ଶନ । ସବୁ କଥାରେ ସୀମା ଥାଏ । ସୀମା । ପରିବାରର ସୀମା ସେଇ ଲକ୍ଷ୍ମଣ ରେଖା । ସେଇ କୁମ୍ଭାମାପର ଜୀବନ । ତା' ବାହାରେ ଆଉ କିଛି ନାହିଁ । ସଂସାର କରିଚି ବୋଲି, କାହାରି ସ୍ତ୍ରୀ, କାହାର ମାଆ ହେଇଚି ବୋଲି ସେ ଆଉ କୁଆଡ଼େ ଚାହିଁବ ନାହିଁ ? କେଉଁଠି ଅଟକିବ ନାହିଁ ? ମଣିଷ ସହ ମଣିଷର ସଂପର୍କ । ଗଛବୃକ୍ଷ ସହ ମଣିଷର ସଂପର୍କ, ଆକାଶ, ପ୍ରକୃତି, ନଦୀ, ଝରଣା, ଫୁଲ, ପ୍ରଜାପତି ସହ ମଣିଷର ସଂପର୍କ, ଏସବୁ ଅକାରଣ ? କେଉଁ ସୂକ୍ଷ୍ମ ଜାଲ ଛନ୍ଦି ରଖିଛି ମଣିଷଟିକୁ ଏକ ବୃହତ୍ତର ସତ୍ତାର ସଂଯୋଗରେ । କେଉଁ ଅଦମ୍ୟ ଆକର୍ଷଣ ମଣିଷଟିକୁ ବାଟ ଚାଲିବାର ପ୍ରେରଣା ଯୋଗାଇ ଚାଲିଛି ବାରମ୍ବାର ସଂସାର ଗବାକ୍ଷରୁ ନିଜଠାରୁ ମୁକ୍ତି ନେଇ, ସେ ତାକୁ ଅନୁଭବିବ ନାହିଁ ?

ସେଇଥିଲା, ବୁଲିବାୟାଣୀ ସହ ଶେଷ ଦେଖା । ସମ୍ଭବତଃ ଗତ ବର୍ଷ । ଆହା, ଯଦି ଜାଣିଥାନ୍ତା, ସେ ଦୁର୍ଘଟଣାଗ୍ରସ୍ତ ମୃତକଟି ବୁଲିବାୟାଣୀ, ନିଜେ ଓହ୍ଲାଇ ପଡ଼ିଥାନ୍ତା ରୂପା ସେଇ ବସ୍‌ରୁ । ଠିଆ ହୋଇଥାନ୍ତା ତା' ମୁହଁକୁ ଚାହିଁ ଅନେକ ସମୟ । ଯେମିତି ନିଶବ୍ଦ ଆଲାପ କରିଥାଏ ସେ, ସବୁବେଳେ ସେମିତି ପଚାରିଥାନ୍ତା ଅନେକ କିଛି । ବାୟାଣୀଟାଏ ବୋଲି ଧକ୍କାଟାଏ ଲଗାଇ ହେଲା ସେ ଭଦ୍ରଲୋକ ? ନିଜ ଭିତରେ, ନିଜେ ସେ ବୁଡ଼ି ରହିଥିଲା । କେତେ ଅତଳରେ ବୁଡ଼ିଥିଲା, ମଟରସାଇକେଲ୍ ଆଓ୍ୱାଜ ଜାଣିପାରିଲା ନାହିଁ ? ସେଇଠୁ, ସେ ଫୁଲଦୋକାନରୁ ଫୁଲଟିଏ ଆଣି, ତା' ଦେହ ଉପରେ ରଖିଥାନ୍ତା, କହିଥାନ୍ତା, ନାଁ, ତୁ ମୋର କେହି ନୁହେଁ ସତ, ହେଲେ ତୁ ଲାଓ୍ୱାରିସ୍ ହେଇପାରିବୁ ନାହିଁ । ତୋ'ସହ ମୋର କେଉଁଠି ନା କେଉଁଠି ଗଣ୍ଠିଟିଏ

ପଡ଼ିଛି । ସେ ହାତଗୋଡ଼ ଧରିଥାନ୍ତା ସେଇ ଆଖପାଖ ଲୋକଙ୍କର । କହିଥାନ୍ତ,
ଭାଇମାନେ, ଏଇ ଭଉଣୀଟିର ଦାହ ସଂସ୍କାର କରିଦିଅ! ନିଅ, ଦଉଟି ମୁଁ ଖର୍ଚ୍ଚ ।
ଭ୍ୟାନିଟି ବ୍ୟାଗ୍‌ରୁ କାଢ଼ି ଦିଅନ୍ତା, ଦି'ଶ ତିନିଶ ଟଙ୍କା । ହୁଏତ ହେଇଥାନ୍ତା ସେ ଟଙ୍କା
ତା' ପାଇଁ ଖୁବ୍‌ ବେଶୀ । ତଥାପି ସେ ଦେଇଥାନ୍ତା । ଆଉ ସେତିକିବେଳେ ସୁଦର୍ଶନ
ଆସି କହିଥାନ୍ତା, କ'ଣ ରୋଜଗାର କରୁଛ ବୋଲି ମନଇଚ୍ଛା ଖର୍ଚ୍ଚ କରିବ ? ଏଁ ?

ନିଜ ଅଜାଣତରେ ଆଖିରେ ଲୁହ ଜକେଇ ଆସିଥିଲା ରୂପାର । ସେ ହଠାତ୍‌
ଅଟକିଗଲା । ସାମ୍ନାରେ ଷ୍ଟପେଜ, ଲୋକ ଓହ୍ଲାଉଛନ୍ତି । କଣ୍ଡକ୍ଟର ରୂପାକୁ ଚାହିଁ କହିଲା,
ଆରେ ଆପଣଙ୍କ ଷ୍ଟପେଜ୍‌ ତ ସେବେଠୁ ଗଲାଣି, ଆପଣ ଓହ୍ଲାଇ ନାହାନ୍ତି ? ଇୟାଡ଼େ
କୁଆଡ଼େ ଯିବେକି ?

ଓଃ, କି ମୁସ୍କିଲ୍ । ନିଜ ଭାବନାରେ ନିଜେ ବୁଡ଼ିଗଲାବେଳେ, କେତେବେଳେ
ସେ ନିଜ ଷ୍ଟପେଜକୁ ଜାଣିପାରି ନାହିଁ । ଏବେ ଚାଲି ଆସିଲାଣି ଦି' କିଲୋମିଟର
ବାଟ ଆଗକୁ ।

ରୂପା ବସ୍‌ରୁ ଓହ୍ଲାଇ କାନ୍ଦୁଣୁମାନ୍ଦୁଣୁ ହୋଇଗଲା । ନିଜ ଉପରେ ଖୁବ୍‌ ରାଗ
ଆସିଲା ତା'ର । କାହିଁକି ସେ ଏତେ ଅନ୍ୟମନସ୍କ ରହେ ? ଏମିତି ଭୁଲ୍ ତା'ର
ହୋଇଯାଏ । ତାକୁ ତ ଆକାଶ ଡାକେ । ଗଛଡାଳର ପକ୍ଷୀ ଡାକନ୍ତି । ଲୁହଭରା ଆଖିରେ
ଠିଆହୋଇଥିବା ଶିଶୁଟି ଡାକେ । ରୂପା ନ ଥାଏ ନିଜ ଭିତରେ ବେଳେବେଳେ ।
ଭାବନାରେ ଭାବନାରେ ସେ କେଉଁଠି ପହଞ୍ଚିଯାଏ । କାହାର ଲୁହ ପୋଛିଦିଏ ତ
କାହାକୁ ତଳୁ ଉଠେଇଦିଏ । ଆଉ କାହାକୁ ଶ୍ରଦ୍ଧାର ଚାହାଣିରେ ଅନେଇ ରହେ ।
ପହଞ୍ଚିଯାଏ କେଉଁଠି ନା କେଉଁଠି । ଅଥଚ ଥାଏ ସେ ବନ୍ଦୀ ହୋଇ ତା'ର ପରିସ୍ଥିତିରେ ।
ହାତ ବଢ଼ାଏ ମନ ବଢ଼ାଏ, ହେଲେ କିଛି କରିପାରେନା । ଆଉ ଏହାହିଁ ଦୁଃଖ ।

ରୂପା ନିଜ ଷ୍ଟପେଜକୁ ଫେରିବା ପାଇଁ ଅଟୋ ଖୋଜୁଥିଲା । ବୃଥା ଖର୍ଚ୍ଚାନ୍ତ
ହେବ ଆଜି । ଅକାରଣରେ ପଇସା ଗଣିବ । ଭାବନାରେ ଭାବନାରେ ସେ ସେହି
ଲାୱାରିସ୍ ଶବ ଉପରେ ଫୁଲ ଚଢ଼ଉ ଚଢ଼ଉ, ନିଜ କଥା, ନିଜ ଘର କଥା ଭୁଲିଗଲା
ଏକଦମ୍ । ଘରେ ରଘୁ ମଉସାଙ୍କୁ ବସାଇଦେଇ ଆସିଥିଲା । ଝିଅ ଦି'ଟା ଆସି ଏପାଖ
ସେପାଖ ହେଉଥିବେ, ଖାଇ ନ ଥିବେ । ଯଦି ସୁଦର୍ଶନ ବେଳାବେଳି ଚାଲିଆସେ,
ତେବେ ତ ବିଗିଡ଼ି ହିଁ ଯିବ ।

ଅଟୋଟେ ଅଟକାଇ, ଗନ୍ତବ୍ୟ ଜାଗାର ସୂଚନା ଦେଉଛି ରୂପା । ହଠାତ୍‌ ଶୁଣିଲା
ପଛରୁ, କିଏ ଡାକୁଛି– ମ୍ୟାଡାମ୍ ।

ରୂପା ମୁହଁ ବୁଲାଇଲା । ତା'ର ଛାତ୍ରୀ କାକଲି ନୂଆ କାଇନେଟିକ୍ ଗାଡ଼ିଟିଏ

ଧରି ଠିଆ ହୋଇଛି। କାକଲି କହିଲା, ଆପଣ ଏଇପଟେ କୁଆଡ଼େ ଯିବେ କି ? ଚାଲନ୍ତୁ ଛାଡ଼ିଦେବି।

ରୂପା କହିଲା, ନାଁରେ, ମୁଁ ଘରକୁ ଯିବି। ଆଜି ଭାରି ଡେରି ହେଲାଣି। ବଡ଼ ହଇରାଣ। କାକଲି କହିଲା, ବସନ୍ତୁ ମ୍ୟାଡାମ୍। ମୁଁ ଛାଡ଼ିଦେବି।

ଦେବଦୂତ ପରି ପହଞ୍ଚିଗଲା କାକଲି ଓ ରୂପା ତା' ସହ ଆସି ପହଞ୍ଚିଗଲା ନିଜ ଷ୍ଟପେଜ୍‌ରେ। କହିଲା, ତୁ ଏଇଠୁ ଚାଲିଯା କାକଲି, ଖୋଜେ ବାଟ ମୁଁ ଚାଲିଯିବି ଯେ।

ନାଇଁ ମ୍ୟାଡାମ୍, ଚାଲନ୍ତୁ।

କାକଲି ଆସି ଛାଡ଼ିଦେଲା, ରୂପାର ଘର ପାଖରେ। ରୂପାର ଘର, ମାନେ ଭଡ଼ାଘର, ଭୁବନେଶ୍ୱରରେ ତିନିଚାରିଥର ଘର ବଦଳାଇ ଏବେ ସେ ଏହି ଦୋ'ମହଲା ଘରେ ଆଠବର୍ଷ ହେବ ଅଛି। ଘର ସବୁ ସୁବିଧା, ଘର ମାଲିକ ଖୁବ୍ ଭଲ। ଭଡ଼ା ଜମା ବଢ଼ାଇ ନାହାନ୍ତି, କାରଣ ରୂପାକୁ ସେ ଝିଅପରି ଦେଖନ୍ତି। ବୁଢ଼ାବୁଢ଼ୀ ଏକୁଟିଆ ଥିବାରୁ ସ୍ନେହପ୍ରବଣା ରୂପା ସେମାନଙ୍କର ଭଲମନ୍ଦ ସହ ଜଡ଼ି ରହେ। ତାଙ୍କର ଦେଖାଶୁଣା କରେ। ତଳ ମହଲାରେ ରହନ୍ତି ରୂପାର ପରିବାର।

ରୂପା ଗେଟ୍ ଖୋଲି ଘରେ ପଶିଲା। ଆଗ ଯାଇ ସେ ରଘୁ ମଉସାଙ୍କୁ କ୍ଷମା ମାଗିବ। ସେ ଖାଇଥିବେ କି ନାହିଁ କେଜାଣି ? ଅବଶ୍ୟ ଦିଶା ନିଶ୍ଚେ ତାଙ୍କୁ କିଛି ଖୁଆଇଥିବ। ଅଜା ଅଜା ବୋଲି ସେ ଭାରି ସୁଖପାଏ ତାଙ୍କୁ।

ରୂପା ବାରଣ୍ଡାକୁ ଉଠି ଥ' ହେଇ ଠିଆ ହୋଇଗଲା। ରଘୁ ମଉସା ତ ନାହାନ୍ତି। ଖଟ ପାଖ ଚେୟାରରେ ବସିଚନ୍ତି ତା'ର ଦେଢ଼ଶ୍ୱର ବିଦ୍ୟାଧର।

ସପ୍ରତିଭ ହୋଇ ରୂପା ମୁଣ୍ଡରେ ଲୁଗାଦେଲା। ବିଦ୍ୟାଧରଙ୍କୁ ମୁଣ୍ଡିଆ ମାରି କହିଲା ଭାଇ, କେତେବେଲେ ଆସିଲେ ?

...ଏଇ ଘଣ୍ଟେ ହେବ। ସାଂଗେ ସାଂଗେ ଚାଲିଯାଇଥାନ୍ତି ଯେ, ସବୁ ତ ଫେରି ନାହିଁ। ସେ ଫେରୁ।

...ନାଇଁ, ନାଇଁ ଆପଣ ଆଜି ଫେରିବେ ନାହିଁ। ଦିନେ ଦି'ଦିନ ରହିଯିବେ ନାଁ, କଥା କହୁ କହୁ ରୂପା ଯେମିତି ଚାରିଆଡ଼େ ଦେଖୁଥିଲା। ରଘୁ ମଉସା ଗଲେ କୁଆଡ଼େ ?

... ଅପା ଭଲ ଅଛନ୍ତି ? ନିଲି ?

... ହଁ ଅପା ଭଲଅଛି। କହିଚି ଛୁଟିରେ ଯିବାକୁ।

... ମୁଁ ଯାଏଁ, ଆପଣ କିଛି ଖାଇ ନଥିବେ, କହିଲା ରୂପା।

... ନାଁ, ନାଁ, ତମ ଝିଅମାନେ କ'ଣ ଆଉ ବାକି ରଖିଚନ୍ତି କିଛି ? ବଡ଼ଟା ତ

ସାଙ୍ଗେ ସାଙ୍ଗେ ଦହି ସର୍ବତ କରି ଆଣିଦେଲା। ସାନଟା ପରା ଏଇ ମତେ ସିଙ୍ଗଡ଼ା, ରସଗୋଲା କିଣି ଆଣି ଖୁଆଇଚି। ମୁଁ କ'ଣ କୁଣିଆ ନା କ'ଣ? ବିଦ୍ୟାଧର ବେଶ୍ ଖୁସୀରେ କହିଲେ। ଘର ଭିତରକୁ ଆସି ଶାଢ଼ୀ ବଦଲୁ ବଦଲୁ ଝିଅମାନଙ୍କ ପ୍ରଶଂସାରେ ରୂପା ଖୁସୀ ହେଲା ସତ, ହେଲେ ରଘୁ ମଉସାଙ୍କ ଅନୁପସ୍ଥିତି ତାକୁ ବ୍ୟସ୍ତ କରୁଥିଲା। ସେ ପଚାରିଲା, ଆରେ ଦିଶା, ତୁ ଫେରିଲା ବେଳକୁ ରଘୁଅଜା ଥିଲେ ନାଁ?

କାଇଁ, ନାଇଁ ତ! ମୁଁ ତ ତାଲା ଖୋଲିକି ଆସିଲି। ଚାବି ପଡ଼ିଥିଲା ଘର।

ଚାବି ପଡ଼ିଥିଲା!! ରୂପା ଚମକି ପଡ଼ିଲା।

ରଘୁ ମଉସା ଗଲେ କୁଆଡ଼େ? ଚାବି ପକାଇଲା କିଏ? ସୁଦର୍ଶନ? ସେ ତ କେବେ ଅବେଳରେ ଫେରେ ନାହିଁ?

ରଘୁ ମଉସା ତା'ର ମଉସା ନୁହଁ। ରକ୍ତଗତ ସମ୍ପର୍କ କିଛି ବି ନାହିଁ ତାଙ୍କ ସହ। ଅଥଚ ତାଙ୍କ ସହ ସଂପର୍କିତ ହୋଇଯାଇଚି ରୂପା। ସେ ହେଇଯାଇଚନ୍ତି ଏ ପରିବାରର ଜଣେ। ସ୍ନେହ ଜାଲରେ ବାନ୍ଧି ରଖିଚନ୍ତି ସମସ୍ତଙ୍କୁ। ଏ ବୟସରେ ବି ସେ ରୂପା ହାତରୁ କାମ ଛଡ଼ାଇ କରିଦିଅନ୍ତି। ପିଲାଙ୍କୁ ସ୍ନେହ କରନ୍ତି। କହି ବସନ୍ତି କେତେ କେତେ କଥା: ତିନି ଚାରି ବରଷର ସମ୍ପର୍କ। ଭୁବନେଶ୍ୱର ଆସିଲେ ରୂପା ଘରେ ହିଁ ରହନ୍ତି। ପରିବାରରୁ ଅଣହେଲା ପାଇଥିବା ବୁଢ଼ାଟିଏ। ଯେଉଁଠି ପାଆନ୍ତି ଛନ୍ଦିହୋଇ ରହିଯାନ୍ତି।

ରୂପା ସଂଜ ଦେବାକୁ ଗଲା। ଜାଫ୍ରିଲଗା ବାରଣ୍ଡାର ଶେଷରେ ଠାକୁରେ ଥାଆନ୍ତି ତା'ର ଠାକୁର। ପର୍ଦ୍ଦା ପଡ଼ିଥାଏ ସେ ଠାକୁରେ। ବାରଣ୍ଡାର ଏ ପାଖରେ ରୋଷେଇ ଘର। ଷ୍ଟୋର ରୁମ୍ ଟିକେ ବଡ଼। ସେଇଟାରେ ଝିଅ ଦୁହେଁ ପଢ଼ାପଢ଼ି କରନ୍ତି। ସଂଜ ଦେଇ ମୁଣ୍ଠିଆ ମାରି ସେ ଉଠୁଛି, ସୁଦର୍ଶନ ପ୍ରଶ୍ନ କଲା, ଭାଇ କାହିଁକି ଆସିଚନ୍ତି?

କେତେବେଳେ ସୁଦର୍ଶନ ଆସି ରୂପା ପଛପଟେ ଠିଆ ହେଇଚି, ରୂପା ଜାଣେନି। ଭାଇ କାହିଁକି ଆସିଚନ୍ତି?

ରୂପା ଚୁପ୍‌ଚୁପ୍ କହିଲା ଛିଃ ଯେ କି ପ୍ରଶ୍ନ! ପିଲାଙ୍କୁ, ତମକୁ ଦେଖିବାକୁ ଆସିଥିବେ।

...ସେ ଟଙ୍କା ମାଗିବାକୁ ଆସିଥିବେ। ତାଙ୍କୁ କହିଦବ ମୋ' ପାଖେ ଟଙ୍କା ନାହିଁ।

ଛିଃ, ଏମିତି କଥା ତୁଚ୍ଛାରେ ଭାବିପାରୁଚ କେମିତି? ମୁଁ ତ ପନ୍ଦର ବର୍ଷ ହେବ ଭାଇଙ୍କୁ ଦେଖୁଛି। ସେ ତ ଦିନେ ତମକୁ ଟଙ୍କା ମାଗି ନାହାନ୍ତି।

ହୁଁ, ତମେ ତ ସବୁବେଳେ ଭାଇଙ୍କ ପଟେ ଓକିଲାତି କରିବ ନାଁ! ଓରୁ ପରଲୋକ ତମର ନିଜର।

କଟମଟ କରି ଚାହିଁଲା ରୂପା ସୁଦର୍ଶନକୁ। ସୁଦର୍ଶନର ଏଭଳି କଥା ସହ ରୂପା ଅଭ୍ୟସ୍ତ। ଏଭଳି କଥା ଶୁଣିବାକୁ ରୂପାକୁ କଷ୍ଟଲାଗେ ଆଉ ରୂପାକୁ କଷ୍ଟ ଦେବାକୁ ହିଁ ସୁଦର୍ଶନ ଏ କଥା ଜାଣି ଜାଣି କହେ। ସୁଦର୍ଶନ ହଠାତ୍ ବୁଲିପଡ଼ି କହିଲା, ହଇଓ, ତମର ଅକଲ ଟିକେ ନାହିଁ ନାଁ କ'ଣ ? ସାରା ଘର ଖୋଲାକରି ଦେଇ କଲେଜ ଯାଇଚ ?

କାଇଁ, ମଉସା ତ ଘରେ ଥିଲେ। ମୁଁ ଚାବି ଦେଇଥାନ୍ତି କାହିଁକି ?

ହଁ, ମଉସା ଘରେ ଥିଲେ ? ଚିଢ଼ି ଉଠିଲା ସୁଦର୍ଶନ। କୁଆଡ଼ର ବୁଢ଼ାଟେ, ବାରବୁଲା ହେଇଗଲା ଯ୍ୟା'ଙ୍କର ମଉସା। ତା' ଜିମା ଛାଡ଼ିଦେଇ ଗଲେ ଘରଦ୍ୱାର। ତମେ ସୀମା ଲଂଘନ କରିଯାଉଚ ରୂପା।

ରୂପା ବୁଝିଗଲା ଯେମିତି ଅନେକ କଥା। କହିଲା, ତମେ ଆସିଥିଲ ମଝିରେ ? କ'ଣ କହିଲ କି ତାଙ୍କୁ ? ସେ ତ ନ ଥିଲେ ପିଲାଏ ଆସିଲା ବେଳକୁ।

ସୁଦର୍ଶନ ଈଷତ୍ ଚଢ଼ାଗଲାରେ କହିଲା, ଆଁ ? କ'ଣ ହେଇଗଲା ? ଏଇଟା ମୋ' ଘର, ଧର୍ମଶାଲା ନୁହେଁ। ହୋଟେଲ ନୁହେଁ ଯେ, ଯେ ଚାହିଁବ, ଏଠି ଆଶ୍ରା ନେବ ଓ ମୋ' ଧର୍ମପତ୍ନୀ, ତାଙ୍କ କିମା ମୋ' ଘର ମୁକୁଲା ଛାଡ଼ିଯିବେ।

ରୂପାର ମନ ଭିତରେ ଯେମିତି ଆକାଶ ଖଣ୍ଡ ଖଣ୍ଡ ହୋଇ ଛିଡ଼ିପଡ଼ିଲା। ମାଟି ଭୁଷୁଡ଼ିଗଲା। ଏଇ ତିନି ବରଷର ସମ୍ପର୍କ ଭିତରେ କେତେ ଆପଣାର କରିନେଇଥିଲା ମଉସାଙ୍କୁ। ମଉସା ମଧ ଝିଅପରି ଭଲ ପାଉଥିଲେ ତାକୁ। ସବୁ ନିରୁତା ଭଲ ପାଇବାର ଭାଗ୍ୟ କ'ଣ ଏମିତି ଥାଏ ?

ରୂପା ନିଜେ ସମ୍ବରଣ କରିନେଲା ନିଜକୁ। କାରଣ ସେ ଚିହ୍ନିଥିଲା ସୁଦର୍ଶନର ହାଣୁଆ ପାଟିକୁ। ଦାଣ୍ଡପିଣ୍ଡାରେ ବସିଚନ୍ତ ଦେଢ଼ଶୁର। ଏ ସମୟରେ ସବୁକୁ ସମ୍ଭାଲି ନେବାକୁ ହେବ। କେଉଁଠୁ ପାଇବ ଆଉ ସେ ମଉସାଙ୍କୁ ? କେଉଁଠୁ ଖୋଜିବ ? ସେ କ'ଣ ତାଙ୍କ ଗାଁ ହିସାବର ପୁତୁରା ଘରକୁ ଚାଲିଗଲେ କି ଆଉ ?

ରୂପା ଖୁବ୍ ଅନ୍ୟମନସ୍କ ଭାବେ ରୁଟି ତରକାରୀ କଲା। ପିଲା ଦିହିଁଙ୍କୁ ଖାଇବାକୁ ଦେଲା। ସୁଦର୍ଶନ ଓ ବିଦ୍ୟାଧର ଖାଇ ବସିଲେ। ଖାଇଲାବେଳେ ସୁଦର୍ଶନ ରୂପାକୁ ଚିଢ଼ିଉଠି କହିଲା, ଏ ରୁଟି ଡାଲମା କରି ରଖିଦେଲ କ'ଣ ? ଭାଇ ଆସିଚନ୍ତି, ଆଉ କିଛି କରିପାରିଲ ନାହିଁ ? ଆଉ କ'ଣଟା ଜାଣିଛ ଯେ ?

ସମସ୍ତଙ୍କ ସାମ୍ନାରେ ରୂପାକୁ ଗାଲିଦେଇ ସୁଦର୍ଶନ ବୋଧେ ଆନନ୍ଦ ପାଏ। ଭାଇ ଖାଉ ଖାଉ କହିଲେ, କାଇଁ କ'ଣ ହେଲା କି ? ଡାଲମା ଖୁବ୍ ଭଲ ହେଇଛି। ନାଇଁ ରୂପା, ବୃଥାରେ ଚୁଲ୍ଲାମୁଣ୍ଡେ ସମୟ କାଟନା। ପିଲାଙ୍କୁ ଦେଖ। ତାଙ୍କ ପଢ଼ା ଦେଖ।

ଭାଇ ଖାଉ ଖାଉ କହିଲେ, ଜାଣିଲୁରେ ସଦୁ, ବିଜୁ ଚିଠି ଦେଇଥିଲା, ଭଲ ଅଛି। ଭାରି ମନ ଖରାପ କରି ଲେଖିଥିଲା। ତା'ର ଯେ ମନ ପରିବର୍ତ୍ତନ ଘଟିଛି ଏହା ସେ ଚିଠିରୁ ଜଣାପଡ଼ିଯାଉଛି। ପଚିଶ୍ ହଜାର ଟଙ୍କା ପଠେଇଛି। ମିଳିବାରେ ଡେରି ହେବ। ତୋ' ଭାଉଜ କହିଲ, ଏ ଖବରଟା ଯାଇ ରୂପାକୁ ଦେଇଆସିବ। ଭଲ ପ୍ରସ୍ତାବ ଦେଖ୍ ନିଲିକୁ ବାହା କରିବାକୁ ମଧ ଲେଖିଛି। ମୋର ଭଲମନ୍ଦର ଭାଗୀଦାର ତ ତୁ। ମୋ ଭାଇ। ସେଥିପାଇଁ ଆସିଲି କହିବାକୁ।

ବିଜୁ ବିଦ୍ୟାଧରଙ୍କ ଏକମାତ୍ର ପୁଅ। ପିଲାନୀ ଇଂଜିନିୟରିଂ କଲେଜରୁ ପାସ୍ କରି ସେଇଠି ଏକ ଗୁଜୁରାଟୀ ସହପାଠିନୀକୁ ବିବାହ କରିଥିଲା। ବାପା ମା' ଖବର ପାଇ ଫୋନ୍ କରିଥିଲେ, ଯା' ହେଲାଣି, ବୋହୂକୁ ନେଇ ଘରକୁ ଆ। ଘରକୁ ଆସିଥିଲେ ସେମାନେ। ଆନ୍ତରିକ ଅଭ୍ୟର୍ଥନା ଦେଇଥିଲେ ବିଦ୍ୟାଧର ଓ ତାଙ୍କ ସ୍ତ୍ରୀ। ଚିଫ୍ ଇଂଜିନିୟରଙ୍କ ଇଂଜିନିୟର ଝିଅ ଦାଣ୍ଡପିଣ୍ଠାରୁ ହିଁ ଚାଲିଯାଇଥିଲା। ସେଇ ଦିନୁ ବିଜୁ ବାହାରେ ଥିଲା। ଦଶ ବର୍ଷ ହେବ ଆମେରିକା ଯାଇ ଆଉ ଫେରିନାହିଁ। ସେଠି ଭଲ ଚାକିରି କରିଛି। ଭଲ ରୋଜଗାର।

ସେ ଯେଉଁଠି ଥାଉ, ଭଲରେ ହିଁ ଥାଉ। ଏକଥା କହିଲା ବେଳେ ବିଦ୍ୟାଧରଙ୍କ ଆଖି ଛଲଛଲ ହେଇଗଲା। ସେ ପାଣି ପିଇ ଉଠିଗଲେ।

ଖାଇବା ଥାଳିରୁ ଉଠି ଯାଉ ଯାଉ, ସୁଦର୍ଶନ ଭାବୁଥିଲା, ଭାଇଙ୍କ ପୁଅ ରୋଜଗାର କରୁଛି। ଭାଇଙ୍କର ଆଉ ଚିନ୍ତା କ'ଣ? ସବୁ ବୋଝ ତ ଭଗବାନ୍ ତା'ରି ମୁଣ୍ଡରେ ଦେଇଚନ୍ତି। ରୂପାପରି ଏକ ଅସଂସାରୀ ସ୍ତ୍ରୀ, ଦି'ଦିଟା ଝିଅ।

୩୪....: ସୁଦର୍ଶନ ହାତ ଧୋଇବାକୁ ଉଠିଗଲା।

ସମସ୍ତଙ୍କୁ ଖାଇବାକୁ ଦେଇ ନିଜେ କିନ୍ତୁ ଖାଇପାରିଲା ନାହିଁ ରୂପା। ଖୁବ୍ ଅନ୍ୟମନସ୍କ ଭାବେ ସେ ରନ୍ଧାବଢ଼ା କରିଥିଲା। ଖୁଆପିଆ ସରିଲା। ସମସ୍ତେ ଶୋଇଗଲେଣି। ତା'ଆଖିକୁ ନିଦ ଆସୁନାହିଁ। କୁଆଡ଼େ ଗଲେ ରଘୁ ମଉସା? ତାଙ୍କୁ କେମିତି ଘରୁ ବାହାର କରିଦେଲା ସୁଦର୍ଶନ? ସୁଦର୍ଶନ ସେପରି କଟୁକଥା କହି ନଥିଲେ ମଉସା କଦାପି ଯାଇନଥାନ୍ତେ। ସାଧାରଣ ମାନବିକତା ଟିକେ ମଧ ରଖିପାରିଲା ନାହିଁ ସୁଦର୍ଶନ।

ତା'ର ଇଚ୍ଛା ହେଇଥିଲା ଖୁବ୍ ବଡ଼ପାଟିରେ ସେ ସୁଦର୍ଶନକୁ ଭର୍ତ୍ସନା କରିଥାନ୍ତା। ଖୁବ୍ ଗୋଟେ ପାଟିତୁଣ୍ଡ କରିବା ତା'ର ଅଭ୍ୟାସ ନୁହଁ କି ରୁଚି ନୁହଁ। କିନ୍ତୁ ସାଧାରଣ ସାଧାରଣ କଥାରେ ରୂପାକୁ ଆଘାତ ଦେଲାପରି କାର୍ଯ୍ୟ କରିଆସୁଚି ସୁଦର୍ଶନ। କହୁଚି ତେଢ଼ା କଥା। ରୂପା ଜାଣେ, ଭଲକରି ଜାଣେ, ସୁଦର୍ଶନ ମନତଳର ସେଇ ପ୍ରଚ୍ଛନ୍ନ

କ୍ରୋଧର କାରଣ । ସେଇ ପ୍ରଚ୍ଛନ୍ନ କ୍ରୋଧର ଦାୟରେ ସୁଯୋଗ ପାଇଲାମାତ୍ରେ ରୂପାକୁ ନହଣୁହାଣ କରିଦେବାକୁ ସୁଦର୍ଶନ ପଛାଏ ନାହିଁ । ସବୁବେଳେ ଗରଗର ହୁଏ । ହେଲେ ରୂପା କ'ଣ କରିପାରନ୍ତା ? ବ୍ୟକ୍ତିଗତ ଜୀବନରେ ନିଜର ସବୁ ସୁଖ ଆଶା, ରୁଚିକୁ ସେ ଜଳାଞ୍ଜଳି ଦେଇଛି । ହେଲେ ନିଜର ମୌଳିକ ଆଦର୍ଶ ସେ ହରାଇ ପାରିବ ନାହିଁ । ଯେଉଁ ଶୀତଳ ଯୁଦ୍ଧ ଚାଲିଛି, ସୁଦର୍ଶନ ସହ ତା'ର ଦୀର୍ଘ ପନ୍ଦରବର୍ଷ ହେବ, ସେଥି ସନ୍ଧିର ପ୍ରଶ୍ନ ନାହିଁ । ଜିତିବା ହାରିବାର ପ୍ରଶ୍ନ ବି ନାହିଁ, କେବଳ ଯୁଦ୍ଧ । ସେଇ ସଂଗ୍ରାମ ଗ୍ରସ୍ତ ସଂସାର ଭିତରେ ଟିକେ ଛାଇ, ଟିକେ ବର୍ଷାପାତ ପରି ଥିଲା ରଘୁ ମଉସାଙ୍କ ଉପସ୍ଥିତି । ଝିଅ ଝିଅ ବୋଲି କେତେ ସୁଖ ପାଉଥିଲେ ସେ । କ'ଣ ତାଙ୍କର ସ୍ୱାର୍ଥ ଥିଲା ? ଅଥଚ ତାଙ୍କୁ ଘରୁ ତଡ଼ିଦେଲା ସୁଦର୍ଶନ । କହିଲା କ'ଣ ନାଁ ବାରବୁଲା ବୁଢ଼ାଟାଏ !!

ମଣିଷ ସହ ମଣିଷର ସଂପର୍କ କ'ଣ ଖାଲି ରକ୍ତର ?

ରକ୍ତର ସଂପର୍କ ତ ତୁଟି ଯାଉଛି କି ଦୟନୀୟ ଭାବେ, ଶୋଚନୀୟ ଭାବେ । ଘର ଘର ବୁଲି ଆସିଲେ ମିଳିଯିବ ତା'ର ଅକାଟ୍ୟ ପ୍ରମାଣ । ସ୍ତ୍ରୀକୁ ସ୍ୱାମୀ ବୁଝୁନି । ବାପା ପୁଅକୁ ବୁଝୁନାହିଁ । ଭାଇ କ'ଣ ଭାଇକୁ ବୁଝୁଛି ? ସବୁଠି ଗୋଟେ ଫାଙ୍କ । ଗୋଟେ ଦୂରତ୍ୱ । ଅଥଚ ପରଲୋକ ଆପଣାର ହେଇଯାନ୍ତି । ଆପଣାଠୁ ଆହୁରି ଆପଣା । ଏ କଥା ଅଁଗେ ନିଭେଇଛି ରୂପା । ତା'ର ହୃଦ୍‌ବୋଧ ହେଇଛି ମଣିଷ ସହ ମଣିଷର ଏକ ସୂକ୍ଷ୍ମତମ ଗଣ୍ଠି କେଉଁଠି ପଡ଼ିଛି । ସେଥିପାଇଁ ତ ବାଟ ଚାଲୁଥିବା ଲୋକଟା ଢୁଣ୍ଟି ପଡ଼ିଲେ, ତା'ପାଖ ଲୋକଟା ନିଜ ଅଜାଣତରେ ବି ହାତ ବଢ଼ାଇ ତାକୁ ଉଠାଇଦିଏ ଓ ଏହା ହିଁ ମଣିଷର ଅନ୍ତରାତ୍ମାର ପରିଚୟ । ହେଲେ ଏହା ଉପରେ ଈର୍ଷା, ଲୋଭ, ସ୍ୱାର୍ଥପରତାର ପର୍ଦ୍ଦା ପଡ଼ିଯାଏ । ଶିଉଳି ଲାଗିଯାଏ । କେଉଁ ପୁରାତନ କାଳରେ ଏ ମାଟିର ମହର୍ଷି କହିଥିଲେ ବସୁଧୈବ କୁଟୁମ୍ବକମ୍ । ଏହାର ତାତ୍ପର୍ଯ୍ୟ ତ ମଣିଷ ସହ ମଣିଷର ସଂପର୍କ ଅନ୍ତରଙ୍ଗ ସଂପର୍କ ।

ରଘୁ ମଉସାଙ୍କୁ ସେ ଭେଟିଥିଲା ଚାରିବର୍ଷ ତଳେ । ସେଇ ଧୁ ଧୁ ଖରାବେଳରେ ।

କଲେଜରୁ ଫେରୁଥିଲା ସେ ରିକ୍ସାରେ । ଦିନ ସାଢ଼େଗୋଟାଏ ହେବ । ରାସ୍ତାକଡ଼ରେ ଏକ ଗଛତଳେ ବଡ଼ ଅସହାୟ ଭାବେ, ଗଛଗଣ୍ଡିକୁ ଆଉଜି ଗୋଡ଼ ଲମ୍ବେଇ ବସିଥିଲା ବୁଢ଼ାଟିଏ । ଚାହିଁଥିଲା ନିଷ୍କରୁଣ ଆଖିରେ । ତାକୁ ସତେ କି ଶୋଷ କରୁଥିଲା । ତଣ୍ଟି ଅଠା ଅଠା ହେଇଯାଉଥିଲା । ଏମିତି ଥିଲା ତା'ର କରୁଣ ମୁହଁଟିର ଦୃଶ୍ୟ ।

କେଜାଣି କାହିଁକି ଏ ଦୃଶ୍ୟ ରୂପାର ଅନ୍ତରାତ୍ମାକୁ ଦୋହଲାଇ ଦେଲା । ବାଟ

ଚାଲୁ ଚାଲୁ ଛାଇ ଟିକିଏ ପାଇଁ ଯେଉଁ ଗଛମୂଳେ ବସିପଡ଼ିଲା ବୁଢ଼ାଟି, ସେଠି ଯେ ଗୋଟେ ବି ପତ୍ର ନାହିଁ ।

ସେ ରିକ୍ସା ଅଟକାଇ ବୁଢ଼ା ପାଖକୁ ଗଲା । କହିଲା, ମଉସା, ଏଠି ଏମିତି କାହିଁକି ବସିଛ ? ପାଣି ପିଇବ ?

ବୁଢ଼ା କାବା ହୋଇ ଚାହିଁଲା, କେତେ ଲୋକ ତ ଗଲେଣି ଏ ବାଟେ । କେତେ କାର୍‌, କେତେ ରିକ୍ସା, କେତେ ମଟରସାଇକେଲ, କେହି ତ ଅଟକିଲେ ନାହିଁ । ଦେବକନ୍ୟା ପରି ଏ ଝିଅଟି ପଚାରୁଛି, ପାଣି ପିଇବ ?

ବୁଢ଼ା କହିଲା, ଯାଉ ଯାଉ ଥକି ଗଲି ଝିଅ, ଛାଇ ଅଛି ଭାବି ଯେଉଁ ଗଛମୂଳେ ବସିପଡ଼ିଲି, ସେ ଗଛରେ ଗୋଟେ ବି ପତ୍ର ନାହିଁ । ଏ ବୁଢ଼ାର ଜୀବନ ବି ଏଇଆ । ହଉ, ଖରାବେଳଟା କଟିଗଲେ ଗୋଟିଏ ଗୋଟିଏ ଚାଲିଯିବି ।

ଦୀର୍ଘ ନିଃଶ୍ୱାସ ନେଲା ରୂପା । ତା'ର ମନେହେଲା, ତା' ଜୀବନଟା ବି ଏମିତି ନୁହେଁ କି ? ସମସ୍ତଙ୍କୁ ଛାଡ଼ିଦେଇ ଅଶିକଟ ଦେହର ଭାରା ସମ୍ଭାଳିବାକୁ ସେ ଯେଉଁ ଗଛକୁ ଆଉଜି ବସିପଡ଼ିଲା ସେ ଏକ କଣ୍ଟାଗଛ । କଣ୍ଟାଗଛରେ କ'ଣ ପତ୍ର ଥାଏ ଛାଇଦେଲା ଭଳି ?

ରୂପା ବ୍ୟାଗରୁ ପାଣି ବୋତଲ କାଢ଼ିଲା । ବୁଢ଼ାଙ୍କ ମୁହଁ ଧୋଇଦେଲା । ତା'ପରେ ସେ ବୋତଲ ନେଇ ଢକଢକ ପାଣି ପିଇଗଲେ । ଗାମୁଛାରେ ମୁହଁ ପୋଛିଲେ ଟିକେ ସାଷ୍ଟାଙ୍ଗ ହେଲେ । ରୂପା ତାଙ୍କୁ ତଲୁ ଉଠାଇ କହିଲା, ଚାଲ, ମୋ' ସାଂଗରେ ଘରକୁ । ଖରା ଲେଉଟିଲେ, ଯୁଆଡ଼େ ଯିବ ।

ସ୍ନେହର ଡାକ, ହୃଦୟର ଡାକ, ଆଦରର ଡାକର ଏକ ନିଜସ୍ୱ ଖୁସ୍‌ବୁ ଥାଏ । ଯାହା ଆମୋଦିତ କରେ, ଆଚ୍ଛନ୍ନ କରେ, ମନ୍ତ୍ରମୁଗ୍ଧ ପରି ବୁଢ଼ା ରୂପା ସହ ରିକ୍ସାରେ ବସି ତା' ଘରକୁ ଆସିଲା ।

ରୂପା ତାଙ୍କୁ ଗାଧୁଆଆଘର ଦେଖାଇଦେଲା । ସେ ଧୁଆଧୁଇ ହେଲେ । ସଫା ଧୋତିଟିଏ କାଢ଼ି ପିନ୍ଧିବାକୁ ଦେଲା । କହିଲା, ମଉସା, ଭାତ ପଖାଳି ଦେଉଛି । ଖରାରେ ପଖାଳ ଭଲ ଲାଗିବ ।

ବୁଢ଼ା କେବଳ ବିସ୍ମୟ ଓ ଆନନ୍ଦର ଢେଉରେ ଢେଉରେ ଓଦା ହେଇ ଯାଉଥିଲେ ।

ରୂପା ବାଢ଼ିଥିଲା ପଖାଳ । ତା' ଦେହରେ ଦହି, ବଡ଼ିଚୂରା, ଶାଗଭଜା, ବାଇଗଣ ଭର୍ତ୍ତା । ଚଟେଇ ଉପରେ ବସି ପଖାଳ କଂସାରେ ହାତ ବୁଡ଼ାଇ ବୁଡ଼ାଇ ବୁଢ଼ା ଝରଝର କାନ୍ଦି ଲାଗିଲେ ।

ଲୁହପୋଛି ରୂପା କହିଲା, କାନ୍ଦୁଛ କାଇଁକି ମଉସା ?

ବୁଢ଼ା କହିଲା, ଦୁଃଖରେ ନୁହେଁ, ଆନନ୍ଦରେ କାନ୍ଦୁଛି। କେତେ କେତେ ବର୍ଷ ତଳର କଥା ମନେପଡ଼ିଯାଉଛି। କିଏ ଜଣେ, ଶିରଧାରେ, ସ୍ନେହରେ ପଖାଳ ଗଣ୍ଠିଏ ବାଢ଼ିଦେବ। ଏମିତି ଭାଗ୍ୟ ସମସ୍ତଙ୍କର ଥାଏକି ଲୋ ଝିଅ। ତୁ ତ ଝିଅଠୁ ବଳିଗଲୁ।

ପୁଣି ରୂପାର ଚମକି ଯିବାର କଥା, ଝିଅ...ଝିଅ। ପନ୍ଦର ବର୍ଷ ହେବ, ପ୍ରତି ମୁହୂର୍ତ୍ତରେ ସେ ଭୁଲିଯିବାକୁ ଚାହୁଁଚି ଯେ ସେ ଦିନେ କାହାର ଝିଅ ଥିଲା। ନାଁ, ଏବେ ରୂପାର ଏକମାତ୍ର ପରିଚୟ ସେ ସୁଦର୍ଶନର ଧର୍ମପତ୍ନୀ। ଋଷା ଓ ଦିଶାଙ୍କର ମାଆ। କଲେଜରେ ଛାତ୍ରୀମାନଙ୍କର ଅଧ୍ୟାପିକା। ସେ କାହାର ଝିଅ ନୁହେଁ, ନାଁ, ନାଁ।

ଅଭିମାନରେ କି ହତାଶାରେ କି ବିଡ଼ମ୍ବନାରେ, ଏତେ କଥା ସବୁ ଭାବି ହେଇଗଲା। ବୁଢ଼ା ଖାଇସାରି ହେଉଡ଼ି ମାରିଲେ। ରୂପାର ମୁଣ୍ଡ ଆଉଁଶି କହିଲେ, ତୁ ମୋ' ଝିଅ, ମୋରି ଝିଅ।

ଲୁହ ଡବଡବ ଆଖିରେ ତାଙ୍କୁ ଚାହିଁ ରୂପା କହିଲା, ହଁ, ମୁଁ ତମର ଝିଅ ମଉସା, ଆଉ କାହାର ନୁହଁ।

ଖୋସଣିରୁ ପାନ କାଢ଼ି ଖାଇଲେ ମଉସା। ନିଜ ବିଷୟରେ ଛୋଟ କାହାଣୀଟିଏ କହିଲେ, ରଘୁ ରାଉତ ତାଙ୍କର ନାଁ। ପ୍ରାଥମିକ ସ୍କୁଲରେ ମାଷ୍ଟ୍ର ଚାକିରି କରି ଅବସର ନେଇ ସାରିଲେଣି କେଉଁ କାଳୁ। ତିନି ପୁଅ। ବଡ଼ ପୁଅ ଗାଁରେ ମାଷ୍ଟ୍ର ଚାକିରି କରେ। ସେଠି ରହିଛି। ସାନ ପୁଅ ଗାଁରେ କଣ୍ଟ୍ରୋଲ୍ ଡିଲର। ତେଜରାତି ଦୋକାନ। ଭଲ ଚାଲେ। ହେଲେ ବୋହୂ ଦୁହେଁ ବାଗର ନୁହଁ। ତା'ରି କଥାରେ ପୁଅ ବସ୍‌ଉଠ୍ ହୁଏ। ସାନପୁଅ ପେଷ୍କାର। ତା' ଆଖିରେ ଦୁନିଆ ଦେଖେ। ତା'ରି ସ୍ୱରରେ କଥା କହେ। ବାପା ନାଁରେ ବୋହୂ ଯାହା ଯାହା ବନେଇଟୁନେଇ କହେ, ସବୁ ସେ ସତ ବୋଲି ଭାବେ। ପେନ୍‌ସନ୍‌ ପଇସାରେ ସେ ଟିକେ ଭଲମନ୍ଦ ପାନଗୁଆ ଖାଆନ୍ତା କି କ'ଣ, ସେତକ ବି ହାତ ଉଧାରି ମାଗି ମାଗି ପୁଅ ନେଇଯାଏ। ଆଉ ଫେରାଏନା। ଏମିତି ଅଣହେଳାରେ ଅଦରକାରୀ ଭାବେ ବୁଢ଼ା ପଡ଼ିଥାଏ ସେ ଘରେ।

ବେଳେବେଳେ ଅସହ୍ୟ ଲାଗିଲେ ପଳେଇଆସେ ଭୁବନେଶ୍ୱର। ଗାଁର ପିଲାଟିଏ ନଅଟାଳାରେ କିରାଣୀ ହେଇଚି। କ୍ୱାର୍ଟର ପାଇଚି। ଭାରି ମୁଖ ପାଏ ରଘୁ ବୁଢ଼ାକୁ। ତା'ର ଘରେ ଦି'ଚାରି ଦିନ ରହି ପୁଣି ଫେରେ, ସେଇ ଖୁଆଡ଼କୁ।

ସେ ଦିନ ହଠାରୁ ଦେଖାହେଲା ରୂପା ସହ।

ସେଇ ଦିନଠୁ ରଘୁ ମଉସା ରୂପା ଘରକୁ ଦି'ମାସରେ ତିନି ମାସରେ ଆସନ୍ତି। ପୁଟୁଲି ବାନ୍ଧି ଆଣିଥାନ୍ତି। ଚଣାଶାଗ, ପିତାଶାଗ, ଚିନାବାଦାମ, ପଇଡ଼ ନଡ଼ିଆ। ପିଲାଙ୍କ ପାଇଁ ମୁଢ଼ି ମୁଆଁ।

ସେ ବର୍ଷ ସୁଦର୍ଶନକୁ ହାଡ଼ଫୁଟି ହୋଇଥିଲା। ରୂପା କାତର ହେଇପଡ଼ିଲା। ହଠାତ୍‌ କେମିତି ଆସି ପହଞ୍ଚିଗଲେ ରଘୁ ମଉସା। କହିଲେ, ତୁ ବ୍ୟସ୍ତ ହୁଅନା ଝିଅ, ତୁ ତୋ' କାମ କର। ବାବୁଙ୍କ ଦେଖାଶୁଣା ମୁଁ କରିବି। ସତସତେ ଦଶଦିନ କାଳ ସୁଦର୍ଶନର ସେ କି ସେବା କରିଥିଲେ ମଉସା। ତା'ର ବିଛଣା ଝାଡ଼ିବା, ଲୁଗା ସଫା କରିବା, ପଇଡ଼ ମିଶ୍ରିପାଣି ପିଆଇବା, ନିୟମିତରେ ତା' ଦେହ ଝଡ଼ାଝଡ଼ି କରିବା, ଘଷାମୋଡ଼ା କରିବା, ବୁଢ଼ା କ'ଣ କରି ନଥିଲେ? ମୁହଁରେ ଦାଗ ହେଇଥିଲା ବୋଲି ମହୁପାଣିରେ ପଇଡ଼ ପାଣି ମିଶାଇ ତୁଲାରେ ଘଷି ଘଷି ଛଡ଼ାଇଥିଲେ ସେ। ସଂଧ୍ୟାରେ ସେଇ ଘରେ ଧୂପ ଦେଲା ପରେ ପଢ଼ୁଥିଲେ ଦେବ୍ୟାପରାଧ ସ୍ତୋତ୍ର।

ସେଇ ମଉସାଙ୍କୁ ସୁଦର୍ଶନ ପୁଣି ଘରୁ ତଡ଼ି ଦେଲା?

ମଣିଷ ମନ ସତରେ କି ବିଚିତ୍ର!

ଯିଏ ଭଲପାଏ ନିସର୍ଗ, ତାକୁ ହିଁ ଅପମାନ ଦିଆଯାଏ ପ୍ରଚଣ୍ଡ ଭାବେ। କେତେ ରହସ୍ୟମୟ ସତରେ ଏ ମଣିଷ ମନ।

ରୂପା ବାରମ୍ବାର କର ଲେଉଟାଇ ଥିଲା। ରଘୁ ମଉସାଙ୍କ କଥା ଭାବି ଭାବି ତାକୁ ରାତିସାରା ନିଦ ହେଉନଥିଲା।

ରୂପା ଜଗଦେବ। ବୟସ ପଞ୍ଚତିରିଶ। ଦେଖିବାକୁ ସୁନ୍ଦରୀ। ଆଖି ଟଣା ଟଣା, ବର୍ଣ୍ଣ ଶ୍ୟାମଳ। ଭୁବନେଶ୍ୱରର ଏକ ବେସରକାରୀ କଲେଜରେ ଅଧ୍ୟାପନା କରେ। ସ୍ୱାମୀ ସୁଦର୍ଶନ ମଙ୍ଗରାଜ। ଓକିଲାତି କରେ। ଗାଁରୁ ଆସି ଭୁବନେଶ୍ୱରରେ ସଂଘର୍ଷ କରି ନିଜକୁ ପ୍ରତିଷ୍ଠିତ କରିବାର ପ୍ରୟାସରେ ବ୍ୟସ୍ତ। ଈଶା ଓ ଦିଶା ଦି'ଟି ଝିଅ। ବଡ଼ ଝିଅ ତେର ବର୍ଷର। ସାନ ଏଗାର। ସ୍କୁଲରେ ପଢ଼ନ୍ତି ଦୁହେଁ। କଲେଜ କାମ, ପିଲାଙ୍କ ପାଠପଢ଼ା, ଘରକାମ ଆଦି ସଂସ୍କାରର ପ୍ରପଞ୍ଚ ମଧ୍ୟରେ ଆଣ୍ଠୁଆଏଁ ବୁଡ଼ି ରହି ମଧ୍ୟ ରୂପା ଯେମିତି ସେଇ ଦୂର ନକ୍ଷତ୍ର ଦୀପ୍ତି ଆଡ଼କୁ, ଏକମୁହାଁ ହୋଇ ଠିଆ ହୋଇଥାଏ। ସଞ୍ଜ ଆକାଶର ସେଇ ଏକଲା ତାରାଟି, ରୂପା ପାଇଁ ସ୍ୱପ୍ନ, ଏକ ବିଶ୍ୱାସ, ଏକ ଆଲୋକବର୍ତ୍ତିକା ଓ ଏକ ମଧୁର ଆଭୁଆଳ ମଧ୍ୟ ହୋଇଯାଏ।

ଦିନେ ଏକ ସମୟରେ ରୂପା ତା'ର ସରଳ, ସ୍ୱଚ୍ଛ ଅନ୍ତଃକରଣ ନେଇ ଜୀବନ ଓ ଜଗତ ପ୍ରତି ପ୍ରଚୁର ବିଶ୍ୱାସ, ସ୍ୱପ୍ନ, ଆକର୍ଷଣ ଦେଖିଥିଲା। ଭାବିଥିଲା ଏ ପୃଥିବୀ କେତେ ସୁନ୍ଦର! ଏ ପଥ କେତେ ସୁଗମ! ଆକାଶ, ସମୁଦ୍ର ଓ ପ୍ରକୃତିକୁ ନେଇ ଏ ପୃଥିବୀ ମଧ୍ୟ କେତେ ସ୍ୱପ୍ନମୟ! ପରବର୍ତ୍ତୀ ସମୟରେ ସେଇ ବିଶ୍ୱାସରେ ଧୂଳି ଲାଗିଗଲା। ସେଇ ଆକର୍ଷଣର ନିଶା ଟୁଟିଗଲା। କର୍ମକ୍ଷେତ୍ରରେ ଯୋଗଦେଇ ବହୁ ସମସ୍ୟା, ବହୁ କର୍ମ, ବହୁ ମଣିଷଙ୍କ ସହ ସଂପୃକ୍ତ ହେଲାପରେ, ତା'ର ମନେହେଲା

ଏ ପୃଥ୍ବୀର ପଥ ବହୁ ଖାଲଖମାରେ ଭର୍ତ୍ତି। ବଡ଼ ପିଚ୍ଛିଳ। ସାବଧାନରେ ନ ଚଳିଲେ ଗୋଡ଼ ଖସିଯିବ। ଚାରିପଟେ ବେଢ଼ିଥିବା ମଣିଷମାନେ ମଧ ଏତେ ସରଳ ନୁହନ୍ତି। ସାବଧାନରେ ଚାଲିବାପରି, ସାବଧାନରେ କହିବା ମଧ୍ୟ ଏଠି ବଡ଼ ଜରୁରୀ। ଅସାବଧାନରେ ଶବ୍ଦଟିଏ ଖସିଗଲେ ପାଟିରୁ ଏଠି ଅନର୍ଥ ହେଇଯାଏ। ଏଠି ସବୁକିଛି ମପାରୂପା, ଧରାବନ୍ଧା।

ଏଇ ମପାରୂପା, ଧରାବନ୍ଧା ଜୀବନଧାରାରେ ବେଳେବେଳେ ଅତିଷ୍ଠ ହୋଇଯାଏ ରୂପା। ସମ୍ଭାଳି ନପାରି ଦିନେ ଦିନେ କହିପକାଏ ବନ୍ଧୁ ବନ୍ଦନାକୁ। ମଣିଷ ଏତେ ଅସ୍ୱଚ୍ଛ କାହିଁକି? ଏତେ କୁଟିଳ?

ରୂପାର ଏ ପ୍ରଶ୍ନରେ ସାଙ୍ଗମାନେ ହସନ୍ତି। କେହି କହେ.. କ'ଣ ହେଲା କି?

ବନ୍ଦନା କିନ୍ତୁ ଖୁବ୍ ଜୋର୍‌ରେ ହସି କହେ, ଇୟେ ଗୋଟେ ପ୍ରଶ୍ନ? ଏକ ନିର୍ବୋଧ ପ୍ରଶ୍ନ। ତମେ ତ ରୂପା ଏଣିକି କହି ଲାଗିବ ଯେ ମଣିଷ ଖାଏ କାହିଁକି? ଲୋଭକରେ କାହିଁକି? ଭୟକରେ କାହିଁକି?

ସରଳ ରୂପା କାବା ହୋଇ ଚାହିଁରହେ ବନ୍ଦନାର ମୁହଁକୁ। ବନ୍ଦନା ସେମିତି ହସି ହସି କହେ, ଚାହିଁଚ କ'ଣ? ଦି' ଦିଟା ଝିଅର ମା' ହେଲଣି। ଆହୁରି ସଂସାର କ'ଣ ଜାଣିନ, ଚିହ୍ନିନ? ମଣିଷକୁ ଭୋକ କଲାପରି, ଭୟ ଲାଗିଲାପରି, ଲୋଭଲାଗିଲା ପରି, କୁଟିଳତା, ଅସ୍ୱଚ୍ଛତା, କି ନିଷ୍ଠୁରତା ଏସବୁ ତା'ର ଧର୍ମ। ଏସବୁ ମଣିଷର ଧର୍ମ, ସେ ଧର୍ମଚ୍ୟୁତ ହେବ କିପରି?

ରୂପା ସତରେ କାବା ହୋଇ ଚାହିଁଥିଲା। ବେଦ କହିଛି 'ଶୁଣନ୍ତୁ ସର୍ବେ ଅମୃତସ୍ୟ ପୁତ୍ରାଃ'। ମଣିଷ ଅମୃତର ସନ୍ତାନ, ଦୟା, କ୍ଷମା, ସ୍ନେହ, କରୁଣା ତା'ର ମୌଲିକ ଗୁଣ ବୋଲି, ସେ ତା'ର ଶିକ୍ଷକଙ୍କ ଠାରୁ ବାରମ୍ବାର ଶୁଣିଆସିଛି। ବନ୍ଦନା କହୁଚି, ଶଠତା, କୁଟିଳତା, ମଣିଷର ଧର୍ମ। ତା'ର ଶିକ୍ଷକ ଓ ସେ ନିଜେ ଆଜି ଶିକ୍ଷକତା କରିବାର ସମୟ ମଧରେ ଏତେ ତଫାତ୍। ବର୍ଷ କେତେଟାରେ ସମୟ ଏମିତି ବଦଳିଯାଏ? ସମାଜ, ମଣିଷ ମଧ?

ସେ କହିପକାଇଲା... ତେବେ କ'ଣ ଭଲ ମଣିଷ କେହି ଆଉ ରହିବେ ନାହିଁ ପୃଥ୍ବୀରେ? ଭଲ ପିଲା ହୁଅ, ଭଲ କଥା ଶିଖ, ଭଲ ଜୀବନ ବଞ୍ଚ ବୋଲି ଆମେ ପିଲାଙ୍କୁ ଶିଖାଇବା ନାହିଁ? ଆଶ କରିବା ନାହିଁ ପିଲାଏ ଭଲ ହୁଅନ୍ତୁ?

ଇତିହାସ ଅଧାପିକା ବନ୍ଦନା କହିଲା, କିଏ ମନାକରୁଚି ଏ କଥା? ହଜାର ହଜାର ବର୍ଷ ଧରି ଆମ ଶାସ୍ତ୍ର ଏସବୁ କଥା କହି ଆସୁଛି। ମହାତ୍ମାଗାନ୍ଧୀ ସତ୍ୟ, ଅହିଂସାକୁ ନେଇ ଏକ ଅସାଧାରଣ ଯୁଦ୍ଧ ଲଢ଼ିଲେ। ସାରା ବିଶ୍ୱ ଇତିହାସରେ ତା'ର ପଟାନ୍ତର

ନାହିଁ । ଏଇ ନିରସ୍ତ ଯୁଦ୍ଧର କଳ୍ପନା କଲେ, ଭାରତବର୍ଷରେ ରାମରାଜ୍ୟ ପ୍ରତିଷ୍ଠା ହେବ । ତାଙ୍କ ଜୀବଦ୍ଦଶାରେ ଅନଶନ, ସତ୍ୟାଗ୍ରହ କରି ସେ ବିଦ୍ରୋହ କରିଚନ୍ତି ଅନେକ । ହେଲେ ରାମରାଜ୍ୟ କାହିଁ ? ତାଙ୍କରି ତୁଣ୍ଡର ସେଇ ଶବ୍ଦଟି ଏବେ ବି ଆଜିର ଶାସକମାନଙ୍କ ତୁଣ୍ଡରେ ବସା ବାନ୍ଧିଅଛି । ମଞ୍ଚରେ, କାଗଜରେ ସବୁଠି ଖସଡ଼ା ତିଆରି ହେଉଛି, ରାମରାଜ୍ୟର । ହେଲେ ରାମରାଜ୍ୟ କାହିଁ ? ରାମରାଜ୍ୟ କେବେ ବି ଆସିବ ନାହିଁ । ରଙ୍ଗୀନ୍ ବେଲୁନ୍ ପରି ସେ ଆକାଶରେ ଉଡ଼ୁଥିବ । ପିଢ଼ିକୁ ପିଢ଼ି ଲୋକମାନେ, ନେତାମାନେ ତାକୁ ହାତମୁଠାରେ ପାଇବାର ଆଶ୍ୱାସନ କରିଚାଲିଥିବେ । ଏମିତି ରାମରାଜ୍ୟ ଉଡ଼ୁଥିବ ଆକାଶରେ । ଲୋକ ଧାଇଁଥିବେ, ବେଶ ବଦଲାଇ, ସ୍ୱର ବଦଲାଇ ।

...କ'ଣ ସତ ନୁହେଁ ଏ କଥା ?

ରୂପା ରୂପ୍ ହୋଇ ଶୁଣିଲା । ଭାରାକ୍ରାନ୍ତ ହୋଇଗଲା ମନ । ଧୂସର ହୋଇଗଲା ଦୃଷ୍ଟି । ତା'ର ମନେପଡ଼ିଗଲା ତା' ବୋଉ କଥା । ତା' ବୋଉ । ରୂପାର ବୋଉ । ଯିଏ ପିନ୍ଧିଥାଏ ମଥାରେ ଆଠଣି ଆକାରର ବଡ଼ ଏକ ସିନ୍ଦୁର ଟୋପା । ବେକରେ ପଡ଼ିଥାଏ ଗୋଛାଏ ହାର । ସବୁ ସୁନାର । ନାକରେ ନାକମାଛି, ଡେଣାରେ ସୁନା ଅନନ୍ତ । ମଣିବନ୍ଧରେ ସୁନା ବଟପଫଳ । ହାତରେ ମଗର ମୁହାଁ ବାଲା । ମାଣିଆବନ୍ଦୀ ଶାଢ଼ିଟିଏ ପିନ୍ଧି କଳରେ କଞ୍ଚାଗୁଣ୍ଠି, କେତକୀ ଖିଅରଦିଆ ପାନ କଳେ ଜାକି ବିନା ଚଟିରେ ସେ ଚାଲି ଚାଲି ବଡ଼ଦାଣ୍ଡରେ ଯାଇ ଶ୍ରୀମନ୍ଦିରରେ ଜଗନ୍ନାଥ ଦର୍ଶନ କରେ ନିଛଟି । ଚାଲି ଚାଲି ଯାଏ ଲୋକନାଥ ଘାଟ । ଭାଗବତ, ରାମାୟଣ, ମହାଭାରତ ଓ ଦାର୍ଢ଼୍ୟତାଭକ୍ତି ଛଡ଼ା ଆଉ କିଛି ବହି ସେ କେବେ ପଢ଼େନାହିଁ । ତା' ହାତ ବାକ୍ସରେ ଥାଏ ଖଣ୍ଡିଏ ବିଦଗ୍ଧ ଚିନ୍ତାମଣି ବହି । ତାକୁ ବି ପଢ଼ିଛି କି ନା ଜାଣେନି । କଥାକଥାକେ ଭାଗବତ ଧାଡ଼ିର ଉଦ୍ଧାର କରି କହେ । ବୋଉ ସବୁବେଳେ କହେ, 'ଆଲୋ ସଖୀ, ଆପଣା ମହତ ଆପେ ରଖ୍' । ନିଜେ ଭଲ ହୁଅ, ଦୁନିଆ ଭଲ ହେବ । ବୋଉ ପୁଣି କହେ, 'ମନର ମୂଳେ ଏ ଜଗତ' । ମନରେ ଯଦି ଦୀପଟିଏ ଜଳୁନାହିଁ, ତେବେ ବିଜୁଳି ଆଲୁଅ ଜଳୁଥିବା ରାସ୍ତାରେ ବି ସେ ଝୁଣ୍ଟିପଡ଼ିବା ସହଜ । ଯାହା ମନରେ ଦୀପଟିଏ ଜଳୁଥାଏ, ନିଷାରେ, ଏକାଗ୍ରତାରେ, ସେ ହିଁ ଚିହ୍ନିପାରେ ଠିକ୍ ଠିକ୍ ବାଟ । ସେ ହିଁ ଚିହ୍ନିପାରେ ମଣିଷକୁ । ଜୀବନକୁ । ଜଗତକୁ ବି ।

ମୂର୍ଖ ହେଲେ ବି ଏଇ କଥା କହିଥାଏ ବୋଉ । ଆଜିକାଲିକା ପିଲାଙ୍କ ପାଠପଢ଼ା, ଢଙ୍ଗରଙ୍ଗ ଦେଖି ସେ କହେ, ଗଛଟିଏ ଆକାଶକୁ ଚାହିଁଲା ପରି, ତମେ ସବୁ ଖୁବ୍ ଉପରକୁ ଚାହିଁ ରହିଚ । ହେଲେ ଗଛର ତଳକୁ ଚାହିଁ, ତା'ର ଚେର କେତେ ଗଭୀରକୁ

ଯାଇଛି, ତା' ସମଞ୍ଚ କର। ମାଟିକୁ ଚାହଁ, ମାଟିକୁ ବୁଝ। ମାଟି ସିନା ଦେଇଥାଏ ଆକାଶର ଠିକଣା।

ଏମିତି କଥା କହିଥାନ୍ତି ରଘୁ ମଉସା। ଠିକ୍ ତା' ବୋଉ ପରି। ରଘୁ ମଉସା, ସାଧାରଣ ଜଣେ ପ୍ରାଥମିକ ଶିକ୍ଷକ, ହେଲେ ଜୀବନ ସଂପର୍କରେ ତାଙ୍କର ସେ କି ଗଭୀର ଅନୁଶୀଳନ! ସେ କହନ୍ତି, ଶିକ୍ଷିତ ହେଉଚନ୍ତି ଆମ ପିଲାଏ। ଶିକ୍ଷା ପାଉଚନ୍ତି, ହେଲେ ଦୀକ୍ଷା କାହିଁ? ଶିକ୍ଷା ସହ ଦୀକ୍ଷା ମିଶିଲେ ହିଁ ତା' ମନର, ଚେତନାର ସ୍ତରେ ସ୍ତରେ ଭେଦି ଯାଇଥାଏ, ତାହା ହିଁ ବ୍ୟକ୍ତିତ୍ୱକୁ ପ୍ରଭାବିତ କରିଥାଏ। ଏମିତି କେତେ କେତେ କଥା କହନ୍ତି ରଘୁ ମଉସା। ତାକୁ ଶୁଣିବାକୁ ଖୁବ୍ ଭଲଲାଗେ। ସେଥିପାଇଁ ସେ ରଘୁ ମଉସାଙ୍କୁ ଭଲପାଏ। ତାଙ୍କୁ ଖୁବ୍ ପ୍ରଶଂସା କରେ। କିନ୍ତୁ ରଘୁ ମଉସାଙ୍କର ଏକଥା ସବୁ ସେ ସୁଦର୍ଶନକୁ କହିପାରେ ନାହିଁ। ସେ ଜାଣେ ବୁଝେ ଯେ ସୁଦର୍ଶନ ରଘୁ ମଉସାଙ୍କୁ ପସନ୍ଦ କରେନାହିଁ। କାରଣ ରୂପାର ଆଗ୍ରହ, ପସନ୍ଦ, ଦୁର୍ବଳତା ଆଦି ପ୍ରତି ସେ ନିର୍ଲିପ୍ତ ରହୁଚି। ଏଇ ନିର୍ଲିପ୍ତତା କ୍ରମେ କଠୋର ହେଇ ସାରିଲାଣି। ଏହା ପଛରେ ଯେଉଁ କାରଣ ଅଛି ରୂପା ତା' ଜାଣେ। ଆଉ ସେ ମଧ ସେଥିପ୍ରତି ଯଥେଷ୍ଟ ନିର୍ଲିପ୍ତତା ପ୍ରକାଶ କରିଥାଏ। ସେଥିପାଇଁ ରଘୁ ମଉସାଙ୍କ କଥା ସେ ସୁଦର୍ଶନକୁ କହେନା। କଥାଟା ଶୁଣୁ ଶୁଣୁ ହିଁ ସୁଦର୍ଶନ କଥାଚାର ଶେଷ ସେଇଠି କରିଦେବ। ଅଥଚ ନିଜର କଥା କହିବାକୁ ଥିଲେ ସେ ମୃତ୍ୟୁଶଯ୍ୟାରୁ ମଧ ରୂପାକୁ ଟାଣି ନେଇଯିବ।

ସେଦିନ ଖୁବ୍ ଭୋରରୁ ନିଦ ଭାଙ୍ଗିଗଲା ରୂପାର। ଜାଣିଥିଲା ଯେ ଭୋରରୁ ଦେଢ଼ଶୁର ଉଠି ଗାଁକୁ ଯିବେ। ଚାକରାଣୀ ଦି'ଦିନ ପାଇଁ ଛୁଟିରେ ଯାଇଚି ଯେ ତାକୁ ହିଁ ବାସନମଜା, ଘର ଓଲା ଇତ୍ୟାଦି କାମ କରିବାକୁ ହେବ। ତରତରରେ କିଛିଟା ବାସନ ନ ମାଜିଲେ ଦେଢ଼ଶୁରଙ୍କୁ ଜଳଖିଆ ଟିକେ ତିଆରି କରି ଦେବ କେମିତି?

ରୂପା ରୋଷେଇଘର ସିଙ୍କ୍ ପାଖରେ ଠିଆହୋଇ କରେଇଟା ମାଜି ବସିବା ବେଳେ ହିଁ ଦେଢ଼ଶୁର ବିଦ୍ୟାଧର ରୋଷେଇଘର କବାଟ ପାଖେ ଠିଆହେଲେ। କହିଲେ, ବୋହୂ, ତମେ ଜମା ବ୍ୟସ୍ତ ହୁଅନା। ମୁଁ ଅଗାଧୁଆ କିଛି ଖାଏ ନାହିଁ ଜାଣିଛ। ମତେ ଖାଲି ଚା' କପେ ଦିଅ। ମୁଁ ଫାଷ୍ଟ ବସ୍‌ଟା ଯେମିତି ପାଏ।

ସୁଦର୍ଶନ ମଧ ଭାଇଙ୍କ କଥାରେ ତାଲ ଦେଇ କହିଲା, ହଁ ରୂପା, ବେଳ ହେଇଗଲାଣି, ଶୀଘ୍ର ଚା' କର।

ଚା' ପିଇସାରି ବିଦ୍ୟାଧର ବାହାରିଲେ। ରୂପା ଆଲମିରା ଭିତରୁ ଗୋଟିଏ ଜରିବ୍ୟାଗ୍ କାଢ଼ି ବିଦ୍ୟାଧରଙ୍କ ପାଖରେ ରଖିଦେଇ କହିଲା, ଏଇଟା ଅପାକୁ ଦେଇଦେବେ। ତା'ପରେ ସେ ପ୍ରଣାମ କରି ଠିଆହେଲା।

ବିଦ୍ୟାଧର ବ୍ୟାଗ୍‌ଟି ଉଠାଇଧରି କହିଲେ, ହଉ, ମୁଁ ଯାଉଛି, ଛୁଟିରେ ପିଲାଙ୍କୁ
ନେଇ ଆସିବ, ହେଲା ?

ସୁଦର୍ଶନ ବିଦ୍ୟାଧରଙ୍କୁ ଛାଡ଼ିବାକୁ ଗଲା ।

ରୂପା ଘରକୁ ଫେରି ରୋଷେଇଘର ସିଙ୍କ୍‌ରେ ଗଦାହୋଇଥିବା ବାସନ
ମାଜିବସିଲା । ଏ ଭୁବନେଶ୍ୱରରେ କାମବାଲିମାନଙ୍କର ଏମିତି ହରକତ ସବୁବେଳେ ।
ସପ୍ତାହକୁ ଦି'ଦିନ ନିଷ୍ଚୟ ବନ୍ଦ । ଅଥଚ ଆଗରୁ ଖବର ଦେଇ ରହିବେ ନାହିଁ । ଏବେ
ଏସବୁ କାମ କରିବାରେ ରୂପା ଅଭ୍ୟସ୍ତ ହେଇଗଲାଣି । ଗଦାଏ ବାସନ ମାଜିସାରି ସେ
ଘର ଝାଡୁ ଦେବ । ଦାଣ୍ଡପଟ ବାରଣ୍ଡା ପାହାଚ ସବୁ ଖଡ଼ିକା ମାରି ଧୋଇବ । ତା'ପରେ
ଗାଧୋଇ ସାରି ଠାକୁର ପୂଜା ନାମକୁ ମାତ୍ର କରି ରୋଷେଇ କରିବ । ତା'ରି ଭିତରେ
ସୁଦର୍ଶନର ଯେତେ ଥର ଚା', କଫି, ପିଲାଙ୍କ ଡାକହାକ, ସୁଦର୍ଶନର ପେଣ୍ଟସାର୍ଟ
ଇସ୍ତ୍ରୀ ଓ ପିଲାଙ୍କ ଡ୍ରେସ୍ ଇସ୍ତ୍ରୀ ଏସବୁ କାମ ସେ ଧାଡ଼ିକୁ ଧାଡ଼ି କରିଯିବ । ନିଃଶ୍ୱାସ
ନେବାକୁ ବି ତା'ର ଫୁର୍‌ସତ୍ କାହିଁ ?

ରୂପା ଶୁଣିଲା ଉପର ମହଲାରେ ଗୀତ ବାଜୁଛି । ଘରବାଲା ମଉସାମାଉସୀ ବଡ଼
ସଙ୍ଗୀତ ପ୍ରିୟ । ମଉସା ମର୍ଣ୍ଡିଂଓ୍ଵାକ୍‌ରେ ଯିବା ପୂର୍ବରୁ ଗୀତ ଆରମ୍ଭ କରିଦେଇଥିବେ ।
ମାଉସୀ ବାରଣ୍ଡାରେ ବସି ଗୀତ ଶୁଣୁଥିବେ । ଫେରିଲେ ପୁଣି ଦୁହେଁ ଚା' କପ୍ ଧରି,
ସାଙ୍ଗ ହୋଇ ଗୀତ ଶୁଣିବେ । ଚମକ୍ଵାର ଯୋଡ଼ି ସେମାନେ ।

ରୂପା ବାସନ ମାଜି ସାରିଥିଲା । ବାସନ ସବୁ ପୋଛି ଥାକରେ ରଖୁଲାବେଳେ,
ସୁଦର୍ଶନ ଫେରିଆସି ପଛ ପାଖେ ଠିଆହେଲା । ରୂପା ଜାଣିଲା, ସୁଦର୍ଶନର ଦ୍ଵିତୀୟ
କପ୍ ଚା' ଦରକାର ।

ସେ ଚା' ଗରମ କରି ସୁଦର୍ଶନ ହାତକୁ ବଢ଼ାଇ ଦେଲା । ସୁଦର୍ଶନ କହିଲା,
ଭାଇଙ୍କୁ ସେ ବ୍ୟାଗ୍‌ରେ କ'ଣ ଦେଲ କି ?

ରୂପା ନିଜପାଇଁ ଚା' ଛାଣୁ ଛାଣୁ କହିଲା, ଅପାଙ୍କର ଶାଯ୍ୟ ନଥିଲା ଗଲାଥର
ଦେଖି ଆସିଥିଲି । ଖାଲି ଶାଢ଼ୀଟା ପିନ୍ଧିଥିଲେ । ସେ ତ ଭାଇଙ୍କୁ କିଛି ବି ନିଜ ଦରକାର
କଥା କହନ୍ତି ନାହିଁ । ଶାଯ୍ୟାବ୍ଲାଉଜ୍ ଦେଲି ତ, ତା' ସାଙ୍ଗେ କଷ୍ଟାଟିଏ ଦେଲି । ଅପାଙ୍କର
କଷ୍ଟା ଭାରି ପସନ୍ଦ ତ ।

'ଓ' ଏତିକି କହି ସୁଦର୍ଶନ ସେ ଘରଛାଡ଼ି ଚାଲିଗଲା । ଏଇ ପଦେ କଥା 'ଓ'
କିମ୍ଵା ହୁଁ ରେ ବଡ଼ ନିର୍ଲିପ୍ତ ଭାବେ ତା'ର ଅସନ୍ତୋଷ, ତା'ର ପ୍ରତିବାଦ ପ୍ରକଟ
କରିଦେଇଥାଏ ।

ରୂପା ଏଇ ପନ୍ଦର ବର୍ଷ ମଧ୍ୟରେ ଜାଣିଯାଇଛି ଯେ ସେ ତା'ର ଯା'ଦେଢ଼ଶୁରଙ୍କୁ

ଶ୍ରଦ୍ଧା, ସମ୍ମାନ କରୁ, ଦିଆନିଆ କିଛି କରିବା, ଏଇଟା ସୁଦର୍ଶନର ପସନ୍ଦ ନୁହଁ। ସେଥିପାଇଁ ସେଇ ଜରିବ୍ୟାଗ୍ ମଧ୍ୟରେ ଶାଢ଼ୀ, ଶାୟା, ବ୍ଲାଉଜ୍ ମଧ୍ୟରେ ସେ ଲୁଚାପାଟାଏ ଥିଲା ଓ ସେଥିରେ ଥିଲା ଚାରିଖଣ୍ଡ ପଚାଶ ଟଙ୍କିଆ ନୋଟ୍ ଏକଥା ସୁଦର୍ଶନକୁ କହିପାରିଲା ନାହିଁ ରୂପା, ଗାଳି ଖାଇବାର ଭୟରେ।

ସେ ତା' ଯା' ଦେଢ଼ଶୁରଙ୍କର ଅଭାବଗ୍ରସ୍ତ ସଂସାରରେ ଭାଗୀଦାର ହେବାକୁ ଚାହେଁ ଓ ହେଇଆସିଛି ମଧ। ଆଉ ତାହା ସୁଦର୍ଶନ ଟିକେ ମଧ ଚାହେଁ ନାହିଁ।

ଚା' କପ୍‌ରୁ ଢୋକେ ପିଉ ପିଉ ରୂପା ଚମକିଗଲା। କି ସୁନ୍ଦର ଗୀତ କିଏ ଗାଉଛି। ଏହା ତ ଉପର ମହଲର କ୍ୟାସେଟ୍‌ର ଗୀତ ନୁହଁ।

ଏ ଗୀତ ତଳ ମହଲାରୁ, ଠାକୁରି ଘରୁ ହିଁ ଆସୁଛି। ରୂପା କାନ ଡେରିଲା। ସୁମଧୁର କଣ୍ଠରେ ଗୀତଟିଏ।

ତିନି ମହାରାଜା

ବିଶ୍ୱ ଯା'ର ପ୍ରଜା

ଶୋନେ ଆରେ ମନ

ଆମି ପୁତ୍ର ତା'ର

ସାମାନ୍ୟ ତ ନୟ, ରାଜପୁତ୍ର ହୟ,

ପିତାର ଧନେ ଆମାର ପୂର୍ଣ୍ଣ ଅଧିକାର।

କିଏ ଗାଉଛି ତା'ର ଏ ପ୍ରିୟ ଗୀତ? ଈଶା? ଦିଶା? ଈଶା ଅବଶ୍ୟ ଗୁଣୁଗୁଣୁ ହୁଏ ସବୁବେଳେ, ହିନ୍ଦୀ ଫିଲ୍ମ୍ ଗୀତଠାରୁ ଓଡ଼ିଆ ଫିଲ୍ମ ଗୀତ ଯାଏଁ। କିନ୍ତୁ ଗୀତଟିଏ ସେ ସମ୍ପୂର୍ଣ୍ଣ ଗାଇବା ତ ଦିନେ ସେ ଶୁଣିନାହିଁ।

ରୂପା ଝିଅମାନଙ୍କ ରୁମ୍‌କୁ ଗଲା। ବଡ଼ ଝିଅ ଈଶା ଝରକାର ରେଲିଂ ଧରି, ଗାଉଛି ସେଇ ଗୀତ ବିଭୋର ହୋଇ।

"ତିନି ମହାରାଜା, ବିଶ୍ୱ ଯା'ର ପ୍ରଜା"। ଈଶାଟା ତା'ର ନକଲ କି ଆଉ?

ରୂପା ଆଖିରେ ଲୁହ ଢଳଢଳ ହେଇଗଲା। ଈଶାର ସୁନ୍ଦର ମୁହଁରେ ବିଭୋରତା। ରୂପା କହିଲା, ଝିଅଲୋ, ମନ ଭୁଲାଇବାକୁ ଯଦି ଗୀତଟିଏ ଗାଇବୁ ତେବେ ଗାଆ, ହୁଏତ ସେତିକି ସୁଯୋଗ ବି ମିଳିନପାରେ ଜୀବନରେ। ତେବେ ଗୀତକୁ ଜୀବନ କରିବାକୁ ଚାହିଁବୁ ନାଇଁଲୋ ମାଆ। ବଡ଼ କଷ୍ଟ ପାଇବୁ। ଠିକ୍ ତୋ' ମା' ପରି।

ଏକଥା କିନ୍ତୁ ମୁହଁ ଖୋଲି ଈଶାକୁ କହିପାରିଲାନି ରୂପା। ତା' କାନ୍ଧରେ ହାତରଖି କହିଲା, ଈଶା! ଏ ଗୀତ ତୁ ପାଇଲୁ କେଉଁଠୁ? ଏ ଗୀତ ତ ଆଉ ଗୋଟେ ଯୁଗର। କେଉଁ କାଳର!

ଈଶା କହିଲା, କହିଲା, ଗୀତ ସବୁ ଯୁଗର ମାଆ। ସେ କାଳଜୟୀ। ଏ କଥା ତ ତୁ କହିଥିଲୁ। ତୁ ଦିନେ ଯେଉଁ ଗୀତ ଗାଇବାକୁ ଭଲପାଉଥିଲୁ, ଆଜି ମୁଁ ସେଇଟା ଗାଇବାକୁ ଚାହୁଁଛି। ଏଇଟା ତ ଖୁସିର କଥା ନାଁ?

ରୂପା ଅନ୍ୟମନସ୍କ ହୋଇଗଲା। ସତେ ସେ ଯାହା ପାରିନାହିଁ, ତା' ଝିଅ ତା' ନପାରିବ କାହିଁକି? ସେ ଯଦି ତାହା ପାରୁଛି କରୁ। ସେ କିନ୍ତୁ କହିଲା, ତୁ ଏ ଗୀତ ପାଇଲୁ କେଉଁଠୁ?

...ତୋ' ଗୀତ ଖାତାରୁ।

...ମୋ' ଗୀତ ଖାତା ତ ସାତତାଳ ପାଣି ପଙ୍କରେ ଲୁଚିଥିଲା।

...ମୁଁ ତାକୁ ଉଦ୍ଧାର କରିଛି। ମାଆ, ତୁ କେତେ କେତେ ଗୀତ ଲେଖୁ ସେ ଖାତାରେ। ଅକ୍ଷୟ ମହାନ୍ତିଙ୍କର ଚନ୍ଦ୍ରମା ଏକ ଚନ୍ଦନ ବିନ୍ଦୁ। ପୁଣି ବୟସର କୃଷ୍ଣଚୂଡ଼ା ରଙ୍ଗ ତୁମ ମନ୍ଦ ନୁହେଁ। ଏ ଗୀତଗୁଡ଼ା ମୁଁ ଶୁଣିଛି। ମାଆ, ପ୍ଲିଜ୍, ଏଇ ଗୀତଟା ଗାଅ ନାଁ ଟିକେ, ଟିକେ ଗାଅ। ସୁନନ୍ଦା ପଟ୍ଟନାୟକଙ୍କର ସେଇ ଗୀତ। ଏଇ ତୋ'ର ଗୀତ ଖାତାରେ ଲେଖାଅଛି।

ରୂପାର ଗୋଟେ ଗୀତ ଖାତା ଥିଲା। ରେଡ଼ିଓରୁ ଗୀତ ଶୁଣି ଶୁଣି ଖାତାରେ ଟିପି ରଖୁଥିଲା। ଲୁଚେଇ ଲୁଚେଇ ତାକୁ ଶିଖୁଥିଲା। ସୁନନ୍ଦା ପଟ୍ଟନାୟକଙ୍କର ସେଇ ଗୀତ,

ନିଶବଦ ଶାରଦ ପ୍ରାତେ

ଅତିଥି କେ ଗଲାରେ ଗାଇ।

ସେ ଗୋଟାଏ ସମୟ ଥିଲା। ଉଚ୍ଚାଟନର ସମୟ। ସ୍ୱପ୍ନ ଦେଖିବାର ସମୟ।

ମାଆ ପ୍ଲିଜ୍, ଏଇ ଗୀତଟା ଗାଅ ମା'।

ଈଶା ଅଳି କରୁଚି। କାକୁତି କରୁଛି। ସେ ଜାଣେ ତା' ମାଆ ଗୀତ ଗାଇ ଜାଣେ। ସଂଧ୍ୟାରେ ପ୍ରାର୍ଥନା କଲାବେଳେ, ଭାବବିଭୋର ହୋଇ ଗାଏ ଭୀମଭୋଇଙ୍କର "ସମର୍ପି ଦେଲି ପାଇଲା ସର୍ବ" କିନ୍ତୁ ଏଇ ସୁନ୍ଦର ଗୀତଟା କେମିତି ଶୁଭେ ମାଆଙ୍କ କଣ୍ଠରେ ?

ନିଶବଦ ଶାରଦ ପ୍ରାତେ,

ଅତିଥି କେ' ଗଲାରେ ଗାଇ

ଫେରି ଥରେ ଚାହିଁଲୁ ନାହିଁ

ଦୂରପଥ, ତୁ ବଇରାଗୀ,

କେତେ ଦାଗେ ହେଲୁରେ ଜାଗି,

ଆତୁରେ ଯେ ମାଣିକ ଖୋଜୁ

ଏଥୁ ସେ ବା ମିଳଇ କାହିଁ ?

ଏବେ ଦୀପ ରଖ୍ଲୁ ଜାଲି,

ସଯତନେ, ତଇଲ ଢାଲି

ଲିଭିବରେ ଅଟିରେ ଚାହୁଁ,

କ୍ଷୀଣ ତେଜ ଯିବ ମିଳାଇ

ଫେରି ଥରେ ଚାହିଁଲୁ ନାହିଁ....

ଶେଷପଦ ପାଖରେ ରୂପାର କଣ୍ଠ ଯେମିତି ଜମାଟ ବାନ୍ଧିଗଲା। ତା' ଆଖ୍ରୁ ଦି'ଟୋପା ଲୁହ ଝରିଗଲା। ସେ ବୁଝିପାରିଲା ନାହିଁ ଏଇ ଲୁହ ବହିବାର ଅର୍ଥ। ସେ କହିଲା, ଇଚ୍ଛା ହେଉଛି ଶେଷ ପଦଟା ସଂଶୋଧନ କରିଦିଅନ୍ତି। କିନ୍ତୁ ସେ ଅଧିକାର ମୋର ନାହିଁ। ଦୀପ ତ ଲିଭିଯାଏ ନିଶ୍ଚୟ। ହେଲେ ମୋ' ଭିତରର ଦୀପ ଲିଭିବ ନାହିଁ, ଜୀବନ ଦୀପ ଲିଭିଯିବ ପଛେ!!

ଇଶା ମାଆଙ୍କୁ କୁଣ୍ଢେଇ ଧରି କହିଲା, ମାଆ, ତୁ କି ଚମକ୍ରାର ଗାଉଛୁ। ତୁ କାହିଁକି ଗୀତ ଗାଇଲୁ ନାହିଁ ମାଆ ?

ଝିଅ ଇଶାର ଏହି ବିହ୍ୱଳ ଅନୁରାଗରେ ଅଭିଭୂତ ହୋଇଗଲା ରୂପା। ତା' ପିଠି ଆଉଁଶି କହିଲା, ତୁ ବି ଖୁବ୍ ଭଲ ଗାଉଛୁ ଇଶା। ଏକଥା ମୁଁ ଆଜିଯାଏଁ ଜାଣି ନାହିଁ ନାଁ ନ ଜାଣିବାର ଅଭିନୟ କରିଥିଲି। ମୁଁ ହୁଏତ ନିଜ ଅଜାଣତରେ କହୁଥିଲି, ଗୀତ ଗାଆାନାରେ ତୁ ପ୍ରିୟ ପକ୍ଷୀ। ଗୀତ ଗାଆାନା ତୁ!!

ରୂପା ମୁହଁ ପୋଛିଲା ଶାଢ଼ୀ କାନିରେ। କଥା ତା'ର ଅଧା ରହିଗଲା ତୁଣ୍ଡରେ।

ଇଶା ମାଆଙ୍କୁ ଚାହିଁ କହିଲା, ଏଥିରେ ବ୍ୟସ୍ତ ହେବାର କିଛି କାରଣ ନାହିଁ ମାଆ। ଜୀବନର ବିଭିନ୍ନ ଦିଗ ଅଛି। କ୍ଷେତ୍ର ଅଛି। ତୁ କହୁଥିଲୁ ନାଁ, ଆଗ ମଣିଷ ହୁଅ, ପାଠ ପଢ଼।

ସୁଦର୍ଶନ କେତେବେଳୁ ଆସି ଠିଆହୋଇଥିଲା ପଛରେ। ଦେଖୁଥିଲା ମାଆଝିଅଙ୍କର ଭାବ ବିନିମୟର ଦୃଶ୍ୟ। ସେ ମନେ ମନେ ଚିଡ଼ି ଯାଉଥିଲା। ସକାଳୁ ସକାଳୁ କିଛି କାମ ନାହିଁ। ଗୀତ ଧରି ବସିପଡ଼ିଲେ ରାଣୀ ସାହେବା। ଝିଅର ପାଠପଢ଼ା ଦେଖ୍ବ କ'ଣ, ରନ୍ଧାବଢ଼ା କରିବ କ'ଣ, ସଂସାରର ଯାବତୀୟ କାମ ପଡ଼ିରହିଛି। ଏଠି ଚାଲିଛି ଗୀତ ପାଲା। ମାଆଝିଅଙ୍କର ଯୁଗଲବନ୍ଦୀ।

ସୁଦର୍ଶନ ଚିଡ଼ି ଉଠିଲା... ଇଶା, କ'ଣ ପାଠପଢ଼ା ହେବ ନାହିଁ ନାଁ କ'ଣ ? ସମୟ ଜ୍ଞାନ, ଶୃଙ୍ଖଳା, କିଛି ବି ଶିଖ୍ବ ନାହିଁ ?

ସୁଦର୍ଶନକୁ ଥରେ ଚାହିଁଦେଇ ରୂପା ନିଜ କାମରେ ଚାଲିଗଲା। ସତେତ, ତାକୁ

ନିତ୍ୟକର୍ମ ସାରି ଠାକୁର ପୂଜା କରିବାକୁ ହେବ। ରୋଷେଇ କରିବାକୁ ହେବ। ଭୋଜନ ବିଲାସୀ ସୁଦର୍ଶନ ପାଇଁ ତିନି ଚାରି ଠାଆ ତରକାରୀ ଭଜା କରିବାକୁ ହେବ। ମନଖୁସୀରେ ଗୀତ ଶୁଣିବା ପାଇଁ ବା ଗାଇବା ପାଇଁ ତା'ର ସମୟ କାହିଁ? ନିଜପାଇଁ, ଖାସ୍ ନିଜ ପାଇଁ, ତା' ପାଖରେ ସମୟ କାହିଁ?

ତା' ସମୟର ମାଲିକ ତା' ସ୍ୱାମୀ, ଝିଅ, ତା'ର କର୍ମ ସଂସ୍ଥା।

ମୁହୂର୍ତ୍ତେ ବି ରୂପା ନିଜେ ନିଜର ନୁହେଁ?

ରୂପା ସବୁଦିନ ପରି ରନ୍ଧାବଢ଼ା କଲା। ପିଲାଙ୍କ ଡ୍ରେସ୍ ଓ ସୁଦର୍ଶନର ଡ୍ରେସ୍ ଇସ୍ତ୍ରୀ କଲା। ସମସ୍ତଙ୍କୁ ଖାଇବାକୁ ଦେଲା। ପିଲାମାନେ ଖାଇ ସ୍କୁଲ ଚାଲିଗଲା ପରେ, ରୂପା ଭାବିଲା, ନିଜେ ଯାଇ କଲେଜରେ ଦରଖାସ୍ତଟା ଦେଇଯିବ କି? ପୁଣି କ'ଣ ଭାବି, ସୁଦର୍ଶନ କୋର୍ଟକୁ ଗଲାବେଳେ ସେ ଛୁଟି ଦରଖାସ୍ତଟା ତାକୁ ବଢ଼ାଇଦେଇ କହିଲା, ଏଇଟା ଟିକେ କଲେଜରେ ଦେଇଯିବ।

ଦରଖାସ୍ତଟାରେ ଆଖି ବୁଲାଇନେଇ ସୁଦର୍ଶନ କହିଲା ... ତମେ ଆଜି ଛୁଟି ନବ କାହିଁକି?

ରୂପା କହିଲା, ମୋ' ଦେହ ଭଲ ନାହିଁ। ଘରେ ଟିକେ କାମ ଅଛି।

ସୁଦର୍ଶନ କହିଲା, ବିଦ୍ରୁପର ହସ ହସି ଦେହ ଭଲ ନାହିଁ ନାଁ ରଘୁ ମଉସାଙ୍କୁ ଖୋଜିବାକୁ ଯିବ ଛୁଟିନେଇ?

ଆଖି ଟେକି ଚାହିଁଲା ସୁଦର୍ଶନ ମୁହଁକୁ ରୂପା। ତା' ଆଖିର ଚାହାଣୀ, ତୀବ୍ର ହେଇ ଉଠୁଥିଲା। ନିଜକୁ ପୁଣି ସମ୍ବରଣ କରିନେଇ ସେ କହିଲା, ଏତେ ବଡ଼ ସହର ଭୁବନେଶ୍ୱରରେ ମୁଁ ମଉସାଙ୍କୁ ଖୋଜି ପାଇବି?

ତେବେ ଭଲ ହେଲା ଖୁବ୍ ଭଲ? ମୁଁ ଅଢ଼େଇଟା ବେଳକୁ ଆସିବି, କୋର୍ଟକୁ ଯିବା।

...କୋର୍ଟକୁ?

...ମ, ଏମିତି ନ ଜାଣିଲା ପରି ଛଟା ଗାଲୁଚ୍ଛ କାହିଁକି? ଆଫିଡେଭିଟ୍ କରିବ ନାହିଁ? ଆଜି ନିଶ୍ଚୟ ହେବ, ନିଶ୍ଚୟ।

ସୁଦର୍ଶନ ସ୍କୁଟର କାଢ଼ି ଗେଟ୍ ଖୋଲି ବାହାରିଗଲା। ସ୍ତାଣୁପରି ଠିଆହୋଇ ରହିଲା ରୂପା।

କିଛି ମୁହୂର୍ତ୍ତ ପରେ ସେ ପ୍ରକୃତିସ୍ଥ ହେଲା, ହଁ ରଘୁ ମଉସାଙ୍କୁ ଖୋଜିବାକୁ ହେବ। ଅଟୋଧରି ନୁହେଁ, ଦି'ଚାରିଟା ଫୋନ୍‌କରି, ତାଙ୍କର ଗାଆଁ ଲେଖାରେ ପୁତୁରା ଯିଏ ବରମୁଣ୍ଡାରେ ରହେ, ତାକୁ ହଁ ଫୋନ୍ କରିବାକୁ ହେବ। ସେ ଦି'ଚାରି ଠାଆ ଫୋନ୍‌କରି ବୁଝି ତାକୁ ଜଣାଇବ।

ସୁଦର୍ଶନ ଏପର୍ଯ୍ୟନ୍ତ ଘରକୁ ଫୋନ୍ ଆଣିନାହିଁ। ଆଜିପରି ଫୋନ୍‌ର ଏତେ ପ୍ରଚଳନ କ’ଣ ଥିଲା ପନ୍ଦରବର୍ଷ ତଳେ? ରୂପା ଘର ତାଲାଦେଇ ବାହାରକୁ ଗଲା। ଛକ ଉପରେ ଗୋଟେ ଟେଲିଫୋନ୍ ବୁଥ୍। ସେଇଠି ସେ ଫୋନ୍‌କରି ଆସିବ। ରୂପା ଟେଲିଫୋନ୍ ଲାଗିଲା ରଘୁ ମଉସାଙ୍କ ପୁତୁରାକୁ। ସେ ଅଫିସ୍ ବାହାରିଥିଲେ, କହିଲେ, ନାଇଁ ତ ରଘୁ ଦାଦି ଆସିନାହାନ୍ତି ଏଠିକୁ। ରୂପା ତା’ଘର ମାଲିକଙ୍କ ଫୋନ୍ ନମ୍ବର ଦେଲା। ବିନତୀ କଲା, ତାଙ୍କ ଖବର ଜାଣିଲେ, ଏଇ ନମ୍ବରରେ ତାକୁ ଜଣାଇବେ। ଭଦ୍ରଲୋକ ନିର୍ଭର ପ୍ରତିଶ୍ରୁତି ଦେଲେ।

ରୂପାକୁ କିଛି ଭଲ ଲାଗୁନଥିଲା। ରଘୁ ମଉସା, ଅଭିମାନରେ ଅପମାନରେ ତା’ ଘରୁ ଚାଲିଗଲେ, ଏଇଆ ଭାବି ସେ କାତର ହେଇପଡ଼ୁଥିଲା। ବାହାରୁ ଆସି ସେ ଧୁଆଧୋଇ ହେଲା। ଛୁଟି ନେଇଟି ଯେତେବେଳେ, ସାରା ଖରାବେଳଟା ତ ତା’ର। ସେ ତରତର କରି ଖାଇସାରି, ମୁହଁଧୋଇ, ଖଟ ଉପରେ ଗଡ଼ପଡ଼ୁଛି ଟିକେ। ଉପର ମହଲାରୁ ମାଉସୀ ଡାକପକାଇଲେ, ରୂପା, ତୋ’ର ଫୋନ୍, ଜଲ୍‌ଦି ଆ’।

ରୂପାର ଫୋନ୍! କିଏ କରିପାରେ ରୂପାକୁ ଫୋନ୍? ମାଉସୀଙ୍କ ନମ୍ବର ରୂପା ଦେଇଥିଲା କଲେଜରେ। ଆଉ ତା’ର ଭଣଜା ଅନଙ୍କୁ। ଦେଇଥିଲା ରଘୁ ମଉସାଙ୍କୁ। କେତେବେଳେ ସୁବିଧା ଅସୁବିଧା ହେଲେ ତାକୁ ଜଣାଇବାକୁ। ଏମାନଙ୍କ ଛଡ଼ା ଆଉ କିଏ ଫୋନ୍ କରିବ ଏ ଫୋନ୍‌ରେ? ରୂପାର ବା ଅଛି କିଏ? ବାପଘର ସହ ସଂପର୍କ ଛିନ୍ନ ହେଇଟି ଅନେକ ଦିନୁ। ନିଜ ସଂସାର ବୃନ୍ତର ପରିଧିରେ ଏକାକୀ ଘୁରୁଛି ରୂପା। ଘରୁ କଲେଜ ଓ କଲେଜରୁ ଘର। କଲେଜରୁ ଆସିଲା କି ଆଉ ଫୋନ୍? କିଏ କରିପାରେ।

ରୂପା ତରତର ହୋଇ ଘର ବନ୍ଦକରି ଗ୍ରୀଲ୍‌ରେ ତାଲା ଦେଇଦେଲା। ଦାଣ୍ଡ ବାରଣ୍ଡାରୁ ସିଡ଼ି ଯାଇଛି ଉପରକୁ। ରୂପା ସିଡ଼ିଦେଇ ଉପରେ ପହଞ୍ଚିଲା।

ମାଉସୀ ମଉସାଙ୍କ ପାଇଁ ଟେବୁଲ୍‌ରେ ଭାତ ବାଢ଼ିଥିଲେ। ଭାତ, ମାଛ ତରକାରୀ, ସାଲାଡ୍।

ରୂପାକୁ ଦେଖି କହିଲେ, ଫୋନ୍ ଧର। ତା’ପରେ, କଥା ହେବା। ଏଠି ଟିକେ ତରକାରୀ ଖାଇଯିବୁ।

ରୂପା ଫୋନ୍ ଉଠାଇଲା। କିଏ? ଓଃ, ମଉସା? ରୂପାର ମୁହଁ ଉଜ୍ଜ୍ୱଳି ଉଠିଲା। ସେପଟୁ ରଘୁ ମଉସା କହୁଥିଲେ, ତତେ ନକହି ଚାଲିଆସିଲି। ଜାଣେ ତୁ ବ୍ୟସ୍ତ ହେଉଥିବୁ। ଘରେ ଗୋଟେ ଜରୁରୀ କାମ ଥିଲା, ମନେପଡ଼ିଗଲା ହଠାତ୍। ତେଣୁ ଚାଲିଆସିଲି। ତୁ ମତେ ଭୁଲ୍ ବୁଝିବୁ ନାଇଁରେ ମାଆ! ଏଇ ମାସ ଶେଷକୁ ଯେମିତି ହେଲେ ଯିବି। ରହିଲି।

ମଉସା ଟେଲିଫୋନ୍ ରଖିଦେଲେ । ରୂପା ଆଶ୍ୱସ୍ତ ହେଲା । ଯା'ହେଉ, ମଉସାଙ୍କ ଖବର ପାଇଲା ତ । ଦୁଇଟି ଅପରିଚିତ ମଣିଷଙ୍କ ମଧରେ ଯେଉଁ ସ୍ନେହ ସମ୍ପର୍କ ଗଢ଼ିଉଠିଛି ତିନିବର୍ଷ ହେବ, ସେଇ ସମ୍ପର୍କ ରକ୍ଷା କରିବାରେ ବାଧା ଆସିପାରେ, ହେଲେ ସେ ସମ୍ପର୍କ ଯେ ପରସ୍ପରକୁ ବୁଝିବା ଲାଗି ସମର୍ଥ ହୋଇଟି, ଏତିକି ଆଶ୍ୱାସନା ଦେଲେ ତ ରଘୁ ମଉସା । ତାକୁ ନକହି ଚାଲିଯାଇଚନ୍ତି ବୋଲି ସେ ଯେ ଘୋର ଚିନ୍ତାରେ ଥିଲା, ଏତକ ବୁଝିଚନ୍ତି ବୋଲି ତ ରଘୁ ମଉସା ଫୋନ୍‌କଲେ । ଫୋନ୍ କରିବାକୁ ଆସିପାରିଲେ, ଗାଁରୁ ଯଥେଷ୍ଟ ଦୂର ସେଇ ସହରକୁ । ନା ଯିବା ବାଟରେ ସେ ଫୋନ୍‌କଲେ ? ଯେଉଁଠୁ ଫୋନ୍ କରନ୍ତୁ ନାଁ କାହିଁକି ସେ ଭଲରେ ହିଁ ଥାଆନ୍ତୁ । ସୁଦର୍ଶନ ତାକୁ ଯେତେ ଅପମାନ ଦେଲେ ମଧ ସେ ରୂପାକୁ ଛାଡ଼ିପାରିବେ ନାହିଁ ।

ରୂପା ପାଇଁ ରଘୁ ମଉସା ତ ଏକ ଆଉଜି ପଡ଼ି ଶାନ୍ତିରେ ବସିପାରିଲା ଭଳି ଏକ ମଜଭୁତ କାନ୍ଥ ।

ରୂପାର ବାପଘର ସମ୍ପର୍କ ଛିଣ୍ଡିଯାଇଛି ଅନେକ ଦିନୁ । ଗୋଟାଏ ଛାତିଫଟା ଖାଁ, ଖାଁ ଭାବ ତା ସାମ୍ନାରେ ଧୁ ଧୁ କରୁଥାଏ ସବୁବେଳେ, ବାପାବୋଉ ମୁହଁ ଫେରେଇ ନେଲାପରେ । ତା' ବଦଳରେ ଆଉ ଥାଏ କ'ଣ ? ଥାଏ ଏକ ଧକ୍ ଧକ୍ ହେଉଥିବା ଅଦୃଶ୍ୟ କ୍ଷତ ।

ସେଇ କ୍ଷତରେ ଲୁଣଛିଟା ମାରେ ବେଳେ ବେଳେ ସୁଦର୍ଶନ । ଯା'ଦେଢ଼ଶୁରଙ୍କର ଅନାବିଲ ସ୍ନେହଶ୍ରଦ୍ଧା, ରୂପାର ସ୍ନେହାକୁଳ ମନକୁ ଅନେକ ପୁଷ୍ଟି ଦେଇଥିଲେ ମଧ, ସେ ଯେମିତି ଭୁଲିପାରେନା ସେ କ୍ଷତକୁ । ତା'ପରେ ତ ସଂଗ୍ରାମ । ନିଜକୁ ପ୍ରତିଷ୍ଠିତ କରିବାର ସଂଗ୍ରାମ । ତଥାପି କର୍ମ ଜଞ୍ଜାଳର ଫାଙ୍କରେ ରୂପାଠ ଦୀର୍ଘଶ୍ୱାସ ହିଁ ଉଠେ । ମନେପଡ଼ନ୍ତି ବାପା ଓ ବୋଉ । ମନ ବ୍ୟାକୁଳ ହୁଏ । ହେଲେ ଗୋଡ଼ ବଢ଼େ ନାହିଁ ।

ଭୁବନେଶ୍ୱରର ପନ୍ଦର ବର୍ଷ ରହଣି ମଧରେ ପ୍ରଥମ ସାତବର୍ଷ ପାଞ୍ଚଟା ଭଡ଼ାଘର ବଦଳ କରି ଶେଷକୁ ହାବୁଡ଼ି ଥିଲା ରୂପା, ଏଇ ମଉସାଙ୍କ ଘରେ । ଆଉ ସେଇଦିନଠୁ ଅଛି ଏଇଠି । ଯାଇପାରିନି । ବାପାବୋଉଙ୍କ ସ୍ଥାନ କେହି ନେଇପାରନ୍ତି ନାହିଁ, ଏହା ପ୍ରବାଦ ସିଦ୍ଧ କଥା ସତ, ହେଲେ ଏହାକୁ ବି କାଟିଦେଇ ହୁଏ ବଡ଼ ଦୟରେ । ଆଉ ଏଇ ମଉସାମାଉସୀ ତା'ର ଭଡ଼ାଘରର ମାଲିକ ନୁହଁ, ତା'ର କର୍ମଜଞ୍ଜାଳରେ ଏକ ସୁସ୍ଥ ସ୍ନେହସିକ୍ତ, ମାନସିକ ଆଶ୍ରୟ । ବାପାବୋଉଙ୍କର ଶ୍ରଦ୍ଧାସ୍ନେହ ସବୁତ ପାଉଛି ସେ ଏଇଠୁ ।

ମଉସା ସୁକୁମାର ଦାସ । ବଙ୍ଗାଳୀ କାୟସ୍ଥ । ବହୁଗ୍ରାମରେ ଘର । ସାତପୁରୁଷ ଧରି ଓଡ଼ିଶାରେ । ସୁକୁମାର ବାବୁ ଏ.ଜି. ଅଫିସର ଭଲ ଏକ ଚାକିରିରେ ଥିଲେ ।

ଅବସର ନେଇଚନ୍ତି । ଦିଓଟି ପୁଅ । ବଡ଼ପୁଅ ଅଷ୍ଟେଲିଆରେ ବଡ଼ ଏକ କମ୍ପାନୀରେ ଉଚ୍ଚ ପଦବୀରେ । ସାନପୁଅ ଚିକାଗୋ ୟୁନିଭର୍ସିଟିରେ ପ୍ରଫେସର୍ । ଦୁଇପୁଅ ଫୋନ୍‌ରେ ହିଁ ବାପାମା'ଙ୍କ ଖବର ନିଅନ୍ତି । ଆସନ୍ତି ଖୁବ୍ କମ୍ ।

ମଉସା ସଦା ପ୍ରସନ୍ନ । ହସ ହସ । ବନ୍ଧୁବତ୍ସଳ । ସହୃଦୟ ମଣିଷ । ସଙ୍ଗୀତ ପ୍ରିୟ । ସବୁଠୁ ସୁନ୍ଦର ସେମାନଙ୍କର ଦାମ୍ପତ୍ୟ । ଦୁହେଁ ଦୁହିଁଙ୍କ ପାଖେ ପ୍ରେମାନୁଗତ । ଦୁହେଁ ସାଙ୍ଗହୋଇ ମର୍ଣିଂୱାକ୍‌ରେ ଯା'ନ୍ତି । ଫୁଲ ତୋଳନ୍ତି । ଗୀତ ଶୁଣନ୍ତି । ମାଉସୀ ଖୁବ୍ ବହି ପଢ଼ନ୍ତି । ମଉସା ସବୁ ଲାଇବ୍ରେରୀରୁ ଖୋଜି ବହି ଆଣନ୍ତି ଓ ବହି ପଢ଼ନ୍ତି ।

ମଉସାଙ୍କ ସାଙ୍ଗେ ଗପିଦେଲେ ଘଣ୍ଟାଏ ଯେକେହି ନିଶ୍ଚେ ଭାବିବ ଯେ, ଏ ପୃଥିବୀରୁ କିଛି ବି ସରିଯାଇ ନାହିଁ । ସବୁ ଭରପୂର ହୋଇଅଛି କେଉଁଠି ନା କେଉଁଠି । ଯାହାର ଠିକଣା ଜାଣନ୍ତି ଏଇ ସୁକୁମାର ଦାସ । ଆଉ ସେ ଯେମିତି ବିଶ୍ୱାସ, ଭରସାର ଏକ ଉଜ୍ଜ୍ୱଲ ମାନଚିତ୍ର । ତମେ କେବଳ ତାଙ୍କୁ ଦେଖ, ପଢ଼, ବୁଝ ।

ରୂପା ତାଙ୍କୁ ଦେଖି ଅଭିଭୂତ ହୁଏ । କେତେ ସୁନ୍ଦର ଶୃଙ୍ଖଳିତ ଜୀବନଚର୍ଯ୍ୟା ! ସକାଳୁ ଉଠି ମଉସା ଥାକ୍‌ରେ ଯିବେ । ଫୁଲ ତୋଳିବେ । କ୍ଷୀର ଆଣିବେ । ମାଉସୀଙ୍କ ପାଦରେ ସମସ୍ୟା । ଆଣ୍ଠୁରେ । ସେ ଚା'କରି ଆଣିବେ । କ୍ୟାସେଟ୍ ଲଗାଇଦେବେ । ଚାଲିଥିବ ଭଜନ । ଭଲି ଭଲି ଭଜନ । ଏକାଠି ଚା' ଖାଇବେ । ମାସକେ ଥରେ ନିଶ୍ଚେ ଟାକ୍ସିଟେ କରି ଯିବେ ପୁରୀ ଜଗନ୍ନାଥ ଦର୍ଶନ କରିବାକୁ । ଜଗନ୍ନାଥ ଓ ସମୁଦ୍ର ଏ ଦୁଇଟା ଏମିତି ଟାଣନ୍ତି ଯେ ନ ଯାଇ ଆଉ ରହିହୁଏ ନାହିଁ । ମଉସାଙ୍କ ମନପସନ୍ଦର ଗୀତ ଯେମିତି ମାଉସୀ ଶୁଣନ୍ତି, ମାଉସୀଙ୍କର ମନପସନ୍ଦର ବହି ମଉସାଙ୍କୁ ନ ପଢ଼ାଇ ସେ ଛାଡ଼ନ୍ତି ନାହିଁ ।

ସେମାନଙ୍କ ନିଃସଙ୍ଗ ଜୀବନରେ ଏବେ ସାଙ୍ଗ ହୋଇଯାଇଚି ରୂପା । ତାଙ୍କ ଘରେ ଜଣେ ମାମୁଲି ଭଡ଼ାଟିଆ । ଅଥଚ ଅଭୁତ ଏକ ଆକର୍ଷଣରେ ଦୁଇପରିବାର ଏକତ୍ର ହୋଇଯାଇଚନ୍ତି । ରୂପା ତାଙ୍କର ଝିଅ ହେଇଯାଇଛି ।

...ଆରେ ରୂପା, କ'ଣ ଚାଲିଗଲୁ ନାଁ କ'ଣ ? ଆ ଟିକେ ତରକାରୀ ଖାଇଦେଇ ଯିବୁ ।

ମାଉସୀ ଡାକ ପକଉଚନ୍ତି । ଫୋନ୍‌ଟାକୁ ରଖ୍ ସେମିତି ଠିଆ ହୋଇଥିଲା ରୂପା । ଅନ୍ୟମନସ୍କ ହୋଇ । ଏମିତି ସେ ସବୁବେଳେ ହଜିଯାଏ । ନିଜ ଭିତରେ ନଥାଏ । ମାଉସୀଙ୍କ ଡାକରେ ଚମକି ପଡ଼ି ପ୍ରକୃତିସ୍ଥ ହେଲା । ମାଉସାଙ୍କର ଡ୍ରଇଂ ଓ ଡାଇନିଂ ଏକତ୍ର । ମଝିରେ ପର୍ଦ୍ଦା ଉଡ଼ୁଛି । ସେପାଖେ ଦୁହେଁ ଖାଇ ବସିଚନ୍ତି । ମଉସାଙ୍କର ଭାତ ଓ ମାଛ ପ୍ରାୟ ପସନ୍ଦ । ତେଣୁ ଭାତ, ମାଛ ତରକାରୀ, ସାଲାଡ୍ କିମ୍ବ ଶାଗ, ଏହାହିଁ

ସବୁଦିନ । ରାତିରେ ପରିବା ଶିଝା, ଦୁଧ । ଏବେ ମାଉସୀ ରୁଟି କରିପାରୁ ନାହାଁନ୍ତି । ମାଉସା ନିତି ରାତିରେ ରୁଟି କିଣି ଆଣନ୍ତି ।

...ରୂପା, ଟିକିଏ ତରକାରୀ ଖା’, ମାଉସୀ ଅଳି କରୁଚନ୍ତି ।

ନାଇଁ, ମାଉସୀ ମୁଁ ଖାଇ ସାରିଛି । ରାତିରେ ଖାଇବି ।

ମାଉସା ହସି ହସି ଖାଉଚନ୍ତି । ପାଦ ତାଳ ଦଉଚି, ମୁଣ୍ଡ ହଲୁଚି । ରୂପା ଦେଖିଲା, ଖୁବ୍ ଲୋ ସାଉଣ୍ଡରେ ଗୀତ ଚାଲିଚି । ମାନ୍ନା ଦେଙ୍କ କଣ୍ଠରେ ଅଭୁଲା ଗୀତ–

ଲାଗା ଚୁନରି ମେଁ ଦାଗ୍, ଛୁପାଉଁ କୈସେ, ଘର ଯାଉଁ କୈସେ.... ।

ଲାଗା ଚୁନରି ମେଁ ଦାଗ...

ରୂପା ମୁଗ୍ଧ ହେଲା ଏ ଗୀତରେ । ଏ ଗୀତ ତ କାଳଜୟୀ, ଯେତେ ଶୁଣିବ, ସେତେ ନୂଆ ଲାଗିବ । ଆଦୌ ଚିଟା ଲାଗିବ ନାହିଁ ।

ମାଉସା କହିଚାଲିଚନ୍ତି, ଶୁଣ୍ ରୂପା ଶୁଣ୍, ଏ ଗୀତର ଅନ୍ତର୍ନିହିତ ଭାବ । ଏ ସଂସାରରେ ଧୂଳିଧୂଆଁରେ, ଲୋଭମାୟାରେ ଏ ଓଢ଼ଣୀ ମଇଲା ହୋଇଯାଇଛି । ତା’ ଦେହସାରା ମଲିନତାର ଚିହ୍ନ, ଦାଗ, ତାକୁ ନେଇ କେମିତି ସେଇ ପରମପ୍ରିୟର ପାଖରେ ଠିଆହେବି । କେମିତି ତା’ ମୁହଁକୁ ଚାହିଁବି । ଆଃ....

ମାଉସା ବିଭୋର ହେଇଯାଇଥିଲେ । ମାନ୍ନା ଦେ’ଙ୍କ ଗୀତଟା ସେମିତି ନଥିଲା କି ?

ସ୍ୱାମୀଙ୍କର ସେଇ ବିଭୋର ମୁହଁକୁ ଚାହିଁ, ମାଉସୀ କହିଲେ, ଜାଣିଚୁ ନାଁ ରୂପା, ଖାଲି ଏଇ ଗୀତ କାହିଁକି । ଏମିତି ଅନେକ ଗୀତ ପାଇଁ ତୋ’ ମାଉସା ପାଗଳ । ଆଉ ପାଗଳ, ସିନେମାର ହିରୋଇନ୍‌ମାନଙ୍କ ପାଇଁ ? ପଚାର, ତାଙ୍କୁ ।

ମାଉସୀ କୌତୁକରେ କହୁଥିଲେ– ଜାଣିଚୁ ନା ରେ, ଭଲ ସିନେମା ଦେଖିବା, ତାଙ୍କର ବଡ଼ ସଉକ୍ । ପୁଣି ପସନ୍ଦର ସିନେମା, ସେ ପ୍ରଥମ ଦିନ ହିଁ ହଲ୍‌ରେ ଦେଖିବେ । ତାଙ୍କ ପସନ୍ଦର ହିରୋଇନ୍ ଥିଲା ଓ୍ବହିଦା ରହମାନ୍ । ତା’ ପିକ୍‌ଚର ହଲ୍‌ରେ ପଡ଼ିଲେ, ତୋ’ ମାଉସାଙ୍କର ଆଉ କୋଉଠି ମନ ନଥାଏ । ପ୍ରଥମଦିନ ସେ ଦେଖିବେ ହିଁ ଦେଖିବେ ।

...ହଁ, ପ୍ରଥମ ଦିନ ହିଁ ହଲ୍‌ରେ ନିଜ ପସନ୍ଦର ସିନେମା ଦେଖିବା ଥିଲା ମୋର ନିଶା । ହେଲେ ସସ୍ତ୍ରୀକ । ପଚାର ତୋ’ ମାଉସୀକୁ । ଯେତେ ଅସୁବିଧା ହେଲେ ବି, ତାଙ୍କୁ ନେଇ ହିଁ ଯିବି । ସିନେମା ଯାଏ, ପୁରୀ ଯାଏ, ମାର୍କେଟ୍ ଯାଏ, ସବୁ ସସ୍ତ୍ରୀକ । କିଏ କହିନା !! କହିଲେ ସୁକୁମାର ବାବୁ ।

ରୂପା ଅଭିଭୂତ ହେଉଥିଲା ଏ କଥାରେ । ତା’ ବୋଉ ବାପାଙ୍କର ମଧ୍ୟ ସଫଳ

ଦାମ୍ପତ୍ୟ ଥିଲା । ହେଲେ ସେଠି ବି କେଉଁଠି ଉଣା ଥିଲା ଟିକେ । ତା’ ଯା’ଦେଢ଼ଶୁରଙ୍କର ମଧ୍ୟ । ଅନେକ ଅଭାବ ମଧ୍ୟରେ ଅତୁଟ ଭାବ ଥାଏ । ସେଥିରେ ବି ଫାଙ୍କ ଥାଏ ଟିକେ । ହେଲେ ମଉସାମାଉସୀଙ୍କର ଯୋଡ଼ିରେ ଫାଙ୍କ ନାହିଁ । ଟିକେ ବି । ସତରେ ଆଦର୍ଶ ଦମ୍ପତି ।

ମଉସା କହିଚାଲିଥିଲେ, ଯାଇଁଲୁ ରୂପା, ତୁ ଆସିଲା ଦିନୁ, ତୋ’ ମାଉସୀର ଅଭିଯୋଗ ଟିକେ ଜଣା ପଡ଼ିଯାଇଚି । ନହେଲେ ସବୁବେଳେ ଅଭିଯୋଗ, ପିଲାଙ୍କୁ ଲେଖ, ସେମାନେ ଆସନ୍ତୁଭାରି ଏଠିକୁ । ଏଠି କ’ଣ ସେମାନେ ପେଟ ପୋଷିପାରିବେ ନାହିଁ ଯେ ଦୂରବିଦେଶରେ ପଡ଼ିଥିବେ । ଆମେ ଏଠି ତୋ ତୋ ଏକା ଥିବା ।

ମାଉସୀଙ୍କ ମୁହଁ ଶୁଖିଗଲା । ସେ କହିଲେ, ସତ କହିଲୁ ରୂପା, କ’ଣ ହେଉଥିବ ସେ ମାଆର ମନ, ଯା’ର ପୁଅ ଥିବ ସହସ୍ର ସହସ୍ର ମାଇଲ ଦୂରରେ । ଆଖି ପାଉନଥିବ, ମନ ପାଉନଥିବ । ଅଥଚ ହୃଦୟ ଅଥୟ ହେଇଯାଉଥିବ, ଆଃ, ଟିକେ ଦେଖନ୍ତି କି ମୋ’ ଧନକୁ ! !

ମାଉସୀ ଉଠିଯାଇ, ବେସିନରେ ହାତ ଧୋଇଲେ । ଶାଢ଼ିକାନିରେ ଲୁହ ପୋଛିଲେ । ଶ୍ୟାମଳ ରଙ୍ଗର ମୁହଁରେ ଛାଇଗଲା, ଉଦାସ ମେଘର ଛାଇ ।

ମଉସା ଖାଇବା ଥାଲି ତକ ଗୋଟେଇ ଏକାଠି କରି ରଖ୍ ମୁହଁ ଧୋଇଲେ । ତାଙ୍କ ମୁହଁରେ ଉଦାସର ଛାଇ ନଥିଲା । ସେ ନିର୍ଲିପ୍ତଭାବେ କହିଲେ... ସମୟ ଧାର ସହିତ ଜୀବନଧାର ବି ମିଶି ତାଳଦେଇ ଚାଲିବା ଉଚିତ ନାଁ ନାହିଁ ? ଆଜିର ଏଇ ଜଗତୀକରଣ ଯୁଗରେ ଯେଉଁଠି ବିଶ୍ୱ ଗ୍ରାମର କଥା କୁହାଯାଉଛି, ସେଠି ଏକୁଟିଆ ମାଆଟିର ଆକୁଳ ଲୁହ ଟୋପାଟିକୁ ଅନେଇ ବସିବାକୁ କାହାର ବେଳ ଅଛି କହିଲୁ ? ତେଣୁ ସମୟ ସହ ସନ୍ଧିକର । ହସି ହସି ସନ୍ଧି କର । ପଚାଶ ବର୍ଷ ତଳେ, ବହୁଗ୍ରାମର ସେଇ ମଫସଲରୁ ଯେତେବେଳେ ତୋ’ ମାଉସୀଙ୍କୁ ନେଇ ଭୁବନେଶ୍ୱରର ଏଇ ଏ.ଜି. କଲୋନୀର କ୍ୱାର୍ଟରକୁ ଆସିଥିଲି ମୋ’ ମାଆ ଠିକ୍ ଏମିତି କାନ୍ଦିଥିଲା । କହିଥିଲା ନୂଆ ବୋହୂଟା, ଦୂର ବିଦେଶରେ କେମିତି ଚଳିବ ଏକୁଟିଆ ? ତୁ ଅଫିସ୍ ଗଲାପରେ ସେ କେମିତି ରହିବ ଘରେ ? ତାକୁ ଜଗିବ କିଏ ?

ଆଜି ଅଷ୍ଟ୍ରେଲିଆ ଯେମିତି ଆମପାଇଁ ବିଦେଶ, ସେଦିନ ଭୁବନେଶ୍ୱର ସେମିତି ଥିଲା ବିଦେଶ । ଏତେଦୂର ଯେ ଛୁଟିରେ ବି ଯାଇପାରୁ ନଥିଲି । କାରଣ ଖୋଜିନାହିଁ ଦିନେ । ସମୟ ଟାଣି ନେଉଥିଲା ମତେ ଆଗକୁ । ମୁଁ ଭାସି ଯାଇଥିଲି । ମୋ’ ଚାକିରି, ମୋ’ ଘର, ମୋ’ ପିଲା, ମୋ’ ସଉକ, ମୋ’ ବିଲାସର ବଳୟିତ ବୃତ୍ତ ଭିତରେ । ସେଠି ମାଆର ଅଧୀରତାକୁ ମାପିବା ଭଳି ଯନ୍ତ୍ର ମୋ’ ପାଖରେ ନଥିଲା ତ । ଆଜି ମୁଁ

କାହିଁକି ଆଶା କରିବି ମୋ' ପିଲାଏ, ମୋ' ମୁହଁକୁ ଅନେଇ, ମତେ ଜଗି ବସିବେ ଏଠି ? ସମୟ ସୁଅରେ ଯଦି ସେଦିନ ଭାସିଥିଲେ, ଆଜି ବି ସେମିତି ଭାସିବା, ଦୁଃଖ କ'ଣ ?

ମଉସା, ମାଉସୀଙ୍କର ପିଠି ଥାପୁଡ଼ିଲେ । କହିଲେ, ବିଶ୍ୱାସ କର, ତମକୁ ଏକା ଛାଡ଼ିଦେଇ କେବେ ମୁଁ ଆଗ ଚାଲିଯିବି ନାହିଁ । ପ୍ରତିଦିନ ମୁଁ ଶିବମନ୍ଦିରରେ ପ୍ରାର୍ଥନା କରୁଚି, ହେ ପ୍ରଭୁ, ତାକୁ ସୁରୁଖୁରୁରେ ବିଦା କର । ତା'ପରେ ମତେ ।

ରୂପା ଚାହିଁଥିଲା ମଉସାଙ୍କ ମୁହଁକୁ । ଗୋରା ମୁହଁଟା । ମଳିନ ପଡ଼ିଯାଇଚି । ତଥାପି ସେ ମଳିନତାର ଶ୍ରୀଝଟକୁଚି । ସେ ଶୀରୀ ଟିକକ ଗଭୀର ବିଶ୍ୱାସର ଆଲୁଅ । ସେ ବିଶ୍ୱାସ, ନିଜପ୍ରତି, ଜୀବନପ୍ରତି, ଈଶ୍ୱରଙ୍କ ପ୍ରତି । ହେଲେ ସବୁ ବିଶ୍ୱାସ ସବୁଦିନ ସଠିକ୍ ହେଇ ରହେ ନାହିଁ । ସବୁ ବିଶ୍ୱାସ ଉପରେ ହିଁ କାଲଚକ୍ର ଘୁରୁଥାଏ ।

କିଏ ଜାଣେ, କିଏ ଆଗ ଯିବ ? କିଏ କହିବ ଏକଥା ? ମାଉସୀ ଆଗ ଚାଲିଗଲେ, ମଉସା ସମ୍ଭାଲି ନେବେ ନିଜକୁ ଅବଶ୍ୟ । ଭବିଷ୍ୟତରେ ସେଇ ନିଷ୍ଠୁରଣ ଦୃଶ୍ୟ ଯେମିତି ରୂପା ଆଖିରେ ନାଚି ଉଠିଲା । ସେ କହିଲା, ଛାଡ଼ନ୍ତୁ ମଉସା ସେ କଥା । ଖୁସିରେ ଯେମିତି ଅଛନ୍ତି, ସେମିତି ଥାନ୍ତୁ । ସେମିତି ଗୀତ ଶୁଣୁଥାନ୍ତୁ । ଫୁଲ ତୋଳୁଥାନ୍ତୁ ।

ଆଉ ତୁ ବି ଏମିତି ଛୁଟିରେ ଆସି ଆମ ଘର ଗହଲି କରୁଥା । ମଉସା ହସି ହସି କହିଲେ ।

କଥାରେ କଥାରେ କେତେ ବେଳ ଯେ ବଞ୍ଚିଗଲା କଣାପଡ଼ିଲା ନାହିଁ । ମଉସା ମାଉସୀଙ୍କୁ ବିଶ୍ରାମ କରିବାକୁ କହି ରୂପା ତଳକୁ ଓହ୍ଲାଇ ଆସିଲା । ବାରଣ୍ଡାରେ ପହଞ୍ଚ ପହଞ୍ଚ ସେ ଦେଖିଲା ସୁଦର୍ଶନ ଗେଟ୍ ଖୋଲି ଆସୁଚି । ରୂପା ଜାଣିଲା, ୫ଢ଼ ଉଠିବାକୁ ଆଉ ଡେରି ନାହିଁ ।

ସେ ଗ୍ରିଲ୍‍ର ତାଲା ଖୋଲିଦେଇ ଭିତରକୁ ଚାଲିଗଲା ।

ସୁଦର୍ଶନ ଘର ଭିତରକୁ ଆସି କହିଲା, କ'ଣ ଖାଇସାରିଚ ତ ?

...ହଁ ।

... ତେବେ ବାହାର... ।

ରୂପା ଚାହିଁଥିଲା ସୁଦର୍ଶନର ମୁହଁକୁ । କହିଲା...ଚା' କରିବି ?

ଓଃ...ଚା' ମୁଁ ଖାଇଆସିଚି । ତମେ ବାହାର ଶୀଘ୍ର ।

କ'ଣ କରିବ ରୂପା, ସ୍ଥିର କରିପାରିଲା ନାହିଁ । ନିର୍ଲିପ୍ତ କଣ୍ଠରେ କେବଲ କହିଲା-
ଶୁଣ, କାହିଁକି ଜିଦ୍ କରୁଚ ଅକାରଣରେ ?

ଅକାରଣରେ... ? ସୁଦର୍ଶନ ଚିଡ଼ିଉଠିଲା ।

ଅକାରଣରେ କ'ଣ ? ଐଁ ? ପନ୍ଦର ବର୍ଷ ହେଲା ଆମର ବାହାଘର ହେଲାଣି । ଦି'ଟା ପିଲାର ମାଆ ହେଲାଣି । ଏଇ ପନ୍ଦର ବର୍ଷ ଭିତରେ କେତେ ହଜାର ଥର କହିଲିଣି, ତଥାପି ତମେ ଜଗଦ୍ଧେବରୁ ମଙ୍ଗରାଜ ହେଉ ନାହଁ । ହେବାକୁ ଚାହୁଁ ନାହଁ । କାହିଁକି ଶୁଣେ ? କ'ଣ ପାଇଁ ବାପାଙ୍କ ସାଇଁଆଟାକୁ ଜାବୁଡ଼ି ଧରିଛ ? ବାପା ମା' ପଛେ ଝିଅର ମୁହଁ ବି ଚାହୁଁ ନାହାନ୍ତି । ଝିଅର ସୋହାଗ ବାହାରୁଛି ।

ରୂପା ସ୍ତବ୍ଧ ହୋଇ ଠିଆ ହୋଇଥିଲା । ସେ ଜାଣେ, ସୁଦର୍ଶନର ତୂଣୀରରେ ପଛକୁ ପଛ ହୋଇ ବେଶ୍‌ ମୁନିଆ ତୀର ଅଛି । ସେ ତୀର କେଉଁଟା ରୂପାର ଛାତି କେତେ ତୀବ୍ର ଭାବେ ଗଳିବ, ଏକଥା ସେ ଭଲ ଭାବରେ ଜାଣେ । ଏମିତିରେ ପନ୍ଦରବର୍ଷ ଧରି ସେ ରାଗରେ ଜଳୁଛି । ସେଇ ଜ୍ୱଳନରେ ତଥାପି ସେ ନିଜକୁ ସମ୍ବରଣ କରିନେଇ ଗମ୍ଭୀର ଭାବେ କହିଲା, ଦେଖ, ମତେ ବୁଝିବାକୁ ଚେଷ୍ଟାକର । ବାପା ମା' ମୋ' ମୁହଁ ନ ଚାହିଁଲେ ବି ମୁଁ ତ ପ୍ରଥମେ ମୋ' ବାପାଙ୍କ ଝିଅ । ତଥାପି ଯଦି ସାଇଁଆଟା ନାଁ ପଛରେ ରହିଛି କ'ଣ ବେଦ ଅଶୁଦ୍ଧ ହୋଇଗଲା ? ଏମିତି ଅନେକଙ୍କର ଅଛି ।

...ସୁଦର୍ଶନ କ୍ରୋଧ ଜର୍ଜରିତ ହୋଇ କହିଲା, ହଁ ଅନେକଙ୍କର ଥିବ । କିନ୍ତୁ ତମେ ରଖିପାରିବ ନାହିଁ । କାରଣ ମୁଁ ଚାହେଁନା । ମୁଁ ଯାହାକୁ ଘୃଣାକରେ ତମେ ତାକୁ ଅଳଙ୍କାର କରି ରଖିବ ।

ଏ କଥାରେ ତ ରୂପାର ରାଗିବାର କଥା । ସେ ଟିକେ ଚଡ଼ାଗଳାରେ କହିଲା, ସତ କଥା କହିଲେ, ହୋଇପାରେ ସେ ସାଇଁଆଟା ଗୋଟେ ଶବ୍ଦ । କିନ୍ତୁ ସେ ଏକ ଜୀବନଧାରାର ପ୍ରତୀକ । ମୁଁ ପ୍ରଥମେ ଜଗଦ୍ଧେବର ଝିଅ । ସେ ସାଇଁଆଟା ମୋର ପରିଚୟ । କହିପାର ସେଟା ମୋର ଏକ ପ୍ରଚ୍ଛନ୍ନ ଅହଂ ।

...ଝିଅମାନଙ୍କର ଗୋଟେ ଅହଂ ? ଆଜି ଚାକିରି କରିଛ ବୋଲି ବାପାର ସାଇଁଆ ଲାଗିଛି ନାଁରେ । ନଚେତ୍‌ ତ ଡୋରି ବନ୍ଧା ହୋଇ ଚିରି ଯାଇଥାନ୍ତା ଘର ଜଞ୍ଜାଳରେ । ସାର୍ଟିଫିକେଟ୍‌ ପଢ଼ିଥାନ୍ତା ଟ୍ରଙ୍କ୍‌ରେ । ଝିଅମାନଙ୍କର ଗୋଟେ ମୂଳ କାହିଁ ଯେ ଖୋଜାପଡ଼ିଛି ? ସେମାନେ ତ ରୁଆଗଛ ପରି । ଯେଉଁ କ୍ଷେତରେ ସେ ରୁଆ ହୋଇଛି ସେଠି ଫୁଲ ଫଳେଇବ । ସେଇ ପରିଚୟ ତା'ର ।

ଖୁବ୍‌ ...ଖୁବ୍‌ ରାଗ କଣ୍ଠରେ କହିଲା ସୁଦର୍ଶନ ।

ନିଜକୁ ବଡ଼ ସତର୍ପଣରେ ସମ୍ବରଣ କରିନେଲା ରୂପା । ଖୁବ୍‌ ଶାନ୍ତ କଣ୍ଠରେ କହିଲା, ଏକ ଶବ୍ଦ ପାଖରେ କାହିଁକି ତମେ ଅଟ୍‌କି ରହିବ । ତମର ଅସୁବିଧା କ'ଣ ?

ସୁଦର୍ଶନ ରାଗିଯାଇ କହିଲା, ଜାଣିପାରୁନା ମୋର ଅସୁବିଧା କ'ଣ ? ସେ ଶବ୍ଦଟା ମୋ' ପାଇଁ ଏକ ତାତିଲା ଲୁହା । ଯାହା ମତେ ଜଳଉଛି ଅହରହ ।

ଏଇଟା ତମର ଅକାରଣ କ୍ରୋଧ... କହିଲା ରୂପା ।

...ତେବେ ଯିବ ନାହିଁ ତମେ ମୋ' ସାଙ୍ଗରେ ? କହିଲା, ସୁଦର୍ଶନ ।

...ତମ ସାଙ୍ଗରେ ନର୍କକୁ ବି ଯାଇପାରେ । କିନ୍ତୁ ସାଙ୍ଗିଆ ବଦଲାଇବା ପାଇଁ ନୁହଁ । ଦୃଢ଼ କଣ୍ଠରେ କହିଲା ରୂପା ।

...ହଁ, ଦେଖୁଛି ତ, ତମେ ରତିକାନ୍ତ ଜଗଦେବର ଝିଅ ହିଁ ଅନମନୀୟ ।

ସୁଦର୍ଶନ ରାଗିକରି ଚାଲିଗଲା ଗେଟ୍‌ଟାକୁ ସଶବ୍ଦେ ବନ୍ଦକରି ନେଇ । ଜୋତାକୁ ଜାଣି ଜାଣି ପାହାଚରେ ପିଟି ପିଟି । ସେଇଠି ସେମିତି ପଥର ପରି ଠିଆହେଇ ରହିଲା ରୂପା । ଏମିତି ନାଟକ ଚାଲିଛି ଦଶବର୍ଷ ହେବ । ସୁଦର୍ଶନ ମୁଣ୍ଡକୁ କ'ଣ ପାଇଁ ଜିଦ୍‌ ଚଢ଼ିଯାଇଛି, ରୂପା ସାଙ୍ଗିଆ ବଦଲାଇବା । ଆଉ ତା'ର ଜିଦ୍‌ ତ କମ୍‌ ନୁହେଁ । କ'ଣ ପାଇଁ ସେ ଏମିତି ଜାଣି ଜାଣି ଅଶାନ୍ତି ଆଣୁଚି ଘରକୁ ? ଏ ଅଶାନ୍ତି ଲାଗିରହିବ ପ୍ରାୟ ଆଠ ଦଶ ଦିନ । ପିଲାଏ ବଡ଼ ହେଉଚନ୍ତି । କ'ଣ ହୁଅନ୍ତା ସେ ସୁଦର୍ଶନର କଥା ମାନିନେଲେ ? ସମର୍ପଣ ? ଉତ୍ତାଳ ଢେଉ ନିକଟରେ ନିଃସହାୟ, ନିରୁପାୟ, ନିଃସର୍ତ୍ତ ସମର୍ପଣ, କ'ଣ ହେଇଥାନ୍ତା ତା'ପରେ ? ଏ ନିସର୍ତ୍ତ ସମର୍ପଣକୁ କେମିତି ଗ୍ରହଣ କରିଥାନ୍ତା ଅପର ପକ୍ଷ ? ଶ୍ରଦ୍ଧାରେ ଗ୍ରହଣ କରିଥାନ୍ତା । ମନର ସହସ୍ର ବାହୁ ଖୋଲିଦେଇ, ନା କବଲିତ କରିଥାନ୍ତା ମାଲିକାନା ସ୍ୱତ୍ୱ ଜାହିର କରି ? ଯେଉଁଦିନଠାରୁ ରୂପାର ହୃଦ୍‌ବୋଧ ହେଇଚି ଯେ ଆତ୍ମ ନିବେଦନ ଲୁଣ୍ଠନ ହେଇଚାଲିଛି, ସେଦିନୁ ସ୍ରୋତାଖିଏ ପରି ନିଜର ସତ୍ତା ଟିକକୁ ଅବଶିଷ୍ଟ ରଖିବା ପାଇଁ ସେ ସଂଗ୍ରାମଶୀଳ । ବାପାମାଆ ତା' ମୁହଁ ଚାହାନ୍ତି ନାହିଁ । ସ୍ୱାମୀ ପଦେ ପଦେ ଏ କଥା ଖୁଞ୍ଚା ଦିଅନ୍ତି । ପିଲାମାନେ ମାମୁ ଘର ସୁଖ ଦିନେ ଜାଣିଲେ ନାହିଁ । ଏତେବଡ଼ ସଂସାରରେ, ଏତେ ଗହଳ, କୋଲାହଲ ମଧ୍ୟରେ ବି ରୂପାକୁ ଭାରି ଖାଁ ଖାଁ ଲାଗେ । ତଣ୍ଟି ଶୁଖିଗଲାପରି ଲାଗେ । ଦିନରାତିର ସେଇ ତେଲଟିକିଟା ବ୍ୟଉରେ ସେ ଘୁରୁଥାଏ, ଘର କାମ, କଲେଜ୍‌ କାମ, ପିଲାଙ୍କ କାମ ନେଇ । ଅଥଚ ତା'ମନ ଅତଳରେ କେଉଁ ନିଛାଟିଆ କୋଣରେ ଠିଆ ହେଇଥାଏ ସେ ଦିନର ସେଇ ନାକକାନ୍ଦୁରୀ ଝିଅଟା ଏକୁଟିଆ । ଚାହିଁଥାଏ କାହାକୁ ଚଉକାଠରେ ଡିରାଦେଇ । କେହି ଆସେ ନାହିଁ । ତା'ର ଅସ୍ତିତ୍ୱ କେନା କେନା ହେଇ ସତେକି ଛିଣ୍ଡିପଡ଼େ । ପ୍ରତି ଛିଣ୍ଡା ଅଂଶରୁ ଆକୁଳ ହାହାକାର ସ୍ୱରଟିଏ ଶୁଭେ । ବାପା, ବାପା, ମତେ କ୍ଷମା କରିଦିଅ ବାପା ! ହେଲେ ସେଇ ଗହନ ନିର୍ଜନତା ମଧ୍ୟରେ ତା'ର ସେଇ କ୍ଷମା ପ୍ରାର୍ଥନାର ସ୍ୱର ଲେଉଟି ଆସେ ତା' ନିଜ ପାଖକୁ ହିଁ । ଲେଉଟି ଆସେ ମେଘୁଆ ଶୃଙ୍ଖଲା ପତ୍ରପରି । ମାନିନୀ ଝିଅଟା ମୁଣ୍ଡପିଟି ଦଉଦଉ ଦିଓଟି ଗୁଲୁଗୁଲିଆ ଝିଅଙ୍କର ଡାକ ଶୁଭିଯାଏ ତା' କାନରେ- ମାଆ ମାଆ ଲୋ !!

ରୂପା କାହାକୁ ଚାହିଁବ ? ଆଗକୁ ନାଁ ପଛକୁ ?

ରତିକାନ୍ତ ଜଗଦେବ। ପୁରୀ ସହରର ନାମୀ ଓ ଦାମୀ ଆଡ଼ଭୋକେଟ୍। ଧନୀ ଓ ମାନୀ। ସହରରେ ପ୍ରତିପତ୍ତି ଯେତିକି ଗାଁରେ ବି ସେତିକି। ବ୍ରହ୍ମଗିରି ଅଞ୍ଚଳରେ ତାଙ୍କର ଦି'ବାଟି ଜମିର ଚାଷ। ଗୁମାସ୍ତା ବୁଝାବୁଝି କରେ। ନଡ଼ିଆ ତୋଟା, ଆମ୍ବତୋଟା, ମାଛ ପୋଖରୀ, ଗୁହାଳ ଭର୍ତ୍ତି ଗାଈଗୋରୁ, ସବୁ ତାଙ୍କ ସ୍ୱ-ଅର୍ଜିତ। ସ୍ତ୍ରୀ ରୁକ୍ମିଣୀ ସାକ୍ଷାତ ଲକ୍ଷ୍ମୀ ପ୍ରତିମା।

ରତିକାନ୍ତ ଜଗଦେବ କେବଳ ଜଣେ ନାଁ ଡାକ ଓକିଲ ନଥିଲେ। ଥିଲେ ଜଣେ ଅତ୍ୟନ୍ତ ଭଦ୍ରଲୋକ। ବହୁମୁଖୀ ବ୍ୟକ୍ତିତ୍ୱ ତାଙ୍କର। ସହରର ସବୁ ଧର୍ମ, କ୍ରୀଡ଼ା, ସାଂସ୍କୃତିକ ଅନୁଷ୍ଠାନରେ ଥିଲା ତାଙ୍କର ନିବିଡ଼ ସଂପୃକ୍ତି। ବନ୍ଧୁବତ୍ସଳ ପରୋପକାରୀ ଭାବେ ମଧ୍ୟ ସେ ପରିଚିତ ଥିଲେ ସହରରେ।

ଖୁବ୍ ସକାଳୁ ଉଠି ଗାଧୋଇ ପଡ଼ି, ମଠା ପିନ୍ଧି ଓ ମଠାଚାଦର କାନ୍ଧରେ ପକେଇ କଠଉ ଠକ୍ ଠକ୍ କରି ସେ ତାଙ୍କ ଦୋଳମଣ୍ଡପ ସାହିଘରୁ ବାହାରି ଯା'ନ୍ତି ଶ୍ରୀମନ୍ଦିରକୁ। ଜଗନ୍ନାଥ ଦର୍ଶନ ନକଲା ଯାଏଁ, ପାଣି ପିଅନ୍ତି ନାହିଁ। ଲକ୍ଷ୍ମୀ ମନ୍ଦିରରେ ସାଷ୍ଟାଙ୍ଗ ପ୍ରଣାମକରି ମା'ଲୋ ବୋଲି ସେ ଯେଡ଼ୁ ଡାକଟାଏ ଦିଅନ୍ତି...ତାହା ହିଁ ତାଙ୍କୁ ଚିହ୍ନାଇ ଦିଏ ପରିଚିତଙ୍କ ପାଖେ। ତା'ପରେ ସେଠାରୁ ଫେରି ନବଗ୍ରହଙ୍କଠି ନଅଟି ଦୀପ ବସାଇ ଘରକୁ ଆସନ୍ତି। କାର୍ କିଣିଲା ଭଳି ସାମର୍ଥ୍ୟ ଥିଲା ତାଙ୍କର। କିନ୍ତୁ ସେ କାର୍ କିଣି ନଥିଲେ। ପ୍ରତିଦିନ ରିକ୍ସାରେ ବସି କୋର୍ଟକୁ ଯାଉଥିଲେ। କୋର୍ଟରୁ ଫେରି ସଞ୍ଝରେ ବସୁଥିଲେ ତାଙ୍କର ଚେମ୍ବରରେ।

ରତିକାନ୍ତ ବାବୁଙ୍କର ଅନେକ ସଉକ୍ ଥିଲା, ସଙ୍ଗୀତ, ନାଟକ, ଯାତ୍ରା। ଫି ବର୍ଷ ଗଣେଶ ପୂଜା ବେଳକୁ ଯେ ପୁରୀରେ ସାଇମାନଙ୍କରେ ଯାତ୍ରା ଆରମ୍ଭ ହୁଏ। ଏହାର ଉଦ୍ୟୋକ୍ତା ହିଁ ଥାଆନ୍ତି ରତିକାନ୍ତବାବୁ। ଭଲ ଯାତ୍ରାପାର୍ଟି କେମିତି ଆସିବ, ଏ ପରାମର୍ଶ ସେ ଦିଅନ୍ତି। ଦିଅନ୍ତି ମଧ୍ୟ ପାଞ୍ଚଶ/ହଜାରେ ପରି ଚାନ୍ଦା। ସାତଶଙ୍ଖ ଯାତ୍ରାପାର୍ଟି ହେଉ କିମ୍ବା ବେଣୀରାମପୁର ଯାତ୍ରାପାର୍ଟି ହେଉ, ଯାତ୍ରା ହେଲେ ହିଁ ରତିକାନ୍ତ ବାବୁଙ୍କ ମନ ଖୁସି। ତାଙ୍କର ଶିଶୁକାଠର ଗଦିପକା କୁଶନ ଚେଆରଟା ଆସି ପଡ଼େ ସାମ୍ନାରେ। ରୂପା ପାନବଟା ହାତରେ ଧରି ଖଣ୍ଡକୁ ଖଣ୍ଡ କେତକୀ ଖିଲର ପକା ପାନ ଖାଇ, ରତିକାନ୍ତବାବୁ ଯାତ୍ରା ଦେଖନ୍ତି। ସେମିତି ଥ୍ୱଏଟର ଦେଖା ମଧ୍ୟ ତାଙ୍କର ଥିଲା ନିଶା। ଅନ୍ନପୂର୍ଣ୍ଣା 'ଏ' ଗ୍ରୁପ ଯେତେବେଳେ ବର୍ଷା ଚାରିମାସ, ତାଙ୍କ ନିଜ ପ୍ରାଙ୍ଗଣରେ ନାଟକ ଆରମ୍ଭ କରନ୍ତି, ରତିକାନ୍ତ ବାବୁ ସପରିବାର ଯାଆନ୍ତି ନାଟକ ଦେଖ। ଏତେ ନିଶା ଯେ ଗୋଟେ ଗୋଟେ ନାଟକ ସେ ଦେଖନ୍ତି ତିନି ଚାରିଥର।

ରତିକାନ୍ତ ବାବୁଙ୍କର ଆଉ ଏକ ନିଶା ଥିଲା, 'ଅନନ୍ତ ମୁଖେ ଭାଗବତ' ପ୍ରତି ଦି'ତିନିମାସରେ କରିବା। ତାଙ୍କଠୁ ଦେଖ ତାଙ୍କ ପତ୍ନୀ ରୁକ୍ମିଣୀ ଟିକେ ଟିକେ କଥାରେ ମାନସିକ କରିଦିଅନ୍ତି। ତା'ପରେ ଚାଲେ 'ଅନନ୍ତମୁଖେ ଭାଗବତ'। ତାଙ୍କ ଘରର ବାଁ ପାଖେ ଥାଏ ପ୍ରଶସ୍ତ ଜାଗା। ତାହା ସଫାସୁତୁରା ହୋଇ ଚାନ୍ଦୁଆ ଟଣାଯାଏ। ତଳେ ସତରଞ୍ଜି ବିଛାଯାଏ। ଖଟୁଲିରେ ରହନ୍ତି ଗାଦିଗୋସେଇଁ। ବେଶ୍‍ କେତେଜଣ ବ୍ରାହ୍ମଣ ନିମନ୍ତ୍ରିତ ହୋଇ ଆସନ୍ତି। ବାଲଭୋଗ, ସଙ୍ଖୁଡ଼ି ଓ ଉଦ୍ୟାପନୀ ଭୋଗରେ ସରେ ଏହା। ତେରଖଣ୍ଡ ଯାକ ଭାଗବତ ଏକାବେଲକେ ପଢ଼ାହୁଏ। ଶୁଣିବାକୁ ଆସୁଥିବା ଗାଁ ଲୋକମାନେ ଚୁଡ଼ାଆଖୋ, ସୁଜିଖ୍ୱରୀ, କଦଳୀଚକଟା ଖାଇଯାଆନ୍ତି। ସଙ୍ଖୁଡ଼ି ଭୋଗରେ ଖେଚେଡ଼ି, ଡାଲମା, ଖୀରୀ ଓ ଖଟା। ଭାଗବତର ଗାୟନ ଶୈଳୀ ଯେ କେତେ ପ୍ରକାର ହୋଇପାରେ ଅର୍ଥାତ୍‍ ଭାଗବତର ନବାକ୍ଷରୀ ପଦକୁ କେତେ ପ୍ରକାର ସ୍ୱର ଦିଆଯାଇପାରେ ଏହାର ଗୋଟେ ଚଉକଶ ପ୍ରତିଯୋଗିତା ହୋଇଯାଏ ଏଠି। ରତିକାନ୍ତବାବୁ ଅନନ୍ତ ମୁଖେ ଭାଗବତ ଆଲରେ ଅତିଥି ଓ ବନ୍ଧୁଚର୍ଚ୍ଚା ଯେ କରନ୍ତି, ତାଙ୍କର ସ୍ୱଭାବରୁ ଏହା ଜାଣିହୁଏ। ଆଉ ଏକ ନିଶା ଥିଲା ରତିକାନ୍ତ ବାବୁଙ୍କର ପଶାଖେଲ। ଖେଳିବା ପାଇଁ ତାଙ୍କ ପାଖେ ଅବଶ୍ୟ ସମୟ ନଥିଲା, ତଥାପି ତାଙ୍କ ଘର ଦାଣ୍ଡପିଣ୍ଡାରେ ହିଁ ପ୍ରତିଦିନ ହୁଏ ପଶାଖେଲ। ରତିକାନ୍ତ ବାବୁ କୋର୍ଟକୁ ଯାଇଥିଲେ ମଧ୍ୟ ପଶାଖେଲ ହୁଏ। ରତିକାନ୍ତ ବାବୁଙ୍କ ଘରୁ ଚା, ପାନ ମଗାହୋଇ ଆସେ। ପ୍ରତିବର୍ଷ ପଶାଖେଲର ଏକ ପ୍ରତିଯୋଗିତା ହୁଏ। ଖେଲାଳୀମାନେ ଖୁଆପିଆ କରନ୍ତି। ବଡ଼ଦାଣ୍ଡର ଚେମାସାହୁ ଦୋକାନରୁ ଆସେ କ୍ଷୀରା କିମ୍ବା ରାବିଡ଼ି। ଆସେ ରୁଟି ଓ ଡାଲମା। ପଶାଖେଲାଳୀଙ୍କ ପାଇଁ ରତିକାନ୍ତ ବାବୁଙ୍କ ଆଦର ଅକଲନୀୟ।

ରତିକାନ୍ତ ବାବୁ ଥିଲେ ଭାରି ରକ୍ଷଣଶୀଳ। ଅନେକ ଦିନଯାଏଁ ତାଙ୍କ ସ୍ତ୍ରୀ ରିକ୍ସାରେ ପର୍ଦ୍ଦାଟାଏ ଟାଙ୍ଗି ଯିବାଆସିବା କରୁଥିଲେ। ତାଙ୍କା ଶଳା ହିଁ ଜିଦ୍‍କରି ଏ ପର୍ଦ୍ଦା ପ୍ରଥା ଉଠାଇଲେ।

ରତିକାନ୍ତ ବାବୁଙ୍କର ପୁଅ ଦି'ଟି ଓ ଝିଅଟିଏ। ବଡ଼ପୁଅ ଦିଲ୍ଲୀରେ ପଢ଼େ। ମଝିଆଁ ଝିଅ। ସାନପୁଅ ତପନ। ଝିଅ ରୂପା ଭାରି ଚୁଲୁବୁଲି। ନାକକାଦୁରୀ। ଗୋରା ହେଲ ପାତଲ ଚେହେରା ବୋଲି ମାମୁଁ ତା' ନାଆଁ ଦେଇଥିଲେ ରୂପା। ବୋଉ ତାକୁ ଶ୍ରଦ୍ଧାରେ କହନ୍ତି ଏଇଟା କାବାଡ଼ିଟାଏ। କନିଅର ଡାଲରେ ଯଦି କଜଳପାତିଟିଏ ବସିଛି, ତାକୁ ସେ ଚାହିଁଥିବ, ଯେ ଚାହିଁଥିବ। ବର୍ଷାରେ ଭିଜିବ ପଛେ, ନଡ଼ାକିଲୋ ଯାଏଁ ଆସିବନି। ଭାତ ଖାଇଲାବେଲେ ଯଦି କ'ଣ ଭାବୁଥିବ ତେବେ ଭାବୁଥିବ ଏମିତି ଯେ ବିଲେଇ ଥାଲିରୁ ମାଛ ନେଇଯିବ, ସେ ଜାଣିପାରିବ ନାହିଁ।

ଏଇ ଚୁଲ୍‌ବୁଲି ଝିଅଟା ପିଲାଦିନରୁ ଥିଲା ସ୍ନେହ ରଙ୍କୁଣୀ। ଭାରି କଅଁଳ ମନ। ରାସ୍ତାରେ ପିଲାଟିଏ ଭିକ ମାଗିଲେ ସେ କାନ୍ଦିପକଉ ଥିଲା। ବୋଉକୁ ଅଥୟ କରିଦଉଥିଲା ତାକୁ ଖାଇବାକୁ ଦେବାକୁ। ରୂପା ପିଲାଦିନୁ ଥିଲା ଭାରି ସ୍ୱର୍ଶକାତର। ବାପାଙ୍କ ସାଙ୍ଗେ ନାଟକ, ଯାତ୍ରା ଦେଖୁଥିଲା ବୋଲି କି କ'ଣ ପିଲାଦିନୁ ଥିଲା ସଙ୍ଗୀତ ପ୍ରିୟ। ତାଙ୍କ ଘରେ ଗୋଟେ ବଡ଼ ଗ୍ରାମ୍‌ଫୋନ୍ ଥିଲା। ନିମାଇଁ ହରିଚନ୍ଦନ ଓ ଅପନ୍ନା ପାଣିଗ୍ରାହୀଙ୍କର ରେକର୍ଡ ଗଦା ଗଦା ଥିଲା। ଖୁବ୍ ପିଲାଦିନେ ଏଇ ରେକର୍ଡରୁ ଗୀତ ଶୁଣିବାକୁ ତାକୁ ଭାରି ଭଲ ଲାଗୁଥିଲା। ନିମାଇଁ ହରିଚନ୍ଦନଙ୍କର 'ଚକାନୟନକୁ ପତିତ କେହି' ଗୀତଟା ସେ ମୁଖସ୍ତ କରି ସଂଧ୍ୟାରେ ପ୍ରାର୍ଥନା କଲାବେଳେ ବୋଲୁଥିଲା। ସେମିତି କବିସୂର୍ଯ୍ୟଙ୍କର "ନୂଆ ନଟ ପଟଳି ମୁକୁଟ ହେ! ନାହିଁକି ଶ୍ରୀଅଙ୍ଗ ସୁଖ" – ଏଇ ଗୀତ ଦି'ଟା ତାକୁ ଭାରି ଭଲ ଲାଗୁଥିଲା। ରତିକାନ୍ତ ବାବୁ ସଙ୍ଗୀତ ପ୍ରିୟ। ରେଡ଼ିଓ ବଜାରକୁ ଆସିବା ମାତ୍ରେ ସେ ମଧ୍ୟ ଆଣିଲେ। ସେତେବେଳକୁ ଆଧୁନିକ ଗୀତର ପ୍ରସାର ବଢ଼ିଲାଣି ଓ ଆଧୁନିକ ସଙ୍ଗୀତ ଶିଳ୍ପୀମାନେ ରେଡ଼ିଓରେ ଗୀତ ଗାଇଲେଣି। ରେଡ଼ିଓରେ ରୂପା ଯେଉଁଦିନ ଶୁଣିଲା ଗୋଟେ ଓଡ଼ିଶୀ "ବାଟଛାଡ଼ ସୁହଟ ନାଗର, ଯମୁନା ଯିବି ନୀର ଆଣିକି", ସେ ମୁଗ୍ଧ ହୋଇଗଲା। ତା'ପରେ ସେ ଗୁଣୁଗୁଣେଇଲା ଦିନରାତି। ରେଡ଼ିଓରୁ ଗୀତକୁ ଟିପି ରଖୁଥିଲା ଖାତାରେ, ଦୋତାଲାରୁ ଏକୁଟିଆ ଘରେ, ଗାଉଥିଲା ସେଇ ଗୀତ। ଶୁଣୁଥିଲା, ଆବୃତ୍ତି କରୁଥିଲା।

ଅନ୍ନପୂର୍ଣ୍ଣା ଏ ଗ୍ରୁପ୍‌ରେ ଫି ବର୍ଷ ରୂପା ଯାଏ ନାଟକ ଦେଖ ବାପାବୋଉଙ୍କ ସାଙ୍ଗେ। ତା'ର ସଙ୍ଗୀତ ପ୍ରୀତି ବଢ଼ାଇବାରେ ଏହା ମଧ୍ୟ କମ୍ ପ୍ରଭାବିତ କରିନଥିଲା। କବିସୂର୍ଯ୍ୟ ନାଟକ ଦେଖ ରୂପା ତ ଗୀତରେ ବିହ୍ୱଳ ହେଇଯାଇଥିଲା। "ଅନାଇ ନାହିଁ ନାଗର ମଣିକୁ ମୁଁ ଡୋଲେ"– ଏଇ ଗୀତ ତାକୁ ଏତେ ଭଲ ଲାଗିଥିଲା ଯେ ସେ ଗୀତଟା ଶିଖିବାକୁ ବ୍ୟାକୁଳ ହୋଇପଡ଼ିଥିଲା। କିନ୍ତୁ ଶିଖିବାକୁ ଗୀତ ପାଇନଥିଲା। କବିସୂର୍ଯ୍ୟଙ୍କ ଲେଖା କେଉଁଠୁ ପାଇବ ସେ? ଦିନେ ଘର ଝାଡ଼ାଝୁଡ଼ି ହେଲାବେଳେ ଗୋଟେ ପୁରୁଣା ଡାବଲରୁ ବାହାରିଲା କେତେଟା ବହି। ଏ ବହିସବୁ ବାପାଙ୍କ ପଢ଼ିବା ବେଳର। ସେ ସୌଖୀନରେ କିଣିଥିଲେ। ସେଇ ବହି ଭିତରେ ଥିଲା କବିସୂର୍ଯ୍ୟ ଗ୍ରନ୍ଥାବଳୀ, 'ଲାବଣ୍ୟବତୀ', ଚିଲ ପରି ଝାମ୍ପି ନେଇଥିଲା ରୂପା ଏ ବହି ଦି'ଟାକୁ।

ରୂପାର ଇଚ୍ଛାହୁଏ ସେ ଗୀତ ଗାଆନ୍ତା କି ଶିଖନ୍ତା। ତା' ଗୀତ ରେଡ଼ିଓରେ ଆସନ୍ତା। କିନ୍ତୁ ଗୀତ ତ ଛାୟଁ ଛାୟଁ ହେବ ନାହିଁ, ସେଥିପାଇଁ ସାଧନା ଦରକାର। ଗୁରୁ ଦରକାର। ଦିନେ ସେ ଏକୁଟିଆ ଗୀତଟେ ଗାଉଥିଲା, "ସଂଧ୍ୟାତାରା ନିଶୀଥ ବାତାୟନେ, ଜାଗ କା' ପଥ ଚାହିଁ ଆକୁଳ ନୟନେ"।

ପଞ୍ଚପଟେ ଠିଆହୋଇ ଶୁଣୁଥିଲେ ମାମୁଁ। ରୂପାର ମାମୁ ଅମର, ଯୁବ ଓକିଲ। ବାରମ୍ବାର ଆସନ୍ତି। ରୂପାର ଗୀତ ଶୁଣି ସେ କହିଲେ, ଅପା, ରୂପାକୁ ଗୀତ ଶିଖା, ସେ ବଢ଼ିଆ ବୋଲୁଛି। ରୁକ୍ମିଣୀ କହିଲେ, ନାଇଁରେ ଅମ୍ବୁ, ଜାଣିବୁ ତ, ତୋ' ଭାଇ କେତେ ପୁରୁଣା କାଳିଆ। ସେ ପସନ୍ଦ କରିବେ ନାହିଁ। ମାଟ୍ରିକ୍ ପରେ ତା' ପାଠ ବନ୍ଦ ହେବ ବୋଲି ତା' ବାପା କହୁଥିଲେ। ଆଉ ପଢ଼ିବ ନାହିଁ। ପଢ଼ିକରି କ'ଣ କରିବ ଯେ?

ଏତିକିବେଳକୁ କଚେରୀରୁ ଫେରିଥିଲେ ରତିକାନ୍ତ ବାବୁ। ଅମରଙ୍କୁ ଚାହିଁ କହିଲେ, ଠିକ୍ କହିଚନ୍ତି, ରୂପାର ପାଠପଢ଼ା ମାଟ୍ରିକ୍ଠୁ ବନ୍ଦ।

କିନ୍ତୁ ଭାଇ, ରୂପା ବଢ଼ିଆ ଗାଉଛି। ତାକୁ ଗୀତ ଶିଖାନ୍ତୁ। ମୁଁ ଗୀତ ମାଷ୍ଟର ବୁଝିଦେବି। ହାର୍ମୋନିୟମ୍ ମଧ କିଣିଦେବି।

ହୋ ହୋ ହସିଲେ ରତିକାନ୍ତ ବାବୁ। କହିଲେ, ପଇସା ଦେଖାଉଚୁ ମତେ? ଗୀତ ମାଷ୍ଟର କ'ଣ ମୁଁ ଖୋଜି ପାରିବି ନାହିଁ, ନା ହାର୍ମୋନିୟମଟେ ମୁଁ କିଣିପାରିବି ନାହିଁ? ମୁଁ ଚାହେଁନା ଗୋଟେ ମାଷ୍ଟର ଆସି ରୂପାକୁ ଗୀତ ଶିଖାଉ। ଆଜିକାଲି ଯୁଗ ଯାହା ନାଃ...।

ଅମର ରତିକାନ୍ତ ବାବୁଙ୍କୁ ଚାହିଁଥିଲା। ଏମାନଙ୍କ ସେହି ମଧ୍ୟଯୁଗୀୟ ମନୋବୃତ୍ତି, ନିଜେ ଗୀତ ଶୁଣିବେ, ଗୀତ ଗାଇବେ ଗୀତ ଜଲ୍ସାରେ, ମଜଲିସ୍ରେ ଯୋଗଦେବେ, କିନ୍ତୁ ଏମାନଙ୍କ ସ୍ତ୍ରୀ ପିଲା ଗୀତ ଗାଇବେ ନାହିଁ। ରିକ୍ସାରେ ପର୍ଦ୍ଦା ଟାଣି ଯିବାଆସିବା କରିବେ। ଅମର କିଛି କହିପାରୁ ନଥିଲା। ଅସହାୟ ଆଖିରେ ଚାହିଁଥିବା ରୂପାକୁ ସେ ବୁଝାଇ ପାରିନଥିଲା।

ରୂପାର ଗୀତ ଶିଖିବା ନୋହିଲା। ସେ କେବଳ ମନକୁ ମନ ଗୁଣୁଗୁଣୁ ହେଉଥିଲା, ବାଥରୁମ୍ ସିଙ୍ଗର୍ ପରି।

ମାଟ୍ରିକ୍ ପାସ୍ କଲା ରୂପା ପ୍ରଥମ ଶ୍ରେଣୀରେ। ହେଲେ ପଢ଼ିବାକୁ ବାରଣ କଲେ ବାପା। କହିଲେ ଘରେ ବୋଉଠୁ କାମ ଶିଖ, ଶଙ୍ଖଶା ଶିଖ, ରନ୍ଧାବଢ଼ା ଶିଖ, ଘରକରଣା ଶିଖ, ପାଠ ସେତିକି ଥାଉ।

ରୂପା କାନ୍ଦି କାନ୍ଦି ମାମୁଁଙ୍କ ଶରଣ ନେଇଥିଲା। ମାମୁଁ ଆସି ବାପାଙ୍କୁ ଖୁବ୍ ବୁଝାଇଲେ। ବୁଝାଇଲେ, ଯୁଗ ବଦଲିଗଲାଣି। ଆଜିକାଲି ପୁଅମାନେ ଖୋଜୁଚନ୍ତି ଗ୍ରାଜୁଏଟ୍ ଝିଅ। ଏଇ ମାଟ୍ରିକ୍ୟୁଲେଟ୍ ଝିଅକୁ କିଏ ବାହାହେବ? ତମେ କ'ଣ ଭାବୁଚ ତମେ ଗୁଡ଼ାଏ ଯୌତୁକ ଦେଇ ଭରଣା କରିଦେବ ସବୁକିଛି? ରୂପା କଲେଜରେ ନାଁ ଲେଖାଉ, ପାଠ ପଢ଼ୁ। କମ୍ରେ ଜଣେ ଗ୍ରାଜୁଏଟ୍ ହେଉ।

ମାମୁଁଙ୍କ କଥାରେ ରୂପାର ନାଁ ଲେଖାହେଲା। ସେ କଲେଜ୍ ଗଲା। ସାଙ୍ଗମାନଙ୍କ

ସାଙ୍ଗରେ ପାଠ ପଢ଼ିଲା। ଥରେ କଲେଜ୍ ଫଙ୍କସନ୍‌ରେ ଗୀତଟେ ଗାଇଲା। ଭାରି ତାରିଫ୍ ହେଲା ତା’ ଗୀତର। ଖବରକାଗଜରେ ନାଆଁ ବାହାରିଲା। ଆଉ ଏତିକିରେ ବିଗିଡ଼ିଗଲେ ବାପା। ବିଗିଡ଼ିଗଲେ ଖୁବ୍। ଖୁବ୍ ଗାଲିଦେଲେ ରୂପାକୁ।

ଆଉ ସେତିକିବେଲେ ପହଞ୍ଚିଗଲା ସୁଦର୍ଶନ। କହିଲା, ସାର୍, ବୃଥାରେ ଆପଣ ରୂପାକୁ ଗାଲି ଦେଉଛନ୍ତି। ଗୁଣ ଥିଲେ ତା’ର ଆଦର ହେବ ହିଁ ହେବ। ଏଇ ଗୁଣ ତାକୁ ସମ୍ମାନ ଦେବ, ପ୍ରତିଷ୍ଠା ଦେବ। ଅକାରଣ ଗାଲିଦେଇ ତା’ ମନ ଭାଙ୍ଗି ଦିଅନ୍ତୁ ନାହିଁ।

କଟମଟ କରି ଚାହିଁଥିଲେ ରତିକାନ୍ତ ସୁଦର୍ଶନକୁ। କହିଥିଲେ, ତୋ କାମ ତୁ କର। ତୋ’ର ମତ ମୁଁ ଲୋଡ଼ୁନାହିଁ, ତୁ ଯା’ ଏଠୁ। ମୋ’ ଘର କଥାରେ କଥା କହିବାକୁ ତୁ କିଏ ?

ସୁଦର୍ଶନ ଚଟ୍‌କରି ବୁଲି ଚାଲିଗଲା। ମନେ ମନେ ହସିଲା। ତାଙ୍କ ଘର ଚଳେନି ସୁଦର୍ଶନର ଅନୁପସ୍ଥିତିରେ, ଅଥଚ ଫୁଟାଣି ଦେଖା।

ସୁଦର୍ଶନ !! ସୌମ୍ୟ ଦର୍ଶନ ତରୁଣ। ବାପାଙ୍କ ପାଖେ ଏଇ ମାତ୍ର ପ୍ରାକ୍‌ଟିସ୍ ଆରମ୍ଭ କରିଛି। କିନ୍ତୁ ସେ ଏ ଘରର ପୁରୁଣା ଲୋକ। କେତେବର୍ଷ ତଲେ ବାପା କେମିତି କେଜାଣି ଭେଟିଥିଲେ ସୁଦର୍ଶନକୁ। ପୁରୀ କଲେଜରେ ପଢ଼ୁଥିଲା ସେ। ଗରିବ ଛାତ୍ର। ଟିଉସନ୍ ଖୋଜୁଥିଲା। ରତିକାନ୍ତ ବାବୁ ସାନପୁଅ ତପନକୁ ପଢ଼ାଇବା ପାଇଁ ସୁଦର୍ଶନକୁ ବରାଦ କରିଥିଲେ। ମାସକୁ ସାମାନ୍ୟ କିଛି ଟଙ୍କା ନିଏ, ହେଲେ ସକାଲ ଓଲି ତାଙ୍କ ଘରେ ଖାଏ।

କ୍ରମେ ସୁଦର୍ଶନ ତା’ର ସ୍ୱଭାବ, ଚରିତ୍ର ଦ୍ୱାରା ଘରର ଜଣେ ହେଲା। ତାକୁ ନେଇ ଅନେକ କାମ କରୁଥିଲେ ରୁକ୍ମିଣୀ। ରତିକାନ୍ତ ବାବୁ ଓକିଲାତିକୁ ନେଇ ବ୍ୟସ୍ତ ରହୁଥିବାରୁ, ବନ୍ଧୁବାନ୍ଧବ, ଗାଆଁର ସବୁକଥା ରୁକ୍ମିଣୀ ହିଁ ସମ୍ଭାଲୁଥିଲେ। ଶାନ୍ତ ପିଲାଟିଏ ଦେଖି, ସୁଦର୍ଶନକୁ ନେଇ ସବୁକାମ କରିଲେ। କେବଲ ରୁକ୍ମିଣୀଙ୍କ ପାଇଁ ତ ନୁହେଁ, ରତିକାନ୍ତ ବାବୁଙ୍କ ପାଇଁ ଜଣେ ବିଶ୍ୱସ୍ତ ତରୁଣର ପ୍ରୟୋଜନ ଥିଲା। ସେତକ ସୁଦର୍ଶନ କରି ଦେଖାଇଲା। ପ୍ରତି ମାସରେ ଇଲେକ୍‌ଟ୍ରିକ୍ ବିଲ୍ ନେବା, ଜମିଜମା ଖଜଣା ଦେବା, ବନ୍ଧୁବାନ୍ଧବଙ୍କ ଘରକୁ ବେଭାର ନେଇଯିବା, ଠିକ୍ ସମୟରେ ଗାଁକୁ ଗାଡ଼ିନେଇ ଯାଇ ଚାଉଲ, ନଡ଼ିଆ ଇତ୍ୟାଦି ବ୍ୟବହାର୍ଯ୍ୟ ଜିନିଷ ଆଣିବା ଏସବୁ ସୁଦର୍ଶନର କାମ ହିଁ ଥିଲା। ପିଲାକୁ ଟିଉସନ କରିବାକୁ ଆସି, ସେ ଜଣେ ସଭ୍ୟ ହୋଇଗଲା ଘରର।

ଏଇ ସବୁ ଅନ୍ତରାଲରେ, ରୂପା ଯେତେବେଲେ ଉପର ମହଲାରେ ତା’ କୋଠରୀରେ ଗୀତ ଗାଏ, ତଲ ମହଲାରେ ସୁଦର୍ଶନ ଚୁପକରି ସେ ଗୀତ ଶୁଣେ। ସେ

ଏମିତି ଜାଗାରେ ଠିଆ ହୋଇ ଶୁଣେ, ଯେମିତି ରୂପା ଆଖିରେ ପଡ଼ିବ ଏବଂ ରୂପା ଜାଣିବ ଯେ ସୁଦର୍ଶନ ତା'ର ଗୀତକୁ ଲୁଚିଲୁଚି ଏକାଗ୍ରଭାବେ ଶୁଣୁଛି ।

ଅବଲୀଳା କ୍ରମେ ଏକଥା ମଧ ରୂପା ଜାଣିଲା ଯେ ସୁଦର୍ଶନ ତା' ଗୀତ ପ୍ରତି ଅନୁରକ୍ତ । ସେ ଭାବିଲା, ଗୀତ ପ୍ରତି ଅନୁରକ୍ତ ନହେବ, ଏମିତି ପାଷାଣ୍ଡ କିଏ ଭଲା ଅଛି । ତା' ବାପା ସଙ୍ଗୀତ ପ୍ରିୟ । କିନ୍ତୁ ଚାହାଁନ୍ତି ନାହିଁ ରୂପା ସଙ୍ଗୀତ ଚର୍ଚ୍ଚା କରୁ, ସଙ୍ଗୀତ ଶିଖୁ । ତା' ସାଙ୍ଗ ତ ପୁଣି ଓଡ଼ିଶୀ ନାଚ ଶିଖୁଛି । ଘର ମଧରେ କେହି ତା' ଗୀତ ଶୁଣନ୍ତି ନାହିଁ । ଶୁଣିଲେ ବି ଗୁରୁତ୍ଵ ଦିଅନ୍ତି ନାହିଁ । ବୋଉ ତ କହେ, ଝିଅ ଜନମ ରୁଲିମୁଣ୍ଡକୁ, ଗୀତଟା ଶିଖି କ'ଣଟା କରିବୁ ?

ଅଥଚ ସୁଦର୍ଶନ ହିଁ ତା' ଗୀତକୁ କାନପାତି ଶୁଣେ, ମୁଗ୍ଧ ହୁଏ । ଅବଶ୍ୟ କିଛି କହେନାହିଁ ।

ସୁଦର୍ଶନ ଯେତେବେଲେ ବି.ଏ. ପାଶ୍ କଲା, ରତିକାନ୍ତ ବାବୁ ତାକୁ ଏକ ପରାମର୍ଶ ଦେଲେ, କହିଲେ, ତମେ କଟକ ଯାଇ ଲ' କର । ମୋ' ପାଖରେ ପ୍ରାକ୍ଟିସ୍ କରିବ ।

ହଠାତ୍ ସୁଦର୍ଶନର ମନ କମ୍ପିଉଠିଲା । ଆଶାରେ ଉଜ୍ଜ୍ୱଲ ହୋଇଗଲା ତା'ର ମନ ଓ ମୁହାଁ । ସେ ଥଙ୍ଗ ଥଙ୍ଗ ହୋଇ କହିଲା, ଏତେ ଖର୍ଚ୍ଚ ହୁଏତ ଯୋଗାଇ ହେବ ନାହିଁ । ବଡ଼ଭାଇ ଜଣେ ସାଧାରଣ ପ୍ରାଥମିକ ଶିକ୍ଷକ । କେବଲ ତାକୁ ନୁହେଁ, ତାଙ୍କ ପୁଅକୁ ମଧ ସେ ରାଜସ୍ଥାନରେ ଇଞ୍ଜିନିୟରିଂ ପଢ଼ାଉଛନ୍ତି । ତାଙ୍କ ଉପରେ ଆଉ କେତେ ଦିନ ବୋଝ ହେବେ ?

ରତିକାନ୍ତ ବାବୁ କହିଲେ, କିଛିଟା ଟିଉସନ୍ ଯୋଗାଡ଼ କରିବ । କେଉଁ ଦୋକାନରେ ହିସାବ ଲେଖା କାମ କରିବ । ତଥାପି ଅଣ୍ଟ ନିଅଣ୍ଟ ହେଲେ ମତେ କହିବ । ଯାଅ, ଓକିଲାତି ପଢ଼ ।

ରତିକାନ୍ତ ବାବୁ ତା' ମନ ଭିତରେ ଦୀପଟିଏ ଜାଲିଦେଲେ କି ? ଅଭିନବ ଆଶାର ଦୀପଟିଏ ? ଦୀପ ତ କେବଲ ଉର୍ଧ୍ୱାୟିତ ହୁଏ ନାହିଁ, ଚତୁଃପାର୍ଶ୍ୱ ଆଲୋକିତ କରେ । ସେଇ ଦୀପଟି ସୁଦର୍ଶନର ଗୋପନ ଇଚ୍ଛାକୁ ଆଲୋକିତ କରିଦେଲା ଯେମିତି ।

କଟକରେ ପଢ଼ିଲେ ମଧ ମାସକୁ ତିନିଥର ଖଣ୍ଡେ ଆସେ ସୁଦର୍ଶନ । କାମ ଖୋଜି ବାହାର କରେ, କାମ କରିଦିଏ । ସବୁ ପୁନିଁ ପରବରେ ଆସିବାକୁ ରୁକ୍ମିଣୀ ନିର୍ଦ୍ଦେଶ ଦେଇଥାନ୍ତି । ଜଗନ୍ନାଥ ଦର୍ଶନକୁ ଗଲେ ସୁଦର୍ଶନ ହିଁ ସାଙ୍ଗରେ ଯାଏ । ଜଗନ୍ନାଥଙ୍କର ବଡ଼ସିଂହାର ବେଶ ହେଉ, ପଦ୍ମବେଶ ହେଉ କି ଗଜ ଉଦ୍ଧାରଣ ବା ନାଗାର୍ଜୁନ ବେଶ ହେଉ ତାକୁ ଦେଖାଇବାକୁ ହିଁ ସୁଦର୍ଶନ ଆସେ । ଏହି ବେଶମାନଙ୍କରେ ମନ୍ଦିରରେ ଯେଉଁ ପ୍ରବଲ ଭିଡ଼ ହୁଏ ସେଇ ଭିଡ଼ କାଟି ସୁବିଧାରେ ଦର୍ଶନ କରାଇଦିଏ ।

ସେଦିନ କଟକରୁ ଆସିଥିଲା ସୁଦର୍ଶନ । ଉପର ମହଲା ଝରକା ପାଖେ ଠିଆହୋଇ ରୂପା ଗାଉଥିଲା ତା'ର ପ୍ରିୟ ଗୀତ 'ଦେବାଲାଗି କେଉଁ ଦୀକ୍ଷା, ଲଗାଇଲ ଏ ପରୀକ୍ଷା' । ସୁଦର୍ଶନ ବିହ୍ଵଳ ହୋଇ ଶୁଣୁଥିଲା । ଯେତେବେଳେ ସେ ମୁଣ୍ଡ ଟେକି ଉପରକୁ ଚାହିଁଲା, ଦେଖିଲା, ରୂପା ଆଖିରେ ଲୁହ ଜଳଜଳ । ସଙ୍ଗୀତର ଏମିତି ଏକ ଯାଦୁ ଅଛି, ଯା' ଆଖିରେ ଲୁହ ଆଣିପାରେ ।

ସୁଦର୍ଶନ ଉପର ମହଲାକୁ ଗଲା, ଯଦିଓ ଉପର ମହଲାକୁ ସେ କେବେ ଆସେନା । ଆସିଲେ, ରୁକ୍ମିଣୀ ଘରକୁ ହିଁ ଆସେ । ଏବେ ସେ ଉପରକୁ ଯିବା ଦେଖି, ରୂପା ବାହାରକୁ ଚାଲିଆସିଲା । ସୁଦର୍ଶନ ତାକୁ ଚାହିଁ କହିଲା, ତମେ ଚମତ୍କାର ଗାଉଚ ରୂପା, ଚମତ୍କାର, ଅଥଚ ତମର ପ୍ରତିଭା ନଷ୍ଟ ହୋଇଯାଉଛି ଅକାରଣରେ ।

ବାସ୍ ଏତିକି କହି ସେ ଫେରିପଡ଼ିଲା । ସେ ଜାଣେ, ରତିକାନ୍ତ ବାବୁ ଭାରି ରକ୍ଷଣଶୀଳ ଲୋକ । ରୁକ୍ମିଣୀ ବି । ପ୍ରବଳ ଇଚ୍ଛା ଥିଲେ ମଧ ରୂପାସହ ସେ ବେଶୀ କଥାବାର୍ତା କରିପାରେନାହିଁ ।

ସେଦିନ ସୁଦର୍ଶନ ଯେ ସାହସ କରି ବାପାଙ୍କୁ କହିଲା, ତାକୁ ଗାଲି କାହିଁକି ଦଉଚନ୍ତି ସାର୍ ? ଗୁଣ ଥିଲେ ଆଦର ହେବ ହିଁ ହେବ । ଗୁଣ ସମ୍ମାନ ଆଣେ, ପ୍ରତିଷ୍ଠା ବି ।

ବାପାଙ୍କ ଗାଲିପରେ ସୁଦର୍ଶନର ଏ କଥାରେ ରୂପା ତାକୁ ଚାହିଁଥିଲା ଅଭିଭୂତ ହୋଇ ।

ଏମିତି ପ୍ରଶଂସା କରିବା, ପ୍ରୋତ୍ସାହନ ଦେବା, ଏହାର କାରଣ କ'ଣ ? ଏଇ କ'ଣ ପ୍ରେମର ବୀଜ ବପନ ? ପ୍ରେମ କି ଏପରି ଅଙ୍କୁରିତ ହୁଏ ? ପ୍ରଶଂସାରେ ? ରୂପର ? ଗୀତର ? ପ୍ରତିଭାର ? ସ୍ଵଭାବର ?

ରୂପା ଭାବି ହୁଏ, ଭାବିବାକୁ ଭଲପାଏ । ଥଳକୂଳ ପାଏ ନାହିଁ । ନିଜକୁ ବିଚ୍ଛେଇ ଦିଏ । ତନ୍ନ ତନ୍ନ କରି ଦେଖେ । ସେ ସୁଦର୍ଶନ ପ୍ରତି ଆକୃଷ୍ଟ ହେଇଯାଉ ନାହିଁ କି ? ନିଜ ଅଜାଣତରେ ସେ ଟାଣି ହୋଇଯାଉ ନାହିଁ କି ?

ବିନା ଆଲାପ, ବିନା ସାନ୍ନିଧ୍ୟ, ବିନା ସଂସ୍ପର୍ଶରେ, କେମିତି ସେମାନେ ପରସ୍ପର ପ୍ରତି ବିଶ୍ଵସ୍ତତା ଅନୁଭବ କଲେ, ଏକଥା ରୂପା ଜାଣିପାରିଲା ନାହିଁ । ଜାଣିପାରିଲା ନାହିଁ ସୁଦର୍ଶନ । ଅଥଚ ସବୁଥିଲା ଅପ୍ରକାଶ୍ୟ ।

ସେଦିନ ରୂପା ଗୀତ ଗାଉଥିଲା, ଠିକ୍ ତା' ଝରକା ପାଖରେ ଠିଆହୋଇ,
ଦୂରେ କାହିଁ ଦୂରେ, ଧୂଆଁ ଗାର ପାରେ
ପ୍ରିୟ ସ୍ମୃତି ବୀଣା ବାଜେ !

କ'ଣ ପାଇଁ ଆସି ଅଟକିଗଲା ସୁଦର୍ଶନ ? ରୂପା ବିହ୍ୱଳ ହେଇ ଗୀତ ଗାଉଛି । ତା' ମଧୁର କଣ୍ଠର ଗୀତ ଭାବାବେଶରେ ଆହୁରି ଗାଢ଼ ଶୁଭୁଛି । ରୂପା ଗାଇ ଚାଲିଛି...

ଦୀପଶିଖା କାନ୍ଦେ, କାନ୍ଦେ ମନ ମୋର

ଆସିଲାନି ସେ ଯେ, ନିଶି ହେଲା ଭୋର,

ସରିଗଲି ମୁଁ ଯେ ଲାଜେ....

ରାତେ ମିଛେ ଦିନ ଖୋଜେ...

ସୁଦର୍ଶନ ବିହ୍ୱଳ ହୋଇଗଲା । ବେଦନା ଝରି ଝରି ପଡୁଛି ଟୋପା ଟୋପା ହେଇ । ଅଥଚ କାହାପାଇଁ ଗୀତରେ ଏ ଅଭିସାର ?

ସୁଦର୍ଶନ ନିଜକୁ ଆଉ ରୋକି ପାରିଲାନି । ନିଜକୁ ଅନେକ ବୁଝାଇଥିଲା ସେ । ବାବୁ, ତୁ ଗରିବଘର ପୁଅ, ତୁ ବାମନ ହୋଇ ଚନ୍ଦ୍ରକୁ ହାତ ବଢ଼ାଇବା ଉଚିତ ନୁହେଁ, ଉଚିତ ନୁହେଁ । ଆଉ ଏ 'ଉଚିତ ନୁହେଁ' ଭାବନାର ପ୍ରହାରରେ ସେ ନିଜକୁ ସମ୍ବରଣ କରିଛି ଆଜିଯାଏ । ହେଲେ ଆଉ ନୁହଁ, ଆଉ ଜମ୍ମା ନୁହଁ । ସମୟର ଡାକ ଶୁଣିବାକୁ ତ ହେବ, ଶୁଣିବାକୁ ହେବ ନିଜ ଅନ୍ତଃକରଣର ଡାକ । ତା'ର ବ୍ୟଥା । ପୋଛିବାକୁ ହେବ ତା' ଆଖିର ଲୁହ । ସେ କ'ଣ ଆଜିଯାଏ ଜାଣିପାରି ନାହିଁ ଯେ ରୂପା ଏମିତି କାହା ଭାବନାରେ ବିଭୋର ?

ସୁଦର୍ଶନ ଯାଇ ରୂପା ପଛରେ ଠିଆ ହେଲା । କହିଲା, ଏମିତି ପ୍ରତିଭା ନଷ୍ଟ ହେବାର କଥା ନୁହଁ, ଏହାକୁ ରକ୍ଷା କରିବାକୁ ହିଁ ହେବ, ହେଲେ ସେ ଅଧିକାର ମତେ ଦେବ କିଏ ?

ରୂପା ସନ୍ତର୍ପଣରେ ଚାହିଁଲା ସୁଦର୍ଶନକୁ । ତା'ର ଇଙ୍ଗିତ ବୁଝିବାକୁ ତାକୁ ଡେରି ହେଲାନାହିଁ । ଏହାର ଉତ୍ତର କ'ଣ ସେ ଦେଇପାରେ ?

– ଏ ଅଧିକାର ତମେ ମତେ ଦେଇପାରିବ ରୂପା ? ସୁଦର୍ଶନ କହିଲା ।

କୌଣସି ଭାବନା ରକ୍ଷକରି ନୁହେଁ, ରୂପା ପାଟିରୁ ବାହାରିଗଲା, ଅଧିକାର କେହି କାହାକୁ ହାତ ଟେକି ଦିଏ ନାହିଁ । ଅଧିକାର ହାସଲ କରିବାକୁ ହୁଏ । ଅର୍ଜନ କରିବାକୁ ହୁଏ ।

ରୂପା ପରି ସେଇ ସରଳ, ଶାନ୍ତ, ଚୁପ୍‌ଚାପ୍‌ ଝିଅଟା ପୁଣି କହିପାରେ ଏକଥା ?

ସୁଦର୍ଶନ ପୁଣି ବ୍ୟାକୁଳ କଣ୍ଠରେ କହିଲା... ମୁଁ ଭାରି ଗରିବ ରୂପା । ରୂପା ସେମିତି କନିଅର ଗଛ ଡାଲକୁ ଅନେଇ କହିଲା... ବହିରେ ପଢ଼ିଚି ବହୁବାର, ଭଲପାଇବା ମଣିଷଟା ସବୁବେଳେ ଧନୀ ।

ତା'ପରେ ସୁଦର୍ଶନ ବାହୁଡ଼ିଗଲା। ବାହୁଡ଼ିଗଲା ତଳକୁ। ରୂପା ଝରକା ପାଖରେ ଠିଆହୋଇ ରହିଲା ଅନେକ ବେଳ।

ଏତିକି ମାତ୍ର ସମ୍ପର୍କ, ମାଧ୍ୟମ ଥିଲା ଗୀତ। ଦୂରତ୍ୱ ଥିଲା ଖୁବ୍‌ ପ୍ରସାରିତ। ଅଥଚ ସେମାନେ ଏକ ଦୁର୍ବାର ଇଚ୍ଛାର ବଶବର୍ତ୍ତୀ ହୋଇ ପହଞ୍ଚିଗଲେ ଏକ ସୀମାନ୍ତରେ। ସୁଦର୍ଶନର ବ୍ୟାକୁଳ ଅନୁରୋଧ, ସୁଦର୍ଶନ ପ୍ରତି ଗଭୀର ବିଶ୍ୱାସବୋଧ, ଦୋମହାଲାର ସେହି ଭୀତା ହରିଣୀଟିକୁ ଟାଣି ନେଲା ଲକ୍ଷ୍ମଣରେଖାର ସୀମା ଆରପାଖକୁ। ବିମଳା ମନ୍ଦିରକୁ କିମ୍ବା ଶ୍ରୀମନ୍ଦିରକୁ ଯିବାକୁ ସାହସ କଲାନାହିଁ ସୁଦର୍ଶନ। ଏଠି ରତିକାନ୍ତ ବାବୁଙ୍କୁ ନ ଚିହ୍ନେ କିଏ ? ରୂପାର ହାତଧରି ସେ ଚାଲିଆସିଥିଲା ସାକ୍ଷୀଗୋପାଳ। ସାକ୍ଷୀଗୋପାଳର ସାକ୍ଷୀଗୋପୀନାଥ ମନ୍ଦିରରେ ବିବାହ କରିଥିଲା ରୂପାକୁ। ସାକ୍ଷୀଗୋପୀନାଥଙ୍କୁ ସାକ୍ଷୀ କରି ସେମାନେ ହେଲେ ପତିପତ୍ନୀ। ସୁଦର୍ଶନର ନଥିଲା ଘରଦ୍ୱାର, ଚୂଲିଚାଲ। ଏବେ ଏଇ ନବବିବାହିତା ପତ୍ନୀକୁ ନେଇ ସେ ରଖିବ କୋଉଠି ? କେଉଁଠି ରଚିବ ମଧୁଯାମିନୀ ? କେଉଁଠି ଗଢ଼ିବ ସଂସାର ?

ଏକ ଝୁଙ୍କର ନିଷ୍ଠୁରି ପରିଣତି ଲାଭକରି ସାରିଥିଲା। ରତିକାନ୍ତ ବାବୁଙ୍କ ଝିଅ, ଏତେ ଦିନ ଧରି ମୋହାବିଷ୍ଟ କରିଥିଲା ସୁଦର୍ଶନକୁ। ଅନେକ ମୋହରେ ସେ ଥିଲା ବିହ୍ୱଳ। ଏକ ଦୁର୍ବାର ଇଚ୍ଛା ଅହରହ ତାକୁ ପୀଡ଼ିତ କରୁଥିଲା। ଏବେ ସେହି ସ୍ୱପ୍ନସୁନ୍ଦରୀକୁ କରାୟଉ କଲାପରେ ସୁଦର୍ଶନର ମନ କାତର ହୋଇପଡ଼ୁଛି କାହିଁକି ? ତା'ର ଯେ ଜାଣିବାର ଉପାୟ ନାହିଁ ଏହା ଲାଗୁଛି କାହିଁକି ?

ରୂପାକୁ ଚାହିଁ ସେ କହିଲା, ଏବେ କ'ଣ କରିବା ରୂପା ? ତମ ବାପାଙ୍କ ହାତ ଖୁବ୍‌ ଲମ୍ବା।

ଚାଲ, ତମ ଗାଁକୁ ଯିବା, ତମ ଘରକୁ। ବାପା କ'ଣ କରିବେ ? କରିପାରିବେ ଯେ ? ହେଲେ ତମ ବାପା ମା ? କହିଲା ରୂପା।

ମୋର ବାପା ମା' ନାହାନ୍ତି। ଭାଇ ଭାଉଜ।

... ତାଙ୍କର ଶରଣାପନ୍ନ ହେବା। ତମେ ଗୋଡ଼ଧରି କ୍ଷମା ମାଗିନବ। ମୁଁ ବି।

ସତକୁ ସତ ସେ ଗୋଟେ ଟାକ୍ କରି ବାହାରିଗଲେ ସୁଦର୍ଶନର ଗାଁଆଁକୁ। ଟାକ୍‌ସିରେ ଗଲାବେଳେ ସୁଦର୍ଶନ ଭାବୁଥିଲା, ବହୁ କଷ୍ଟରେ ଟଙ୍କା ହଜାରଟି ରଖିଥିଲା, ଏବେ ବିବାହ ଓ ଟାକ୍‌ସିରେ ଗଲାଣି କିଛି ଟଙ୍କା। ଏବେ କରିବ କ'ଣ ?

ରୂପା କିନ୍ତୁ ବସିଥିଲା ନିଶ୍ଚିନ୍ତ, ଅବିଚଳିତ ହୋଇ। ସେଇ ଚୁଲବୁଲି, ବାଲୁରୀ ଝିଅଟୀ କଲେଜ ମାଡ଼ିଲା ଦିନୁ ହୋଇଯାଇଛି ଭାରି ସୁଧାର। ଭାରି ଶାନ୍ତ। ଏକଦମ ସ୍ଥିର। ସେ ଭାବୁଥିଲା, ସୁଦର୍ଶନ ପ୍ରତି ତା'ର ଆକର୍ଷଣ ତ ମିଛ ନୁହଁ। ଯାହା ସତ,

ତାକୁ ବଳବତ୍ତର କରି ରଖିବା ହିଁ ଜୀବନ ସାଧନା। ସତ୍ୟପଥର ବାଟୋଇଟି କେବେ ବି ହାରେ ନାହିଁ, ଯଦିଓ କଷ୍ଟ ପାଏ ଅନେକ। ରୂପା ଚାହିଁ ରହିଥିଲା, ଦୂରକୁ ଅନାଗତ ଭବିଷ୍ୟତକୁ ଗଭୀର ଏକ ବିଶ୍ୱାସରେ।

ଏବେ ବି ସେଇ ସବୁକଥା ମନେପଡ଼େ ରୂପାର। ସେଇ ଭୟଙ୍କର ଅନୁଭୂତିର କଥା। ଯେଉଁ ଅଧିକାର ପାଇଁ ସୁଦର୍ଶନ ହାତପାତି ଥିଲା ତା' ପାଖରେ ଓ ଯେଉଁ ଅଧିକାର କେହି କାହାକୁ ହାତଟେକି ଦିଏ ନାହିଁ ବୋଲି ସୁଦର୍ଶନ ମନକୁ ଖୋଇଥିଲା ରୂପା, ସେଇ ଅଧିକାର ନିଜେ ବତାଇ ଦେଇଥିଲା ନିଜ ଅଜାଣତରେ, ପ୍ରଚଣ୍ଡ ଏକ ସ୍ୱପ୍ନରେ। ହେଲେ ସେ ଅଧିକାରକୁ ସୁଦର୍ଶନ କିପରି ବ୍ୟବହାର କରିଥିଲା ?

ସାକ୍ଷୀଗୋପାଳ ମନ୍ଦିରରେ ବିବାହକର୍ମ ସାରି ଟାକ୍ସିଟିଏ କରି ଚିଲିକା କୂଳର ସେଇ ନିପଟ ମଫସଲ ଗାଁରେ ପହଞ୍ଚିଲା ବେଳକୁ ରାତି ସାଢ଼େ ନଅ। ବାଟରେ ଜାଣି ଜାଣି ଡେରି କରୁଥିଲା ସୁଦର୍ଶନ। କାରଣ ରାତି ଅଧିକ ନହେଲେ ଗାଁବାଲାଙ୍କ ସାମ୍ନାରେ ହାବୁଡ଼ି ଯିବ ଯେ। ଲୋକଲଜ୍ଜା ବୋଲି କଥା ତ ପୁଣି ଅଛି।

ରାତି ସାଢ଼େ ନଅରେ ସୁଦର୍ଶନର ଗାଆଁରେ ଗଭୀର ସୁଷୁପ୍ତି ଛାଇ ଯାଇଥିଲା। ଦାଣ୍ଡଘରେ ମିଞ୍ଜିମିଞ୍ଜି ଲଣ୍ଠନଟିଏ ଜାଲି ବିଦ୍ୟାଧର ତାଙ୍କ ବହି ଲେଖାରେ ବ୍ୟସ୍ତ ଥିଲେ। ଦାଣ୍ଡଦ୍ୱାରରେ କାରଟାଏ ରହିବାର ଶବ୍ଦରେ ସେ କବାଟ ଖୋଲି ବାରଣ୍ଡାକୁ ଆସିଲେ। ସୁଦର୍ଶନ ରୂପାର ହାତଧରି ପାହାଚ ଚଢ଼ି ଆସୁଥିଲା ବାରଣ୍ଡା ଉପରକୁ। ଏ ଦୃଶ୍ୟ ଦେଖି ବିଦ୍ୟାଧର ଥକ୍କା ହୋଇ ଠିଆ ହୋଇଗଲେ।

ଗୋଟାଏ ଘା' ନ ଶୁଖୁଶୁ ପୁଣି ତା' ଉପରେ ଆଉ ପାହାରେ। ସୁଦର୍ଶନ ବି ଏଇଆ କଲା। ଠିକ୍ ତାଙ୍କ ପୁଅ ବିଜୁପରି।

ଗତବର୍ଷ ଠିକ୍ ଏଇ ଦିନେ ବିଜୁ ଚିଠି ଲେଖିଥିଲା ଯେ ତା'ର ବିବାହ ହୋଇଯାଇଛି ତା'ର ଜଣେ ସହପାଠିନୀ, ଗୁଜୁରାଟୀ ଝିଅ ସହ। ବାପାଙ୍କୁ ପଚାରିବାକୁ ସେ ସମୟ ପାଇଲା ନାହିଁ। ବିବାହର ଭୋଜି, ଝିଅଘର ତରଫରୁ ହେଉଚି। ବାପାବୋଉ ଆସି ତାକୁ ଆଶୀର୍ବାଦ କରିବାକୁ ସେ ଅନୁରୋଧ କରୁଛି।

ବିଦ୍ୟାଧର ପଥର ହୋଇଯାଇଥିଲେ। ତୃତୀୟ ବର୍ଷ ଇଞ୍ଜିନିୟରିଂ ପଢ଼ୁ ପଢ଼ୁ ମାତ୍ର ତେଇଶି ବର୍ଷ ବୟସରେ ଛାତ୍ର ଅବସ୍ଥାରେ ବାହା ହୋଇଗଲା ବିଜୁ। ପେଟରୁ କାଟି ସେ ତାକୁ ଓ ସୁଦର୍ଶନକୁ ପଢ଼ାଇଥିଲେ। ବଡ଼ଲୋକର ଜ୍ୱାଇଁ ହେବାର ଲୋଭରେ ସେ ଗରିବ ବାପାକୁ ମଧ ପଚାରିଲା ନାହିଁ। ପଚାରିବା ଉଚିତ ବୋଲି ଭାବିଲା ନାହିଁ। ବିଦ୍ୟାଧର ଯାଇପାରିଲେ ନାହିଁ ସେ ଭୋଜିସଭାକୁ। କେବଳ ଲେଖିଥିଲେ ଚିଠି- ତୁ ଯେଉଁଠି ଥା' ଭଲରେ ଥା...।

ଚାରିମାସ ପରେ ବିଜୁ ତା'ର ବଡ଼ଲୋକ ଶାଶୁ, ଶାଳା ଓ ସ୍ତ୍ରୀକୁ ଧରି ଓଡ଼ିଶା ବୁଲି ଆସିଥିଲା। ଭୁବନେଶ୍ୱରର ଭଲ ହୋଟେଲରେ ରହିଥିଲେ ସେମାନେ। ତା' ଶ୍ୱଶୁର ପ୍ରଥମ ଶ୍ରେଣୀର କଣ୍ଟ୍ରାକ୍ଟର। ରାଜସ୍ଥାନରେ ତାଙ୍କର ଖୁବ୍ ପ୍ରତିପତ୍ତି। ମାଲ ମାଲ କୋଠା। ସେମାନେ ପୁରୀ, କୋଣାର୍କ, ଚିଲିକା ବୁଲି ଦେଖିଥିଲେ। ଶାଳା ଓ ଶାଶୁଙ୍କୁ ବରକୁଲ ଡାକବଙ୍ଗଳାରେ ଛାଡ଼ି ବିଜୁ ତା' ସହପାଠିନୀ ସ୍ତ୍ରୀକୁ ନେଇ ଘଣ୍ଟାକ ପାଇଁ ଆସିଥିଲା ଗାଆଁକୁ।

ସେତେବେଳକୁ ବିଜୁର ମା' ରଗଡ଼ି କନ୍ଥା ଖଣ୍ଡିଏ, ବିନା ଶାୟା-ବ୍ଲାଉଜରେ ପିନ୍ଧି ମାଟିଗୋବର ହାଣ୍ଡିଧରି ବାରଣ୍ଡା ଲିପୁଥିଲେ। ବେକରେ ଥିଲା କଳାସୂତା ସରିଏ। ବିଜୁ ସ୍ତ୍ରୀର ହାତଧରି ପିଣ୍ଢାକୁ ଉଠି ବୋଉକୁ ପ୍ରଣାମ କଲାବେଳେ, ଅଟକିଗଲା ତା' ସ୍ତ୍ରୀ। ଏଇ ତା'ର ଶାଶୁ? ଶାଢ଼ୀ ତଳେ ଯିଏ ଶାୟା କି ବ୍ଲାଉଜ୍ ପିନ୍ଧିନାହାନ୍ତି, ହାତ ମାଟିଗୋବରରେ ପୁରୁପୁରୁ। ବାରଣ୍ଡାସାରା ମାଟିଗୋବରର ମିଶ୍ରିତ ଗନ୍ଧ। ଜୋତା ପିନ୍ଧିଥିଲେ ମଧ ସେ ସେଠି ଠିଆ ହୋଇପାରିଲା ନାହିଁ। ଚଟ୍କରି ବୁଲିପଡ଼ି କହିଲା, ମୁଁ ଗାଡ଼ିରେ ବସିଛି ତମେ କଥାହୋଇ ଆସ। ସତକୁ ସତ ସେ ଲେଉଟି ଆସି କାରରେ ବସିରହିଲା, ଦରଜାର କାଚ ବନ୍ଦକରି। ଗାଁ ସାଇର ପିଲାଗୁଡ଼ାକ ଗାଡ଼ି ଚାରିପାଖରେ ବୁଲୁଥିଲେ, ଏକ ଦର୍ଶନୀୟ ଚିଜ ଦେଖିଲାପରି। ଅଗତ୍ୟା ଲେଉଟିଗଲା ବିଜୁ।

ଏବେ ତା'ର ପଢ଼ା ସରିଚି। ସେ ସସ୍ତ୍ରୀକ ଆମେରିକା ଯିବାର ବ୍ୟବସ୍ଥାରେ ଲାଗିପଡ଼ିଛି।

ବିଦ୍ୟାଧର ଦେଖିଥିଲେ ବର୍ଷକ ପରେ ଠିକ୍ ସେମିତି ସୁଦର୍ଶନ ତାଙ୍କୁ ନ ପଚାରି ବାହା ହୋଇପଡ଼ିଛି। ଫରକ୍ ଏତିକି, ସେ ଘରକୁ ଆସିଛି।

ବିଦ୍ୟାଧରଙ୍କ ପାଟି ଖୋଲୁ ନଥିଲା। ସେ କେତେବେଳେ କହିଲେ, ଯା' ଘରକୁ ଯା'। ଆଉ ଏଠି କାହିଁକି ?

ଭିତର ବାରଣ୍ଡାରେ ଠିଆ ହୋଇଥିଲେ ସୁମତି। ସୁଦର୍ଶନର ଭାଉଜ। ରୂପା ଓ ସୁଦର୍ଶନ ତାଙ୍କୁ ପ୍ରଣାମ କରୁ କରୁ, ସେ ରୂପାକୁ ଛାତିରେ ଜାକି ଧରିଲେ। ତା' ମୁହଁକୁ ଟେକି ଧରିଲେ। ରୂପା ଆଖିରେ ଲୁହ ଢଳ ଢଳ ହେଉଥିଲା, ବହିଗଲା ଧାର ଧାର ହୋଇ। ତାକୁ ପୋଛିଦେଇ ସେ କହିଲେ, ଆଉ କାନ୍ଦନା ଝିଅ କାନ୍ଦନା। ପାଦ ବଢ଼ାଇ ସାରିଚୁ ଯେତେବେଳେ, ବାଟରେ ଚାଲିବାକୁ ହେବ ହିଁ। କେତେ ଧୂଳି ପଡ଼ିବ ଆଖିରେ, ଦେହରେ, କଣ୍ଟା ଫୁଟିବ ପାଦରେ। ଯା' ହାତଧରି ଆସିଚୁ ସେ ହାତ ଛାଡ଼ିବୁ ନାହିଁରେ ମା'। ମୁଁ ତୋ' ପାଖରେ ହିଁ ଅଛି ସବୁବେଳେ।

ତଳକୁ ମୁହଁ ପୋତି ଠିଆ ହୋଇଥିବା ସୁଦର୍ଶନକୁ ଚାହିଁ ସୁମତି କହିଲେ,

ଏମିତି ଶିକ୍ଷା ତ ତତେ ତୋ' ଭାଇ ଦେଇନଥିଲେ କେବେ, ବିଜୁକୁ ବି ନୁହେଁ। ସେ ଯାହା କଲା, ତୁ ବି ସେଇଆ କଲୁ। ମନକଥା କହିଥିଲେ, ତୋ' ଭାଇ କେତେ ଜାକଜମକରେ ବାହାଘର କରିଥାନ୍ତେ। ଥରେ ବି କହିଲୁ ନାହିଁ। ହଉ, ଯା' ଧୁଆଧୁଲ ହ। ମୁଁ ଖାଇବାକୁ ବାଢ଼େ।

ରୂପାକୁ ରୋଷଘରକୁ ଡାକିନେଲେ ସୁମତି। କହିଲେ, ବଡ଼ବଡ଼ିଆଙ୍କୁ ମୁଣ୍ଡିଆ ମାର। କେତେ ସୁଖରେ, କେତେ ଆଶାରେ ବାହାଘର କରିଥାନ୍ତି। ବାଜା ବାଜିଥାନ୍ତା, କୁଣିଆ ମଇତ୍ର ଆସିଥାନ୍ତେ। ସେ ସୁଯୋଗ ତ ଦେଲନି। ହଉ ଯା, ଠାକୁର ଘରେ ମୁଣ୍ଡିଆ ମାର। ସବୁଠି ମୁଣ୍ଡିଆ ମାରିସାରି ସେ ରୂପାକୁ ନେଇ ସବୁଠୁ ଭଲଘର ଯେଉଁଟି ସେଇଠି ବସାଇଲେ। ଦାଣ୍ଡ ସାହାଲାରେ ଦକ୍ଷିଣୀଆଥୁର ତିନି ବଖରା ଘର। ଏକଣା ଘରଟା ପୂର୍ବପଟେ, ସେ ବଖରାଟା ଶାଶୁଙ୍କର ଥିଲା। ସେ ଘରେ ପଡ଼ିଥିଲା ଗୋଟେ ପୁରୁଣାକାଳିଆ ପଲଙ୍କ। ଗୋଟାଏ ଧତଡ଼ା କାଠ ଆଲମାରି। ଅଲଗୁଣିରେ ଝୁଲୁଥିଲା ଲୁଗାପଟା। ରୂପାକୁ ଖଟ ଉପରେ ବସାଇଦେଇ ସୁମତି ଦେଖିଲେ, ରୂପା ଏକବସ୍ତ୍ର ହୋଇ ହିଁ ଆସିଛି। ସେମାନଙ୍କ ପାଖରେ ଦି'ଟା ବ୍ୟାଗ୍ ଛଡ଼ା ଆଉ କିଛି ନାହିଁ। ରୂପାକୁ ଶାଢ଼ୀ ବଦଲାଇବାକୁ ଦବାକୁ ତାଙ୍କର କ'ଣ ଭଲ ଶାଢ଼ୀ କେତେ ଖଣ୍ଡ ବି ଅଛି? ସେ ଟ୍ରଙ୍କ୍ ଖୋଲି, ମାଣିଆବନ୍ଦୀ ଶାଢ଼ୀଟିଏ କାଢ଼ିଲେ। ଏ ଖଣ୍ଡିକୁ ବିଜୁ ଆଣି ଦେଇଥିଲା ଭୁବନେଶ୍ୱରରୁ। ତାକୁ ନେଇ କହିଲେ, ତୁ ଲୁଗା ବଦଲିପକା। ମୁଁ ଖାଇବାକୁ ବାଢ଼େ।

ବାରଣ୍ଡାରେ ଠିଆ ହୋଇଥିଲେ ଦେଢ଼ଶୁର। ସେ ଜାଣନ୍ତି ଖାଇବାକୁ ଥିବ ତାଙ୍କର ସବୁଦିନିଆ ଚିରାଚରିତ ପଖାଳ, କ'ଣ ଗୋଟେ ଭଜା, କି ପୋଡ଼ା, ଖୁବ୍ ହେଲେ ଶୁଖୁଆ ଭଜା। ଚିଲିକା କୂଳ ଗାଆଁମାନଙ୍କର ସାଧାରଣ ଖାଇବା ତ ମାଛ, ଶୁଖୁଆ, ଭାତ। ସେ କହିଲେ, ତମେ ଯାଅ, ମୁଗ ଚାଉଳ ଦି'ଟା ଫୁଟେଇ ଦିଅ। ଶିକାରେ ଘିଅ ତ ଅଛି, ଚିନି ଆଣିଥିଲି ଥବ। ଆଳୁ ଦି'ଟା ଭାଜିଦିଅ।

ରୂପାପରି ଏଇ ବଡ଼ଘର ଝିଅକୁ କଅଣ ଖାଇବାକୁ ଦେବେ, ପ୍ରଥମ ଥର, ପୁଣି ଏତେ ରାତିରେ। ସୁମତି ଭିତରେ ଭିତରେ ଲାଜରେ ସଢ଼ି ଯାଉଥିଲେ। ନିଜକୁ ଭାରି ହୀନମାନ ଲାଗୁଥିଲା। ସେ ତରତର କରି ଯାଉଯାଉ ରୂପା ତାଙ୍କ ହାତ ଧରିପକାଇଲା, କହିଲା, ଘରେ ଯା' ଅଛି ମୁଁ ତ ସେଇଆ ଖାଇବି। ଯାହା ଆପଣ ଖାଇବେ, ଭାଇ ଖାଇବେ, ସେ ଖାଇବେ, ମୁଁ ତ ସେଇଆ ଖାଇବି ପରମ ଖୁସୀରେ।

ରୂପା ମୁହଁକୁ ଚାହିଁଲେ ସୁମତି ସ୍ନେହରେ। ପିନ୍ଧା କନ୍ଥା କାନିରେ ପୋଛିଦେଲେ ତା'ର ମୁହଁ। ମନକୁ ମନ ଭାବିଲେ, ଏଇ ବୁଦ୍ଧି ତୋର ଥାଉଲୋ ମାଆ! ଠାକୁରେ ତୋର ଭଲ କରନ୍ତୁ।

ରୂପା ପାଇଁ ବାଢ଼ିଥିଲେ ସୁମତି ପଖାଳ, ଦେଶୀଆଳୁ ଭଜା, ଶୁଖୁଆ ଭଜା। ତାଙ୍କୁ ଭାରି କଷ୍ଟ ହେଉଥିଲା। ସେ ଭାବୁଥିଲେ, ଦାରିଦ୍ର୍ୟଟା କେତେ ବଡ଼ ଅଭିଶାପ, ଯିଏ ମହତ ସାରିଦିଏ। ମଣିଷକୁ ବିକଳିଆ କରିଦିଏ, ହୀନମାନ କରିଦିଏ।

କୁଣ୍ଠା, ଗୁଣ୍ଠା କରି ରୂପାକୁ ଖୁଆଇ ଦଉଥିଲେ ସୁମତି ସ୍ନେହରେ। ଖାଇବାର ତ କ'ଣ ସତରେ ଖାଦ୍ୟରେ ଥାଏ। ଜୀବନରେ ଜନ୍ମ କେବେ ବି ଦେଶୀଆଳୁ ଭଜା ନେଇ ପଖାଳ ଖାଇ ନଥିବା ରୂପା, ଖୁବ୍ ସରାଗରେ ଖାଉ ଖାଉ ଭାବୁଥିଲା, ଏଇ ଦାରିଦ୍ର୍ୟର ଜ୍ୟୋତି ଅଛି, ମହତ୍ତ୍ୱ ଅଛି। ଶିରୀ ଅଛି। ସେ ମହିମାମୟ। ତାକୁ ଏତେ ମହିମାନ୍ୱିତ କରିଛି ହୃଦୟର ସ୍ନେହ, ପ୍ରେମ।

ଦୋତାଲା କୋଠାରେ, ଘିଅଦୁଧ ମହୁରେ ଆଜନ୍ମ ଲାଲିତପାଳିତ ରୂପା ଏମିତି ନିରୁତା ସ୍ନେହ ଟିକେ ପାଉଚି କେବେ କେଉଁଠି ? ବାପାମା' ଭଲପାନ୍ତି। ହେଲେ ସେ ଭଲ ପାଇବାରେ ବି ସର୍ତ୍ତ ଥାଏ। ଏଠି ଦାରିଦ୍ର୍ୟରେ ଯେଉଁ ଭଲପାଇବା, ଏ ଭଲପାଇବାରେ ତ ଟିକେ ବି ସର୍ତ୍ତ ନାହିଁ। ସ୍ୱାର୍ଥ ନାହିଁ।

ନାଁ, ରୂପା ଠକି ଯାଇନାହିଁ। ରୂପା ହାରି ଯାଇନାହିଁ। ଯେଉଁ ବାଟରେ ଗୋଡ଼ ରଖିଚି ସେଇ ତା'ର ପରମ ବାଞ୍ଛିତ ପଥ।

ସକାଳେ କିନ୍ତୁ ରୂପାର ମନ ଟିକେ ଉଣା ପଡ଼ିଗଲା। ଯେତେବେଳେ ଜାଣିଲା ତା' ଦେଢ଼ଶୁର ବିଦ୍ୟାଧର, କେଉଁଠୁ ଟଙ୍କା ଯୋଗାଡ଼କରି ସାଇକେଲରେ ପାଖ ସହରକୁ ଯାଇଚନ୍ତି, ତା'ପାଇଁ ଶାଢ଼ୀ କିଣି। ସେ ଯେ ଏକ ବସ୍ତ୍ର ହୋଇଆସିଚି। ଚଳିବାପାଇଁ ତା'ର ତ ନିହାତି ଲୁଗାପଟା ଦରକାର।

ଅଥଚ ସୁଦର୍ଶନ ? ସୁଦର୍ଶନ ତ ଏଇ କାମ କରିପାରିଥାନ୍ତା। ଏଇ କାମ କରିବାରତ ପ୍ରଥମ ଦାୟିତ୍ୱ ସୁଦର୍ଶନର ହିଁ।

ଅଥଚ ସେ ସକାଳୁ ସକାଳୁ ରୂପା ସହିତ ଆରମ୍ଭ କରିଥିଲା ବହୁ ପ୍ରତୀକ୍ଷିତ ତା'ର ଅବ୍ୟକ୍ତ ପ୍ରେମାଳାପ।

ରୂପାର ଛାତିଟା ରକ୍ କରି ହୋଇଥିଲା। ସେ ବାଲୁରୀ ହୋଇପାରେ। ସାଦାସିଧା ହୋଇପାରେ। ହେଲେ ମନ ଜିନିଷଟା ତା'ର ଭାରି ସ୍ପର୍ଶକାତର। ସେ ଠିକ୍ ବୁଝିପାରେ ସବୁ... ସବୁ।

ଦେଢ଼ଶୁର ଆଣିଥିଲେ ଭଲ ଶାଢ଼ୀ, ଘରପିନ୍ଧା ଶାଢ଼ୀ, ସମୁଦାୟ ଆଠଖଣ୍ଡ। ତାକୁ ଚାହିଁ ଶାଢ଼ୀ, ଶାୟା, ବ୍ଲାଉଜ, ବିଛଣାଚାଦର। ଆଣିଥିଲେ ରୂପାପାଇଁ କସମେଟିକ୍ ଜିନିଷ ସବୁ। କେବଳ ଆଣିପାରି ନଥିଲେ ସୁନା ଜିନିଷ।

ଗଲାବେଳେ କାନେ କାନେ ବୁଝାଇଥିଲେ ସୁମତି, ଜାଣିଲଟି, ପାଞ୍ଚଦଶ

ଦୋକାନ ଖୋଜି ଖୋଜି ଜରିପକା ଚୁଡ଼ି ସବୁ ଆଣିବ। ନୂଆବୋହୂଟା ବାହିଏ ଲେଖା କାଚଚୁଡ଼ି ପିନ୍ଧିବ ନାଇଁ? ଆଉ ହେଇଟି, ସୁନାପାଣି ଦିଆ କ'ଣ ସବୁ ଗହଣା ମିଳୁଛି ପରା ବଜାରରେ। ଯଦି ପଇସା ବଳିବ, ଟିକେ ଦେଖିବ ତ!!

ବିଦ୍ୟାଧର ଚାହିଁଥିଲେ ଶ୍ରଦ୍ଧାରେ ସୁମତିକୁ। ସୁମତିଟି ଏମିତି ସ୍ନେହ ରକ୍ଷୁଣୀ। ଦିଅରକୁ ପୁଅପରି ବଢ଼ାଇଛନ୍ତି। ନିଜ ପୁଅବୋହୂ ମୁହଁ ଆଡ଼େଇ ଚାଲିଯାଇଛନ୍ତି। ସାତ ସାନ ହେଲେ ବି ଏଇ ଯା' ଦିଅର ପାଇଁ ଶ୍ରଦ୍ଧା ଉଚ୍ଛୁଳୁଛି ତା'ର। ପଇସା ଥିଲେ ସେ କ'ଣ ନାହିଁ କରିଦିଅନ୍ତା। ନିଜପାଇଁ ଦିନେ ବି କିଛି ମାଗିନି। ବିଦ୍ୟାଧର ଚାଲିଗଲେ ସୁମତିର କଥାମାନି। ଭଲ ଶଙ୍ଖାଚୁଡ଼ି ବାହିଏ ଲେଖା ଆଣିଥିଲେ। ଆଣିଥିଲେ, ସୁନାପାଣି ଦିଆ ସିନ୍ଦୁଟିଏ। ସହର ବଜାରରେ ନ ମିଳେ କ'ଣ? ପକେଟ୍‌ରେ ରକମ ଥିଲେ ହେଲା!!

ତାଙ୍କୁ ଯେ ଗାଆଁବାଲାଙ୍କୁ ଭୋଜିଟିଏ ଦେବାକୁ ହେବ।

ନିଜର ସାମର୍ଥ୍ୟ ନେଇ ଯେତିକି ହେଲା, ସେତିକିରେ ରୂପାକୁ ସଜେଇଦେଲେ ସୁମତି। ପାଉଁଜି ରୁଣୁଝୁଣୁ କରି ସେ ଆତଯାତ ହେଲା ସେଇ ମାଟି ଘରେ। ସଫାସୁତୁରା ଅଗଣା। ମଲ୍ଲୀ, କାଠଚମ୍ପା ଫୁଟୁଥିବା ବାରିପାଖ। ସବୁ ଶାନ୍ତ, ସ୍ନିଗ୍ଧ, ଅପୂର୍ବ ଲାଗୁଥିଲା ତାକୁ। ଏଇ ମାଟିଘର, ଡିବି ଲଣ୍ଠନ ଆଲୁଅ, ଭାତ ସାଙ୍ଗରେ ଆବଶ୍ୟକତା ପାଇଁ ତରକାରୀ, ସବୁ ରୂପାକୁ ଭଲ ଲାଗୁଥିଲା। ଏଇ ମାଟିଘରେ ହିଁ ମାଧୁର୍ଯ୍ୟ ଅଛି। ଏଠି ତ ସେ ପାନ କରିବ ଜୀବନ-ପୀୟୁଷ ଆକଣ୍ଠ।

ରୂପାର ମନେହେଲା ସେଇ ଗୀତଟା ଗାଆନ୍ତା....

"ଜୀବନ ପାତ୍ର ମୋ ଭରିଛ କେତେ ମତେ,
ନ ଦେଲ ବୋଲି କିଛି କହିବି କି ହେ ଆଉ!!"

ହେଲେ ଏଠି କ'ଣ ଗୀତ ଗାଇହେବ। ମୁହଁ ଖୋଲି ଗୀତଟି ନ ଗାଇଲେ ମଧ ରୂପାର ସାରା ଅନ୍ତଃକରଣ ଏଇ ଗୀତର ସୁରରେ ଅନୁରଣିତ ହୋଇଯାଇଥିଲା। ସେ ସୁମତିଙ୍କ ସାଙ୍ଗେ ମିଶି କାମ କରିବାକୁ ଆଗଭର ହୋଇ ବାହାରିପଡ଼ିଲା।

ବିଦ୍ୟାଧର ସାମର୍ଥ୍ୟ ଅନୁସାରେ ଭୋଜିଟିଏ ବେଲେ ଗାଁରେ। ଚିଲିକାରୁ ଆସିଥିଲା ଚୁଙ୍ଗୁଡ଼ି, ଖଇଙ୍ଗା। ଗାଆଁବାଲାଙ୍କୁ ବୁଝାଇଦେଲେ ଏଣୁ ତେଣୁ କହି।

ବାହାଘର ଭୋଜିଭାତର ଝମେଲା ତୁଟିଗଲା ପରେ ବିଦ୍ୟାଧର ଭାବୁଥିଲେ ସୁଦର୍ଶନ ଏବେ କରିବ କ'ଣ? ପ୍ରାକ୍‌ଟିସ୍ କରିବ କୋଉଠି? ପୁଣି କେଉଁ ଓକିଲଙ୍କ ପାଖେ ସହକାରୀ ଭାବେ କାର୍ଯ୍ୟ ଆରମ୍ଭ କରିବ। ଭୁବନେଶ୍ୱର କି କଟକ ଯେଉଁଠି ହେଲେ, ତାକୁ ତ ପ୍ରାକ୍‌ଟିସ୍ କରିବାକୁ ହେବ। ଆଉ ସେତକ ଦିନ ତାକୁ ଚଲାଇବା

ଦାୟିତ୍ୱ ତ ତାଙ୍କର। ସେ ବ୍ୟସ୍ତ ହେଇ ଉଠୁଥିଲେ। ଏତିକିବେଳେ ଖବର କାଗଜଟାଏ ଦେଇଗଲା ଛାତ୍ରଜଣେ। ତାକୁ ପଢ଼ୁ ପଢ଼ୁ ହଠାତ୍ ଏକ ଖବରରେ ଆଖି ପଡ଼ିଗଲା ତାଙ୍କର। ସେ ଚମକି ପଡ଼ିଲେ। ହେ ଭଗବାନ୍ – ଶବ୍ଦଟାଏ ବାହାରିଗଲା ତାଙ୍କ ମୁହଁରୁ। ସେ କାଗଟା ଧରି ଭିତରକୁ ଗଲେ।

ସୁଦର୍ଶନ ସେତେବେଳେ ଖାଇବସିଥିଲା। ସକାଳୁଆ ପଖାଳ, ଭାଉଜ ତା'ର ଗରମ ଗରମ ଶାଗ ଭାଜି ଦେଇଥିଲେ, ବଡ଼ିଭଜା ବି। ଖଟବାଡ଼କୁ ଆଉଜି ଠିଆ ହୋଇଥିଲା ରୂପା।

ହୁଆରମୁହଁରେ ଠିଆହୋଇ ବିଦ୍ୟାଧର କହିଲେ, ଏ ଖବରଟା ଦେଖିଲୁରେ ସଦୁ।

ସୁଦର୍ଶନ ବାଁ ହାତ ବଢ଼ାଇ ଖବର କାଗଜଟା ନେଇଗଲା। ତା'ପରେ ଏଠି ସେଠି ଆଖି ଘୂରଉ, ଘୂରଉ, ହଠାତ୍ ତା' ଆଖି ଗୋଟେ ଜାଗାରେ ଥ' ମାରି ରହିଗଲା। ସେଠି ଲେଖାଥିଲା –

"ପୁରୀର ସୁନାମଧନ୍ୟ ଆଡ୍‌ଭୋକେଟ୍ ରତିକାନ୍ତ ଜଗଦେବ ଶ୍ରୀମନ୍ଦିରରେ ଦର୍ଶନପାଇଁ ଗଲାବେଳେ, ବାଇଶିପାହାଚ ଉପରେ ହଠାତ୍ ଅଜ୍ଞାନ ହୋଇ ପଡ଼ିଗଲେ। ତାଙ୍କୁ ସାଙ୍ଗେ ସାଙ୍ଗେ ବଡ଼ ଡାକ୍ତରଖାନାରେ ଆଇ.ସି.ୟୁ.ରେ ତିନିଦିନ ପର୍ଯ୍ୟନ୍ତ ରଖାଯାଇଥିଲା। ତିନିଦିନ ପରେ ଡାକ୍ତରମାନଙ୍କ ଅକ୍ଲାନ୍ତ ଚେଷ୍ଟାରେ ତାଙ୍କର ଚେତା ଫେରିଚି। ହେଲେ ସେ ପକ୍ଷାଘାତ ଗ୍ରସ୍ତ ହୋଇପଡ଼ିଚନ୍ତି। ଡାକ୍ତରଙ୍କ କହିବାନୁସାର ତାଙ୍କର ବଡ଼ ଧରଣର ହୃଦ୍‌ଘାତ ହୋଇଯାଇଥିଲା। ସେ ବର୍ତ୍ତମାନ ୫ ନମ୍ବର କ୍ୟାବିନ୍‌ରେ ଚିକିତ୍ସିତ ହେଉଚନ୍ତି।"

ଖବରଟା ପଢ଼ି ସୁଦର୍ଶନ କାଗଜଟା ରୂପା ହାତକୁ ବଢ଼ାଇଦେଲା। ଭାତକଂସା ଛାଡ଼ି ଉଠିଗଲା ସେ।

ଖବରଟା ପଢ଼ିନେବାକୁ ରୂପାକୁ ଡେରି ହେଲାନାହିଁ। ପଢ଼ିସାରି ସେ ଯେମିତି ମୂକ ପାଲଟିଗଲା। ତା'ମୁଣ୍ଡରେ ତ ଆକାଶ ଛିଡ଼ିଲା ନାହିଁ! ଝଡ଼ ଉଠିଲା ନାହିଁ! କେଉଁଠି କିଛି ବିଲକ୍ଷଣ ଦେଖାଗଲା ନାହିଁ। ତଥାପି ସେ ସ୍ତବ୍ଧ ହୋଇ ବସିଗଲା, ସତେକି ପଡ଼ିଯିବ। ଘରୁ ଗୋଡ଼ କାଢ଼ି ଆସିଲା ଦିନୁ ଘରକଥା ମୁହୂର୍ତ୍ତିକ ପାଇଁ ସେ ତ ଭାବିନଥିଲା। ଭାବିନଥିଲା ବାପାଙ୍କ ମୁହଁ ଉପରେ କେମିତି କଳାକନ୍ଦ ବୁଲିଯାଇଥିବ। ଭାବିନଥିଲା ସାଇପଡ଼ିଶା ଚାହିଁତାପେରା କଳାବେଳେ, ବେଉ କିମିତି ସମ୍ଭାଳି ପାରୁଥିବ ସେ କଥା। ସେ ଏସବୁ ପୂରା ଭୁଲିଯାଇଥିଲା। ସେ କେବଳ ଦେଖିଥିଲା, ନିଜର ପ୍ରେମର ଗତି, ପ୍ରେମର ଦାବୀ। ନିଜ ପ୍ରେମର ପ୍ରତିଷ୍ଠା। ଆଉ ଏବେ, ତା'ର ସେହି

ସ୍ୱପ୍ନର, ପ୍ରେମର ମହଲକୁ ମଧ୍ୟ ନିରଙ୍କୁଶ ରଖିବାକୁ ଚାହିଁଲେ ନାହିଁ ଈଶ୍ୱର। ନିନ୍ଦା ସେ ପାଇସାରିଥିଲା, କୁତ୍ସାରଟନା ସେ ବରଦାସ୍ତ କରିସାରିଥିଲା, ନିଜର ପ୍ରେମର ମହତ୍ତ୍ୱ ପାଇଁ। ହେଲେ ଏବେ, ଏ ନିନ୍ଦା ନୁହେଁ, କୁତ୍ସା ନୁହେଁ, ଅପବାଦ ନୁହେଁ।

ଏବେ ଏହା ଏକ ଅପରାଧ। ଅଦୃଶ୍ୟ ଭୟଙ୍କର ଅପରାଧ। ତା'ର ପ୍ରବଳ ପ୍ରତାପୀ, ଜ୍ଞାନୀଗୁଣୀ, ପୁରୁଷାର୍ଥରେ ଶ୍ରେଷ୍ଠ ବିଜ୍ଞ ବାପା, ତା'ରି ପାଇଁ ଅକର୍ମଶୀଳା ହୋଇ ପଡ଼ିରହିଲେ ବିଛଣାରେ ଅଚଳ, ଅକ୍ଷମ ହୋଇ।

ରୂପା ଯେ ତାଙ୍କର ସୁନାମରେ, ମର୍ଯ୍ୟାଦାରେ, ପ୍ରତିଷ୍ଠାରେ କୁଠାରଘାତ କରି ଚାଲିଆସିଥିଲା, ସହିପାରିଲେ ନାହିଁ ସେ ଏ ଦୁଃଖ। ବରଦାସ୍ତ କରିପାରିଲେନି। ଭାଙ୍ଗିଗଲେ। ଚୂନା ହୋଇଗଲେ, ରୂପାପରି ସେଇ କଳଙ୍କିନୀ ଝିଅଟା ପାଇଁ।

୬୫... ରୂପାର ମୁଣ୍ଡ ବୁଲାଇ ଦେଲା, ସତେକି, ସେ ଖଟ ଉପ ବସିପଡ଼ିଲା ଲଥ କରି।

ସୁଦର୍ଶନ କାବା ହୋଇ ଚାହିଁଥିଲା ତା' ବଡ଼ ଭାଇଙ୍କ ମୁହଁକୁ। ବିଦ୍ୟାଧର ଗମ୍ଭୀର ଭାବେ ପଦଚାରଣା କରୁ କରୁ କହିଲେ, ଏମିତି ହେବା ସ୍ୱାଭାବିକ, ଧକ୍କା ତ ଲାଗିଥିବ ନିଶ୍ଚେ। ବିଜୁ ଯେଉଁଦିନ ଚିଠି ଦେଲା ଯେ ସେ ବାହାହୋଇ ସାରିଛି, ସେଦିନ ମୁଁ ତ କମ ଧକ୍କା ପାଇନଥିଲି? ତିନିମାସ ପରେ, ବୋହୂ ଯେତେବେଳେ ଆସି ଗୋବର ଲିପା ବାରଣ୍ଡାରେ ପାଦ ଦଉ ଦଉ, ଛିଃ, ଛିଃ କହି ଓହ୍ଲାଇ ଯାଇ ଗାଡ଼ିରେ କାଚ ପକାଇ ବସିରହିଲା, ସେଦିନ କ'ଣ ମୁଁ ଚୂନା ହୋଇ ଯାଇନଥିଲି? ଆମ ଗରିବ ଲୋକଙ୍କ ମନ ଖୁବ୍ ଟାଣ, ଖୁବ୍ ଉଦାର। ଏସବୁ ଭୁଲିଯିବା ଉଚିତ ବୋଲି ମୁଁ ବି ଭାବି ନେଇଥିଲି। ହେଲେ ବଡ଼ଲୋକମାନଙ୍କ କଥା ନିଆରା। ସେମାନେ କଷ୍ଟ ସବିଙ୍କୁ ଦେଇପାରନ୍ତି ସିନା, କାହାଠୁ କଷ୍ଟ ପାଇଲେ ସହିପାରନ୍ତି ନାହିଁ। ହୁଏତ ଭାଙ୍ଗିଯାନ୍ତି ନଚେତ୍ ପ୍ରତିକ୍ରିୟାଶୀଳ ବା ପ୍ରତିହିଂସା ପରାୟଣ ହୋଇଯାନ୍ତି।

ସୁଦର୍ଶନ କହିଲା... ଏବେ କ'ଣ ହେବ ଭାଇ? ମୁଁ କ'ଣ କରିବି ଭାବିପାରୁନି।

ବିଦ୍ୟାଧର ଠିଆହେଲେ। କହିଲେ, ଯା'ହେଲେ ମଧ୍ୟ ତୁମ ଦୁହିଁଙ୍କୁ ଯିବାକୁ ପଡ଼ିବ। ତୁମେ ଦୁହେଁ ଏକା କାହିଁକି, ତମ ସାଙ୍ଗେ ମୁଁ ମଧ୍ୟ ଯିବି। ମତେ ନ ଚିହ୍ନନ୍ତୁ ସେ, ମୁଁ ତ ତୋର ଅଭିଭାବକ, ବିପଦରେ ଆମର ଠିଆହେବା କଥା। ତେଣିକି ଅବସ୍ଥା ଯା' ବି ହେଉ।

ରୂପା ହୋଇଯାଇଥିଲା ପୁରା ନିର୍ବାକ୍। ଅପରାଧର ଗ୍ଲାନିରେ ବିଦୀର୍ଣ୍ଣ ହୋଇଯାଉଥିଲା ସେ। ତାକୁ ଯେମିତି କିଏ ଛିଗୁଲାଉ ଥିଲା। ବାପାର ଜୀଅନ୍ତା ଶବ ଉପରେ, ତୁ ସୁଖର ସଂସାର ଗଢ଼ିବୁ? ପ୍ରେମର ପ୍ରତିଷ୍ଠା କରିବୁ? କର, ଖୁସୀରେ କର।

ସେମାନେ ତିନିଜଣ ପୁରୀ ବାହାରି ଗଲେ ବସ୍‌ରେ। ବିଦ୍ୟାଧର, ସୁଦର୍ଶନ ଓ ରୂପା !

ପୁରୀରେ ପହଞ୍ଚିଲାବେଳକୁ ଅପରାହ୍ନ। ଡାକ୍ତରଖାନାରେ ପାଞ୍ଚନମ୍ବର କ୍ୟାବିନ୍‌ ଖୋଜିବାରେ ଡେରି ହେଲା ନାହିଁ। ବେଶ୍‌ କେତେ ଲୋକ ଗଦା ହୋଇଥିଲେ। ନିକାଞ୍ଚନ ଜାଗାରେ ଚୁପ୍‌ହେଇ ବସିରହିଲା ରୂପା। ସୁଦର୍ଶନ ଓ ବିଦ୍ୟାଧର ଏପାଖ ସେପାଖ ହେଉଥିଲେ ଦୂରଛଡ଼ା ହୋଇ। ସନ୍ଧ୍ୟାପରେ ଲୋକ ଗହଳି ଭାଙ୍ଗିଲା। ବିଦ୍ୟାଧର ଠାରି ଦେଲେ। ସୁଦର୍ଶନ ରୂପାର ହାତଧରି କ୍ୟାବିନ୍‌ ଭିତରକୁ ଗଲା।

କ୍ୟାବିନ୍‌ ଆଡ଼କୁ ଯାଉ ଯାଉ ରୂପାର ଗୋଡ଼ ଯେମିତି ପାଣି ହୋଇ ଆସୁଥିଲା। ଛାତି ଧଡ଼ ଧଡ଼ କରୁଥିଲା ଭୟରେ। ସେ ସନ୍ତର୍ପଣରେ ଠିଆହୋଇ ଆଗ ରୁମ୍‌ ସାରା ଆଖିବୁଲାଇଲା। ସାମ୍ନା ଖଟରେ ଅଶୀକିଲୋ ଓଜନ ଓ ପାଞ୍ଚଫୁଟ ଦଶଇଞ୍ଚର ଲମ୍ବ ତା' ବାପାଙ୍କ ଶରୀର ପଡ଼ିରହିଥିଲା କାଠଗଡ଼ ପରି ଅଥର୍ବ ହୋଇ। ମୁହଁ ଚିପୁଡ଼ି ହୋଇଯାଇଥିଲା। ଆଖି ଦି'ଟା ଥିଲା ପ୍ରାୟ ଶୂନ୍ୟ। ମୁଣ୍ଡର କେଶ ଥିଲା ଇତସ୍ତତଃ। ଚଲୁଥିବା ଗୋଟିଏ ହାତକୁ ସେ ମୁଠା ମୁଠା କରୁଥିଲେ। ତାଙ୍କ ପାଦପାଖରେ ବସିଥିଲା ବୋଉ, ଚିରାଚରିତ ଢଙ୍ଗରେ ସେଇ ଜରିଧଡ଼ିର ଶାନ୍ତିପୁରୀ ଶାଢ଼ୀ ପିନ୍ଧି। ତା' ମୁହଁ ତ କଳା ପଡ଼ିଯାଇଥିଲା ସମ୍ପୂର୍ଣ୍ଣ। ସତେ କି ରାତିକ ଭିତରେ ରାଜାର ସାମ୍ରାଜ୍ୟ ଉକୁଟି ଯାଇଚି। ରାଜାଟିଏ ଭିକାରୀ ହୋଇଯାଇଚି ରାସ୍ତାର। ଠିକ୍‌ ସେମିତି ଦୟନୀୟ କାକୁସ୍ତ ଦିଶୁଥିଲା ବୋଉର ମୁହଁ। ବାପାଙ୍କ ମୁଣ୍ଡ ପାଖରେ ଠିଆ ହୋଇଥିଲା ତପନ। କବାଟ ପଟକୁ ପିଠିକରି ଠିଆ ହୋଇଥିଲା ଗୁମାସ୍ତା।

ଆଗକୁ ଆଗକୁ ପାଦ ବଢ଼ାଇ ବଢ଼ାଇ ରୂପାର ଛାତି କମ୍ପି ଉଠିଲା, ଧଡ଼ଧଡ଼ ହେଲା। ଲଜ୍ଜା, ଭୟ, କୁଣ୍ଠା, ସର୍ବୋପରି ଏକ ପ୍ରଚଣ୍ଡ ଅପରାଧବୋଧର କଳାମେଘ ତା' ସାରା ଦେହ ମନରେ ଆଚ୍ଛନ୍ନ ହୋଇ ସତେ କି ବର୍ଷିବ ବର୍ଷିବ ହେଉଥିଲା। ସେ ପ୍ରସ୍ତୁତ ହେଉଥିଲା, ତା'ର ସବୁ ଗ୍ଲାନି, କ୍ଷୋଭ, ଅପରାଧବୋଧକୁ ଲୁହକରି ଅଜାଡ଼ି ଦେବ। ବାପାଙ୍କ ଗୋଡ଼ ଦି'ଟାକୁ ଧରି, ଆକୁଳରେ କହିବ, ତମେ ମତେ ଯାହା ଦଣ୍ଡ ଦେବ ଦିଅ ବାପା ! ଅଭିଶାପ ଦିଅ ମତେ। ଗାଲି ଦିଅ, ଯା' ଇଚ୍ଛା ତା'କର ହେଲେ ତମେ ଭଲହେଇଯାଅ। ମୋ ଜୀବନ ବିନିମୟରେ ତମେ ଭଲ ହେଇଯାଅ ବାପା !

ଏତେ କଥା କହିବାଯାଏ ବେଳ ଅଣ୍ଟିଲା ନାହିଁ। ରୁମ୍‌ର ଏରୁଣ୍ଡ ବନ୍ଦ ଟେଉଁ ଟେଉଁ ସେ ଘରେ କ'ଣ ଉଲ୍‌କା ପାତ ହେଲା ? ବାଘ ଦେଖିଲା ପରି ଚମକି ପଡ଼ିଲେ ସମସ୍ତେ ରୂପା ଓ ସୁଦର୍ଶନକୁ ଏକତ୍ର ଦେଖି। ନିର୍ଜୀବ, ନିଥର ହୋଇ କାଠଗଡ଼ ପରି ପଡ଼ି ରହିଥିବା ବାପାଙ୍କର ସେ ଦେହଟା ଯେମିତି ଶତ ସିଂହର ବଳ ସଂଗ୍ରହକରି

ଥରିଉଠିଲା ଏକ ନିରୁପାୟ କ୍ରୋଧରେ। ଖନିମାରି ଯାଉଥିବା ପାଟିରେ, ତଥାପି ସେ ଗର୍ଜନ କରୁଥିଲେ, "ବାହାର କରି ତାକୁ ମୋ' ସାମ୍ନାରୁ, ବାହାର କରିଦିଅ ତାକୁ। ତାଙ୍କର ନିଜର ଗର୍ଜନ ତାଙ୍କୁ ଏତେ ଶୀତଳ ଓ ଦୁର୍ବଳ ଜଣାଗଲା ଯେ, କ୍ରୋଧରେ, ସେ ଫିଙ୍ଗି ଚାଲିଲେ, ଖଟ ପାଖ ଥାକରେ ଥିବା ହର୍ଲିକ୍ସ ବୋତଲ, କାଚଗ୍ଲାସ୍, ଥର୍ମଫ୍ଲାକ୍। ଝନତ୍କାର ସୃଷ୍ଟିକଲା ସେ ସବୁ ଚଟାଣରେ ଗୁଣ୍ଡା ହୋଇପଡ଼ି। ବୃଥା ଆସ୍ଫାଳନରେ ଜଳୁଥିଲେ ରତିକାନ୍ତ। ଯଦି ସେ ସବଳ ଥାନ୍ତେ, ତେବେ ଏଇଠି, ଏଇ ମୁହୂର୍ତ୍ତରେ ସେ ଦୁହିଁଙ୍କୁ ହତ୍ୟା କରିବାକୁ ମଧ୍ୟ ପଛାନ୍ତେ ନାହିଁ।

ବାପାଙ୍କର ଏଇ ପ୍ରଚଣ୍ଡ ରାଗ ଓ ଅସ୍ପଷ୍ଟ ଶାଣିତ ତିରସ୍କାରରେ ଏକପାଖିଆ ହୋଇ ଠିଆ ହୋଇଗଲା ରୂପା, ଦି'ପାଦ ପଛକୁ ଘୁଞ୍ଚିଆସି। ତା'ର ନିଃଶ୍ୱାସ ଯେମିତି ରୁଦ୍ଧି ହୋଇଆସୁଥିଲା। ତା' ଆଖ୍ୟ କଠୋର ହୋଇଗଲା। ସୁଦର୍ଶନ ଦି'ପାଦ ଆଗକୁ ଯାଉ ଯାଉ ରତିକାନ୍ତ ବାବୁ ପୁଣି ଚିତ୍କାର କଲେ, ବିଶ୍ୱାସଘାତକ, ତସ୍କର, ଭାକ୍ ଭାକ୍ ଏଠୁ।

ବାପାଙ୍କୁ ପୁଣି ଥରେ ତୀବ୍ର ଦୃଷ୍ଟିରେ ଚାହିଁଲା ରୂପା। ତା'ପରେ ସେ ସୁଦର୍ଶନକୁ ବେଢ଼େଇ ଧରି ବାହାରକୁ ଟାଣିଲା। ଥରୁଥିବା ଦେହ, ନିଃଶ୍ୱାସ ବନ୍ଦ ହୋଇଯାଉଥିବା କଷ୍ଟକୁ ସମ୍ଭାଳୁ ସମ୍ଭାଳୁ ସେ ସୁଦର୍ଶନର ହାତକୁ ନିବିଡ଼ ଭାବେ ମୁଠାଇ ଧରିଲା। ଅସ୍ପଷ୍ଟ ସ୍ୱରରେ କହିଲା, ରାଗନ୍ତୁ ସେ, ରାଗୁଥାନ୍ତୁ। ହେଲେ ତମେ ମୋର ଅତୀତ, ତମେ ବର୍ତ୍ତମାନ, ତମେ ହିଁ ଭବିଷ୍ୟତ ମୋର।

ସୁଦର୍ଶନର ରୂପାର ହାତଧରି ବାରଣ୍ଡାକୁ ଓହ୍ଲାଉ ଓହ୍ଲାଉ ପଛପାଖରୁ ଗୁମାସ୍ତା ଆସି ରୂପାକୁ କହିଲେ, ତମେ କିଛି ଭଲ କଲନାହିଁ ମାଆ! କାହିଁକି ଆସି ତାଙ୍କୁ ମୁହଁ ଦେଖାଉଥିଲ ? ତମେ ଗଲାପରେ କ୍ରୋଧରେ, ଦୁଃଖରେ, ଅପମାନରେ ସେ ଅଜ୍ଞାନ ହୋଇଗଲେ, ତାଙ୍କର ମାସିଭ୍ ଆଟାକ୍ ହେଇଗଲା। ସାଙ୍ଗେ ସାଙ୍ଗେ ପକ୍ଷାଘାତ, ସେଦିନୁ ସେ ଜଳୁଚନ୍ତି। ତମେ ଆସି ପୁଣି ନିଆଁରେ ଘିଅ ଢାଲିଦେଲ। ଆଉ କେବେ ଆସିବନି, କେବେ ବି।

ରୂପା କାବାକାଠ ହେଇ ଚାହିଁଥିଲା ଗୁମାସ୍ତାକୁ। ବାପାଙ୍କ ଅନ୍ନରେ ପ୍ରତିପାଳିତ ଏ ଗୁମାସ୍ତାର ସାହସ ବି କେତେ ତାକୁ ତିରସ୍କାର କରିବ!

ରୂପା ଚାଲି ଆସୁଥିଲା, ବାରଣ୍ଡାର ପାହାଚ ଓହ୍ଲାଇ। ଏତେ ଅପମାନ, ତିରସ୍କାର ପରେ ବି ପୁଣି ସେ ଠିଆହେଇ ଯାଉଥିଲା ଟିକେ, ପଛକୁ ଲେଉଟି ଚାହୁଁଥିଲା ବୋଉ ଆସୁଚି କି ? ବୋଉ ? ବାପା ଗାଳିଦେଲେ ବୋଉ ଲୁଚେଇକରି ବୁଝାଏ। ଖୁସାମତ୍ କରେ। ବୋଉ ଏବେ ଆସିବ ନାହିଁ ? ଆସନ୍ତା କି ଟିକେ ବୋଉ, ଡାକନ୍ତା ସେଇ

ତା'ର ସେରେଣ୍ଟା ଡାକ "ରୂପାଲୋ"। ଆଉ ଏଇ ପଦିଏ ଡାକରେ ସେ ତା'ର ସବୁ ଅପମାନ, ଅପରାଧ, ଲଜ୍ଜା, ଅପବାଦକୁ ଲୁହ କରି ଢାଲି ଦିଅନ୍ତା ବୋଉର ପଣତରେ। ତା'ଛାତିରେ ମୁହଁ ରଖି ଲମ୍ବା ନିଃଶ୍ୱାସଟାଏ ନିଅନ୍ତା।

ରୂପା ବାରମ୍ବାର ପଛକୁ ଚାହୁଁଥିଲା। ନାଁ, ବୋଉ ଆସୁନାହିଁ। ବୋଉ ବି ଆଉ ଡାକୁ ନାହିଁ। ତପନ ମଧ୍ୟ ଆସିବାକୁ ଚାହୁଁନାହିଁ।

ରୂପା ଏବେ କାହାରି ନୁହଁ। ରୂପା ଏବେ ଏତେ ବଡ଼ ଦୁନିଆରେ ଏକୁଟିଆ ନାରୀଟିଏ। କପର୍ଦକ ଶୂନ୍ୟ ସୁଦର୍ଶନର ହାତଧରି ଠିଆହେଇଚି। ସାମ୍ନାରେ ଅସରନ୍ତି ପଥ। ମୁଣ୍ଡ ଉପରେ ତାତିଲା ଖରାର ଆକାଶ। ପବନରେ ଭୀଷଣ ଲୁ' ବହୁଚି।

ରୂପା ହଠାତ୍ ପଡ଼ିଗଲା ଡାକ୍ତରଖାନା ଗେଟ୍ ପାଖରେ। ତାକୁ ଧରିପକାଇଲା ସୁଦର୍ଶନ। ପଛରୁ ଧାଇଁ ଆସିଲେ ତା'ର ଦେଢ଼ଶୁର ବିଦ୍ୟାଧର।

ଏ ଦୁନିଆରେ କେତେ ବିଚିତ୍ର ଘଟଣା ଘଟି ନଯାଏ। ଦୁର୍ଘଟଣା ଓ ଅଘଟଣ ମଧ୍ୟ। ସମୟ ଛାତିରେ ଢେଉ ଉଠେ ହେଲେ ପୁଣି ତାହା ଥିର ପଡ଼ିଯାଏ। ମାଟିରେ ବାତ୍ୟା ଆସେ, ନଈରେ ବନ୍ୟା ଆସେ। ଯୁଦ୍ଧ ପରେ ପୁଣି ଶାନ୍ତି ପ୍ରତିଷ୍ଠା ହୁଏ, ସବୁ ଠିକ୍‌ଠାକୁ ହୁଏ। ଶତ୍ରୁତାରେ କନ୍ଦଳ ଲାଗିଥିବା ଲୋକ ପୁଣି ବନ୍ଧୁତାରେ କୋଲାକୋଲି ହୁଅନ୍ତି।

ହେଲେ ଏହାର ବି ବ୍ୟତିକ୍ରମ ଥାଏ। ସଂସାରରେ ଏ ବ୍ୟତିକ୍ରମ ମଧ୍ୟ ଅଳ୍ପ ନୁହେଁ। ଜଣେ ଜଣେ ଲୋକ ଥାନ୍ତି, ସେମାନେ ସମୟ ସହ ସାଲିସ୍ କରିପାରନ୍ତି ନାହିଁ। କାହା ସହ ସାଲିସ୍ କରିପାରନ୍ତି ନାହିଁ। କରିବାକୁ ଚାହାନ୍ତି ନାହିଁ। ସେମାନେ ଚାହାନ୍ତି ଅର୍ଥ, ପ୍ରତିପରି ପରି ସବୁ ମଣିଷକୁ ଓ ସମୟକୁ ମଧ୍ୟ ସେ ହାତମୁଠାରେ ରଖିବେ। ହେଲେ ଏ ହାତମୁଠା ସବୁବେଳେ ଟାଣ ନଥାଏ। ବେଳେଉଣ୍ଟି ସମୟ ହାତରୁ ଖସିଯାଏ। ସୁଦର୍ଶନ କଳା କୋଟ୍‌ଟାଏ ଦେହରେ ଗଲେଇ, କୋର୍ଟରେ ଏପଟସେପଟ ହୋଇ କିଛି କେଶ୍ ନପାଇ ଶୂନ୍ୟହସ୍ତରେ ଘରକୁ ଫେରେ। ରୂପା ଯେ ଭଡ଼ା ନେଇଥିବା ଏକ ବଖୁରିଆ ଘରେ ପ୍ରାୟ ଅର୍ଦ୍ଧାହାରରେ, ଖରାରେ ଖରାରେ ବୁଲି ଚାକିରି ଖୋଜେ, ଏ ଖବର ତା' ବାପାବୋଉଙ୍କ ପାଖେ ପହଞ୍ଚିଥାଏ ଠିକ୍। ଖବର ପହଞ୍ଚାଇ ଥିବା ଲୋକ ଓଲଟି ଗାଲିଖାଇ, ଭର୍ସନା ସହି ଲେଉଟି ଆସେ। ଦିଲ୍ଲୀ, ବମ୍ବେ, ମାଦ୍ରାସ୍ ପରି ଉନ୍ନତ ଚିକିତ୍ସା ଥିବା ଡାକ୍ତରଙ୍କ ପାଖରୁ ନିରାଶାରେ ଫେରି ମଧ୍ୟ ରତିକାନ୍ତ ବାବୁଙ୍କର ସେହି ଅହଂ ଟାଣ ଭାଙ୍ଗି ନଥାଏ। ତଥାପି ସେ ଗର୍ଜନ କରୁଥାନ୍ତି, ଆସ୍ଫାଳନରେ ସେମିତି ଖୋଜୁଥାଉ ସେ ଚାକିରି। ସେମିତି ମରୁ ହିନସ୍ତାରେ। ମରୁ, ମରୁ ସେ।

ସେଇ ପ୍ରଚଣ୍ଡ ତାତିଲା ପବନକୁ ନିଃଶ୍ୱାସ ଭାବେ ଗ୍ରହଣ କଲାବେଲେ ଏଇ କଥାଟକ ରୂପା କାନରେ ବାଜୁଥାଏ। ପ୍ରତି ମୁହୂର୍ଭରେ। ଚାରିପାଖରୁ ଏଇ କଥାଟକ ତାକୁ ଅବା ଘେରଉ କରେ। ଏଇ କଥାକୁ ସେ ଚାଲେଞ୍ଜ ପରି ଗ୍ରହଣକରେ। କି ଏକ ଆକର୍ଷଣରେ, ସୁଦର୍ଶନ ପ୍ରତି ଟାଣି ହେଇଯାଇଥିଲା ସେ। ସୁଦର୍ଶନର କଥା ଭଲ ଲାଗୁଥିଲା ତାକୁ। କେତେବେଲେ ଏ ଭଲ ଲାଗିବା ଭଲପାଇବା ହୋଇଗଲା। ପ୍ରେମ ହୋଇଗଲା। ସେତେବେଲେ ଏଇ ପ୍ରେମକୁ ନେଇ ସେ କି ସ୍ୱପ୍ନ! କି ଉନ୍ମାଦନା! କି ରୋମାଞ୍ଚ, ଆଗପଛ ନ ବିଚାରି, ସୁଦର୍ଶନର ହାତଧରି ବାହାରି ଆସିଥିଲା ସେ ଘରୁ ପ୍ରଚଣ୍ଡ ଏକ ସ୍ୱପ୍ନରେ। ହେଲେ ଏ ପ୍ରେମର ସ୍ୱାଦ ଚାଖିପାରି ନଥିଲା ସେ ମନଭରି। ଏଇ ପ୍ରେମ ହେଇଗଲା ତା' ପାଇଁ ଆହ୍ୱାନ, ତା'ପାଇଁ ଅଗ୍ନି-ପରୀକ୍ଷା।

ସେ ଭାବିଥିଲା, ପ୍ରେମ ଆକାଶପରି ଆବୃତ କରେ ପ୍ରାଣକୁ, ହୃଦୟକୁ। ମାଟିପରି ଧାରଣ କରେ, ଲାଳନ କରେ। କୂଳପରି ବେଷ୍ଟନ କରିଥାଏ। ହେଲେ ପ୍ରେମ ଏକ ଅଗ୍ନିପରୀକ୍ଷା ହୋଇ, ତାକୁ ବାରବାର ନିଆଁକୁ ଟାଣୁଥାଏ, ଏହା ସେ ବୁଝିଲା ପରେ।

ମାସକ ପରେ, ସୁଦର୍ଶନ ଭୁବନେଶ୍ୱରରେ ପ୍ରାକ୍ଟିସ୍ କରିବା ପାଇଁ ଆସିଲା। ନେଇଥିଲା ବଖରାଏ ଘରଭଡ଼ାରେ। ବାରଣ୍ଡା ଟିକକରେ ରୋଷେଇ ହେବ। ବିଦ୍ୟାଧର ଚାଉଲ, ପରିବା ସହ ଘରକରଣା ଜିନିଷଧରି ରୂପାକୁ ଛାଡ଼ିଯାଇଥିଲେ ତା'ପାଖରେ। ରୂପା ଯେ ବି.ଏ. ପାଶ୍ କରି ସାରିଥାଏ ପ୍ରଥମ ଶ୍ରେଣୀରେ। ଘରେ ଥିଲେ ମାମୁଁ ହୁଏତ ଏମ୍.ଏ. ପଢ଼ିବାକୁ ଜିଦ୍ କରିଥାନ୍ତେ। ଏବେ ତା' ପଢ଼ା କଥା ଉଠାଇଲେ ଦେଢ଼ଶୁର ବିଦ୍ୟାଧର।

ସୁଦର୍ଶନ କୌଣସି ମନ୍ତବ୍ୟ ଦେଲାନାହିଁ ଏଥରେ। ବରଂ ରୂପା ହିଁ କହିଲା, ମୁଁ ସୁବିଧା ଦେଖି ଘରୋଇ ଭାବେ ପଢ଼ିବି। ମଝିରେ ମଝିରେ ଆସି ବିଦ୍ୟାଧର ଚୁଡ଼ା, ଚାଉଲ, ବାରିର ପନିପରିବା ଦେଇଯାନ୍ତି। ସାଧମତେ ପଇସା ବି। ବାରଣ୍ଡାରେ ଷ୍ଟୋଭ୍ ଜାଳି ଭାତ ବସାଏ ରୂପା। ଭାତରେ ପଡ଼ିଥାଏ ଆଳୁ। ବିଦ୍ୟାଧର ଆଣିଥିବା ଚୁଙ୍ଗୁଡ଼ି ଶୁଖୁଆକୁ ସୁଦର୍ଶନ ନିଜେ କରେଇରେ ଭାଜିବସେ। ଖାଉ, ଖାଉ କହେ ଏମିତି ଚଲିବାକୁ ହେବ କିଛିଦିନ। କିଏ ଜାଣେ, କ'ଣ ଅଛି ଭାଗ୍ୟରେ! ଦିଓଟି ସପମସିଣା ବିଛେଇ, ଶୋଇପଡ଼ନ୍ତି ସେମାନେ।

ସୁଦର୍ଶନ କୋର୍ଟକୁ ଚାଲିଗଲା ପରେ, ଘରେ ତାଲାଦେଇ ରୂପା ବାହାରିପଡ଼େ ଚାକିରି ଅନ୍ବେଷଣରେ। ଘୁରି ଘୁରି ଫେରେ। ଗୋରା ସୁନାଦେହ ତା'ର କଳା ପଡ଼ିଯାଏ। ଖୁଆପିଆର ବାଗ ନଥିବାରୁ ସେ ଶୁଖିଲା ଶୁଖିଲା ଦିଶେ। ଭଗବାନଙ୍କ କୃପାରୁ ରୂପା ପାଇଗଲା ଏକ ଇଂଲିଶ୍ ମିଡିୟମ୍ ସ୍କୁଲରେ ଶିକ୍ଷୟିତ୍ରୀ ଚାକିରି। ଦରମା ମାତ୍ର ହଜାରେ।

ଖୁସିରେ ରାଜି ହେଇଗଲା ସେ। ଦେଢ଼ଶୁରଙ୍କଠାରୁ ଟଙ୍କା ନେଲାବେଲେ ତାକୁ ଯେ କେତେ ମାଡ଼ି ମାଡ଼ି ପଡ଼ୁଥିଲା। ଏଥର ତ ଏତିକି ଆଉ ହେବନାହିଁ।

ରୂପା ଖୁବ୍ ସକାଳୁ ଉଠି ବାସନମାଜି, ଘର ସଫାକରି ରୋଷେଇକରି ରଖିଦେଇ ସ୍କୁଲଯାଏ। ସୁଦର୍ଶନ ନିଜେ ଖାଇ କୋର୍ଟକୁ ବାହାରିଯାଏ। ସ୍କୁଲରୁ ଚାଲି ଚାଲି ସାଢ଼େ ଏଗାରଟାରେ ଫେରେ ରୂପା। ଆଜି ପର୍ଯ୍ୟନ୍ତ ଦୁନିଆ ଦେଖିନଥିଲା ରୂପା। ବଡ଼ଲୋକର ଝିଅ ଥିଲା। କଲେଜକୁ ଯିବା, କଲେଜରୁ ଫେରିବା ଥିଲା ତା'ର ଏକ ସଂକୀର୍ଣ୍ଣ ସରଳରେଖାର ଜୀବନ। ଦୋତାଲାର କୋଠରୀର ଝରକା ପାଖେ ଠିଆହୋଇ ଗୀତଗାଇ ସ୍ୱପ୍ନ ଦେଖିବା ସେ ଜାଣିଥିଲା ମାତ୍ର। ଏବେ ତଳତାତି, ଉପରତାତିର ରାସ୍ତାରେ ଚାଲିଲାବେଲେ, ଧୁ ଧୁ ଖରାବେଲେ ଜୀବନର ଠାଁ ଖୋଜିଲାବେଲେ ତା'ର ମନେହେଲା, ଏହାହିଁ ତା'ପାଇଁ ଆବଶ୍ୟକ ଥିଲା। ନିଜକୁ ଚିହ୍ନିବାକୁ, ଜାଣିବାକୁ, ବୁଝିବାକୁ ଓ ନିଜପାଇଁ ନିଜେ ବାଟଟିଏ ତିଆରି କରିବାକୁ, ଏହାହିଁ ଠିକ୍ ଥିଲା। ଏତିକିବେଲେ ତା'ର ଇଚ୍ଛା ହେଉଥିଲା, ସୁଦର୍ଶନର ହାତମୁଠାକୁ ଖୁବ୍ ଜୋର୍ରେ ଜାବୁଡ଼ି ଧରିବାକୁ। ତା'ର ଇଚ୍ଛା ହେଉଥିଲା ସେଇ ଅନାମିକା ଲେଖିକାର ଗୀତଟି ଗାଇବାପାଇଁ।

ହାରି ନାହିଁ, ହାରି ନାହିଁ,
ଯେ ପ୍ରଦୀପ ଜାଲିଥିଲି ସେତ ଲିଭି ନାହିଁ।
ବିପୁଲ ପୃଥିବୀ ଉର୍ଦ୍ଧ୍ୱେ
ମୁଁ ସ୍ୱପ୍ନ ବଲାକା,
ଶୂନ୍ୟ ଯେ ବୁଣିଲି ବୀଜ ତରଙ୍ଗ ଭିତରେ
ସେ ଆଜି ସହସ୍ର ଶାଖା ବନସ୍ପତି!!

ରୂପା ଏକ ପ୍ରଚଣ୍ଡ ପ୍ରେରଣା ଭିତରେ ଯେମିତି ଉଦ୍ଦାମ ହେଉଉଠୁଥିଲା। ପ୍ରଚୁର ଅଭାବ, ଅସୁବିଧା, ପ୍ରତିବନ୍ଧକ ଭିତରେ ରୂପା ଭିତରେ ଏତେ ଶକ୍ତିର ଉସ୍ କେଉଁଠୁ ଫିଟି ପଡ଼ିଲା ସେ ବୁଝିପାରିଲା ନାହିଁ। ସେ କେବଲ ସୁଦର୍ଶନ ଆଡ଼କୁ ହାତ ବଢ଼ାଇଥିଲା– ଆସ, ଆହୁରି ପାଖକୁ ଆସ, ହାତଧର ମୋର। ଆମେ ଏକ ନୂତନ ପୃଥିବୀର ସନ୍ଧାନରେ ଯାତ୍ରା ଆରମ୍ଭ କରିବା।

ରୂପାର କ୍ରମଶଃ ମଲିନ ପଡ଼ିଯାଉଥିବା ଚେହେରା, ମାମୁଲି ଶାଢ଼ି, ମାମୁଲି ବେଶଭୂଷା ସତ୍ତ୍ୱେ, ତା' ଆଖିର ସେଇ ତେଜଦୀପ୍ତ ଚାହାଁିକୁ ସୁଦର୍ଶନ କ'ଣ ବୁଝିପାରିଥିଲା ? ସେ ଚାହାଁି ଯେ ଗଭୀର ଅନ୍ତଃକରଣ ଦୀପ ଜଲୁଥିବା ଏକାଗ୍ର ନିଷ୍ଠାର ଝଲକଟିଏ। ଏକଥା ସୁଦର୍ଶନ ଜାଣନ୍ତା ବା କେମିତି ? ରୂପା ପ୍ରତି ପ୍ରବଲ

ଆକର୍ଷଣ ଥିଲା ତା'ର। ତାକୁ ପାଖରେ ପାଇଲା ପରେ, ତା'ର ବାସନା ଚରିତାର୍ଥ ହୋଇସାରିଥିଲା। ଏବେ ତା'ର ଅନ୍ୟତମ ବାସନାର ଜ୍ୱାଲାରେ ସେ ଜର୍ଜରିତ। ରୂପାକୁ ଚାହିଁବା ପଛରେ ଥିଲା ତାର ପ୍ରବଳ ଲାଳସା। ସେ ଲାଳସା ଅର୍ଥର, ପ୍ରତିପତ୍ତିର। ସେ ଭାବିଥିଲା ରୂପାକୁ ବାହା ହୋଇପଡ଼ିଲେ, ଦିନକେତେ ବାପା ମା' ଅସନ୍ତୁଷ୍ଟ ହେବେ, ହେଲେ ପୁଣି ତ ସବୁ ଠିକ୍ ହୋଇଯିବ। ସଚରାଚର ଏହାହିଁ ତ ସବୁ ଘଟିଚାଲିଛି। ହେଲେ ସୁଦର୍ଶନ ଓ ରୂପାପାଇଁ ଏହା ହେଲା ନାହିଁ ଜନ୍ମ।।

ସେଇ ଭାଙ୍ଗିଯାଇଥିବା ସ୍ୱପ୍ନର ଜ୍ୱାଲା, ଅପୂର୍ବ ଇଚ୍ଛାର, ପରାଭବ, ବେଳ ଅବେଳରେ ନିଜ ଭିତରୁ ଛିଟିକି ପଡ଼ୁଥିଲା ସୁଦର୍ଶନର। ଅସହାୟତା, ନ ପାରିବାର ଅକ୍ଷମତା ତାଠି ଯେମିତି ଆହୁରି କର୍କଶତା ଭରି ଦେଉଥିଲା। ସେ ରାଗ ଝଡ଼େଇ ଦଉଥିଲା ରୂପା ଉପରେ।

ସେ ଥିଲା ପ୍ରଚଣ୍ଡ ସଂଗ୍ରାମର ଦିନ। ରୂପା ସ୍କୁଲ ଯାଏ। ସ୍କୁଲରୁ ଫେରି, ଘରୋଇ ଭାବେ ଏମ.ଏ. ଦବାପାଇଁ ପଢ଼ାପଢ଼ି ମଧ୍ୟରେ ଅପରାହ୍ନରେ ପୁଣି ପାଞ୍ଚସାତଟି ପିଲାଙ୍କୁ ଟିଉସନ କରେ। ରାତିର ଖାଇବା ପରେ ସୁଦର୍ଶନ ଯେତେବେଳେ ଶୋଇବାକୁ ଯାଏ ରୂପା, ବହିଧରି ବସେ। ଦିନସାରା କୋର୍ଟରେ କାମ କରି ସଂଧ୍ୟାରେ ଅନ୍ୟ ଚେମ୍ବରରେ ସହକାରୀ ଭାବେ କାର୍ଯ୍ୟକରି ଘରକୁ ଫେରିଲା ପରେ, ସୁଦର୍ଶନ ଲୋଡ଼େ ରୂପାର ନିବିଡ଼ ସାନ୍ନିଧ୍ୟ। ଭୋର ପାଞ୍ଚଟାରୁ ଉଠି ରାତି ଦଶଟାରେ କ୍ଲାନ୍ତ ହୋଇ ଶୋଇପଡ଼ିବାକୁ ମନକଲାବେଳେ ରୂପାକୁ ଯେମିତି କିଏ ଛାଟମାରି ପିଠିରେ ଚେତାଇ ଦିଏ। ସେ ପୁଣି ତା' ବହିଧରି ପଢ଼ି ବସେ।

ଅଳସରେ ହାଇ ମାରୁ ମାରୁ ସୁଦର୍ଶନ କହେ ପୁଣି ବହିଧରି ବସିଲ କ'ଣ? କ'ଣ କରିବ ଶୁଣେ ଏ ଏମ.ଏ.ଟାଏ ପାସ୍ କରି?

କରିବି କ'ଣ? ମୋ' ନିଜର ସନ୍ତୋଷ, ନିଜର ତୃପ୍ତି ପାଇବି। ଆମ ସଂସାରର ଭିତିଟା ତ ମଜବୁତ ହେବା ଦରକାର। ତମର ଅସୁବିଧା କ'ଣ ଯେ ମୁଁ ପଢ଼ିଲେ– ରୂପା କହିଲା।

...ମୋର ଅସୁବିଧା ଏତିକି ଯେ ତମ ଏମ.ଏ. ଡିଗ୍ରୀ ତ ମୋର ପାଇବା କଥାକୁ ଦେଇପାରିବ ନାହିଁ। ସୁଦର୍ଶନର ମୁହଁକୁ କାବା ହେଇ ଚାହିଁଲା ରୂପା। ବୁଝିପାରିଲା ନାହିଁ କ'ଣ କରିବାକୁ ଚାହୁଁଛି ସୁଦର୍ଶନ। ଏଇ କେତେ ମାସ ଭିତରେ ସୁଦର୍ଶନକୁ ବୁଝିବାକୁ ଚେଷ୍ଟା କରିଚି ତ ସେ। କେଉଁ ପାଇବା କଥା କହୁଚି ସେ? ବୋକାଙ୍କ ପରି ସୁଦର୍ଶନର ମୁହଁକୁ ବଲବଲ କରି ଚାହିଁ ସେ କହିଲା.., ତମର ପାଇବା କଥା ତମେ ତ

ପାଇସାରିଛ । ଏଇତ ମୁଁ ଗୋଟାସୁଦ୍ଧା ତମ ପାଖରେ ! ! କହି, ରୂପା ସୁଦର୍ଶନର ପାଖକୁ ଜାକି ହେଇଆସିଲା ।

ସ୍ୱପ୍ନ ଉପରେ ଶୋଇ ରହି ଦୁଇହାତ ମୁଣ୍ଡ ତଳେ ଛନ୍ଦି ସୁଦର୍ଶନ ଚାହିଁଥିଲା ଉପରକୁ । ଭୁବନେଶ୍ୱରର ଏଇ କେତେ ମାସ ରହଣି ଭିତରେ, ଏକ ବଖୁରିଆ ଘରେ ରହି, ଭାତ ସାଙ୍ଗେ ଆଳୁସିଝା ଓ ରୁଙ୍ଗୁଡ଼ି ଶୁଖୁଆ ଖାଇ ତଥାପି ରୂପା ବୁଝିପାରୁ ନାହିଁ, କେଉଁ ପାଇବା କଥା କହୁଚି ସେ ? ସୁଦର୍ଶନ ଅଣେଇ ହେଇ ରୂପାକୁ ଚାହିଁଲା । କହିଲା, ସତରେ ତମେ ବୋକୀଟାଏ । ତୁମକୁ ମୁଁ ପାଇ ସାରିଛି ସତ ହେଲେ ତା' କ'ଣ ସବୁ କିଛି ? ମୁଁ ଯେଉଁ ରୂପାକୁ ଚାହିଁଥିଲି । ସେତ ଆଜିର ଏଇ ମାମୁଲି ଟାଙ୍ଗାଇଲ ଶାଢ଼ିଟିଏ ପିନ୍ଧି ଖରାରେ ଚାଲିଗଲି ହଜାରେ ଟଙ୍କିଆ ଚାକିରି କରୁଥିବା ରୂପା ନୁହେଁ । ମୁଁ ଚାହିଁଥିଲି, ଆୟ ଅଳଙ୍କାରରେ ବିଭୂଷିତା ରାଜକନ୍ୟା ରୂପାକୁ...ଆଉ... ।

ସେଇ ଛୋଟ ଘରଟି ଭିତରେ କ'ଣ ଉଲକାପାତ ହେଲା ? ତା' କ'ଣ ପଡ଼ିଗଲା ଠିକ୍ ରୂପା ଉପରେ ? ରୂପା ଛିଟିକି ଗଲା ଦୂରକୁ । ମୁହଁ ଦେହ, ମନ, ସିଝିଗଲା କେଉଁ ଅଦୃଶ୍ୟ ଦାହରେ । ସେ କ'ଣ ଖସିପଡ଼ିଲା, ତିନି ମହଲା ଉପରୁ ଏକଦମ ତଳକୁ ? ରୂପାର ଦେହ ତ ନୁହେଁ ତା'ର ମନ, ପ୍ରାଣ ସବୁ ଚୂନା ହେଇଗଲା ଯେମିତି ସୁଦର୍ଶନର ଏ କଥାରେ । ଆଖିରୁ ଅଜାଣତରେ ବହିଗଲା ଲୁହ, ବାଷ୍ପରୁଦ୍ଧ କଣ୍ଠରେ ସେ କହିଲା... ତମେ ତେବେ ମତେ ଚାହିଁ ନଥିଲ ? ଚାହିଁଥିଲ ସେଇ ରାଜକନ୍ୟାକୁ ? ମୋ' ପ୍ରତିଭାକୁ ଉଦ୍ଧାର କରିବା କଥା, ଥିଲା କେବଳ ଉପଲକ୍ଷ୍ୟ ମାତ୍ର ।

ରୂପାକୁ ସୁଦର୍ଶନ ଚାହିଁଲା, କ'ଣ ହେଇଗଲା, ସତ କଥାଟା କହିପକାଇଲା ଯେ ? ସେ କହିଲା, ହଁ ମୁଁ ସେଇ ରାଜକନ୍ୟାକୁ ଚାହିଁଥିଲି... ଆଉ ତା' ସହ ଅର୍ଦ୍ଧେକ ରାଜ୍ୟ ବି ।

ରୂପା ଥକ୍କା ହୋଇ ବସିପଡ଼ିଲା ମୁହୂର୍ତ୍ତେ । ସାମ୍ନାରେ ଶୂନ୍ୟ ହେଇଗଲା କି ଏ ପୃଥିବୀ । ସୁଦର୍ଶନ ଠଙ୍ଗା କରୁନାହିଁ, ପରିହାସ କରୁନାହିଁ, ସତ କଥା କହୁଚି । ହୃଦୟର ସତ କଥା ଆଉ ଏଇ ସତ କଥାଟା, ତାକୁ ଯେମିତି କେଉଁ ଅପନ୍ତରାରେ ଥାଲଧରି ବସିଥିବା ମାଗଣାଣିଟିଏ କରି ଦେଇଚି । ସୁଦର୍ଶନ ସାଙ୍ଗେ ଏକବସ୍ତ ହୋଇ ଚାଲି ଆସିଲାବେଳେ ସେତ ଏମିତି ନିଃସ୍ୱତା ଅନୁଭବ କରିନଥିଲା । ମାଟି କୁଡ଼ିଆରେ ଏତେ ଦିନ ଥିଲାବେଳେ ବି ଏମିତି ନିଃସ୍ୱତା ଦିନେ ଭୋଗି ନଥିଲା ।

ରୂପା ଆଖିରେ ଲୁହ ନଥିଲା । ସେ କିନ୍ତୁ ଲୁହର ଶୁଖିଲା ନଦୀଟିଏ ପରି ଦିଶୁଥିଲା । ତା'ମନ ତାକୁ ଧିକ୍କାର କରୁଥିଲା, ରୂପା, ତୁ ଠକିଗଲୁ ନାଁ, ଠକିଗଲୁ ତୁ ।

ରୂପା ସେମିତି କେତେ ସମୟ ବସି ରହିଲା ଚୁପ୍‌ହେଇ । ତା'ପରେ ମନକୁ ମନ

ସେ କହିହେଲା... ମୁଁ କିନ୍ତୁ ତମଛଡ଼ା ଆଉ କିଛି ଚାହିଁ ନଥିଲି। ତମେ କେତେ ରୋଜଗାର କରୁଚ କ'ଣ କରୁଚ, ତମ ଘରେ ଖାଇବାକୁ ଅଛି କି ନାଁ, କିଛି ତ ଜାଣିବାକୁ ଚାହିଁ ନଥିଲା। ତମ ହାତଧରି, ସାରା ପୃଥିବୀକୁ ସାରା ବଦନାମକୁ ସାମ୍‌ନା କରିବାର ସ୍ୱର୍ଦ୍ଧା ରଖିଥିଲି ମୁଁ। ହେଲେ ତମେ... ତମେ...। ରୂପା ଦି' ଆଖିରେ ମୁହଁ ନଦି କାନ୍ଦି ଉଠିଲା। ଘରଛାଡ଼ି ଆସିବା ଦିନୁ, ଦିନେ ସେ କାନ୍ଦି ନଥିଲା, ଦିନେ ମଧ୍ୟ। ଡାକ୍ତରଖାନାରେ ସେଦିନ ବାପାଙ୍କ ଭର୍ତ୍ସନା ଶୁଣିଲା ପରେ ମଧ୍ୟ।

ସୁଦର୍ଶନ ତା' ମୁଣ୍ଡରେ ହାତ ରଖିଲା, କହିଲା, ତମେ ବୃଥାରେ ଭାବପ୍ରବଣ ହୋଇଯାଉଛ। ତମକୁ ଭଲପାଇ ନଥିଲେ, ମୁଁ ତ ତମକୁ କଦଳୀଚୋପାପରି ଫୋପାଡ଼ି ଦେଇଥାନ୍ତି ଆବର୍ଜନାର ସ୍ତୂପକୁ। ଆମ ବିବାହର ସାକ୍ଷୀ ସେହି ପଥରମୂର୍ତ୍ତି ସାକ୍ଷୀ ଗୋପୀନାଥ ଓ ସେହି ଅନାମଧେୟ ପୁରୋହିତ ଛଡ଼ା ଆଉ କିଏ ବା ଥିଲା? ମୁଁ ତମକୁ ଭଲପାଏ ରୂପା, ହେଲେ ଏ ଶୁଖିଲା ଭଲପାଇବାର କିଛି ମାନେ ହୁଏ? ଭଲପାଇବା ରଙ୍ଗ ଚାହେଁ, ବିନ୍ୟାସ ଚାହେଁ। ସେଥିପାଇଁ ତ ଅର୍ଥ ଦରକାର। ପ୍ରତିପତ୍ତି ଦରକାର, ଭଲପାଇବାର ଅନେକ କାମନା, ସେ ଖାଲି ମନ, ଦେହକୁ ନେଇ ସଂତୁଷ୍ଟ ରହିପାରେନା। କୁହ, ମୁଁ କ'ଣ ଭୁଲ କହିଲି? ତମେ ମତେ ବୁଝିବାକୁ ଚେଷ୍ଟା କର ରୂପା।

ରୂପା ଯେମିତି ଛିଟିକି ପଡ଼ିଥିଲା ଅନେକ ଦୂରକୁ। ସୁଦର୍ଶନ ତା' ବାପାଙ୍କ ପ୍ରତିପତ୍ତି, ଅର୍ଥକୁ ଚାହିଁଥିଲା। ଏ କଥା ଆଉ ଲୁଚାଇବାକୁ ଚାହେଁ ନାହିଁ ସୁଦର୍ଶନ। ଏକଥା ତାକୁ ଖୁବ୍ ଭାରି ଭାରି ଲାଗୁଛି। ସୁଦର୍ଶନକୁ ସେ ଯେ ଅନ୍ଧପରି ଭଲପାଇଥିଲା, ତା' ଭଲପାଇବାର ତ କୌଣସି କାମନା ନାହିଁ? କାମନା ନଥିବା ଭଲପାଇବାକୁ ନେଇ ବଞ୍ଚି ହୁଏନା ପୃଥିବୀରେ? କିଛି ମାନେ ନଥାଏ ଏଇ ନିଃସ୍ୱାର୍ଥ ଭଲପାଇବାରେ? ରୂପା ମନରେ ଅନେକ ପ୍ରଶ୍ନ ଗୁଡ଼େଇ ତୁଡ଼େଇ ହେଉଥିଲା। ଆଉ ଏତିକି ବେଳେ ତା'ର ମନେପଡ଼ିଗଲା, ସେଦିନ ଡାକ୍ତରଖାନାରେ, ଖଟ ଉପରେ ପଡ଼ିଥିବା ତା' ବାପାଙ୍କର ଭୟଙ୍କର ଗର୍ଜନ। ବିଶ୍ୱାସ ଘାତକ! ତସ୍କର!

କାହିଁକି କେଜାଣି ଏଇ ମୁହୂର୍ତ୍ତରେ ବାପାଙ୍କ କଥା ତା'ର ଭାରି ମନେପଡ଼ିଲା। ମନେପଡ଼ିବାର ଜ୍ୱାଳା ତ କମ୍ ନୁହଁ, ତା' ପ୍ରବଳ ପ୍ରତାପୀ ବାପା ଯେ ଖାସ୍ ତା'ରି ପାଇଁ ଆଜି, ବିଛଣାରେ ପଡ଼ି ରହିଛନ୍ତି। କେତେ ଜାଗା ବୁଲି ଆସିଲେ ମଧ୍ୟ ଡାକ୍ତରମାନେ ନାସ୍ତି ବାଣୀ ଶୁଣାଇବା ଛଡ଼ା ଆଉ କିଛି କରିପାରିଲେ ନାହିଁ। ଚିକିତ୍ସା ବିଜ୍ଞାନର ଏତେ ଉନ୍ନତି ସତ୍ତ୍ୱେ, ମୁଠା ମୁଠା ଅର୍ଥ ବିଣ୍ଟି ଦେବାକୁ ପ୍ରସ୍ତୁତ ଥିବା ସତ୍ତ୍ୱେ ସେଇ ନାରକୀୟ ବ୍ୟାଧିର ଏତେ ଶକ୍ତି ଥିଲା ଯେ, ତାକୁ ପ୍ରତିହତ କରିପାରିଲେ ନାହିଁ ଯେତେ ସବୁ

ଡାକ୍ତର । ସେଇ ଦୋତାଲା ଘରର କେଉଁ କଣରେ ଖଟଟିଏ ଉପରେ, ପଡ଼ି ରହିଥିଲେ ତା'ର ବାପା । ଜନ୍ମିତ ଝିଅର କୃତକର୍ମର ଫଳ ଭୋଗିବାପାଇଁ ଓ ସେ ଭୋଗୁଥିଲେ ନିରନ୍ତର ।

ରୂପା ଚିରି ଯାଉଥିଲା, ଧାର ଧାର ହୋଇ କେଉଁ ଅଦୃଶ୍ୟ ଛୁରୀର ଆଘାତରେ । ନହୁଁ ନୁହାଁ ହୋଇ ଯାଉଥିଲା ତା'ର ଅସ୍ତିତ୍ୱ । ତା'ରି ଉପରକୁ ଲୁଣ୍ଠିତା, ମୁଠା ମୁଠା ଛାଡ଼ି ସାରିଥିଲା ସୁଦର୍ଶନ । ଏକ ଅସହାୟ ଲତାଟି ପରି କେଉଁ ଏକ ଊର୍ଦ୍ଧ୍ୱମୁଖୀ ସୃତାରେ ଯେଉଁ ବିଶ୍ୱାସର ବୃକ୍ଷରେ ସେ ଗୁଡ଼ାଇ ହେଇ ଚାହିଁ ରହିଥିଲା, ଆଲୋକ ତୃପାରେ ଊର୍ଦ୍ଧ୍ୱକୁ, ସେ ବିଶ୍ୱାସର ବୃକ୍ଷର ପ୍ରତି ପତ୍ରରେ ଲେଖା ଥିଲା, କାମନାର ଲିପ୍ସା, ଅର୍ଥର ଲାଳସା । ସେ ତେବେ ଏକ ମିଛ ମଣିଷକୁ ଜାବୁଡ଼ି ଧରି ବସିଥିଲା ?

କେତେ ସମୟ ବିତିଗଲା ନୀରବରେ । ଶୂନ୍ୟ ବାଣୀ ହେଲାପରି କିଏ ଯେମିତି ତାକୁ କହିଲା, ସତ ଟିକକୁ ଆଲୁଅ ପରି ଧରି ବାଟ ଚାଲିଲେ ପାଦେ ପାଦେ ତ ମିଛର ପ୍ରଲୋଭନ, ଆକ୍ରମଣ, କେତେ ବେଢ଼ଣ ଘେରିଯିବ । ନଇଁ ପଡ଼ିଲେ ଚଲିବ ନାହିଁ, ଥକି ବସିଗଲେ ଚଲିବ ନାହିଁ, ଆଗକୁ ଯିବାକୁ ହେବ । ଆଗକୁ, ଆଗକୁ ।

ରୂପା ମନ ଭିତରେ, ତା'ର ଗାୟିକା ସତ୍ତାଟି, ଗୀତଟିର ସୁର ଧରିଲା କି – ହାରି ନାହିଁ, ହାରି ନାହିଁ,

ଯେ ପ୍ରଦୀପ ଜାଳିଥିଲି ସେ ତ ଲିଭି ନାହିଁ ।

ସତରେ ହାରି ନଥିଲା ରୂପା । ହାରିବାକୁ ଚାହିଁ ନଥିଲା କେବେ । ଅନ୍ଧାରେ ଲୁଗାଡ଼ିଢ଼ି ଲୁହଝାଲ ଏକାଠି କରି ଜୀବନ ବାଟର ଆହ୍ୱାନକୁ ଗୋଟି ଗୋଟି ଉତ୍ତର ଦେଇଥିଲା । ସତରେ ସେଇ କି ସଂଘର୍ଷର ଦିନ ! ଦୀର୍ଘ ପାଞ୍ଚ ବର୍ଷ । ଏଇ ପାଞ୍ଚ ବର୍ଷର ଆପ୍ରାଣ ସଂଗ୍ରାମ ପରେ ସେ କୂଳରେ ଲାଗିଥିଲା କହିଲେ ଚଳେ । ପାଦତଳେ ମାଟି ପାଇଥିଲା ଆଉ ଏଇ ସଂଗ୍ରାମ ମଧ୍ୟରେ ପାଇଥିଲା ଦିଓଟି ଝିଅ । ମାଆ ହୋଇଥିଲା ରୂପା ।

ସକାଳେ ରନ୍ଧାବଢ଼ା ସାରି ସ୍କୁଲ ଯିବା, ଅପରାହ୍ନରେ ଛଅ-ସାତଟି ପିଲାଙ୍କୁ ଟିଉସନ କରିବା ଓ ଖରାବେଳେ ବିଶ୍ରାମ ନ ନେଇ ଏମ୍.ଏ. ପରୀକ୍ଷା ପାଇଁ ପ୍ରସ୍ତୁତି କରିବା । ଏଇ ନିରନ୍ତ ଜଂଜାଲ ମଧ୍ୟରେ ଦିନେ ରୂପା ଦେହରେ ମାଆ ହେବାର ଲକ୍ଷଣ ଫୁଟି ଉଠିଲା । ବାନ୍ତି ଉଚ୍ଛାଳ ଅବସ୍ଥାରେ ଘରେ ପଡ଼ି ରହିଥିଲା ବେଳେ, ହଠାତ୍ ପହଞ୍ଚି ଯାଇଥିଲେ ବିଦ୍ୟାଧର । ରୂପାକୁ ହୋମିଓପାଥ୍ ଓଷଦ କିଛି ଆଣିଦେଇ ସେ ଗାଆଁକୁ ଚାଲି ଯାଇଥିଲେ । ତା'ପର ଦିନ ରୂପା ବଡ଼ ଯାଆ ସୁମତିକୁ ଆଣି ଛାଡ଼ି ଯାଇଥିଲେ ରୂପା ପାଖରେ । ପିଲାଟା ଏଭଳି ଅବସ୍ଥାରେ ଏକୁଟିଆ ରହିବା କଥା ନୁହେଁ ।

ରୂପାକୁ କେତେ ଭଲପାନ୍ତି ସତରେ, ତା' ଯାଆ, ଦେଢ଼ଶୁର ।

ଗାଁରେ ସାତ ବରଷର ଝିଅ ନୀଳିମାକୁ ନେଇ ଚଲି ଯାଉଥିଲେ ବିଦ୍ୟାଧର । ଭୁବନେଶ୍ୱରରେ ରୂପାକୁ କେତେ ଯତ୍ନ, ସେବା ଆଦରରେ, ଚଲାଇଲେ ସୁମତି । ରୂପାକୁ କିଛି କାମ କରିବାକୁ ସେ ଦିଅନ୍ତି ନାହିଁ । ବାସନମଜା, ରନ୍ଧାବଢ଼ା, ସବୁ କାମ ସେ କରି ରୂପାକୁ ବିଶ୍ରାମ ଦିଅନ୍ତି । କହନ୍ତି, ତୁ ମନେଦେଇ ପଢ଼ । ତୋ ପଢ଼ା ସରିଗଲେ, ତୁ ଭଲରେ ଭଲରେ ଉଦ୍ଧାର ହୋଇଗଲେ, ତେଣିକି ତୋ କାମ ତୁ କରିବୁ ନାହିଁ କି ? ଏବେ ଦ ତତେ ମଶେଇବାକୁ ହେବ ନା ।

ବଡ଼ ଘରର ଝିଅ ରୂପା, ସୁମତିଙ୍କଠାରୁ ଶିଖିଲା ଜୀବନର କେତେ ଛୋଟ ବଡ଼ କଥା । ଏକ ଗାଁ ପରିବେଶରେ ବଢ଼ି ମଧ ଜୀବନ ସଂପର୍କରେ କେତେ ଅଭିଜ୍ଞ ସୁମତି । ପିଲା ପାଳିବାରେ, ପିଲା ବଢ଼ାଇବାରେ ତାଙ୍କର କେତେ ପରାମର୍ଶ । ରୂପାର ପ୍ରଥମ ଝିଅଟି ହେଲାପରେ ତିନି ମାସ ଯାଏଁ ଥିଲେ ସୁମତି । ପ୍ରାୟ ଆଠ ଦଶ ମାସ ସେ ରହିଲେ ରୂପା ପାଖରେ ନିଜ ସ୍ୱାମୀ ଝିଅଙ୍କୁ ଛାଡ଼ିଦେଇ । ରୂପାକୁ ପଥ୍ୟ ରାନ୍ଧିଦେବା, ମା' ଝିଅଙ୍କୁ ସେକିବା, ତେଲ ଘଷିବା, କାମକୁ ସେ ହଦରି ନଥିଲେ । ଡାକ୍ତର କଥା ନ ଶୁଣି, ଝିଅଜନ୍ମ ପରେ ପରେ ସେ ଖୁଆଇ ଦେଇଥିଲେ ରୂପାକୁ ସୁଣ୍ଠି, ପିସ୍ତଲୀ ଗୁଣ୍ଡ ସହ, ଖାଣ୍ଡି ଗୁଆଘିଅ । ଏସବୁ ଯୋଗାଡ଼ କରି ଆଣିଥିଲେ ତା' ଦେଢ଼ଶୁର ଗାଁରୁ । ସୁମତିଙ୍କର ଏଇ ସ୍ନେହ, ସେବା ଓ ବାତ୍ସଲ୍ୟରେ, ଅଭିଭୂତ ହୋଇଯାଏ ରୂପା । କୃତଜ୍ଞତାରେ ତା' ଆଖିରେ ଲୁହ ଆସେ । ଥରେ ସେ ଭାବାବେଗ ରୋକି ନପାରି ବଡ଼ ଯାଆଙ୍କ ପାଦ ଦି'ଟାକୁ ଧରିପକାଇ କହିଲା, ତମକୁ ମାଆ ବୋଲି ଡାକିବି ଅପା ! ତମେ ତ ମୋର ମାଆ ହିଁ ।

ରୂପାର ହାତ ନିଜ ପାଦରୁ ଛଡ଼ାଇ ଦେଇ ସୁମତି ହସିଲେ କହିଲେ, ସେଇଆ ନୁହଁ ଆଉ କ'ଣ ଯେ ? ମୁଁ ତ ତମର ମାଆ ହିଁ । ଏମିତିରେ ମାଇପି ଜାତିର ପରିଚୟ ଗୋଟିଏ – ସେ ମାଆ ହିଁ ଧାରଣ କରିବ, ଜନମ କରିବ, ଲାଳନ କରିବ । ଖାଲି ଜନମ କଲେ କ'ଣ ମାଆ ହୁଅନ୍ତି ? ନାଇଁରେ ପାଗଲି, ହେଇଟି ଶୁଣ ! ଏଇ ସ‍ଦୁର ବୋଉ ଥିଲେ ମୋର ଶାଶୂ ! ସାବତ ଶାଶୂ ! 'ସାବତ ମାଆ' କହିଲେ, ଲୋକେ କ'ଣ ନାଇଁ କଅଣ ଭାବିଯାନ୍ତି । ହେଲେ ମୋ ସାବତ ଶାଶୁ, କି ତୋ' ଦେଢ଼ଶୁରଙ୍କର ସାବତ ମାଆ ଥିଲେ ତାର ପୁରା ଓଲଟା । ଜନମ କଲା ମାଆ ଏମିତି ହେବ କି ! "ବିଦିଆ ବିଦିଆ" କହି ତାଙ୍କ ଜୀବନ ଛାଡ଼ି ଯାଉଥିଲା । ବିଦ୍ୟା ତାଙ୍କର ଆଗ । ସବୁ ପଛ । ବାର ବର୍ଷର ଦାମ୍ପତ୍ୟ ପରେ ତାଙ୍କର ସୁଦର୍ଶନ ଜନ୍ମ । ତାଙ୍କୁ ତ ମୁଣ୍ଡରେ ବସାଇବା କଥା । ହେଲେ, ମୁଣ୍ଡରେ ବସିଥିଲେ ତୋ' ଦେଢ଼ଶୁର । ସିଏ ଆଗ, ସବୁ ପଛ । ସବୁ

ଥିଲା ମୋ' ପୁଅ ବିଜୁଠାରୁ ମାତ୍ର ପାଞ୍ଚ ବର୍ଷ ବଡ଼। ମଲାବେଳକୁ ସେ କହିଯାଇଥିଲେ, ସବୁ ତତେ ଲାଗିଲା। ମୁଁ ଜାଣେ, ତୁ ତାକୁ ମଣିଷ କରିବୁ। ବିଜୁ ଯେମିତି ସଦୁ ବି ସେମିତି।

ରୂପା ଲୋ, ମୋ ଶାଶୂ ଏମିତି ଭଲପାଇ ଥିଲେ ମତେ ଯେ, ତା' ମୋ' ପାଇଁ ଗୋଟେ ରାସ୍ତା ହେଇଯାଇଥିଲା। ମୁଁ ମୁରୁଖ ହେଲେ କ'ଣ ହେଲା, ମୁଁ ବୁଝିଲି ଯେ, ଭଲପାଇବାକୁ ସମର୍ଥ ପାରିଲେ, ଭିତରର ସବୁ ଅର୍ଗଳି ଫିଟିଯାଏ। ବାଟଚଟ ଦୁରିଯାଏ। ମୋ' ପାଇଁ ବି ସଦୁ ଓ ବିଜୁ ଭିତରେ ଫରକ ରହିଲା ନାହିଁ। ମୋ' ଶାଶୂ ମତେ ଭଲ ପାଇଥିଲେ। ଭଲପାଇବା କ'ଣ, ଶିଖିଥିଲି ତାଙ୍କଠୁ। ସେଇ ଧାରାରେ ଓଦା ହେଇଯାଇଥିଲି। ଆଉ ସେଥିପାଇଁ ଆଜି ଏତେ ଅଭାବ, ଏତେ ଦୁଃଖରେ ବି ମୁଁ ଭାଙ୍ଗି ପଡ଼ିନାହିଁ। ବିଜୁ ଚାଲିଯିବାର ଦୁଃଖକୁ ବି ମୁଁ ସହିପାରିଚି ତ।

ରୂପା ଚାହିଁଥିଲା ତା' ବଡ଼ ଯାଆଙ୍କୁ। ରଗଡ଼ି ଶାଢ଼ି ଖଣ୍ଡିଏ ପିନ୍ଧିଚନ୍ତି, ଶାଢ଼ି ତଳେ ସାୟା ନାହିଁ କି ବ୍ଲାଉଜ ନାହିଁ, ହାତରେ ପାଣିକାଚ ଦି'ମୁଠା। ବେକରେ କଳାସୂତା ଦିସରି। ମୁଣ୍ଡରେ ସିନ୍ଦୂର ଟୋପାଟିଏ। ଅଥଚ, ଯେତ ଜଗତଜନନୀ। ଅନନ୍ତ ପ୍ରକୃତି। କି ଔଜ୍ଜ୍ୱଲ୍ୟ ତାଙ୍କର!

ତା' ବୋଉ, ଯାହାକୁ ପୃଥିବୀର ସବୁ ନାରୀଙ୍କଠାରୁ ଶ୍ରେଷ୍ଠ ଭାବିଥିଲା ସିଏ, ଭାଗବତ ପଢ଼ି ଯିଏ ପଦେ ପଦେ କଥାରେ ଭାଗବତରୁ ଉଦ୍ଧୃତି ଦେଉଥିଲା, ସେଇ ଦାମୀ ଶାନ୍ତିପୁରୀ ଶାଢ଼ି ପିନ୍ଧିଥିବା, ସୁନା ଅନନ୍ତ, ସୁନା ବଟଫଳ, ସୁନା କଙ୍କଣ ଓ ବୋଝେ ସୁନା ରୁଡ଼ି ପିନ୍ଧିଥିବା, ତା' ବୋଉର ସମ୍ଭ୍ରାନ୍ତ ପଣତ, ତା'ର ଏ ଯାଆଙ୍କ ପାଖରେ ବି କେତେ ମଳିନ ପଡ଼ିଯାଏ।

"ଭଲପାଇବାକୁ ସମର୍ଥପାରିଲେ ଭିତରର ଅର୍ଗଳି ଫିଟିଯାଏ।" ଏକଥା ତ ତା' ବୋଉ ବୁଝିପାରିଲା ନାହିଁ।

ସେଇ ବଡ଼ ଯାଆ ସୁମତି, ରୂପାର ସେଇ ସଂଗ୍ରାମମୟ ପାଞ୍ଚବର୍ଷର ସମୟକୁ ବାନ୍ଧି ନେଇଥିଲେ ଦି'ବର୍ଷ ସହଯୋଗରେ। ରୂପା କୃତଜ୍ଞ ହୋଇଯାଏ ଲାଗ ଲାଗ ଦି'ଟି ଝିଅ ଜନ୍ମ ହୋଇ ସୁଦର୍ଶନର ମନ ଫିକା ପଡ଼ିଯାଇଥିଲା ଯେମିତି। ପ୍ରଥମ ଝିଅ ଜନ୍ମବେଳେ, ଏକୋଇଶା କରିବାକୁ ବିଦ୍ୟାଧର କହିଥିଲେ। ସୁଦର୍ଶନ ମୁହଁ ନେଫଡ଼ାଇ ଦେଇଥିଲା। କହିଥିଲା, ହଅ, ଝିଅଟାଏତ ତା'ର ପୁଣି ଏକୋଇଶା! ବିଦ୍ୟାଧର ଏକଥା ଶୁଣି ବିରକ୍ତ ହୋଇଥିଲେ। କହିଥିଲେ, ଏମିତି ଗୋଟେ କହୁଚୁ କଣ? ଏଇ ଝିଅମାନେ ତ ହୋଇଥିଲେ ସୀତା, ଦ୍ରୌପଦୀ, ଲକ୍ଷ୍ମୀବାଇ, ସରୋଜିନୀ ନାଇଡୁ। ଝିଅ ହେଉ କି ପୁଅ ହେଉ, ନବଜାତକକୁ ସ୍ୱାଗତ କରିବା କଥା। ଏ ସୃଷ୍ଟିକୁ ସେ ଆସିଚି।

ଭଗବାନଙ୍କର ଅଂଶବିଶେଷ ଅବତରଣ କରିଚି ଧରା ପୃଷ୍ଠରେ । ଆମେ ଉସ୍ବ ରଚିବା ନାହିଁ ଆମର ସାଧାନୁସାରେ ? ସୁଦର୍ଶନର ଅନିଚ୍ଛା ସଙ୍ଗେ ସେ ସତ୍ୟନାରାୟଣ ପୂଜାଟିଏ କରିଥିଲେ । ଲିଙ୍ଗରାଜ ମନ୍ଦିରରୁ ଅଭଡ଼ା ଆଣି ଦଶ ପଚିଶ ଜଣ ବ˚ଧୁଙ୍କୁ ନିମନ୍ତ୍ରଣ କରିଥିଲେ । ରୂପାପାଇଁ କରିଥିଲେ ଶାଢ଼ି, ଝିଅ ପାଇ ଜାମା, ରୂପା ଅଣ୍ଟା ସୂତା, ସବୁ ଗାଆଁରୁ ସଜାଡ଼ି ଆଣିଥିଲେ ବିଦ୍ୟାଧର । ଦି’ ବଖରା ଘରେ । ଏତେ ସବୁ ଝାମେଲା, ଏତେ ଲୋକ ଗହଳ, ସୁଦର୍ଶନକୁ ଭଲଲାଗି ନଥିଲା ଜମା । ଭାଇଙ୍କ ମୁହଁକୁ ଚାହିଁ କିଛି ସେ କହିପାରି ନଥିଲା ।

ବିଦ୍ୟାଧର ଓ ସୁମତି ଦୁହେଁ ତ ଛିଡ଼ା ହୋଇଥିଲେ ସୁଦର୍ଶନ ଓ ରୂପାର ପଛରେ, ଅଭୟ କବଚ ପର ।

ସାଢ଼େ ଚାରି ବର୍ଷରେ ଦି’ଟି ଝିଅ । ରୂପାର ସଂସାର କଲରୋଲ ମୁଖର ଖାଲି ହେଇନଥିଲା । ତା’ର ସବୁ ସ୍ବପ୍ନର ଛନ୍ଦ ପତନ ଘଟିଥିଲା ଏଇଠୁ । ସୁଦର୍ଶନର ଖାପଛଡ଼ା ଭାବ ଆରମ୍ଭ ହେଇଥିଲା ଏଇଠୁ । ସେ ଯାହାକୁ କେତେ ସମ୍ଭାବନା ନେଇ, ସ୍ବପ୍ନ ନେଇ, ବାହା ହୋଇଥିଲା ସେଇ ତାକୁ ଦେଇଥିଲା, ଲାଗ ଲାଗ ଦି’ଟା ଝିଅ । ଏଇଆ ଭାବି ଭାବି ବ୍ୟସ୍ତ ହେଉଥିଲା ସୁଦର୍ଶନ । ରୂପାର ଜଂଜାଳ ବଢ଼ିଥିଲା । ସକାଳର ରନ୍ଧା, ଛୁଆଙ୍କ କାମ, ସ୍କୁଲ ଚାକିରି, ଉପର ଓଲି ଟିଉସନ ଏଇଥିରେ ଧଦି ହୋଇ ଯାଉଥିଲା ସେ । ତା’ରି ଭିତରେ ପୁଣି ପାଠପଢ଼ା, ପରୀକ୍ଷା ପାଇଁ ପ୍ରସ୍ତୁତି । ଉପରଓଲି ଟିଉସନ ଛାଡ଼ି ପାରୁନଥିଲା । ମାସକୁ ସାତ ଶହ ଟ˚କା ଆସେ କୁଆଡୁ ? ରାତିରେ ପଢ଼ି ବସିଲେ ସୁଦର୍ଶନ ବିରକ୍ତ ହେଉଥିଲା । ଏକଦମ ବ୍ୟସ୍ତ ହେଇଯାଉଥିଲା ରୂପା ।

ଝିଅଟି ଥିଲା କିନ୍ତୁ ସୌଭାଗ୍ୟବତୀ । ସେ ଜନ୍ମ ପରେ ପରେ ସୁଦର୍ଶନ ଏକ ଭଲ କମ୍ପାନୀରେ ଆଇନ ପରାମର୍ଶଦାତା ଭାବରେ ନିଯୁକ୍ତି ପାଇଥିଲା । ଯଦିଓ ବିଦ୍ୟାଧର ହିଁ ଏହା କରାଇଥିଲେ । ଏହି କମ୍ପାନୀର ସର୍ବୋଚ୍ଚ କର୍ତ୍ତା ଥିଲେ ବିଦ୍ୟାଧରଙ୍କ ଛାତ୍ର । ଗୁରୁଙ୍କୁ ଭୁଲି ନଥିଲେ ସେ । ଗୁରୁଦକ୍ଷିଣା ଦେବାକୁ ବ୍ୟାକୁଳ ହେଲାବେଳେ, ସୁଦର୍ଶନ କଥା କହିଥିଲେ ବିଦ୍ୟାଧର । ସେ ସୁଦର୍ଶନକୁ ସାକ୍ଷାତକାରକୁ ଡାକି ନିଯୁକ୍ତି ଦେଇଥିଲେ ।

ପାଦତଳେ ଭୂମି ପାଇ ଆଶ୍ବସ୍ତ ହୋଇଥିଲା ସୁଦର୍ଶନ । ଆଗରୁ ଜଣେ ଓକିଲଙ୍କର ସହକାରୀ ଭାବେ କାର୍ଯ୍ୟ କରୁଥିଲା । ଏବେ ସେ ରୂପାର ପଢ଼ାକୁ ଆଦୌ ଗ୍ରହଣ କରିପାରିଲା ନାହିଁ । କହିଲା, ଘରକାମ, ଛୁଆକାମ, ଯ'ାକୁ ଭଲକରି କର, ପାଠପଢ଼ା ସେଟିକି ଥାଉ ।

ରୂପା ସୁଦର୍ଶନ ମୁହଁକୁ ଚାହିଁଲା, ଅସହାୟ ଦୃଷ୍ଟିରେ । ଭାବିଲା, ଏଇ କ’ଣ ସେଇ ସୁଦର୍ଶନ, ଯିଏ ତା’ ବାପାଙ୍କୁ ସାହସ କରି କହିଥିଲା, ଗୁଣ ଥିଲେ ତା’ର

ଆଦର ହେବ ହିଁ ହେବ । ପ୍ରତିଭାକୁ ନଷ୍ଟ କରିବା ଉଚିତ ନୁହେଁ । କାହାର ମନ ଭାଙ୍ଗିଦେବା ଠିକ୍ କଥା ନୁହେଁ ।

ସେଦିନ ରୂପକୁ ଗୀତ ଶିଖାଇବାର ପ୍ରେରଣା ଦେଉଥିବା, ତା'ର ପ୍ରତିଭାର ବିକାଶ ପାଇଁ ପ୍ରଲୋଭିତ କରିଥିବା ସୁଦର୍ଶନ, ଆଜି କହୁଚି, ଘର କାମକର, ପିଲାକାମ କର, ପାଠପଢ଼ା ସେତିକି ଥାଉ ।

ସୁଦର୍ଶନର ବିରୋଧ ଯେତିକି ବଢ଼ିଥିଲା, ରୂପାର ଜିଦ୍ ସେତିକି ଅଟଳ ରହୁଥିଲା । କାମରେ କାମରେ, ମରିଗଲେ ମଧ ସେ ବ୍ୟାକୁଳ କଣ୍ଠରେ କହୁଥିଲା, ହେ ଭଗବାନ, ମତେ ଶାନ୍ତି ଦିଅ, ବେଟାରୀ ଚାର୍ଜ କଲାପରି, ସେ ନିଜକୁ ଚାର୍ଜ କରୁଥିଲା ।

ଦିନେ ଦିନେ ସୁଦର୍ଶନର ବିରୋଧ ଅସହ୍ୟ ଲାଗେ ତାକୁ । ସେ ଅସହାୟ ହୋଇ କାନ୍ଦେ । ବହିପତ୍ର ଡୋରି ବାନ୍ଧି ରଖିଦିଏ ।

ଦିନେ ସୁଦର୍ଶନ କ°ପାନୀ କାମରେ କଲିକତା ଯାଇଥିଲା । ବିଦ୍ୟାଧର ଆସି ରୂପାକୁ ନେଇ ଯାଇଥିଲେ ଗାଆଁକୁ । ଛୁଟି ଥିଲା ରୂପାର ସ୍କୁଲ । ସେତେବେଳକୁ ଆଉ ପଢ଼ିବ ନାହିଁ ବୋଲି ରୂପା ସ୍ଥିର କରି ସାରିଛି ।

ଗାଆଁରେ ସୁମତି ତାକୁ ବୁଝାଇଥିଲେ, କହିଲେ ବୁଝିଲୁ ଲୋ ରୂପା, ସୁଦର୍ଶନ ବିରୋଧ କରୁଚି ବୋଲି ତୁ ପଢ଼ିବାକୁ ଚାହୁଁଚୁ । ହେଲେ ଏଇଟା କ'ଣ ଠିକ୍ କଥା ? ସ୍ୱାମୀ ଯଦି ଭୁଲକଥା କହୁଥାଏ, ତାହା କ'ଣ ମାନି ନବା ଉଚିତ ? ଜଣକ ସାଥୀରେ ଦି'ଜଣ ଭୁଲ କରିବେ । ଏ କୋଉ ନ୍ୟାୟ ? ନା, ଯାହା ଠିକ୍, ଯାହା ଅସତ୍ ନୁହଁ, ଯାହା ତୋର ମଙ୍ଗଳ କରିବ, ସେ ନ ଚାହିଁଲେ ବି ତୁ କରିବୁ । ତତେ, ଏକଥା କହୁଚି ରୂପା, ମନେରଖିବୁ ।

ରୂପା ତା' ବଡ଼ ଯାଆଁକୁ ଚାହିଁଥିଲା । ଗଭୀର ଦୃଷ୍ଟିରେ ବେକରେ କଳାସୂତା ଦି'ସରି ପିନ୍ଧି, ମାମୁଲି କନ୍ଥା ଖଣ୍ଡିଏ ପିନ୍ଧିଥିବା ଏଇ ଗ୍ରାମ୍ୟ ନାରୀଟିର କି ଉନ୍ନତ ବିଚାରଧାରା ! ସେ ଅଭିଭୂତ ହୋଇଯାଉଥିଲା ।

ସୁମତି ତାକୁ କହୁଥିଲେ, ଯାଇଁଲୁ ରୂପା, ମହାଭାରତର ଦ୍ରୌପଦୀଙ୍କ ଯେତେବେଳେ କୁରୁସଭା ମଧରେ, ବିବସନା କରୁଥିଲା ଦୁଃଶାସନ, କି ଭର୍ସନା ସେ କରିନାହାନ୍ତି, ତାଙ୍କର ଉପସ୍ଥିତ ପଞ୍ଚପତିକୁ । ଯାହା ଅନ୍ୟାୟ ଅସତ, ଭୁଲ, ତା'ର ନିରୋଧ ପାଇଁ, ସ୍ୱାମୀର ଭର୍ସନା କରିବା କିଛି ତ ଖରାପ କଥା ନୁହେଁ । ତୁ ଏଥିପାଇଁ ଏତେ ଡରୁ ?

ସେଇ ଗାଆଁର ମାମୁଲି ନାରୀଟି, ତା' ଯାଆ । କେତେ କଥା ନ କହନ୍ତି ତାକୁ । ଏମ୍.ଏ. ପଢ଼ିବା ପାଇଁ ତ ତାଙ୍କରି ପ୍ରେରଣା ଥିଲା ବଳବତ୍ତର ।

ସେଇ ଅପା ପୁଣି କହିଥିଲେ... ସମୟ ବଦଳି ଗଲାଣି। ଆଜିର ଝିଅମାନଙ୍କ ପାଇଁ ଏବେ ସମୟ ଜଟିଳ ହେଇଯାଉଛି, ନାନା ସମସ୍ୟାରେ, ନାନା କଥାରେ। ହେଲେ ଏହାର ମୂଳ ଉତ୍ସ କୋଉଠି କହିଲୁ? କହୁ ନଥିଲି। ସେଇ ମହାନାରୀ ଦ୍ରୌପଦୀ ସେଇ ମହାସତୀ।? ତାଙ୍କଠାରୁ ବଳି ଜଟିଳତାକୁ ସାମ୍ନା କରିଛି କିଏ ବେଶ? ସମଗ୍ର ବିଶ୍ୱରେ ସେହି ଏକମାତ୍ର ନାରୀ। ଯିଏ ସଗର୍ବେ ସବୁ ଜଟିଳତାକୁ ସାମ୍ନା କରିଛନ୍ତି। ଜିଣି ବି ଯାଇଛନ୍ତି। ସ୍ୱୟଂବର ସଭାରେ ଯେଉଁ ବୀର ମାଛ ଆଖିକୁ ତୀର ମାରି ତାଙ୍କୁ ଲାଭ କଲେ, ସେଇ ସୌମ୍ୟକାନ୍ତ ତରୁଣ ତାଙ୍କର ସ୍ୱାମୀ ହେଲେ ସତ୍ୟ। ହେଲେ ଅନ୍ୟ ଚାରି ଭାଇଙ୍କ ସହିତ...! ଏ ଆଦେଶ ଥିଲା ପୁଣି ତାଙ୍କ ମାଆଙ୍କର। କି ବିଡ଼ମ୍ବନା! କି ଜଟିଳତା! କେତେ କଷ୍ଟ ପାଇଚନ୍ତି ସେ ଜୀବନଯାକ! ସଭା ମଧ୍ୟରେ, ବିବସନା ହବାର ଭାଗ୍ୟ ବି ତାଙ୍କରି ଥିଲା। କିଛି କରିପାରିଲେ ନାହିଁ ପଞ୍ଚପତି। ଏତିକି, ମହାପ୍ରସ୍ଥାନରେ ଗଲାବେଲେ, ଦ୍ରୌପଦୀ ଯେ ପାଦ ଖସିଯିବାରୁ ପଡ଼ିଗଲେ। କହି ଅଟକି ଯାଇ ତାଙ୍କୁ ଚାହିଁଲେ ନାହିଁ। ସାରା ଜୀବନ ସାଙ୍ଗ ଦେଇଥିବା, ସେବା ଦେଇଥିବା ପତ୍ନୀକୁ ଛାଡ଼ି ଚାଲିଗଲେ ସମସ୍ତେ।

ରୂପାଲୋ, ଉତ୍ତରାଧିକାର ଯେମିତି ସବୁ ପୁରୁଷଙ୍କର, ଉତ୍ତରାଧିକାର, ସବୁ ନାରୀଙ୍କର। ତେଣୁ ଦମ୍ଭଧର, ଯାହା ଠିକ୍ ସେଇ କଥା କର। ଭୁଲ୍ କଲେ, ପାପ କଲେ, ଡରିବ। ନଚେତ୍ କାହିଁକି ଡରିବ?

ରୂପା କହିଥିଲା ଯାଆଆକୁ, ଅପା, ତମେ କେତେ କଥା ଜାଣିଛ, ବୁଝିଛ, ଅନୁଭବିଛ।

ସୁମତି କହନ୍ତି... ହେତ୍, ମୁଁ କ'ଣ ଜାଣିଛି? ଯାହା ଜାଣିଛି ତୋ' ଦେଢ଼ଶୁରଙ୍କଠାରୁ। ମୁଁ ତ ଗଜମୂର୍ଖ। ସେଇ ମତେ ସବୁ ଶିଖେଇଚନ୍ତି, ସବୁ ବୁଝେଇଚନ୍ତି। ସେଇ କହିଚନ୍ତି, ଏଇ ଦ୍ରୌପଦୀ - କଥା, ସୀତାଙ୍କ କଥା, ସେ କ'ଣ କହନ୍ତି, ଶୁଣିବୁ?

ସେ କହନ୍ତି... ଦ୍ରୌପଦୀ ଏକ ମହାନ୍ ନାରୀ। ସୀତା ସତୀ ସତ୍ୟ, ହେଲେ ସେ ଏକ କୋମଳ ଦୀପଶିଖା, ହେଲେ ଦ୍ରୌପଦୀ ସେ ଏକ ଜ୍ୱଳନ୍ତ ମଶାଲ। ଦାଉ ଦାଉ ଜଳନ୍ତି। ତାଙ୍କ ତେଜ ପାଖରେ ସବୁ ଶକ୍ତି ପରାହତ। ସୀତା ଓ ଦ୍ରୌପଦୀଙ୍କ ମଧ୍ୟରେ କେତେ ତାରତମ୍ୟ! ରାମ ସୀତାଙ୍କୁ କେତେ ଭଲ ପାଉଥିଲେ। ବଣରେ ବୁଲିଲା ବେଲେ ଆଗରେ ରାମ, ପଛରେ ଲକ୍ଷ୍ମଣ, ମଝିରେ ହିଁ ସୀତା ଯାଉଥିଲେ। ରାମ ଆଗରେ ସୀତାଙ୍କ ପାଇଁ ବାଟରୁ କଣ୍ଟାଖୁଣ୍ଟା ସଫା କରୁଥିଲେ। ଶୋଇଲାବେଲେ ଲକ୍ଷ୍ମଣ ଯେଉଁ ପତ୍ର ବିଛଣା ପାରି ଦଉଥିଲେ, ସେ ପତ୍ର ବି ଟିକିନିଖ୍ ଦେଖିବାକୁ

ରାମଙ୍କର ନିର୍ଦ୍ଦେଶ ଥିଲା। କାଲେ ସେଥିରେ ପୋକଜୋକ ଥିବେ। ସୀତାଙ୍କୁ କାମୁଡ଼ି ଦେବେ। ସୀତାଙ୍କ ପ୍ରତି ରାମ ଏତେ ଯତ୍ନଶୀଳ ଥିଲେ ଯେ, ରାତିରେ ସୀତା ଶୋଇଲେ, ସେ ଜଗି ବସୁଥିଲେ। କାଲେ ତାଙ୍କୁ ପୋକ କାମୁଡ଼ି ଦେବ। ଅଥଚ ଦ୍ରୌପଦୀ ରାଜାଘର ଝିଅ, ପତ୍ରକୁଡ଼ିଆକୁ ବୋହୂ ହୋଇ ଗଲେ। ଶାଶୂ ନିର୍ଦ୍ଦେଶ ଦେଲେ, ଯେଉଁଠି ଶୋଇବାକୁ, ସେଇଟା ଥିଲା ଗୋଟାଏ କୁମ୍ଭାରଶାଳ। ଚଟାଣ ସାରା ପାଉଁଶ ବୁଣି ଯାଇଥିଲା। ରାଜକନ୍ୟା ପାଉଁଶ ଦେଖି, ଇତସ୍ତତଃ ହେଲେ। ସେ ଜାଣନ୍ତି ଯେ ପାଉଁଶ କୁଦିଲେ ଦିନକର ଶିରୀ ଯାଏ। ପାଉଁଶ ଉପରେ ଶୋଇବାକୁ ଶାଶୂ ଦେଉଚନ୍ତି ନିର୍ଦ୍ଦେଶ। ଦ୍ରୌପଦୀ ବିଳମ୍ବ କରୁଥିବାରୁ ଭୀମସେନ, ଏମିତି ରାଗିଲେ ଯେ, ଦ୍ରୌପଦୀ ବାଧ୍ୟ ହୋଇ ସେଇ ପାଉଁଶଗଦାରେ ଶୋଇଲେ। ଯେ କି ଅଗ୍ନି ପରୀକ୍ଷା !

ରୂପା ଚାହିଁଥିଲା ସୁମତିଙ୍କୁ ଆଗ୍ରହରେ। ସୁମତି କହୁଥିଲେ ତୋ' ଦେଢ଼ଶୁର, ନିଲିକୁ ଯେତେବେଲେ ଏଇ କଥା ବୁଝାନ୍ତି, କହନ୍ତି, ମୁଁ ସବୁ ବସି ଶୁଣେ। ତୋ' ଦେଢ଼ଶୁରଙ୍କଠାରୁ ମୁଁ ସିନା ସବୁ ଶିଖିଲି, ହେଲେ ପିଲା ଦି'ଟା କିଛ ଶିଖିଲେ ନାହିଁ। ଏତେ ପାଠପଢ଼ି ବିଜୁ ଯେମିତି ଅମାନିଆ। ଏ ସଦୁଟା ବି ସେମିତି ଅବାଗିଆ। ତୋ' ଦେଢ଼ଶୁର କହନ୍ତି ପରା, ପିଲାଏ ସିନା ଖରାପ ହୁଅନ୍ତି, ହେଲେ ବାପା ମା' ଖରାପ ହୁଅନ୍ତି ନାହିଁ। ହେବା ଉଚିତ ନୁହେଁ।

ସୁମତିଙ୍କର ଏଇସବୁ କଥା ରୂପା ମନରେ ଯେମିତି ଟିକିଏ ଟିକିଏ ପଟୁ ପକାଏ। ସେ ଭାବେ, ତା' ବାପା ବିଖ୍ୟାତ ଓକିଲ। ବହୁମୁଖୀ ବ୍ୟକ୍ତିତ୍ୱ ତାଙ୍କର। ଧନୀମାନୀ। ସେ ତାଙ୍କ ପୁଅଝିଅଙ୍କୁ ଲାଳନପାଳନ କରିଚନ୍ତି ମାତ୍ର ହେଲେ ଗଠନ କରିନାହାନ୍ତି। ହୁଏତ ଗଠନ କରିବା କଥା ଜାଣନ୍ତି ନାହିଁ। ବୋଉ ଯେ ଏତେ ଭାଗବତ ପଢ଼େ, ହେଲେ ତ ଏପରି କଥା ଦିନେ କହିନାହିଁ।

ରୂପା ସୁମତିଙ୍କୁ ପ୍ରଣାମ କରେ। ଦେଢ଼ଶୁରଙ୍କୁ ମଧ। ଯେଉଁ ସମୟ ତା'ର ସବୁ ନିଷ୍ଠୁରତା ଦେଖାଇ ସାରିଥିଲା ସେ ସମୟ ସରିଗଲା। ସମୟ ତ ବହିଯାଏ। ଦୃଶ୍ୟ ବଦଲିଯାଏ। ରୂପା ଓ ସୁଦର୍ଶନର ସମୟ ମଧ ବଦଲିଗଲା। ରୂପା ପ୍ରଥମ ଶ୍ରେଣୀରେ ଏମ.ଏ. ପାଶକରି ମଧ ସେଇ ସ୍କୁଲରେ ଦେଢ଼ ବର୍ଷ ଆହୁରି କାମ କରିଥିଲା। ଦରମା ଖାଲି ହୋଇଥିଲା ହଜାରେରୁ ଦେଢ଼ ହଜାର। ଉପରଓଲି ପିଲାଙ୍କୁ ମଧ ସେମିତି ଟିଉସନ ପଢ଼ାଉଥିଲା। ସୁମତିଙ୍କର କଥା, ତାଙ୍କର ସ୍ୱଭାବ, ତା' ଭିତରର ନିଷ୍ଠା, ଏକାଗ୍ରତାରେ ଯେମିତି ନୂଆ ରଂଗ ଲଗାଇ ଦେଇଥିଲା। ସୌଭାଗ୍ୟବଶତଃ ଏକ ବେସରକାରୀ କଲେଜରେ ସେ ପାଇଲା ଅଧାପିକାର ଚାକିରି।

ଖବର ଶୁଣି ଯା' ଦେଢ଼ଶୁର ଆସିଥିଲେ। ରୂପା କହିଥିଲା, ଯାହା ହେଇଚି, ସବୁ ତମ ପାଇଁ ଅପା।

ଧେତ୍, ମୁଁ କିଏ ? ମୁଁ କିବା ଲୋକ। ସୁମତି କହନ୍ତି, ମୋର ଖାଲି ଆଶୀର୍ବାଦ ତମ ପ୍ରତି ଅଛି ଲୋ, ସ୍ନେହ ଅଛି।

ସୁମତି ପୁଣି କହିଲେ କାନରେ, ରୂପାଲୋ, ଯେତେ ହେଲେ ବାପା ମା', ଜନ୍ମ କରିଛନ୍ତି। ଥରେ ଦେଖିବାକୁ ଗଲୁ ନାହିଁ। ସବୁଦିନ ସବୁ କଥା ସମାନ ନଥାଏ। ମନ ବଦଳି ଯିବଣି ତାଙ୍କର। କ'ଣ କହୁଚୁ ?

ରୂପା ଏହାର ଉତ୍ତର ଦେଇପାରିଲା ନାହିଁ ସତ, ହେଲେ ଛାତିରେ ଚାଉଁକିନା ଲାଗିଲା। ନିଜଠୁ ମୁକୁଲି ଠିଆ ହୋଇଗଲା ଏକ ଏକୁଟିଆ ଜାଗାରେ। ଭାରି ମନେପଡ଼ିଲା ପିଲାଦିନ। ଭାରି ମନେପଡ଼ିଲେ ବାପା, ବୋଉ। ସେଇଯେ ବାପା, ବାହାର କର ତାକୁ କହି ଚିତ୍କାର କରିଥିଲେ, ଏବେ ବି ସେହି ଭର୍ତ୍ସନାର ଜ୍ୱାଳା, କମି ନାହିଁ। ହେଲେ ଯେତେବେଲେ ମନେପଡ଼ିଯାଉଛି ଯେ, ତାରି ପାଇଁ, ବାପା ଏପରି ଅବସ୍ଥା ଭୋଗୁଚନ୍ତି, ନିଜକୁ ସେ କ୍ଷମା କରିପାରୁ ନାହିଁ। ତା'ର ପ୍ରଚଣ୍ଡ ପ୍ରତାପୀ ବାପା, ତା' ବିବାହର ଧକ୍କା ସମ୍ଭାଲି ପାରିଲେ ନାହିଁ। ଶଯ୍ୟାଶାୟୀ ହୋଇଗଲେ – ଏହାହିଁ ତାକୁ କୋରିପକାଇଲା। ନୂଆ ଚାକିରି, ନୂଆ ମାତୃତ୍ୱ, ସୁକୁମାର ଦାସଙ୍କ ଘରେ, ନୂଆ ସଂସାର ସଜାଡ଼ିବାର, ଆଗ୍ରହ ମଧରେ, ଦିନଚର୍ଯ୍ୟା ମଧରେ, ସୁଖଦୁଃଖ ମଧରେ ରୂପା, କେଉଁଠି ବସିଥିଲା ମନମାରି। ଆଉଁଷୁଥିଲା ଛାତି ଘାଆକୁ ଏକଥା କେହି ଜାଣନ୍ତି ନାହିଁ।

ବଡ଼ ଝିଅ ଦିଶା ପାଞ୍ଚବର୍ଷର। ସାନ ଝିଅ ଈଶା ଅଢ଼େଇ ବର୍ଷର।

ଦିନେ ଗପ କହୁ କହୁ ରୂପା କହିଥିଲା ଝିଅକୁ ପୁରୀର କଥା। କେମିତି ପୁରୀର ଜଗନ୍ନାଥ, ଜଗତର ନାଥ। ସମୁଦ୍ର ଯେ ଢେଉରେ ଭାଙ୍ଗିପଡ଼ି ଉଚ୍ଛୁଲୁ ଥାଏ। ସେ ଜଗନ୍ନାଥଙ୍କ ଶ୍ୱଶୁର। ଅର୍ଥାତ୍ ଜଗତମାତା ମହାଲକ୍ଷ୍ମୀଙ୍କ ମାଆ। ରୂପା ପୁଣି କହିଥିଲା ଜଗନ୍ନାଥଙ୍କର ଅଜାଘର ହେଉଛି ଗୁପ୍ତ ବୃନ୍ଦାବନ। ସାକ୍ଷୀଗୋପାଲର ବକୁଳ ଛୁରିଅନା ବକୁଳ ବନରେ ଏବେବି ଅଛି ସିଦ୍ଧବକୁଳ ବଲରାମ ମନ୍ଦିର। ଜଗାବଲିଆ ଦୁଇ ଭାଇ। ତାଙ୍କର ଅବସର ସମୟ ଏହି ଉପବନରେ ଅଲସରେ, ମଉଜ କରନ୍ତି ବୋଲି ଏହି ମୌଜାର ନାଁ ଫୁଲଅଲସା। ଦିନେ ଜଗନ୍ନାଥ ଓ ବଡ଼ଭାଇ ବଲରାମ, ଅଜାଙ୍କ ବଗିଚାରେ ପଶି ପଣସ ତୋରୀ କରି ଖାଇଥିଲେ। ଅଜା ତାଙ୍କୁ ଧରି ବଉଲ ଗଛରେ ବାନ୍ଧିବାକୁ ଗଲାବେଲେ, ଚଗଲା ଜଗନ୍ନାଥ, ପଣସ ଖାଇସାରି ଅଠାତକ ଅଜାଙ୍କ ମୁଣ୍ଡରେ ବୋଲି ଦେଇ ପୁରୀକୁ ଛୁ ମାରିଲେ। ନାତିଙ୍କୁ ଦଣ୍ଡ ଦେବାପାଇଁ ଅଜା ଅପେକ୍ଷା

କଲେ । ରଥଯାତ୍ରା ଆସିବାରୁ, ଅଜା ତାଙ୍କ ବଗିଚାରୁ ବଉଳ କାଠ ପଠାଇ ସେମାନଙ୍କୁ ସେଥିରେ ବାନ୍ଧି ଘୋଷାରି ଘୋଷାରି ନେବାକୁ କହିଲେ । ଏହାହିଁ ପହଣ୍ଡି ବିଜେ । ଏଥିପାଇଁ ଫି ବରଷ ନିର୍ଜଳ ଏକାଦଶୀ ଦିନ ବିଶ୍ୱକର୍ମା ଓ ସେବାୟତମାନେ ଆସି ବଉଳକାଠ ନେଇଥାନ୍ତି । ଜଗନ୍ନାଥଙ୍କର ଅନେକ ସେବା ମଧ୍ୟରେ ଏହାକୁ କୁହାଯାଏ ବାହୁଟସେବା ।

ରୂପାର ଏ କଥା ଶୁଣି ବଡ଼ଝିଅ ଦିଶା କହିଲା... ମାଆ, ଆମେ ଅଜାଘର ଯିବା ନାହିଁ ? ଆମ ଅଜା କେମିତି ଯେ ?

ସେଦିନ ଭାରି ମନରେ ରହିଲା ରୂପା । ଉତ୍ତର ଦେଇପାରିଲା ନାହିଁ । ସୁଦର୍ଶନ କଂପାନୀ କାମରେ ଦିଲ୍ଲୀ ଯାଇଥିଲା ବେଳେ, ସେ ପିଲାକୁ ନେଇ ଜଗନ୍ନାଥ ମନ୍ଦିର ବୁଲାଇ ଆଣିବାକୁ ଭାବିଲା । ସୁଦର୍ଶନ କେତେ ଥର କହିଛି ତାକୁ ଯିବାକୁ । ଆଉ ରୂପା ଜାଣେ ଯେ ଭଲକରି, ଏହା ପଛରେ ସୁଦର୍ଶନର ସଂପର୍କ ରକ୍ଷାର ଭାବନା ନାହିଁ କି ବଂଧୁ ସଂଖୋଲିବା ଭାବନା ନାହିଁ । ଏହା ପଛରେ ଅଛି କେବଳ ଅର୍ଦ୍ଧେକ ରାଜ୍ୟ ପାଇବାର ଲୋଭ । ଆଉ ସେଥିପାଇଁ ରୂପା ଜମ୍ମା ଯାଏ ନାହିଁ ।

ପିଲା ଦିହିଁକି ନେଇ ସମୁଦ୍ର ଦେଖାଇ ଜଗନ୍ନାଥ ମନ୍ଦିର ବୁଲାଇଲା ରୂପା । ଦର୍ଶନ ସାରି ସିଂହଦ୍ୱାର ପାଖେ ଠିଆ ହେଲାବେଳେ ତା' ମନହେଲା କେତେ ବାଟ ଏଠୁ ତା' ଘର ? ଯିବ କି ? ନିଜ ମନ ଉତ୍ତର ଦେଲା ତାକୁ, ଯାଉନୁ, ଯା, ସାତ ବରଷ ହୋଇଗଲାଣି । ଆଜି କଥା କାଲିକୁ ନାହିଁ । ଯା' ଯା' ତୋ'ପାଇଁ ଯିଏ ଏତେ ଦୁଃଖ ଭୋଗୁଚନ୍ତି, ତାଙ୍କୁ ଥରେ ଦେଖ଼ଆ ।

ଝିଅ ଦିହିଁଙ୍କ ଧରି ରୂପା ରିକ୍ସାଟାଏ କରି ଦୋଳମଣ୍ଡପ ସାହି ଭିତରକୁ ଗଲା । ରିକ୍ସା ପହଞ୍ଚିଲା ଠିକ୍ ତା' ଦ୍ୱାରରେ । ଏଇ କ'ଣ ତା'ର ଘର ? ରତିକାନ୍ତ ଜଗଦେବର ଘର ? ଏତେ ମଳିନ ? ଏଇ ସାତ ବର୍ଷର ସମୟ ତାକୁ ଏତେ ନିର୍ଜନ କଦାକାର କରି ଦେଇଛି ? ସାମ୍ନାରେ ସେ କନିଅର ଗଛ ନାହିଁ । ଘର ରଂଗ ଛଡ଼ା । ଠାଏ ଠାଏ ପଲ୍ଲସ୍ତରା ଛାଡ଼ିଯାଇଛି । ଦାଣ୍ଡ କବାଟ ଭିତରୁ ବନ୍ଦ । ରୂପା ପାଖ ଗଲିବାଟେ, ବାରିପଟକୁ ଗଲା । ବାରିପଟ ଦୁଆର ପାଖେ, ଝିଅ ଦିହିଁଙ୍କ ହାତଧରି ଠିଆହୋଇ ରହିଲା ସେ ସେମିତି ।

ଏଇନେ ବୋଉ ଆସିବ କୋଳେଇ ନବ ନାତୁଣୀମାନଙ୍କୁ ? ତାକୁ ? କହିବ, ଝିଅଲୋ, କେତେ ଦୁଃଖ ପାଇଲୁ !!

ନାଃ, କେହି ଆସୁନାହିଁ, ସ୍ୱାଗତ ସମ୍ଭାଷଣ ନାହିଁ । ଭିତରକୁ ପଶିଯିବାକୁ ସାହସ ହେଲା ନାହିଁ ତା'ର । ତଥାପି ଝିଅ ଆଗକୁ ଦଉଡ଼ି ଚାଲିଛି । ତାକୁ ଧରିପକାଇବା ପାଇଁ

ରୂପା ସେଇ ଡାଇନିଂ ପରିସରରେ ଠିଆ ହେଇଟି ଝିଅର ହାତଧରି । ତଳଘର ଭିତରୁ ବାହାରି ଆସିଲା ବୋଉ !

ଆସି କାଠ ପରି ଠିଆ ହେଇଗଲା ଯେମିତି ।

ଯେ କ'ଣ ରୂପାର ବୋଉ ରୁକ୍ମିଣୀ ?

ନାଃ, ଯେ ଆଉ ଜଣେ ! ବୋଉ ଖୁବ୍ ଝଡ଼ିଯାଇଛି । କଳା ପଡ଼ିଯାଇଛି । ଦେହରେ ସେ ଦାମୀ ଶାଢ଼ି ନାହିଁ କି ଗହଣା ଦାଉ ଦାଉ ଝଟକୁ ନାହିଁ । ତା'ର ସବୁ ଚମକ, କୁଆଡ଼େ ଚାଲି ଯାଇଛି ।

ହଠାତ୍ ଯିଏ ଗର୍ଜି ଉଠିଲା, ସେ କ'ଣ ବୋଉର ସ୍ୱର ? କ'ଣ ଦେଖିବାକୁ ଆସିଲୁ ଆଉ ? ମୋର ହତଶିରୀ ? ବାପ ବଂଚିଛି କି ନାଁ ଦେଖିବାକୁ ? ଆରେ, ଏ କାଳ ନାଗୁଣୀ, ଝିଅ ହେଇ, ମୋ'ଠୁ ଜନମି ଥିଲା । ମତେ ରାସ୍ତାରେ ବସାଇ ଦେଇଗଲା । ଗୋଟାଏ ଲୋକ ଏୟା ଭାବି ଭାବି ବିଛଣାରେ କଣ୍ଟା ହେଇଗଲାଣି । ବଂଚୁନି କି ମରୁନି । ତା' ସାଂଗେ ଘାଣ୍ଟି ହେଇ ମୁଁ ଦରମରା ହେଲିଣି । ଯେ' ପୁଣି ଆଇଟି । ଆଉରି ଦଂଶିବାକୁ ।

ଆରେ, କିଏ ଅଛ, ବାହାର କର ତାକୁ । ଧକ୍କା ଦେଇ ବାହାର କର ।

ନାଁ, କାହାର ଧକ୍କା ସହିବା ପାଇଁ ରୂପା ଅପେକ୍ଷା କଲା ନାହିଁ । କେବଳ 'ବୋଉ' 'ବୋଉଲୋ' ଏତିକି କହି ସେ ଝିଅର ହାତଧରି ବାହାରକୁ ଚାଲି ଆସିଲା । ଦିନ ବଦଳେ, ଦୃଶ୍ୟ ବଦଳେ, ସ୍ୱର ବଦଳେ, ସ୍ୱଭାବ ବଦଳେ, ଭାଗ୍ୟ ବଦଳେ । ଏ ଦୁନିଆରେ କଣଟା ନ ବଦଳେ ଆଉ ? ହେଲେ ଜଣେ ଜଣେ ଲୋକ ବଦଳନ୍ତି ନାହିଁ । ବଦଳି ଜାଣନ୍ତି ନାଇଁ । ସେ ତା'ର ବାପା ବୋଉ । ରୂପାକୁ କରଟି ହେଉଥିଲା କିଏ । ଧାର ଧାର ରକ୍ତ ବହିଯାଉଥିଲା । ବଡ଼ ଝିଅ ଦିଶା କହିଲା ମା', ସେ ତୋ' ମାଆଟି । ତତେ ରାଗିଲା କାହିଁକି ? ତୁ ବି ଫେରି ଆସିଲୁ ।

ଗେଟ୍ ପାଖରେ ଦେଖା ହେଲା ତପନ । ସାନଭାଇ । ସେ ବି ମୁହଁ ଶୁଖାଇ କହିଲା, ମୁଁ ଜାଣେ, ତୁ ଲେଉଟି ଆସିବୁ । ହେଲେ ଦୋଷ କାହାର ନୁହଁ ଅପା, ମୋ ଭାଗ୍ୟର । ଭାଇ ଯେ ଦିଲ୍ଲୀରୁ ଜର୍ମାନ ଗଲା ତିନିବର୍ଷ ପଢ଼ିବାକୁ । ସେଠି ବାହାହେଇ ରହିଗଲା । ତୁ ଚାଲିଗଲୁ । ବାପାଙ୍କ ଚିକିତ୍ସା ପାଇଁ ଜମି ବିକ୍ରି ହେଲା । ଗୁମାସ୍ତା ଠକିଦେଲା ଆମକୁ ବୋଉର ଦସ୍ତଖତ ନକଲ କରି । ସେ କେତେ ଟଂକା ଉଠାଇ ନେଇଛି । କାଂଗାଲ କରି ଦେଇଟି ଆମକୁ । ଏବେ ବୋଉର ଗହଣା ବି ଚୋରୀ ହେଇଯାଇଟି । ପୋଲିସ୍ କେସ୍ ହେଇଟି । ହେଲେ କେସ୍ ପ୍ରସିଦ କରୁନାହିଁ । ତୁ ଯା' – ଅପା ଯା' – ଆଉ ଆ'ନ । ତପନ ବି ପଚାରିଲା ନାହିଁ ଯେଦେ କିଛ ଦିଶା ଇଶାଙ୍କୁ ?

ତା’ ଦୁଃଖ ଜଣାଇଗଲା ଯେ ଏସବୁ ତା’ରି ପାଇଁ, ତା’ରି ପାଇଁ।

ରାସ୍ତା ଉପରେ ଠିଆହୋଇ, ସେ ଘଡ଼ିଏ ଚାହିଁଲା କୋଠାକୁ। କେଉଁ ଘରେ ଶୋଇଚନ୍ତି ବାପା? କଣ ହେଇଯାଇଚନ୍ତି? ଏମିତି କେତେ ଦିନ ପଡ଼ି ରହିବେ ଜଣାନାହିଁ। ବୋଉ ଏମିତି ଘାଣ୍ଟି ହେଉଥିବ ତାଙ୍କ ସେବାରେ। ଆଉ ଏସବୁ ଏସବୁ ତା’ ପାଇଁ।

ହଠାତ୍ ରୂପା କ’ଣ ଚିତ୍କାର କରି କିଛି କହିଲା? ହେ ଭଗବାନ। ଯଦି ତୁମେ ମୋ’ ଜୀବନ ବଦଲରେ ମୋ’ ବାପାଙ୍କୁ ଆରୋଗ୍ୟ କରି ଦେବାକୁ ଚାହଁ, ଏଇ ମୁଁ ମୋ’ ଜୀବନ ସମର୍ପି ଦେଲି ତମ ପାଦତଲେ। ଏଇ ରାସ୍ତା ଉପରେ ଛେଉଣ୍ଡ ଛାଡ଼ିଗଲି ମୋ’ ଝିଅ ଦିହିଙ୍କୁ। ମୋ’ ମୁଣ୍ଡ ନିଅ, ମୋ’ ମୁଣ୍ଡ ନିଅ। ମୋ’ ବାପାଙ୍କୁ ଭଲକରି ଦିଅ।

ଏ ସ୍ୱର ଏତେ ଆକୁଳ ଥିଲା ଯେ, ଯେକୌଣସି ସ୍ନେହ ଛଳଛଳ ମନଦରଜାକୁ ଖୋଲିଦେଇ ପଶିଯାଆନ୍ତା, ମନ ଅତଳକୁ। କିନ୍ତୁ ଯେଉଁ ମନରେ କୁହୁଳୁଥିଲା ରାଗ, ଘୃଣା, ଅଭିଶାପ, ସେ ମନର ଦରଜାରେ, ଏଇ କାତର ସ୍ୱର, ମଥାପିଟି, ତଲେ ଧୂଲିପରି ବିଛି ହୋଇଗଲା ମାତ୍ର।

କୋଠା ଉପରୁ ଆଖି ଫେରେଇ, ରୂପା ବାହୁଡ଼ି ଆସିଲା ଧୀରେ ଧୀରେ, ଝିଅ ଦିହିଙ୍କ ହାତଧରି।

ଆଜି ବି ମନେପଡ଼େ ରୂପାର ସେଇ ସବୁ କଥା। ଦୀର୍ଘ ନିଃଶ୍ୱାସ ଉଠେ। ଗୋପନରେ, ଖୁବ୍ ଜୋରରେ ଡାକେ, ବାପା, ବାପା! କେହି ଶୁଣେ ନାହିଁ। ସେଇଠୁ ସେ ଅସହାୟ ହୋଇ ସେଇ ଜଗଦେବ ସାଙ୍ଗିଆଟାକୁ ହିଁ ଜାବୁଡ଼ି ଧରେ। ଆଗ୍ରହରେ, ପ୍ରାୟଶ୍ଚିତ୍ତରେ। ପ୍ରାୟଶ୍ଚିତ୍ତ ପାଇଁ ଆଉ କ’ଣ ବା ସେ କରିପାରନ୍ତା?

ପନ୍ଦର ବର୍ଷ ବିତିଗଲାଣି। ପନ୍ଦର ବର୍ଷ। ରୂପାର ବଡ଼ ଝିଅ ଈଶା ଏ ବର୍ଷ ସ୍କୁଲ ଫାଇନାଲ ଦେବ। ଚଉଦ ବର୍ଷ ହେବ, ଆଉ ଦି’ମାସକୁ। ପାଠପଢ଼ା ସାଙ୍ଗେ, ତା’ର ଆଉ ଏକ ନିଶା – ଗୀତ ଗାଇବା।

ରୂପାର ଗୀତ ଖାତାଟା ହଜିଲା ନିଧିପରି ସେ ଖୋଜିପାଇଛି। ଯାହାକୁ ସାତତାଲ ପାଣି ପଙ୍କରେ ଲୁଚାଇ ରଖିଥିଲା ରୂପା ତା’ ଝିଅ ସେଟା ଖୋଜିପାଇଛି। ଆଉ ଗାଉଛି ସେଇ ଖାତାର ଗୀତ। ଏତେ ନୂଆ ନୂଆ ଗୀତ ଟି.ଭି. ରେଡିଓରେ, ସିନେମାରେ, ଶୁଣିଲେ ମଧ୍ୟ ସେ ଧରିବସିଛି ସେଇ ତା’ ମାଆର ସେଇ ସମୟର ଗୀତକୁ। ଯୁକ୍ତି କରୁଚି, ଗୀତ ସବୁ କାଲର।

ସମସ୍ତିଙ୍କର!!

ରୂପା ମନେ ମନେ ଭାବେ, ଋଷାଟା ଅବିକଳ ତା'ରି ପରି ହେବାକୁ ଯାଉଛି କି ?

ସୁଦର୍ଶନ ମଧ ବେଳେ ବେଳେ ଖୋଞ୍ଚା ମାରେ, ଏଇଟା ପରା ମାଆର ରବରଷ୍ଟାମ୍ ।

ରୂପା ହସିଦିଏ । ରବର ଷ୍ଟାମ୍ ! ପରକ୍ଷଣରେ କ'ଣ ପାଇଁ ତା' ଛାତି କଣ୍ଟି ଉଠେ ।

ସେଦିନ ଥିଲା ଅଗଷ୍ଟ ପନ୍ଦର ।

ରୂପା ସକାଳୁ ଗାଧୋଇ ଠାକୁର ପୂଜା କଲା । ତା'ପରେ ଗଲା କାଲିଠାରୁ ଆଣିଥିବା, ସ୍ୱାଧୀନ ପତାକା ଦିଓଟି ଗୁଣନ ଚିହ୍ନ ପରି କରି ତା' ପଢ଼ା ଟେବୁଲରେ ସଜେଇ ରଖିଲା । ତା'ପାଖରେ କିଛି ଫୁଲ ରଖି ପ୍ରଣାମ କରି ପିଲାମାନଙ୍କୁ ପ୍ରଣାମ କରିବାପାଇଁ ନିର୍ଦ୍ଦେଶ ଦେଲା । ଏହା ସେ ପାଳନ କରୁଛି ପନ୍ଦର ବର୍ଷ ଧରି । ଏହା ସେ ଶିଖ୍ ନାହିଁ ତା'ର ଅଭିଜାତ ବାପା ବୋଉଙ୍କଠାରୁ । ଏହା ସେ ଶିଖିଛି ତା'ର ଦେଢ଼ଶୁର, ସେଇ ଅପର ପ୍ରାଇମେରି ଶିକ୍ଷକ, ବିଦ୍ୟାଧରଙ୍କଠାରୁ । ଗାଁ ଗହଲର, ସେ ଅଜ୍ଞାତ ଶିକ୍ଷକଟିର ଦେଶ ପ୍ରତି କି ଅନୁରକ୍ତି !

ରୂପା ଜଳଖିଆ କରି, ସମସ୍ତଙ୍କୁ ଖାଇବାକୁ ବାଡ଼ିଦେଇ, ଧଳା ସମ୍ବଲପୁରୀ ଶାଢ଼ିଟିଏ ପିନ୍ଧି, କଲେଜ ବାହାରିଲା ।

ସୁଦର୍ଶନ ଖବର କାଗଜ ପଢ଼ୁଥିଲା । ମୁହାଁଟେକି ପଚାରିଲା... କୁଆଡ଼େ ବାହାରିଲ ?

କଲେଜ ଯିବି ନାହିଁ ? ପତାକା ଉତ୍ତୋଳନ ହେବ ପରା – କହିଲା ରୂପା ଗୋଡ଼ରେ ଚଟି ପିନ୍ଧୁ ପିନ୍ଧୁ ।

ଆଜି ଅଗଷ୍ଟ ପନ୍ଦର । ଛୁଟି ଦିନ । ଭାବିଥିଲି ବଡ଼ ଚୁଙ୍ଗୁଡ଼ି ଖୋଜି ଖୋଜି ଆଣିବି । ବଡ଼ିଆ ଖାଇବାଟାଏ ଆଜି ହବ । ହେଲେ ମାଡାମ ବାହାରିଲେଣି, ପତାକା ଉତ୍ତୋଳନ ଦେଖିବାକୁ – କହିଲା ସୁଦର୍ଶନ ।

ରୂପା କହିଲା... ମୁଁ ଦେଢ଼ ଘଣ୍ଟା ଭିତରେ ଆସିବି ଭାରି । ତମେ ଚିଙ୍ଗୁଡ଼ି ଆଣ, କି ଚିକେନ୍ ଆଣ, ରୋଷେଇ ଘରେ ଘୋଡ଼େଇ ରଖିଦେବ । ମୁଁ ଆସିଲେ, ରାନ୍ଧି ତମକୁ ଠିକ୍ ଟାଇମ୍‌ରେ ଖାଇବାକୁ ଦେଇଦେବି ନାହିଁ ? ବ୍ୟସ୍ତ କାହିଁକି ?

ରୂପା ତରତର ହେଇ ଚାଲିଗଲା । ତାକୁ ଟାଉନ୍ ବସ ଧରିବାକୁ ହେବ, ନଚେତ୍ ଅଟୋ । ଶୀଘ୍ର ଫେରିଲେ ପୁଣି ରନ୍ଧାରୁନ୍ଧି । ରୂପା ଆଜିକାଲି କୋଉ କାମକୁ ଡରିଛି ! ଚାହିଁଲେ ସେ ଦଶ ଝୁଡ଼ି ବାସନ ମାଜିଦେବ । ବାଲ୍‌ଟି ବାଲ୍‌ଟି ଲୁଗା କାଚିଦେବ । ରୋଷେଇ କରିଦେବ । ପରିବା ହାଟରୁ ପରିବା ମଧ କିଣିଦେବ । ହେଲେ ତା'ର

ଆଳୁଦୋଷ । ସେ ଭାରି ଭୋଲା । ବଜାର କରିଗଲେ ସେ ନିଶ୍ଚେ ଦଶ କୋଡ଼ିଏ ଟଙ୍କା ହଜାଇ ଦେବ କେଉଁଠି ନାଁ କୋଉଠି । ବସ୍‌ରେ, ରିକ୍ସାରେ, ଛାଡ଼ି ଆସିବ ବ୍ୟାଗ । ଏମିତି ଦିନେ ପରୀକ୍ଷାଖାତା ସବୁ ଛାଡ଼ି ଆସିଥିଲା ବସ୍‌ରେ । କି ହଇରାଣ! ଦୁଧ ଉତୁରି ଯିବ ଚୂଲିରେ । ଅଥଚ ସେ ଠିଆ ହେଇଥିବ ସେଇଠି । ସୁଦର୍ଶନ ଭୀଷଣ ଗାଳି ଦିଏ ଏଥିପାଇଁ । ସେ କେତେଟା ବ୍ୟାଗ, କେତେଟା ଛତା ଛାଡ଼ିଲାଣି । ସେ ହିସାବ ତା'ପାଖରେ ସିନା ନାହିଁ ସୁଦର୍ଶନ ପାଖରେ ଅଛି ।

ରୂପା କଲେଜରେ ପହଞ୍ଚିଲା ବେଳକୁ ପତାକା ଉତ୍ତୋଳନ କାର୍ଯ୍ୟର ପ୍ରସ୍ତୁତି ଚାଲିଛି । ପ୍ରିନ୍ସିପାଲ ମାଡାମ ଅନୁପସ୍ଥିତ ଥିବାରୁ ସିନିୟରମୋଷ୍ଟ ଆରତି ମାଡାମ ପତାକା ଉତ୍ତୋଳନ କଲେ । କେତେକ ଛାତ୍ରୀ ଓ ଅଧ୍ୟାପିକା ମିଶି ପ୍ରାୟ ତିରିଶ ଜଣ ହେବେ ମାତ୍ର ।

ବେସରକାରୀ ମହିଳା ମହାବିଦ୍ୟାଳୟ । ଭଲ ଭଲ ଅଧ୍ୟାପିକା ଅଛନ୍ତି । ରେଜଲ୍‌ଟ ଆଶାନୁରୂପ ଭଲ ନହେଲେ ମଧ୍ୟ, ଚାଲିଛି । ଭଲ କଲେଜରେ ସ୍ଥାନପାଇ ପାରୁନଥିବା ଛାତ୍ରୀମାନେ ଏଠି ନାମ ଲେଖାନ୍ତି ।

ଆରତି ମାଡାମ୍‌ ପତାକା ଉତ୍ତୋଳନ କଲେ । ପତାକାରୁ ଝରିଗଲା ମୁଠା ମୁଠା ଫୁଲ । ତ୍ରିରଙ୍ଗା । ପତାକା ଉଡ଼ିଲା ପବନରେ ଫରଫର । ବିଗୁଲ୍‌ରେ ବାଜି ଉଠିଲା ଜାତୀୟ ସଂଗୀତର ଧୁନ୍‌ ।

ସମବେତ ଛାତ୍ରୀ ଓ ଶିକ୍ଷକମାନେ ପ୍ରଣାମ କଲେ ନୀରବରେ ।

ଦୁଇ ମିନିଟ୍‌ ପରେ ଆରତି ମାଡାମ ଯିବାକୁ ବାହାରିଲେ । ତାଙ୍କ ପଛେ ପଛେ ଅନ୍ୟମାନେ ମଧ୍ୟ ।

ରୂପା ଠିଆ ହୋଇଥିଲା ନୀରବରେ । ଦେଖୁଥିଲା ପତାକା ଉଡ଼ୁଛି ପବନରେ । ପତାକା ଉତ୍ତୋଳନ ହେବ, ଫରଫର ଉଡ଼ିବ । ବାସ୍‌! ଏତିକି ହିଁ ଉତ୍ସବ ପାଳନର ଗତାନୁଗତିକତା ।

ଯେମିତି ଅଫିସ୍‌ମାନଙ୍କରେ ଟଙ୍ଗା ହୋଇଥାଏ, ମହାତ୍ମା ଗାନ୍ଧୀଙ୍କ ଫଟୋ । ଭାରତର ମାନଚିତ୍ର । ଶାସ୍ତ୍ରୀ, ନେହେରୁ, ଏମାନଙ୍କ ଫଟୋ । ହୁଏତ କୋଠରୀର ଶୋଭାବର୍ଦ୍ଧନ କରିବା ପାଇଁ କିମ୍ବା ଟାଙ୍ଗିବା କଥା ବୋଲି । ଏ ଗତାନୁଗତିକତା ଚାଲିଛି । ସେମିତି ଚାଲିଛି ପତାକା ଉତ୍ତୋଳନ । ଆମେ ସ୍ୱାଧୀନତା ଉତ୍ସବ ପାଳନ କରୁଚେ । ପତାକା ଉଡ଼େଇ ଦିଅ ଆକାଶରେ । କାମ ସରିଲା । ତା'ପରେ ଚାଲ, ମଉଜ ମଜଲିସ୍‌ ଆସରକୁ । ଯେଉଁଠି ପଲଉ ଓ ମାଂସର ସୁଗନ୍ଧ ଆସୁଚି । ସିନେମା ଗୀତ ବାଜୁଛି । ହୋ ହଲ୍ଲାରେ, ଆସର ଜମୁଛି ।

ଅନ୍ୟମାନେ ଯିବାକୁ ବାହାରିଲାବେଲେ, ରୂପା ପାଟିକରି କହିଲା, ରହ ସମସ୍ତେ। କେହି ଯାଇପାରିବେ ନାହିଁ। ଯେଉଁମାନଙ୍କ ସାଧନାରେ, ତପସ୍ୟାରେ, ସଂଗ୍ରାମରେ, ଏ ସ୍ୱାଧୀନତା ମିଳିଛି, ସେମାନଙ୍କୁ ଭକ୍ତି ପ୍ରଦର୍ଶନ ନକରି, ପ୍ରଣାମ ନକରି ଆମେ ଯାଇପାରିବା ନାହିଁ। ଦଶମିନିଟ୍ ତାଙ୍କୁ କୃତଜ୍ଞତା ଜଣାଇବା ନାହିଁ ?

ରୂପାର କଥାରେ ଅଟକିଗଲେ ସମସ୍ତେ। ମାଡାମମାନେ ତରତର ହେଉଥିଲେ, ଘରକୁ ଯିବାକୁ। ଜଣେ ଦି'ଜଣ ଘରକୁ ଯିବାକୁ ଚାହୁଁ ନଥିଲେ। ଘରକୁ ଗଲେ ପୁଣି ସେହି କାମ। ଏଠି ବରଂ ମନଖୁସୀ ଗପ କରାଯାଇପାରେ।

ଖୁଣ୍ଟରେ ଉଡୁଥିଲା ତ୍ରିରଂଗା ପତାକା ଲାଲାୟିତ ହୋଇ ତାକୁ ଚାହିଁଥିଲା ରୂପା। ଦୃଷ୍ଟି ଘନ ହେଇ ଆସୁଥିଲା ହଠାତ୍ ସେ କହିଲା – ଏଇ ଯେ ପତାକା ଉଡୁଛି – ତ୍ରିରଂଗା ପତାକା, ଏହା କ'ଣ ତିନି ରଂଗ ବିଶିଷ୍ଟ ଖଣ୍ଡେ କପଡ଼ା ମାତ୍ର ? ନାଁ, ଏହା ପତାକାଟିଏ ଖାଲି ନୁହେଁ। ଗୋଟାଏ ଜାତିର ନିଶାଣ। ତା'ର ପରମ୍ପରା, ଐତିହ୍ୟ ଐକ୍ୟର ସନ୍ତକ। ଆମ ପିତୃପୁରୁଷମାନଙ୍କର ରକ୍ତ ସ୍ୱାକ୍ଷରିତ ଦଲିଲ। ଶୁଣ ପିଲାମାନେ, ଦେଶ କହିଲେ, ନଈ, ପାହାଡ଼, ସମୁଦ୍ର ଘେରା ଏକ ନିର୍ଜୀବ ଭୂଖଣ୍ଡ ନୁହେଁ। ଦେଶ ଏକ ଜାଗ୍ରତ ଆତ୍ମା। ତାକୁ କୁହାଯାଇପାରେ ହଜାର ହଜାର ବର୍ଷର କଣ୍ଠ ବୃକ୍ଷ। ଯାହାର ଚେର ମାଟିର ଅତଳକୁ ଯାଇଛି। ଆଉ ଆମେସବୁ ତା'ର ପତ୍ରଗୁଚ୍ଛ। ପ୍ରତି ଶିରାରେ ଶିରାରେ ଆମେ ଯେଉଁ ଖାଦ୍ୟ ସଂଗ୍ରହ କରୁଚୁ, ତାକୁ ଯୋଗାଉଛି, ସେଇ ତା'ର ମାଟିତଳର ଅତଳ ଚେର। ଆମେ କିନ୍ତୁ ତାହା ଭୁଲିଯାଉଚୁ। ପିଲାମାନେ, ସ୍ୱାଧୀନତା ଉତ୍ସବ ପାଳନର ଉଦ୍ଦେଶ୍ୟ ହେଲା, ଆମେ ଆମ ପୂର୍ବସୂରୀଙ୍କୁ କୃତଜ୍ଞତା ଜଣାଇବା ଏବଂ ମୁହୂର୍ତ୍ତକ ପାଇଁ ମଧ ଭୁଲିଯିବା ନାହିଁ ଯେ ଆମେ ଭାରତୀୟ। ଆମ କାନ୍ଧରେ ଲଗା ହୋଇଛି ଏକ ବଳିଷ୍ଠ ଉତ୍ତରାଧିକାର। ତମେ ଙିଆମାନେ ଏସବୁ ଭୁଲିଯାଅ ନାହିଁ। ତମେ ଏକ ମହାନ ପରମ୍ପରାର ଉତ୍ତରଦାୟୀ। ରାଣୀ ଲକ୍ଷ୍ମୀବାଇ, ସରୋଜିନୀ ନାଇଡୁ। ରମାଦେବୀ, ସରଳା ଦେବୀ, ଏମାନେ ଆମର ଆଦର୍ଶ। ଗାନ୍ଧିଜୀ ଏକ ମହିଳା ସଭାରେ ଉଦ୍ବୋଧନ ଦେଇ କହିଥିଲେ ସଂସାରରେ ଯଦି ଭଲକାମ କରିବାକୁ ଚାହୁଁ, ତେବେ ପୁରୁଷ ପାଇଁ ଦେହ ସଜେଇବାର ନିର୍ବୋଧତାକୁ ଛାଡ଼ି ଦେବାକୁ ହେବ। ଏହି କଥା ଶୁଣିଥିଲେ ସେମାନେ। ଜୀବନକୁ ଯଜ୍ଞକୁଣ୍ଠରେ ପରିଣତ କରିଥିଲେ।

ରୂପା ଯେମିତି ଭାବ ବିହ୍ୱଲ। ସେ କହି ଚାଲିଲା – ଜାଣିଛ ପିଲାମାନେ ସେତେବେଲେ ଏଇ ମହିୟସୀ ନାରୀମାନେ କେତେ କେତେ ଦୁଃସାହସିକ କାର୍ଯ୍ୟ କରିଥିଲେ ? ଜାଲିଆନାଓ୍ଵାଲାବାଗ୍‌ରେ ବ୍ରିଟିଶ ଗୁଲିରେ ଭାରତର ପନ୍ଦର ଶହ ସିପାହୀ

ମୃତ୍ୟୁ ଲଭିଥିଲେ । ଏହି ଜଘନ୍ୟ କାର୍ଯ୍ୟ ବିରୁଦ୍ଧରେ ସାରା ଭାରତରେ ବିକ୍ଷୋଭ ପ୍ରଦର୍ଶନ କରାଯାଇଥିଲା । ଏହାର ପ୍ରତିବାଦରେ କଟକ ସହରରେ, ଯେଉଁ ବିକ୍ଷୋଭ ଶୋଭାଯାତ୍ରା ବାହାରି ନଗର ପରିକ୍ରମା କରିଥିଲା, ତା'ର ସମ୍ମୁଖରେ ଥିଲେ, ସଦ୍ୟ ବିବାହିତା ପନ୍ଦର ବର୍ଷର ଜଣେ ଓଡ଼ିଆ ନାରୀ । ସେ ସରଳାଦେବୀ । ସେତେବେଳର ସାମାଜିକ ବ୍ୟବସ୍ଥାରେ, ଏହା ଏକ ବିସ୍ଫୋରଣ ସୃଷ୍ଟି କରିଥିଲା ।

ପିଲାଏ, ଏମାନେ ତୁମର ମାଆ । ଆମାର ମାଆ, ଏ ଜାତିର ମହିମାମୟୀ ମାଆ । ଏ ସ୍ୱାଧୀନତା ଉତ୍ସବ ପାଳନ କଲାବେଲେ ଆମେ ସଂକଳ୍ପବଦ୍ଧ ହେବା । ଆମେ ଉଦ୍ୟତ ହେବା, ଜାଗ୍ରତ ହେବା, କହିବା – ମାଆଗୋ ଆମକୁ ବାଟ ଦେଖାଅ – ଠିକ୍ ଠିକ୍ ବାଟ ।

ରୂପା ଅଟକି ଗଲା । କିଏ ଜଣେ କହିଲା, ମାଡାମ୍ ସରଳାଦେବୀ କିଏ ?

ଏକବିଂଶ ଶତାଦ୍ଦୀ ଆଡ଼କୁ ଗୋଡ଼ ବଢ଼ାଉଥିବା ଝିଅଟି ଷାଠିଏ ବର୍ଷ ତଳର ଏହି ଐତିହାସିକ ବ୍ୟକ୍ତିତ୍ୱକୁ ଚିହ୍ନି ନାହିଁ ?

ରୂପା ବିରକ୍ତ ହେଲା, ଏଟିକି ଜାଣିନା ? ଜଣେ ମାଡାମ କହିଲେ... ମୁଁ ତ ଜାଣିନି । କେମିତି ଜାଣନ୍ତି ଯେ ?

ଅନ୍ୟ ଜଣେ କହିଲେ, ହଁ, ଆମେ ତ ସିନେମା ତାରକାଙ୍କୁ ଜାଣିବା । କ୍ରିକେଟ ତାରକାଙ୍କୁ ଜାଣିବା । ହେଲେ ନିଜ ମାଆକୁ ଜାଣିବା ନାହିଁ । ଏଇତ ଆଜିର ସମୟ ।

କାଠ ଗଢ଼ାରେ ଠିଆ ହୋଇଚନ୍ତି ମାଆମାନେ । ପୁଅଝିଅମାନେ ତାଙ୍କୁ ପ୍ରଶ୍ନ ବାଣରେ ଜର୍ଜରିତ କରି ଦଉଚନ୍ତି ।

ଓଃ... ଚାଲ... ଡେରି ହେଉଛି । ସଭା ସାଙ୍ଗ କର – କହି କହି ଚାଲିଗଲେ ସମସ୍ତେ । ସମସ୍ତେ ବାହାରି ଗଲେ । ରୂପା ଦେଖିଲା ସୁଦର୍ଶନ ଗେଟ୍ ପାଖେ ଠିଆ ହେଇଚି । ସେ ତ କେବେ ତାକୁ ନେବାକୁ ଆସେ ନାହିଁ । କଥା କ'ଣ ?

ସେ ଆଗେଇଲା । ତାକୁ ଦେଖି ସୁଦର୍ଶନ କହିଲା ବାଃ, ବଢ଼ିଆ ଭାଷଣବାଜି କରୁଥିଲ ତ । କି ଦେଶପ୍ରେମ ! ରାଜନୀତି କରୁନା ।

ରୂପା ହସି କହିଲା... ଦେଶକୁ ଭଲ ପାଇବା କ'ଣ ରାଜନୀତି ବାଲାଙ୍କର ଏକଚାଟିଆ କି ? ସେମାନେ ଦେଶକୁ ଭଲପାନ୍ତି ନା ଭଲପାଇବାର ନାଟକ ଦେଖାନ୍ତି ? ସତ କହିଲେ ଦେଶକୁ ଭଲପାନ୍ତି ଏଇ ଅନାମଧେୟ ଲୋକମାନେ ।

...ବାଃ... ଭଲ କହିପାରୁଚ ! ତେଣୁ ରାଜନୀତି କର । ମୁଁ ଅନୁମତି ଦେଉଛି ।

ସୁଦର୍ଶନର ସ୍କୁଟର ପଛରେ ବସି ରୂପା କହିଲା, ମୁଁ ରାଜନୀତି, ବୁଝେ ନାଁ, ଯଦି

କିଛି ନୀତି ବୁଝିଛି ତା' ମଣିଷପଣିଆର ନୀତି, ଭଲ ପାଇବାର ନୀତି, ଶିଖୁଛି ମୋ' ଯାଆ ଦେଢ଼ଶୁରଙ୍କ ପାଖରୁ । ତମେ ସିନା ବୁଝିଲ ନାହିଁ । ବୁଝିପାରିଲ ନାହିଁ ମତେ ।

ସୁଦର୍ଶନ ଯେତେ ଥଟ୍ଟା କରୁ କି ରାଗକରୁ ରୂପା ଯଦି ଚୁପ୍ ରହିଯାଏ, ତେବେ ତାହା ସୁଦର୍ଶନକୁ ସୁହାଏ । ରୂପା ଅଭିମାନରେ କିଛି ପଦେ କହିଲେ, ସେ ରାଗିଯାଏ । ରୂପାର ଏହି ଅଭିମାନିଆ କଥା ଶୁଣି ସେ ଚିଡ଼ିଗଲା । ଭୁଲିଗଲା ଯେ ସେ ରାସ୍ତାରେ ଗାଡ଼ି ଚଲାଉଛି । ସେ ଚଟ୍‌କରି କହିଲା, ତମକୁ ମୁଁ ବୁଝି ନାହିଁ । ଏକଥା ତମେ କହୁଚ କେମିତି ? ମତେ ହାଡ଼ଫୁଟି ହେଲାବେଳେ ତମେ କି କାତର ହୋଇପଡ଼ିଲ । ମୁଁ ବୁଝିପାରିଲି, ତମର ବ୍ୟସ୍ତତା ଏଥିପାଇଁ, ଯେ ମୁଁ ମରିଗଲେ ତମେ ବେସାହାରା ହୋଇଯିବ । ମୁଁ ଘରକୁ ଫେରିବାରେ ଡେରିକଲେ ତମେ ବ୍ୟସ୍ତ ହୁଅ । ଠିକ୍ ସମୟରେ ନଖାଇଲେ ରାଗ । ହେଲେ ମୁଁ ଭାବେ ଏଗୁଡ଼ା ଫାଲତୁ କଥା । ମୁଁ ଏହା ଚାହେଁନା... ମୁଁ ଅନ୍ୟ କିଛି ଚାହେଁ । ଅନ୍ୟ କିଛି ।

ରୂପାର ଇଚ୍ଛା ହେଲା, ସୁଦର୍ଶନକୁ ପଚାରନ୍ତା, ଠିକ୍ ତମେ କ'ଣ ଚାହଁ ? କ'ଣ ? ରୂପା କିଛି ପଦେ କହିପାରିଲା ନାହିଁ । ପନ୍ଦର ବର୍ଷଧରି ସେଇ ବାଲୁରୀ ଢିଅଟା ମନର ଅନ୍ଦର ମହଲରେ, ଯେଉଁ ସିଂହାସନ, ଫୁଲ ମଣ୍ଡିତ କରି ବସିରହିଟି ସେଇ ଅନ୍ଦର ମହଲୟାଁ, ଏବେ ବି ପହଞ୍ଚି ପାରିନାହିଁ ସୁଦର୍ଶନ । ଲିତା ଲିତା କରି ସେ ନିଜକୁ ନିଗାଡ଼ି ଚାଲିଛି । ପ୍ରେମରେ, କରୁଣାରେ, ହେଲେ ସୁଦର୍ଶନର ପାତ୍ର ଭରି ଉଠୁ ନାହିଁ କାହିଁକି ? ତା' ଚାରିପାଖରେ ସଂଜବେଳେ ଚାମେଲୀ ଫୁଲ ମୁଠା ମୁଠା ବିଞ୍ଚିହୋଇ ପଡୁଛି । ଗଙ୍ଗଶିଉଲି ଫୁଲ ନିତି ସକାଳରେ, ବୁଣି ହେଇଅଛି । ହେଲେ ସୁଦର୍ଶନ ସାଉଁଟି ପାରୁନାହିଁ । ଗୋଟେଇ ପାରୁନାହିଁ । ହାୟ, ନିର୍ବୋଧ ସ୍ୱାମୀ ।

ମନ ଛୁଇଁବାର କଳା, ମନ ନେବାର କଳା, ସମସ୍ତେ ଜାଣନ୍ତି ନାହିଁ, ମନ ଦିଆନିଆ ହୋଇଗଲା ପରି ଜଣାଗଲେ ମଧ । ସତରେ ହୋଇ ନଥାଏ । ଏ ମନ ଜିନିଷଟା, ଭୀଷଣ ଏକାକୀ ।

ସୁଦର୍ଶନ କହିଲା... ଛାଡ଼ ସେ ବାଜେ କଥା । ଗୋଟେ ଜାଗା ଦେଖାଇବାକୁ ତମକୁ ଆଣିଚି । ଦାମ ଲକ୍ଷେ ଟଙ୍କା । ସୁବିଧା ଏତିକି ଯେ, ସେ ତିନି କିଛିରେ ଟଙ୍କା ନେବ । ପ୍ରଥମେ ପଚାଶ ହଜାର ନେଇ ରେଜେଷ୍ଟ୍ରି କରିଦବ । ତା'ପରେ ଦି' କିସ୍ତିରେ ନେବ । ଭଲ ହେବନି ?

ରୂପା ଜାଣେ, ଏଇ ଦି' ତିନିବର୍ଷ ହେଲା ସୁଦର୍ଶନକୁ ଘର ନିଶା ଲାଗିଛି । ଘର ସ୍ୱପ୍ନ ଦେଖୁଛି । ଦିନେ ବଖୁରିଏ ଘରେ ସପ ପାରି ଶୋଉଥିବା ସୁଦର୍ଶନ ଏବେ ଯଥେଷ୍ଟ ଉନ୍ନତି କରିଚି । ତା'ର ଆୟ ବଢ଼ିଛି । ବ୍ୟବସାୟ ଭଲ ଚାଲିଚି । କଂପାନୀର ଆଇନ

ପରାମର୍ଶଦାତା ଭାବେ ସେ ଭଲ ସୁନାମ ମଧ୍ୟ ଅର୍ଜନ କରିଚି । ସେ ଘରର ସ୍ୱପ୍ନ ନ ଦେଖ଼ିବ କାହିଁକି ?

ଜାଗା ପାଖରେ ପହଞ୍ଚିଲେ ସେମାନେ । ସୁଦର୍ଶନ ବଖାଣିଲା ତା' ଜାଗାର ଉପାଦେୟତା । ଜାଗାଟା ଭଲ ଲୋକେସନରେ, କଲେଜ, ଡାକ୍ତରଖାନା, ମାର୍କେଟ ସବୁ ପାଖ । ଇତ୍ୟାଦି ଇତ୍ୟାଦି ।

ରୂପା ଅନ୍ୟମନସ୍କ ଥିଲା । ତା' ଚେହେରାରେ ଏକ ନିର୍ଲିପ୍ତତାର ଝଲକ । ତା'ର ଦୃଷ୍ଟି ଯେମିତି ସନ୍ନ୍ୟାସୀର ଦୃଷ୍ଟି । ଏଇ ଘରର ଆବଶ୍ୟକତା ସେ ବୁଝେ । କିନ୍ତୁ ତାହା ଆଗ୍ରହ ହୁଏ ନାହିଁ । ନିଶା ବି । ଘର, ପ୍ରତିପତ୍ତି ପାଇଁ ତା'ର ଲୋଭ ନାହିଁ । ଖୁବ୍ ଧକ୍କା ଖାଇ ସେ । ତା' ବାପାଙ୍କର ଉଆସ ପରି ଘର ଥିଲା । ଏବେ କ'ଣ ହେଲା ? ସେଇ ମାଟି କୁଡ଼ିଆ ଘରେ, ସ୍ନେହ ଛଳ ଛଳ ଆଖିରେ ତା' ବଡ଼ ଯାଆ ସୁମତି ଯେ, ତାକୁ ଜୀବନ ବାଟର ସନ୍ଧାନ ଦେଇଥିଲେ, ଦେଢ଼ଶୁର ଯେ କହିଥିଲେ, ଡର ନାଁରେ, ମୁଁ ଅଛି – ଏତକ ଏକ ଅମୂଲ୍ୟଧନ ହେଇ ରୂପା ମନରେ ଚକ୍‌ଟକ୍ କରୁଚି ଭାଇଙ୍କର ଅଭାବର ସଂସାର । ରିଟାୟାର କରିଗଲେଣି । ତଥା ସେଇ ଗାଁ ପରିବେଶରେ ତାଙ୍କର ଝିଅ ନୀଲିମା, ବି.ଏ ପାସ୍ କରି ଘରେ ବସିଛି । ଭଲ ନମ୍ବର ରଖିଥିଲେ ମଧ୍ୟ ଏମ୍.ଏ. ପଢ଼ିବ ବୋଲି ସାହସ କରି କହିପାରିନି କାହାକୁ । ସେ ନୀରବତୀ ରୂପା ମର୍ମ ସ୍ପର୍ଶ କରିଛି । ସବୁ କଥା କ'ଣ କୁହାଯାଏ । ପରିବାରର ଲୋକେ ଯଦି ମନ ନ ବୁଝିବେ, କହିବ କାହିଁକି ? ରୂପାର ଇଚ୍ଛା ଥିଲା, ନୀଲିମା ଏଠି ତାରି ପାଖେ ରହି ଏମ୍.ଏ ପଢ଼ୁ । ଦାଦାଖୁଡ଼ିଙ୍କ ପାଖେ ରହି ଶାଗପଖାଳ ଖାଇ ସେ ବାଣୀବିହାରରେ ପଢ଼ିବାରେ କିଛି ଅସୁବିଧା ନଥିଲା । ହେଲେ ସୁଦର୍ଶନ, ସିଧାସଳଖ ମନାକରି ଦେଲା ଭାଇଙ୍କୁ । କହିଲା, ଏମ୍.ଏ ପଢ଼ି ଲାଭ କ'ଣ ? ସେହି ଅନୁସାରେ ପୁଣି ବର ଖୋଜିବାକୁ ହେବ । ସେଥିପାଇଁ ବଡ଼ ଧରଣର ଯୌତୁକର ପ୍ରଶ୍ନ ଉଠିବ । ଏତେସବୁ ହେବ କେମିତି ? ଏକଥା ଶୁଣି ବିଦ୍ୟାଧର ନୀରବ ରହିଲେ । କିଛି ପଦେ କହିଲେ ନାହିଁ । ପଦେ ବି ।

ଭାରି ଖରାପ ଲାଗିଥିଲା ରୂପାକୁ । ସୁଦର୍ଶନର ଏ ରୋକଠୋକ କଥା । ସେ ଏମ୍.ଏ. ପଢ଼ିବା ପାଇଁ ଏଇ ଦେଢ଼ଶୁର ତାକୁ ପ୍ରଥମେ କହିଥିଲେ । ସୁମତି ତାକୁ ପଢ଼ିବାର ସୁଯୋଗ ଦେବାପାଇଁ ମାସ ମାସ ଧରି ସ୍ୱାମୀ ସନ୍ତାନ ଛାଡ଼ି, ତା' ସଂସାରର ଭାର ବହନ କରିଥିଲେ । ଅଥଚ ସେମାନେ ତାଙ୍କ ଝିଅକୁ ପଢ଼ାଇ ପାରିଲେ ନାହିଁ । ଆଦୌ ଦାବୀକରି ଜାଣି ନଥିବା ବିଦ୍ୟାଧର ମାନି ନେଲେ ସାନଭାଇଙ୍କ ନିର୍ଦ୍ଦେଶ ।

ନୀଲିମା ବି.ଏ. ପାସ୍ କରି ଘରେ ବସିଛି । ବାଇଶ ହେଲାଣି ତାକୁ । ପିଲାଙ୍କୁ ଟିଉସନ କରୁଚି । ବିଦ୍ୟାଧର ଯେ ପିଲାଙ୍କ ପାଇଁ ବହି ଲେଖନ୍ତି, ରଚନା ବହି, ଗପବହି,

ଜୀବନୀ ବହି, ଉଭରାଉଭରି କରୁଚି। ଗାଆଁ ପାଖ ମହିଳା ସମିତିରେ ସିଏ ଶିଖୁଛି।
ଆଉ କ'ଣ କରନ୍ତା ? ରୂପା ତା' ବଡ଼ ଯାଆ ଦେଢ଼ଶୁରଙ୍କୁ ପର ଭାବି ନାହିଁ। ତାଙ୍କର
ଏକମାତ୍ର ଝିଅଟିକୁ ସେ ନିଜର ପରି ହିଁ ଭାବେ। ସେଥିପାଇଁ ସେ କେବେ କୌଣସି
ବଡ଼ଧରଣର ଖର୍ଚ୍କୁ ବରଦାସ୍ତ କରେ ନାହିଁ। ନୀଳିମା ବିଭାଘର ତ ସେମାନଙ୍କୁ କରିବାକୁ
ହେବ। ଆଉ ଏ ଘର ତିଆରିରେ ଲାଗିବ ଲକ୍ଷ ଲକ୍ଷ ଟଙ୍କା। ଏଥିରେ ପଶିଲେ, ସେତ
ନୀଳିମା ବିଭାଘରକୁ କିଛି ବି ସାହାଯ୍ୟ କରିପାରିବ ନାହିଁ। କେଡ଼େ ଅକୃତଞ୍ଜ ହେବ
ସେ ! କେତେ ଅକୃତଞ୍ଜ ! ପରିବାର ଭାଙ୍ଗିଯାଉଛି ଆଜିକାଲି। ଝିଅମାନେ ହିଁ ଘର
ଭାଙ୍ଗି ଦିଅନ୍ତି ବୋଲି କାଳକାଳର ନିନ୍ଦା। ରୂପା ତା' ପରିବାରକୁ ଭାଙ୍ଗି ଦେବାକୁ
ଚାହେଁନା। ତାର ଦେଢ଼ଶୁର ଯା'ଙ୍କ ମନ ଭାଙ୍ଗି ପାରିବ ନାହିଁ ସେ।

ଗୋଟିଏ ସରଳ, ନିଷ୍କପଟ ଭଲପାଇବାର ମଣିଷକୁ ଜଣେ ସ୍ୱାର୍ଥାନ୍ଧ ମଣିଷ
କେବେ ବୁଝିପାରେ ନାହିଁ। ରୂପାକୁ କାବା ହୋଇ ଚାହିଁ ରହିଥିବା ଦେଖି ସୁଦର୍ଶନ
କହିଲା, କ'ଣ ଚାହିଁଚ ? ମନକୁ ପାଉନି ?

ଚମକି ଗଲା ରୂପା। ଅପ୍ରତିଭ ହୋଇ କହିଲା, ମନକୁ ପାଇବନି କାହିଁକି ?
ତେବେ ଘର ତୋଳିବା କି ଝାମେଲା ! ମିସ୍ତ୍ରୀ, ମୂଲିଆ ପଛରେ ଗୋଡ଼ାଅ। ଜିନିଷ
ଯୋଗାଡ଼ କର। ଏସବୁ କରିବ କିଏ ?

ସୁଦର୍ଶନ କଟମଟ କରି ଚାହିଁଲା ରୂପାକୁ, କହିଲା, ଆଛା ଲୋକ ତ ତମେ।
ଗଲା ବର୍ଷ ଯେଉଁ ଫ୍ଲାଟଟା ବୁଝିଥିଲି ତିନି ମହଲାରେ ମାର୍ବଲ ଚଟାଣ, ବଡ଼ ବଡ଼
କାଚ ଝରକା, ସେଟା ତମକୁ ଗନ୍ଧାଇଲା। କହିଲ – କଣ ନା ଏଗୁରା ପାରାଭାଡ଼ି। ଏଠ
ମାଟି ନାହିଁ କି ଆକାଶ ନାହିଁ, ମାଟି ଆକାଶ ସାଂଗେ ତମର କି ଦେଶନେଶ ମୁଁ
ବୁଝିପାରେ ନାହିଁ। ଆଉ ଏବେ କହୁଚ ଯେ ଘର ତୋଳିବାଟା ବଡ଼ ଝାମେଲା। ମୁଁ
ତେବେ କରିବି କ'ଣ ? ମତେ ତ ସବୁବେଳେ ବାଟ ଓଗାଲିଲ ତମେ।

ରୂପା ସେମିତି ନିର୍ଲିପ୍ତ ଭାବେ ଚାହିଁ ରହିଥିଲା ଖୁବ୍ ଦୂରକୁ। ସୁଦର୍ଶନ ତା'
କଥାମାନି ଫ୍ଲାଟଘର ନେଲା ନାହିଁ, ଏଇଟାତ ଠିକ୍ କଥା ନୁହଁ, ରୂପା ଜାଣେ ସବୁ
କଥା। ଅତି ଖୁସିରେ ଘରଟା ଦେଖାଇଥିଲା ଜଣେ ସାଙ୍ଗକୁ। ବିଚରା ସାଙ୍ଗ କୌଶଳରେ
ବ୍ରୋକରକୁ ହାତକରି ଅଧିକ ପଇସା ଦେଇ ନେଇଗଲା ଘରକୁ। ଅସହାୟ ସୁଦର୍ଶନ
ସାଙ୍ଗଦ୍ୱାରା ପ୍ରତାରିତ ହେଲା। ଅଥଚ ଦୋଷ ହେଲା ରୂପାର। ରୂପା ସୁଦର୍ଶନକୁ ଅନେଇ
କହିଲା, ଦେଖ, ତମର ଯା' ଇଛା ତାହା କର ମତେ କିଛି ପଚାରନା।

ସେମାନେ ଘରେ ପହଞ୍ଚି ସାରିଥିଲେ। ଗାଡ଼ିରୁ ଓହ୍ଲାଇ ସୁଦର୍ଶନ କହିଲା, ଗୋଟାଏ
କାମ କରିବା। ତମକୁ କାଲି ସକାଳେ ବସ୍‌ରେ ବସାଇ ଦେଉଛି। ତମେ ଗାଁକୁ ଯାଇ

ଭାଇଙ୍କୁ ଏ ଜାଗା କଥା କୁହ। ବିଜୁ ପଠାଇଥିବା ସେଇ ପଚିଶ ହଜାର ଟଙ୍କା, ତମେ ମାଗିଲେ ଭାଇ ନିଶ୍ଚେ ଦେବେ। ମୁଁ ଦି' ତିନି ମାସରେ ଟଙ୍କାଟା ତାଙ୍କୁ ଫେରାଇ ଦେବି। ନିଲିର ତ ବିଭାଘର ଠିକଣା ହୋଇନି।

ଗାଁକୁ ଯିବାରେ ରୂପାର ତ ଆପଉ ନଥିଲା। ହେଲେ ସେ ଭାଇଙ୍କୁ ତାଙ୍କ ପୁଅ ପଠାଇଥିବା ଟଙ୍କା ମାଗିବ? ସେତ କେବେ କାହାକୁ କିଛି ମାଗି ନାହିଁ। ଏତେ ଦିନ ଭିତରେ ସୁଦର୍ଶନକୁ ମାଗିଲାଣି କି କିଛି? ଭାଇକୁ କେମିତି ମାଗିବ ସେ ପଚିଶ ହଜାର ଟଙ୍କା। ରୂପା କହିଲା, ମୁଁ ଭାଇଙ୍କୁ ଟଙ୍କା ମାଗିପାରିବି ନାହିଁ। ମତେ ମାଗିବା କଥା କୁହ ନାହିଁ।

ସୁଦର୍ଶନ ହଠାତ୍ ରାଗିଗଲା। ସେଇ ଦାଣ୍ଡ ବାରଣ୍ଡାରେ ଗ୍ରୀଲ୍ ପାଖରେ ହିଁ। କହି ଉଠିଲା, ନାଁ, ମାଗିବ କାହିଁକି? ତମେ ତ ଦେବା କଥାଟା ଭଲକରି ଜାଣିଛ ନା? ଭାଇ ଯେ ପ୍ରତି ଦେଢ଼ମାସ ଦି' ମାସରେ ବଡ଼ି ପୁଞ୍ଜିଏ, କଖାରୁଡଙ୍କ, ପୋଇଡଙ୍କ ବିଡ଼ାଏ ଧରି ଆସୁଚନ୍ତି। ଗଲାବେଲେ କ'ଣ ଖାଲି ହାତରେ ଯାଉଚନ୍ତି? ଭାବିଛ, ମୁଁ କିଛି ଜାଣୁନାହିଁ?

ରୂପା କିଛି କହିଲା ନାହିଁ, ଏକଥା ଶୁଣି ତାକୁ ଭାରି କଷ୍ଟ ହେଲା। ଛିଃ, ଏକଥା ଭାବିପାରେ ସୁଦର୍ଶନ? ମଣିଷର ପ୍ରକୃତି ମଧ ବଡ଼ ଅଜବ। ଏଠି ଦେବାପାଇଁ କେତେ ଲୋକ ଆସିଥାନ୍ତି। ନେବାପାଇଁ କେତେ ଲୋକ ଆସିଥାନ୍ତି। ଏଠି ଦେବା ଲୋକ ନେଇ ଜାଣେ ନାହିଁ, କି ନେବାଲୋକ ଦେଇ ଜାଣେ ନାହିଁ। ଦେବା ଲୋକର ଦାନକୁ ବି କ'ଣ ଠିକ୍ ସେଇଭାବେ ଗ୍ରହଣ କରେ ଅପରପକ୍ଷ? ଦାତା ଗ୍ରହିତାର ସମନ୍ୱୟ ଏଠି ନାହିଁ। ସେ ଦୀର୍ଘଶ୍ୱାସଟାଏ ନେଲା। କହିଲା... ମୁଁ ଭାବୁଛି ତମେ ଗାଁକୁ ଯାଅ। ଭାଇଙ୍କୁ କୁହ ଏକଥା।

ସୁଦର୍ଶନ କଠୋର ଚାହାଣିରେ ଚାହିଁ କହିଲା, ଯିବିତ, ମୋ' ଭାଇକୁ ମୁଁ ଟଙ୍କା ମାଗିବି, ଏଥରେ କୁଠା କାହିଁକି? ମୁଁ ତ କାହା ବାପାର ପଇସା ମାଗୁ ନାହିଁ। ମୋ' ଭାଇର ପଇସା ମୁଁ ନେବି। କାହାର କ'ଣ ସରିଗଲା ଏଥରେ।

ରୂପା ଠିଆ ହୋଇପାରିଲାନି ସେଠି, ଚାଲିଗଲା ସେଠୁ। ଛାତିଏ ଦୀର୍ଘଶ୍ୱାସ ଚାପିଧରି ତାକୁ ସବୁ ଅସ୍ୱଚ୍ଛ ଲାଗିଲା, ସତ୍ୟସତ୍ୟିଆ। ଯେମିତି ଖୋଲା ପବନ ଟିକେ ବି କେଉଁଠି ନାହିଁ। ଶ୍ୱାସରୁଦ୍ଧ ହେଇଯିବ ତାର।

ସେ ଲୁଗା ବଦଲିଲା ନାହିଁ। ଘର ଭିତରକୁ ଗଲା ନାହିଁ। ସିଡ଼ିର ଅଧା ପାହାଚରେ ଠିଆହୋଇ ଜାଲିବାଟେ ଆକାଶକୁ ଚାହିଁଲା। ନାଁ, ସେ ନାହିଁ। ସେଇ ଏକଲା ନକ୍ଷତ୍ରଟି ନାହିଁ। ସକାଳର ଖରା ଟାଣ ହେଉଚି। ଝଲମଲ ଆଲୁଅ ଚାରିପାଖରେ। ଭାଦ୍ରବ

ମାସର ଉଜ୍ଜ୍ୱଳ ଖରା । ଅଥଚ ସେ ସେଇ ଆଲୁଅର ଖଅଟିକୁ ଧରିପାରୁ ନାହିଁ । ସେ ଯେମିତି ଛିଟିକି ପଡ଼ିଚି କେଉଁ ଅଧାଛାଇ, ଅଧା ଆଲୁଅର ନିର୍ଜନ ଅପନ୍ତରାକୁ ।

ତଳୁ ପାଟି ଶୁଭିଲା... ବାବୁ, ତମେତ ଫେରିଲ, ଝିଅ କୁଆଡ଼େ ଗଲା ?

ରୂପା ଚମକି ପଡ଼ିଲା... କାହାର ଏ ସ୍ୱର ?

ରଘୁ ମଉସା... ? ?

ସୁଦର୍ଶନ ତମତମ ହୋଇ ଘର ଭିତରକୁ ପଶିଗଲା ବେଳକୁ ଦେଖିଲା ରୋଷେଇ ଘରେ, ଗ୍ୟାସ ଚୁଲି ପାଖେ ଠିଆ ହେଇଚନ୍ତି ରଘୁ ମଉସା । ଚୁଲିରେ ତେଲ କରେଇରେ ଗୋଟା ଗୋଟା ବଡ଼ ଚୁଙ୍ଗୁଡ଼ି । ଭାଜି ଚାଲିଛନ୍ତି । ପାଖରେ ସାନ ଝିଅ ଦିଶା ଏକ ଥାଲିଆରେ ମସଲା ସଜାଡ଼ୁଛି । ଆଖପାଖ ଚୁଲିରେ ଭାତ ବସିଚି ।

ସୁଦର୍ଶନକୁ ଦେଖି ରଘୁ ମଉସା ଧାଇଁ ଆସିଲେ କହିଲେ, ବାବୁ ତମେ ତ ଫେରିଲ, ଝିଅ କାହିଁ ?

ରଘୁ ମଉସାଙ୍କ ମୁହଁକୁ ଚାହିଁଲା ସୁଦର୍ଶନ । ବଡ଼ ଅଭୁତ ମଣିଷ ତ ସତରେ ଯେ ! ସେଦିନ ବୁଲେଇ ବଙ୍କେଇ, ସେ ଯେପରି ଭାବେ କହି ୟାଙ୍କୁ ଘରୁ ବିଦା କରିଥିଲା । ତା'ପରେ ବି ସେ ପୁଣି ଆସୁଚନ୍ତି । ସ୍ନେହ ଛଳଛଳ ମନଧରି ରୋଷେଇ ଘରେ, ବସି ମାଛ ଭାଜୁଛନ୍ତି । ଏ ମାଛ ବି ସେ ଆଣିଚନ୍ତି ନିଶ୍ଚୟ । ଅନ୍ୟ ଦିନ ହୋଇଥିଲେ ନିଶ୍ଚେ ରାଗିଥାନ୍ତା । ସୁଦର୍ଶନ ଆଜି ସେ ରୂପା ଉପରେ ରାଗିଛି । ରାଗର ମେଘ ଘୋଟି ହେଇଅଛି । ସେ ଏ ବୁଢ଼ାଟା ଉପରେ ବର୍ଷିବ କାହିଁକି ? ଯାହା ଉପରେ ରାଗ ତା'ଉପରେ ବର୍ଷିଲେ ସିନା ରାଗର ମଜା ମିଲେ ।

ସୁଦର୍ଶନ ରଘୁ ମଉସାଙ୍କୁ କିଛି କହିଲା ନାହିଁ । ବେସିନ୍‌ରେ ମୁହଁ ଧୋଇ ବାରଣ୍ଡାରେ ପଡ଼ିଥିବା ଚଉକିରେ ବସିପଡ଼ି ଡାକପକାଇଲା – ଦିଶା, ପାଣିଗ୍ଲାସେ ଦେଲୁ ।

ସାନ ଝିଅ ଦିଶା ପାଣି ଆଣିବା ଆଗରୁ, ରଘୁ ମଉସା କାଚଗ୍ଲାସରେ ପାଣି ଆଣି ସୁଦର୍ଶନକୁ ବଢ଼େଇ ଦେଲେ, କହିଲେ ସକାଳୁ ଜଳଖିଆ ଖାଇଚଟି ?

ପାଣି ନେଇ ଢକଢକ ପିଲା ସୁଦର୍ଶନ । ଏତିକିବେଳେ ଦାଣ୍ଡଘର ଆଡ଼ୁ ବାହାରି ଆସିଲା ରୂପା । ମଉସାଙ୍କୁ ଦେଖି, ଖୁସିରେ ଧାଇଁ ଆସି ପାଦଛୁଇଁ ପ୍ରଣାମ କଲା ସେ । ରଘୁ ମଉସା ତାକୁ ଉନ୍ମକୁ ଉଠାଇ ଛାତିରେ ଜାକି ଧରିଲେ । ଗାମୁଛାରେ ତା' ମୁହଁଟା ପୋଛିଦେଇ କହିଲେ... ଭାରି ଶୁଖିଲା ଦିଶୁଚୁ ରେ ମା, ଦେହ ଭଲ ନାହିଁ ?

ରୂପା ଆଖିରେ ଲୁହ ଢଳଢଳ ହେଲା । ସେଇ ଲୁହ ଟୋପାର ଛାଇ ଚହଲି ଗଲା ଯେମିତି ରଘୁ ମଉସାଙ୍କ ଆଖିରେ । ସୁଦର୍ଶନ ଚଉକିରେ ବସି ଦେଖୁଥିଲା ଏ ଦୃଶ୍ୟ । ସତରେ ରୂପା, କେତେ ଖୁସି ହେଉଚି ମଉସାଙ୍କୁ ଦେଖି । ଏମିତି ଖୁସି ତ ଅନ୍ୟ

ସମୟରେ ମିଳେ ନାହିଁ ଦେଖିବାକୁ। ମଉସା ତାକୁ ଭଲପାନ୍ତି। ସୁଦର୍ଶନ ତାକୁ ଭଲପାଏନା। ଏଇ କ'ଣ ରୂପାର ମନୋଭାବ? ସବୁବେଳେ ଅଭିଯୋଗ କରେ ରୂପା, ତମେ ବୁଝିପାରନା। ଆଉ କ'ଣ ଅଧିକଟା ବୁଝିଥାନ୍ତା ସେ?

ରଘୁ ମଉସା ରୋଷେଇ ଘରକୁ ଯାଇ ଗୋଟେ ପ୍ଲେଟରେ ବଡ଼ ବଡ଼ ଚିଙ୍ଗୁଡ଼ି ଭଜା ଚାରିଟା ଆଣି ବଢ଼ାଇ ଦେଲେ ସୁଦର୍ଶନକୁ। କହିଲେ, ବାବୁ, ଖାଇଲ ଆଗ ଗରମ ଗରମ ଦି'ଟା।

ଥରେ ରଘୁ ମଉସାଙ୍କର ସେଇ ଦାଢ଼ିଭରା ମୁହଁକୁ, ସ୍ନେହ ଛଳଛଳ ଆଖିକୁ ଚାହିଁ, ସୁଦର୍ଶନ ପ୍ଲେଟଟା ନେଲା। କାହିଁକି କେଜାଣି ତା'ର ମନଟା ଦବିଗଲା ଏଇ ମଉସାଙ୍କ ପାଖରେ। ବଡ଼ ଚୁଙ୍ଗୁଡ଼ି ସୁଦର୍ଶନର ଭାରି ପସନ୍ଦ। ମସଲା ଦିଆହୋଇ ଭଜା ହୋଇଛି। ସେ ଗୋଟାଏ ଚୁଙ୍ଗୁଡ଼ି କାଲେ କାମୁଡ଼ି ନେଇ କହିଲା... ଏ ଚୁଙ୍ଗୁଡ଼ି କେଉଁଠୁ ଆସିଲା? ରଘୁ ମଉସା ହସି ହସି କହିଲେ, କ'ଣ କରିବି ପୁଅ ଆସିବି ଆସିବି ବୋଲି ଦି'ମାସ ହେଇଗଲା। ମନ ଭାରି ଛଟପଟ ହେଲା। ଗାଁରେ ଯେମିତି ତିନିଟା ପୁଅ ଅଛନ୍ତି, ସହରରେ ସେମିତି ଅଛି ଏଇ ଝିଅ ରୂପା। ପୁଅମାନେ ତ ଲୋଡ଼ନ୍ତି ନାହିଁ ବାପକୁ ହେଲେ ଏଇ ଝିଅଟା ମନେପକାଏ। ଆଉ ସେ ମନେ ପକାଇଲେ ମୁଁ ଥୟ ହୋଇ ରହିପାରେ ନାହିଁ। ଖାଲି ହାତରେ କ'ଣ ଆସିବି ବୋଲି, ଭୋଇବାରିର ଭଲ ସାରୁ ସେରଟିଏ ରଖିଥିଲି। ଫୁଲ ବୋଉକୁ ବିରି ଦେଢ଼ସେର ଦେଇଥିଲି ବଡ଼ି ପକାଇଦେବାକୁ। ତମକୁ ବାବୁ ସାରୁ କୋଶଳା ଶାଗ ବଡ଼ି ପକା ସନ୍ତୁଲା ଭାରି ଭଲ ଲାଗେନା କରିଛି। ଶାଗ ବି ଆଣିଛି। ବସରେ ଚଢ଼ିଲା ବେଳେ ପରା ଦେଖିଲି ଖାସା ଚୁଙ୍ଗୁଡ଼ି ଧରିଚି ଗୋଟେ ଲୋକ। ତରତର କରି ଓହ୍ଲାଇପଡ଼ି କହିଲି, ଯା' ଅଛି ସବୁ ଦେଇଦେ ମତେ। ବାବୁ କେବଳ ଭଲପାନ୍ତି ବଡ଼ ଚୁଙ୍ଗୁଡ଼ିକୁ। ମୁଁ ପା' ସବୁ ଜାଣିଚି।

... ତମେ କାହିଁକି ଏତେସବୁ ନେଇକରି ଆସୁଥିଲ କହିଲ ମଉସା? ରୂପା କହିଲା।

ରଘୁ ମଉସା ହସି କହିଲେ, ଆମେ ଏ ଝିଅଟା କେମିତି କିରେ? ଝିଅମାନେ ସବୁବେଳେ କହନ୍ତି, ଏଇଟା ଆସିଲନି, ସେଇଟା ଆସିଲନି। ଯା' ଦବ, ତା' ଦବ। ଯେ ଓଲଟି କହୁଚି କାହିଁକି ଆସିଲ?

ସୁଦର୍ଶନ କହିଲା... ଠିକ୍ କହିଚ ମଉସା, ସବୁ ଓଲଟା କଥା ତା'ର।

ରଘୁ ମଉସା କହିଲେ, ହଉ ହଉ, ସମସ୍ତେ କ'ଣ ସମାନ ହେବେ। ହେଇଟି ଝିଅ, ତୁ ଖାଲି ଚୁଙ୍ଗୁଡ଼ି ତରକାରୀଟା କର। ଯେମିତି ନାଲ୍ ନାଲ୍ ଝୋଲ କରୁ। ଡାଲି ଆଉ କରନା। ମୁଁ ଶାଗ ବାଛି ଦେଇଚି। ସନ୍ତୁଲା ମୁଁ କରିବି।

ରୂପା କହିଲା... ନାଇଁ ମଉସା, ତମେ ବସ। ବିଶ୍ରାମ ନିଅ। କୋଉ ସକାଳୁ ବସରେ ବସିଚ। ବୁଢ଼ାଲୋକ, ଏଠି ବସି ରାନ୍ଧିବ। କିଏ କହୁଥିଲା ତମକୁ ଚୁଙ୍ଗୁଡ଼ି ଭାଜିବା ପାଇଁ? ମୁଁ ଆସିଥିଲେ ସବୁ କରିନଥାନ୍ତି?

ରଘୁ ମଉସା ହସିଲେ, କହିଲେ, କାହିଁକି ବୁଢ଼ା ବୁଢ଼ା କହୁଚୁ କହିଲୁ। ସତୁରି ବର୍ଷ ହେଲା ବୋଲି ମୁଁ କ'ଣ ବୁଢ଼ା? ମୋ' ଭିତରେ ଗୋଟାଏ ଉଦ୍ଦାମ ତାରୁଣ୍ୟ ଏବେ ବି ଅଛି। ଯିଏ ଦୁନିଆ ଖେଦି ଯିବ। ଅବସର ନେଲିଣି ବାରବର୍ଷ ହେଲା। ପିଲାଙ୍କୁ ପାଠ ପଢ଼ାଇଲି ଏତେ ଏତେ ବର୍ଷ। ତଥାପି ମନ ବୁଝୁନି, ମନ ହେଉଚି। ପୁଣି ଶିଖାନ୍ତି। ପୁଣି ସଜାଡ଼ି ଦିଅନ୍ତି, ସବୁ ଅସଜଡ଼ାକୁ। ଯୋଡ଼ି ଦିଅନ୍ତି ସବୁ ଫାଟକୁ। ସମାଜରେ, ସଂପର୍କରେ, ଯେତେ ବିଷମତା ଅଛି ସବୁଟି ସଜାଡ଼ି ସାଇତି ରଖିଦିଅନ୍ତି ସାମ୍ୟତା। ହେଲେ ଏତେ ସପନକୁ ରାତି କାହିଁ?

ସୁଦର୍ଶନ ଚୁପ୍‌କରି ଚୁଙ୍ଗୁଡ଼ି ଖାଉଥିଲା। ଶୁଣୁଥିଲା ରଘୁମଉସାଙ୍କ କଥା। ଖାଇସାରି ସେ ହାତ ଧୋଇଲା – ଚାଲିଗଲା ଚୁପ୍‌କରି ନିଜ ଟେମ୍ବରକୁ। ରଘୁ ମଉସାଙ୍କର ଏତେ ସବୁକଥା ତା'ମନର ପୁଞ୍ଜୀଭୂତ ରାଗକୁ ଶୀତଳ କରିପାରୁ ନଥିଲା।

ରୂପା ମନା କରିଦେଲା ତାକୁ ରୋକ୍‌ଠୋକ୍। ଭାଇଙ୍କୁ ମାଗିପାରିବ ନାହିଁ ସେ ଟଂକା।

ସେଦିନ ମଧ ମନାକରି ଦେଲା... ସେ ତା'ର ଜଗଦେବ ସାଙ୍ଗଆଟାକୁ ବଦଲାଇବ ନାହିଁ। ଜାବୁଡ଼ି ଧରି ବସିଥିବ ସେଇ ଅକ୍ଷର ଚାରିଟାକୁ – ଯାହା ଶୀତଳ ନିଆଁରେ ଜାଳୁଥିବ, ଚେଙ୍ଗୁଥିବ ସୁଦର୍ଶନର ମନକୁ।

ଏବେ ସୁଦର୍ଶନର ସବୁ କଥାକୁ କଠୋର ଭାବେ ପ୍ରତ୍ୟାଖ୍ୟାନ କରୁଚି ରୂପା। ଏମିତି ଆସ୍କର୍ଧ୍ୟା, ଏ ସାହସ, ସେ ପାଇଲା କେଉଁଠୁ?

ସୁଦର୍ଶନ ନିଜ ଭିତରେ ନିଜେ ଅଣ୍ଠାଳି ହେଲା। କ'ଣ ହୋଇପାରେ ହେତୁ? ପଦର ବର୍ଷ ହେବ, ସୁଖ ପଛେ ପଛେ ଧାଉଁଚି ସେ। ହେଲେ ସୁଖ କାହିଁ? ରୂପାକୁ ଭଲ ପାଇଥିଲା ସେ ସତ, ହେଲେ ତାକୁ ପାଇବା ପଛରେ ଥିଲା ତା'ର ସଂପତ୍ତି ଓ ବାପାଙ୍କ ପ୍ରତିଷ୍ଠାର ଲୋଭ। ଏକ ବସ୍ତ ହୋଇ ରୂପା ତା' ସହ ଚାଲିଆସିଥିଲା ସେଇ ଦିନ ସେଇ ମୁହୂର୍ତ୍ତରୁ। ତା'ର ସେହି ଲୋଭ ତ ମରିଯିବା କଥା। ହେଲେ ମଲା ନାହିଁ। ଲୋକଟା ଏକ ଶୀତଳ ନିଆଁ। ଅଦୃଶ୍ୟରେ ସେ କେମିତି ଗୁଣୁଗୁଣୁ କରୁଥାଏ ଛାତିକୁ। ସେଇ ନିଆଁ କ'ଣ ତାକୁ ଏମିତି ଅସୁଖୀ କରି ଦଉଚି। ସେ ମରି ନାହିଁ। ଚୋରିପାଖରେ ସୁଖର ସାମଗ୍ରୀ ଅଛି ତା'ର। ଅଛି ସୁନ୍ଦରୀ ପତ୍ନୀ। ହେଲେ ସେ ତାକୁ ଗୋଟାପଣେ ପାଇ ପାରୁନି କାହିଁକି? ରୂପା ସବୁବେଳେ କହୁଚି, ଭଲପାଇବା କ'ଣ ତମେ ତା'

ବୁଝିପାର ନାହିଁ। ତମ ହୃଦୟ ଦ୍ୱାର ସବୁବେଳେ ବନ୍ଦ। କଲେଜରେ ସାହିତ୍ୟ ପଢ଼ାଏ ବୋଲି ଏମିତି କଥାସବୁ ସେ କହେ। ତା' ଛାତି ତଳେ ଗୋଟାଏ ନ ପାଇବାର ହାହାକାର, ଏକଥା ରୂପା ଜାଣୁନି କେମିତି ? କାହିଁକି ରୂପାର ଭଲପାଇବା ତା' ହାହାକାରକୁ ଧୋଇପୋଛି ପାରୁନାହିଁ।

ପିଲାଦିନୁ ବାପା ମା' ଛେଉଣ୍ଡ ସୁଦର୍ଶନ। ଚାରି ବର୍ଷରେ ବାପା ଗଲେ। ଆଠ ବର୍ଷରେ ବୋଉ। ସାବତ ଭାଇ ବିଦ୍ୟାଧର ନିଜ ପୁଅପରି ଲାଳନପାଳନ କଲେ। ଭାଇ ଭାଉଜ ବିଜୁକୁ ଯେମିତି ଦେଖନ୍ତି, ତାକୁ ବି ଠିକ୍ ସେମିତି ଦେଖନ୍ତି। ଭାଉଜ ବରଂ ଭଲ ଜିନିଷଟିଏ ବିଜୁକୁ ନ ଦେଇ, ତାକୁ ଦେଇଦିଅନ୍ତି। ଭଲଜାମା, ଚଟି କି ଖାଇବା ଜିନିଷ ଆଗ ସବୁ ଖାଇଲେ ପରେ ବିଜୁ ଖାଏ। ବିଦ୍ୟାଧର ଏହା ଦେଖିଲେ କହନ୍ତି। ନାଇଁ ସୁମତି, ଦିହିଁଙ୍କି ସମାନ କରି ଦିଅ। ଉଣା ଅଧିକ କର ନାହିଁ।

ସୁମତି ହସି କହନ୍ତି, ସଦୁ ପରା ମୋ' ବଡ଼ପୁଅ। ମୋ' ମୁହଁରେ ସେ ନିଆଁ ଦେବ। ବଡ଼ପୁଅର ପରା ସବୁ ବଡ଼ ଭାଗ।

ଭାଇ ଭାଉଜଙ୍କ ସ୍ନେହ ଥିଲା ଅକଳନ। ଆଶା ଥିଲା ଅସୀମ। ବିଦ୍ୟାଧରଙ୍କ ପ୍ରଚେଷ୍ଟା ଉଣା ନଥିଲା। ହେଲେ ବିଜୁ ଭଲ ପଢ଼ିଲା। ବୃଭି ପାଇଲା। ଏକାଠି ଖାଇ, ଏକାଠି ଶୋଇ, ଏକା ମାଷ୍ଟର ପାଖେ ପାଠପଢ଼ି, ବିଜୁ ଭଲ ପଢ଼ିଲା। ସୁଦର୍ଶନ ବିଜୁପରି ହୋଇପାରିଲା ନାହିଁ। ସାଧାରଣ ଛାତ୍ରଟିଏ ହୋଇ ରହିଲା। ଆଉ ଏଠୁ ଆରମ୍ଭ ହେଲା ଈର୍ଷା। ବିଜୁ ଇଂଜିନିୟରିଂ ପଢ଼ିବାକୁ ରାଜସ୍ଥାନ ଗଲା। ସୁଦର୍ଶନ ପୁରୀ କଲେଜରେ ପଢ଼ିବାକୁ ଆସିଲା। ସୁଦର୍ଶନ ଅନବରତ ଭାବିଚାଲିଲା। ବିଜୁ ଇଂଜିନିୟର ହେବ। ଖୁବ୍ ପଇସା ରୋଜଗାର କରିବ। ଆଉ ସେ..... ସେ ସାଧାରଣ ଗ୍ରାଜୁଏଟଟିଏ ହୋଇ ହୁଏତ କେଉଁଠି କିରାଣୀ ଚାକିରିଟିଏ କରିବ। ପୁରୀରେ ପଢ଼ିଲାବେଳେ ସେ ଟିଉସନ କରିଥିଲା ଡପନକୁ, ରୂପାର ଭାଇକୁ। ସେଇଠି ହୋଇଥିଲା ସ୍ୱପ୍ନର ବୀଜବପନ। ସ୍ୱପ୍ନ ଡାଲପତ୍ର ମେଲିଲା। ସେ ରୂପାକୁ ପାଇଲା ସତ ହେଲେ ସେ କି ପାଇବା !

ଏବେ ବି ମନର କେଉଁ ଅତଳରେ ନିଆଁ ଝୁଲଟିଏ ଗୁରୁଗୁରୁ କରୁଛି। ଭୁଲିପାରୁ ନାହିଁ ସେ ଜ୍ୱାଳା, ରୂପାର ବାପାଙ୍କର ସେଦିନର ସେହି ତିରସ୍କାର। ସେହି ଭର୍ସନା। ଆଉ ଏତିକିବେଳେ ହିଁ ତା'ଭିତରେ କିଏ ଉଗ୍ର ହେଇଉଠୁଛି। ରୂପାକୁ ସେ କେତେ ଥର କହିଚି, ବାପା ସଂପତ୍ତିରେ ଝିଅର ବି ଭାଗ ଅଛି। ଏ କଥା ଭୁଲିଯାଉଚ କେମିତି ?

ସବୁଥର ପରି ରୂପା ହସ ହସ କହିଚି ମୋର ସଂପତ୍ତି ତ ତମେ ! ଏକ ବସ୍ତ୍ର ହେଇ ମୁଁ ଆସିଥିଲି।

ରୂପାର ଏମିତି କଥା ଶୁଣିଲେ ସୁଦର୍ଶନର ହାଡ଼ ଜ୍ୱଳେ। ଏଭଳି କଥାରେ କାହାର

ପେଟ ପୂରେ ? ଜୀବନ ପ୍ରତିଷ୍ଠିତ ହୁଏ ? ଏଇ ଭିତରେ ଦୁହେଁ ଖୁବ୍ କଷ୍ଟ ଉଠେଇଚନ୍ତି, ପାଦତଳେ ମାଟି ପାଇଚନ୍ତି । ହେଲେ ଜୀବନର ଦାବୀ ତ ଏତିକି ନୁହେଁ ! ତାକୁ ଘର କରିବାକୁ ହେବ ।

ସେଥିପାଇଁ ଅର୍ଥ ବନ୍ଦୋବସ୍ତ କରିବାକୁ ହେବ । ଅଥଚ ରୂପା ଅସହଯୋଗ କରୁଚି ।

ସୁନ୍ଦର ସ୍ତ୍ରୀ କେରରେ ବସି ଭାବି ଚାଲିଥିଲା । ହଁ, ସେ ଯିବ କାଲି । ଭାବୁ ଭାଇଙ୍କୁ ଲାଗିବ ସଂସ୍କା । ଲୁଣା ଦେଖ୍ବ, ଜାଣିବ, ସେ ଯାହା ଚାହେଁ, ଚା'

କଲେ ନିର୍ଭର କରେ ।

ଖିଆପିଆ ସରିଲାପରେ ସୁଦରେ ଶୋଇବାକୁ ଚାଲିଗଲା । ଭିତର –ସାକାରେ ସର ସରକାର ରଘୁ ମିଇବା, ଇଡ଼ର ହେଇଥିଲେ । ରୂପା ସହ ଦୁଃଖ କାୟୁକ୍ତ ହୋବାଇ ସମସ୍ତ କୁ ଏଇ । ରୂପା ବି ମନଖୋଲି ଦି ପଦ ସୁଖଦୁଃଖ ହେବାର

ଲୋକଟିଏ ପାଇଯାଏ ।

ରୂପାଠାରୁ ସବୁ କଥାଶୁଣି, ରଘୁ ମଉସା କଠ ବସିଲେ । ରୂପା ମୁଣ୍ଡ ଆଇ ଦେଇ କହିଲେ – ମାଣିକ, ମଜଜଣା କରନା । ସବୁ ଠିକ୍ ହେଇଯିବ । ସଂସାର ଭିତରେ ଘର କରିଥିଲେ ତଥର ପଡ଼ିଲେ ସାହି । ସଂସାରର ସୁରକ୍ଷା ପାଇଁ ରହି ସେବାକୁ ବା ହୋବ । ସାଲିସ୍ କରିବାକୁ ହେବ । ତେବେ ସାଲିସ୍ ନ କହି ସମାସୁର ବୋଲି ମୁଁ କରିଛି । ସହିବା ଜିନିଷର ସମସ୍ତଙ୍କ ଦ୍ୱାରା ହୁଏନା । ସେ ପରା ବାରଣ, ଜୀବାସୁର । ଆହାର ସୁଦକ୍ଷ ପ୍ରଶସ୍ତ ସିଏ ବୁଝିପାରେ ସବୁ କଥା । ଯିଏ କୋଟି କାରଣେ ଅସାହାଡ଼ା ସିନିଅନ୍ତୁ, ହୋଇ ହଁ ସହିପାରେ । ଆଉ ସହିବା ଲୋକର ଆଗରେ ଆଉ ଏଇ ଆଲୁଅ ବଣ୍ଟ । ସେ ଆଲୁଅ ତାକୁ ବାଟ ଦେଖାଏ । ସେ ଆସୁଥିଲା ସାରେ ତା ପାଇଁ ଶକ୍ତି ହୋଇଯାଏୟ

ସୁପା ଶୁଣୁଥିଲା ମହମାଙ୍କ କଥାୟ ସାଲିସ, ସାଲିସ କରିଲା ନାହିଁ କ'ଶ ସେ, ଜୀବନ ଅନ୍ଧ, ପରିସ୍ଥିତି ସହ, ସମସ୍ୟା ସହ ୫ ସେ ଏକା କାହିଁକି, ଦେଶନ ବର୍ଷଧରି ଏଇ ନାରୀମାନେ ସାଲିସ୍ କରି ହିଁ ଆସିଛନ୍ତି । ସେଥିପାଇଁ ଶହଶହେ ବର୍ଷଧରି ପାରିବାରିକ ଶୃଙ୍ଖଳା ବିନାଷ୍ଟ ହେଉଛନ୍ତି । ଏତେ ଶିକ୍ଷା ସାଉପରେ, ଚାକିରି କରି ପର୍ଯ୍ୟାୟ ଅର୍ଥ ଉପାର୍ଜନ କଲେ ବି ଯେଉଁଠି ନାରୀଟିଏ ନିଜ ପସଦର ଜୀବନ ବଞ୍ଚେ ? ଜୀବନ ସଂଟିକା ଦୂରେ ଥାଉ, ନିଜ ବାଞ୍ଛିତ ମୁଦୁର୍ତଟିଏ କଣ୍ଟ ସେ ? ପିଲାଦିନେ କେତେ ସୁପ ଦେଖ୍ଥିଲା ସେ, ନିର୍ଜନ ରାତିରେ, ଖୋଲା ପଡ଼ିଆରେ ଠିଆହୋଇ ଭରପୂର ଚନ୍ଦ୍ରାଲୋକକୁ ଉପଭୋଗ କରିବ । ସମୁଦ୍ର ଉପରେ ପୂର୍ଣ୍ଣିମାର ଜ୍ୟୋତ୍ସା କେମିତି

କେଇ ସାଂଗେ, ଆକାଶର ନିର୍ଜନତା କି ଗୀତ ଶୁଣାଏ, ତାଙ୍କୁ ମନଭରି ଶୋଷିବ ।

ରକ୍ଷଣଶୀଳ ବାପା ମା'ଙ୍କ କଟକଣାରେ ଏହା ସମ୍ଭବ ହେଇନଥିଲା। ଭାବିଥିଲା, ଯିଏ ନେବ ତା'ମା ଜୀବନର ସାଥୀ, ତାକୁ ନେଇ ସେ ଚାଲିଯିବା ନିଶାର୍କରେ। ପାହା ଯାଇଥୀ ପାହାଡ଼ାତ୍ତାରେ, ନୂଆଧାରା ବୁଡ଼ିଗଲାବେଳେ, ଲିଭିଯାଇଥବା ମାରି, ଫୁଟି ଆସୁଥବା ସକାଳର ସଂସମର ଧାରେ ଧାରେ ବାକ୍ର ବିଛା ଘାସ ଉପରେ ଚାଲନ୍ତା ଟିଏ ମାଇଲେ ମାଇଲ, ଗାଆନ୍ତା ସେଇ ଗୀତ, 'ମନ୍ତେ ସରଣୀ ଦିଅ ଗୋ କହି, ମୁଁ ଡ ଅନୁସରି ଯିବି ବହି।। ଏତେ ସ୍ୱପ୍ନ ଉପରେ ସଂଜାଲର ମେଘୁଆ ଆକାଶ, ଢାଙ୍କି ହୋଇଗଲା। କେତେ ନାରୀଙ୍କ କିସମ କିସମ ସ୍ୱପ୍ନ, ବାସନା, ଏମିତି ଚାପି ହୋଇ ରହିଯାଏ। ସେ ଜେଲ ଲୁଣର ମାଟି, କାଦୁଅର ପୃଥବୀରେ ଗାଈ ପାଇଁ ଖାଦ୍ୟ ଖୋଜେ। ଢିଆପାଇଁ ବର ଖୋଜେ। ତା' ନିଜ ଭିତରର ନାଟି, ଅସଲ ମୁଟି, ହୀରା ଖଣ୍ଡିଏ ପରି ପୋତି ହୋଇ ପଡ଼ିଥାଏ ରସାତଳରେ। ଯେ' ସାଲିସ୍ ନୁହେଁ ଆଉ କ'ଣ ?

ରଘୁ ମାଇସା ରୂପା ମୁହଁକୁ ଚାହିଁଲେ, ବୁଝିଲେ ସବୁ। ସେ ତ ବୁଝିପାରନ୍ତି। ସବୁ। ସେଥିପାଇଁ ତାଙ୍କର ଦୁଃଖ କେଶୀ। ସମବେଦନା ବେଶୀ। ଦୁନିଆଦାରିରେ ସେ ତ ଅନୁଭବୀ ମଣିଷଟିଏ। ସେ ରୂପାକୁ କହିଲେ, ମା'ରେ ତୁ ବାବୁଙ୍କ କଥା ମାନି ଗାଁକୁ ଯାଆ ବାବୁଙ୍କ କଥା ବୋ ଦେଢ଼ଶୁରକୁ କହ, ମୁଁ କ ଦୂତ ହୋଇଯିବୁ ତା'ଛଡ଼ା ମୁଁ କଲେ, ସେ କାହିଁ କରିପାରିବେ ନାହିଁ ବୋଲି ହିଁ, ଚ ପଠାଉଛନ୍ତି।

ସୁଦର୍ଶନ ଠିଆ ହୋଇଥିଲା ଦ୍ୱାର ବସରେ। କୁଆଡ଼େ ଯିବାକୁ ବାହାରିଥିଲା ସେ। ରଘୁ ମଉସାଙ୍କର ସବୁ କଥା ଶୁଣିପାରିଲା ସେ। କଟକରି କହିଲା, ତମେ ଯେତେ ବୁଝାଇଲେ ସେ କ'ଣ ବୁଝିବ ମଉସା ? ତା'କୁ ପଞ୍ଚା ବ୍ରହ୍ମା ବୁଝାଇ ପାରିବେ। ନାହିଁ। ସେ ଜଗଦେବ ବଂଶର ଝିଅ ନାଁ...।

ସୁଦର୍ଶନ ଯାଉ ଯାଉ, ଚାହିଁଲା ରୂପାକୁ। ରୂପା ଚାହିଁଥିଲା ତାକୁ କାତର ଅସହାୟ ଆଖରେ। ସେ କଟକରି ବୁଲି ଚାଲିଗଲା।

ଦିନେ ସେ ସୁଦର୍ଶନ ରୂପାକୁ ସନ୍ତୁଷ୍ଟ ଆଖରେ ଚାହିଁ ରହିଥିଲା, ତା' ଗୀତକୁ ପିଇ ଯାଇଥିଲା ପ୍ରାଣଭରି, ଦୋତାଲାର ଝରକାରେ ଠିଆହୋଇ ସୁଦର୍ଶନର ସେଇ ସକୃଷ୍ଟ ଆଖର ନୀରବ ଇସାରାରେ, ଆଖ ମିଶାଇ ଥିଲା ରୂପା। ଦେଖୁଲା ସେ ଆଖରେ କେତେ ଆଲୁଅ। ଆଉ ଏବେ... ସେ ଆଖରେ ନିଆଁ ଜଳୁଛି। ନିଆଁ।

ରଘୁ ମଉସା କହି ଚାଲିଥିଲେ, କି ହାତରେ ଆଢ଼େଇ ଗଙ୍କ ସବୁ। ଫୋପାଡ଼ି ହେଁ ସବୁ ମନରୁ ଦୁଃଖ ଅବଶୋଷ। ଆଗେଇ ଯା', ସରପରି ନଇପାରି। ଦେଖୁନୁ ମଦେ, ଛାଡ଼ିଏ କଣ୍ଠ ଖପରାକୁ ଆଢ଼େଇ ଦେଇ ମୁଁ କେମିତି ଚାଲିଛି। ଚାଲିବାକୁ ହେବରେ ମା'। ସଂସାର ପଥ ବଡ଼ ବିକ୍ରମ।

ରୂପା କ'ଣ ଜାଣେନି ରଘୁ ମଉସାଙ୍କର ଦୁଃଖ, ତାଙ୍କ ଜନ୍ମଅଁଳା। ତଥାପି ସେ ହସନ୍ତି କଲ୍କଲ୍। ଭଲ ପାଇବାର ଛଳଛଲ ଦୁଃଖୀ ମଣିଷଗୁଡ଼ିକ ହିଁ ଭଲପାଇ ଜାଣନ୍ତି। ନା ଭଲପାଇବା ମଣିଷଟା ହିଁ ଦୁଃଖୀ ଦୁଃଖୀ ସବୁବେଳେ।

ରଘୁ ମଉସା କେନ୍ଦ୍ରାପଡ଼ା ପାଖର ଏକ ଗାଁର ଅବସର ନେଇଥିବା ଅପରି ପ୍ରାଇମେରି ଶିକ୍ଷକ। ଶିକ୍ଷକର ରକ୍ତ ଦେହରେ। ଶିକ୍ଷକଙ୍କର ମାନସିକତା ସେତନାରେ। ଚିନି ପୁଅ। ହିଁ ପୁଅ ଗାଁରେ। ଜଣେ ବ୍ୟବସାୟ କରେ। ତେଜରାତି ଦୋକାନ। ଜଣେ ଗାଁ ସ୍କୁଲର ମାଷ୍ଟର। ସାନପୁଅ କେନ୍ଦ୍ରାପଡ଼ା ତହସିଲରେ ପୋଷ୍ଟାର। ଗାଁରେ ବି ପୁଅ, ବି'ବୋହୂ, ନାତି, ନାତୁଣୀ। ହେଲେ ସେ ସଂସାରରେ ରଘୁ ମଉସା ଅପାଂକ୍ତେୟ। ପୁଅମାନେ ଯଦି ସକାଳେ ଉଠି କହନ୍ତେ ନିୟମ ଜାରି ରଖନ୍ତେ, ଇୟେ ମୋ' ବାପା, ମୋର ସ୍ୱର୍ଗ, ଆଗ ॥'ଙ୍କ କଥା ବୁଝ, ପୁଅମାନେ ଯଦି ଏଇ ଅନୁଶାସନ ଜାରି ରଖିଥାନ୍ତେ, ବୋହୂମାନେ ଧାରାରେ ପଢ଼ିଥାନ୍ତେ ଠିକ୍। ହେଲେ ପୁଅ ଦିହେଁ ପଚାରନ୍ତି ନାହିଁ ଦିନେ ବାପାକୁ, ବାପା, ଖାଇଲଣି ? ବାପା, ଦେହ ଭଲ ଅଛି ? ସକାଳର ଜଳଖିଆ, ଖରାବେଳର ଭାତ, ରାବିର ରୁଟି ଦିପଟ ଦେବାପାଇଁ ବି ବୋହୂ ବିହଙ୍କର ଝଗଡ଼ା, ଠେଲାପେଲା। ଶେଷକୁ ପାଳି ହେଲା। ଯା'ର ଦିନେ, ଚା'ର ଦିନେ। ତଥାପି ବିହେଁ ଗରଗର ସବୁବେଳେ। କାମ କରି କରି ହାଡ଼ ଭାଙ୍ଗିଯାଇ ଏ ଘରେ। କେତେବେଳ ଜଗି ବସିଥିଲ। ବାହାରେ ଯିଏ ଅଛନ୍ତି ସେ ଦୁଃଖରେ ଅଛନ୍ତି।

ସତରେ ଯେମିତି ସବୁ କାମ ରଘୁ ମଉସାଙ୍କ ପାଇଁ ହେଉଛି। ମାଆମାନଙ୍କର ଏଇ କଥା, ପିଲାଙ୍କ ଉପରେ ପଡ଼େ। ପିଲାଙ୍କୁ ଶାସନ କଲେ ସାଙ୍ଗୋ ସାଙ୍ଗେ ପାଟି, ପଦକୁ ଦଶପଦ। ଥରେ ଥରେ ରଘୁ ମଉସା ଚାଲିଯାନ୍ତି ସାନପୁଅ ପାଖକୁ। ତାକୁ ଦେଖୁ ଦେଖୁ ହିଁ ପୁଅ ଧାନ ଉଷୁଆଁ ହାଣ୍ଡିପରି ମୁହଁ କରିଦିଏ। ଦି'ତିନି ଦିନ ରହନ୍ତି, ତା'ଘରେ ତା'ପରେ ପୁଅ କହେ, ଏଇଟା ତ ସହର ବଜାର ଜାଗା, ଘର ବୋଲି ଏତିକି। ପିଲାଙ୍କର ପଢ଼ା ଅସୁବିଧା ହେଉଚି। ତମେ ବାପା ମଝିରେ ମଝିରେ ଆସ, ଦିନେ ଓଳିଏ ରହିଯାଅ।

ତେବେ ବି ସେଇ ଥୋବରା ବାପ, ସବୁ କଥାକୁ ଆଢ଼େଇ ମାସକୁ ମାସ, ଟଂକା ହଜାରେ ବଢ଼ାଇ ଦିଏ ଘର ଖର୍ଚକୁ। ହଜାରେ ଟଂକା ରଖେ, ହାତରେ ସେତକକୁ ଡାହାଣାପରି ଚାହିଁ ରହିଥାନ୍ତି ଦି'ପୁଅ।

ସେଥର ସାନପୁଅର ଏହି କଥା, ତାକୁ ଭାରି ଖରାପ ଲାଗିଲା। ଗାଁ ଛାଡ଼ି ଆସିଥିଲେ ରାତିରେ ସେ। ସାନପୁଅର ଏକଥା ଶୁଣି, ସେ ଚଟକରି ବୁଲି ପଡ଼ିଲେ।

ଫେରି ଆସିଲେ ପୁଣି ବସ୍ ଷ୍ଟାଣ୍ଡକୁ। ଠିଆ ହୋଇଥିବା ବସରେ ଚଢ଼ିଗଲେ। ଜାଣନ୍ତି ନାହିଁ ଗନ୍ତବ୍ୟ ସ୍ଥଳର ଠିକଣା। ବସିପଡ଼ିଲେ ବସରେ।

ପଛ ସିଟ୍‌ରେ ବସିଥିଲା, ଜଗୁ। ତାଙ୍କ ସାଇଲେଖାରେ ପୁତୁରା ଜଗୁ। ଭୁବନେଶ୍ୱରରେ କାମ କରେ। ସେକସନ୍ ଅଫିସର। ଜୁହାର ହୋଇ କହିଲା ଦାଦା, କୁଆଡ଼େ ଯିବ କି ?

କୁଆଡ଼େ ଯିବେ ଜାଣନ୍ତି ନାହିଁ ବୋଲି କହିଲେ, ରଘୁ ମାଷ୍ଟ୍ରେ। ଦି' ଟୋପା ଲୁହ ଝରିପଡ଼ିଲା ଆଖରୁ।

ଜଗୁ ଲୁହପୋଛି ଦେଲା, କହିଲା, ତମେ ମୋ' ସାଂଗେ ଚାଲ ମୋ' ଘରକୁ। ଯେତେ ଦିନ ଇଚ୍ଛା ରୁହ। ମୁଁ ବି ତମର ପୁଅଟେ। ଦାଦା, ମୁଁ ତମର ଛାତ୍ର। ବାପା ମରିଗଲା ପରେ, ମୁଁ ଯେତେବେଲେ ପଢ଼ା ଛାଡ଼ି ଦେବି ବୋଲି ଜିଦ୍ ଧରିଥିଲି, ତମେ ସେଦିନ ମତେ କହିଥିଲ, ଆରେ, ବାପ କ'ଣ ସବୁ ଦିନ ଥା'ନ୍ତ ? ତା' ବାଟରେ ସେ ଗଲା। ତୁ ପଢ଼ା ଛାଡ଼ିବୁ କାହିଁକି ? ଟିଉସନ କରି ପଢ଼, ମୁଲ୍ଲାଗି ପଢ଼। ତତେ ପାଠ ଶେଷ କରିବାକୁ ହେବ। ତମର ସେଇ କଥା, ମତେ ଆଗେଇ ନେଲା। ବଲଦ ଆଗେଇ ନେଲାପରି ତମରି ପ୍ରେରଣା ତମରି ଖୋଜାରେ ମୁଁ ଆଜି ମଣିଷ। ତମେ ମୋ' ସହ ଚାଲ, ଦାଦା।

ସେଇ ଦିନଠୁ ମନଖରାପ ହେଲେ, ଚିଟା ଲାଗିଲେ, ପଲେଇ ଆସନ୍ତି ଭୁବନେଶ୍ୱର। ଜଗୁର ସ୍ତ୍ରୀ ଖୁବ୍ ମାନ୍ୟ କରେ। ଶ୍ରଦ୍ଧା କରେ, ସେବା କରେ ବି। ପିଲା ଦିହେଁ ଜେଜେ, ଜେଜେ କହି କେତେ ଆଦର କରନ୍ତି, ଗପ ଶୁଣନ୍ତି। ଜଗୁ ଘରେ ରହି ସେ ଭୁବନେଶ୍ୱରର ସବୁଆଡ଼ ବୁଲନ୍ତି। ସକାଳ ସଂଧ୍ୟାରେ ବୁଲିଗଲା ବେଲେ କେତେ ଲୋକଙ୍କ ସହ ତାଙ୍କର ଚିହ୍ନା ପରିଚୟ ହୁଏ। ଭାବ ବିନିମୟ ହୁଏ। କେତେ ଲୋକ, ହେ, ମଲିମୁଣ୍ଡିଆଟେ ବୋଲି ଭାବି ଚାଲିଗଲେ ମଧ କେତେ ବଡ଼ ବଡ଼ ଲୋକ ତାଙ୍କ ସାଂଗେ କଥାଭାଷା ହୁଅନ୍ତି। ତାଙ୍କୁ ଭଲପାନ୍ତି। ତାଙ୍କର ଗୋଟିଏ ବନ୍ଧୁ ବଲୟ ଗଢ଼ି ଉଠେ।

ଏଠିକି ବି ପହଞ୍ଚିଯାନ୍ତି, ତାଙ୍କର ସେଇ ଦି'ପୁଅ। କହନ୍ତି, ତମେ କ'ଣ ଆମକୁ ଏମିତି ନିନ୍ଦା ଶୁଣାଇବ ? ବୁଢ଼ାଟାକୁ କେହି ପଚାରିଲେ ନାହିଁ ବୋଲି, ସେ ଯାଇ ପର ଘରେ ପଡ଼ିଛି।

ରଘୁ ମଉସା କହିଲେ, ପଡ଼ି ନାହିଁରେ ଏଟ, ସମ୍ମାନ ଶ୍ରଦ୍ଧାରେ ହିଁ ଅଛି। ଯାହା ତମ ଘରେ ନଥିଲା। ତମକୁ ତ ଟଂକା ଦେଇସାରିଚି। ମୁଁ ଯେଉଁଠି ଖୁସିରେ ରହିବି, ମୋ' ମନ। ତମେ ଯାଅ। ମୁଁ ଏଠ ଖୁବ୍ ଆରାମରେ ଅଛି।

ତଥାପି ସେମାନେ ତାଙ୍କୁ ରଖାଇ ଦିଅନ୍ତି ନାହିଁ। ନିଜ ବାପକୁ ପୁଅମାନେ ବୁଝିପାରନ୍ତି ନାହିଁ। ପିଲାଟି ଦିନୁ ଯାହା କୋଳରେ ବଢ଼ିଲେ, ଯାହା ଆଦର୍ଶରେ ଅନୁଶାସନରେ, ଗଢ଼ାହେଲେ ନିଜ ନିଜ ସ୍ତ୍ରୀର ବିଚାରଧାରାରେ ଅନୁପ୍ରାଣିତ ହୋଇ ସେମାନଙ୍କର ସେଇ ଧାରଣା, ସେଇ ସମ୍ମାନ, ସେଇ ଶିକ୍ଷା ସବୁ ବଦଳିଗଲା ବର୍ଷ କେତେଟାରେ।

ଶହ ଶହ ଛାତ୍ରଙ୍କୁ ମଣିଷ କରିଥିବା ରଘୁମାଷ୍ଟ୍ରେ ନିଜ ପୁଅମାନଙ୍କୁ ମଣିଷ କରିପାରିଲେ ନାହିଁ। ତାଙ୍କୁ ହିଁ ମଣିଷ କରିବା ପାଇଁ ହିଁ ତ ସେ ବିପତ୍ନୀକ। ସାରା ଜୀବନ।

ନାଃ... ସେମାନେ ଠିକ୍ ମଣିଷ ହୋଇଥିଲେ। ହେଲେ ମଣିଷପଣିଆ କ୍ରମଶଃ ହରାଇ ଚାଲୁଥିଲେ।

ସେଥିପାଇଁ ଛଟପଟ ହୋଇ ଭୁବନେଶ୍ୱର ଚାଲିଆସନ୍ତି। ଜଗୁଘରେ ରହିବାକୁ ତାଙ୍କୁ ଭଲ ଲାଗେ। ଜଗୁର ସ୍ତ୍ରୀ ପିଲା କେତେ ଶ୍ରଦ୍ଧା ସମ୍ମାନ କରନ୍ତି। ସକାଳ ସଂଧ୍ୟାରେ ସେ ବୁଲିଯାନ୍ତି। ପାର୍କରେ ବସନ୍ତି, ସେଠି କେତେ କେତେ ଲୋକଙ୍କ ସାଙ୍ଗେ ତାଙ୍କରି ଭେଟ ହୁଏ। ବନ୍ଧୁତା ବଢ଼େ। ବଡ଼ ବଡ଼ ଚାକିରି କରୁଥିବା ବାବୁମାନେ ପାର୍କରେ ଏକାଠି ହୁଅନ୍ତି। ଅବସର ନେଇ ସାରିଚନ୍ତି। ପର୍ଯ୍ୟାପ୍ତ ସମୟ। କେତେ କଥା ଆଲୋଚନା ହୁଏ, ଦେଶ କଥା, ସମୟ କଥା, ଗାଁ ରାଜନୀତି କଥା।

ସେଦିନ ଜଣେ ବାବୁ, ରଘୁ ମଉସାଙ୍କୁ କହିଲେ, ଆଜ୍ଞା ଆପଣଙ୍କ ଘର କ'ଣ ଏଇଠି କୋଉଠି?

ରଘୁ ମଉସା କହିବାକୁ ଯାଉଥିଲେ। ତାଙ୍କ କଥାରେ ଆଉ ଜଣେ ବାବୁ କହିପକାଇଲେ, କିଓ, ଆମ ବୁଢ଼ାମାନଙ୍କର କ'ଣ ଘର ଅଛି ଯେ ତାଙ୍କୁ ପଚାରୁଛ?

ଜଣେ କଳା ତେଲେଙ୍ଗା ଭଦ୍ରଲୋକ କହିଲେ, ଆମର ଘର କାହିଁ? ଇଟା କାନ୍ଥର ବେଢ଼ଣକୁ କ'ଣ କହିବ ଘର?

ରଘୁ ମଉସା ଏଥର କହିଲେ, ଠିକ୍ କହିଚନ୍ତି ଆଜ୍ଞା, ଘର ଆଉ କାହିଁ? ସ୍ୱାଧୀନତା ପରେ ପରେ ଘର ଭାଙ୍ଗିବାକୁ ଆରମ୍ଭ କରିଚି। ମାନେ ଯୌଥ ପରିବାର ତ ଆଉ ପ୍ରାୟ ନାହିଁ। ଏହା ଏକବିଂଶ ଶତାବ୍ଦୀ ତ ଆହୁରି ଆଗକୁ ଅଛି, ହେଲେ ଘର ଭାଙ୍ଗିଗଲା ପୁରା। ମାନେ ସ୍ୱାମୀ ସ୍ତ୍ରୀ ଆଉ ଏକତ୍ର ରହିବାକୁ ଚାହୁଁନାହାନ୍ତି। କେଉଁଠି ଭାଙ୍ଗିଗଲାଣି ତ କେଉଁଠି ଢିଲା ଦିଆହୋଇ ଅଟକି ରହିଛି ମାତ୍ର। ଏଥିରେ ଲୋକ ସୁଖୀ ହେବେ ନା ଉନ୍ନତି ହେବ ଦେଶର।

ଅନ୍ୟ ଜଣେ ବାବୁ କହିଲେ, ଏକଥା ସତ, ହେଲେ ଏଥିପାଇଁ ଦାୟୀ କିଏ?

କାହାକୁ ଆପଣ ଦୋଷ ଦେବେ ? ଝିଅମାନଙ୍କୁ ପୁଅମାନଙ୍କୁ ? ତାଙ୍କ ବାପାମା'ଙ୍କୁ ନାଁ ସମାଜ ବ୍ୟବସ୍ଥାକୁ ?

ରଘୁ ମଉସା କହିଲେ – ଏଇ ଅବିଶ୍ୱସ୍ତ ସମୟ – ସେ କହିଲେ ସମୟ ଆଉ କିଏ କି ? ସମୟତ ଆମେମାନେ – ରଘୁ ମଉସା କହିଲେ ହସି, ଆଜ୍ଞା, ସମୟ ଆମେମାନେ। ପ୍ରଚଳିତ ଜୀବନଧାରାର ଆଉ ବିଶେଷ ତ ଆମେମାନେ। ପ୍ରବଳ ସୁଅ ଠେଲି ନଉଛି ଆଖ୍ୟ ଆଗକୁ। ଆମେ ଭାସି ଚାଲିଚେ। ଏଇ ଉଗ୍ର ସୁଅକୁ ଭୋକିଲା ଭଳି ନେତୃତ୍ୱ କାହିଁ ? ଯିଏ ସମୟର ପୁରୋଭାଗରେ ଠିଆହୋଇ ରହିବ।

ଡଂଗାରେ ଯଦି ନାଉରୀ ନଥାଏ, ଡଂଗା ନଈରେ ଭଉଁରୀ କାଟେ। ଭଉଁରୀରେ ଘୁରେ। ଆମମାନଙ୍କ ଅବସ୍ଥା ଠିକ୍ ସେମିତି।

ଅନ୍ୟ ଜଣେ ବାବୁ କହିଲେ, ଯୁଆଡ଼େ ଚାହଁ, ଜଳୁଚି ଅଶାନ୍ତିର ନିଆଁ। ଘରେ, ବାହାରେ। କେଉଁଠି ବଧୂ ଜଳି ଗଲାଣି, ନା ଚୁରୁଦ୍ଧା, ମରିଲାପରି, ଛେଳି କାଟିଲାପରି, କଥା କଥାକେ ମଣିଷ ହତ୍ୟା କରିବା ମାମୁଲି କଥା ହୋଇଗଲାଣି। କେତେ କଅଁଳ ସବୁ ଝିଅଗୁଡ଼ିକ, ନିଜ ଗୋଡ଼ରେ ଠିଆହେବାକୁ ସହରକୁ ଆସୁଛନ୍ତି ଚାକିରି ପାଇବା ପୂର୍ବରୁ ସରିଯାଉଚି ତାଙ୍କ ମହତ। ଆମେ ଯେତେ ବୁଦ୍ଧିଜୀବୀମାନେ ଅଛୁ, ଦି'ଚାରିଟା କାଗଜ ପଢ଼ୁ ନିଉଁ, ଥାକ ଥାକ ବହି ପଢୁଛୁ ଆମେ ନୀରବ ଦ୍ରଷ୍ଟା ହୋଇ ସବୁ ଦେଖୁଚୁ। ସାମ୍ନାରେ ଝିଅଟିଏ ଅସମ୍ମାନିତ ହେଉଚି। ଶିଶୁଟିଏ ଅଯତ୍ନ ହୋଇଯାଉଚି। ହତ୍ୟାକାରୀ ଛାତି ଫୁଲେଇ, କାର୍ ଧରି ବୁଲୁଚି। ନିରୀହ ନିର୍ଦ୍ଦୋଷ ଲୋକମାନେ ହାଜତରେ ବନ୍ଦୀ ରହୁଚନ୍ତି। ଟଙ୍କା ଦେଇ ସାକ୍ଷୀ କିଣା ଯାଉଚି। ଦୋଷୀ ଭଲା ଦଣ୍ଡ ପାଉଚି କୋଉଠ ?

ଏୟା ଦେଖ୍ ଦେଖ୍ ଆଖ୍ ଜଳକା ହୋଇଗଲାଣି। ମନ କାନ ବଧୂର ହୋଇଗଲାଣି।

ରଘୁ ମାସ୍ତ୍ରେ କହିଲେ, ସେଥିପାଇଁ ମୁଁ ଗୋଟେ ପ୍ରସ୍ତାବ ରଖୁଚି – ଚାଲ ଆମେ ବୁଢ଼ାମାନେ ଗୋଟେ ବିକ୍ଷୋଭ ଶୋଭାଯାତ୍ରାରେ ଗାଆଁ ଗାଆଁ ସହର ସହର ବୁଲିବା। ବିକ୍ଷୋଭ ପ୍ରଦର୍ଶନ କରିବା ଅନ୍ୟାୟ ବିରୁଦ୍ଧରେ, ଭ୍ରଷ୍ଟାଚାର ବିରୁଦ୍ଧରେ, ଦୁର୍ନୀତି ବିରୁଦ୍ଧରେ। ବିକ୍ଷୋଭ ପ୍ରଦର୍ଶନ କରିବା ସେଇ ଉଚ୍ଛୃଙ୍ଖଳ ଯୁବକ, ଯୁବତୀଙ୍କ ବିରୁଦ୍ଧରେ। ସଂସ୍କୃତିର ହତ୍ୟାକାରୀ, ଚେତନାର ଅପମିଶ୍ରଣକାରୀ, ମାନବିକତାର ଲୁଣ୍ଠନକାରୀଙ୍କ ବିରୁଦ୍ଧରେ, ବଳବତ୍ତର ରହିବ ଆମର ବିଦ୍ରୋହ। ଚାଲ, ଆମେ ଏକ ମହାସଂଗ୍ରାମରେ ବାହାରିଯିବା। ଆମର ଭୟ କ'ଣ ? ଆମେ ତ ସଂସାରରୁ ଛିଟିକି ଆସିଚେ। ଖୁଣ୍ଟରୁ ଡୋର କାଟି ଦେଇଚେ ଆଜି ଆଉଥରେ ଆମେ ବୁଢ଼ାମାନେ। ସେଇ ବୟାଳିଶ

ମସିହାର ସ୍ଲୋଗାନକୁ ଦୋହରାଇବା, କର ବା ମର। ଆସ ଆମେ ବୁଢ଼ାମାନେ ସଂଘବଦ୍ଧ ହେବା।

ଧୋତିଟିଏ ପିନ୍ଧି, ଗାମୁଛାଟିଏ କାନ୍ଧରେ ପକାଇ ଏଇ ଗ୍ରାମୀଣ ଶିକ୍ଷକଟି ଜୀବନ ଓ ଜଗତକୁ କେତେ ଅନ୍ତରଂଗ ଭାବେ ଭୋଗ କରିସାରିଚି ସତରେ। ଜଣେ ଦି'ଜଣ ବେଢ଼ିଗଲେ ରଘୁ ମଉସାଙ୍କୁ। କହିଲେ, ଠିକ୍ କହିଚନ୍ତି, ଠିକ୍ କହିଚନ୍ତି ଆପଣ।

ରଘୁ ମଉସା ଏମିତି, ଭୁବନେଶ୍ୱରରେ ସମସ୍ତଙ୍କ ସହ ମିଶି ଯାଆନ୍ତି। ରୂପା ସହ ସାକ୍ଷାତ ହେବା ଦିନୁ ସେ ରୂପା ଘରକୁ ଆସନ୍ତି। ତା'ଘରେ ଦି'ଚାରି ଦିନ ରହନ୍ତି। ରୂପାର ସ୍ନେହରେ ସେ ବାନ୍ଧି ହୋଇଯାନ୍ତି। ତା' ଘରଲୋକ ହୋଇଯାନ୍ତି।

ରଘୁ ମଉସା ରୂପାର ପିଠି ଆଉଁସିଲେ। କହିଲେ, କିଛି ଭାବନା, ସବୁ ଠିକ୍ ହୋଇଯିବ।

ରୂପା କିନ୍ତୁ ସୁଦର୍ଶନ କଥା ଭାବୁଥିଲା। ସୁଦର୍ଶନର ଭାବନା ସବୁବେଳେ ଅସ୍ୱଚ୍ଛ। ରୂପା ତାକୁ କେମିତି ବୁଝାଇବ ଯେ, ସେ କେବଳ ତାକୁ ହିଁ, ଭଲପାଏ ନାହିଁ। ଭଲପାଏ ସମସ୍ତଙ୍କୁ। ସେ କେବଳ ତା'ର ଉନ୍ନତି ଚାହେଁ ନାହିଁ, ଉନ୍ନତି ଚାହେଁ, ସମସ୍ତଙ୍କର। ଭାଇ, ଭାଉଜଙ୍କର ଅନ୍ୟ ଲୋକମାନଙ୍କର। ରୂପାର ବଦ୍‌ଗୁଣ ତ ଏଇ, ସେ ଭଲପାଏ ସଭିଙ୍କୁ।

ରଘୁ ମଉସାଙ୍କ ସାଂଗେ ରୂପା କଥାବାର୍ତ୍ତା ହେଉଥିବାବେଳେ ସୁଦର୍ଶନ ଯେ ଘରୁ ବାହାରି ଯାଇଥିଲା ଆଉ ଫେରି ନଥିଲା ରାତି ହେଲାଯାଏ। ସଂଜବେଳର ଚା' କି ଜଳଖିଆ ଖାଇ ନଥିଲା। ଦି'ତିନି ଜଣ ମହକିଲ ଆସି ଫେରି ଯାଇଥିଲେ। ସେ ଫେରିଲା ରାତି ନଅଟାକୁ। ରୂପା ଯେତେବେଳେ ରୋଷେଇ ସାରି ଆସୁଥିଲା ସୁଦର୍ଶନକୁ ଦେଖି ପଚାରିଲା, କୁଆଡ଼େ ଯାଇଥିଲ ? ଜଳଖିଆ ଚା' ଖାଇନ।

ମୁଁ କୁଆଡ଼େ ଗଲି ତା'ର ରିପୋର୍ଟ ତୁମକୁ ଦେବି ନାଁ କ'ଣ ? ମସ୍ତି କରୁଥିଲି ବାହାରେ। ସାର୍ଟ ଖୋଲୁ ଖୋଲୁ କହିଲା ସୁଦର୍ଶନ।

ରୂପା ନୀରବ ରହିଲା, ଏ ପ୍ରଶ୍ନର କ'ଣ ଏଇ ଉତ୍ତର ?

ସବୁଦିନ ଯେ ସେ ତାକୁ ତଉଲିଆ ବଢ଼ାଇ ଦିଏ। ଧୋତି ବଢ଼ାଇ ଦିଏ। ଆଜି ଚୁପ୍‌କରି ସେ ବାହାରି ଗଲା ସେ ଘରୁ।

ଖାଇଲାବେଳେ ମଧ୍ୟ ଏକଦମ୍ ଚୁପ୍‌ଚାପ୍ ରହି ଖାଉଥିଲା ସୁଦର୍ଶନ। ପଦେ କିଛି କହୁନଥିଲା। ଈଶା ଦିଶାଙ୍କ ସାଙ୍ଗେ ସେ ଯେ ଖାଇଲାବେଳେ ଦୁନିଆଯାକର ଗପ କରେ। ଦିଶା ସାଂଗରେ ଯେ ଖୁବ୍ ଲାଗେ ସେ ଆଜି କିଛି ସେ କଲା ନାହିଁ।

ଡରରେ ପିଲାଏ ବି କିଛି କହିଲେ ନାହିଁ। ରୁଟି ଦି'ପଟ ଖାଇ ଉଠିଗଲା ସେ। ଖୀର ଗିନା ଛାଡ଼ିଗଲା ନଖାଇ। ଯାଇ ଚୁପ୍‌ଚାପ୍‌ ବସିଲା। ତା' ଚେମ୍ବରରେ ଅଧଘଣ୍ଟାଏ।

ରଘୁ ମଉସା ଓ ରୂପା ଏକାଠି ଖାଇ, ମଉସାଙ୍କ ପାଇଁ ଦାଣ୍ଡପିଣ୍ଡାରେ ଖଟରେ ବିଛଣା ପାରି ଦେଇ ରୋଷେଇଘର କାମସାରି ରୂପା ଯେତେବେଳେ ଶୋଇବାକୁ ଆସିଲା, ଦେଖିଲା ସୁଦର୍ଶନ ଖଟରେ ଚିତ୍‌ହୋଇ ଶୋଇ ଛାତକୁ ଚାହିଁଚି। ସବୁଦିନ ଶୋଇବା ପୂର୍ବରୁ ମୁଣ୍ଡ କୁଣ୍ଢାଏ ରୂପା, ଆଜି କିନ୍ତୁ ସେ ମୁଣ୍ଡ କୁଣ୍ଢାଇଲା ନାହିଁ। ଖଟକୁ ଉଠିବା ମାତ୍ରେ ସୁଦର୍ଶନ ଅଶୋଇ ହୋଇ ଶୋଇଲା ତାକୁ ପିଠିକରି।

ରୂପା ଜାଣିଲା ବୁଝିଲା, ସୁଦର୍ଶନ ଖୁବ୍‌ ରାଗିଯାଇଛି। ସ୍ଵଭାବତଃ ସେ ବଦ୍‌ରାଗୀ। ହେଲେ ସାଂଗେ ସାଂଗେ ରାଗ ଚାଲିଯାଏ। ସେ ଏମିତି କ'ଣ ଗୋରୁମରା ଦୋଷ ଲଦିଦେଲା ଯେ ତା'ର ଏତେ ରାଗ ମୁଣ୍ଡକୁ ଚଢ଼ିଯାଇଚି। ରୂପାକୁ ଭଲ ଲାଗୁନଥିଲା କିଛି। ସଂଗ୍ରାମ ବି କେତେ ପ୍ରକାରେ କରିବାକୁ ହୁଏ, ବାହାରେ, ପୁଣି ମନ ଭିତରେ। ଦିନଟିଏ ବଞ୍ଚିବାପାଇଁ ନାରୀଟିଏ କେତେ ଯୁଦ୍ଧ ଲଢ଼େ?

ରୂପା ବିଛଣାରେ ଶୋଇଲା। ସେ ଏବେ କ'ଣ କରିବ? ସବୁ ଝିଅମାନେ, ସ୍ୱାମୀମାନେ ଯାହା କରନ୍ତି, ସାଲିସ୍‌ ନାଁ ସନ୍ଧି, ସେ ଆଉ ତା' ଅନ୍ତର୍ଦାହକୁ ବରଦାସ୍ତ କରିପାରୁନି। ଏଥର ସମର୍ପଣ କରିଦେବ ନିଜକୁ। ରୂପା କହିଲା, ଶୁଣ, କାଲି ମତେ ସକାଲେ ବସ୍‌ରେ ବସାଇଦେବ।

ସୁଦର୍ଶନ ନ ଶୁଣିବାର ଛଲନା କଲା। କେତେ ଖୋସାମଦ ଲୋଡ଼େ ସେ।

ରୂପା ପୁଣି କହିଲା, ଟିକେ ଚଢ଼ାଗଲାରେ, ମତେ କାଲି ସକାଲେ ବସ୍‌ରେ ବସାଇଦେବ।

ସୁଦର୍ଶନ କହିଲା, କୋଉ ବସ୍‌?

ରୂପା ନରମ କଣ୍ଠରେ କହିଲା, ତମ ଗାଁ ବସ୍‌। ମୁଁ ସକାଲେ ଯାଇ ଭାଇଙ୍କୁ ଟଂକା କଥା କହିବି। ନ ପାରିଲା ଲୋକ ସନ୍ଧି କରେତ, ସାଲିସ୍‌ କରେ ତ। ରୂପା ତ ସେମିତି ନପାରିଲା ଲୋକଟିଏ।

ଏଥର ଗର୍ଜନ କରି ଉଠିଲା ସୁଦର୍ଶନ। ସିଧାହୋଇ ଶୋଇଲା ସେ। କହିଲା, ଓହୋଃ, ଏତେବେଲକୁ ମୁଣ୍ଡରେ ବୁଦ୍ଧି ପଶିଲା ନାଁ? ରଘୁ ମଉସା କହିବାରୁ?

ଏ କଥାର କି ଉତ୍ତର ଦିଅନ୍ତା ରୂପା? ସୁଦର୍ଶନ ସେମିତି ରାଗିକରି କହି ଚାଲିଥାଏ। ଏତେକରି ମୁଁ କହିଲି, ମୋ କଥାଟା କାଟିଦେଲ। ଏତେ ଦମ୍ଭରେ କହିଲ, କ'ଣ ନାଁ ମୁଁ ମାଗିପାରିବି ନାହିଁ। କି ଆତ୍ମାଭିମାନ! ଅଥଚ ଗୋଟାଏ ବାହାର ଲୋକ କହିଦେଲା

ତମେ ସାଂଗେ ସାଂଗେ ମାନି ନେଲ। କହୁଚ, ଗାଁକୁ ଯିବ। ତମର କେତେ ପ୍ରକାର ରୂପ। କିଏ ଜାଣେ, ତମର କୋଉଟା ଅସଲ, କୋଉଟା ନକଲି ରୂପ।

ରୂପା ଜାଣେ, ତାକୁ ଆଘାତ ଦେବାପାଇଁ ସୁଦର୍ଶନ ବାଛି ବାଛି ଶବ୍ଦ ବ୍ୟବହାର କରେ। ହଁ, ସତେତ, କୋଉଟା ତା'ର ନକଲି ରୂପ? ବିଗତ ପନ୍ଦର ବର୍ଷର ଜୀବନଧାରାର ସମସ୍ତ ଚିତ୍ର ଏବେ ବି ଗୋଟି ଗୋଟି ଫୁଟି ଦିଶୁଚି। ଏକାଗ୍ରତାରେ, ନିଷ୍ଠାରେ, ତ୍ୟାଗରେ, ସେଇ ସ୍ୱପ୍ନମୟ ଜୀବନକୁ ସେ ସଂସାର ଯଜ୍ଞରେ ଆହୁତି ଦେଇସାରିଥିଲା। ସେ କ'ଣ ଥିଲା ନକଲି?

ରୂପା ନିଜକୁ ସମ୍ବରଣ କରି ଶାନ୍ତ କଣ୍ଠରେ କହିଲା, ହଁ, ମୁଁ ନାହିଁ କରିଥିଲି ଯିବି ନାଇଁ ବୋଲି, ମାନୁଛି। କହୁ କହୁ କହି ଦେଇଥିଲି। ସେଥିପାଇଁ ମୁଁ ଶାସ୍ତି ପାଇସାରିଲିଣି। ମୋର ସେ ଭୁଲକୁ ମୁଁ ସୁଧାରି ନେବି। କାଲି ମତେ ବସ୍‍ରେ ବସାଇ ଦିଅ।

ନାଃ... ସୁଦର୍ଶନ ଗର୍ଜନ କରିଉଠିଲା। ତମେ ଯାଇପାରିବ ନାହିଁ। ତମର ଯିବା ଦରକାର ନାହିଁ। ଏତେ ଅନୁଗ୍ରହ ମୋର ଲୋଡ଼ା ନାହିଁ।

ମୁଁ ଜାଗା କିଣିବି, ଘର କରିବି, ଦରକାର ମୋର। ତେଣୁ ମୁଁ ହିଁ ଯିବି। ଏ ସପ୍ତାହ ସାରା ତ ମୋର କୋର୍ଟରେ କାମ। ମୁଁ ରବିବାର ହିଁ ଯିବି। ଗୋଟାଏ ବାହାର ଲୋକର କଥା ତମେ ଶୁଣିପାର ଅନାୟାସରେ। ଅଥଚ ମୋ' କଥାକୁ ଉପେକ୍ଷା କର। କି ପ୍ରଚଣ୍ଡ ସ୍ୱାର୍ଥପର ତମେ, କି ଆତ୍ମଗର୍ବୀ କହିଲା, ସୁଦର୍ଶନ।

ରୂପାକୁ ଅସହ୍ୟ ହେଲା ଏ ଭର୍ସନା। ସେ ମୁହଁ ବୁଲାଇ ଶୋଇଲା। ଶାଢ଼ି କାନିରେ ମୁହଁଚାପି ଉଲ୍ଲ‌ସିତ କ୍ରନ୍ଦନବେଗକୁ ଚାପିବାର ପ୍ରୟାସ କଲା। ଏତେ ପାଖରେ ଶୋଇଥିବା ସୁଦର୍ଶନ ରୂପାର ଏହି କ୍ରନ୍ଦନବେଗକୁ ଜାଣିପାରିଲା ନାହିଁ କି ନ ଜାଣିବାର ଛଲନା କଲା। ଅବା ତା'ର କାନ୍ଦକୁ ମନଭରି ଉପଭୋଗ କଲା। ଏକଥା ବୁଝିବାପାଇଁ ଆଉ ସେଠି ରହିପାରିଲା ନାହିଁ ରୂପା। ବିଛଣା ଛାଡ଼ି ସେ ବାହାରକୁ ଉଠି ଆସିଲା।

ବାରଣ୍ଡାରେ ଏକୁଟିଆ ଠିଆହେଲା ରୂପା। କେଜାଣି କାହିଁକି ଭାରି ମନେପଡ଼ିଲା ବୋଉ। ତା' ପାଟିରୁ ବାହାରିଗଲା ସ୍ୱରଟିଏ, ବୋଉଲୋ!!

ଭାରି ମନେପଡୁଛି ବୋଉ। ଯାହା ମୁହଁରେ କଳା ବୋଲି ସେ ଚାଲିଆସିଚି, ଯିଏ ଆଜି ଜୀଅନ୍ତା ମରଣ ଭୋଗୁଚି ତା' ଲାଗି।

ସେଇ ବୋଉ କୋଳରେ ମୁଣ୍ଡରଖି କାନ୍ଦିବାକୁ ଇଚ୍ଛା ହେଉଚି। କେତେ ଗେଲ‌ବସର କରିଥିଲା ବୋଉ। ପିଲାଦିନୁ ରାତିରେ ତରକାରୀ ଦେଇ ରୁଟି ଖାଇପାରେନା ସେ। ଟେମା ସାହୁ ଦୋକାନରୁ ତା'ପାଇଁ ନିତି ରାତିରେ ଆସେ ଓଲିଏ ରାବିଡ଼ି।

ଭାଇପାଇଁ ଗ୍ରାଣ୍ଡ ହୋଟେଲରୁ ମଟନ। ଏଇ ସୁଦର୍ଶନ ସେଦିନ ଏଇ କାମ କେତେ ଆଗ୍ରହରେ କରିନାହିଁ ? ଦିନେ ପ୍ରବଳ ବର୍ଷାରେ ଯାଇ ହେଲା ନାଇଁ। ସେଦିନ ରାବିଡ଼ି ଆସିଲା ନାହିଁ ବୋଲି, ରୁଷିଲା ରୂପା।

ବୋଉ ବୁଝାଇ ବୁଝାଇ ଥକିଥିଲା। ଶେଷକୁ କହିଥିଲା ଯାଇଲୁ ଝିଅ, ଯେତେ ବଡ଼ଘର ଝିଅ ବୋହୂ ହେଲେ ବି ମାଇକିନିଆ ଝିଅକୁ ଏତେ ଫରମାସ୍ ସାଜେ ନାହିଁ। ମାଇପି ଝିଅ, ଯେତେବେଳେ ଯାହା ପାଇବ, ଖାଇବ, ଯେମିତି ମିଳିବ ପିନ୍ଧିବ ଯାହା କହିବ ସେଇଆ କରିବ। ଉଁ, ଟୁଁ କରିବ ନାହିଁ।

ସେଦିନ ବୋଉ ଆଉ ଯେଉଁ କଥାଟା କହି ଜାଣିଲା ନାହିଁ। ସେଇଟା କ'ଣ ଏଇଆ। ମାଇକିନା ଝିଅର ଗୋଟେ ମୁଁ ପଣ କ'ଣ ? ମୁହଁତୋଡ଼ କ'ଣ ?

ଆଜି ସୁଦର୍ଶନ ତାକୁ ଭର୍ସନା କରି ତାହାହିଁ କହୁଛି ପଢ଼, ଚାକିରି କର, ଟଙ୍କା ରୋଜଗାର କର, ହେଲେ ଏ ମୁଁ ପଣ କାହିଁକି ?

ସେଦିନ ତପନର ଟିଉସନ ମାଷ୍ଟର, ବାବାଙ୍କର ସାହାଯ୍ୟକାରୀ ଭାବେ, ନିରୀହ, କାକୁସ୍ତ ସୁଦର୍ଶନର ପ୍ରେମିକ ପଣରେ ତ ଏ ଦାବୀ ନଥିଲା।

ସ୍ୱାମୀ ସୁଦର୍ଶନର ହିଁ ଏ ଦାବୀ। ସେ ଯାହା କହିବ, କହୁ କହୁ ହିଁ ସେ ମାନି ନବ ? ଯଦି ନ ମାନିବ, ଏଇଟା ତା'ର ଅହଂକାର ନୁହେଁ ? ଏ ଅହଂକାରକୁ କାହିଁକି ବରଦାସ୍ତ କରିବ ସୁଦର୍ଶନ ? ପନ୍ଦର ବର୍ଷର ମୁହୂର୍ତ୍ତ୍ ମୁହୂର୍ତ୍ତ୍କୁ ସୂତା ରିଲ ପରି ଖୋଲି ଖୋଲି ଦେଲେ ତା'ଭିତରେ ରୂପା ଅସ୍ତିତ୍ୱ କେମିତି ଅଜାଡ଼ି ହେଇ, ନିଗିଡ଼ି ଯାଇଛି, ଧୂଳିପରି ବିଞ୍ଚ ହୋଇଯାଇଛି। ମାଟିରେ ପାଣି ଭିଜିଲା ପରି ସଂସାର ମାଟିରେ ସେ ଲୀନ ହୋଇଯାଇଛି। ସେଇଠି ଯେ ଅଣୁଟିଏ ମାତ୍ର, କଣାଟିଏ ମାତ୍ର, ଅବଶିଷ୍ଟ ଅଛି। ତାକୁହିଁ ଧିକ୍କାର କରି କହୁଛି ସୁଦର୍ଶନ, ମୁଁ ପଣ, ଅହଂକାର। ରୂପା ଦି'ହାତରେ ମୁହଁ ଘୋଡ଼େଇଲା।

ଭୋର ହେଇ ଆସୁଚି। ଆକାଶର ଏକ କଣରେ ବୁଡ଼ି ଯାଉଚି କୁଆଁତାରା। ଝିପି ଝିପି କାକର ବର୍ଷାରେ ଓଦା ସର ସର ମାଟି ସବୁଜ ଓଢ଼ଣା ଟାଣି, କାହାକୁ ଅନିଷ୍ଟ କରିବି। ପୂର୍ବ ଦିଗରେ ସିନ୍ଦୂରା ଫାଟୁଛି। ପକ୍ଷୀମାନେ ଉଡ଼ି ଯାଉଚନ୍ତି ଆକାଶରେ।

ରୂପା ଚାଲିଚି, ଚାଲିଛି ସମୋହିତ ହୋଇ, ସେଇ ଗ୍ରାମ୍ୟ ନଦୀର ତୀର ଦେଇଁ, ଶସ୍ୟକ୍ଷେତର ସବୁଜଶିରୀ, ଜନପଦର ନୀରବତା, ପକ୍ଷୀକୁଳର ମଧୁର କୂଜନକୁ ସାଥୀରେ ଧରି ରୂପା ଚାଲିଛି। ଦିଗନ୍ତ ଦେଇଁ, ଆକାଶ ଦେଇଁ ସୂର୍ଯ୍ୟପଲ୍ଲୀ, ଚନ୍ଦ୍ରବସ୍ତିକୁ ପଛରେ ପକାଇ ରୂପା ଚାଲିଛି। କଣ୍ଠରେ ତା'ର ଆକୁଳ ଅଧୀର ଗୀତ, ମତେ ଆଲୋକ ଦିଅ, ମତେ ଆଲୋକ ଦିଅ।

କାହିଁ କେଉଁ ଜନ୍ମରୁ ଚାଲିଚି ତା'ର ଏଇ ଆଲୋକର ଅଭିସାର। କଣ୍ଠରେ ଆଲୋକର ତୃଷା। ହେ ଆଲୋକମୟ, ମତେ ତମ ଆଲୋକ ବଳୟରେ ବନ୍ଦୀ କର, ବନ୍ଦୀକର।

ଫୁଲ ମାଆ ଗେଟ୍ ଖଟଖଟ କରୁଛି। ମାଆ, ଗେଟ୍ ଖୋଲ, ମୁଁ କାମ କରିବି ପରା।

କେତେ ବେଳଯାଏଁ ରୂପା ଛାତ ଉପରେ ଠିଆହୋଇଥିଲା କେଜାଣି, ପିଇ ଯାଉଥିଲା ଆକାଶ ଭର୍ତ୍ତି ନିର୍ଜନତା। ନିର୍ଜନତା ଆଉ କ'ଣ କି? ଏକ ନିଶବ୍ଦ ସଂଗୀତର ଚାରୁଧ୍ୱନିର ଢେଉ ଢେଉକା ଝର। ସେ ଓଦା ହେଇଯାଇଚି। ବତୁରି ଯାଇଚି।

ଫୁଲ ମାଆ ଡାକୁଚି, ମାଆ କବାଟ ଖୋଲ। ପ୍ରକୃତିସ୍ଥ ହେଇ, ରୂପା ତଳକୁ ଆସିଲା। ଗେଟ୍ କବାଟ ଖୋଲିଲା। ରୂପା ତାକୁ ବାସନ କାଢ଼ି ଦେଲା। ସବୁ କାମର ବରାଦ କଲା ଅଥଚ ତା' ମନସାରା ଯେମିତି ସେଇ ଗୀତର ସ୍ୱର। ମତେ ଆଲୋକ ଦିଅ।

ଫୁଲ ମାଆ ବାସନ ମାଜି ଘର ଓଲାଇ ଚାଲିଗଲା ପରେ ରୂପା ଚା' କଲା। ଚା' କରୁଚି। ଶୁଣିଲା କିଏ ଯେମିତି ଖୁବ୍ ମଧୁର ସ୍ୱରେ କେଉଁଠି ଗୀତ ଗାଉଛି। ଖୁବ୍ ମିଠା କଣ୍ଠର ରିଓ୍ୱାଜ ଚାଲିଚି।

ରୂପା ସୁଦର୍ଶନଙ୍କୁ ଚା' ଦେଇ ଆସି ଈଶା, ଦିଶାଙ୍କ କୋଠରୀ ପାଖରେ ଠିଆ ହେଲା। କବାଟ ଭିତରୁ ଦିଆଯାଇଛି। ଅଥଚ ଗୀତ ସେଇ ଘର ଭିତରୁ ହିଁ ଆସୁଚି। ଈଶା ଗୀତ ଗାଉଚି?

ରୂପା ଡାକିଲା ଦିଶାକୁ। ଦିଶା କବାଟ ଖୋଲିଲା। ରୂପା ଦେଖିଲା, ଈଶା ଝରକା ଧାରରେ, ଖଟ ଉପରେ ବସି ବିଭୋର ହେଇ ଗୀତ ଗାଉଛି। ସେଇ ପୁରୁଣା ଗୀତ। ରୂପାର। ରୂପା ଗୀତ ଖାତାର।

ଗୀତର ଲହର ଖେଳିଯାଉଚି ଘର ସାରା। ମୃଦୁ ରୋମାଂଚର ଆସ୍ତରଣଟିଏ ଘେରି ଯାଉଚି କି ରୂପାର ଅନ୍ତରାତ୍ମାରେ! ଯେ' କି ପୁଲକ, ଯେ' କି ଉନ୍ମାଦନା... ଈଶାର ଗୀତରେ?

ଦିଶା କହିଲା... ମାଆ, ଆପା ସିଲେକ୍ଟ ହେଇଚି ଆନ୍ତଃରାଜ୍ୟ ଗୀତ କଂପିଟିସନକୁ ଯିବାକୁ। ତେଣୁ ଅଭ୍ୟାସ କରୁଚି।

ରୂପା ଆଖି ଉଜ୍ଜ୍ୱଳ ଉଠିଲା। ସେ ଫେରିଗଲା କି ପଛକୁ। ଅନେକ ପଛକୁ। ଈଶା ଗାଉଥିଲା ସେଇ ଗୀତ।

ମତେ ଆଲୋକ ଦିଅ, ମତେ ଆଲୋକ ଦିଅ, ମୁଁ ଯେ ଶହ ଶହ ରଜନୀର ଅସରା ଅମା,

ତୁମ ସୂର୍ଯ୍ୟ ଛାତିରେ ମତେ ଜଡ଼େଇ ନିଅ।

ଯେହ୍ନେ ଟୋପା ଟୋପା ପାଣିଯାଏ ମାଟିରେ ମିଶି

କେତେ ଢେଉ ଢେଉ ଜଳେ ଦିଏ ଜୋଛନା ହସି

ମୁଁ ଗୋ ଶ୍ରାବଣର ଶତଦଳ ଚାହିଁଚି ବସି

ମୋର ମୁଦ୍ରିତ ବାତାୟନ ମୁକୁଳି ଦିଅ

ଗୀତ ଝରି ଯାଉଥିଲା ଝର ଝର ହୋଇ। ଯେମିତି କି ସକାଳର ଉଢ଼ଳା ନଈ। ମିଠା ସ୍ୱର, ମାର୍ମିକ ଆବେଦନ ସବୁ ମିଶି ଏକ ମୁଗ୍ଧ ବାତାବରଣ ସୃଷ୍ଟି କରୁଥିଲା।

ଈଶା ବିଭୋର, ରୂପା ବି ବିଭୋର। ରୂପାର ଆଖ ତଳେ ଟୋପା ଟୋପା ଲୁହ। ଗୀତ ସୁରରେ ସେ ଗାଢ଼। ଗୀତ ଆନନ୍ଦ ଦିଏ। ଅନିର୍ବଚନୀୟ ଉପଲବ୍ଧି ଦିଏ। ଗୀତ ନିଜଠୁ ନିଜକୁ ମୁକୁଳି ଦିଏ। ଅର୍ଗଳି ଭାଙ୍ଗିଦିଏ। ଆହା, ସଂଗୀତର କ'ଣ ତୁଳନା ଅଛି ? ସେ ପକ୍ଷୀର ବି ହେଉ, କି ନଈର ବି ହେଉ...

ଈଶା ଏଥର ଶେଷ ପଦ ଗାଇଲା

ଏଇ କ୍ଷେତେ ଲୋଟିଯାଏ କନକ ଖରା

ଏଇ ବନେ ବନେ ଚାରୁବାଆ ମହକଚୋରା

ତମେ ଆକାଶରେ ଏକାକୀ ଗୋ ନିରୋଳା ତାରା

ମତେ ଏତେ ଭାବେ ଏତେ ରୂପେ ଇସାରା ଦିଅ...

ଈଶା ଗାଇ ଚାଲିଚି, ଗାଇ ଚାଲିଛି।

ବାଃ, ବାଃ କିଏ ଗାଉଚିରେ ଏମିତି ସୁନ୍ଦର ଗୀତ! କି ସୁର, କି ଭାବ ଆଃ... ଚମତ୍କାର; କହି କହି ଭିତର ବାରଣ୍ଡାକୁ ପଶିଆସିଲେ ସୁକୁମାର ମଉସା। କହିଲେ, ରୂପା, ତୋ' ଝିଅ ଏତେ ସୁନ୍ଦର ଗୀତ ଗାଏ। ତୁ ମତେ କେବେ କହିନୁ ଆଜି ତୋ' ଝିଅ ମୋ' ମନଖୁସୀ କରିଦେଇଛି। ପାଞ୍ଚଟି ଗୀତ ଶୁଣିବି ତା'ଠୁ। ତାକୁ ଗୋଟେ ବଢ଼ିଆ ଉପହାର ଦେବି।

ରୂପା ସଲ୍ଲଜ କଣ୍ଠରେ କହିଲା... ଈଶା ଭଲ ଗୀତ ଗାଏ। ପାଠରେ ଖଟା ହେବ ବୋଲି ମୁଁ ତାକୁ ଏତେ ପ୍ରଶ୍ରୟ ଦିଏ ନାହିଁ। ନଚେତ୍ ତା' ପାଖେ ଗାଇବାର କଳା ଅଛି, ପ୍ରତିଭା ଅଛି।

ସୁକୁମାର ମଉସା କହିଲେ, ପ୍ରତିଭା ସମସ୍ତଙ୍କ ପାଖରେ ନଥାଏ ରେ ମାଆ। ତାହା ଈଶ୍ୱରଦତ୍ତ। ହେଲେ ତାହା ଚାରିଆଣା ମାତ୍ର। ବାଙ୍କୀ ବାର ଆଣା, ତମକୁ ଅର୍ଜନ

କରିବାକୁ ହେବ। ସେଥିପାଇଁ ସାଧନା ଆବଶ୍ୟକ। ଈଶ୍ୱର ଦେଇଥିବା ପ୍ରତିଭାକୁ ତମେ ନଷ୍ଟ କରିବାକୁ କିଏ? ଜାଣିରୁ ମା', ଈଶ୍ୱରଦତ୍ତ ଧନକୁ ଅପଚୟ କରିବାର ଅଧିକାର ଆମେ ପାଇ ନାହେଁ।

ସୁକୁମାର ମଉସା କହିଚାଲିଥିଲେ, ମୁଁ ଭଲ ଗୀତ ଗାଉଥିଲି। ହେଲେ ଏତେ ଜୋର ଦେଇପାରିଲିନି। ପାଠପଢ଼ା, ଚାକିରି ଓ ସଂସାର ଭିତରେ ତାହା ତୁଚ୍ଛ ହେଇ ହଜିଗଲା ସତ, ହେଲେ ସଂଗୀତକୁ ତ ମୁଁ ଛାଡ଼ି ନାହିଁ। ତୁ ତ ଦେଖୁରୁ, ମୁଁ କେମିତି ସଂଗୀତରେ ହିଁ ବଂଚିଛି। ଅମାପ ଆନନ୍ଦରେ ହିଁ ବଞ୍ଚିଛି।

ରୂପା ମଉସାଙ୍କ କଥା ଶୁଣି ଯାଉଥିଲା। ନିଜ ଭିତରେ ଯେମିତି ନିଜକୁ ଅଞ୍ଜାଲି ହେଉଥିଲା। ହାୟ, ସେ ରୂପା ଆଜି କାହିଁ? ଯିଏ ଝରକାଧାରେ ଠିଆହୋଇ ଗାଉଥିଲା ଦୂରେ କାହିଁ ଦୂରେ... ପ୍ରିୟ ସ୍ମୃତି ବୀଣା ବାଜେ...।

ସେ ରୂପା ସଂସାର ପଙ୍କରେ ପୋତିହୋଇ ଯାଇଚି। ଏବେ ଉଇଁ ଆସୁଛି ନବାରୁଣ... ଈଶା, ରୂପାର ନକଲ। ସେ କ'ଣ ସେ କ'ଣ...

ଏମିତି ରୂପାପରି ଆଲୋକର ଅଭିସାର ରଚି, ଅନ୍ଧାରରେ ଟୁକୁରା ଟୁକୁରା ହେଇଯାଉଥିବ।

ସୁକୁମାର ମଉସା ଦେଖ୍ଲେ... ସୁଦର୍ଶନ ରୋଷେଇଘରେ ଚା କରୁଛି। ସକାଲର ପ୍ରଥମ ଚା' କପ ରୂପା ତାକୁ ଦେଇସାରିଛି। ସେ ଯେ ଦ୍ୱିତୀୟ କପ ନେବାର ସମୟ ହେଇଗଲାଣି, ଗୀତରେ ବୁଡ଼ି ରୂପା ଭୁଲିଯାଇଚି...। ସେ ହସି ହସି କହିଲେ, କ'ଣ ସୁଦର୍ଶନବାବୁ, ତମେ ଚା' କରୁଚ। ରୂପା ଚା' ଦେଇନାହିଁ କି?

ସୁଦର୍ଶନ ଚା'କପ ଧରି ବାହାରି ଆସିଲା। କହିଲା, ଦେଖ୍ତୁଚ ତ ସେ ଝିଅର ଗୀତରେ ବିଭୋର। ମତେ ଚା' ଦବା କଥା ତା'ର କ'ଣ ଆଉ ମନେ ରହୁଚି?

ମଉସା ଉସ୍ଫାହିତ ହୋଇ କହିଲେ, ହଁ, ବାବା, ଗୀତ ଜିନିଷ ହିଁ ସେଇଥୋ। ଶୁଣିଲେ, ତମେ ବୁଡ଼ିଲ, ଏମିତି ଯେ, ଆଉ ନିଜେ ନିଜଠି ଜ୍ଞା ନାହିଁ।

ହେଁ... ହେଁ... ମଉସା ହସିଲେ।

ସୁଦର୍ଶନ କହିଲା, ମଉସା, ମୁଁ ଅତି ବାସ୍ତବବାଦୀ ମଣିଷ। ଗୀତରେ ମଜି ସଂସାରକୁ ଭୁଲିଯାଏ ନାହିଁ।

ହଁ, ବାବା, ତା' ବି ଠିକ୍, ତା' ବି ଠିକ୍। ସୁକୁମାର ମଉସା ଯୁକ୍ତି କରନ୍ତି ନାହିଁ କାହା ସହ। ନିଜମତ ନ଼ଦି ଦିଅନ୍ତି ନାହିଁ କାହା ଉପରେ। ଭିନ୍ନ ଭିନ୍ନ ବିଚାରଧାରାର ମଣିଷ ତ ରହିବେ ପୃଥିବୀରେ। ନିଜ ନିଜ ଇଚ୍ଛାରେ, ଆଦର୍ଶରେ ଜୀବନ ବଂଚିବା ଅଧିକାର ସମସ୍ତଙ୍କର ଅଛି।

ଏତିକି କହି ସେ ଚାଲିଗଲେ ସିଡ଼ି ଚଢ଼ି। ସୁଦର୍ଶନ ଫେରିଆସିଲା ଶୋଇବା ଘରକୁ।

ରୂପାକୁ ଦେଖ କହିଲା, ତମେ ମତେ ଛାଡ଼ିବ ନାହିଁ।

... ମାନେ ?

...ତମେ ମତେ ତମ ବାପାଙ୍କ ଅବସ୍ଥା ହିଁ ଭୋଗ କଲେ ଛାଡ଼ିବ। ସୁଦର୍ଶନ ଗରଗର ହେଇ କହିଲା।

...କ'ଣ କହୁଚ ତମେ ? ଏ ଅଲକ୍ଷଣା କଥା। ବାପାଙ୍କ ଅବସ୍ଥା ତମେ ଭୋଗିବ କାହିଁକି ? କେହି ବି ଜଣେ ସେ କଷ୍ଟ ନ ପାଉ।

...ଆହା, କି ଦୟା ! ସୁଦର୍ଶନ ତାଚ୍ଛଲ୍ୟ କଲା। ଛଶାର ଗୀତ ଶୁଣି ଆଜି ମଉସା ଚାଲିଆସିଲେ। କାଲି ଆଉ କେହି ଆସିଲେ, ମୋ' ଅବସ୍ଥା ଆଉ କ'ଣ ହେବ ?

ରୂପା ସ୍ତବ୍ଧ ହୋଇ ରହିଗଲା। ପଦେ ଗୀତ ଗାଇଲେ ଏତେ ଦୂର ଭାବିପାରେ ସୁଦର୍ଶନ। ଅଥଚ ପନ୍ଦର ବର୍ଷ ତଳେ...

ତମେ ଗୀତରେ ମଜ୍ଜା ନଉଥୋ... ପାଞ୍ଚଦିନ ଭିତରେ ପଚାଶ ହଜାର ଯୋଗାଡ଼ ନକଲେ, ସେ ଭଲ ଜାଗାଟା ବି ହାତରୁ ଚାଲିଯିବ। ଭାଗ୍ୟ ଏମିତି ଯେ, ସପ୍ତାହ ସାରା କୋର୍ଟରେ ତାରିଖ। ମୋ ଭାଗ୍ୟରେ ନାହିଁ ଘର। ସୁଦର୍ଶନ ରାଗି ଚାଲିଗଲା।

ଚାଲିଗଲା ସେମିତି ରାଗି ନ ଖାଇ ଅଫିସକୁ କେବେ ଏମିତି ନ ଖାଇ ଯାଇନାହିଁ।

ରୂପା ଏବେ କରିବ କ'ଣ ?

ରୂପା ସେମିତି ସ୍ତବ୍ଧ ହୋଇ ଠିଆହୋଇ ଭାବିଚାଲିଥିଲା। ସେ ଏବେ କରିବ କ'ଣ ? ସୁଦର୍ଶନର ରାଗ ଖଅ ପରେ ଖଅ ଯୋଡ଼ିହୋଇ ବେଲକୁ ବେଲ ବଢ଼ିଯାଉଛି। ଆଉ ସେଇ ରାଗର ବଲୟର କେନ୍ଦ୍ରବିନ୍ଦୁ ହୋଇ ତ ନିଜେ ଠିଆ ହୋଇଚି। ସବୁ ଅଦଉତି ସବୁ ଦୋଷ ତା'ରି ଉପରେ ଅଜାଡ଼ି ହୋଇପଡୁଚି।

ସେ କ'ଣ କରିପାରିବ ? ବାଟ କାହିଁ... ?

ରଘୁ ମଉସା ପାଖକୁ ଆସିଲେ। ଏତେବେଳ ଯାଏଁ ସେ ତ ଚୁପ୍ ହୋଇ ସବୁ ଶୁଣୁଥିଲେ। ପିଲା ଅଚ୍ଚଟ ହେଲାପରି ଅବୋଧ ରାଗ କଲାପରି ସୁଦର୍ଶନ ରାଗି ଜାଣି ଜାଣି ପରିସ୍ଥିତି ଜଟିଲ କରୁଛ। ସେ ରୂପାର ପାଖକୁ ଆସି କହିଲେ... ମାଲୋ, ମନ ଉଣା କରନା। ସବୁ ଠିକ୍ ହୋଇଯିବ, ଦେଖୁବୁନି।

ରଘୁ ମଉସା ବୁଝାଇଲେ। ରୂପା ତତେ ମୁଁ କଣ ବୁଝାଇବି ? ଲୋକ ଚରିତ୍ର ତୁ ତ ଦେଖୁଥବୁ। ମୁଁ ଦେଖ ଦେଖତ ବୁଢ଼ା ହେଇଚି। ଜଣେ ଜଣେ ଲୋକ ଥାନ୍ତି ସେମାନେ ନିଜେ ହସନ୍ତି ନାହିଁ, ହସି ଜାଣନ୍ତି ନାହିଁ, ହସିବାର ସକଳ ଉପଚାର ତାଙ୍କ

ଚାରିପାଖରେ ଗଦା ଥିଲେ ମଧ୍ୟ ସେମାନେ ହସିପାରନ୍ତି ନାହିଁ। ଆଉ ସେଇମାନେ ହିଁ ଅନ୍ୟର ହସକୁ ବରଦାସ୍ତ କରିପାରନ୍ତି ନାହିଁ କଦାପି।

ରୂପା ଲୋ ମୁଁ ଦେଖିଚି ସମସ୍ୟାକୁ ସାମ୍ନାକରି ପାରୁନଥିବା, ନିଜକୁ ଅକ୍ଷମ ଭାବୁଥିବା ଲୋକହିଁ କ୍ରୋଧୀ ହୁଏ। କ୍ରୋଧ କରେ। ନିଜେ କିଛି କରିପାରୁ ନଥିବା ଲୋକ ହିଁ ଅପରକୁ ଅକ୍ଷମ ବୋଲି କହେ। ଅନ୍ୟର ପ୍ରଶଂସାକୁ ସହ୍ୟ କରିପାରୁ ନଥିବା ଲୋକ ହିଁ ଅକାରଣ କ୍ରୋଧ କରେ।

ଜଣେ ଜଣେ ଲୋକ ଥାନ୍ତି, ସେମାନେ ନିଜକୁ ବିଶ୍ୱାସ କରନ୍ତି ନାହିଁ। କାହାକୁ ବିଶ୍ୱାସ କରନ୍ତି ନାହିଁ। ଈଶ୍ୱରଙ୍କୁ ବି ସେଇ ଲୋକ କ୍ରୋଧ ନକରି କରିବ କିଏ ?

ଭଲ ପାଇବାକୁ ବୁଝିପାରୁଥିବା ଲୋକର ସିନା ଅର୍ଗଳି ଫିଟିଯାଏ। ଭଲ ପାଇବାକୁ ବୁଝି ପାରୁନଥିବା ଲୋକର, ସବୁ ପଟେ ଅର୍ଗଳି ବେଢ଼ିଯାଏ। ସେ ବନ୍ଦ କୋଠରୀର ମଣିଷ। ଦୁନିଆରେ ଏମିତି କେତେ କିସମର ଲୋକ ସେମାନଙ୍କୁ ଚାହିଁ ତ ବସିବାକୁ ହେବନି, ତାଙ୍କୁ ଆଗେଇ ଯିବାକୁ ହେବ। ଯିବାକୁ ହେବ।

ରୂପାକୁ ଅନେକ ଉପଦେଶ ଦିଅନ୍ତେ ରଘୁ ମଉସା। ଜୀବନକୁ ତ କେତେ ବାଗରେ, କେତେ ଢଙ୍ଗରେ ଭୋଗି ସାରିଲାଣି ସେ। ଆଉ ସୁଦର୍ଶନ, ତାକୁ ନ ଚିହ୍ନି ଆଉ କ'ଣ ବାକି ଅଛି।

ରଘୁ ମଉସାଙ୍କ କଥାମାନି ରୂପା କଲେଜ ଗଲା। କ୍ଲାସ ନେଇ। ଦି'ଟା କ୍ଲାସ ପରେ, ଫେରିଆସିଲା ସେ ଘରକୁ। କମନରୁମକୁ ଯିବାକୁ ଇଚ୍ଛା ହେଲା ନାହିଁ ତା'ର।

ସେଠି ଚାଲିଥିବ ଭଲି ଭଲି ଚର୍ଚ୍ଚା। ଶାଢ଼ି, ଗହଣାଠାରୁ ନିଜ ସ୍ୱାମୀର ଆଦରଯତ୍ନଠାରୁ ଶାଶୁଘର ଲୋକଙ୍କର ଅମାନବିକ ଗୁଣ ଯାଏଁ, ବିଭିନ୍ନ ପ୍ରକାର କଥା। ଏମିତି କି କାହା ସ୍ୱାମୀ, ଅନ୍ୟ ନାରୀରେ ଆସକ୍ତ, କିଏ ପୁରୁଷ ବନ୍ଧୁ ସାଙ୍ଗରେ ହରଦମ ବୁଲୁଛି, ଇତ୍ୟାଦି ଇତ୍ୟାଦି। ଏସବୁ ଭଲ ଲାଗେନା ରୂପାକୁ। ଟିକେ ଚୁପଚାପ ବସିଲେ, ହଜାରେ ପ୍ରଶ୍ନ.... କ'ଣ ହେଲାକି ? ମନ କଷାକଷି ?

ବନ୍ଦନା ମାଡାମ ସବୁବେଳେ କହନ୍ତି, ରୂପା, ତମେ ବିଷାଦ ରଙ୍ଗର ପକ୍ଷୀ। ଇଂରାଜୀ ପଢ଼ାଉଥିବା ଅଲକା, ଯିଏ କି ପୁରୀ କଲେଜରେ ତା'ର ବ୍ୟାଚମେଟ୍ ଥିଲା, ଟିକେ ଅନ୍ତରଙ୍ଗତା ତା ସହ ସିଏ ରୂପାକୁ କହେ, ରଘୁ ମଉସାଙ୍କ ପରି। ଟିକେ ମନଉଣା କଲେ, କହିବ ହେ ମନଟା ଗୋଟେ ବିପୁଳ ଜିନିଷ, ତାକୁ ଉଣା କରୁଚୁ। ଛୋଟ କରୁଚୁ କାହିଁକି ? ଯେତେ ନଇଁବୁ ସେତେ ନୁଆଁଇ ନେବେ। ସ୍ୱାମୀମାନଙ୍କ କଥା ସେଇଆ, ଆହୁରି ଆହୁରି ନିଗାଡ଼ି ନେବାର ଲୋଭ ସେମାନଙ୍କର ପ୍ରବଳତର।

ଏକଦମ ଡିଙ୍ଗିଶାଳର କଥା ପଡ଼େ ସେଠି। ରୂପାର ମନେପଡ଼େ ତା'ର ପିଲାଦିନ

କଥା। ଘରକୁ କାମ କରିବାକୁ ଆସୁଥିଲା ହୀରାବୋଉ। ବିରିବାଟେ, ବଡ଼ି ପକାଏ, ଚାଉଳ ପାଛୁଡ଼େ। ଗଉଡୁଣୀ ଆସେ ଖୀର ନେଇ। ହୀରାବୋଉ ଏମିତି କହେ, ଆଲୋ, ଗିରସ୍ତକୁ ଯଦି ଆଙ୍ଗୁଠି ଅଗରେ ନଟେଇ ନଜାଣିଲ, ତମେ କି ମାଇକିନା ଢୁଆ। ଗଉଡୁଣୀ ତା'ର ନୋଥ ହଲାଇ କହେ, ହଁ, ବା... ସେଇଆ ନୁହଁ ଆଉ କ'ଣ? ରୂପା ଅଲକାକୁ କହେ, ଆମେ ଆଉ ଉପରକୁ ଉଠିପାରିବା ନାହିଁ....? ସେଇ ଢିଙ୍କିଶାଳରେ ନାରୀହୋଇ ରହିଥିବା... ଏତେ ପାଠପଢ଼ି, ରୋଜଗାର କରି?

ଅଲକା ହସେ, କହେ ଆମେ ପ୍ରଥମେ ନାରୀ ତା'ପରେ ଅଧ୍ୟାପିକା ସିନା...?

ସେମାନଙ୍କ କଥା, ଅଲକା କଥା, ଆଜି ତା'ର ଅକାଟ୍ୟ ମନେହେଲା। କେଡ଼େ ସତକଥା ସେ କହିଥିଲା। ତମକୁ ଅଧିକ ଅଧିକ ନିଗାଡ଼ି ନେବାକୁ ତାଙ୍କର ପ୍ରବଳ ଲୋଭ।

ସେଇଆ ନୁହଁ ଆଉ କ'ଣ? ତା' ସମସ୍ୟାର ସମାଧାନ ସେ କରୁ ବୋଲି ସୁଦର୍ଶନ ଚାହେଁ। ତାକୁ ଉପାୟ ବାହାର କରିବାକୁ ହେବ। ସେ କାଲି ସକାଳୁ ଗାଁକୁ ଯିବ। ଭାଇଙ୍କୁ ଟଙ୍କା ମାଗିବ। ତା'ଛଡ଼ା ଦ୍ୱିତୀୟ ରାସ୍ତା କାହିଁ?

ଘରକୁ ଫେରି ରୂପା ଶାଢ଼ି ପାଲଟୁଛି। ଦାଣ୍ଡଗେଟ୍ ପାଖରେ ପାଟି ଶୁଭିଲା ସୁଦର୍ଶନ-ଭାଇ, କେତେବେଳେ ଆସିଲ?

... ଏଇ ପରା ତୋ' ଆଗେ ଆଗେ।

ରୂପା ଚମକି ପଡ଼ିଲା, ଉଲ୍ଲସି ଉଠିଲା ଆନନ୍ଦରେ। ଭାଇ ଆସିଛନ୍ତି, ଯା ହେଉ, ସମସ୍ୟାର ସମାଧାନ ହୋଇଗଲା।

ରଘୁ ମାଉସା କହୁଥିଲେ, ଦୃଢ଼ ଇଚ୍ଛାଶକ୍ତିର ପ୍ରଭାବରେ ଅସାଧ୍ୟ ସାଧନ ହୁଏ। ଭାଇ ମନ ଜାଣିଚନ୍ତି, ଭଗବାନ୍ ପଠେଇଚନ୍ତି ତାକୁ।

ସୁଦର୍ଶନ ଡାକୁଚି, ଦିଶା, ଇଶା, ଦେଖ, ବଡ଼ ବାପା ଆସିଛନ୍ତି।

ଏତେ ଖୁସିରେ ଭାଇଙ୍କୁ କେବେ ସ୍ୱାଗତ କରେନା ତ ସୁଦର୍ଶନ। ଆଜି ତା'ର ସ୍ୱାର୍ଥ ଅଛି। ଚରମ ସ୍ୱାର୍ଥ।

ଭାଇ ଘର ଭିତରକୁ ଆସିଲେ। ରୂପା ତାଙ୍କୁ ପ୍ରଣାମ କଲା ପିଲାମାନେ ମଧ।

ବିଦ୍ୟାଧର କହିଲେ, ମୁଁ କଚେରୀ କାମରେ ଖୋର୍ଧା ଆସିଥିଲି। ଭାବିଲି ଯାଏଁ ତତେ ଖବରଟା ଦେଇ ଆସେ।

ସୁଦର୍ଶନ କହିଲା, କେଉଁ ଖବର ଭାଇ?

ବିଦ୍ୟାଧର କହିଲେ, ଆରେ ଆମ ରୂପା କାଲେ ତ ସହକର୍ମୀ କାଞ୍ଚନ ମାଡ଼ାମଙ୍କ ଭଣଜା ପାଇଁ ନିଳିର ପ୍ରସ୍ତାବ ଦେଇଥିଲା ସେମାନେ ଚାରିଦିନ ତଳେ, ଦିନେ ରାତିରେ

ବିନା ଖବରରେ ଆସି ପହଞ୍ଚିଗଲେ ମଫସଲ ଗାଁ । କ'ଣ ବା ମିଳେ ଅତିଥି ଚର୍ଚ୍ଚା । ପାଇଁ ମହାବୀର ଦୋକାନରେ ବିସ୍କୁଟ ରଖୁଛି । ସେତିକି ଆଣିଲି । ମୋ ବିକଳ ଦେଖି ମହାବୀର ତା' ଘରେ ପଡ଼ିଥିବା ପାଟକପୁରା କଦଳୀ କାନ୍ଦିରୁ ଫେଣାଏ ଦେଲା । ଘରେ ତା ଗାଈ ଦୁହା ହେଉଛି । ଖୀର ଗ୍ଲାସେ ଲେଖା ସେତିକି ଦେଲି । ସେମାନଙ୍କର ଆଗରୁ ଖବର ଦେବା ଉଚିତ ନୁହେଁ ?

ବିଦ୍ୟାଧର ଗୋଡ଼ ଧୋଇବାକୁ ବାଥରୁମ ଗଲେ । ସୁଦର୍ଶନ ରୂପାକୁ କଟମଟ କରି ରହିଥିଲା । ତା' ଭିତରର ନିଆଁରେ କି ଘିଅ ଢାଳି ଦେଲା ଯେମିତି ।

ରୂପା ସେମାନଙ୍କୁ ଖାଇବାକୁ ବାଢ଼ିଦେଲା । ଖାଉ ଖାଉ ବିଦ୍ୟାଧର କହିଲେ, ଯାଇଁଲୁରେ ସତ୍‌, ସେମାନେ ନିଲିକୁ ପସନ୍ଦ କଲେ । ତାଙ୍କ ପୁଅ ପସନ୍ଦ କଲେ । ଆସନ୍ତା ମାସରେ ବାହାଘର । ସେ ଏଇ ପଚିଶ ତାରିଖରେ ! ତାଙ୍କ ପୁଅକୁ ନେଇ ଆସିବେ ।

ଏତେ କଥା ମୁଁ ଜାଣିନି । ରୂପା ତ ମତେ କହିନାହିଁ କହିଲା ସୁଦର୍ଶନ ।

ରୂପା ଅପ୍ରସ୍ତୁତ ହେଲା । କହିଲା, ଗତବର୍ଷ କାଞ୍ଚନ ମାଉମ ତାଙ୍କ ଭଣଜା ପାଇଁ ଭଲ ଝିଅଟିଏ ଖୋଜୁଥିଲେ । ମୁଁ ଆମ ନିଲିର ପ୍ରସ୍ତାବ ଦେଲି । ଗାଁର ଠିକଣା ଦେଲି । ତା' ପରେ ଯେତେବେଳେ ପଚାରେ ସେ କହନ୍ତି, ତାଙ୍କ ଭଣଜାକୁ ନ ପଚାରି ସେମାନେ ପ୍ରସ୍ତାବ ପକାଇବେ ନାହିଁ । ଏବେ ଚାରିମାସ ହେବ କାଞ୍ଚନ ମାଉମ ଷ୍ଟିଲିଭରେ ଯାଇଛନ୍ତି । ମୁଁ ଆଉ କେମିତି ଜାଣିବି ?

ହଁ ହଁ, ସେଇଆ କହୁଥିଲେ ସେମାନେ । ତାଙ୍କ ପୁଅ ଆସିନଥିଲା । ଏବେ ଆସିବାରୁ ସେମାନେ ଆସିଲେ ସେମାନଙ୍କର ଡିମାଣ୍ଡ କିଛି ନାହିଁ । କହିଲେ ବିଦ୍ୟାଧର ।

ସୁଦର୍ଶନ କିନ୍ତୁ ଗମ୍ଭୀର ହୋଇଯାଇଥିଲା । ତାକୁ ଚାହିଁ ବିଦ୍ୟାଧର କହିଲେ ଆସନ୍ତା ୨୫ରେ ସେମାନେ ଆସିବେ । ତମେ ଦୁହେଁ ନିଶ୍ଚୟ ଯିବ । ତମେ ନ ଗଲେ ମୋ ମୁଣ୍ଡ ତଳକୁ ହୋଇଯିବ । ମୁଁ ସେମାନଙ୍କୁ କହିଚି, ମୋ ଭାଇକୁ ନ ପଚାରି ମୁଁ ସମ୍ମତ ଦେଇପାରିବି ନାହିଁ ।

..ପଚିଶ ତାରିଖ ? ମୁଁ ତ ଗଲାପରି ଲାଗୁନି, କହିଲା, ସୁଦର୍ଶନ ।

...କାହିଁକି ? ସେଦିନ ରବିବାର । କୋଟ ବନ୍ଦ ।

... ଦେଖିବି । ସୁଦର୍ଶନ ବାହାରିଗଲା । ଭାଇଙ୍କୁ ଦେଖି ତା'ର ଯେଉଁ ଆନନ୍ଦ ହୋଇଥିଲା ପାଣି ଫାଟିଗଲା ସାଙ୍ଗେ ସାଙ୍ଗେ ।

ବିଦ୍ୟାଧର ଖାଇ ହାତ ଧୋଇଲେ । କହିଲେ, ଆଜି ରାତିରେ ବିଜୁକୁ ଫୋନ କରିବି ।

ରୂପା ସାମ୍ନାରେ ଆନନ୍ଦ ଓ ଦୁଃଖର, ଆଶା ଓ ହତାଶାର ଦୁଇଟି ବାଟ ଲମ୍ବିଯାଇଚି... କେଉଁ ରାସ୍ତାରେ ଯିବେ ସେ ?

ନିଲି ବିଭାଘର ସେ ଠିକ୍ କରିଥିଲା । ପାତ୍ର ସତ୍‌ପାତ୍ର । ଏୟାର ଫୋର୍ସରେ ଚାକିରି କରେ । ଭଲ ପିଲା । ଯା'ଠୁ ସୁଖବର ତା'ପାଇଁ କ'ଣ ହୋଇପାରେ ? ଆନନ୍ଦ ଆଉ କ'ଣ ଥାଇପାରେ । ତା' ଯାଆ ଦେଢ଼ଶୁରଙ୍କ ଦୁଃଖ ଲାଘବ ହେବ । ଚିନ୍ତା ଦୂର ହେବ । ଏଇ ରାସ୍ତା ତାକୁ ଡାକୁଚି....

ସୁଦର୍ଶନର ମୁହଁ ଗମ୍ଭୀର ହୋଇଯାଇଚି । ତା'ର ଆଶା ଧୂଳିସାତ୍ ହେଇଚି । ରୂପା ଭାଇଙ୍କୁ କେମିତି ମାଗିବ ସେ ପଚିଶ ହଜାର ଟଙ୍କା ? ରାତି ପାହିଲେ ତାଙ୍କ ଝିଅ ବାହାଘର । ସୁଦର୍ଶନର ମଉଳୀ ମୁହଁ, ତାର ଦୁଃଖ, ତା'ର ଅସହ୍ୟ । ହେଲେ, ସେ କ'ଣ କରିପାରିବ ? କ'ଣ ?

ନିଜ ଭିତରେ ବାଟ ଖୋଜୁ ଖୋଜୁ ରୂପା ରାତି ରୋଷେଇ ଶେଷ କଲା । ଖୁଆପିଆ ବଢ଼ିଲା । ଶୋଇଲାବେଳେ, ସବୁ ବିସ୍ଫୋରଣକୁ ସାମ୍ନା କରିବାର ସାହସ ନେଇ ସେ କହିଲା.... ଏବେ କ'ଣ କରିବା...? ଭାଇଙ୍କୁ ତ ଟଙ୍କା ମାଗି ହେବନି ।

ସୁଦର୍ଶନ ଗର୍ଜିଉଠି କହିଲା... ସବୁ ନାଟର ଗୋବର୍ଦ୍ଧନ ତ ତମେ । ଜାଲ ବିଛେଇ ଦେଇ କହୁଚ କ'ଣ ନାଁ, ମୁକୁଳିବା କେମିତି ? ତମେ ଭିତରେ ଭିତରେ ଏମିତି ଚେର କାଟ ଜାଣି ନଥିଲି । ମୋଠୁ, ମୋ' ଭାଇ ଭାଉଜ, ଝିଆରୀ, ଏତେ ପ୍ରିୟ ତୁମର ? ଏତେ ବଡ଼ ?

ସେମାନଙ୍କଠାରୁ ଖାଲି ନୁହଁ, ଏ ଦୁନିଆଠାରୁ ବି ତମେ ମୋ' ପାଇଁ ବଡ଼, ହେଲେ ଏ ଦୁନିଆରେ ହିଁ ତ ରହିବାକୁ ହେବ ଆମକୁ – କହିଲା ରୂପା ।

ବେଶ୍‌ତ, ତମେ ରୁହ ତମ ଦୁନିଆରେ । ମୁଁ ଯାଉଚି ଯିବି ବାବାଜି ହେଇ ହିମାଳୟ... ।

ଅସହାୟ କଣ୍ଠରେ ରୂପା କହିଲା, ତମେ ସବୁ କଥାରେ ମତେ ରାଗୁଛ କାହିଁକି ? ଗତବର୍ଷ କାଞ୍ଚନ ମାଡାମଙ୍କୁ ମୁଁ ନିଲିର ପ୍ରସ୍ତାବ ଦେଇଥିଲି । ସେ କହିଥିଲେ, ତାଙ୍କ ଭଣଜାକୁ ପଚାରିକରି ସେ ପ୍ରସ୍ତାବ ପକାଇବେ । ତା'ର ଛୁଟି ନଥିଲା । ବର୍ଷକ ପରେ ସେ ମତେ ନ କହି ସିଧା ଚାଲିଯିବେ ମୁଁ କେମିତି ଜାଣିବି ଏକଥା ? କାଞ୍ଚନ ମାଡାମ ତ ଛୁଟିରେ ଚାରିମାସ ହେବ ।

...ତମେ ତ ମତେ କହିପାରିଥାନ୍ତ । ମତେ ଲୁଚାଇଲ କାହିଁକି ?

...ଏକଥାର ଉତ୍ତର ଦେଇପାରିଲା ନାହିଁ ରୂପା । ଉତ୍ତର ନଥିଲା ତା' ପାଖେ । ସେ କୌଣସି ଉଦ୍ଦେଶ୍ୟ ରଖି ତ ଲୁଚାଇ ନାହିଁ । ଲୁଚାଇବ କାହିଁକି ? ଗୁରୁତ୍ୱ ନଥିବାରୁ

କହିନଥିଲା । ପ୍ରସ୍ତାବଟା ପଡ଼ିବ । କାର୍ଯ୍ୟକାରୀ ନ ହେଉଣୁ ଆଗୁଆ କହିବ କାହିଁକି ? ଯା'ଛଡ଼ା ଆଉ କିଛି ଅସତ୍ ଚିନ୍ତା ଥିଲା କି ତା'ର ? ଦେଖନ୍ତୁ ଈଶ୍ୱର, ସର୍ବଶକ୍ତିମାନ୍ । ସେ ତା'ର ଅନ୍ତଃକରଣ ପ୍ରସ୍ତ ପ୍ରସ୍ତ ଖୋଲି ଦେଉଚି ।

କିଏ ଦେଖିବ ତା'ର ବିବସ୍ତ ଅନ୍ତଃକରଣ ? କେଉଁ ଈଶ୍ୱର ଆସି ସାକ୍ଷୀ ଦେବେ ତା'ପାଇଁ ?

ସୁଦର୍ଶନ ଗର୍ଜନ କରିଚାଲିଥିଲା । ସବୁବେଳେ ବାଦ ସାଧିଲା ଏ ମାଇକିନା ମୋ' ସଙ୍ଗେ । ଆର ବର୍ଷ ଘର କିଣାଇ ଦେଲାନି । ଏ ବର୍ଷ ଜାଗାଟେ ବୁଝିଲି ଯେ ତା' ମଧ କରାଇ ଦଉନି । ବାହାଘର ଜୁଟେଇ ଦେଲା । ବାହାଘର ହେଲେ ଆଉ କି ଘର କରିବି ମୁଁ । ଓଃ... କେଡ଼େ ବଜ୍ଜାତ ଏ ମାଇକିନା...

'ବଜ୍ଜାତ୍ ମାଇକିନା' – ଏ ଶବ୍ଦ ଶାଣିତ ତପ୍ତ ଲୁହାପରି ରୂପାର ହୃଦୟ ବିଙ୍ଧ କଲା । ସବୁ ଭଦ୍ର, ଶିକ୍ଷିତ, ସମ୍ଭ୍ରାନ୍ତ ହୃଦୟର ଅନ୍ତରାଲରେ ଏମିତି ଏକ ଇତର ସଭା ଥାଏ ତେବେ ! !

ସେ ଭାଙ୍ଗି ଯାଉ ଯାଉ, ବିଙ୍ଶି ଯାଉ ଯାଉ, କଠୋର ହେଇଗଲା । କହିଲା, ତମେ ବିଶ୍ୱାସ ନ କରିବ ବୋଲି କ'ଣ, ମୁଁ ଯାହା ନୁହଁ, ତା' ହେଇଯିବି ? ତମେ କାହିଁକି, ସାରା ପୃଥିବୀ, ମୋ' ବିପକ୍ଷରେ କହିଲେ ବି, ମୁଁ କହିବି, ଜୋରକରି କହିବି, ମୁଁ କୌଣସି ଅପରାଧ, ଅନ୍ୟାୟ କରିନାହିଁ, ଯା'ପାଇଁ, ତମେ ମତେ ସବୁବେଳେ ଏମିତି ଭର୍ସନା କରି ଚାଲିଥିବ ।

ଟିକେ ପରେ ସେ କହିଲା, ନିଜକୁ ସମ୍ବରଣ କରି, ନିଲିର ବିଭାଘର ହେଲେ ଯେ, ଜାଗା କିଣି ହେବ ନାହିଁ, ଏମିତି କଥା ଅଛି କି ? ତା'ଛଡ଼ା ନିଲିର କୋଉ ବାହାଘର ହେଇଯାଉଚି । ପ୍ରସ୍ତାବ ପଡ଼ିଚି ମାତ୍ର । ସେମାନେ ଆସିବେ, ଦେଖିବେ, ତା' ଅର୍ଥ କ'ଣ ବାହାଘର ହେଇଯିବ । ଯଦି ବା ହୁଏ, କ'ଣ ହେଲା ? ଖୁସିର କଥା । ତମର ଟଙ୍କା ଦରକାର ନାଁ ? ପଚିଶ ହଜାର ଟଙ୍କା, ମୁଁ ତମକୁ ଆଣିଦେବି ଯୋଗାଡ଼ କରି ।

ଓଃ ! ! ପଚିଶ୍ ହଜାର ଟଙ୍କା ତମେ ଆଣିଦବ ? କ'ଣ ବୋପାଘରୁ...? ଏଁ ?

ରୂପା ମୁହଁ ବୁଲାଇ ଶୋଇଲା । କିଛି କହିଲା ନାହିଁ ।

ସକାଳେ ବିଦ୍ୟାଧର ଗାଆଁକୁ ଯିବାକୁ ବାହାରିଲେ । ହସ ହସ ମୁହଁରେ କହିଲେ, ଜାଣିଲୁରେ ସଦୁ, କାଲି ରାତିରେ ଏଠି ବିଜୁକୁ ଫୋନ କରିଥିଲି, ନିଲି ବାହାଘର କଥା କହିଲି । ଭାରି ଖୁସି ହେଲା । ବିଜୁ ଆଉ ଆଗ ବିଜୁ ନାହିଁ, ପୁରା ବଦଲି ଗଲାଣି । କହିଲା, ବାପା ଖୁବ୍ ଭଲରେ ବାହାଘର କର । ମୁଁ ଲକ୍ଷେ ଟଙ୍କା ପଠାଇବି । ତା'ର ପଦୋନ୍ନତି ହେଇଚି । ଦରମା ଖୁବ୍ ଭଲ ପାଉଚି । ତୁ ସଦୁ ଆଉ ବ୍ୟସ୍ତ ହୋନା । ବିଜୁ

ସବୁ ସମ୍ଭାଳି ନବ। ତମେ ଦିହେଁ ଖାଲି ସେଇ ପଚିଶ ତାରିଖ ଦିନ ପହଞ୍ଚିବ। ଏତିକି କହିବାକୁ ଆସିଲି।

ବିଦ୍ୟାଧର ବାହାରିଲେ। ତାଙ୍କୁ ସବୁବେଳେ ସୁଦର୍ଶନ ବସରେ ବସାଇ ଦେଇଆସେ। ଆଜି ସେ ବାହାରିଲା ନାହିଁ। ଅଗତ୍ୟା ରଘୁ ମଉସା କହିଲେ – ଚାଲନ୍ତୁ ମୁଁ ଆପଣଙ୍କୁ ବସରେ ବସାଇ ଦେଇ ଆସେ। ଦିହେଁ ଚାଲିଗଲେ। ରୂପାକୁ ଭାରି ଖରାପ ଲାଗିଲା। ସେ ଖାଲି ଭାବି ଲାଗିଲା – ସୁଦର୍ଶନ ଏତେ ସ୍ୱାର୍ଥପର ହୋଇଗଲା ଯେ ଭାଇଙ୍କୁ ଛାଡ଼ିଦେବାକୁ ବି ଗଲାନାହିଁ।

ସୁଦର୍ଶନ ରୂପାକୁ ଶୁଣାଇ ପାଟିକରି କହିଲା ଦେଖ, ତାଙ୍କ ଖୁସି। ପୁଅ ପଚିଶ ହଜାର ପଠେଇଥିଲା। ଏବେ ପୁଣି ଲକ୍ଷେ ପଠେଇବ। ହଃ, କାହିଁକି ନ ପଠେଇବ ଯେ ? ଇଞ୍ଜିନିୟର କରେଇଚ ତାକୁ। ଆଉ ମତେ ? ମୁଁ ଟିଉସନ କରି ପାଠପଢ଼ିଲି। ଏଇ ଟିଉସନ ହିଁ ହେଲା ମୋର କାଳ। ମତେ ତ କାଳ ଗ୍ରାସିଲା...।

ସୁଦର୍ଶନ ନିଆଁଭର୍ତ୍ତି ଚାହାଣିଟା ରୂପା ଉପରକୁ ଫିଙ୍ଗିଦେଇ, ତା' ଚେମ୍ବରକୁ ପଶିଗଲା। ମର୍ମେ ମର୍ମେ ତାକୁ ସାଉଁଟି ଧରି ରୂପା ରୋଷଘରେ ପଶିଲା।

ସବୁଦିନ ପରି ରୂପା, ଠାକୁର ପୂଜାକଲା – ପିଲାଙ୍କୁ ଜଳଖିଆ ଦେଲା। ସୁଦର୍ଶନକୁ ଦି ଦି ଥର ଚା' ଦେଲା। ସକାଳୁ ସକାଳୁ ସେ ମାଛ ଆଣି ରଖି ଯାଇଥିଲା। କହିଥିଲା ଇଶାକୁ, ଯେ ସୋରିଷ ବଟା ଦେଇ ମାଛ ରନ୍ଧା ହେବ। ଶିଳରେ ମସଲା ବାଟି, ରୂପା ମାଛ ବେସର କଲା। ସୁଦର୍ଶନକୁ ଭାତ ବାଢ଼ିଦେଲା। ଝିଅ ଦିହିଁଙ୍କୁ ମଧ୍ୟ। ସୁଦର୍ଶନର ପ୍ୟାଣ୍ଟସାର୍ଟ ଇସ୍ତ୍ରୀ କରିଦେଲା। ଚାବି କଣ୍ଢେଇପରି ସେ ସବୁକାମ ପଛକୁ ପଛ କରିଗଲା ମଧ୍ୟ। କଣ୍ଢେଇର ଖୋଳ ଭିତରେ କେଉଁଠି ଲୁତୁପୁତୁ ସ୍ୱାନଟିଏ ଥିଲା। ଯେଉଁଠି ଅହରହ ଛାଟ ବାଜୁଥିଲା। ବଜ୍ଜାତ୍ ମାଇକିନା, କୋଉ ବୋପାୟରୁ ଆଣିଚୁ ? ରୂପା କରତେଇ ଯାଉଥିଲା।

ସେ ଦାରିଦ୍ର୍ୟ ସହିପାରେ। ଯାବତୀୟ ଦୁଃଖକଷ୍ଟ ସହ୍ୟକଲା ପାରେ, ହେଲେ ଇତରପଣ ଯେ ତା'ର ଅସହ୍ୟ।

କଟୂକଥା ଅସ୍ତ୍ରଠାରୁ ମଧ୍ୟ ଧାରୁଆ। କିଏ ନ ଜାଣେ ଏକଥା ?

ତା'ର ହଠାତ୍ ମନେପଡ଼ିଗଲା ନୀଳା ଗଉଡୁଣୀ କଥା। ଟିକେ ପାଖରେ ଗଉଡ଼ ଗାଈ ରଖିଥାଏ। ରୂପା ସେଇଟିକି ସଂଜ ଯାଏ ଖୀର ଆଣି। ସେଦିନ ବାଛୁରୀଟାକୁ ଧରିବାକୁ ନୀଳା ଗଉଡ଼ ଧାଇଁଗଲା ବେଳେ, ତା' ଗୋଡ଼ ବାଜି, ଖୀର ଡେକ୍ଚିଟା ଲେଉଟି ଗଲା। ଖୀର ଇଢ଼ିଗଲା। ନଖିଆ ଗଉଡ଼, ପାଞ୍ଚଣଟା ହାତରେ ଧରି ଗୋଡ଼େଇ ଗଲା ନୀଳା ଗଉଡୁଣୀକୁ। ବଜ୍ଜାତ୍ ମାଇକିନା, ଢାଲିଦେଲୁ ସବୁ ଖୀର।

ନୀଳା ଗଉଡୁଣୀର ପଥର ଖୋଲପା ଦେହରେ ଏକଥା ବାଜି ଗୁଣ୍ଠ ହୋଇଗଲା ସିନା, ଚାରିଜଣ ଗରାଖଙ୍କ ମଧରୁ ରୂପା ମନରେ ଗଳିଗଲା ତୀରଟିଏ ହୋଇ।

ନୀଳା ଗଉଡୁଣୀ ଯାହା ଅଧ୍ୟାପିକା ରୂପା ଜଗଦ୍ଦେବ ସେଇଆ ମହାସତୀ ଦ୍ରୋପଦୀ ମଧ ସେଇଆ।

ରଘୁ ମଉସାଙ୍କୁ ଭାତ ବାଢ଼ିଦେଲା ରୂପା। ତା'ର ଚିପୁଡ଼ି ହେଇଯାଇଥିବା ମୁହଁକୁ ଦେଖି ମଉସା ଆଉ ଭାତ ଖାଇ ପାରିଲେ ନାହିଁ। ପଛରେ, ଆଉ ଟିକେ ନିଅ ବୋଲି କହି ବି ପାରିଲା ନାହିଁ ରୂପା।

ରଘୁ ମଉସା ଖାଇସାରି ଫଁତେଇଟି ପିନ୍ଧି, ଗାମୁଛାଟା କାନ୍ଧରେ ପକାଇ, ବ୍ୟାଗଟି ଧରି, ରୂପା ସାମ୍ନାରେ ଠିଆହେଲେ। କହିଲେ ଝିଅଲୋ, ଯାଉଛି। ତତେ ଛାଡ଼ି ଯିବାକୁ ତ ଇଚ୍ଛା ହେଉନାହିଁ। ହେଲେ ଆଉ ରହିବା ଠିକ୍ ନୁହେଁ। ମୋର ଗୋଟେ ଛୋଟ କଥା ମାନିବୁ ମା'। ମନଉଣା କରିବୁ ନାହିଁ। ଯେତେବେଳେ ମନ ଖରାପ ଲାଗିବ, ଉପରକୁ ଚାହିଁବୁ, ଆକାଶକୁ। ଖୋଲାମେଲା ଆକାଶକୁ ତୋର ସବୁ ଅବସାଦ, ଥକ୍କାପଣ, ସେ ନିଜ ଭିତରକୁ ଟାଣିନେବ ଚାଲିବାକୁ ପ୍ରେରଣା ଦେବ।

ରଘୁ ମଉସା ଢୋକ ଗିଳିଲେ। କହିଲେ, ଏ ସଂସାର ସାରା ହିଁ ଜାଲପରି ବିଛେଇ ରହିଚି ଦୁଃଖ, ଆଉ ବିଷମତା। ଦଇବ ଦିଆ ଦୁଃଖ ତ ସହିବାକୁ ହୁଏ। ହେଲେ ମଣିଷ ତିଆରି ଦୁଃଖ ଏତେ କିସମ ଯେ ତାକୁ ସହି ହୁଏନାହିଁ। କହି ହୁଏ ନାହିଁ। ଧୂଳିଝାଡ଼ି ଦେବାକୁ ହାତ ଉଠିଯାଏ, ସଜାଡ଼ି ନେବାକୁ ମନ କହେ। ହୁଏ କେଉଁଠି? ମୁଁ ତ ନିଜ ପିଲାଙ୍କୁ ସଜାଡ଼ି ପାରିଲି ନାହିଁ, ନିଜଘର ସଜାଡ଼ି ପାରିଲି ନାହିଁ। ସହରରେ ଏଠି ସେଠି ଟିକିଏ ଶାନ୍ତି ଖୋଜୁଚି ଯେ, ତା' ମିଳୁଚି କୋଉଠି? ମୁଁ ମୁରୁଖ ଏତିକି ବୁଝିପାରୁ ନାହିଁ ଯେ, ଏଠି ପରା ଈଶ୍ୱର ବି ହାଣ ଖାଉଚନ୍ତି। ଯୀଶୁଖ୍ରୀଷ୍ଟ ହୁଅନ୍ତୁ, ଶ୍ରୀକୃଷ୍ଣ କି ଆମର ପ୍ରିୟ ମହାତ୍ମାଗାନ୍ଧୀ ଏ ମାଟି, ଏ ବସୁନ୍ଧରା, ଈଶ୍ୱରଙ୍କ ରକ୍ତରେ ଭିଜିବାକୁ ଯେମିତି ଚାହେଁ, ଆଉ ସେଇ ରକ୍ତ ଛଟାର ଦାଗ, ଲାଗିଚି ତ ଆମରି ହୃଦୟରେ। କାହିଁକି ଡରିବା? କହିଲୁ ମା', ଅଟକିଯିବା...? ନାଃ, ଯିବାକୁ ହେବ, ଆଗକୁ, ଆଗକୁ...।

ରଘୁ ମଉସାଙ୍କ ଆଖି ଢଳଢଳ ହେଲା। ସେ କହିଲେ, ଘଣ୍ଟ ଉହାଡ଼ରେ ସେଇ ଦୀପଟି ଜଳେଇ ରଖ୍‌ଥା...। ହେଲା...? ରଘୁ ମଉସା ଚଟକରି ଭୁଲିପଡ଼ିଲେ। ଡଗଡଗ ହୋଇ ଚାଲିଗଲେ ପିଣ୍ଡା ତଳକୁ। ଗେଟ୍ ଖୋଲି ସେ ରାସ୍ତାକୁ ଉଠିଲେ। ଆଉ ପଛକୁ ଚାହିଁଲେ ନାହିଁ।

ରୂପା ଠିଆ ହୋଇଥିଲା ଖୁଣ୍ଟଟିଏ ପରି। ତାକୁ ଯେ ଖାଇବାକୁ ହେବ, କଲେଜ

ଯିବାକୁ ହେବ, ଭୁଲିଗଲା ସେ। ଯେତେବେଳେ ସେ ପ୍ରକୃତିସ୍ଥ ହେଲା, ଦେଖ୍‌ଲା, ବେଳ ଗଡ଼ିଗଲାଣି। ସେ ସେମିତି ଅଖ୍‌ଆ ଯାଇ, କଲେଜକୁ ଫୋନ କଲା। ଅଲକାକୁ ବି। ଅଲକା ପାଖେ କିଛି ଦରଖାସ୍ତ ସେ ତାରିଖ ନ ପକାଇ ରଖ୍‌ଥାଏ, ନଯାଇ ପାରିଲେ ଫୋନ୍‌କରି ଦେଲେ, ସେ ତାରିଖ ପକାଇ ଦେଇଦିଏ। ଆଜି ଶୁଣୁଶୁଣୁ ଅଲକା ଚିଡ଼ିଗଲା। କହିଲା, ଏତେ କ'ଣ ଛୁଟି ନେଉଛୁ, ଟିକେ ଟିକେ କଥାରେ? ପିଲାଏ ତ ବଡ଼ ହୋଇଗଲେଣି। ଘରେ କରୁଚୁ କ'ଣ? କେମିତି ଭଲ ଲାଗୁଚି ତତେ, ସେଇ ତେଲ ଚିକିଟା ବୃଉରେ ଘୁରିବାକୁ?

ରୂପା ଟେଲିଫୋନ୍ ରଖ୍‌ଦେଲା। ଅଲକା ସବୁବେଳେ ଏମିତି କଥା କହେ। ସେ ଦିନ କହିଥିଲା, ଯେତେ ନଇଁବୁ ସେତେ ନୁଆଁଇ ଦେବେ। ତୁ ଗୋଟେ କେମିତି ସ୍ତ୍ରୀ ଲୋକ ଯେ?

ହଁ, ତାକୁ ସମସ୍ତେ କହନ୍ତି, 'କେମିତି କେମିତିକା'। ସେ ଗୋଟେ କେମିତି କେମିତି ସ୍ତ୍ରୀଲୋକ?

ରୂପାକୁ ଯେମିତି ଶୁଭିଲା... କିଏ ହସୁଚି, କଳ କଳ ହୋଇ ହସୁଚି। ତାକୁ ବିଦ୍ରୂପ କରୁଚି। ଛିଗୁଲେଉଚି।

ତୁ, ପାଠ ପଢ଼ିଚୁ, ସ୍ତ୍ରୀ ହେଇଚୁ, ମାଆ ହେଇଚୁ, କିନ୍ତୁ ତୁ କ'ଣ ଗୋଟେ ସ୍ତ୍ରୀ ଲୋକ? ତୁ ଯଦି ଶାଢ଼ୀ ଗହଣା ପାଇଁ ସ୍ୱାମୀ ସାଂଗେ ଝଗଡ଼ା କରି ନ ପାରିଲୁ, ବାପା ଘରକୁ ମୁଣ୍ଡ ଉପରେ ରଖ୍‌, ଶାଶୂଘର ଲୋକଙ୍କୁ ଅଣହେଳା କରି ନପାରିଲୁ, ତତେ ଯଦି ଫୁଲେଇ ହେବା ଦେଖେଇ ହେବା କଥା ନ ଆସିଲା, ଚାଟୁ କହି କହି ଯଦି ସ୍ୱାମୀକୁ ମନେଇ ପୋଷା ବିଲେଇ କରି ନ ରଖ୍‌ପାରିଲୁ ତୁ କି ସ୍ତ୍ରୀଲୋକ ବା! ସ୍ତ୍ରୀଲୋକଙ୍କୁ ସୁବିଧାବାଦୀ, ସୁଖଲୋଭୀ, ଧନରଂକୁଣୀ, କେତେ କେତେ କଥା କୁହା ନ ଯାଇଛି। ତୁ ଯଦି ସେତକ ନୁହଁ, ତୁ କ'ଣ ସ୍ତ୍ରୀ ବା!

ରୂପା ଚମକିପଡ଼ିଲା, କିଏ କହୁଚି? ତାର କା'? ରୂପାର ଭିତରର ମୁଁ? ଯାହାକୁ ସୁଦର୍ଶନ କରିଥିଲା, ତମର କିଏ ଅସଲ, କିଏ ନକଲ?

ଦୁଇଦିନ ପରେ ସୁଦର୍ଶନ କହିଲା... ଟଂକା ଯୋଗାଡ଼ କଲ?

କଲେଜରୁ ଫେରି ଲୁଗା ବଦଳିଥିଲା ରୂପା। ଜଳଖ୍‌ଆ କରିବାକୁ ଯାଉଥିଲା। ସେ ଏ ପ୍ରଶ୍ନର ଉତ୍ତର ଦେଇପାରିଲା ନାହିଁ। ନୀରବ ରହିଲା।

ସୁଦର୍ଶନ ପୁଣି କହିଲା... ସେ ଲୋକ ଶନିବାର ରେଜିଷ୍ଟ୍ରି କରିବାକୁ କହିଚି। ଟଂକା ପରା ତୁମେ ଯୋଗାଡ଼ କରିବ କହୁଥିଲ ଏତେ ଦମ୍ଭରେ? ହେଲା କ'ଣ ପୁଣି?

ଯୋଗାଡ଼ ହୋଇପାରିଲା ନାହିଁ। କୁଣ୍ଠିତ କଣ୍ଠରେ କହିଲା ରୂପା।

ପାରିବ ନାହିଁ ତ, ସେଦିନ ଏତେ ଫୁଟାଣି ମାରୁଥିଲ କାହିଁକି ? ବଡ଼ ବଡ଼ କଥା କହୁଥିଲ, କ'ଣ ନାଁ ମୁଁ ଟଙ୍କା ଯୋଗାଡ଼କରି ଦେବି । ମୁଁ ମୁଁ । ଯେମିତି କି ଲଙ୍କା ମରିଚ ଗଛରେ ଲଙ୍କା ଫଳିଟି ତମେ ତୋଳି ଆଣିବ । ଛିଃ... ଏତେ ବାହାସ୍ଫୋଟ...।

ସୁଦର୍ଶନ ଜଳଖିଆକୁ ଅପେକ୍ଷା ନକରି ଚାଲିଗଲା ବାହାରକୁ ।

ରୂପା ସେମିତି ଠିଆହୋଇ ରହିଲା ରୂପ ହୋଇ । କ'ଣ କରିଥାନ୍ତା ସେ ? କହି ଦେଇଥିଲା ପଚିଶ ହଜାର ଟଙ୍କା ମୁଁ ବଦୋବସ୍ତ କରିଦେବି । ସେଇଟା ଏତେ ଭାରି ପଡ଼ିବ ବୋଲି ସେ ଜାଣି ନଥିଲା । କେଉଁ ବନ୍ଧୁବାନ୍ଧବ ଅଛନ୍ତି ତା'ର ? ଏତେ ବଡ଼ ସଂସାରରେ ତା'ର ନିଜର କିଏ ଅଛି ? ଯିଏ ତା'ପାଇଁ ଟଙ୍କା ପଚିଶି ହଜାର ଗଣି ଦେଇ, ତା'ର ସମ୍ମାନ ରକ୍ଷା କରିବ । ଊଃ...

ଅନେକ ଅଭାବରେ ଚଳିଛି ସେ । ପ୍ରଥମେ ଯେଉଁଦିନ ଭୁବନେଶ୍ୱରରେ ବଖୁରିଏ ଘର ଭଡ଼ା ନେଇ ରହିଥିଲା ସୁଦର୍ଶନ । ନୂଆ ନୂଆ କୋର୍ଟ ଯାଉଥିଲା, ରୋଜଗାର ନଥିଲା କିଛି । ସେତିକିବେଳେ, ଆରାମରେ ତ ସେ ନିଜର ଭାର, ସୁଦର୍ଶନର ମୁଣ୍ଡରେ ଲଦି ଦେଇ, ସପ ଖଣ୍ଡିଏ ହେଲେ ବି ଖରାବେଳେ ଶୋଇପାରିଥାନ୍ତା ତ ? ତା' ନକରି ସେ ସାରା ଖରାବେଳ ଚାକିରି ଖୋଜିଲା । ନିର୍ଧୂମ ଖଟିଲା । ସ୍କୁଲର ଚାକିରି, ଟିଉସନ, ବାସନମଜା, ରୋଷେଇ, ସବୁକରି ଅନେକାଂଶରେ ସଂସାର ଦାୟିତ୍ୱ ନିଜେ ନିଜ ଉପରକୁ ନେଇଗଲା । ଭଲ ଅଧ୍ୟାପିକା ଚାକିରି ପରେ ଭଲ ଦରମା ପାଇଲା ସେ । ହେଲେ ସୁଦର୍ଶନ ସିଧା କହିଲା, ତମେ ଘର ଚଲାଅ ତମ ପଇସାରେ । ଦି'ଦିଟା ଝିଅ ବୋଝ । ମୋ' ରୋଜଗାର ମୁଁ ରଖିବି । ସ୍ୱାମୀ ଅନୁଗତା ରୂପା, ଖୁସିରେ ରାଜି ହୋଇଗଲା । ସେ ଦେବାକୁ ସୁଖପାଏ, ଦେଇ ଚାଲିଲା । ବିଲେଇକୁ ହାତକାମୁଡ଼ା ଶିଖାଇ ଦେଲା ସେ । ଏବେ କରିବ କ'ଣ ? ସଞ୍ଚୟ କାହିଁ ତା'ର ? ନିଜପାଇଁ, ଭଲ ଶାଢ଼ି ଖଣ୍ଡେ, ଗହଣା ଖଣ୍ଡେ ବି ସେ କରିପାରେନା । ସୁମତି କେତେ ଥର କହିଚନ୍ତି ଯେ ରୂପାଲୋ, ସେଇଯେ, ବାପଘର ଚେନ୍‌ଟିଏ ବେକରେ ଥିଲା, ହାତରେ ସୁନାକାତ ଚାରିପଟ ଥିଲା, କାନରେ ଫୁଲ ହଳେ ଥିଲା ସେ ଘୋରି ହୋଇଗଲାଣି, ଚାକିରି କରୁଚୁ, ରୋଜଗାର କରୁଚୁ, ନିଜେ ଟିକେ ଥାଟ୍‌ରେ ରହିବୁ ନାଁ ! !

ଏକଥା ସୁମତି କହିଚନ୍ତି ସିନା, ସୁଦର୍ଶନ ତ ଦିନେ କହିନାହିଁ । ଦିନେ ସେ ରୂପାପାଇଁ, କିଛି ଆଣିବାକୁ ଚାହିଁ ନାହିଁ ତ । ସେ ତା'ପାଇଁ ସ୍କୁଟର କିଣିଲା, ଟି.ଭି. କିଣିଲା । ଦି'ଚାରିଟା, ଫର୍ନିଚର ବି କିଣିଲା କିନ୍ତୁ ଦିନେତ କହିନାହିଁ ରୂପା କଥା । ରୂପା ଏତେ ସବୁ ଭାବେ ନାହିଁ । ଆଜି ତେନାଏ ସୁନା ବି କ'ଣ ପାଖରେ ଅଛି ସେ ବିକ୍ରିକରି ଦେବ ? ତେବେ ପଚିଶ୍ ହଜାର ଟଙ୍କା...?

ଏକମାତ୍ର ଆଶା ଦେଢ଼ଶୁର । ସେ ତାଙ୍କୁ ଅନୁନୟ କରିବ । ପଚିଶ ତାରିଖ ଦିନ ଗାଁକୁ ଯିବ । ସେଦିନ ନୀଲିମାର ଝିଅ ଦେଖା । ଦେଢ଼ଶୁର କେତେ କରି କହିଯାଇଚନ୍ତି, ସେ ନ ଗଲେ ହେବ କେମିତି ।

ତହିଁ ଆରଦିନ ସେ ସୁଦର୍ଶନକୁ କହିଲା, ଆଉ ଆଠଦିନ ସମୟ ମାଗ, ତାଙ୍କୁ । ପଚିଶ୍ ହଜାର ଟଙ୍କା ତ କିଛି କମ ନୁହେଁ ।

ସୁଦର୍ଶନ ଆଶା କରିଥିଲା, ଭାଇଠୁ ଟଙ୍କା ଆସିବ ହେଲେ ସେ ଆଶା ରହିଲା ନାହିଁ । ଭାଇଙ୍କ ଝିଅ ବାହାଘର, ତା' ପୁଣି ଠିକଣା କରିଚି ରୂପା । ସ୍ତ୍ରୀମାନେ ସ୍ୱାମୀମାନଙ୍କ ପାଇଁ ଗହଣା ବନ୍ଧା ପକାନ୍ତି ବାପାଭାଇଙ୍କ ଠାରୁ ଟଙ୍କା ଜିଦ୍‌କରି ଆଣନ୍ତି । ସ୍ୱାମୀମାନଙ୍କ ପାଇଁ କ'ଣ ନକରନ୍ତି ସ୍ତ୍ରୀମାନେ ? ଅଥଚ ରୂପା, ସୁଦର୍ଶନଠାରୁ, ତା'ର ଇଚ୍ଛା, ଆଗ୍ରହଠାରୁ ତା'ର ଭାଇର ସୁଖ ସୁବିଧାକୁ ବେଶୀ ଦେଖେ । ଯେ ତ ଛାତିରେ କାତି ଗଳିଯିବାର ହିଁ କଥା । ସୁଦର୍ଶନର ଛାତିରେ କାତି ଚାଲିଥିଲା ତ । ସେ ବିରକ୍ତ ହୋଇ କହିଲା, ତମକୁ ଭରସା କରି ତ ମୁଁ କିଛି କଲି ନାହିଁ । ମୁଁ ନଚେତ୍ ଆଉ କୋଉଠି ବୁଝିଥାନ୍ତ ।

ପ୍ଲିଜ୍, ଆଉ ଆଠଦିନ ସମୟ ଦିଅ । ହାତଯୋଡ଼ି କହିଲା ରୂପା, ଆଉ ଆଠଦିନ । ଯେମିତି ନିଧାର୍ଯ୍ୟ କେଉଁଠି ଅଛି ଟଙ୍କା, ତମେ ନେଇଆସିଚ ଯାଆ ! କହିଲା ସୁଦର୍ଶନ । ଚେଷ୍ଟା କରିବି, ପ୍ରାଣାନ୍ତକ ଚେଷ୍ଟା । ବିଶ୍ୱାସ କର ମତେ ।

...ତମକୁ... ବିଶ୍ୱାସ ? କହିଲା ସୁଦର୍ଶନ ।

ଏଇ ପନ୍ଦର ବର୍ଷ ଭିତରେ, ରୂପାର ମନ ଅପଢ଼ା ରହିଗଲା ସୁଦର୍ଶନ ?

ରୂପା ସୁଦର୍ଶନ ପାଇଁ ଭାତ ବାଢ଼ିଲା । ଭାବିଲା, ଖାଇସାରିଲା ପରେ, ଅସଲ କଥାଟା କହିବ । ଆଜି ୨୪ ତାରିଖ । କାଲି ଗାଁରେ ନୀଲିମାର ଝିଅ ଦେଖା । ସେମାନେ ସବୁ ଆସିବେ । ଭାଇ କେତେ କରି କହିଯାଇଥିଲେ ଯିବାକୁ ।

ଗତବର୍ଷ ଏମିତି ଏକ ଝିଅ ଦେଖାଥିଲା । ନୀଲିମାର ଭଣଜା ଓ ସୁମତି କେତେ ନେହୁରା ହୋଇ କହିଥିଲେ । ରୂପା ଜିନିଷ କିଣାକିଣି କରି ରଖିଥିଲା । ସୁଦର୍ଶନ କୁଆଡ଼େ ଗଲା ଯେ ଆସିଲା ନାହିଁ । ତାକୁ ଚାହିଁ ଚାହିଁ ରୂପା ହତାଶ ହେଲା, ନିର୍ଦ୍ଧାରିତ ସମୟ ଚାଲିଗଲା ।

ତା'ପରିଦିନ ଭାଇ ଆସିଥିଲେ । କହିଲେ, ଏତେ କହିଲି, କେହି ଜଣେ ଗଲା ନାହିଁ । ମୋ' ମୁଣ୍ଡ ତଳକୁ ହେଲା । ସେମାନେ ସ୍ପଷ୍ଟ କହିଲେ, ଭାଇ ସାଙ୍ଗରେ ପଡ଼େନାହିଁ କି ତୁମର ସବୁରେ ମୁଁ ତୋ'ଠାରୁ ଟଙ୍କା ପଇସା ଚାହେଁ ନାହିଁ । ମୁଁ ଖାଲି ଚାହେଁ, ତୁ ମୋ' ପାଖରେ ଠିଆ ହୋଇଯିବୁ । ବାସ୍, ତୋର ଉପସ୍ଥିତି ହିଁ ମୋର କାମ୍ୟ ।

କାଲି ନାଲିମାର ଝିଅ ଦେଖା। ସୁଦର୍ଶନ ଆଗରୁ ନାହିଁ କରି ଦେଇଚି ବିଗିଡ଼ି ଯାଇ। ଏବେ ରୂପା ମୁଣ୍ଡରେ ପଚିଶ ହଜାର ଟଂକାଠାରୁ ଗୁରୁଦାୟିତ୍ଵ ନଦା ହୋଇଚି। ଗାଆଁକୁ ଯିବା, ଭାଇଙ୍କ ପାଖରେ, ନିଜର ଉପସ୍ଥିତି ଜାହିର କରିବା, କ'ଣ କରିବ ସେ? ଏ କି ପରୀକ୍ଷା ତା'ପାଇଁ...?

ସୁଦର୍ଶନ ଖାଉଥିଲା, ଉପର ମହଲାରୁ ମାଉସୀ ଡାକ ପକାଇଲେ, ରୂପାଲୋ, ତୋର ଫୋନ୍। ତୋ' ଯାଆ ଡାକୁଚନ୍ତି।

ରୂପା ଚମକି ଗଲା। ଏତେ ସକାଳୁ ତା' ଯାଆ ତିନି ମାଇଲ ଦୂର ବଜାରକୁ ଆସିଚନ୍ତି ଫୋନ୍ କରିବାକୁ? ସେ ସୁଦର୍ଶନ ମୁହଁକୁ ଚାହିଁଲା, ସେ ତ ଠିକ୍ ଖାଇଚାଲିଚି। କାଇଁ, ତା'ପରି ସେ ତ ଚମକି ପଡ଼ି ନାହିଁ।

ଯାଆ ଡାକୁଚନ୍ତି...? କାଲି ଯିବାକଥା ମନେପକାଇବାକୁ ସେମାନେ ଖବର ଦେଇଚନ୍ତି। ସମୁଦାୟ ଆଠଜଣ ଆସିବେ। ପାତ୍ର ନିଜେ ଓ ତା'ରି ତିନିଭାଇ, ଭଉଣୀ ଭିଣୋଇ, ବାପା, ମା। ସେମାନେ ସବୁ ସହର ଲୋକ। ବଡ଼ ଲୋକ। କେତେ ଆଦବ କାଇଦା ତାଙ୍କୁ ଜଣା। ତମେ ଦୁହେଁ ନ ଆସିଲେ, ଆମେ କେମିତି ଚର୍ଚ୍ଚା କରିବୁ ତାଙ୍କୁ? ତୋ' ଭାଇ ତ ସବୁବେଳେ ଆଗ ମୋ ଭାଇ ଦେଖିଲେ, ମୁଁ ପରେ ଜବାବ ଦେବି କହୁଚନ୍ତି। ତୁ ଆସିବୁ ରୂପା, ଭଲ କପ୍, ପ୍ଲେଟ୍, ଜଳଖିଆ ଆଦି ନେଇ ଆସିବୁ। ମତେ ନିଆଶା କରିବୁ ନାହିଁ।

ସୁମତି ଫୋନ୍ ରଖିଦେଲେ ସେପଟେ। ରୂପା, ତଳକୁ ଆସିଲା। ସୁଦର୍ଶନ କହିଲା, "ସେମାନେ ଆଠଜଣ ଆସିବେ, ସେମାନେ ବଡ଼ଲୋକ। ... ତମେ ଦିହେଁ ନିଶ୍ଚେ ଆସିବ, ଏଇଆ କହିଲେଟି ଭାଉଜ?"

...ତମେ କେମିତି ଜାଣିଲ?

...ଆରେ, କାଲି ପରା ଭାଇ ଭଗିଦାସ ହାତରେ ଚିଠି ଖଣ୍ଡେ ଦେଇଥିଲେ! ମୋର ଯେମିତି କାମ ନାହିଁ ଯେ, ମୁଁ ଦଉଡ଼ି ଯିବି ଗାଆଁକୁ।

... ତା' ମାନେ? ତମେ ଯିବନି? କାତର କଂଠରେ କହିଲା ରୂପା।

...କ'ଣ ପାଗଳ ନାଁ କ'ଣ? ମୋ' ମୁଣ୍ଡରେ ଚକ୍ଚର କାଟୁଚ୍ଛି। ପଚିଶ ହଜାର ଟଂକା... ସେ ଜାଗା, ମୁଁ ଗାଁକୁ ଯିବି କୋଉ ଖୁସିରେ? ସୁଦର୍ଶନ ଉଠି ହାତ ଧୋଇଲା।

ରୂପା କହିଲା... ଗତବର୍ଷ ଏମିତି ତମେ କୁଆଡ଼େ ଗଲା। ଡମକୁ ଚାହିଁ ଚାହିଁ ମୁଁ ବି ଯାଇପାରିଲି ନାହିଁ। ଭାଇ ବହୁତ ମନ ଦୁଃଖ କଲେ। ତାଙ୍କୁ କ'ଣ ଆମର ଦୁଃଖ ଦେବା ଉଚିତ? ଭାରି ବାଧିବ ତାଙ୍କୁ।

...ଓହୋଃ, ବାଧୁ ଭଲକରି ବାଧୁ ତାଙ୍କୁ। ତମେ ବି ମନେ ରଖ ରୂପା, ଏ

ସମାଜ ସେବା କାମ ତମର ମୁଁ ଖୁବ୍ ବରଦାସ୍ତ କଲିଣି । ଆଉ କରିପାରିବି ନାହିଁ । ତମେ ସେଠାରୁ ମନ ଫେରାଇ, ଟଙ୍କା ଯୋଗାଡ଼ କର, କହିଲା ସୁଦର୍ଶନ ।

ରୂପା ଚାହିଁଲା ସୁଦର୍ଶନକୁ କଠୋର ଆଖିରେ । ସେ ଜାଣେ, ରୂପାକୁ ରାଗକରି ରୂପାକୁ ବାନ୍ଧିବା ପାଇଁ ହିଁ ତା' ଭାଇ ପ୍ରତି ଏ ଆଚରଣ ଦେଖାଉଚି ସୁଦର୍ଶନ । କିନ୍ତୁ ତାକୁ ଛଳନା ଆସେ ନାହିଁ । ତାକୁ କୂଟନୀତି ଆସେ ନାହିଁ । ଯାହା ଅନୁଭବ କରେ, ତାହା ହିଁ କହେ ସେ । ସେ ବେଶ୍ ଗମ୍ଭୀର ଅଥଚ କଡ଼ା ସ୍ୱରରେ ପଚାରିଲା, ତମେ ତେବେ ଯିବନି କାଲି ?

ନାଃ...ନାଃ...ନାଃ... ମୁଁ କହିଚି ତ ଭାଇଙ୍କୁ !!

ବାସ୍... ନ ଯାଥ, ମୁଁ କିନ୍ତୁ ନିଶ୍ଚେ ଯାଉଚି, ନିଶ୍ଚେ, ପିଲାମାନଙ୍କୁ ନେଇ ।

ଆଚ୍ଛା, ଏତେ ସାହସ ତୁମର ? ମୋ' କଥା ମାନିବ ନାହିଁ ?

ରୂପା କହିଲା... ସବୁ ଲକ୍ଷ୍ମଣରେଖା ପଛରେ, ପ୍ରତିବାଦ ପଛରେ ନିର୍ଦ୍ଦିଷ୍ଟ ଏକ ଯୁକ୍ତି ଥାଏ, ଆଦର୍ଶ ଥାଏ । ଯେଉଁ ଲକ୍ଷ୍ମଣରେଖା, ମଣିଷର ବିବେକ, ବୁଦ୍ଧି, ଆଚାର ବିଚାରକୁ ହୀନ କରେ, ତାକୁ ଅତିକ୍ରମ କରିଯିବା ହିଁ କଥା ।

... ରୂପା ତ କେବେ ଏମିତି ଉଗ୍ର ସ୍ୱରରେ କଥା କହେନା । ସୁଦର୍ଶନ ଆହୁରି ରାଗିଗଲା । ଆଚ୍ଛା ଏଡ଼େ ଦମ୍ଭ ଯାର । ସେ କହିଲା, ତମର ଭାଷଣବାକି ଶୁଣିବା ଲୋକ ମୁଁ ନୁହଁ । ମୁଁ ନାହିଁ କଲି । ଏହାର ଅନ୍ୟଥା ହେଲେ ଫଳ ଭଲ ହେବନି କହୁଚି ।

ସୁଦର୍ଶନ ରାଗିକରି ଚାଲିଗଲା ।

ରୂପା କଲେଜ ଗଲା, କ୍ଲାସ ନେଲା । ହେଲେ ତା' ମନରେ ରୁଗୁ ରୁଗୁ ହେଉଥିଲା... ଏପଟେ ପଚିଶ ହଜାର ଟଙ୍କା । ସେପଟେ ଦେଢ଼ଶୁରଙ୍କ ମାନ ରକ୍ଷା... ରୂପା କ'ଣ କରିବ ? କ'ଣ ? କେଉଁପଟେ ଯିବ ସେ ?

ପନ୍ଦର ବର୍ଷଧରି ସୁଦର୍ଶନର ସବୁକଥାକୁ ସେ ମାନି ଆସିଚି । ସବୁ କଥାରେ ସୁଦର୍ଶନ ତାକୁ ବାଧ୍ୟ କରାଇ ନେଇଚି । କେବଳ ସେଇ ଜଗଦେବ ସାଙ୍ଗିଆଟାକୁ ବହନ କରିବା ଛଡ଼ା ଆଉ କିଛି ଅବାଧ୍ୟ ସେ ହୋଇନାହିଁ । ଏଇ ବାଧ୍ୟ ହେବାଟାକୁ ବାଧକରି ନେଇଚି ସେ । ଆଉ ସେଥିପାଇଁ ରୂପାର କୌଣସି କଥାକୁ ସେ ଗ୍ରହଣ କରିନାହିଁ । କାଲି ଗାଁରୁ ଫେରିଲେ, ସେ ସୁଦର୍ଶନକୁ ନେଇ ଜଗଦେବ ସାଙ୍ଗିଆଟା ବଦଲାଇ ଦେବ । ରୂପା ହୋଇଯିବ ରୂପା ମଞ୍ଜରାଜ । ହେଲେ ସେ ଗାଆଁକୁ ଯିବ ? ସତରେ ଯିବ ଅବାଧ୍ୟ ହୋଇ ?

ୟେ' କି ଧର୍ମ ସଙ୍କଟ ! ଏମିତି ସଙ୍କଟ କେବେ କାହାର ହେଇଚି ।

କଲେଜରୁ ଫେରିଲାବେଳେ ଗେଟ୍ ପାଖେ ଦେଖାହେଲା ଅଲକା, କହିଲା, ରୂପା, ଚାଲ୍‌ନୁ ସିନେମା ଯିବା। ଭଲ ଛବି ପଡ଼ିଚି। 'ଉମରାଓଜାନ୍', କି ଚମତ୍କାର ଗୀତ ସେଥିରେ... ଦିଲ୍ ଚିଜ୍ କ୍ୟା ହୈ, ଆପ ମେରି ଜାନ୍ ଲିଜିୟେ !

ରୂପା ହସିଲା, ଶୁଖିଲା ହସ... ହଁ ଏ ଗୀତ ମୋ' ଝିଅ ବୋଲେ, ମୁଁ ବି ଗାଏ। ହେଲେ ସିନେମା ଦେଖା ମୁଡ଼ରେ ମୁଁ ନାହିଁ ଏବେ।

କହୁ କହୁ କହି ହୋଇଗଲା ସବୁକଥା। ଅଲକା ଏସବୁ ଶୁଣି ହସି ହସି ଗଡ଼ିଗଲା। ଏଥିପାଇଁ ତୁ ସିନେମା ଯିବୁ ନାହିଁ। ଟେନସନ୍ ହେଲେ ସିନେମା ଦେଖି ମନ ଫୁର୍ତି କରିବା କଥା ସିନା, ଓଲଟି ତୁ ନିଜେ ଟେନସନକୁ ଡାକି ଆଣୁଚୁ। ଆଲୋ ଓଲୀ, ତୋ' ବର ଯଦି ତା'ଭାଇ ଭାଉଜଙ୍କୁ ପଚାରିବାକୁ ଚାହୁଁ ନାହିଁ ତୁ କିଆଁ ସେଥିରେ ପଶୁଚୁ। ତାଙ୍କୁ ବାଧ୍ୟ କରୁଚୁ। ସତରେ ସେଦିନ ଗୀତାନାନୀ ଯାହା କରୁଥିଲେ ସତ, ତୋ' ମୁଣ୍ଡରେ ଟିକେ ସ୍କ୍ରୁ ଢିଲା। ମୁଁ ଆବନରମାଲ। ନଚେତ୍ ତୋ ସ୍ୱାମୀର ଇଚ୍ଛା ବିରୁଦ୍ଧରେ ଯାନ୍ତୁ।

ରୂପା କାବା ହୋଇ ଚାହିଁଥିଲା ଅଲକାକୁ। ତା'ର କହିବାକୁ ଇଚ୍ଛା ହେଉଥିଲା...। ଏମିତି ସ୍ୱାମୀମାନଙ୍କ କଥାକୁ ମାନ ସବୁ ? ସ୍ୱାମୀଙ୍କ ଇଚ୍ଛା ବିରୁଦ୍ଧରେ, କିଛି କରନା, ଏଇ ଶାଢ଼ି, ଗହଣା, ବାପଘର ଶଙ୍ଖୁଲା, ଭାଇଭଉଣୀ ସୁଆଗ, ଏତେ ଦିଆନିଆ, ସବୁ ସ୍ୱାମୀମାନେ ଗଦଗଦ ହୋଇ ଦେଇ ଦିଅନ୍ତି ? ଅଥଚ ତମମାନଙ୍କ ମୁଣ୍ଡ ଠିକ୍। ମୁଁ ସ୍ୱାମୀଙ୍କ ଭାଇ ଭାଉଜଙ୍କୁ ଶଙ୍ଖୁଲି ଗଲେ ମୁଁ ହେଲି ଆବନରମାଲ।

ରୂପାକୁ ନିରୁତ୍ତର ଦେଖି ଅଲକା କହିଲା, ଶୁଣ, ମୁଁ ତତେ ପାଞ୍ଚ ହଜାର ଟଙ୍କା ଦେଇପାରେ। ହେଲେ ତୁ କେବେ ଫେରେଇବୁ କହିଲୁ ?

ରୂପା କହିଲା... ନାଁ, ଥାଉ।

ସେଦିନ ରାତିରେ କେହି କାହାକୁ ଅନ୍ୟ କିଛି ମଧ କଥା କହି ନଥିଲେ। ନାଁ ରୂପା ନାଁ ସୁଦର୍ଶନ। ସୁଦର୍ଶନ କେବଳ ରୂପାକୁ ମନେପକାଇ ଦେଇଥିଲା ପଚିଶ ହଜାର ଟଙ୍କା କଥା। ଯେମିତି ଏହା ଭୁଲି ନଯାଏ ସେ। ତାକୁ ପିଠିକରି ଶୋଇ ଗମ୍ଭୀର କଣ୍ଠରେ ରୂପା କହିଥିଲା ହଁ, ଏକଥା ମନେଅଛି।

ସକାଳୁ ସକାଳୁ ସୁଦର୍ଶନକୁ ଦୁଇଥର ଚା' ଦେଇସାରି ରୂପା ନିତ୍ୟକର୍ମ ଶେଷ କଲା। ଭଲ ଶାଢ଼ି ପିନ୍ଧି ପରିପାଟୀ ସହିତ ପ୍ରସ୍ତୁତ ହୋଇଗଲା। ତା' ନିର୍ଦ୍ଦେଶରେ ଇଶା ଓ ଦିଶା ମଧ ନିଜକୁ ପ୍ରସ୍ତୁତ କରିନେଲେ। ଗୋଟେ ବ୍ୟାଗରେ ରୂପା କ'ଣ ସବୁ ସଜାଡ଼ି ରଖିଲା।

ବାହାରେ ଆୟାସଡ୍ରର ଗାଡ଼ିଟାଏ ରହିଲା। ଡ୍ରାଇଭର ହର୍ଣ, ଦେଲା। ରୂପା କାଲିଠାରୁ ଟ୍ରାଭେଲ୍ ଏଜେନ୍ସୀରେ ଗାଡ଼ିଟାଏ ବୁକ୍ କରିଥିଲା।

ଘର ସାମ୍ନାରେ ଗାଡ଼ି ଓ ରୂପାର ଏଇ ପ୍ରସ୍ତୁତି ଦେଖ୍ ସୁଦର୍ଶନର ରାଗ ମୁଣ୍ଡକୁ ଚଢ଼ିଗଲା। ଏତେ ଆସ୍ପର୍ଦ୍ଧା ରୂପାର? ତା' କଥାକୁ ସଂପୂର୍ଣ୍ଣ ବେଖାତିର କରି ସେ ନିଜେ ନିଜେ ଯିବାର ବ୍ୟବସ୍ଥା କରିନେଇଛି। ତାକୁ ଟିକେ ବି ନ କହି ସେ ବାରଣ କରିବା ସତ୍ତ୍ୱେ? ଏଇ ପନ୍ଦର ବର୍ଷ ଭିତରେ ତା' ଘରେ, ପୋଷା ବିଲେଇଟି ପରି ତ ରୂପା ପଡ଼ିରହିଥିଲା। ତା' କଥାରେ ବସ୍ଉଠ୍ ହେଉଥିଲା। ତା' ସ୍ୱଭାବରେ ତ ନିଜକୁ ଜାହିର କରିବା ଗୁଣ ନଥିଲା। ଏତେ ଉଦ୍ଧତ ହୋଇଗଲା ସେ। ଏତେ ଫାଜିଲ, ସୁଦର୍ଶନର କଥାକୁ ଖାତିର କଲା ନାହିଁ। ଗାଁକୁ ଯିବାର ଏ ବିପୁଲ ଆୟୋଜନ କରିଦେଲା ଏକା ଏକା। ସୁଦର୍ଶନ ନାଲି ପଡ଼ିଯାଉଥିଲା। ସେ ଫଁଅ ଫଁଅ ହୋଇ ଘରୁ ବାରଣ୍ଡାକୁ ବାହାରି ଆସିଲାବେଳେ ରୂପା, ଦାଣ୍ଡ ବାରଣ୍ଡାରେ ଠିଆହୋଇ, ସୁଦର୍ଶନକୁ କହିଲା, "ଶେଷଥର ପାଇଁ ତମକୁ ଅନୁରୋଧ କରୁଛି, ମୋ' ସାଙ୍ଗରେ ଆସ"।

ସୁଦର୍ଶନର ହାତ ମୁଠା ମୁଠା ହୋଇ ଯାଉଥିଲା। ଆଖି ଜଳୁଥିଲା ନିଆଁପରି। ସେ କହିଲା ଗର୍ଜନ କରି, ତମକୁ ବି ମୋର ଶେଷକଥା ତମେ ଯାଇପାରିବ ନାହିଁ। ଜନ୍ମ ଭଲ ହେବନି। କହି ରଖୁଛି।

ରୂପା ସ୍ନିଗ୍ଧ ଆଖିରେ ଚାହିଁଲା ସୁଦର୍ଶନକୁ। ହସିଲା, ନରମ କୋମଳ ହସ। ପାଖକୁ ଆସି ତା'ର ହାତଧରି ପକେଇ କହିଲା, ଆସ, ତମକୁ ମୋ' ରାଣ।

ଖୁବ୍ ଜୋରରେ ହାତ ଛିଣ୍ଡାଡ଼ି ଦେଲା ସୁଦର୍ଶନ। ରୂପା ପିଟି ହୋଇଗଲା କାନ୍ଥରେ। ତା'ପରେ ସେ ନିଜକୁ ସମ୍ଭରଣ କରି, ଈଶା ଓ ଦିଶାର ହାତଧରି, ଓହ୍ଲାଇ ଗଲା ବାରଣ୍ଡା ତଳକୁ।

ଦିନେ ସେ ବାପା ବୋଉଙ୍କର ତିନିଗାର ଡେଇଁ ଆସିଥିଲା ଏକ ଅନ୍ଧ ଆକର୍ଷଣରେ। ଆଜି ସେ ସୁଦର୍ଶନର ତିନିଗାର ଡେଇଁ ଯାଉଛି ମାନବିକତା, ଅନ୍ତରଂଗତାର ସାବଲୀଳତାରେ। ଏଇ ପନ୍ଦର ବର୍ଷ ଭିତରେ ଯାହା ଦିନେ ସେ କରିପାରି ନଥିଲା, ଆଜି ସେ ତା' କରିଛି। ଯେଉଁ କାମ ପଛରେ, ଅସତ୍ ଚିନ୍ତା ନାହିଁ, ସ୍ୱାର୍ଥପରତା ନାହିଁ, ସଂକୀର୍ଣ୍ଣତା ନାହିଁ, ଯାହା ମଙ୍ଗଳ କରେ, ତା'ପାଇଁ ଏ ଲକ୍ଷ୍ମଣରେଖା କାହିଁକି??

ଡ୍ରାଇଭର ଗାଡ଼ିର ଡୋର୍ ଖୋଲିଦେଲା, ରୂପା, ଦିଶା ଓ ଈଶାର ହାତଧରି ଗାଡ଼ିରେ ବସିଲା। ଡ୍ରାଇଭର ଗାଡ଼ି ଷ୍ଟାର୍ଟ କଲା। ରୂପା ସେମିତି ସାମ୍ନାକୁ ଚାହିଁ, ଦୁଇହାତ ଯୋଡ଼ିଲା... ଜୟ ଜଗନ୍ନାଥ। ▪

ଜୀବନାବୃତ୍ତ

"ଯାହା ମୋତେ ଆଲୋଡ଼ିତ ଓ ଆନ୍ଦୋଲିତ କରେ ତାକୁ ନେଇ ଲେଖେ । ଘଟଣା, ପରିସ୍ଥିତି, ପରିବେଶ ସର୍ବୋପରି ମଣିଷ ଚରିତ୍ର ଓ ତା'ର ଅନ୍ତର୍ଲୋକ – ଏସବୁ ରହନ୍ତି ମୋ ଲେଖାରେ ।" – ପଚାଶ ଦଶକର ମଧ୍ୟଭାଗରୁ 'ମୀନାବଜାର' ପ୍ରଷ୍ଠା ମଧ୍ୟ ଦେଇ ଏଯାବତ୍ ନିଜସ୍ୱ ଲେଖନୀର ସ୍ୱାତନ୍ତ୍ର୍ୟ ବଜାୟ ରଖିଥିବା ବର୍ଷୀୟାନ୍ ଯଶସ୍ୱିନୀ ଔପନ୍ୟାସିକା ବନଜ ଦେବୀ ଓଡ଼ିଆ ସାହିତ୍ୟର ଜଣେ ସମୃଦ୍ଧ ଉଚ୍ଚାରଣ । "ବିଶୁଦ୍ଧ କଳ୍ପନାକୁ ନେଇ ଯାହା ଲେଖାଯାଏ ତାହା କଦାପି ହୃଦୟସ୍ପର୍ଶୀ ହୁଏ ନାହିଁ, ତେଣୁ ବିଶୁଦ୍ଧ କଳ୍ପନାରୁ ଲେଖିହୁଏ ନାହିଁ ବରଂ ବାସ୍ତବତାର ଭିତ୍ତି ଉପରେ କଳ୍ପନାର ଇଟା ଯୋଡ଼େଇ ହୁଏ" – ବୋଲି ସେ ଉଲ୍ଲେଖ କରନ୍ତି । ସ୍ୱ-ଅନ୍ତଃପ୍ରେରଣାକୁ ତାଙ୍କ ଲେଖକୀୟ ସତ୍ତାର ମୂଳ ଉସ୍ ମନେ କରୁଥିବା ବନଜ ଦେବୀଙ୍କ ଉପନ୍ୟାସରେ ରହିଛି ଦୀର୍ଘ ଚାରି ଦଶନ୍ଧିରୁ ଊର୍ଦ୍ଧ୍ୱ କାଳଖଣ୍ଡର ସାମାଜିକ, ସାଂସ୍କୃତିକ ତଥା ଜୀବନନିଷ୍ଠ ଉପଲବ୍ଧିର ଇସ୍ତାହାର । ସେ 'ଉପନ୍ୟାସକୁ କାହିଁକି ନିଜ ଲେଖନୀର ଏକ ସହଜ ସ୍ୱାଭାବିକ ରୂପ ମନେକରନ୍ତି'ର ଉତ୍ତରରେ ତାଙ୍କର ବକ୍ତବ୍ୟ ହେଉଛି- "ଉପନ୍ୟାସରେ ଜୀବନକୁ, ସମାଜକୁ, ସଂସ୍କୃତିକୁ ଜାଣିହୁଏ । ଭିନ୍ନ ଭିନ୍ନ କାହାଣୀର ମାଧୁର୍ଯ୍ୟ ମିଳେ । ଜୀବନକୁ ବିଭିନ୍ନ ରୂପରେ ବିଭିନ୍ନ ଢଙ୍ଗରେ ଉନ୍ମୋଚନ କରିଥାଏ ଉପନ୍ୟାସ । ଉପନ୍ୟାସର ବଳିଷ୍ଠ ଚରିତ୍ର ଯେପରି ପ୍ରଭାବିତ କରେ ତା'ର ବାର୍ତ୍ତା ସେପରି ପ୍ରେରଣାୟିତ କରେ । ଅନେକ ସମୟରେ, ଅନେକ ଉପନ୍ୟାସରେ ପାଠକ ନିଜକୁ ଭେଟିଥାଏ । ଉପନ୍ୟାସ ବିଭିନ୍ନ

ଭାବ ସମ୍ବଲିତ ଏକ ଜୀବନ କାବ୍ୟ।” ସାଂପ୍ରତିକ ସମାଜର ଅନେକ ଅବ୍ୟକ୍ତ-
ଅଦେଖା ଭାବ ସଂଘଟନାକୁ ବନଜ ଦେବୀ ଅତି ସୁନ୍ଦର-ସାବଲୀଳ ଢଙ୍ଗରେ ତାଙ୍କର
ଚରିତ୍ରମାନଙ୍କ ଜରିଆରେ ଉପସ୍ଥାପନ କରନ୍ତି।

ଯଶସ୍ୱିନୀ ବନଜ ଦେବୀ ୧୯୪୧ ମସିହା ଅଗଷ୍ଟ ୧୦ ତାରିଖରେ ପିତା
ବିଶ୍ୱନାଥ ପଟ୍ଟନାୟକ ଏବଂ ମାତା ସୁନ୍ଦରମଣୀ ପଟ୍ଟନାୟକଙ୍କ କୋଳମଣ୍ଡନ କରି
ପୁରୀ ଜିଲ୍ଲାସ୍ଥ ପୋଷଳ ଗ୍ରାମର ଏକ ସମ୍ଭ୍ରାନ୍ତ କରଣ ପରିବାରରେ ଭୂମିଷ୍ଠ ହୋଇଥିଲେ।
ତାଙ୍କର ବାପା ଓ ବଡ଼ବାପା ରାୟ ସାହେବ ଲୋକନାଥ ପଟ୍ଟନାୟକ ସଂସ୍କୃତିସଂପନ୍ନ
ବ୍ୟକ୍ତିତ୍ୱ ଥିଲେ। ବଡ଼ବାପା ଓ ବଡ଼ବୋଉ ଉଷାମଣୀ ଦେବୀଙ୍କ ପାଖରେ ହିଁ ସେ ମଣିଷ
ହୋଇଥିବା କଥା ସ୍ୱୀକାର କରନ୍ତି। ମାତ୍ର ଦଶବର୍ଷ ବୟସରୁ କବିତା ଲେଖା ଆରମ୍ଭ
କରିଥିବା ବନଜ ଦେବୀଙ୍କ ସର୍ଜନାର ଅନ୍ତୁଡ଼ିଶାଳ ଥିଲା ‘ମୀନାବଜାର’ ପତ୍ରିକା।
‘ମୀନାବଜାର’ରେ ତାଙ୍କର ବହୁ କବିତା ପ୍ରକାଶିତ ହୋଇ ତାଙ୍କୁ ସାହିତ୍ୟ ସର୍ଜନାରେ
ପ୍ରେରଣାଦାୟୀ ହୋଇଥିଲା। ଆଇ.ଏ. ଶିକ୍ଷା ସମାପ୍ତ କରି ପୁରୀର ଏକ ସମ୍ଭ୍ରାନ୍ତ କରଣ
ପରିବାରରେ ସ୍ୱାମୀ ପୂର୍ଣ୍ଣଚନ୍ଦ୍ର ହରିଚନ୍ଦନଙ୍କୁ ସେ ବିବାହ କରିଥିଲେ। ଜଣେ ଗୃହିଣୀର
ସଂସାର ଜଞ୍ଜାଳରେ ଥାଇ ମଧ୍ୟ ସୃଜନକର୍ମରେ ଅନୁବ୍ରତୀ ଥିବା ବନଜ ଦେବୀ ଅସଂଖ୍ୟ
କବିତା, ଗଳ୍ପ, ଅନୁବାଦ, ଜୀବନୀ ଲିଖନ ତଥା ଉପନ୍ୟାସ ସୃଷ୍ଟିରେ ନିମଗ୍ନ ରହିଛନ୍ତି।

ବନଜ ଦେବୀ ଓଡ଼ିଆ ସାହିତ୍ୟର ଜଣେ ନିଷ୍ଠାପର ସାହିତ୍ୟସାଧିକା। ସେ
ଏକାଧାରରେ ଜଣେ ସମ୍ବେଦନଶୀଳ କବି, ଜୀବନବାଦୀ ଗାଳ୍ପିକା, ବାସ୍ତବବାଦୀ
ଔପନ୍ୟାସିକା। ଏଯାବତ୍ ତାଙ୍କର ଚଉଦଟି ଗଳ୍ପ ସଂକଳନ, ଛଅଗୋଟି କବିତା
ସଂକଳନ, ଦଶଗୋଟି ଉପନ୍ୟାସ, ପାଞ୍ଚଟି ଉପନ୍ୟାସିକା, ଦୁଇଟି ଅନୁବାଦ ଏବଂ
ଦୁଇଟି ଜୀବନୀ ପୁସ୍ତକ ପ୍ରକାଶିତ। ତାଙ୍କର କବିତା ସଂକଳନରେ ରହିଛି- ‘ବନ
ହଳଦୀ’ (୧୯୪୮), ‘ବର୍ଷାର ବଲାକା’ (୧୯୮୮), ‘ଭୂମିଲଗ୍ନା’ (୧୯୯୮),
‘ଦୂର ନକ୍ଷତ୍ର ଦୀପ’ (୨୦୦୫), ‘ସୁନାରେ ଭରିଛି ନାଆ’ (୨୦୦୭), ‘କବିତା
ସମଗ୍ର’ (୨୦୧୦), ‘ସାଇ ଭାଗବତ’ (୨୦୧୨), ‘ଅସ୍ତରାଗ’ (୨୦୧୯)
ଏବଂ ଅଧାଫୁଟା ଫୁଲ (୨୦୨୫) ପ୍ରମୁଖ ଉଲ୍ଲେଖଯୋଗ୍ୟ।

କ୍ଷୁଦ୍ରଗଳ୍ପ ସଂକଳନରେ ରହିଛି- ‘କେତୋଟି ସବୁଜ ପତ୍ର’ (୧୯୭୨), ‘ତାରା
ଫୁଟିବାର ବେଳା’ (୧୯୮୭), ‘ରାଗ ବେହାଗ’ (୧୯୯୪), ‘ବନ୍ଧିସାରା ଶୋକ’
(୧୯୯୪), ‘ସେ ଆଉଜଣେ’ (୧୯୯୭), ‘ନୀଳ ମାଧବର ଗାଁ’ (୨୦୦୧),
‘ଗାୟତ୍ରୀର ପୁଅ’ (୨୦୦୧), ‘କାଠ ପୁଅ ଓ ଅନ୍ୟାନ୍ୟ ଗଳ୍ପ’ (୨୦୧୨), ‘ଅନ୍ୟ
ରାସ୍ତାର ଲୋକ’ (୨୦୧୨), ‘ଗଳ୍ପ ସମଗ୍ର ୧ମ, ୨ୟ’ (୨୦୧୩), ‘ନଦୀ ଓ

ଜହ୍ନରାତି’ (୨୦୧୭), ‘ଦ୍ୱିତୀୟା ଜହ୍ନ’ (୨୦୨୨), ‘ଶ୍ରେଷ୍ଠଗଳ୍ପ’ (୨୦୨୨), ‘ଅଧାବାଟରେ ଘର’ (୨୦୨୩), ନିର୍ବାଚିତ ଗଳ୍ପ (୨୦୨୩)।

ଉପନ୍ୟାସରେ ରହିଛି- ‘ରାଧା’ (୧୯୫୮), ‘ବେଳାଭୂଇଁ’ (୧୯୮୦), ‘ମରୁଝରଣା’ (୧୯୮୧), ‘ବିଦଗ୍ଧ ବସନ୍ତ’ (୧୯୮୩), ‘ନଦୀ ଓ ନୌକା’ (୧୯୯୧), ‘ବସୁନ୍ଧରା କହେ’ (୧୯୯୪), ‘ହଂସ ନୀଡ଼’ (୨୦୦୭) ଇତ୍ୟାଦି।

ଉପନ୍ୟାସିକାରେ ରହିଛି- ‘ଉନ ଭଉଁରୀ’ (୧୯୯୮), ‘ପଦଯାତ୍ରା’ (୨୦୦୪), ‘ନିଜ ଭିତରେ ସୂର୍ଯ୍ୟ’ (୨୦୦୬), ‘ପୂର୍ବାଶାର ପକ୍ଷୀ’ (୨୦୦୭), ‘ସାତ ଲହଡ଼ିରୁ ଶରଧାବାଲି’ (୨୦୧୨), ‘ସୁଅରେ ବଉଳଫୁଲ’ (୨୦୧୨), ‘ଜୀବନ ଯେମିତି’ (୨୦୧୭), ‘ସାତ ପାହାଚ’ (୨୦୧୮)।

ବନଜ ଦେବୀଙ୍କ ସାହିତ୍ୟର ପ୍ରାଚୁର୍ଯ୍ୟମୟ ଦ୍ୟୁତି କେବଳ ଏତିକିରେ ସୀମିତ ନୁହେଁ।

ଅନୁବାଦରେ ରହିଛି- ‘ନୌକାବୁଡ଼ି’ ମୂଳ – ରବିନ୍ଦ୍ର ନାଥ (୧୯୮୩), ‘ଗାନ୍ଧାରୀ’ ମୂଳ- ମରାଠୀ (୨୦୦୬) ଏବଂ ଏତଦ୍‌ବ୍ୟତୀତ ୧୦୦ରୁ ଊର୍ଦ୍ଧ୍ୱ ବେଦମନ୍ତ୍ର ଓଡ଼ିଆ ପଦ୍ୟରୂପର ସଂକଳନ ଭାବେ ‘ଚତୁଃବେଦ’ କବିତାଶତକ ମଧ୍ୟ ପ୍ରକାଶିତ। ତାଙ୍କର କିଛି ଗଳ୍ପ ଓ କବିତା ଇଂରାଜୀ, ମରାଠୀ ଓ ତେଲୁଗୁରେ ଅନୂଦିତ ମଧ୍ୟ ହୋଇଛି।

ଜୀବନୀ ସାହିତ୍ୟରେ ରହିଛି- ‘ଅଲିଭା ଅନଲ ଶିଖା’ (ସରଳା ଦେବୀ) (୧୯୯୯), ‘ନିରୋଳା ନଦୀର କଥା’ – କବି ସ୍ନେହଲତା (୨୦୦୪)

ବେତାର ନାଟିକାରେ ଅଛି- ‘ଅପରାହ୍ନ’ – ବେତାରରେ ପ୍ରସାରିତ (୧୯୭୨), ‘ଦୀପ ଜାଳିଦିଅ’ – ବେତାରରେ ପ୍ରସାରିତ (୨୦୦୧)

ଏତଦ୍‌ଭିନ୍ନ ଦୂରଦର୍ଶନ ଓ ବେତାରରେ ବନଜ ଦେବୀଙ୍କର କିଛି ଗଳ୍ପର ନାଟ୍ୟରୂପ ମଧ୍ୟ ପ୍ରସାରିତ ହୋଇଛି।

ସଂପାଦନାରେ ରହିଛି- ଭୂମା ୨ୟ, ୩ୟ – ଓଡ଼ିଶା ଲେଖିକା ଆଦ୍ୟପର୍ବ ଓ ଓଡ଼ିଆ ଲେଖିକା ମଧ୍ୟପର୍ବ, ‘ଭୂମିକା’

ବନଜ ଦେବୀଙ୍କ ସାହିତ୍ୟ ସାଧନାରେ ରହିଛି ତାଙ୍କ ବ୍ୟକ୍ତିକ ଜୀବନର ଏକନିଷ୍ଠ ସମର୍ପଣ ଓ ଆବେଗପ୍ରବଣ ମାନସିକତା। ସେ ତାଙ୍କର ଲେଖକୀୟତା ସହିତ ସାହିତ୍ୟସେବା କ୍ଷେତ୍ରରେ ମଧ୍ୟ ନିଜକୁ ନିୟୋଜିତ କରିଛନ୍ତି।

ସାହିତ୍ୟସେବା: ୧୯୭୬ ମସିହାରେ ସର୍ବ ଭାଷା କବି ସମ୍ମିଳନୀରେ ଓଡ଼ିଶାରୁ ପ୍ରତିନିଧିତ୍ୱ କରିଛନ୍ତି ୨୦୦୬ରେ ମହାରାଷ୍ଟ୍ର ନିଖିଳ ଭାରତ ଲେଖିକା ଶିବିରରେ

ଓଡ଼ିଶାରୁ ପ୍ରତିନିଧିତ୍ୱ କରିଛନ୍ତି । ଭୁବନେଶ୍ୱର ଲେଖକ ସମବାୟ ସମିତିର ଉପସଭାପତି ଭାବେ ତଥା ଓଡ଼ିଶା ଲେଖିକା ସଂସଦର ଉପସଭାପତି ଭାବେ ପଦ ଅଳଙ୍କୃତ କରିଛନ୍ତି ।

ବନଜ ଦେବୀ ନିଜର ସାହିତ୍ୟ ସାଧନା ନିମନ୍ତେ ବହୁ ପୁରସ୍କାର ଓ ସମ୍ବର୍ଦ୍ଧନାର ଅଧିକାରିଣୀ ହୋଇଛନ୍ତି । ୨୦୦୧ ମସିହାରେ 'ଗାୟତ୍ରୀର ପୁଅ' ଗଳ୍ପ ସଂକଳନ ନିମନ୍ତେ ମର୍ଯ୍ୟାଦାସଂପନ୍ନ ସାହିତ୍ୟ ଏକାଡେମୀ ପୁରସ୍କାର ପ୍ରାପ୍ତ ହୋଇଛନ୍ତି । ଏହା ବ୍ୟତୀତ ତାଙ୍କର ପୁରସ୍କାରରେ ରହିଛି– ମୀନାବଜାର (୧୯୫୩), ନାରୀ ଜଗତ (୧୯୫୫), ଆଗାମୀ ଶତାବ୍ଦୀ ପୁରସ୍କାର (୨୦୦୦), ଓଡ଼ିଶା ସାହିତ୍ୟ ଏକାଡେମୀ ପୁରସ୍କାର (୨୦୦୧), କବି ଶେଖର ଚିନ୍ତାମଣି ପୁରସ୍କାର (୨୦୦୧), ଫକୀର ମୋହନ ସାହିତ୍ୟ ଶ୍ରୀ ପୁରସ୍କାର (୨୦୦୩), ପ୍ରତିଭା ଶତପଥୀ କବିତା ପୁରସ୍କାର (୨୦୦୪), ପୁନର୍ବା କଥା ପୁରସ୍କାର (୨୦୦୪), ଜ୍ଞାନଦା କବିତା ପୁରସ୍କାର (୨୦୦୫), ଜନ ଚେତନା ପୁରସ୍କାର (୨୦୦୧ ଏବଂ ୨୦୦୨), ଭାନୁଜୀ ରାଓ କବିତା ସ୍ମୃତି ପୁରସ୍କାର (୨୦୧୨), ଶାରଳା ପୁରସ୍କାର (୨୦୧୨), ମଞ୍ଜରୀ ଦେବୀ କବିତା ପୁରସ୍କାର, ସରଳା ଦେବୀ ପୁରସ୍କାର, ଲକ୍ଷ୍ମୀ ଓଡ଼ିଆ ସମାଜ ପୁରସ୍କାର ।

ସମ୍ମାନ ଓ ସମ୍ବର୍ଦ୍ଧନାରେ ରହିଛି– ଚଇତାଲି ସାହିତ୍ୟ ସଂସଦ (୧୯୮୪), ସହକାର ସମ୍ମାନ (୧୯୮୪), ଖୋର୍ଦ୍ଧା ସାହିତ୍ୟ ସଂସଦ (୧୯୮୫), ଯଦୁମଣି ସାହିତ୍ୟ ସଂସଦ (୧୯୮୯), ଓଡ଼ିଶା ସାହିତ୍ୟ ଏକାଡେମୀ ବରିଷ୍ଠ ଲେଖକ ସମ୍ମାନ (୧୯୮୯-୯୦), ସୁଧନ୍ୟା ସମ୍ମାନ (୧୯୯୧), ଆର୍ଯ୍ୟସମାଜ ସମ୍ମାନ (୧୯୯୪), ଲେଖିକା ସଂସଦ ସମ୍ମାନ (୧୯୯୯), ଗୁପ୍ତଗଙ୍ଗା ସମ୍ମାନ (୨୦୦୬), ଭୁବନେଶ୍ୱର ପୁସ୍ତକ ମେଳା ସମ୍ମାନ (୨୦୦୪), ବିଜୟା ସମ୍ମାନ (୨୦୨୪), ଦେବୀ ସୁଭଦ୍ରା ସମ୍ମାନ (୨୦୨୫), ରାଧାନାଥ ସାହିତ୍ୟ ସମ୍ମାନ (୨୦୦୮), ବିଜୟକୃଷ୍ଣ ସ୍ମୃତି ସମ୍ମାନ (୨୦୦୯), ଶତହ୍ନୁ ଗଳ୍ପ ସମ୍ମାନ (୨୦୧୧), ଗୀତ ତରଙ୍ଗ ଆଓ୍ୱାର୍ଡ (୨୦୧୧), ମଦର୍ସ ଆଓ୍ୱାର୍ଡ (୨୦୧୩), ଲେଖିକା ସଂସଦ ସମ୍ମାନ (୨୦୧୩), ବିଜୟକୃଷ୍ଣ ଗଳ୍ପ ସମ୍ମାନ (୨୦୧୪), ଯୁଗଶ୍ରୀ ଯୁଗ ନାରୀ ସମ୍ମାନ (୨୦୧୫), ଆଇନ ସାରସ୍ବତ ସମ୍ମାନ (୨୦୧୪), ଅମୃତାୟନ ସାରସ୍ବତ ସମ୍ମାନ (୨୦୧୪), ସମାରୋହ ସମ୍ମାନ (୨୦୧୨), କଳିଙ୍ଗ ସାହିତ୍ୟ ମହୋସ୍ବ ସମ୍ମାନ (୨୦୧୫), ବସନ୍ତ କୁମାରୀ ଦେବୀ ଲେଖିକା ସମ୍ମାନ (୨୦୧୫), ଅତିବଡ଼ୀ ଜଗନ୍ନାଥ ଦାସ ସମ୍ମାନ (୨୦୧୨), ସାହିତ୍ୟ ସଂସ୍କୃତି ପରିଷଦ ସମ୍ମାନ (୨୦୧୨) ।

ବନଜ ଦେବୀଙ୍କ ପାଇଁ ସାହିତ୍ୟ କେବଳ ସମୟ ବିତେଇବାର ଏକ ପରିସର

ନୁହେଁ, ବରଂ ଜୀବନ ଜଞ୍ଜାଳ ଭିତରେ ଥାଇ ସର୍ଜନାକର୍ମରେ ନିଜକୁ କାୟ-ମନୋ-ବାକ୍ୟରେ ସମର୍ପଣ କରିଥିବା ଏକ ଆତ୍ମମନନର ପ୍ରକ୍ରିୟା ଓ ଅନ୍ତରଙ୍ଗ ଅବସ୍ଥା। "ଜୀବନ ପଥ ସହିତ ଯୋଡ଼ିହୋଇ ରହିଛି ଆଉ ଏକ ପାଦଚଲା ପଥ – ହିଡ଼ବାଟ। ଜୀବନ ଜଞ୍ଜାଳରେ ଥକିପଡ଼ିଲେ ମୁଁ ସେଇ ବାଟରେ ଘଡ଼ିଏ ବସିଯାଇ ବିଶ୍ରାମ ନିଏ। ଆଉ ସେଇ ବିଶ୍ରାମ ଟିକକ ମୋର ସାହିତ୍ୟ।" ଜୀବନର ବିବିଧ ରୂପ-ରଙ୍ଗ-ଅନୁଭବ ଓ ସ୍ୱାଦକୁ ସାଉଁଟି ସେ ଅତି ନିଚ୍ଛକ ଭାବରେ ଯେଉଁ ସରଳ-ଅକପଟ ସାରସ୍ଵତ ସ୍ତୂପ ଗଢ଼ିଛନ୍ତି, ଓଡ଼ିଆ ସାହିତ୍ୟରେ ତାଙ୍କ ପ୍ରତିଭା ଓ ସମର୍ପଣ ଚିରସ୍ମରଣୀୟ ରହିବ।

BLACK EAGLE BOOKS

www.blackeaglebooks.org
info@blackeaglebooks.org

Black Eagle Books, an independent publisher, was founded as
a nonprofit organization in April, 2019. It is our mission to
connect and engage the Indian diaspora and the world at large
with the best of works of world literature published on a
collaborative platform, with special emphasis on
foregrounding Contemporary Classics and New Writing.